LE VOL
DU
CORBEAU

ANN-MARIE MacDONALD

LE VOL
DU
CORBEAU

Traduit de l'anglais (Canada)
par Lori Saint-Martin et Paul Gagné

Flammarion
Québec

Catalogage avant publication de Bibliothèque et Archives nationales
du Québec et Bibliothèque et Archives Canada
MacDonald, Ann-Marie
    [Way the crow flies. Français]
    Le vol du corbeau
    Traduction de : The way the crow flies
    ISBN 978-2-89077-734-7
    I. Gagné, Paul, 1961- . II. Saint-Martin, Lori, 1959- . III. Titre.
    IV. Titre : Way the crow flies. Français.

PS8575.D38W3914 2016   C813'.54   C2016-940625-3
PS9575.D38W3914 2016

Couverture
Illustration : © Heather Murray
Conception graphique : Antoine Fortin

Titre original : The Way the Crow Flies
Éditeur original : Alfred A. Knopf Canada, filiale de Random House
of Canada Limited, Toronto, Ontario, Canada

ISBN 978-2-89077-734-7
Dépôt légal : 2e trimestre 2016

Imprimé au Canada

www.flammarion.qc.ca

Nous sommes condamnés à choisir,
et chacun de nos choix risque
d'entraîner une perte irréparable.

Isaiah Berlin

Pour Mac et Lillian

Tant de souvenirs

Première partie

CETTE TERRE EST À VOUS

LES OISEAUX ONT VU LE MEURTRE. En bas, sur l'herbe nouvelle, les minuscules clochettes blanches du muguet. Il faisait soleil. Crépitements de ramilles, remuements du début du printemps, parfum frais du sol. Avril. Un ruisseau dans les bois avoisinants, au son si rafraîchissant — il sera à sec à la fin de l'été, mais pour l'heure il murmure dans l'ombre. Perchés très haut dans les branches d'un orme, voilà où se trouvaient les oiseaux, parmi d'innombrables bourgeons prêts à se déplier comme des mouchoirs fraîchement lavés.

Le meurtre a été commis près d'un lieu que les enfants appelaient Rock Bass. Dans un pré à l'orée des bois. Un petit coin à l'herbe aplatie, comme si on y avait pique-niqué. Les corbeaux ont tout vu. D'autres oiseaux, juchés sur les hautes branches, ont tout vu eux aussi, mais les corbeaux sont différents. Toujours aux aguets. D'autres oiseaux ont vu un enchaînement de gestes. Les corbeaux ont vu le meurtre. Une robe en coton bleu clair. Maintenant parfaitement immobile.

Depuis la cime de l'arbre, les corbeaux reluquent le bracelet portebonheur qui brille au poignet de la petite fille. Mieux vaut attendre. L'argent leur fait envie, mais mieux vaut attendre.

DE QUELQUES MERVEILLES

Le soleil s'est mis à briller après la guerre et le monde est passé au Technicolor. On n'avait qu'une idée en tête. Se marier. Avoir des enfants. Faire enfin les choses comme il faut.

En 1962, il arrive qu'une balade en auto soit le clou de la semaine d'une famille. Roi de la route, derrière le volant monté sur quatre pneus ceinturés d'acier, les limites sans cesse repoussées. Roulons, roulons. La destination ne se révèle qu'à l'arrivée. C'est encore loin, papa ?

Les routes offrent des panoramas sans fin, la campagne, après la médiation presque imperceptible de la banlieue, succède à la ville. La banlieue représente le meilleur des deux mondes, il suffit d'avoir une voiture. À bord de votre Edsel, de votre Chrysler, de votre Ford, le monde vous appartient. Faites confiance à Texaco. La circulation demeure embryonnaire, et en plus elle fait encore plaisir à voir. Là, un coupé Studebaker 1953 ! — regardez, c'est la nouvelle Thunderbird…

This land is your land, this land is my land… À part la douche, une voiture en mouvement est le meilleur endroit où chanter, les kilomètres défilent, le paysage se transforme, ils dépassent des caravanes et des tentes-caravanes — regardez, encore une Coccinelle de Volkswagen ! Difficile d'imaginer Hitler à l'origine de quelque chose d'aussi inoffensif et familier qu'une Coccinelle. Papa rappelle aux enfants que les dictateurs, souvent, apprécient la bonne musique et chérissent les animaux. Hitler était végétarien et démoniaque. Churchill était ivrogne mais foncièrement bon.

— Il ne faut pas voir le monde en noir et blanc, les enfants.

Sur la banquette arrière, Madeleine appuie sa tête contre l'encadrement de la fenêtre, bercée par les vibrations. Son frère n'a d'yeux que pour ses cartes de base-ball, tandis que ses parents, à l'avant, «profitent du paysage». Moment idéal pour commencer son film. Elle fredonne *Moon River* et imagine le regard des spectateurs qui embrasse son profil, ses cheveux agités par le vent. Ils voient ce qu'elle voit par la fenêtre, la campagne, *off to see the world,* lancée de par le vaste monde, et ils se demandent où elle va et ce que la vie lui réserve, *there's such a lot of world to see,* la Terre est si grande. Mais qui est donc cette fille aux cheveux foncés coupés court et à l'air mélancolique ? Une orpheline ? Une enfant unique ayant perdu sa mère, mais dont le père est gentil ? De retour du pensionnat pour passer l'été à la campagne chez de mystérieux parents établis près d'un manoir où habite une fille un peu plus vieille qu'elle qui monte à cheval et porte un jean rouge? *We're after the same rainbow's end, waitin' 'round the bend...* Et voilà qu'elles doivent s'enfuir toutes les deux pour élucider une énigme, *my Huckleberry friend...*

Derrière la vitre de la voiture, les lettres noires géantes, sur l'écran, se surimposent à un fond vert défilant à toute vitesse — «mettant en vedette Madeleine McCarthy» —, l'image ponctuée de poteaux de téléphone, *Moon River, and me...*

Difficile d'aller au-delà du générique du début, mieux vaut simplement commencer un nouveau film. Avec une chanson de circonstance. À voix basse, Madeleine chante *Que será, será, whatever will be will be* — crotte, on s'arrête.

— Qui, qui, qui a de la place pour une bonne glace? demande son père en rangeant la voiture sur le côté.

Absorbée par son film, Madeleine n'a pas vu le cornet de glace géant à la fraise penché au-dessus de la route, gaiement coiffé d'un chapeau d'anniversaire.

— Ouiii! s'exclame-t-elle.

Son frère la regarde en roulant les yeux.

Au Canada, tout — les cornets, les voitures, les supermarchés — est tellement plus gros qu'en Allemagne. Elle se demande de quoi sa nouvelle maison aura l'air. Et sa nouvelle chambre — sera-t-elle jolie? grande? *Que será, será...*

— Qu'est-ce que ce sera, coyote? demande son père au comptoir de la cabane blanche en bois.

On y vend aussi du maïs en épi. Des champs de maïs s'étendent à perte de vue — la variété que les Européens appellent «maïs indien».

— Tourbillon napolitain, s'il te plaît, dit Madeleine.

Son père passe sa main dans ses cheveux cendrés coupés en brosse et, sans quitter ses lunettes fumées, sourit à la grosse dame tapie dans l'ombre derrière le comptoir. Le frère de Madeleine et lui arborent la même coupe, sauf que les cheveux de Mike sont encore plus pâles. Couleur blé. Il suffirait, dirait-on, de le renverser et de le brancher pour enlever le résidu de cire sur le plancher de la cuisine, mais, en réalité, ses cheveux sont plutôt doux. Il n'autorise pas souvent Madeleine à les toucher, cependant. Il a dérivé du côté de la route, les pouces accrochés aux passants de sa ceinture — affectant, Madeleine le sait, d'être seul au monde. Il doit crever de chaleur dans son jean, mais il refuse de porter un short. Papa n'en porte jamais.

— Où tu vas comme ça, Mike? demande-t-elle.

Il fait la sourde oreille. Il aura bientôt douze ans.

Elle passe sa main dans ses cheveux, comme papa, ravie de les trouver si courts, si soyeux. Rien qui se compare à une coupe en brosse, mais c'est mieux, en tout cas, que les nattes lui arrivant à la taille qu'elle a endurées jusqu'au printemps. Elle en a accidentellement coupé une pendant un cours d'arts plastiques. Maman l'aime encore, mais elle ne lui pardonnera probablement jamais ce geste.

Sa mère attend dans la Rambler. Elle porte les lunettes fumées qu'elle a achetées sur la Côte d'Azur, l'été dernier. On dirait une vedette de cinéma. Madeleine la regarde déplacer le rétroviseur et retoucher son rouge à lèvres. Cheveux noirs, lèvres rouges, lunettes à monture blanche. Tout le portrait de Jackie Kennedy.

— C'est elle qui m'imite.

Mike l'appelle « maman*»[1], mais Madeleine préfère « maman*» à la maison et « Mum » en société. « Mum » est plus insouciant que « maman*» — comme les mocassins par rapport aux souliers Charles IX. Sans compter que « Mum » va mieux avec « Dad ». Comme certaines choses vont mieux avec le Coca-Cola.

Son père attend, les mains dans les poches, puis retire ses lunettes fumées, plisse les yeux en direction du ciel bleu et siffle un air entre ses dents.

— Sens-moi ce maïs, dit-il. C'est le parfum du soleil à l'état pur.

À son tour, Madeleine fourre les mains dans les poches de son short extracourt, plisse les yeux et respire un bon coup.

Dans la voiture, sa mère presse ses lèvres l'une contre l'autre, les yeux rivés sur le miroir. Sous le regard de Madeleine, elle fait rentrer le rouge dans le tube. Les dames ont des tas de choses qui ressemblent à des bonbons sans en être.

Sa mère conserve les nattes dans un sac en plastique rangé dans le coffret à argenterie. Madeleine l'a vue les y jeter peu de temps avant l'arrivée des déménageurs. Ses cheveux se trouvent maintenant dans un camion qui fonce vers eux en grondant.

— Tiens, choupette.

Son père lui tend le cornet. Mike les rejoint et s'empare du sien. Chocolat, comme toujours.

— Je me battrais plutôt que de changer.

Son père a choisi rhum et raisins secs. Qu'arrive-t-il donc aux papilles des adultes pour qu'ils apprécient des parfums aussi horribles ? Le phénomène ne s'applique-t-il qu'aux parents qui ont grandi pendant la Dépression, qui considéraient une pomme comme une gâterie ?

— Tu veux goûter, poupée ?

---

1. N.D.T. Les mots en italiques suivis d'un astérisque sont en français dans le texte.

— Merci, papa.

Elle goûte toujours à sa glace avant de dire :

— Délicieux.

Bugs Bunny aurait dit :

— *Vous mentez comme vous respirez, docteur.*

D'une certaine façon, elle ne ment pas : c'est toujours bon de partager des glaces avec son papa. Surtout quand on se les fait goûter. Madeleine ne ment donc pas vraiment. *À d'autres, docteur.*

Maman ne prend jamais un cornet pour elle-même. Elle partage celui de papa et se réserve un peu de ceux de Mike et de Madeleine. Autre conséquence du vieillissement dont sont frappées de nombreuses mères : on ne veut plus son propre cornet.

De retour dans la voiture, Madeleine songe à partager avec Bugs Bunny, mais elle craint de s'attirer les foudres de son frère. Bugs n'est pas une poupée. C'est… Bugs Bunny, tout simplement. Il a vu des jours meilleurs, le bout de sa carotte orange est tout blanchi par l'usure, mais ses grands yeux de farceur brillent toujours d'un bleu vif et ses longues oreilles malléables conservent la forme qu'on veut bien leur donner. Pour le moment, elles sont tressées et lui pendent dans le dos comme une natte. Lapin à la bavaroise.

Son père met le contact et penche le cornet vers sa mère, qui mord délicatement dans la glace, soucieuse de préserver son rouge à lèvres. La familiale fait marche arrière. Papa se rend compte que le rétroviseur n'est pas à sa place, fait la moue. Il jette un regard de travers à maman, qui lui décoche un baiser de ses lèvres peintes en rouge. Il sourit et secoue la tête. Madeleine détourne les yeux, espère qu'ils ne vont pas se faire des mamours.

Elle fixe son cornet. Tourbillon napolitain. Par où commencer ? Pour elle, le nom de cette glace a quelque chose de « cosmopolite » — le mot qu'utilise son père pour décrire sa famille. Le meilleur des deux mondes.

Ils roulent de nouveau, et le maïs reflète le soleil, les tiges feuillues se déclinent en trois teintes de vert. Des chênes et des ormes tendent les bras au-dessus de la route sinueuse, le paysage ondoie et bourgeonne. De quoi vous faire croire que la terre est effectivement une femme et que le maïs est son aliment préféré. Grands citoyens émeraude qui s'étirent, se gauchissent. Frondes en spirale, paumes ouvertes vers le ciel, emmaillotant les tendres épis, manne offerte en emballage cadeau. Soleil comestible. Les McCarthy rentrent à la maison. Au Canada.

Dans l'armée de l'air, la maison n'est jamais qu'une variation sur un thème. La maison, c'est le Canada, d'un océan à l'autre. La maison, c'est l'endroit où vous viviez avant de vous marier et de vous enrôler dans l'armée. Et la maison, c'est le lieu où vous êtes affecté, au Canada, aux États-Unis, en Allemagne, en France… pour le moment, la maison, c'est cette familiale Rambler 1962 bleu ciel.

Après avoir replacé le rétroviseur, Jack jette un coup d'œil à sa progéniture. Pour l'instant, la paix règne. À côté de lui, sa femme ouvre son sac à main ; il se penche et enfonce le briquet automatique du tableau de bord. Elle le regarde et sourit en sortant une cigarette de son paquet. Il lui décoche un clin d'œil — *vos désirs sont des ordres*. La maison, c'est cette femme.

La Transcanadienne est terminée : on peut tremper ses roues arrière dans l'Atlantique et rouler jusqu'à ce que ses roues avant baignent dans le Pacifique. Les McCarthy ne vont pas tout à fait aussi loin, même s'ils ont entrepris leur périple au bord de l'Atlantique. Ils roulent depuis trois jours. Sans se presser. Ils prennent le temps d'admirer le paysage, les sapins faisant place à la voie maritime du Saint-Laurent, aux étroites bandes de terre cultivée de la vieille province de Québec, le long du fleuve évasé, le chatoiement bleuté des Laurentides, l'autoroute moderne, si lisse qu'on se croirait en avion, *Bienvenue à Montréal*, Welcome to Ottawa, to Kingston, to Toronto,* prolongeant les vacances d'été qu'ils ont passées dans la famille de Mimi au Nouveau-Brunswick — le sel en suspension dans les eaux du détroit de Northumberland et, le soir, le clignotement du ferry qui fait la navette entre la terre ferme et l'Île-du-Prince-Édouard. Ils se sont levés tôt pour voir le prêtre bénir les bateaux colorés au premier jour de la pêche. Festins aux homards et parties de *deux-cents** bruyantes qui se prolongent jusqu'au milieu de la nuit, voisins s'entassant à la table de la cuisine avec leurs poignées de pièces de un sou et de jetons de Rummoli. Puis les violons et l'accordéon sortent du placard et la mère de Mimi fait résonner les cordes du piano, sa main droite épousant en permanence la forme du crochet qu'elle a utilisé pour fabriquer toutes les courtepointes et tous les tapis de la maison. *L'Acadie.*

La langue n'était pas un obstacle. Jack se laissait imprégner par le français, la cuisine, la confusion céleste d'une grosse famille. Des années auparavant, le père de Mimi s'était perdu en mer lorsqu'une tempête avait renversé son homardier, et ses frères faisaient désormais office de chefs de famille. De gros hommes partis de rien qui possédaient désormais une chaîne de restaurants de fruits de mer, ils s'étaient tout de suite attachés à Jack quand Mimi et lui étaient rentrés après la guerre, fiancés. À cette époque, tout se faisait très vite, les gens compreanaient, les frères eux-mêmes étaient fraîchement démobilisés. Jack était un *Anglais**, mais c'était leur Anglais à eux, et la famille l'avait adopté avec une ferveur égale à celle qui alimentait leur méfiance à l'égard des Anglais en général. On le traitait en prince, tout en ayant pour lui des attentions habituellement réservées aux dames. Le meilleur des deux mondes.

Jack mange sa glace, une main sur le volant, et se dit qu'il devra recommencer à courir dès qu'ils seront installés. Au cours du dernier mois, ses *belles-sœurs** l'ont gavé comme un veau gras. De la farine, du sucre d'érable, des pommes de terre, de la viande de porc et des palourdes — les permutations sont ahurissantes, exquises. Et toutes font grossir. Rien qui ne soit transformable en *poutine**. Qu'est-ce que la *poutine**? Ce qu'on fait quand on prépare de la *poutine**.

Jack a desserré sa ceinture d'un cran, mais sa femme est superbe. Elle court encore dans l'eau comme une fillette, assez svelte pour porter un bikini malgré ses deux grossesses, et fait la brasse au milieu des vagues, la tête bien au-dessus de l'eau pour ne pas gâcher sa mise en plis. Oui, il se remettra au jogging dès leur arrivée dans leur nouvelle maison.

Derrière lui, la voix de son fils, pleine de dégoût :

— La glace te dégouline le long du bras, Madeleine.

— C'est même pas vrai.

— *Maman,* dit Mike en se penchant, *Madeleine fait un mess**!

— Je fais pas de dégâts !

Elle se lèche le poignet, peau salée et vanille épaisse.

Mimi lui tend une lingette.

— *Tiens**.

Madeleine s'en empare et s'éponge la main. Elle tente de convaincre Mike de lui tenir son cornet, mais il répond :

— Jamais de la vie. Il est plein de bave.

C'est Mimi qui le tient. Pendant que Madeleine s'essuie les doigts, elle lèche la glace fondue qui coule sur les bords. Les mères ont également ceci de particulier qu'elles n'hésitent pas à manger le cornet détrempé de leur enfant.

Madeleine rend la lingette en échange du cornet, mais voilà soudain qu'elle se sent mal. C'est l'odeur de la lingette. Humectée d'avance pour votre commodité. Tue les microbes. Ça sent le vomi. Parce que, quand on est malade en voiture et qu'on vomit, maman vous essuie le visage avec une lingette. Alors évidemment les lingettes font penser au vomi. Ils sentent plus le vomi que le vomi lui-même. Elle rend le cornet à sa mère.

— J'ai plus faim, dit-elle.

14

— Elle va dégueuler, dit Mike.

— C'est pas vrai, Mike. Et ne dis pas « dégueuler ».

— Tu viens de le dire toi-même. Dégueuler.

— Ça suffit, Mike, dit Jack.

Mike laisse tomber.

Mimi se retourne et regarde Madeleine d'un air interrogateur : est-ce que tu vas vomir ? Du coup, elle a envie de vomir pour de vrai. Ses yeux se remplissent d'eau. Elle sort la tête par la fenêtre et boit l'air frais. S'intime l'ordre de ne penser à rien de dégoûtant. Comme le jour où une fille avait vomi à la maternelle. Plouf ! sur le plancher. Ne pense pas à ça. Mike s'est replié le plus loin possible sur la banquette. Madeleine se tourne avec précaution et fixe l'arrière de la tête de papa. Ça va mieux.

Vue de derrière, la tête de papa est aussi reconnaissable, aussi « lui », que son visage. Aussi facile à repérer que sa propre voiture dans un parking. Sa tête bien nette, bien carrée. Elle dit ce qu'elle a à dire, sans que vous ayez à deviner. Ses épaules sous la chemise à carreaux à manches courtes. Le coude sorti, le halo de poils brun clair balayés par le vent, la main droite sur le volant, l'éclair de sa bague de finissant. *Old Spice*. Une ligne pâle traverse son cou — un trait qui reste plus clair que sa peau brûlée par le soleil. L'arrière de la tête de papa. L'autre côté de son visage — son autre visage. En fait, il t'a dit qu'il avait des yeux de ce côté-là aussi. C'est rassurant. Il sait qui est l'instigateur des querelles sur la banquette arrière.

— Arrête, Mike ! crie Madeleine.

— J'ai rien fait !

— Mike, cesse de taquiner ta sœur.

— Je la taquine pas, papa. C'est elle qui m'a pincé.

— Madeleine, ne tourmente pas ton frère.

Si elle avait des yeux derrière la tête, jamais maman n'aurait dit une chose pareille.

Mike louche dans sa direction.

— Mike !

Son hurlement d'enfant de huit ans, pareil au bruit d'une égoïne.

— Arrête !

— *Tenez-vous tranquilles maintenant, hein** ? Papa conduit, dit maman.

Madeleine a vu les muscles du cou de son père se raidir à son cri, et elle se calme. Elle ne tient pas à ce qu'il s'arrête au bord de la route pour se retourner vers la banquette arrière. De quoi gâcher une gâterie et une jolie balade dans un paysage de rêve, sans parler de la honte. Sa voix trahira la déception, et ses yeux bleus auront l'air perplexes.

Surtout le gauche, avec la légère cicatrice qui traverse le sourcil. Comme la paupière tombe légèrement, son œil gauche semble toujours un peu triste.

— *Chantons, les enfants**, dit maman.

Et ils chantent.

— *Would you like to swing on a star, carry moonbeams home in a jar, and be better off than you are...*

Dans les champs se profilent des panneaux : « Le salut passe par la foi en Notre Seigneur Jésus-Christ. » En rangs militaires, des plants de betteraves tout en feuilles ralentissent ou accélèrent selon qu'on fixe la terre qui les sépare ou leur masse verte, « Kodak », « Dairy Queen », « La mort est le salaire du péché ». Des granges proprettes et astiquées. Le sympathique parfum de la bouse de vache et du feu de bois rappelle à Madeleine la maison — l'Allemagne en l'occurrence. Elle ferme les yeux. Elle vient tout juste de dire au revoir à une autre maison, sur une base aérienne près de la Forêt-Noire. *Dites au revoir à la maison, les enfants.* Puis ils se sont éloignés pour la dernière fois.

Chaque maison muette et innocente comme un pauvre animal abandonné. Les fenêtres aux yeux grands ouverts, dépourvues de rideaux, la gueule de la porte de devant, fermée et triste. Au revoir, chère maison. Merci pour les bons moments. Merci pour les souvenirs. Puis la maison triste et abandonnée se fige dans la mémoire, où elle devient un monument témoignant d'une époque révolue, une borne indiquant un lieu désormais inaccessible. Ainsi va la vie dans l'aviation.

Madeleine en est à son troisième déménagement, Mike à son quatrième. Impossible, prétend-il, qu'elle se souvienne de son premier, de l'Alberta au Michigan, puisqu'elle n'avait que trois ans, presque quatre. Lui affirme pourtant se rappeler son premier déménagement, de Washington D.C. à l'Alberta, même s'il avait à peine trois ans. Telles sont les injustices de la vie avec un grand frère.

— Papa, demande Madeleine depuis la banquette arrière, je me souviens d'avoir quitté la base en Alberta, non ?

— Évidemment. Tu te rappelles la patinoire que nous avions faite derrière la maison ?

Elle fixe son frère d'un air entendu.

— Ouais.

— Voilà.

Ils ont quitté l'Europe en juin, puis, pendant près de deux mois, Mike et Madeleine ont profité de l'hospitalité de leurs tantes et de leurs oncles acadiens, fait les quatre cents coups avec leurs cousins et cousines. Il y en avait des douzaines : des garçons aux cheveux noirs en bataille dont on ne doit pas s'amouracher parce qu'ils sont de la famille, des filles aguichantes qui se rasent les jambes avant d'avoir douze ans. Ils parlent vite en français. Si vous allez avec eux en voiture, assurez-vous de remonter avant qu'ils ne repartent sans vous. Mike et Madeleine avaient regardé la télé pour la première fois en quatre ans.

À la base, en Allemagne, personne n'avait la télé. On présentait des films au centre de loisirs, fidèlement précédés par les Looney Tunes et la souris Mickey. Il y avait les dîners avec maman le vendredi soir, Jack Benny à la radio, avant que papa ne rentre du cinq à sept au mess des officiers. Mais la télé leur avait ouvert les portes du meilleur des mondes : coiffures à la page, foulards de chiffon, shorts madras, adolescents insouciants et planches de surf. Les cousins et cousines, plus Connie Francis que Sandra Dee, plus Sal Mineo que Troy Donahue, avaient des patins à roulettes, des voitures et du chewing-gum. Sans parler d'énormes frigos. Bienvenue en Amérique du Nord.

Madeleine se range à l'idée qu'elle les aime tous *parce que c'est la famille,* comme dit sa mère. Le mot « famille » a la même résonance mythique que le mot « maison ». Grand-maman, grosse et grasse dans son bungalow peint de couleurs vives pour que grand-papa le voie depuis son bateau de pêche. Madeleine se souvient d'avoir rendu visite à grand-maman seulement deux fois, mais ses yeux se mouillent à cette pensée parce que « grand-maman » est aussi synonyme de maison.

— Madame désire ? a demandé papa lorsqu'ils ont laissé derrière eux la mer et les dunes de sable.

— On va à la maison, Jack, a répondu maman en s'essuyant les yeux sans quitter ses lunettes fumées.

Le temps d'un éclair, Madeleine s'était imaginé qu'ils allaient rouler jusqu'en Allemagne. Jusqu'aux pelouses vertes et aux immeubles blancs de la base aérienne, aux pavés et aux cafés de la ville avoisinante. Le paysage découpé en parcelles, pas un lopin de terre qui ne soit revendiqué, bichonné, un pays différent toutes les deux heures environ quand, le dimanche, ils allaient se balader en voiture. L'allemand auquel elle s'était attachée, la langue des contes de fées — *Märchen* — dans laquelle elle se sentait enveloppée et en sécurité, comme quand, pour se déguiser, elle enfilait le manteau en mouton de sa mère. La langue qui arrachait aux interlocuteurs des sourires surpris — derrière le comptoir de leur boutique, des commerçantes, ravies de son aisance, taquinaient ses parents à cause de leur piètre *Kanadische Deutsch* en leur faisant goûter des fromages et, invariablement, du *Schokolade für die Kinder.* Les premiers mots d'allemand que Mike et elle avaient appris : *danke schön.*

Si votre père est dans l'aviation et qu'on vous demande d'où vous venez, la réponse ne va pas de soi. Plus vous vieillissez, plus elle est longue, parce que vous déménagez tous les deux ou trois ans.

— D'où viens-tu ?

— Je viens de l'Aviation royale du Canada.

De l'ARC. Comme un pays éparpillé aux quatre coins de la planète.

Les différentes parties, les bases, se ressemblent entre elles et assurent à la nation une certaine constance. Dans toutes les églises catholiques, on entend la messe en latin ; de même, entrer dans une base, c'est s'y retrouver aussitôt : le centre de loisirs, les églises, le bureau de poste, la banque et la caserne des pompiers, le terrain de rassemblement, la bibliothèque, le terrain d'aviation, l'immeuble où votre père travaille. Et le PX pour l'épicerie et tout le reste — «PX», qui signifie économat, autre terme emprunté aux Américains en Europe.

Si vous vivez dans ce qu'on appelle une zone de LM — logements familiaux —, votre maison vous sera également familière. Il y a une poignée de modèles, hérités de la première époque des banlieues, des jumelés pour la plupart, si on excepte quelques bungalows minuscules et la grande maison où vit le commandant. Il y a un mât porte-drapeau sur son terrain. Dès l'âge de huit ans, vous aurez probablement déjà fait le tour de tous les types de logements familiaux. C'est parfois comme une image inversée. Et pourtant chaque maison devient unique dès lors qu'une famille s'y installe. Odeurs uniques, accumulation instantanée de trésors, photos et désordre, le tout sorti de boîtes en carton que les enfants transforment en forteresses où ils jouent jusqu'à ce qu'elles tombent en lambeaux. Dès ce moment, c'est déjà comme si la famille vivait là depuis toujours : il faut à une femme d'aviateur moins d'une semaine pour organiser un foyer.

Les pelouses réglementaires débordent toutes de personnalité — des vélos, des jouets, une voiture différente dans l'entrée, chaque réfrigérateur ouvrant sur un monde à part. Dans certains, on voit des boîtes de sauce au chocolat Hershey. Dans d'autres, celui des McCarthy, par exemple, du saindoux et d'autres horreurs se cachent dans les boîtes de sauce au chocolat Hershey. Ayant grandi à l'époque de la Dépression, la mère de Madeleine ne jette rien. Puisque toutes les mères ont grandi à l'époque de la Dépression, il s'agit peut-être, à la réflexion, d'une manie propre à l'Acadie. Ou encore aux Maritimes — provinces pauvres du Canada. Malgré l'uniformité des modèles, il n'y a donc pas deux maisons pareilles, sauf dans l'intervalle entre le départ d'une famille et l'arrivée de la suivante. Pendant ce temps, la maison n'est à personne. Elle appartient aux contribuables canadiens. On profite de cette vacance pour la récurer, la désinfecter, la repeindre en blanc, la débarrasser de ses stores, l'abandonner aux échos. Elle demeure en suspens, à la manière d'une église sécularisée. Pas maléfique, seulement vide. Ni morte ni vivante. Elle renaît de ses cendres lorsqu'une nouvelle famille gare sa voiture dans l'entrée et lui dit bonjour.

Madeleine fouille dans son sac à dos à l'effigie de la souris Mickey à la recherche de son carnet d'autographes. Tous les élèves de la classe de troisième année en Allemagne l'ont signé. Elle l'ouvre…

« À toi jusqu'aux chutes du Niagara », a écrit Sarah Dowd, les lettres tombant en cascade jusqu'au bas de la page.

« À toi jusqu'au sommeil des montagnes, ton amie pour toujours, Judy Kinch. »

« Les roses sont rouges et les corbeaux sont noirs, je t'aime, chère Madeleine, matin, midi et soir, ta meilleure amie, Laurie Ferry. »

Il y en a plein le carnet. Elles ont toutes promis d'écrire. Madeleine et Laurie Ferry ont fait le serment de se retrouver le premier jour de l'an 2000, sur le terrain de jeux de la zone des logements familiaux en Allemagne.

Tout à coup, les lettres moulées ont l'air bien seules — les couleurs gaies tracées au crayon de bois font penser à des décorations au lendemain d'une fête. Elle referme le carnet, le remet à sa place et respire à pleins poumons l'air qui embaume le trèfle. Pas de quoi se sentir triste par une si belle journée quand on a la vie devant soi. Voilà ce que disent les grandes personnes. Elle imagine sa vie se déroulant devant elle à la manière d'une route. Comment savoir que vous avez entamé le voyage lorsque votre vie, au lieu de se profiler au loin, se trouve directement sous vos pieds ? C'est encore loin ?

Difficile de s'installer dans une nouvelle maison sans songer au jour où on va repartir. *Dites au revoir à la maison, les enfants.* Et tous vous aurez vieilli d'autant. Madeleine a huit ans, bientôt neuf. La prochaine fois, elle aura presque douze ans. Pratiquement une adolescente. Et ses parents auront vieilli, eux aussi. Elle a beau essayer de se rappeler qu'ils sont aujourd'hui plus jeunes, elle voit toujours les choses à l'envers : ils sont plus vieux qu'ils ne l'étaient dans l'ancienne maison. Ce qui signifie qu'ils vont mourir plus tôt. À chaque maison, la date fatidique de leur mort se rapproche un peu plus. Quelle maison sera la dernière ? Peut-être celle-ci. Celle vers laquelle nous nous dirigeons pour lui dire bonjour.

Le soleil réchauffe la grosse boule qu'elle a dans la gorge et menace d'inonder ses paupières de larmes. Elle ferme donc les yeux et pose sa tempe sur l'encadrement de la fenêtre, bercée par les vibrations de la route. Le vent qui agite ses cheveux est puissant, mais doux, le soleil sous ses paupières comme un kaléidoscope de rouge et d'or.

Ils roulent toujours, et l'après-midi gagne en intensité. C'est en août qu'on observe la véritable lumière de l'été. De la lumière épaisse de saxophone ténor. À la différence des trompettes du printemps, des cordes de l'automne. Des grains de soleil bien visibles tombent au ralenti, effleurent la peau — attrape-les avec ta langue comme des flocons de neige. Le paysage, vert, or et ocre, explose. Les tiges se balancent sous le poids des épis de maïs, ralentissant la brise. La campagne s'allonge, lourde et fière comme une femme enceinte jusqu'aux yeux, alanguie. « Autocueillette », proclament des écriteaux peints à la main. Heureusement que nous sommes en auto.

Les Indiens cultivaient du maïs. C'est cette région de l'Ontario que les colons leur ont prise en premier. Ils s'étaient battus aux côtés des Anglais, d'abord contre les Français, puis, pendant la guerre de 1812, contre les Américains. Ils vivent maintenant dans des réserves, et leurs maisons-longues comme leurs villages ne survivent qu'à l'état de croquis dans les livres d'histoire de sixième année et de reproductions grandeur nature dans les villages touristiques. Dans ces régions, le tabac demeure une importante culture commerciale, mais ce ne sont pas les Indiens qui le font pousser. Le sol est encore rempli d'artefacts, et de nombreux endroits ont été nommés d'après leurs nations et dans leurs langues, le Canada y compris. Certains affirment que « Canada » signifie « village de petites cabanes ». D'autres laissent entendre que les pêcheurs portugais utilisaient l'expression « Ca Nada »: là où il n'y a rien.

Welcome to Stratford, Welcome to New Hamburg... Au Canada, tant de lieux vous font croire que le lieu véritable se trouve dans un autre pays. Si vous venez de London en Ontario, par exemple, vous préciserez toujours « London en Ontario » pour éviter qu'on confonde avec Londres. Explication que vous fournissez comme pour vous excuser, même si vous êtes parfaitement heureux de venir de London. La ville de New York a été nommée d'après York en Angleterre, mais, à propos de New York, personne ne pense jamais à York en Angleterre.

— Parce que, aux États-Unis, tout est mieux, dirait Mike.

Welcome to Kitchener.

— Saviez-vous que Kitchener s'appelait autrefois Berlin? dit son père en jetant un coup d'œil dans le rétroviseur. La ville a été peuplée par des immigrants venus d'Allemagne, mais elle a changé de nom pendant la Première Guerre mondiale.

Ils s'arrêtent pour manger des *bratwursts* et des petits pains blancs croûtés, comme chez eux. Madeleine sait bien qu'elle ne doit plus penser à l'Allemagne comme chez elle. Chez elle, maintenant, c'est ici — ce qu'elle voit par la vitre inondée de soleil de la voiture. D'interminables entrées conduisant à des fermes à pignons ornées de dentelle de bois. Des champs immenses, des distances faramineuses entre les villages, d'innombrables forêts et champs de broussaille qui n'appartiennent à personne, des terres de la Couronne, négligées et libres. Trois jours de route à travers des ères géologiques, un kilomètre à la fois, sans jamais quitter le Canada. Les grands espaces sont en partie ce qui distingue le Canada de l'Allemagne. Un élément de son identité.

— Vous pourriez prendre toute l'Europe et l'égarer ici au milieu de l'Ontario, dit son père.

Madeleine a le menton appuyé sur l'encadrement de la fenêtre. Elle se représente la guerre en Europe, les avions, les tanks et les camps de concentration, Anne Frank qui rédige son journal, Hitler qui salue les foules. Il y aurait eu largement assez d'espace pour que tout se passe ici même, en Ontario.

— Ça ne pourrait pas arriver ici, dit Madeleine.

— Quoi donc? demande son père.

— La guerre.

— Quelle guerre? demande Mike.

— La Deuxième Guerre mondiale.

Mike la montre de l'index, puis approche son doigt de sa tempe et le fait tourner pour signifier que sa sœur est folle. Madeleine réprime sa colère. Elle tient à entendre la réponse de son père.

— Ce genre de guerre ne pourrait pas se produire ici, dit-il. Le Canada est un pays libre, choupette.

— Sans la guerre, dit maman, papa et moi ne nous serions jamais rencontrés — Madeleine se tortille —, et ni Mike ni toi n'auriez vu le jour.

Sa mère a l'art de retourner un sujet à sa convenance. Les bombes et les chambres à gaz cadrent mal avec le récit du bal de l'aviation en Angleterre, où ses parents se sont rencontrés. L'histoire de Mimi et de Jack.

— *Underneath the lantern, by the barrack gate,* chantonne maman.

Fin de la discussion sérieuse sur la guerre.

Le père de Madeleine n'est pas à proprement parler un ancien combattant, mais c'est à cause de l'accident d'avion. La plupart de ses amis — pilotes, membres d'équipage — ont pris part aux combats. Le père de la bonne d'enfants allemande de Madeleine avait fait la guerre, lui aussi, dans la Wehrmacht. Il était manchot, et sa famille ne se déplaçait jamais que sur une motocyclette équipée d'un side-car. Quelques familles canadiennes faisaient le pèlerinage vers les camps de concentration. À Auschwitz, Laurie Ferry avait vu des amoncellements de chaussures.

— Il y a une différence entre tirer des leçons de l'histoire et vivre dans le passé, dit son père.

— Pense à des choses agréables, renchérit sa mère.

Dans la salle d'attente du dentiste, Madeleine était tombée sur un vieux numéro du magazine *Life*. Sur la couverture, on voyait la photo d'une fille aux cheveux noirs, à peine plus vieille qu'elle. Anne Frank. Après avoir chipé le magazine, elle l'avait étudié pendant des semaines, habitée par la culpabilité, jusqu'à ce qu'il disparaisse de sa chambre. Avec quelques autres, maman l'avait roulé pour faire un chapeau de clown pointu, élément du costume d'Halloween de Madeleine.

— *My Lili of the lamplight, my own Lili Marlene,* chante Mimi en caressant doucement la tête de son mari.

Derrière le volant, Jack se détend. Elle chante la deuxième strophe en allemand. Il est tenté de ralentir, de faire durer le voyage, tant ces moments suspendus sont empreints d'une forme de plénitude. Quand ils sont tout seuls sur la route avec leur petite famille entre deux affectations. Ni voisins, ni parents, ni monde extérieur, sauf celui qui défile à toute vitesse par les fenêtres. *Two drifters, off to see the world...* Un monde inconnu et bienveillant. Un réservoir à essence plein. L'occasion de faire le point, de prendre la mesure de qui vous êtes, de ce que vous avez. Vous avez tout.

— Encore, madame, s'il vous plaît, dit-il à Mimi.

Des fermes, grandes et d'allure prospère, des toits de grange rouges portant un nom de famille irlandais, anglais, allemand, hollandais. On se trouve au cœur du sud de l'Ontario.

— Le Fer à cheval d'or... dit Jack au bénéfice de sa famille.

Bordé par trois des Grands Lacs : au sud, le lac Érié et le lac Ontario, à l'ouest, le lac Huron. Même si, sur une carte, la région fait plutôt penser au crâne d'un bœuf, Jack ajoute à juste titre :

— On parle aussi du Triangle du sud de l'Ontario.

Dans l'esprit de Madeleine, les deux descriptions se confondent et elle s'imagine un triangle doré qui scintille sur une carte. Leur familiale bleue, vue d'en haut, le traverse à pas de tortue.

— Comme le Triangle des Bermudes ? demande-t-elle.

Ses parents échangent un sourire.

— Mais non, répond son père.

Mike se tourne vers elle et, des lèvres, forme le mot « idiote ».

Selon la croyance, explique Jack, des choses disparaissent dans le Triangle des Bermudes, des avions et des bateaux s'évanouissent sans laisser de traces. Le Triangle du sud de l'Ontario fait tout le contraire.

La population est dense — du moins par rapport au reste du Canada. Il y a des usines et des fermes, et le sol est aussi riche que les villes. Des vergers de fruits tendres dans la péninsule du Niagara et, un peu partout, de vastes champs de maïs, de tabac, de betteraves et de luzerne, des troupeaux de vaches laitières, des chevaux, des porcs et des magnats de la finance. Par-dessus l'eau, Windsor salue Detroit de la main : la General Motors, les régimes de retraite, le bonheur au bout de la chaîne de montage. Les États-Unis, par endroits, ne sont qu'à un jet de pierre, leurs usines font le saut pour bourgeonner du côté canadien, consolidant les liens de part et d'autre de la plus longue frontière non défendue du monde. Comme l'a déclaré le président Kennedy l'année dernière devant le Parlement du Canada : « Que personne ne vienne séparer deux peuples que la nature a ainsi réunis. » Le meilleur des deux mondes.

— C'est encore loin, papa ?

— Assez. Détends-toi et profite du paysage.

Découpant un couloir à travers les champs et les terres, des tours d'acier massives comme une armée en marche. Suivez-les, ces colonnes puissantes, et elles vous conduiront jusqu'à Niagara Falls, où cinquante-cinq millions de litres à la minute alimentent des turbines qui fonctionnent sans arrêt, le moteur de la province et du nord-est des États-Unis. Force à l'état pur transportée par ces colonnes d'acier tendues vers le ciel, garde d'honneur à haute tension, piliers du Triangle d'or.

— On est arrivés ?

— Presque.

Dans cette région du monde, à proximité du Michigan et de l'État de New York, il y avait autrefois un terminus du Chemin de fer clandestin. Ici, on trouve encore aujourd'hui des fermes exploitées par des descendants d'esclaves ayant fait le voyage. Les passants aperçoivent une femme noire au volant d'un tracteur et se demandent d'où elle vient. Elle vient d'ici.

On fait encore un peu de contrebande le long de la frontière — des biens et, parfois, des personnes.

Toronto est la « métropole », et il y a des attractions touristiques de premier plan comme Niagara Falls, mais, au milieu du Triangle, trône London, ville de taille moyenne. On y trouve de nombreuses compagnies d'assurances. De grandes sociétés américaines ont leur siège social régional à London, et les consommateurs de la région font l'essai de produits destinés à toute l'Amérique du Nord. Aux yeux des fabricants, le Triangle du sud de l'Ontario doit avoir quelque chose de particulièrement normal.

— Papa, demande Madeleine, pourquoi est-ce que Kitchener ne reprend pas le nom de Berlin maintenant que la guerre est finie?

— Les deux guerres, réplique-t-il, surtout la dernière, sont encore très présentes dans les mémoires.

Avec des couleurs comme si vous y étiez.

— Oui, sauf que l'Allemagne n'est plus notre ennemie, dit Mike. Maintenant, c'est la Russie.

— Tu as raison, Mike, dit papa, de la voix carrée qu'il prend pour les conversations d'homme à homme, mais tu ne devrais pas parler de la Russie. Les Russes sont des gens comme tout le monde. En réalité, il s'agit des Soviétiques.

Les Soviétiques. On dirait une unité de mesure particulièrement difficile. *Si Joyce a trois Soviétiques et que Johnny en a douze, combien de Soviétiques auraient-ils si...* Madeleine n'insiste pas, mais elle se dit que Kitchener sait que Kitchener n'est pas son vrai nom. À cause du changement de nom, on a l'impression que Kitchener, lumineuse et ensoleillée, a un secret maléfique: «Je m'appelais autrefois Berlin. *Heil Hitler.*»

Papa se racle la gorge et poursuit:

— Il y a un vieux dicton: «Ceux qui ignorent l'histoire sont condamnés à la répéter.»

Ce qui prouve qu'une ville, même si elle s'appelle Berlin, ne devrait pas changer de nom. Mais Madeleine ne dit rien. Il y a une différence entre discuter et s'entêter.

De nos jours, un mur traverse la vraie ville de Berlin. Il fait partie du rideau de fer. Madeleine sait bien qu'il ne s'agit pas d'un vrai rideau, mais le mur, lui, est réel. Quarante-huit kilomètres de béton et de barbelés. Les adultes disent «à l'époque de l'érection du mur», comme s'il s'était matérialisé par magie, du jour au lendemain.

— L'histoire en train de se faire, disait son père.

Avant la construction du mur, la frontière courait le long des rues, traversait les cimetières, les maisons, les immeubles d'habitation et les lits. On pouvait s'endormir en URSS et, en se retournant, accéder au monde libre. On pouvait se raser en communiste et prendre son petit déjeuner en homme libre. Si Kitchener reprend le nom de Berlin, peut-être faudra-t-il ériger un mur miniature au milieu de la ville. Ça n'a rien de rigolo. Le communisme n'est pas rigolo.

— Dis, papa, est-ce qu'ils vont faire sauter la planète? demande-t-elle.

En guise de réponse, il rit, comme s'il entendait cette idée pour la première fois.

— Qui ça, ils? demande-t-il.

— Vont-ils appuyer sur le bouton?

— Quel bouton? dit papa.

Quel serpent sous le lit?

— C'est pas un bouton, dit Mike, c'est un commutateur en métal, un mécanisme à double clé. Le premier type insère la sienne, puis c'est au tour de l'autre et…

— Et les risques que ça se produise, dit papa sur le ton qu'il prend pour indiquer que la discussion est close, sont quasiment nuls.

— Ça veut dire quoi, «quasiment»? demande Madeleine.

— Ça veut dire que les risques équivalent presque à zéro.

Mais pas tout à fait, pas vrai, docteur?

Ils roulent un moment en silence.

— Mais quand même, s'ils appuient sur le bouton, dit Madeleine. S'ils tournent les clés, je veux dire? La Terre exploserait?

— Pourquoi te faire du souci pour ça?

On le dirait presque vexé. Madeleine a un peu honte, comme si elle avait été grossière. C'est grossier de craindre que la Terre n'explose quand votre papa est là, au volant. Après qu'il vous a offert une glace et tout le tremblement.

— Notre peau fondrait?

Ça lui a échappé. Imagine ta peau en train de fondre et de dégouliner. *Vous avez une lingette, docteur?*

— Qu'est-ce qui te fait croire ça?

Il a l'air incrédule, comme quand elle a peur et qu'il la réconforte — comme si ses peurs à elle étaient les moins fondées du monde. C'est réconfortant. Sauf pour le coup de la peau qui fond.

— J'ai vu une photo, répond-elle.

— Où ça?

— Dans un magazine. Leur peau a fondu.

— Elle veut parler des Japs, papa, explique Mike.

Son père le corrige.

— On ne dit pas «Japs», Mike. On dit «Japonais».

— Elle fondrait ou pas? insiste Madeleine.

— Parlons d'autre chose, *au nom du Seigneur**, s'écrie Mimi, à bout de patience. Pense à des choses agréables, Madeleine. Pense à ce que tu vas porter pour ta première journée à la nouvelle école.

De la peau fondue.

Maman allume une cigarette. Ils roulent en silence. Une Cameo Menthol. Si rafraîchissante.

Plus tard, Madeleine jette un coup d'œil vers Mike. Il s'est endormi. À son réveil, peut-être acceptera-t-il de jouer à «Essaie de deviner » avec elle. À condition qu'elle ne se comporte pas en bébé. Ni en fille. Avant, ils jouaient beaucoup ensemble. Quand ils étaient petits, ils prenaient même leur bain à deux. Elle conserve des bribes de souvenirs vivaces — des bateaux qui ballottent, des canards qui coulent en faisant des bulles.

— *May-day,* à vous, la Garde côtière.

Elle se souvient de l'eau savonneuse qu'elle aspirait avec délices à même le gant de toilette, jusqu'à ce qu'il le lui arrache des mains :

— Non, Madeleine, *c'est sale**!

Un filet de bave lui coule à la commissure des lèvres. Il a l'air plus jeune, moins distant. Madeleine a une boule dans la gorge — elle a bien envie de le frapper, de le faire enrager, pour arrêter d'être triste sans raison.

Welcome to Lucan...

Ils sont dans un vieux cimetière de campagne. Pas vieux pour l'Europe, mais vieux pour le Canada. De longues herbes voilent les pierres tombales, dont plusieurs sont renversées. Un monument ressort du lot. Rectangulaire, plus haut que les autres, toujours debout, mais ébréché par endroits. Sur les côtés, on a gravé cinq noms, tous se terminant par « Donnelly ». Les dates de naissance sont différentes, mais la date du décès est la même : le 4 février 1880. Et après chaque nom, on a creusé dans la pierre les mots « Victime d'un meurtre ».

Les Donnelly étaient irlandais. Leurs voisins et eux, raconte Jack, avaient emporté leurs querelles dans leurs bagages en quittant le vieux pays.

— Le pays est si grand, dit Jack. De quoi se demander pourquoi ils avaient choisi de s'établir côte à côte encore une fois.

Sinon, il n'y a pas grand-chose à dire. Tout est là, gravé dans la pierre. *Meurtre meurtre meurtre meurtre meurtre.*

Depuis la voiture, Mimi appelle :

— Allez, Madeleine, on s'en va, *reviens au car**.

Madeleine, cependant, s'attarde.

— Ils les ont tués comment ? demande-t-elle à son père.

— Ils sont arrivés la nuit et sont entrés de force.

— Comment ?

— À coups de hache, répond Mike.

— Allez, les enfants, en route, dit Jack en se dirigeant vers la voiture.

— On les a attrapés, les tueurs ? demande-t-elle, clouée sur place devant la pierre.

— Non, jamais.

— Ils sont toujours là ?

— Mais non, je t'ai dit, c'est arrivé il y a longtemps.

— Je me demande pourquoi tu t'es arrêté ici, Jack, dit Mimi en entraînant sa fille par la main. Elle va faire *des cauchemars**.

— Mais non, dit Madeleine, piquée au vif.

Comme si une vieille pierre tombale risquait de lui faire faire des cauchemars — elle n'est plus un bébé.

— C'est que je m'intéresse beaucoup à l'histoire.

Jack rigole tandis que Mimi déclare :

— Celle-là, en tout cas, pas de doute possible : c'est une McCarthy.

Pourquoi voudrait-on être autre chose ? se demande Madeleine.

Ne cherchez plus ce monument. On l'a enlevé il y a des années. Trop de touristes en arrachaient des fragments. Pas les McCarthy, cependant. Comme à leur habitude, ils se contentent d'observer et de réfléchir. Ils fréquentent peu les «attractions» — golf miniature, karts —, malgré les exhortations de Mike et les envies brûlantes de Madeleine. Ces passe-temps sont vulgaires. Ne dit-on pas que les plus beaux plaisirs de la vie sont gratuits ? Les merveilles de la nature, l'architecture européenne. Votre imagination est le meilleur divertissement qui soit, l'écriture est la plus grande technologie connue de l'homme, et vos dents sont plus précieuses que des perles, occupez-vous d'elles. *« Eat an apple every day, take a nap at three, take good care of yourself, you belong to me. »*

— Allons, *les enfants, chantez avec maman**...

Et Mike obéit.

Haut dans le ciel, on aperçoit la Lune, gaufrette pâle. Nous avons l'intention d'y aller avant la fin de la décennie, le président Kennedy l'a promis. Quand Mike et Madeleine seront adultes, a prédit papa, on prendra aussi facilement une fusée pour la Lune qu'un avion pour l'Europe. Ils étaient en Allemagne quand Youri Gagarine est devenu le premier homme dans l'espace. Tout le monde avait l'oreille rivée au poste de radio — le réseau des Forces américaines avec Walter Cronkite, «la voix de l'espace». Si les Russes nous ont précédés dans l'espace, c'est parce que les communistes obligent leurs enfants à n'étudier que l'arithmétique. Madeleine ferme les yeux et voit l'empreinte de la Lune derrière ses paupières. Au moins, cette fois-ci, les Russes ont envoyé un homme là-haut, pas une chienne, comme ils l'avaient fait pour Spoutnik. Elle était morte étouffée.

— C'était quoi, le nom de la chienne, déjà ?

— Quelle chienne ? demande son père.

Pense à des choses agréables.

— Rien.

Lorsque, en février dernier, John Glenn a fait le tour de la Terre en orbite, le directeur a utilisé la sono de l'école pour faire jouer la radio, et tout le monde a entendu le compte à rebours. Les élèves ont applaudi. Quand le lieutenant-colonel Glenn est rentré sain et sauf, le directeur a déclaré :

— C'est un grand jour pour tous les partisans de la liberté.

Il faut arriver sur la Lune avant les Russes parce que, sinon, ils risquent d'envoyer encore des chiens innocents là-haut.

— C'est encore loin, papa ?

Quand c'est Mike qui pose la question, on le croit motivé uniquement par un intérêt pour les cartes et les distances triangulées. Quand c'est Madeleine, on a l'impression qu'elle chigne. Elle n'y peut pas grand-chose.

— Consulte la carte, Mike, répond papa de sa voix d'homme à homme.

Ce n'est pas celle qu'il prend pour lui parler à elle. La voix d'homme à homme confère à Mike une aura d'importance, ce qui exaspère Madeleine, mais elle y décèle aussi une intonation qui lui fait craindre des ennuis pour son frère, même s'il n'a rien fait.

— *Voici la mappe, Michel*.*

Sa mère se retourne et tend la carte à Mike.

— *Merci, maman*.*

Il déplie la carte d'un air important, y jette un coup d'œil et déclare :

— J'estime notre arrivée à 1700 heures.

— C'est quelle heure, ça ? demande Madeleine.

— L'heure zouloue.

— Ça suffit, Mike.

— Cinq heures de l'après-midi pour les civils.

— Tu es un civil, toi aussi, dit Madeleine.

— Pas pour longtemps.

— Oui, tu as seulement onze ans. Il faut avoir vingt et un ans pour s'enrôler.

— On peut s'enrôler dans l'armée à dix-huit ans, pas vrai, papa ?

— Théoriquement, oui, Mike, mais il faut être fou pour vouloir s'enrôler dans l'armée.

— Je voulais dire l'aviation.

— Eh bien, pendant la guerre…

Pendant la guerre. Après une pareille entrée en matière, son père va parler longtemps, c'est sûr, et probablement leur raconter des choses qu'il leur a déjà racontées, mais, pour une raison ou une autre, ce sont les meilleures histoires. Madeleine s'appuie sur la banquette et regarde par la fenêtre pour mieux visualiser ce qu'il raconte.

Mike, cependant, interrompt son père.

— Oui, mais maintenant ?

— Maintenant, je crois qu'il faut avoir dix-huit ans, concède papa, mais, pendant la guerre…

Mike écoute, le menton posé sur le dossier de la banquette avant. Mimi lui effleure la joue, les cheveux. Mike se laisse caresser, et Madeleine se demande comment il s'y est pris pour se faire passer aux yeux de sa mère pour quelqu'un qu'on peut caresser. Tel un chien féroce aux muscles durs comme des os que seul son maître arrive à flatter, que seul son maître trouve mignon.

— … on formait des pilotes de seize ans — ils mentaient sur leur âge parce qu'il fallait avoir dix-sept ans et demi…

Son père avait reçu sa formation à dix-sept ans, mais il n'avait pas fait la guerre. À cause d'un accident. Madeleine ferme les yeux et se représente l'appareil qui s'écrase.

Mais Mike s'interpose encore une fois.

— Je peux suivre mes cours à dix-huit ans ?

— Tu veux que je te dise, Mike ? À la base, je vais me renseigner. Je sais qu'il y a un club d'aviation pour les civils. Je ne vois pas pourquoi on ne te ferait pas monter à bord d'un avion léger avant longtemps. Qu'est-ce que tu en penses ?

— C'est vrai, papa ?

Mike se frappe les cuisses.

— Chouette, chouette, chouette !

Tendant la main, Mimi caresse la nuque de son mari, et il lui décoche un regard désinvolte qui dit : « Ce n'est rien », mais qui, en réalité, signifie : « Je t'aime. »

Madeleine éprouve de la gêne. Comme si, soudainement, elle voyait à travers une porte que quelqu'un aurait dû fermer. Mike, apparemment, ne remarque rien.

— Papa, dit Madeleine, raconte-nous encore l'histoire de l'accident.

— Oui, papa, s'il te plaît, dit Mike.

— Pourquoi ne pas rester là tranquillement à profiter du paysage ? Quand nous serons arrivés, je vais vous montrer l'endroit exact où ça s'est produit.

— *O Mein Papa,* chante Mimi.

Mike laisse Madeleine mettre ses pieds de son côté de la banquette. Ils chantent pendant des kilomètres. Ils en oublient où ils vont, d'où ils sont venus, et le trajet devient un rêve. En ce temps-là, c'était possible.

Welcome to Paris, Welcome to Brussels, Welcome to Dublin, Welcome to New Hamburg, Welcome to Damascus, Welcome to Neustadt, to Stratford, to London... Bienvenue en Ontario.

Tant de compagnons invisibles peuplent le paysage, tant de tranches de vie. Issue de la Terre, une mémoire collective s'est ancrée au-dessus du Triangle, à la manière d'un cumulus. La mémoire engendre la mémoire, s'approprie celle des nouveaux arrivants, la fait sienne. Le sol si riche, l'eau si abondante, la récolte si verte. Elle nous a absorbés plusieurs fois pour ensuite nous restituer par son souffle, l'air même est fait de mémoire. La mémoire tombe avec la pluie. On la boit. En hiver, on en fait des anges de neige.

À quarante kilomètres au nord de London se trouve la base de l'Aviation royale du Canada à Centralia. ARC Centralia. Ne la cherchez plus, elle a perdu la mémoire. Lieu temporaire destiné aux passants, conçu pour que la mémoire ne prenne pas, pour qu'elle glisse comme l'œuf dans la poêle. À l'épreuve du temps.

On a nommé la base d'après le village voisin de Centralia. Mais là s'arrête toute ressemblance. Déjà vieux, le village vieillit encore. Dans le village, les jardins se transforment, les boutiques ouvrent et ferment leurs portes, les maisons prennent de l'âge, se délabrent, on naît, on grandit, on meurt. Dans une base de la force aérienne, tout, au contraire, est neuf. Et il en sera ainsi jusqu'au terme du cycle de vie utile des lieux. Chaque maison, chaque immeuble est peint et repeint de la même couleur qu'au début, les cadets qui parcourent le terrain de rassemblement au pas de course seront toujours jeunes et sur le point d'obtenir leurs ailes. Dans les logements militaires, les familles donneront toujours l'impression d'être les premières à s'établir, et elles auront toujours de jeunes enfants du même âge. Seuls les arbres changent, grandissent. Comme les reprises à la télé, une base des forces aériennes ne vieillit jamais. Elle vit toujours au présent. Jusqu'au dernier défilé aérien. Puis elle est démobilisée, désaffectée, déconsacrée. On la vend, et le grand âge, la patine des ans, jusque-là invisible, sautera soudain aux yeux. Elle s'effacera comme le visage d'un enfant qui vieillit. Les mauvaises herbes, la peinture qui s'écaille, les bungalows aux yeux exorbités qui pourrissent.

En attendant, le temps présent règne en maître absolu. De retour d'une longue errance dans le temps, une vagabonde retrouverait sans mal son ancienne maison. Derrière la porte, elle s'attendrait à voir maman, une assiette de biscuits à la main.

— J'ai posé ton uniforme des Brownies sur ton lit, ma chérie. Où étais-tu donc passée?

Non, cette région du monde n'a rien à voir avec le Triangle des Bermudes. De loin en loin, cependant, on y vient pour disparaître.

BIENVENUE À CENTRALIA

I know it sounds a bit bizarre,
but in Camelot, that's how conditions are.
　　Camelot, Lerner et Loewe, 1960

— Réveille-toi, Madeleine. On est arrivés.

Base de l'Aviation royale du Canada à Centralia. Six cent trente-huit acres de terres gouvernementales plaquées au milieu d'une courte-pointe agricole qui s'étale à perte de vue. L'endroit rêvé où former des pilotes, les champs cultivés se prêtant à merveille aux atterrissages d'urgence. C'est là que Jack a reçu son entraînement pendant la guerre.

— Bienvenue au MNP, lui avait dit son instructeur de vol.

MNP : milieu de nulle part.

Sur la route du comté de Huron, il ralentit. À leur droite, la base. À leur gauche, les logements familiaux.

— On fait la tournée des lieux? dit-il en prenant à droite.

Devant les doubles portes principales, un Spitfire de la Deuxième Guerre mondiale, légendaire petit avion de chasse figé en plein élan sur son piédestal en acier, son hélice soudée en place, une capote transparente vissée au-dessus du siège du pilote. *« Per ardua ad astra »,* proclame la plaque. La devise de l'Aviation royale du Canada : « À travers les embûches jusqu'aux étoiles ».

— Tu nous montres où ça s'est passé, papa? demande Madeleine.

— On y est presque, choupette.

Sans l'accident, Jack aurait piloté un bombardier. Un gros et lourd Lancaster équipé de quatre moteurs Merlin, tout le contraire du preste Spitfire.

— Si nous sommes en vie et libres aujourd'hui, dit Jack, c'est en partie grâce à ce petit appareil.

Jamais, dans un conflit humain, tant de personnes n'ont été redevables à si peu d'hommes. Voilà ce qu'avait dit Churchill à propos des pilotes qui avaient fait la bataille d'Angleterre. En 1940, le Spitfire avait contribué à sauver la Grande-Bretagne de l'invasion nazie. Quand l'Angleterre soutenait seule la lutte, quatre-vingt-dix-neuf pilotes canadiens avaient fait front avec elle et repoussé les attaques de la puissante Luftwaffe de Goering, pendant que le commun des Britanniques observait la situation depuis le plancher des vaches.

Le Spitfire arrimé à son socle illustre une autre différence entre le Canada et l'Allemagne. Ici, on affiche fièrement les emblèmes de la lutte, les tanks et les canons remis à neuf, les monuments élevés « à la gloire de nos morts », de la guerre des Boers à celle de Corée. En Allemagne, cependant, pas le moindre Messerschmitt astiqué et offert à l'admiration. Il y avait des immeubles grêlés de trous de balles et des monceaux de débris, d'amples ruines au milieu du « miracle économique » — le *Wirtschaftswunder*. C'est un mot long, comme le sont souvent les mots allemands, mais Madeleine s'en souvient parce qu'il fait penser à une formule magique. Son père lui en a expliqué la signification ; il lui a aussi raconté comment les Allemandes ont, à mains nues, reconstruit les villes, une brique à la fois, après chaque bombardement, aussi impassibles que les Londoniens pendant le Blitz. Madeleine se les représente en noir et blanc, comme dans les actualités, les *Trümmerfrauen* — les « femmes des ruines ». Un fichu sur la tête, elles sont penchées au-dessus de montagnes de gravats.

Jack s'arrête devant la guérite, bavarde et rigole avec la sentinelle, qui s'écrie :

— Bienvenue à Centralia, monsieur.

L'homme salue avec une courtoisie désinvolte. Le genre de salut qui distingue l'aviation de l'armée. En guise de réponse, Jack porte deux doigts à son front et se remet en route. La Rambler s'avance lentement le long de Canada Avenue.

S'il avait piloté un bombardier, son père aurait fait encore plus de gravats en Allemagne. Sauf s'il s'était fait descendre d'abord. Hambourg, Dresde, Cologne... À la mention de Dresde, papa hoche toujours la tête tristement. Le seul nom de Dresde évoque des images de porcelaine magnifique et d'immeubles en forme de gâteaux de noce. Aujourd'hui anéantis, bombardés.

— La guerre totale, c'était l'idée de Hitler, dit son père.

Vous vous rendez chez quelqu'un et vous brisez toutes ses assiettes. Ça vous apprendra. Toutes les femmes du monde ne réussiraient pas à recoller les morceaux.

Madeleine observe les immeubles qui défilent, les revêtements blancs silencieux, les bordures vertes, le tout paysagé, étiqueté et aménagé avec un soin jaloux. La chapelle protestante, la chapelle catholique, la caserne des pompiers, la bibliothèque. Des chariots alignés devant le PX, paisible en ce dimanche après-midi. Saskatchewan Street, maintenant…

Ils avancent très lentement. Comme une marche militaire au ralenti, le martèlement étouffé des bottes, une marque de respect, un signe de deuil. Avec prudence, avec vénération, les McCarthy entreprennent de dire bonjour à Centralia. En mouvement au milieu d'une horde de mystérieuses créatures endormies, ils découvrent leur avenir — que personne ne fasse de faux mouvements, que personne ne prenne de photos, pas tout de suite.

En haut de Nova Scotia Avenue, au-delà des immeubles de l'administration où travaillent les papas, des baraques en forme de H où vivent les non-papas. Des ondes de chaleur montent du terrain de rassemblement, noir échiquier contre le blanc des immeubles. Le cinéma — on donne *Pillow Talk* —, le centre de curling, l'aréna, un tourbillon d'activités derrière le centre de loisirs, où des enfants font des éclaboussures dans une piscine. Madeleine voit tout défiler au ralenti sous le caressant soleil d'août. *Que será, será* — et c'est ici que ça se passera.

Une escouade de jeunes hommes vifs comme des mouettes passe en courant au pas cadencé, chaussures de sport blanches, maillot gonflé et short bleu. Cadets tachés de sueur, tout en muscles et en pomme d'Adam. Quelques Africains, quelques Asiatiques et des Blancs gavés de ketchup Heinz 57. Mimi les observe et, de façon presque imperceptible, hausse les sourcils à l'intention de Jack, qui chuchote :

— Détournez votre regard, madame.

Elle sourit. Jack souligne à gros traits la résolution qu'il a prise — se remettre à courir dès qu'ils seront installés.

Il regarde les jeunes gens filer dans la chaleur brutale de l'après-midi. Il est passé par là, lui aussi. Ici même. Arborant le convoité « éclair blanc » — un triangle de tissu glissé à l'avant du calot réservé aux membres d'équipage en formation. Un des *Brylcreem Boys* irrésistibles aux yeux de ces demoiselles. Il avait suivi sa formation au sol, sué sang et eau sur un tableau de bord dans une salle de classe, devant un cyclorama figurant un paysage et un horizon peints à la main, soucieux d'éviter l'« écrasement » du *Link Trainer* — ingénieux petit simulateur de vol encore en usage aujourd'hui —, tirant la capuche sur le cockpit, volant à l'aveuglette, *fiez-vous à vos instruments*. On vous martelait le message : « Décollez dans le vent, exercez une pression égale sur le manche, les mains, les pieds et la tête… » Répétant à voix haute les vérifications d'usage, en prévision de l'affolant premier vol solo — « Dieu vous a à l'œil la première fois, après vous ne devez compter que sur vous-même. » Et plus tard, au mess des officiers, les jambes encore en coton, soulevant bien haut la coupe — « À la santé de ceux qui sont au-dessus de tout. »

Jack s'est entraîné ici, mais c'est le ciel allemand qu'il aurait sillonné — Mülheim, Essen, Dortmund. Missions successives au-dessus de la « terre d'où on ne revient pas », ainsi qu'on surnommait la vallée de la Ruhr, cœur industriel du Troisième Reich, où l'espérance de vie d'un aviateur allié était encore moins longue qu'à l'accoutumée. Mais la guerre est de l'histoire ancienne. Bon nombre de cadets d'aujourd'hui deviendront pilotes de l'OTAN. On les affectera à des escadrons du monde entier. Ils risquent de ne jamais prendre part à des combats, mais ils demeureront en état d'alerte permanent, prêts à décoller en l'espace de quelques minutes, armés de bombes et de missiles nucléaires, sachant très bien que, à supposer que le ballon monte, tout sera terminé en quelques heures, d'une façon ou de l'autre. Pas uniquement pour l'équipage, ni pour des centaines, voire des milliers de civils au sol, mais pour nous tous. Le monde a changé. Jack tourne et la Rambler s'engage dans l'ombre entre deux gigantesques hangars.

Quelques instants plus tard, ils découvrent un terrain paisible où des bandes en béton s'ouvrent en éventail pour former un vaste triangle dans un triangle. Le terrain d'aviation. Parfaitement figé sous la brûlure du soleil.

Jack immobilise la voiture. Coupe le moteur. Sur la piste, des ondes de chaleur.

— Nous voilà sur les lieux du crime, dit-il.

Il a pris un ton affectueux — plaisanterie éculée au sujet d'une flamme morte depuis belle lurette.

— Nom d'un chien, dit-il.

Il hoche la tête. Mimi l'observe. Se tournant vers elle, il lui dé-coche un clin d'œil. Pas de quoi me plaindre. Il se penche vers elle et l'embrasse.

Sur la banquette arrière, les enfants détournent les yeux, fixent le terrain d'aviation. Jack et Mimi les imitent. On les croirait tous les quatre au ciné-parc, à regarder un film muet présenté en plein jour. L'air liquide par cette chaleur, l'écran embrouillé.

Madeleine cligne des yeux. Voilà l'endroit où papa a reçu sa formation de pilote. Voilà l'endroit où il s'est écrasé. Survolant du regard les pistes lisses, elle éprouve un de ces chocs intérieurs qui marquent la fin de la petite enfance. Jusque-là, elle se faisait une image mentale de Centralia en temps de guerre — pistes d'atterrissage rabo-teuses grouillant d'aviateurs joviaux en blouson de cuir bordé de mouton qui échangent des plaisanteries, partagent des cigarettes, indifférents au danger, ne se plaignent jamais. Papa, louvoyant entre les bombes qui explosent sur le terrain d'aviation, fonce en direction de son appareil. Elle avait beau savoir que Centralia se trouve au Canada, elle n'éprouvait aucun mal à situer la base à l'épicentre des hostilités européennes, signe que la petite enfance n'avait pas encore tout à fait lâché prise.

Quand on est petite, on peut croire deux choses en même temps. Souvent, Madeleine doit se rappeler à elle-même que son père n'est pas mort dans l'écrasement — *comment pourrait-il en être autrement puisqu'il est là à en faire le récit ?* Pourtant, elle y a toujours vu non seulement le récit de l'écrasement, mais aussi celui du jour où papa est mort à la guerre. Elle prend aujourd'hui la mesure de l'absurdité des images qu'elle avait fait naître, les sangs glacés par l'éventualité de la mort, qui lui trottait dans la tête sans qu'elle éprouve de crainte ni même le sentiment de vivre une contradiction. Tout cela faisait partie du monde semi-hallucinatoire dans lequel elle vivait quand elle était petite. Il y a cinq minutes. Elle balaie le terrain d'aviation des yeux et a l'impression d'émerger d'un rêve. Il n'y a ni avions criblés de balles, ni cratères dans le tarmac, ni bombardiers Lancaster, ni même de lourds avions d'entraînement Anson. Il n'y a pas d'armes du tout. Le vieux Spitfire ancré près des portes est ce qui, sur la base, ressemble le plus à un avion de combat. Car là, rangés sur le tarmac, se trouvent les principaux aéronefs opérationnels de Centralia : les Chipmunk.

De petits appareils d'entraînement de couleur jaune, pimpants comme tout. Les cadets ont un avant-goût de l'immensité bleue dans le cockpit d'un Chipmunk de De Havilland, puis ils grimpent les échelons, passent aux Sabre effilés, aux Voodoo et aux chasseurs CF-104, aux lourds avions de transport Hercules ou aux Yukon. Mais pas à Centralia. Il s'agit d'une école élémentaire de pilotage. Et d'une école centrale d'officiers. Avec son école de langues, son école de génie et son école de ravitaillement, la base ressemble à une grande école.

Centralia joue bien un rôle dans le système de défense de l'OTAN, mais on est loin du mur de Berlin. Loin de la baie des Cochons, du canal de Suez, de cap Canaveral et du cosmodrome russe, loin de tout. MNP : milieu de nulle part. C'est ici que Jack a reçu sa médaille. La Croix de l'Aviation. *Pour un ou des actes de vaillance, de courage ou de dévouement accomplis en vol, mais pas au cours d'opérations actives contre l'ennemi.*

Le gouvernement a construit la base en 1942, conformément à la vision du premier ministre Mackenzie King, qui préconisait l'aménagement d'un vaste réseau de bases d'entraînement d'équipages aériens, ce qui avait d'ailleurs incité le président Roosevelt à parler du Canada comme de « l'aérodrome de la démocratie ».

Le Canada, niché entre la Grande-Bretagne et les États-Unis, représentait l'un des côtés du grand triangle de l'Atlantique du Nord. Les voies du triangle étaient impénétrables. En vertu du régime de prêt-bail, bon nombre d'avions étaient construits aux États-Unis — « l'arsenal de la démocratie » —, mais, avant leur entrée en guerre, les États-Unis ne pouvaient acheminer les appareils jusqu'au Canada sans contrevenir à leur *Loi sur la neutralité*. Les pilotes conduisaient donc les avions flambant neufs jusque dans le Montana ou le Dakota du Nord et se posaient à deux pas de la frontière. Quelques mètres plus loin, du côté canadien de la frontière, des attelages de chevaux attendaient. L'avion était remorqué jusqu'au Canada, puis dépêché vers l'une des bases de l'ARC, conformément au programme d'entraînement aérien du Commonwealth.

Des recrues de tout le Commonwealth — de la Grande-Bretagne et des derniers recoins de son ancien empire — et de nombreux aviateurs américains, avant qu'ils n'aient leur guerre à eux, sont ainsi venus au Canada. Loin des lignes de front et hors de la portée des bombardiers allemands, on a formé plus de cent mille membres d'équipage — pilotes, radiotélégraphistes, mitrailleurs de bord et navigateurs. Après avoir obtenu leurs ailes, ils allaient peupler les cieux d'outre-mer, où ils mouraient en masse — la plupart au cours de missions de bombardement de nuit, par équipage de sept, en plein clair de lune.

À l'époque, Centralia servait d'école de pilotage militaire, dernière étape avant l'entraînement opérationnel en Angleterre, avant la vraie guerre. Jack était sur le point de partir pour l'« autre bord » quand son bimoteur Anson était descendu en vrille et avait explosé dans un champ au sud de la piste d'atterrissage. Un peu avant le fossé. On voit la bande d'herbes hautes qui poussent au-delà de la voie de circulation. On lui avait décerné une médaille pour vaillance parce qu'il avait fait ce qu'il fallait. Sans doute par réflexe, Jack avait pris une décision courageuse en vol, *mais pas au cours d'opérations actives contre l'ennemi.*

En recevant son avis d'affectation, en avril dernier, Jack avait éclaté de rire. Centralia. Nom d'un chien. Il avait même songé à demander une prolongation de son affectation en Europe. Il en avait parlé à Mimi, qui lui avait répondu :

— Je veux rentrer à la maison, Jack.

Depuis leur mariage, ils n'avaient passé que quatre ans dans leur pays.

— Je veux que notre prochain bébé naisse au Canada.

Il avait souri, l'évocation d'un troisième enfant ayant suffi à le convaincre. Mimi aimait l'Europe, mais le moment était venu. Le moment que les enfants découvrent leur propre pays. Le moment, il le savait sans que Mimi ait à le dire, de mettre un peu de distance entre la guerre froide et eux. Quand le mur avait été érigé l'été précédent, elle avait dit :

— Nous sommes trop loin de chez nous.

Il était de retour à Centralia pour la première fois. Après l'écrasement, il avait porté un pansement sur les yeux pendant six semaines. Son œil droit ne conservait aucune séquelle ; dans le gauche, il avait perdu une partie de sa vision périphérique. Aujourd'hui, il porte des lunettes fumées d'ordonnance pour conduire et, pour le reste, se passe de verres correcteurs, sauf pour lire. Si, à cette époque, il avait été opérationnel, si, par exemple, il avait essuyé des tirs de DCA au-dessus de l'Europe, on l'aurait réexpédié dans les airs tout de suite après sa convalescence. On peut très bien larguer des bombes avec un œil et demi. Au lieu de quoi, instruction terminée. Rayé de l'effectif comme un avion obsolète. Il avait conservé ses ailes, mais pas sa qualité de membre d'équipage. Sa guerre était terminée. À l'époque, il était amer. Il était jeune.

Mimi lui saisit la main.

Le voilà de retour à Centralia. Et Centralia est toujours une école de pilotage, sauf que, de nos jours, les cadets viennent des pays de l'OTAN. Et il y a des familles. Il y a des familiales, des barbecues et des arroseurs automatiques. Il y a la paix.

La plupart de ses amis avaient été tués.

Il serre puis relâche la main de sa femme, met la voiture en route. Il revient lentement sur ses pas entre les hangars. L'heure est venue de faire voir à Mimi le haut lieu des loisirs de Centralia. Sans doute joli. Ils le sont toujours. Cuir et bois astiqué, argent sterling, lin blanc et gardénias. Le mess des officiers. Assez pour revêtir votre costume de cérémonie sans trop maugréer si vous êtes officier et, plus important encore, vous pomponner pendant des heures et enfiler votre plus belle robe décolletée en satin si vous êtes une femme d'officier. Mais les soirées officielles sont plutôt rares. À la soirée dansante hebdomadaire, il suffit pour les hommes d'arborer un veston sport et une cravate, pour les dames de porter une robe habillée. Les bingos, les tombolas, les barbecues, les épluchettes de blé d'Inde sont encore plus décontractés.

Mimi observe le profil de son mari. Pour le taquiner, elle lui dit parfois qu'il a l'air trop jeune pour elle, même s'il est d'un an son aîné. Ses yeux bleus — peut-être à cause de ses cils, châtains et trop longs pour un homme — ont quelque chose d'innocent. Elle aimerait poser sa tête sur son épaule pendant qu'il conduit, comme elle le faisait à l'époque de leurs fréquentations. Sentir la pression légère de la joue de Jack contre ses lèvres, sa peau rasée de près, savoir qu'il sent son souffle, se demander combien de temps il mettra à se ranger sur le côté… Jack affecte une mine insouciante, mais elle sait bien que ce retour aux sources le trouble. Par jeu, il l'accuse de « faire un drame », mais c'est là, elle le sait bien, qu'il a eu le cœur brisé. Pas par une femme. Par un avion.

Elle sait bien qu'elle ne doit pas lui en parler ni lui faire voir qu'elle comprend, sinon en affichant du plaisir à l'idée d'être là. En plongeant la tête la première dans le quotidien et en organisant leur vie, en déballant ses robes longues au milieu des marmites et des poêles, en devenant membre du Club des femmes d'officiers, en envoyant l'uniforme de Jack chez le teinturier… Voici un aveu qu'elle n'oserait jamais lui faire : elle est heureuse de ne pas être mariée à un pilote. Les pilotes sont le sel de la terre et le centre des soirées, ils ont des amis pilotes, mais… l'inquiétude des femmes quand les hommes sont en vol. Et l'attente quand, après le travail, ils se réunissent pour boire. Malgré leur esprit de corps, on sent une vive tension, même si Jack prétend que l'aviation est un milieu moins crispé que l'armée. Sans le dire, Mimi sait que les hommes détendus dans la compagnie d'autres hommes ne le sont pas forcément à la maison. Elle est heureuse d'être une femme, pas une meneuse de claques. Elle a le meilleur des deux mondes : un homme en uniforme épris avant tout de sa famille.

Pour éviter qu'il se sente épié, elle détourne les yeux. Il siffle entre ses dents. Ça va aller. *Quel bon mari j'ai.* Rien de plus érotique que cette certitude. Pas une scène hollywoodienne qui arrive à la cheville de cette familiale cuisant sous le soleil, avec cet homme et ces enfants et le secret connu d'elle seule : le visage de l'homme suspendu au-dessus du sien, sans défense. À la merci de sa propre force, il a besoin d'elle, qu'elle s'empare de sa force, qu'elle la garde au chaud. Avant de la lui rendre. Elle pose la main sur la cuisse de son mari.

Jack tourne à gauche dans Alberta Street et emprunte la seule voie incurvée de toute la base. Une entrée qui tourne paresseusement mène à un immeuble en pierre tapi entre les haies et les massifs de fleurs. Maison surbaissée à la Frank Lloyd Wright, sa façade de granit marquant un contraste de bon ton dans la blancheur architecturale ambiante.

— Madame est arrivée, dit-il.

Des dalles de pierre conduisent à une double porte en chêne. Entre les rideaux bourgogne et bleu — le tartan de l'armée de l'air — des fenêtres panoramiques en bois, on aperçoit des tables de salon et des chaises. La piste de danse brille de mille feux. Facile de tomber de nouveau amoureux de sa femme pendant qu'on l'escorte jusqu'aux portes ouvertes où la musique d'un orchestre de swing se mélange au tintement des coupes, à l'arôme du buffet, aux rires d'hommes et de femmes. Soirées enchantées.

— *Bon**, dit Mimi.

Et ils se remettent en route.

— Il est où, ton bureau, papa? demande Mike.

— On vient tout juste de passer devant, mon grand. Là, sur la droite.

S'éloignant dans la lunette arrière de la familiale, un immeuble blanc à étage, avec un toit de bardeaux verts et des marches en béton. Aussi inoffensif qu'une forteresse de neige. C'est là que Jack dirigera l'école centrale d'officiers. Là qu'il pilotera son bureau.

Mimi tire un mouchoir de la poche de son mari et essuie le rouge à lèvres de sa bouche, vestige du baiser qu'ils ont échangé sur le terrain d'aviation. Puis elle l'embrasse de nouveau et lui chuchote à l'oreille :

— *Je t'aime**, bébé.

La vie est belle. Sous sa paume, le volant tourne, la voiture s'engage de nouveau dans Canada Avenue. Jack a de la chance. C'est un homme comblé.

S'il était devenu opérationnel en 1943, il serait peut-être mort aujourd'hui. Il a été épargné. On lui a fait cadeau de ce que nombre de ses amis ont sacrifié. Il a des enfants. Tout est dit, il n'y a rien de mieux : ni voiture de course, ni caviar, ni *bunny* de *Playboy*, ni argent. Vos enfants. Et la mère de vos enfants. Au moment où elle lui serre la cuisse, il lui dit doucement à l'oreille :

— Un peu de tenue, madame.

— Commencez par donner l'exemple, monsieur, répond-elle en jetant un coup d'œil à son entrejambe.

Elle sourit, contente d'elle-même.

Au moment où la voiture franchit les portes, la sentinelle porte la main à sa casquette, et Jack lève deux doigts.

Ils s'approchent une fois de plus du Spitfire, et Madeleine a le trac. Nous allons enfin arriver chez nous. Quelle maison sera la nôtre? À Centralia, il y en a trois cent soixante-deux. De diverses couleurs.

Face au Spitfire, on a planté un mât en bois. Ce n'est pas un poteau de téléphone, Madeleine le voit bien. Tout en haut, il y a un gros nid d'oiseau et, émergeant de la paille, un objet de métal. On dirait un bec rouillé.

— La sirène d'alerte aérienne, dit Mike.

Rien à voir avec celles qu'elle avait vues en Allemagne — des haut-parleurs peints de frais juchés sur des poteaux en béton. Interdits aux oiseaux.

— Un vestige de la guerre, dit papa.

— Tu l'as entendue sonner ?

— Jamais.

Le bruit d'une sirène n'a pas de secret pour elle. Il y avait des exercices à la base de la 4e Escadre. C'est un son terrifiant qui vous donne envie d'aller aux toilettes.

— Elle fonctionne toujours ? demande-t-elle.

— Aucune idée, répond papa. Si oui, les corbeaux auront la frousse de leur vie.

La Rambler traverse le chemin du comté de Huron. Pas la moindre voiture en vue. Le milieu de nulle part. Se retournant, Madeleine jette un coup d'œil au nid embroussaillé. L'éclair d'une aile noire, puis un corbeau s'élève dans l'azur.

La Rambler pénètre dans la zone des logements familiaux et Canada Avenue devient Algonquin Drive. On accède ainsi à une petite ville, banlieue ordonnée faite de maisons jumelées et de bungalows peints de toutes les couleurs de l'arc-en-ciel. Rien de tout cela n'existait en 1943.

Des maisons entourées d'une vaste pelouse, on a une vue imprenable sur les champs de maïs, jamais bien loin. Il arrive que les pelouses réduisent les propriétaires à l'esclavage, mais, à Centralia, on se contente d'arroser et de tondre, et le gazon prospère, touffu et vert. Même chose pour les érables qui sèment sur le sol leurs clés tourbillonnantes, les ormes qui font pleuvoir leurs fleurs, les buissons hirsutes qui, tous les printemps, explosent en tempête de neige de confettis, *Nouveaux mariés !* Pas de clôtures. Des croissants et des coudes en forme de tulipe, des espaces lovés sur eux-mêmes. Par la vitre, Madeleine contemple ce monde flambant neuf.

Des vélos, des tricycles et des voiturettes rouges, des arroseurs automatiques, la rumeur lointaine d'une tondeuse à gazon, l'odeur de l'herbe fraîchement coupée. Des enfants lèvent les yeux, vaguement curieux, des adultes saluent la voiture d'un air désinvolte. Jack et Mimi leur rendent la politesse.

— Qui c'est ? demande Madeleine.

— On ne sait pas encore, répond papa.

— On sera bientôt fixés, ajoute maman.

À moins que non. Les hommes et les femmes qui les saluent risquent de déménager au moment même où les McCarthy s'installent. Il arrive aussi qu'on tombe sur des connaissances d'il y a deux ou trois affectations, et les retrouvailles sont chaque fois joyeuses, mais, dans un cas comme dans l'autre, on a intérêt à faire comme si on se fréquentait de toute éternité. Telle est la vie dans les Forces. On crée des liens, on part, il n'y a pas de contradiction.

Ils passent devant un parc équipé de balançoires, d'une glissoire, d'un manège et de bascules. Des allées pavées courent entre les maisons et donnent sur des terrains riches de possibilités invisibles à l'œil adulte. Parmi les logements familiaux de Centralia, on dénombre soixante-quatre de ces terrains — vastes cercles herbeux auxquels sont adossées les maisons. Il y a toujours une mère qui vous a à l'œil. À Centralia, personne ne se fait de souci pour les enfants.

— Dis, papa, pourquoi ça s'appelle Centralia ? demande Madeleine.

— Parce que c'est le centre du monde.

Dans le rétroviseur, Jack fait un clin d'œil à son fils.

— Le centre du monde est partout, dit Mike, parce que la Terre est ronde.

Et Centralia, avec ses rues en boucle et les pelouses bien rases qui remplissent les cercles ainsi formés, a effectivement l'air d'un rond. Madeleine a en tête l'image d'une cible. Et, dans le viseur, Centralia. Larguez les bombes ! Des gravats. Des femmes en fichu ramassant les miettes colorées des logements familiaux. On dirait des blocs Lego.

— Arrête de rêver, Madeleine, et admire ton nouveau chez-toi, dit sa mère. Où penses-tu que vit ta nouvelle meilleure amie ?

Difficile à dire, docteur. Peut-être dans la poubelle avec Popeye le vrai marin.

— Je ne sais pas, maman.

J'suis Popeye le vrai marin, j'me baigne tout nu avec des catins. Paroles vulgaires que Mike lui a enseignées. Elle imagine son ukulélé à l'effigie de Popeye. Il est dans le camion de déménagement avec ses cheveux et le reste de ses affaires — y compris, hélas, son accordéon.

— Madeleine ?

— *Oui, maman* ?*

— Je t'ai demandé d'en choisir une au hasard. On verra bien si tu as raison.

Madeleine appuie le menton sur le cadre de la fenêtre et tente d'imaginer où vit sa meilleure amie. Celle qu'elle n'a pas encore rencontrée. Dans la maison rose, dans la maison verte ? Soudain, elle se rappelle qu'elle a déjà une meilleure amie, Laurie Ferry. Mais elle n'arrive plus à s'imaginer son visage.

— Voici votre nouvelle école, les enfants.

Jack immobilise la voiture. Immeuble moderne en stuc sans étage avec de grandes fenêtres et, à une extrémité, une partie surélevée, le gymnase. L'école J.A.D. McCurdy, qui accueille des élèves de la maternelle à la huitième année. Déserte, profondément engoncée dans son sommeil d'été. Pas de drapeau au mât. Les balançoires au repos, la glissoire et les bascules immobiles.

— Sortez jeter un coup d'œil, dit papa.

Mike ouvre la portière et Madeleine se faufile à sa suite.

Depuis la voiture, leurs parents les regardent traverser le terrain de jeux sans s'arrêter pour se balancer ou glisser, passer devant les supports pour vélos et gravir les larges marches de devant. Dans un peu plus d'une semaine, ils feront la queue en compagnie d'autres enfants, dont certains, entre-temps, seront devenus des connaissances. Des amis.

Le frère et la sœur mettent les mains en visière et jettent un coup d'œil par la vitre de la large porte à double battant. La première chose qu'ils voient, une fois leurs yeux habitués à l'obscurité, c'est un alignement de photos encadrées. Mike scande :

— Sabre, CF-100, Lancaster…

Deux photos grand format trônent au-dessus des autres : la reine Élisabeth II, «notre gracieuse souveraine», et son mari, le prince Philippe. Leurs photos vous accueillent dans le hall de toutes les écoles canadiennes, ici et à l'étranger. La reine et le prince Philippe, vos amis de toujours. Votre marraine et votre parrain, en un sens.

Coucou, Votre Majesté. Madeleine fixe la reine et se dit : *J'en suis à ma dernière année chez les Brownies. Cette année, je vais devenir Guide.* On dirait que la souveraine l'a entendue et opine du bonnet d'un air serein :

— Mais oui, Madeleine, il est grand temps que vous entriez chez les Guides.

— Merci, Votre Majesté.

— Je vous en prie.

Mike, un peu plus loin, se hisse sur le bord d'une fenêtre pour mieux voir. Madeleine se rapproche de lui. Il descend et lui fait la courte échelle. Elle regarde.

— Je me demande laquelle est ma classe.

— Celle-là.

— Mais non, Mike.

Au-dessus du tableau, on voit l'alphabet défiler en lettres moulées et des chiffres hilares sautiller en se donnant la main. De toute évidence, c'est la classe de maternelle. La pile de matelas de couleurs pastel poussée dans un coin clôt le débat. Madeleine sera en quatrième année, et on ne fait plus la sieste sur un matelas en quatrième année. Quant à Mike, il entamera sa septième année.

— Grâce à mon intelligence supérieure, dit-il d'un ton suave.

— Surtout que c'est automatique quand on a douze ans, réplique-t-elle, cinglante.

Mike est insensible au sarcasme.

— Il faut réussir son année d'abord, eh, patate.

— Non? T'as réussi ton année, dit-elle d'un ton traînant, c'est vrai? C'est épatant, rudement hip! ajoute-t-elle en claquant des doigts et en se dandinant à la façon d'un beatnik. Bravo, Daddy-O.

Mike rigole.

— Fais Elvis.

Elle fait pivoter ses hanches, plisse le front au-dessus du microphone, baisse sa voix d'un cran, la fait dribbler comme un ballon de basket-ball :

— *We-hell it's won foh the money, two foh the show…*

— Fais Barbie! hurle-t-il en ricanant furieusement — il est si facile de la faire débloquer.

Madeleine se hisse sur la pointe des pieds, sort la poitrine, tend les mains et avance à pas menus, les traits figés, en clignant mécaniquement des yeux.

— Oh! Ken, tu veux bien ramasser mon mouchoir, s'il te plaît? minaude-t-elle. Mes jambes, mes bras refusent de plier, aïe. Oh! Ken, mon héros, sauve-moi!

Mike s'empare d'une mitraillette imaginaire et Barbie s'écroule sous une pluie de projectiles.

Madeleine se relève.

— Dis, Mike, tu veux que je fasse Sylvestre? « Sapristi saucisse. » Tu veux que je fasse Elmer Fudd? « À la chasse nous irons… »

Mike, sans l'écouter, contourne l'immeuble. Elle s'élance à sa suite. Au pas de course, ils font trois fois le tour de l'école, puis ils se ruent sur les bascules et s'accrochent par le ventre à la barre de métal.

— Monte, dit Mike.

Ils se balancent violemment. Madeleine, dont la vie ne tient qu'à un fil, se cramponne tant bien que mal. Au lieu de se plaindre des soubresauts, elle rit chaque fois qu'elle a envie de crier « Aïe ».

Mike abandonne la bascule et Madeleine retombe lourdement sur le coccyx, rit et se lance aux trousses de son frère, certaine que, de ses fesses, montent des étoiles, comme dans les dessins animés. À l'arrivée de sa sœur au terrain de base-ball, Mike a déjà escaladé la moitié du grillage.

— Suivez-moi, soldats ! s'écrie-t-il en imitant des bruits d'explosion et en arrachant avec ses dents la goupille d'une grenade. Des munitions, vite !

Elle lui jette une cartouchière.

— Merci, caporal, lance-t-il dans le feu de l'action.

Madeleine, qui n'est habituellement que simple soldat, se rengorge.

— Attention, sergent ! hurle-t-elle.

En se retournant, Mike aperçoit un soldat japonais qui se hisse péniblement vers lui. Madeleine le met en joue et tire.

— Je l'ai eu ! s'écrie-t-elle au moment où le nazi s'écroule. *Auf Wiedersehen !*

— C'était un Jap, rectifie Mike, pas un Boche.

— Mike ! le reprend Madeleine. On ne dit ni Jap ni Boche. C'est interdit.

La tête de Mike bascule violemment d'un côté.

— Je suis touché !

Il lâche prise et dégringole le long du grillage, dégoulinant de sang, agonisant.

— Je vais vous sauver, sergent !

Elle glisse, enfonçant ses doigts et ses orteils dans les mailles de métal, puis se laisse tomber d'une hauteur impressionnante de plus de deux mètres, atterrit sur le sol et fait la boule.

— Je n'ai rien senti, annonce-t-elle avant même qu'il ait eu le temps d'ouvrir la bouche.

Leurs parents bavardent toujours dans l'auto. Mike et Madeleine suent à grosses gouttes. Sortant de sa poche un paquet de cigarettes imaginaire, il lui en offre une. Des Lucky Strikes. Appuyés contre le grillage, ils soufflent la fumée, balayant du regard la route, le champ d'un fermier et, un peu plus loin, un bosquet d'arbres.

— À la première occasion, je prends le maquis, dit Mike.

— Je peux y aller avec toi ? demande Madeleine sur un ton incertain.

Elle craint de forcer sa chance.

— Ben oui, pourquoi pas ? répond-il en faisant jaillir de ses lèvres un trait de bave claire.

Avec Mike, les bons moments sont précieux. Pour ne pas rompre le charme, elle évite de parler et même de bouger. On dirait presque qu'il a oublié qu'elle est une fille, qu'il la traite en frère.

Le soleil glisse à l'oblique au-dessus de leurs épaules. Sur le terrain, leurs ombres se sont allongées, étirées et dégingandées contre les mailles lâches du grillage.

— On y va, les enfants ? demande papa.

Ils se mettent en route, en camarades, inutile de parler — « des actions, pas des mots », comme disent les Marines. Leurs parents sourient, amusés par un détail. Madeleine se fait la réflexion qu'il arrive que votre père et votre mère soient contents de vous sans que vous sachiez pourquoi.

Ils grimpent dans la voiture. C'est drôle, mais, pour la première fois depuis leur arrivée au Canada, Madeleine n'a pas l'impression de monter dans la nouvelle voiture ni d'être dans un nouveau lieu. C'est notre voiture. Juste Centralia, où nous vivons, juste notre école, l'école J.A.D. McCurdy.

J.A.D. McCurdy, dit papa, a réalisé en 1909 le premier vol à bord d'un appareil motorisé plus lourd que l'air au Canada.

Vous croyez que je vais retenir tout ça, docteur ?

Au moment où la Rambler sort du parking, une brise s'élève et les poulies tintent contre le mât dénudé. Le premier jour d'école, on hissera le drapeau de notre pays. Pas exactement notre drapeau, mais plutôt le pavillon rouge : les armoiries du Canada et, dans le coin supérieur gauche, l'Union Jack. Le Canada n'a pas de drapeau officiel, nous ne formons pas officiellement un pays, nous ne sommes qu'un dominion. Qu'est-ce qu'un dominion ? Difficile à dire. En tout cas, c'est le nom d'une chaîne de supermarchés.

Voilà maintenant que Madeleine est nerveuse. Elle a les mains froides. Très lentement, la Rambler les ramène dans la zone des logements familiaux, les rapproche de la maison. Laquelle est la bonne ? Cherches-en une aux fenêtres dénudées et à l'entrée libre. Algonquin Drive, Columbia Drive…

Au coin de Columbia et de St. Lawrence Avenue se trouve une maison aux deux tons de brun. Dans l'entrée est garée une camionnette VW de couleur orange. Sur la pelouse, une fillette un peu ronde, aux cheveux frisés, joue au cerceau. À l'instant où la voiture s'engage dans St. Lawrence, Madeleine se demande : vais-je un jour jouer au cerceau avec cette fille ? Vais-je monter dans cette camionnette ? Va-t-elle déménager bientôt ?

Sur la gauche, une maison mauve attire son attention parce que, en général, les entrées des logements familiaux ne sont pas encombrées de vieilles voitures, de pièces de machines à laver ni de bergers allemands en liberté. Qui vit là ? Des affreux ? Autre première.

— Ce chien n'est pas attaché, dit Mike.

Mimi lui jette un coup d'œil.

— Tss-tss.

Ce n'est que quand sa mère dit «Tss-tss» que Madeleine a conscience de son accent français. Elle plisse les lèvres et fait le bruit d'une manière que les anglophones jugent sexy. À la seule évocation du mot, Madeleine se tord la bouche à la Bugs Bunny. Elle s'imagine Bugs Bunny habillé en diablesse de Tasmanie, avec une grosse poitrine et des lèvres rouges.

— Qu'est-ce qu'il y a de si drôle, microbe ? demande Mike.

— *Zat's for me to know and for you to find out, chérie*,* répond Maurice Chevalier en remerciant le ciel pour les *« leetle girls »*.

La Rambler s'engage dans l'entrée qui fait face à la maison mauve et s'immobilise.

— Dites bonjour à la nouvelle maison, les enfants, fait papa.

Une maison jumelée à étage, recouverte d'aluminium blanc, dans St. Lawrence Avenue. Elle a un toit rouge.

Papa ouvre la portière.

— Allons inspecter les lieux, voulez-vous ?

La couleur blanche ravit Madeleine. Faites de moi ce que vous voulez, dit-elle. Pour vivre à l'intérieur de moi, vous n'avez pas à vous comporter en jaune ou en vert. Un sentier asphalté mène de l'entrée à la véranda, qu'on a aménagée sur le côté pour vous isoler des voisins immédiats. Jack descend de la voiture, la contourne et vient ouvrir la portière à Mimi. Elle descend à son tour et lui prend le bras.

Leurs parents les précèdent jusqu'à la porte. Mike suit, les mains enfoncées dans les poches, observant la tradition, les yeux cependant rivés au sol. Il a l'âge d'éprouver de la gêne — aller vers la nouvelle maison, acte privé exécuté en public. Madeleine descend de la voiture et met en marche la caméra dans sa tête — je dois me souvenir de la première fois où nous nous sommes dirigés vers la maison.

Leur périple sans domicile fixe tire à sa fin. Pendant encore quelques instants, ils sont vulnérables, la carapace molle. Sans toit pendant quelques secondes encore, à la merci de la pluie, de la bonté, de la cruauté. Jack gravit les trois marches en béton du perron, ouvre la porte moustiquaire et sort la clé de sa poche. Mike retourne à la voiture en courant au moment où Jack introduit la clé dans la serrure.

Puis Jack fait ce qu'il fait toujours dans ces cas-là, malgré les cris et les protestations de Mimi : la prenant dans ses bras, il lui fait franchir le seuil. Madeleine se voile le visage de la main et regarde entre ses doigts, à la fois honteuse et ravie. Mike revient et lui tend son Bugs Bunny élimé.

— Viens, fillette, dit-il.

Elle prend le lapin dans ses bras et entre sur les pas de son frère.

À gauche du vestibule, l'escalier du sous-sol. Tout juste en face, trois marches et un virage serré à droite conduisent à la cuisine —

formica pratique, frigidaire sans givre, cuisinière Westinghouse et tout juste assez de place pour une petite table et quatre chaises. La fenêtre au-dessus de l'évier donne sur le jardin de devant. Dans l'esprit de Mimi, il y a déjà des rideaux. À gauche se trouvent le salon, où il y a un foyer, puis, en enfilade, la salle à manger. Une fois la grande table au milieu de la pièce, il n'y aura pas assez de place pour le vaisselier ni pour le bahut, dirait-on, mais on finit toujours par tout caser. La fenêtre en saillie du salon surplombe la cour de derrière et un des grands terrains délimités par le dos des maisons.

Mimi plisse les yeux, ordonne les meubles dans sa tête — le canapé sous la fenêtre, l'huile représentant les Alpes au-dessus du foyer, la reproduction des *Mains en prière* de Dürer sur le mur de la cuisine. Elle gravit devant eux les quatorze marches qui conduisent à un palier aux dimensions modestes, sur lequel donnent les trois chambres à coucher et la salle de bains. En entrant dans la chambre principale, elle fait le signe de la croix. Lorsque le camion de déménagement sera venu, elle demandera à l'aumônier militaire de bénir la maison. Mimi n'est pas aussi dévote que sa mère, mais c'est dans la chambre conjugale que les enfants sont conçus.

Mike et Madeleine savent bien qu'il est inutile de se disputer les deux chambres qui restent. À la maison, c'est maman qui commande et assigne les quartiers.

Battant en retraite, ils redescendent, leurs pas bruyants, leurs voix caverneuses. Mimi se tourne vers Jack, les bras croisés.

— Votre verdict, madame ? demande-t-il.

Elle penche la tête sur le côté.

— *Ça va faire**.

Il sourit. Ouf. Inspection satisfaisante.

Ils restent tous les quatre plantés au milieu de leur nouveau salon. Ça sent le vide. La peinture fraîche et le désinfectant. Écho blanc des lieux.

Ce soir, ils dormiront au motel. Demain, ils attendront le camion de déménagement. Ils mangeront encore au restaurant, mais ils dormiront dans leur maison. Le troisième soir, Mimi préparera un festin dans sa nouvelle cuisine. Dès lors, la maison respirera les parfums du foyer. Lorsqu'ils franchiront la porte, un signe de bienvenue invisible ondulera à la manière de draps agités par la brise. *Bonjour.*

Ce soir-là, au motel, Madeleine, bordée dans un lit d'appoint, demande à sa mère de lui raconter l'histoire de Mimi et de Jack.

— *Oui, conte-nous ça, maman*,* dit Mike, confortablement installé dans l'autre lit.

Et Mimi s'exécute :

— Il était une fois une petite infirmière acadienne qui s'appelait Mimi et un bel officier de l'armée de l'air qui s'appelait Jack...

Lorsque vous passez votre vie en mouvement, impossible de repérer sur une carte l'endroit d'où vous venez. Tous les endroits où vous avez vécu ne sont jamais que cela : des endroits. Vous ne venez de nulle part ; vous êtes le produit d'une série d'événements. Lesquels sont cartographiés dans votre mémoire. Événements aléatoires, précaires, sans la courtepointe du lieu comme moyen de vous faire oublier le sentiment de votre improbabilité. Vous avez bien failli ne pas voir le jour. Sans point d'ancrage, des événements qui culbutent au ralenti vous tiennent lieu de racines. Vous êtes le fruit d'un accident d'avion. D'une guerre à la faveur de laquelle vos parents se sont connus.

Racontez l'histoire, recueillez les faits, répétez-les. Le motif naît de la répétition. Sinon, le tissage se défait, redevient un amas de fils que les oiseaux emportent pour faire leur nid. Répétez, faute de quoi le récit s'effiloche, et ni les chevaux du roi ni les soldats du roi ne pourront le soulever pour le remettre droit... Répétez, et gardez jalousement tous les morceaux, sinon les événements s'éparpilleront comme des billes sur un parquet de bois.

AU-DESSUS DE TOUT

L'organisation s'inscrit dans un enchevêtrement complexe de valeurs et de relations théoriquement assimilables à un corps social. Le nombre de combinaisons possibles défie l'entendement. Les combinaisons semblent aussi infinies que l'univers physique et ses milliards de galaxies.

« Organization Theory : An Overview and an Appraisal »
Journal of the Academy of Management, avril 1961

Jack est seul dans son nouveau bureau. Il vient tout juste de se présenter sans cérémonie au commandant de la base. Officiellement, il n'a ni rallié l'école centrale d'officiers ni pris son commandement. La transition se fera dans quelques jours, dès qu'il se sera installé avec sa famille. Centralia vit encore au rythme de l'été, au ralenti en quelque sorte. De nombreux militaires sont en permission. Comme il disposait de quelques minutes avant d'aller déjeuner à la bonne franquette avec ses collègues officiers, il a décidé de jeter un coup d'œil à ses nouveaux quartiers.

Il est en civil. Mimi a déjà apporté son uniforme chez le teinturier afin qu'il soit impeccable pour la cérémonie de passation des pouvoirs, qui aura lieu à la fin de la semaine. Ce matin, il arbore un pantalon brun clair et un veston sport couleur crème qu'elle a choisi pour lui à Paris. Il fait mine de ne pas savoir que le vêtement est en soie brute. Jamais il ne se serait permis une telle folie, mais il lui arrive de se plier aux oukases vestimentaires de sa femme. Après tout, c'est elle le patron.

Il fait ce qu'il fait toujours en prenant possession d'un nouveau bureau : déposer une photo de sa femme et de ses enfants sur le grand secrétaire en chêne fourni par le gouvernement. Les lieux ressemblent à s'y méprendre à ceux qu'il occupait à la 4e Escadre de chasse à Baden-Baden en Allemagne. Et à ceux qu'il a occupés auparavant en Alberta et, avant, au Pentagone, où, à titre d'officier stagiaire, il travaillait à la Direction de la comptabilité. Une succession de bureaux, tous plus petits les uns que les autres, jusqu'à l'époque où, pendant la guerre, il était affecté à la section du ravitaillement de la base de la RAF dans le Yorkshire. Le secrétaire, les classeurs en métal vert, les tablettes où trônent les *Ordonnances et règlements royaux,* trois gros volumes bleus, la photo de Sa Majesté, la reine Élisabeth II, la photo du gouverneur général, une carte du ministère de la Défense nationale et quatre murs blancs — on pourrait être n'importe où. Jusqu'à l'odeur qui est toujours la même : l'encaustique, les rognures de crayons, l'arôme piquant de la cire à chaussures et des uniformes en laine. La vue est aussi la même. Par la fenêtre, il aperçoit des haies vertes, des immeubles blancs, un coin de ciel bleu — pas de flux d'éjection, cependant. Seulement un Chipmunk qui se profile à l'horizon en virant sur l'aile.

La cérémonie de passation des pouvoirs aura lieu ici même. Le commandant et les membres du personnel de l'école centrale d'officiers y assisteront. Jack et l'officier qu'il remplace se serreront la main avant de signer un document attestant officiellement la relève de la garde. Instructions permanentes d'opération — IPO — propres aux militaires : le commandement et le contrôle ne sauraient souffrir d'interruption. Après, on tiendra un cocktail de bienvenue suivi d'un déjeuner au mess, à l'occasion duquel on dressera un calendrier de rencontres en tête-à-tête entre Jack et ses officiers subalternes. Il fera la visite des lieux et on lui présentera les membres du personnel enseignant et les employés de soutien. Ainsi, à la fin de la journée, tous les intéressés sauront que Jack assume désormais ses fonctions de commandant de l'école centrale d'officiers. Autre IPO : un leader doit être vu et reconnu par ses hommes, qu'il commande une escadre de chasseurs ou un bureau administratif.

Jack aperçoit une pile de papiers coincés derrière le radiateur, sous le rebord de la fenêtre. Il se penche pour les ramasser. *J'aurai tout vu.* Un exemplaire du *Schwarzwald Flieger* — la dépêche de la Forêt-Noire. Le magazine mensuel de la 4ᵉ Escadre de l'ARC en Allemagne. Le monde est petit. C'est le numéro de février 1958. Sur la couverture, on voit le prince et la princesse du *Fasching Karneval,* nouvellement élus, poser d'un air triomphant devant le *Narrenzunft* — le Conseil des fous. Chez les Allemands, *Fasching* annonce le carême — c'est leur Mardi gras, en somme, en plus gros et en plus exubérant. La photo a été prise au *Kurhaus* de Baden-Baden. Un an plus tôt, Mimi et lui avaient assisté à une fête du même genre, un homme et une femme parmi les douzaines de militaires accompagnés de leur épouse qui s'étaient mêlés à des centaines d'Allemands pour célébrer. Il feuillette le magazine. Parmi les faire-part de naissance, les potins de l'escadron, les nouvelles des ligues mineures et les annonces classées, le calendrier des célébrations — une succession ininterrompue de fêtes, le bal costumé des enfants, le bal du *Rosen Montag*... Bienvenue aux Canadiens. *Willkommen.* Tant de beaux moments. Tant de beaux souvenirs. Il jette le magazine sur le secrétaire. Sans doute appartient-il à l'officier sortant, qui voudra le conserver pour des raisons sentimentales.

Lorsqu'un militaire reçoit un avis de réaffectation lui indiquant où il sera posté quelques mois plus tard, deux facteurs déterminent sa réaction soit de ravissement, soit de déception ou de quelque chose entre les deux. Première question : qui commande ? Le colonel d'aviation Harold Woodley est l'actuel commandant de Centralia. C'est un homme dont la réputation de pilote de guerre sert bien un style de commandement décontracté, synonyme de détermination, dans la plus pure tradition de l'armée de l'air. Jack avait été satisfait. Les anciens combattants — les pilotes en particulier — savent que, s'ils ont des comptes à rendre à la grande organisation militaire, cette dernière se compose tout de même d'êtres humains, pas uniquement de systèmes. Le second facteur, c'est la géographie. Mieux vaut avoir de la chance, sinon on se retrouve avec une femme mécontente sur les bras — encore que Mimi saurait faire une Mecque mondaine d'une base de radar de l'île de Baffin. L'armée de l'air mise sur un réseau efficace de communications officieuses, connu aussi sous le nom de « téléphone arabe », et Jack sait que Centralia a la réputation d'être un endroit idéal pour élever des enfants et que les femmes y ont largement de quoi se tenir occupées. La ville de London est à deux pas, la petite localité d'Exeter encore plus proche, sans parler des innombrables villages, marchés aux puces et ventes aux enchères, ni de la grande mer d'eau douce qu'est le lac Huron, où on peut faire de la natation, du camping et des pique-niques. Il sait aussi que le mess des officiers est bien tenu et que la base entretient de saines relations avec les civils — ligues de curling, œuvres de bienfaisance, toute la gamme des activités sportives et récréatives. Même si la 4e Escadre est sans égale, Jack, une fois revenu de l'ironie de la situation, a plutôt penché du côté du ravissement en prenant connaissance de sa réaffectation, le printemps dernier. Au fond, peu importe où on l'envoie : il a toujours le sentiment d'un nouveau départ. Tout changement soulève un vent d'optimisme, et il est fermement convaincu que toute situation peut être améliorée — après tout, dans l'armée, le changement est la seule constante. Il s'empare de l'un des gros volumes bleus — *Administration* — et le parcourt distraitement.

Le téléphone. Surpris, il décroche.

— Jack ? Hal Woodley à l'appareil. Ma femme a besoin d'un renseignement de première importance.

— Je vous écoute, monsieur.

— Quel est le prénom de votre femme ?

— Mimi.

— Bien reçu.

Outre le poste, il a pris du galon. De commandant d'aviation à lieutenant-colonel d'aviation — l'équivalent, dans l'armée, d'un passage du grade de major à celui de lieutenant-colonel. Le lieutenant-colonel d'aviation McCarthy dirige désormais plus d'un millier de personnes, chefs de département, directeurs de cours, instructeurs et employés de soutien de l'école centrale d'officiers. La sélection et l'orientation des équipages, la logistique et l'administration, la construction et le génie aéronautique, le perfectionnement des militaires et des cadres, le leadership et la gestion — on n'oublie rien. Il y a même des échanges avec le programme d'administration publique de l'Université Western Ontario à London. Outre le Bureau des normes d'instruction, il y a cinq sections : Technique, Langues, Finances, Administration et Formation des officiers. À peu près tout ce qu'il y a à savoir au sujet de l'armée de l'air, à part le pilotage. La formation au sol.

Il range le volume *Administration* entre les volumes *Finances* et *Discipline.* Il ouvre les tiroirs de son secrétaire. Quelques élastiques, des trombones. Une lourde agrafeuse, des blocs-notes jaunes. Un taille-crayon en forme d'avion. Il fait tourner la petite hélice.

Grâce à l'armée de l'air, Jack a obtenu son MBA dans l'une des plus prestigieuses écoles du monde — une seule année de fatigue oculaire à l'Université du Michigan. Dans le civil, il pourrait gagner plus que le double. Le poste qu'il occupe ici équivaut, dans le civil, à un poste de vice-président responsable de l'exploitation dans une grande entreprise. Il relèvera directement du commandant et organisera son emploi du temps à sa guise. Il est, à toutes fins utiles, son propre maître.

À ce titre, Jack s'est fixé deux ou trois règles. Demander avant d'ordonner. Et écouter au lieu de parler. Son travail consiste à savoir ce que font les autres, à les orienter dans la bonne direction, puis à s'éclipser. Il se heurtera inévitablement à des poches de résistance — après tout, la résistance au changement est une manifestation typiquement humaine. À force d'écouter, il prendra la mesure de ce qui marche bien et n'a donc pas besoin de correctifs. S'il pose les bonnes questions, ses subordonnés lui diront ce que, sinon, il devrait lui-même leur dire. À l'instar de nombreux gestionnaires efficaces, il donnera l'impression de ne rien faire du tout. Jack sourit par-devers lui et, de la poche intérieure de son veston, tire une liste des membres du personnel. Troisième règle : apprendre les noms.

Ensuite, il vérifiera le nom de l'adjudant de la base — l'équivalent d'un contremaître d'usine, le type qui connaît les lieux comme le fond de sa poche et qui, selon la hiérarchie militaire, est le subordonné de Jack, même si, en réalité, il vient tout de suite après Dieu. Il ira le saluer. Jack consulte la liste : l'adjudant Pinder. Il replie la feuille.

Vendredi, tournée de bières au mess des officiers. Ces discussions à bâtons rompus sont l'occasion d'apprendre les nouvelles indignes d'être publiées et même d'être proférées à haute voix pendant une réunion. Jack s'en tient à une bière, deux à la rigueur, ouvre l'oreille et s'amuse ferme, au milieu des gentlemen et des coquins, « à raconter des bobards ».

Il consacrera la première semaine à l'étude des dossiers du personnel, qu'il consultera comme un pilote interroge une carte avant une mission. Le papier sert de guide, mais on ne doit jamais le prendre pour la réalité. Derrière un nom, un grade et un matricule, il y a un être humain. Sur le champ de bataille, on peut se contenter de hurler des ordres, mais, en temps de paix, il faut une tout autre approche.

Et Jack sait parfaitement que l'Occident traverse l'une des périodes de paix et de prospérité les plus longues de son histoire. Sans parler de l'angoisse. La vie de tous les jours fait penser à une mont-golfière qui flotte dans le ciel par une belle journée d'été — on dirait qu'elle échappe à la gravité sans effort, mais c'est le feu qui la main-tient en place, la tension qui l'empêche de tomber. Jack se souvient de la référence morbide de sa fille à la « peau fondue ». Mimi et lui font de leur mieux pour éviter que les enfants pensent à la menace. Cela dit, à la base de la 4ᵉ Escadre, ils conservaient dans leur casier, au sous-sol de leur maison, des provisions d'eau et de nourriture, comme les autres familles militaires. Il y avait un plan d'évacuation et des exercices à l'école. Le train-train quotidien, quoi. La guerre froide a pris des proportions énormes, débouché sur l'accumulation d'une force de destruction sans précédent, qui sert surtout d'instrument de dissuasion complexe et s'appuie sur une bureaucratie considérable. Cette guerre, on l'administre au lieu de la livrer.

Il prend un manuel défraîchi : *Principles of Management : A Practical Approach.* On peut faire mieux. Il a commencé à réunir les éléments de son propre manuel de gestion, compilation des plus récents articles issus des États-Unis, de Harvard et de l'Université du Michigan, entre autres. Le monde change à vue d'œil et l'armée, qui compte parmi les plus importantes organisations du monde, ne doit ni être à l'avant-garde ni tirer de la patte à la façon d'un dinosaure. Les leaders d'aujourd'hui doivent comprendre le travail d'équipe. Voilà la clé des plus récentes percées dans le domaine des sciences et de la technologie. Nous avons pratiquement éradiqué les graves maladies infectieuses, des satellites décrivent des orbites autour de la Terre, plus moyen d'ouvrir un journal sans tomber sur une nouvelle découverte. Et on le fait sans réduire ses semblables à l'esclavage — c'est pour cette raison que les habitants de Berlin-Est ont manifesté leur mécontentement par milliers en s'enfuyant avant l'érection du mur.

Jack n'est pas le seul à croire que la chaîne de commandement militaire ne se résume pas à une simple succession d'ordres et de réflexes, qu'elle constitue au contraire un modèle qui favorise la mobilité des informations et des responsabilités. Les types de l'armée de l'air — surtout les anciens combattants — ont tendance à partager ce point de vue. Il importe cependant de codifier et d'enseigner ces préceptes pour éviter la dépendance à l'égard des traditions non écrites et des tempéraments particuliers. Il balance le vieux manuel dans la corbeille.

Dans un bureau tout autant que dans un cockpit, il faut du calme et du doigté. Impossible de prendre une bonne décision lorsqu'on perd son sang-froid. Jack exerce donc un style de gestion décontracté, mais, lorsqu'il formule une « suggestion », on comprend sans mal qu'il s'agit d'un ordre.

Cette méthode, c'est son instructeur de vol qui la lui a inculquée, ici même à Centralia. Les « suggestions » de Simon tenaient de la légende. En plein vol, depuis le siège de l'instructeur, il disait :

— Tu pourrais peut-être caler le moteur.

Après quelques secondes d'un silence aérien mortel :

— Tu crois que tu saurais te démerder ?

L'anglais élégant de Sa Majesté au sortir d'une vrille :

— Bien. Je me demande maintenant si tu sauras te poser sans tout casser.

En avril 1943, Jack et ses camarades de promotion, ayant déjà reçu leurs ailes, avaient entrepris leur formation avancée. Ils étaient sûrs d'eux-mêmes, impatients de partir en mission. Jack n'avait pas dix-huit ans, le plus vieux en avait dix-neuf. Simon était entré dans la classe, sa casquette de la RAF repoussée avec désinvolture vers l'arrière, les bords écrasés en permanence — effet du port d'un casque radio dans la cabine de pilotage, sorte de badge attestant le grand nombre de missions effectuées. La cravate desserrée, la moustache fine, il s'était assis sur le bureau, avait allumé une cigarette et s'était adressé à eux, portant son accent aristocratique à la façon d'une vieille écharpe.

— Je sais bien, les bleus, que vous avez la conviction de savoir piloter. En fait, comme la plupart des gorilles aux commandes d'un avion, vous n'avez pas la moindre idée de ce qu'est le pilotage, et ce n'est pas à moi de vous l'enseigner. Mon travail, pauvres mecs, consiste à vous inculquer l'art de rester en un seul morceau le temps de réduire les Boches en *Scheisse* comme des gentlemen. Des questions ?

— Commandant d'aviation Crawford, monsieur ?... avait risqué un garçon maigrelet.

— Je m'appelle Simon. La vie est trop courte — la vôtre en particulier, sans parler de la mienne, si je suis assez fou pour monter en avion avec vous — pour qu'on la perde en syllabes inutiles. Appelez-moi par mon putain de nom, voulez-vous ?

Ils l'appelaient par son prénom et le vénéraient à l'égal d'un aîné puisque, à vingt-trois ans, Simon était un vieil homme. Une exception vivante à la règle suivante : « Il y a de vieux pilotes et il y a des pilotes audacieux, mais il n'y a pas de vieux pilotes audacieux. » Il était un des seuls à piloter aussi bien des chasseurs que des bombardiers. Un as décoré de la bataille d'Angleterre qui avait demandé à être muté des Spitfire aux lourds bombardiers Lancaster, « parce que, dans un Lancaster, je me sens comme dans une boîte de Spam. Qu'y a-t-il de plus exquis, franchement, qu'une boîte de Spam ? » Un genre de risque différent, l'occasion de piloter avec un équipage. Simon devait faire le nécessaire pour repousser l'ennui. À son arrivée à Centralia, il avait à son actif une période complète de service outre-mer : trente missions de bombardement.

Simon était un excellent instructeur de vol parce qu'il ne prenait jamais les commandes trop tôt. Il attendait de voir si son élève saurait se sortir seul du pétrin : en mission, rien ne se passait jamais comme prévu. La main de Jack tremblait sur le manche, il avait la tête sur le point d'exploser, au bord du voile rouge, après un plongeon à pic à près de trois mille mètres, un redressement à deux cents mètres, les roues qui touchaient le sol d'un côté, puis de l'autre, d'un côté, puis de l'autre, et enfin des deux.

— Atterrissage un peu moche, n'est-ce pas, Jack ?

En se hissant par-dessus bord, les jambes comme du coton, Jack s'était rendu compte que Simon n'avait pas bougé.

— Tu peux remonter tout de suite, mon pote, ou, la prochaine fois, avoir trop les chocottes pour décoller. D'une façon ou de l'autre, tu en as pour deux jours à trembler.

D'une voix mal assurée, Jack avait réussi à balbutier :

— Je suis prêt.

Simon avait jeté son casque dans l'herbe, près du tarmac.

— Voyons si, à l'atterrissage, tu peux t'arrêter à hauteur de la balise.

Il était convaincu qu'ils allaient se poser, pas s'écraser. Ils étaient remontés.

Plus tard, au mess, Simon, entouré de ses compagnons, avait offert une tournée.

— À la santé de ceux qui sont au-dessus de tout.

À ce stade de leur formation, Jack et les autres n'avaient besoin que d'une heure de vol avec un instructeur, après quoi chacun effectuait seul une série d'atterrissages et de décollages. Simon avait cependant fait des heures supplémentaires avec deux ou trois pilotes. Parce que, disait-il, ils étaient foutument inqualifiables. Jack était du nombre. Les as de la promotion.

Coiffé de ses lunettes de vision nocturne, il pilotait à l'aveugle, à l'aide des seuls instruments du tableau de bord, tandis que Simon martelait son message :

— Fais confiance à tes instruments. Quand on ne voit pas la ligne d'horizon, le cerveau prend la gauche pour la droite, le bas pour le haut. On a le sentiment de pencher à gauche, et on incline à droite. Pour finir, on plonge, sans la moindre idée de la vélocité ni de la direction, insouciant malgré la terre qui approche, jusqu'à ce que l'avion se désagrège sous l'effet de la vitesse.

À la dernière seconde, Simon avait enlevé les lunettes de Jack, qui s'était rendu compte qu'il avait entrepris une glissade parfaite, à ceci près qu'il ne se trouvait qu'à cent mètres du sol.

— Mets les gaz, mon pote.

Initiation à l'approche sans visibilité. La fois suivante, Simon n'avait pas ôté les lunettes de Jack, qui s'était posé en douceur.

— Pas mal pour un Canadien.

Simon possédait de nombreuses qualités attrayantes, mais celle qui inspirait le plus confiance — celle qui vous poussait à faire votre premier décrochage contrôlé à trois mille mètres — était sa décontraction. Son attitude inspirait aussi la crainte. Impossible en effet d'évaluer le danger. Les cimes d'arbres trouant le brouillard. Les orages imprévus.

— Il se prépare du vilain.

Ils volaient pour le plaisir. Se perdaient à dessein, suivaient le «compas de fer» jusqu'au bercail, rattrapant et dépassant les trains de marchandises en contrebas.

Difficile d'imaginer qu'on puisse tenir de tels propos au sujet d'un homme qu'on n'a vu qu'une fois au cours des dix-neuf dernières années, mais Jack soutiendrait que Simon Crawford est son meilleur ami. Le commandant d'aviation Crawford, DSO, DFC avec agrafe — *Ordre du service distingué, Ordre du service distingué dans l'aviation, deux fois.* Selon un vieux proverbe chinois, «On est responsable de l'homme dont on a sauvé la vie.» Le vieil enfant de pute n'avait pas à en faire autant, Jack l'aurait aimé de toute façon.

Il se cale sur sa chaise et croise les mains derrière la nuque. Il a fait du bon travail. Lieutenant-colonel d'aviation à trente-six ans. Il ne l'aurait jamais cru, mais l'idée de piloter un bureau lui plaît. Il aime l'institution, il aime les gens. Ils s'exécutent sans faire de chichis. Rien n'effraie les membres d'équipage ayant survécu à la guerre. Jack n'est pas porté sur les déclarations chauvines, mais il aime l'armée de l'air.

Voilà pourquoi il est un peu surpris de se trouver en train de contempler le ciel sans nuages à la fenêtre et d'imaginer un bureau dans une organisation différente. Une usine d'assemblage d'automobiles ou un hôpital. Ou encore une raffinerie de pétrole en Arabie Saoudite. Les compétences en gestion voyagent bien ; il pourrait aller à peu près n'importe où. Se peut-il qu'il éprouve une légère trace d'ennui ? Son état s'explique-t-il plutôt par l'effet soporifique du soleil et des champs de maïs, par la distance hémisphérique qui le sépare de la tension du secteur de l'Est, ainsi que, en Allemagne, on appelait l'Union soviétique ? La proximité des Sabre Mk 6 de la 4e Escadre lui manque-t-elle ? La vie sur la corde raide ? L'odeur du carburant des avions à réaction, les rugissements incessants dans le ciel qui lui rappellent ce qu'il fabrique dans ce bureau ? «Quiconque aspire au calme aurait bien fait de ne pas naître au XXe siècle», a dit Léon Trotski. *Quiconque aspire au calme aurait intérêt à venir à Centralia,* songe Jack avec un sourire.

Heureuse coïncidence que d'être tombé sur Simon, l'année dernière, en Allemagne. Quand il avait reçu son avis de réaffectation en avril, Jack avait en main le numéro de Simon.

— Tu ne devineras jamais où on m'envoie, Simon.

Ils avaient bien rigolé quand Jack avait dit « Centralia ».

Simon l'avait rappelé quelques jours plus tard.

— Dis donc, mon pote, tu pourrais me rendre un service ?

Jack décroche, mais Simon lui a recommandé de n'utiliser que le téléphone public. Il repose le combiné, se lève et sort du bureau. Il a aperçu une cabine près du supermarché. Il téléphonera de là avant d'aller déjeuner au mess.

Sortant de l'immeuble, il descend les marches en béton au pas de course. L'air frais dissipe le léger ennui qu'il a ressenti dans son bureau. À en croire Simon, la faveur demandée n'équivaut jamais qu'à une forme de « baby-sitting de luxe ». Il est vrai qu'on ne lui demande pas exactement d'inventer la poudre, mais la mission n'en promet pas moins de mettre un peu de piquant dans son travail. Sur le trottoir, en route vers le terrain de rassemblement, il longe une rangée de peupliers. Il ne voit pas âme qui vive.

Jack s'est laissé dire que le renseignement pouvait être d'un ennui mortel, mais il n'arrive pas à s'imaginer Simon en proie à l'ennui. Il fait de son mieux pour réprimer un mouvement d'impatience. La faveur demandée risque de n'être qu'ennuyeuse. Quoi qu'il en soit, l'entreprise lui permettra de descendre quelques bières avec Simon. De lui arracher des récits de guerre froide.

Après la guerre, Jack avait à une ou deux reprises tenté de le retrouver, mais après sa démobilisation, Simon avait disparu sans laisser d'adresse. Puis l'été dernier, dans une ville médiévale du nord de l'Allemagne, Jack était tombé sur lui par hasard. Il était avec Madeleine et il s'apprêtait à prendre la photo de la petite devant la statue du Joueur de flûte de Hamelin. Les McCarthy, en vacances, profitaient au maximum de leur dernier été en Europe. Ils parcouraient la route des contes de fées — la *Märchen Strasse*. Ils avaient visité le château de la forêt de Reinhard où les frères Grimm avaient séjourné ; ils s'étaient baladés à Brême, où les animaux musiciens trompaient les voleurs. Ils étaient maintenant à Hameln, le Hamelin de la légende. Mimi était sortie avec Mike pour l'après-midi. Demain, ils échangeraient, et ce serait au tour de Mike de passer du temps en tête-à-tête avec son père.

Jack pointait son Voigtlander sur Madeleine, qui, souriante, plissait les yeux sous l'imposante silhouette en pierre du Joueur de flûte. Derrière la statue, des touristes déambulaient, entraient dans le cadre et en sortaient. Jack allait prendre la photo quand il avait vu un homme s'arrêter pour allumer une cigarette. *Nom d'un chien.*

— Simon ! s'était-il écrié en abaissant l'appareil.

L'homme s'était retourné, puis un sourire avait éclos sur son visage.

— Jack ? avait-il dit en contournant la statue. Tu roules encore ta bosse ?

Un homme a le temps de changer en dix-huit ans, mais pas Simon. On le reconnaissait à sa taille élégante, mais aussi à sa voix, à son maintien — cette façon qu'il avait de dire de tout son être, sans s'étonner le moins du monde : « Ah, c'est toi, mon pote… » Ils s'étaient serré la main en riant. Les réflexes ne mentent pas. Instinctivement, Jack — comme Simon, apparemment — avait été ravi. On aurait dit qu'ils riaient de la chute d'une blague qu'ils étaient en train de se raconter en 1943, au moment de leur séparation.

— Espèce de vieille crapule, dit Simon qui, baissant les yeux, s'était repris aussitôt. Oh, pardon. Qui est donc cette jeune demoiselle ?

— Notre *Deutsches Mädchen,* dit Jack.

— Comment allez-vous, *Fräulein ? Sprechen Sie Deutsch ?*

— *Ein Bisschen,* avait répondu Madeleine.

Simon avait ri.

— Madeleine, je te présente le commandant d'aviation Crawford, avait dit Jack.

— Au nom du ciel, Jack, je suis à la retraite.

Puis, en regardant Madeleine, il avait dit :

— Appelle-moi Simon, Madeleine, je t'en prie.

Elle avait hésité en levant la tête pour mieux le voir.

On aurait tous intérêt à vieillir comme Simon. Des yeux bleu pâle, aux aguets derrière le sourire. Une peau saine de fumeur, des rides légères sous un hâle de la couleur du cuir clair qui, en 1961, produit son effet. Un brin d'acier dans ses cheveux brun miel, proprement ramenés derrière d'un coup de peigne rapide. Le début de la quarantaine. Il n'allait pas changer avant ses soixante-cinq ans. Une Camel grillait entre ses doigts.

Souriant à Madeleine, il avait dit :

— D'accord. Que dirais-tu d'« oncle Simon » ?

— Oncle Simon, avait-elle répété.

Les deux hommes avaient rigolé.

— Et que comptes-tu faire quand tu seras grande, Madeleine ?

— Comique ou espionne, avait-elle répondu sans la moindre hésitation.

Simon avait éclaté de rire en rejetant la tête en arrière. Jack souriait fièrement.

— C'est ça, choupette.

Simon avait avoué être devenu diplomate.

— Tu rigoles? Tu es le moins diplomate enfant de p… d'Albion que je connaisse.

— Un peu de respect pour le premier secrétaire Crawford, mon pote.

— Qu'est-ce que tu fous ici?

— Il se trouve, figure-toi, que je suis en vacances. J'ai rendez-vous avec un ami.

Pas un mot de plus. Jack n'allait surtout pas insister.

Simon était en poste à Berlin, après un séjour à l'ambassade britannique à Moscou.

— C'était comment, Moscou?

— Froid.

Il était en mission temporaire au quartier général de l'armée à Berlin, où il épluchait des répertoires alliés — une vaste collection de dossiers allemands, militaires et civils.

— Tu baragouines l'allemand? avait demandé Jack.

— Mieux que le russe.

L'année suivante, on allait l'affecter à Washington.

— Je polis mon américain.

Simon était demeuré le même. Porté sur l'autodérision, il puisait dans l'argot cockney et le sabir aristocratique, mêlait aux mots doux des expressions méprisantes. Il ne s'était jamais marié. Jack lui avait montré une photo de Mimi.

— Qu'est-ce qu'une déesse comme elle fabrique avec une pauvre cloche comme toi?

— Il y a là-haut quelqu'un qui veille sur moi.

— Ça, on le savait déjà.

Ils s'étaient attablés tous les trois dans un *Biergarten*. Madeleine avait pris une gorgée dans le verre de chacun des deux hommes et les avait fait rire avec sa moustache de mousse. La serveuse avait apporté plusieurs chopes pour *den Herren* et des pommes frites et de la citronnade *für das Mädchen*. Un après-midi de rêve.

Au mois d'avril suivant, Simon avait téléphoné et demandé la fameuse «faveur». Jack avait écouté attentivement. Fort de l'enseignement de Simon lui-même, il avait l'art d'interpréter les requêtes en apparence anodines. Il croyait presque l'entendre dans le siège de l'instructeur à côté de lui…

Descendant du trottoir, Jack s'engage sur le revêtement asphalté du terrain de rassemblement, et la chaleur le frappe de plein fouet. Il se dirige en diagonale vers le PX et la cabine téléphonique. Il ne serait pas surpris d'apprendre que Simon fait partie du MI6, le Service secret britannique. Les agents du MI6 ne crient pas leur allégeance sur les toits ; à une certaine époque, même leur femme n'était pas au courant. Dans le cas de Simon, le problème ne se posait évidemment pas.

En cherchant une pièce de dix sous dans ses poches, Jack éprouve un frisson d'excitation. On attend un scientifique soviétique. Un transfuge. L'homme a besoin d'un coin sûr où se mettre à l'abri pendant six mois avant de passer à autre chose.

— Arrange-toi pour qu'il se sente chez lui, avait dit Simon. Pauvre type… Il risque d'être un peu à cran, un peu dépaysé. Prépare-lui cette exquise spécialité, tu sais bien, le machin aux macaronis.

— Du Kraft Dinner.

— Voilà.

Un autre scientifique qui changeait d'allégeance. C'est tout ce que Jack savait pour le moment. Sur ce plan, Simon avait été catégorique.

— Mieux vaut te la fermer.

Officiellement, on parle du « besoin de connaître », mais Simon n'a jamais été trop porté sur le jargon officiel. Il aurait été amusant d'en parler à Mimi, mais elle n'a pas besoin de savoir. D'ailleurs, Jack n'a pas l'habitude de parler boulot à la maison. Hal Woodley n'a pas non plus besoin de savoir. Comme l'a dit Simon, Jack, en bon citoyen, ne fera qu'accueillir l'ami d'un ami, à titre purement officieux.

À la 4ᵉ Escadre, Jack et les autres membres du personnel avaient des « tâches de guerre » à accomplir en cas d'attaque en provenance du secteur de l'Est. Jack avait été affecté au renseignement. Il fallait pour ce faire avoir accès aux informations classées « très secrètes ». Au besoin, Jack aurait effectué des débriefings auprès des pilotes de retour de mission et rendu compte des résultats au commandant de la base et au QG de la Division aérienne. La notion de « besoin de savoir » ne lui est donc pas étrangère. Il se demande maintenant comment il se fait que Simon était au courant.

Sortant la monnaie de sa poche, il compte des pièces de dix sous. Un scientifique soviétique. Pour le désigner, Simon n'a jamais parlé que de « notre ami de l'Est ». Jack se représente un type à la tête carrée arborant des cheveux noirs abondants, plaqués sur la tête, d'épaisses lunettes à monture noire et une blouse de laboratoire. Dans quel domaine ? Le nucléaire ?

— C'est un type assez important, avait dit Simon.

Notre ami. Pourquoi était-ce le Canada qui l'accueillait ?

Jack est sur le point d'ouvrir la porte pliante en verre de la cabine quand une voix retentit :

— Lieutenant-colonel d'aviation McCarthy ?

Jack se retourne. Un homme grassouillet lui tend la main.

— Je m'appelle Vic Boucher.

Jack lui serre la main.

— Enchanté, Vic.

Le commandant d'aviation Vic Boucher. Aussi solide qu'un médecine-ball et presque aussi chauve.

— Bienvenue au pays des poignées de porte rondes, monsieur.

— Et des limites de vitesse, ajoute Jack.

Un de ses amis de la 4ᵉ Escadre est un vieux copain de Vic Boucher. Ils avaient fait partie du même équipage pendant la guerre. Boucher était mitrailleur de queue. Difficile, sans sourire, de se le représenter accroupi dans la tourelle de queue d'un Lancaster. Il était sans doute plus mince à l'époque — ne serait-ce qu'à cause de la peur. L'espérance de vie des membres d'équipage d'un bombardier était de six semaines, celle du mitrailleur de queue, nettement moindre.

— On m'a prévenu contre vous, Boucher.

— Je m'en doute. Un tissu de mensonges. Vous venez au mess, monsieur?

Il avait rajusté sa cravate.

— Allez-y, faites votre appel, je vous attends.

Aux oreilles de Jack, son accent français sonne familier.

— Mais non, *macht nichts,* en route.

Jack prononce «mox nix», c'est-à-dire «ça m'est égal» ou, dans la parlure de l'armée de l'air, «je suis souple». À l'instar de la plupart des militaires de retour d'Allemagne, il n'a appris qu'une poignée d'expressions nécessaires à la survie: *danke schön, einmal Bier bitte* et *auf Wiedersehen.*

— Parfait, tranche Vic.

— *Oui, d'accord*,* fait Jack en français, et Boucher éclate de rire.

L'homme plaît tout de suite à Jack. Un de ses officiers subalternes, responsable des normes de formation à l'école centrale d'officiers. Fait plus important encore, il préside le comité du mess.

— Vous n'allez pas réussir à m'attirer dans un de vos comités, Vic.

Vic rit de nouveau.

— Justement, le poste de trésorier est vacant.

— Je vous tiendrai au courant.

Jack l'invite à venir dîner à la maison avec sa femme, le lendemain. Mimi sera ravie d'avoir quelqu'un avec qui bavarder en français. Aux côtés de Vic, il revient sur ses pas. Simon devra attendre. Les téléphones publics ont beau être sûrs, ils ne sont pas insonorisés.

LE MAYFLOWER

Les Américains aiment ce qu'ils ont et en veulent plus.
« *How Americans Feel* », sondage Gallup, *Look,* le 5 janvier 1960

Appuyée contre le pare-chocs de la Rambler, dans l'entrée, Madeleine observe le fouillis qui entoure la maison mauve d'en face. Au pied du perron scintille un objet qui n'était pas là auparavant. Un fauteuil roulant.

Sur la propriété, c'est le seul objet qui ne soit ni en pièces détachées ni mangé par la rouille. Quand les McCarthy sont arrivés, ce matin, il était là. *Abracadabra!*

Madeleine attend le camion de déménagement. Elle l'a attendu toute la matinée, et on dirait bien qu'elle va l'attendre tout l'après-midi. Mike, maman et elle viennent de terminer leur repas. Des plateaux télés Swanson, sans la télé. Chaque chose dans son propre petit compartiment, comme à bord d'un avion. Le repas est maintenant terminé, il fait chaud et il n'y a rien à faire. Mike est parti en compagnie d'un garçon — c'est pas juste, il a déjà un ami. Madeleine contemple son short à carreaux préféré, celui à la poche frangée, ses jambes hâlées, ses genoux dépourvus de croûtes uniquement parce qu'il y a une éternité qu'elle ne s'est pas amusée. Seuls ses tennis rouges portent des signes d'usure. Sa mère a voulu les jeter, mais ils commencent à peine à lui convenir, ses gros orteils ayant fini par trouer la toile. On peut hâter le processus en laissant les orteils frotter contre le sol quand on descend une côte à vélo. *Mais mon vélo est dans le camion de déménagement et le camion n'arrivera jamais.*

Le vélo de Madeleine a de gros pneus — on n'en voit pas de pareils au Canada. On jurerait une petite moto bleue. Sur son tube oblique, au profil aérodynamique, on lit, en lettres blanches et élancées : « Zippy Vélo. » On ne dirait ni un vélo de fille ni une mauvaise copie d'un vélo de garçon. C'est un modèle européen, un Volks Vélo.

Le soleil cligne au bout de la route. En face et un peu plus loin sur la gauche, devant la maison beige du carrefour, la mère de la fille au cerceau sort des sacs d'épicerie de la camionnette VW de couleur orange, mais la fille brille par son absence.

Les voisins qui occupent l'autre moitié du duplex blanc des McCarthy sont une perte sèche. Maman parle d'un « charmant jeune couple ». Ils ont un bébé brailleur qu'ils passent tout leur temps à admirer. La femme a l'air bouffi et moite — la mère de Madeleine dit qu'elle est magnifique. Madeleine n'aura pas d'enfants, ne se mariera pas. Elle compte plutôt vivre avec son frère et ne jamais devenir molle et poisseuse.

Le poids complice du soleil a réduit tout le voisinage au silence. Comme si tous les habitants du royaume avaient cédé au sommeil. La chaleur fait l'effet d'une main posée sur sa tête. Madeleine fixe le fauteuil roulant. Des éclats de lumière se détachent du cadre d'acier.

À première vue, l'objet provoque en elle un léger malaise. Comme le font les béquilles et les attelles. D'étranges personnages qui se contorsionnent dans un fauteuil roulant — on se sent un peu coupable et reconnaissant de ne pas être à leur place, de ne pas vivre dans un poumon artificiel. «Récite une petite prière pour eux», dit sa mère, «et arrête de les regarder.» Madeleine, cette fois, regarde parce que le fauteuil roulant est vide et qu'il n'y a personne pour s'en formaliser.

— Où est Mike? a demandé son père en sortant ce matin.

Déjà, Madeleine en avait assez d'attendre le camion de déménagement.

— Il s'est fait un ami et il est parti.

— Pourquoi tu ne cherches pas des amies, toi aussi?

— Il n'y a personne.

Il avait ri de son doux rire incrédule.

— Il y a plein d'enfants ici, choupette.

Papa est innocent. Il s'imagine qu'il suffit d'aller au-devant d'un groupe d'enfants et de dire :

— Dites, je peux jouer, moi aussi?

Il évoque des matches de hockey impromptus dans les rues de sa ville natale, des groupes de gamins qui écument les bois du Nouveau-Brunswick, pêchent, font l'école buissonnière, terrorisent les nonnes, grandissent en faisant les quatre cents coups. Madeleine ne connaît personne. Comment s'y prend-on pour se faire des amies à une semaine de la rentrée? Mike y arrive tout de suite, lui. Les garçons se méfient moins des nouveaux. Les filles vous observent comme si vous étiez une sorte de vermine, le temps de décider si elles ont ou non envie de jouer dans vos cheveux.

Fatiguée d'attendre le camion, Madeleine s'éloigne de l'entrée. À tout petits pas, un pied devant l'autre, le talon appuyé sur les orteils, parce qu'ainsi il leur faudra plus de temps pour traverser la rue et que le camion viendra plus tôt.

Nancy Drew et le mystérieux fauteuil roulant. Peut-être ont-ils une mère infirme. Avoir une mère infirme…

— Viens ici, ma chérie, que je t'habille.

Vous lui obéiriez toujours et lui parleriez poliment parce que ce serait cruel de se montrer insolent envers une mère infirme ou de se sauver d'elle. Imaginez-la en train de vous faire des sandwichs de ses mains faibles, poussant son fauteuil jusqu'au frigo pour aller chercher la mayonnaise. Du coup, Madeleine apprécie sa mère. C'est bien d'apprécier sa mère. Pour l'apprécier encore plus, elle l'imagine morte, s'imagine qu'il n'y a plus qu'elle, Mike et papa. Ils mangeraient du poulet frit tous les jours et iraient aux spectacles aériens. Je porterais les vieux vêtements de Mike et on me prendrait pour un garçon. Puis elle se rappelle que cet éden masculin suppose la mort de sa mère, révélation qui coupe court à sa rêverie. S'il faut que votre mère meure, le jeu n'en vaut pas la chandelle.

Elle sprinte jusqu'à mi-chemin de St. Lawrence Avenue, en direction de l'école, puis elle s'arrête pour reprendre son souffle. À sa gauche, un bungalow vert désert. Elle s'avance pour jeter un coup d'œil par la fenêtre du salon.

Parquets de bois poli, murs blancs fraîchement peints. Une fois les nouveaux occupants installés, elle se souviendra d'avoir espionné leur maison déserte. Sur la pelouse trop longue de la cour, elle se laisse choir sur le dos, agite les bras et les jambes comme pour faire un ange de neige dans l'herbe. Y a-t-il d'autres mondes ? Est-il possible de gagner par bateau un lieu où il y a des villes sous-marines et des animaux parlants ? Parfois, Madeleine y croit avec tant de ferveur qu'elle en a les larmes aux yeux. Elle contemple les nuages. Une montagne. Un chameau. Milton Berle — *Bonsoir, mes dents et mes yeux.* La montagne bouge — une porte s'ouvre comme une bouche. Qu'y avait-il dans la montagne du Joueur de flûte ? Recelait-elle des trésors, à l'instar de la caverne d'Aladin ? La montagne s'aplatit et, en s'éloignant, révèle la lune, qui ressemble à s'y méprendre à l'hostie sans goût de la communion. Madeleine irait plus volontiers sur la haute mer que sur la Lune, dans le passé plutôt que dans l'avenir. Elle se glisserait derrière Hitler dans son nid d'aigle et le jetterait en bas d'une montagne dans les Alpes, comme le fauteuil roulant dans *Heidi,* et elle dirait à Anne Frank de quitter la Hollande. Elle arrache des herbes à deux mains et les fait retomber sur elle. Si elle reste là assez longtemps, elle sera ensevelie, introuvable. Imaginez leur inquiétude à tous si elle ne rentre pas. Mike aura des remords terribles et demandera à Dieu de lui redonner sa petite sœur. Imaginez les réjouissances lorsqu'ils se rendront compte que, finalement, elle n'est pas morte. Et rien de tout cela ne sera de sa faute puisqu'elle n'aura fait que s'étendre innocemment… et fermer les yeux… *dans la vallée, ho, ho, ho, du joyeux géant vert.*

Derrière la maison, Mimi met la dernière main à une lettre destinée à sa sœur Yvonne et en commence une pour Domithilde. Mimi n'a pas de secrets pour Yvonne, mais Domithilde, entrée au couvent il y a des années, se passionne moins pour les menus détails de la vie familiale. *Chère Domithilde, on est enfin arrivés à Centralia**...

Après la lettre à Domithilde, elle écrit à leurs amis allemands. *Liebe Hans und Brigitte, nous sommes enfin arrivés. Willkommen in Centralia!*

— Madame McCarthy?

Elle lève les yeux. Une femme mince, un peu plus âgée qu'elle, chaussée d'escarpins, vêtue d'une robe à ceinture impeccable, les cheveux teints d'un blond platine de bon goût.

— Je m'appelle Vimy Woodley. Bienvenue à Centralia.

Mimi se lève, porte par réflexe une main à ses cheveux et tend l'autre.

— Enchantée de faire votre connaissance, madame Woodley. Appelez-moi Mimi.

La femme du commandant... Et moi qui porte un short hideux!

— Vimy pour vous, ma chère.

Elle offre à Mimi un plat recouvert de papier d'aluminium.

— Ce n'est pas grand-chose. On les réchauffe avant de les servir. Des saucisses en croûte.

— *Oh, mais c'est trop gentil*!*

Vimy sourit et Mimi rougit jusqu'aux oreilles. Elle a répondu en français!

— Vous êtes en bonne compagnie, Mimi: vous avez un voisin canadien-français au bout de la rue. Avez-vous rencontré les Boucher?

— Pas encore.

— Dès que vous serez installés, nous allons vous inviter à la maison. Pas mal de gens sont en vacances, et le Club des femmes ne reprendra ses activités que dans quelques semaines. Entre-temps, je vais glisser une trousse dans votre boîte aux lettres. Des informations sur la base, la région, l'école et le reste.

— Merci beaucoup... Vimy?

— C'est exact, ma chère.

— Vous êtes française?

— On m'a nommée ainsi en l'honneur d'un oncle qui s'est battu sur la crête de Vimy. Encore heureux qu'on n'ait pas préféré Passchendaele.

— Ou la Grosse Bertha, lance Mimi avant de virer au rouge écarlate.

Quelle ineptie ! Il est trop tôt pour plaisanter aussi familièrement et, de toute façon, Vimy est tout sauf grosse, mais la femme du commandant éclate de rire.

— Vimy, accepteriez-vous une tasse de… un verre de…

— Jamais de la vie, Mimi.

Les deux femmes savent pertinemment que, dans l'état actuel des choses, Mimi aurait du mal à trouver du Tang dans un thermos.

— N'hésitez pas à me téléphoner si vous avez besoin de quoi que ce soit.

Après le déjeuner, Jack traverse de nouveau le terrain de rassemblement avec Vic. Des cadets qui donnent l'impression de sortir de la douche quittent le centre de loisirs, leur sac de sport à l'épaule. Quelques voitures sont garées devant le supermarché, des femmes vont et viennent, certaines avec une poussette, d'autres aux prises avec des sacs et des tout-petits, et s'arrêtent pour bavarder.

— Mieux vaut demander à ma femme ce que je suis censé rapporter, dit Jack, comme si l'idée d'utiliser la cabine venait de lui effleurer l'esprit.

Un cadet, cependant, le prend de vitesse, se glisse par la porte de verre et introduit une poignée de pièces dans l'appareil. Un Malaisien. Une conversation internationale avec sa petite amie — ça risque d'être long.

— Venez avec moi au centre de loisirs. Vous pourrez lui téléphoner de la salle de repos. J'ai la clé.

— Inutile, fait Jack. Ça va me revenir.

Et il se met en route vers le PX.

— À demain*, dit Vic.

À demain ? Ah oui, le dîner. Jack doit prévenir Mimi tout de suite en rentrant. *J'ai invité des gens demain soir.* Il entre dans l'épicerie, la parcourt des yeux. Arpente une allée, puis une autre. Achète un paquet de chewing-gum.

À sa sortie, Vic a disparu. De petits mensonges de la taille d'une écharde. La routine pour Simon, sans doute. Instructions permanentes d'opération. Jack jette un coup d'œil à la cabine — toujours occupée. Il rentre chez lui. Rien ne presse.

Madeleine remonte St. Lawrence Avenue à vive allure, semant dans son sillage une pluie d'herbes vertes — il est là! Le bateau jaune de Christophe Colomb vogue gaiement sur la mer peinte sur le flanc du camion de déménagement vert de la société Mayflower. La porte du fond est déjà ouverte, la rampe tirée et un homme en bleu de travail fait descendre son vélo. Déjà, elle a l'impression d'éprouver les ressorts de la selle, la résistance des pédales sous ses pieds, la sensation du fidèle guidon — ah, mon vélo.

— À qui ce bolide? demande le déménageur qui, en lui décochant un clin d'œil, soulève son petit bombardier bleu.

Il sent le goudron. C'est une odeur amicale.

Elle roule sur la pelouse, fait le tour de la maison et s'engage dans l'entrée, ses petites jambes pompant à la manière de pistons, avant de revenir au camion, cruellement partagée entre l'appel de la route et celui de la remorque, où toutes leurs possessions sont entassées dans des boîtes ou sous des couvertures. Assise sur son vélo, les pieds à plat sur le sol — il faudra qu'elle demande à papa de soulever la selle, car elle a grandi —, elle observe.

Mike est là en compagnie de Roy Noonan, son nouvel ami. Madeleine voit bien qu'ils essaient de faire passer leurs voix pour plus graves qu'elles ne le sont en réalité — ils abrègent leurs phrases, parlent un ton plus bas. Roy a les cheveux noirs coupés en brosse, des appareils orthodontiques et de grosses joues roses. À la main, il tient un avion en balsa, tandis que Mike manipule la commande à distance. Ils ont pris une expression absente et sérieuse. Madeleine ne se fait pas d'illusions; ils ne la laisseront pas jouer avec l'avion. Et après? Le camion de déménagement est là!

Des hommes déchargent d'énormes boîtes et des meubles — une couverture matelassée glisse, laissant entrevoir la table de toilette de maman, le plus intime des autels fugitivement exposé à la vue de tous, un peu comme une dame passant devant la fenêtre en sous-vêtements. Les McCarthy renouent avec leurs meubles pour la première fois depuis qu'ils ont quitté l'Alberta pour l'Allemagne. On les avait entreposés. Voilà le canapé où Madeleine s'installait avec son père pour lire le journal avant d'avoir appris à lire, et voilà sans doute le dessus en verre de la table de salon. « FRAGILE! » Que contient donc cette grosse boîte où on lit « RCA VICTOR HAUT »? La télé! Armoire aux délices, allumée la dernière fois quatre ans plus tôt.

Dans ces boîtes, il y a des objets dont on avait oublié jusqu'à l'existence. Nos choses. Tout ce que nous avons emballé en Allemagne et tout ce qui a dormi dans un entrepôt, enfin réuni pour la première fois, avec nous. Des poupées et des jouets ayant fait l'incroyable voyage sortiront pimpants et rafraîchis du camion.

— Tu ne croyais tout de même pas que nous allions nous laisser étouffer ?

Le coucou allait se réveiller, à sa place au-dessus du poêle, sa petite porte sans cesse sur le point de s'ouvrir. Sur la table, nos assiettes nous souriront.

— Ouf, diront-elles.

Des ustensiles qui, dans les tiroirs de la cuisine, dormiront au milieu de compartiments neufs et pourtant familiers, et tu te souviens de ces petits coquetiers en forme de poules ? On s'en servira demain. Voici notre lit qui descend la rampe, porté en triomphe à hauteur d'épaules ; dans cette boîte, nos précieux albums de photos, qui vont du noir et blanc à la couleur — la prochaine fois que nous soulèverons la couverture, ce sera pour consulter des souvenirs encore plus éloignés du présent. Et tous ces objets ont atterri à cet endroit précis de la planète, au 72, St. Lawrence Avenue, Centralia, en Ontario, au Canada. Nos choses.

Comme d'habitude, des enfants s'agglutinent autour du camion d'un air hésitant. Deux ou trois gamins sans importance parce qu'ils sont trop jeunes — ils ont encore des petites roues à leur vélo. Et la fille au cerceau.

— Salut.

— Salut.

Elles observent le camion pendant un moment. La fille au cerceau a des cheveux roux frisés, des taches de rousseur et des lunettes en forme d'yeux de chat. Se retournant, elle demande :

— Comment tu t'appelles ?

— Madeleine McCarthy. Et toi ?

— Auriel Boucher.

Elles se concentrent de nouveau sur le camion.

— Vous arrivez d'où ? demande Auriel.

— D'Allemagne.

— Nous avons habité là-bas, nous aussi.

— Sensass. Je suis née à Edmonton.

— Sensass, je suis née en Angleterre.

— Sensass.

Finalement, Auriel est tordante, et elle se moque bien d'être grosse. Grassouillette, en réalité. De toute façon, elle n'est pas vraiment grosse, quand on la connaît. Et puis, les taches de rousseur, ça fait joli.

— Chouette vélo.

— Merci, répond Madeleine. Chouette blouse.

— Merci, dit Auriel. Elle met mon buste en valeur.

Elles éclatent de rire.

Impossible de dire si Auriel a un buste sous sa blouse à pois sans manches, mais là n'est pas la question. Une autre fille, Lisa Ridelle, vient les rejoindre. Elle porte des mocassins Keds flambant neufs.

— Salut, Auriel.

— Salut, Lisa.

— Salut, dit Madeleine.

Cheveux blond-blanc coupés au carré, fins comme tout, yeux bleu pâle. Chaque fois qu'Auriel ouvre la bouche, Lisa rigole, et bientôt Madeleine la fait rire tout autant.

— Tu ris exactement comme Muttley dans *Les Fous du volant*, dit Madeleine, et Lisa fait entendre son rire grinçant.

— C'est vrai, c'est vrai! confirme Auriel en l'imitant.

Madeleine se met de la partie et elles reproduisent toutes le rire asthmatique du chien du dessin animé. Elles se connaissent depuis cinq minutes et déjà elles ont leur rire à elles.

— Tu seras en quelle année, à la rentrée?

— En quatrième.

— Moi aussi.

— Et moi.

Lisa se retourne les paupières, de quoi avoir la chair de poule.

— Refais-le, Lisa.

Auriel a l'art de vous paralyser la main.

— Serre mon pouce de toutes tes forces. Lâche prise, maintenant, mais ne desserre pas le poing…

Elle chatouille légèrement le poignet de Madeleine.

— Bon, essaie d'ouvrir la main.

Madeleine y arrive à peine.

— Terrible! Je suis paralysée.

— À mon tour, Auriel.

— On s'ouvre un comptoir de citronnade, dites?

Par cette chaleur, elles feraient fortune. Lisa et Auriel, toutefois, s'en vont jusqu'à demain dans la camionnette des Boucher. Un tournoi de base-ball. Auriel est receveur et Lisa joue à l'inter. On imagine facilement Auriel affublée d'un plastron, d'un masque protecteur et d'une casquette à l'envers — elle doit avoir l'air d'une tortue. C'est un compliment.

— Auriel, c'est l'heure du thé, ma puce, papa est en chemin.

La maman d'Auriel l'appelle depuis l'entrée de la maison des Boucher. Près de la camionnette VW aux portières ouvertes, elle a les bras chargés de bâtons de base-ball et de protège-tibias. Elle a les cheveux frisés de sa fille.

— J'arrive, *mums*, crie Auriel.

Ah ! Que ne donnerait-elle pas pour ressembler à Auriel Boucher et à Hayley Mills, pour appeler sa mère « *mums* » ! Mme Boucher est une épouse de guerre, on le reconnaît à son accent britannique.

Le camion de déménagement est presque vide. Madeleine regarde ses nouvelles amies courir vers la maison des Boucher quand son père apparaît au coin de la rue.

— Papa !

Enfourchant son vélo, elle fonce vers lui en pédalant furieusement.

— Regarde, papa !

Il sourit et se penche, les bras ouverts, comme pour l'intercepter, Zippy Vélo et compagnie.

— Tout ira bien, on se plaira à Centralia.

— Heureux de te l'entendre dire, choupette, dit papa, au moment où elle appuie son vélo contre la véranda pour le suivre à l'intérieur.

Des boîtes et des meubles encombrent les pièces, troupeaux anarchiques qu'on n'a pas encore casés le long des murs et dans les coins.

— Je suis là, Mimi.

Déjà, l'écho de leurs voix s'est estompé, absorbé par les objets qui les ont rattrapés, qui complètent la famille. Riches du bagage accumulé au fil des ans, ces choses exhaleront des souvenirs d'époques révolues, imprégneront la maison de ce bien-être intraduisible que les Allemands appellent *Gemütlichkeit,* transformant un simple logement en véritable chez-soi.

Le soir, les McCarthy se rendent à Exeter, à huit kilomètres au nord, où ils mangent des hamburgers et boivent des milk-shakes. Exeter est un village propret et prospère, mais, pour trouver un A&W, il faut aller vers London, dans l'autre sens. Exeter possède toutefois un bon restaurant familial, et c'est là qu'ils se glissent tous les quatre dans un box.

Les autres clients voient tout de suite que les McCarthy viennent de la base de l'armée de l'air. Au moment du dessert, ils viennent s'asseoir au comptoir, où Jack et Mimi engagent la conversation avec les propriétaires. Ils se font toujours un point d'honneur de connaître les habitants du cru, que ce soit en Alberta ou en Alsace. Les gens sont partout les mêmes, et il faut tirer le meilleur parti de la vie. Habituellement, ils ont droit à un accueil chaleureux, même de la part de ceux qui se méfient de l'afflux incessant de voisins temporaires qui, s'ils enrichissent le trésor collectif, n'en portent pas moins sur les nerfs des résidants installés à demeure. Jack et Mimi ne mettent jamais de temps à s'intégrer. Mais les liens qu'ils tissent ne sont pas faits pour durer, et ils ne durent généralement pas, hormis un ou deux échanges de cartes de Noël aux lendemains de la nouvelle affectation.

— La tarte est comment ? demande Jack.

— Maison, répond laconiquement la femme installée derrière le comptoir.

— Inutile d'en dire plus, fait Jack, qui en commande une part, accompagnée de fromage.

Madeleine observe l'homme qui, au gril, fait cuire les hamburgers. Est-il le mari de la femme ? Il est mince et elle est grasse. Drôle de paire.

— Qu'est-ce que ce sera, Madeleine ? demande son père.

Elle fixe le visage blême de la femme.

— Euh... vous avez de la glace napolitaine ?

— Avec une cerise dessus, peut-être ? demande la femme, pince-sans-rire.

— *S'il vous plaît**, répond Madeleine sans réfléchir.

Cette fois, la femme sourit et dit :

— *Come-on-tallé-vu ?*

Puis elle pince la joue de Madeleine, sans lui faire mal. Où qu'on se trouve dans le monde, les dames au comptoir sont les mêmes. Elles aiment vous donner des choses, et elles ne résistent pas à l'envie de saisir un morceau de votre visage entre le pouce et l'index.

S'intégrer ou ne pas s'intégrer. Être dedans et dehors en même temps. Pour Madeleine, c'est aussi naturel, aussi banal, que respirer. Et l'idée de grandir dans son propre passé — au milieu de personnes qui vous connaissent depuis toujours et croient savoir de quelle étoffe vous êtes fait, de quoi vous êtes capable — a quelque chose d'étouffant.

— Et votre IGA, demande Mimi, comment est-il ? Il y a un bon boucher ?

Sujet de discussion inépuisable. On dissèque les bouchers d'Exeter à London. La conversation dévie ensuite vers les chaussures pour enfants, le conseil scolaire, le premier ministre Diefenbaker, la rigueur de l'hiver à venir et la course à l'espace.

— Kennedy dit qu'il ira jusqu'au bout. À vrai dire, je ne serais pas surpris qu'il tienne parole.

— À quoi bon aller sur la Lune ? demande l'homme du gril.

— Si nous n'y allons pas, les Popov iront, eux, répond Jack.

— Justement, fait l'homme en s'essuyant les mains sur son tablier. Il risque d'y avoir des embouteillages, là-haut.

— Pas nous, papa, dit Mike. Tu veux parler des Américains.

— Tu as raison, Mike. Surtout, ne l'oublie jamais.

— *Vive la différence*,* tranche Mimi.

La dame dépose un verre à parfait devant Madeleine : de la glace napolitaine recouverte de sauce au chocolat et de chantilly, le tout surmonté d'une cerise.

— Sensass, dit Madeleine. Merci.

La dame lui décoche un clin d'œil.

Madeleine s'empare de sa cuillère. Elle a beau se sentir chez elle partout et ne l'être nulle part, elle éprouve de temps à autre la sensation d'avoir égaré quelque chose, quelqu'un. Parfois, lorsque sa famille s'attable pour dîner, elle a l'impression que quelqu'un manque à l'appel. Mais qui ?

Jack s'enquiert du meilleur endroit pour nager et pique-niquer. Au lac Huron, tout près. Il est déjà au courant, mais les résidants aiment qu'on les interroge sur leur coin de pays. Et Mimi adore rencontrer des gens. Ils raffolent de son accent français ; quant à elle, elle s'amuse du fait qu'ils n'arrivent jamais à deviner d'où elle vient. De la France ? Du Québec ? Ils prononcent *« Kwibec »*. Non, et non. D'où, alors ? De l'Acadie. Lieu du *Grand Dérangement*,* tragédie vieille de près de deux cents ans qui a inspiré à Longfellow son poème romantique intitulé *Évangéline.* Expulsion massive de toute une nation de la côte est du Canada, marée humaine qui a gagné le sud, déferlé sur la Louisiane, où elle a donné naissance à la culture cajun, dont les rejetons sont ensuite revenus sur leurs pas au compte-gouttes. Dans les Maritimes, des descendants des déportés s'épanouissent au sein de petits îlots, leurs racines remontant au XVIIe siècle.

— C'est de là que me vient ma prédisposition au déménagement, dit Mimi.

Ses interlocuteurs éclatent de rire, et elle les imite, omettant de préciser que ce sont les *maudits Anglais** qui avaient déporté les siens. Les Américains, qui ont eux-mêmes jugé bon de bouter dehors les fou-tus Anglais, ont tendance à apprécier davantage cette portion du récit.

Dans l'intimité, Jack se plaît à taquiner sa femme.

— Tu es ma prisonnière, dit-il. Mon butin personnel.

S'il veut vraiment la faire grimper aux rideaux, il n'a qu'à qua-lifier les Français de peuple vaincu en disant :

— Encore heureux que les Britanniques aient été à ce point supérieurs, sinon nous ne nous serions jamais rencontrés.

Si elle le frappe, il sait qu'il a eu gain de cause.

— Voilà bien ce qui a perdu les Français. Ils sont trop émotifs.

C'est tout Mimi, ça. Un vrai Spitfire.

Jack et Mimi viennent tous les deux de la côte atlantique du Nouveau-Brunswick. Mais ce n'est pas là qu'ils ont fait connaissance — après tout, elle était française et il était anglais. Pourquoi leurs trajectoires se seraient-elles croisées ? Il travaillait dans une fabrique de carton en compagnie de trois hommes plus âgés. À dix-sept ans, il était le seul à avoir encore tous ses doigts. En se rendant compte qu'il était aussi le seul à savoir lire et écrire, il avait démissionné. Menti sur son âge, joint les rangs de l'aviation, eu un accident d'avion, repris du service. Quand Mimi et lui s'étaient rencontrés au bal dans le Yorkshire en 1944, à l'époque où il était officier de ravitaillement et elle aide-infirmière au groupe de bombardement nº 6, le monde leur était en effet apparu très petit. Une grande guerre dans un monde petit. Quelle chance.

— En tout cas, fait Jack, c'est un beau coin de pays que vous avez ici.

— Le pays de Dieu, répond l'homme en resservant Jack de café.

En réalité, c'est simple comme bonjour : il suffit d'aimer les gens et ils vous aimeront probablement en retour. Que leurs enfants soient polis et répondent autrement que par des monosyllabes facilite grandement la tâche de Jack et Mimi. Sans compter que Madeleine est jolie et que Mike est beau garçon.

— Et toi, mon ami, que vas-tu faire quand tu seras grand ? demande un fermier en bottes de caoutchouc et casquette John Deere installé dans le box derrière eux.

— Je vais piloter des Sabre, monsieur, répond Mike.

— Dis donc, fait l'homme en opinant du bonnet.

— Pas mal, fait Jack.

Que Jack et Mimi soient eux-mêmes séduisants ne nuit pas non plus. Pas uniquement parce que Mimi, avec ses escarpins et sa jupe fuseau, est mince et élégante. Pas uniquement parce que Jack a les yeux bleus et des manières décontractées — gentleman-né dont le raffinement naturel se marie à merveille à un respect de col bleu pour le travail et les travailleurs. S'ils sont séduisants, c'est parce qu'ils sont amoureux.

Tout a bien fonctionné. Le rêve. Le boom d'après-guerre, les enfants, la voiture, la recette du bonheur. Ce qui commence à peser à certains de leurs congénères — les alcooliques en costume de flanelle grise, les ménagères enragées — fait la joie de Jack et de Mimi. Les «biens matériels», ils n'en ont rien à cirer, et c'est peut-être ce qui fait leur force. Ils sont riches, prodigieusement bien pourvus. Et ils le savent. Les mains jointes sous le comptoir, ils font la conversation aux habitants du cru.

— Je vais probablement travailler dans les services secrets, dit Madeleine.

Tout le monde éclate de rire. Madeleine sourit poliment. C'est agréable de faire rire les autres, même quand on ne comprend pas pourquoi.

La maison offre le dessert. Bienvenue au Canada.

Ils rentrent au moment où le soleil commence à s'effilocher dans le ciel. À la vue de son lent évanouissement au-dessus des logements militaires, la musique du film que Madeleine se joue intérieurement gagne en intensité. La lumière transperce le pare-brise, lui pénètre le cœur. Ce soir, ils dormiront dans leur lit et dans leur maison pour la première fois depuis l'Allemagne.

Dans la cave, son père fouille dans une boîte et, sous les yeux de Madeleine, en tire quelque chose de bien plus miraculeux qu'un lapin vivant.

— Les gants de base-ball !

Il lui en lance un, et ils sortent jouer sur le cercle de gazon derrière la maison. Mike est parti avec son nouvel ami, elle a papa à elle toute seule pour jouer à la balle. Le bruit rassurant de la balle qui donne contre la paume, juste au seuil de la douleur. Le retour sifflant qu'il cueille aisément en plein vol. Entre eux, le soleil se couche. Ils ne l'ont pas dans les yeux. Quand on joue à la balle avec son papa, tout va bien.

Ah non, voici Mike qui rentre avec Roy Noonan. Ils ont tous les deux un gant de base-ball. Ils vont tout gâcher.

Non, pourtant. Le cercle s'agrandit, ils se lancent la balle tous les quatre, et un rythme naturel s'installe — un coup sec dans le gant, une pause, un élan, un sifflement, la balle saute de gant en gant à la manière d'un dauphin. Ni Mike ni Roy ne semblent éprouver le moindre embarras à l'idée de jouer avec une petite sœur, et le fait que Madeleine soit une fille n'occasionne aucun commentaire jusqu'à ce que, une fois le jour tombé au point qu'ils ne voient plus la balle, ils rentrent à la suite de papa.

— Elle ne se débrouille pas mal, ta sœur, pour une fille, dit Roy.

— Ouais, je sais, répond Mike.

Y a-t-il donc quelque chose à redire à propos de cette journée ?

Une fois les enfants au lit, Mimi fait du thé et Jack branche la chaîne stéréo achetée en Allemagne. La réception est parfaite. *Unforgettable... That's what you are.* Elle dépose les tasses sur le sol, il lui ouvre les bras, et ils dansent sous l'ampoule de soixante watts, se balancent doucement dans une clairière aménagée au milieu des boîtes. *Unforgettable, though near or far...* Les doigts de Mimi se mêlent à ceux de Jack, son visage effleure son cou, ses mains à lui se lovent au creux des reins de sa femme, elle est parfaite.

— Tu veux un bébé de Centralia ? demande-t-il.

— Je ne dirais pas non.

— Un petit Centralien ?

— Je t'aime, Jack.

— Bienvenue chez vous, madame.

Il la serre un peu plus fort. Elle l'embrasse dans le cou, à la naissance de ses cheveux si doux.

— *Je t'aime**, Mimi, murmure-t-il dans son français timide, avec son accent anglais prononcé.

Elle sourit dans son épaule. *That's why, darling, it's incredible, that someone so unforgettable...*

Il pourrait l'entraîner à l'étage, mais c'est Nat King Cole qui chante. Comme pendant leur lune de miel à Montréal, il s'offre le luxe de différer le moment à dessein, sûr du dénouement. La vie est longue, je vais te faire l'amour pendant des années et des années... *thinks that I am unforgettable too...*

— Papa ? dit une voix entre les barreaux au sommet de l'escalier.

Jack lève les yeux.

— Qu'est-ce qu'il y a, choupette ?

— Je n'arrive pas à dormir.

— Pourquoi ?

— J'ai le trac, dit Madeleine.

Mimi se dirige vers l'escalier.

— Tu dois avoir froid, en nuisette.

— Non.

Madeleine adore sa nuisette. C'est ce qui se rapproche le plus de ce que Steve McQueen porte pour dormir — caleçon boxeur et tricot de corps.

— Où est donc passé le bon vieux Bugs Bunny ? demande Jack.

Le cœur de Madeleine s'affole.

— Je ne sais pas. Je l'avais hier quand nous sommes arrivés à la maison.

— Où l'as-tu mis ? demande Jack en jetant un coup d'œil autour de lui.

— Je ne sais pas.

Les yeux de Madeleine se remplissent de larmes.

— *Mon Dieu**, Jack, marmonne Mimi. Il fallait vraiment réveiller le chat qui dort ?

Elle aide malgré tout Jack à le chercher, tandis que Madeleine, tétanisée, reste assise dans l'escalier.

Maman n'aime pas Bugs Bunny. Elle le juge anti-hygiénique. On ne l'a jamais lavé parce qu'il a un petit tourne-disque ou un autre bidule du même genre dans l'estomac — il suffit de tirer sur la ficelle pour qu'il vous sorte une réplique dans la plus pure tradition de Bugs Bunny. Ces jours-ci, il a la voix distante, ses mots voilés par la friture, comme un message radio envoyé de l'espace, *vous avez éteint la lumière, docteur ?*

Plié en deux, Jack regarde derrière le canapé quand la voix de Mike se fait entendre depuis le haut de l'escalier.

— Il est dans ma chambre, où tu l'as laissé.

— Qu'est-ce que tu fais debout, Michel ? demande Mimi.

— Pas moyen de dormir avec tout ce tapage, dit-il en s'assoyant sur une marche à côté de sa sœur, vêtu de son pyjama à motifs de cowboys.

Madeleine se précipite dans la chambre de son frère. Bugs Bunny y gît à plat ventre, victime, dirait-on, d'une balle perdue. Elle le retourne et il a l'air de s'amuser comme jamais, *comme ça vous tenez à moi, docteur*. Madeleine le ramasse et le presse contre elle en se demandant si Mike lui en voudra d'être venue fouiller dans sa chambre en laissant derrière elle une preuve irréfutable.

Mike, cependant, n'est pas en colère.

— Bonne nuit, microbe, fait-il en se remettant au lit.

Qui est donc ce Mike si gentil ? Où est passé celui qui avait l'habitude de se fâcher contre elle ? Le frère qui jouait avec elle et la torturait, celui qu'elle mordait, laissant des traces de dents sur son bras ? Deux larmes glissent sur ses joues au moment où son père la recueille pour aller la coucher.

— Qu'est-ce qu'il y a, choupette ?

Difficile d'accuser Mike. Après tout, il a été on ne peut plus aimable.

— Je suis triste à cause de Bugs Bunny. Il se fait vieux.

Jack la borde.

— Tu trouves ? Il m'a l'air plutôt pimpant. Je parie qu'il a encore des tas de kilomètres sous le capot. D'ailleurs, Bugs Bunny n'est pas né. Tu sais ce que ça veut dire ?

— Quoi donc ?

— Il va vivre toujours.

Il s'assoit à côté d'elle.

— Ferme les yeux et fais dodo, tu veux? Il faut que tu te lèves fraîche comme une rose. Tu sais pourquoi? Demain soir, nous organisons un barbecue. Tu peux inviter tes nouvelles copines.

— D'accord.

— Bonne nuit, ma chatte.

— Tiens, du thé bien chaud, dit Mimi en lui tendant la tasse.

Il boit une gorgée.

— Au fait, dit-il, j'ai invité des gens à dîner, demain.

— Qu'est-ce que tu racontes?

— Vic Boucher et...

— Ah non, Jack...

— Inutile de te mettre en frais...

— Tu veux rire? fait-elle en hochant la tête, les bras écartés, prenant la mesure du chaos.

Aujourd'hui, elle a déballé les vêtements, fait les lits, organisé la cuisine, lavé la coutellerie, les marmites, les assiettes et les poêles, mais le reste de la maison...

— Tu me vois recevoir dans ces conditions?

— Je vais préparer quelque chose au barbecue.

— Je sais pas ce qui me retient de te...

Quand elle s'énerve, sa syntaxe anglaise s'embrouille.

— Je ne sais pas. Qu'est-ce que tu veux me faire?

Il lui décoche un clin d'œil.

— *Tu sais c'que je veux dire*,* de quel droit oses-tu inviter des gens quand...

Elle lance les bras en l'air.

— Jack... De qui s'agit-il?

Il la suit à l'étage. Les récriminations de Mimi se transforment en murmures, puis disparaissent derrière la porte de la salle de bains. Dans leur chambre, il dépose son cadeau sur la table de toilette de Mimi. Une babiole qu'il trimballe dans sa trousse de rasage depuis l'Europe.

Elle sort de la salle de bains en faisant descendre la fermeture éclair de sa robe, n'y pensez même pas, monsieur, mais, en apercevant le flacon pulvérisateur de *Chanel No 5,* elle baisse les bras et s'écrie:

— Oh, Jack...

Il éteint et se glisse près d'elle sous les draps.

— Je suis toujours en colère contre toi, chuchote-t-elle.

Il tend les bras, les seins de Mimi se coulent dans ses mains, miraculeux, la peau chaude comme du sable, il s'est rasé pour elle, elle lui mord le cou.

— Viens, bébé, dit-elle. Comme ça.

Leur première nuit dans la nouvelle maison.

— Comme ça.

C'est si facile, comme danser avec elle. Quand, étendue sous lui, elle s'ouvre à la manière d'une tulipe, Jack est heureux de la savoir plus forte que lui, sinon comment l'accueillerait-elle comme elle le fait, douce et invitante, seuls ses doigts pétrissant son dos ?

— Oh, Jack.

Tandis que lui-même se raidit, elle reste douce, sauf ses ongles et ses mamelons.

— Comme ça, oui, comme ça…

Sa bouche, sa langue, ses yeux mi-clos dans le clair de lune, le visage de côté, à lui, uniquement à lui.

— Prends ce que tu veux, bébé, prends. *C'est pour toi*.*

Dans sa nouvelle chambre, Madeleine a les yeux grands ouverts. Les draps sont nerveux. Eux non plus ne reconnaissent pas ces murs. L'oreiller est raide, impossible de se détendre ici. L'éclat de la lune entre à flots par la fenêtre nue qui surplombe le cercle de gazon derrière. Elle résiste à l'envie de sucer son pouce. Elle y a renoncé il y a deux ans, à l'instigation de maman et de tante Yvonne, qui lui avaient promis une Barbie aux cheveux bruns. Madeleine a arrêté d'un coup, non pas parce qu'elle convoitait une Barbie, au contraire, mais parce que c'était beau et triste à la fois de voir maman convaincue d'offrir quelque chose de précieux à sa petite fille. Madeleine a fait semblant d'être ravie en recevant la poupée, qui dort toujours dans l'armoire bordée de satin rose d'origine. Elle dort dans sa robe de mariée, on dirait un vampire. Tout ce que Madeleine veut pour Noël, c'est une paire de pistolets à six coups avec leurs gaines. Aux filles, on n'offre jamais rien de chouette.

Elle a envie de faire pipi. Elle se lève et, en catimini, se dirige vers la salle de bains, Bugs Bunny à la main. Elle l'assoit dos aux toilettes. Dans la salle de bains déserte, le jet lui semble tonitruant. Elle tire la chasse — on dirait les chutes du Niagara —, rabat le couvercle et grimpe dessus pour regarder par la fenêtre. De l'autre côté de la rue, la lumière est allumée au-dessus de la porte de la maison mauve. Le fauteuil roulant a disparu, mais, sous la lumière et son halo de moustiques, une fille est assise. Près d'elle, le berger allemand dort. La fille devrait dormir, elle aussi. Ses parents la croient-ils au lit ? A-t-elle la permission de sortir la nuit ? A-t-elle la permission de jouer avec ce couteau ? Elle façonne un bout de bois. L'affûte.

WILLKOMMEN, WELCOME, BIENVENUE

Le lendemain matin, Madeleine a de nouveau aperçu le fauteuil roulant vide par la fenêtre de la salle de bains.

— Il est à qui, ce fauteuil roulant, papa ?

— Aucune idée, a-t-il répondu en jetant un coup d'œil par la fenêtre.

Et ils ont tous les deux recommencé à se raser.

La technique de Madeleine est identique à celle de son père, à ceci près que le rasoir produit un son délicieux — celui du papier d'émeri — sur sa joue à lui, tandis que son rasoir à elle, dépourvu de lame, demeure silencieux.

Ils se sont essuyé le visage avec leurs serviettes respectives et se sont aspergé les joues d'Old Spice.

Pendant le petit déjeuner, Mimi a dit à Jack que les enfants avaient peur du gros chien qui vivait de l'autre côté de la rue.

— Tu veux rire ? a dit Madeleine.

— Sans parler de toutes les cochonneries entassées dans l'entrée. Ça m'énerve.

Elle voulait qu'il aille chez ces gens voir ce qui n'allait pas.

— Je parie que ce sont des gens tout à fait exquis, a-t-il dit sans lever les yeux de son journal. Un peu excentriques, peut-être.

— De l'excentricité, j'en ai assez vu chez moi, *merci**. C'est d'ailleurs pour fuir l'excentricité que je me suis mariée avec vous, monsieur, a-t-elle répliqué en attrapant au vol une tranche de pain grillé.

Voilà maintenant Madeleine accroupie derrière les buissons confettis du jardin, tandis que son père traverse la rue. Le fauteuil roulant a de nouveau disparu. À côté de l'antique guimbarde juchée sur des blocs, le capot ouvert, des outils jonchent l'entrée. Les mains en jumelles, elle regarde son père frapper à la porte. Et si, une fois la porte ouverte, un long tentacule vert surgissait pour l'entraîner ? Et si la personne qui lui ouvrait avait l'air parfaitement normal, mais que, en réalité, il s'agissait d'un habitant d'une autre planète déguisé en être humain ? Et si papa était seulement quelqu'un de déguisé en papa, alors que son vrai papa était retenu prisonnier sur une autre planète ? Et si tous les humains, sauf moi, étaient des extraterrestres qui font seulement semblant d'être normaux ?

La porte s'ouvre. Un homme à la barbe foncée et frisée serre la main de papa. Un homme à barbe. Vêtu d'un tablier froufroutant. Pas exactement le genre de choses qu'on s'attend à trouver dans une base aérienne.

Son père s'engouffre dans la maison mauve et Madeleine sort de sa cachette. Faut-il le suivre ? Faut-il prévenir maman ? Elle regagne le stand à citronnade qu'elle a aménagé au bas de l'entrée. « Deux cents », proclame l'affichette.

Dans un bocal vide où il y avait eu des cornichons, neuf cents.

— Un double, barman, a dit Mike ce matin.

Roy Noonan lui a tendu cinq sous en lui disant de garder la monnaie. Les autres enfants sont trop jeunes pour avoir de l'argent de poche ou trop vieux pour la remarquer. Au bout d'un certain temps, deux filles de son âge s'approchent.

— J'espère que tu laves les verres, au moins.

De vraies filles, celles-là.

En revenant, papa lui en prendra trois verres, et elle aura de quoi s'offrir un collier en bonbons, deux Pixy Stix et deux caramels Kraft. Sans même avoir à vider sa cagnotte.

Le voisin de Jack est pratiquement au garde-à-vous, attitude qui jure jusqu'à l'absurde avec son tablier à froufrous pleine longueur. Le tissu, délavé et parsemé de taches de cambouis toutes fraîches, protège une chemise à manches longues d'un blanc immaculé et une fine cravate noire.

— Bonjour. Je suis votre nouveau voisin, Jack McCarthy.

L'homme incline la tête d'un air cérémonieux.

— Froelich, répond-il en tendant la main.

Pas besoin d'avoir inventé la poudre pour comprendre que Froelich n'appartient pas à l'armée. Ils se serrent la main.

— Vous venez pour le chien ? Il est gentil, monsieur.

— Heureux de vous l'entendre dire, fait Jack, mais je suis simplement venu vous saluer. *Wie geht's, Herr Froelich ?* ajoute-t-il en esquissant un sourire.

— Vous voulez un café, oui ? demande Froelich après un moment d'hésitation.

Sans attendre de réponse, il se retourne et se dirige vers la cuisine au fond de la petite maison. Jack attend dans le vestibule. Un écriteau en bois sculpté est accroché à la porte : « *Willkommen* ». Un disque joue dans le salon. Jimmy Durante, la voix claire comme du cristal. Jack jette un coup d'œil à la stéréo — *Telefunken,* la même marque que la sienne. *Eat an apple every day, take a nap at three...* Jack siffle l'air tout bas en regardant autour de lui. À sa droite, dans l'escalier, un panier à lessive débordant. Dans le salon, une pile de journaux en équilibre précaire sur un fauteuil élimé, des jouets éparpillés sur le sol, lui-même recouvert d'un tapis persan poussiéreux où on voit, çà et là, des touffes de poils de chien. Au beau milieu, un parc dans lequel deux bébés en couche font résonner des hochets et un anneau de dentition contre la tête d'un enfant plus vieux, qui tourne le dos à Jack. Une fille, à en juger par les cheveux, ni longs ni courts — là s'arrêtent les connaissances de Jack en matière de coiffure féminine. Dans un coin, une guitare ; sur une table basse, des magazines et des livres dont un en particulier attire son attention. Il perçoit des odeurs de nourriture — une soupe-repas qui mijote à neuf heures du matin.

Froelich réapparaît, armé de deux tasses.

— Santé, fait-il.

— *Prost,* réplique Jack.

— Je vous prie de m'appeler Henry.

Madeleine est soulagée de voir son père sortir de la maison mauve. Une tasse de café à la main, le barbu et lui jettent un coup d'œil sous le capot de la voiture dépourvue de roues. Ils bavardent tandis que l'homme montre diverses composantes du moteur.

Madeleine voit son père se retourner en continuant de parler et la regarder. Le barbu se retourne à son tour et, ensemble, ils viennent vers elle. Devant le stand à citronnade, son père dit :

— Voici notre *Deutsches Mädchen.*

Si ses parents la surnomment ainsi, c'est en raison des notions d'allemand qu'elle a assimilées à une vitesse folle grâce à sa bonne d'enfants, qu'elle suivait partout — la jolie Gabrielle avec ses lunettes et ses nattes. Sans oublier le side-car et le père manchot.

— *Wirklich ?* demande M. Froelich en se penchant vers Madeleine.

— *Ja,* répond-elle, embarrassée.

— *Und hast du Centralia gern, Madeleine ?*

— Euh, *Ich...* ça me plaît bien, dit-elle, sentant les mots allemands dégringoler à la manière de briques à son approche, s'effriter dans sa mémoire.

— Viens nous voir à la maison, Madeleine, nous parlerons *Deutsch,* toi et moi.

Il achète un verre de citronnade et boit.

— *Aber das schmecht.*

Sa moustache noire brille au-dessus de ses lèvres rouges et humides. Il a un sourire comme celui du père Noël. Un père Noël mince, un peu chauve, avec une barbe noire et des yeux foncés qui brillent. Un peu voûté aussi, comme s'il se penchait pour mieux entendre ses interlocuteurs. Il est plus vieux que les autres papas.

— Les Froelich ont une fille de ton âge, dit son père.

Ouais, pense Madeleine, *même qu'elle a un couteau.*

— Ah bon? répond-elle poliment.

— *Ja,* c'est vrai, fait M. Froelich en hochant la tête. Peut-être un peu plus vieille, en fait.

— Monsieur Froelich enseigne à ton école.

— Que penses-tu des mathématiques, Madeleine?

Il sourit en la voyant faire la grimace.

— Peut-être Monsieur Froelich acceptera-t-il de te donner des leçons privées.

Jack se tourne vers Froelich.

— Dans le domaine des mathématiques, les Allemands ont une longueur d'avance, n'est-ce pas, Henry?

Jack achète à son tour un verre de citronnade, qu'il déclare «divine», et traverse de nouveau la rue en direction du ramassis de pièces désassorties, couleur rouille ou arc-en-ciel, qui ressemble vaguement à une Ford. Henry retourne les manches de sa chemise blanche, une seule fois, et se met à bricoler sans cesser de parler. Jack sourit. Il faut un Allemand pour travailler dans un moteur en chemise blanche et cravate.

Les Froelich vivent là depuis cinq ans. Depuis plus longtemps que quiconque, en fait.

— Que pensez-vous du mess, Henry? Il mérite le détour?

— Je n'y ai jamais mis les pieds.

Jack est surpris. Les instituteurs et les personnalités de la communauté civile peuvent devenir membres associés du mess des officiers, et la plupart ne s'en privent pas.

— Je n'ai ni smoking ni — comment dit-on? — habit de soirée.

— Quelle importance? fait Jack. Venez comme vous êtes.

Froelich jette un coup d'œil dubitatif à son tablier souillé, et les deux hommes éclatent de rire.

— De quelle région de l'Allemagne êtes-vous originaire, Henry?

Froelich fouille dans son coffre à outils.

— Du nord.

— Mais encore?

— Hambourg.

Il brandit une bougie.

— Champion, la bougie des champions.

— Vraiment?

Jack n'insiste pas. Au cours de l'été 1943, Hambourg a essuyé un tapis de bombes. Si Froelich se trouvait là-bas, il a de la chance d'être en vie. Si sa famille y était, mieux vaut éviter le sujet.

— J'ai vu que vous lisiez *Printemps silencieux,* dit-il en se rappelant le livre sur la table du salon. Ça vous plaît?

— C'est ma femme qui le lit. Elle est abonnée à un club de lecture.

— C'est aussi à votre femme? fait Jack en désignant le tablier.

Froelich sourit et s'essuie les mains sur les tourbillons de roses délavées.

— En fait, non.

Jack songe à l'intérieur des Froelich — où règne, c'est le moins qu'on puisse dire, un certain laisser-aller — et se demande à quoi peut bien ressembler Mme Froelich. Une femme corpulente aux cheveux de lin remontés dans un chignon qui se défait. Elle travaille peut-être à l'extérieur de la maison. Mimi a raison: les Froelich sont des excentriques.

Il observe son voisin penché au-dessus du moteur, les lèvres pincées sous l'effet de la concentration. Impossible de rencontrer un homme de son âge ou plus âgé que lui sans se demander ce qu'il a fait pendant la guerre. S'il est vrai qu'on n'a pas intérêt à trop fouiller dans les dossiers de guerre des Allemands — sans parler de ceux de leurs alliés d'Europe de l'Est —, la plupart étaient tout simplement des soldats. Des hommes ordinaires, comme lui. De toute façon, Henry Froelich lui semble un peu vieux pour avoir pris une part active aux hostilités.

— Dites, Henry, nous organisons un barbecue ce soir avec deux ou trois amis. Qu'en dites-vous?

Froelich lève les yeux.

— C'est à nous de vous inviter. Vous venez d'arriver.

Jack se rend compte qu'il vient peut-être de déclarer la Troisième Guerre mondiale à Mimi, mais il persiste et signe.

— C'est sans cérémonie. À la fortune du pot.

Il dépose sa tasse sur le toit de la vieille guimbarde.

— On vous voit ce soir sans faute, Henry, n'est-ce pas?

En traversant la rue, il ajoute:

— Surtout, n'oubliez pas votre femme.

— Pourquoi ne pas inviter toute la rue, pendant que tu y es? dit Mimi, un clou à tapis coincé entre les dents. C'est vrai, Jack, *je m'en fous**.

Les rideaux de la cuisine sont installés et la grande huile représentant les Alpes est accrochée au-dessus du foyer — comment s'y est-elle prise pour le faire toute seule? Il la regarde planter un clou dans le mur de la cuisine, puis il lui tend une assiette en bois.

— Un peu plus à gauche, dit-il. Parfait.

En lettres sculptées, on lit, sur le rebord : «Gib uns heute unser tägliches Brot.» Dans un coin du salon, contre le mur de l'escalier, Mimi a rangé sa machine à coudre Singer. À sa place habituelle, au-dessus du meuble, elle a suspendu le tapis au crochet confectionné par sa mère : des homards orange vif batifolant dans les vagues.

— On pêche des homards déjà cuits dans ton coin? demande Jack à la moindre occasion.

Chaque fois, elle lui pince l'oreille, comme maintenant.

— Aïe !

— Papa, demande Madeleine en laissant la contre-porte à moustiquaire se refermer violemment, tu veux bien brancher la télé?

— Pas de télé durant la journée, dit Mimi.

— Nous sommes à l'heure avancée. Ça ne devrait pas compter.

— Si elle ne finit pas avocate, celle-là, soupire Mimi.

— Je peux au moins la régler, fait Jack.

— Après les courses.

Mimi descend de l'échelle.

Madeleine brandit le pot à cornichons où résonnent ses recettes de la journée : onze cents.

— Il n'y a rien à faire.

— Tu veux t'occuper? demande sa mère. Il y a les plinthes à épousseter.

Madeleine sort jouer.

Jack et Mimi échangent un regard.

— Psychologie inverse, dit-elle.

— Gestion avancée.

Il se dirige vers elle dans l'espoir de l'embrasser, mais elle s'esquive et va vers la cuisine, où elle fouille dans une boîte de café Yuban à la recherche d'un stylo et entreprend de dresser la liste d'épicerie. La cuisine de Mimi — sa maison tout entière, en fait — est un modèle d'organisation, à l'exception de quinze centimètres carrés près du téléphone : une pile d'enveloppes recyclées, des élastiques, un fatras de capuchons de stylo et — prétend Jack — de stylos vides, un carnet d'adresses à ressort en fer-blanc, où elle seule arrive à se retrouver. Le téléphone sonne.

— Allô? dit Mimi. Oui… Bonjour, madame Boucher… Betty?… Dans ce cas, appelez-moi Mimi…

Une plaisanterie de Betty la fait rire.

— Oui, je sais! Exactement… J'ai hâte de faire votre connaissance.

Elle rit de nouveau.

— Oui, un peu plus tôt que nous l'avions prévu, dit-elle en fusillant Jack du regard. Tous les mêmes, vous avez raison… Non, non, ne vous donnez pas cette peine, nous avons ce qu'il faut… Vers six heures, et n'oubliez pas les enfants… D'accord, au revoir.

Elle raccroche et se retourne vers Jack, les poings sur les hanches.

— Vous avez de la chance, monsieur. Betty Boucher va apporter un plat. Que Vic t'ait dit oui alors qu'il sait très bien que la maison est *toute bouleversée**… Elle n'en revient pas.

Jack lui donne un baiser et s'empare de la liste. Les femmes ont trouvé la solution, comme toujours. Il se dirige vers la porte en glissant le bout de papier dans sa poche remplie de pièces de dix cents. Au fait, il n'a pas encore téléphoné à Simon.

Depuis le vaste terrain circulaire derrière les maisons, Madeleine voit son père s'engager dans la rue et court vers lui dans l'intention de lui demander si elle peut l'accompagner. Au coin de la maison, cependant, elle aperçoit le fauteuil roulant qui brille. Quelqu'un y est assis.

Elle ralentit. Met ses mains dans les poches de son short, regarde à gauche et à droite d'un air désinvolte, se dirige vers son vélo couché en bordure de la rue, affectant de ne rien voir. Elle s'assoit en tailleur à côté de lui, sort trois billes de sa poche et, comme si elle en avait eu l'intention depuis le début, entreprend de tracer un circuit dans le gravier. Elle jette un coup d'œil à la dérobée. Une fille.

Baissant les yeux, elle envoie les billes couleur de fumée tomber dans un petit trou, où elles s'entrechoquent. Elle lève de nouveau les yeux. La fille est très mince. Sa tête penche légèrement d'un côté, elle a une crinière de cheveux bruns ondulés et la peau très blanche. Ses cheveux sont peignés avec soin, mais on les dirait trop abondants pour sa tête, elle-même trop grosse pour son corps. Sa blouse bien repassée lui fait comme un peignoir trop lâche. Ses bras donnent l'impression de bouger sans cesse au ralenti, comme sous l'eau. Malgré le temps chaud, un châle lui recouvre les jambes, et Madeleine aperçoit le bout de ses pieds étroits dans ses sandales blanches, croisés l'un sur l'autre.

Une ceinture la retient. Sinon, elle aurait probablement glissé et fini dans l'herbe. Impossible de déterminer son âge. Madeleine revient à ses billes.

— … ooooour…

Elle regarde d'où vient le son, qui fait songer à un doux gémissement. La fille au fauteuil roulant soulève un bras — le poignet plié en permanence, le poing maladroitement fermé. Me fait-elle signe ? Me regarde-t-elle ?

— … ooooour !

Un chevrotement jeune et vieux à la fois.

Madeleine lève le bras.

— Bonjour.

Sa tête roulant de part et d'autre, la fille dit :

— … iens iii.

— Pardon ?

La fille redresse brutalement la tête et, d'une voix soudain déliée et forte, s'écrie :

— Heinhihiii !

Madeleine s'alarme. La fille souffre-t-elle ? Elle a le coin de la bouche retroussé. Rit-elle ? De quoi ? Comme elle est attardée, peut-être tout lui semble-t-il follement rigolo. Madeleine se lève. On dirait maintenant que la fille gémit, mais ce ne sont que les vestiges de son rire — son nu et infiniment doux qui fait craindre à Madeleine qu'on ne vienne faire quelque chose de terrible à la fille. Elle a envie de rentrer. Mais la fille, lui faisant de nouveau signe de sa main fermée, répète :

— … iens iii !

Viens ici !

Madeleine enfourche son vélo. Ce matin, avec une épingle à linge, elle a accroché une carte à jouer — un joker — à un des rayons, et le bolide fait pfft-pfft en traversant la rue. En se rapprochant, elle constate un détail inusité — on a fixé deux ressorts de type industriel aux roues du fauteuil roulant. C'est peut-être un modèle de course. Elle se rend compte que la fille ne la saluait pas ; elle brandissait un objet. Une offrande. Madeleine espère que ce n'est pas un bonbon tout poisseux.

— Qu'est-ce que c'est ? demande-t-elle gentiment en se penchant sur son guidon.

Les yeux de la fille glissent comme des billes, puis son menton s'affaisse sur sa poitrine ; elle donne l'impression de chercher quelque chose dans l'herbe, sa tête agitée de gauche à droite. En remontant l'entrée, Madeleine comprend que la fille l'observe en fait du coin de l'œil. À la façon d'un oiseau.

Madeleine hésite, sur le point de faire demi-tour...

— ... ttaaan!

La fille agite la main. De la bave claire lui coule à la commissure des lèvres.

Madeleine se rapproche.

— Qu'est-ce que tu as là?

La porte moustiquaire de la maison mauve s'ouvre d'un coup sec, et le berger allemand surgit. Madeleine cherche ses pédales, mais ses pieds s'emmêlent et elle tombe. Le chien aboie et bondit. Madeleine se couvre le visage et sent la langue douce sur son coude — la sensation de la couleur rose — et une douleur cuisante derrière le crâne, là où sa tête a donné contre l'asphalte.

— Il ne faut jamais fuir un chien qui charge, déclare une voix égale. Ça lui donne envie de foncer.

Madeleine se dévoile le visage et lève les yeux. La fille au couteau. Elle a les yeux bleus. Des yeux de husky.

Elle s'assoit. La langue du chien palpite entre ses crocs, on dirait une tranche de jambon moite. Il regarde par-dessus l'épaule de Madeleine, comme les chiens en ont l'habitude.

— Qu'est-ce que tu veux, petite? demande la fille.

Dans une main, elle tient le couteau; dans l'autre, le bout de bois taillé, à l'extrémité blanche et pointue.

Madeleine avale sa salive.

— Il s'appelle comment, le chien?

La fille fait la grimace et crache de côté un jet de salive bien rond. Madeleine se demande si la fille se coupe les cheveux toute seule avec son couteau. Broussaille rousse qui s'arrête tout juste sous l'oreille.

— Esse, grommelle la fille au fauteuil roulant, la tête projetée en avant par l'effort que lui coûte le moindre mot.

— Comment?

— Elle vient de te le dire.

Se remettant prudemment sur pied, Madeleine jette un coup d'œil à l'énorme chien noir et caramel. S'appelle-t-il vraiment Esse? Il se retourne, se dirige vers la fille au fauteuil roulant, se laisse choir et pose le menton sur ses pieds tordus. Quand la fille baisse la main pour le caresser et qu'elle lui met un doigt dans l'œil, il cligne mais ne s'énerve pas.

— Qu'est-ce que tu fais là? demande la fille au couteau.

— C'est elle qui m'a appelée.

Il est grossier de dire « elle » pour parler d'une personne présente, mais Madeleine ne connaît pas le nom de la fille. Elle-même n'en a probablement pas la moindre idée.

La fille au couteau se tourne vers la fille au fauteuil roulant :

— Elle est venue t'embêter ?

Madeleine fait un pas en direction de son vélo. Le moment est venu de prendre ses jambes à son cou.

— Naan, soupire la fille au fauteuil roulant.

Suit le léger pleurnichement qui est son rire à elle.

— He weu huste i dille on hon.

L'autre fille fait face à Madeleine.

— Elle veut te dire son nom.

Madeleine s'arrête et attend.

— He hi Hehivabè, fait la fille au fauteuil roulant.

Madeleine ne sait pas où se mettre. La dure à cuire arrache à son bout de bois une languette d'écorce qui tire-bouchonne. Autour de son cou, elle a noué une lanière de cuir qui disparaît sous son t-shirt blanc sale. Au coin de ses lèvres, Madeleine aperçoit une infime cicatrice — trait qui descend sur sa mâchoire, rose pâle sur la peau bronzée. La fille, elle le sent bien, se battrait comme une chienne. Brutale, sauvage.

Madeleine se tourne vers la fille attardée.

— Euh… bonjour.

— Pourquoi tu ne répètes pas son nom ? demande la fille au couteau.

Madeleine hésite, puis se lance :

— Hehivabè.

La fille au fauteuil roulant jette la tête par-derrière, à un angle incongru, et son rire fend l'air :

— Ahhhhaaahaaaa !

La fille cesse de tailler son bout de bois.

— C'est une plaisanterie ?

— Non, répond Madeleine en toute franchise.

— Si oui, je te zigouille.

— Je sais.

— Elle s'appelle Elizabeth.

— Ah bon ? fait Madeleine. Bonjour, Elizabeth.

— … ooooour.

Madeleine dévisage la fille au couteau.

— Et toi, tu t'appelles comment ? demande-t-elle, elle-même surprise par son audace.

— Qui le demande ?

— Euh…

Sentant un sourire s'insinuer subrepticement sur son visage, elle tente de le réprimer. Et puis il y a Bugs Bunny, qui menace de prendre possession d'elle.

— Madeleine.

Tout le plaisir est pour vous, docteur.

La fille crache de nouveau et dit :

— Colleen.

Puis elle referme le canif, le fourre dans la poche arrière de son short en denim et s'en va, pieds nus dans la rue, le bâton sur l'épaule.

Madeleine redresse son vélo.

— Au revoir, Elizabeth.

— Aheeends !

Madeleine attend, la main tendue, tandis que le poing fermé d'Elizabeth s'avance à tâtons, s'ouvre et laisse tomber un objet dans sa paume. Pas un bonbon. Madeleine baisse les yeux.

— Sensass !

Une magnifique boule verte géante, toute en volutes de fumée de mer. Translucide. Le type de bille le plus précieux.

— Merci, Elizabeth.

Dans la cabine téléphonique voisine du PX, véritable four, Jack attend. Il a déposé assez de pièces dans l'appareil pour établir la communication avec Washington, mais il craint que son temps n'expire avant que…

— Ici Crawford.

— Simon.

— Jack ? Comment ça va, mon vieux ?

— Pas mal. Et toi ?

— Rien à redire. Au fait, à quel numéro es-tu ? Je te rappelle tout de suite.

Joindre Simon — le premier secrétaire Crawford — a été une véritable course à obstacles. Une série d'accents britanniques, d'Eton à l'East End de Londres, lui ont appris qu'il avait bel et bien composé le numéro de l'ambassade de Grande-Bretagne à Washington. La bureaucratie, vaste et faite pour se perpétuer à l'infini. Jack sait de quoi il parle : il en fait partie. Heureusement qu'il y a des types comme Simon, qui savent s'y retrouver. Le téléphone sonne. Jack décroche.

— De retour à Centralia, hein ? Comment est notre vieux repaire ?

Jack jette un coup d'œil autour de lui — un aviateur transporte des sacs de provisions en direction de sa familiale : trois enfants sautillent sur la banquette arrière et un beagle s'égosille derrière.

— Tout a l'air neuf, fait-il.

— De ce côté-ci, pas grand-chose à signaler, Jack. Notre ami est toujours en attente. À son arrivée, je te préviendrai.

— Tu as une idée de la date ?

— Pas vraiment. Dès que tout sera prêt, j'imagine.

Jack se demande comment ils s'y prendront pour faire sortir l'homme. Par Berlin, peut-être. Notre « ami » sera-t-il caché dans une voiture ? Jack a entendu parler de transfuges ainsi transportés — pliés en deux dans le coffre à faux fond d'une Trabant.

— Et quand il sera là ? Tu veux que je lui cherche un appartement à London ?

— J'ai fait le nécessaire.

— Très bien, très bien.

Jack ne veut pas donner l'impression d'être trop impatient.

— Je vais l'attendre à quel endroit, le moment venu ?

— Tout ce que tu as à faire, c'est de l'avoir à l'œil dès son arrivée. Arrange-toi pour qu'il se sente bien, qu'il ne s'emmerde pas trop. Sors-le de temps en temps. Tu sais bien : le transfuge commun exige des soins et des arrosages fréquents.

— Notre ami a un nom ?

— Oui, bien sûr, excuse-moi. Il s'appelle Fried. Oskar Fried.

Jack se représente un homme mince — lunettes et nœud papillon.

— Est-Allemand ?

— Exactement. Même s'il est dans un coin perdu depuis quelques années.

— Où ça ? Au Kazakhstan ?

— Dans un des pays qui finissent en « stan », sans doute. Pendant qu'on y est, tu devrais peut-être noter son adresse à London.

De sa poche, Jack tire un bout de papier. C'est la liste de Mimi ; il écrit l'adresse au verso.

— Il n'y a donc plus qu'à attendre.

— Bienvenue au « grand jeu ».

C'est la première fois que Simon fait allusion à son statut d'agent de renseignements.

— Premier secrétaire, hein ? Tu n'occuperais pas l'ancien poste de Donald Maclean, par hasard ?

Simon rit.

— En principe, si. Mais je n'ai pas le projet de partir nuitamment pour l'Union soviétique.

Ils raccrochent sur la promesse de se voir lorsque Simon viendra reconduire le transfuge.

Oskar Fried. Jack s'était dit que le « savant soviétique » serait russe. Qu'il soit allemand ajoutait une dimension sympathique à la perspective déjà séduisante de faire sa connaissance — Jack et Mimi éprouveraient encore moins de mal à faire en sorte qu'il se sente chez lui. Sans parler de leur voisin Henry Froelich — Jack avait l'intention de demander à Simon la permission d'inviter Fried à dîner à la maison. Il jette un coup d'œil à l'adresse. Une rue près de l'université. Si on s'interroge sur les raisons de sa présence ici, Oskar Fried est venu faire des recherches à l'Université Western Ontario. Personne n'y trouvera à redire. Un universitaire à l'accent allemand — rien là de très inusité. Et la culture immigrante allemande, celle d'avant et d'après la guerre, est ici omniprésente. Simon a choisi l'endroit idéal où permettre à Oskar Fried de se remettre des séquelles d'une défection. C'est simple comme bonjour, se dit Jack en fourrant l'adresse dans sa poche : choisir un contexte dans lequel les intéressés répondront à leurs propres questions. Il sort de la cabine et repart en direction de la maison.

Oskar Fried est sans doute un scientifique d'une certaine envergure. Pourquoi est-ce le Canada qui l'accueille ? Il y a le Conseil national de recherches à Ottawa. Il y a l'usine d'eau lourde de Chalk River, qu'on a débarrassée des espions en 1945 — après l'infestation d'espions atomiques qui a aidé les Soviétiques à se doter de la bombe. Du plaisir en perspective, se dit Jack en hochant la tête au souvenir d'Igor Gouzenko s'adressant à la presse, le visage recouvert d'une cagoule, après sa défection. Une véritable gifle pour le Canada. Parmi les noms cités par le chiffreur russe figurait au premier rang celui d'un Britannique, Alan Nunn May — diplômé de Cambridge, à l'instar de Maclean — , qui avait fait passer de l'uranium militaire aux Russes, au nom de la « paix mondiale ». Jack porte deux doigts à son front en réponse au salut d'un cadet et quitte le terrain de rassemblement pour l'ombre du trottoir, prenant plaisir à marcher sans se presser. Fourrant les mains dans ses poches, il fait machinalement tourner un bout de papier entre ses doigts. Pour un peu, il entendrait Simon :

— Arrête de jouer les Américains !

Peut-être étaient-ils simplement trop privilégiés. Nunn May, Guy Burgess, Maclean et tutti quanti ne tiendraient pas le coup une seule journée dans une ferme collective soviétique. Mais tout cela, c'est de l'histoire ancienne. La Russie a la bombe et Dieu sait que la Chine l'aura sous peu. Ce qui compte maintenant, ce sont les missiles nucléaires, les missiles balistiques intercontinentaux, et la mise au point de moyens de se protéger contre eux. Est-ce ce à quoi s'emploiera Fried ? Le Canada dispose d'un petit nombre d'armes nucléaires, mais pas d'ogives — du moins pas à en croire le premier ministre Diefenbaker. Jack s'arrête d'un coup sec. Les courses ! Faisant demi-tour, il se dirige vers le PX, fouillant dans sa poche à la recherche de la liste — il sera bon de renouer avec Simon et de le présenter enfin à Mimi. Elle leur préparera un véritable festin acadien. Ils iront au mess où, ensemble, ils boiront jusqu'à la fermeture, comme ils en avaient l'habitude autrefois.

— À la santé de ceux qui sont au-dessus de tout !

Il consulte le bout de papier. Des Shredded Wheat, du lait, des petits pois en conserve… Il plisse les yeux dans l'espoir de déchiffrer les griffonnages de sa femme. Du Jell-O ronge — non, non, rouge —, un sac de pommes de terre, des saucisses, des petits pains à hot-dogs et — là, il s'avoue vaincu — des *gustaves*. Des *gustaves* ? Une variété de champignons ? Des biscottes ? Mimi écrit si mal qu'elle aurait dû être médecin, pas infirmière. Lui téléphoner ? Non, il est à court de pièces. Oskar Fried. *Friede* veut dire « paix ».

Au supermarché, il s'empare d'un chariot, les yeux rivés sur la liste indéchiffrable, s'engage lentement dans une allée et emboutit le chariot d'une cliente.

— Je vous demande pardon.

— Ce n'est rien, répond la femme. Vous êtes nouveau.

— Absolument. Je m'appelle Jack McCarthy.

— Nous sommes voisins, si je ne m'abuse.

De trois ou quatre ans l'aînée de Jack, elle est jolie, à sa façon.

— Je m'appelle Karen Froelich.

Ils se serrent la main.

— J'ai fait la connaissance de votre mari.

Elle sourit. Oui, elle est jolie, en dépit des rides autour de ses yeux, de sa bouche — elle ne porte pas de rouge à lèvres.

— Il vous a offert un café, j'espère.

— Il m'a proposé une bière, dit Jack, mais nous nous sommes contentés d'un café.

— Très bien.

Elle remonte une mèche de cheveux, la coince derrière son oreille. Elle n'est pas coiffée, mais on ne peut pas dire qu'elle soit négligée. Seulement, elle n'est pas, dirait Mimi, *bien tournée**.

— Venez nous voir quand vous voulez, fait-elle en baissant brièvement les yeux.

Timide, ou peut-être indécise. Rien à voir en tout cas avec l'invitation habituelle d'une femme d'aviateur. « Venez dîner à la maison, votre femme et vous, dès que vous serez installés. » Elle n'est pas, se rappelle-t-il soudain, une femme d'aviateur.

— J'ai bien peur que vous nous voyiez plus tôt que vous le pensez, madame Froelich.

Et il réitère l'invitation lancée à son mari le matin même. Il s'apprête à esquiver une objection féminine comme celle de Mimi ou de Betty Boucher, mais Karen Froelich se contente de dire :

— Merci.

Puis elle s'éloigne lentement.

Elle conserve des allures de petite fille, malgré ses quarante ans bien sonnés. Tennis blancs usés, pantalon extensible. Et, dirait-on, une vieille chemise habillée de son mari.

— Qu'est-ce que, euh…

Elle s'arrête et se retourne, et il se sent gauche. Il en fait trop.

— J'ai vu que vous lisiez *Printemps silencieux*.

Elle hoche la tête.

— Ça vous plaît?

— C'est, euh… troublant.

Elle hoche de nouveau la tête, comme pour elle-même. Il attend qu'elle en dise davantage, en vain.

— Heureuse de vous avoir rencontré, dit-elle avant de se remettre en route.

Jack se retourne pour faire face au rayon des conserves, comme les hommes le font dans les supermarchés — *je repérerais Dresde la nuit à quatre mille mètres d'altitude, mais où sont donc les fichus petits pois?* Il remonte l'allée.

— Madame Froelich, fait-il, embarrassé, puis-je vous demander un petit service?

— Appelez-moi Karen.

— Karen, fait-il en rougissant sans raison et en lui tendant la liste d'épicerie, je n'arrive pas à déchiffrer l'écriture de ma femme.

Les yeux sur le papier, elle lit à voix haute :

— 472 Morrow Street…

Jack s'empare de la liste et la retourne — *Tu es là, Simon? Merde.*

Karen pose les yeux sur le bout de papier, à l'endroit indiqué par Jack.

— Guimauves, fait-elle.

— Merci, s'écrie Jack.

J'ai l'air trop soulagé. Au moment où ils s'éloignent chacun de son côté, le cœur de Jack bat un peu trop vite, réaction disproportionnée par rapport à la gravité de la gaffe — l'adresse ne signifie rien pour elle. Il n'y a pas de mal. Un simple rappel à la prudence, voilà tout. C'est d'ailleurs sans importance. Même le nom d'Oskar Fried ne rimerait à rien pour elle. Il a à peine un sens pour Jack. Un intellectuel soviétique en nœud papillon.

Il aperçoit des montagnes de fruits et de légumes au milieu d'une pelouse en plastique, puis son regard se pose sur les bananes, les pommes et les poires, tandis que, dans sa poche, il réduit l'adresse en bouillie. Les pommes de terre… Tiens, les voilà! Mimi n'a pas précisé la quantité. Il en dépose deux sacs dans son chariot. Quoi d'autre ? Il cherche la liste dans sa poche et tombe sur les languettes de papier — mais oui, des Shredded Wheat. Mais encore ? Des saucisses. Des pains à hot-dogs pour les enfants. Sans oublier les guimauves, évidemment…

Avant le déjeuner, Madeleine est en haut dans sa chambre, entourée de toutes ses possessions terrestres : livres, jouets et — elle refuse de parler de poupées — y a-t-il, pour les désigner, un mot qui ne fasse pas bébé ? Bugs Bunny trône sur le lit, les oreilles en chignon de part et d'autre de la tête. À sa droite, elle installe un singe en tissu appelé Joseph — elle ne sait plus pourquoi. Tout ce dont elle se souvient, c'est que, à l'époque où il n'était encore qu'une chaussette, Joseph était enroulé autour de son cou quand, en Allemagne, elle s'était miraculeusement remise de son angine à streptocoques.

— *Guten Tag*, Joseph, fait Madeleine.

Et il lui sourit de ses yeux en boutons.

Debout sur une chaise, elle range sur la tablette de sa garde-robe le jeu de serpents et d'échelles, qui a connu des jours meilleurs, puis le Monopoly — la version britannique, avec des livres et des noms de rue de Londres — et le mystique jeu de dames chinoises avec sa précieuse collection de billes de couleur — *Surtout, ne joue jamais dehors avec elles !* Sur la tablette, elle aligne dans le bon ordre les sept volumes de l'histoire de Narnia. Cadeau d'un petit-cousin de son père, jésuite à Toronto.

— Merci, père Je-ne-sais-plus-qui. Ce sont les meilleurs livres que j'aie lus.

Elle est parfaitement heureuse, ainsi occupée à tuer le temps dans l'attente du retour d'Auriel et de Lisa. Elle est donc surprise d'entendre sa mère l'appeler depuis le rez-de-chaussée :

— Madeleine, une amie est venue te rendre visite.

Tandis qu'elle essaie de deviner de qui il s'agit, la surprise cède le pas à la panique. Colleen ? Elizabeth ? Les deux ? Elle descend lentement l'escalier.

— Bonjour. Je m'appelle Marjorie Nolan. Bienvenue à Centralia, Madeleine.

— La *maman** de Marjorie lui a dit qu'une petite fille de son âge venait tout juste d'emménager au bout de la rue.

Madeleine jette un coup d'œil à sa mère. *Je ne suis pas une petite fille.*

Maman prend le visage de Madeleine entre ses mains et lui pose un baiser sur la tête.

— Va jouer dehors, *chérie**. Il fait un temps magnifique.

Sur ces mots, elle lui tapote le derrière.

Marjorie Nolan lui sourit, mais Madeleine a ses doutes. Marjorie a des anglaises blondes et porte une robe — pendant les vacances d'été ! Avec cette coiffure et ces manches courtes bouffantes, elle a un air un peu suranné, façon Pollyanna. Madeleine n'a pas envie d'être grossière, mais elle se rend compte tout de suite que Marjorie n'est pas son genre.

— Tu veux que je te fasse visiter le coin, Madeleine ?

— D'accord.

— Amusez-vous bien, les filles. Heureuse d'avoir fait ta connaissance, Marjorie.

Elles se mettent en route, et Marjorie commente les lieux.

— Là, c'est la maison du commandant.

— Ouais, je suis au courant, fait Madeleine.

Tout le monde sait que la maison isolée avec le jardin le plus grand — celui où il y a le mât du drapeau — est celle du commandant.

— De l'autre côté de la rue, derrière la maison mauve, il y a le parc avec les balançoires, les bascules et tout le reste, poursuit Marjorie.

— Je sais. J'y suis déjà allée.

Elle ne cherche pas à être grossière, mais il fait chaud et elle préférerait lire un livre ou jouer avec l'arroseur. Cependant, il est trop tôt pour la planter là. Aussi demande-t-elle :

— Tu veux jouer avec l'arroseur ?

Marjorie ricane et baisse les yeux sur sa robe.

— Je ne pense pas, Madeleine.

On dirait un adulte amusé par un mot d'enfant.

— À droite, de l'autre côté de la route et de la voie ferrée, dit Marjorie, on voit la boutique de Pop. Il vend des bonbons. Elle ne fait pas partie de la base. C'est le rendez-vous des adolescents. Je te la déconseille vivement.

Madeleine contemple avec envie la bouteille de Mountain Dew peinte sur la porte de l'établissement. Puis elle jette un coup d'œil aux anglaises blondes qui sautillent sur les épaules de Marjorie, à son sourire pincé et figé comme celui d'une poupée. Le mot lui vient à l'improviste : *Margarine*.

— Qu'est-ce que tu veux faire ? demande-t-elle à Margarine.

— Ce qu'on fait maintenant, voyons, réplique Marjorie.

Madeleine se résigne à faire le tour d'une autre rangée de maisons avant de prendre son congé.

— C'est là que vit Grace Novotny.

Marjorie s'est arrêtée devant des maisons jumelées rose pâle. Elles se trouvent dans le coin le plus reculé du quartier, de l'autre côté de l'école par rapport à la maison de Madeleine, copie conforme de la rue où elle vit. C'est là que vivent les militaires du rang, mais c'est sans importance. C'est la compétence qui compte, pas le grade.

« Nous dépendons les uns des autres, dit son père. Un pilote a beau avoir un grade supérieur à celui des membres du personnel au sol, sa vie est entre leurs mains. »

Rien à voir avec l'armée de terre, où « il suffit d'avoir un cœur qui bat ». Voilà pourquoi Madeleine est consternée d'entendre Marjorie dire :

— Le père de Grace n'est que caporal.

Jamais encore elle n'a entendu quelqu'un comparer les grades. Les papas, on les présente toujours par leur nom, voici M. Untel, jamais par leur grade.

— Mon père est commandant d'aviation, dit Marjorie.

Madeleine s'abstient de répliquer que le sien est lieutenant-colonel d'aviation. Elle aurait l'air de se vanter. À la base, il n'y a qu'un militaire plus haut gradé que son père, et c'est le commandant. Elle n'y peut rien. D'ailleurs, qu'est-ce que ça change ?

La maison rose pâle et la pelouse sont à l'image des autres, correctement entretenues. Contre un mur, on a appuyé plusieurs vélos et des tricycles ; dans l'entrée, on voit une grosse Mercury Meteor décapotable aux banquettes en cuir blanc. On a accroché deux dés au rétroviseur.

— C'est la voiture d'un des petits amis des sœurs de Grace, explique Marjorie. Elle a quatre sœurs aînées, toutes plus salopes les unes que les autres.

Le mot fend l'air. Madeleine jette un coup d'œil à Marjorie — peut-être ne sera-t-elle pas si rasoir, après tout. Derrière le volant, Madeleine se représente un type aux cheveux gominés, arborant un tricot moulant et un petit sourire narquois, le bras passé autour de la taille d'une poulette, la décapotable remplie à ras bord de filles aux cheveux bouffants et au pull serré. *Des salopes.*

— Si tu veux mon humble avis, il y a tout simplement trop d'enfants dans cette famille, dit Marjorie.

La mère de Madeleine dirait :

« C'est comme si on disait qu'il y a trop d'amour. *Chaque enfant** est un don de Dieu. »

Secrètement, Madeleine se réjouit d'être seule avec Mike.

— L'année dernière, Grace Novotny a redoublé. Elle sera donc avec nous en quatrième année, même si elle a déjà dix ans. Un conseil d'amie, Madeleine : tu aurais intérêt à te tenir loin d'elle. En fait, ajoute-t-elle en s'esclaffant, c'est un ordre.

Cette fois, c'est le bouquet. Marjorie est une parfaite imbécile. L'utilisation du mot « salopes » n'a été qu'un incident de parcours.

— Je ne veux surtout pas être sale langue, dit Marjorie en mettant les mains en porte-voix pour chuchoter à l'oreille de Madeleine, mais Grace pue !

Prise de fou rire, elle jette un coup d'œil interrogateur à Madeleine. Celle-ci la gratifie d'un mince sourire, puis Marjorie s'écrie :

— La voilà ! Filons !

Marjorie s'enfuit au triple galop, mais Madeleine reste là à observer la maison rose. Derrière la porte moustiquaire, une fille. Le treillis voile sa silhouette, mais Madeleine devine un casque de boucles couleur miel, coupées à l'épaule. Grace n'a rien d'étrange, rien qui exige qu'on prenne ses jambes à son cou — il est vrai qu'elle se trouve trop loin pour que Madeleine puisse la sentir. De toute façon, il suffit d'un bon bain pour remédier à ce problème. À moins que votre maison ne sente mauvais ou que vous ne mouilliez votre lit. Puis, il se passe une chose bizarre. Grace, dirait-on, esquisse un salut de la main ; Madeleine l'imite. Grace, cependant, se contente de fourrer son pouce dans sa bouche et de le sucer. Marjorie a peut-être raison — mieux vaut éviter Grace Novotny. Sans se moquer d'elle, comme le fait Marjorie, mais sans la traiter en amie non plus.

Au bout de la rue, là où un sentier asphalté se faufile entre les maisons jusqu'à la cour de l'école, Marjorie attend.

— Tu vas le regretter, chantonne-t-elle.

— Pourquoi ?

— Tu n'aurais pas dû la saluer, Maddie. C'est comme flatter un chien errant.

Maddie ?

— Je m'en moque, dit Madeleine.

Elles marchent en silence. À l'approche de l'école endormie, qu'elles vont contourner, l'herbe succède à l'asphalte.

— Tu es en colère contre moi ? demande Marjorie en joignant les mains et en les faisant rebondir sur le devant de sa robe.

— Pourquoi je serais en colère ?

— Tu vas devenir l'amie de Grace ?

— Non.

Madeleine croit entendre la voix de son frère sous la sienne. Le ton d'impatience masculine qu'il adopte en présence de filles stupides.

Elle défend les filles quand Mike se moque d'elles, mais c'est vrai qu'il leur arrive d'être bêtes comme tout.

— Tu veux être ma nouvelle meilleure amie ?

Madeleine ne sait que répondre. *Vous ne perdez pas de temps, hein, docteur ?*

— Je ne sais pas, marmonne-t-elle.

Puis Marjorie tente de lui prendre la main ! Madeleine détale, court vers les balançoires, en enfourche une à la façon d'un cow-boy et, à force d'actionner ses jambes, prend de l'altitude.

En bas, Marjorie attend patiemment.

— Tu as fait la connaissance des Froelich, je suppose ? demande-t-elle de sa voix d'adulte empreinte de sarcasme.

Madeleine observe Marjorie agiter sa robe comme une ballerine et décrire des cercles sur la pointe des pieds. Elle se met debout sur la balançoire et redouble d'efforts.

— Je suis au regret de dire que les Froelich sont des vauriens, dit Marjorie. Sauf Ricky, qui est un amour !

Elle pousse un cri déchirant et se dirige au pas de course vers les bascules.

En plein vol, Madeleine saute et réussit un atterrissage parfait. Elle rejoint Marjorie — au moins, elles font quelque chose de normal. Elles montent et descendent, évitant poliment de se cogner mutuellement le derrière.

— Quoi que tu fasses, Maddie, évite sa sœur, et je ne te parle pas de l'attardée. Je veux dire l'autre, la méchante, Colleen, celle qui a un couteau et qui pourrait bien s'en servir pour te zigouiller.

Madeleine commence à se sentir mal. À en croire Marjorie, il n'y aurait ici que des enfants puants, débiles et dangereux avec lesquels elle se serait déjà, par inadvertance, liée d'amitié. Sans parler de Marjorie elle-même. Madeleine éprouve un pincement de regret pour l'Allemagne, la base de la 4e Escadre, les avions de chasse immaculés — les jeunes pilotes qui la faisaient monter dans le cockpit de leur appareil et saluaient son père. À l'occasion, un B-52 — appartenant à l'United States Air Force Europe, l'USAFE — s'avançait lourdement sur la piste dans un bruit de tonnerre. Il y a des B-52 en patrouille permanente là-haut, gros dinosaures aveugles, leur train d'atterrissage se referme comme des tenailles, leur ventre dur et segmenté est rempli de bombes. Assurant notre sécurité.

— En plus, ils ont un chien méchant, ajoute Marjorie, qui se balance en amazone.

— Mais non, il est gentil.

— C'est un berger allemand, Maddie, déclare Marjorie d'un ton tranchant. Il risque de se retourner contre toi.

Fermant les yeux, Madeleine se représente les arbres magnifiques, les tonnelles de roses et les fontaines de la ville voisine de la 4e Escadre, Baden-Baden, au cœur de la Forêt-Noire, de la Schwarzwald. Une ville d'eau regorgeant de vieilles dames riches accompagnées de leur caniche — remplie d'espions, disait son père, « lisant des journaux avec deux trous pour les yeux ». Le parfum des gâteaux le jour et du charbon de bois le soir, le goût de l'eau des ruisseaux de montagne pendant une *Wanderung* du dimanche, la langue qui fleure bon la terre féconde et le vieux cuir, *du bist wie eine Blume*...

— Quel dommage que tu doives vivre en face des Froelich, Maddie. J'espère qu'ils ne te causeront pas trop d'ennuis.

— Il faut que je rentre, dit Madeleine en descendant de la bascule qu'elle a soin de retenir.

— Pourquoi ?

— C'est l'heure du déjeuner.

— Ma maman nous fait à manger, dit Marjorie. Elle a dit oui. Elle prépare des petits gâteaux et tout et tout.

— Ah bon ?

Dès qu'on a pitié de quelqu'un, on est fait comme un rat.

— D'accord.

Ce ne sera jamais qu'une demi-heure dans sa vie : après, elle ira retrouver Mike à la maison. Il fabrique un avion miniature en compagnie de son ami normal, Roy Noonan. Et papa sera là. Ils joueront aux dames chinoises et elle respirera le bon air propre de la maison. *Qu'est-ce que je vais bien pouvoir raconter la prochaine fois que Marjorie viendra sonner chez nous ?*

Elles traversent le parc — un vrai four — et remontent St. Lawrence Avenue. Madeleine garde la main dans sa poche par crainte que Marjorie ne s'en empare de nouveau. Marjorie vit dans un bungalow jaune en face du petit bungalow vert — celui qui est encore vacant. Elle gravit les marches au pas de course et Madeleine la suit.

Il fait sombre à l'intérieur. Les yeux de Madeleine mettent un moment à s'adapter. On étouffe. Des relents de cigarettes, mais pas de celles qui rafraîchissent. Une odeur de renfermé. Des housses en plastique recouvrent les meubles du salon, les rideaux sont tirés.

— Par ici, dit gaiement Marjorie.

Dans la cuisine, les stores sont fermés.

— Ma mère a des migraines, fait Marjorie, comme si elle se vantait d'avoir une bonne et un piano à queue.

Madeleine ne dit rien. Assise à la table en formica brun, elle se demande si Marjorie a des frères et des sœurs. Il n'y a rien sur la table.

Ni vaisselle dans l'égouttoir, ni journaux à la traîne, ni bric-à-brac. Quand, chez Madeleine, il y a du désordre, ses parents disent :

— Au moins, la maison a l'air habité.

La maison de Marjorie n'a pas l'air habité.

Marjorie ouvre le frigo.

— Hum. Voyons voir un peu.

Dans le réfrigérateur éclairé vivement, Madeleine aperçoit les tablettes grillagées en acier inoxydable. Il n'y a presque rien.

Marjorie confectionne des sandwichs au beurre d'arachide avec des tranches de pain blanc, qu'elle coupe en quatre après avoir retiré la croûte. Elle garnit le tout d'olives farcies au piment sorties d'un pot. Pas de petits gâteaux.

Marjorie se tamponne la bouche avec une serviette en papier.

— Si je puis me permettre, c'était divin.

Madeleine s'enfuit avant d'avoir vu la chambre de Marjorie.

— Merci, fait-elle.

Puis elle rentre en courant.

— Tu as oublié le lait.

Mimi vide les sacs sur la table.

— Impossible de vous lire, madame, dit-il en mordant dans une pomme.

Elle voit les deux sacs de pommes de terre.

— Dis-moi, Jack McCarthy, combien de patates crois-tu que nous pouvons manger ?

Il sourit.

— Tu n'as qu'à faire de la poutine.

— Je vais t'en faire de la poutine, moi.

— C'est une promesse ?

Mike entre en trombe.

— Roy peut manger avec nous ?

— *Ben sûr, mon pitou**.

Mimi finit de servir la soupe aux tomates. La pyramide de sandwichs au jambon fond comme neige au soleil. À l'arrivée de Madeleine, Roy en est à son troisième, et Mike est en train de se resservir.

— Où étais-tu passée ? demande Mimi. Et ton amie ? Elle mange avec nous ?

— Qui ? demande Madeleine. Non, j'ai mangé chez elle.

— Tu as déjà mangé ?

— Ouais, mais j'ai encore faim.

Il n'y a plus qu'une moitié de sandwich sur le plateau. Madeleine s'en empare et la dépose sur son assiette, où une autre moitié la rejoint aussitôt. Elle lève les yeux vers Roy Noonan.

— Tiens, grogne-t-il. Je n'ai plus faim.

— Merci, dit-elle.

Maman décoche un clin d'œil à papa.

— Qu'est-ce qu'il y a de si drôle ?

— Vas-y, ma grande, mange, dit Jack. Ça te fera pousser du poil sur l'estomac.

LA DOLCE VITA

La ruée vers l'espace revêtira une importance capitale pour le conflit armé de demain.

Le général soviétique Pokrovsky, deux jours avant le lancement de Spoutnik I, 1957

À l'ère cruciale de la guerre froide, les premiers dans l'espace seront les premiers, un point c'est tout ; quant aux seconds, ils seront seconds dans tous les domaines.

Lyndon B. Johnson à John F. Kennedy, 1961

Croyez-moi, mesdames : le marteau de votre mari est un excellent moyen d'attendrir la viande.

Heloise's Kitchen Hints

Dans la cour des McCarthy, la fête bat son plein. Betty Boucher est arrivée avec un grand plateau de boulettes de bœuf haché à griller, une salade de pommes de terre et une tarte à la noix de coco. Vic, son mari, lui a emboîté le pas avec son barbecue, les enfants et un sac en toile dans lequel des objets s'entrechoquent. Jack a déjà commencé à faire griller des saucisses, et un poulet tourne dans la rôtissoire. Mimi a préparé des œufs mimosa, une salade aux carottes et aux raisins secs, une poutine râpée et un renversé aux ananas — normalement, elle en fait beaucoup plus, mais on n'est là que depuis deux jours, alors *arrête** ! Vimy et Hal Woodley ont apporté des lasagnes, une salade verte et une bouteille de vin allemand, souvenir de leur dernière affectation.

Hal est un homme grand et musclé dans la quarantaine, à la moustache poivre et sel, aux cheveux grisonnants coupés en brosse.

— Quel plaisir de faire votre connaissance, Mimi.

— Je vous sers une bonne bière froide, Hal?

« Hal » pour les dames, « monsieur » pour les hommes — sauf dans un jardin ou sur un terrain de golf, et encore à son invitation seulement. La fille aînée des Woodley est à l'université, et la plus jeune, « sortie avec des amies ». Auriel Boucher est arrivée avec Lisa Ridelle, dont la mère, venue s'assurer que ce n'était pas un problème, a pris Mimi dans ses bras.

— Elaine!

— Mimi!

Elles ne se sont pas vues depuis l'Alberta.

— Et moi qui n'ai même pas reconnu la petite Lisa! s'écrie Mimi. Tu es radieuse, Elaine.

— Tu parles. J'ai l'air d'un hippopotame.

— Tu en es à quoi? Six mois?

— Cinq!

Mimi insiste pour qu'Elaine aille chercher Steve, son mari.

— Il y en a largement assez pour tout le monde.

Elaine est de retour avec son mari, une bouteille de vodka, une assiette de carrés aux noix et un instantané de Lisa et de Madeleine, âgées de un an, en train de jouer dans la baignoire. Madeleine et Lisa sont stupéfaites de se rendre compte qu'elles ont été amies pendant des années. À la vue de la photo compromettante, qu'Auriel examine, éberluée, les deux fillettes ricanent d'un air de ravissement et d'humiliation. C'était donc écrit dans les étoiles.

Steve et Jack s'assènent des claques dans le dos, puis Jack appelle Mike.

— Mike, je te présente le docteur Ridelle, l'homme qui t'a enlevé les amygdales à Cold Lake.

Henry Froelich est venu avec une bouteille de vin maison et sa fille Elizabeth dans son fauteuil roulant. Sa femme est arrivée avec ses deux bébés jumeaux et une marmite de chili con carne. Mimi jauge Mme Froelich d'un seul coup d'œil — une vieille chemise d'homme, un pantalon fuseau noir à sous-pieds tout délavé —, sourit, s'empare de la marmite et déclare les bébés magnifiques — ils sont en couche-culotte et en tricot. Il y a des taches d'herbe sur les tennis de la femme.

— Ravie de faire votre connaissance, madame Froelich.

— Appelez-moi Karen.

Jack se charge des présentations. Les Boucher et les Ridelle serrent la main des Froelich et disent qu'ils se connaissent, naturellement.

On dirait les Woodley en terrain plus familier. Hal demande à Froelich si « leur garçon » sera de l'équipe vedette de basket-ball cette année, tandis que Vimy interroge Karen sur son travail en ville. Quelques instants plus tard — dans la cuisine où elle renverse un moule en aluminium sur une assiette pendant que Jack décapsule des bières —, Mimi déclare :

— Elle est bizarre.

— Qui ça ?

— Karen Froelich.

— Ah bon ?

— Ça saute pourtant aux yeux.

D'un mouvement preste, elle détache la salade en gelée — petits pois et morceaux d'ananas prisonniers d'un monticule verdâtre et chatoyant, aux multiples facettes.

— Je la trouve plutôt bien, dit Jack.

— Qu'est-ce que ça veut dire ?

Elle lui décoche un regard incendiaire, retire sa cigarette de sa bouche, en secoue la cendre.

— Il est vrai que les femmes ne sont pas toutes aussi racées que toi, bébé.

Il lui tend un verre de bière. Elle refuse d'un signe de tête, se ravise, avale une gorgée et rend le verre. Elle a retroussé le col de sa blouse rouge sans manches, son pantalon capri laisse entrevoir juste ce qu'il faut de mollet entre l'ourlet et les petites chaussures en toile. La tache de rouge à lèvres sur le filtre de sa cigarette correspond à la trace de baiser sur le verre de Jack.

— Sans parler de son chili... tu y as goûté ?

— Non, mais ça sent rudement bon.

Il lui décoche un clin d'œil et elle s'empourpre. Il est décidément trop facile de la faire monter sur ses grands chevaux.

— Du chili con carne, mon œil ! Elle a oublié la « carne », fait-elle en écrasant son mégot.

Puis elle s'empare de sa salade en gelée, et Jack, esquissant un sourire, la suit dans la cour.

Les adultes sont assis sur des chaises de jardin, une assiette sur les genoux, un verre à leurs pieds. La mère de Lisa, Elaine, rit au moindre propos de son mari. Steve est le médecin-chef de la base et le « golfeur professionnel en résidence », plaisante Vic. Les enfants, Madeleine, Mike, Roy Noonan, Auriel Boucher, les petites sœurs d'Auriel et Lisa Ridelle, prennent place à des tables à cartes mises bout à bout. Les bébés Froelich rampent sur la pelouse, poursuivis par la sœur d'Auriel, Bea, âgée de deux ans, en bonnet et barboteuse. Karen Froelich fait manger du chili con carne à Elizabeth — la vue de la nourriture qui entre dans la bouche d'Elizabeth et en ressort aussitôt donne des haut-le-cœur à Madeleine, qui s'efforce de regarder ailleurs, sans trop en avoir l'air.

Vic et Mimi se querellent en français. Elle lui assène un coup de gant de cuisine et il pousse les hauts cris.

— *Au secours* !*

— *Parlez-vous le ding dong*,* Vic ? demande Jack depuis le barbecue, sur lequel il préside, affublé d'un tablier où figure le mot CHEF.

— Moi, je parle français. Votre femme, je ne sais pas trop ce qu'elle parle.

— *Ma grande foi D'jeu, c'est du chiac* !*

Le chiac, le français acadien, le *« langage local* »* coloré, dont il y a autant de variantes que de localités dans les Maritimes.

— *D'jeu ? C'est quoi ça, D'jeu* ?*

Vic sait pertinemment qu'elle veut dire *Dieu*,* mais il l'imite en adoptant une cadence féminine et en faisant rouler les « r » de façon outrageuse, et elle rit trop pour le frapper de nouveau.

— Où êtes-vous allé la pêcher, Jack ? demande Vic, qui a plutôt l'accent de Trois-Rivières. Elle parle comme une péquenaude.

— Je l'ai tirée d'un bayou de la Louisiane.

— Vraiment ? demande Henry Froelich.

— Non ! s'exclame Mimi.

Jack dit :

— Je l'ai trouvée au Nouveau-Brunswick…

Mimi opine du bonnet.

— … dans une réserve indienne…

— Jack, s'écrie Mimi en lui faisant tâter de son gant de cuisine, *allons donc* !*

— Vous avez du sang autochtone, Mimi ? demande Karen Froelich.

Le rire de Mimi se fige en un sourire poli.

— Non, je suis acadienne.

— C'est ce qui explique le français barbare qu'elle parle, fait Vic en parodiant son propre accent.

— Regarde qui dit ça, espèce de *frog* mal léché, fait Betty, la femme de Vic, toi qui massacres à longueur de journée la langue de Louis XIV, avec ton patois païen !

— Vous êtes acadienne, dit Karen. Comme c'est intéressant. N'y avait-il pas justement beaucoup de mariages entre Acadiens et Amérindiens ?

Elle ne semble pas avoir conscience de la gaffe qu'elle vient de commettre.

Un ange passe. Tout le monde sourit. Jack est certain que Mimi jugera la femme rosse, mais, sur le visage de Karen, il ne lit que de l'intérêt. Au milieu des chaises de jardin, on dirait une étrangère «en terre étrangère». Même son mari fait figure d'archétype — le professeur barbu aux vêtements fripés. Karen, cependant, coiffée à la diable et dénuée de la moindre trace de maquillage, s'intéresse aux menus détails de l'histoire du Canada. Rien là d'usuel pour une femme.

— C'est le stratagème qui leur a permis de se soustraire au serment d'allégeance à l'Angleterre, non? Avant la Déportation.

Mimi sourit et hausse les épaules.

— Ils ont prétexté avoir du sang indien, poursuit Karen.

Jack jette un coup d'œil à Mimi. Va-t-elle jouer le jeu? Faire le récit du *Grand Dérangement**? *C'est de là que me vient ma prédisposition au déménagement.*

Vimy Woodley vole à la rescousse.

— On sait si peu de chose de notre histoire… J'ai bien peur de ne jamais avoir entendu parler de la Déportation.

Jack raconte comment les Anglais ont chassé les Acadiens de leurs foyers, il y a deux cents ans, et Mimi entre dans le bal :

— C'est de là que me vient ma prédisposition au déménagement.

Tout le monde éclate de rire, et Betty Boucher s'empare de la main de Mimi. Avec son accent de Manchester, épais comme un cardigan de laine, elle déclare :

— Eh bien, je suis anglaise, ma chère. À ce titre, je vous présente toutes mes excuses. Voilà !

À la table des enfants, Mike se lève et fait tourner son bras comme une hélice. Quand il s'arrête, il a la main enflée et rouge à cause de l'éclatement des vaisseaux capillaires.

— Sensass ! fait Lisa avant de retourner ses paupières.

— Super.

Puis ils suivent Roy Noonan le long de la maison. Il va leur montrer ce qu'il sait faire avec son appareil orthodontique et son appareil de rétention. Il se penche, les mains sur les genoux, et se mâche la langue jusqu'à ce qu'un ruisseau de salive claire lui coule de la bouche.

— Les enfants, crie Mimi. C'est l'heure du dessert.

Betty, qui débarrasse la table, demande à Vimy si sa fille Marsha est libre samedi pour garder les enfants. Mimi, qui prépare des cornets de glace, demande à Steve ce qu'il pense de l'appendicectomie.

— À mon avis, répond-il, il faut éviter de réparer ce qui n'est pas cassé.

— On croirait entendre mon mari, dit Mimi en souriant.

Les enfants recrutent Hal comme organisateur d'un match de soft-ball impromptu. En douce, Steve et Vic rentrent chercher de la bière, tandis que Jack reste à bavarder avec Henry Froelich.

— Finalement, c'est quoi, votre domaine, Henry ? Les mathématiques ? Les sciences ?

Après deux ou trois bières, par une belle soirée d'été à Centralia, la Hambourg de 1943 semble à des années-lumière — Jack ne voit pas au nom de quoi il ne devrait pas s'intéresser à ses voisins. Détendu malgré sa cravate et sa chemise à manches longues, Froelich ne semble pas se formaliser de la question.

— Je travaillais en génie physique, dit-il en haussant les sourcils comme pour mesurer le degré d'intérêt de Jack.

— Bon Dieu ! fait Jack. Qu'est-ce que c'est, au juste ?

Froelich sourit, et Jack le ressert de vin.

— Allez-y, Henry, je suis tout oreilles.

— Eh bien…

Froelich se croise les bras et Jack l'imagine dans une salle de classe — la graisse d'essieu qu'il a sous les ongles pourrait tout aussi bien être de la craie.

— J'étudiais et j'enseignais le fonctionnement de choses.

— Quelles choses ? Des avions, des trains, des automobiles ?

— Il y a des applications dans ces domaines, oui, et dans d'autres. La propulsion, vous comprenez ? J'étais un jeune homme très porté sur la théorie. Je — comment dit-on ? — ne me salissais pas les mains.

— Au contraire d'aujourd'hui, fait Jack en désignant du pouce le vieux tacot à l'allure hétéroclite qui trône de l'autre côté de la rue.

Froelich hoche la tête.

— Oui, je suis devenu plus pragmatique avec l'âge.

— Laissez-moi deviner, Henry. Vous étiez professeur, n'est-ce pas ?

— Oui, c'est exact.

— Docteur en… génie physique.

— *Ja, genau.*

— Dans ce cas, comment se fait-il que vous enseigniez la table des multiplications au milieu de nulle part ?

Froelich rigole. Vic se joint à eux.

— Qu'est-ce qu'il y a de si drôle ?

Jack s'apprête à esquiver la question, ne souhaitant pas embarrasser Froelich, qui préfère peut-être garder le silence sur son passé, mais c'est lui qui répond :

— Nous parlions de la physique. Mon amour de jeunesse.

— Sans blague? Vous êtes donc un scientifique, Henry?

— Titulaire d'un doctorat, s'il vous plaît, fait Jack.

Steve se pointe, armé d'une bière fraîche.

— Pas mal, concède Vic. Dans le nucléaire?

— Le génie.

Vic hoche la tête.

— Si ma vie était à refaire… C'est là que les choses se passent, non? L'avionique, la propulsion par réaction, les fusées.

Jack songe à demander à Vic s'il n'a pas eu sa dose de «choses qui font boum» pendant la guerre, à bord de son Lancaster, mais, se souvenant de la présence de Froelich, il déclare plutôt:

— Moi, j'aurais été astronaute.

— Pour quoi faire? réplique Vic. Rien à voir avec l'aviation. On s'assoit sur une bombe et on prie.

Froelich esquisse un sourire et incline la tête.

— À la Lune, Alice! s'écrie Vic.

Les autres s'esclaffent, mais Froelich semble perplexe. Se peut-il qu'il n'ait jamais vu *The Honeymooners*?

— La Lune, réfléchit Steve à voix haute, est l'endroit idéal où jouer au golf. Imaginez tout le temps qu'il faudrait pour jouer dix-huit trous en apesanteur.

Jack sait que Steve est de deux ans son cadet. Sans cette information, il aurait malgré tout compris que Steve, qui affiche cette forme d'insouciance si particulière, n'a pas fait la guerre. Non pas que l'insouciance soit étrangère aux anciens combattants — il suffit de penser à Simon. Mais l'insouciance de Simon a un côté sombre. À l'instar de la bonhomie de Vic — qui savoure le moindre instant, heureux d'être en vie. À l'instar de Hal Woodley qui, derrière la maison, lance la balle pour les enfants. Voilà pourquoi ils se sont battus.

— Nous aurions intérêt à nous grouiller, fait Jack. Sinon, vous savez ce qu'on trouvera sur la Lune?

— Quoi donc? demande Steve.

— Des Russes.

Vic et Steve éclatent de rire.

— C'est ce que prétend Wernher von Braun. Il en connaît un bout sur la question.

— Qui c'est? demande Steve.

Vic roule les yeux et Jack met les points sur les «i».

— Von Braun est monsieur Missile Balistique en personne. Le grand manitou du programme spatial des États-Unis, la NASA, si tu préfères.

— Ah! Tu veux parler de ce von Braun-là! Je vous ai bien fait marcher, pas vrai? dit Steve.

— Prise! crie un des enfants.

Derrière la maison, les équipes changent de position.

— Pourquoi, de toute façon, voudrait-on aller sur la Lune? demande Steve. Il fait froid, là-haut.

Comme à Moscou, se dit Jack en se rappelant les propos tenus par Simon, l'été dernier. Il avale une gorgée de bière.

— Qu'est-ce qu'on peut faire? Laisser les Popov nous devancer dans tous les domaines? Au train où vont les choses, ils seront sur la Lune en 65.

— La Lune, dit Vic, c'est… le saint Graal, l'anneau d'or…

Froelich soupire.

— Oubliez la Lune, voulez-vous? Il s'agit bien de l'espace, oui? Une bande de vide et de froid à cent soixante kilomètres au-dessus de la surface de la Terre, sans aucune valeur…

— Ouais, dit Steve.

— … sauf qu'elle est le prolongement de notre espace aérien et que c'est là que la prochaine guerre va se jouer.

Jack verse du vin à Froelich.

— De là-haut, dit Froelich en pointant vers le ciel, les Soviétiques ont la possibilité de trafiquer les satellites occidentaux, de — comment dites-vous…

— … neutraliser, fait Jack.

— *Ja,* neutraliser les missiles avant même qu'ils ne quittent le sol ou le sous-marin. Ils peuvent aussi créer une base spatiale, l'armer comme une garnison et se faire une idée extraordinaire de ce qui se passe sur la Terre. La Lune est en quelque sorte un enjeu mineur, une…

— … foire foraine.

— *Genau.*

— L'USAF veut faire de la Lune une base permanente.

— Les Russes aussi, ajoute Vic. C'est ce qui explique leur avance.

— Nous ne sommes pas dans la course pour les mêmes raisons, dit Jack. La NASA est une organisation civile. Elle fait de la recherche pure.

— Si c'est la recherche pure qui les intéresse, ces gens-là, riposte Steve, pourquoi ne se contentent-ils pas d'une base spatiale où mener des expériences? Pourquoi tiennent-ils à tout prix à aller sur la Lune?

— Parce qu'elle a un sens pour chacun d'entre nous, dit Jack. Même un membre d'une tribu au fin fond de l'Afrique peut, en levant les yeux, s'imaginer l'exploit que ce serait. C'est là que réside le véritable pouvoir: captiver l'imagination du monde entier. Les États-Unis doivent prouver leur supériorité au reste de la planète, pas uniquement pour la frime, mais aussi pour des raisons pragmatiques. Il ne faudrait pas que le tiers-monde se tourne vers l'Union soviétique…

— Exactement, dit Vic en agitant sa bière. Quand on vit dans une république de bananes sous la coupe d'un dictateur de pacotille…

— … et que, poursuit Jack, les communistes ont un homme sur la Lune et qu'ils vous font miroiter la perspective d'un poulet dans toutes les marmites…

— Spoutnik n'était que la pointe de l'iceberg.

— Prenez Vostok III et IV…

— Comment s'appellent-ils déjà ? Nicolaïev ?

— Et Popovitch, fait Froelich.

Jack hoche la tête.

— Les jumeaux célestes.

Les cosmonautes russes venaient tout juste de signer un exploit digne de la science-fiction : à bord de capsules spatiales séparées, ils avaient tourné autour de la Terre. Fait incroyable, ils étaient passés à cent soixante kilomètres l'un de l'autre à la faveur des cent douze orbites accomplies, soit plus de cinq fois la distance de la Terre à la Lune. Le mois prochain, c'est à peine si les Américains pourront réaliser six orbites. La prochaine étape pour les Soviétiques, selon toute logique ? Une manœuvre stupéfiante, soit l'amarrage de deux vaisseaux spatiaux et, partant, la domination de l'espace et de leur véritable cible, la Terre.

— Et encore, dit Jack. Ce sont uniquement les vols dont nous avons connaissance.

Hal Woodley se joint à eux. Ils lui font une place, se redressant imperceptiblement.

— Je me demande quelles surprises ils nous réservent encore, dit Vic.

— De nos jours, ajoute Jack, les véritables combats se déroulent dans les journaux et devant les caméras de télévision.

— C'est donc ça qui est arrivé à Nixon, dit Woodley.

Tous éclatent de rire. Jack décapsule une bouteille et la tend à Hal.

— À votre santé, monsieur.

— *Prost.* Appelez-moi Hal, Jack.

Les autres lèvent leur verre, mais, à l'exception de Henry, évitent d'appeler Hal Woodley quoi que ce soit, « monsieur » semblant trop officiel dans les circonstances, tandis que « Hal », en l'absence d'une autorisation en bonne et due forme, paraît inapproprié.

— Non mais quelle déception, fait Jack en esquissant un sourire. Pensez donc. Vous êtes un héros de la Russie, un cosmonaute. Vous faites le tour de la Terre à l'égal d'un Dieu, et vous avez le monde à vos pieds. Où vous envoient-ils à votre retour ? Dans un trou perdu du centre du Kazakhstan !

— Je me contenterais de six orbites au lieu de cent, dit Steve, si ça me permettait de passer une semaine ou deux en Floride. Prenez seulement les serveuses. Je parie qu'elles sont plus agréables à regarder.

— Sans parler de la nourriture ! ajoute Vic.

Froelich attend qu'ils aient fini de rire.

— En se posant sur la Lune, dit-il du ton précis et légèrement contrarié de l'expert, le vainqueur fait la démonstration de sa capacité de décoller instantanément, condition indispensable pour aller sur la Lune, qui est une cible mouvante. Quand on tient compte de la supériorité du matériel de guidage et de commande des Soviétiques, on est en droit de craindre que des missiles balistiques intercontinentaux soient placés en orbite, où ils seraient inaccessibles. Pour frapper une cible, ils n'auraient qu'à réintégrer l'atmosphère...

En écoutant, Jack se perd en conjectures. Avec son doctorat, Froelich pourrait enseigner à l'université, vêtu de l'éternel veston pourvu de pièces de cuir aux coudes. C'est peut-être un excentrique qui a trouvé refuge parmi les péquenauds. Pourtant, son sujet le passionne, ça saute aux yeux. Pourquoi avoir tout balancé ?

— Spoutnik a flanqué la frousse à l'Occident, dit Froelich. Mais qu'est-ce que Spoutnik ?

— Ça veut dire « compagnon de route », je crois, fait Jack.

Faisant fi du commentaire, Froelich poursuit :

— C'est un petit transmetteur au bout d'une fusée. Et aussi le lieu du dernier repos d'une chienne qui n'a pas choisi d'être cosmonaute.

Les autres rigolent, mais Froelich ne sourit pas.

— Spoutnik n'était pas un missile balistique intercontinental ; il n'avait pas de cible à atteindre. Il n'avait qu'à... s'élever.

Il montre le ciel du doigt.

— Ils n'avaient pas de missiles balistiques intercontinentaux ; en fait, nous — l'Amérique, je veux dire — en avions avant la Russie, mais, en Occident, les gens ordinaires ont pris peur, et cette crainte a bien servi les intérêts des...

S'interrompant, il fronce les sourcils, cherchant ses mots. Les autres hommes attendent respectueusement qu'il retrouve le fil. Froelich est le prototype même du savant distrait.

Hal Woodley avance l'expression insaisissable :

— ... pouvoirs en place.

— *Ja,* je vous remercie, dit Froelich. En se posant sur la Lune, le vainqueur fait la preuve de sa capacité d'organiser un rendez-vous entre deux vaisseaux spatiaux en orbite, condition sine qua non à l'aménagement d'une base militaire.

Un moment de silence. On dirait qu'il a terminé.

— Vous avez raison, Henry, dit Jack. La présence d'un homme sur la Lune nous fera chaud au cœur, mais le fond de l'affaire, c'est la sécurité. Les Yankees doivent investir dans le programme spatial de l'armée de l'air.

— Tout ça, c'est de la politique, dit Hal. Prenez le cas de l'Arrow.

On observe un moment de silence à la mémoire de l'Avro Arrow, l'avion de chasse le plus perfectionné du monde. Conçu par des Canadiens, essayé par des pilotes canadiens et mis au rancart par des politiciens canadiens.

— Qu'avons-nous acheté à la place ? demande Steve d'un air dégoûté. Des Bomarc.

— Du matériel américain d'occasion, grogne Vic.

— Je ne sais pas ce qu'attend McNamara, fait Jack. L'USAF a toutes sortes de projets intéressants dans ses cartons à dessins, comme les, euh — ils travaillent aux satellites Midas, qui vous informent de tous les lancements de missiles de l'ennemi, ils ont un planeur spatial habité en chantier, comment l'appelle-t-on déjà ?

— Le Dyno-Soar, dit Vic.

— Ouais, *Time* y a consacré une double page. La NASA a Apollo, mais il y a encore beaucoup de pain sur la planche. Il est temps que Kennedy jette un os à l'USAF.

— L'oncle Sam ne veut pas donner l'impression de brandir la hache de guerre dans l'espace, comme les Soviétiques.

— Vous pensez que l'espace n'est pas déjà militarisé ? demande Henry.

— La NASA est une organisation civile, riposte Jack. En fait, la moitié des personnalités en vue à Houston comptent parmi vos compatriotes, Henry.

— C'est vrai, confirme Hal. Prenez von Braun et l'autre type, là…

— Arthur Rudolph, dit Jack. Un authentique génie de la gestion.

Froelich hausse les épaules.

— Ils ont travaillé pour les nazis.

— Vraiment ? demande Steve.

Jack fait la grimace.

— Sur papier, oui, mais c'étaient des civils. Des scientifiques et des rêveurs.

Vic lève son verre à Henry.

— Il n'y a pas à dire : dans le domaine de la technologie, les Allemands restent imbattables, pas vrai ?

Henry, cependant, ne bronche pas, le dos voûté, les bras croisés, un verre à la main.

— Ce sont aussi des scientifiques et des rêveurs qui ont fait exploser la première bombe atomique à Los Alamos. Ils font — ils ont fait tenir les pièces avec du ruban cache. Tous des idéalistes. La bombe allait freiner Hitler. À la place, elle a fait des millions de victimes chez les civils.

Il y a un moment de silence.

— Elle a mis fin à la guerre, non ? déclare Jack.

— Je me demande si on aurait trouvé un seul général capable de donner un ordre pareil, dit Hal.

Après un autre moment de silence, Vic soupire.

— C'est toujours aux Amerloques que revient le sale boulot.

Jack opine du bonnet.

— Ouais.

Il sourit.

— C'est Peter Sellers qui avait raison. Nous devrions déclarer la guerre aux Américains. Après nous avoir battus à plate couture, ils nous prodigueront de l'aide et nous gagnerons au change.

Henry hausse de nouveau les épaules, avale une gorgée de bière. Jack poursuit.

— Pendant la guerre, en Allemagne, nous avons eu de la chance que les spécialistes du nucléaire ne croisent pas les spécialistes des fusées — le cas échéant, les Allemands auraient eu des missiles atomiques.

— Je me demande pourquoi ils ne l'ont pas fait, dit Vic.

— Parce que cette science, c'était l'affaire des juifs, réplique Henry.

Les autres le regardent, mais Henry n'ajoute rien.

— De quoi parlez-vous ? demande Jack.

— De la science atomique.

— Que voulez-vous dire par « l'affaire des juifs » ? demande Hal.

— Einstein est juif, répond Henry.

Le mot — abrupt, impoli — fait grimacer Jack. *Les juifs* : c'est si… antisémite. Jack se rend bien compte qu'il est injuste : bien qu'allemand, Froelich n'est pas forcément antisémite.

— Hitler rejette la science juive.

Aux oreilles de Jack, Henry semble plus teuton que jamais : inflexions saccadées, confiance en soi confinant à l'arrogance.

— Aussi, Hitler n'a pas l'imagination voulue pour marier fusée et ogive nucléaire.

— Mince, dit Steve. En un sens, l'antisémitisme de Hitler nous a peut-être sauvés de la catastrophe.

Jack laisse entendre un sifflement bas. Henry ne dit rien.

— De quoi parlez-vous donc, les garçons ? demande Elaine.

Jack lui sourit.

— On potine, Elaine, on potine.

— Ils parlent politique, dit Mimi, qui, sur une table roulante, transporte quatre parts de renversé à l'ananas. Ils règlent les problèmes du monde.

Elle gratifie son mari d'un clin d'œil.

— C'est le troisième dessert de la soirée ! se récrie Vic.

— Je ne sais pas où vous avez trouvé le temps, Mimi, s'exclame Betty.

Jack remarque Karen assise un peu à l'écart, les deux bébés endormis dans les bras. Et pourtant, elle semble moins maternelle que… Quoi, au juste ? Il cherche. On dirait une participante à un safari… une femme qui sauve des animaux… des singes… des lionceaux. Quel est le titre du livre, déjà ?

— Assez d'histoires assommantes, lance Elaine en direction des hommes. Venez nous tenir compagnie, maintenant.

— Laissez-les aller, ma chère, dit Betty en versant du thé, même si Elaine a encore un cocktail à la main.

Froelich avale une bouchée de gâteau.

— Merci, madame McCarthy — *entschuldigen Sie mich, bitte* — je veux dire Mimi. Le gâteau est délicieux.

Inclinant la tête en un salut tout européen, il reprend avec énergie :

— Voici où je veux en venir : pourquoi aller sur la Lune, puisque nous sommes parfaitement en mesure de nous annihiler ici, sur le plancher des vaches ?

Les autres hommes se tournent vers lui.

— Je voulais parler des moyens d'éviter l'annihilation, dit Jack.

— Dans ce cas, pourquoi ne pas se débarrasser des armes ?

— Vous êtes donc pacifiste, Henry ?

— Bien sûr que oui. Pourquoi pas ?

— Moi aussi, fait Vic. Seulement, je préférerais que les Soviétiques se débarrassent des leurs en premier.

— Les militaires sont les pacifistes les plus virulents, dit Jack. Au contraire des politiciens, ils savent ce qu'est la guerre.

— Certains civils sont au courant, eux aussi, dit Henry.

Hal sonde les yeux de Henry.

— Ça ne fait aucun doute, Henry. Nous nous souviendrons, pas vrai ?

Il lève son verre.

— À l'amitié, dit Jack.

— À l'amitié, font les autres.

Près du barbecue, les enfants font griller des guimauves. Mike a transformé le sien en torche, prétextant les préférer *à point**. Madeleine s'approche d'Elizabeth.

— Tu veux une guimauve ?

Elizabeth hoche la tête et soupire. Madeleine souffle sur la guimauve, puis l'approche. Lisa et Auriel observent Elizabeth savourer la boule blanche et rôtie sans se presser, les yeux mi-clos, une moustache crémeuse se formant peu à peu sur sa lèvre.

— C'est bon ? demande Auriel.

— Ouaaais.

La tête d'Elizabeth est presque affaissée sur son épaule, puis elle décrit lentement un demi-cercle avant de revenir brusquement en arrière. On jurerait qu'elle se régale.

— Tu sais quoi, Elizabeth ? Si on écrase une guimauve, elle se tasse, et ça fait comme du chewing-gum de fantôme. Tu veux essayer ?

— Ouaaais !

Betty Boucher s'installe sur une chaise de jardin et fait guili-guili à un des bébés Froelich.

— Avec un peu de chance, une famille avec une fille de plus de douze ans va s'installer dans le petit bungalow vert au bout de la rue.

— Ça serait parfait, pas vrai ? dit Elaine Ridelle.

La plupart des enfants ont tout au plus l'âge de Mike, et les baby-sitters valent leur pesant d'or. La fille de Vimy, Marsha, ne peut venir s'occuper des enfants des Boucher, samedi soir ; les Woodley partent en week-end.

— Ricky est libre, dit Karen Froelich.

Se méprenant peut-être sur la signification du silence embarrassé qui s'ensuit, elle sent le besoin d'ajouter :

— Mon fils.

Vimy se tourne vers Mimi.

— Ricky est un bon copain de ma fille, un garçon adorable.

— Un amour, renchérit Elaine.

Karen hoche vaguement la tête. Les autres femmes sourient et changent de sujet.

Mimi n'a pas encore fait la connaissance de Ricky Froelich. Elle ignore ce que Betty et Elaine lui confieront plus tard : Ricky est un beau garçon de quinze ans, si responsable et équilibré que de nombreuses femmes se demandent comment il peut être issu du foyer des Froelich — non pas que les Froelich soient de mauvaises personnes, mais… disons qu'ils diffèrent de la norme. Que Ricky soit un bon garçon ne change rien à l'affaire. Les garçons ne gardent pas les enfants, un point c'est tout. Quel genre de mère propose son fils pour un travail de fille?

Vic traverse le jardin et, en se dirigeant vers la rue, dit aux femmes par-dessus son épaule:

— Je ne peux pas vous le jurer, mais je crois qu'il n'a que deux personnes à charge.

— Qui ça? demande Betty.

Vic s'arrête.

— L'Américain qui s'établit dans le bungalow. Il a seulement un enfant.

— Tu ne me dis jamais rien, Vic!

— Tu ne poses jamais de questions!

— C'est le nouveau stagiaire, dit Hal en venant rejoindre les femmes. Un instructeur de vol.

— Il faudra les inviter, Jack, dit Mimi. Ils vont être loin de chez eux.

— Notre lot à tous, ajoute Betty Boucher.

Vic dit qu'il va chercher son accordéon.

— Restez où vous êtes! fait Mimi.

Se retournant vers sa fille, elle crie:

— *Madeleine, va chercher ton accordéon**.

Puis, coupant court aux jérémiades de Madeleine:

— *C'est pour monsieur Boucher, va vite, va vite**.

Bientôt, Madeleine est de retour, la grosse bête rouge, blanche et noire dans les bras. Vic s'assoit sur une chaise de jardin, appuie l'engin sur ses amples cuisses, défait les boutons-pression, laisse le poumon se gonfler, puis, à force de tressautements et d'étreintes, en fait jaillir de la musique, ses coudes actionnant le soufflet, ses doigts boudinés parcourant les touches à qui mieux mieux. Bientôt, les enfants chantent avec lui, puis les femmes entrent dans le bal, imitées par Steve Ridelle. Le jeune couple qui vit à côté se joint à eux avec son bébé.

Madeleine, qui chante «Alouette» avec les autres, se demande où est passée Colleen Froelich. Est-elle assignée à domicile pour cause de mauvaise conduite? Nous espionne-t-elle en ce moment même?

Vic entame une gigue et Mimi entonne:

— *Swing la bottine dans le fond de la boîte à bois**.

Mike court derrière la maison et revient avec un bâton de baseball. En le tenant à chaque extrémité, il se met à sauter par-dessus, devant, derrière, deux temps plus vite que la musique, tel un garçon sauvage, il propulse le bâton dans les airs, le rattrape, exécutant une gigue. Mimi pousse un cri de triomphe, tout le monde bat la mesure.

Madeleine éprouve une fierté presque douloureuse. Au cours de l'été, elle a vu ses cousins et un de ses énormes oncles exécuter la même danse, tandis que tante Yvonne jouait de l'accordéon — en Acadie, on utilise un manche de hache au lieu d'un bâton de base-ball.

À l'autre bout du jardin, Jack et Henry applaudissent à leur tour. Puis Henry bourre sa pipe, tapote le tabac, en rajoute, tapote de nouveau. Jack allume un cigare White Owl.

— Vous savez, rien ne me plairait autant que de me débarrasser de tous ces machins. Les armes nucléaires, je veux dire. Sacré héritage à laisser à nos enfants. À quoi bon, cependant, se voiler les yeux ? Que faites-vous de l'avance des Russes dans le domaine des fusées ?

— À supposer qu'on y croie.

Henry gratte enfin une allumette, approche la flamme du fourneau de la pipe et, pouf, pouf, donne vie au tabac.

— A-t-on les moyens de ne pas y croire ?

— Même leur secrétaire à la Défense n'y croit pas.

— Ouais, dans ce dossier, McNamara a fait marche arrière, et plus vite que ça, hein ? Pourtant, pas moyen de savoir quel mauvais tour les Soviétiques nous réservent.

Jack crache une particule de tabac.

— Au fait, Henry, quel tabac fumez-vous ? J'ai l'impression de reconnaître l'odeur.

Plus âcre que du Amphora, avec un côté européen — sombre, au lieu des arômes de chocolat au lait dont on a l'habitude.

— Von Eicken. Du tabac *deutsch.*

— Voilà qui explique tout.

— Eisenhower a mis ses concitoyens en garde : il est très dangereux de pratiquer une économie de guerre en temps de paix.

— Vivons-nous vraiment en temps de paix ? demande Jack en soufflant des volutes de fumée en direction du ciel crépusculaire, d'un bleu qui fonce à vue d'œil.

— Ici ? Maintenant ? Oh oui.

Jack hoche la tête, au rythme de la musique — *Si tu aimes le soleil frappe des mains (clap clap), si tu aimes le soleil frappe des mains (clap clap), si tu aimes le printemps qui se réveille, si tu aimes le soleil frappe des mains (clap clap).*

— *Friede,* dit Froelich.

Jack lui lance un regard inquiet, puis se ravise. Évidemment. La paix.

— Vous savez, Henry, on aura beau abolir la bombe et multiplier les bonnes actions, on ne réussira jamais à faire passer à l'humanité l'envie d'explorer.

— La Lune vous tient à cœur, mon ami.

La tige de la pipe de Froelich est moite. Pendant la conversation, son visage s'est creusé, les ombres se transformant en crevasses.

— Allons donc, Henry, vous êtes un scientifique.

— Je l'étais.

— Comment ne pas vous passionner pour ce projet ? La recherche pure...

— C'est de la bouillie pour les chats. Il y a des fonds pour l'étude de certaines questions, mais pas pour d'autres. Ces questions, qui a les moyens de se les poser ?

— Peut-être, mais imaginez le point de vue nouveau que nous aurons sur les choses si nous allons jusque là-haut.

— Le monde restera un endroit dangereux, peut-être même plus si nous...

— C'est là que vous vous trompez, dit Jack, dont le cigare se consume petit à petit. À près de cinq cent mille kilomètres d'altitude, nos petites guéguerres nous sembleront bien futiles. Imaginez-vous en train de voler dans le noir. Vous voyez ? Un silence de mort. Loin au-dessous de nous, la Terre. Un magnifique grain bleu, brillant comme un saphir. Qui est russe ? Qui est américain ? Qui est rouge, blanc, vert ou noir ? De là-haut, on s'en moquera comme de l'an quarante. Nous nous rendrons peut-être compte que nous sommes tous humains et que nous n'avons qu'une seule chance. Je veux parler de la petite vie qui nous est donnée.

Il jette un coup d'œil en direction des autres, attroupés autour du musicien. Mimi, les yeux fermés, chante avec Vic.

— *Un Acadien errant, banni de son pays**...

La clé mineure plaintive des chants folkloriques du monde entier.

— Quelle idée magnifique, dit Henry Froelich.

Jack tourne les yeux vers lui. Soudain, il a l'air triste, et Jack se demande de quoi il a été témoin dans son autre vie. Dans sa guerre. Il a facilement la cinquantaine, assez pour en avoir vu beaucoup, assez pour avoir connu la première — la Grande Guerre. Les anciens combattants ont tendance à garder le silence sur leurs activités de guerre, mais ils reconnaissent volontiers avoir pris part aux hostilités, même devant l'ennemi de naguère. En fait, une sorte de camaraderie lie entre eux des pilotes qui, autrefois, cherchaient mutuellement à se descendre en plein vol. Jack n'arrive pas à s'imaginer Froelich en uniforme. Il a plutôt dû prendre part à l'effort de guerre industriel. Jack se le représente plus facilement dans une usine : en blouse blanche, une planchette à pince à la main, le nez fourré dans le moteur d'un avion à réaction. Expie-t-il quelque chose ? Centralia est-il pour lui une sorte d'exil qu'il se serait imposé à lui-même ?

Froelich poursuit, la voix basse et sombre comme le noir de sa barbe :

— Votre fusée, Jack, fera peut-être tout ce que vous dites. C'est très noble. Très beau. Comme un poème. Mais elle ne vient pas d'un endroit magnifique, elle vient de…

On dirait qu'il a perdu le fil. Il promène son regard autour de lui, inspire, hausse brièvement les sourcils et se ressaisit.

— Vous croyez que la fusée nous conduira au paradis, *ja* ? Une chose est certaine : ce n'est pas de là qu'elle vient.

Il tapote sa pipe.

— En plus, elle coûte une fortune. Malheureusement, il n'y a que la guerre qui ait les moyens de s'offrir un si joli poème.

Froelich se sert du vin.

— Vous en étiez-vous rendu compte, Jack ? Le projet Apollo est nommé d'après le Soleil. Pourtant, il vise sa sœur Artémis, la Lune.

Froelich dévisage Jack, attendant sa réponse.

— Je ne sais pas quoi répondre, Henry.

— Il était une fois une caverne dans la montagne. La caverne recelait un trésor.

Froelich a une lueur malicieuse dans l'œil. Jack attend. Son voisin serait-il un peu éméché ?

— Voyez-vous, Jack, seules les entrailles de la Terre peuvent nous donner les moyens de nous propulser vers le Soleil. C'est un fait établi. Il faut bien que quelqu'un façonne les flèches d'Apollon. Tout comme il a fallu des gens pour ériger les pyramides. Des esclaves, oui ? À votre avis, lequel des anges du bon Dieu est assez riche pour financer notre rêve de voler si haut que, avec un peu de chance, nous apercevrions le visage du Créateur ?

De l'autre côté du jardin, Vic et Mimi entonnent le deuxième couplet :

— *Un Canadien errant… Si tu vois mon pays, mon pays malheureux, va dire à mes amis que je me souviens d'eux** …

— Dites-moi, Henry : que faites-vous ici ?

— Après la guerre, j'ai fait la connaissance de ma femme. Elle était bénévole au camp de l'ONU où je…

— Non, non, je veux savoir pourquoi vous n'enseignez pas quelque part dans une université.

Jack craint d'avoir été grossier envers un de ses invités — après tout, il connaît l'homme depuis moins de vingt-quatre heures, et voilà qu'il le soumet à un interrogatoire en règle. Mais il a l'habitude de se lier rapidement. On ne vit qu'une fois. Si quelqu'un est en mesure de vous faire sortir des sentiers battus, pourquoi ne pas en profiter ?

— Pardon, Henry. Ça ne me regarde pas.

— Non, non. C'est une très bonne question. À laquelle j'ai une très bonne réponse.

Froelich sourit et la lueur dure quitte ses yeux. À sa vue, Jack songe aux photos de marabouts émaciés qu'il a vues dans le *National Geographic*. Saints hommes sereins, affamés.

— J'ai tout ce qu'il me faut ici, répond-il.

Jack suit le regard de Froelich jusqu'à Karen, qui prend les bébés sur l'herbe. Jusqu'à sa fille en fauteuil roulant.

— Santé, dit Jack.

— *Prost.*

Ils boivent.

Les chanteurs ont une fois de plus changé de rythme. Accompagnée à l'accordéon par son mari, Betty gazouille en exagérant son accent cockney :

— M'aimeras-tu brebis autant que tu m'as aimée agnelle ?

Rires, applaudissements.

Puis une accalmie — les enfants sont partis. Quelques instants plus tôt, répondant à l'appel d'un signal imperceptible pour les adultes, ils ont filé en direction de l'école. Soudain, le jardin est paisible, et les femmes poussent un soupir de soulagement.

— Le silence est d'or, dit Elaine.

Les plus jeunes de Betty dorment sur le canapé des McCarthy. Karen, qui a déjà ramené les bébés à la maison, est de retour pour prendre Elizabeth.

— Merci, Mimi. C'était très agréable.

— Vous partez déjà ?

— Il le faut bien, mais venez nous voir quand vous voudrez.

Puis elle lance à l'intention de son mari :

— Amuse-toi bien, Henry.

Jack observe Froelich embrasser sa femme et lui chuchoter un mot à l'oreille en lui prenant délicatement la main. Une fois de plus, l'expression de Karen est indéfinissable. Pas exactement triste — on dirait plutôt qu'elle sourit à quelque chose dans le lointain, à moins que ce ne soit dans le passé. Elle pose brièvement la main sur la poitrine de son mari. Jack la regarde s'éloigner en poussant le fauteuil roulant sur l'herbe. Elle est jolie quand elle sourit.

— Jack ?

— Oui, Henry ?

— Vous avez l'art d'organiser des fêtes réussies. Merci.

Vic pose l'accordéon, s'étire et fouille dans le sac en toile.

— Je vais faire bouillir de l'eau, dit Betty.

Elaine tend son verre à son mari.

— Seulement une larme, s'il te plaît.

Vimy et Hal Woodley font leurs adieux — ils attendent un appel interurbain de leur fille qui étudie à l'université, sans compter qu'ils ne peuvent se permettre d'être les derniers à partir. Aussitôt qu'ils ont tourné les talons, l'atmosphère se détend encore un peu.

Vic vide bruyamment son sac en toile sur la pelouse. Jack demande à Henry si Vic Boucher se déplace toujours avec son jeu de fers à cheval.

— Je ne sais pas, répond Henry. C'est la première fois que je le rencontre en société. Même chose pour le docteur Ridelle — Steve.

Froelich vit là depuis plus longtemps que quiconque. Pourtant, il ne s'est lié avec personne. Peut-être ne l'a-t-on encore jamais interrogé sur le sujet qui lui tient vraiment à cœur, c'est-à-dire le fonctionnement des choses. Jack sent bien que Froelich, du point de vue de la conversation, est un véritable trésor. Lorsque l'homme se passionne pour son sujet, on sent presque la chaleur réconfortante de l'âtre. Et, dès qu'il se donne à fond, les étincelles de l'impatience. Typiquement allemand, se dit Jack. Maintenant qu'il sait combien Henry prend plaisir à causer, il en profitera pour lancer une autre discussion à la première occasion. Jack, qui observe Vic en train de planter le pieu en métal avec son pied, se dit qu'on n'apprend rien sans poser de questions. Sans le savoir, vous pourriez vivre à côté d'Einstein ou de Picasso. Vic s'avance vers eux, des fers à cheval or et argent à la main :

— Messieurs, *faites vos jeux**.

On doit impérativement connaître ses voisins. Dans l'armée de l'air en particulier puisque, en l'absence de parents et d'amis de longue date, on ne peut compter que sur eux.

Froelich s'empare d'un fer à cheval, le soulève à hauteur de ses yeux pour viser. Les femmes éclatent de rire, le fer à cheval scintille dans la main de Henry, argenté dans la lumière mourante de la fin de l'été, comme une aile d'avion, et Jack est suffoqué de bonheur. Pur et détaché de toute cause particulière, un bonheur né de cette soirée douce, de la proximité d'amis — tout neufs et pourtant si familiers —, de l'odeur de l'herbe et du tabac, du charbon qui se consume dans le barbecue, du dôme bleu foncé du firmament, des reflets argent dans la main de son voisin. Jack cligne des yeux en regardant le soleil au-dessus de l'horizon parce que des larmes lui sont venues et qu'un poème, appris il y a des lustres, s'est insinué dans son esprit :

*J'ai quitté les entraves terrestres et dansé dans le ciel sur mes
ailes argentées.
Je suis monté et ai rejoint un joyeux chaos de nuages découpés
par des rais de lumière,
Et j'ai vu des centaines de choses merveilleuses dont vous n'avez
même jamais rêvé.
J'ai glissé, plané, me suis balancé là-haut dans le silence éblouis-
sant de la lumière,
Suspendu dans le ciel, j'ai poursuivi les vents hurlants,
Et lancé ma piaffante monture dans des espaces insondables.
Haut, toujours plus haut, dans un délire bleu et brûlant,
J'ai survolé des sommets balayés par les tempêtes,
Là où nulle alouette, nul aigle même, n'ont jamais volé,
Et alors qu'en silence, mon âme s'élevait vers
le sanctuaire céleste,
J'ai tendu la main et j'ai touché le visage de Dieu.*

Le jeune pilote qui a écrit le poème, lui aussi victime d'un accident pendant un entraînement, n'a jamais été opérationnel. Il est mort
ce jour-là. Jack regarde le fer à cheval quitter la main de son voisin.

JOUEURS DE FLÛTE

Vite, tout le monde à l'école, il y a là-bas un type en scooter qui
offre des balades !

L'information, captée par le radar des enfants, a arraché Madeleine et les autres au barbecue et aux chansons. Ils se sont précipités
dans la rue, tels des animaux fuyant un feu de forêt. Avant d'apercevoir
le scooter, ils entendent son moteur, qui monte en régime comme celui
d'une tondeuse dopée. Au bout de la rue, ils piquent entre les maisons
et traversent le terrain dont on vient de tondre l'herbe. À l'école, un
petit attroupement s'est formé. Il doit bien y avoir une cinquantaine
d'enfants de tous les âges, à vélo, en tricycle, en petite voiture ou à
pied — et filant devant eux, la tête et les épaules au-dessus de la foule,
un garçon aux cheveux foncés. Un adolescent.

— Oh mon Dieu ! s'écrie Auriel, dont le visage s'écroule.

Le visage de Lisa se décompose de même.

— Ricky Froelich !

Prises de fou rire, elles courent vers le terrain de jeux en se tenant par la main.

— Viens, Madeleine, dépêche-toi ! crient-elles en se retournant.

Dès que Madeleine les rattrape, Auriel s'empare de sa main, et elles courent en file indienne, telles des poupées jumelles, le temps d'apercevoir Rick Froelich, à cheval sur son scooter rouge, disparaître derrière l'école, un jeune garçon en selle. Madeleine voit aussi Mike et Roy Noonan se faufiler entre les autres. On entend de la musique — quelqu'un doit avoir un transistor. Auriel saisit le bras de Madeleine.

— Là, regarde. Marsha Woodley.

— Elle vient nous garder, siffle Lisa d'un air insistant.

— Nous aussi, s'empresse d'ajouter Auriel.

Marsha Woodley. Du côté des balançoires, distante et sereine, la fille du commandant. Flanquée de deux amies. Twin-sets, mocassins, queues de cheval. Marsha a drapé son cardigan sur ses épaules, où le bouton du haut le retient. Elle porte une jupe plissée et des socquettes. Ces filles ne fréquentent pas l'école J.A.D. McCurdy. Elles prennent l'autobus pour l'école secondaire. Au sommet du mont Olympe. Marsha a un transistor à la main — la voix irrésistiblement fanfaronne de Dion — *Well I'm the type o'guy who will never settle down...*

De retour, le scooter dépose le petit, et la foule se referme.

— Moi, Ricky ! Moi !

Il descend de sa monture. Un grand garçon au jean délavé et à la chemise de cow-boy rouge. Un amour. Le frère de Colleen — et d'Elizabeth. Saperlipopette.

Auriel pousse Madeleine vers l'avant.

— Demande-lui de te faire faire un tour !

— Demande-lui, toi, puisque tu es amoureuse de lui.

— Ne dis pas de bêtises ! proteste Auriel en donnant une tape à Madeleine.

Sous les yeux de Madeleine, Ricky laisse Mike s'installer seul sur le scooter et mettre les gaz.

— Il ne sait même pas que j'existe, murmure Auriel.

Ricky trottine à côté du scooter, tenant Mike en équilibre.

— Ton frère est beau garçon, fait Lisa.

— Pouah ! s'écrie Madeleine, outrée.

— Oh ! Mikey, se pâme Auriel en se bécotant le bras.

Lisa, prise d'un accès de son rire de gorge, entreprend à son tour de se bécoter le bras.

— Oh ! Ricky ! Oh ! Rock !

Auriel, secouée par le fou rire, arrive à peine à parler.

— Oh! Cary Grant! Oh! Gina Lollobrigida!

Elles s'écroulent toutes les deux.

Madeleine regarde ses amies. Elles ont perdu la boule. La voix de Dion plane dans l'air, insouciante et pleine de sous-entendus, tandis que Mike décolle seul sur le scooter, le visage tout rouge à cause des efforts qu'il déploie pour ne pas sourire. *They call me the wanderer, yeah I'm the wanderer, I roam around 'n' round, 'n' round, 'n' round...*

— Vous me mettez au défi de lui demander de me faire faire un tour? dit Madeleine.

Les filles se calment aussitôt.

Au moment où Mike s'arrête, Madeleine se fraie un chemin dans la foule et, en regardant Ricky Froelich droit dans les yeux, dit:

— Je peux faire un tour?

— Pas toute seule, dit Mike de sa voix la plus basse. Elle est trop petite.

— C'est pas vrai, Mike!

— C'est ma sœur.

Ricky remonte sur le scooter et se tourne vers Madeleine. Il a les cheveux noirs et lustrés, les yeux brun foncé. Il a déboutonné le col de sa chemise. Elle voit sa pomme d'Adam monter et descendre quand il lui dit:

— Monte, ma vieille.

Madeleine obtempère et s'accroche à la barre derrière elle. Il met les gaz et elle est propulsée vers l'arrière. Ils roulent sur l'asphalte d'abord, puis dans le champ — c'est ainsi qu'elle s'imagine le surf, les roues de caoutchouc chevauchant les vagues d'herbe, le siège doux vibrant sous elle.

— Accroche-toi bien, lance-t-il par-dessus son épaule avant d'accélérer.

Elle glisse ses mains autour de la taille de Ricky et croise ses doigts sur son ventre, dur et tiède sous la chemise légère. Madeleine a l'impression que ses mains sont toutes petites. En sentant les muscles de Ricky se raidir à l'approche d'une courbe, elle songe à l'aspect des garçons en maillot de bain — la poitrine lisse, l'arc de la cage thoracique à peine visible et la ligne au milieu de leur ventre...

— Ça va?

— Ouais! crie-t-elle.

Impossible de s'empêcher de sourire, le front pressé contre la chemise de Ricky, gonflée par le vent. Heureusement qu'il ne la voit pas. Les cheveux en l'air, elle presse sa joue contre l'omoplate de Ricky et hume son parfum de talc pour bébé et de Brylcreem, voit les nerfs de son avant-bras bronzé s'agiter au moindre mouvement, tourner l'accélérateur, appliquer les freins.

Ils reviennent sur l'asphalte et font le tour des balançoires, tandis que, au loin, semble-t-il, les enfants rassemblés observent. Le transistor joue. Est-ce ainsi qu'on se sent dans un film ? Seule, malgré les regards d'une multitude ?

Au moment où ils contournent l'école, elle épouse la courbe en communion avec lui, s'accroche un peu plus fort, tâte du bout du doigt les boutons-pression nacrés de sa chemise. Le temps a disparu ; il n'y a plus que le moment présent, le bruit d'un moteur, le vent sur ses bras, la chaleur du soleil qu'irradie le dos de Ricky, l'aisance de sa voix qui accompagne la musique. Ils émergent dans toute la gloire du soleil crépusculaire et la balade se termine.

Madeleine descend, les jambes flageolantes, étrangère aux lois de la gravité. Elle ne pense même pas à lui dire merci. Elle est sourde à l'admiration d'Auriel et de Lisa. Au milieu de la foule, elle observe le spectacle avec ses amies, mais elle se sent comme un verre vide — l'impression de déception qu'on ressent à la sortie d'un cinéma au beau milieu de la journée, lorsque, soudain arraché à l'obscurité intime d'une représentation et à l'odeur du pop-corn, qui est l'odeur même de la couleur, du son et de l'intrigue poussés à leur paroxysme, on se retrouve dans la lumière vaste et crue du jour. Dépossédé.

Il fait monter tous les enfants qui le souhaitent : Auriel, souriant de toutes ses dents, le visage empourpré, Lisa muette de plaisir. Il fait même monter Marjorie Nolan — qui n'hésite pas à pousser des cris et à se plaquer contre lui sous prétexte qu'elle a peur de tomber. Après, elle reste accrochée à la main de Ricky, cherche à l'obliger à descendre.

Marsha Woodley épie la scène, bavarde à voix basse avec ses copines, qui crient chaque fois qu'il s'approche des balançoires au passage. Pas Marsha. Souriante, elle regarde de côté. Repousse une mèche derrière son oreille. Lèche le coin de sa bouche. Rouge à lèvres rose pâle.

Enfin, Ricky, en s'aidant de ses pieds, pousse le scooter vers Marsha, en descend et le tient en équilibre pendant qu'elle grimpe. Cette fois, il s'installe derrière pour éviter à Marsha de monter en amazone à cause de sa jupe. Il étire les bras pour agripper les poignées et met les gaz. À la sortie de la cour d'école, ils remontent Algonquin Drive dans la lumière dorée de huit heures, un soir d'été.

Madeleine éprouve un pincement de douleur. En un point de son corps dont elle ignorait jusqu'à l'existence. Partie du sternum, elle irradie. Une tristesse profonde, liée à l'odeur du foin et de l'huile à moteur, la chemise gonflée par le vent de Ricky et l'ourlet de la jupe de Marsha Woodley qui caresse ses genoux. La foule se disperse, et les trois filles décident de rentrer.

— Je donnerais n'importe quoi pour une sèche, dit Auriel.

Lisa montre un paquet de cigarettes en bonbon Popeye. Elles s'allument toutes les trois et inhalent d'un air de contentement.

— Meeerci, très chère.

— Il n'y a pas de quoi, chéérie.

— Je donnerais n'importe quoi pour une Camel.

Elles marchent, le bout de leurs tennis noirci par la rosée. Leur bonbon, à force d'être sucé, est devenu tout pointu. À leur hauteur, un peu plus loin, Marjorie Nolan les suit. Madeleine se demande pourquoi elle reste à l'écart si elle souhaite leur parler.

— Vous connaissez cette fille ? demande Madeleine.

— Pas vraiment. Elle vient d'arriver.

Ce qui est un peu étonnant, vu les grands airs de je-sais-tout qu'elle s'est donnés cet après-midi.

— Et toi, tu la connais ? demande Lisa.

— Un peu.

— Elle a l'air bizarre.

— Elle s'appelle comment ? demande Auriel.

— Marjorie, répond Madeleine. Ou, si vous préférez, Margarine.

Auriel et Lisa éclatent de rire, et Madeleine éprouve un léger remords. Elle se tourne vers Marjorie, qui feint de ne pas les voir. *Bon, comme tu veux. Moi qui allais t'inviter à marcher avec nous.*

— Margarine ! dit Lisa en se bidonnant.

— Chut ! fait Madeleine.

— Ouais, Ridelle, cesse d'être méchante, dit Auriel, avant d'ajouter tout bas, Margarine.

Ce qui provoque un nouvel accès de fou rire.

Madeleine rit poliment. C'est bon, Auriel et Lisa ne sont pas du genre à aller répéter le nom devant Marjorie. Malgré tout, il est triste de voir son nom se transformer en margarine.

Mimi finit de laver la vaisselle. Jack l'essuie.

— Ça ne s'est pas trop mal passé, fait-il.

Elle ne dit rien, mais elle sourit, s'essuie les mains et se met de la crème Jergens.

Mike arrive sur ces entrefaites et ouvre la porte du réfrigérateur. Mimi lui saisit la tête entre les mains et pose un baiser dessus.

— *T'as faim ? Assis-toi là*.*

Mike s'attable et, pendant que Mimi sort des restes du réfrigérateur, il tire de sa poche un minuscule tank vert dont il s'emploie à réparer les chenilles.

— Mike, dit Jack en hochant la tête. Pas de jouets à table.

— Mais papa, on n'est même pas en train de manger.

— C'est tout de même la cuisine de ta mère.

Mike rempoche le tank et Jack se replonge dans la lecture du *Time*. Mimi dépose une assiette comble devant son fils.

— *Tiens, mon p'tit capitaine*.*

— *Merci, maman*.*

Elle allume une cigarette, s'appuie contre les armoires et regarde son fils manger. C'est la dernière année qu'il porte des vêtements pour enfants. Il a la tête de son père, sa façon de manger méthodiquement, proprement, le même mouvement des mâchoires, la même position des épaules et quelque chose dans les yeux — sauf que ceux de son fils sont bruns —, les mêmes longs cils, cette ouverture, l'insouciance et l'application qui caractérisent l'innocence masculine. Elle voit presque le visage de l'homme se profiler sous celui du garçon. Le regard de Mimi n'a rien d'immatériel. Entre les yeux d'une mère et le visage de son fils, il y a non pas du vide, mais au contraire quelque chose d'invisible et d'invincible. Même s'il s'en va un jour de par le vaste monde — ou plutôt pour cette raison précise —, jamais elle ne cessera de le protéger jalousement. Les filles sont différentes. Elles savent plus de choses. Et elles ne vous quittent pas.

D'en haut, Madeleine appelle :

— Je suis prête !

Mimi fait un pas en direction de l'escalier, mais Jack se lève.

— Laisse. J'y vais.

— Et les enfants disparurent dans la montagne pour ne plus jamais revenir. Tous sauf le petit infirme qui n'avait pu suivre les autres.

Jack referme le livre. Madeleine admire l'illustration, les carreaux jaunes et rouges sur la houppelande du joueur de flûte, son chapeau pointu, son visage à la beauté solennelle. Il n'a pas l'air cruel. On le dirait plutôt triste, comme s'il s'acquittait d'une corvée pénible.

— Qu'est-ce qu'il y avait dans la montagne ?

Quand il a terminé, elle pose toujours la même question. Invariablement, il réfléchit un moment avant de répondre :

— Difficile à dire. Mais je pense que c'était… un nouveau monde.

— Avec un ciel ?

— Peut-être, oui. Sans oublier les lacs et les arbres.

— Et ils n'ont pas grandi.

— Tu as sans doute raison. Ils ont vagabondé et joué, heureux comme des rois.

Pendant ce temps, dans le monde extérieur, leurs familles vieillissent et meurent, songe Madeleine. Elle garde cependant le silence pour éviter de gâcher l'histoire pour son père. Depuis l'Allemagne, c'est la première fois qu'elle lui demande de la lui lire. Elle commence à être un peu trop vieille pour un conte pareil, mais, grâce à lui, elle se sent un peu mieux dans sa nouvelle chambre. D'ailleurs, c'est leur secret à eux.

— Tu es presque prête à faire dodo?

Elle s'accroche à son cou.

— Papa?

— Oui, choupette?

— Elizabeth est née attardée?

— Elle n'est pas attardée, ma puce.

La question la tourmente. Comment Ricky peut-il avoir une sœur attardée et une sœur délinquante tout en étant si parfait?

— Qu'est-ce qu'elle a?

— Elle souffre de paralysie cérébrale.

— C'est quoi?

— Elle n'arrive pas à contrôler ses muscles, mais elle a toute sa tête.

Madeleine cligne des yeux. Dans sa tête, Elizabeth est parfaitement normale. Quel effet ça fait de voir ses mains tenter en vain de ramasser quelque chose? d'entendre sa bouche bredouiller des mots dont on connaît parfaitement la prononciation? C'est comme vivre dans une toute petite pièce avec une très grande fenêtre.

— Ça s'attrape? demande-t-elle.

— Non, on naît comme ça.

— Ah bon.

— On n'est pas forcément malheureux. Elizabeth a l'air plutôt bien, pas vrai?

— … Ouais.

Les adultes n'ont jamais peur de ce genre de choses — des maladies héréditaires horribles. Tandis que, à huit ans, bientôt neuf, vous avez l'impression que des choses d'avant votre naissance risquent encore de surgir et de vous agripper par la cheville. Vous sentez le remuement de l'air chaque fois qu'elles vous ratent de peu.

— Bonne nuit, choupette.

Il lui pose un baiser sur le front.

— Fais un bisou à Bugs Bunny.

Il s'exécute.

Elle ne lui demande pas si M. Froelich a été nazi. Si tard dans la nuit, après une soirée si charmante, la question paraît grossière. D'ailleurs, elle sait bien ce qu'il lui répondrait:

— Bien sûr que non. Où vas-tu donc chercher des idées pareilles ?

— Mike, serait-elle forcée de répondre.

Et son frère se ferait gronder. Malgré tout, elle aimerait bien entendre son père lui dire que l'homme qui habite de l'autre côté de la rue n'est pas un nazi.

— Hitler est toujours vivant, tu le savais ? a dit Mike.

Puis il lui a raconté que Goebbels avait tué ses enfants en leur faisant boire du chocolat chaud empoisonné. *Goebbels*. On dirait le cri du dindon.

— M. Froelich pourrait fort bien être un nazi qui se cache ici, a-t-il dit. On reconnaît les SS à leurs tatouages.

À cause de ses manches longues, impossible de voir s'il a des tatouages.

Papa éteint.

— Fais de beaux rêves.

— Dis, papa, est-ce que Hitler est mort ?

— Mort et enterré.

Elle se glisse sous son drap, savourant le parfum des taches d'herbe sur ses genoux et ses coudes. Une soirée d'été : elle est montée en scooter rouge avec un adolescent en chair et en os, Hitler est mort, Elizabeth Froelich n'est pas attardée et l'école commence la semaine prochaine.

Il était une fois, dans un pays qui n'existe plus, une caverne en montagne. La caverne recelait un trésor. Des esclaves l'exploitaient sans relâche. Dans les entrailles de la terre, de jour comme de nuit, ils métamorphosaient le terrestre en céleste. Ils utilisaient tout ce que la terre avait à offrir : des animaux morts des milliards d'années plus tôt étaient exhumés et transformés ; des produits chimiques cachés dans l'air et dans la terre étaient emprisonnés, distillés et reconstitués — son carburant. Des minéraux déjà récoltés étaient nettoyés par le feu jusqu'au stade de la dureté et de la pureté absolues, puis façonnés suivant de multiples formes — sa peau, son cerveau, ses organes vitaux.

Tout est ainsi issu de la terre-mère. Les voitures, les charrues, les téléviseurs, les vêtements, l'électricité. Nous-mêmes. Récoltés, transformés, modelés et enflammés. Si tout s'était fait d'un coup, nous parlerions de magie — les lions s'affranchissant de l'argile, les soldats surgissant des dents des serpents, des éclairs sinueux jaillissant d'une baguette magique, la parole s'envolant de notre bouche.

Mais tout ne s'est pas fait d'un coup. Il a fallu du temps. Pour tout créer, on a dû compter sur l'âge de la Terre, le corps et l'esprit d'une multitude, c'est-à-dire la science. La magie des humains ne fonctionne qu'à rebours. Retournant tout à la terre et à l'atmosphère dans une explosion de lumière.

LE JARDIN DES CONTES DE FÉES

Dans le jardin des Boucher, cet après-midi, la petite tente orange jette une lueur magique. Presque comme dans un film. L'odeur de la toile, les bruits rapprochés, remplis de promesses, le frisson du jeu d'action-vérité. Jonchent le sol des *Archie,* des classiques comme *Les Bébés d'eau* et le joyau de la collection d'Auriel : ses numéros de *True Romance,* bandes dessinées que lui a léguées sa baby-sitter au terme de l'affectation précédente de son père, les pages cornées mais intactes, tout en dessins somptueux de blondes et de brunes, d'hommes à la mâchoire brutale et aux voitures élégantes. Les femmes pleurent d'abondantes larmes blanches.

— On dirait de la lotion Jergens, dit Madeleine.

La séduction qu'exercent les bandes dessinées est exactement proportionnelle à leur capacité de susciter le mépris. La mini-tente prend des allures de foire d'iniquité. Madeleine est pétrifiée, fascinée et consternée lorsque Lisa ferme les yeux et croise les bras sur sa poitrine en disant :

— Oh ! Ricky, je me meurs, embrasse-moi, je t'en supplie.

Et Auriel l'embrasse en plein sur la bouche. Puis Auriel meurt et Lisa joue le rôle de Ricky qui l'embrasse.

— Faites semblant que vous êtes des espionnes et que vous me torturez, d'accord ? dit Madeleine. Après, je vous tue, je m'évade et Auriel m'attend avec un uniforme nazi volé…

Chaque demi-heure, Mme Boucher les appelle :

— Sortez respirer un coup, les filles.

Il est malsain de passer tout l'après-midi dans une mini-tente.

L'été tire à sa fin. La semaine prochaine, à cette heure, nous travaillerons à des compositions intitulées « Mes vacances d'été ». Nos piqûres d'insectes, d'un rose crayeux à cause de la lotion à la calamine, nous démangeront encore, mais nous porterons des chaussures et des chaussettes, nous serons engoncées dans nos vêtements tout neufs, sagement assises à nos pupitres en rangées dans une classe de quatrième année. Quatrième année. L'époque déroutante de la maternelle est si loin. Déjà, nous perdons de vue la petite enfance, rive qui s'éloigne sans cesse. Nous la prenions pour le monde tout entier ; elle n'était qu'un grain de poussière. À l'horizon se profile une masse informe appelée « adolescence ». Entre ici et là-bas, l'archipel de l'enfance intermédiaire. Nagez d'île en île, dégotez les fruits comestibles, attardez-vous dans les lagons de l'imaginaire, mais, de grâce, ne vous laissez pas prendre dans un courant sagittal près de la rive, ne cédez pas au charme d'un courant chaud : vous seriez emportée au loin avec les tortues de mer, qui vivent vieilles, vont loin et ne savent pas se noyer. À huit ans, presque neuf, vous devenez plus forte de jour en jour. Au sortir du sommeil, vous trouvez le monde de plus en plus réel, et pourtant c'est comme si, autour de votre tête, flottaient toujours des vestiges de contes de fées, des articles de foi en lambeaux qui vous permettent de parler aux animaux et aux tasses de thé animées. Un halo de rêve tout dépenaillé.

À genoux sur le canapé, Madeleine caressait la tête de son père plongé dans la lecture du *Time*.

— Dis, papa, c'est quoi, une gouine ?

— Tu sais bien, c'est une petite scie à main qui…

— Non, non, a-t-elle dit en lisant la description des films par-dessus l'épaule de Jack. « Lorsqu'un coureur et une gouine tombent amoureux de la même fille, presque tout peut arriver. »

— Ah oui, c'est… euh, une sorte d'athlète.

Sceptique, mais hésitante à l'idée de blesser son père, elle a posé la question à sa mère, qui mettait la table.

— C'est une malade, une femme qui n'a pas toute sa tête, a répondu sèchement Mimi. Où as-tu entendu ce mot ?

Du ton peiné de celle qu'on a accusée injustement, Madeleine a dit :

— Je l'ai lu dans le *Time* !

— Baisse le ton, veux-tu ? Jack ? Qu'est-ce que tu lui as fait lire ?

Jack a répondu qu'il était l'heure d'allumer la télévision. Poussant des hourras, Madeleine a couru chercher son frère. Une fois l'antenne en oreilles de lapin réglée, on captait trois chaînes à la perfection et une quatrième au signal un peu embrouillé, mais tout de même passable. La Canadian Broadcasting Corporation ou CBC et trois chaînes de l'État de New York : NBC, ABC et CBS (la chaîne enneigée).

La règle de maman : « Pas de repas devant la télé. »

La règle de papa : « Pas de télé tant que le soleil brille. »

Puis toute la famille s'est assise au salon pour regarder en noir et blanc *Le Monde merveilleux de Disney en couleurs*.

À voir les enfants acteurs apprivoiser des couguars et des chiens errants curieux et débrouillards, Madeleine est la proie d'une exquise agonie. Elle brûle de fièvre devant le spectacle d'un garçon en salopette emprisonné dans le puits d'une mine abandonnée ou d'une fille qui rend la santé à un cheval blessé. Comment ces enfants s'y sont-ils pris pour faire de la télé ? Comment faire comme eux ? D'abord, ils sont américains.

— Quand tu seras grande, dit son père, tu iras vivre à Hollywood et tu deviendras artiste.

Madeleine, cependant, ne veut pas attendre. Elle meurt d'envie de faire carrière tout de suite. Dans le monde du show-business. Elle n'en dort pas la nuit. La télévision attise sa passion. Bob Hope et Bing Crosby, avec leur veston à rayures, leur panama et leur canne, racontent des blagues et font de la danse à claquettes. George Jessel et son cigare. Rodney Dangerfield, sinistre, Red Skelton, chagrin, Don Rickles, vociférant, Phyllis Diller, réprobatrice, Anne Meara, pince-sans-rire, Joan Rivers, grinçante, Lucille Ball, plaintive. Madeleine ne comprend rien à la plupart des plaisanteries, mais elle saisit l'essentiel : les comédiens sont amusants.

Plus tard, au lit, elle se lance, entre les pages d'un livre, dans des périples qui font paraître bien pâlotte la magie de la télé. Être dans un livre. Se glisser dans le pli où deux pages se rencontrent, vivre à l'endroit où vos yeux, en touchant les mots, font éclore un monde de fumée et de danger, de couleur et de ravissement serein. Ce périple, impossible d'y mettre un terme en changeant de chaîne. La magie persiste. Elle ouvre *Peter Pan*.

L'intoxication de la télé, la passion des amitiés naissantes, la nostalgie du pays imaginaire de Peter Pan et l'odeur des vêtements neufs sur les présentoirs du grand magasin Simpson du centre-ville de London. Tout s'amalgame et se précipite, la soulève en la faisant tourner comme une toupie pendant le week-end qui précède le retour à l'école.

Après leurs emplettes de la rentrée à London, les McCarthy achètent de quoi pique-niquer au gros marché Covent, en plein cœur de la ville. *Wurst* et *Brötchen* à la boutique bavaroise, dont les propriétaires aux joues couperosées cajolent Mike et Madeleine. Le parfum de la viande fumée et du fromage, du pain frais, de la moutarde — c'est celui des balades du dimanche dans la Forêt-Noire. Ici même, dans le sud de l'Ontario.

— Le monde est petit, déclare Jack en apprenant que les proprios connaissent le barman allemand du mess des officiers de la 4e Escadre.

Ça parle au diable.

Ils pique-niquent au Jardin des contes de fées, parc d'attractions situé aux limites de la ville, au bord de la Tamise ontarienne. On dirait un Disneyland miniature. Il y a un château en bois avec un pont-levis et un petit train qui, sur de vrais rails, fait faire le tour du parc aux enfants de moins de douze ans. Il y a des personnages grandeur nature issus de comptines anglaises — le boucher, le boulanger et le confectionneur de bougies se balancent dans une cuve sur l'océan, Humpty

Dumpty vacille sur son mur, une assiette s'enfuit avec une cuillère. Un grand méchant loup en plâtre menace trois petits cochons bien réels qui vont et viennent dans trois modèles réduits de maisons, en briques, en bois et en paille. À la porte de sa maison en bonbons, une sorcière grandeur nature sourit de toutes ses dents. Au contraire du Joueur de flûte, la sorcière est irrémédiablement méchante, sans espoir de rédemption. L'absence suspecte de Hansel et Gretel déconcerte Madeleine. Ou bien elle les a déjà mangés, ou bien ils ne sont pas encore arrivés, auquel cas :

— Entre, petite, tu vas te régaler.

Il y a aussi une serre où poussent des plantes tropicales, que seuls les adultes trouvent intéressantes.

De retour dans le parking, ils se rendent compte qu'on a fixé un autocollant sur le pare-chocs de la Rambler. Mimi juge le geste présomptueux — on ne voit pas de choses pareilles en Europe. Madeleine examine l'autocollant : jaune vif, il représente la silhouette du château et le sentier qui y mène, pavé comme la route de briques jaunes qu'a suivie Dorothy.

Jack profite du voyage de retour pour faire un crochet par Morrow Street.

— Pourquoi passer par là ? demande Mimi.

— Simple mission de reconnaissance. Qui sait ? Un jour, nous devrons songer à notre retraite.

Au moment où Mimi lui flatte la tête, Jack ralentit devant un immeuble d'habitation jaune au bout d'un cul-de-sac bordé d'arbres. Numéro 472. Pelouses et haies manucurées. Massifs de fleurs en forme de reins. Chrysanthèmes. Une entrée circulaire mène aux portes de devant, qu'abrite une porte cochère.

— Je ne suis pas certaine d'être prête pour ce mode de vie trépidant, dit Mimi.

On dirait un mausolée. C'est parfait. Tandis que l'immeuble rapetisse dans le rétroviseur, Jack sent le trac monter en lui.

— Qui veut de la glace ? demande-t-il.

Des acclamations fusent de la banquette arrière.

— Tu ne trouves pas qu'ils ont été assez gâtés pour aujourd'hui ? Trop tard. Derrière, Madeleine chantonne :

— Une glace à la vanille pour les petites filles, une glace au chocolat pour les gros gars !

Mimi arque le sourcil.

Madeleine poursuit :

— Vous êtes fatigué, amorphe ? Pour un soulagement rapide et efficace, prenez les petites pilules Dodd's pour le foie !

Mimi et Jack échangent un regard, répriment une envie de rire. Dans le miroir, à l'intention de sa fille, elle dit :

— Cette année, à l'école, j'espère que tu en retiendras autant.

SOUVENIRS

Le dimanche matin, Jack survit au sermon en revivant en pensée ce que Mimi et lui ont fait au lit, la veille. Madeleine, pour sa part, se demande comment elle s'y prendrait pour escalader les murs intérieurs et se hisser jusqu'au plafond. Jack calcule le montant qu'il devrait mettre de côté toutes les semaines pour offrir un manteau de vison à sa femme. Chaque année, à Noël, au moment où elle s'apprête à déballer ses cadeaux, elle lui sert la même mise en garde :

— Tu as intérêt à ce que ce ne soit pas un tu-sais-quoi.

Puis elle lui jette la boîte à la tête en lui reprochant de trop dépenser pour elle. Elle lance invariablement la boîte et, parfois, sanglote quand *c'est trop beau**. Comment souhaiter de meilleurs remerciements ? Il est difficile pour un homme de constituer des réserves quand c'est sa femme qui tient les cordons de la bourse. Madeleine tire sur le col d'organza qui l'étrangle et s'imagine en train de fuir en moto avec Steve McQueen sous une pluie de projectiles.

— Allez en paix, dit le prêtre.

— Viens ici, Mimi.

— Qu'est-ce que tu fais, Jack ?

— Debout, madame.

— Oh ! Jack.

Et ils dansent. À trois heures le dimanche après-midi. Le prêtre vient de partir. Il est venu pour le brunch, et voilà que Jack a mis la bande sonore de *South Pacific* sur le tourne-disque.

— Fuyons ! dit Madeleine à Mike.

— Ne bougez pas, mademoiselle.

— Papa !

Et elle danse avec son père.

— Vous dansez divinement, mademoiselle.

— Gros bébé, fait Mike, assis sur le canapé, s'attirant ainsi un regard bien senti de la part de Jack.

Un regard complice qui signifie que bonnes manières et virilité vont de pair, même si, pour le moment, les bonnes manières lui semblent un peu efféminées.

Madeleine baisse les yeux, pas pour regarder ses pieds, mais plutôt pour cacher le ravissement qu'elle ressent au moment où elle pose une main sur l'omoplate de son père et l'autre dans sa main. Quand elle était petite, elle posait les pieds sur les pieds de papa, mais elle a grandi, et ses souliers vernis Charles IX suivent plutôt les grosses chaussures de chez Daks. Elle porte toujours la robe en laine de verre rose qui lui lacère la peau, mais elle a cessé de se plaindre parce que sa mère lui répète chaque fois d'offrir ses souffrances aux âmes en peine du purgatoire. Combien d'années dans les flammes purificatrices les petites filles de huit ans en robe qui gratte peuvent-elles racheter ? Aux yeux de Madeleine, la seule vertu de son accoutrement, ce sont ses gants de première communiante, côtelés sur le dessus comme ceux de Bugs Bunny. *Nan, offrez-les eux aussi, docteur.* Quelle irrévérence. Je vous demande pardon, doux Jésus.

— Comme ça, dit Jack. Ne pense à rien. Laisse-toi aller, et suis la musique.

Élégants, ils tournent autour de la table à café, tandis que Jack chantonne doucement les paroles de *Some Enchanted Evening*. Mimi se joint à lui.

— Danse avec ta mère, Mike, dit Jack.

— *Voulez-vous danser, maman* ?*

Il lui tend la main.

— *Que t'es beau, Michel*.*

Mimi résiste à l'envie d'embrasser son fils, et ils dansent. Elle lui enseigne à diriger sa partenaire.

Elle met un disque de *big band* rapporté d'un cours d'infirmière suivi à Montréal. Chick Webb et son orchestre. Un démon à la batterie.

— C'est le temps de casser la baraque, dit-elle en repoussant la table à café.

Les enfants regardent leurs parents se lancer dans un swing, frôler les coqs en cristal rapportés d'Espagne, effleurer de façon périlleuse l'huile représentant les Alpes, secouer les petites tables de coin, où les figurines Hummel partagent la place d'honneur avec celles de Royal Doulton.

À tour de rôle, Mike et Madeleine tournoient comme des spaghettis au bras de leur mère — elle a l'air férocement concentrée et, l'instant d'après, rit comme une adolescente. Dans de telles occasions, elle passerait pour leur baby-sitter et non pour leur mère.

— L'atmosphère est endiablée ! crie Madeleine.

Mike et elle dansent frénétiquement. Papa rit tant que son visage vire au rouge et que sa dent en or jette des éclats. Il prend une photo. À Noël, on achètera peut-être une caméra.

Après dîner, c'est l'heure du rite solennel. Une affaire d'amour et de perte. Perte du passé transmué en souvenirs précieux. Cet exploit relevant de l'alchimie s'accompagne toujours de pop-corn.

Rien ne vaut le bourdonnement du rétroprojecteur dans l'obscurité pour faire affluer les souvenirs anciens. Le flou audible avant que la diapositive — clic! — n'apparaisse clairement. Plus la photo est vieille, plus papa met de temps à dire gaiement dans le noir:

— C'était une journée délicieuse. Tu t'en souviens, Mimi?

Un pique-nique au milieu des pins de la Schwarzwald. Maman assise sur un plaid, les jambes de côté, en lunettes fumées et foulard blanc. Mike, en plus tendre, et Madeleine, avec de longues nattes, plissent les yeux face à l'objectif.

Clic! Il s'agit moins de se souvenir que de ne pas oublier. Madeleine étudie la diapo avec intensité et ferveur. Chaque image est l'emblème d'un monde évanoui. Une porte dans la montagne, condamnée à jamais.

Clic! Monaco. Le palais rose où vit la princesse Grace.

— C'est ce jour-là que j'ai cassé le talon de ma chaussure et que tu t'es mis en colère contre moi, dit Mimi à Jack.

Chaque image déclenche des souvenirs obligatoires. Les pâtisseries que nous avons mangées là-bas, Madeleine se perdant sur la plage.

— Je n'étais pas perdue. J'étais partie me promener.

— Peut-être nos plus belles vacances. Vous vous en souvenez, les enfants?

Clic! En camping sur la Côte d'Azur. Jack, en chapeau de paille froissé, arbore une barbe de quatre jours.

— En Europe, le meilleur hébergement vous coûte mille francs ou encore cinq.

Clic!

— Le gâteau aux fruits!

Le cake de grand-maman, posté du Canada à Noël, qui avait mis toute une année à parvenir à destination. Malgré tout moelleux et imbibé de rhum.

— Une part tous les jours, mes aïeux, et c'est l'immortalité garantie, dit Jack, comme il le fait chaque fois.

— Un de nos plus beaux Noëls. Tu t'en souviens, Jack? dit Mimi.

— Je m'en souviens.

Clic! L'Alberta.

— Qu'est-ce qu'elle fait là, cette photo? demande Jack.

Madeleine, toute petite, emmitouflée dans une poussette, sur fond de neige.

— Je m'en souviens, dit-elle.

— Mon œil, fait Mike.

— Si!

Clic! Hameln. Ils n'ont encore jamais vu la diapo. Il n'y a donc pas encore de commentaires pour l'accompagner. On voit Madeleine et Jack debout devant la statue du Joueur de flûte.

— Là! Oncle Simon!

— Où ça? demande Jack.

Madeleine se lève et montre du doigt un endroit où une ombre empiète sur le pantalon de son père et sur la jupe de sa robe — une tête et des bras soulevés en silhouette. Simon qui prenait la photo.

Voilà un avantage qu'a Madeleine sur Mike: elle a fait la connaissance de Simon. Il avait donné des cours de pilotage à son père. Il lui avait suggéré de l'appeler «mon oncle». Lui, un ancien combattant décoré. Il avait ri au moindre des propos de Madeleine et lui avait proposé de travailler pour lui. Il ne ressemblait pas vraiment à David Niven, mais elle en était venue à l'identifier à lui — le genre d'adulte fougueux qui vous offrirait un cocktail sans sourciller.

— Tu savais que le meilleur espion de la Deuxième Guerre mondiale était une femme? lui avait-il demandé.

Il lui avait aussi parlé d'une femme qui s'était illustrée dans la Résistance, Jeannie Rousseau. Tu connais son nom de code?

— Non.

— C'était Madeleine.

Elle avait souri timidement, mais, tout au fond d'elle, elle avait senti son destin prendre forme.

C'est Jeannie qui avait révélé aux Alliés l'arme secrète de Hitler.

— La fusée V-2, avait dit Simon. C'est grâce à Jeannie que nous avons pu bombarder leur usine.

— L'opération Hydre, avait dit son père. Tu y as participé, Simon, non?

— En compagnie de quelques autres, avait répondu Simon en souriant.

Puis il avait regardé Madeleine.

— Sans Jeannie, nous n'y serions jamais arrivés.

— Vous la connaissiez? avait demandé Madeleine.

— Top secret, vieille branche.

Et il avait éclaté de rire.

Clic! Plus rien.

— Au lit, les enfants.

— Non, papa, s'écrie Mike. On peut voir encore une série? Celle avec les photos de hockey?

Les diapos ennuyeuses de Cold Lake en Alberta. Des patinoires extérieures et intérieures, Mike et ses amis, de la morve gelée au nez, appuyés sur leur bâton. Interdit aux filles.

— Pas de hockey, Mike!

Madeleine, soudain, est furieuse.

— On se calme, dit doucement papa.

— Oui, le hockey, dit Mike. Il lance et compte! He he HA ha!

En Woody le pic-vert, Mike fait pitié à voir.

— Tais-toi! crie-t-elle.

— *Allons, les enfants, c'est assez**!

— Viens ici, choupette.

Elle se dirige vers lui. Il la prend dans ses bras et elle croise les jambes autour de sa taille. Elle est trop grande pour se faire porter jusqu'à sa chambre; elle est si ravie et si honteuse qu'elle enfouit son visage dans l'épaule de son père, mais pas avant d'avoir vu Mike faire silencieusement le mot « bébé » en louchant.

— Raconte-moi une histoire, papa, fait-elle d'une voix de grande personne.

— Il est tard, choupette. Il faut que tu sois fraîche comme une rose pour commencer ta quatrième année, demain.

Quatre. Un mot débonnaire, brun et raisonnable. Sur une chaise, elle a disposé sa robe et ses socquettes; ses nouvelles chaussures se trouvent dessous. Comme si elle avait elle-même été assise sur la chaise et qu'elle avait disparu en ne laissant que ses vêtements.

— Une seule, papa, s'il te plaît.

Depuis qu'il s'est penché pour l'embrasser, elle le tient prisonnier par le cou.

— Seulement une, dit-il.

— Raconte-moi l'écrasement.

— Encore? Pourquoi ne pas lire plutôt…

Tendant la main, il s'empare d'un recueil de contes de fées.

— Non, papa, l'écrasement.

La soirée n'est pas propice aux récits qui commencent par « Il était une fois… »

— D'accord. Mais après, *schlafen*.

Il y a des récits dont vous ne vous lassez jamais. Ils sont identiques chaque fois que vous les entendez — au contraire de vous, qui changez sans cesse. Conception fiable du temps.

Il s'assoit au bord du lit.

— C'était ici même à Centralia…

Le récit de l'écrasement se transforme déjà au gré de votre situation personnelle. Auparavant, il commençait par ces mots : *C'était une petite base d'entraînement appelée Centralia, perdue au diable Vauvert.*

— J'étais chef de patrouille…

Aux commandes de son avion-école Anson. Sur le point de se joindre à une vague de bombardiers de cent kilomètres au-dessus de la Manche.

Madeleine, la joue sur l'oreiller, contemple la boucle de la ceinture de son père, une mouche parfaitement conservée dans l'ambre. Il est bon de fixer un objet pendant qu'on écoute une histoire.

— J'allais me poser…

Dans un mois, il serait opérationnel. Aux commandes d'un bimoteur Lancaster — une bête absolument splendide. Équipé des pieds à la tête, sans oublier son Mae West, le gilet de sauvetage aux formes généreuses fourni à l'intention des veinards susceptibles de s'éjecter au-dessus de l'eau.

— J'étais en approche finale…

Quatre autres avions devaient se poser après lui. Normalement, il aurait eu avec lui des membres d'équipage en formation, mais, ce jour-là, il était seul.

— Je pilotais un vieux bimoteur Anson…

Un petit appareil très docile, si on excepte les problèmes de giration au sol — gracieux en vol, capricieux sur le tarmac.

— C'était par temps clair…

Il y a des nuages, mais le plafond est haut, la visibilité bonne. La plupart des pilotes exécuteront leurs missions sous le clair de lune, au-dessus de la Manche, leur appareil lourd et lent à cause des six tonnes de bombes qu'ils devront larguer dans cinq heures. À l'affût d'avions de chasse allemands, des Messerschmitt surtout, ils apercevront leurs propres ombres sur la mer grise, au moment où l'Europe se profile à l'horizon : dessous, on voit des champs en damier et des clochers d'église, comme dans un diaporama qu'éclairent crûment les faisceaux coniques des projecteurs allemands et les flammes des appareils surpris dans le chassé-croisé d'éclairs, de jets et d'arcs des batteries antiaériennes. Au-dessous d'eux, très loin, leurs bombes descendent à l'oblique, dégringolent comme des dominos pour finir en fumée muette.

Quelques-uns d'entre eux rallieront le Yorkshire — mieux vaut être touché sur le chemin du retour, quand le réservoir est bas, la soute à bombes vidée. Ceux qui ont la chance d'être touchés sans que l'avion devienne incontrôlable réussiront éventuellement à éteindre les flammes en plongeant. Sinon, à supposer qu'ils soient encore en vie, ils parviendront peut-être, avec leur équipage, à se frayer un chemin parmi le matériel qui encombre la cabine étroite et à remonter à contre-courant l'appareil qui pique du nez en tournant sur lui-même. Ils y pensent rarement. Personne n'en parle.

— J'ai reçu de la tour de contrôle l'autorisation de me poser. J'ai incliné l'appareil sur la gauche, prêt pour l'atterrissage…

À pareille date, le mois prochain, je serai en Angleterre.

— En bas, sur le tarmac, j'ai vu un autre Anson s'éloigner de la piste des avions prêts à décoller. Je me suis dit qu'il se dirigeait vers la voie de circulation…

Les pistes d'atterrissage sont noires à cause des averses récentes, mais la pluie a cessé. À peine si les surfaces sont un peu glissantes. Sa plus grande crainte, c'est qu'on le condamne à être instructeur de vol plutôt que de l'affecter outre-mer — il faut être bon pilote, mais pas trop…

— À deux cent cinquante mètres environ, j'ai vu l'Anson sortir de la voie de circulation et s'engager sur la piste à l'endroit précis où j'allais me poser…

Aussi insouciant qu'un insecte sur une feuille, l'appareil jaune vire lentement à droite et commence à accélérer.

— Qu'est-ce qu'il fout ?

Quelque chose ne va pas.

— Je n'ai pas eu le temps de réfléchir…

Il est trop tard pour une autre boucle. À trente mètres, son système nerveux central décide pour lui : sa main tire fort sur le manche en donnant à droite.

— Je me suis dit que j'allais mettre toute la gomme, m'incliner et redresser le nez…

L'appareil répond en effectuant un virage à gauche à soixante degrés, sans prendre d'altitude ; à quinze mètres, il est trop lourd et trop lent. Son aile gauche racle le bord de la piste, il finit dans le champ après quelques tonneaux, des éclats de contreplaqué jaune volant dans toutes les directions, *que tous les morceaux tombent,* se dit-il, *comme ça il en restera moins à brûler,* maintenant il a tout le temps de réfléchir, cinq secondes tourbillonnantes.

— J'ai suivi le mouvement et je me suis retrouvé en plein champ, cul par-dessus tête.

Sa tête a heurté le tableau de bord.

— Je me suis fait une jolie bosse.

Le bouton de la radio, probablement. Il avait failli perdre un œil.

— Je me suis dit que je devais avoir un ange gardien, là-haut…

S'il avait été opérationnel au moment de l'accident, il aurait conservé son titre de membre d'équipage…

— Ton œil saignait, dit Madeleine.

— Oui, mais je ne le savais pas. Je me suis dit que je m'étais cogné la tête.

… Une vision parfaite est utile, mais pas indispensable. Sinon, à quoi bon avoir un équipage ? Il suffit de voir le tableau de bord, et Jack le voit sans mal, plié en deux sous lui. Retenu par sa ceinture, il saigne à grosses gouttes sur les cadrans qui ont volé en éclats, il n'y a plus beaucoup de carburant, ce qui est une bonne nouvelle, d'où vient tout ce sang ? Il porte la main à son visage. Derrière son œil gauche, une tempête fait rage…

— Et oncle Simon est venu à ta rescousse.

— Exactement.

Un bruit comme celui d'une lourde fermeture éclair — à l'aide d'un couteau, Simon le libère de sa ceinture et le tire de là. Jack sent la terre défiler à reculons sous son postérieur — tiens, voilà ses bottes qui sautillent devant lui, depuis quand avance-t-il ainsi ?

— Simon, témoin de l'accident, avait été le premier à accourir.

De l'herbe bruit sous lui, deux coudes accrochés à ses aisselles.

Il y a eu un accident. Jack est surpris d'entendre sa propre voix.

Oui, espèce de taré, il y a eu un putain d'accident.

Salut, Simon. Je m'excuse, monsieur.

Il entend Simon éclater de rire à l'instant précis où il voit son appareil jaune — tombé la tête la première à une dizaine de mètres de là, ses moignons d'ailes affaissés — s'enflammer telle une fleur fraîche éclose, pollen incendié dans l'atmosphère.

Il se réveille à l'infirmerie. Pourquoi l'infirmière sourit-elle ? Pourquoi Simon lui offre-t-il un doigt de whisky ?

— Tu as fait ce qu'il fallait, mon vieux.

Pas de quoi pavoiser. Sa guerre est terminée. Elle a pris fin à dix mètres au sud de la piste d'atterrissage de l'école de pilotage militaire n° 9, à l'aérodrome de Centralia, le 7 avril 1943. Un vrai gâchis.

— On t'a décerné une médaille.

— Oui, j'ai eu droit à mon bout de métal.

— Plus moyen de piloter, par contre.

— Non, mais tout s'est arrangé parce que, sans l'accident, je n'aurais pas rencontré maman et tu ne serais pas née. Qu'est-ce que je ferais sans ma petite *Deutsches Mädchen* ?

Jack se lève, puis se penche pour la border.

— Raconte-moi l'histoire de Jack et de Mimi, papa.

Il rit.

— On avait dit une seule histoire.

— Justement, c'est la même histoire. Ça fait partie de l'histoire.

— Décidément, tu finiras avocate, choupette.

Il éteint.

— Comment s'appelait cet endroit déjà ?

— Lequel ?

— Celui où Jeannie a dit que Hitler cachait son arme secrète.

— Jeannie ?… Ah oui ! C'était à Peenemünde.

Peine du monde. Un nom qui fait bobo.

— Les Allemands l'ont capturée ?

— Oui, enfin, je crois.

— Ils l'ont torturée ?

— Non, non… Elle s'est évadée.

Il sort de la pièce.

— Papa ?

— Oui ?

— Qu'est-ce qui serait arrivé si tu étais mort dans l'écrasement ?

— … J'ai survécu.

— Mais si tu étais mort ?

— Hum. Dans ce cas, tu n'aurais pas vu le jour.

— Je serais où alors ?

— Nulle part, à ce que je sache.

Laquelle des deux éventualités est la pire ? Être morte ou ne pas être née ? Pourquoi avons-nous peur de mourir puisque nous n'avons pas peur de ce qui précède la naissance ?

— Papa ?…

— Bonne nuit, mon lapin. Pense à des choses agréables.

Jack laisse la porte de Madeleine entrebâillée. Dans sa chambre, il se dirige vers sa commode sans se donner la peine d'allumer. On n'aurait pas dû autoriser l'autre Anson à décoller. On lui a décerné la Croix de l'Aviation en reconnaissance de la décision qu'il a prise, au mépris de sa propre sécurité, d'obliquer à gauche vers un écrasement certain, évitant ainsi de prendre l'autre appareil de vitesse et de se poser devant lui — geste qui, en cas de collision avec l'aéronef rempli de carburant, aurait entraîné la mort du pilote, de l'instructeur, de l'élève-navigateur et du radiotélégraphiste. Sans parler de celle de Jack. *Pour un ou des actes de vaillance, de courage ou de dévouement accomplis en vol, mais pas au cours d'opérations actives contre l'ennemi.* Dans le tiroir, il trouve l'objet qu'il cherche.

Il se rend dans la chambre de son fils. Sur le mur, les Golden Hawks canadiens volent en formation, leurs avions de chasse Sabre rouge et or. On dirait une explosion d'étoiles. Le lit a été fait méticuleusement. Propre, le garçon. À la vue de la nouvelle affiche, Jack hoche toutefois la tête. *The United States Marine Corps Wants You.* Où est-il allé pêcher ce machin ? Jack a un cadeau de la rentrée pour son fils : une casquette flambant neuve de la 4e Escadre de chasse de l'ARC, celle de l'équipe de base-ball dont le garçon faisait partie en Allemagne. Jack la jette sur le lit et elle rebondit. Coins réglementaires. Il sourit et descend.

Dans la cuisine, sa femme et son fils jouent au gin-rummy. Mimi se lève et met la bouilloire sur le feu.

— Du thé, Jack ?

Parmi les magazines féminins de Mimi, remplis de coiffures et de recettes, il met la main sur son *Time* et s'installe confortablement sur le canapé. À Berlin-Est, on a tiré sur un garçon qui cherchait à franchir le « Mur de la Honte » ; il a agonisé pendant une heure, tandis que, du côté occidental, on pressait les sentinelles de faire quelque chose. Il feuillette le magazine — les voix de son fils et de sa femme qui bavardent dans la cuisine sont d'autant plus apaisantes qu'il ne comprend pas le français. Le président Kennedy en maillot de bain, entouré de femmes en bikini. Querelles intestines à la NASA. Jackie Kennedy qui fait du ski nautique. De la cuisine lui parvient le sifflement de la bouilloire. Des fusées et des bikinis. Où s'en va-t-on ? Devant le président, Wernher von Braun fait la démonstration des propriétés de l'accélérateur Saturn. Des conseillers militaires américains aident les Sud-Vietnamiens à mener « l'opération la plus réussie jamais lancée contre les Viêt-côngs communistes ». Sur les quais de La Havane s'entassent des caisses de la taille de fusées…

Mimi dépose une tasse et une soucoupe sur la table près de lui. Il constate leur arrivée de très loin — des ténèbres de l'espace, en fait. S'il oublie de dire merci, ce n'est pas par grossièreté. Il s'agit d'une simple conséquence des lois de la physique. Selon le *Time,* on aurait « anéanti » Castro sans mal si Kennedy, en avril dernier, avait fermement soutenu l'invasion de la baie des Cochons, désormais « synonyme de fiasco ». Jack tend la main vers sa tasse. Les pontifes du *Time* reprochent à Kennedy de faire preuve de mollesse face aux communistes. Que proposent-ils donc ? Une invasion pure et simple ? Tant qu'à adopter leurs tactiques, pourquoi ne pas devenir soviétiques nous-mêmes? Il tourne la page. «OPINION — Vers l'an 2000. Les États-Unis défendront le Canada, de gré ou de force...»

— Jack?

— Pardon?

Il lève les yeux de son magazine comme s'il émergeait du sommeil.

Mimi est debout devant lui, la théière à la main.

— Je réchauffe ton thé? dit-elle.

— Ah? Oui, *merci**.

Dans la chambre de Madeleine, un petit Bavarois en porcelaine, surpris par un bourdon sur son nez, recouvre la lampe de la veilleuse. Demain, c'est la rentrée des classes, l'aube d'une ère nouvelle, remplie de promesses. Elle ferme les yeux. Des couleurs dansent, rapides, sous ses paupières. Elle s'élève, le lit tangue comme un voilier. Peter Pan a-t-il déjà existé? Si elle croit assez fort en lui, l'entendra-t-elle pousser des cris de triomphe? Y a-t-il encore des corbeaux qui parlent? *Quand je serai grande, j'aurai un chien. J'aurai une voiture sport de couleur rouge.* Le lit descend doucement le ruisseau... *quand je serai grande...*

LES CORBEAUX ONT ATTENDU que les choses se tassent. Quand la robe bleue avec la fillette dedans n'a plus été qu'une robe, ils sont descendus — un premier, un deuxième, puis un troisième —, se tenant d'abord à distance respectueuse. Puis ils se sont attaqués au porte-bonheur. Ils tirent. Tirent sur le bracelet. Un porte-bonheur se détache. Le corbeau veinard s'élève ; au bec, il tient sa récompense qui jette des éclats argentés. Le nom de la fille. Puis les autres corbeaux s'en vont, et elle reste seule.

LA RENTRÉE

Le chapeau de la cime est tombé dans l'abîme.

Il est inutile que papa accompagne Madeleine jusqu'à l'école, le premier jour, sauf qu'ils ont instauré cette tradition quand elle était petite. St. Lawrence Avenue déborde d'enfants arborant des vêtements tout neufs — robe de coton et socquettes pour les filles, chemise à carreaux et tennis montants pour les garçons —, le tout dûment repassé, coupé de frais, tressé, brossé. Les quelques enfants accompagnés par leurs parents sont plus jeunes que Madeleine. Elle avait envisagé de faire le trajet avec Auriel et Lisa, mais elle s'était ravisée à la dernière minute, incapable de condamner son père à voir sa choupette s'éloigner sans lui.

À la vue du cortège haut en couleur, Jack siffle entre ses dents. Madeleine lui prend la main pour se faire pardonner justement son désir de ne pas être vue avec lui, main dans la main, en quatrième année. Il lui fait un clin d'œil.

— Ne t'en fais pas, choupette.

Il n'y a pas de mal à lui laisser croire que c'est parce qu'elle avait peur qu'elle lui a pris la main. Elle lui sourit.

Ils passent devant le bungalow vert vacant sur leur gauche. Quiconque s'y installera sera en retard à l'école. Devant, Mike marche avec Roy Noonan, la nouvelle casquette de la 4e Escadre de chasse posée sur sa coupe en brosse toute récente. Il a glissé une bande dessinée de Spiderman dans son sac, Madeleine l'a vu, mais elle ne l'a pas dénoncé. Sa robe n'a pas de poches. Sur la poitrine, il y a un panneau de tissu froncé et, sur la jupe, un imprimé chic représentant des Africains qui jouent du bongo — pas mal, pour une robe. Du bout du doigt, elle tient son cardigan blanc par-dessus son épaule — c'est une façon moins efféminée de le porter. N'est-ce pas ainsi que vous porteriez votre blouson d'aviateur, si vous en aviez un ? Tout ce qu'elle voulait, c'était des mocassins. À la place, maman lui a acheté des chaussures Charles IX. Pas moyen de faire semblant d'avoir autre chose aux pieds.

Elle a chaud à l'extérieur et froid à l'intérieur. Le trac. Selon son père, tous les grands artistes l'ont avant une première. C'est la rentrée. Des cahiers tout neufs. Des enfants tout neufs. Une institutrice toute neuve. Une Madeleine toute neuve. Elle rêve de lâcher la main de son père et de s'éloigner à l'oblique comme un cerf-volant.

— Papa ?

— Oui ?

— Euh… tu viendras me chercher après l'école ? Nous rentrerons ensemble.

— Tu ne voudrais pas plutôt rentrer avec des amies ?

— Non.

— Bon, on verra. Tu décideras à midi, d'accord ?

Elle le regarde, mais le bord de sa casquette fait de l'ombre sur ses yeux.

— D'accord.

Il a revêtu son uniforme d'été. Identique à l'autre, sauf qu'il est kaki au lieu de bleu. Lorsqu'il fait soleil, il enfonce sa casquette un peu plus que d'habitude pour éviter que sa vieille blessure à l'œil ne lui donne la migraine. Madeleine adore ces uniformes — l'uniforme de service kaki et celui, bleu, d'apparat —, mais ce qu'elle aime par-dessus tout, c'est la casquette. L'insigne sur le bord est magnifique : une couronne de velours rouge avec un liséré de fil doré et, en dessous, l'albatros de cuivre aux ailes déployées, son bec audacieux tourné à gauche. Certains prétendent qu'il s'agit d'un aigle, et la question fait encore l'objet de débats houleux au mess des officiers, mais, selon son père, tout aviateur digne de ce nom sait qu'il a affaire à un albatros. Un oiseau porte-bonheur. Sauf lorsqu'on a le malheur d'en tuer un. D'ailleurs, l'aigle est un symbole américain.

Au-dessus de sa poche de chemise gauche, on voit les ailes de papa. Un aviateur a beau avoir cessé de voler, les ailes continuent de faire partie de son uniforme. Le printemps prochain, Madeleine, à condition qu'elle recueille assez de badges chez les Brownies, deviendra Guide. Alors elle aussi aura une paire d'ailes à épingler fièrement sur son cœur.

— Nous y voilà, dit-il.

La cour d'école. La rumeur de la foule monte comme celle d'une volée de goélands survolant les têtes qui ballottent, les rayures qui tourbillonnent, les tissus à pois, les carreaux, la tête d'un adulte dépassant de loin en loin à la manière d'un longeron d'aile. Jack examine la scène sans lâcher la main de Madeleine. Il aperçoit Mike et porte deux doigts au bord de sa casquette. Mike répond en touchant le bord de sa casquette de base-ball.

— Bon, il vaut mieux que j'y aille, dit Madeleine.

Sinon, on dirait bien que papa va attendre la cloche.

— D'accord.

Il se penche vers elle.

— Fais de ton mieux, ma belle. Fais les choses à ta manière.

Elle lui donne un baiser sur la joue. Old Spice au parfum dou-cereux.

— Au revoir, papa.

Du pouce, il lui fait signe que tout ira bien.

Madeleine entre dans la masse compacte des enfants, qui se re-ferme sur elle. Si elle se mettait sur la pointe des pieds, s'imagine-t-elle, la foule l'emporterait comme un bout de bois flottant. Les cris lui semblent lointains en même temps qu'ils résonnent très fort dans ses oreilles. Près des balançoires, elle s'arrête pour jeter un coup d'œil à son père. Il remonte Algonquin Drive. Elle aurait dû se retourner plus tôt et lui envoyer la main. On ne sait jamais quand on risque de voir son père pour la dernière fois. C'est peut-être aujourd'hui. Sa tête vue de derrière, sa casquette, son uniforme kaki tout lisse. *Quand papa vivait encore.* Elle a envie de courir lui prendre la main encore une fois…

— Madeleine.

Elle se retourne.

— Bonjour, Marjorie.

Elle se penche pour ajuster la courroie de sa chaussure dans l'espoir que Marjorie passera son chemin, mais Marjorie reste plantée là et demande :

— Ut sneiv regnam zehc iom à idim ?

— Quoi ?

Marjorie rigole.

— Je parle à l'envers, andouille. À srevne'l.

— Ah bon.

Par-dessus l'épaule de Marjorie, Madeleine voit Colleen Froelich faire son entrée dans la cour d'école. Sans se presser, le regard un peu fuyant. Elle porte un kilt et une blouse qui font paraître sa peau hâlée encore plus sombre, ses jambes plus dures et plus minces. Comme une enfant qu'on aurait trouvée dans la forêt et décidé d'habiller. Elle a des mocassins. Bien usés, comme il se doit. Madeleine se demande si elle a apporté son couteau à l'école. Colleen est en sixième année.

— Ut sneiv ?

— Quoi ?

— Tu viens manger chez moi à midi ?

Marjorie roule les yeux, simulant l'impatience. Elle porte une robe jaune froufroutante.

— On m'attend chez moi, bredouille Madeleine en balayant dé-sespérément la cour des yeux, à la recherche d'Auriel et de Lisa.

— Demain alors ?

— Je ne sais pas.

Les voilà, près des bascules.

— Je me sauve, dit-elle en battant en retraite le plus poliment possible. À bientôt.

Avant qu'elle n'ait eu le temps de rejoindre ses amies, la cloche sonne.

Elle se joint au troupeau qui se rue dans les escaliers. Soudain, une phalange d'institutrices apparaît. Un mégaphone crache des directives, quelque chose à propos des élèves de première année qui doivent se placer à droite. À droite de quoi ? Qui va y aller en premier ? Pour leur éviter d'être piétinés, on a déjà fait entrer les élèves de maternelle par une autre porte.

— Silence, les garçons ! Silence, les filles !

Ça y est, l'école a officiellement débuté. Par erreur, Madeleine se met en rang avec les élèves de cinquième, se doutant vaguement que quelque chose ne va pas, puisque tous les autres mesurent deux ou trois centimètres de plus qu'elle.

— Psst !

En se retournant, elle aperçoit Auriel qui lui fait des signes désespérés.

— Par ici, espèce d'andouille !

Elle sort des rangs des cinquièmes, et Auriel, l'agrippant par son cardigan, la ramène au bercail.

— Toi, dis donc, McCarthy, murmure Auriel.

Lisa Ridelle se tord de rire en silence. Elles rigolent toutes les trois dans leurs mains, puis un sifflement se fait entendre, tandis que des escadres d'élèves gravissent les marches et franchissent les doubles portes. Madeleine suit la caravane à destination de l'avenir. Qui sera mon institutrice ? Sera-t-elle jolie ? Sera-t-elle gentille ? Vais-je comprendre les fractions ? *Que será, será...*

— Bonjour, les garçons, bonjour, les filles. Je m'appelle monsieur March.

Il est gras et porte un costume gris, mais il est peut-être gentil. Les gros le sont souvent.

— Bonjour, monsieur March.

Sempiternelle rengaine des salles de classe.

Il porte des brogues marron poussiéreux. Il est peut-être trop gros pour se pencher et les polir. Pensée cruelle, je vous demande pardon, mon Dieu.

D'abord, M. March fait asseoir les garçons à l'avant.

— Je connais les garçons, dit-il en révisant l'aménagement de la classe.

Il ne voit pas la nécessité de déplacer les filles, à moins qu'il les connaisse moins bien que les garçons. Madeleine est soulagée parce que son pupitre est parfaitement situé : à côté de celui d'Auriel, devant celui de Lisa.

Raclement de chaises sur le sol. On se lève pour entonner le *God Save the Queen*! et *The Maple Leaf Forever,* avant de réciter le *Notre Père*. Nouveaux raclements mêlés d'éclats de voix lorsque chacun se rassoit.

— Baissez un peu le volume, voulez-vous ?

Madeleine se rend compte que M. March a des pellicules sur les branches de ses lunettes lorsqu'il s'avance dans l'allée pour distribuer les cahiers d'orthographe roses.

— Gordon Lawson, dit M. March en consultant le plan de la classe. Épelez-moi le mot « sucette ».

Gordon a des cheveux roux ondulés fraîchement gominés et tout juste ce qu'il faut de taches de rousseur.

— S-U... S — non, C-E-T-T-E

— Très bien, monsieur, dit M. March. Vous, les autres, regardez monsieur Lawson. Faites comme lui.

Madeleine espère que M. March lui demandera d'épeler un mot. Un cahier rose atterrit sur son pupitre. Sur la couverture, on lit « Hilroy » en caractères gras et pimpants.

La première fois qu'on ouvre un cahier tout neuf. La bonne odeur de propre. Le lustre du papier. De grands cahiers au lieu des cahiers pour bébés aux lignes espacées. C'est la quatrième année. Copie les splendides lettres cursives qui ornent le mur au-dessus du tableau noir, chacune reprise en minuscule et en majuscule, telle une mère et son enfant, une biche et son faon. Étudie la carte du monde déroulée sur le tableau noir. Le Canada et le Commonwealth en rose. Médite sur les images découpées qui ornent le mur entre les grandes fenêtres — du jambon et des bouteilles de lait, des fruits, de la volaille et d'autres aliments sains ; des boisseaux et des quarts, des gallons et des verges ; des triangles isocèles côtoyant des animaux sauvages et des enfants d'ailleurs en parka esquimau ou en sombrero mexicain. Devant, près du grand bureau en chêne, un babillard recouvert de feutre appuyé à un chevalet. La seule surface vierge.

Madeleine range ses crayons de couleur Laurentian tout neufs à côté de sa règle et de son étui à crayons à carreaux. L'atmosphère est remplie de promesses, l'école imprégnée du parfum des rognures de crayons, des pelures d'orange et de l'encaustique. Jusqu'ici, personne n'a vomi dans le corridor, éventualité requérant l'application de sciure de bois colorée ; la pluie et la neige n'ont pas encore saturé d'eau et d'odeurs humides les manteaux accrochés au fond de la classe — en fait, il n'y a rien sur les crochets : il fait encore beau, pas besoin de manteaux. Quand on regarde le terrain de jeux par les grandes fenêtres, il est en fait difficile de croire que l'hiver viendra. Les saisons vont changer par ces fenêtres, se dit Madeleine, je vais avoir neuf ans par ces fenêtres…

— Quelle est la capitale de Bornéo, petite fille ? demande M. March.

Madeleine sursaute. Est-ce à elle qu'il s'adresse ?

— Pardon ?

Il roule les yeux.

— Hélas, elle a sombré dans l'abîme du rêve, déclame-t-il.

La classe rit. Il distribue les cahiers de géographie. Verts.

— Quelqu'un d'autre ? demande M. March.

Personne ne lève la main.

— Vous, par exemple… fait-il en consultant de nouveau son plan de classe. Lisa Ridelle ?

— Je ne sais pas, réplique Lisa, d'une voix à peine audible derrière son rideau de cheveux blond-blanc.

Madeleine regarde autour d'elle. Personne ne connaît la réponse. Même pas Marjorie Nolan.

— Quand j'aurai fini avec vous et vos condisciples, vous le saurez.

Grace Novotny est assise tout juste devant Madeleine. La raie de ses cheveux n'est pas droite, et des bandes élastiques ordinaires retiennent ses nattes. C'est vrai qu'elle sent mauvais — il suffit à Madeleine de se pencher pour en faire l'expérience. Elle mouille peut-être son lit. C'est une odeur triste. Madeleine, se redressant, résiste à l'envie de fourrer son nez dans le pli de son nouveau cahier. Cette année, fais en sorte que tout soit impeccable, sans biffures ni pages cornées. Écris tous les mots correctement, et ne laisse pas ton cahier tomber dans une flaque d'eau en rentrant à la maison.

— À quand remonte la guerre de 1812 ?

Madeleine lève les yeux. Non, elle n'est pas en danger. La tête de M. March tourne comme un périscope ; il cherche un volontaire.

— Au cas où vous n'auriez pas compris, mesdemoiselles et messieurs, dit-il d'un ton las, c'était une plaisanterie.

Rires polis.

Il distribue un gros manuel rouge, le livre de lecture des élèves de quatrième année. Madeleine l'ouvre et se passionne tout de suite pour l'histoire de Dale le chien policier, un berger allemand appartenant à la Gendarmerie royale. Il garde les biens personnels et empêche les filles plus âgées de s'en prendre aux plus jeunes. Un jour, une petite fille disparaît : « Le maître de Dale lui fit renifler le petit pull. Le chien comprit tout de suite qu'il devait se mettre à la recherche de la personne dont l'odeur correspondait à celle du pull. » Dale la trouve endormie dans un champ. Ses parents s'étaient fait un sang d'encre. Dale ressemble à Esse, le chien qui vit en face de chez Madeleine. Un manuel bleu tombe sur son pupitre en produisant un bruit mat, et Madeleine referme son livre de lecture : comme elle s'est déjà mise à lire, elle a un peu l'impression d'avoir triché.

— D'entrée de jeu, dit M. March, je précise n'avoir aucune sympathie pour les tergiversations, les atermoiements ni le papotage.

— Sauf qu'il papote, lui, chuchote Madeleine à l'intention d'Auriel. À moins qu'il ne radote ?

— Je vous demande pardon ?

Madeleine lève les yeux, le visage cramoisi.

Il consulte son plan.

— Madeleine McCarthy. Tiens ! Une allitération ! Définissez « allitération », je vous prie.

S'il a prononcé mon nom, se dit Madeleine, c'est qu'il me regarde. Difficile d'en être certaine, cependant, à cause de ses lunettes qui réfléchissent la lumière. Sur son gros visage, rien n'indique l'objet de son attention.

— Euh… c'est-à-dire… répond Madeleine.

— Épargnez-moi vos tics de langage, psalmodie-t-il, excédé.

— C'est…

— Faites une phrase complète, je vous prie.

— L'allitération, c'est… l'art de faire son lit ?

Personne ne rit parce que personne, Madeleine la première, ne sait ce que le mot veut dire.

— Nous avons un bel esprit en notre sein, fait M. March.

Madeleine est à la torture, mais elle est aussi soulagée parce que M. March semble avoir oublié sa question. Il continue de distribuer le manuel bleu, celui d'arithmétique. *Les Mathématiques vivantes* — alors que le sujet est complètement mortel. Madeleine jette un coup d'œil à l'intérieur. Évidemment, elle y trouve des dessins aguicheurs, des juxtapositions intrigantes de carabines et de gâteaux, de voitures et de chapeaux. « En combien de groupes de huit pouvez-vous diviser les cent vingt enfants pour la danse carrée ? » Quels enfants ? Où vivent-ils ? Ce sont des orphelins ? « Au champ de tir, Bob a marqué 267 points. Son père en a marqué 423… » Qui c'est, Bob ? Comment se fait-il qu'on l'autorise à avoir une arme ? Il y a également des récits qui sonnent faux : Mme Johnson qui confectionne des tartes, M. Green qui met des pommes dans des boîtes, des cochons dans un camion. Vernis narratif trompeur plaqué sur des problèmes arides — Combien? Quand? Pendant combien de temps? Combien en reste-t-il? —, les personnages de simples imposteurs maléfiques à la solde des nombres.

— Quelle est la racine carrée de 47? demande M. March en remontant l'allée.

Madeleine s'inquiète — je ne savais même pas que les racines carrées étaient au programme de la quatrième année. Il s'arrête devant le pupitre d'une fille aux longs cheveux noirs et lustrés.

— Je ne sais pas, répond la fille.

— C'est vrai? demande M. March.

Sa voix sonne comme s'il avait relâché tous ses muscles. On aurait dit un objet lourd dévalant une colline.

La fille pleure! À sa place, en silence.

— Inutile de pleurer, petite fille.

La cloche sonne. La récré.

— La porte de côté, mesdemoiselles et messieurs, dit-il au milieu du raffut.

La porte latérale donne directement sur la cour, et les enfants jaillissent sous le soleil en poussant un seul cri exubérant. Quinze longues minutes de folle liberté. Les garçons doublent les filles en route vers le terrain de base-ball, trouvent une surface asphaltée pour jouer aux billes ou se contentent de se pourchasser et de se battre. Bras dessus, bras dessous, Lisa, Madeleine et Auriel traversent la cour d'école à la manière de robots en chantonnant:

— Rien ne nous arrête!

Elles foncent tout droit sur les bascules et s'écroulent. Elles font semblant de nager. Elles font semblant de voler.

La cloche sonne, beaucoup trop tôt, et les élèves de quatrième année rentrent par la porte latérale. La fille qui pleurait nettoie le tableau noir avec une peau de chamois. Privilège inouï. Par ce geste, M. March a probablement voulu montrer qu'il était un gentil monsieur, pas un ogre. La fille s'appelle Diane Vogel. Elle est très jolie. M. March lui laisse écrire à la craie le titre de la prochaine leçon: «Botanique». Diane Vogel a une magnifique main d'écriture.

De retour à sa place, Madeleine éprouve un premier élan de satisfaction territoriale: mon pupitre. Mon encrier, objet que plus personne, il est vrai, n'utilise. Dans l'ancien temps, à l'époque de la Dépression, lui a dit son père, on les remplissait d'encre. Les garçons y trempaient les nattes des filles. En regardant les tresses en pagaille de Grace, elle se demande si les garçons auraient eu l'idée de lui jouer un pareil tour pendable. Selon maman, c'est de cette façon que les garçons vous montrent qu'ils vous aiment bien. *Drôle de mœurs, si vous voulez mon avis, docteur.*

M. March distribue des crayons et du papier de bricolage. Ce matin-là, plus personne ne se fait prendre de court. Ils reproduisent des feuilles et des fleurs sauvages comme les carottes sauvages, « abondantes sous nos latitudes », dit M. March.

— Aussi connues sous le nom d'« herbe puante », chuchote Madeleine à Auriel.

C'est bon. Il ne lève pas les yeux. Il est occupé. Pendant que tout le monde dessine paisiblement, il écrit sur des bristols jaunes à l'aide d'un feutre qui crisse.

— Ça s'est bien passé, ma puce ? demande Jack.

Au menu, crème de champignons Campbell, sandwichs au thon et, pour le dessert, des pets-de-sœur, biscuits acadiens.

— Très bien.

— Tant mieux.

Inutile que son père l'accompagne, les appréhensions mortelles de la matinée ayant disparu. Elle sort en trombe tout juste à temps pour rattraper Auriel et Lisa. Elle se retourne pour saluer son père, resté sur le perron, puis ses amies et elle courent jusqu'à l'école, leur cardigan noué au cou flottant comme la cape de Batman.

Peu de temps avant la récréation de l'après-midi, M. March déclare :

— J'ai besoin d'un volontaire.

Les mains levées fusent de toutes parts. Des filles, surtout. Comme elle n'a pas levé la sienne, Madeleine se sent un peu impolie. Pour corriger la situation, elle soulève le bras à demi. Marjorie Nolan donne des coups en l'air en criant chaque fois :

— Hou ! Hou !

M. March consulte son plan.

— Marjorie Nolan. Vous resterez en classe pendant la récréation. J'ai un travail à vous confier.

Marjorie regarde fièrement autour d'elle, comme si elle s'attendait à trouver des visages envieux. Madeleine est soulagée de ne pas avoir été choisie pour manquer la récré, à double titre puisqu'elle ne craindra pas de blesser Marjorie en l'évitant. La cloche sonne.

— Un à la fois, mesdemoiselles et messieurs. Dans l'ordre, je vous prie.

Au retour de la récré, ils trouvent Marjorie assise à la place de M. March. Armée de ciseaux, elle découpe des formes ovales dans les bristols jaunes. M. March entreprend de les punaiser en rang vertical du côté gauche du babillard recouvert de feutre : sur chaque ovale, écrit au feutre noir, on lit le nom d'un élève. Comme il y a de multiples Cathy, Debbie, Diane, Carol, Michael, John, Bobby, David et Stephen, le prénom de l'intéressé est suivi d'une initiale. En haut du babillard, il punaise d'autres ovales, un par matière : Lecture, Écriture, Arithmétique, Géographie, Histoire, Arts plastiques.

— Je vous demande toute votre attention, dit M. March.

Dos à la classe, il fixe encore quelque chose sur le babillard. Quand il se déplace, les élèves voient enfin de quoi il s'agit. Trois formes découpées en feutre : un lièvre, un dauphin et une tortue.

— À vous de décider, dit-il.

Serez-vous comme le lièvre véloce ? Le gentil dauphin ? Ou la tortue inepte ? Aux yeux de Madeleine, un détail accroche : la tortue est la seule à sourire. À moins qu'il ne s'agisse d'une allusion biblique. Ne dit-on pas : « Bienheureux les innocents » ?

— Madame March a fabriqué ces formes pour moi, et elles m'ont rendu de fiers services, dit M. March.

On dirait qu'il parle d'Ex-Lax, songe Madeleine. Pour ne pas imaginer M. March aux toilettes, elle se représente Mme March, aimable femme en chignon, penchée sur une table, des ciseaux à la main, se languissant d'avoir ses propres enfants. Il ne vient pas à l'esprit de Madeleine de se demander pourquoi elle est si certaine que les March n'ont pas d'enfants.

Elle observe le large dos gris de M. March, occupé à réunir les lièvres, les dauphins et les tortues au bas du babillard. Puis, un à un, il les décolle de la pile et les fixe contre le babillard en s'aidant du pouce et de l'index. Bientôt, ils sont légion, attendant la mission qui leur sera assignée : bondir, nager ou ramper vers tel ou tel nom, telle ou telle matière. Madeleine est convaincue d'être un lièvre dans au moins une matière : la lecture.

— Un mot d'avertissement, mesdemoiselles et messieurs, dit M. March, la voix épaisse comme du porridge. Vous vous voyez peut-être sous les traits d'un lièvre, mais n'oubliez pas la fable du lièvre et de la tortue…

Ses lunettes ne visent personne en particulier. Il les regarde en même temps qu'il fixe un point au-delà d'eux, à la manière des iguanes dans *Le Royaume des animaux.*

— Le lièvre était rapide, mais dépourvu de la moindre capacité d'attention — les iguanes ont la peau comme du porridge et le regard figé de M. March —, à l'instar de Madeleine McCarthy.

Madeleine cligne des yeux. La classe ricane. Tous les autres ont ouvert leur livre d'orthographe à la page… quoi? Que s'est-il passé? Elle jette un coup d'œil à Auriel, qui, serviable, incline son livre — page 10. Madeleine ouvre le manuel: «Unité un: blâme freins écaille tombe esclave honte erreur nu rare éclat adieu moyenne timbre chou…»

… la gestion, l'armée, la direction et les finances, sans oublier les cours d'administration destinés aux officiers subalternes…

Jack est dans son bureau en compagnie de ses subordonnés immédiats. Sur les crochets de son portemanteau et au bord de la fenêtre, on voit de nombreuses casquettes militaires. Comme un ou deux officiers sont comme lui nouveaux à la base, il a convié tout le monde à un briefing général. Vic Boucher a déjà passé en revue les manifestations spéciales — échanges avec le quartier général du Commandement de l'entraînement aérien à Winnipeg, visites de membres du personnel de la base à l'école d'état-major à Toronto, curling et volley-ball à l'interne, etc. Voilà maintenant que le commandant d'aviation Nolan brosse le portrait du nouveau contingent d'élèves. L'homme parle le nez rivé à sa planchette à pince. Pour mieux se concentrer, Jack se penche vers l'avant.

— Six cents élèves inscrits à l'école centrale d'officiers, cent quarante cadets de l'aviation à l'école élémentaire de pilotage, dont trente-huit de l'OTAN, dit-il alors que le regard de Jack se remet à errer, des casquettes vers la fenêtre. De plus, l'Unité de sélection des officiers devra étudier le dossier d'environ mille sept cents candidats.

Au moment où Nolan conclut, Jack détache son attention du ciel bleu pour se concentrer sur la réunion.

— Très bien.

Puis il tambourine sur son bureau avec le bout de son crayon.

— Connaissez-vous la méthode des études de cas, messieurs? demande-t-il.

Un ou deux officiers plus jeunes hochent la tête.

— Qui peut me définir la notion de leadership au sens de l'armée de l'air?

Un instructeur subalterne, lui-même candidat au MBA, lève la main.

— Je crois, monsieur, que la définition normative va comme suit: «Le leadership, c'est l'art d'influencer autrui pour arriver à une fin.»

Il a l'air perdu dans son uniforme. Comment imaginer que ce jeune homme porte le moindre intérêt aux avions? En tout cas, il a répondu conformément au manuel. De la graine d'officier au sol. Détail ironique, il s'appelle Vogel.

Jack hoche la tête.

— Bien, fait-il. Mais qu'est-ce que ça veut dire vraiment? «Influencer», d'accord, mais comment? Qui précise la «fin»? Comment faire échec à la résistance au changement?

Un instructeur-chef, le commandant d'aviation Lawson, prend la parole:

— Dans l'armée, je crois qu'on dit: «change, sinon gare à toi...»

Rires. Jack sourit.

— Exactement. «Ça ne fera pas mal. La preuve, c'est que tu n'as rien senti.»

Nouveaux rires.

— Dans l'armée, dit-il, nous avons une chaîne de commandement. Dans le feu de l'action, tout est réduit au strict minimum. En temps de paix — pendant des périodes de paix prolongées comme celle que nous vivons actuellement —, on note une tendance à l'enflure bureaucratique. Il arrive qu'on perde de vue l'objet de ses efforts. Évidemment, ajoute-t-il, même en temps de guerre, il y a un général quelque part dans un bureau qui pique des épingles sur une carte.

Des grognements d'assentiment accueillent la remarque, même si personne ici, à part Vic — et, à sa façon, Jack — n'a pris part à la guerre. Même les plus vieux parmi les autres sont un peu trop jeunes pour avoir servi.

— J'envisage d'adopter une approche tant soit peu sociologique, poursuit Jack. Voilà ce dont il est question dans nos écoles d'administration publique depuis un certain temps; dans le monde réel, c'est la tendance qu'on observe depuis des décennies. Elle diffère un peu de la méthode traditionnelle du «oui, monsieur». Nous voulons creuser un peu plus, nous complexifier un peu plus, parce que le monde qui nous entoure, lui, devient chaque jour plus complexe.

— Ça, vous pouvez le dire, renchérit Vic.

— Représentez-vous l'armée comme une entreprise, dit Jack. Quel est notre secteur d'activité? La paix. Qui sont nos actionnaires? Les habitants du Canada. Nous avons pour but de défendre le pays. Pour y parvenir, nous devons nous fixer divers objectifs: contrer les visées expansionnistes des Soviétiques de concert avec nos alliés; suivre l'évolution des situations périlleuses à l'intérieur de nos frontières ou à l'étranger et, au besoin, y réagir; évaluer les dangers à la lumière des armes de destruction massive d'aujourd'hui. La clé? La communication.

S'interrompant, il balaie la pièce des yeux. Détendus, les hommes, assis sur des chaises piquées dans les bureaux environnants, écoutent attentivement.

— Disons que vous avez un as pilote sous la main. Imaginons maintenant que l'équipe au sol a utilisé le mauvais écrou à oreilles parce que le mécanicien a soumis le bon formulaire au mauvais service, lequel a changé de sigle la semaine précédente, et que le planton en a ras-le-bol de la paperasserie. Vous avez sur les bras un risque de réaction en chaîne aux effets potentiellement désastreux.

— Tout ça faute d'un clou de fer à cheval, dit le capitaine d'aviation Vogel.

Jack s'interrompt. Vogel baisse les yeux. Jack poursuit.

— Exactement. La question est la suivante : nos officiers savent-ils diriger les ressources humaines et l'information de manière à exercer un leadership efficace ? Notre travail consiste à leur en donner les moyens.

Se levant, il se dirige vers la bibliothèque.

— J'ai pris la liberté d'inscrire certains d'entre vous à un cours sur les méthodes administratives à l'Université Western de London. J'ai aussi préparé un cahier de textes tirés d'ouvrages qui commencent à faire du bruit dans le civil.

Il s'empare d'un volumineux recueil de feuilles ronéotypées et le laisse tomber sur la table. Il le feuillette en faisant du vent.

— Ce ne sont pas uniquement des histoires de chevet. On vous y présente tous les aspects d'une entreprise. General Electric, American Motors… Pour déduire les buts d'une organisation, vous n'avez qu'à étudier ses actions.

Il laisse les pages se refermer.

— Le comportement humain.

En caressant le recueil, il regarde les autres d'un œil avisé.

— Dites-vous que Tom Sawyer a été le premier crack de la gestion.

— Comment obtenir de quelqu'un qu'il repeigne la clôture à votre place ? dit un officier assis au fond.

— Et qu'il vous cède sa pomme, ajoute un autre, assis à l'extrémité opposée.

Rires.

— Jusqu'ici, dit Jack, les méthodes administratives militaires ont été guidées exclusivement par l'action. Il faut rectifier la situation. En même temps, rien ne sert de sombrer dans l'excès contraire et de se livrer à des tonnes d'analyses — soupeser tous les « si » —, au risque de paralyser notre capacité d'intervention. Les leaders ne réunissent pas nécessairement les deux qualités. Un type avec qui vous feriez l'aller-retour jusqu'en enfer s'il était aux commandes d'un avion risque, au sol, d'être totalement inepte.

Il remet le recueil à sa place et, posant les mains à plat sur le bureau, les regarde dans les yeux.

— Posez-vous la question : quelle est ma place au sein de l'organisation ? Ai-je tenu compte de l'ensemble ou seulement d'une partie ? Sur quel secteur suis-je en mesure d'exercer une influence ?

Au bout d'un moment, un des instructeurs financiers dit :

— Il s'agit en somme de prendre la mesure de la case que nous occupons.

— En plein dans le mille, dit Jack.

La porte s'entrouvre et un jeune officier d'aviation glisse la tête dans l'embrasure.

— Monsieur, un certain capitaine Fleming vous demande. Devrais-je ?...

— Dites-lui que je le rappellerai, répond Jack.

— Oui, monsieur, dit l'officier en se retirant.

— On fait l'école buissonnière, monsieur ? dit Vic Boucher.

Les autres rigolent. Il n'y a pas de capitaines dans la pièce. Que des capitaines d'aviation. Au Canada, « capitaine » tout court est un grade réservé à l'armée de terre.

Jack sourit.

— Probablement un pied-plat de la Défense nationale qui souhaite faire augmenter le contingent d'élèves de l'armée à l'école de pilotage.

— Un pilote de l'armée ? dit l'un des officiers. N'est-ce pas une contradiction dans les termes, monsieur ?

Jack se sentira bien au milieu de ces hommes. Il jette un coup d'œil à son ordre du jour et invite le commandant d'aviation Baxter à faire le point sur certains problèmes liés aux cadets. Puis il se rassoit. *Le capitaine Fleming.* Les yeux rivés sur Baxter, il se concentre sans mal sur deux sujets à la fois.

— ... avec les cadets nigérians. Puisque tous les Égyptiens ne célèbrent pas Noël, nous avons pris des dispositions particulières qui...

Oskar Fried est en route, c'est sûr. Le ciel bleu à sa fenêtre, la rangée de casquettes, l'odeur du bois poli et des rognures de crayons propre aux écoles et aux officines gouvernementales : le soleil de l'après-midi les mélange tous, et Jack éprouve un sentiment de bien-être inattendu. Il doit rappeler Simon, mais il n'y a pas le feu. Si c'est le « capitaine Fleming » qui téléphone, l'affaire revêt une importance ordinaire ; si, en revanche, le « major Newbolt » le demande, il doit répondre séance tenante. Les noms de code choisis par Simon avaient fait sourire Jack. L'allusion à Fleming est évidente, voire ridicule, mais il doit se rappeler de demander à Simon d'où lui est venue l'idée de Newbolt. Récupérant son crayon, il se remet à tambouriner en écoutant.

— … méthodes administratives, comptabilité, analyse statistique…

«Lecture, Écriture, Arithmétique, Géographie, Histoire, Arts plastiques.» Sur le babillard, les animaux en feutre ont entrepris leur migration. Madeleine n'est guère surprise de constater qu'elle compte effectivement parmi les lièvres en lecture. En écriture, elle a cependant été rangée parmi les tortues, malgré d'excellentes dispositions en orthographe. Elle a perdu des points à cause de sa calligraphie. En plus de donner encore l'impression d'écrire en lettres moulées, elle manque toujours de place au bout de la ligne : malgré de vaillants efforts, les mots finissent par s'emboutir. L'équivalent textuel d'un carambolage.

Il est deux heures cinquante-cinq et M. March a choisi les meilleurs dessins de plantes avant de les afficher avec du ruban gommé : les boutons d'or de Marjorie Nolan, les tulipes de Cathy Baxter et les pissenlits de Joyce Nutt. Madeleine a dessiné d'exquises marguerites avec un visage et de longs cils — l'une fume la pipe, l'autre cligne de l'œil, une troisième porte une moustache et des lunettes. Elle se console de ne pas avoir été choisie en se disant qu'elle a de la chance de compter parmi les dauphins en arts plastiques, tant ses fleurs sont irréalistes. En regardant autour d'elle, elle se rend compte que l'objectif était de faire vrai. Mine de rien, elle croise les bras sur ses marguerites.

— Diane Vogel, venez à l'avant, je vous prie, dit M. March.

Il la soulève, la tenant par les aisselles, et elle colle les trois dessins sur la fenêtre intérieure — celle qui donne sur le corridor.

— Merci, petite fille, dit-il en la déposant par terre. Vous pouvez retourner à votre place.

Puis il montre la porte d'un grand geste, à la manière de la dame dans la publicité des gâteaux Duncan Hines :

— Ainsi, nous nous montrons sous notre meilleur jour au reste de l'école.

Madeleine se tourne vers la fenêtre recouverte de papier. Les dessins font face à l'extérieur. Au moins, elle n'aura pas à subir la vue des boutons d'or de Marjorie Nolan.

— Tu vas avoir de la visite, dit Simon.

— Oskar Fried est arrivé.

— Pas encore. Il s'agit d'autre chose. Une tuile, en quelque sorte.

Jack est dans la cabine téléphonique voisine du supermarché. En répondant, il a ressenti une drôle d'impression. Et si quelqu'un l'avait vu ? Il n'y avait personne, mais si on le prenait en flagrant délit ? Comment expliquer qu'il réponde à un téléphone payant et engage la conversation ? La seule réponse qui saute aux yeux l'a fait tressaillir : l'adultère.

— Ils envoient un autre homme, dit Simon. Un second officier participera à la mission à titre d'homologue.

— Mon homologue ?

— Ton vis-à-vis, si tu préfères. Un type de l'USAF.

— Que vient faire l'USAF là-dedans ?

Il se rend aussitôt compte que sa question va demeurer sans réponse, et Simon lui donne raison :

— Coopération sous l'égide de l'ONU. Tes impôts à l'œuvre, mon vieux.

Jack dénote un soupçon d'impatience sous le ton badin et a l'impression que, s'il pose la question maintenant, Simon lui apprendra peut-être enfin quelque chose.

— Pourquoi a-t-on besoin d'un deuxième homme ?

— Parce que la nature et l'USAF ont horreur du vide. Ils ont surtout horreur de compter sur quiconque d'autre qu'eux-mêmes.

— Ce n'est pas un effort conjoint ?

— Si, bien sûr. Comme Abbott dirait à Costello : « Suis-moi. Je suis juste derrière toi. »

— J'ignorais que le MI6 entretenait des relations aussi étroites avec l'armée américaine.

— Arrête de me bombarder de questions, sinon ça va sauter !

Jack s'esclaffe.

— Que fera donc le deuxième type ?

— Pour l'essentiel, il assurera une présence sur le terrain. Au cas où.

— Au cas où quoi ?

Simon soupire.

— Ils ne souhaitent pas confier l'entière responsabilité de Fried à un Canadien.

— Nous travaillons tous les jours avec les Yankees. Quel est le problème ?

— Les fuites au Canada, entre autres.

En esprit, Jack revoit Igor Gouzenko, la cagoule sur la tête, en train de réciter des noms à Ottawa. C'était il y a longtemps. Même chose pour les espions nucléaires à Chalk River.

— C'est vrai ?

— Le Canada est une véritable passoire.

— Regarde qui dit ça.

Simon gémit.

— Touché. Tu as raison, messieurs Burgess et Maclean ont peut-être un peu terni la réputation des Anglais, ces derniers temps. Mais je suis un ancien d'Oxford, mon vieux, pas de Cambridge.

— Alors, ce type de l'USAF, je le rencontre où ?

— À ta base, il y a un poste de stagiaire, non ?

— Oui. Les Américains et les Britanniques l'occupent à tour de rôle…

Jack est surpris d'apprendre que l'Américain sera posté à Centralia. Il faut croire que le capitaine d'aviation Woodley est dans le coup, après tout.

— C'est au tour des Américains, mais le type est en retard.

— Parce qu'on est revenu sur le choix initial et que le type a été remplacé par un autre à la dernière minute.

— Un officier du renseignement ?

— Non, non, une assez nouvelle recrue, un type un peu plus jeune, un peu plus vif que celui qu'on avait songé à envoyer en villégiature chez vous.

Jack est piqué au vif.

— Centralia demeure une base d'entraînement, Simon. Pas piquée des vers par-dessus le marché.

— Ne le prends pas mal, mon vieux. Mais vous utilisez chez vous des faucheurs de maringouins et des Chipmunks, pas vrai ? Le pilote dont je parle vient de l'USAFE.

L'United States Air Force Europe.

— Wiesbaden ?

Jack voit le topo. Au cours de sa dernière affectation, l'Américain a piloté des Sabre et des Starfighter F-104 — les « faiseurs de veuves ».

— Alors, la consigne ?

— En ce qui te concerne, il n'y a pas grand-chose de changé. Ce type, on ne lui a pas encore communiqué tous les détails.

— Pourquoi pas ?

— Je leur ai laissé entendre qu'il n'avait pas encore besoin de savoir. En fin de compte, ils m'ont donné raison.

Jack ne demande pas qui « ils » sont. « Ils », c'est un comité, un bourgeon d'une des « branches » du service de renseignements de l'armée des États-Unis. À l'instar des innombrables comités qui prolifèrent et s'autofécondent dans une grande bureaucratie, il aura son sigle. Par ailleurs, il n'existera peut-être pas officiellement. Des êtres humains se trouvent derrière ces lettres, aussi provisoires toutefois que les lettres elles-mêmes. S'il est vrai qu'on peut déduire les buts d'une organisation en analysant ses actions, le but de la plupart des bureaucraties, se dit Jack, est de semer la confusion.

— Ton ami américain sait donc peu de chose, dit Simon.

De Simon à Jack à l'Américain : la chaîne de commandement.

— Ils te suggèrent de le mettre au courant dès son arrivée.

— Aucun problème, dit Jack.

— Quant à moi, je pense que tu aurais peut-être intérêt à attendre le plus longtemps possible.

Jack sourit.

— Laquelle des deux suggestions dois-je suivre ?

— Tu ne risques rien à suivre la mienne. En cas de grabuge, je porterai le chapeau.

À son arrivée à Centralia, explique Simon, le capitaine américain saura seulement ceci : au cours de son stage d'une année, il aura à accomplir une mission spéciale.

— Laquelle ?

— Le moment venu, les Américains tiendront évidemment à ce qu'un des leurs escorte Fried jusqu'à la frontière.

— Fried ira donc aux États-Unis.

— Grâce aux Amerloques, tu en sais maintenant plus que nécessaire.

Il soupire.

— Je me demande parfois pourquoi je me donne autant de mal.

— Qu'est-ce que ça change, Simon ? À qui veux-tu que j'en parle ? Je n'ai pas encore parlé de la fois où tu as survolé à basse altitude la résidence des infirmières à Toronto. Quelle est donc la spécialité de Fried ? Les fusées ? Les missiles ?

— Les tapis au crochet, je crois.

Jack éclate de rire et, du pied, entrouvre la porte de la cabine. L'après-midi est lourd de soleil.

— Tout ce que sait l'Américain, c'est donc qu'un officier canadien entrera un jour en communication avec lui pour lui expliquer la mission ?

— Exactement.

— Il ne sait pas que c'est moi ?

— Personne n'est au courant.

Jack enlève sa casquette, s'éponge le front et la remet aussitôt ; le soleil lui transperce les yeux.

— Sauf Woodley, fait-il.

— Qui ça ?

— Le commandant de la base.

Simon donne l'impression d'être plus détendu que jamais.

— Non, je te répète que, dans ce cas particulier, j'ai préféré fermer la boucle.

Jack réfléchit. Rendre service à Simon à titre particulier est une chose. Mais voilà qu'on affectera ici un officier étranger à des fins que le commandant de Jack ignore. Il est vrai que l'homme agira à titre d'instructeur de vol. Il occupera un poste qui, de toute façon, était réservé à un Américain. À tout casser, sa « mission spéciale » durera une journée. D'ailleurs, l'officier en question ne vient pas exactement d'un pays ennemi. Simon continue de parler :

— … que toi et moi qui saurons où vit Fried. Nous serons les seuls à le désigner par ce nom.

Jack aurait dû se douter qu'il s'agissait d'un nom d'emprunt.

— Un type qui veille un autre type qui attend dans l'ignorance jusqu'au jour où il escortera Fried. Ça fait pas mal de baby-sitting, tu ne trouves pas, Simon ?

Il baisse la tête, tirant le meilleur parti possible de la visière de sa casquette.

— Ils exagèrent.

Cette fois, Jack ne décèle pas d'amusement dans la voix de Simon.

— Rien n'obligeait ce pauvre Yankee à s'installer au Canada ni à déraciner sa famille pendant un an pour une mission qui, autrement, lui prendrait une journée. Ça ne me plaît pas du tout.

Jack croit entendre Simon dans le siège de l'instructeur à côté de lui. *Je ne suis pas certain d'aimer ce que je vois.* Jamais encore il ne s'est montré si catégorique : *Ça ne me plaît pas du tout.* Jack, qui se sent un moment désorienté, comme à l'arrêt brusque d'un moteur, se ressaisit en proférant une observation pratique :

— Il s'agit en tout cas d'un gaspillage éhonté de l'argent des contribuables.

— Chaque fois que, dans une mission, on augmente le nombre de points d'entrée, on perd un peu plus le contrôle. On ouvre la porte aux pépins.

La voix de Simon est sèche, précise comme de la craie sur un tableau noir.

— Ce Yankee est sans doute un type irréprochable, mais les Américains, avec leur zèle coutumier, ont élargi le secteur cible. Les risques de dérapage augmentent d'autant. C'est une opération bâclée, boursouflée. Si tu veux le savoir, ça me met le feu quelque part.

Jack attend la suite, mais Simon garde le silence.

— Nous aurions bien besoin de toi ici à l'école d'administration, Simon.

Simon rit et reprend son ton habituel.

— Quelques conseils, Jack. Primo : dans l'éventualité d'une nouvelle guerre conventionnelle, fais-toi affecter au service de renseignements. Tu y seras relativement en sécurité et tu auras une idée de la situation. Secundo : observe le comportement des Américains, et fais exactement le contraire.

Jack s'esclaffe.

— Quand ce type arrive-t-il ?

— D'un jour à l'autre. Au fait, il s'appelle McCarroll.

— Non, non, je voulais parler de Fried.

— Ah bon. Ça ne saurait tarder.

— Pourquoi ici, Simon ?

— Tu poses trop de questions, mon vieux.

— Ça m'intéresse, c'est tout.

Appuyé sur la vitre, il regarde en direction du supermarché.

— Tu sais ce que je vois, en ce moment ?

— Je sens que tu vas me le dire.

— Des cuisses de poulet à trente-neuf cents la livre, du lait homogénéisé en réclame. Sans oublier la fusée rouge près de la porte. Il suffit d'une pièce de cinq cents pour aller sur la Lune. Elle est occupée en ce moment par un astronaute de quatre ans.

— Tu as la bougeotte ?

— Non, non. C'est un endroit très bien. Seulement un peu tranquille, disons. Qu'est-ce que tu vois par la fenêtre, toi ? Le Pentagone ? La Maison-Blanche ?

— La théorie des réactions en chaîne à son meilleur : je te dis une chose que tu n'as pas besoin de savoir et te voilà en train de te creuser les méninges. Plus un mot, ma biche.

— Allons, Simon, espèce de fumier. Donne-moi quelque chose à me mettre sous la dent.

Simon soupire. Jack attend.

— Si nous avons choisi cet endroit, c'est d'abord et avant tout pour toi, évidemment.

Jack savoure le moment en silence.

— Ensuite, poursuit Simon, ton pays, comme tu le sais sans doute, a la réputation d'être une étape pour les voyageurs fatigués.

— Tu veux parler des réfugiés ?

— En un sens, oui. Le Canada est un point d'accès commode pour les États-Unis. Voilà qui nous donne un bon coup de main.

— Pourquoi le parquer ici ? Pourquoi ne pas l'envoyer directement aux États-Unis ?

— Parce que le Canada est à la fois suffisamment proche et éloigné des Américains et des Britanniques pour servir d'asile.

— Fried travaille à un projet que convoitent à la fois les Soviétiques et les Américains, hasarde Jack. On va donc d'abord le chercher aux États-Unis. Sauf qu'à son arrivée là-bas, il aura déjà une nouvelle identité. Il sera M. Untel, ressortissant canadien en visite aux États-Unis.

Naturellement, Jack sait que la Grande-Bretagne, le Canada et les États-Unis échangent des renseignements — à cause des rivalités entre services, il arrive même que la coopération soit plus harmonieuse entre ces pays qu'à l'intérieur d'eux. Jamais pourtant il n'a vu les choses d'aussi près — une étude de cas.

— Et qu'est-ce qu'on y gagne, nous ?

— Au revoir, Jack.

— Non, attends.

— Quoi encore ?

— Qui diable est le major Newbolt ?

Simon rit.

— À toi de le découvrir, fiston.

— N'oublie pas que je t'ai promis un verre.

En se retournant, Jack constate qu'une petite queue s'est formée. Des cadets attendent à distance respectueuse. Ils saluent. Jack touche la visière de sa casquette et, prenant à travers le terrain de rassemblement, se dirige vers la maison. *Un projet que convoitent à la fois les Soviétiques et les Américains...* Inutile de lever les yeux pour regarder le ciel. Il sait qu'il s'agit de l'espace — même s'il ne voit rien. « Je considère que notre nation doit s'engager à faire atterrir, avant la fin de la décennie, un homme sur la Lune et à le ramener sain et sauf sur Terre. »

Kennedy a fait cette déclaration l'année précédente, mais les Soviétiques n'ont pas cessé d'éclipser les efforts américains, faisant des héros des cosmonautes russes qui sourient dans les pages du magazine *Life*. Lunik, Vostok, fusées habitées marquées au sceau de l'étoile rouge qui s'élèvent en trombe dans le ciel en crachant des flammes, deux plates-formes de lancement à Baïkonour au Kazakhstan contre l'unique plate-forme 14 à cap Canaveral. La première tentative de réplique américaine s'était soldée par une explosion sur la plate-forme — la presse britannique avait parlé de « Flopnik ». Oskar Fried est un scientifique issu du camp des vainqueurs, et l'armée de l'air des États-Unis a fait des pieds et des mains pour l'«importer». Jack se remémore des articles et des éditoriaux consacrés à la détermination de l'aviation américaine de faire concurrence à la NASA, et les liens lui sautent aux yeux. Il presse le pas. Les muscles de ses jambes lui semblent tendus et infatigables. Pour un peu, il rentrerait en courant.

Les Soviétiques ne sont pas comme nous. Pendant que nous rêvons à l'exploration lunaire, ils affectent les cerveaux militaires les plus éminents au problème des vols spatiaux et injectent des capitaux illimités dans le projet, sans censure du Congrès ni du Parlement. Voilà pourquoi le président Kennedy a approuvé des crédits de plusieurs milliards de dollars pour la NASA. Voilà pourquoi l'armée de l'air des États-Unis, persuadée que l'entreprise ne doit pas entièrement échoir au civil, réclame à cor et à cri sa part du gâteau. Jack lève les yeux. Le voilà, le disque doux. Monter jusque là-haut. Depuis l'obscurité de l'espace, contempler la Terre, joyau fragile d'un bleu laiteux. Pas un seul habitant de la planète ne demeurerait insensible à l'énormité d'un tel exploit. D'où, indépendamment de l'immense avantage stratégique, le prestige qui s'y rattache. Les cœurs, les esprits et les muscles. C'est pour cette raison, Jack en est convaincu, que l'USAF est résolue à recruter son propre Wernher von Braun en la personne d'Oskar Fried. Il regarde un camion-citerne remonter lourdement Canada Avenue en direction des hangars, suivi de Vimy Woodley au volant d'une grosse Oldsmobile remplie de Guides. Il lui rend son salut. Il doit bien y avoir une fille à elle dans le lot. En rentrant, il demandera à Mimi de retenir les services de la petite comme gardienne d'enfants vendredi soir. Il est grand temps qu'il invite sa femme à un dîner en tête-à-tête à London. Il consulte sa montre. Cinq heures vingt. Mimi l'attend. Il accélère de nouveau, des ressorts sous les talons, des ailes à ses pieds. Petit, Jack idolâtrait Flash Gordon. C'était de la science-fiction. Aujourd'hui, ce n'est plus qu'une question de temps.

Il se souvient des propos que lui a tenus Henry Froelich l'autre soir. En fait, il a carrément mis en doute le statut de civil de von Braun. Oui, von Braun avait travaillé pour les Allemands pendant la guerre, mais pourquoi les Américains n'exploiteraient-ils pas aujourd'hui ses talents de scientifique à leurs fins? Les hommes de science ne sont pas tous des parangons de vertu — Josef Mengele a eu des prédécesseurs. Mais von Braun s'intéressait aux armes, pas aux êtres humains. En ce sens, il n'a été ni différent ni pire que les scientifiques de notre camp à l'origine de la bombe atomique. Froelich a raison : les pièces de l'engin utilisé pour la première explosion expérimentale à Los Alamos étaient retenues par du ruban cache; des hommes et des femmes en short kaki, des chercheurs chevronnés, des civils — Jack avait vu les photos. Von Braun est de cette trempe. Le Einstein de la fuséologie. Il a conçu l'«arme secrète» de Hitler, la fusée V-2, ancêtre du Saturn et de tous les missiles balistiques intercontinentaux de la planète. Ce travail, il l'avait fait à Peenemünde. Le centre de recherche et développement au bombardement duquel Simon avait participé en 1943. Jack hoche la tête — décidément, le monde est petit.

Il passe à grandes enjambées devant le Spitfire, pressé de retrouver sa femme. Elle lui tendra un martini *avec un twist**. Ils ont été séparés l'espace d'un après-midi ; pourtant, il a l'impression de rentrer de l'aéroport — *j'avais tellement hâte de te voir, bébé, regarde ce que je t'ai rapporté.* En traversant la route du comté de Huron qui sépare la base des logements familiaux, Jack songe à une explication tout à fait plausible du coup de fil reçu dans une cabine téléphonique — outre l'adultère, il va sans dire. En passant près de l'appareil, il a eu une inspiration subite. Il a donc téléphoné à un grand magasin — Simpson, par exemple, à London — et s'est renseigné sur un parfum qu'il entend offrir à sa femme. La vendeuse a dû se rendre à un autre étage et l'a rappelé…

Il entre dans la zone des logements militaires, grouillante d'enfants et de tricycles. L'arôme de multiples dîners décuple son appétit et ajoute à la tension qu'il sent dans son estomac. En entendant son nom, il lève les yeux et rend son salut à Betty Boucher.

— Comment allez-vous, Betty ?

— J'espère qu'on ne vous fait pas trop de misères, Jack.

— Non, rien à redire.

— Papa ! Attrape !

Son fils lui lance le ballon de football au moment même où un autre garçon le plaque et tous deux s'écroulent. Jack attrape le ballon, court sur une dizaine de mètres et, en se retournant, le relance. Trois jardins plus loin, les garçons plongent pour saisir la passe.

— Mimi, je suis là !

Elle lui sourit lorsqu'il apparaît à la porte de la cuisine et lance sa casquette sur le crochet du portemanteau. Elle ne lui demande pas pourquoi il est en retard. Ce n'est pas son genre. Elle porte des bas et des escarpins ; jamais de pantoufles après cinq heures. Les cordons de son tablier font deux tours sur sa taille mince. Elle éteint sa cigarette, lui tend un martini et l'embrasse.

— Ça sent rudement bon.

— *Fricot au poulet**.

Le repas mijote sur le feu, Mimi est coiffée à la perfection et elle a rangé sous l'évier la vieille robe de maternité et les gants de caoutchouc qu'elle porte pour récurer le plancher. Clark Kent se change dans une cabine téléphonique. Les *super-women* sont plus discrètes.

Il glisse son bras autour de la taille de Mimi.

— Où est Madeleine?

— Elle joue dehors.

— Tu as des projets avant le dîner?

Elle lui chuchote sa réponse à l'oreille.

— Tu n'as pas honte? Que dirait ta *maman**?

Laissant ses mains glisser sur les fesses de sa femme, il l'attire vers lui. Les coudes sur les épaules de Jack, elle le regarde dans les yeux.

— Comment crois-tu que ma *maman** a eu treize enfants?

Il rit.

— Il vous en manque encore onze, madame. Quel genre de catholique êtes-vous donc?

Elle lui mord le cou.

— Une catholique éclairée.

Il la suit à l'étage. En route, il ramasse son tablier, sa blouse et une chaussure. Pendant qu'il attend la deuxième, une pensée lui traverse l'esprit — une chose dite par Simon à laquelle il n'a pas eu le temps de réfléchir. *Personne n'est au courant.* Simon a-t-il dit vrai? Est-il possible qu'à Ottawa — aux Affaires étrangères ou au cabinet du premier ministre —, personne ne soit au courant de la participation de Jack? Quelqu'un est forcément au courant pour le capitaine américain, même si Woodley, lui, ne sait rien. De toute façon, l'intégration des deux armées n'a rien de nouveau, et l'USAF envoie ici qui bon lui semble, sans se justifier. À Ottawa, on a sûrement eu vent de la venue prochaine d'un transfuge de haut rang. Sinon, de quel droit Simon interviendrait-il ici? Sans parler de la délivrance d'un passeport canadien à Oskar Fried.

— Attrape, dit-elle, l'autre chaussure à la main.

Et il s'exécute.

LES MUSCLES

Pourquoi faut-il toujours qu'il y ait dans la classe un élève qui sent mauvais? que tout le monde fuit comme la peste? Les élèves qui ont redoublé une année vivent dans un monde à part. Ils ont beau être à côté de vous, on les dirait exilés dans le désert, où ils respirent l'air désorienté d'une planète sans eau. Dès le vendredi de la première semaine, c'est un fait établi. À la récréation, Marjorie court jusqu'à Madeleine, la touche et dit :

— Inoculation contre les microbes de Grace !

Puis, triomphante, elle fait mine de se piquer.

Madeleine ne réagit pas, même si elle aperçoit d'autres filles prêtes à s'enfuir, de crainte qu'elle leur transmette les microbes avant de s'inoculer en toute hâte. Elle n'en fait rien. Elle touche plutôt le mur en stuc pour chasser les microbes et se pique calmement en disant :

— Inoculation.

Grace, apparemment, ne se rend pas compte que personne ne l'aime. Elle sourit pour elle-même et suce son pouce, puis frotte ses lèvres pour les humecter. Disons les choses comme elles sont : elle se cure le nez et mange le fruit de ses excavations. Si vous veniez tout juste de débarquer de la planète Mars, vous trouveriez peut-être Grace jolie. D'énormes yeux bleus de poupée, des cheveux aux boucles naturelles blond roux. Imaginez-les propres. Ses lèvres sont parfaites, on dirait l'arc de Cupidon. Imaginez-les sans gerçures. Maintenant, imaginez que Grace vous regarde franchement. Sans que ses yeux fuient de gauche à droite ni que ses mains tourmentent ses manchettes crasseuses.

Marjorie a été vilaine de lancer la mode des inoculations, mais il était clair, bien auparavant, que Grace allait devenir le souffre-douleur de la classe. Le mardi après-midi, elle avait mangé la colle Elmer du papier buvard rose utilisé pour les cours d'arts plastiques. Mercredi, elle s'était curé le nez avant de s'essuyer le doigt sur son pupitre à la vue de tous. M. March l'avait obligée à rester après trois heures pour une leçon d'« hygiène corrective ». Pas étonnant que, sur le tableau recouvert de feutre, il y ait une tortue souriante à côté de son nom dans toutes les matières.

— Ouvrez votre livre de lecture à la page seize, je vous prie, dit M. March. Madeleine McCarthy, veuillez lire à partir de l'endroit où nous nous sommes arrêtés la dernière fois.

De nombreux élèves tremblent à l'idée de lire à voix haute, mais pas Madeleine, qui se réjouit d'avoir été choisie. Ouvrant le livre, elle lit sans la moindre anicroche :

— Muscles et glace…

C'est l'histoire de Susan, une fillette en fauteuil roulant, qui se rend à l'hôpital dans l'espoir de recommencer à marcher.

— … une des infirmières fit pour nous une démonstration. « Continue, Susan, fais un effort, disait-elle, et bientôt tu auras de gros muscles bien forts. Mais, pour l'instant, tu as droit à une glace… »

Madeleine imagine Elizabeth se lever, les muscles saillants, façon Hercule, faisant voler en éclats son fauteuil roulant. Elle poursuit :

— Je vais te montrer comment faire pour avoir de gros muscles bien forts, dit Bill.

Bill, c'est un de ces grands garçons imaginaires gentils avec les filles. Chacun sait que les garçons ne sont pas comme ça. Sauf Ricky Froelich, qui n'est pas comme les autres.

— Bill initia Susan à l'art de se faire de gros muscles.

— Merci, mademoiselle McCarthy, dit M. March en remontant l'allée, baguette en main.

S'il tapote sur votre pupitre, vous devez vous mettre à lire. Tout le monde prie pour qu'il ne s'arrête pas à Grace, qui peine sur chaque mot. Il tapote sur le pupitre de Lisa.

Lisa s'exécute, sa voix à peine un murmure.

— Plus fort, petite fille, répète M. March, mais Lisa, la voix de plus en plus inaudible, s'empourpre à vue d'œil, puis s'interrompt, les yeux rivés sur son pupitre. Madeleine a peur que M. March oblige Lisa à rester après la classe pour une leçon de « lecture corrective ». Ou, pis encore, qu'elle passe du statut de dauphin à celui de tortue.

M. March tapote sur le pupitre de Grace. Gémissement collectif. Penchée sur son livre, Grace lit :

— À qu-quels j-j-jeux… j-j-jouez-vous s-s-souvent p-pour… s-s-t-t-im-m-muler v-vos mus… mousse… vos…

— Quel est le mot qu'on cherche ? demande M. March.

— Muscles, dit la classe à l'unisson.

S'il vous plaît, n'obligez pas Grace à prononcer le mot « exercice », une lettre à la fois.

— Gordon Lawson, poursuivez, je vous prie.

Fort heureusement, Gordon est un lièvre dans toutes les matières.

Pendant la récréation, Madeleine et Auriel consolent Lisa, toujours tremblante. À leur retour en classe, Madeleine est donc stupéfaite de constater qu'elle-même a été déclassée. De lièvre à tortue. En lecture. *Que se passe-t-il, docteur ?*

M. March, se rendant sans doute compte de son désarroi, déclare :

— C'est pour votre bien, petite fille. Lire à voix haute est une chose. Comprendre ce qu'on lit en est une autre. Pour cela, il faut de la concentration.

De la concentration. Madeleine ressent un léger malaise. Une tortue. C'est pas juste. Comment s'y prendre pour redevenir un lièvre ? Après l'école, elle en parlera à son père. Il saura quoi faire.

N'y songe pas maintenant. C'est vendredi après-midi, et la magnifique institutrice de la maternelle est entrée dans la classe.

— Bonjour, élèves de quatrième année. Je m'appelle mademoiselle Lang.

— Bonjour, mademoiselle Lang, répondent les élèves en chœur.

Elle est là pour annoncer le début des activités des Brownies. Elle est si jolie que les garçons en oublient de se moquer.

— Combien de sizainières avons-nous dans la classe?

Quelques filles lèvent la main, y compris Cathy Baxter — ce qui n'étonne personne puisqu'elle s'est déjà imposée à titre de leader du groupe des filles ultraféminines — et Marjorie Nolan, qui ne s'est encore associée à aucun groupe. Madeleine n'est pas une sizainière ni même une seconde. Dans les Brownies, elle préfère être un loup solitaire et éviter d'avoir à inspecter les ongles des autres ou de compter des pièces de dix sous — en dépit du chic petit carnet auquel un crayon est fixé. Cette année, peut-être iront-elles en camping. Regardant Mlle Lang vêtue d'une robe évasée, Madeleine l'imagine qui fait griller une saucisse sur un feu de camp, assise en tailleur.

— Tiens donc, dit Mlle Lang, à la vue de toutes les mains levées. On dirait bien que nous avons trop de chefs et pas assez d'Indiens.

La classe rit avec sincérité. Mlle Lang a une magnifique silhouette. Mieux, elle a du charme. Quelle chance que ce soit elle et non la maman vieille et rasoir d'une des filles, qui soit le hibou brun — «l'oiseau de bon augure», comme l'albatros.

— Combien d'entre vous comptent s'envoler au printemps? demande-t-elle.

Les filles lèvent toutes la main, y compris Grace Novotny. Elle devrait avoir accédé au rang des Guides, à tire d'aile ou encore à pied. Il est vrai qu'elle devrait aussi être en cinquième année. Les Brownies ne décernent pas de badges aux filles qui coupent les poignets de leur cardigan avec une paire de ciseaux de bricolage.

— Bien, dit Mlle Lang, d'une voix qui rappelle à Madeleine un disque de jazz qu'ils ont à la maison: *Vibes on Velvet.* Du vrai velours. La pochette fait très «adulte»: un tas de *girls* de music-hall à moitié nues adoptant une pose burlesque. *Burlesque.* Le mot, qui fait penser à une crevette barbecue, veut dire sexy sans être cochon. La pochette est toutefois nettement plus cochonne que le catalogue Sears, même si la quantité de peau dévoilée est à peu près la même. Peut-être parce que les femmes sur la pochette se savent sexy, tandis que celles qui posent en sous-vêtements dans le catalogue Sears donnent l'impression de se croire vêtues de pied en cap — tiens, je vais sortir étendre le linge en soutien-gorge.

— Madeleine McCarthy?

Tout le monde la regarde, en particulier la splendide Mlle Lang.

— Plaisante, dit Madeleine en rougissant. Je veux dire «présente».

La classe éclate de rire. À son bureau, M. March roule les yeux. *Oh non, ça va être ma fête. Encore.*

Mlle Lang sourit.

— Disons que vous avez dit oui.

Oui quoi? Oh non.

Mais Mlle Lang n'est pas en colère. Toute fille à qui elle s'adresse semble jolie.

— Vous allez vous envoler le printemps prochain, Grace, dit-elle, j'en suis certaine.

À ce moment, même Grace Novotny paraît purifiée.

À deux heures cinquante-cinq, M. March se lève et annonce:

— Les petites filles qui suivent resteront après la classe…

Il consulte son plan.

— … Grace Novotny…

Aucune surprise. Si Grace est une tortue, c'est uniquement parce que «lombric» ne fait pas partie des catégories. Madeleine se demande pourquoi M. March doit consulter son plan pour se rappeler le nom de Grace: après tout, elle en est à sa deuxième année dans sa classe.

— … et Madeleine McCarthy.

Ses lunettes fixent toujours sa planchette à pince.

Madeleine a tout de suite chaud. Ses jambes, son visage — qu'est-ce que j'ai fait? J'ai rêvassé en songeant à Mlle Lang. Je me suis représentée Mlle Lang en soutien-gorge. Mais j'ai lu sans faille — Susan et ses muscles imbéciles. Déjà qu'il m'a rangée parmi les tortues. Mais rester après trois heures…

La cloche sonne. Les autres élèves se lèvent bruyamment. Un parfum d'échec entoure déjà le pupitre de Madeleine, qui demeure assise. Jumelée à Grace Novotny. *Inoculation contre les microbes de Madeleine!* En sortant, Auriel croise le regard de Madeleine, qui fait glisser un doigt assassin le long de son cou en souriant.

— N'oubliez pas la leçon de choses de lundi, mesdemoiselles et messieurs.

On dirait que M. March ne se fait déjà plus d'illusions sur eux.

Lisa et Auriel attendent Madeleine au fond de la cour en fabriquant des bracelets de pissenlits.

— Qu'est-ce qui s'est passé? demande Auriel.

Lisa, qui mâchouille le bout d'un brin d'herbe, en offre un à Madeleine. Tout ira bien. Madeleine mord dans la partie blanc pâle de la pousse, celle qui est la plus sucrée.

— J'ai eu droit à une retenue, fait-elle avec le sang-froid de Kirk Douglas. D'abord, il a dit: « Venez ici, petite fille. »

Madeleine se façonne un triple menton et, les yeux exorbités, affecte un accent britannique gras comme tout — même si M. March n'a pas d'accent. Lisa se tord en silence sur l'herbe, tandis qu'Auriel boit ses paroles.

— Qu'est-ce qu'il t'a fait faire?

— Des exercices, répond Madeleine en roulant les yeux.

— Comment ça, des exercices?

— Pour parfaire votre capacité de concentration, petite fille, dit-elle d'une voix traînante.

— Quel imbécile! s'écrie Lisa.

— Quel idiot! répond Bugs Bunny.

Puis Woody le pic-vert prend la relève:

— He-he-HA-ha…

— Dis donc, Madeleine, on jurerait que c'est lui!

— … he-he-he-he-he-he!

Auriel et Lisa se mettent de la partie. Rares sont ceux qui parviennent à imiter Woody le pic-vert, mais tout le monde aime s'y essayer.

— He-he-HA-ha…

Elles se mettent à rouler sur elles-mêmes dans le champ — on ne pourrait pas rentrer en roulant plutôt qu'en marchant? Elles s'arrêtent, le dos au sol, et laissent le ciel virevolter au-dessus de leurs têtes.

— Il devrait se faire soigner, dit Auriel, qui se lève et se met à tourner sur elle-même.

— Il devrait se faire creuser le ciboulot, ajoute Lisa en lui emboîtant le pas.

— Il devrait se faire creuser le bedon, dit Madeleine.

Elles tourbillonnent — courons, maintenant! Elles courent tout étourdies jusqu'à la maison, l'asphalte vacillant et tournoyant sous leurs pas.

Au coin, elles conviennent de se retrouver en vêtements de jeu dans cinq minutes.

— Synchronisons nos montres, mesdames, dit Auriel.

Et elles s'exécutent, même si elles n'ont pas de montre.

— Pourquoi rentres-tu si tard ? demande maman.

— Lisa, Auriel et moi étions en train de jouer, répond Madeleine qui gravit au pas de course les marches de la cuisine — chouette, des biscuits au gingembre !

— Regarde-moi dans les yeux, Madeleine.

Madeleine regarde sa mère en louchant.

Mimi rit malgré elle.

— Tu connais le règlement. Tu rentres tout de suite te changer avant d'aller jouer.

— *Oui, maman, comme tu veux, maman*,* dit Madeleine en attrapant un biscuit.

Mimi arque le sourcil en tirant sur sa Cameo menthol — la petite s'est bien adaptée à l'école. Pas de souci à se faire. Se penchant, elle pose un baiser sur le front de sa fille.

— Pour te récompenser d'avoir parlé français.

Madeleine gémit, malgré tout satisfaite. Elle se sent libre, c'est vendredi, nous jouerons à cache-cache à la brunante, puis nous écouterons les Pierrafeu, et demain nous irons faire du camping au parc Pinery au bord du lac Huron. Elle éprouve soudain le sentiment de mesurer trois mètres et d'être invincible. Elle sort par la porte de devant, déboule l'escalier et court dans la rue en zigzaguant. Les bras tendus comme un Spitfire — je pourrais courir et courir encore sans jamais me fatiguer. Faire tourner la terre sous mes pieds comme une bille géante.

Voici ce qui s'est produit après la cloche.

Tout était très calme. M. March s'est assis et a fait crisser sa chaise sur le sol jusqu'à ce que son ventre touche le bord de son gros bureau en chêne. Grace a ricané.

— Debout, petite.

Dans la lumière de l'après-midi, les lunettes de M. March jetaient des reflets. Madeleine ne savait pas à qui il s'était adressé. Comme Grace ne faisait pas mine de se lever, Madeleine s'est exécutée.

— Vous devez parfaire votre capacité de concentration, a dit M. March.

— Je vous demande pardon, monsieur March.

— Inutile, petite fille. Voyons plutôt ce que nous pouvons faire pour vous aider.

— D'accord.

— Venez ici.

Il n'a pas l'air fâché. Peut-être n'est-elle pas en retenue, après tout. Il l'aide plutôt. Madeleine remonte l'allée en direction de son bureau. Grace ricane derrière elle. Elle s'arrête devant le bureau.

— Connaissez-vous la capitale de Bornéo, petite fille ?

— Non, monsieur March.

— Approchez-vous.

Elle se rend de l'autre côté du bureau, qui fait comme un gros cube fermé sur trois faces — on pourrait facilement cacher un gâteau dessous. Il tire son mouchoir de sa poche poitrine.

— Vous pouvez toucher vos orteils, petite fille ?

— Oui.

— Eh bien ?

Madeleine touche ses orteils.

— La manœuvre fera descendre le sang jusqu'à votre cerveau, dit M. March.

Elle se redresse.

— Vous pouvez faire une flexion du dos, petite fille ?

Madeleine s'exécute et forme un arc, les mains à plat derrière sa tête, ses cheveux pendant comme des herbes — elle marcherait facilement dans cette position, mais elle se retient : elle risquerait de lui donner l'impression de faire de l'esbroufe. Sans compter qu'elle se sent un peu bizarre à l'idée de faire une flexion du dos en classe après trois heures, même si elle sait que sa robe n'est pas retroussée de façon impudique — sa robe tablier plissée de couleur bleu pâle. Elle entend un bruissement, mais ne voit que la porte à l'envers et la fenêtre recouverte de dessins.

Quand elle se relève, M. March déclare :

— Vous devez faire plus d'exercices, petite fille. Faites voir vos muscles.

Elle résiste à l'envie de jeter un coup d'œil par-dessus son épaule parce que, même si les reflets dans ses lunettes ont disparu, il lui donne l'impression de regarder quelqu'un derrière elle. Quelqu'un qui s'appellerait « petite fille ». Tendant la main, il lui saisit le haut du bras. Elle s'efforce de faire saillir ses muscles, mais c'est difficile quand on vous serre le bras.

— Dites « muscles », fait-il.

Même pas besoin de l'épeler, *c'est trop facile, docteur.*

— Muscles, dit Madeleine.

Elle observe le profil de M. March et attend pendant qu'il lui serre le bras.

— Aïe, dit-elle doucement.

— Je ne vous fais pas mal.

En la lâchant, il dit :

— Frottez votre bras. Vous vous sentirez mieux.

Elle s'exécute.

— Frottez, murmure-t-il en regardant droit devant lui, penché vers l'avant, le ventre appuyé sur le bureau.

Il respire par la bouche. Il est peut-être asthmatique.

Soudain, il pousse un soupir et se tourne vers elle.

— Pour le moment, il ne m'apparaît pas opportun de mettre vos parents au courant de vos difficultés, petite fille. Qu'en dites-vous ?

— Euh, non, monsieur.

— Nous verrons. Filez, maintenant.

Madeleine va prendre ses devoirs dans son pupitre, tandis que Grace se lève pour récupérer les siens — les cahiers de Grace sont déjà cornés.

— Pas vous, petite fille.

Et Grace se rassoit.

— Vous pouvez rester pour nettoyer le tableau noir, dit M. March.

Madeleine sort de la classe et parcourt le corridor déserté en se demandant comment améliorer sa capacité de concentration. Le mot lui-même lui donne mal à la tête. Pourquoi parle-t-on de « camps de concentration » ? Où est Bornéo ?

Dans le hall d'entrée, elle lève les yeux sur la reine. Tout avait l'air si étrange et si nouveau lorsque Mike et elle, quelques jours auparavant, avaient jeté un coup d'œil à l'intérieur. Elle ne savait pas alors qu'elle serait l'élève qui aurait droit à une retenue.

— Je ne le ferai plus, parole de Scout, dit-elle à la reine, même si elle appartient aux Brownies.

« Parole de Scout » fait plus sérieux que le cri de hibou des Brownies. C'est ce que dit Mike quand il contracte un engagement solennel.

Lorsque, en arrivant sur les vastes marches de l'entrée, elle constate que Lisa et Auriel l'ont attendue, elle se précipite vers elles, laissant le vent emporter les sensations d'après trois heures.

Ce soir-là, Madeleine n'a pas beaucoup d'appétit, malgré le délicieux poisson-frites du vendredi.

— *Viens**. Laisse-moi te toucher le front.

Elle ne fait pas de fièvre.

— Tu me donnes tes frites ? demande Mike, la bouche pleine.

— Mike, dit papa.

— Quoi ?

Perplexe, affligé.

Mimi considère sa fille.

— Qu'est-ce qu'il y a, *ma p'tite ? Regarde-moi**.

Madeleine rougit sous les yeux de maman. Elle se sent coupable, même si elle n'a rien fait de mal. Mais tout le monde se comporte comme s'il y avait effectivement un problème. Est-ce vrai ? Mimi lui caresse les cheveux.

— Allez, *dis à maman**.

De l'autre côté de la table, Jack secoue discrètement la tête. Madeleine, qui regarde ailleurs, ne voit rien. Madeleine ouvre la bouche, sur le point de confesser qu'elle a été retenue après la classe pour faire des exercices, mais Mimi dit :

— Qu'est-ce que tu veux, Jack ?

Il roule les yeux et sourit.

— Pourquoi m'as-tu donné un coup de pied sous la table ?

— Pardon, dit Mimi.

Voilà maintenant que Mike et Madeleine sont plongés dans la perplexité, phénomène fréquent au pays des adultes.

Jack enlève l'assiette de Madeleine et la tend à Mimi.

— Il te reste un peu de place pour le dessert, choupette ?

Madeleine fait signe que oui et sent son visage refroidir, revenir à la normale.

Après dîner, Jack invite sa fille à venir lire les bandes dessinées avec lui sur le canapé. Elle se blottit contre lui et il lui explique *Dagwood*.

— Comment ça s'est passé à l'école, poupée ? demande-t-il, mine de rien.

— Bien.

— Pas plus que ça ?

— Non.

— Qu'est-ce qui te tracasse, choupette ?

— Je suis devenue une tortue en lecture.

Jack ne rit pas. C'est du sérieux. Elle lui explique le système de classement.

— Pourquoi est-ce qu'il aurait fait une chose pareille ?

Madeleine sent son indignation se raviver. Elle se souvient d'avoir eu l'intention de se confesser à papa. Puis il y avait eu les exercices, et elle avait été reconnaissante à M. March de sa promesse de ne rien dire.

— Il m'a obligée à rester après l'école.

Admettre les faits la soulage.

— Pour quoi faire ?

— … Des exercices.

— Quel genre d'exercices ?

Madeleine ne parle pas des flexions. Assise sur le canapé avec papa, elle se dit qu'elle a eu tort de faire des flexions en robe devant M. March, surtout qu'ils n'étaient pas dans le gymnase.

— Des exercices de concentration, dit-elle.

— Mais tu lis comme une championne.

— Je sais.

Il réfléchit un moment.

— Tu étais peut-être dans la lune. Parle-moi un peu de monsieur March.

Et il dépose le journal.

— Eh bien, il parle très lentement. Il a des lunettes. Il ne nous aime pas.

Jack sourit.

— Je vois le topo.

Papa est au courant pour les flexions. Il n'a pas l'air contrarié. On le croirait plutôt sur le point de dire : Monsieur March t'a fait faire des flexions pour que le sang t'irrigue la tête. C'est tout à fait normal. Madeleine est soulagée. Elle n'a pas été méchante, après tout.

— Tu t'ennuies, dit papa.

— Ah bon ?

— Einstein a redoublé sa troisième année parce qu'il s'ennuyait. Churchill a échoué en latin. Le président Kennedy peut lire un livre en vingt minutes, mais il était un très mauvais élève.

Je m'ennuie. C'est tout.

— Je ne veux pas dire que c'est bien de t'ennuyer. Au contraire. Tu dois plutôt te mettre au défi de rendre les choses intéressantes.

— D'accord.

— Quel est ton objectif ?

— Euh... revenir parmi les lièvres.

— Quelle sera ta première stratégie ?

— Euh... arrêter de rêvasser.

— Bon, d'accord, fait Jack en hochant la tête pensivement. Mais comment vas-tu t'y prendre puisqu'il est si désespérément ennuyeux ?

Après avoir réfléchi, Madeleine dit :

— Je pourrais mettre un clou dans ma poche et le serrer très fort.

Jack rit moins qu'il ne l'aurait voulu, puis il hoche la tête.

— C'est peut-être une solution à court terme, mais qu'arrivera-t-il à long terme, quand tu te seras habituée à la douleur?

Elle ne sait quoi répondre.

Jack croise les bras.

— Eh bien, dit-il en la regardant d'un œil interrogateur, il y a une chose que tu pourrais faire, mais ça ne va pas être de la tarte.

— Quoi? demande-t-elle, pressée de relever le défi.

Il plisse les yeux.

— Laisser croire à monsieur March que ce qu'il dit t'intéresse. Quand il parle, dit-il en la montrant du doigt, fixe-le. Ne regarde pas par la fenêtre. En fait, ne le quitte pas des yeux tant et aussi longtemps que ses lèvres bougent. C'est le meilleur exercice de concentration qui soit. Il y a très peu de bons enseignants dans le monde. Ils sont un véritable cadeau du ciel.

— Comme oncle Simon?

Jack rigole et lui flatte la tête.

— Exactement, choupette. Entre-temps, tu es collée avec l'assommant monsieur March. Je l'ai rencontré.

— Ah bon?

— Oui, quand maman et moi sommes allés vous inscrire. Je sais donc de quoi tu parles. Il n'a rien d'un génie. Entre nous, tu as de la chance de l'avoir comme instituteur.

— Comment ça?

— Tu vois, il y a des tas de monsieur March et très peu d'oncles Simon. Il faut réussir à tirer des enseignements des monsieur March de ce monde. Il ne tient qu'à toi. Au bout du compte, M. March ne sera pas là pour essuyer le blâme. Tu comprends?

— Ouais.

— Il faut persévérer, dit-il avec autant de sérieux que s'il s'adressait à un pilote recrue. Tu sais ce qu'on dit aux soldats blessés sur le champ de bataille?

Madeleine attend.

Papa la regarde fixement, l'œil droit sérieux comme un pape, l'autre tout autant, avec peut-être une ombre de tristesse — il ne peut pas faire autrement.

— Baissez la tête et laissez votre plaie saigner un peu. Puis levez-vous et retournez vous battre.

Madeleine regardera M. March dans les yeux et boira ses paroles. Il collera des lièvres en feutre à côté de son nom. Éberluée. Elle sera si concentrée qu'il ne pourra rien lui faire.

Jack sourit à la vue de l'expression sur le visage de sa fille. Un vrai Spitfire.

Se replongeant dans le *Globe & Mail,* il lit la blague qui figure à la une : « Dans la famille typique, c'est toujours l'homme qui porte le pantalon. Pour s'en convaincre, on n'a qu'à regarder sous le tablier. » Celle-là, il faudra la montrer à Henry Froelich. Il feuillette le journal. « 200 MiG à Cuba. » Il tourne la page : « La guerre froide fait son entrée en Amérique latine. » Du plaisir en perspective.

Au lit, Mimi pose son numéro de *Chatelaine* et demande :

— Elle t'a dit ce qui n'allait pas ?

— Pardon ?

— Madeleine.

— Ah oui, fait Jack. Elle a tendance à rêvasser. Son instituteur, monsieur Marks, l'a prise en flagrant délit.

— Monsieur March, tu veux dire. C'est grave ?

— Non, dit-il. Elle va s'en sortir.

Mimi pose sa joue contre son épaule, lui caresse la poitrine. Il pose la main sur celle de Mimi et la serre tout en poursuivant la lecture de son livre, *Men and Decisions.*

— Elle avait l'air si bouleversée, dit-elle.

Sans quitter la page des yeux, il répond :

— Je ne sais pas, je pense que…

— Quoi ?

— … le contre-interrogatoire l'a peut-être bouleversée davantage, dit-il comme s'il ne faisait que spéculer.

Mimi soulève légèrement la tête.

— Je la contre-interrogeais, moi ?

— Peut-être un peu.

Sur un ton disant que c'est sans importance. Il ne lui fait pas de reproches.

Elle réfléchit, puis, en se blottissant de nouveau contre lui, elle lui effleure le mamelon.

— Tu es un si gentil *papa*.*

Il sourit.

— Vraiment ?

Elle s'appuie sur un coude. Il referme le livre et cherche l'interrupteur de la lampe de chevet.

— Venez ici, madame.

Les dunes de sable du parc provincial Pinery sont l'endroit idéal où faire la guerre à la manière des Rats du désert. Mike et elle jouent tout le week-end. Ils se battent, s'évadent et agonisent avec recherche, déboulent dans les dunes — impossible de se faire mal, peu importe d'où on saute —, du sable dans les cheveux, un château de sable qu'ils ont mis la journée à construire, du sable dans les sandwichs. Dans les eaux cristallines du lac Huron, ils ont chevauché les vagues en ce samedi venteux ; le soir venu, Madeleine, blottie dans son sac de couchage à côté de son frère, ferme les yeux et voit l'eau déferler sans fin sur l'écran de ses paupières. Humez la toile de la bonne vieille tente et le parfum de musc réconfortant du matelas pneumatique. Quand tout est paisible et que vous entendez le dernier feu de camp de la saison s'éteindre dans un sifflement, écoutez le son qui vous avait jusque-là échappé : les vagues dans vos oreilles, bande sonore du ressac derrière vos yeux.

À leur retour, le dimanche soir, un camion de déménagement est garé dans l'entrée du petit bungalow vert.

DES AMÉRICAINS BIEN TRANQUILLES

La nature de cette identité nationale est une question qui obsède les Canadiens… Interrogés à ce sujet, ils la décrivent par la négative. Ils ont beau ne pas savoir ce qu'elle est, ils savent ce qu'elle n'est pas. Elle n'est pas américaine.
Look, le 9 avril 1963

— Dites bonjour à Claire, les enfants.
— Bonjour, Claire.
C'est drôle, mais, en présence d'un nouveau, les élèves d'une classe ont toujours l'impression d'être ensemble de toute éternité. Soudain, ils forment un groupe, et le nouvel arrivant a l'air d'être dans une bulle. D'être un intrus. Même Grace Novotny est à sa place, en un sens.
Claire McCarroll est arrivée peu après neuf heures, en compagnie de son père qu'elle tenait par la main. M. McCarroll ressemblait à tous les autres papas de Centralia, mais, en examinant de plus près l'insigne sur sa casquette d'aviateur, vous auriez aperçu un aigle aux ailes déployées, la tête entourée de treize étoiles, les serres d'un côté tenant

un rameau d'olivier, celles de l'autre, quelques flèches. Au-dessus de sa poche poitrine gauche, on voyait ses ailes, étirées de part et d'autre de l'écusson des États-Unis, sous une étoile. Son uniforme était d'un bleu plus foncé que celui des papas canadiens. Au moindre de ses mouvements, le tissu jetait des reflets gris. L'effet en était à la fois plaisamment étranger et familier.

Claire était habillée en bleu layette, des barrettes aux socquettes. Elle avait au bras une boîte-repas à l'effigie de Frankie et Annette, qu'elle portait comme un sac à main. Personne ne restait à l'école pour le déjeuner. Qu'est-ce qu'il peut bien y avoir là-dedans ? s'est demandé Madeleine.

Auriel lui avait fait passer un mot.

— Est-ce la sœur que tu n'as pas vue depuis longtemps ?

Il est vrai qu'elles avaient un air de famille. Mêmes cheveux brun foncé coupés court, même visage en forme de cœur, même petit nez. Sauf que Madeleine était plus grande et que la nouvelle fille avait les yeux bleus, timidement baissés. Elle n'avait toujours pas ouvert la bouche. Aux yeux de Madeleine, elle ressemblait à une figurine en porcelaine — un joli objet qui orne le manteau de la cheminée.

M. March avait serré la main du papa avant d'escorter Claire jusqu'à sa place. Il lui arrivait tout de même d'être gentil. Le papa avait hésité un moment près de la porte avant de faire signe à Claire. Elle lui avait répondu en rougissant. En fin de compte, le papa encombrant s'était éloigné et tout le monde avait regardé Claire, qui avait joint les mains sur son pupitre. Et tout le monde — les filles en tout cas — avait remarqué son magnifique bracelet porte-bonheur en argent.

Sur le perron de Sharon McCarroll, Mimi, Betty Boucher, Elaine Ridelle et Vimy Woodley se récrient.

— Surtout pas, tranche Vimy.

Sharon les a invitées à entrer, mais elles sont venues uniquement pour souhaiter la bienvenue à la jeune femme, lui remettre une trousse d'information et un petit dessert de même que pour l'inviter officiellement à devenir membre du Club des femmes d'officiers. Sharon s'est tout de suite attiré leurs bonnes grâces en les invitant à entrer sur-le-champ et en les laissant s'y refuser avec vigueur. Elle est fluette et mignonne comme tout. À sa vue, Mimi a pensé à une actrice… laquelle, déjà ?

Du perron, on voit clairement que la maison des McCarroll renferme la forêt habituelle de boîtes de carton et de meubles en goguette, mais Sharon, qui porte des escarpins et une petite robe à manches courtes de couleur vive, est joliment mise. Au mur du vestibule lilliputien, on lit *Willkommen* sur une assiette accrochée à côté d'une plaque commémorative de l'escadre à laquelle appartenait son mari à Wiesbaden. De la cuisine montent des arômes de pâtisserie. Impressionnant mais pas surprenant de la part de l'épouse d'un militaire américain. Leur capacité à s'installer et à plier bagage le temps de le dire — tirée à quatre épingles et offrant à tout venant de bons petits desserts maison — tient de la légende.

Le plus surprenant — les femmes reviendront sur ce point —, c'est que Sharon McCarroll est tout le contraire de ce qu'on attend de la femme d'un pilote de chasse — américain par-dessus le marché. Elle est timide. Elle a une voix douce. En face d'elle, Mimi — et peut-être les autres — se sent… américaine.

— Nous sommes seulement le comité de bienvenue.

Elaine Ridelle, qui porte un pantalon corsaire et des tennis, a l'air d'une petite fille malgré ses six mois de grossesse.

— Nous ne sommes pas venues prendre le thé, ma chérie, ajoute Betty.

Comme toujours, Betty est en robe — une impeccable robe chemisier en l'occurrence. Non pas qu'elle ait des vues héritées de l'Ancien Monde sur ce qu'il sied à une femme de porter, mais bien parce qu'elle a l'art de tirer le meilleur parti de son plaisant embonpoint.

— En pantalon, j'aurais l'air d'une baleine échouée, l'a-t-on entendue dire.

Légère exagération, mais Mimi aime bien les femmes qui connaissent leurs points forts et leurs points faibles. Elle-même porte un pantalon-cigarette jaune et un tricot blanc à col roulé sans manches.

— Vous en avez déjà assez sur les bras, dit-elle en tendant à sa nouvelle voisine un plat Corningware recouvert de papier d'aluminium.

Avant que Sharon n'ait eu le temps de se récrier, elle ajoute:

— Ce n'est qu'*un fricot** au… un ragoût d'agneau.

Sharon est si jeune. Mimi et Betty sont saisies d'une irrésistible envie de la prendre sous leur aile.

— Votre mari et vous jouez au golf, Sharon? demande Elaine.

Sharon sourit, baisse les yeux et secoue mollement la tête.

— Laissez la pauvre fille reprendre son souffle, Elaine, dit Vimy.

— Mais non, ça va, je vous assure, fait Sharon, qui a un léger accent du Sud.

Lee Remick. Voilà à qui Mimi a songé en la voyant.

— Voici votre trousse de survie, ma belle, dit Vimy. Je vous ai mis mon numéro de téléphone. J'habite là-bas.

Elle désigne la maison blanche avec son drapeau dans la cour, au bout de la rue.

En tendant le classeur à la jeune femme, elle ajoute :

— Ma fille Marsha garde les enfants. C'est probablement tout ce que vous avez besoin de savoir pour le moment.

Mimi observe Vimy de près. Ses manières, sa façon de mettre les autres à leur aise sont le résultat d'une éducation impeccable, un must pour une femme de commandant. Mimi a beaucoup appris auprès de sa mère et de ses douze frères et sœurs à Bouctouche, au Nouveau-Brunswick, mais rien de ce qu'une femme comme Vimy Woodley peut lui inculquer. Jack occupera un jour un poste comme celui de Hal Woodley, et Mimi sait bien qu'elle devra recevoir les « huiles », ainsi que Jack se plaît à les appeler, chez elle. Elle prendra du galon, elle aussi. Pour avoir de l'avancement, les hommes suivent des cours et subissent des examens ; leurs femmes apprennent sur le tas. Mimi remarque que Vimy sourit avec bienveillance, qu'elle ne serre pas toute la main de Sharon. Elle se contente d'exercer une légère pression sur ses doigts.

Évidemment, elles finissent toutes par entrer à la queue leu leu dans le petit bungalow vert, parce que Sharon insiste — pas en haussant la voix ni en faisant bruyamment étalage de l'hospitalité sudiste, mais bien parce que, en rougissant, elle bat en retraite vers la cuisine, où elle met de l'eau à bouillir et sort des biscuits à la mélasse du four.

— Voici Bugs Bunny. C'est un lapin.

Rires. Madeleine s'interrompt. Silence, tous les yeux rivés sur elle. M. March lui a ordonné de s'exécuter la première. Elle l'a regardé dans les yeux et s'est installée devant la classe. Elle a fait table rase du passé. Concentre-toi.

— Si j'aime Bugs Bunny, c'est parce qu'il n'a pas peur de dire ce qu'il pense, dit-elle haut et fort.

Rires. Elle n'avait pas l'intention d'être drôle. Elle ne fait que dire la vérité. Leçon de choses. *Tenez-vous-en aux faits, madame.*

— La nourriture qu'il préfère par-dessus tout, ce sont les carottes ; son expression favorite, c'est : « Quoi de neuf, docteur ? »

Rires. Elle sent son visage s'empourprer. Elle consulte les fiches où elle a préparé son exposé en abrégé avec l'aide de son père.

— Il est malin. Il vit selon ses propres règles et réussit toujours à échapper au chasseur Elmer Fudd. Une fois, il s'est habillé en fille et a chanté *Le lapin en rouge*.

Ricanements.

Abandonnant ses notes, elle chante, non sans une certaine hésitation, de la voix de Bugs Bunny :

— Le lapin en rouge — quelques pas de danse à claquettes — ya da da da da, le lapin en rouge... Il met des faux cils et même, vous savez…

La main ouverte, elle fait un geste au-dessus de sa poitrine et la classe s'écroule de rire. Soulevant un sourcil, elle se tord la bouche à la manière du lapin et se met à improviser :

— Du rembourrage, je présume ?

Le rythme s'accélère : elle triomphe.

— Une fois, il a fait semblant d'être une diablesse de Tasmanie aux adorables grandes lèvres rouges, dit-elle, une main derrière la tête, l'autre sur la hanche. Bien le bonjour, beau gosse. Évidemment, il a un piège à ours comme dentier. Clac ! Aïe, ouille, aïe.

Le dérapage est total. M. March coupe court aux réjouissances.

— Assez rigolé. Vous pouvez vous rasseoir, mademoiselle McCarthy.

Madeleine se calme aussitôt, ramasse les fiches qui ont glissé sous le bureau de M. March et retourne à sa place. Encore heureux qu'il lui ait coupé le sifflet. Elle n'aura pas à faire circuler Bugs Bunny dans toute la classe — ainsi que le veut la coutume en pareille circonstance. L'idée qu'il se fasse palper par tout un chacun ne lui plaît pas trop — même si Bugs Bunny lui-même ne s'en formaliserait probablement pas. Il est au-dessus de tout, Bugs Bunny.

Grace Novotny a apporté une poupée en chiffon répondant au nom d'Emily. Fabriquée maison.

— C'est ma sœur qui l'a faite.

Une des catins, songe Madeleine malgré elle, avant de se sentir terriblement mal à l'idée que Grace ait pour sœur une gentille catin. Grace n'arrive pas à prononcer les « r ». Elle dit « sœu' ».

Grace chuchote quelques mots, la bouche tout près de la tête molle et sale d'Emily, puis Emily entreprend sa tournée de la classe. Certains enfants, ouvertement méchants, tiennent la poupée par le bout des doigts en se pinçant le nez. Grace ne semble rien remarquer. Madeleine tient Emily entre ses mains, et non par le bout des doigts. Emily est crasseuse, mais les poupées aimées le sont souvent. Tiens, si elle avait du pipi sur elle ? Si Grace dort avec elle, c'est probable. Elle a perdu un sourcil en feutre, sa bouche est piquée de laine rouge. On dirait moins des lèvres normales que des lèvres suturées avec de la laine rouge. Elle porte un bikini jaune à petits pois comme dans la chanson.

Lorsque Grace récupère enfin Emily, elle la serre dans ses bras et, abruptement, se met à chanter :

— Son petit itsi bitsi tini ouini, tout petit, petit, bikini…

Les enfants rient parce qu'ils vous trouvent drôle, ou encore ils rient de vous. Il y a une différence entre les deux. La classe rit autant qu'elle a ri pour Madeleine, et pourtant M. March ne met pas fin aux effusions. Même si elle ne juge pas la scène amusante, Madeleine s'efforce de rire comme si c'était drôle, plutôt que de l'air de dire que Grace est débile, ce qui aurait en quelque sorte pour effet de légitimer les rires, mais en vain. Elle renonce et attend que Grace ait terminé. Heureusement, elle ne connaît pas toutes les paroles — elle répète quelques fois le premier vers, puis elle se rassoit.

M. March lit le nom suivant sur sa liste. Gordon Lawson, avec ses taches de rousseur bien nettes et sa chemise proprement rentrée dans son pantalon, présente un exposé sur les mouches pour la pêche. C'est terriblement rasoir, mais quel soulagement.

Jack se rend à l'école de pilotage. Il va se renseigner sur des leçons pour son fils au club pour les civils, mais, auparavant, il a une formalité à accomplir. Il s'engage dans un couloir identique à celui de l'immeuble où il travaille, au sol recouvert de linoléum gris cuirassé, et s'arrête devant une porte où sont écrits, en lettres moulées sur la vitre givrée, les mots «Officier stagiaire de l'USAF». Par la porte entrebâillée, il aperçoit la casquette de l'homme accrochée au portemanteau dans un coin. Il cogne légèrement contre la vitre. Il s'attend à ce qu'on lui réponde joyeusement que c'est ouvert. En tendant la main, il a l'intention de faire une plaisanterie : quelque chose à propos de l'identification ami-ennemi. Il est prêt à faire face à un as américain, un crack hyper-accueillant. Pas un bruit. La porte s'ouvre toute grande, et un jeune homme se tient devant lui. Saluant avec l'entrain d'un karatéka.

— Bonjour, monsieur, dit-il sans sourire.

On le dirait à peine assez vieux pour être chez les Scouts.

— Lieutenant-colonel d'aviation McCarthy, dit Jack en serrant la main de McCarroll. Bienvenue à Centralia, capitaine.

— Merci, monsieur.

— C'est un œuf de merle, dit Claire McCarroll.

Claire tient délicatement dans ses mains une coquille bleu pâle. Elle se trouvait dans sa boîte-repas Frankie et Annette, nichée dans du papier de soie.

— Il est tombé et je l'ai récupéré.

A-t-elle un accent ? Difficile à dire. Elle parle si doucement.

— Plus fort, petite fille, dit M. March.

— Je l'ai trouvé, dit Claire.

Oui, sa prononciation a quelque chose d'un peu chantant.

Claire s'apprête à remettre l'œuf bleu à Philip Pinder au premier rang, mais M. March l'arrête. L'œuf est trop fragile pour qu'on le fasse circuler.

— Surtout lorsqu'on a affaire à messieurs Pinder et consorts.

La classe rit pour signifier son accord. Même Philip Pinder. Madeleine est soulagée à la pensée que Claire se verra épargner les tourments d'un œuf de merle brisé. Au fond, M. March a bon cœur.

Tout le monde souhaiterait que Claire fasse davantage étalage de son accent américain, mais, en guise de conclusion, elle se contente de dire d'un ton traînant :

— Il m'arrive de les collectionner.

C'est suffisant. À la récré, les filles ultraféminines insistent pour devenir ses amies, tandis que les garçons font de l'épate dès qu'ils s'approchent d'elle. À tue-tête, Philip Pinder entonne :

— Roger Ramjet est un héros, le seul problème, il a la flemme, Roger Ramjet est un zéro !

La main sur une hanche, Cathy Baxter, chef des filles ultraféminines et de leurs cordes à sauter, dit d'un ton excédé :

— Philip.

Il détale en imitant un bruit de voiture de course. Joyce Nutt, la plus jolie, est son fidèle lieutenant. Elles s'agglutinent toutes autour de Claire pour admirer son bracelet. Sans se pavaner le moins du monde, Claire garde le silence et tend obligeamment le poignet tandis que Cathy fait le décompte des porte-bonheur.

— Pousse-toi de là, Marjorie.

— Excuse-moi, Cathy.

En dépit de leur ressemblance physique, Madeleine — qui, grimpant sur une balançoire, aperçoit les cheveux courts et lustrés au milieu du petit attroupement en contrebas — se rend compte que Claire McCarroll et elle n'ont rien en commun.

— Les petites filles qui suivent resteront après la classe…

Il consulte son plan, même si, désormais, il connaît tous les noms.

— … Grace Novotny…

Aucune surprise : Grace, au lieu de présenter un exposé, a chanté, pas très bien par-dessus le marché.

— Joyce Nutt…

Joyce Nutt? Qu'est-ce qu'elle a fait? Une des sauteuses à la corde, elle ne s'attire jamais d'ennuis…

— Diane Vogel…

Une autre sauteuse à la corde, mais pas du genre à donner des ordres. Il faut croire qu'elle a elle aussi besoin de parfaire sa concentration. Madeleine, en effet, a remarqué que Diane était devenue une tortue en orthographe.

— … et Madeleine McCarthy.

Malgré tous ses efforts de concentration, on la retient après trois heures. Pour cause de rigolade. Son estomac se glace. Elle a fait de l'esbroufe et la voilà dans de beaux draps. Pourtant, elle n'avait pas cherché à se faire remarquer. Comment fait-on la différence?

Au fond de la classe déserte, les autres et elle, alignées contre le mur, près des crochets à manteau, attendent que Diane Vogel, à l'avant, ait terminé ses flexions dorsales. Pour lui éviter de tomber et de se faire mal, M. March la tient fermement entre ses genoux.

— Vous savez épeler Mississippi, petite fille?

— Merci, monsieur, dit Blair McCarroll.

Au bar du mess, Jack vient de déposer un verre de bière devant lui. Conformément à la prédiction de Simon, McCarroll est un jeunot au teint frais. On dirait sa mâchoire fraîchement sculptée, et il a le profil net et poli. Son corps, qu'on devine sous les plis de son uniforme, et son cou, qui jaillit du col amidonné, sans flétrissures imputables à un excès de chair, ont la fermeté de la jeunesse. Les ailes sur sa poche poitrine gauche ainsi qu'une rangée de galons attestent ses états de service comme pilote de chasse. Il ne se pavane cependant pas comme ceux de son espèce. Il n'a jugé bon ni de froisser les revers de son uniforme, ni de repousser sa casquette vers l'arrière, ni de desserrer le nœud de sa cravate, ni de regarder Jack dans les yeux avec l'intensité d'un coup de poing. À la plus légère provocation, ses joues se colorent légèrement.

— Qu'êtes-vous donc venu faire sous nos latitudes, McCarroll? demande Jack. Vous êtes là pour apprendre à piloter?

Les hommes rient — deux ou trois instructeurs de vol et quelques officiers de l'école ne faisant pas partie du personnel navigant sont venus saluer McCarroll.

McCarroll baisse les yeux sur le bar astiqué avec un soin jaloux, puis les relève.

— Vos pilotes comptent parmi les meilleurs du monde, dit-il d'un ton légèrement traînant. Je suis honoré de prendre part à leur formation.

Quelques hommes échangent des regards en hochant la tête. Bien dit.

— Vous me donnez l'impression d'être un homme raisonnable, McCarroll, dit Jack en souriant.

— Appelez-moi Blair, monsieur, si vous voulez bien.

Il balaie les autres du regard.

— Vous aussi, messieurs.

Vic Boucher commande une assiette de pétoncles frits.

— Vous m'accompagnez ?

Ted Lawson jette un coup d'œil en direction de Jack.

— Qu'en dites-vous, monsieur ? *Einmal Bier ?*

On offre une nouvelle tournée, ils s'installent à une table et parlent boutique, sans oublier la prochaine manifestation officielle — un dîner et une soirée de danse donnés en l'honneur du vice-maréchal de l'air du QG du Commandement de l'entraînement aérien, qui vient de Winnipeg pour célébrer l'anniversaire de la bataille d'Angleterre. Jack gémit intérieurement à l'idée de s'engoncer dans sa tenue de cérémonie — son « costume de pingouin ». McCarroll n'aura pas ce problème ; il est si mince et si lisse que Jack a parfois l'impression d'avoir affaire à un jeune séminariste. Dans le cockpit, le jeunot est probablement solide comme un roc, aucune fanfaronnade ne venant compromettre ses réflexes parfaits — les appareils d'aujourd'hui sont de véritables bombes. Rien à voir avec les dinosaures du temps de Jack.

Hal Woodley se joint à eux, retire sa casquette, desserre sa cravate. Les autres officiers se redressent et lui font de la place.

— Monsieur, disent-ils en guise d'accueil.

Un serveur s'approche avec un cendrier et un verre de scotch.

Jack se cale dans son fauteuil baquet au milieu du bavardage. Il observe McCarroll qui écoute poliment. Savoir sur une personne quelque chose qu'elle-même ignore lui fait une drôle d'impression. Surtout lorsque la famille de l'intéressé est en cause, se dit Jack. Évidemment, il n'y a pas de mal à cela — McCarroll et lui ont une mission à accomplir, spéciale, certes, mais simple. McCarroll, cependant, n'en sait rien et ne sera mis au courant que lorsque Simon le jugera opportun. McCarroll et sa femme mangeront, dormiront et concevront peut-être un autre enfant à la base. Leur fille fréquentera l'école de la base plutôt qu'une autre, et McCarroll ne sait pas pourquoi. Pas encore. Jack ne se sent pas tout à fait à l'aise à l'idée du secret qu'il détient. La situation le tourmente — quelque chose comme une intimité inconvenante. L'odeur du lit en bataille d'un autre.

— Comment ça va, Jack ? demande Woodley.

— Pas trop mal, merci. Je me suis mis dans les bonnes grâces de l'adjudant Pinder. Je considère donc avoir fait la moitié de mon travail.

Woodley rigole.

— Ne le laissez pas s'approcher de trop près. Il va remplir votre congélateur de viande de cerf, et c'est tout ce que vous allez manger pendant un mois.

La conversation dévie sur la pêche. Jack évoque la pêche au saumon au Nouveau-Brunswick, tandis que Hal Woodley raconte l'histoire d'un guide indien du nord de la Colombie-Britannique. *Quelque chose cloche.* Jack se contorsionne dans son fauteuil. Hal Woodley devrait être au courant des raisons de la présence de McCarroll parmi eux. À l'instar de tous les hommes réunis autour de la table, McCarroll relève du commandement de Hal Woodley, et les ordres que McCarroll suivra pendant son séjour à Centralia devraient passer par lui. Jack est assis près d'un officier américain qui, à strictement parler, n'est pas assujetti à la chaîne de commandement. *Ça ne va pas.*

— … et il a dit : « Vous auriez dû venir hier, monsieur Woodley, ils mordaient comme des moustiques. »

Les rires fusent. Même McCarroll s'est détendu au point de se joindre aux autres. Jack sent un sourire crispé se former sur son visage. Le problème, se dit-il, c'est que, jusqu'à ce que McCarroll arrive et que la situation revête pour ainsi dire un uniforme, je n'avais pas l'impression de jouer dans le dos de Hal Woodley. La mission devait être « officieuse ». Il sirote son verre, à demi soulagé d'avoir à tout le moins défini l'origine de son malaise. Non, rien de tout cela n'est conforme à la consigne, ce dont Jack n'a pas l'habitude. Un fait demeure : nous sommes tous du même bord. Bientôt, la faveur qu'il fait à Simon sera chose du passé. Ni vu ni connu.

En se levant, il ressent une sensation désagréable autour de son cou. Comme s'il avait un léger excédent de poids et que le déplacement de la chair flasque avait exercé une infime pression sur sa nuque.

— À ceux qui sont au-dessus de tout, dit-il en levant son verre de scotch.

Il sent le liquide se frayer un passage dans sa gorge.

— À la bonne vôtre, fait-il en guise de salutations.

Puis il se dirige vers la porte.

En savoir plus sur la vie des autres qu'ils n'en savent eux-mêmes — après tout, se dit Jack, j'ai l'habitude. À la 4e Escadre, en Allemagne, il lui arrivait souvent d'être informé à l'avance des exercices et des entraînements, même des affectations. Il connaissait le nom de ceux dont les permissions allaient être annulées, de ceux dont les femmes seraient déçues, de ceux qui obtiendraient l'affectation de leur choix ou qui prendraient le chemin d'une base de radar dans l'Arctique. Dans son travail, il devait savoir et, dans certains cas, prendre des décisions. Sans jamais la moindre hésitation. En quoi était-ce si différent, cette fois-ci? Parvenu à la porte, il se retourne sur le bar rempli d'officiers. Dans un coin se trouve Nolan, seul à une table — ce qui n'a en soi rien de répréhensible, nul n'étant tenu de se mêler en tout temps à ses semblables. Ce qui est inhabituel, c'est que Nolan dîne ici une fois de plus. Au début, Jack s'était dit que la femme de Nolan était absente, mais, plus tôt, Vic Boucher lui avait appris que Mme Nolan souffrait d'une forme d'invalidité. Jack ouvre les lourdes portes de chêne et respire un bon bol d'air frais, chassant les odeurs des cigares et des cigarettes, l'arôme des alcools, de la bière et des uniformes. Jack aime bien la compagnie des autres officiers, il aime bien son travail, mais c'est la fin qui justifie les moyens. Sa vraie vie, c'est celle que sa femme mijote pour lui en ce moment même.

En sortant par la porte latérale, Madeleine se rend compte que Lisa et Auriel ne l'ont pas attendue. À mi-chemin de la cour, elles marchent lentement pour lui permettre de les rattraper. Elle a déjà commencé à courir quand, depuis les balançoires, Marjorie l'appelle.

— Salut, Madeleine.

— Salut, répond Madeleine sans s'arrêter.

— Attends.

— Pas le temps.

Elle ralentit cependant, ne souhaitant pas rattraper Lisa et Auriel avec Marjorie à sa remorque.

— Pourquoi as-tu été obligée de rester après trois heures? demande Marjorie, essoufflée par les efforts qu'elle a déployés pour se porter à la hauteur de Madeleine.

— Parce que.

— Parce que quoi?

— J'ai fait des exercices.

— Tu vas être surveillante?

— Non. Je ne sais pas.

— Je peux jouer avec Auriel, Lisa et toi?

Madeleine hausse les épaules.

— On vit dans un pays libre.

Marjorie baisse les yeux.

— Tiens, dit Madeleine en lui tendant une rosette en chocolat.

Marjorie la contemple et, le souffle coupé, demande:

— Oh, Maddie, qui te l'a donnée?

— Monsieur March, bredouille Madeleine.

Marjorie fourre la rosette dans sa bouche et, avant même qu'elle n'ait eu le temps de dire merci, Madeleine détale à la manière de Beep Beep, laissant Marjorie dans un nuage de poussière comme dans les dessins animés.

Elle rattrape Auriel et Lisa.

— Qu'est-ce qui s'est passé? demande Auriel.

Madeleine les dévisage d'un air solennel. Puis elle plisse le menton, détache ses yeux de leurs points d'ancrage et, à la manière de Porky Pig, dit:

— C'est fini, les amis.

Pendant qu'elles rentrent à la maison en zigzaguant, Madeleine jette un coup d'œil par-dessus son épaule et aperçoit Marjorie qui tire de la patte derrière elles. De toute façon, elle ne voulait pas de la rosette en chocolat.

— Ça s'est bien passé à l'école, choupette?

Assis sur le canapé, ils lisent le journal avant le dîner. Madeleine est blottie sous le bras de papa.

— Pas mal. Il y a une nouvelle.

— Je m'en doutais, oui.

— Elle est américaine.

— C'est ça.

Ils lisent *Le Magicien d'Id*. Puis il lui demande:

— Des nouvelles du front?

Jack, qui sait que le sujet est délicat, a décidé de ne pas soulever la question à table.

— Je suis de retour parmi les dauphins, dit-elle.

— Ah, tu vois. La semaine prochaine, tu seras de nouveau un lapin.

— Un lièvre.

— Tu as fait comme on a décidé?

— Oui.

— Tu l'as regardé dans les yeux sans perdre un mot de ce qu'il disait?

— Oui.

— Bravo.

Madeleine attend de voir s'il lui demandera si elle a été obligée de rester après trois heures encore une fois, mais il ne dit rien. Pourquoi le ferait-il? L'idée, c'était de quitter les tortues, et elle y est parvenue. Comment pourrait-il se douter qu'elle a été mise en retenue encore une fois ? De toute façon, elle ne peut s'en prendre qu'à elle-même. Elle a encore posé le pied sur une mine. Il faudra bien qu'elle finisse par apprendre où elles sont. Un mauvais instituteur est un cadeau du ciel. Tiens-tu vraiment à ce que papa sache que tu as causé du désordre en faisant rigoler la classe ? Après la discussion que nous avons eue sur les moyens de gagner la guerre de la concentration ? Tu sais ce que tu as à faire. Tu connais ta mission. Opération « concentration ».

— Papa ?

— Oui ?

— … Les flexions dorsales sont bonnes pour nous ?

— Oui, je suppose.

Jack tourne la page de son journal. « SELON KHROUCHTCHEV, LES MISSILES DE CUBA SONT PUREMENT DÉFENSIFS. »

— Elles améliorent la concentration ?

— Quoi donc, choupette ?

— Les flexions.

— Les flexions ? Je ne sais pas. Comment amélioreraient-elles la concentration ?

— En faisant descendre le sang au cerveau.

— Oui, c'est possible, je suppose. Pourquoi ? Tu as fait des flexions ?

— Oui.

— Quand ?

— Après l'école. Sur le chemin du retour, ajoute-t-elle.

Ce n'est pas vraiment un mensonge. Le bureau de M. March, devant lequel elle passe pour rentrer à la maison, est sur le chemin du retour.

— Évite de te surmener, ma chouette.

Il dépose le journal parce que, tout d'un coup, elle a l'air grave.

— Dis-moi, fait-il en l'assoyant sur ses genoux, qu'est-ce que tu dirais d'y aller mollo ?

Il lui dit d'oublier les tortues et les lièvres pendant un moment.

— La moitié de la bataille, tu vois, dit-il en se tapant derrière la tête, fait rage ici pendant que tu joues ou que tu rêves, la nuit. Évite de brûler la chandelle par les deux bouts.

Papa ne sait pas ce que sont les flexions dorsales. Elle essaie de ne pas y penser pendant qu'il lui fait un câlin. Elles sont déplacées, ici, sur les genoux de papa. Les genoux de M. March qui tiennent ses hanches en étau pour « la retenir ».

— Je peux regarder la télé ?

— Pourquoi ne pas sortir jouer ? Les journées de soleil qui restent nous sont comptées, tu sais.

— C'est l'heure de mon émission.

— Elle passera aussi la semaine prochaine, tu ne crois pas ?

— Ouais.

Elle lui retourne son sourire et descend du canapé. Elle a les jambes lourdes.

Quand elle s'imagine en train de lui parler des flexions dorsales, elle se voit en exécuter une devant lui, et elle a de la peine pour lui parce qu'il se sentirait si perplexe. Papa n'avait pas tort. Elle a quitté les rangs des tortues.

Jack se replonge dans son journal. En Grande-Bretagne, des défenseurs de la veuve et de l'orphelin manifestent. « Non à la bombe ! » Ils se proclament communistes. Compréhensible dans les années trente, l'allégeance d'aujourd'hui est inexcusable. Ces gens ont-ils déjà entendu parler de Staline ? Il tourne la page. Sa fille est toujours là au milieu de la pièce, comme une âme en peine. Elle s'est peut-être disputée avec ses copines.

— Il y avait une nouvelle dans ta classe ?

Madeleine fait signe que oui.

— Pourquoi n'irais-tu pas lui rendre visite ? Faire en sorte qu'elle se sente chez elle ?

— D'accord.

Ses jambes sont si lourdes et le soleil est si brillant qu'elle a l'impression d'avoir des kilomètres à parcourir jusqu'au bungalow vert. Elle plisse les yeux, au bord de la nausée.

— Bonjour, chérie, dit Sharon McCarroll.

Elle a le même doux accent que Claire, celui de la Virginie.

Claire McCarroll a une chambre remplie de jouets encore intacts. Des tablettes recouvertes de poupées, de jeux sans pièces qui manquent. Ce qui s'explique par son statut rare et béni d'enfant unique. Elle regarde Madeleine jouer au lieu de jouer avec elle. On dirait une étrangère qui n'aurait assimilé que quelques expressions polies toutes faites.

— Tu peux jouer avec.

Claire n'a pas l'habitude de défendre ses affaires. Elle laisse même Madeleine prendre le nid d'oiseau sur sa commode. L'œuf bleu est dedans.

— Chouette ! dit Madeleine. Tu as un four Easy Bake !

— Tu peux jouer avec.

— Si c'est Kenner, c'est amusant !

Puis Madeleine pousse un cri comme l'oiseau du dessin animé :

— Couic !

Claire rigole. On dirait de l'eau qui jaillit. C'est un son si soudain et joyeux que Madeleine rit.

— Tire sur ma ficelle, dit Madeleine.

Et Claire tire sur une ficelle imaginaire.

— Quoi de neuf, docteur ? demande Bugs Bunny.

Claire rit de nouveau.

— Encore.

Claire obéit.

Il fait trop beau pour jouer à l'intérieur. Mme McCarroll les laisse sortir avec le four de Claire. Assises dans l'herbe, elles regardent par la porte, attendent que l'ampoule ait fini de faire cuire le minuscule gâteau des anges. Madeleine a revêtu ses habits de jeu, mais Claire est toujours en robe.

Il n'y a pas grand-chose à dire.

Le gâteau est prêt. Claire ouvre le four.

— Tu peux le couper, dit-elle en rougissant.

Madeleine divise le gâteau en parts égales et elles prennent le plus de temps possible pour le manger dans de petites assiettes de fantaisie. Puis elles font des culbutes pour faciliter la digestion. Madeleine a beau ne pas regarder, elle voit la culotte de Claire. Elle imagine Claire en train de faire des flexions dorsales devant le bureau de M. March, puis elle ferme les yeux pour chasser l'image. Elle a beau les serrer fort, elle ne voit que la culotte de Claire, ses motifs clairs et joyeux derrière ses paupières. Une pluie de papillons jaunes.

Cette semaine-là, à l'école, Claire est très recherchée. Puis l'intérêt s'émousse. Elle est si parfaitement conforme à l'image qu'elle projette — calme, timide — qu'il ne sert à rien de faire des courbettes devant elle ni de se disputer pour elle. Elle ne choisit pas de meilleure amie, ce que toutes attendent pourtant. On lui fait des offrandes :

— Tu veux des Smarties, Claire ?

— Oui, merci. Tu veux un biscuit ?

Peu importe d'où vient la proposition, Claire accepte et donne quelque chose en échange. Elle ne se rend pas compte qu'il ne faut rien accepter de Grace Novotny, qu'une telle transaction vous avilit. Même après une semaine, Claire n'a tout simplement rien compris. Elle se tient à l'écart des conciliabules et se balance toute seule sans se donner beaucoup d'élan. Elle glisse parfois, mais elle se freine avec ses mains. Tous les jours, elle vient à l'école à vélo, même si les logements familiaux sont tellement proches qu'il vaut mieux faire le trajet à pied.

Son vélo a de gros pneus comme celui de Madeleine. Sous la peinture spéciale se cache peut-être un Zippy Vélo. Le père de Claire l'a peint en blanc et rose, un motif à carreaux comme celui de la houppelande du Joueur de flûte ornant les garde-boue et le carter. Il a une selle rose, une clochette rose, un panier en plastique rose et, comme pièce de résistance, des serpentins en plastique rose fixés au guidon.

Claire n'a rien d'un souffre-douleur. Comme tout le monde l'aime bien et que personne ne la déteste, on ne se rend pas compte qu'elle n'a pas d'amies.

POLITIQUES D'ENDIGUEMENT

À titre de parents, vous tenez sans doute à mettre vos enfants à l'abri de mésaventures et d'incidents dans le domaine de la sexualité ainsi qu'à leur assurer une éducation sexuelle de qualité qui les libère des inhibitions défavorables au mariage.
Chatelaine, août 1962

Le départ pour l'école le matin est souvent très différent du retour à la maison l'après-midi. Le mercredi est la journée qu'elle préfère parce qu'elle n'est jamais obligée de rester après trois heures. Personne ne reste jamais. M. March dirige l'orchestre de l'école, qui répète le mercredi après-midi, de trois heures à quatre heures trente. Lisa et Auriel font partie de l'orchestre ; elles jouent respectivement du triangle et de la flûte à bec. Madeleine, pour sa part, a réussi à y échapper en promettant à sa mère de s'exercer fidèlement à l'accordéon. M. Boucher a commencé à lui donner des leçons.

Tous les matins, elle quitte la maison à temps pour retrouver Auriel et Lisa. Ensemble, elles se rendent à l'école en chantant. Des succès entendus à la télé. Les bras en croix, Madeleine braille sur un ton plaintif : « *Whe-e-e-ere the Boys Are... !* » Pas timide pour deux sous elle non plus, Auriel esquisse quelques pas de twist au bord de la route, et parfois elles ont l'impression qu'il est trop tôt pour rire de si bon cœur. Elles s'appellent les Chanterelles. En agitant la tête et en claquant des doigts, elles se déhanchent tout le long du parcours.

Si elles se mettent en route de bonne heure, elles peuvent revenir sur leurs pas jusqu'au carrefour d'Algonquin Drive et de la route du comté de Huron, où les adolescents attendent l'autobus, et apercevoir Ricky Froelich et Marsha Woodley qui se tiennent par la main. C'est lui qui porte les livres de Marsha.

La cloche sonne. Au milieu du raclement matinal des chaises, les exercices d'après trois heures semblent lointains, bannis par le rassurant train-train quotidien, qui débute par le *God Save the Queen* — en y regardant de près, on constate que Claire McCarroll chante des paroles différentes, mais à voix basse. Des paroles américaines. Qui plus est, une gerboise vit maintenant dans une cage au fond de la classe, imprégnant les lieux de la sympathique odeur de copeaux de bois propre aux rongeurs. Elle s'appelle Spoutnik.

— Ouvrez votre livre d'orthographe à la page vingt-cinq…

À la récré, il y a bien sûr le désagrément qui consiste à éviter Marjorie Nolan, qui ne s'est encore liée ni à une fille ni à un groupe.

— Tu viens déjeuner à la maison, Madeleine?

Pourquoi ne réussit-elle pas à se faire ses propres amies?

Il y a des tas d'autres filles comme Marjorie : des filles qui ont les lèvres pincées et des opinions sur les autres filles, des filles dont les vêtements sont propres à la fin de la journée. À elle d'entrer dans leur camp. Pourquoi ne fait-elle pas partie du groupe de Cathy Baxter? Celles-là sautent à deux cordes et ne manquent jamais de filles de moindre envergure disposées à les faire tourner — Marjorie n'aurait qu'à commencer au bas de la hiérarchie et à gravir les échelons. Les filles qui donnent des ordres. Elles ont toujours un secret «qui m'appartient et qu'il t'appartient de découvrir». Au base-ball, elles lancent par-dessous, et ce sont leurs dessins qui sont exposés sur les murs le vendredi. En somme, elles sont parfaites pour Marjorie. Et pourtant, Marjorie a beau exceller à la corde à danser, exécuter de parfaits diseurs de bonne aventure en papier et être un lièvre dans presque toutes les matières, lorsqu'elle donne raison à l'une de ces filles ou complimente Cathy sur son pull, celles-ci s'arrêtent à peine, puis Cathy roule les yeux, et elles reprennent là où elles avaient laissé avant d'être grossièrement interrompues par une nullité. Peu à peu, Madeleine commence à se sentir responsable de Marjorie. Faudra-t-il que je devienne son amie par défaut?

— Ouvrez votre recueil de chansons canadiennes à la page douze.

M. March donne la note avec son diapason à bouche, soulève un doigt boudiné, l'abaisse et la classe se met à chanter :

— Au pays du bouleau argenté…

Au fur et à mesure que la journée progresse, Madeleine surveille de près le mouvement des animaux en feutre sur le babillard.

— Les petites filles qui suivent resteront après trois heures…

Une fois ou deux par semaine. Parfois toutes, parfois quelques-unes seulement. Qu'ont-elles fait de mal aujourd'hui, ces filles ? La triste et jolie Diane Vogel, la futée Joyce Nutt et Grace Novotny. Même Grace n'arrive pas à être un souffre-douleur tout le temps ; pourtant, elle est toujours en retenue.

Elles s'alignent au fond de la classe, là où sont les crochets à manteau. Quand son tour vient, Madeleine s'avance dans l'allée et il la regarde sans la voir comme à son habitude, et elle se demande si elle n'est pas qu'un produit de l'imagination de M. March. Auriel et Lisa ne lui posent plus de questions ; d'ailleurs, personne ne le fait. On les oblige à rester, c'est tout. Le groupe d'exercice. Plus personne ne s'interroge sur le groupe d'exercice. Il existe, un point c'est tout.

Il est facile de rentrer vers trois heures douze puisque M. March ne les garde jamais plus de dix minutes. Aucune des filles ne s'attire donc d'ennuis à cause des retenues ; elles rentrent si tôt que les parents ne remarquent rien.

— Si vous ne dites rien, je ne dirai rien moi non plus, affirme M. March. Évidemment, tout dépend de votre comportement après trois heures.

C'est gentil de sa part. Il est déjà assez pénible d'avoir des ennuis avec son instituteur. Qui voudrait en plus s'attirer les foudres de ses parents ?

Quelques semaines après la rentrée, on dirait que des mois se sont écoulés, les journées libres de l'été ayant cédé la place aux leçons, aux activités sportives et aux Brownies. Au centre des loisirs, Madeleine et ses amies suivent des cours de ballets classique et de jazz, de danse à claquettes et de danse écossaise des hautes-terres donnés par une grande femme tout en os. Dans son justaucorps, Mlle Jolly ressemble à s'y méprendre à un bâton de réglisse. À la vue des vaillants efforts que déploie Madeleine pour atteindre à la grâce, Mlle Jolly rit à belles dents.

— Tu es remarquablement souple, Madeleine, mais je ne suis pas certaine que la danse soit ton point fort.

L'heure du twist venue, Madeleine simule des crampes à l'estomac. L'idée de se trémousser lascivement en compagnie des autres lui rappelle trop les exercices d'après trois heures.

Chez les adultes, la vie sociale bat pareillement son plein. On organise un cocktail tous les vendredis soirs et une soirée au mess tous les samedis. Les parents de Madeleine jouent au curling le samedi matin. Pendant la semaine, les femmes se réunissent pour boire un café ou jouer au bridge. Les parties de bridge, qui ont lieu les soirs d'école, sont les plus chouettes parce qu'elles supposent une pléthore de bouchées et de gâteaux qui, dès le lendemain, se traduisent en collations spéciales.

Un jeudi de la fin de septembre, Mimi organise quatre tables de quatre joueuses et autorise Madeleine à rester debout le temps de saluer les dames. Madeleine reluque avec envie les bols de cristal remplis de chocolats mélangés, les porte-douceurs débordant de barres Nanaimo et de tartelettes au beurre. Un gâteau mousseline orange trône fièrement sur une assiette à pied, et il y a des hors-d'œuvre chauds et froids — saucisses en bouchées, boulettes de viande à la suédoise, légumes marinés fixés à un cure-dents. Le salon résonne d'éclats de rire, des bribes de conversation jettent des étincelles à la manière du cachemire au contact de cheveux fraîchement lavés ; sur le bahut, l'argenterie scintille au milieu des minuscules verres de crème de menthe. Des taches de rouge à lèvres ornent le bord des tasses. Sur le sol, des sacs à main en cuir verni qui font penser à de petites voitures. Dans l'odeur des parfums et les relents de cigarette, l'atmosphère est entêtante.

Madeleine a revêtu son polojama et sa robe de chambre molletonnée.

— Madeleine, ma chérie, comment va l'école ?

Mme Woodley, aimable, élégante.

— Très bien, je vous remercie.

Près du foyer, Mme McCarroll écoute Mme Lawson qui lui tapote la main — la mère de Gordon est presque aussi invitante que Mme Boucher, une femme à l'air avenant. Mme Noonan est gentille, mais elle louche un peu. Madeleine entend Mme Ridelle dans la cuisine :

— Allons, Betty, il faut bien vivre un peu !

Elle agite un thermos en aluminium. En arrière-fond, on entend Johnny Mathis chanter qu'il veut des enfants. Madeleine est comme hypnotisée. En restant parfaitement immobile, les yeux et les oreilles disponibles, elle voit et entend tout en même temps :

— … à moitié prix, c'est donné…

— … non, c'est pas vrai !

— … a l'art d'en mettre plein la vue…

— … affecté à Bruxelles…

— … ne s'est pas inscrite.

— Qui ça ?

— Sylvia Nolan. Elle ne s'est pas inscrite au Club des femmes d'officiers.

— … les nerfs, apparemment…

Sylvia Nolan. La mère de Marjorie, la femme aux migraines. Les yeux de Madeleine vont à gauche et à droite — Mme Nolan est-elle ici ?

Va-t-elle parler du groupe d'exercice? Bien sûr que non. *Elle ne s'est toujours pas inscrite au Club des femmes d'officiers.* Qu'y a-t-il à raconter, d'abord? Soudain, Mme Baxter se plante devant elle, tout sourire — une femme à la carrure imposante et aux cheveux blonds bouffants, les lèvres peintes en rouge vif.

— Tu dois être une amie de ma Cathy.

Madeleine, qui ne trouve rien à dire, esquisse un demi-sourire. À côté de Mme Baxter, Mme Nutt, femme mince, dit doucement :

— Tu es dans la classe de Joyce. Tu te plais en quatrième année, ma chérie?

— Oui, je vous remercie.

Mme Nutt prend place à une table et dit quelque chose à Mme Vogel, qui ressemble à Judy Garland — magnifique et sur le point de pleurer de joie. Joyce Nutt et Diane Vogel ont-elles parlé à leur mère du groupe d'exercice? Mme Nutt et Mme Vogel en discutent-elles en ce moment même? Vont-elles prévenir la mère de Madeleine?

— Madeleine.

— *Oui, maman*.*

C'est l'heure d'aller au lit. Mimi enveloppe un doigt de dame en chocolat dans une serviette en papier et le tend à sa fille.

— File au lit, sinon le *bonhomme Sept Heures** va venir te chercher.

Aujourd'hui, sa mère est allée au salon de beauté. Au même titre que sa robe noire et verte sans manches, ses cheveux sont impeccables, simples. Madeleine monte lentement tandis que maman se faufile entre les tables et soulève l'aiguille du tourne-disque. Puis, en se retournant, elle tape deux fois dans ses mains.

— *Allons, les femmes*,* l'heure est venue de passer aux choses sérieuses.

Tout le monde rit et obtempère. Madeleine s'attarde, les yeux rivés sur Mme Nutt et Mme Vogel, qu'elle voudrait voir s'installer à des tables séparées. Son vœu est exaucé. Que Mme Nolan ne soit pas là la soulage, mais elle s'étonne de l'absence de Mme Novotny. Puis les propos de Marjorie lui reviennent en mémoire :

— Son père n'est que caporal.

N'étant pas femme d'officier, Mme Novotny ne risque pas de parler des exercices à maman.

— *Madeleine, vite, vite. Bonne nuit, ma p'tite*.*

— Connaissez-vous la capitale de Bornéo, petite fille?

Madeleine ne parle à son père que de ce qui va comme sur des roulettes. Elle évite de broyer du noir devant lui. Elle ne voudrait pas qu'il pense que son plan a échoué. En fait, il réussit. Au bout d'une journée ou deux parmi les tortues, elle réintègre les rangs des dauphins. Sans jamais se rendre jusqu'aux lièvres, cependant. Il serait trop triste d'apprendre que son plan n'a pas fonctionné. Il a réglé le problème. Auprès de lui, les exercices d'après trois heures semblent insignifiants, détachés du reste.

Elle l'aide à couper le gazon, une main près de la sienne sur la poignée de la tondeuse, et ils bavardent dans le vrombissement du moteur. Elle lui parle des enfants de sa classe — les filles qui donnent des ordres, les garçons à la Philip Pinder et les autres, en omettant, il va sans dire, le groupe d'exercice, et il lui enseigne de nouvelles expressions, comme « pression des pairs » et « dynamique de groupe ». Il l'aide à rédiger un exposé sur l'humour, les effets du rire à titre de « panacée ». À l'école, on se moque impitoyablement d'elle pour avoir utilisé un mot aussi compliqué et elle répond en l'employant à toutes les sauces. Son père et elle se demandent pourquoi Dieu tolère la guerre, le cancer et la souffrance des chiens innocents, discutent de ce qu'elle fera quand elle sera grande, soupèsent les avantages et les inconvénients de diverses professions — effectuant ce qu'il appelle une analyse « coûts-avantages ». Il lui demande où elle veut être dans cinq ans, ils évaluent ses buts à court et à long termes et s'efforcent de les concilier avec un passage au *Ed Sullivan Show*. Un samedi, ils se préparent un pique-nique et marchent tous les deux pendant des kilomètres sur des chemins de terre loin de la base, un thermos de Quick au chocolat et une réserve de sandwichs au beurre d'arachide. De pareils instants deviennent des souvenirs presque sur-le-champ, des fragments d'un passé doré qui, d'une certaine façon, cohabite avec le présent. Des souvenirs à se remémorer au moment même où on les vit, doux-amers et embrasés par la lumière du jour qui vire au sépia — la poussière de la fin de septembre en suspens dans le sillage de l'unique auto qui passe, l'air saturé du parfum des feuilles, le ciel bleu réfléchi par les lunettes fumées de papa.

Elle oublie sans cesse de lui demander s'il connaît la capitale de Bornéo.

— Les petites filles qui suivent resteront après la cloche. Diane Vogel, Grace Novotny, Joyce Nutt, Madeleine McCarthy et Marjorie Nolan.

Marjorie regarde fièrement autour d'elle, tandis que ses fossettes se creusent. Quand ses yeux croisent ceux de Madeleine, Marjorie, hautaine, détourne le regard. Il n'y a qu'elle pour se réjouir d'être choisie. Madeleine a les joues qui brûlent à la pensée que Marjorie n'a pas la moindre idée de ce que sont les exercices. Et si elle nous dénonçait? *Quoi, au juste?*

Elles s'alignent près des crochets à manteau. Madeleine recule jusqu'à ce que le crochet lui écrase l'échine, puis elle se déplace pour trouver un petit trou entre ses côtes. Comme une carcasse de poulet.

Vous restez plantée là jusqu'à ce qu'il vous appelle. Ou vous ordonne de vous rasseoir à votre place pour un examen minute. Puis il pose les rosettes en chocolat sur son bureau. Vous en prenez une en sortant.

— Par la porte de côté, petites filles.

Diane Vogel est avec lui derrière le gros bureau en chêne. Madeleine observe et attend. Je me demande quel genre d'exercices il impose aux autres. Les mêmes qu'à moi? Ont-elles l'impression d'appartenir au groupe des futées ou au groupe des nulles? À moins que ce soit le groupe des méchantes? À quel groupe est-ce que j'appartiens?

Derrière le bureau, Grace Novotny exécute des flexions dorsales pendant qu'il la tient entre ses genoux pour lui éviter de tomber. Il ne veut pas qu'un accident malencontreux se produise.

Joyce Nutt effectue des flexions dorsales elle aussi, mais à côté du bureau, jamais derrière. Et il ne la tient pas. Ça lui est donc égal si elle tombe?

Madeleine jette un coup d'œil aux autres. Aujourd'hui, elles sont cinq à faire partie du groupe. Presque assez pour une troupe de Brownies. Et nous sommes toutes des Brownies, même si au printemps nous nous envolerons vers les Guides. Sauf Grace, qui risque de devoir monter à pied.

Personne ne parle, même pas Marjorie. Elle se comprime les lèvres, comme pour se forcer au silence. Elle a compris que c'est la règle. Or Marjorie respecte les règles à la manière d'une surveillante.

Tout le monde attend que Grace ait terminé ses exercices. On n'entend que la rumeur de la gerboise dans sa cage et la respiration bruyante de M. March — c'est un gros boulot pour lui.

Il est trois heures trois. On a collé sur le mur des dindes découpées en prévision de l'Action de grâce. Souriantes et habillées comme ceux qui vont les manger. Heureuses pèlerines en route vers l'abattoir. On voit aussi des cornes d'abondance remplies à ras bord de courges et d'épis de maïs.

Grace Novotny regagne le fond de la classe.

— Venez ici, petite fille, dit M. March.

Personne ne sait à qui il s'adresse.

— Celle qui porte la blouse blanche.

Madeleine s'avance.

— Connaissez-vous la capitale de Bornéo, petite fille ?

— Non, monsieur March.

— Quel était le nom des bateaux de Colomb ?

— La *Niña,* la *Pinta* et la *Santa María.*

— Exact. Voyons maintenant si vous saurez répondre à deux questions sur trois. Qu'est-ce que le « buisson ardent » ?

— Je ne sais pas, monsieur March.

— Un buisson d'aubépine. Dites « aubépine ».

— Aubépine.

— Répétez.

— Aubépine.

— Aubé.

— Aubé.

— Pine.

— Pine.

— Venez plus près de moi. Encore plus près. Voilà. Je veux voir si vos muscles prennent de la vigueur. Il faut que vous fassiez vos exercices, sinon je ne pourrai pas vous donner la note de passage en santé. Ne bougez plus.

Qu'est-ce qu'il raconte ? « Santé » n'est pas une matière. Il a complètement perdu la boule.

— Laissez-moi tâtez vos muscles, petite fille. Oh ! il est gros, celui-là. Mais non, je ne vous fais pas mal.

Les joues ballantes, il la fixe, mais il donne l'impression de ne regarder personne. Où est Madeleine ? L'homme palpe sa blouse blanche fraîchement repassée ; elle a une broche qui représente le drapeau acadien, blanc, rouge et bleu, maman l'a épinglée là ce matin, pauvre maman.

— Laissez-moi vérifier l'état des muscles de votre poitrine. Ils grossissent, pas vrai, vous les frottez tous les jours ? Et les muscles de votre ventre et votre — Oh ! mais vous transpirez, pas vrai ?

M. March touche sa culotte. C'est agréable.

— Vous savez ce qui va arriver si vos parents apprennent que vous avez été une vilaine petite fille ?

Madeleine a la tête qui chauffe terriblement. Elle fait signe que non.

— Ils vont vous chasser.

Dans la forêt. Elle sent son cœur battre à se rompre dans sa cage thoracique, elle voit ses fortes pulsations rouges contre les barreaux de ses os.

— Tenez, petite fille, touchez mon muscle à moi — voilà —, serrez-le, il est costaud.

On dirait du caoutchouc et ça pue. Fais comme si de rien n'était, sinon tu vas vomir.

— Tu es forte ? Fais voir. Tu peux serrer plus fort ?

De la peau lâche à l'extérieur, dure à l'intérieur, à vif.

— Frotte.

Il pose sa main sur celle de Madeleine et il doit avoir mal à se frotter comme ça, la peau du dessus se retrousse comme celle du cou d'une dinde, c'est par le trou qu'il fait pipi.

Puis il la repousse et il va peut-être faire venir la petite fille suivante à son bureau, peut-être pas.

Madeleine retourne près des crochets à manteau. Elle met du temps à le faire, et pourtant, comme ses pieds n'ont pas cessé d'avancer depuis qu'elle a quitté le bureau de M. March, le trajet a probablement pris le même temps que d'habitude. Elle appuie son échine contre un crochet, et la première chose qu'elle remarque, c'est que Marjorie est devant, mais elle ne se souvient pas d'avoir entendu le nom de Marjorie ni de l'avoir vue quitter le fond de la classe. Marjorie s'est matérialisée tout d'un coup près du bureau de M. March. Madeleine a les jambes lourdes, fatiguées, comme si elle faisait le pied de grue depuis une éternité. Seulement sept minutes ont passé.

Marjorie a les mains tendues et M. March les remplit de sucreries — c'est inhabituel pour le groupe d'exercice.

— Je suis la responsable des bonbons, dit Marjorie, soudain de retour au fond de la classe. Elle s'avance le long de la file en pavoisant. Devant Madeleine, elle dit :

— On n'y a droit que si on est gentille et intelligente. Pas de chance, Madeleine.

Ça ne me fait rien, voudrait dire Madeleine.

Mais elle a les lèvres sèches.

Marjorie lèche un Smartie rouge, s'en applique comme du rouge à lèvres, puis le fourre dans sa bouche et le croque.

— Tu vas le regretter, Madeleine.

Elle sort avec les autres. Une fois de plus, Madeleine rend grâce au ciel pour la porte latérale. Imagine si tu étais tombée sur le directeur, M. Lemmon, ou sur M. Froelich. Ils se seraient demandé ce que tu as fabriqué dans la classe après trois heures — derrière la porte dont la fenêtre est obstruée par des dessins de dinde.

Elles se dispersent. En silence comme d'habitude, sauf Marjorie, qui bavarde comme si elle venait d'entrer dans un nouveau club chouette comme tout. Madeleine l'évite.

— Salut, fait Claire McCarroll.

Elle roule dans la cour, les serpentins roses de son vélo scintillant dans le vent.

Madeleine a les mains moites, la culotte moite et froide, elle s'imagine les motifs à papillons jaunes avant de se rappeler que ceux-là appartiennent à Claire. Sur les siens, il y a des coccinelles, maman les a achetés au grand magasin Woolworth, personne n'aurait jamais pensé qu'un instituteur allait les toucher, c'est pourtant ce qui est arrivé aujourd'hui. D'habitude, on sent seulement son machin dressé sous son pantalon pendant les flexions dorsales. Lesquelles, sinon, sont des flexions normales. Le machin dressé pourrait être un accident ou encore un canif. Maintenant tu ne peux plus dire que ce ne sont que des flexions. Tu ne peux rien dire du tout.

— Où t'es-tu fait ces bleus ? demande Mimi en examinant les bras de Madeleine.

— En jouant, répond Madeleine. Auriel et moi, nous nous sommes serré les bras comme pour faire des coups de soleil.

Ce qui n'est pas un mensonge. Il leur est arrivé de le faire. Mimi plisse les yeux.

— *Vraiment* * ?

Madeleine rougit. Maman remarque-t-elle que les bleus ont la forme d'une main d'adulte ?

— Tu es certaine de ne pas avoir joué avec la voisine d'en face ? demande plutôt Mimi.

— Qui ça ?

— Colleen.

— Non.

— N'oublie pas que Colleen Froelich est trop vieille pour toi.

Mimi se retourne vers la cuisinière tout juste à temps pour sauver la sauce hollandaise.

— Ça s'est bien passé à l'école, aujourd'hui ? demande Jack pendant le dîner.

— Oui.

— Qu'est-ce que vous avez fait ?

— Des dindes.

Madeleine tend la main vers son verre de lait et le renverse.

— Aïe !

Mimi attrape le verre avant qu'il ne se fracasse sur le sol tandis que Jack recule brusquement pour épargner son pantalon.

— Qui a les mains pleines de pouces ? demande Mike.

— Aide plutôt ta mère, Michael, dit Jack.

Madeleine a les larmes aux yeux.

— Je m'excuse.

— Il ne faut pas pleurer pour si peu, choupette.

Armée d'un torchon, Mimi s'agenouille et éponge la blouse de Madeleine.

Sa fille éclate en sanglots. La prenant dans ses bras, Mimi lui flatte le dos. Madeleine se couvre les yeux et pleure de plus belle.

— *Madeleine, qu'est-ce qu'il y a*?*

En la prenant doucement par les épaules, Mimi oblige Madeleine à la regarder dans les yeux.

— *Eh ? Dis à maman*.*

Mais sa petite fille se détourne et va plutôt trouver son père. Il a les bras grands ouverts. Elle s'assoit sur ses genoux et commence aussitôt à se calmer. Par-dessus l'épaule de Madeleine, Jack fait un clin d'œil à Mimi. Elle lui sourit et se dirige vers l'évier.

Mike roule les yeux en essuyant le lait renversé. Madeleine a d'autant plus honte qu'elle sait que son frère a raison. Elle pleure inutilement, ce qui prouve bien qu'elle est une nullarde de fille.

— Qu'est-ce qui ne va pas, ma choupette en sucre ?

— Je ne veux pas que tu meures, répond-elle.

Nouveau débordement de larmes.

Jack pouffe de rire et lui ébouriffe les cheveux.

— Je ne vais pas mourir !

Il oblige sa fille à boxer avec lui pour lui montrer qu'il est un vieux dur à cuire.

— Les vieux durs à cuire ne meurent pas facilement. Vas-y. Cogne.

Après dîner, il joue avec eux — le jeu favori de Madeleine à l'époque où Mike et elle étaient petits. Papa fait l'araignée, ses doigts s'ouvrent et se referment doucement dans les airs, le suspense grandit, vous attendez l'attaque, partagée entre le désir de fuir et celui de tenir jusqu'à la dernière minute…

— Je t'ai eue !

Puis il vous chatouille jusqu'à ce que vous ayez mal au ventre à force de rire, et le seul moyen de l'obliger à s'arrêter, c'est de lui faire un bisou.

— Mike ! Mike ! Fais un bisou à papa, je t'en supplie !

Mike refuse tout net. Il est trop vieux pour embrasser son père.

— C'est pas juste ! crie-t-elle. Je l'ai bien embrassé pour te libérer, moi !

— Et alors ? dit Mike, assis sur le canapé. *C'est la guerre**.

Puis il se replonge dans *The Economist*.

L'araignée la tient par les chevilles, elle s'efforce de s'extirper des sables mouvants en s'accrochant au tapis.

— *Maman ! Donne un bec à papa ! Vite* !*

Un moment de répit. Puis…

— Oh non !

L'araignée vous chatouille — de quoi devenir maboule, c'est génial…

— Mike !

L'araignée la tient par les bras.

— Maman !

Rires. L'araignée l'attire dans son antre.

— Quelqu'un !

Voilà que papa la prend en étau entre ses genoux. Madeleine cesse de rire. Elle continue de sourire, mais elle a l'estomac retourné. Papa la chatouille, elle rit et se contorsionne, elle se comporte normalement, mais elle a chaud, elle ne se sent pas très bien, elle ne peut plus bouger. Les genoux de papa la serrent aux hanches.

— L'araignée velue triomphe une fois de plus ! grogne-t-il comme d'habitude.

Lâche-moi.

— Maman ! crie-t-elle en rigolant comme une petite fille qui joue avec son papa.

C'est le pantalon de papa qu'elle a devant elle. Qu'arriverait-il si elle le touchait par mégarde ? L'odeur chaude l'enserre, et le salon s'assombrit. Il se penche vers elle et lui donne un bisou qui gratte.

— C'est quoi, tout ce raffut ?

Maman paraît à la porte du salon, ses gants en caoutchouc jaune dégoulinant.

— Fais un bisou à papa, dit Madeleine, maintenant apaisée, le sourire aux lèvres.

Maman l'embrasse et l'araignée lâche prise. Madeleine sourit à papa pour le remercier d'avoir joué à son jeu favori. Il rit, lui caresse la tête et ramasse son journal. Madeleine se dirige vers la porte.

— Madeleine, *attends une minute**, dit maman du haut des trois marches.

— Quoi, maman ?

Mimi descend et dit doucement :

— Tu es trop vieille pour jouer à ce jeu avec papa.

Madeleine traverse la rue en courant et, piquant à travers le jardin des Froelich, gagne le parc, celui où il y a les balançoires et le manège. Elle s'assoit contre un gros arbre. Un chêne. Il l'entend. Elle est trop grande. Maman sait que le jeu avait quelque chose de vilain. Si vous jouez avec votre père, qu'il se colle à vous et que vous sentez son machin, c'est que vous êtes trop vieille pour jouer avec lui.

Madeleine, cependant, a évité de le toucher. C'est à elle qu'il incombe d'éviter que cela se produise. Lui n'y serait pour rien. Elle ne pourrait s'en prendre qu'à elle-même. Sa mère sait ce que Madeleine sait. Les jeux qui l'obligent à te retenir prisonnière entre ses jambes sont mauvais. Son père est trop candide pour savoir qu'il s'agit d'un jeu mauvais. Papa ne sait pas ce qui risque d'arriver. Il ne sait pas ce que tu sais. Si tu frôlais son pantalon, il resterait planté là sans savoir quoi faire, perplexe, son machin dans son pantalon. Madeleine, le dos pressé contre l'arbre, pleure, la tête sur les genoux. L'arbre l'entend. *Pauvre papa. Pauvre papa.*

— Jack ? dit Mimi le même soir.

Ils sont au lit.

— Oui ?

— Madeleine est trop vieille pour ce genre de jeux.

— Quels jeux ? demande-t-il en feuilletant le *Time*.

« La politique américaine, qui consistait à isoler Cuba — ou à l'endiguer — a eu des résultats désastreux… »

— Les chatouilles. Je l'ai vu sur son visage.

Il dépose le magazine.

— Tu veux parler de la bonne vieille araignée velue ?

— Oui. Elle est trop vieille. Elle était embarrassée.

— Tu crois ?

— Oui. Je crois qu'elle joue uniquement pour te faire plaisir.

Jack cligne des yeux.

— Vraiment ?

Elle lui sourit.

— Je m'en veux d'être celle qui t'annonce la nouvelle, *papa**, mais ta petite fille grandit.

— Tu crois vraiment que je l'ai embarrassée ?

— Un peu, oui.

— Je peux quand même jouer à d'autres jeux avec elle ? demande-t-il.

Elle lui sourit.

— Rassure-toi : tu ne vas pas perdre ta choupette. Seulement, tu dois faire un peu de place à la jeune femme.

Elle l'embrasse et s'empare de son *Chatelaine*. Elle feuillette le magazine. « … le salaire moyen versé aux femmes correspond à la moitié seulement de celui des hommes. »

— C'est tout le portrait de sa mère.

Mimi rit.

— Ça, tu peux le dire.

— Un vrai Spitfire.

Il l'embrasse.

— Je n'avais pas l'intention de l'embarrasser.

— Je sais.

Ils lisent.

Lui : « Depuis octobre dernier, les États-Unis ont fait passer à plus de dix mille le nombre de leurs conseillers militaires sur le terrain et consacrent désormais un million de dollars par jour à la lutte contre les Viêt-côngs. »

Elle : « Des recettes de l'Action de grâce dont votre famille raffolera. »

IL ÉTAIT UNE FOIS, dans une république qui n'existe plus, un jeune homme beau et brillant du nom de Wernher von Braun. Issu d'une famille de l'aristocratie prussienne, il partageait la passion de sa génération, celle des fusées. Elles n'étaient encore qu'un rêve, l'occasion, pour l'humanité, de s'élever loin au-dessus de la violence terrestre et d'atteindre l'immensité de l'espace, où nos différends mesquins se dissoudraient. Un rêve de paix pour notre temps. Après avoir étudié la physique, Wernher s'était associé à un club d'amateurs qui mettaient au point des fusées miniatures et les lançaient le week-end.

Il avait attiré l'attention d'un officier qui caressait le même rêve et avait trouvé des moyens suffisants pour le financer. En 1936, l'Allemagne se relevait en secouant le joug de la pauvreté. Il y avait au pouvoir des gens un peu vulgaires, sans doute, mais efficaces. On n'aurait pu choisir de meilleur moment pour être jeune.

Wernher avait vingt-cinq ans lorsqu'on lui avait confié la responsabilité du projet secret de l'armée : construire les fusées les plus grosses et les plus puissantes que le monde ait connues. D'abord, ils devaient trouver un lieu sûr où mettre leur projet à exécution. Pendant le dîner de Noël, la mère de Wernher lui avait dit :

— Pourquoi n'irais-tu pas voir du côté de Peenemünde ? Autrefois, ton grand-père y allait à la chasse aux canards.

Au premier coup d'œil, Wernher était tombé amoureux de la nature sauvage de Peenemünde, où abondaient les cerfs et les oiseaux, de ses plages de sable isolées et des vents marins de la Baltique. Le 1er avril, les bulldozers avaient renversé le premier arbre. On avait érigé des échafaudages et des bancs d'essai, posé des rails de chemin de fer et construit des baraquements. Avait pris forme un campus néoclassique destiné à accueillir des concepteurs, des physiciens, des ingénieurs, des aérodynamiciens, des techniciens, des administrateurs et tous les jeunes gens de talent qui avaient pour tâche de faire du rêve une réalité.

Les esclaves, ce serait pour plus tard.

OKTOBERFEST

Au pied de l'autel, l'avenir brille de mille feux dans un miroitement de split-levels remplis d'appareils électroménagers, d'enfants aux joues roses et de maris au charme juvénile. À un moment de l'histoire où, selon les plus récentes prévisions, une fille pourrait vivre jusqu'à cent ans, cette dernière n'a de projets que pour les quarante premières années de sa vie. ... Nous enfermons nos filles dans un marathon de mariages.
Chatelaine, juillet 1962

La première semaine d'octobre, les feuilles n'avaient pas encore atteint l'apogée de leur gloire, mais la transformation était amorcée. L'écarlate et le jaune incendiaire avaient fait leur apparition, la courge poivrée se parait de vert et d'ocre, des giraumonts orange et des potirons aux formes torturées s'amoncelaient dans des paniers aux portes du supermarché IGA et dans des stands à l'entrée des fermes. Des navets et les derniers épis de maïs de la saison, des pommes de terre, des betteraves, des carottes et des radis, autant de trésors tout juste arrachés à la terre. Dans le petit village d'Exeter, les arômes de la boulangerie semblaient même plus divins avec le changement de température, et l'air matinal, sans être frisquet, était suffisamment frais pour marquer un contraste délicieux avec les parfums tièdes des brioches à la cannelle et des tartes à la citrouille. Jack a emmené les enfants à la foire d'automne, derrière la vieille gare. Ensemble, ils ont fait la tournée des attractions — des autos tamponneuses, des jeux et des montagnes russes qui vous obligent à vous accrocher à votre barbe à papa, surtout si vous l'avez déjà mangée. Dans la zone des foyers familiaux, les femmes lavaient les carreaux, inscrivaient leurs enfants au patinage artistique ou au hockey et rappelaient aux hommes d'installer les contre-fenêtres, un de ces quatre, tandis que ceux-ci songeaient à remettre les pneus d'hiver.

Si vous aviez montré à une Mimi McCarthy beaucoup plus jeune, Marguerite Leblanc comme elle s'appelait à l'époque, des photos de sa vie d'aujourd'hui — en train de danser sous un candélabre de cristal au mess des officiers dans les bras d'un homme élégant en uniforme, de tenir maison avec tout le confort moderne, si vous lui aviez parlé de ses enfants ayant chacun sa propre chambre, de ses voyages en Europe, de son nom sur un compte conjoint en banque —, elle aurait cru à un conte de fées. Non pas qu'il s'agît d'une mutation spontanée. Marguerite était devenue Mimi longtemps avant de rencontrer Jack. Quand elle avait à peu près l'âge de Madeleine, en fait. Elle tend la main vers la bouteille de Palmolive et fait couler l'eau sur la vaisselle du petit déjeuner.

Elle a été la seule fille de sa famille à quitter sa ville natale, à faire des études supérieures, la seule à avoir traversé l'Atlantique. La guerre avait aidé un grand nombre de jeunes à s'émanciper, et c'est la détermination de Mimi qui avait fait le reste. Elle aime ses sœurs, elle aime même la plupart de ses belles-sœurs, elle se réjouit de leur bonheur, mais pour rien au monde elle ne changerait de place avec elles. Elle a gardé sa ligne, elle est toujours amoureuse de son mari et, à trente-six ans, elle a envie d'un troisième enfant.

Ce désir est romantique, presque érotique — lié à son amour pour son mari qui, s'il demeure son cavalier et l'amuse encore, lui appartient corps et âme. Ce serait tellement plus facile, se dit-elle en songeant au troisième enfant et à tout ce qu'elle a appris. Elle a adoré les deux premiers, évidemment, mais elle était si loin de chez elle. Washington, puis l'Alberta. Personne ne lui avait dit à quoi s'attendre. Il n'y avait personne pour s'occuper du bébé pendant un moment, personne pour lui donner un coup de main quand la maison faisait penser à un asile d'aliénés — rien que des cris, des plats renversés et des vomissements jusqu'à ce que, à son tour, elle s'assoie pour pleurer. Personne pour assurer ne serait-ce qu'une présence. Il n'y a que votre mère et vos sœurs pour jouer ce rôle, et elles se trouvaient à un demi-continent de là. Dans l'armée de l'air, les femmes se fendent en quatre pour s'entraider, sans espoir qu'on leur rende la pareille pendant leur affectation, mais certaines de trouver une main secourable quand, tôt ou tard, elles en auront besoin. Il y a toutefois une limite à ce qu'on peut attendre de ses amies.

Cette vie ne convient pas à toutes les femmes. Quelques-unes craquent — les divorces sont rares, mais la tension a d'autres manières de se manifester. Mimi a tout vu : la voix trop enjouée au téléphone en plein milieu de l'après-midi, le premier verre en récompense pour les travaux domestiques, le deuxième en guise d'accompagnement d'*As the World Turns,* en début d'après-midi, puis la sieste avant le retour du mari, jusqu'au jour où elle passe tout droit et que les enfants et lui doivent se contenter d'ouvrir une boîte de conserve. Avant l'arrivée des invités, il lui prépare un café :

— Elle est un peu fatiguée en ce moment.

Il faut dire en toute justice que les maris ne sont pas tous égaux. Il faut être deux pour rater son mariage. Mimi a de la chance.

En récurant la poêle, elle regarde par la fenêtre. Les gants en caoutchouc préservent ses mains. Un moineau passe à tire-d'aile, des brins d'herbe dans le bec. De l'autre côté de la rue, le garçon Froelich dépose sa sœur dans la familiale, puis met son fauteuil roulant dans le coffre, comme tous les matins. Il embrasse sa mère et, en courant, traverse le parc derrière chez lui pour attraper l'autobus. Les enfants de Mimi sont déjà partis pour l'école. Même si l'école secondaire débute plus tard, Ricky arrivera à peine à l'heure. Karen Froelich installe les deux bébés sur la banquette arrière et se met en route.

Elle doit avoir un emploi. Voilà qui expliquerait l'état des lieux — Mimi a jeté un coup d'œil en rapportant à Karen la casserole du chili sans «carne». Karen dépose probablement les enfants chez une baby-sitter avant de se rendre au travail. Les Froelich ne donnent pas l'impression d'avoir deux revenus. Pourtant… Mimi range le tampon à récurer à côté de l'évier. La prochaine fois qu'elle ira en ville, il faudra qu'elle achète un petit plateau où le garder. Les bébés sont placés en nourrice chez les Froelich ; de cela au moins, elle est certaine. Betty, Elaine et Vimy se trouvaient toutes à Centralia quand ils avaient fait leur apparition. D'où sortaient-ils ? Une mère célibataire ? Les parents nourriciers sont dédommagés, non ? Dans ce cas, pourquoi Karen travaille-t-elle ? Les Froelich ne vont à aucune des deux églises. Sont-ils athées ? Il faudra qu'elle pose la question à Vimy Woodley.

Elle débarrasse le drain de croûtes de pain mouillées et de fragments de coquille d'œuf, puis, du poignet, repousse une mèche de cheveux. Après son mariage, Mimi avait cessé de travailler. Quel genre de femme choisirait de travailler quand elle a un enfant ? Au début, elle s'était demandé comment Karen Froelich s'en tirait avec les bébés et une fille handicapée, mais elle est désormais portée à croire que Karen ne s'en sort pas du tout. En vertu d'un choix délibéré. Pauvre Henry.

Un matin, Mimi a vu leur fille Colleen s'éloigner dans la direction opposée de l'école. Mimi avait soulevé le combiné avant de se rappeler que la mère de la petite n'était pas à la maison. Elle avait plutôt composé le numéro de l'école et demandé à parler à M. Froelich, embarrassée, mais se sentant responsable, malgré l'indifférence de la mère. Henry lui avait répondu que Colleen était restée à la maison parce qu'elle ne se sentait pas bien. Avec mille précautions, elle avait annoncé à Henry que sa fille venait de quitter la zone des logements familiaux en compagnie de son chien. Il lui avait répondu de ne pas s'en faire, que le grand air ferait du bien à Colleen. Bon, *chacun à son goût**. Pas surprenant que la petite ait l'air d'une va-nu-pieds. Mimi balaie le plancher.

Le plus étonnant, c'est que Ricky Froelich soit si bien. Par manière de plaisanterie, Vimy avait déclaré que Hal et elle n'arrivaient pas à lui trouver un seul défaut, même si elle s'était fait un peu de souci quand Marsha et lui avaient commencé à se fréquenter. Il vient d'une famille «spéciale», avait dit Elaine Ridelle au-dessus d'une main de bridge.

— N'est-ce pas notre cas à tous? avait répliqué Vimy.

Quoi qu'il en soit, les Woodley allaient être réaffectés au printemps, et les choses en resteraient là. Autre avantage de la vie de nomade.

Mimi range le balai et se tourne vers le calendrier fixé au frigo. Son écriture microscopique a envahi le moindre petit carré — danse au mess dans le cadre de l'*Oktoberfest,* bazar de l'église, hockey et patinage artistique, bénévolat à l'hôpital d'Exeter, cocktail organisé par Vimy en l'honneur du vice-maréchal de l'air en visite, rendez-vous chez le dentiste, Brownies, Scouts, voyage de Jack à Winnipeg, voyage de Jack à Toronto, premier *bonspiel* de curling, rendez-vous chez le coiffeur… Elle encercle l'Action de grâce et écrit «Boucher». Betty a confirmé sa présence et celle de Vic. Après un moment d'hésitation, elle ajoute «McCarroll?» Puis elle compose le numéro de sa jeune voisine immédiate, Dot Bryson. La voix juvénile répond et Mimi entend les hurlements du bébé en arrière-fond. Elle invite la jeune femme à venir lui tenir compagnie avec son bébé.

— Vous me rendriez service.

Mimi sourit — elle entend presque les larmes de gratitude dans la voix à l'autre bout du fil.

Elle met la bouilloire sur le feu, puis, de l'armoire où elle garde ses horribles vêtements de *hausfrau,* elle tire des bocaux qu'elle aligne sur le comptoir. Elle consacrera les cinq prochains jours aux conserves. Chow-chow, piments rouges, *relish* au maïs, cornichons à l'aneth, *relish* de concombres et d'oignons et, péché mignon de Jack, cornichons à la moutarde. La semaine prochaine, ce sera les *confitures**.

Cette année, l'Action de grâce tombe le 8 octobre. Comme d'habitude, on fera tirer des dindes au mess; en fait, les volatiles seront si nombreux que tout le monde repartira sans doute avec sa Butterball sous le bras. En octobre, le point culminant de la vie mondaine est toutefois l'*Oktoberfest.* Étant donné le grand nombre de descendants d'immigrants allemands dans la région et la présence de nombreux officiers de retour d'une affectation en Allemagne, l'occasion, à Centralia, n'est pas banale. Le mess des officiers s'y prépare depuis des semaines. Jack avait tenté de convaincre Henry Froelich et sa femme de prendre part à la fête.

— *Ach,* je n'ai pas de…

— Pas besoin de smoking, avait dit Jack en lui décochant un clin d'œil. D'ailleurs, pour l'*Oktoberfest,* on porte le *lederhosen.*

Henry Froelich avait souri et secoué la tête.

— Je ne crois pas, non.

— Pardonnez-moi. J'avais oublié que vous étiez du nord de l'Allemagne, avait dit Jack. Vous préféreriez probablement mourir que de porter le *lederhosen.*

Dans l'entrée des McCarthy, après le dîner, ils sirotaient un verre du vin maison de Froelich. Henry avait démonté la tondeuse de Jack.

— Votre tendre moitié, qu'est-ce qu'elle en dit ?

— Ma ?…

— Votre femme, Karen. Elle aime danser ?

— Elle préfère les occasions moins solennelles.

Jack avait opiné du bonnet.

— Comme celle-ci, dit-il en respirant un bon coup en cette soirée du début d'automne.

— Exactement, avait dit Henry en se remettant au travail.

Il avait débarrassé la lame de l'herbe et du cambouis. Jack l'avait observé pendant un moment, les poignets immaculés de sa chemise repliés une seule fois, les doigts tachés de cambouis, la chemise et la cravate protégées par le vieux tablier.

— Dites-moi, Henry, avez-vous l'intention de faire rouler cet engin ou d'en faire cadeau au Smithsonian ?

Jack avait montré du doigt le fatras de pièces d'auto qui encerclait le châssis hybride désormais reconnaissable d'un coupé Ford 1936, les portières et les pare-chocs, les larges marchepieds et le train avant surbaissé récupérés auprès d'autres épaves et soudés ensemble. Au milieu de la pagaille, le fils de Henry se penchait au-dessus du moteur.

— Tel père, tel fils, à ce que je vois.

Froelich avait souri, manifestement heureux.

— C'est pour les seize ans de mon fils. Quand il se mettra à conduire, je n'aurai plus que des cheveux blancs.

— Je m'inquiète un peu, Henry. Chaque fois que je regarde, j'ai l'impression que le nombre de pièces a augmenté. Ça me fait penser au miracle du pain et des poissons. J'espère seulement que vous ne vous passionnerez pas pour ma tondeuse comme pour cette voiture. Si ça continue, l'été prochain, j'aurai de l'herbe jusqu'aux genoux.

— Ne vous en faites pas, Jack. Votre Lawn-Boy est beaucoup moins intéressante que la Froelich-wagen. Lorsqu'elle sera terminée, vous serez heureux de l'apprendre, cette auto contiendra non seulement des pièces provenant de nombreux autres modèles de voiture, mais aussi un ingrédient secret, issu d'une machine à laver, qui économise l'essence.

— Vraiment ?

— *Nein.*

Jack avait pouffé de rire.

— La prochaine fois, je m'attaque à votre voiture, avait dit Henry.

— *Nein !*

Jack avait avalé une gorgée de vin et réprimé une grimace — infect.

— Que pensez-vous du vin ? Nous avons nous-mêmes cueilli les cerises au parc Pinery.

— C'est donc fait à base de cerises, avait dit Jack en hochant la tête. Pas piqué des vers.

— Que voulez-vous dire ?

— Dans la bouche d'un aviateur, c'est de la dithyrambe. Il est excellent.

— Dans ce cas, je vous en apporterai une bouteille. J'en ai à revendre.

— Pourquoi ne pas vous laisser convaincre de venir à la soirée dansante de l'*Oktoberfest,* Henry ? avait demandé Jack d'un ton désinvolte. Karen et vous seriez mes invités…

Froelich avait glissé la lame sur son axe et serré l'écrou à l'aide de sa clé, sans toutefois répondre. Jack s'était dit qu'il avait peut-être commis une gaffe en faisant allusion à d'éventuelles difficultés financières, ce qui n'avait pas été son intention.

— Vous nous obligeriez. Tout ce qu'il manque à la fête, c'est un authentique Allemand. D'ailleurs, la cuisine est géniale. Quand avez-vous mangé un *bratwurst* digne de ce nom pour la dernière fois ?

Une fois de plus, il avait craint d'avoir dit ce qu'il ne fallait pas. Peut-être Henry y avait-il vu une attaque contre la cuisine de Karen.

Henry avait jeté la clé et fouillé dans son coffre à la recherche d'un tournevis.

— Vous êtes très généreux, Jack. Un autre jour, j'accepterai peut-être votre offre, mais je ne suis pas allemand.

Il avait refermé le couvercle du moteur.

Jack avait rougi. Qu'est-ce donc qu'il avait compris de travers ?

Henry avait remis en place les écrous à oreilles.

— Je suis canadien, avait-il dit en souriant.

Il avait tiré sur la corde et le moteur avait vrombi.

Le vendredi de l'Action de grâce, Jack était rentré du cinq à sept au mess armé d'une colossale dinde gelée.

— Mimi, je suis là !

— Oh Jack, s'était-elle écriée. Tu as gagné !

— Ouais, avait-il répondu en déposant lourdement le volatile sur la table.

La jeune voisine s'était levée, son bébé dans les bras.

— Bonjour, Jack. Il vaut mieux que je me sauve, Mimi.

— Comment allez-vous… avait dit Jack, pris d'une hésitation.

— Mais non, Dot, ne partez pas, avait dit Mimi, lui rappelant avec tact le nom de la jeune femme.

— Vous vous adaptez, Dot ?

Ça lui revenait, maintenant, son mari travaillait à la comptabilité. Un dénommé Bryson.

— Très bien, Jack, je vous remercie, avait-elle dit, rougissante, avant de s'éclipser comme le voulait l'étiquette conjugale.

Mimi l'avait raccompagnée, puis elle était revenue embrasser son mari, si fier de sa dinde.

— À vous de jouer, madame, avait-il dit en haussant les épaules. Déjà que j'ai dû me la coltiner jusqu'ici.

Elle lui avait servi une bière et l'avait taquiné pour avoir oublié le nom de la voisine, soulagée qu'une aussi jeune et jolie créature n'inspire qu'indifférence à son mari. Il avait tiré un deuxième verre de la tablette et y avait vidé la moitié de sa bière.

— J'en ai déjà bu deux au mess. Tu ne veux surtout pas réveiller la bête qui sommeille en moi, pas vrai ?

Clin d'œil.

— *Ça dépend**.

Ils avaient trinqué.

Il y a des hommes qui, à supposer qu'ils rentrent à la maison le vendredi soir, sont trop gais ou trop belliqueux pour manger avec leurs enfants. Toujours en uniforme, ils ronflent sur le canapé ou se campent devant la télé. Des hommes par ailleurs tout à fait corrects. Heureusement que Mimi n'est pas tombée sur l'un d'eux. Yvonne, sa sœur aînée, n'a pas eu autant de chance. Elle est mariée à un de ces hommes que les autres hommes jugent inoffensifs.

À midi, Madeleine avait vu sa mère enfourner la dinde en disant comme toujours :

— *Bon**. Au revoir, monsieur le dindon.

Cette fois, Madeleine n'avait pu s'empêcher de voir la chair blême sous un jour entièrement différent. On aurait dit le bas du dos d'une personne qui a honte et qui se recroqueville sur elle-même pour cacher son visage. Quand maman avait replié à l'intérieur de la carcasse la peau lâche du cou, Madeleine s'était dit que la dinde avait honte d'être morte et nue.

— Je vais t'appeler quand le cou sera prêt, avait dit maman.

Ils attendaient les McCarroll pour le dîner de l'Action de grâce. Le Thanksgiving américain ne venait qu'en novembre.

— Pas question que vous soyez les seuls sans un repas à la dinde la semaine prochaine, avait dit Mimi à Sharon au téléphone.

Les Boucher devaient se joindre à eux, et les femmes avaient mis en commun leurs tables à cartes pour l'occasion. À la dernière minute, cependant, ils s'étaient décommandés. On les avait mis en quarantaine.

— Steve Ridelle a menacé de peindre un X sur notre porte si nous mettons le nez dehors d'ici lundi, avait dit Betty au téléphone.

Leur plus jeune, Bea, avait attrapé les oreillons.

Dix kilos de dinde pour quatre adultes et trois enfants.

— Quel festin ! avait dit Jack.

Madeleine avait fait passer un plateau chargé de bâtonnets de céleri farcis de Cheez Whiz et de craquelins Ritz garnis d'huîtres fumées. Jack avait allumé le premier feu de foyer de la saison et servi à Blair un rye coupé à l'eau de Seltz. Mike les avait rejoints au salon, un verre de soda au gingembre à la main. Pendant ce temps, les femmes s'affairaient à la cuisine. Jack était heureux de la présence de son fils puisque McCarroll, malgré le passage des semaines, n'était guère plus loquace — il fallait littéralement lui arracher les mots de la bouche. Mike multipliait les questions sur le pilotage, et Jack s'était rendu compte que McCarroll semblait plus à l'aise avec Mike qu'avec les officiers au mess. Dommage qu'il n'ait pas de fils.

— Qu'est-ce qui vous attend ensuite, Blair ? Je crois comprendre que vous serez parmi nous pendant une année seulement.

— L'Ohio, monsieur.

— Appelez-moi Jack.

Blair avait hoché la tête en rougissant.

— La base aérienne Wright-Patterson ?

— Exactement, monsieur.

— Il paraît qu'il y a là-bas un excellent programme de recherche et développement.

— C'est le domaine dans lequel je travaillerai. Essais de performances usuelles.

— Plaît-il ?

Blair s'était presque animé.

— Je vais faire l'essai de vêtements de pressurisation partielle et complète pour la haute altitude. Des combinaisons spatiales.

— Super ! avait dit Mike.

— Évidemment, c'est la base d'Edwards que je vise. Après, qui sait… peut-être Houston.

Jack avait arqué les sourcils d'un air impressionné — McCarroll se préparait à un entraînement d'astronaute.

— Je commence mes leçons de pilotage le printemps prochain, avait dit Mike en regardant son père.

— Oui, Mike. La semaine prochaine, sans faute, j'irai me renseigner à l'école civile.

Dans la cuisine, Mimi préparait la sauce tandis que Sharon réchauffait le plat d'ignames glacées qu'elle avait apporté.

— Ça sent drôlement bon, Sharon. Il faudra que vous me donniez la recette.

— D'accord, avait dit Sharon.

Voilà à quoi se résumait la conversation. Les approches de Mimi tuées dans l'œuf par les réponses timides de Sharon. Autour d'une table de bridge, on ne se rendait pas trop compte ; en tête-à-tête, c'était un peu pénible. Mimi était sans cesse prise de l'envie d'étreindre Sharon, mais il y avait tout de même une limite au nombre de fois où elle pouvait agir de la sorte avec une étrangère. Mimi se préparait depuis longtemps au repas de l'Action de grâce. Outre la sauce, il n'y avait pas grand-chose à faire, mais, pour que le silence se remarque moins, elle avait confié à Sharon la tâche de tailler les radis en rosette.

— Pourquoi ne pas mettre un disque, Jack ?

Un peu de Charles Aznavour leur ferait le plus grand bien.

Claire avait apporté pour Madeleine une boîte de petits biscuits en forme d'animaux — on y avait fixé une ficelle, et vous pouviez faire comme s'il s'agissait d'un sac à main ou d'un attaché-case.

— Chouette. Merci, Claire.

Dans sa chambre, Madeleine avait fait voir à Claire ses jouets et ses livres, la magnifique bille verte offerte par Elizabeth, sans oublier un sac en plastique dans lequel elle faisait pousser de la moisissure de pain sous son lit. À leur âge, le silence ne provoquait pas de gêne. Madeleine s'était mise à lire à voix haute *Green Eggs and Ham* du Dr Seuss, même si, à la vérité, elle le connaissait pratiquement par cœur. Elles s'étaient assises contre le lit et Claire s'était appuyée sur elle — ce qui, en un sens, lui avait semblé tout naturel — pour écouter et rire.

— Madeleine ! Claire ! *Venez**, une surprise vous attend, avait crié sa mère.

Dans la cuisine, Mimi avait sorti de la sauce le cou et les abats pour les offrir à Mike et aux deux petites filles. Les parents de Madeleine soutiennent toujours qu'il s'agit des morceaux de choix, peut-être parce qu'on les mange à même le plat quand on est affamé et mis au supplice par les arômes de la viande rôtie. À moins que ce ne soit parce que, pendant la Dépression, on se félicitait d'avoir le moindre aliment à se mettre sous la dent — des gésiers pour le dîner et, pour dessert, du pain frit et de la mélasse. Quoi qu'il en soit, Madeleine avait toujours pris plaisir à manger ces morceaux. Quand sa mère lui en avait tendu un, piqué sur une fourchette, elle l'avait accepté volontiers. Elle avait toutefois refusé de se resservir, soudain consciente de grignoter l'estomac de quelqu'un d'autre. Quand Mike lui avait offert de partager sa moitié du cou, elle avait décliné poliment. Les mains jointes, elle avait regardé Claire McCarroll en détacher délicatement la chair.

À table, Jack avait servi le bon *Qualitätswein* apporté par Blair.

— Non, mais ça *schmeck*! dit Jack.

Curieusement, Madeleine n'avait pas faim. Ses parents avaient eu pitié d'elle; hormis quelques encouragements tièdes, ils ne l'avaient pas forcée à vider son assiette. Par souci de politesse, elle avait avalé une part de l'excellente tarte à la citrouille de Sharon McCarroll et, pour ne vexer personne, un morceau du merveilleux quatre-quarts au chocolat de maman. Une fois les invités partis, elle était allée se coucher en se plaignant d'avoir mal au ventre.

— Voilà ce que c'est que de ne manger que du dessert, avait dit maman.

Mais elle avait servi à Madeleine un verre de soda au gingembre et lui avait caressé le front jusqu'à ce qu'elle s'endorme.

Au lit, Jack et Mimi avaient rigolé.

— On ne peut pas dire qu'ils soient très marrants.

Des gens adorables, ces McCarroll, mais, *mon Dieu*,* le silence n'est pas toujours d'or.

— Tu crois qu'ils parlent à la maison?

Ils ont compris: la prochaine fois qu'ils auront les McCarroll à dîner, ils inviteront deux autres couples au lieu d'un seul — juste au cas où les oreillons rappliqueraient.

Ils s'étaient étirés d'un air de contentement en s'emparant de leurs magazines respectifs.

Elle: «Comment parler de sexualité avec vos enfants?»

Lui: «La décision tant attendue dans la cause de J. R. Oppen-heimer.»

Le mardi suivant, Madeleine marche dans le corridor désert, la dinde qu'elle a découpée dans du papier de bricolage à la main.

L'Action de grâce est maintenant chose du passé. En arts plastiques, les prochains projets porteront sur l'Halloween. On a décroché les dindes et les cornes d'abondance, mais M. March les a remplacées par un collage patriotique de feuilles d'érables rouges emballées dans du Saran.

Il est trois heures dix.

— Par la porte de côté, petite fille, a dit M. March, comme à son habitude.

— Je dois aller aux toilettes, a répondu Madeleine sans se retourner.

Il n'a rien dit. Il ne l'a même pas rappelée pour l'obliger à finir sa phrase.

— Je dois aller aux toilettes, monsieur March.

D'ailleurs, elle n'avait pas envie. Seulement, elle voulait éviter Marjorie, occupée à distribuer les bonbons. Elle avait donc menti sans y réfléchir.

En route vers le hall, elle passe devant la classe de huitième année sur sa droite et aperçoit M. Froelich en train de nettoyer le tableau noir. Il y a des fractions, des « x » et des chiffres précédés d'un moins, une multitude de taches de craie irrégulières qui se transforment en simple poudre blanche, s'effacent comme une migraine sous les coups de brosse assurés de M. Froelich. Elle l'observe, apaisée, sans savoir que ses pieds se sont arrêtés.

— Qu'est-ce que tu fais encore ici, Madeleine ?

Il a roulé ses manches jusqu'aux coudes. Sous les poils noirs, il a les bras blancs et décharnés.

— Tu veux m'aider à nettoyer le tableau noir ? demande-t-il. Ou plutôt non, rentre en vitesse. Ta *mutti* va s'inquiéter.

Madeleine, cependant, entre dans la classe et, debout à côté de lui, regarde son bras qui décrit de grands arcs de cercle.

— Qu'est-ce que c'est ? demande-t-elle, consciente qu'il est grossier de poser des questions au sujet des marques sur le corps d'une autre personne.

Quel manque de politesse ! Sans réfléchir, elle a demandé à M. Froelich ce qu'étaient ces marques sur son poignet — il lui arrive souvent, après le groupe d'exercice, d'avoir l'impression de se réveiller à peine, comme si, couverte de sueur sous l'effet d'une grippe au milieu de la nuit, elle rêvait toujours. Et en rêve, on dit toujours tout ce qui vous passe par la tête.

M. Froelich ne semble pas insulté. Il pose les yeux sur son bras, là où sont les chiffres bleus.

— Ça ? C'est mon ancien numéro de téléphone, dit-il.

Puis il entreprend de dérouler sa manche, mais Madeleine pose sa main sur son bras. Autre comportement curieux, elle en est consciente — on ne doit pas toucher les autres, en particulier les adultes, c'est trop malpoli. Mais sa main reste appuyée sur l'avant-bras de M. Froelich. Elle fixe les petits chiffres bleus.

— Ça s'efface ? demande-t-elle.

— Non.

— Parce que c'est un tatouage.

Il fait oui de la tête.

— Vous étiez dans les SS ?

La question lui semble naturelle.

Il secoue la tête.

— Non.

Elle lève les yeux sur lui.

— Y avait-il de bons nazis ?

— Pas à ma connaissance. Mais les humains restent des humains.

— Je sais.

Il attend. Il la regarde, mais pas fixement. Ils restent ainsi pendant un moment. Il fait penser à du talc. À un prêtre aimable. L'odeur de la craie est apaisante.

— Tu te sens bien ? demande-t-il. *Was ist los, Mädele ?*

— *Nichts.*

Il pose la main sur le front de Madeleine. Il a les doigts secs et frais. Elle commence à sortir de sa torpeur.

— *Du bist warm,* dit-il.

Derrière eux, une voix se fait entendre :

— Tout va bien, ici ?

Madeleine lève les yeux, la main toujours posée sur le bras de M. Froelich. Le directeur, M. Lemmon, est à la porte. Perpétuellement mal rasé, il a l'air inquiet.

En lui touchant la joue, M. Froelich dit :

— Elle fait peut-être un peu de fièvre.

— Ça va, Madeleine ?

Madeleine fait signe que oui.

— Je te raccompagne à pied ? lui demande M. Froelich.

— Non, merci, dit-elle. De toute façon, je vais courir jusqu'à la maison.

— Très bien, dit-il en souriant. File, dans ce cas.

Elle sort de la classe en passant devant M. Lemmon. Le corridor a l'air plus lumineux — elle y voit mieux. On a peut-être ouvert une fenêtre quelque part, il fait plus frais. Il est interdit de courir dans le corridor, et elle sait que M. Lemmon l'observe. Elle se retient jusqu'au coin, puis elle traverse le hall à toute vitesse, passant devant la reine, le prince Philippe et tous leurs avions de chasse. Sans ralentir, elle fonce droit sur les portes de verre, ses paumes actionnant la barre de métal qui commande le verrou. Elle accélère dans les marches, étirant ses jambes au maximum — l'Homme élastique ! Elle court, les bras étendus, la dinde en papier à la main.

À mi-chemin du terrain de jeux, elle aperçoit une forme sortir du maïs desséché de l'autre côté d'Algonquin Drive. Colleen Froelich. Elle a un objet à la main, une corde verte et jaune trop courte pour une corde à sauter. D'ailleurs, Colleen Froelich ne saute pas à la corde. Madeleine crie son nom, mais Colleen, ne faisant aucun cas d'elle, continue à marcher. Madeleine la suit et fait une nouvelle tentative :

— Qu'est-ce que c'est, Colleen ?

Colleen ne répond rien.

Elle essaie de nouveau.

— Comment va Esse ?

Colleen fait la sourde oreille.

— Hé ! toi ! crie Madeleine, la gorge chauffée à blanc par la colère, je t'ai posé une question !

Le dos de Colleen demeure indifférent. Madeleine la rattrape.

— J'ai dit : comment va Esse ! hurle-t-elle.

Étourdie par sa propre violence.

Colleen s'arrête et se retourne brusquement. Madeleine vient presque buter contre elle et l'objet qu'elle tient à la main. Une couleuvre. La colère de Madeleine se dissipe d'un coup. Elle n'aime pas les serpents.

— De quoi tu parles ? demande Colleen.

— De ton chien Esse, répond Madeleine en faisant un pas en arrière.

Colleen plisse ses yeux bleus glacés. Madeleine se rend compte de l'énormité de ce qu'elle vient de faire. La couleuvre se faufile entre les doigts de Colleen et elle l'enroule autour de son poignet.

— Il s'appelle Rex, espèce de débile !

Madeleine n'en revient pas. Colleen a utilisé le mot que les autres réservent à sa sœur. Madeleine cherche quelque chose de gentil à dire à propos de la couleuvre, dans l'espoir de tout arranger, mais Colleen lui tourne le dos et se remet en route.

La colère de Madeleine est de retour, rugissante. Attrapant une poignée de terre au bord de la route, elle la balance comme du shrapnel :

— Tout le monde te déteste, toi !

Ce soir-là, elle interroge son père :

— Dis, papa, dans l'ancien temps, est-ce que les gens écrivaient leur numéro de téléphone sur leur bras ?

— Dans l'ancien temps, il n'y avait pas de téléphone.

Jack se lève pour ranger le recueil de contes de fées.

— Tu as vu quelqu'un avec un numéro de téléphone sur le bras ?

— Oui, monsieur Froelich.

— Monsieur Froelich ?

— Ouais.

Elle hésite. Elle ne voudrait pas que son père prenne M. Froelich pour un nazi, mais elle a besoin d'une réponse définitive.

— Il a un tatouage.

— Un tatouage ?

Jack se rassoit.

— Ça ressemble à quoi ?

— C'est bleu. Ici, fait-elle en montrant son avant-bras.

Jack respire un bon coup. Doux Jésus.

— C'est rempli de bon sens, dit-il en continuant de sourire à sa fille. Tu as déjà entendu parler du savant distrait ?

— Ouais.

— C'est tout le portrait de monsieur Froelich.

Il lui donne un baiser sur le front.

— Bonne nuit, poupée.

— Ça veut dire qu'il était dans les nazis ?

— Non.

Ayant répondu avec plus de vivacité que nécessaire, il baisse le ton.

— Non, non, poupée. Jamais de la vie. Ne va surtout pas t'imaginer des choses pareilles.

Il éteint et sort de la chambre. Elle serre Bugs Bunny dans ses bras, soulagée. En fermant les yeux, elle se dit qu'il est bizarre que, en si peu de temps, elle ait passé un si bon moment avec M. Froelich et tout le contraire avec Colleen. Comment est-il possible que Colleen et Ricky soient tous deux issus de la même famille ? Le seul avec qui Colleen semble avoir quelque chose en commun, c'est Rex.

Mimi se lève et sert une tasse de thé à Jack. Elle libelle des chèques, règle des factures.

— Nom d'un chien.

— Quoi ?

— Quand je pense que Henry Froelich est juif.

— Voyons, Jack. Tout le monde est au courant.

— Qui ça, tout le monde ?

— Je ne sais pas. C'est Vimy qui me l'a dit. Je lui ai demandé si les Froelich allaient à l'église et elle m'a répondu que Henry est juif. Quant à l'excuse de l'autre, je n'en ai pas la moindre idée.

— De qui parles-tu ?

— De la femme de Henry.

— On ne me dit jamais rien, à moi.

— De toute façon, qu'est-ce que ça change ?

— Rien du tout, sauf que…

Mimi retourne à ses calculs. Elle met de côté les allocations familiales — les tennis de Mike sont encore une fois trop petits. Jack poursuit.

— Henry a été dans un camp de concentration.

Mimi fait le signe de la croix.

Jack soupire et hoche la tête.

— Doux Jésus.

— Je suis heureuse que nous n'y soyons pas allés…

Elle ne veut même pas prononcer le mot. *Auschwitz.*

— *Pauvre** Henry.

Elle a les larmes aux yeux. Jack lui prend la main.

— Pourquoi pleurez-vous, madame ? La guerre est terminée. Henry va bien. Il est heureux comme un poisson dans l'eau.

Mimi ne devrait pas être aussi sonnée. En apprenant que Henry était juif, elle avait tout de suite été consciente de cette possibilité. Elle est donc surprise par son incapacité à prononcer les mots. Ses règles sont peut-être imminentes — événement décevant en soi —, d'où sa réaction excessive. Voici ce qu'elle n'arrive pas à dire sans pleurer : Henry a beau aller bien, on ne peut en dire autant de sa famille. Sa première famille. Pas uniquement ses parents et ses proches, mais aussi ses enfants — elle en a soudain la certitude. Elle se mouche, ça va aller. Elle se replonge dans ses factures.

Jack se rejoue mentalement ses conversations avec Henry Froelich. *Einstein est juif.* Dans la bouche de Froelich, l'été dernier, la déclaration lui avait semblé antisémite. Bien entendu, le mot « juif » n'a en soi rien de répréhensible — surtout si vous en êtes un vous-même. Si, aux oreilles de Jack, le mot semble antisémite, c'est probablement parce qu'il l'a rarement entendu prononcer par d'autres que par des antisémites. Il se souvient parfaitement d'avoir entendu Hitler vilipender *« die Jüden »* à la radio. Dans les actualités filmées d'après-guerre, lorsque les horreurs avaient commencé à se faire jour, on entendait la voix du narrateur évoquer sur un ton solennel « la persécution des juifs ». Même là, le mot portait des stigmates — la honte de la mort. Et Jack lui-même avait connu peu de juifs. Il y avait bien une famille dans sa ville natale au Nouveau-Brunswick, les Schwartz — ils jouaient au rugby comme tout le monde, aimaient la pêche, n'avaient jamais décoré un sapin de Noël, et tout cela semblait normal. Dans l'armée de l'air, Jack était bien tombé sur quelques juifs, mais ils étaient canadiens. On ne s'attend pas à rencontrer de nombreux juifs allemands. Plus maintenant. Jack a les joues en feu à la pensée de toutes les occasions où il a, par jeu, accusé Henry d'être « typiquement allemand ». Sans parler de sa boutade à propos des *lederhosen*. Merde. Eh bien, le tatouage explique pourquoi Henry est heureux d'être ici comme instituteur à l'école élémentaire.

— Doris Day est juive, dit Mimi.

— Ah bon ?

— Eh oui.

ARTS MÉNAGERS

Si vous êtes une mère émotive ayant des besoins particuliers, vous risquez de ne pouvoir vivre harmonieusement avec une fille pareillement émotive et exigeante.
Chatelaine, juillet 1962

Madeleine passe une semaine et demie à regarder par-dessus son épaule, craignant que Colleen ne soit là, embusquée, prête à fondre sur elle. Pourtant, tout est calme. Malgré son soulagement, Madeleine en éprouve une curieuse déception.

La vie suit son cours normal. Le samedi 20 octobre, Mimi demande à Madeleine de l'aider à se préparer pour la soirée dansante de l'*Oktoberfest*.

Madeleine s'agenouille près de la baignoire, tandis que sa mère, coiffée d'un bonnet de plastique scintillant, s'offre un bain de mousse. Elle demande à Madeleine de lui laver le dos avec un luffa — « le plus sûr moyen d'avoir une peau belle et soyeuse » — et lui montre à repousser ses cuticules pour éviter les envies.

Madeleine tient la serviette de bain et attend que maman ait terminé de se poudrer les aisselles après se les être rasées avec son Lady Sunbeam électrique.

— Tu pourras commencer à te raser quand tu auras douze ans, Madeleine.

Madeleine s'abstient de lui rappeler qu'elle se rase déjà depuis des années avec papa. Elle suit sa mère dans sa chambre, où elle l'observe enfiler une petite culotte qui a l'air de piquer et un soutien-gorge de dentelle assorti. Penchée, elle porte les mains à son dos de façon experte pour l'agrafer. Puis le porte-jarretelles et les bas — « roule-les d'abord, de cette manière, puis pointe les orteils » —, un pied sur le coffre de mariage — « *comme ça** », lissant la jambe pour faire monter le bas sur la cuisse, « pour éviter les mailles », avant de fixer les bas au porte-jarretelles à l'aide des boutons-pression en caoutchouc.

— Aide-moi à enfiler ma gaine, Madeleine.

Elle a beau être mince, « une dame n'est jamais habillée sans sa gaine ». Il y a au moins un million d'agrafes. Enfin, elle fait passer son jupon de soie par-dessus sa tête et s'assoit sur le tabouret rembourré de sa table de toilette.

— *Donne-moi le hair-spray, s'il te plaît, ma petite**.

Mike les rejoint alors et s'assoit au pied du lit avec un livre des Hardy Boys. Voilà une activité à laquelle il n'a pas encore renoncé : observer maman qui se prépare à une soirée et bavarder avec elle dans le miroir. Madeleine n'arrive pas à comprendre pourquoi il ne juge pas ce comportement puéril.

Ils parlent français rapidement, avec aisance. Madeleine essaie de comprendre ce qu'ils racontent. Maman appelle Mike son *« p'tit gentil-homme* »*. De fait, en sa présence, il se comporte en gentilhomme. Il lui relate ses plus récents triomphes : premier au cent mètres, joueur de centre de son équipe de hockey, premier en sciences. Il jouera dans la Ligue nationale de hockey. Puis il sera médecin. Tout en pilotant des Sabre.

— *Tu peux faire n'importe quoi, Michel**.

Madeleine se tourne vers son frère. Quand maman le dit, on le croit. Pas de limites.

Elle entre dans la penderie de ses parents, se faufile entre les costumes et les chemises de son père, qui font comme un rideau, respire à fond — laine, cuir à chaussures, légers relents de cigare et coton frais. La voix de sa mère lui parvient, lointaine :

— *Madeleine, où vas-tu* ?*

Elle sort et va retrouver sa mère devant la grande glace ronde. Maman penche la tête en arrière, baisse les paupières et, à l'aide d'un minuscule pinceau, applique du eye-liner noir, « seulement en soirée, Madeleine », puis, la tête en avant, du mascara, « mais *fais attention, pas trop** ». Elle se met du rouge à lèvres, « ne déborde jamais du contour des lèvres ». Madeleine hoche la tête dans le miroir en songeant aux possibilités offertes par le passage du rouge à lèvres sur ses propres joues, sur son nez. Bozo le clown.

Maman place un mouchoir en papier entre ses lèvres et les referme.

— *Aimes-tu cette couleur, Michel* ?*

Mike lève les yeux de son livre et réplique qu'il s'agit en effet d'une jolie couleur. Madeleine jette un coup d'œil au mouchoir en papier, baiser soufflé, et se représente Marilyn Monroe, les yeux comme si elle avait mal au cœur en auto. Aujourd'hui morte et enterrée.

— Monte la fermeture éclair, Madeleine.

Madeleine s'exécute en humant le parfum de sa mère — *Mon péché* de Lanvin. Mêlé au fixatif VO-5. Mystérieux et séduisant.

— *Comment me trouvez-vous, les enfants* ?*

Maman porte un *dirndl*. Un corsage décolleté et brodé lacé jusqu'en haut que complète une jupe paysanne rouge et blanche. Ensemble acheté à prix d'or à Garmisch.

— *Très chic*,* dit Mike.

— *Sehr schön,* dit Madeleine, qui a droit à un câlin.

Au rez-de-chaussée, Jack renchérit :

— *Frau* McCarthy, vous êtes magnifique.

Il porte un tweed Harris, une cravate à carreaux, de grosses chaussures et un chapeau tyrolien vert avec une plume. Mike déniche un cube-flash et prend leur photo avant leur départ pour le mess.

Marsha Woodley vient s'occuper d'eux, comme d'habitude ; comme d'habitude, Mike se comporte comme si Madeleine seule avait besoin d'une baby-sitter. Il serre la ceinture de sa robe de chambre à carreaux et, en se frottant le menton, demande à Marsha quelle chaîne elle veut regarder.

Marsha est si gentille que Madeleine se sent obligée d'accepter son offre de jouer aux Barbie avec elle.

— À ton âge, Madeleine, j'étais folle des poupées.

Marsha a apporté la décapotable de Barbie, ce qui arrange un peu les choses, mais elle insiste pour que Ken prenne le volant. Madeleine est soulagée quand Mike demande à Marsha si elle veut voir ses modèles réduits d'avions.

— Bien sûr, Mikey.

Son viril regard ne bronche pas.

— Après vous.

Il a perdu la boule.

On frappe. Madeleine court ouvrir. Derrière la porte moustiquaire, debout dans la pénombre, se trouve Ricky Froelich.

— Salut, ma vieille.

Il a un bras appuyé contre le mur.

Par-dessus son épaule, Madeleine hurle :

— Marsha ! C'est Ricky !

Puis en se retournant vers lui :

— Ne reste pas là. Entre.

— Non, c'est bon. Je ne fais que passer.

Marsha apparaît derrière Madeleine.

— Salut.

— Salut. Tu ne m'invites pas à entrer ?

Marsha roule les yeux.

— Bien sûr que non, fait-elle avec une inflexion interrogative.

Madeleine ne se tient plus. S'il te plaît, Marsha, s'il te plaît, dis oui.

— Ricky, dit Marsha sur un ton moqueur qui lui sert aussi d'avertissement, je garde les enfants.

Il sourit.

— Je leur raconterai une histoire pour les endormir.

Mike arrive en haut de l'escalier de la cuisine.

— Salut, Ricky, dit-il de sa voix la plus grave.

— Salut, Mike. Alors, ça roule ?

— Ça roule. Tu regardes le film avec nous ?

— Je veux bien, mais c'est *verboten,* non ?

— Comment ça ?

— Demande à la patronne.

— Dis oui, Marsha, dit Mike.

— Ouais, renchérit Madeleine.

Marsha se tourne vers eux.

— Allez, les enfants. Ouste, du balai.

Ils obéissent. Depuis la fenêtre du palier, ils voient Marsha sortir sur le perron avec Ricky. Sans tout saisir, ils observent attentivement la partie subtile qui se joue en bas. Marsha, les bras croisés sur la poitrine, les yeux baissés, balance sous l'arc décrit par le bras de Ricky, appuyé contre la porte. Il a la tête tout près de l'oreille de Marsha. Elle fait signe que non, puis les enfants l'entendent pouffer de rire. Ensuite, Ricky, après avoir jeté un coup d'œil à gauche et à droite, l'embrasse. Elle rejette la tête en arrière et il se blottit contre elle. Puis, au trot, il rentre chez lui. Marsha reste contre la porte, les bras croisés, en se mordant la lèvre inférieure.

— Le film va commencer, Marsha, crie Madeleine.

Ils regardent *Thomasina*. Madeleine s'efforce de ne pas pleurer et se sent un peu mieux quand Marsha ne s'en prive pas, elle. Mike ne se moque pas une seule fois pendant le film.

— Pas mal, dit-il à la fin.

Pour un peu, Madeleine l'étriperait.

Plus tard, par la fenêtre de la salle de bains, Madeleine voit Ricky qui gratte sa guitare sur la véranda. Elle ouvre la fenêtre et tend l'oreille, capte ses accords doux et sa voix agréable. Il chante un air solitaire de Hank Williams. Agenouillée sur les toilettes, le menton sur ses bras appuyés au rebord de la fenêtre, elle reste là un moment à l'écouter. Il chante longtemps, parfois dans un français déroutant. Des chansons tristes, pour ne pas réveiller les voisins.

Peu après minuit, Mimi se glisse dans la chambre de Madeleine, qui dort comme un loir, son vieux Bugs Bunny tout crasseux dans les bras. Mimi dépose un petit parapluie à cocktail, rayé aux couleurs de l'arc-en-ciel, dans la main gantée de plastique du lapin.

Le lendemain matin, Madeleine entre dans la cuisine en courant, son trophée à la main.

— Maman, maman, regarde ce que papa m'a donné !

Mimi retire du feu la bouilloire qui chante, sur le point de dire :

— C'est maman qui te l'a apporté.

Mais elle se rattrape :

— Tu as le meilleur papa du monde.

Elle verse le thé.

Madeleine fait tourner le parapluie minuscule :

— *Singin' in the rain...*

— Aide-moi à mettre la table pour après la messe, *ma p'tite**.

Madeleine gémit.

— Et Mike ? Pourquoi il ne nous aide jamais ?

— Ne pose pas de questions, tu veux, répond Mimi sèchement. Fais ce que je te dis, c'est tout.

Sur la boîte de mélange à crêpes, Aunt Jemima sourit gaiement. Pourquoi n'est-ce pas elle, ma maman ?

Après la messe, Jack se détend en lisant le journal, puis Mimi l'appelle pour le brunch.

— Ça sent rudement bon, dit-il. Mike, viens manger ! ajoute-t-il en se retournant.

Mike entre dans la cuisine, le cahier des sports à la main. Son père et lui parcourent les manchettes tandis que Mimi et Madeleine déposent devant eux des assiettes remplies de bacon, d'œufs et de crêpes. «Base avancée soviétique à Cuba. Hockey — Toronto à Boston, Montréal à New York.»

Madeleine est avachie sur sa chaise. Pourquoi sa mère l'a-t-elle subitement réduite à l'esclavage? Une simple laveuse de vaisselle, comme dans les contes de fées truffés de belles-mères diaboliques. Elle saisit sa fourchette et remarque que maman, comme d'habitude, s'est réservé l'œuf au jaune crevé.

— Assez de nouvelles pour aujourd'hui, dit Mimi sur un ton guilleret.

Mike et Jack clignent des yeux et lèvent la tête d'un air innocent, puis replient docilement leur journal et se mettent à manger. Mimi fait un clin d'œil à sa fille, qui étire les coins de sa bouche, formant un sourire de convenance qui ne trompe personne.

Mimi sirote son café et résiste à l'envie d'allumer une cigarette. Elle prend une bouchée d'œuf, une bouchée de pain grillé, se rappelle l'importance des repas en famille, même si la corvée de leur préparation a souvent raison de son appétit, d'où ses fringales et sa propension à grignoter à des heures incongrues. Voilà comment les femmes prennent du poids. Encore qu'elle se demande si son incapacité à concevoir ne s'explique pas par sa minceur. Si elle ressemblait plus à sa mère ou à sa sœur Yvonne, peut-être que… Rien n'exclut cependant qu'elle tombe enceinte. Seulement, elle n'y est pas encore arrivée. Elle sourit à sa fille. Parfois, Mimi aimerait bien se détendre en lisant un magazine sur le canapé pendant qu'on lui ferait à manger ou qu'on lui repasserait sa blouse. Quelquefois, ses tâches domestiques lui pèsent. C'est normal. Il importe toutefois de ne pas laisser de tels sentiments transparaître devant sa fille — la recette de l'insatisfaction. Il faut plutôt cultiver la fierté de ce qui, après tout, est le métier le plus important du monde. Il y a un seul problème : elle me ressemble trop.

TOUS AUX ABRIS

Faut-il vraiment ravaler la menace nucléaire au simple rang d'incommodité et croire que quelques mètres de béton et une réserve de boîtes de conserve suffiront à la préservation de notre petit monde douillet au moment où des bombes de cinquante mégatonnes, dotées d'un rayon d'action de trente kilomètres, pleuvront sur le pays?

Chatelaine, février 1962

Il était une fois une tortue appelée Bert,
Et Bert la tortue était très alerte.
Face au danger, à la perte,
Bert fait le bon pari !
Tous aux abris,
Tous aux abris...

Le chœur rappelle les chanteurs d'un livre-disque de Walt Disney. Bert est une tortue de dessins animés. À quelques reprises, elle se rétracte dans sa carapace, puis le dessin animé prend fin, et des enfants en chair et en os, aux vêtements fraîchement repassés, quittent le terrain de jeux où ils s'amusaient et détalent en direction d'une porte derrière laquelle ils seront à l'abri.

— Ne regardez pas l'éclair, entonne une voix masculine solennelle.

Les enfants se voilent les yeux.

Si M. March montre le film, c'est parce que le monde libre court un grave danger.

La veille, à sept heures, le président Kennedy avait fait son apparition à la télé. Madeleine avait surveillé le profil de son père.

« Bonsoir, mes compatriotes... »

Il est bel homme, se dit Madeleine. On ne peut en dire autant du premier ministre Diefenbaker, dont les cheveux font penser à un bonnet de bain en plastique.

« Fidèle à sa promesse, le gouvernement a continué de surveiller de très près les préparatifs militaires soviétiques à Cuba. »

Grande déception pour Madeleine : c'était un lundi, la soirée de Lucille Ball.

« Nous avons annulé l'émission de ce soir, avait dit l'annonceur, pour vous présenter un message de la plus haute urgence de la part du président des États-Unis. »

La bouche de son père s'était raidie, tout son profil s'était raidi. Sur le canapé, la famille était rivée à la télé.

Cuba, c'est le pays d'origine de Ricky Ricardo. Lucille Ball est en réalité « une grande beauté », selon son père, mais, comme elle est drôle, on ne s'en aperçoit pas. Préférerais-tu être belle ou amusante ?

« ... Au cours de la dernière semaine, nous avons eu des preuves incontestables de la construction de plusieurs bases de fusées dans cette île opprimée... »

— Qu'est-ce qui se passe ? avait demandé Madeleine.

Ont-ils érigé un autre mur ?

— Chut, avait répondu Mike.

Le président, s'exprimant avec son accent bostonien bien net, avait poursuivi :

« Ces sites de lancement ne peuvent avoir qu'un but : la constitution d'un potentiel nucléaire dirigé contre l'hémisphère occidental, jusqu'à la baie d'Hudson au Canada, au nord... »

— C'est l'heure d'aller au lit, avait dit maman.

— Il est seulement sept heures !

— *Allons* !*

Elle avait pris Madeleine par la main. Mike, cependant, avait été autorisé à veiller.

Madeleine avait attendu que sa mère soit redescendue pour sortir en douce sur le palier, où la télé résonnait encore plus fort que dans le salon. Le président Kennedy parlait toujours :

« Le gouvernement soviétique a déclaré publiquement le 11 septembre que "l'armement et l'équipement militaires expédiés à Cuba sont exclusivement destinés à des fins défensives"... »

S'approchant de l'escalier, elle avait descendu une marche. Entre les barreaux de la rampe, elle avait été en mesure d'observer sa famille et d'imaginer ce qui se passerait si elle mourait.

« Cette déclaration était fausse. »

La voix du président tonnait toujours, toile de fond de ses propres rêveries — et si elle était invisible ? Si elle était morte sans s'en apercevoir ?

« Les armes nucléaires sont tellement destructrices, et les engins balistiques, tellement rapides... »

Et si elle était un fantôme ?

« Nos propres missiles stratégiques n'ont jamais été transférés sur le sol d'aucune autre nation sous un voile de mystère et de tromperie... »

Et si elle parlait et qu'ils ne l'entendaient pas ? Alors elle aurait la preuve qu'elle est morte.

« ... et notre histoire — contrairement à celle des Soviétiques depuis la Deuxième Guerre mondiale — a bien prouvé que nous n'avons aucun désir de dominer ou de conquérir aucune autre nation ni d'imposer notre système à son peuple. »

Elle avait ouvert la bouche, sans faire de bruit, cependant, soudain hésitante à l'idée de tenter l'expérience.

« Dans ce contexte, les armes qui sont à Cuba ne font qu'aggraver un danger évident et actuel... »

Tétanisée. Les sangs glacés, les lèvres entrouvertes, incapable de produire le moindre son.

« … le coût d'une guerre nucléaire mondiale dans laquelle même les fruits de la victoire n'auraient dans notre bouche qu'un goût de cendre… »

En voie de se pétrifier. Si un membre de sa famille ne lève pas bientôt les yeux sur elle, il sera trop tard. Quand ils tenteront de la ranimer, un de ses bras se détachera.

— Madeleine.

Je suis vivante.

— Qu'est-ce que tu fais là ?

À sa grande surprise, Madeleine n'avait pas été grondée. À la place, maman l'avait bordée en lui chantant doucement *Un Acadien errant.* Madeleine, elle le savait, aurait dû être réconfortée, s'endormir. Réconfortée de quoi, au juste ? Elle avait fermé les yeux.

Une heure plus tard, elle s'était introduite en douce dans la chambre de Mike.

— Qu'est-ce qui se passe, auguste ?

— Les Russes ont à Cuba des armes nucléaires pointées sur nous.

— Ah bon ? Et alors ?

— Alors, c'est la Troisième Guerre mondiale.

— Ah bon ? Papa va devoir se battre ?

— On va probablement être incinérés, sauf si on a un abri nucléaire.

— On en a un, nous ?

— Non, mais je vais en construire un.

— Je peux t'aider ?

— Ce n'est pas un jeu, Madeleine.

— Je sais.

Au petit déjeuner, la radio jouait comme d'habitude, on y entendait des voix d'hommes, sombres et lustrées comme des costumes noirs : « … qui remportera cette partie de bras de fer ? Castro a déclaré que toute tentative de… »

Maman avait éteint.

— Il va y avoir la guerre, papa ?

— Qui t'a dit ça ?

— Mike.

Le fautif avait eu droit à un regard en coin de la part de son père.

— J'en doute beaucoup.

Silence.

Mimi l'avait resservi de café. Jack avait tourné une page de son *Globe & Mail,* et Madeleine avait aperçu la manchette : « BLOCUS DE

LA MARINE AMÉRICAINE POUR EMPÊCHER LE TRANSPORT D'ARMES À CUBA. »

— Ce Kennedy est loin d'être fou, avait dit son père.

— C'est un homme bon, avait renchéri sa mère.

Madeleine avait été surprise de la voir se signer et se détourner, les lèvres en mouvement — en prière. Le président Kennedy est catholique et donc bon, cela va sans dire.

— Nous allons nous mettre en état d'alerte? avait demandé Mike.

— Et pourquoi ferions-nous une chose pareille? avait répondu papa, abrité derrière son journal.

— Les Américains ont décrété l'état d'alerte defcon 3.

— Qu'est-ce que c'est? avait demandé Madeleine.

— La routine, avait répondu son père.

Maman avait tartiné du pain grillé. L'avait découpé.

— Il ne sera pas annulé, le match de ce soir à Exeter? avait demandé Mike.

— Bien sûr que non, Mike. Pourquoi n'aurait-il pas lieu?

Papa avait l'air agacé, mais c'était peut-être uniquement un effet de sa voix d'homme à homme.

— Quand pourrai-je monter à bord d'un Chipmunk? avait demandé Mike, après un moment.

Papa avait l'air distrait, comme s'il n'avait jamais entendu parler des Chipmunk.

— Qu'est-ce que tu racontes?

Mike s'était affaissé.

— Rien.

Madeleine avait contemplé le journal de son père, s'imaginant en train de découper des trous à l'endroit des yeux du président pour mieux espionner. Elle avait parcouru la colonne des yeux : «… proclamé une quarantaine». Comme quand quelqu'un est malade et qu'on trace une marque sur la porte de sa maison pour empêcher les autres d'entrer. Cuba était en quarantaine. Elle s'était remémoré une image fascinante de la Mort noire dans le manuel d'histoire de sixième année de Mike, sur laquelle elle s'était longuement attardée. Des gens tout ratatinés, édentés, recouverts d'une cape. La peste tonique.

— Il y a la peste à Cuba?

Papa avait baissé son journal.

— Quoi? Non. Euh… Disons que c'est une façon de voir les choses.

Maman lui avait lancé un regard.

— Non, avait-il ajouté, les Américains tiennent simplement à ce que Cuba ne reçoive plus d'armes.

Puis il s'était raclé la gorge. Madeleine avait mangé ses Cheerios. Le bruit de sa mastication lui paraissait assourdissant. Le journal demeurait parfaitement immobile. Mike avait saupoudré de sucre ses Sugar Crisps.

— Nous étions plus inquiets à l'époque de l'érection du Mur, avait dit papa, un peu plus tard.

— Ça, c'est sûr, avait répondu maman en allumant une cigarette.

Et tout était revenu à la normale.

M. March range l'écran de projection et déroule la carte du monde.

— Voici Cuba, fait-il en s'aidant de sa baguette, et voici Centralia. Quiconque croit que Centralia est hors de la portée des missiles russes fait cruellement fausse route.

Ils se livrent à un exercice de préparation aux raids aériens propre aux élèves de quatrième année : lorsque M. March donne un coup de baguette sur son bureau, ils doivent plonger sous leur pupitre, les mains sur la tête, comme Bert dans sa carapace.

— Bien, dit-il. Voilà un domaine dans lequel je m'attends à n'avoir que des tortues.

Rires polis.

Jack se rend au travail à pied. Tout paraît normal. Les enfants vont à l'école, du linge sèche sur les cordes. En l'embrassant, Mimi lui avait demandé s'il était inquiet :

— Non, pas vraiment. Une partie de bras de fer, c'est tout.

Elle avait souri en lui demandant ce qu'il voulait pour dîner. Il s'était senti mieux à l'idée de l'avoir rassurée. Apte à se concentrer sur ce qui l'attend. Pressé de se rendre au travail. De faire quelque chose. C'est encore le meilleur remède.

Et il y aura des tas de choses à faire. Centralia est une école élémentaire de pilotage où les cadets obtiennent leurs ailes. Un endroit où on aide les officiers à parfaire leurs aptitudes au commandement et leurs compétences en gestion. Rien à voir avec un centre tactique. Il s'agit néanmoins d'une base militaire. On dépêchera ici des avions de chasse canadiens et américains pour les éloigner des zones cibles. Il s'attend à ce que le commandant l'informe du passage à l'état d'alerte supérieur — la routine, pour ainsi dire, sans compter l'accord du NORAD. À peine une étape dans la succession de conditions variables destinées à assurer une transition harmonieuse de la paix à la guerre. Il prend une profonde inspiration. Une simple affaire de bonne administration.

En quittant la zone des logements familiaux pour traverser la route du comté de Huron en direction du Spitfire, il est plus près de marcher au pas qu'il ne l'a jamais été, sa foulée marquant le rythme de ses réflexions — *soutien logistique, transport aérien, aide à la population civile en cas d'attaque, en cas d'attaque, en cas d'attaque.* Il touche la visière de sa casquette en réponse au salut inhabituellement raide de la sentinelle.

Il a suffi d'un jour pour que le monde change. Il trouve précieuses, tout à coup, les petites choses ordinaires. La sensation n'a rien de nouveau. Il a eu la même l'été dernier, au moment de l'érection du Mur. Et pourtant, en dépit de l'horreur appréhendée, nucléaire et conventionnelle, chacun se disait que l'Europe avait survécu à d'innombrables guerres. Cette fois-ci, c'est différent. C'est chez nous. Une attaque étrangère contre le territoire nord-américain… Rien ne serait plus pareil. Il lève les yeux sur l'antique sirène d'alerte aérienne. Naïve relique sans grande utilité, sauf pour les corbeaux qui y ont élu domicile. L'alerte avancée viendra du réseau radar DEW du Grand Nord. Nous aurons de quinze à dix-huit minutes pour nous mettre à l'abri. Mais où ?

À l'autre bout du terrain de rassemblement, il voit des officiers, dont Vic Boucher et Steve Ridelle. Tout le monde est arrivé tôt. Jack accélère le pas.

La Première Guerre mondiale devait être celle qui mettrait fin à toutes les autres. La Troisième Guerre mondiale mettra un terme à toute chose. Le scénario le plus probable est le suivant : la destruction des villes clés dans les deux camps, les Soviétiques essuyant le gros des dommages à court terme, puis, à long terme, la maladie universelle, la famine, la mort. La planète incapable de soutenir la vie telle que nous la connaissons. Comme, jusqu'ici, c'est la seule que nous ayons… À la pensée que tout risque de prendre fin avant que l'homme n'ait atteint les étoiles, Jack a, à sa grande surprise, les larmes aux yeux. Il cille, embarrassé malgré lui, sans savoir que son esprit se livre au jeu pour lequel il est fait — tenir les pensées les plus intolérables à bonne distance pour les remplacer par d'autres aux dimensions plus concevables : l'interruption brutale de la recherche d'autres mondes au lieu de l'annihilation de vos enfants.

Il se joint à ses collègues.

— Puissiez-vous vivre une époque intéressante ! comme disait le Chinois.

Les hommes rient.

L'adjudant Pinder est sur place. Tendu à se rompre, ses cheveux en brosse hérissés, son nez écrasé de boxeur prêt à se battre, ce qui, pour lui, signifie l'inventaire systématique des boulons, écrous, couvertures et moteurs de la base.

— Bonjour, monsieur, fait-il en saluant.

Le colonel d'aviation Woodley arrive sur ces entrefaites. Tous le saluent. Woodley informe les hommes qu'il n'y a pas eu de modification du niveau d'alerte de l'armée canadienne.

— Incroyable, dit Jack, après un moment.

— Le mot d'ordre officieux est le suivant : préparez-vous, mais discrètement. Le premier ministre veut éviter d'alarmer la population.

— Autrement dit : servir la soupe pendant que la maison brûle pour éviter d'inquiéter les invités, dit Vic Boucher.

Ils restent là, désemparés, une douzaine d'hommes peut-être. En uniforme, *toujours là, toujours prêts*. Sans rien à faire. Laissés en plan. Comme s'ils venaient de rater l'autobus.

Mimi se lève. Elle priait dans la cuisine. Notre Seigneur ne se formalise pas de l'endroit où on prie. Pas besoin de chapeau ni de missel : Il voit plus loin que les gants de caoutchouc. Nul doute qu'Il tient à la survie de sa création. Elle a revêtu ses affreux vêtements de *hausfrau*. Aujourd'hui, elle récurera la maison de la cave au grenier, puis elle préparera un des repas favoris de Jack : un *bouilli** de côtes levées avec des pommes de terre, du chou, du navet, des carottes et des haricots verts. Aujourd'hui, pas question d'aller boire un café chez la voisine. Elle refuse de se laisser prendre au piège de la peur et des spéculations. Ce faisant, on n'aide pas les hommes à s'acquitter de leur travail : au contraire, on ajoute à leurs soucis. Ce matin, elle a embrassé son mari comme tous les jours. Il lui a dit de ne pas s'en faire, et elle lui a souri en lui recommandant de rentrer avec un gros appétit. Il a été soulagé. Elle a fait son travail.

À midi, Jack se rend au mess. Dès le lendemain, les Américains imposeront un blocus strict ou une « quarantaine » à tout équipement militaire à caractère offensif en route vers Cuba, à moins que Khrouchtchev n'accepte de démanteler les missiles présents dans l'île. Dans une déclaration, la Grande-Bretagne s'est dite favorable à la quarantaine, au même titre que le reste du monde libre, à l'exception du Canada. À midi, le premier ministre Diefenbaker n'a encore rien fait, sinon lancer un appel au calme et au « bannissement de ce qui nous divise parfois » — il veut parler du Canada et des États-Unis —, et proposer que des inspecteurs de l'ONU se rendent à Cuba pour « confirmer » la présence d'armes offensives. Il laisse entendre que Kennedy ment. Ou encore il souffre d'indécision chronique.

— La guerre est imminente, et notre premier ministre préconise la création d'un comité, dit Steve Ridelle.

— Rien de pire qu'un gestionnaire interventionniste, dit Vic Boucher.

— Surtout quand il n'intervient pas, dit Jack.

Les hommes rient. Quelques-uns d'entre eux ont apporté leur gamelle, mais ils se sont réunis au mess. Face à la crise, ils n'ont pas grand-chose d'autre à faire. On pointe des armes de destruction massive sur l'hémisphère occidental, des navires soviétiques foncent vers Cuba, à l'instant même où ils déballent leurs sandwichs. À Berlin-Ouest, les troupes américaines ont entrepris les manœuvres en temps de paix les plus importantes de l'histoire, tandis que les colonnes armées soviétiques s'avancent.

— Il est à quoi, ton sandwich, Steve ?

— Aucune idée. On dirait du saucisson de Bologne de luxe.

— Ce sont des piments de la Jamaïque.

— Qu'est-ce que tu veux ? Je ne suis jamais qu'un paysan mal dégrossi.

— Diefenbaker exploite la sécurité nationale à des fins politiques, dit Jack. Il refuse de faire le jeu des Américains.

— Je n'y comprends toujours rien, dit Bryson, son voisin. Nous sommes sous la même trajectoire de vol, nous faisons partie de la même zone cible.

Jack sait que le jeune officier a en tête son bébé à la maison — tous les hommes réunis autour de la table sont des pères de famille. Tendant la main pour s'emparer de son café, Jack voit Nolan faire son entrée au mess. Il lève le bras pour l'inviter à se joindre à eux, mais Nolan semble n'avoir rien vu. Il s'installe au fond avec un livre.

— Sur qui compte-t-il pour nous défendre si nous n'avons pas le cran de le faire nous-mêmes ? demande Lawson. Les Anglais ?

— Laissez-moi rire, dit Vic.

— Même si nous avons dû les tirer d'affaire à deux reprises, dit Ted Lawson.

— Diefenbaker préférerait se lever et entonner le *God Save the Queen* pendant que les Rouges font main basse sur la planète, dit Baxter.

Vic se penche vers l'avant, son accent français s'intensifiant au fur et à mesure.

— Si nous ne sommes pas prêts à participer à la défense de nos frontières, autant devenir tout de suite le cinquante et unième État.

— Les Américains nous défendront, de gré ou de force, dit Woodley.

— Tu parles d'une souveraineté, dit Jack. Qui ne risque rien n'a rien.

Ils mangent. Le barman leur envoie une assiette d'œufs durs marinés, gracieuseté de la maison.

— Et les Bomarc ? demande Vogel. Ils doivent bien être armés, à l'heure où on se parle.

D'abord, personne ne répond. La déclaration témoigne d'une grande naïveté. Diefenbaker a refusé à la fois d'armer les missiles américains et de dire sans détour qu'ils ne l'ont pas été.

— N'y comptez pas trop, dit Vic.

— Quand il s'agit du débat nucléaire, Diefenbaker cherche à gagner sur tous les tableaux.

— Il essaie de se glisser au milieu, dit Jack.

— La position est intenable, dit Vic. Comme une femme qui se dirait un petit peu enceinte.

Steve et les autres éclatent de rire. Jack se contente de sourire, tandis que Hal Woodley reste impassible. Il allume une cigarette et jette le paquet sur la table. Même si le Canada a perdu sa virginité nucléaire, se dit Jack, les Canadiens continueront de se demander qui a le pouvoir de mettre à feu les missiles désuets. Nous l'avons, ce pouvoir, oui ou non ? Seul notre premier ministre connaît la réponse.

Comme s'il avait lu dans les pensées de Jack, Hal déclare :

— En démocratie, ce genre de secret est très dangereux.

— C'est bien de mensonge qu'il s'agit, dit Jack.

Ils mangent en silence. Parmi eux, il ne se trouve probablement pas un seul homme qui n'ait envie d'une bière, mais ils s'abstiendront tous, à moins que Woodley n'ouvre le bal. Il laisse le barman lui resservir du café. Au bout d'un certain temps, il dit d'une voix égale :

— La sécurité des États-Unis, c'est celle du Canada et vice versa. Pas seulement en raison de l'accord du NORAD. Il y a aussi le Plan de sécurité de base. Diefenbaker doit l'honorer.

Jack a presque envie de s'excuser auprès de Blair McCarroll de la piètre attitude du Canada. Le jeune homme est silencieux, comme à son habitude. Jack l'observe manger le repas préparé par sa femme — jambon et fromage sur petit pain empereur, tarte aux pacanes maison. Si Jack se sent inutile, on imagine sans peine l'état d'esprit de McCarroll. Il devrait être en train de patrouiller les côtes de la Floride aux commandes d'un intercepteur tactique. Jack résiste à l'envie de fumer une cigarette. Il a arrêté il y a des années, à la naissance de sa fille. Il secoue la tête.

— Qu'attend donc Diefenbaker ?

— Il nous faudrait un Mackenzie King, un Saint-Laurent, dit Vic.

— Un bon Canadien français, quoi, plaisante Steve.

— N'importe qui sauf ce vaseux des Prairies.

— Bouseux, le corrige Jack avec un clin d'œil.

— Sa province d'origine m'importe peu, dit Vic. Il y a des tas de gens comme il faut en Saskatchewan.

— À qui le dites-vous, acquiesce Hal Woodley.

— Ce qui me dérange, c'est que ce type…

— Le chef, dit Steve.

— … ignore ce qu'il ne sait pas, dit Vic. Et ne veut pas le savoir non plus.

— Il dort au volant, dit Jack.

Il n'y a rien à ajouter.

— *It's a world of laughter, a world of tears, it's a world of hopes and a world of fears…*

M. March a déclaré qu'il n'y avait pas de geste plus patriotique que de chanter face au péril. À l'unisson, vingt-neuf voix de quatrième année s'exécutent donc :

— *It's a small world, after all ! It's a small world after all, it's a small world after all, it's a small world after all, it's a small, small world…*

Elaine Ridelle a déjà téléphoné deux fois à Mimi, puis elle est venue lui rendre visite. Terrifiée. Elle demande à Mimi où elle cache son xérès. Mimi lui verse à boire et téléphone à Betty Boucher. Elle parle discrètement, presque en code, mais Betty comprend tout de suite à demi-mot — Elaine est venue chez elle et a mis la main sur le Pimm's.

Mimi remet le bouchon sur la carafe et ôte ses vêtements de *hausfrau* au moment où Betty arrive avec son enfant de quatre ans et un boisseau de pommes à peler ; à elles deux, elles réussiront tant bien que mal à remettre Elaine sur pied d'ici cinq heures. Enceinte de sept mois, elle craint que le monde ne coure à sa perte avant l'accouchement. Betty lui dit qu'elle devrait plutôt s'inquiéter de donner naissance à un ivrogne et met la bouilloire sur le feu. Elles ne parlent pas de la crise. Betty a simplement déclaré son intention de ne pas se laisser gâcher la journée par « ce gringalet russe ».

Dot, la voisine, arrive avec son bébé, puis Mimi, sans réfléchir, téléphone à Sharon McCarroll. Elaine a beau être la roue qui grince, Sharon est plus loin de chez elle que toutes les autres — sauf Betty, bien entendu, mais Betty a survécu au Blitz. Sharon pleure au téléphone, sans toutefois donner dans l'hystérie. Les mots lui coûtent plus que jamais.

— Je me fais du souci pour ma famille, Mimi — vous savez, mes parents en Virginie.

Mimi apporte le combiné dans le salon, tandis que, dans la cuisine, Betty cherche à distraire Elaine.

— Bien sûr, je comprends, mais tout ira bien, vous verrez.

— Au moins, ils n'ont pas de tracas à se faire pour moi, ici, dans le Nord, dit Sharon, ragaillardie.

— Exactement.

— Je prie, Mimi.

— Nous prions toutes, ma chérie, et nous prions pour votre président.

Mimi entend un léger sanglot à l'autre bout du fil.

— Merci.

— Écoutez, ma *p'tite**, tout ça va s'arrêter d'une minute à l'autre. D'ici là, nous n'avons qu'à tuer le temps en nous rongeant les sangs, et j'ai horreur de rester seule.

— Oh Mimi, vous aimeriez que je vienne vous tenir compagnie ?

— Je me sentirais beaucoup mieux.

Elles jouent au bridge toutes les quatre en échangeant des secrets professionnels — par exemple la nature exacte de leurs vêtements de travail : d'horribles blouses de maternité, des couches comme bandana, des pantoufles élimées. Le choc qu'éprouveraient leurs maris s'ils les surprenaient accoutrées de pareille manière ! Toutes sauf Sharon qui, soumise à un barrage de questions, avoue revêtir un pantalon et un vieux pull au col en V. Silence, puis les autres rient tant qu'elles en pleurent, tandis que Sharon sourit, un peu décontenancée. Mimi se lève pour la serrer dans ses bras.

Jack, qui rentre au bureau, se rend compte que Blair McCarroll marche à côté de lui.

— En un sens, je suis heureux d'être ici, dit-il sans préambule, puisque ma famille est avec moi. C'est plus sûr.

Jack opine du bonnet.

— En même temps, je me fais l'effet d'un satané crétin.

Jack opine de nouveau du bonnet.

— À ne pas faire mon métier, dit McCarroll avec son accent traînant de garçon de ferme.

Jack voudrait bien lui faire part des motifs de sa présence ici, lui dire qu'elle n'est pas entièrement superflue. À la place, il assène une claque sur l'épaule du jeune homme.

— Bah, nous sommes à cent pour cent derrière vous, McCarroll. Vous avez raison au sujet de votre famille. Mieux vaut qu'elle soit ici, non ? On est plus en sécurité au milieu de nulle part.

Blair retourne un sourire stoïque.

— Les petites filles qui suivent resteront après la cloche…

Peut-être M. March attache-t-il une importance plus grande à leur survie. Il les a fait se mettre à l'abri sous son gros bureau en chêne, « où elles trouveront forcément un refuge plus sûr en cas de raid aérien ».

Marjorie pousse un petit cri et se rend à l'avant en sautillant. Grace sourit et jette un coup d'œil aux autres filles alignées le long des crochets à manteau avant de suivre Marjorie. Il les oblige à se mettre à l'abri sous son bureau toutes les deux en même temps. Quand elles ressortent, c'est au tour de Madeleine.

De retour dans son bureau, Jack fixe le téléphone. Il se demande s'il devrait se rendre à la cabine téléphonique au bord du terrain de rassemblement pour donner un coup de fil à Simon. Si les Soviétiques imposent un autre blocus à Berlin en réaction à la crise, quiconque espère passer à l'Ouest en sera quitte pour sa peine. Tant pis pour nos projets de priver les Soviétiques du savoir scientifique de personnes comme « notre ami » Oskar Fried.

Voilà à quoi se résume la guerre moderne. La technologie. Les cerveaux. Dans l'Ouest, nous nous sommes ramollis : nous lisons des livres sur l'art d'élever les enfants, nous offrons des cours de vannerie dans les universités et nous passons un nombre incalculable d'heures devant le petit écran. Pendant ce temps, en URSS, une nouvelle génération d'ingénieurs se profile à l'horizon. Khrouchtchev a raison. Ils sont tout à fait capables de nous enterrer.

Il tire d'une pile de documents ronéotypés une liasse de feuilles retenues par un trombone. Des articles et des essais glanés dans des revues américaines portant sur la gestion. Autant rester occupé.

Un titre retient son attention : *Employés scientifiques et profes-sionnels*. Il lit : *Les employés scientifiques et professionnels sont tournés moins vers leur employeur que vers leur travail et leur pro-*

fession — c'est tout naturel. La science pure est une vocation. *Plus terre-à-terre, ils sont moins bavards, moins redevables envers le groupe et moins grégaires.* Pas Henry Froelich en tout cas. Il a beau être timide, lorsqu'on le fait sortir de sa coquille... Oskar Fried sera-t-il de la même espèce, à supposer qu'il réussisse à échapper aux griffes du bloc soviétique? *Le véritable scientifique entend poursuivre ses travaux, coûte que coûte. Qu'un employeur ait retenu ses services constitue en quelque sorte une donnée accessoire.* Jack s'arrête pour réfléchir. Voilà pourquoi des scientifiques de la trempe de Wernher von Braun demeurent au-dessus de la mêlée — même si Henry soutenait qu'une telle chose est impossible. Les fusées, cependant, sont les fusées. Aujourd'hui, il y a les missiles balistiques intercontinentaux que nous espérons ne jamais avoir à utiliser et les moteurs Saturn qui nous propulseront jusqu'à la Lune. Et von Braun a changé d'employeur — il travaille maintenant pour nous, les Américains s'entend. *Conscient de ses capacités et de sa valeur, le scientifique a de hautes aspirations professionnelles, parfois sources de mécontentement et de frustration.* Jack regarde par la fenêtre et, mentalement, entreprend de tracer le portrait-robot — le profil — d'Oskar Fried.

Peut-être fait-il défection non pas pour des motifs idéologiques, mais bien parce qu'il en a soupé de l'enflure du système soviétique, qui valorise les apparatchiks corrompus, les espions fugitifs de Cambridge et, de loin en loin, un cosmonaute — sans parler des purges périodiques, qui ne sont pas nécessairement de l'histoire ancienne. Peut-on penser que Fried en a ras le bol d'une morne vie de labeur dans l'obscurité et la crainte? qu'il désire ardemment le genre de prestige et de récompenses que l'Occident a à offrir? la vie dorée? Qui pourrait lui en faire reproche? Il vient seul. Célibataire, peut-être, ou veuf. Peut-être n'y a-t-il rien qui le retienne en URSS.

Le regard de Jack se pose sur la photo de Mimi et des enfants. Si un homme entrait chez lui et menaçait sa famille, Jack le tuerait. Purement et simplement. Il fait tourner un trombone entre son pouce et son index. La situation actuelle, cependant, n'a rien de simple. Les hommes qui vivent à l'autre bout du monde n'ont même pas besoin de quitter leur foyer pour détruire le sien. Autrefois, les montagnes constituaient pour les nations de solides défenses, comme les plans d'eau, les déserts et, jusqu'à tout récemment, la distance elle-même. Voilà pourquoi des milliers de membres d'équipage alliés se sont entraînés en toute sécurité, ici et dans d'autres bases, avant de traverser l'océan pour vaincre le fascisme. De nos jours, plus rien n'est «hors d'atteinte». Le village planétaire. Il suffirait d'un seul imbécile pour que...

Entre-temps, le Canada n'a pas activé ses défenses. Jack a les mains liées. À supposer qu'on doive porter secours aux populations civiles, il ne peut même pas tirer une couverture de la naphtaline. Le gouvernement a décidé que les enfants de Jack n'avaient pas besoin de protection. Voilà des années qu'il ne s'est pas senti aussi en colère, aussi inutile. Depuis 1943, en fait, ici même, à Centralia.

Le téléphone sonne. Il décroche.

— McCarthy.

À l'autre bout du fil, elle a la voix détendue. Une journée comme les autres.

— Je t'écoute, dit-il, sa déception de courte durée.

Le feu de ses joues, la pulsation de son cou s'apaisent, comme si la voix de sa femme était un linge frais appliqué sur son visage.

— Du lait?… d'accord… du beurre…

Déposant le trombone, il s'empare d'un crayon.

Madeleine sort par la porte de côté. À la main, elle tient son œuvre — un ours en papier de bricolage. Il a la tête carrée. Malgré tous ses efforts, elle n'a pas réussi à dessiner et à découper un cercle.

L'après-midi est gris et vaporeux, sans soleil, si on excepte une tache jaune sale à une extrémité du ciel — seul indice que les notions d'est et d'ouest existent encore, qu'elles ont encore un sens.

Ça chauffe, probablement à cause de la craie sur le doigt de M. March, mais c'est une simple sensation de brûlure, elle va cesser bientôt. C'est la première fois qu'elle se fait poignarder, mais elle ne voit pas pourquoi cette douleur durerait toujours. Elle serait bien la seule.

Les autres filles se dispersent en déballant leur bonbon. Madeleine s'abstient désormais. Les autres tendent la main et, pour la première fois de sa vie, Marjorie Nolan a le pouvoir de dire :

— Tu peux avoir celui-ci.

Madeleine ne savait pas qu'on pouvait se faire poignarder si fort sans mourir ni aller à l'hôpital, elle ne savait pas qu'on pouvait mettre quelque chose là-dedans — c'est probablement de là que sort le pipi, et elle sent déjà que le prochain pipi va intensifier la sensation de brûlure, à moins que la douleur n'ait un effet désinfectant, comme c'est souvent le cas.

Pour l'instant, elle craint surtout que sa tête ne revienne jamais à ses dimensions normales. En sortant de l'école, elle a commencé à enfler, à prendre du volume, et elle est devenue énorme, à la manière du gros nuage gris qu'est devenu le ciel de l'après-midi. Si elle ferme les yeux, elle se sent grandir, atteindre des hauteurs impossibles, sans poids, sa tête un ballon qui l'emporte haut et loin, tandis que, tout en bas, ses pieds minuscules, chaussés de Charles IX défraîchis, battent le sol.

Marche vite et fais du vent pour soulager la brûlure, il y a de l'humidité dans l'air, ça va te faire du bien, sécher ta petite culotte, moite et tassée comme un bandage.

Au lieu de prendre par le terrain de base-ball pour rentrer chez elle, elle traverse le parking et monte sur Algonquin Drive, la zone des logements familiaux à sa gauche, les champs des fermiers à sa droite.

S'il y a un avantage à se faire poignarder, c'est qu'elle n'aura plus peur des piqûres, elle en est certaine. Une fois qu'on a été poignardée, on se moque bien des piqûres. Toi qui espérais en secret qu'il toucherait ta culotte, te voilà bien punie.

Elle s'engage sur la route et marche au milieu. Elle entendra les voitures qui s'approchent. Elle pourrait marcher entre les sillons du champ bas, suivre la piste de la betterave à sucre. Le fermier risquerait de sortir de chez lui armé de sa carabine. Elle pourrait faire l'épouvantail ou marcher simplement sous la pluie de projectiles, elle aimerait bien les sentir rebondir sur elle. Le monde n'appartient pas au fermier, il n'appartient à personne, *fais tout péter, terrien.*

Elle pourrait continuer de marcher en droite ligne et rentrer pour le dîner des années plus tard. Pourquoi reste-t-on immobile? Pourquoi ne roule-t-on pas comme des billes sur la terre qui s'incline? Comment sait-on qu'on existe? Elle se met à zigzaguer sur la route, à courir entre les lignes jaunes brisées. C'est peut-être pour cette raison que les mères disent à leurs enfants de rentrer directement à la maison. Elles savent que vous risquez de continuer à marcher. Elle prend le chemin du comté de Huron.

Les immeubles blancs de la base s'étendent à sa droite, face aux logements familiaux, leurs couleurs éteintes, leurs visages inexpressifs, et le Spitfire s'avance, indifférent. Madeleine voit tout d'un seul coup sans rien regarder. Tout semble sinistre et indistinct, dépouillé d'une couche de lumière, dépouillé de la distance et du moindre signe distinctif sous la grisaille uniforme qui a abaissé le ciel — le plafond, comme disent les pilotes. Au-dessus de ce flou, le ciel est éternellement bleu et ensoleillé — ce gris, ces nuages changent le monde pour nous ici-bas, et pourtant ils ne sont jamais qu'un rideau, un élément de mise en scène. Son père est là quelque part à droite, sa mère à gauche. Des grains de poussière, des mots.

L'expression de M. March ne change pas, ses lunettes jettent des reflets comme d'habitude. À le voir, on ne dirait jamais qu'il a la main sous la robe d'une petite fille. Pour Madeleine, ce n'est pas « ma robe ». Elle voit les plis à carreaux depuis l'ourlet — ses jambes nues et la manche grise d'un homme entre elles, comme si elle était une marionnette. Ça brûle. Pour s'éloigner de la douleur, elle fond comme un Popscicle qui se détache de son bâton. Ne dis rien, ta voix est loin, dans un autre pays. Ne bouge pas, tes bras et tes jambes ne sont pas liés à la douleur, ils n'ont rien d'autre à faire que d'attendre.

Ses pieds refusent de s'arrêter — elle a dépassé l'entrée de la zone des logements familiaux —, comme Karen dans *Les Souliers rouges,* elle devra dénicher un gentil bûcheron pour les lui couper. Elle se met à courir pesamment sur les talons, seul moyen d'éviter de se faire couper les pieds. L'air fait penser à des feuilles de papier mouillées qui, l'une après l'autre, s'accrochent à son visage. En courant, elle serre et ouvre les poings, se tortille les poignets, seul moyen d'éviter de se faire couper les mains, seul moyen d'éviter qu'elles se détachent toutes seules et se mettent à flotter comme des morceaux de Pinocchio, *ne bougez pas, petite fille.*

Le *croâ* déchirant d'un corbeau, un son qu'on dirait griffonné dans l'air à l'encre noire. Elle lève les yeux en courant. L'un d'eux rentre au bercail, au sommet du poteau où la sirène fait saillie sous un amas de brindilles et de foin, le bec rouillé grand ouvert comme pour crier, on dirait une fontaine asséchée. Elle passe devant le Spitfire sur son piédestal, orienté vers le ciel, ses canons bouchés et recouverts de peinture. Il a gagné la bataille d'Angleterre. Pourquoi n'a-t-on pas tué Hitler ? Pourquoi quelqu'un ne s'est-il pas avancé vers lui armé d'un fusil ? Anne Frank aurait eu la vie sauve. Si seulement elle pouvait remonter dans le temps pour tuer Hitler. Si un étranger coiffé d'une casquette à visière immobilisait sa voiture près d'elle et lui disait : « Monte, petite fille », elle le tuerait, lui claquerait la porte sur le crâne. Voici justement une auto. Faites que ce soit un kidnappeur, *je vais lui faire éclater la tête avec une pierre.*

Mais la voiture passe son chemin. Elle s'empare d'un caillou et le lance dans sa direction, puis elle se retourne et court encore, le champ d'aviation à sa droite, en laissant traîner le bout de ses chaussures Charles IX, les abîmant, plus sûr moyen de frapper quelqu'un quand il n'y a personne à frapper. « Mettez vos mains autour de mon cou, petite fille. Maintenant serrez. Voilà. Plus fort. » Debout à côté de son bureau. Elle sent les muscles enfouis sous la graisse et cet étrange objet flottant dans son cou à la texture spongieuse, on dirait des os de dinde. Il a les yeux exorbités, pourquoi ne nettoie-t-il pas ses lunettes ? Peut-être réserve-t-il son mouchoir pour son machin. Il se dresse sous le tissu blanc comme le calice à l'église. Cette pensée, Madeleine ne l'a pas voulue, elle est venue toute seule, et c'est Dieu qui décide tout.

— C'est pas de ma faute ! hurle-t-elle, le menton en avant, au pas maintenant.

Il n'y a personne pour l'entendre, la base est loin derrière, et les toits des logements familiaux disparaissent derrière la douce oscillation des champs automnaux.

Sa tête a repris sa taille normale, a rejoint son corps, et l'air ne lui paraît plus si plat ni si lointain. L'herbe lui semble réelle, les cailloux qui parsèment l'accotement lui semblent réels, au même titre que l'ours en papier chiffonné dans sa main. La route du comté de Huron est devenue un corridor entre les épinettes et les érables, des fermes s'étalant de part et d'autre à la manière des pages d'un livre. La lumière a changé : de dure comme le silex qu'elle était, elle est devenue liquide. Du gris frais s'est accumulé, de multiples teintes de foin, des ballots ponctuent les champs, on dirait des Shredded Wheat, le vieil or des épis desséchés, soudain le vert rivière d'un champ de citrouilles — miraculeuses taches orangées, offrandes de la taille d'un ballon de plage sous chacune des larges feuilles. Épaisses et coriaces, les herbes flétries du bord de la route s'inclinent, cheveux sales brossés contre les piquets des clôtures. Un navet tombé d'un camion gît au milieu de la route, mauve laiteux comme l'intérieur d'un coquillage. Si je ne rentre jamais, se dit-elle, je ne vais pas mourir de faim.

Sentant la pluie, elle ralentit. Le parfum velouté du foin, un pâturage rasé d'un côté. Derrière la clôture, une grosse tête brune s'agite, ses yeux maternels moites. Quelque part, un carouge à épaulettes, son chant sombre et doux tout près dans l'air brumeux, comme un oiseau au cinéma. Au-dessus de sa tête, des fils téléphoniques s'entrecroisent, trapézistes balançant les voix de poteau en poteau, balançant les nids et les conversations. Elle s'arrête devant le champ à sa droite. Au-delà du fossé envahi par les mauvaises herbes, le maïs. Jaune papier, les épis au garde-à-vous, à la manière d'anciens combattants, décorés et démunis, marchant toujours en colonnes, leurs rubans tourbillonnant autour des épis nus.

Elle sent les premières grosses gouttes. Massives et éloignées les unes des autres, elles font exploser la poussière à ses pieds. Elle penche la tête en arrière, attrape des gouttes au goût doux et métallique, elles lui pianotent le visage comme des doigts, impossible de prédire où la prochaine s'abattra, elles ont la fulgurance des pensées. Elle regarde à nouveau devant elle, sa frange s'aplatit sur son front, l'eau glisse de son nez jusqu'à sa bouche. Si elle ne rentre jamais, elle ne va pas mourir de soif.

Un peu plus loin, un saule balaie le sol à l'endroit où la route du comté de Huron croise un chemin de terre sans nom. L'arbre est légèrement de guingois. On le dirait en train de faire une révérence oblique. Vert sous-marin, pâlissant avec la saison, tremblant sous la pluie qui, au fur et à mesure que Madeleine s'approche, donne l'impression de faiblir contre la multitude de petites feuilles, chant d'une soprano aux cheveux longs. Elle le voit chatoyer sous la pluie, cet arbre entièrement constitué de baguettes magiques. Peut-être passera-t-elle la nuit ici, une branche large et plane pour couche. Elle entrouvre le rideau vert et, à l'instant où elle entre sous l'arche fraîche et sèche, des gouttelettes glissent sur ses bras et sa nuque. Tout de suite, le son change. Elle a l'impression d'être dans une tente sous la pluie. Avant même de le voir, elle sent qu'elle n'est pas seule. Un animal mouillé. Odeur familière.

Rex est couché au pied de l'arbre, le pelage fumant, des gouttelettes lumineuses autour de son cou, à la pointe de ses oreilles. Sur le sol, à côté de lui, un vieux sac à épingles à linge.

— Salut, Rex.

Il doit s'être égaré. À l'approche de Madeleine, il agite la queue, mais elle s'arrête. Du coin de l'œil, elle a aperçu quelque chose. Des tennis blancs troués, des jambes brun pâle. Colleen assise sur une branche. Elle a à la main une longue branche effeuillée, souple comme un fouet.

Elle se laisse glisser sur le sol. Madeleine fait un pas en arrière. Colleen se penche sur le sac et, sans quitter Madeleine des yeux, en sort un étui à crayons en tissu, fait glisser la fermeture éclair, et en tire une pincée de tabac et un rectangle de papier. Madeleine la regarde rouler, lécher et sceller le papier, puis fourrer la cigarette entre ses lèvres. Colleen gratte une allumette. *Réussir sans collège,* promet la pochette. Elle inhale, plisse les yeux pour les protéger de la fumée, s'appuie contre le tronc de l'arbre, la cigarette entre le pouce et l'index. Dans les ombres vertes, son t-shirt blanc sale a l'air propre. La lanière de cuir autour de son cou disparaît sous l'encolure et forme une infime bosse sur sa poitrine.

— Je peux voir ton couteau ? demande Madeleine.

Colleen fouille dans la poche de son jean coupé.

Il a un manche sculpté dans de l'os jauni.

— Un os d'ours, dit Colleen en dépliant la lame, polie et mince à force d'usage et de soins.

Elle pose le couteau à plat sur sa main. Madeleine esquisse un geste.

— Pas touche, dit Colleen sans refermer la paume dessus.

— Pourquoi ?

— C'est pas un jouet.

En parlant, Colleen a le regard un peu détourné, ses yeux pâles plissés. Madeleine aperçoit la fine cicatrice blanche au coin de sa bouche, froncement discret.

— Tu ne me fais pas peur, dit Madeleine.

— Je m'en contrefous.

— Je sais, dit Madeleine, choquée, mais curieusement à son aise.

— Tu es une je-sais-tout, hein ?

— Viens me le dire ici.

Elle a parlé sans réfléchir.

— Je suis déjà là, andouille.

Une lueur sarcastique dans le regard, Colleen retrousse un coin de sa bouche.

— Bien vu, docteur, répond Madeleine, la bouche de côté, à la Bugs Bunny.

Elle saisit le couteau. Colleen ne fait rien pour l'en empêcher.

— En garde ! déclare Madeleine en fendant l'air à la manière de Zorro.

Colleen se contente d'observer. Madeleine soulève son ours détrempé au sourire barbouillé et l'embroche.

— Prends ça !

Elle se tapote le menton de la pointe du couteau et invite Colleen à la frapper, « juste ici, allez ». Puis elle est éperdue de rire, les membres sans vie, à la façon de nouilles.

— Adieu, monde injuste et cruel ! fait-elle en s'écroulant.

Le couteau danse follement, elle louche. Elle fait semblant de s'immoler. Rex se lève et aboie.

Colleen tire sur sa cigarette, jette le mégot, puis tend la main pour récupérer son couteau. Madeleine le rend, affaiblie par sa crise de fou rire. Colleen le referme en hochant la tête.

— T'es complètement dingue, McCarthy.

Madeleine réplique d'une voix faussement enjouée, comme si elle lisait un texte à voix haute :

— *Oui, je suis folle, je suis une maniaque**.

Puis elle se lance dans un twist mécanique.

— *C'est ça quoi ja di, ya crazy batar**.

Et c'est ainsi que Madeleine découvre que Colleen parle une sorte de français.

— C'est pas du français, dit Colleen. C'est du *mitchif.*

Colleen accroche le sac à épingles à linge à son bâton et, quittant l'arbre, sort sous la pluie. Rex lui emboîte le pas.

— Attends, Colleen.

Madeleine la rattrape et elles marchent en silence. Elle enlève ses chaussures et ses chaussettes. La pluie martèle le sol si fort qu'elle forme une sorte de brouillard perpétuel. Il est facile de courir sous la pluie, les flaques se transforment en trampolines, c'est comme courir dans un sentier en plein bois, impossible de se fatiguer. Des granges mirages ondoient dans les champs, le tonnerre ébranle les arbres au bout des longues entrées des fermes. Pattes, pieds nus et tennis détrempés. Il y a une odeur de chien mouillé — l'odeur la plus réconfortante du monde, à part peut-être celle d'un feu de camp. Encore qu'un feu de camp ait quelque chose de mélancolique ; on reste assis là avec sa famille dans l'immensité noire, consciente de la toute petite clairière que son amour et son moi font dedans.

— On va où ?

— À Rock Bass.

Ce n'est pas un fouet, c'est une canne à pêche.

Là-bas, un peu de l'été subsiste. Les verts ont un lustre qui rappelle le vieux cuir. Des herbes toujours hautes, qui ploient et se rompent facilement. Si vous mettez le pied sur elles, elles ne se redresseront pas. Les feuilles restent charnues à la tige, soudées aux ramilles, à quelques semaines seulement de s'envoler tout d'un coup. Quand, exactement ? Certaines années, les vents s'élèvent progressivement, emportant quelques feuilles à la fois ; d'autres automnes sont calmes et immobiles, les arbres habillés et multicolores jusqu'en novembre. Il suffit alors d'un souffle dans les bois pour les mettre à nu.

— C'est encore loin ? demande Madeleine.

Elles se sont arrêtées au bord d'un ravin. En contrebas coule un ruisseau qui, au printemps, sera plus qu'un ruisseau et moins qu'une rivière. Sur la rive opposée pousse un érable. La pluie s'est calmée et les gouttes font *chut chut chut* contre les feuilles rouges et ambrées. C'est un bruit d'après-midi.

Étonnant de penser que les bois sont là, même quand nous sommes à l'école ou endormis ou en train de regarder la télé. Ils respirent, muent, leur grâce majestueuse faite d'innombrables vies vécues en bas et en haut, le moindre bruissement, le moindre cri partie intégrante du rythme déferlant. Inspire, c'est l'été. Expire, c'est l'automne. Ne bouge plus, c'est l'hiver. Ouvre les yeux, c'est le printemps.

L'érable a beau être paisible, il se transforme passionnément. Une partie de lui meurt. La partie jolie. Bientôt seront exposés sa tristesse, son âge véritable et sa sagesse, il lancera au ciel ses prières noueuses. C'est la partie magnifique.

— Voici Rock Bass, dit Colleen.

Elle se laisse glisser jusqu'en bas, Rex dans son sillage. Bientôt, Madeleine leur emboîte le pas. Il y a des pierres de gué, mais elles marchent dans l'eau.

Sous l'érable, il y a une pierre plate et, tout près, les vestiges d'un feu de camp. Colleen sort une boîte de Eight O'Clock Coffee de son sac, retire le couvercle en papier ciré et s'empare d'un ver bien dodu. Elle l'accroche au bout de la ligne, où il se recroqueville, le jette dans l'eau, puis, debout sur la dalle de pierre, attend.

Madeleine, accroupie sur le sol, attend elle aussi, les genoux dans ses bras. À l'aide d'un bout de bois calciné, elle écrit son nom sur la pierre. Son nom ressemble à son visage et elle aimerait bien qu'il ait l'air plus féroce. Les voyelles donnent l'impression qu'elles se laisseraient attaquer et emporter, les yeux écarquillés, et puis il y a trop de syllabes — chacune un maillon faible pouvant être sectionné comme une articulation. Elle aimerait bien avoir un nom compact, inviolable. Comme Mike.

— Pourquoi tu ne m'as pas massacrée, l'autre jour ? lance-t-elle en direction du dos de Colleen.

Colleen garde les yeux rivés sur le ruisseau.

— T'en vaux pas la peine.

Madeleine s'enduit les mains de la suie du bout de bois.

— Pourquoi ?

— Parce que je ne retourne pas là-bas, tu comprends ?

Colleen remonte sa ligne par-dessus son épaule et relance.

— Où ça ?

— Mêle-toi de tes foutus oignons.

Elle a l'air calme. Satisfaite.

Madeleine se frotte les mains, comme si la suie était du savon, puis les sent. Voilà. Elle sent le feu de camp, maintenant. Toute propre.

— Pourquoi tes parents te renverraient-ils ?

— Je ne parlais pas de mes parents.

Colleen lui décoche un regard et Madeleine se rappelle qu'elle a une peur bleue de cette fille.

Madeleine reformule sa question :

— Pourquoi te renverrait-on ?

— Pour cause de violence.

Violence. Le mot lui fait l'effet d'une balafre rouge et noire. Madeleine voit les muscles des mollets de Colleen, poussiéreux et élancés — toujours hâlés, même si l'été n'est plus qu'un lointain souvenir. Ils se contractent à l'instant où elle bondit. Ça mord. Elle tire de l'eau un petit poisson. Il se tortille au bout de la ligne, gris et jaune, le regard fixe. Elle le décroche et le rejette à l'eau.

— T'as déjà entendu parler de la Société d'aide à l'enfance ?

— Non.

— T'as de la chance.

Le soleil sort de sous le couvre-pieds gris de cet après-midi pluvieux tout juste à temps pour amorcer sa descente vers le soir. Madeleine n'a aucune idée de l'heure qu'il est. Le champ d'aviation apparaît sur leur gauche, et elle a l'impression d'émerger d'un rêve. C'est alors qu'elle se rend compte qu'elle a perdu ses chaussures.

— Où tu allais comme ça ? demande Colleen.

— Nulle part.

— Si tu le dis.

— Je faisais une fugue, dit Madeleine.

— Ça, ça me connaît.

— Ah ouais ?

— J'en ai fait des tas.

— Pour aller où ?

— À Calgary, une fois. Nous avons volé un cheval. Moi et mon frère.

— Ricky ?

— Qui d'autre ?

— Vous êtes allés de Centralia à Calgary à dos de cheval ?

— Mais non, pas d'ici. D'un endroit en Alberta.

— Où ça ?

— Mêle-toi de tes foutus oignons.

Elles marchent.

— Je suis née en Alberta, dit Madeleine.

Colleen reste muette.

— T'es née où, toi ?

Madeleine n'attend pas de réponse, d'où sa surprise quand, au bout d'un moment, Colleen dit :

— Dans une auto.

— En route vers l'hôpital ?

— Non. Quelque part près de la frontière. Au Montana ou en Alberta.

Madeleine imagine M. Froelich se ranger au bord d'une route perdue, essayer de faire bouillir de l'eau sur un feu de camp, tandis que

Mme Froelich accouche sur la banquette arrière. Elle tend la main et sent la truffe humide de Rex se presser contre elle.

— C'est quoi, la Société d'aide à l'enfance ?

Du coin de la bouche, Colleen expulse un crachat parfait.

— Si on juge que tu as été assez méchante, on vient te chercher pour t'emmener dans une école de réforme.

— Ah bon. C'est quoi, une école de réforme ?

Colleen hausse les épaules.

— Une prison pour les enfants.

Au loin, les logements familiaux, tels des chevaux dans un corral, semblent inoffensifs. Le Spitfire a de nouveau l'air sympathique, et les immeubles blancs de la base sont aussi cordiaux qu'une rangée de salons de coiffure. Un pressentiment prend tout de même naissance au creux de l'estomac de Madeleine. Une appréhension.

— Tu vas avoir des ennuis ?

— Pour quoi faire ? demande Colleen.

Madeleine ne pense ni aux cigarettes ni aux gros mots : sans doute Colleen évite-t-elle de tels comportements en présence de ses parents. Impossible cependant de cacher une absence à l'école. Sinon, comment Colleen aurait-elle déjà pu se trouver au pied du saule en vêtements de jeu ?

— Tu as fait l'école buissonnière.

— Et alors ? C'est ma vie, après tout.

Madeleine observe son profil — bouche grave, yeux bleus plissés, rivés sur l'horizon — et se demande si elle doit comprendre que Colleen Froelich et elle sont désormais amies.

— Oh là là ! Ça va être ta fête !

Mike, debout sur son vélo, remonte Columbia Drive en se démenant furieusement.

— Maman va t'étriper !

Il freine brusquement et exécute un spectaculaire dérapage contrôlé.

— Où tu étais passée ?

— Va te faire voir.

Mike hoche la tête en examinant l'état pitoyable de sa sœur.

— *Va-t'en dans la maison, toi**.

Roy Noonan et le redoutable frère aîné de Philip Pinder, Arnold, arrivent de directions opposées.

— Je l'ai trouvée, dit Mike.

— Où ça ? demande Arnold, comme s'il parlait d'un chat égaré.

— Je n'étais pas perdue ! crie Madeleine.

— Ah non ? répond Mike. Où tu étais, alors ? Tu faisais des pâtés dans la boue en compagnie de tes copines ?

Les garçons la fixent. Roy lui propose de monter derrière lui. La maison est à deux pas. A-t-il perdu la tête ?

— Merci, les gars, dit Mike. Je m'en occupe.

— De rien, grommellent-ils avant de s'éloigner.

Madeleine se retourne vers Colleen pour mesurer le mépris que lui inspire son humiliation, mais elle a filé.

— Papa est rentré ? demande Madeleine en suivant Mike jusqu'à la potence.

— T'as intérêt, dit son frère en appuyant son vélo au mur de la maison.

Puis il lui prend le coude comme si elle était sa prisonnière. Elle se dégage et ouvre la porte moustiquaire.

Sa mère sort de la cuisine et reste debout en haut des trois marches intérieures. Elle est au téléphone.

— C'est bon, Sharon. Elle est rentrée.

Elle raccroche.

— *Dieu merci**.

Elle a les yeux rouges. Elle ouvre les bras à Madeleine.

Au contact, le soulagement de Mimi se mue en colère, et elle tire Madeleine en haut des marches, puis elle lui fait traverser le salon à coups de claques sur le derrière. En passant à toute vitesse devant la cuisine, Madeleine voit Mike se verser calmement un verre de lait.

— Elle était avec Colleen Froelich, dit-il. *Elle a perdu ses souliers, maman**.

Le français fuse avec une telle rapidité que Madeleine ne comprend pas un traître mot, mais il n'est pas difficile d'imaginer ce que raconte sa mère — elle a téléphoné à la moitié des habitants de la base, elle vient de raccrocher avec Mme McCarroll, où sont tes souliers ? Puis, en anglais :

— Je t'interdis de jouer avec la fille Froelich, tu m'entends ?

Elle propulse sa fille dans sa chambre et claque la porte.

— *Bouge pas ! Attends que ton père arrive** !

Madeleine s'assoit au bord de son lit. La lumière du crépuscule baigne son couvre-lit à fleurs et sa taie d'oreiller ruchée. Ses poupées aux cheveux courts et au visage lézardé regardent fixement devant elles d'un air heureux — cadeaux de Noël de tante Yvonne. Elle les projette sur le plancher du revers de la main et s'empare de Bugs Bunny, le caresse et lui replie les oreilles vers l'arrière pour l'aider à se détendre.

— Bon lapin.

Elle considère ses pieds nus boueux, sa robe souillée, ses mains noires. Découvre de petites taches de boue sur son visage. Attend dans le silence à l'éclat inhabituel de sa chambre close. Elle s'étend. Elle a les pieds glacés, même s'il fait doux dehors. Bugs Bunny se blottit contre elle.

Elle entend la porte d'entrée s'ouvrir. La voix étouffée de son père, gaie comme toujours après le travail. Silence. Puis son pas mesuré dans l'escalier. Se rapprochant. Les sangs de Madeleine se glacent. *Attends que ton père arrive.* Sa déception bleu métallique, son œil gauche si triste. La colère blanche qu'il réserve aux autres conducteurs et au mode d'emploi de la tondeuse. À Mike aussi, parfois. La poignée tourne lentement sur elle-même et il jette un coup d'œil à l'intérieur. Il porte toujours sa casquette. Il lui lance un regard perplexe.

— Tu fais la sieste avant le dîner, poupée? Tu n'es pas malade, au moins?

— Non.

Il ne sait rien. Maman ne lui a rien dit.

— Dans ce cas, viens m'aider à lire les bandes dessinées. Maman a préparé un délicieux repas.

C'est un miracle.

Pendant le repas, pas un mot de l'incartade de Madeleine. Quand elle descend à la cuisine, la radio est déjà éteinte. Habituellement, son père écoute les informations avant de dire le bénédicité. À la place, maman met un disque de Maurice Chevalier, qu'elle remplace aussitôt par un autre de Charles Trenet en entendant papa marmonner quelque chose à propos de « ce collabo ». Madeleine mange tout sans rouspéter, même sa purée de pommes de terre mêlée de navet — pourquoi maman s'obstine-t-elle à gâcher les pommes de terre?

Après dîner, maman emmène Mike voir un match de basket-ball à Exeter. Ricky Froelich joue pour les Braves de South Huron. C'est Jack qui devait y aller, mais il reste à la maison avec Madeleine. Maman l'embrasse en lui chuchotant à l'oreille :

— Tu as de la chance d'avoir un papa si gentil.

Son père ne regarde pas le journal télévisé. À la place, Madeleine et lui jouent aux dames à la table de la cuisine.

— Maman me dit que tu es rentrée en retard de l'école? fait-il après un certain temps.

Il est donc au courant. Mais pas fâché.

— Ouais, répond Madeleine, les yeux rivés sur le damier.

— Où es-tu allée ?

Papa réfléchit lui aussi à son prochain coup.

— Faire une promenade.

— Ah bon ? Où ça ?

— Rock Bass.

— Qu'est-ce que c'est ?

— Un ravin. Il faut prendre un chemin de terre pour y arriver.

— Je vois.

Il lui prend un pion, elle lui en prend deux.

— Toute seule ?

— Je suis tombée sur Colleen.

— La fille Froelich ?

— Ouais. Elle pêchait.

— Elle a attrapé quelque chose ?

— Un achigan.

— Un achigan. Super.

— Oui, mais elle l'a remis à l'eau. Elle a un couteau.

— Vraiment ?

— Oui, mais elle s'en sert comme outil, pas comme jouet.

— Elle a raison.

Ils jouent. Elle gagne.

— Qu'est-ce qui s'est passé à l'école aujourd'hui, choupette ?

— Euh… nous avons vu un film.

— À quel propos ?

— … Tous aux abris.

— Tous aux abris ?

— En cas d'explosion nucléaire.

— Je vois.

Il replie le damier.

— Et monsieur March vous a fait mettre à l'abri sous votre pupitre ?

— Oui.

— C'est pour ça que tu t'es sauvée ?

Madeleine entrouvre les lèvres, mais pas un son ne sort de sa bouche. Elle hoche donc la tête.

— Je vais aller dire un mot à monsieur March.

— Non, dit-elle.

— Pourquoi pas ?

Savez-vous ce qui va arriver si vos parents apprennent que vous avez été une vilaine petite fille ?

— Il est gentil, dit Madeleine.

Elle retient son souffle. Elle reste parfaitement immobile — pour éviter que l'odeur ne se répande dans l'air.

— Je veux bien, répond son père. Mais il dépasse les bornes.

Madeleine attend. Il a compris? Il a senti l'odeur? *Ils vont me chasser.*

— Écoute-moi bien, poupée.

La Société d'aide à l'enfance viendra me chercher pour me conduire en prison.

— Il exagère le danger. Le président Kennedy doit simplement montrer aux Soviétiques qui commande.

Le président Kennedy. Connaît-il M. March? *Vous pleurez, petite fille? Je vais vous donner une bonne raison de pleurer, moi. Un missile nucléaire est pointé sur Centralia.*

— Le monde attend simplement de voir qui flanchera en premier. Tu peux parier que ce seront les Soviétiques. Cette fois, ils savent que nous n'entendons pas à rire.

Madeleine cligne de l'œil.

— Impossible de raisonner un tyran, dit-il.

Tyrannosaure, *tyrannosaurus rex.*

— Il faut le défier. C'est ce que nous a appris la guerre. Les abris, ça ne vaut rien.

Il a l'air dégoûté. Ce sont les lâches qui courent se mettre à l'abri. Les collabos.

— Comme Maurice Chevalier? demande-t-elle.

— Pardon?

— Rien.

Il referme son journal et se lève, lui fait signe de le suivre. *Je suis dans le pétrin? Non, c'est M. March qui est dans le pétrin. Non, ce sont les Soviétiques qui sont dans le pétrin.*

Il étend une carte du monde sur la table de la salle à manger. Il lui montre les endroits qu'elle a visités en Europe. Copenhague, Munich, Paris, Rome, la Côte d'Azur…

— La prochaine fois que monsieur March te pose des questions sur les capitales, parle-lui de tes voyages.

Il lui demande quel est l'endroit du monde où elle aimerait le plus aller. Comme elle est incapable de se décider, il suit l'Amazone du doigt en évoquant les animaux et les indigènes qu'elle verrait.

— Accompagnée d'un guide, tu descendrais le fleuve sur un radeau en bambou.

Il se livre au même exercice pour le Nil, bordé de pyramides.

— Tu pourrais traverser le désert à dos de chameau.

Et là, en rose, notre immense pays à nous.

— Tu pourrais remonter le fleuve Yukon en canot, vivre de saumon et chercher de l'or.

Aller n'importe où.

— Il n'y a pas de limites à ce que tu pourras faire quand tu seras grande. Astronaute, ambassadrice…

— Je pourrai faire du cinéma ?

— Tout ce que tu veux.

— Je pourrai passer à l'émission d'Ed Sullivan ?

— Promets-moi une chose, dit-il en la regardant droit dans les yeux.

— D'accord.

— Je sais que tu aimes bien aller te balader en forêt avec tes copines. À ton âge, j'étais pareil. Quand j'étais petit, il n'y avait pas autant de voitures, et nous connaissions tout le monde à des kilomètres à la ronde. Nous venons d'arriver à Centralia — nous venons toujours de débarquer quelque part —, et maman se fait du souci quand elle ne sait pas où tu es. Voici ce que je te propose : promets-moi que tu vas rentrer après l'école, enfiler ton jean et dire à maman où tu vas. Après, tu iras vagabonder à Rock Bass si ça te chante, à condition d'être de retour pour le dîner.

— D'accord.

— Très bien.

— Papa ?

— Oui ?

— Je m'enfuyais de la maison.

Il rit. Madeleine ne savait pas que c'était drôle. Elle sourit. Il faut croire que tout va bien. Elle le suit à la cuisine.

— Je vais te dire un secret, dit-il en ouvrant la porte du congélateur pour sortir la glace. Quand j'étais petit, je me suis enfui des tas de fois. Je bourrais mes poches de biscuits, puis Joey Boyle et moi sautions par-dessus la clôture de l'école.

— Pour quoi faire ?

La question semble le prendre au dépourvu.

— Pour le plaisir.

Il dépose une boule de glace à la vanille sur un cornet.

— Tu es comme moi, dit-il en lui tendant le cornet. Aventureuse.

Madeleine mange sa glace et sourit à la manière d'une fille qui déguste une glace. Il ne sait rien de ce qui se passe après trois heures. Sinon, nous n'aurions pas regardé la carte et il ne m'aurait pas parlé du temps où il était petit. Papa l'a accueillie dans la tribu dorée des petits coquins du bon vieux temps : celui des bonbons les plus exquis, des maisons toutes différentes, parmi lesquelles il y avait toujours une maison hantée, de la rue principale avec sa pharmacie et son snack-bar. Sans compter qu'il a déposé le monde à ses pieds pour quand elle sera grande. Il ne faut pas que les ténèbres d'après trois heures entrent en contact avec le monde ensoleillé de l'enfance de papa. Heureusement, elle est le seul pont entre les deux mondes. Elle saura les garder séparés. Comme un agent secret aux prises avec les murs d'une pièce qui rétrécit sans cesse.

— Papa ?

— Oui, choupette ?

Tout va bien.

— Je peux voir ta médaille ?

Elle le suit à l'étage. Il fouille dans son tiroir, derrière les mouchoirs propres. Il pose une petite boîte dans les mains de Madeleine et l'ouvre. Sur un lit de velours bleu, accrochée à un ruban rouge et blanc, luit la croix d'argent : deux éclairs accolés à des ailes, surmontés de pales d'hélices. Au centre, Hermès, le dieu aux talons ailés. *Pour un ou des actes de vaillance, de courage ou de dévouement accomplis en vol...*

— C'est oncle Simon qui te l'a donnée, dit-elle.

— Pas exactement. Disons qu'il m'a aidé à l'obtenir.

— Parce qu'il t'a enseigné à piloter.

— Oui.

— Et il est venu à ton secours.

Elle caresse la médaille. Elle va pleurer. Pourquoi ? Tout a fini par s'arranger, ne pleure pas, Madeleine, papa n'est pas mort dans l'écrasement. Elle se mord l'intérieur de la joue et regarde fixement la médaille. Papa a encore longtemps à vivre.

— Papa ?

— Oui ?

— Où c'est, Bornéo ?

— Descendons consulter la carte.

Bornéo n'est même pas un pays. C'est une île de l'archipel indonésien. Sans capitale.

— J'ai un cadeau pour toi, dit papa en la bordant.

Un livre tout abîmé qui a perdu son plat de dessous. Sur la jaquette, on voit un garçon en culotte à l'ancienne, un pot de badigeon à main, un mur à demi peint derrière lui. *Les Aventures de Tom Sawyer.*

— C'est vieux, mais ça marche encore, j'en suis convaincu.

Madeleine ouvre le livre. Sur la garde volante, il y a ces mots : « Ce livre appartient à… » et, sommairement gribouillé, « John McCarthy ».

— Il était à moi quand j'avais neuf ans. Je te l'offre.

— Chouette. Merci, papa.

Elle le tient délicatement. Elle sent son odeur de vieux livre, qui rappelle celle des champignons.

— Tu vas me le lire ?

Elle préférerait le lire toute seule, mais elle veut éviter de lui faire de la peine, au cas où il aurait décidé de le lire avec elle.

— Non.

Il se lève.

— C'est le genre de livre qu'il vaut mieux lire seul. Quand tu auras terminé, tu pourras lire *Huckleberry Finn*.

— Papa ?

— Oui ?

— Maman m'a interdit de jouer avec Colleen Froelich.

Il hésite.

— Maman s'est fait beaucoup de souci pendant ton absence.

— Je sais.

— Elle se dit probablement que Colleen n'a pas une bonne influence sur toi.

— Elle n'a pas d'influence du tout, répond Madeleine, le plus sincèrement et le plus respectueusement possible.

Il sourit.

— Elle sait pêcher, hein ?

— Ouais.

— Dans ce cas, elle n'a pas que des défauts. Laisse-moi en discuter avec maman, tu veux ?

Elle se mord la lèvre, cette fois pour réprimer sa joie.

— D'accord.

Il lui pose un baiser sur le front et la laisse à sa lecture.

Il descend. Incroyable, terroriser de la sorte une classe d'enfants de huit et neuf ans. Quel genre d'instituteur… Tous aux abris, mon œil, si la bombe explose, mon petit vieux, c'est *sayonara,* j'ai bien eu l'honneur, n'en déplaise aux Yankees qui aménagent des abris anti-bombes dans leur cour pour aller avec leur piscine. Si Kennedy avait eu les couilles d'annuler cette invasion à la manque à la baie des Cochons il y a un an et demi, le monde ne serait pas sens dessus dessous — il sort une bière du réfrigérateur —, ou encore il aurait fallu mener l'invasion jusqu'au bout.

Il se rend au salon. La baie des Cochons est un exemple typique de défaillance du processus décisionnel. Non pas la prise d'une mauvaise décision, mais plutôt l'incapacité à en prendre une. Kennedy n'a réussi qu'à envenimer la situation — comme s'il avait mis la main dans un nid de guêpes. Au moins, cette fois-ci, il a adopté la bonne attitude. Il prend conseil — au contraire de notre premier ministre, allergique à l'opinion des autres. Se penchant, Jack allume la télé, puis s'assoit sur le canapé, attendant qu'elle se réchauffe. Kennedy ne recule pas, mais il ne tire pas le premier non plus. «Parle doucement, mais porte un gros bâton.»

Une guerre des nerfs. Il faut du cran. À en juger par ses antécédents de guerre, Kennedy en a à revendre. Il n'est pas qu'un beau gosse issu d'une famille riche. De la graine de bootlegger irlandais. Voilà ce sur quoi misent Jack et quiconque a un brin de jugeote — le croisement des poings nus et d'une éducation à Harvard. Jack donnerait cher pour se trouver dans la salle du cabinet de la Maison-Blanche, où le comité de direction, l'Executive Committee, tient concile en permanence. L'Excomm. L'histoire en train de se faire.

Sur les ondes de la CBC, Pierre Salinger déclare à un journaliste canadien que le secrétaire d'État McNamara et son équipe vivent de sandwichs et de café, formulent et révisent des plans pour parer à toute éventualité. D'un bout à l'autre des États-Unis, les ménagères constituent des réserves de boîtes de conserve, tandis que des spécialistes expliquent comment survivre à une attaque nucléaire, sans se donner la peine de dire à quoi bon. Entre-temps, au Canada, les têtes demeurent résolument enfoncées dans le sable. Rien de neuf à signaler. Jack syntonise CBS, où Walter Cronkite fait le point sur «ce qu'il en est». Si la guerre atomique est inévitable, aussi bien l'apprendre par lui.

Il y a cependant une limite à la quantité d'informations qui peuvent être diffusées, même au plus fort d'une crise internationale. Jack change de chaîne et, à la vue de Wayne et Shuster, sent ses épaules se détendre malgré lui.

Dans sa chambre, Madeleine est captivée. *Peu après, il rencontra Huckleberry Finn, le jeune paria du village...* Elle sait qu'elle va devoir éteindre dès le retour de maman. *Les mères de Saint Petersburg le détestaient franchement...* C'est le premier livre pour adultes qu'elle lit silencieusement pour elle-même, sans la médiation de sa voix et de celle de son père. Lire vient de devenir encore plus enivrant. *Il allait et venait entièrement à sa guise. L'été il dormait à la belle étoile, et l'hiver il passait ses nuits dans un tonneau. Point n'était pour lui question d'école ni d'église, de maître ni de professeur, il allait à la pêche quand il voulait, prenait un bain dans la rivière quand cela lui chantait, se couchait à l'heure qui lui plaisait, était toujours le premier à marcher pieds nus au printemps et le dernier à remettre des chaussures à l'approche de la saison froide, ne se lavait jamais, ne changeait jamais de linge, et jurait comme un Templier.* (Qu'est-ce qu'un Templier ? L'habitant d'un temple ?)

Peut-on entrer dans le monde d'un livre, pour peu qu'on y croie avec assez de ferveur ? Si vous demandez un miracle à Dieu, peut-Il vous transporter à Saint Petersburg en Floride, il y a des lustres ? vous déposer sur la rive du Mississippi en salopette, dans la peau d'un garçon ? Madeleine ferme les yeux et se met à prier. *S'il vous plaît, doux Jésus, faites de moi un garçon.* Dieu peut tout faire. Sauf se transformer en rocher sans pouvoirs pour ensuite redevenir Lui-même, puisque, dans un tel cas, Il n'aurait jamais été un véritable rocher. Évite de telles pensées — l'infini, par exemple, est un mystère, tu risques l'étourdissement. Aie plutôt la foi. Continue de lire. À ton réveil, au matin, le miracle aura peut-être eu lieu.

Lorsque Mimi rentre avec Mike, Jack a trouvé une autre émission spéciale, un autre pontife : « disposons-nous d'un plan de mesures d'urgence viable ? Eh bien, je dirais que... »

Jack éteint le poste. En l'embrassant, Mimi lui demande :

— Et Madeleine ?

— Elle va bien. Par contre, j'ai l'intention d'aller dire ma façon de penser à son instituteur, comment s'appelle-t-il déjà ?

— Monsieur March. Pourquoi ? Il s'est passé quelque chose à l'école ?

— Ce type mérite un bon coup de poing sur le nez.

Mimi, qui ôte son manteau, s'arrête, interdite.

— Pourquoi ? Qu'est-ce qu'il a fait ?

— Il effraie les enfants en leur rebattant les oreilles avec toutes sortes de bêtises à propos de Cuba. C'est pour cette raison qu'elle s'est enfuie après l'école.

— Ah bon.

Elle enlève enfin son manteau.

— De toute façon, je n'aime pas la voir frayer avec la fille Froelich.

— La fille Froelich est inoffensive. C'est l'épouse que tu ne peux pas blairer, tu n'as pas oublié ?

Clin d'œil.

— Papa ?

— Oui, Mike ?

— On est en état d'alerte ?

— Non. Alors, ce match, c'était comment ?

— Super. Rick a réussi deux paniers.

— Merveilleux.

Mike se dirige vers la cuisine, où il compte faire main basse sur les restes du *bouilli**.

— Jack, évite de… tu sais ?

— De quoi ?

— Sois prudent, c'est tout. Évite d'embarrasser Madeleine en parlant à son instituteur.

— Pourquoi je ferais une chose pareille ?

— Parce que tu vas te mettre en colère. Et tu sais bien ce qui arrive quand tu te mets en colère.

Il rit.

— Je ne vais pas me mettre en colère.

— Et si j'y allais à ta place ?

— Mais non, ne crains rien. Je serai diplomate. J'irai demain après l'école, sur le coup de trois heures, une fois les enfants partis. J'irai cogner à sa porte.

Elle l'embrasse de nouveau.

Peu de temps après minuit, Madeleine sort en douce de sa chambre et s'arrête sur le palier.

— Qu'est-ce que tu fais là ? demande Mike qui, dans son pyjama à motifs de cow-boys, est en route vers la salle de bains.

— Rien, murmure-t-elle, les bras chargés de draps.

— Tu as fait pipi au lit.

— Non.

Elle éclate en sanglots.

— Arrête de chialer, dit-il. Va te changer.

Dans la chambre de Madeleine, il retourne le matelas, descend les draps dans la machine à laver, puis la met en marche.

Leurs parents se réveillent, et Mike leur dit que Madeleine a été malade.

— Tu ne te sens pas bien, choupette ? demande papa en la prenant dans ses bras.

Madeleine pose la tête sur son épaule et, le temps d'un éclair, fourre son pouce dans sa bouche. Maman n'est pas dupe. Elle ne dit rien, mais un drap en plastique apparaît sur son lit comme par magie. Madeleine s'en rend compte à cause du bruit.

JE SUIS INCAPABLE DE MENTIR

À l'heure actuelle, je n'entrevois pas d'autre solution qu'une intervention militaire directe.
Le général Curtis Lemay au président Kennedy,
le 19 octobre 1962

Un conseil : faites travailler les muscles de vos joues. Commencez par esquisser un très léger sourire. Ce faisant, vous étirez les muscles de votre visage, retroussez les commissures de vos lèvres et détendez les muscles de votre front.
Chatelaine, 1962

Au petit déjeuner, Jack lève les yeux de son journal.

— Aujourd'hui, on va faire l'essai de toutes les sirènes du sud de l'Ontario.

Se tournant vers Madeleine, il dit :

— Tu te souviens d'avoir entendu les sirènes à la 4e Escadre ? Je devais partir pour des exercices ?

Madeleine s'en souvient — ou plutôt ses entrailles s'en souviennent. Ses genoux aussi.

— Eh bien, c'est la même chose, dit son père. Tu n'as rien à craindre.

Après le repas, Mimi dit :

— Qu'est-ce que c'est que ça, Madeleine ?

Dans la salle de bains, maman est debout devant le panier à linge — la petite culotte de Madeleine à la main. On y voit une tache brunâtre.

— Euh… Je ne sais pas.

— Tu as eu un accident ?

Madeleine s'empourpre.

— Non !

Mimi renifle le sous-vêtement. Madeleine détourne les yeux. Maman est horrible.

— C'est du sang, dit Mimi.

Madeleine n'arrive pas à déglutir. Elle se contente de regarder sa mère.

— Tu saignes? Laisse-moi voir, fait-elle en glissant la main sous la robe de Madeleine et en baissant sa culotte…

— Maman!

— Je t'en ferai, moi, des «maman». *Je suis ta mère**.

Elle examine la culotte de Madeleine — immaculée — et la remonte.

— Qu'est-ce que tu as fabriqué?

— Rien.

Madeleine sent ses joues s'enflammer.

— Assieds-toi, Madeleine.

Madeleine s'assoit sur le couvercle des toilettes.

— Regarde-moi dans les yeux, dit Mimi.

Madeleine obéit.

— Qu'est-ce qui t'est arrivé, *chérie**?

Madeleine avale sa salive.

— Je suis tombée.

Sous ses yeux, l'air, qui lui semble légèrement liquide, s'avance à l'oblique.

— En faisant quoi?

Madeleine cligne des yeux pour obliger l'air à rester tranquille. Ça marche. Maman la regarde toujours.

— Parle-moi, Madeleine. Je ne vais pas me fâcher.

— Du vélo, dit Madeleine.

— Tu as encore pris le vélo de ton frère sans permission? demande Mimi en soupirant.

Madeleine fait signe que oui — je ne mens pas, il m'est arrivé une fois ou deux d'emprunter le vélo de Mike sans permission.

— Tu t'es fait mal sur le tube?

Madeleine fait de nouveau signe que oui. C'est vrai, ça lui est arrivé un jour et ça fait drôlement mal.

— Ça fait drôlement mal, dit-elle.

— Je vois ça, dit sa mère en lui caressant la joue. Tu sais, Madeleine, quand j'avais ton âge, mon père m'a interdit d'avoir un vélo.

— Pourquoi?

— Pour ça, fait-elle en brandissant la culotte. *Écoute bien**. Je t'ai dit que je ne voulais pas que tu montes sur un vélo de garçon, ni celui de ton frère, ni celui de personne d'autre. Tu comprends pourquoi, maintenant? La prochaine fois que tu verras du sang dans ta culotte, ma *p'tite**, il faudra que tu préviennes maman.

Elle lance le vêtement dans le panier.

— Ce sera parce que tu es une grande fille.

Agenouillée, elle passe la main dans les cheveux courts de Madeleine.

— Dans quelques années, tu vas saigner un peu tous les mois. C'est comme ça que Dieu prépare ton corps pour quand tu seras mariée et que tu auras des enfants.

— Ah.

— C'est pour dans longtemps, ne t'inquiète pas.

— Je ne veux pas me marier.

Maman lui décoche un clin d'œil et se met à chanter *Un jour, mon prince viendra*.

Elle sort de la salle de bains. Madeleine reste derrière pour faire pipi. Elle y met du temps à cause de la brûlure.

Jack se dirige vers la porte et Mimi lui tend sa casquette.

— Je t'aime, dit-elle.

— Moi aussi, je vous aime, madame.

— Tu rentres à quelle heure?

— Pourquoi? Tu attends le laitier?

— Je peux faire mieux que le laitier.

Il sourit.

— C'est bien ce qui m'inquiète.

La nuit dernière, ils ont fait l'amour. La période est propice. Qu'il soit téméraire ou optimiste de risquer de faire un enfant par les temps qui courent ne change rien à l'affaire. Elle se sent heureuse.

Jack embrasse sa femme à bouche que veux-tu en plein sur le perron. Rien à voir avec le petit baiser d'adieu habituel. Elle rit et le repousse.

— Je rentre de bonne heure, dit-il. Après être passé par l'école.

— À dix heures, ce matin, dit M. March, la quarantaine a débuté. Inutile de vous dire ce que cela signifie.

La classe reste silencieuse. Quelqu'un va au-devant de graves ennuis.

— Tout navire soviétique qui franchit la ligne de démarcation, dit M. March, sera coulé sur-le-champ.

Il fait claquer la baguette dans la paume de sa main.

— Combien d'entre vous avez des abris antinucléaires à la maison ?

Pas une seule main ne se lève.

— Qu'attendent donc vos parents ? L'hiver nucléaire ?

Rires polis.

Il assène un coup de baguette sur le bureau et tout le monde plonge.

— Ricky Froelich est venu me garder hier, déclare Marjorie à la récréation.

— À d'autres, dit Auriel.

Lisa et Madeleine ont soigneusement fait passer des lacets de réglisse rouge dans les œillets des chaussures richelieu d'Auriel.

— C'est vrai, dit Marjorie en écarquillant les yeux. Vrai comme je suis là.

Marjorie, qui est entrée dans le corps de majorettes, a apporté son bâton pour la leçon de choses. Elle le fait tourbillonner en arc au-dessus de sa tête. De l'esbroufe.

— C'est si drôle que j'en ai oublié de rire, dit Lisa.

— En passant, dit Madeleine, Ricky Froelich avait un match de basket-ball hier soir.

Le bâton tombe sur l'asphalte et rebondit sur son bout caoutchouté. Levant les yeux, Madeleine voit Grace rôder derrière Marjorie.

— Salut, Grace.

Madeleine se sent un peu méchante, consciente d'avoir dit bonjour à Grace uniquement pour profiter de l'agacement qu'éprouve Marjorie à l'idée d'avoir été suivie par le souffre-douleur de la classe.

— Salut, répond Grace.

Marjorie ne semble pas le moins du monde surprise.

— Tu es seulement jalouse, dit-elle.

— Jalouse de quoi, je te prie ?

La voix de Madeleine dégouline de mépris.

— Du fait que je suis la petite amie de Ricky.

Les trois éclatent d'un rire empreint de sarcasme.

— Ha ! ha ! ha !

— Et, crie Marjorie, du fait que je suis la responsable du groupe d'exercice.

— Tais-toi donc, dit Madeleine en se levant et en s'éloignant, mine de rien, dans l'espoir que ses amies la suivront.

Elles lui emboîtent effectivement le pas.

— Et pas toi, chantonne Marjorie. Et-paaas-toi.

Madeleine s'arrête pour lui faire face.

— Qu'est-ce qu'il a de si extraordinaire, le groupe d'exercice ?

La question est chargée. Marjorie affiche un sourire pincé, incline la tête et pivote sur place.

— Tu sais quoi, Marjorie ? demande Auriel. Si tu avais de la cervelle, tu serais dangereuse.

Auriel sait toujours ce qu'il faut dire.

— Venez, les filles. Allons aux bascules.

Quand la cloche sonne, Madeleine entraperçoit Colleen, mais elles ne se font pas signe. Après tout, Colleen est en sixième année. Plus encore, il est inconcevable de jouer avec Colleen à la récréation. C'est une copine de l'après-école. Et l'après-école est aussi éloigné de la quatrième année à l'école J.A.D. McCurdy que le Mississippi l'est de Centralia.

À deux heures quarante-cinq, Jack quitte son bureau. Il sera juste à temps. Il presse le pas pour éviter un groupe d'officiers qui déambulent sur le terrain de rassemblement. Il sait pertinemment de quoi ils parlent et il en a ras le bol du sujet. Ce matin, la base était d'humeur énergique, presque guillerette — réaction typique de la force aérienne, qu'égaye la proximité du danger. L'après-midi, devant l'absence de nouvelles en provenance d'Ottawa, un climat de frustration générale s'est installé. Diefenbaker n'a ni approuvé la « diplomatie atomique » de Kennedy ni mis l'armée sur un pied d'alerte. Il tergiverse. Attend de voir ce que feront les Britanniques. Jack hoche la tête. Sommes-nous un pays ou une colonie ?

Même si les autres alliés de l'OTAN, y compris les Britanniques, ont tous protesté de leur appui aux Américains, ni la Grande-Bretagne ni l'Europe n'ont obligé Kennedy en haussant le niveau d'alerte militaire, mais cette réaction ne semble pas déraisonnable — tout mouvement brusque en Europe risque de mettre le feu aux poudres à Berlin. Le Canada, cependant, n'est pas l'Europe. Vingt-cinq navires et quelques sous-marins du bloc soviétique ont mis le cap sur Cuba. S'ils ne se conforment pas à la quarantaine, les Américains sont prêts à tirer les premiers. Le Canada ne peut se permettre de louvoyer.

— *Bonjour*,* Jack.

Jack salue sans s'arrêter. L'armée américaine en est à defcon 2 : le Commandement aérien stratégique patrouille le ciel ; plus de quarante navires et de vingt mille hommes ont pour mission de faire respecter la quarantaine. Le CINCNORAD — le commandant en chef de la défense aérospatiale de l'Amérique du Nord — a demandé au Canada d'accroître le niveau d'alerte de ses chasseurs Voodoo, de permettre à l'USAF de stationner des avions dans des bases canadiennes et d'autoriser le chargement d'armes nucléaires à bord d'avions américains en sol canadien. Ce n'est un secret pour personne. Le message, écrit noir sur blanc, on vous le laisse sur votre perron avec le lait. Les forces armées canadiennes, cependant, doivent se préparer à la guerre dans le plus grand secret, tout en tentant de décoder les messages évasifs d'élus qui leur demandent d'être plus ou moins prêtes sans donner l'impression de l'être du tout. En marchant, Jack serre et desserre le poing.

Diefenbaker court à la catastrophe. Outre l'extermination qui nous guette, le gouvernement, à cause de sa valse-hésitation, risque d'abdiquer le commandement civil des forces armées, ou à tout le moins de créer un fossé très profond entre les militaires et la population civile. Nous formons en principe une démocratie. Si le premier ministre veut que nous soyons en état d'alerte, pourquoi ne dit-il rien? Pourquoi ne se prononce-t-il pas publiquement? Le *Globe & Mail* de ce matin résume bien la situation : « Le monde interprétera toute tentative de nager entre deux eaux comme un rejet de la politique des États-Unis, comme la conclusion d'une sorte de pacte avec l'ennemi. Une telle éventualité est inconcevable. » Hélas, c'est la voie dans laquelle nous nous sommes engagés.

Jack consulte sa montre en passant devant le supermarché et la cabine téléphonique. Il est en colère, mais il se sent moins inutile que ce matin. Il a du travail.

— Les petites filles qui suivent resteront après trois…

Debout près des crochets à manteau, Madeleine attend. Qu'est-ce qu'elle dira à maman si ça saigne encore?

Jack entre dans l'immeuble au plancher en béton qui abrite le Service de l'équipement mobile et passe devant un tracteur tondeuse, un autobus et quelques élévateurs à fourche avant d'atteindre une rangée de voitures d'état-major noires. Il signe le registre de sortie et se met en route.

Dehors, le soleil de l'après-midi brille de tous ses feux. Il porte la main à sa poche poitrine, mais il a laissé ses lunettes fumées à la maison — il n'avait pas prévu de prendre le volant. Inutile de rentrer les chercher. Il serait alors obligé de raconter des bobards à Mimi. D'ailleurs, les vitres de la Ford sont teintées et il a sa casquette. Il baisse la visière sur ses yeux. Tout ira bien.

Sur le chemin du comté de Huron, il prend vers le sud. Joli temps pour une balade en voiture. Si on lui pose la question — ce que personne ne fera —, il est allé à London pour rencontrer un conférencier invité par l'école centrale d'officiers.

Simon a téléphoné cet après-midi. Oskar Fried est arrivé.

— Avancez, petite fille. Oui, vous. Celle aux cheveux courts.

Jack voit toujours le Spitfire dans son rétroviseur lorsque, en posant les yeux sur la route, il aperçoit le fils Froelich qui, au pas de course, vient à sa rencontre sur l'accotement. Il pousse sa sœur dans son fauteuil roulant muni d'amortisseurs maison — petit dispositif ingénieux —, le gros berger allemand trottant à côté, le convoi soulevant un halo de poussière. En les croisant, Jack sourit et porte deux doigts à la visière de sa casquette. Ricky le salue de la main.

En les regardant disparaître dans le rétroviseur, Jack se rend compte que le fils Froelich fait l'école buissonnière — à moins que cette sortie ne fasse partie de son entraînement. En effet, il est à peine trois heures. Il règle le rétroviseur et a l'impression d'avoir oublié quelque chose. Quoi donc?

Madeleine est sortie par la porte de côté et, au pas de course, a franchi la moitié du terrain vague quand la sirène retentit. Ses jambes semblent décélérer et — même si elle sent le vent dans ses cheveux et qu'elle voit ses Charles IX la propulser le plus vite possible — tout est au ralenti. La sirène a changé la qualité de l'air, l'a épaissi, ses jambes sont lourdes, ses cuisses en ciment; le bruit monte, monte, assourdissant; elle plisse les yeux pour s'en protéger comme d'un éclair aveuglant, incapable de lever la tête, la sirène oblitère le ciel, le recouvre d'une peinture métallique, épaissit les humeurs de son corps, liquéfie les solides. Elle a froid, si froid, le bruit est empreint d'une tristesse terrible, c'est le son de la vie d'Anne Frank, et plus rien ne peut vous sauver, même les oiseaux sont perdus, même l'herbe… Puis tout s'arrête. C'est de nouveau une journée ensoleillée comme les autres.

Jack allume la radio, tourne le cadran à la recherche de nouvelles de la crise… « représente une transformation radicale du rapport de force… » L'emballement qu'il ressent à l'idée de faire la connaissance d'Oskar Fried a été mis en perspective. Il ne s'agit plus d'une aventure, d'un peu de piment dans l'ordinaire sans grand relief de Jack

McCarthy. Finie la théorie, aurait dit Henry Froelich. Oskar Fried est de notre côté dans cette guerre que nous appelons la paix. Après le coup de fil du « major Newbolt » cet après-midi, Jack l'avait rappelé illico depuis la cabine téléphonique.

— Notre ami est arrivé, avait dit Simon.

Jack n'en revenait pas. Fried à London ? Déjà ? À une quarantaine de kilomètres de route ? De toute évidence, Simon avait fait vite — à l'heure actuelle, Berlin devait être hermétiquement fermée. Pourtant, Jack avait compté moins sur un préavis que sur Simon lui-même. Il se faisait une fête à l'idée de lui présenter Mimi, de lui vanter les mérites de sa famille et de descendre quelques bières avec lui au mess. Mais Simon était venu et reparti. Rien de personnel, mon vieux.

« … quand, le 11 septembre, Gromyko avait nié le caractère offensif des armes… » Jack augmente le volume.

Madeleine rentre en courant, puis monte vérifier l'état de sa culotte. Tout va bien. Elle en était certaine. Il n'y a pas eu de coups de poignard aujourd'hui. Que des étranglements. De lui-même.

— Tu aurais peut-être intérêt à aller lui rendre visite ce soir, avait dit Simon.

C'était, Jack le sait bien, plus qu'une simple suggestion. De toute façon, il n'a nullement l'intention d'attendre le soir. Non seulement a-t-il hâte de faire la connaissance de l'homme — de lui serrer la pince en cette semaine à nulle autre pareille —, mais en plus il n'est pas libre de disparaître en soirée pour une visite inopinée à London. Il devrait s'expliquer et donc mentir à sa femme. Or les mensonges sont comme des parasites sur un écran radar : ils vous voilent l'objectif.

« … et le premier affrontement direct entre les deux super-puissances… »

Jack avait interrogé Simon sur la marche à suivre.

— Je peux l'inviter à venir prendre le brunch dimanche ? Je peux le présenter à ma famille, l'aider à se sentir chez lui ?

— À toi de voir, mon vieux. Je te suggère d'aller chez lui d'abord.

— Je le présente comment ?

— Autant que possible, dis la vérité. Il s'appelle Oskar Fried. C'est un scientifique allemand.

— À l'université ?

— Exactement. En sabbatique. Rien de compliqué.

— D'où vient que je le connaisse ?

— Tu l'as rencontré en Allemagne, par le truchement d'amis communs — tu avais des amis allemands ?

— Évidemment.

Jack et Mimi, cependant, avaient les mêmes amis. Si le scientifique en question avait été suffisamment proche de Jack pour qu'il le reçoive chez lui au Canada, Mimi aurait à tout le moins entendu parler de lui. À entendre Simon, c'était simple comme bonjour, mais Simon n'est pas marié.

— Voici les renseignements utiles, avait-il dit.

Il avait indiqué à Jack comment récupérer l'argent qu'il allait envoyer par câble. Pas plus de six cents dollars par mois. Aux yeux de Jack, la somme paraissait largement suffisante ; à ceux d'un homme ayant passé les dix-sept dernières années derrière le rideau de fer, elle semblerait une fortune. On doit avoir du mal à y trouver ne serait-ce qu'un repas décent. À cet égard, c'est un peu comme l'Angleterre, se dit Jack en souriant. La prochaine fois, il faudra que je la fasse à Simon, celle-là.

« … risque de guerre, à moins que Khrouchtchev ne démantèle toutes ses armes offensives… »

Madeleine fait passer sa robe chasuble par-dessus sa tête et se débarrasse de la blouse d'écolière qui l'étouffe. Elle ne s'arrête que le temps de sentir ses mains — c'est bon, rien de suspect de ce côté-là.

— Je peux aller à la pêche ? hurle-t-elle depuis le palier.

Colleen ne l'a pas invitée, mais, comme elle ne tient pas à jouer avec Auriel et Lisa tout de suite…

— Arrête de crier, Madeleine.

Si on l'autorisait à regarder la télé après l'école, il n'y aurait pas de problème, mais non. On présente une émission avec la souris Mickey et *Razzle Dazzle* avec Howard la tortue et la superbe Michele Finney. La sensation d'après trois heures s'effacerait.

— Je peux ?

Elle descend l'escalier avec fracas, saute les cinq dernières marches et contourne périlleusement la rampe.

— *Doucement, Madeleine**.

Raide devant sa mère, Madeleine, dans ses vêtements de jeu, se fait l'effet d'une collection de baguettes. C'est donc ainsi que se sentent les poupées de bois.

— Permission d'aller à la pêche, madame.

Madeleine salue en se cognant le front et en louchant d'un œil.

Mimi rit. Madeleine, sûre de la réponse, détale.

— *Attends, Madeleine*!* Pêcher où ?

Madeleine s'arrête, se retourne.

— À Rock Bass.

— *C'est où*,* Rock Bass ?

— Au bout d'un chemin de terre. De là, on voit presque le terrain d'aviation. C'est à côté.

Elle omet de mentionner les vestiges des feux de camp, elle omet de mentionner Colleen Froelich.

— Avec qui y vas-tu ?

— Euh... Je peux inviter Colleen ?

— Tu sais bien ce que je t'ai dit à propos de Colleen Froelich.

Sentant sa mère sur le point de fléchir, Madeleine réprime un gémissement.

— Très bien. Sois de retour dans une heure, tu m'entends ?

— Yaba-daba-dou !

Elle sort en trombe de la cuisine.

— Pas de télé là-bas non plus, lance sa mère derrière elle.

Madeleine saute les trois marches de la cuisine — elle aimerait bien foncer à travers la moustiquaire comme les frères Cartwright à travers l'enseigne Shell au début de *Bonanza*. Dans la rue, elle court comme une marionnette rigide, mais, à la vue de Ricky Froelich, elle ralentit et redevient une fille en chair et en os. Il boit à même le tuyau d'arrosage. Il porte un jean rouge et un maillot blanc trempé de sueur. L'eau coule le long du maillot, qu'elle plaque sur sa poitrine. Sa pomme d'Adam ballotte au gré de ses déglutitions, ses clavicules montent et descendent au rythme de sa respiration.

— Salut, ma vieille.

Il lui tend le boyau et elle boit — l'eau est glacée. Puis c'est au tour de Rex, qui mord l'eau, gencives roses et crocs blancs. La meilleure boisson qui soit.

— Salut, Elizabeth, dit Madeleine.

— ... a... ut, ... alaine.

Madeleine s'approche et cogne sur la vitre au-dessus de la moustiquaire des Froelich.

— Entre, dit Ricky.

Madeleine reste là. À la porte d'autrui, il y a comme une force magnétique qui vous retient. On n'y entre pas comme dans un moulin. Même chose pour le réfrigérateur.

Mme Froelich apparaît.

— Bonjour, Madeleine. Allez, entre.

Madeleine n'a même pas eu le temps de demander si Colleen pouvait venir jouer avec elle. Elle suit Mme Froelich dans la cuisine. Il y a de la vaisselle sale dans l'évier, des vestiges du petit déjeuner sur la table.

— Madame Froelich?

— Appelle-moi Karen, petite.

Madeleine ouvre la bouche pour prononcer le mot, mais en vain. Du coup, elle n'a plus de nom pour Mme Froelich. En silence, elle regarde la mère de Colleen nourrir les bébés, chacun dans une chaise haute ayant connu des jours meilleurs. Elle a une croûte de purée pour bébé sur son gilet. C'est un long gilet de laine à carreaux, ample et dans le vent. Lentement, respectueusement, Madeleine s'assoit sur une chaise au coussin en vinyle déchiré et se demande ce qui va arriver ensuite. Mme Froelich a de longs cheveux droits séparés au milieu, parsemés de fils blancs. Son visage est différent de celui des autres mères. On ne l'imagine pas assise à une table de toilette. Soit dit sans vouloir vexer personne, Mme Froelich a l'air d'une jeune sorcière — d'une gentille sorcière.

Colleen entre dans la cuisine, dit bonjour en marmonnant et sort par-derrière. Madeleine ne sait pas si elle doit la suivre. Elle ne bouge donc pas. Ricky rentre avec Elizabeth et se met à parler au téléphone. Il se fait un sandwich au beurre d'arachide qu'il avale d'une seule bouchée. Il en prépare un autre et le tend à Madeleine. Il parle avec Marsha Woodley.

Même couvert de sueur, Ricky Froelich donne l'impression de sortir de la douche. Il se rase, elle voit une touffe de poils sur son menton et le long de sa mâchoire, de ses joues rougies par l'effort et le grand air. Il a les jambes longues et fines, un pied croisé sur l'autre. Ses mains font tout avec naturel et à la perfection, par exemple le sandwich qu'il tient devant Elizabeth pour qu'elle y morde. La maison a beau sentir le ragoût d'hier et Elizabeth être couverte de beurre d'arachide, Ricky est impeccable. À la manière des adolescents qu'on voit à la télé, il a l'air insouciant. Il a l'air… américain.

C'est au tour de M. Froelich d'entrer en scène, la pipe au bec, un journal allemand à la main.

— *Madeleine, wie geht's, hast du Hunger?*

— Non, je viens de manger un sandwich au beurre d'arachide. *Danke.*

— Bien, *das ist* très bien. *Komm mit mir, wir haben viel Lego in den* salon.

Ses yeux foncés scintillent, il a les lèvres moites autour du tuyau de sa pipe, comme le père Noël.

Elle le suit dans le salon où, à côté du parc, il y a une montagne de blocs Lego. Assise par terre, se trouve Claire McCarroll. Apercevoir

Claire dans le salon des Froelich, c'est comme découvrir un elfe sous la calotte d'un champignon. Elle et son bracelet porte-bonheur. Elle a entrepris la construction d'une maison en blocs Lego.

Madeleine s'assoit à côté d'elle et se met à la recherche de roues pour faire une voiture qui aille avec la maison. M. Froelich met un disque. Une femme à la voix grave chante un air que Madeleine reconnaît, mais avec des mots français. *Qui peut dire où vont les fleurs...* ? Madeleine fredonne.

— Tu aimes Dietrich? demande M. Froelich depuis son fauteuil.

Madeleine fait poliment signe que oui. Qui c'est, Ditrik?

On n'entend que le doux bruit des blocs qui s'emboîtent et le froissement du journal de M. Froelich. En anglais, Madeleine accompagne la chanson : ... *gone to soldiers, every one. When will they ever learn? When will they e-e-e-ver learn?*

Maman avait tort de se faire du souci. Les Froelich n'ont même pas la télé.

Jack suit la courbe du cul-de-sac qu'est Morris Street et se gare près du gazon manucuré de l'immeuble bas en briques jaunes.

« ... par ailleurs, le secrétaire général de l'ONU, U Thant, a fait parvenir des lettres identiques à monsieur Khrouchtchev et au président Kennedy... »

Il éteint la radio, descend et se dirige vers les portes sous la porte cochère. Dans le vestibule désert, il aperçoit un téléphone intérieur. De l'autre côté d'un mur vitré à sa droite, il y a un petit hall, également désert. Un canapé, un fauteuil en cuir, une table basse sur laquelle trois ou quatre magazines sont disposés en éventail. Dans un coin, un ficus benjamina accumule la poussière.

Jack consulte le répertoire accroché au mur et trouve tout de suite ce qu'il cherche : « O. F., app. 321 ». En composant le numéro, Jack étudie le mur tapissé de petites boîtes aux lettres en métal : les initiales discrètes, tapées à la machine. « O. F. » En anglais, *our friend.* Notre ami. Jack secoue la tête. Sacré Simon !

Le téléphone sonne un troisième coup. Après une brève pause, une voix sifflante répond :

— *Ja?*

— *Herr* Fried? Je suis le lieutenant-colonel d'aviation McCarthy, monsieur. Je viens vous souhaiter la bienvenue.

Pas de réponse. Puis un timbre strident le fait sursauter. Il raccroche à temps pour attraper la poignée de la porte en verre. Deux marches conduisent à l'ascenseur. Il les franchit d'un pas.

Après une élévation poussive, l'ascenseur s'arrête au deuxième étage. Une vieille dame monte. Jack la salue d'un geste, mais elle ne semble pas remarquer sa présence. Quand la porte se referme, elle lève les yeux sur lui.

— Je veux aller en bas, dit-elle d'un air accusateur.

Il descend au troisième. Le parfum de lavande le suit dans le couloir, où le rejoint aussitôt la forte odeur d'une sauce à la viande. Quelqu'un sera prêt à dîner bien avant cinq heures.

Dans cet immeuble, avec ses couloirs au sol recouvert d'une épaisse moquette cachemire orange et rouge, où règnent d'étouffants relents de cuisine et un parfum gériatrique, personne, se dit Jack, absolument personne ne s'attendrait à tomber sur un transfuge soviétique de haut rang. Simon s'est laissé guider uniquement par le souci de l'anonymat.

La porte de l'appartement n° 321 est au bout du couloir. Dans un coin. Jack retire sa casquette et, devant le judas, frappe. Il a le trac. Fidèle à son habitude, Simon a minimisé toute l'affaire, mais les circonstances parlent d'elles-mêmes. Jack est sur le point de faire la connaissance d'un homme dont la vie, le travail et la présence ici s'expliquent par un enchevêtrement de relations internationales qui, en cet instant même, influent sur la vie de chacun. Même qu'il assumera la responsabilité de son bien-être. Il prend une profonde inspiration. Envisage de cogner de nouveau.

Il perçoit enfin un tâtonnement derrière la porte. Le pêne glisse, la poignée tourne, la porte s'entrouvre de quelques centimètres. Au-dessus de la chaîne de sécurité, Jack aperçoit, en une fine bande, un visage blanc, des cheveux gris clairsemés. Des lunettes.

— *Herr* Fried ? dit-il. Je m'appelle Jack McCarthy. *Willkommen in Kanada.*

La porte se referme. La chaîne de sécurité glisse puis la porte se rouvre, un peu plus grand, cette fois. Jack tend la main.

— C'est pour moi un honneur, monsieur.

Oskar Fried lui serre brièvement la main. Il a l'air frêle.

Jack plonge le regard dans les yeux gris pâle. Blême, le visage de Fried fait penser à un parchemin aux lignes délicates. Il a entre cinquante et soixante-quinze ans.

— Je peux entrer, monsieur ?

Fried, en effet, n'a toujours pas bougé. On le dirait commotionné. Il a dû en voir de toutes les couleurs pendant son voyage.

Fried se retourne et bat en retraite en traînant un peu les pieds. Jack le suit dans l'appartement. L'odeur du tabac. Familière. Les lumières sont éteintes, les rideaux tirés, comme s'il se cachait — ce qui est effectivement le cas, sauf que les Soviétiques n'ont probablement pas la moindre idée où le chercher. Jack jette un coup d'œil autour de lui. Les bruns et les verts moroses d'un meublé ; l'odeur du tabac masque celle d'un assainisseur d'air conçu pour dissimuler une solitude générique — celle de l'homme seul. De la moquette plein parquet, un abat-jour respectable jauni par des années de nicotine, une gravure bon marché représentant les chutes du Niagara au-dessus du canapé tout à fait correct. Le plus tôt possible, Jack devra faire voir à l'homme un foyer normal dans la zone des logements familiaux.

— Vous vous faites à votre nouvelle vie, monsieur ? demande-t-il. *Euh... brauchst du,* euh... *brauchsten Sie etwa ?*

La faible tentative de Jack n'arrache même pas un sourire à Fried, qui demande plutôt :

— L'argent, vous avez ?

Il a la voix fluette, un accent plus prononcé que celui de Henry Froelich. Moins estompé.

Jack sourit.

— Ici, monsieur.

Il tire une petite enveloppe brune de sa poche poitrine intérieure et la tend à Fried.

— Je vous remercie, dit-il en inclinant la tête à la mode de l'Ancien Monde.

Une fois de plus, Jack songe à Froelich.

— Je vous en prie, monsieur.

Oskar Fried est maigre — on le dirait tracé au crayon. Il porte des lunettes métalliques, rien à voir avec les lourdes montures noires que Jack s'était représentées. En ce qui concerne le nœud papillon, il avait vu juste, mais là s'arrête la ressemblance avec le physicien bien en chair et aux cheveux gominés qu'il avait imaginé. Boutonnée jusqu'au cou, la chemise blanche habillée de Fried est lâche malgré tout, laissant voir les nerfs étroits et la peau flasque imputables à la malnutrition et à l'âge. Jack reconnaît l'air perpétuellement affamé de certains Européens — rien ne suffira à effacer les privations des années de guerre. Henry Froelich a le même, quoique, malgré ses épaules affaissées et ses joues émaciées, il ait le visage chaleureux et mobile. Oskar Fried donne plutôt l'impression d'avoir été gravé dans la pierre à savon. Résultat de dix-sept années passées derrière le rideau de fer. Le veston et le pantalon de son costume sont faits d'une laine brune indestructible fabriquée dans le courant des cinquante dernières années. Même en blouse de laboratoire, il aurait l'air... d'un commis. Jack se sent déçu et tout de suite coupable. L'homme est vanné. Traumatisé. Étranger dans un monde étrange.

Jack se dirige vers la fenêtre.

— Je peux ? demande-t-il en écartant les rideaux.

Ses yeux clignent sous l'éclat de la lumière.

— *Nein, bitte,* dit Fried en bondissant.

Jack les referme et, en se retournant, voit Fried armé d'un seau à glaçons. Il cligne encore pour acclimater ses yeux à l'obscurité et constate que le seau renferme des bouts d'écorce et des cailloux. Au milieu, soutenue par un cintre, une fleur pousse. Violette, presque noire.

— Orchidée, dit Fried.

Jack sourit et hoche la tête.

— *Dunkel,* dit Fried. Pas de lumière.

— Elle pousse dans le noir, dit Jack.

Fried hoche la tête, sourit presque.

Jack est pris d'un élan de pitié. Peut-on être plus loin de chez soi que Fried aujourd'hui ? S'est-il jamais senti chez lui en URSS ? À la fin de la guerre, il se trouvait peut-être du mauvais côté de son pays d'origine, coincé dans ce qui allait soudain devenir l'Allemagne de l'Est. Contraint de faire contre mauvaise fortune bon cœur. Il faisait aujourd'hui le pari de la liberté. Il avait eu le courage — et peut-être aussi la générosité — de tenter sa chance, ce petit bout d'homme.

— *Herr* Fried, je tenais à vous dire que nous vous sommes reconnaissants de ce que vous faites.

Fried écoute attentivement en dodelinant de la tête.

— Je vous remercie d'être venu, dit Jack, lentement et clairement.

— Je vous en prie, répond Fried.

Pauvre type, planqué ici, recevant les remerciements d'un type de l'ARC qu'il ne connaît ni d'Ève ni d'Adam. Répondant à un nom qui n'est pas le sien.

— Très bien, monsieur. Téléphonez-moi dès que vous serez installé, d'accord ?

Jack reprend l'enveloppe des mains de Fried et y écrit son numéro au bureau, puis, en dessous, celui de la maison.

— Celui-ci, fait-il en montrant du doigt, est mon numéro à la maison. Ne l'utilisez qu'en cas d'urgence, *verstehen Sie* ?

— Urgence. *Ja.*

Dès que Jack aura reçu Fried à Centralia — pour le brunch de dimanche prochain peut-être —, rien ne l'empêchera plus de téléphoner à la maison. Avant que Jack n'ait eu l'occasion de présenter le « professeur invité » à Mimi et de concocter un scénario plausible, genre l'ami d'un ami, mieux vaut que Fried lui téléphone au bureau.

— Voudriez-vous faire une visite éclair de la ville ?

— Éclair?

Jack pose les mains sur un volant imaginaire.

— Dans *ein Auto*. Une balade en voiture.

— Oui, je sais conduire.

— Non, non. Vous voulez venir faire une balade avec moi? Maintenant?

Fried fait signe que non.

— Eh bien, quand vous changerez d'avis, monsieur, vous constaterez que c'est une région magnifique — *sehr schön*.

Il désigne la triste gravure sur le mur.

— Les chutes du Niagara. Magnifiques. Si vous aimez les fleurs — Fried hoche la tête —, il y a une serre au Jardin des contes de fées. Avec des orchidées, sans doute.

Jack jette un coup d'œil autour de lui en se frottant les mains — une chaîne stéréo, très bien, pas de téléviseur, cependant, malgré la présence d'une antenne en oreilles de lapin au bord d'une fenêtre. Dommage. *Herr* Fried aurait pu perfectionner son anglais.

— Vous avez de quoi manger, monsieur?

Jack passe dans la cuisinette et ouvre le réfrigérateur, Fried à ses trousses.

Les tablettes sont bien garnies — Simon s'en est occupé —, mais il risque de se sentir bien seul à manger en tête-à-tête avec lui-même, soir après soir.

Il brûle d'envie de demander à Fried à quoi il travaillera, de l'interroger sur la crise à Cuba, de lui parler du programme spatial. C'est hors de question pour le moment. Sur ce point, Simon s'est montré intraitable. D'ailleurs, le pauvre type est effrayé. En proie à un violent choc culturel.

— Accepteriez-vous, monsieur, de venir chez moi dimanche pour rencontrer ma famille et…

Fried secoue déjà la tête, mais Jack poursuit:

— Ma femme est une excellente cuisinière et elle parle assez bien l'allemand, *besser denn mein*. En fait, j'ai un voisin allemand, un scientifique comme vous…

— Je ne fais pas ça, dit Fried, qui secoue toujours la tête.

— Comme vous voulez, monsieur. Je tenais simplement à ce que vous sachiez que vous êtes le bienvenu. Monsieur Crawford — Simon — n'y voit pas d'inconvénients.

— Si-mon, *ja,* dit Fried comme s'il s'agissait de deux mots distincts.

— Vous savez quoi répondre si on vous interroge sur les motifs de votre présence ici?

— Professeur invité à l'Université Western de London.

— Exactement.

Jack jette un dernier coup d'œil autour de lui. Il n'a plus rien à faire ici.

Le réfrigérateur est bien garni, il y a du papier hygiénique dans la salle de bains et, sur la petite table de la salle à manger, un plan de London. Simon a pensé à tout. Hormis la télé. Après réflexion, Jack s'approche de la carte et encercle le jardin.

— Les orchidées, dit-il, provoquant chez Fried une esquisse de sourire. *Auf Wiedersehen,* monsieur.

— Au revoir, dit Fried.

La porte se referme derrière lui, et Jack entend les verrous glisser et s'enclencher, puis plus rien. Il sent la présence de Fried derrière le judas, attendant son départ. Il rebrousse chemin au milieu du tourbillon muet orange et rouge, repoussant une légère déception. À quoi s'attendait-il, au juste ? À un verre de schnaps et à une bonne conversation sur la course à l'espace ? Donne-lui une semaine ou deux, se dit Jack, et Fried aura soif de compagnie. Jack l'invitera à dîner à la maison, où il pourra se détendre en fumant sa pipe — c'était donc ça, l'odeur de tabac, constate Jack. Fried et Froelich fument le même. Ces deux-là s'entendraient peut-être à merveille — ils sont l'un et l'autre allemands, hommes de science et déplacés de guerre. En arrivant à l'ascenseur, Jack réfléchit un moment au fait que Henry est juif. Qu'est-ce que ça change pour Oskar Fried ? Jack a déjà commis l'erreur une fois : croire que Henry, en tant qu'Allemand, était forcément antisémite. Il appuie sur le bouton et attend. Fried est un scientifique. Si quelqu'un est susceptible d'être au-dessus de ces contingences, c'est bien lui — lorsqu'on fragmente des atomes, qu'importe qu'on soit noir, vert ou bleu ? Jack pourrait peut-être leur servir quelques bonnes Löwenbräu et les faire parler de politique — à défaut de science. Présenter Fried à ses enfants en sachant qu'il pourra un jour leur dire qu'ils ont rencontré un transfuge en chair et en os. Un scientifique soviétique, tout droit sorti des livres d'histoire.

La porte de l'ascenseur s'ouvre. Au moment où elle se referme, il entend un petit chien japper quelque part. Sinon, jusqu'à la voiture, il ne voit personne.

Madeleine a construit une familiale et un char d'assaut. Claire a terminé sa maison et bâti une église qui — elles se sont mises d'accord sur ce point — sert aussi d'école et de supermarché. Elles installent les animaux de la ferme autour du nouveau lotissement quand le téléphone sonne à la cuisine.

— Allô ?... Bonjour, Sharon... dit Mme Froelich. Oui, elle est là. Elle rit.

— De toute façon, ça ne me dérangerait pas... Ce n'est rien... Oui, bien sûr, je vous l'envoie tout de suite.

Par la fenêtre du salon des Froelich, Madeleine regarde Claire sortir. Au bout de l'entrée, Marsha Woodley bavarde avec Ricky. Claire prend la main de Ricky et Marsha saisit l'autre main de Claire, puis tous les trois empruntent St. Lawrence Avenue en direction de la maison des McCarroll, comme si Claire était la petite fille de Ricky et de Marsha.

Jack dépose la voiture d'état-major et rentre à son bureau, où l'attend un message du commandant.

— À quand le message remonte-t-il ? demande Jack au commis d'administration.

Avait-on eu besoin de lui ?

— Il est arrivé il y a une heure, monsieur, répond le commis.

Jack compose le numéro du poste du commandant — et si Woodley lui demande où il était passé ? Jack ne prend aucun plaisir à l'idée de mentir à son commandant.

Il se faisait du souci pour rien. Woodley voulait simplement lui dire que le premier ministre avait enfin ordonné l'accroissement du niveau d'alerte. Les forces armées canadiennes étaient en état de « vigilance militaire » — un niveau légèrement inférieur au defcon 2 des États-Unis. Diefenbaker, en revanche, n'avait toujours pas fait de déclaration d'appui aux États-Unis. D'ailleurs, les militaires devaient se préparer dans le plus grand secret.

— Vous voulez rire ? demande Jack.

Nos intercepteurs Voodoo sont « peut-être » munis de missiles nucléaires Genie, que nous avons « peut-être » en notre possession.

— On s'amuse comme des petits fous, pas vrai, dit Hal.

— Nous avons affaire à une bande de politiciens fantoches.

— Ne perdons pas l'objectif de vue, voulez-vous ? Le vieux Diefenbaker a besoin de toute l'aide possible.

Jack comprend le message. Depuis deux ou trois jours, on ne fait qu'accabler le gouvernement. Les habitants du Canada ont élu Diefenbaker pour le meilleur et pour le pire, et c'est lui qui commande les forces armées. Le nouvel état d'alerte aura peu d'incidence sur les activités de l'ARC à Centralia. Les membres de la base en seront quittes pour se tourner les pouces dans un contexte tendu. Raison de plus de couper court aux jérémiades.

— Bien reçu, dit Jack.

— *Wiedersehen.*

Jack traverse la route du comté de Huron et entre dans la zone des logements familiaux. Il se sent fatigué, sans savoir pourquoi. Il voit des enfants qui jouent. Dans l'entrée des Boucher, on aère des pièces d'équipement de hockey, assez pour une équipe tout entière. Plus loin, dans l'allée de Jack, la Rambler est garée de travers, signe certain que Mimi est sortie faire des courses. Tout semble normal. En surface seulement. La normalité, c'est, de plus en plus, le risque que nous soyons tous annihilés en quelques heures. Il inspire à fond l'air de l'automne. « Vous vivez une époque dorée. » Qui a dit ça, déjà ? Comment la même affirmation peut-elle être à la fois si vraie et si fausse ?

Il voit sa fille sortir de la maison des Froelich en compagnie du berger allemand. Jack préférerait qu'elle se tienne à bonne distance de lui — ces bêtes ont la réputation de se retourner contre les gens. Sans peur, cependant, elle ferme les yeux et s'accroche au pelage du chien, qui la « guide » de l'autre côté de la rue. Et il se souvient de ce qu'il devait faire aujourd'hui : rendre une visite surprise à M. Marks.

Il la regarde ouvrir les yeux au pied de l'escalier. Le chien rentre chez lui. Madeleine pivote sur elle-même et aperçoit son père. Elle court jusqu'à lui et il lui ouvre les bras, puis la fait tournoyer.

— Fais-moi faire l'avion, papa !

Il la saisit par un poignet et une cheville et la fait tourner. Elle va bien. Elle a oublié cette histoire d'« abris ». Il évitera de l'alarmer en abordant le sujet et les risques d'annihilation s'y rapportant.

— Finis ton assiette, Mike, dit Jack.

Le garçon, cependant, touche à peine à sa nourriture. En réponse à ses questions, Jack n'a droit qu'à des monosyllabes.

— Ça s'est bien passé à l'école ?

— … Oui.

— Redressez-vous, monsieur, et mangez ce que votre mère a préparé pour vous.

Jack éprouve un agacement sans commune mesure, il s'en rend compte, avec la gravité de la situation. Il aimerait bien pouvoir tout mettre sur le dos de la crise, mais le problème date d'avant. Le garçon devient bouddeur. Selon Mimi, il entre dans l'« âge ingrat ».

— À mon époque, avait-il répondu, nous n'avions pas d'« âge ingrat ». Nous étions trop occupés à gagner notre croûte.

— Tu tiens à ce qu'il ait des privilèges dont tu as été privé ? avait-elle rétorqué sur un ton péremptoire typiquement français. Eh bien, c'en est un.

Il avait été piqué au vif, heureux cependant que sa femme soit systématiquement en mesure, dans de telles circonstances, de le remettre à sa place. Il a ainsi la possibilité d'être un «gentil papa». Dernièrement, avec son fils, il a eu l'impression de piloter à l'aveuglette. Jamais son propre père n'aurait toléré de tels monosyllabes insolents en guise de réponses. Jack, cependant, n'aurait pas souhaité son père à son pire ennemi.

— *Qu'est-ce que tu as, Michel* ?* demande Mimi.

Le garçon lève les yeux vers son père.

— Nous sommes en état d'alerte, papa ?

Jack harponne sa purée de pommes de terre avec sa fourchette.

— N'y pense pas, Mike. Les seuls qui ont du souci à se faire, ce sont ces pauvres corbeaux. Ils ont dû avoir la peur de leur vie quand la sirène a retenti.

Il fait un clin d'œil à Madeleine.

— Et s'il y a la guerre ? demande Mike. Nous allons simplement rester là à attendre ?

Madeleine s'attend à ce que son père dise qu'il n'y aura pas de guerre, combien de fois faudra-t-il que je te le ?... Au lieu de quoi il mange tranquillement, mâche, mâche ses pommes de terre, les lèvres de plus en plus minces. Quelqu'un risque-t-il des ennuis ?

— Que nous enseigne l'histoire, Mike ?

— Qu'est-ce que tu veux dire ?

— Quesstuveuxdi' ? répète Jack, imitant le ton bourru de son fils. Ce que je veux dire ? Qu'avons-nous fait après le déclenchement de la Première Guerre mondiale ?

— Nous nous sommes battus.

— Exactement. Et en 1939 ?

— Ouais, mais...

— Les deux fois, nous avons été les premiers aux côtés des Britanniques. Nous nous sommes battus, nous sommes tombés au combat et nous avons gagné.

— Ouais, mais les Américains...

— Les Américains sont arrivés en retard. Deux fois.

— Ouais, mais, cette fois, les Américains...

— Ce sont les Américains qui nous protègent du communisme.

— Jack, murmure Mimi.

— Nous ne sommes même pas en mesure d'assurer notre propre défense. Le père d'Arnold dit...

— L'opinion du père d'Arnold m'importe peu...

— Nous n'avons même pas le courage de passer à l'état d'alerte !

Sans répondre, Jack mêle du chow-chow maison à sa purée.

— Alors, Madeleine, demande Mimi, tu as décidé en quoi tu vas te déguiser pour l'Halloween ?

La question prend Madeleine au dépourvu. Elle n'avait même pas envisagé de renoncer au costume de clown sacré qu'elle a porté les deux dernières fois. On ne doit pas se départir à la légère des costumes d'Halloween. Ils sont pour ainsi dire... des ornements sacerdotaux.

— Un clown, répond-elle.

— Encore ? *Mais il est trop petit pour toi maintenant**.

— Tu peux l'agrandir ?

Mimi hausse les épaules.

— Bien sûr, mais je me disais que nous pourrions t'en fabriquer un autre. Un costume de ballerine ou de...

— Je préfère être un clown.

— Nous sommes des lâches, c'est tout, dit Mike.

— J'ai de petites nouvelles pour toi, Mike...

Son père dépose sa fourchette. Madeleine retient son souffle — Mike risque d'y goûter. Papa, cependant, a l'air calme.

— Nous sommes en état d'alerte.

— Jack...

— C'est la vérité, dit-il à Mimi. Vous ne verrez rien dans les journaux, mais il est en droit de savoir. Comme nous tous. À titre de Canadiens.

Madeleine a le visage en feu. Elle attend. Papa détache avec soin chacun de ses mots.

— Hausser le niveau d'alerte des forces armées, c'est une précaution de routine, dit-il du ton qu'il prendrait pour expliquer une évidence qui n'échappe qu'au dernier des imbéciles. On parle de gestion de crise. C'est une affaire de gros bon sens. On envoie aux Russes un message clair : « Écoutez-nous bien, messieurs — il pointe sa fourchette vers Mike —, nous ne rigolons pas. Ne touchez pas à nos amis. Si vous leur touchez, c'est comme si vous nous touchiez à nous. »

Il s'en prend à sa purée en une succession de gestes rapides.

— Toute cette histoire n'est qu'un pétard mouillé. Castro est une marionnette, et ce n'est qu'une question de temps avant que les Cubains se réveillent.

Castro est une marionnette. Madeleine se retient de rire.

— Ce qui me dérange, dit papa, c'est le nationalisme primaire auquel s'adonnent les petits plaisantins de la colline du Parlement.

Il s'interrompt. Madeleine réprime un sourire en se mordant la joue.

— L'anti-américanisme.

Le mot plane dans l'air jusqu'à ce que Mimi déclare :

— On peut prendre le dessert, *ma grande foi D'jeu** ?

Jack rigole.

— C'est vous qui devriez commander l'Excomm, madame.

Après dîner, Jack envoie sa fille jouer à la cave avec son frère pour éviter qu'elle n'entende au bulletin de six heures une réfutation de l'analyse optimiste de la crise qu'il a faite pendant le repas. En regardant U Thant présenter son plaidoyer posé et désespéré devant l'ONU, il se demande s'il n'est pas allé trop loin à table — Madeleine risque-t-elle encore de faire des cauchemars ? Il tend l'oreille, à l'affût de bruits de dispute, mais, en bas, tout est calme. À l'école et au terrain de jeux, les enfants reçoivent toutes sortes d'informations alarmistes et fausses. Il est bon que Jack leur présente quelques faits objectifs à la maison — pas l'apocalypse comme si vous y étiez, mais assez pour qu'ils aient confiance en lui.

Des photos aériennes apparaissent à l'écran, prises par des avions espions U-2 : des plates-formes de lancement, quelque part dans les collines de Cuba. Il éteint la télé et dit à Mimi qu'il sort quelques minutes se délier les muscles.

Dans l'entrée des Froelich, on a installé une lampe de salon, avec abat-jour et tout le bataclan. Le moteur à nu du tas de ferraille sur roues baigne dans un halo rosâtre. Vêtu de son tablier et de sa chemise blanche, Froelich est penché sous le capot en compagnie de son fils. Ils travaillent au rythme de la musique que diffuse un transistor au son grêle. Jack traverse la rue d'un air nonchalant.

— Comment va la vie, Henry ?

— Pas piquée des vers, Jack.

Levant les yeux, Ricky le salue.

— Je t'ai vu en train de courir avec ta sœur, dit Jack. Jusqu'où vas-tu normalement ?

— Jusqu'à ce que l'un de nous soit fatigué. Onze ou douze kilomètres.

— Bravo !

Froelich bourre sa pipe, les doigts tachés de cambouis, tandis que Jack sort un Tiparillo de sa poche.

— Oubliez la voiture, Henry. Pourquoi ne pas fabriquer une énorme bombe à la place et la pointer sur Ottawa ?

Froelich, à grand renfort de teuf-teuf, allume sa pipe.

— Vous êtes en colère, Jack.

Le commentaire surprend Jack.

— Non, je ne suis pas en colère. Je suis seulement frustré par la manière dont notre leader sans peur et sans reproche traite la crise — ne la traite pas, devrais-je dire.

Il tire sur son cigare.

— Oui, vous avez raison. Je suis en colère.

Le garçon disparaît sous la voiture, et Jack baisse la voix :

— À combien évaluez-vous nos chances d'être réduits à néant d'ici une semaine ?

La question — et sa formulation — l'étonne lui-même. Jamais il n'oserait s'exprimer de la sorte au travail. À l'instar des autres officiers, il n'est pas porté sur l'alarmisme — après tout, ils ne sont pas américains. Pas encore, à tout le moins. Il a malgré tout posé la question à Froelich, sentant peut-être que ce dernier ne s'alarmait pas facilement.

— Vous me passez la clé ? demande Froelich. La moyenne, *ja. Danke.*

Il se penche sur le moteur.

— D'abord, Jack, je pense que la crise actuelle était prévisible.

Jack hoche la tête.

— La baie des Cochons.

— Sans compter que les Américains ont toujours leur base à Cuba.

— Oui. Guantánamo.

— Sans compter non plus que l'Amérique a déjà de nombreux missiles à la porte des Soviétiques.

— En Turquie. Désuets, cependant. Et les Américains ne les ont pas installés en cachette.

— Je me demande si c'est un grand réconfort pour les personnes qui vivent dans la zone cible.

— D'accord. Mais je suis convaincu que les Américains ne vont pas s'en servir.

— Ils l'ont déjà fait.

— Oui.

Jack tire sur son cigare.

— Pour mettre fin à une guerre. Pas pour en déclencher une. Les Soviétiques ne m'inspirent aucune confiance.

— Eux non plus.

Jack, au courant des idiosyncrasies syntaxiques de la langue de Froelich, a du mal à déterminer s'il veut dire que les Soviétiques ne lui inspirent aucune confiance à lui non plus ou si eux-mêmes se méfient des Américains. Tels sont les aléas de la traduction. Imaginez-vous en train d'analyser la dernière missive de Khrouchtchev. Nous risquons tous d'être volatilisés à cause d'une mauvaise préposition.

— Je pense qu'ils jouent un jeu dangereux, les Russes et les Américains, ajoute cependant Froelich, et qu'ils le jouent ensemble.

— Je peux utiliser le chalumeau, papa ? demande Rick.

— Oui, non. Mets d'abord tes lunettes de protection. Ensuite, oui. Il se retourne vers Jack.

— Je suis d'accord avec Eisenhower.

— Vous aimez Ike ?

— Il nous a mis en garde contre la croissance de l'industrie de l'armement. Nous avons contraint les Russes à nous suivre. Des gens font fortune et en viennent à exercer une influence politique.

— C'est ce qu'on appelle la course aux armements, dit Jack.

— C'est, je crois, ce que les Britanniques appellent « foutre le bordel ».

Froelich essuie le carbone qui s'est accumulé sous le chapeau du distributeur. Jack éclate de rire.

— Vous ne croyez donc pas que la fin du monde est pour demain ?

— Mon ami, le monde a déjà pris fin plusieurs fois.

Jack songe aux chiffres tatoués sur le bras de Froelich, cachés sous la chemise blanche. Il aimerait trouver le moyen de s'excuser d'avoir été si… idiot. Aborder un sujet que Froelich n'a pas jugé bon d'effleurer risque cependant de désobliger celui-ci… et d'aggraver la gaffe de Jack.

— Passez-moi le Robertson, le rouge.

Jack lui tend le tournevis. Au-dessus de leurs têtes, les étoiles sont nettes et brillantes. Jack lève les yeux vers la lune, froide et paisible. Si vous regardez assez longtemps, vous risquez d'apercevoir un satellite. La radio du jeune Froelich capte des signaux invisibles, à la façon de bancs de poissons pris au piège, et les traduit en une voix masculine, la voix de fausset d'un homme qui chante celle qu'il aime — chez elle, c'est La Mecque pour moi.

— Les États-Unis agissent en secret eux aussi. Prenez les U-2, par exemple.

— Sans eux, comment aurions-nous su que les Russes arment Cuba jusqu'aux dents ?

— Que dites-vous de Gary Powers qui a envahi l'espace aérien soviétique en mai dernier ?

— Bah. En Allemagne, c'était la routine.

Froelich lève les yeux.

— Nos pilotes, explique Jack, montaient dans leurs Sabre et allaient faire un tour dans la zone de l'Est, histoire de vérifier la réaction des Soviétiques. Les Popov dépêchaient leurs MiG et nous poursuivaient jusque chez nous. De leur côté, ils faisaient la même chose.

— Si c'était inoffensif, pourquoi Eisenhower a-t-il dit que c'était un avion météo de la NASA ?

Il rallume sa pipe.

L'arôme ramène Jack chez lui. En Allemagne. Mimi, lui et leur petite famille — la vie là-bas avait une sorte de plénitude. Tous les jours, ils avaient l'impression que le monde se bonifiait quelque peu. Les villes se cicatrisaient, une brique, un clocher à la fois, les fleurs bourgeonnaient dans les jardinières accrochées sous les fenêtres. C'est peut-être juste un brin de nostalgie... pour la façon dont les gens leur souriaient en apprenant qu'ils étaient canadiens. Une nouvelle alliance forgée dans l'intimité de l'hostilité. Le passé et le présent avaient conclu un pacte, dont l'avenir avait été le dénouement. Peut-être étions-nous simplement heureux là-bas. L'idée le décontenance. Ne laisse-t-elle pas entendre qu'il n'est pas heureux aujourd'hui ? En dépit de la crise actuelle, il est heureux, forcément. Il n'a pas conscience d'être malheureux. Il tapote le bout de son cigare et regarde la cendre voleter jusqu'au sol.

— Le fin mot de l'affaire, Henry, c'est que Castro est une marionnette et que Kennedy est un chef d'État élu.

— Dommage que les Américains ne soient pas aussi chauds pour la démocratie à l'extérieur de leurs frontières.

Des étincelles fusent à l'arrière de la voiture, où Rick fait des soudures.

— C'est faux, Henry. Que faites-vous du plan Marshall ? Prenez l'exemple de — il est prêt à dire l'Allemagne, mais se rattrape à temps — l'Europe de l'Ouest, prenez l'exemple du Japon.

— Prenez l'exemple de l'Amérique latine, prenez l'exemple de l'Indochine...

— L'oncle Sam ne peut à lui seul régler tous les problèmes de la planète.

— Une partie du monde vient de lui demander de ne pas se mêler de...

— Vous préféreriez vivre en URSS, Henry ?

— Mettre en doute la politique des États-Unis, ce n'est pas aimer l'URSS ; un socialiste n'est pas un communiste.

— Vous êtes socialiste ?

— Les deux.

— Socialiste et commu…

— *Nein !* Vous et moi sommes socialistes.

— Ah bon ? Expliquez-moi ça, Henry.

— Vous tombez malade, vous allez à l'hôpital, le médecin vous remet sur pied, vous n'êtes pas ruiné.

— L'assurance-maladie…

— … est socialiste.

Jack rit.

— Vous avez raison. Certaines de nos meilleures politiques sont…

— Même l'Union soviétique n'est pas communiste. Elle est totalitaire.

Froelich jette un coup d'œil à sa clé, comme s'il était en colère contre elle.

— Ricky, où as-tu caché les pinces ?

La pluie d'étincelles s'arrête. La tête de Rick apparaît et il remonte les lunettes de soudeur sur son front.

— Là, papa. Accrochées à ta ceinture.

— Oh. *Danke.*

Jack voit Rick replonger, puis la pluie d'étincelles reprend de plus belle. Avec un peu de chance, le garçon ne prendra jamais part à une guerre.

— Staline a fait plus de victimes que Hitler, dit-il, regrettant aussitôt ses paroles.

Mais pourquoi devrait-il marcher sur des œufs en présence de Henry Froelich ? L'homme ne demande pas qu'on ait pour lui des égards particuliers — pour preuve, il couvre son tatouage.

— Et alors ? répond Henry. Un, cent, six millions… Quelle importance ? Ce sont tous des bouchers.

— Je suis d'accord avec vous, Henry. C'est pour cette raison que les Américains ne sont pas nombreux à sauter le Mur pour aller à Berlin-Est ; c'est pour cette raison que l'exode des cerveaux est à sens unique.

— L'exode des cerveaux ?

Jack réfléchit. Cette conversation, il l'aurait eue de toute façon, même s'il n'avait pas fait la connaissance d'Oskar Fried. Il n'y a pas à s'inquiéter.

— C'est simplement une façon de dire que de nombreux scientifiques soviétiques, si on leur donnait la possibilité de venir travailler ici, sauteraient sur l'occasion.

— Ah, dit Froelich en hochant la tête. Vous voulez parler des transfuges.

— Oui, je suppose.

Jack inspire la fumée en même temps qu'une bouffée d'air frais, tandis que Froelich se redresse, les yeux rivés sur le moteur, et se gratte le cou, où il laisse, au-dessus du col blanc, une traînée de cambouis.

— Oui, mais peut-on jamais faire confiance à un traître? demande-t-il.

Jack est déconcerté.

— Ce ne sont pas nécessairement des traîtres, répond-il, presque avec humeur. Ce sont plutôt des idéalistes.

— C'est ce qu'ont dit les Anglais. Vous savez bien, ceux qui ont fait défection?

À cet instant, la porte moustiquaire s'ouvre et, au-delà du halo de lumière découpé par la voiture, Jack voit une jeune fille qui vient vers eux dans le noir.

— Ricky…

Karen Froelich.

— Oui, maman?

— Elizabeth te demande, mon poussin.

Le garçon s'essuie les mains sur un chiffon et entre dans la maison.

— Vous allez bien, Karen?

— Très bien, Jack. Et vous? Vous êtes inquiet?

— Moi? Pensez-vous! Que pensez-vous de tout ce gâchis?

Elle ne se défile pas, refuse de laisser la question aux bons soins des hommes.

— Si vous voulez mon avis, dit-elle, c'est des âneries.

— C'est-à-dire? demande-t-il après un moment d'hésitation.

Elle croise les bras sur sa poitrine. Son gilet d'homme trop grand est on ne peut moins féminin. Voilà peut-être pourquoi il est impossible de ne pas remarquer les seins auxquels le geste a donné forme.

— À eux deux, les États-Unis et la Russie ont de quoi détruire la planète plusieurs fois.

Elle parle d'une voix désinvolte qui fait contraste avec ses paroles.

— Ils peuvent se passer de Cuba comme prétexte.

— C'est ce qu'ils font, à votre avis?

— Non, je crois qu'ils cherchent à nous faire peur. À nous distraire, pour que nous oubliions tout le reste, vous savez.

Jack opine du bonnet. En fait, il ne sait pas. Il jette un coup d'œil à Henry Froelich, qui observe sa femme. Il est amoureux d'elle. Il faut sans doute beaucoup d'amour pour vivre dans cette maison, avec ces enfants.

— Cuba se trouve simplement coincé entre les deux, dit-elle. Sous Batista, l'île était la pute des États-Unis. Fidel est la meilleure chose qui lui soit jamais arrivée.

Qu'est-ce qui est le plus sidérant? se demande Jack. Le fait qu'elle ait utilisé le mot «pute» ou le mot «Fidel»? Sans parler du mot «âneries».

— J'aime bien ce que font les Kennedy chez eux, dit-elle, la voix jeune à s'y méprendre dans l'obscurité. Ils font du bon boulot dans le domaine des droits civils. Cependant, la presse de droite réclame la tête de Castro depuis des mois, alors... Vous avez faim, messieurs?

Jack fait signe que non.

— Non, je, euh... merci, Karen.

Ils la regardent rentrer. Détournant les yeux de la porte, Jack crache un grain de tabac.

— Il ne nous reste qu'à espérer que Khrouchtchev va démanteler ses armes. Vous savez ce que disait le général MacArthur? «Ne livrez jamais une guerre que vous n'avez pas l'intention de gagner.»

— *Ach,* gagner ou perdre, peu importe, dit Froelich. De toute façon, c'est bon pour les affaires, pas vrai?

— L'enjeu est bien plus important, Henry, vous le savez très bien.

— Ah bon? Quel est-il, je vous prie?

— La démocratie. Nous venons de deux mondes différents, vous et moi. Pourtant, nous sommes là, dans votre entrée, à diverger d'opinion sur une question dont la seule évocation, dans certains pays, nous conduirait tout droit en prison, à supposer que nous osions l'aborder. Cuba y compris.

Froelich tire sur sa pipe et rejette une fumée blanche à l'arôme de cuir. Jack envoie une succession de ronds de fumée se perdre dans le ciel d'octobre. Ils contemplent tous deux la voûte étoilée. La nuit est d'une clarté remarquable. Une splendide nuit sur la Terre.

— Vous voulez *ein Bier,* Jack, demande Froelich?

— *Ja, danke.*

— Qu'est-ce que c'est que ce fouillis?

Dans la cave, Jack balaie des yeux les boîtes de carton qu'il avait proprement mises à plat et empilées après le déménagement. Elles forment désormais des tunnels sous des couvertures soutenues par tous les livres des étagères, sans oublier les étagères elles-mêmes. De lourds volumes cartonnés retiennent les extrémités des couvertures — les mémoires de Winston Churchill en six volumes, *La Montée et la chute du troisième Reich,* des numéros du *National Geographic,* échelonnés sur quelques années et préservés avec un soin jaloux, l'*Encyclopaedia Britannica,* l'annuaire du comté de Huron et Dieu seul sait quoi encore. Des sacs de couchage, méticuleusement roulés et entreposés pour l'hiver, ferment maintenant une arche d'entrée faite d'un vieux lit de bébé en métal. Tendant la main, Jack récupère une partie du journal d'aujourd'hui ayant servi à la construction de cet édifice littéraire, au moment où la tête de Mike émerge d'entre les sacs de couchage. Sa fille sort de sa cachette.

— Salut, papa. Tu veux entrer ?

— Qu'est-ce que vous avez là-dedans ? demande Jack.

— Des rations, dit-elle, et de l'eau.

— À quoi vous jouez, Mike ?

Mike éteint la lampe de poche et sort en rampant.

— Nous construisons un abri.

— Un abri atomique, dit sa fille, ravie.

Pour elle, c'est un jeu. Tant mieux.

— C'est l'heure d'aller au lit, choupette.

— Mais papa, nous n'avons pas encore terminé…

— Au lit, j'ai dit.

Lorsqu'elle disparaît dans l'escalier, Jack demande à son fils :

— Tu essaies de lui donner encore des cauchemars ?

— Non.

Mike rougit jusqu'aux oreilles.

— Qu'est-ce que je t'ai dit, à table ?

— Nous sommes en état d'alerte.

— Eh bien, ça n'a rien d'un jeu. C'est la vérité vraie. Si je t'en ai parlé, c'est parce que je me suis dit que tu étais assez vieux pour comprendre.

— C'est vrai, je suis assez grand, bredouille Mike.

— Dans ce cas, à quoi jouais-tu, Mike ?

— Ce n'est pas un jeu. On s'y prend comme ça. Je l'ai vu à la télé.

— Je vois. Et tu crois tout ce que tu vois à la télé ?

— Non.

Jack se dirige vers l'escalier.

— Démolis-moi cette bêtise et remets tout dans l'état où tu l'as trouvé.

— Papa…

— Et que ça saute.

— Mais…

Jack se retourne.

— Vous m'avez entendu, monsieur, fait-il en pointant le doigt vers Mike. Exécution.

En s'allongeant près de Mimi, Jack ne peut s'empêcher de lui raconter cette histoire d'«abri atomique». Maintenant qu'il en parle, c'est en fait plutôt amusant.

— Mike est comme son père, dit-elle en l'embrassant.

Le garçon s'efforce de faire sa part. Difficile parfois de se rappeler qu'il n'est encore qu'un enfant.

— Demain soir, fais-moi penser d'emmener Mike à la patinoire. Nous nous échangerons la rondelle.

Mimi lui caresse la poitrine et blottit sa tête contre son épaule. À l'instant où il va éteindre la lampe de chevet, elle lui demande :

— Tu as parlé à monsieur March ?

— Monsieur qui ? Non, j'ai été… un peu coincé en fin de journée. Elle m'a l'air d'aller mieux, tu ne crois pas ?

— Oui, je pense.

Les mots suivants viennent facilement à Jack.

— Je suis allé à London faire la connaissance d'un conférencier invité pour l'école des officiers. J'ai pris un peu de retard.

— Bon, fait-elle.

Il ferme les yeux.

— Jack, tu es sûr qu'il n'y a pas de mal à ce qu'elle joue avec la fille Froelich ?

— Colleen ? Évidemment. Pourquoi cette question ?

— J'espère que tu as raison. Je l'ai laissée aller là-bas aujourd'hui.

C'est vrai, il avait promis d'en toucher un mot à Mimi. Voilà qu'elle avait elle-même soulevé la question.

— Bien.

Il reste aux aguets jusqu'à ce que la respiration de Mimi change, puis il se retourne précautionneusement sur le côté. Le premier mensonge. En quoi est-il différent de tous ceux qu'il lui a racontés au cours des derniers jours ? «C'est une simple partie de bras de fer. Pas de quoi s'inquiéter.» Ce ne sont pas vraiment des mensonges, c'est plutôt une autre façon de dire : «Je veille sur toi.» Une autre façon de dire : «Je t'aime.»

Dans l'intimité de la nuit, dans le confort douillet de sa famille, Jack songe à Oskar Fried, seul dans son meublé. Voilà comment nous gagnerons cette guerre — comment nous préserverons le monde pour le léguer à nos enfants. En recrutant le plus grand nombre d'Oskar Fried possible. Et Jack apporte une contribution modeste mais directe. Fermant les yeux, il révise ses attentes à l'égard d'Oskar Fried.

Laisse-le se cloîtrer dans son appartement s'il y tient. Il n'est pas là pour mettre du piquant dans la vie de Jack McCarthy. Il est là pour nous aider à remporter la guerre froide qui menace maintenant de faire sauter le couvercle de la marmite.

Jack, cependant, n'arrive pas à garder les yeux fermés. Ses paupières lui font l'effet de ressorts. Il se lève, sort à pas de loup sur le palier et jette un coup d'œil à sa fille. Elle dort. Front moite d'enfant, pyjama de flanelle froissé, vieux lapin tout crasseux. Ma petite est en sécurité.

GUERRES GRANDES ET PETITES

Assez récemment, un Russe a dit :
« Dans le domaine de la télé couleur, pardi,
Nous avons une longueur d'avance.
Les vôtres ont toutes sortes de nuances.
Mais les nôtres, voyez-vous, sont toutes en rouge.»
Guide télé, automne 1962

Le lendemain, après l'école, il tombe une pluie fine. Madeleine rentre de chez Lisa Ridelle, où elles ont joué aux Barbie toutes nues. Auriel était chez le dentiste. Rien à voir avec les fois où elles sont toutes les trois. Assises par terre dans la chambre de Lisa, un peu déroutées, elles ont feuilleté les magazines de cinéma de Mme Ridelle. Puis, au grand désarroi de Madeleine, Lisa a sorti Barbie et Ken du placard — Madeleine ne savait pas que Lisa possédait de tels jouets — et les a complètement déshabillés. Elle a piqué une épingle entre les jambes de Ken pour lui faire son «machin» et l'a fait s'allonger sur Barbie.

— J'avais oublié, dit Madeleine. Il faut que j'y aille.

Elle avait senti dans son estomac un reflux de frayeur dévastatrice, comme un égout, tandis que Lisa, avec une horreur insouciante, spéculait sur les «choses de la vie». Madeleine espérait être partie à temps, avant que l'odeur n'émane d'elle et n'envahisse la maison.

La voilà maintenant en sécurité, baignée par le doux arôme de la pluie et des vers. Il pleut juste assez pour que les vers sortent. Accroupies au bord de la rue, devant la maison de Madeleine, Colleen et elle les ramassent. Des bottes jaunes font leur apparition. Marjorie.

— Tu sais quoi, Colleen ?

— Quoi ?

Colleen lève à peine la tête.

— Madeleine n'est pas vraiment ton amie. Elle se sert de toi, c'est tout.

— Déguerpis, Margarine.

Sous la capuche de son imper rouge, Madeleine ne la gratifie pas d'un regard. Elle s'occupe moins de recueillir des vers que de les dresser. Pour l'heure, elle s'aide d'un bâtonnet de Popsicle pour en guider un dans un corral fait de terre et de cailloux. Elle n'aime pas vraiment les vers, mais elle tient à ce que Colleen sache qu'ils ne lui font pas peur.

— Elle se sert de toi pour se rapprocher de ton frère, dit Marjorie.

Colleen ne mord pas à l'hameçon.

— Ta gueule, dit Madeleine d'un ton nonchalant en direction des bottes.

Elle se concentre sur son ver : elle le guide en plaçant le bâtonnet d'un côté, puis de l'autre, observe le lent parcours gluant — allez, hop ! au paddock.

Marjorie martèle le sol de sa botte jaune.

— C'est vrai ! C'est elle qui me l'a dit.

— C'est vouai, répète une voix derrière elle.

Cette fois, Colleen pouffe de rire parce que, quand on n'en a pas l'habitude, il est difficile de ne pas trouver amusante la façon qu'a Grace de dire les « r ». On aperçoit maintenant les bottes de Grace — vert marécage, trop grandes pour elle.

Madeleine regarde Colleen extraire un long ver du sol avec la dextérité d'un moineau. Elle se dit que le ver va se casser au milieu, mais il émerge de la terre intact en se recroquevillant sur lui-même, et Colleen l'ajoute à sa récolte grouillante, *bon jusqu'à la dernière goutte.* Madeleine s'occupe de son ver et chante doucement avec un accent de cow-boy :

— *I'm an old cowhand, on the Rio Grande...*

— Tu devrais te la coincer, Madeleine McCarthy, parce que Ricky m'appartient, et tu le sais très bien.

Marjorie a presque crié. Madeleine rigole. Marjorie persiste et signe.

— Il m'a invitée à aller pique-niquer à Rock Bass, alors tu vois...

Madeleine pousse son ver, qui négocie l'ultime et interminable centimètre qui le sépare encore du corral, qu'elle s'apprête à refermer au moyen du bâtonnet, et elle se prend à songer aux bâtonnets de Popsicle et à la myriade d'utilisations qu'on peut en faire, par exemple les aiguiser pour en faire des couteaux, les coller pour en faire des pagodes ou des lampes magnifiques — la botte jaune s'abat, oblitère le ver, le corral, tout un monde. Elle lève les yeux.

— Excuse-moi, Madeleine, mais tu ne l'as pas volé, dit Marjorie.

En se balançant sur les talons, Colleen déclare :

— Mon frère ne te toucherait jamais, même avec des pincettes.

Marjorie bat en retraite, même si Colleen n'a pas l'air en colère et qu'elle n'a pas fait mine de se lever. Du milieu de la rue, où Grace l'a suivie, Marjorie lance comme un crachat :

— Sale Indienne !

Puis elle détale en hurlant, comme si elle avait le diable à ses trousses et qu'il la martelait de coups. Pourtant, personne ne la suit, sinon Grace, qui fait floc ! floc ! dans ses bottes trop grandes.

Madeleine est sur pied.

— Tu ne vas pas l'assommer ?

Elle crie en direction de Marjorie :

— *Mange d'la marde, Margarine* !*

— *Ci pa gran chouz,* dit Colleen.

Puis elle ajoute, comme si elle venait de rejeter un poisson à l'eau :

— Elle n'en vaut pas la peine.

Madeleine regarde son ver écrabouillé, bleuâtre au milieu, grouillant aux deux extrémités. À l'aide du bâtonnet, Colleen le décolle et le dépose dans la boîte :

— Il peut encore servir.

Jack a confié une course à son commis d'administration. Penché au-dessus de la machine à écrire de l'homme, il tape le nom et l'adresse d'Oskar Fried sur une enveloppe. Il y glisse une feuille vierge de papier à lettres, la scelle et y colle un timbre. L'ajoutant à deux autres enveloppes de taille et de couleur différentes, il sort les mettre à la poste. Oskar Fried doit recevoir un courrier normal. Oskar Fried doit être normal en tous points et, partant, invisible. Jack fourre les lettres dans sa poche intérieure et sort sous la pluie.

Les voitures passent au ralenti, les conducteurs évitant de l'éclabousser. Le terrain de rassemblement est d'un noir lustré. Malgré lui, Jack trouve un certain réconfort dans le crachin, l'uniformité grise du ciel. Un confort illusoire, il le sait bien : les avions et les missiles d'aujourd'hui se passent facilement de visibilité. La tension n'a pas baissé, mais elle n'a pas monté non plus. Khrouchtchev a ordonné le déroutement de quelques navires, mais il a du même souffle fait accélérer les travaux de construction aux emplacements des missiles.

L'aviation et la marine canadiennes suivent la progression de sous-marins soviétiques au large de la côte est. Les États-Unis ont intercepté sans incident un premier cargo soviétique. Jack s'arrête à la cabine téléphonique.

— Comment les choses se présentent-elles à Washington, Simon ?

— Eh bien, d'après ce que je vois par la fenêtre, au milieu du fouillis des monuments, tout le monde retient encore son souffle.

— Nous attendons tous simplement que Khrouchtchev cligne de l'œil.

— Il a battu des cils une fois ou deux, mais c'était pour courtiser la catastrophe.

Étrange que nous nous soyons habitués si rapidement à la crise. Nous ne devrions pas être en mesure de rire de notre annihilation imminente. Nous nous adaptons. Bénédiction ou malédiction ? se demande Jack.

— En tout cas, on peut dire que vous avez pris votre temps, là-haut.

Jack a conscience de se faire taquiner.

— Gloire à notre chef.

Diefenbaker a enfin rendu l'alerte publique et déclaré son appui à Kennedy au Parlement.

— Difficile de croire qu'à notre époque un premier ministre canadien attend de recevoir ses ordres de Whitehall.

— Oui, répond Simon, mais vous vous retrouvez toujours coincés au milieu. D'ailleurs, les Américains ont une obsession malsaine vis-à-vis de Cuba.

— Je serais obsédé, moi aussi, si j'avais une multitude d'armes atomiques parquées à cent cinquante kilomètres de mes rives.

— D'accord, mais la crise était prévisible.

— Je croirais entendre mon voisin, dit Jack.

— Vraiment ? Que voilà un type brillant.

— Au moins, Kennedy a le cran de défier ce type.

— Il ferait mieux de surveiller son frère d'un peu plus près, dit Simon, mine de rien.

— Pourquoi ? Que veux-tu dire ?

— Il n'y a pas que Robert, évidemment. À propos de Cuba, ils sont tous irrationnels. Ça confine à l'hystérie. Fidel a refusé l'offre des Giants de New York, et les Américains ne le lui ont jamais pardonné. *Fidel.*

— Tu rigoles ?

— Vrai comme je suis là, mon vieux.

— Nom d'un chien !

Jack rit de bon cœur à la pensée de Castro lançant pour les Giants.

— Sans compter que tout chef latino-américain qui se respecte doit s'insurger contre des complots visant à faire tomber sa barbe.

— Quoi ?

Un cadet attend poliment le téléphone. Jack se retourne — pour éviter qu'on lise sur ses lèvres.

— Qui cherche à faire tomber sa barbe ?

— À ton avis, qui est assez dingo pour concevoir un projet pareil ? Depuis des années, la CIA a sur place un assortiment douteux d'agents à la recherche de moyens de discréditer Castro, de le tuer ou de provoquer un soulèvement populaire. Les Américains ont perdu la poule aux œufs d'or. Ils veulent la récupérer.

Jack l'entend inhaler — une bouffée d'une de ses Camel. Il s'appuie contre la vitre.

— Qu'est-ce qui va se passer, Simon ?

— Je pense que ça se dessine déjà. Khrouchtchev va reculer et Kennedy fera figure de héros chez lui et auprès de l'OTAN. Un à zéro pour nous, mon vieux.

— Espèce de vieux cynique, va.

— Je suis profondément sincère.

Il a un ton désinvolte.

— Kennedy retirera les missiles Jupiter complètement obsolètes de Turquie pour permettre à Khrouchtchev de sauver la face, mais le prestige des Russes va en prendre pour son rhume. Brillant exercice de *realpolitik* de la part de Kennedy. Si nous ne nous envolons pas en flammes au cours des vingt-quatre prochaines heures, il y a de bonnes chances pour que ça ne nous arrive pas de sitôt.

Simon expire. Jack croit presque sentir la fumée.

— Au fait, avant que j'oublie, il faudrait que Fried reçoive du courrier…

— C'est fait.

— Ah bon ? Je t'en avais parlé ?

— Non, mais je me suis dit que la chose allait de soi.

— Décidément, tu es doué pour le métier, mon petit vieux, dit Simon en parodiant son propre accent.

— Nous te voyons bientôt ? Mimi a hâte de faire ta connaissance.

— Elle est au courant de notre petite opération ?

— Non, mais elle sait que je suis tombé sur toi l'été d'avant…

— Comment va la *Deutsches Mädchen* ?

— À merveille. Un véritable avion de chasse.

— Tel père, telle fille, hein ? Au revoir, Jack.

— Au revoir.

Jack entend le clic! et raccroche. Il va jeter les «lettres» de Fried dans la boîte devant le supermarché.

Le métier.

Le lendemain matin, Jack récupère le journal sur le perron. Il traverse lentement la cuisine, les yeux rivés sur la première page : «ÉTATS-UNIS ET URSS : POURPARLERS PRÉLIMINAIRES SUR CUBA.»

— Le lait n'est pas arrivé? demande Mimi.

— Je ne crois pas, répond Jack. En tout cas, je n'ai rien vu.

Mimi passe près de lui, sort et prend le lait.

À table, Madeleine tend la main vers un muffin aux bananes qui sort tout juste du four. Soulevant son journal, son père tourne la page. Elle se glace. Là, dominant la table, une photo à la une d'enfants qui se mettent aux abris sous leur pupitre. C'est le groupe d'exercice. Son estomac se noue.

— *Madeleine, qu'est-ce qui ne va pas* ?*

— Rien.

— Dans ce cas, donne le beurre à ton frère.

— Après tout, je te l'ai demandé seulement deux fois.

Si elle attrape le beurre, elle a le curieux sentiment que sa main va rester figée, qu'une main fantôme va s'en emparer. Elle soulève sa main, qui fonctionne parfaitement, mais, avant de prendre le beurre, elle ne peut résister à l'envie de sentir fugitivement ses doigts. Mike éclate de rire.

— Qu'est-ce qu'il y a de si drôle? demande-t-elle.

— Reniflarde!

— Arrête!

Le journal s'abaisse. Mike ricane toujours.

— C'est vrai, quoi. Elle n'arrête jamais de faire ça.

Et il imite sa sœur, sentant furtivement sa main, les doigts repliés.

— Arrête ça, je te dis!

— On se calme, dit Jack. Mike, cesse de taquiner ta sœur.

Madeleine a le visage en feu, une vraie bouillotte. Elle doit aller à la salle de bains. Ses parents la regardent.

— C'est Diane Vogel, confesse-t-elle en désignant une fille le visage enfoui dans ses bras à la une du journal.

— Ces enfants sont en Floride, dit son père.

Des enfants américains. Ce n'est donc pas une photo de notre classe.

Il se lève.

— On dirait que la tension s'apaise, non? Bonne journée à tous.

Les élèves de quatrième année récitent :

— Faute d'un clou le fer fut perdu, faute d'un fer le cheval fut perdu, faute d'un cheval le cavalier fut perdu...

On consacre toujours les vendredis après-midi aux arts plastiques. Les meilleurs dessins ont été affichés aux murs et à la fenêtre de la porte.

— ... Faute d'un cavalier la bataille fut perdue, faute d'une bataille la guerre fut perdue...

Madeleine fixe la planchette à pince posée sur le bureau de M. March, comme si, par la seule force de sa volonté, elle pouvait l'empêcher de s'en saisir et de lire la liste des noms.

— ... Et tout cela faute d'un clou de fer à cheval.

Il s'empare de la planchette :

— Les petites filles qui suivent...

Après dîner, le bourdonnement et le crépitement de la machine à coudre de Mimi font concurrence à *Sing along with Mitch*. Madeleine regarde le tissu coloré passer sous l'aiguille qui monte et descend à la manière d'un piston, le pied de sa mère sur la pédale comme sur un accélérateur. Elle rallonge le costume de clown de Madeleine. Fait de vieux rideaux de mousseline indestructible à motifs de fleurs tropicales de couleur cramoisie, émeraude et jaune canari, à fronces et à pompons. Madeleine reluque le chapeau avec envie — on ne l'autorise pas à le porter avant l'Halloween. Fabriqué à l'aide de numéros de *Life* roulés, recouvert de laque et rembourré, il est pointu comme un bonnet d'âne. Anne Frank est là quelque part qui suffoque. Madeleine prend une profonde inspiration et détourne les yeux.

— Avec un costume pareil, dit son père, tu es mûre pour le cirque Barnum'n' Bailey. Tu as la *maman** la plus futée du monde.

Le samedi, un avion espion U-2 est descendu au-dessus de Cuba, entraînant son pilote dans la mort, et ils reculent tous leur montre pour revenir à l'heure normale. Madeleine subit son cours de patinage artistique. Les tourments des piqués et des huit sont atténués par la présence d'Auriel qui, de son propre aveu, a, dans son tutu, l'air d'une « saucisse briochée enrobée de velours ». La vue de Marjorie, bondissant furieusement à chaque poussée, les plonge dans des accès de rire silencieux. À la piscine intérieure où tous les bruits résonnent,

Madeleine suit courageusement ses cours de natation, survit à l'écœurante odeur de renfermé du vestiaire. Reconnaissante, elle en ressort à temps pour assister à l'entraînement de Mike, une tasse de chocolat fumant à la main, les talons de ses bottes donnant contre les planches balafrées des gradins. Mike joue à la défense. Elle prend plaisir au crissement de ses patins sur la glace, admire la concentration sur son visage, ses joues rougies par l'effort. Après, elle observe, fascinée, le balai de la Zamboni qui cicatrise la surface de la patinoire. Son frère et Arnold Pinder sortent du vestiaire en compagnie de Roy Noonan, chargé de son lourd équipement de gardien. Tous les quatre, ils regardent leurs aînés foncer sur la glace à grandes enjambées gracieuses, faire pivoter le bâton dans leurs mains gantées, se passer la rondelle, se retourner brusquement et patiner à toute vitesse à reculons. Parmi eux, Ricky Froelich longe la rampe avec aisance, dangereusement, repousse ses mèches rebelles d'un mouvement de tête. L'année dernière, il a été suspendu pour s'être battu, mais il n'a pas récidivé.

L'après-midi, les McCarthy vont faire des courses à London. À l'entrée du marché Covent, toujours bondé, Madeleine aperçoit un jeune homme et une vieille femme qui brandissent des pancartes : « Non à la bombe » et « Le monde appartiendra aux insectes. »

Le soir, Jack, assis sur le canapé avec sa femme et son fils, regarde une émission spéciale du journal télévisé de la CBC. Knowlton Nash interviewe l'attaché de presse de la Maison-Blanche, Pierre Salinger, à Washington, et des dignitaires se succèdent au micro pour louer la « décision digne d'un chef d'État » prise par Khrouchtchev. Il va démanteler les missiles à Cuba. Le soulagement est palpable.

— On doit toujours tenir tête à un tyran, Mike. Voilà ce que nous enseigne l'histoire.

Par terre, assise en tailleur, Madeleine attend la fin du journal télévisé. Jack les invite à profiter de « l'histoire en train de se faire ». L'animateur, Norman DePoe, résume la situation :

— … des hommes meurent toujours dans les rizières du Viêt Nam, dans l'étuve des jungles du Laos et dans les hauteurs à l'air raréfié de l'Himalaya. Les petites guerres se poursuivent, mais la grande nous est épargnée. Pour le moment du moins. Soudain miroite l'espoir de mettre fin aux petites.

— C'est où, le Viêt Nam ? demande Mike.

— En Asie du Sud-Est, répond Jack.

— Il y a la guerre là-bas ?

— Toujours, plus ou moins.

Ils restent à l'écoute pour l'émission d'Ed Sullivan.

Ce soir-là, Jack dit à Madeleine :

— C'est terminé, choupette. Plus besoin d'avoir peur.

Il n'y aura pas de guerre nucléaire de notre vivant.

— Demain, tu peux te lever et aller à l'école, gaie comme un pinson. Et tant pis pour monsieur Marks.

Il éteint. Et les yeux de Madeleine restent ouverts.

L'HALLOWEEN

Le 31 octobre est la plus belle journée de l'année : l'Halloween. Tous les enfants mettent leur costume pour aller à l'école. Porter un costume allège le travail scolaire, même l'arithmétique. Chaque classe a sa propre fête d'Halloween. Les élèves de quatrième année ont attrapé avec leurs dents des pommes flottant dans une bassine d'eau et dévoré un gâteau glacé à l'orange apporté par M. March. Madeleine attend impatiemment le plus beau moment : la tombée de la nuit. Elle épie l'horloge, prête à s'envoler au son de la cloche.

— Les petites filles qui suivent…

Qu'il les oblige à faire des exercices en costume d'Halloween ne lui avait jamais effleuré l'esprit. C'est insensé. Appuyée contre le crochet à manteau, la tête en sueur sous le chapeau pointu de clown, elle attend.

— Je ne veux plus être un clown.

Il fait presque noir. Les jeunes enfants, accompagnés de leurs parents et de leurs frères et sœurs aînés, ont déjà entrepris leur tournée. Jack est dans la chambre de Madeleine, où, le chapeau de clown à la main, elle reste debout, la mine sinistre malgré le grand sourire peint sur sa bouche. Au-dessus du col ruché. Il a très envie de rire, mais il garde un air solennel.

— Pourquoi donc, choupette ?

Madeleine réfléchit.

— Le costume est trop petit.

— Je trouve qu'il te va bien, moi.

Elle baisse les yeux.

— En quoi préférerais-tu te déguiser ?

— En golfeur.

— En golfeur ? Pour quoi faire ?

— Je ne sais pas.

C'est la plus stricte vérité.

— Eh bien, j'ai des bâtons, un sac de golf. On pourrait te dégoter une casquette, te faire une moustache…

Le visage de Madeleine s'illumine — *une moustache ?*

— … mais tu ne crains pas de faire de la peine à maman ?

Oh. Elle n'y avait pas pensé. À l'idée des mains de M. March sur le magnifique costume qu'elle a cousu, Madeleine se sent soudain terriblement triste pour maman.

— Je pourrais être un clown golfeur.

Il rit.

— Ouais. Pourquoi pas ?

— Avec une moustache.

— Évidemment.

Dans la salle de bains, Jack efface le rouge à lèvres du visage de Madeleine à l'aide d'un gant de toilette. Puis, avec le crayon à sourcils de Mimi, il lui dessine une moustache en croc au-dessus de la lèvre supérieure. Dans sa chambre, Madeleine s'empare de son oreiller, le glisse sous son costume, puis revient dans la chambre de ses parents pour s'admirer dans le miroir en pied. Elle est M. March déguisé en clown déguisé en golfeur moustachu. Elle sourit.

— Merci, papa.

Le sac de golf en bandoulière, elle se met en route avec Auriel et Lisa. Auriel est une danseuse hawaïenne au soutien-gorge en noix de coco, et Lisa, Judy Jetson chaussée de bottes à gogo. Madeleine n'a pris que le putter pour éviter que le sac soit trop lourd — elle s'en servira pour les bonbons. Dans la boîte de l'Unicef accrochée à son cou, elle entend cliqueter les sous que papa y a mis « pour donner l'exemple ». La zone des logements familiaux brille sous les feux de citrouilles souriantes, grouille de fantômes et de squelettes, de cowboys, d'Indiens, de pirates et de fées. Son père lui a offert de le déguiser en Billy Bishop, mais Mike a préféré s'habiller en soldat de fortune dépenaillé. Arnold Pinter porte l'habit de chasse kaki de son père et une arme à BB. Les deux garçons se sont noirci le dessous des yeux à l'aide d'un bout de liège calciné. Roy Noonan est déguisé en hot-dog.

Après deux ou trois maisons, Madeleine se détache de ses amies et dérive vers le parc, prise d'une folle envie de jouer au golf.

— Fore ! hurle-t-elle en s'élançant dans l'obscurité.

Le poids du bâton lui fait faire un tour complet sur elle-même. Grace et Marjorie passent en coup de vent. Marjorie est une femme enceinte, Grace une adolescente au soutien-gorge rembourré et au rouge à lèvres barbouillé.

— Attention, Madeleine, crache Marjorie en se retournant.

Un grand élan, puis un autre, puis un autre encore, tant qu'elle en est tout étourdie. Elle se découvre un nouveau fou rire de marionnette de ventriloque en fuite — ouvrant et refermant sa mâchoire mécanique, balançant la tête en avant et en arrière au gré de ses rires maléfiques. Riant toujours, elle sort du parc et descend St. Lawrence Avenue, où elle croise Claire McCarroll déguisée en lapin, tenant son père par la main.

Au bas de St. Lawrence, elle tombe sur un ours — en réalité, quelqu'un en manteau de chat sauvage, portant sur la tête un sac en papier kraft avec des trous pour les yeux. On ne s'est pas donné beaucoup de mal, aurait dit M. March.

— Quel bon vent vous amène? demande avec son accent britannique M. March déguisé en clown moustachu parti jouer au golf.

— Les bonbons gratuits, évidemment.

Colleen Froelich. Qui aurait pensé qu'elle allait s'abaisser à une activité aussi normale et amusante que la collecte de friandises?

Elles sont dans la cour d'école. Avant de sortir, Madeleine avait laissé tomber une savonnette dans son sac de golf. Elle savait donc qu'elle allait faire quelque chose de mal, même si elle n'avait pas l'intention de s'en servir. Elle renverse le sac. Une poignée de fusées en bonbon et de tires en papillote dégoûtantes en tombent en même temps que la savonnette. Elle a perdu sa boîte de l'Unicef. À l'aide de la savonnette, elle écrit AUBÉPINE sur toutes les vitres de la classe de quatrième année, chancelant, barbouillant et criant comme un perroquet dans un film de pirates :

— Aubépine! Aubépine! *Croâ!*

— T'es folle, dit Colleen.

Madeleine s'effondre sur le sol à côté d'elle, ne se tenant plus de rire.

— Merci, Aubépine.

— Qu'est-ce que ça veut dire, «aubépine»?

— *Ahhhh, qu'est-ce que c'est l'«aubépine»**?

Colleen s'en va. Madeleine gît sur le sol dans la cour d'école plongée dans le noir, son rire réduit à un filet sombre qui lui dégouline du coin de la bouche. Elle se relève, reprend le sac de golf et suit Algonquin Drive derrière les maisons en donnant des coups de putter sur des cailloux. Elle en entend un ricocher contre une poubelle. Elle se demande ce qui arriverait si elle entendait un bruit de verre qui casse et s'élance de plus belle. En traversant le parc, elle assène un bon coup au chêne. De l'écorce s'envole, laissant entrevoir une balafre blanche. Elle frappe, frappe comme avec une hache, chaque coup métallique suscite une douleur qui lui engourdit les mains, lui monte jusqu'aux épaules et ébranle sa tête sur son socle. Elle frappe jusqu'à ce que sa frange soit trempée de sueur, que ses bras aient la consistance du caoutchouc et qu'elle ait la conviction d'avoir pour ainsi dire abattu l'arbre.

Mimi est surprise de ne trouver aucun bonbon dans le sac de Madeleine.

— Qu'est-ce que vous avez fait de votre soirée ?

— On a donné nos bonbons à un petit garçon qui avait perdu les siens.

Elle n'a pas l'impression de mentir parce qu'elle n'a pas réfléchi à ce qu'elle allait dire avant d'ouvrir la bouche. Elle a caché le bâton de golf tout tordu derrière la chaudière. Elle va se coucher avec une douleur au ventre.

— Si tu as mal, c'est parce que tu as mangé tous tes bonbons. Ne viens surtout pas me raconter *des petites histoires** à propos de pauvres garçons qui auraient perdu les leurs.

Le lendemain matin, les vitres de la classe de quatrième année sont d'une propreté impeccable. Peut-être ne les a-t-elle pas savonnées, après tout. Elle a peut-être rêvé. Après l'hymne national et le « Notre père », le directeur, M. Lemmon, par les haut-parleurs, annonce que le parc et l'école ont subi des actes de vandalisme — de « vandalisme gratuit ».

— Les coupables sont invités à venir se confesser. Sinon, honte sur eux.

Parcourue de fourmillements, Madeleine se sent moite, comme si elle venait de mouiller sa culotte. Elle a l'impression que sa tête va exploser telle une citrouille qu'on écrase.

Avant dîner.

— Dis, papa, les personnes qui font du vandalisme, on les envoie à l'école de réforme ?

— Ça dépend de ce qu'elles ont fait et de leur âge.

— Quel âge ont les délinquants juvéniles ?

— Moins de vingt et un ans.

— Ah bon.

— Et plus de douze ans. Pourquoi?

— Si la personne avait mon âge, on ne l'enverrait pas à l'école de réforme, non?

— Eh bien, ça dépend. Qu'a donc fait la personne de huit ans en question?

— J'ai presque neuf ans.

Jack se retient de sourire.

— Qu'a donc fait la personne de presque neuf ans en question?

— Rien. Mais si, je ne sais pas, moi, elle avait cassé quelque chose?

— Laisse-moi voir. À moins qu'il ne s'agisse d'un objet de grande valeur, irréparable…

C'est réparable. Les fenêtres, on peut les laver; quant aux arbres, ils repoussent.

— … et si personne n'a été blessé, eh bien… je dirais qu'il suffit que le coupable s'excuse.

— Mais personne ne sait ce qu'il a fait.

— Raison de plus pour se soulager la conscience.

— Avouer?

— Ouais. Faire ce qu'il faut.

Elle a l'impression de dégager une mauvaise odeur et elle renifle ses doigts pour s'assurer qu'ils sont propres.

L'ACTION DE GRÂCE AMÉRICAINE

Elle sait que l'odeur va s'en aller si elle avoue à M. March avoir sali les fenêtres. Après, elle ira trouver le directeur pour lui parler de l'arbre.

Les yeux écarquillés, M. March regarde Madeleine comme s'il la voyait pour la première fois — on dirait un éléphant remarquant la présence d'une souris.

— Je m'excuse, monsieur March.

Curieux parce qu'il répond:

— Ça ne fait rien, Madeleine.

Il ne dit pas: «Ça ne fait rien, petite fille.» Il l'appelle par son nom, ce qu'il n'a jamais fait, sauf après avoir consulté sa planchette.

C'est l'heure du déjeuner. Ils sont dans le corridor, devant la classe. Elle lui a avoué avoir écrit le mot « Aubépine » sur les fenêtres de la classe. Elle lui a aussi avoué s'être déguisée en M. March clown et golfeur. Il ne l'a pas quittée du regard. Pour une fois, elle voit ses yeux à travers ses lunettes. Ils sont gros et gris. En passant aux aveux, elle a senti comme une cascade de belle eau fraîche sur sa tête, même si sa voix tremblait.

Balayant du regard le corridor désert, M. March demande :

— Tu en as parlé à quelqu'un d'autre ?

— Non.

— Bien. Que ça reste entre nous.

— Il faut que je le dise à monsieur Lemmon.

— Mais non.

D'abord surprise, elle se dit qu'il préfère probablement lui en parler lui-même. Puis il téléphonera à ses parents.

— Je vais le dire à mes parents, fait-elle.

— Pourquoi ? Ce qu'on ne sait pas ne fait pas mal.

Elle va s'éloigner dans le corridor, c'est l'heure de rentrer pour déjeuner, mais M. March lui dit :

— Attends un moment, Madeleine.

Elle s'arrête et se retourne pour lui faire face, l'appétit soudain coupé : elle se rend compte qu'il va lui faire faire des exercices même s'il n'est pas encore trois heures. Elle n'avait jamais pensé faire des exercices en costume d'Halloween, et la voilà maintenant prise en embuscade à midi. *Une, deux, une, deux...*

Elle le suit dans la classe, les bras ballants, mais il se contente d'aller chercher quelque chose dans le tiroir de son bureau. Il écrit dessus avant de le lui donner.

— Cent sur cent en compréhension de texte. Qu'est-ce que tu en dis ?

À la récréation, Madeleine cogne à la porte de M. Lemmon. Elle lui parle de l'arbre. D'abord, il ne dit rien, et elle se dit, oh non, je vais avoir droit à une bonne correction.

— Viens ici, Madeleine, dit-il ensuite.

Il est assis derrière son bureau, et Madeleine se dit : non, ce ne sera pas la ceinture de cuir, il va me faire faire des exercices à la place. Elle se sent lasse parce que, maintenant, elle va avoir pitié de M. Lemmon aussi. Elle s'approche du bureau et pousse un soupir — elle aurait dû deviner que les choses en arriveraient là. Elle est près de lui, assez pour qu'il puisse lui serrer le biceps. Il s'avance effectivement, mais c'est pour lui prendre la main, qu'il serre.

— Je suis impressionné, Madeleine. Très impressionné.

Que j'aie fouetté un arbre ?

— La plupart des enfants n'auraient jamais eu le courage de passer aux aveux comme tu viens de le faire.

Courage. Une pluie de projectiles. Un chien sauvé des rapides. Être une délinquante juvénile. S'en confesser.

— Tu peux disposer, Madeleine.

Après l'Halloween, M. March met une semaine à réunir de nouveau le groupe d'exercice. Puis, au cours de la deuxième semaine de novembre :

— Les petites filles qui suivent resteront après la cloche : Diane Vogel, Joyce Nutt, Grace Novotny...

Madeleine attend qu'il prononce son nom, la sensation cuisante dans sa culotte, la nausée au creux de l'estomac.

— ... Marjorie Nolan... et Claire McCarroll.

Quoi ?

La cloche sonne. Fracas de chaises au moment où tout le monde s'évade pour la journée, à l'exception des membres du groupe d'exercice. Madeleine reste assise à son pupitre et regarde Claire, qui a viré au rose. Une fois la classe déserte, les petites filles se lèvent et s'alignent contre le mur du fond, appuyées contre les crochets à manteau. Claire les suit et occupe l'espace vacant à côté de Marjorie. Depuis son pupitre, Madeleine constate que les genoux de Claire ont rosi eux aussi. Qu'imagine Claire ? La voilà dans la caverne. De l'extérieur, on dirait une montagne ordinaire.

— Qu'est-ce que vous attendez, Madeleine ? demande M. March.

Elle se lève, se dirige vers les crochets à manteau et se plante au bout de la rangée, à côté de Claire.

M. March roule les yeux.

— Au nom du ciel, petite fille, vous m'avez entendu dire votre nom ?

— Non, monsieur, répond Madeleine.

— Eh bien ?

Ricanements. À son pupitre, Madeleine prend ses devoirs.

— Lente comme un escargot, dit M. March.

Elle sort. Marjorie ricane de nouveau. Diane Vogel la regarde droit dans les yeux, avec un air solennel que Madeleine a vu dans un livre. Madeleine songe à Anne Frank. Voilà pourquoi elle aime bien Diane Vogel. Claire regarde par la fenêtre.

Madeleine ne rentre pas directement chez elle. Des enfants sortent en trombe de l'école ; pourtant, l'air qui l'entoure lui semble paisible, molletonné, on dirait de la laine angora. Les enfants qui filent à toute vitesse lui semblent éloignés, comme dans un film. Fendant la foule, elle gagne les balançoires. Elle a l'impression d'être toute rouge, comme si elle avait fait quelque chose de mal, et elle sait que, à son retour à la maison, maman, après lui avoir jeté un seul regard, lui dira :

— Tu as quelque chose sur la conscience ?

La tête brûlante, elle a des étourdissements, comme si elle s'était rendue coupable d'un acte honteux — par exemple, regarder un garçon qui vous a proposé de faire pipi devant vous, ce à quoi vous n'auriez trouvé à répondre que :

— Si tu veux.

Elle a déjà regardé Philip Pinder faire pipi. C'est un péché. Aujourd'hui, cependant, elle n'a pas commis de péché.

Elle commence à se balancer. Si cette idiote de Claire McCarroll n'avait pas été choisie, Madeleine ne se sentirait pas si coupable. Comme Adam et Ève quand Dieu les a chassés du jardin d'Éden. *Et ils virent qu'ils étaient nus.* Fallait-il qu'ils soient bêtes pour n'avoir rien remarqué avant.

Elle commence à se balancer tandis que la cour d'école se vide autour d'elle, pousse contre la terre battue du bout de ses chaussures, se représente les joues grises et flasques de M. March, elle-même en train de faire une flexion dorsale pour lui pendant qu'il palpe les « glandes sudoripares » entre ses jambes. Fermant les yeux, elle voit le visage de Jésus, l'air si triste. Jésus est triste parce que tu lui as fait de la peine. À voir Jésus, on a souvent l'impression que quelqu'un vient de péter. Elle croise les bras sur ses genoux et y appuie la tête, contemple, entre ses pieds ballants, un monde infime.

Hier encore, à la maison, elle regardait *The Beverly Hillbillies* avec son frère et Bugs Bunny, et les exercices avaient pour ainsi dire disparu. Confinés à leur place. Comme si ces onze minutes après la cloche étaient scellées et entreposées à part — de la même façon qu'on recouvre les restes de plastique pour éviter qu'ils ne se gâtent. Le sac fuyait peut-être un peu, mais voilà qu'il s'est déchiré : l'odeur s'est répandue. Aujourd'hui, on l'a expulsée de l'après-trois heures. Sous ses pieds, elle observe le petit monde qui va et vient, va et vient...

Le bout de ses chaussures est tout éraflé. Elle se redresse et étire les jambes. Tout le monde, se dit-elle, croit que je ne suis qu'une petite fille en socquettes blanches. On ne sait pas que je suis au courant de l'après-trois heures. Des crochets à manteau, de la façon dont vous pouvez en enfoncer un entre vos omoplates en attendant de voir s'il vous appellera à l'avant. Vous appuyez si fort sur le crochet que vous le sentirez tout au long des exercices. On ne sait pas que je suis au courant pour M. March. De son odeur. On dirait de l'eau de Javel. Mais je vais voler, vive comme le vent, jusqu'à ce que son odeur ait disparu. Elle commence à pomper avec ses jambes pour activer la balançoire.

— Nous avons eu des chocola-a-a-ts, mais pas toi-oi !

C'est comme un chant scandé.

— Tra la la la lère.

Marjorie et Grace se tiennent par la main et balancent leurs bras. Preuve irréfutable, Marjorie a du chocolat autour de la bouche.

— Et alors ? Qu'est-ce que tu veux que ça me fasse ?

Madeleine agrippe les chaînes de la balançoire.

— Toi, t'en as pas eu-u !

Marjorie tire sa langue maculée de brun.

Décidant de les ignorer, Madeleine continue de se balancer.

— Elle est où, ton amie, Madeleine ?

Madeleine tire et monte encore plus haut, l'air fait du bien à ses jambes brûlantes, à son visage en feu.

— Ouais ! dit Grace, ce qui est beaucoup pour elle.

— Qui ça ? demande Madeleine d'une hauteur vertigineuse.

— Tu sais bien, réplique Marjorie.

Puis, en battant ses lèvres de la main, elle se met à crier comme les Indiens dans les films de cow-boys. Madeleine lâche la balançoire, fend l'air doucement, atterrit comme un projectile, puis *pan, pan, pan !*

— Prends ça, Marjorie Nolan !

Marjorie hurle, le sang qui jaillit de son nez se mêle aux taches de chocolat autour de sa bouche.

— Je suis désolée ! crie Madeleine au visage de Marjorie presque au moment où s'abat le dernier coup.

C'est vrai qu'elle est désolée. Les garçons font ça tout le temps. Ils se passent à tabac. Madeleine n'en revient pas. Les victimes sont si pathétiques. Comme vouloir continuer à leur taper dessus, comment vouloir recommencer avec quelqu'un d'autre ? Elle caresse la tête de Marjorie.

— Tiens, Marjorie.

Elle retire une de ses chaussures, enlève sa socquette et s'en sert pour lui tamponner le nez — pauvre Marjorie, si répugnante et incapable de garder quoi que ce soit en dedans, son sang, sa morve, ses larmes et sa langue. Elle sanglote toujours éperdument. Soudain, Madeleine se sent terriblement triste.

Marjorie se lève.

— Je vais te dénoncer.

Se retournant, elle déguerpit, la tête en arrière, les mains agitées de soubresauts, hurlant si fort qu'elle ne pleure plus vraiment, Madeleine s'en rend compte, mais c'est encore plus triste. Qu'il est horrible d'être Marjorie.

Madeleine cherche Grace Novotny des yeux, mais elle a décampé. L'année dernière, à l'école, Grace a fait pipi dans sa culotte, et c'est tout ce que vous avez besoin de savoir à son sujet.

— Je suis désolée, répète doucement Madeleine pour elle-même.

Elle n'a toujours pas envie de rentrer à la maison. Impossible de remettre sa socquette, imbibée des humeurs de Marjorie. Elle enlève l'autre, puis remet ses chaussures. Elle tire sur l'herbe foncée de novembre jusqu'à ce qu'elle ait dans les poings des racines boueuses qu'elle frotte contre ses chevilles. Elle se trace des cercles autour des poignets, des balafres sur les joues. Puis elle voit Claire McCarroll sortir lentement par la porte de côté, la tête basse, les genoux encore roses. Elle a pris son bricolage.

— Salut, Claire.

Claire s'arrête sans lever les yeux.

— Qu'est-ce que tu as fabriqué ?

— Une dinde, répond Claire.

— Je peux la voir ?

Les yeux toujours baissés, Claire tend la dinde à Madeleine. Souriante, elle porte un chapeau de pèlerin et une collerette plissée.

— Elle est très jolie.

— Merci.

— Pourquoi as-tu fait une dinde ?

— Nous sommes américains.

Madeleine avait oublié. Les Américains célèbrent l'Action de grâce en novembre. L'autre main de Claire forme un poing.

— Qu'est-ce que tu as là ? demande Madeleine.

Claire ouvre la main. Une tache sombre dans la paume, un petit noyau fondant au milieu. Madeleine y trempe le doigt et goûte le chocolat.

M. March fait resté Claire après l'école avec les mauvais élève. C'est un simple avertissemant. Ne chercher pas à percé mon identtité. Je ne connait même pas Claire.
Signé,
L'épé humaine

Mme McCarroll fait voir le mot à M. McCarroll.

— Je l'ai trouvé sur le perron avec le lait.

— Claire.

Son père l'appelle gentiment.

Claire est assise sur le canapé. Sa mère reste debout, les mains jointes, tandis que son père s'assoit à côté d'elle et lui caresse les cheveux.

— Claire, mon ange, tu as des ennuis à l'école ?

Claire s'empourpre.

— Ne t'en fais pas, mon poussin. Tu peux tout dire à maman et papa.

Les yeux baissés, Claire, en s'aidant d'un doigt, ajuste le bandeau qui retient ses cheveux. Blair et Sharon échangent un regard.

— Et alors, mon ange ?

— Monsieur March n'est pas satisfait de ton travail, ma chérie ? demande Sharon.

Claire refuse obstinément de lever les yeux et reste muette comme une carpe. Assise sur les mains, elle a de grosses larmes qui lui tombent sur les genoux.

Madeleine attend que la Société de l'aide à l'enfance — une sorte d'ambulance — arrive et l'emporte « pour cause de violence », mais rien ne se passe. Marjorie Nolan ne l'a pas dénoncée. Et à l'avant de la classe, sur le gros babillard en feutre, elle est désormais un lièvre dans toutes les matières, y compris l'arithmétique. *J'aurai tout entendu, docteur.*

En aidant son père à ramasser les feuilles, elle avoue avoir frappé l'arbre. Il lui demande si elle a prévenu l'école et elle répond que oui. Il lui dit qu'elle s'est défoulée contre son instituteur qui a terrorisé ses élèves en les obligeant à se mettre aux abris et peut-être aussi contre tous les adultes pour avoir mené le monde au bord de la guerre.

— Quand nous avons peur — quand nous nous sentons impuissants —, nous avons parfois des réactions irrationnelles. Tu sais ce que veut dire le mot « irrationnel » ?

Elle ne sait pas. Il lui explique.

Elle a eu tort d'endommager l'arbre, ce n'était pas « constructif », et ce n'était pas rationnel. En revanche, elle a fait preuve de courage en disant la vérité.

— Tu as fait ce qu'il fallait, poupée.

Il est fier d'elle.

— J'ai fait bobo à l'arbre, dit-elle en pleurant, inconsolable.

Puis elle s'éveille en criant. Elle frappait l'arbre à coups de poing, les mains dégoulinantes de sang au chocolat.

Elle finit la nuit dans la chambre de Mike.

— Mais s'il n'y a pas de guerre ? lui demande-t-elle, savourant l'odeur de toile du lit de camp rigide. Comment feras-tu pour te battre ?

Ils discutent de l'avenir.

— Il y a toujours un semblant de guerre quelque part, répond Mike dans l'obscurité. Et il y a des boulots d'assassin si secrets qu'on n'en entend jamais parler.

— Les missionnaires, tu veux dire ?

— Les mercenaires.

On dirait des gens qui ont merci de leurs semblables, mais c'est tout le contraire, songe Madeleine. Comme tuer des personnes contre qui on n'est même pas fâché, qui ne sont même pas des ennemis ?

— Rien de personnel, dit Mike. Vous êtes soldat par profession. On vous paie pour faire votre travail. De toute façon, mercenaire, c'est seulement mon troisième choix. Au cas où je perdrais un œil comme papa.

Madeleine distingue à peine la photo encadrée d'un gracieux CF-104 en plein vol sur le mur au-dessus du lit de Mike. Le pilote regarde l'appareil photo par la fenêtre du cockpit, mais on ne voit pas son visage à cause du masque à oxygène — museau ondulé et lunettes.

— Et ton premier choix, c'est quoi ?

Madeleine connaît la réponse, mais elle veut l'empêcher de s'endormir.

— Aucun doute là-dessus, dit-il. Pilote de chasse. C'est ce que je serai dans six ou sept ans.

— Ton deuxième choix ?

— La Ligue nationale de hockey.

— À quelle position ?

— Ailier.

— Je joue à la défense, moi.

— Tu ne joues pas. Tu es une fille.

— Disons que je suis un garçon.

— D'accord, mais tu n'en es pas un.

— Je sais, mais imaginons.

— Eh bien…

— Ouais, même que je m'appelle Mike, Mitch, je veux dire, d'accord ? Je suis vraiment un garçon.

— Tu as perdu la boule.

— Fais comme si j'étais ton frère, d'accord ?

— Mitch ?

— Oui, Mike ?

— Non, je voulais juste te demander si tu es certaine de vouloir t'appeler Mitch.

— Comment est-ce que je devrais m'appeler?

— … Robert.

— D'accord.

Comme il ne dit plus rien, Madeleine se dit qu'il s'est rendormi.

— Dis donc, Rob? chuchote-t-il au bout d'un moment.

— Ouais?

Elle a la voix légèrement différente. Pas vraiment plus grave. Plus aérienne plutôt. Comme un ballon de basket-ball qui rebondit sur l'asphalte. Comme un jean rouge. Madeleine attend qu'il continue. Ce qui ne tarde guère.

— Qu'est-ce que tu penses de Marsha Woodley?

Madeleine est si embarrassée qu'elle a envie de s'enfouir la tête sous la couverture en criant, puis elle se rappelle qu'elle est Rob.

— Euh... je ne sais pas, Mike. Pourquoi?

— Tu la trouves, je ne sais pas… superbe?

— Ouais.

Madeleine hoche la tête dans le noir.

— Une vraie dame.

— Ouais, c'est ce que je pense aussi.

Après un moment d'hésitation, elle ajoute :

— Et Rick est un véritable gentleman.

— Exact.

Dans le silence qui suit, elle attend qu'il continue, mais elle entend sa respiration changer. Cette fois, il s'est bel et bien endormi. Elle s'endort à son tour et ne fait pas de cauchemars. Rob n'en fait jamais.

M. Lemmon convoque l'instituteur de Claire, qui rassure le capitaine McCarroll et sa femme, rongés par l'inquiétude.

— Claire est une élève appliquée et brillante, dit M. March. Seulement un peu portée à rêvasser.

Le capitaine McCarroll rougit, et Mme McCarroll a un petit sourire.

— Elle tient de son papa.

M. Lemmon fait voir le billet à M. March.

— Vous avez une idée de l'auteur?

Après un moment de réflexion, M. March secoue la tête.

— Je peux demander à mes élèves, si vous voulez.

— Non. Non, ce n'est pas la peine.

Sharon s'empourpre.

— Nous ne voudrions pas lui causer d'embarras, dit le capitaine McCarroll.

M. Lemmon demande à M. March s'il lui est arrivé de garder Claire après trois heures, et M. March répond qu'il lui a effectivement demandé de rester après la cloche avec deux ou trois camarades pour faire des exercices d'orthographe.

— Mais pas comme punition.

M. Lemmon remercie les parents d'être venus et M. March d'avoir fait toute la lumière sur cette affaire.

Il ne demande plus jamais à Claire de rester après trois heures.

Marjorie Nolan est la première à sentir ses mains sur son cou. Puis c'est au tour de Grace Novotny de rentrer à la maison avec des bleus, sans que personne lui demande d'explications. C'est tout ce que vous avez besoin de savoir sur le père et la mère de Grace.

Deuxième partie

ENVOL

L'ÉTÉ DES INDIENS

Les couronnes se sont fanées au pied du cénotaphe d'Exeter, des coquelicots en feutre, tombés de boutonnières, ont échoué au bord des trottoirs où les feuilles d'automne font comme du molleton, humides et exhalant les derniers parfums d'humus avant que l'hiver ne condamne les odeurs et le sol au repos. Les feuilles qui restent, privées de leur lustre, s'accrochent, clairsemées, en lambeaux, à des arbres dont le ciel orange vif de cinq heures de l'après-midi révèle la magnifique complexité. Novembre. Deux minutes de silence à la onzième minute de la onzième heure du onzième jour du onzième mois de l'année pour marquer la fin de la guerre qui, en 1918, devait mettre fin à toutes les guerres — et à toutes celles qui ont suivi. Pour marquer aussi, dirait-on, l'hibernation profonde qui enveloppe la terre comme une couverture. Chut, l'hiver arrive. Dans l'air, l'odeur de la neige, reconnaissable entre toutes.

Madeleine la sent et Colleen aussi, suppose-t-elle. Il fait froid dans le parc, et la nuit tombe. Il faudrait des mitaines, en réalité, mais qui en porte avant les premières neiges ? Dans ses tennis usés à la corde, Colleen va toujours nu-pieds. Madeleine a eu neuf ans. Un chiffre malin, assez grand pour veiller sur lui-même. On lui a organisé une soirée en pyjama, et elle s'est sentie coupable de ne pas avoir invité Colleen, mais elle n'arrivait pas à l'imaginer avec ses autres amies, en nuisette et en bigoudis, planant, parlant garçons. Madeleine n'aurait pas su lequel de ses moi incarner. Sans compter le sentiment qu'elle a que les moments passés avec Colleen sont distincts. Intimes.

Elles sont accroupies à l'extrémité la plus éloignée du parc, derrière chez Colleen. Le parc borde un certain nombre de maisons, y compris celle de Philip Pinder où, ce soir, on voit un cerf accroché à un arbre, la tête en bas. De sa gueule, du sang froid s'égoutte dans une bassine en métal. Il a les yeux grands ouverts et une goutte lui pend au bout du nez. Il se vide. Au bout de sa corde et de sa poulie, il tourne lentement sur lui-même, et on voit l'endroit où on lui a ouvert le ventre. On dirait qu'il a simplement défait la fermeture éclair de son costume de cerf, comme dans un dessin animé. Dans un seau en plastique, on a jeté pêle-mêle ses entrailles vertes, brunes et roses. C'est une chose maléfique. Pas le cerf. Ce qu'on a fait.

Depuis les bascules du parc, on pourrait croire le cerf irréel. Ou encore se dire : « C'est un cerf que le père de Philip a tué », sans éprouver de sentiment d'anormalité, la chasse étant une activité normale.

Quand Madeleine s'approche et voit l'animal pivoter lentement sur lui-même, pendu par les chevilles de derrière, les jambes si tendues qu'on les dirait sur le point de céder et de se détendre, l'illusion se dissipe aussitôt. Disparue, l'impression de normalité. Et pourtant Philip, son frère aîné, Arnold, leur père, leur mère et leur oncle Wilf, tous dans la cour, s'affairent autour du cerf et se comportent normalement. Avec, cependant, le surcroît de sérieux d'une personne qui s'exercerait à faire reculer sa remorque Airstream flambant neuve dans l'entrée. « Je ne cherche pas à me faire remarquer. Je travaille. »

— Sacré cerf, Harvey, s'exclame un voisin.

Madeleine voit bien l'embarras du voisin qui, par politesse, dit à propos d'un cerf mort ce qu'on dit habituellement d'un jardin. « Sacré rhododendron, Harvey. »

Tandis que Madeleine et Colleen s'attardent, deux ou trois autres papas arrivent, tout souriants, curieux. Ils ont dans le regard une lueur que Madeleine a vue à la télé — celle qu'il y a dans l'œil du coureur avant qu'il ne siffle la jolie fille dans la rue. Le père de Philip continue de travailler, ignorant plus ou moins les autres hommes. Il fait le récit brièvement, posément, accepte une bière presque sans y penser.

— Nom d'un chien, disent-ils. Beau spécimen, Harvey.

Philip, qui sourit d'étrange manière, donne un coup de main à son père. Soulevant le seau rempli d'entrailles, il fait mine de vomir dedans, puis il le tend à Colleen et à Madeleine.

— Philip, le gronde doucement son père.

Philip dépose le seau et se tourne vers son père, qui a entrepris de découper le cerf.

— Tu m'aides ou tu joues avec les filles ?

Philip, cramoisi, fait comme si Colleen et Madeleine n'existaient plus. À l'instar des autres hommes et garçons — maintenant qu'il commence à faire noir, toutes les femmes sont rentrées. Le ciel est triste et magnifique, veiné d'orange là où le soleil s'est couché en faisant des éclaboussures. De la musique se fait entendre à deux ou trois portes de là. On joue *Bali Hai.*

Armé d'une rallonge, Arnold Pinder est monté dans l'arbre, où il installe une ampoule au-dessus du cerf. Les hommes ont oublié la présence de Madeleine et de Colleen. Les espionnes.

Madeleine sait pertinemment que les filles ne sont pas admises ici. Pas plus que les femmes. Même si ce sont elles qui vont faire cuire la viande et la servir, la présence de filles et de femmes en ce lieu a quelque chose d'inconvenant. Pas à cause de la tête qu'on sectionne à coups de hache...

— Attends. C'est bon, on la tient... Elle pèse une tonne.

… mais de la même façon qu'elles ne sont pas à leur place chez le barbier. Sans parler de la taverne. Ce sont des lieux réservés aux hommes. Madeleine sait bien que les jours où elle accompagne son père chez le barbier sont comptés. Cette cour est devenu un domaine à l'usage exclusif des hommes.

Ils poussent un bref cri de joie en décrochant ce qui reste de l'animal avant de l'étendre sur une toile. Armé d'une scie à métaux, le père de Philip est penché sur la carcasse. Les hommes et les garçons, attroupés autour de la toile, détendus, une bière ou un coca à la main, bloquent la vue des filles, mais elles voient Arnold Pinder contourner la maison. Il tient son chien Buddy par le collier. En fait, c'est Buddy qui, presque hissé sur ses pattes de derrière, entraîne Arnold vers la toile. Se redressant, M. Pinder jette un bout de bois au chien qui, d'un bond, l'attrape, puis l'emporte avec lui. Ce n'est pas un bâton, c'est une patte.

Du doigt, Madeleine pousse Colleen, qui se contente de hausser les épaules. Madeleine sait que ce cerf a été assassiné. Affirmation que ne ferait jamais Colleen. Elle exprime rarement son opinion — même si Madeleine sait très bien qu'elle en a toujours une. Pas seulement une opinion, mais la bonne réponse. Le hic, c'est qu'elle refuse de la dire.

— À quoi bon puisque tu ne la connais pas ?

— Ça, c'est une réponse stupide, comme Madeleine avait récemment trouvé le courage de dire.

Colleen s'était contentée de hausser les sourcils en souriant légèrement d'un seul côté de la bouche.

Colleen a l'art de propulser des crachats ronds et nets du bout de la langue. Ce qu'elle fait toujours après avoir proféré une opinion, silencieusement ou non. Comme maintenant.

— Une fois, mon frère a tué un cerf, fait-elle.

Pendant un moment, Madeleine se demande de qui parle Colleen : les images de Ricky Froelich et d'un cerf abattu ne vont pas ensemble.

— Ricky ?

— Combien j'ai de frères, d'après toi ?

Madeleine sait bien que Roger et Carl ne comptent pas. Ce sont des bébés. Elle avale sa salive.

— Pour quoi faire ?

Colleen ne répond pas.

— Pour manger ? demande Madeleine.

Colleen, qui s'est levée, s'éloigne. Madeleine lui emboîte le pas. Dans les froides ombres plus profondes, elles remontent la pente douce, piétinant l'herbe gelée et raidie.

Elle suit Colleen jusqu'à l'endroit où les barres de suspension et le manège jettent des reflets ravissants et étranges dans la nuit. Dans les ténèbres, la cicatrice béante du chêne semble blanche et Madeleine la caresse en passant — *prompt rétablissement.*

Dans l'ombre, les balançoires ont l'air plus grandes — des A géants en métal dont les deux bouts soutiennent les gibets au milieu. Les bascules sont inclinées sur leur poteau d'attache comme des chevaux sauvages qui se cabrent, la glissoire brille, maigre et sournoise, comme pour vous mettre au défi. Madeleine ressent un pincement d'excitation à la pensée de l'heure tardive. Ce n'est que maintenant qu'elle se rend compte qu'elle aurait dû rentrer il y a des lustres. À cette heure, ses parents doivent être partis chez les Woodley. Elle a perdu le fil du temps à cause du coucher de soleil, de la lumière électrique dans l'arbre, de la musique, des hommes, des garçons. Sans parler du cerf.

— Il a été forcé de le tuer, dit Colleen en s'avançant sur la bascule jusqu'à ce qu'elle soit en équilibre au milieu.

Madeleine la suit.

— Pourquoi?

— Il souffrait.

Dos à dos, au point mort, elles marchent en direction opposée, comme pour un duel, s'efforçant de garder la planche parfaitement stable. Puis elles se retournent et se font face. Le but du jeu, c'est de sauter sans avertissement et de faire tomber son adversaire, à supposer qu'il n'ait pas été assez rapide. Chacune son tour. La noirceur brille autour d'elles. La seule lumière vient des maisons et des lampadaires derrière elles — d'un croissant de lune. Dans le noir du firmament, elle a l'air plus distante que jamais. À cette heure, il est permis de poser certaines questions interdites à la lumière du jour. Dans la clarté glacée de la nuit, Madeleine entend sa propre voix — on dirait le bruit d'une carabine qu'on ouvre.

— Vous êtes indiens?

Colleen ne semble pas avoir entendu la question. Elle reste debout à son extrémité de la bascule.

Madeleine déglutit.

— Ça ne me ferait rien que vous le soyez, dit-elle. J'aime bien les Indiens.

Impossible de déchiffrer l'expression de Colleen. Dans la nuit, sa peau est plus foncée, ses yeux bleus plus pâles.

— Nous sommes métis, dit Colleen.

Madeleine attend la suite, mais Colleen, silencieuse, l'épie. Jouant le jeu.

— Qu'est-ce que c'est?

— Tu connais l'expression « sang-mêlé » ?

Madeleine fait signe que oui.

— Ne l'utilise jamais, dit Colleen.

Madeleine attend.

— Tu as déjà entendu parler de Louis Riel ?

Madeleine fait signe que non.

— C'était un rebelle. Il s'est battu contre les colons.

— Qu'est-ce qui lui est arrivé ?

— On l'a pendu.

Avec aplomb, Madeleine, les sens en éveil, attend à la manière d'un chasseur ou d'un cerf, prête à bondir…

— *Dieu merci**.

En entendant la voix de sa mère, elle se retourne au moment précis où Colleen saute, la faisant crouler au sol, mais elle ne crie pas. Aussitôt, elle est prise dans un étau. Elle sent la poitrine de sa mère, douce et moelleuse, son cœur qui bat sous la soie, elle sent le fixatif et le parfum. L'instant d'après, elle est saisie à bout de bras, retournée, frappée au derrière et remorquée par la main en direction de la maison. Sa mère pleure et lui promet « une bonne fessée de la part de *ton père** » — menace sans fondement, Madeleine le sait bien, mais qui donne une idée de l'état dans lequel est sa mère — « morte d'inquiétude ! » À chaque pas, ses fins talons ivoire s'enfoncent dans la terre, arrachant de petites mottes d'herbe et de boue.

Une fois sur le trottoir, Madeleine se retourne, mais Colleen a disparu.

Cinq jours plus tard, le temps a changé du tout au tout. Rafales de neige en matinée. Toute la journée, de lourds flocons tourbillonnent derrière les vitres de l'école J.A.D. McCurdy ; en après-midi, un nuage sombre s'installe et le vent se soulève. La neige balaie la cour comme du sable et forme des dunes miniatures le long de la glissoire, du monticule du lanceur, des supports à vélos et des pneus de voitures. Pendant le cours d'arts plastiques, les élèves font des flocons de neige. Prenez une feuille de papier à bricolage blanc ; pliez-la soigneusement en deux ; dessinez un demi-flocon ; découpez-le, puis, à l'aide du bout pointu de vos ciseaux, percez une multitude de petits trous ; dépliez la feuille. Miracle.

La première neige surprend toujours. Elle vient la nuit ; le matin, les parents réveillent les enfants en disant :

— Regardez par la fenêtre !

Elle recouvre tout — les arbres, les maisons, les jardins et les vélos. Elle réconcilie tout, les choses comme les gens, et jusqu'aux sons — froid monde blanc, étouffé, où le glissement des pneus a quelque chose d'intime, où le moindre soupir, le moindre chant d'oiseau fait partie de la même histoire. Sous leurs couvre-lits blancs, qui plissent à hauteur des avant-toits et des phares, où des glaçons prennent naissance, les maisons et les voitures ouvrent les yeux. Dans les cours, qui n'en forment plus qu'une seule, des courbes et des contours, de soudains renflements mystérieux, se dessinent.

Après le petit déjeuner, les enfants enfilent leur habit de neige et leur tuque ; des silhouettes oblongues et molletonnées, aux bras de pingouin, sortent dans la lumière hivernale, pressés de laisser les premières marques, qu'ils regrettent aussitôt. Les oiseaux, avec leurs empreintes à trois branches, les ont précédés ; sinon, la neige est immaculée. Bientôt, elle sera tassée et souillée, façonnée en bonshommes, transformée en forteresses, balayée pour en faire des anges, l'herbe apparaissant çà et là en échancrures vertes. Il y a l'odeur particulière du sol filtrée par la laine humide des cache-cou parsemés de billes de glace, le goût de la neige sur des mitaines de laine.

L'après-midi, de la vapeur monte des entrées noires lustrées, les dernières plaques de neige glissent pesamment d'une boîte aux lettres, d'une balustrade. Des enfants crevant de chaleur défont leur fermeture éclair sur le chemin du retour, les bottes détachées, la tuque à la main.

— Les oiseaux ne sauront plus où donner de la tête, dit une dame au supermarché, où Jack est allé acheter du charbon de bois.

Ce soir, les McCarthy organisent un barbecue.

— Le dernier de la saison, dit Jack.

La soirée est douce. Même si Madeleine éprouve de la gêne à l'idée d'appartenir à la seule famille qui utilise son barbecue dans la neige qui fond à vue d'œil, le poulet qui tourne sur la broche, juste à côté de la porte de derrière, dégage un fumet irrésistible. Le comportement de ses parents, chaque fois qu'ils se livrent à quelque excentricité de la sorte, l'humilie et la ravit tout à la fois. Sa mère rit sans raison, son père multiplie les clins d'œil ; par-derrière, maman glisse ses bras autour de sa taille, comme chaque fois qu'il fait la cuisine ou s'acquitte d'une tâche habituellement réservée aux femmes. Il déclare haut et fort que les plus grands chefs du monde sont des hommes, et elle lui mord le lobe de l'oreille. Madeleine et Mike échangent un regard en roulant les yeux.

VISITES À DOMICILE

Un jour, Willie prépare un mot pour le laitier et s'inquiète de ce qu'elle a écrit : « Au secours ! »

Publicité dans le guide télé pour *The Trapped Housewife*, mettant en vedette Michael Kane dans le rôle de « la voix du médecin », 1962

Jack commence à avoir l'impression d'être un chauffeur. « Coursier » paraît trop péjoratif, surtout lorsqu'on considère qu'il est l'unique contact d'Oskar Fried. Cela dit, l'homme lui faciliterait la tâche en se montrant un peu plus cordial. Pendant ce temps, la Rambler accumule les kilomètres. Fried refuse d'aller où que ce soit à pied, même en ville, et ne prend pas de taxi. Il a tenté par tous les moyens de convaincre Jack de lui céder le volant, mais Jack refuse tout net de le laisser conduire sans permis — qu'arriverait-il si la police les arrêtait pour un motif quelconque ?

En principe, rouler en voiture favorise la conversation, mais Fried desserre rarement les dents. Jack subit son profil silencieux pendant d'interminables kilomètres. Les chutes du Niagara, le Jardin botanique, la serre du Jardin des contes de fées... Une ou deux sorties par semaine, même un dîner et un match des Maple Leafs à Toronto un soir — une obligation professionnelle à l'université, avait-il raconté à Mimi. Tim Horton était en pleine forme et Gordie Howe au sommet de son art. Ils auraient pu s'amuser, mais Fried est un compagnon ennuyeux comme la pluie. Avec amertume, Jack avait songé qu'il aurait pu être avec son fils. Il avait commenté ce premier match de Fried, jeu par jeu, avec une verve digne de Dick Irvin, tandis que Fried observait le tout avec le regard intense d'un iguane. Impossible de déterminer s'il avait du plaisir ou non. Sur le chemin du retour, il avait dit :

— Je garde cette voiture.

— Pardon ?

— Vous empruntez cette voiture à moi.

— Non, monsieur. Désolé.

Le silence de Fried s'était appesanti.

Fried descend une bouteille de vin, dévore un bifteck d'aloyau, mais rien ne lui délie la langue. Jack règle l'addition — Fried ne semble pas avoir d'argent sur lui. Il ne manque jamais de passer sa commande d'épicerie au téléphone : invariablement, Jack arrive à l'appartement les bras chargés de sacs. Du cognac, du tabac... L'ardoise s'allonge.

Simon l'a remboursé, mais Jack se retrouve avec un problème que Simon ne pouvait pas prévoir : l'agent des comptes de la base dépose directement à la banque la solde de Jack. Or Mimi et lui ont un compte conjoint. Tous les véritables partenariats, sinon tous les couples mariés, fonctionnent de la sorte, et l'union de Jack et de Mimi en est un. Que Jack ait dépensé près de cent dollars sans fournir d'explication soulèvera forcément des doutes dans l'esprit de Mimi.

Pour surmonter cet écueil, il a demandé une avance au capitaine d'aviation du bureau de la comptabilité. Il s'agit d'une pratique courante. Personne ne pose de questions. Une semaine plus tard, Simon lui a câblé l'argent, et Jack l'a déposé le jour même de l'arrivée de sa solde. En faisant les comptes, deux semaines plus tard — il a beau être le titulaire d'un MBA, c'est elle qui, à la maison, fait office de chef des finances —, Mimi, levant les yeux, s'était étonnée des deux dépôts équivalant à sa solde effectués le même jour. L'agent des comptes, lui avait-il expliqué, avait par erreur amputé sa solde de cent dollars et avait corrigé la situation. Elle ne s'était pas méfiée. Pourquoi l'aurait-elle fait ? Mais il se sent mal à l'aise.

Au retour de son premier après-midi avec Fried, Mimi lui avait coupé le souffle en lui demandant, pendant le dîner, ce qu'il était allé faire au Jardin des contes de fées. Comment était-ce possible ? Était-elle allée à London ? L'avait-elle vu en compagnie de Fried ? Il avait senti son visage s'empourprer. Elle avait répondu à sa question avant qu'il n'ait eu le temps de la poser. On avait fixé un misérable auto-collant sur le pare-chocs arrière de la voiture. La silhouette sombre de la tour d'un château sur un fond jaune vif. À son retour au parking, après avoir attendu Fried, qui s'attardait interminablement et silencieusement devant une succession de plantes dans la serre, il n'avait rien remarqué. Il avait acheté un sandwich et était allé là pour se délier les jambes entre deux réunions, avait-il raconté à Mimi. Elle n'avait rien dit, et rien dans son comportement ultérieur n'avait permis de croire qu'elle avait des soupçons. Pourquoi en aurait-elle eu ?

Pourtant, l'idée qu'il s'est tortillé à sa propre table d'un air coupable agace Jack au plus haut point. Il n'avait pas le sentiment d'avoir menti pour des raisons « tactiques ». Il se sent… moche. Il en veut à Oskar Fried de refuser obstinément de renoncer à cette absurde clandestinité le temps de venir dans sa famille pour des motifs plausibles et agréables. Il serait dès lors raisonnable que Jack lui donne un coup de main de temps en temps. Histoire de « normaliser les relations ». Il a envisagé la possibilité de tout dire à Mimi, mais il aurait d'abord fallu obtenir la bénédiction de Simon. Et de quoi aurait-il l'air s'il demandait à Simon la permission de parler à sa femme pour ne plus se sentir comme un écolier pris en faute ? Sans compter qu'il serait injuste que Mimi s'inquiète d'un transfuge soviétique fuyant le KGB — pas aux lendemains de l'épreuve qu'ils viennent de vivre avec Cuba.

Il réserve les week-ends à sa famille, et son travail ne souffre pas, mais il a raté le premier match de hockey de la saison de son fils. Pendant son séjour à Winnipeg, où il avait rencontré le COA du Commandement de l'instruction, il avait ressenti un grand soulagement — quatre jours sans Fried. Sans liste d'épicerie, sans mensonges. Il n'était le serviteur de personne. Le chauffeur de personne.

Les scientifiques ont la réputation d'être curieux. Et pourtant, hormis quelques demandes de renseignements purement utilitaires, Fried n'a pas posé à Jack une seule question sur son travail ou sur sa vie en Amérique du Nord. Jack se sent invisible. Il se rappelle le bref paragraphe qu'il a lu sur les employés scientifiques. « Moins bavards, moins redevables envers le groupe et moins grégaires. » Il détecte maintenant quelque chose de désagréable dans les manières de Fried. Ce qu'il avait d'abord pris pour de la crainte ressemble de plus en plus à de l'arrogance. À cause peut-être du ressentiment et de la frustration qu'il éprouve après des années de servitude au sein du système soviétique. Peut-être le pauvre type est-il incapable d'éprouver du bonheur. Puis Jack se rappelle qu'il a affaire à un savant, pas à un candidat au titre de Miss Personnalité.

Si seulement il acceptait de parler de ses satanées fusées, de façon même très générale. Jack l'a interrogé sur l'USAF.

— Je préfère NASA.

Puis il s'était tu. Pendant un moment, Jack avait repris courage — voilà donc un scientifique rêvant de travailler pour le compte d'une agence spatiale civile, un puriste déterminé à envoyer un homme sur la Lune du seul fait qu'elle est là. L'enthousiasme de Jack n'avait pas fait long feu. Il n'avait pu soutirer à Fried un seul autre mot sur la question. Quand Simon lui avait dit qu'il servirait d'« agent d'intendance », Jack ne s'était pas douté qu'il l'entendait au sens littéral. Quel a été ton rôle pendant la guerre froide, papa ? Moi ? Je livrais l'épicerie.

Pendant le mois de novembre, Jack concilie tant bien que mal ses obligations professionnelles et familiales, tout en veillant clandestinement sur Fried. Il ressent de la lassitude, pas tant à cause du travail que des petits mensonges. Ils laissent des traces. Quand, le soir venu, Mimi, débordante de compassion à l'idée de la charge de travail supplémentaire qu'il assume, lui masse le cou, il n'arrive pas à s'abandonner à son toucher réconfortant. Une fois de plus, il ressent une vague culpabilité. Pourtant, il ne transgresse aucune règle — ce n'est pas comme s'il la trompait. Malgré tout, il a conscience de tout faire comme s'il avait effectivement une maîtresse — tous les inconvénients sans aucun des avantages, en somme. Cette dernière réflexion, indigne de lui, il s'en veut de l'avoir eue.

Observateur aussi perspicace de son propre comportement que de celui d'autrui, il se rend compte que sa pensée s'est transformée. En toute connaissance de cause, il crée des sillons et des motifs, il prend des habitudes de tromperie qu'il s'est juré d'utiliser à cette fin et à cette fin seulement — pourtant, le pli sera pris. Dans combien de temps aura-t-il oublié jusqu'à leur existence ? Pour mettre fin à ses tourments, il se diagnostique lui-même comme un homme parfaitement sain. Un type normal à la conscience honnête. Voilà, l'idée de mentir à sa femme lui déplaît.

Jack adopte enfin une solution partielle : la télévision. Fried en aurait bien besoin, dit-il à Simon, ne serait-ce que pour parfaire son anglais et aussi, cela va sans dire, meubler sa solitude. Il omet de mentionner que Fried semble aussi autonome que ses orchidées — sauf dans le domaine du transport. Simon câble l'argent, et Jack livre un poste RCA Victor flambant neuf à Fried, occupé à démêler une orchidée de l'antenne en forme d'oreilles de lapin. Jack s'en va pendant que Fried regarde *The Beverly Hillbillies,* imperturbable comme toujours.

— Au revoir, Oskar. N'hésitez pas à me téléphoner au besoin.

En refermant la porte, Jack se sourit à lui-même. Fried ne s'est même pas donné la peine de se lever pour repousser le verrou.

Après minuit, le téléphone sonne. Mimi le prend de vitesse. Il demande qui c'était, mais elle n'en sait rien.

— On a raccroché.

Le téléphone sonne de nouveau. Jack décroche et dit à Fried qu'il a fait un faux numéro.

— Ça y est, dit-il à sa femme. Je suis complètement réveillé. Je sors me dégourdir les jambes.

— À cette heure ?

— Pourquoi pas ? Ça me calmera.

Il enfile son pantalon et se dirige vers la base. Il ne se met à courir qu'après le coin. Il retourne l'appel de Fried de la cabine près du terrain de rassemblement.

Fried téléphonait pour se plaindre de la télé. La photo d'un Indien était apparue et refusait de bouger. En d'autres circonstances, Jack aurait pouffé de rire.

— On appelle ça une mire, Oskar. Il n'y aura plus d'émissions avant le matin. Allez vous coucher.

FRÖHLICHE WEIHNACHTEN

Dans le parc derrière la maison des Froelich, la glissoire est à moitié ensevelie sous la neige, et les balançoires sont immobilisées elles aussi sous des amoncellements tout blancs. Derrière les maisons, les enfants patinent, les chevilles renversées, sur des patinoires de la taille d'un timbre-poste arrosées par leur père. Claire McCarroll compte parmi eux : sur ses lames toutes neuves, elle avance à petits pas en direction de son père aux bras grands ouverts — c'est leur premier hiver canadien. Dans la salle à manger des McCarthy, la chaleur dégagée par les bougies de l'avent fait tourner les anges en cuivre sur leur roue accrochée au plafond, un peu plus vite chaque dimanche avec l'ajout d'une nouvelle bougie. À tour de rôle, Madeleine et Mike ouvrent les petites portes en carton du calendrier de décembre aux coins cornés que Mimi a fixé au frigo pour la cinquième année de suite. Les chocolats qui se cachaient derrière ont disparu depuis belle lurette, mais les minuscules images demeurent : un chien, une bougie, un sapin de Noël... Jusqu'au vingt-quatre, jour où le petit Jésus sera enfin révélé. Au-dessus, en caractères médiévaux, on lit : *« Fröhliche Weihnachten »*. Joyeux Noël du pays d'*« O Tannenbaum»*. Mimi a tenté de remplacer le calendrier, mais les enfants ne veulent rien entendre.

Jack, qui accompagne Mimi à la rencontre entre parents et instituteurs, ne s'est pas senti aussi léger depuis des mois. Mike se tire bien d'affaire, mais il pourrait faire mieux.

— Il doit s'appliquer, tranche Mlle Crane.

Elle craint qu'il ne passe avec Arnold Pinder un temps déraisonnable. En revanche, elle aime bien Mike. Elle n'est pas censée avoir de chouchous, mais Mike en est assurément un. Un gentil garçon. Le cœur sur la main. Jack jette un coup d'œil à Mimi. Elle est radieuse.

Madeleine a peut-être commencé sur le mauvais pied, mais elle s'est ressaisie admirablement — son bulletin mériterait qu'on l'encadre. Jack détache son regard des envahissants animaux en feutre sur le babillard et contemple l'instituteur mielleux assis devant eux. Un homme gris et sans énergie aux yeux larmoyants — sur son visage, une moustache à la gauloise ne jurerait pas. Le prototype même du souffre-douleur de la cour d'école qui a grandi pour prendre sa revanche dans sa propre classe. D'une façon ou de l'autre, Madeleine arrive à tirer des enseignements de ce bouffon, ce qui décuple la fierté qu'elle lui inspire.

Dès la deuxième semaine du mois, des cartes de vœux pendent à des bouts de ficelle accrochés entre le salon et la salle à manger. Sur la cheminée, les bas de Noël ont fait leur apparition, chacun portant un nom brodé par Mimi il y a longtemps, à l'époque de l'Alberta : *Papa, Maman, Michel, Madeleine**. Sur le manteau de la cheminée, on voit la crèche, nichée dans des boules d'ouate figurant la neige. Les McCarthy l'ont achetée en Allemagne en 1958 et Madeleine ne se lasse pas du tableau. Un ange monte la garde sur l'étable en bois, au sol parsemé de paille. Dans l'étable et tout autour, des vaches et des moutons en porcelaine peinte dorment et paissent, tandis que Marie et Joseph s'agenouillent de part et d'autre d'un berceau vide. Jusqu'à Noël, le petit Jésus reste caché dans le tiroir de la table à ouvrage de maman. Des bergers rôdent autour de l'étable. Tous les jours, Madeleine modifie leur position et celle des animaux. Elle est cruellement tentée d'ajouter au portrait un ou deux des soldats de plomb de Mike. Plus loin, les Rois mages s'avancent à dos de chameau, et Madeleine improvise, les oblige à parcourir de grandes distances sur la table de la salle à manger, dans le désert du plancher de la cuisine. Les fait s'échouer sur le frigo, le pôle Nord — *je savais que j'aurais dû prendre à gauche à la sortie de Chicago,* conclut Bugs Bunny. Pardon, mon Dieu. Un des Rois mages est noir et porte une tunique pourpre. C'est lui qu'elle préfère. Malgré elle, elle pense à une chanson : *Père Noël, père Noël, apporte-moi des bébelles...* Impossible de penser aux cadeaux des Rois mages sans que ces mots lui remontent en mémoire. Madeleine chasse le blasphème en songeant au petit Jésus, pour qui elle éprouve un amour fervent. Agenouillée devant la table à ouvrage, elle pose son front sur le tiroir où Il attend de naître. Tandis qu'elle prie pour qu'il ne Lui arrive rien de mal cette fois-ci, des larmes lui montent aux yeux.

De bonnes odeurs de Noël commencent à embaumer la maison. Mimi travaille sans relâche : sablés, macarons, biscuits au sucre, chaussons glacés aux dattes. À l'aide d'emporte-pièces, les enfants font des cloches, des étoiles et des bonshommes de neige qu'ils décorent de petits bouts de cerises au marasquin rouges et vertes. Les boîtes en métal aux couleurs gaies s'empilent, du papier ciré dépassant sous le couvercle. Mimi sort du four les premiers pâtés à la viande, épicés et savoureux, que les Québécois appellent *« tourtières* »,* puis s'attaque aux *crêpes râpées**. Bientôt, elle invitera Jack, Mike et Madeleine à venir au sous-sol brasser à tour de rôle la pâte à gâteau qui fermente depuis novembre.

En lisant la lettre que Madeleine a adressée au père Noël, Mimi et Jack pouffent de rire. La petite fille veut un pistolet à capsules avec son étui ou « tout autre genre de fusil », une planche à roulettes et un walkie-talkie. Dans un post-scriptum poli, elle rappelle au père Noël qu'elle a déjà assez de jolies poupées, cadeaux qu'il a eu l'amabilité de lui apporter par le passé.

Jack installe les lumières de Noël en limitant les jurons ravalés au minimum. Il a emprunté l'échelle de Henry Froelich et a compté les ampoules défectueuses pour savoir combien en acheter à l'occasion de sa prochaine visite à la quincaillerie Canadian Tire. Les enfants et lui vont choisir un arbre de Noël au milieu de la pinède temporaire constituée sur les terrains de la foire d'Exeter. De lourds flocons commencent à tomber, comme si Frank Capra était derrière la caméra. Ils en choisissent un qui n'est pas sans défauts, peinés à la pensée de cet arbre brave et pourtant flétri qui, sinon, risquerait de n'avoir personne pour l'aimer à Noël. Quant au côté moins bien fourni, il ira contre le mur.

Jack déniche le pied de l'arbre, selon lui l'œuvre « d'un Français » conçue uniquement pour causer un maximum de frustration, et qu'il menace chaque année de mettre à la poubelle. Mobilisant son fils, il s'attaque aux prouesses techniques annuelles — élaguer, ébrancher, scier, redresser.

— Fais un peu attention, Jack. Je ne tiens pas à ce que tu ressembles à un pirate encore cette année.

Il hoche la tête d'un air faussement désabusé, tandis qu'ils se remémorent l'année où il s'était fiché une aiguille d'épinette dans l'œil et avait dû porter un cache jusqu'au Nouvel An. L'année où ils avaient tous eu la grippe et où Madeleine avait fait ses dents.

— Un de nos plus beaux Noëls, vous vous en souvenez, madame ?

Il l'embrasse.

— Il penche encore à droite, dit-elle.

Il pose l'étoile électrique au sommet, accroche les guirlandes de lumières et branche le tout. Sa femme et ses enfants applaudissent.

Deux samedis avant Noël, la famille se rend à London. Là, ils se séparent : Jack prend Madeleine avec lui pour lui permettre d'acheter un cadeau pour sa mère et Mimi s'éloigne avec Mike pour qu'il choisisse quelque chose pour son père. Ils se retrouveront en face de la chocolaterie Laura Secord, devant chez Simpson. Pour sa mère, Madeleine achète une grenouille en porcelaine à la gueule grande ouverte, destinée à accueillir un tampon à récurer.

Dans la rue, les lampadaires s'illuminent, en même temps que les étoiles électriques et les bougies géantes qui, disposées en arcs au-dessus des promeneurs, les baignent de lueurs multicolores. Un haut-parleur accroché à la porte du marché déverse des cantiques : *Ça bergers, assemblons-nous...* Madeleine s'accroche à la main de son père, recouverte d'un énorme gant noir. Ensemble, ils s'arrêtent devant chez Simpson, où des jouets montés sur un train serpentent au milieu d'un pays des merveilles hivernal, des ours en peluche patinent sur un étang gelé et un orchestre de jazz composé de chats se donne en spectacle sous un arbre de Noël.

Elle choisit ses mots avec soin.

— Dans ma classe, il y a des enfants qui ne croient pas au père Noël.

Jack se rend compte qu'elle le met à l'épreuve.

— Ah bon ? Comment ça ?

Elle lui sert les arguments militant contre l'existence du père Noël : un seul traîneau ne suffit pas à trimballer tous les cadeaux, sans compter que personne ne peut faire le tour de la terre en une seule nuit. En guise de réponse, Jack l'invite à spéculer sur la nature du temps. Ce que nous tenons pour le présent n'est peut-être que le passé. Peut-être n'appréhendons-nous la réalité qu'après coup, un peu comme pour les étoiles, qui ne sont que le reflet de ce qu'elles ont été.

— C'est pour cette raison qu'il y a des clairvoyants — des personnes qui voient l'avenir. C'est aussi pour cette raison que certaines personnes — dont le père Noël — voyagent dans le temps.

— Dans ce cas... il est possible que nous soyons déjà morts.

Jack éclate de rire.

— Mais non, ce n'est pas ce que je veux dire...

Il baisse les yeux sur elle. Elle l'a bien attrapé. Soudain, le souvenir d'un jour encore lointain — ou peut-être déjà passé — le transperce, celui où, adulte, elle le quittera pour toujours. Elle ne sera plus sa petite fille — celle qui croit qu'il a réponse à toutes les questions. Le coin de son œil blessé se gonfle d'eau, qu'il éponge d'un clignement.

— La conclusion qui s'impose, je crois, c'est que tout est possible. Et que si le père Noël n'existait pas, il faudrait l'inventer, pour le simple plaisir.

— Tu crois en lui, toi ?

— Je crois en l'idée.

— Moi aussi, dit-elle, soulagée.

Noël demeure intact. Elle n'a pas besoin de mentir.

Des grelots sonnent non loin de là, et ils se retournent. Quelqu'un de l'Armée du Salut. Jack cherche de la monnaie dans ses poches à l'instant même où Oskar Fried quitte le marché, un journal sous le bras, en fumant sa pipe. Il sort donc après tout, le coquin, mais pas pour aller à l'épicerie. Jack est sur le point de l'interpeller quand sa femme et son fils rappliquent.

— Interdiction formelle de fouiner dans les sacs d'ici Noël, dit Mimi, à la cantonade, d'un air faussement sévère.

Jack sourit.

— Et alors ? Mission accomplie ?

Fried traverse la rue, aperçoit Jack et détourne les yeux. Jack s'étonne de son propre accès de colère. L'attitude de Fried lui fait l'effet d'une gifle, d'un rejet de sa bonne volonté, de sa famille tout entière, là, sur le trottoir, à Noël. Réaction déraisonnable, il le sait bien, mais il a envie de crier pour obliger Fried à lui répondre.

— Joyeux Noël, Oskar. *Fröhliche Weihnachten !*

Fried passe tout près de lui, assez pour que Jack voie le titre de son journal, le *Frankfurter Allgemeine Zeitung*, acheté à la boutique allemande. Jack ne dit rien. Il laisse Fried se perdre dans la foule.

— Qu'est-ce qu'il y a, Jack ?

— Rien. J'ai cru reconnaître quelqu'un, mais je me trompais.

À la maison, le moment est venu de décorer le sapin, debout depuis une semaine, orné de ses seules lumières. Il s'agit maintenant de l'enjoliver. Mimi a monté les boîtes du sous-sol ; sur la table basse, leur contenu brille de mille feux. Il y a là un condensé de l'histoire des McCarthy — de vieilles guirlandes remontant à trois affectations dont les enfants refusent de se défaire, des oiseaux délicats à la huppe en plumes, vestige de l'année suivant le mariage de Jack et Mimi, des boules sur lesquelles sont gravés des skieurs.

Jack est en train de préparer un lait de poule pour Mimi quand le téléphone sonne. C'est elle qui répond.

— Encore quelqu'un qui a raccroché.

— Sans doute un mauvais plaisantin.

Il lui tend le verre. Il ne manifeste aucune intention d'aller « faire une petite promenade » pour rappeler Fried tout de suite, mais, au moment où il se penche pour attraper un ornement, il sent le regard de sa femme sur lui. Un coup d'œil, en réalité. Fugace — la sensation qu'elle attend de voir s'il trouvera un prétexte pour sortir de la maison. Se sentant rougir, il évite de lui faire face.

— Tu veux bien tourner le disque, Mike ? dit-il.

Jack choisit une boule en forme de gland et redresse le crochet en fer blanc. Le misérable a osé téléphoner de nouveau, en dépit des admonestations de Jack, de ses instructions pourtant claires : il ne doit utiliser ce numéro qu'en cas d'urgence. S'il se sent seul ou déprimé à l'approche de Noël, il n'a qu'à accepter l'offre de Jack et à venir dans sa famille. Non, il préfère se comporter comme un voleur, un pervers qui rôde furtivement dans la nuit.

— Aïe!

Jack a réussi à réprimer un juron, mais il saigne, un éclat du gland fragile planté au bout de son pouce.

Mimi court à l'étage chercher un pansement, tandis que Madeleine lui tend une des boules de neige incassables auxquelles Mike et elle, petits, étaient limités.

— Ce sont mes favorites, dit-elle.

Il lui caresse les cheveux.

Bing Crosby rêve d'un Noël blanc et éteint peu à peu les braises de la colère de Jack.

Le lendemain, Jack, qui téléphone du bureau, apprend que Fried est à court de tabac à pipe.

— C'est pour ça que vous m'avez appelé chez moi?

Silence.

— Vous étiez au marché hier, Oskar. Pourquoi ne pas en avoir acheté?

Fried ne dit rien, et Jack le voit presque hausser les épaules. À quoi joue-t-il? La semaine dernière, Jack a lui-même fait la lessive du bonhomme au sous-sol de l'immeuble — Fried ayant prétendu ne pas savoir utiliser la machine à laver payante.

— Pas besoin d'avoir inventé la poudre, Oskar.

Pendant le cycle de rinçage, Jack avait eu le temps d'aller chercher le cadeau de Mimi.

— Je vous en apporterai demain, dit Jack en raccrochant.

De toute façon, il doit aller en ville — pour rencontrer un vrai de vrai conférencier invité. Il laissera le tabac en passant.

Le téléphone sonne. Il décroche, irrité.

— McCarthy.

— Bonjour, chéri.

Elle lui demande s'il doit se rendre à London. Il répond que non, puis, se ravisant, laisse entendre qu'il ira peut-être.

— Pourquoi? Tu as besoin de quelque chose?

Il lui faut de la pâte d'amandes pour la *torte* qu'elle destine à la vente de charité du Club des femmes, mais ça peut attendre. Elle lui demande ensuite ce qu'il veut manger pour dîner, et il répond cordialement:

— *Macht nichts.*

Conversation des plus normales. Il se demande néanmoins si elle n'a pas téléphoné pour voir ce qu'il fabriquait. Combien de fois a-t-elle téléphoné pendant une de ses absences? Combien de fois a-t-elle dit à son commis d'administration: «C'est sans importance. Inutile de lui dire que je l'ai appelé»?

Combien de fois le commis lui a-t-il répondu: «Cet après-midi, je crois qu'il est à London, madame McCarthy»?

Il s'efforce de se concentrer sur une pile de rapports de cours. Ce soir, il devra encore apporter du travail à la maison. On ne le paie pas pour jouer les anges gardiens. Il commence à avoir l'impression de flouer le gouvernement, pas d'être à son service.

Le congé de Noël de Jack débute la semaine prochaine. Veiller sur Fried pendant qu'il est censé travailler a constitué un véritable cauchemar logistique; durant son congé, ce sera pratiquement impossible. Il faut que ça cesse. Sans se donner la peine de mettre ses couvre-chaussures, il sort et, malgré une fine couche de neige, traverse le terrain de rassemblement en direction de la cabine.

Dernière journée d'école avant les vacances de Noël. La classe est décorée gaiement. Sur les carreaux, on voit des motifs faits au pochoir à l'aide de neige en aérosol. Le nez de Rudolph scintille à l'avant du traîneau du père Noël. Des figures découpées d'enfants célébrant Noël sous d'autres cieux ornent le mur au-dessus du tableau noir. Les yeux bandés, des enfants mexicains tapent sur une *piñata* à grands coups de bâton. De petits Néerlandais retournent leurs sabots de bois pour en faire sortir les cadeaux. Des enfants allemands en *lederhosen* et en *dirndl* allument des bougies sur un pin, de petits Britanniques à l'allure normale décorent une bûche de Noël et, quelque part au Canada, des enfants indiens sont agenouillés pieusement auprès d'un berceau lumineux dans la forêt.

À l'aide de sa baguette, M. March dirige les élèves, qui chantent le *Noël huron: Chrétiens, prenez courage, Jésus Sauveur est né, Du malin les ouvrages, À jamais sont ruinés...*

Le cantique est magnifique, entêtant. Heureusement, Madeleine ne le chantera pas avec la chorale de l'école. Elle a fait valoir auprès de sa mère que les répétitions avaient lieu le mercredi, jour aussi de la rencontre des Brownies, sans compter qu'elle serait privée d'un temps précieux pour l'accordéon. À l'appui de ses dires, elle a répété sans relâche pendant trois jours. Résultat: elle interprétera *Jingle Bells* au concert de l'école, mais c'est un bien petit prix à payer.

«Jésus est né: *In excelsis Gloria!*»

Plus que jamais, Madeleine est la proie de mauvaises pensées. Par exemple, le mot « cul », dans « culot », est inévitable. Et si, à la maison, elle balançait le petit Jésus à la poubelle ? De telles pensées sont choquantes. À son pupitre, elle enfouit son visage dans ses bras.

— Fatiguée, petite fille ?

Se redressant brusquement, elle retrouve la bonne page.

Les anges dans nos campagnes…

Et si elle se touchait les fesses avec l'Enfant Jésus ? Que faire pour se débarrasser de ces pensées ? Prier. Tout en chantant, elle demande à Dieu de chasser ces réflexions impures. Les anges et les nuages blancs ne répondent pas à l'appel. Elle se voit plutôt en train de fracasser la tête d'un bébé à coups de marteau. C'est Rudolph qui la sauve. La vue de son nez rouge comme celui d'un clown, le souvenir de son opposition téméraire à l'abdominal homme des neiges, son humilité et son triomphe la veille de Noël… C'est mal de prier Rudolph, elle le sait bien, mais son évocation est un baume pour son esprit, elle l'apaise comme de la vaseline sur une brûlure, la rend imperméable aux assauts des pensées horribles.

— Vous devriez vous joindre à la chorale, petite fille, dit M. March. Vous avez un joli timbre de voix.

D'entendre la voix de Simon lui a fait un plaisir inattendu. Le plus nonchalamment possible — il ne veut surtout pas donner l'impression de se plaindre —, il laisse entendre que le moment est peut-être venu de mettre McCarroll dans le coup. Fried disposerait ainsi d'un deuxième chauffeur, d'un autre numéro à composer. À défaut de McCarroll, Mimi devrait être mise au courant — elle leur serait utile. Elle rendrait visite à Fried pendant la journée, ferait quelques courses, lui préparerait à manger… à force d'en parler, Jack avait fini par se convaincre lui-même.

— Il est en train de te rendre dingue, le fumier.

Jack avait éclaté de rire.

— Je ne t'avais rien dit, Jack, pour que tu n'aies pas de préventions, mais je ne suis pas étonné. Il se sert de toi comme d'une foutue ménagère.

— C'est un assez bon résumé de la situation.

— Écoute, rien ne t'oblige à faire ses quatre volontés. Je vais lui en toucher un mot et…

— Pas la peine, Simon. Je vois clair dans son jeu.

— Ah bon ? Où veut-il en venir, dans ce cas ?

— Il veut une foutue bagnole.

— Et merde.

Simon gémit.

— Il n'en démord pas depuis le début.

Au moment de sa défection, Fried avait déjà demandé une voiture à Simon.

— Je lui ai dit qu'il n'en était pas question. Trop risqué, trop compliqué. Imagine qu'il finisse dans un fossé…

— … ou qu'il se fasse arrêter pour excès de vitesse.

— Un véritable panier de crabes. Coûteux avec ça.

Mentalement, Jack passe en revue la liste des faux documents nécessaires : permis de conduire, immatriculation, preuve de propriété, assurance, plaques minéralogiques…

— À quel nom la feras-tu immatriculer ?

— Je ne la ferai pas immatriculer, c'est tout.

— Et comment…

— Ne t'en fais pas.

— Écoute, Simon. Pourquoi ne pas me laisser parler à McCarroll ? Il est là pour ça, de toute façon. À nous deux…

Simon, cependant, préférait procurer une voiture à Fried et se taper tous les emmerdements connexes plutôt que de laisser les Américains intervenir avant que cela ne soit absolument nécessaire. Il tenait à ce que l'opération demeure étanche. Une fois McCarroll prévenu, elle deviendrait poreuse. Ce qui supposait des poches d'air.

— Tu sais ce qui en résulte.

— Des turbulences.

— Tu me remercieras plus tard pour ton cadeau de Noël.

Au milieu de la semaine, Jack, à bord d'un Beechcraft Expediter, effectue un bref vol à destination de Toronto. Il déjeune avec son homologue, le commandant de l'école d'état-major, sur Avenue Road. Les deux hommes jettent les bases d'un programme d'échanges. Après, Jack prend un taxi jusqu'à l'aéroport international de Toronto. Suivant les instructions de Simon, il se rend à l'extrémité nord-est du parking. Fidèle à son habitude, Simon n'a pas perdu de temps. Un coupé Ford Galaxy bleu métallique 1963 attend, comme Simon l'avait promis, muni de plaques ontariennes flambant neuves. Jack ouvre la portière, soulève le tapis et trouve les clés. C'est une voiture pimpante, exactement du genre de celle qu'il aimerait offrir à Mimi, un jour.

Il monte à bord, met ses lunettes fumées et démarre dans la lumière éblouissante de décembre. La circulation est fluide jusqu'à London. Lorsque, à la brunante, il arrive à l'appartement et dépose les clés dans la main de Fried, ce dernier va jusqu'à esquisser un maigre sourire.

— *Danke.*

— *Fröhliche Weihnachten,* dit Jack.

— *Fröhliche Weihnachten, Herr McCarthy.*

Le taxi le dépose dans le village de Centralia, au-delà de la base et loin des regards curieux. Il gratifie le chauffeur d'un pourboire honorable.

Les lampadaires s'allument, dissipant l'obscurité de cinq heures, au moment où Jack arrive au coin de la rue, la neige crissant sous la semelle de ses couvre-chaussures. Il respire l'air pur et froid à pleins poumons. Demain est son premier jour de congé. Il aperçoit Henry Froelich occupé à planter un clou dans sa porte. Elizabeth est emmitouflée dans son fauteuil roulant, une pyramide de boules de neige sur les genoux. Elle les lance à des angles imprévisibles en direction du chien, qui saute pour les attraper entre ses mâchoires, où elles explosent.

— *Fröhliche Weihnachten, Henry!*

Les mots lui ont échappé. Il se sent rougir instantanément. Le moment est venu de prendre le taureau par les cornes. Il s'avance.

— Je m'excuse, Henry.

— De quoi?

— D'être si… obtus.

— C'est-à-dire?

— Je veux dire…

Il se sent rougir de nouveau. Impossible de s'excuser d'avoir dit à Froelich qu'il était un Allemand typique. Ce faisant, il soulèverait un sujet trop douloureux, se montrerait trop indiscret… C'est par hasard que Jack a appris l'existence du tatouage.

— Ça va, Jack?

— Oui, Henry, c'est juste que… ce n'est que récemment que je me suis rendu compte que… vous ne célébriez pas Noël… aussi je tenais à m'excuser de…

— Nous célébrons, nous aussi.

Il accroche une couronne à la porte.

— Ma femme se plaît à souligner le solstice.

— Le solstice?

— Le festival de la lumière. Comme Hannoukkah.

— Ah bon. Joyeuse fête d'Hannoukkah!

Froelich sourit.

— Je suis juif, Jack, mais je ne suis pas pratiquant. Vous vous en faites trop pour rien.

Jack se détend. Le raclement d'une pelle attire son attention ; se retournant, il remarque d'un air approbateur que son fils, de l'autre côté de la rue, dégage l'entrée. Devant la maison des Froelich, le gros chien se roule dans la neige, les pattes en l'air. Jack est la proie d'un accès de bonheur sans mélange.

— Henry, peu m'importe que vous soyez païen, musulman, hindou ou martien, Karen et vous allez être nos invités, à Mimi et à moi, au bal du Nouvel An.

— Non, ça c'est une chose que nous ne…

— *Aber ja !* s'exclame Jack, qui compte sur ses doigts en les faisant claquer dans sa paume. Vous avez réparé ma voiture et ma tondeuse, vous m'avez approvisionné en bon vin maison, laissez-moi maintenant vous rendre la pareille.

Froelich va protester encore une fois. Les deux hommes se font face, les yeux dans les yeux. Une lueur d'amusement se fait jour dans ceux de Henry. Il hausse les épaules.

— Pourquoi pas, après tout ? Merci, je veux dire.

En apprenant que les Froelich les accompagneront au bal du Nouvel An, Mimi lui décoche son sourire de Joconde et retourne à la cuisine.

— Qu'est-ce qu'il y a ? demande-t-il.

— *Rien du tout**. Tu es adorable de les avoir invités.

Il la suit.

— Ce n'est pas ce que vous pensez. Videz votre sac, madame.

Elle s'arrête près de la cuisinière, se mord la lèvre inférieure et, avec un brin de malice — juste assez pour être sexy —, dit :

— J'ai hâte de voir comment elle va s'habiller, *c'est tout**.

— Vilaine, va.

Elle hausse brièvement les sourcils, puis, en se retournant, se penche, plus que nécessaire, pour vérifier la cuisson des tartes au mincemeat.

Le samedi 23, c'est la pagaille au centre des loisirs, où la fête des enfants bat son plein. Les «Chipmunk», qui donnent l'impression d'avoir avalé trop d'hélium, s'égosillent en arrière-plan. Visages cramoisis aux joues bourrées de cannes en sucre, voix d'adultes retentissant au-dessus de la mêlée :

— Ne cours pas avec ça dans la bouche !

Autour du sapin monumental s'étend une chaîne de montagnes de cadeaux, les uns marqués « garçons », les autres « filles ». Madeleine ne commettra surtout pas l'erreur d'ouvrir un cadeau pour fille, pas plus qu'elle ne s'exposera au ridicule d'en choisir un pour garçon. Elle participe à la joyeuse mêlée tout en cris et en poursuites endiablées. Tous les enfants de la zone des logements familiaux sont là, au même titre que de nombreux autres des environs — y compris un autocar rempli d'orphelins qu'accompagne un régiment de nonnes, qui semblent toutes connaître Mme Froelich. Pour une fois, Madeleine joue avec toutes ses amies en même temps, y compris Colleen. À l'entrée en scène d'un père Noël aux amples formes naturelles, elle éprouve quelques instants d'agitation nerveuse. Mais ce n'est pas M. March. Il s'agit plutôt de M. Boucher.

— Ho, ho, ho ! *Merry Christmas ! Joyeux Noël* !*

Le matin de Noël, Mimi ouvre une grosse boîte de la boutique St. Regis de chez Simpson.

— J'espère pour toi que ce n'est pas un tu-sais-quoi, dit-elle comme chaque année.

Il ne lui a pas acheté un vison, mais il a malgré tout réussi à s'attirer ses foudres en lui offrant un extravagant déshabillé en soie. Mike reçoit un walkie-talkie, cadeau suprême. Madeleine, privée d'armes de quelque nature que ce soit, a cependant échappé aux accablantes poupées. Elle a récolté un Monsieur Patate, un Etch A Sketch, une luge, un yoyo, un théâtre de marionnettes, *Alice au pays des merveilles* et d'autres trésors trop nombreux pour être tous énumérés — au premier chef, un nécessaire de psychologue avec un bouc blanc, des lunettes, des taches d'encre et tout le tremblement.

Un seul cadeau l'oblige à jouer la comédie. Il se trouve dans une petite boîte bleue de la bijouterie Birks. Pendant qu'elle le déballe, maman a l'air si heureuse que Madeleine ressent une tristesse insondable. Le genre de tristesse qu'on n'éprouve que le matin de Noël. Votre maman chérie vous sourit, elle a hâte de savoir si l'attention spéciale qu'elle a eue pour vous vous plaira.

Un bracelet porte-bonheur en argent. Il y a déjà un porte-bonheur.

— Ce n'est qu'un début, dit papa, heureux d'offrir à sa petite fille un cadeau de jeune dame.

— *Merci, maman*,* dit Madeleine.

Serrant les lèvres pour former un sourire, elle avale la grosse boule qu'elle a dans la gorge.

Maman attache le bracelet au poignet de Madeleine et toute la famille l'admire. Elle le garde pour aller à l'église. Puis, comme elle va faire de la luge, elle le range dans sa petite boîte bleue sur la commode. En se demandant pendant combien de temps elle pourra éviter de le remettre, elle referme le couvercle sur le bracelet en argent et son porte-bonheur unique — son nom.

LE BON VIEUX TEMPS

La veille du jour de l'An, Jack, dès cinq heures, s'est rasé, a pris sa douche et s'est mis du Brylcreem dans les cheveux. Il essuie la vapeur d'eau sur le miroir, assèche les parois de la baignoire, dépose à côté une serviette propre et crie :

— La salle de bains est toute à vous, madame !

Lorsque la sonnerie du téléphone retentit, Mimi, en combinaison-jupon, est occupée à retirer ses bigoudis.

— Je réponds, crie Jack.

Pour une fois, il a pris les enfants de vitesse.

— Allô ? Oui… oui… Ah, c'est dommage, Vimy. Non, non, je comprends, je lui dirai.

Depuis la porte de la chambre, il dit à sa femme, assise à sa table de toilette :

— C'était Vimy Woodley. Martha a la grippe.

Mimi baisse les bras et une boucle fraîchement libérée bondit.

— *Merde** !

La baby-sitter leur fait faux bond au dernier moment.

— Marsha, le reprend-elle en lui lançant un regard incendiaire.

— Pardon ?

— Laisse tomber, Jack, fait-elle, avant de pousser un gros juron typiquement acadien en se tapant les cuisses :

— *Goddamn !*

Elle arrache les bigoudis et les lance au milieu des peignes et des brosses en argent sur la table.

— Attends, chérie. Continue de te préparer. J'ai une idée.

Il pose un baiser sur son épaule nue.

— Mets le *Nᵒ 5*. C'est celui que je préfère.

Jack tend à Mike le Kodac Instamatic et un cube-flash. Le garçon place ses parents devant la cheminée et l'huile représentant les Alpes. Jack porte sa tenue de soirée — veston court marine et nœud papillon noir, plastron d'un blanc aveuglant et ceinture drapée noire. Pantalon marine à bandes dorées sur les côtés, effilé à la cheville, que des sous-pieds invisibles fixent parfaitement au-dessus des bottines étincelantes, qui, avec des talons cubains, auraient l'air parfaitement à la mode. Mimi porte une robe bustier en soie dans des tons vert et or de même qu'une étole de satin chatoyante. Bien coiffée, le visage lumineux, les cils allongés, le décolleté dans les limites du bon goût et pourtant, à l'échelle du sex-appeal, hors catégorie. *Flash.*

Ensuite, Mike prend une photo de ses parents avec les Froelich. Henry porte un veston en tweed brun bien repassé avec des pièces en suède aux coudes, son éternelle chemise blanche et une cravate noire. Discrètement, Mimi observe le moindre détail de la tenue de Karen : un châle à mailles larges jeté par-dessus une robe qui ressemble à s'y méprendre à un pull à col roulé qui descendrait jusqu'au sol. Le châle est d'un noir grumeleux, tandis que la robe se compose de rouges et de mauves ternes qui semblent avoir déteint l'un sur l'autre. Elle a brossé ses longs cheveux et appliqué deux traits de rouge horizontaux sur ses lèvres. Des boucles garnies de perles de verre pendent à ses oreilles. Elle a enfilé des chaussons chinois brodés. Inexplicablement, la robe paraît à la fois négligée et moulante. De toute évidence, la femme ne porte pas de gaine. Sa minceur n'excuse rien. On porte une gaine d'abord et avant tout pour la forme.

À l'arrivée des Froelich, Mimi avait offert un verre de xérès à Karen.

— Très jolie robe, Karen.

— Vous trouvez? Merci, Mimi, avait-elle répondu, comme si Mimi lui avait fait un cadeau. Je l'ai achetée aux puces, à Toronto.

Elle repousse nerveusement une mèche derrière son oreille. Jolies mains, aux ongles sans vernis.

Henry avait embrassé Mimi sur les deux joues.

— *Aber schön,* Frau McCarthy. Vous êtes ravissante.

— Mon mari a raison, Mimi.

Mimi a beau chercher, elle ne détecte pas la moindre trace de malveillance dans le ton de Karen.

— Bonne soirée, les enfants! dit Jack. N'hésite pas à te servir, Rick, ajoute-t-il de sa voix d'homme à homme la plus joviale.

— Sauf dans le bar, plaisante Karen.

Mimi espère que son sourire n'a pas l'air trop affligé.

Les hommes aident les femmes à enfiler leur manteau et se chargent des sacs à chaussures. Puis ils s'entassent tous les quatre dans la Rambler. Dans le salon, Mike, Madeleine, Colleen, Ricky, Elizabeth et Rex s'observent mutuellement. Les jumeaux dorment déjà profondément sur le lit de Jack et de Mimi, derrière des remparts d'oreillers.

— Qu'est-ce qu'on fait? demande Ricky.

D'abord, personne ne dit rien — Colleen et Elizabeth ont l'habitude de la présence de Ricky, mais, pour Mike et Madeleine, c'est comme si un dieu était descendu de l'Olympe.

Ils font un festin de saucisses et de macaronis au fromage Kraft. Ricky et Mike jouent au hockey sur table, font violemment tourner les poignées tout en décrivant le match, comme s'ils se trouvaient sur la galerie de la presse du Forum de Montréal. «C'est la soirée du hockey...» Ricky a apporté une pile de quarante-cinq tours. Madeleine et Colleen font du pop-corn tandis que Jay and the Americans jouent à pleins tubes. Ricky fait une razzia dans la penderie à l'étage et descend des couvertures au sous-sol. Là, il vide la bibliothèque et l'incline contre le mur pour former un appentis. Madeleine jette un coup d'œil à Mike, qui reste là, hésitant.

— C'est interdit.

— Quoi donc? demande Ricky en ouvrant le polochon où est entreposé le matériel de camping.

— Faire des abris.

— Ce n'est pas un abri. C'est un fort.

Il pose des couvertures et des sacs de couchage sur la bibliothèque et les meubles de la cave.

— De toute façon, tu auras le temps de tout ranger avant leur retour.

Il lance la lampe de poche à Mike.

— À toi l'honneur, dit-il en éteignant la lumière.

Madeleine ne peut s'empêcher de pousser un petit cri.

Dans le noir, ils jouent à cache-cache dans toute la maison — sauf dans la chambre principale. Madeleine doit même changer de bas de pyjama à cause d'un menu incident causé par la frayeur et l'hilarité. Ils sautent sur les lits et, à tour de rôle, se mitraillent à l'aide du pistolet à capsules de Mike. Les victimes connaissent des morts spectaculaires. Un à un, ils essaient de coller Ricky au sol, mais, invincible, il propulse ses assaillants sur un matelas. Ils se livrent un combat d'oreillers dans le salon. L'huile des Alpes est de guingois, les coussins du canapé jonchent le sol. Rex, épuisé par d'innombrables tentatives de sauvetage et par les efforts déployés en vain pour réunir tout le monde dans la même pièce, cède enfin à la tentation et, aussi grisé que les autres, ronge une des spatules en caoutchouc de Mimi. Pendant ce temps, Elizabeth chante, s'assoupit, se réveille, écoute Madeleine lire à voix haute son livre de Cherry Ames et tombe de son fauteuil en voulant attraper sa bouteille d'Orange Crush.

— Ma foi, Lizzie, tu es ivre ! dit Ricky en épongeant le dégât et en lui tendant une autre bouteille du nec plus ultra — Mountain Dew.

— Voilà qui va vous chatouiller les entrailles ! hurle-t-il.

La fête ne fait que commencer.

Au mess des officiers, des billes de bois crépitent dans l'immense âtre de pierres. Le candélabre de cristal scintille, réfléchit la lumière des bougies sur les tables, où l'argent sterling luit sur les nappes blanches au milieu de bouquets opulents. À chaque place, on a mis une crécelle et un fez étoilé à pompon. Le buffet est somptueux. Homards en haut-de-forme juchés sur leur queue, sculptures sur glace représentant l'ancienne et la nouvelle années, plateaux de fruits exotiques aux formes complexes alternent avec les chauffe-plats fumants ; des cuisiniers en toque et en uniforme blancs montent la garde sur des cuisses de bœuf et des carrés d'agneau. Au bar tout en miroirs, les cocktails coulent à flots, les serveurs vont et viennent une bouteille de vin à la main, il y a du punch dans des bols en cristal. Sur la piste, les papillons de soie se mêlent au bleu de l'aviation en un lent tourbillonnement, les couples dansant au son du grand orchestre de Gerry Tait, venu exprès de Toronto. *« Pennsylvania Six-Five Thousand ! »* Au-dessus de la scène, l'arc d'une banderole argent : « Mille neuf cent soixante-trois ».

— Tu sens bon, dit Jack.

Il devine le sourire de sa femme. Son menton effleure le dessus de sa tête.

Le jeu en vaut la chandelle. Le col amidonné qui l'étrangle, le pantalon qui le serre légèrement à la taille, honte sur lui — l'année dernière encore, le costume lui allait comme un gant. Il formule mentalement une résolution du Nouvel An, quelque chose à propos de médecine-ball et de tennis, au moment où Henry Froelich fait irruption.

Souriante, Mimi s'envole avec lui. Les autres civils sont tous en tenue de soirée. Henry aussi, se dit Jack, qui admire finalement l'aisance très vieille Europe de son voisin sur la piste de danse. La véritable élégance vient de l'intérieur. Sur ce plan, Henry, malgré les pièces aux coudes de son veston, les surclasse tous. Jack les regarde se fondre dans la foule. Au bar, il offre un verre à Blair McCarroll et invite sa femme à danser.

Il l'escorte jusqu'à la piste. C'est comme s'il dansait à l'école secondaire avec une jolie fille pour qui il n'éprouve, heureusement, aucune attirance. Elle sourit timidement pendant la samba que Jack dirige de main de maître, répond à ses questions brièvement, avec un embarras charmant. Créature légère, malléable mais pas fragile, qui rit gaiement quand il la rend à son mari en la faisant tournoyer. Une chouette fille.

Jack lève son verre à la santé de Blair.

— Joyeux Noël, monsieur.

— Appelez-moi Jack, mon garçon. Au moins ce soir.

Jack essaie d'imaginer le visage de McCarroll lorsqu'il lui révélera enfin les raisons de sa présence en ces lieux. Sera-t-il vexé de ne pas avoir été mis au courant plus tôt ? Jack dépose son verre vide sur le comptoir et balaie la piste de danse des yeux. McCarroll se contentera probablement de hocher la tête et de faire son travail.

L'orchestre augmente la cadence et joue *In the Mood.* Vic et Betty Boucher donnent un avant-goût de leur savoir-faire. On leur fait un peu de place. À la fin du numéro, Jack se faufile au milieu des danseurs à la recherche de sa femme, mais Vic le prend de vitesse.

— Elle est ma prisonnière pour les cinq prochaines minutes, Jack.

Jack aperçoit Steve Ridelle, aussi à l'aise en tenue de soirée qu'il le serait en chemisette et pantalon de golf. Elaine est resplendissante : ses cheveux blonds retroussent au bout, et les plis bleu pâle de sa robe de satin ne font rien pour dissimuler sa grossesse de huit mois. Elle a l'air trop jeune pour être enceinte, même dans cette robe. Elle sirote un Bloody Mary.

— Bourré de vitamines, dit-elle en se caressant le ventre.

Jack s'est approché pour les saluer. Il la fait virevolter sur la piste de danse au milieu de ses protestations et des rires de Steve.

— Arrêtez, Jack. Vous voulez quoi ? Que je fasse la danse des bébés éléphants ?

Sur la piste, elle est aussi agile que si elle arborait un jean, le poids du nouveau monde qu'elle porte en elle en moins.

Steve fait main basse sur Mimi pour la danse suivante et Jack capitule.

— Avec tous les rapaces qui lui tournent autour, je ne réussirai pas à m'approcher de ma femme de toute la soirée.

— Prenez un numéro, Jack, dit Hal Woodley.

Jack tend la main à la femme de Hal. Danser avec Vimy, c'est danser avec une grande dame. Elle converse avec grâce, sans effort, fait en sorte qu'il se sente important — lui, le jeune qui monte. L'attitude de Vimy, il le sait très bien, n'est que le prolongement de celle de son mari, et il ne peut s'empêcher de se sentir flatté.

À sa table, Jack trouve Karen qui sirote un coca. Son rouge à lèvres s'est effacé. Il a préparé mentalement une invitation chevaleresque, quelque chose comme : qui peut rester assis en présence d'une si jolie femme ?

— Vous voulez danser, Karen ? se contente-t-il de dire.

— Volontiers, Jack.

Il soulève sa main gauche pour qu'elle y glisse la sienne et pose l'autre sur sa taille. Elle est mince. Forte, cependant. Pas d'armature Playtex — il se demande presque s'il est convenable de la toucher. Rangeant sa trompette, Gerry Tait chante *Fly Me to the Moon*. Ils dansent. Elle sent le savon. Et autre chose… le santal ? Vu de cet angle, sa bouche a l'air triste, les rides à peine visibles qui l'encadrent, l'ombre d'un sourire. Pas d'autres parures que les boucles d'oreilles garnies de perles de verre, sinon les fines rides au coin de ses yeux. Le type nordique.

— Vous êtes islandaise ? demande-t-il.

— Finlandaise. Enfin, ce sont mes origines lointaines.

— Je vous imagine très bien en traîneau. Avec un renne.

L'effet du scotch, sans doute.

— Vous me prenez pour le père Noël.

Il rit.

— Pas mal comme boulot, dit-elle. Les enfants vous adorent, vous avez la vie éternelle et des tas d'assistants par-dessus le marché.

Il rit de nouveau.

Il ramène Karen à la table au moment où Henry arrive avec des assiettes pour eux deux. Jack regarde Froelich se pencher pour embrasser sa femme. Puis Henry s'assoit et soulève son verre.

— Merveilleuse soirée, Jack. Merci beaucoup.

Jack sourit et les laisse manger en paix, côte à côte. À la lueur des bougies, ils ont rajeuni de plusieurs années.

— De quoi parliez-vous, Karen Froelich et toi ? lui demande Mimi au-dessus de son verre de martini.

Il l'attire vers lui, sent le froissement de sa robe contre son plastron bien raide et lui chuchote à l'oreille :

— Du père Noël.

Elle lui pince le lobe de l'oreille. Il lui prend son verre, le dépose et la conduit sur la piste, sa paume contre le bas tiède de son dos. L'orchestre joue la pièce demandée par Jack. Elle se laisse aller contre lui et ils dansent. *Unforgettable, that's what you are…*

— Je t'aime, murmure-t-il.

Son parfum, la douceur de ses cheveux, sa robe, ses seins, même la friction de son propre col amidonné contre son cou…

— Je veux un autre bébé, lui dit-il à l'oreille.

Levant la main, elle lui caresse la nuque.

Peu avant minuit, Mimi cède enfin aux pressions. Sa réputation, apparemment, l'a suivie depuis la 4e Escadre. Après s'être suffisamment fait prier, elle monte sur la scène. Au terme d'une brève discussion avec Gerry Tait, elle s'empare du micro et chante *Bei mir bist du schön, please let me explain.*

Applaudissements, rires. Henry Froelich chante avec elle et, au centre de la piste, danse avec Karen, à grands pas de patineur.

Bei mir bist du schön means you're grand...

Mimi gagne en assurance, sa tête bat la mesure, ses doigts claquent.

I could say bella, bella, even say wunderbar ! Each language only serves to tell you, how grand you are !

Dans le salon des McCarthy, Elizabeth et Rex dorment profondément. Colleen, Madeleine et Mike sont assis par terre en tailleur, un sac de couchage sur les épaules. L'idée d'allumer la télé ne leur a jamais effleuré l'esprit. Les bougies de l'avent baignent la pièce dans une lueur magique tandis que Ricky chante en s'accompagnant à la guitare : *So hoist up the John B. Sail. See how the mainsail sets. Call for the captain ashore, let me go home...*

Les autres se joignent à lui. Ils chantent si doucement qu'on les dirait au milieu d'une forêt, silencieuse, hormis les bruits de pas et les hululements des chasseurs nocturnes. Ils chantent doucement pour apaiser sans les réveiller les ours dans leur grotte, les loups dans leur tanière, les lapins dans leur terrier. Ils chantent de manière à ne pas éteindre le feu de camp qui brille, à ne pas l'attiser ; ils chantent pour ne pas faire tomber plus de froid du firmament bleu-noir de l'hiver.

I feel so broke up, I want to go home...

Seul Ricky gratte encore quelques accords. Les autres se sont endormis sur le sol au milieu d'un fouillis de draps et d'oreillers. Lorsque, plus tard, les roues de la Rambler écrasent la neige dans l'entrée, seul Rex dresse l'oreille.

Jack et Mimi montent l'escalier à pas de loup, les Froelich sur les talons. Ils aperçoivent le chaos qui règne dans la cuisine, où la moindre casserole, la moindre poêle ont été mobilisées pour accueillir bruyamment la nouvelle année, et s'arrêtent à la porte du salon. Mimi fait signe à Karen de « venir voir ». Elle lui prend le bras ; ensemble, elles contemplent leurs enfants endormis. Rougeauds, empêtrés dans les couvertures, affublés d'une moustache d'orangeade, des grains de pop-corn incrustés dans le tapis, les mains endormies encore accrochées à des jouets. Ricky est affalé dans le fauteuil, la guitare de travers sur les genoux. Ses cils papillonnent. Levant la tête, il regarde autour de lui.

— Je suis désolé pour le désordre.

Une semaine après le jour de l'An, Jack et sa fille se rendent à London. Ils se baladent au Jardin des contes de fées. Les animaux sont partis pour l'hiver, et seules les serres demeurent ouvertes. Le pont-levis du château est fermé, mais ils se faufilent entre les haies enneigées et se promènent parmi les personnages qui batifolent. Humpty Dumpty vacille sur son mur, un chapeau pointu en neige sur la tête ; la sorcière fait signe d'approcher, la paume remplie de poudre blanche — Madeleine a soin d'éviter ses yeux. Des glaçons pendent à la houlette de la Petite bergère, la vache saute par-dessus la lune et l'assiette s'enfuit avec la cuillère, indifférentes aux caprices du temps, toujours parées de leurs plus beaux atours.

Sur le chemin du retour, Jack fait un détour par un quartier digne d'une carte postale, parcourant sans se presser le cul-de-sac circulaire de Morrow Street au crépuscule. Voilà des semaines qu'on ne l'a plus convoqué. À la fenêtre en coin du troisième étage, les rideaux sont ouverts, et une lumière bleue danse sur la vitre et le plafond. Dans la rue, parmi une rangée de voitures, est garée la voyante Ford Galaxy bleu métallique, un autocollant du Jardin des contes de fées sur le pare-chocs. Jack s'éloigne. N'éveillons pas le chat qui dort.

C'EST REX QUI L'A TROUVÉE. Derrière le ravin de Rock Bass, à mi-chemin entre le champ de maïs et les bois. Les bergers allemands ont le travail policier dans le sang. La mort par strangulation a des effets terribles sur un visage. Il a reconnu son odeur, la même que toujours et pourtant pas la même. En la voyant, Rex s'est mis à aboyer ; pour lui, c'est comme si elle portait un masque d'Halloween.

Sur le dos, sous un enchevêtrement de roseaux de l'année dernière, des bouquets de mertensias, des fleurs sauvages, de la giboulée. Bandeau droit. Yeux clos. Chez les morts par strangulation, les yeux ne se ferment pas naturellement.

Le visage de ces morts n'a rien de naturel ni de paisible. Ils ont un air terrifiant. Un corps paisible d'enfant, des cheveux coupés court, une tête de monstre. Comme si le mal de l'assassin lui avait sauté au visage. Elle ne ressemble plus à l'enfant d'un homme et d'une femme. Elle ne ressemble plus à personne.

À TOI DE CHOISIR

En mars, l'hiver donne l'impression de s'être installé à demeure. La terre, cependant, sait quand le printemps viendra. Déjà, le mertensia et le muguet, à l'insu de tous, ont des tiges vertes, doucement recroquevillées, mais animées sous la terre. Les cerfs détectent le ruissellement de l'eau et grattent les rives à la recherche des pousses tendres ; dans leurs nids, les oiseaux attendent le miracle des becs qui sortent de leurs coquilles.

On n'est qu'à deux semaines et demie de Pâques, mais l'hiver fait encore sentir sa présence. Hier, il faisait plus doux et il a plu, mais, aujourd'hui, le froid est de retour. Un mois de mars typique. Sur la route, il y a encore quelques vers, mais ils sont glacés. Des verglacés. Sur l'accotement, on aperçoit des flaques recouvertes d'une forme de glace particulière, mince, qui se fissure comme une plaque de sucre quand on y pose délicatement la botte et qui se fracasse comme un pare-brise quand on saute dessus à pieds joints. Plus tard, dès que le temps se sera réchauffé un peu, vous pourrez pousser la surface à peine gelée de la flaque, la voir se froisser et se plier comme un drap. Là où la terre est nue et l'herbe ancienne raboteuse, les mottes jettent des éclats froids, s'effritent sous la semelle de vos bottes, dont la chaleur subtile fait fondre les billes de verre. Mars dans toute sa splendeur.

Dans le parc, Madeleine remarque que des pousses vertes, coriaces petits crocus, trouent les taches brunes et jaunes au milieu de la neige qui fond peu à peu. Dans les puits de vieille neige granuleuse, elle reconnaît le fumet de la crotte de chien qui dégèle. Il fait encore froid, mais pas au point qu'on ne puisse goûter une pomme mangée dehors. Pas au point que la morve vous gèle au bout du nez. Les adultes disent que mars arrive en lion et repart en mouton. Qu'est-ce que ça veut dire ?

C'est aujourd'hui le dernier jeudi de mars. Dans deux semaines, ce sera le Jeudi saint. Puis il y aura le dimanche de Pâques, synonyme de lapins en chocolat et de récolte d'œufs de Pâques — la fin du carême. Madeleine a fait une forte impression sur maman en se privant de friandises, en particulier de chocolat. Avec les bonbons de M. March, elle a eu largement le temps de s'entraîner. En un sens, Madeleine a triché : le carême est en principe une période difficile. Si elle avait vraiment voulu se priver de quelque chose d'important, elle aurait dû remiser Bugs Bunny pendant quarante jours.

Elle s'arrête à mi-chemin de St. Lawrence Avenue, en route vers l'école, et prend une profonde inspiration. Bugs Bunny suffoquerait, mais où? Dans une armoire? un tiroir? Dans le noir. Non. Après quarante jours de ténèbres, sans personne à qui raconter des blagues, il ne serait plus jamais l'ami de Madeleine. Renoncer pour toujours à Bugs Bunny. Tout un exploit. En faire cadeau à un enfant pauvre d'outremer. Aimer Jésus plus que Bugs Bunny. Ah non.

Du bout de ses bottes de caoutchouc, elle transforme quelques flaques glacées en lait au chocolat. Jamais encore elle n'a vu les choses de cette manière. Son refus de se départir de Bugs Bunny signifie-t-il qu'elle l'aime plus que Jésus? plus que Dieu? Qui est Dieu? Une personne en colère qui t'aime. Veut-Il que tu sacrifies Bugs Bunny? Dieu a sacrifié son Fils unique, d'où la fête de Pâques. Comparer Jésus à Bugs Bunny tient du blasphème. Bugs Bunny sur la croix. *J'aurai tout entendu, docteur.* Transformant le pain en carottes. Madeleine se remet à marcher, s'efforce de chasser de telles réflexions de son esprit, *pardon, doux Jésus.* Jésus est celui qui doit t'accompagner, à qui tu dois te confier. Pas Bugs Bunny. Un peu comme ton ange gardien, toujours à tes côtés. Un grand être argenté qui rôde autour de toi, attendant qu'une voiture te renverse ou que tu tombes d'un pont. Même s'il a pour tâche de la protéger, Madeleine sait bien que son ange gardien aimerait pardessus tout l'entraîner au paradis pendant qu'elle est encore une enfant à l'âme pure. Ce sont les âmes des enfants que Dieu prise le plus. Il en raffole. Miam. Comme le géant dans *Jack et les haricots magiques,* et c'est encore une pensée mauvaise, il ne faut pas concevoir Dieu de cette manière. Pense plutôt au doux Jésus — *Laissez les petits enfants venir à moi.* Madeleine ralentit, la maison hors d'atteinte, l'école encore trop éloignée — peut-être une maman la laissera-t-elle utiliser sa salle de bains. Soudain, ça urge.

Si Dieu l'appelle? Si Dieu vous appelle, il n'y a rien à faire. Pas d'échappatoire possible. C'est comme un raid aérien, en pire parce que Dieu est partout, particulièrement dans un abri antiaérien. Les appelés, ceux qui ont la vocation, entendent une voix: «Fais-toi nonne» (pour les filles) ou «Fais-toi prêtre» (pour les garçons). Rien à faire, sinon obéir. Parce que c'est la voix de Dieu qui retentit. Tu aurais préféré le *Ed Sullivan Show* au couvent? Tant pis. Tant pis aussi si tu es trop jeune pour mourir, il y a des tas d'enfants martyrs, ils multiplient les miracles, ces bienheureux petits enfants morts qui vous donnent froid dans le dos.

Madeleine se met à courir.

Elle dévale St. Lawrence Avenue en direction de l'école, où les enfants sautillent comme une assiette de Smarties pendant un tremblement de terre, elle court, son cartable ballant contre son dos, en plein vent de mars, elle tend l'oreille pour laisser les cris de la cour noyer la voix de Dieu ; elle court si vite que la gorge lui fait mal, elle dépasse son ange gardien qui bat des ailes derrière, son énorme visage triste à la pensée de la voiture qui va renverser Madeleine d'un moment à l'autre et de son âme pure et blanche qui sera élevée amoureusement jusqu'à Dieu. À cette évocation, elle cesse de courir. Elle marche, le cœur battant. Descend la fermeture éclair de son blouson molletonné, même si, en agissant ainsi par temps froid, toute en sueur, elle risque la pneumonie.

Elle reprend son souffle et ne se retourne même pas pour voir si son ange gardien est toujours à ses trousses. Elle n'est pas en instance de mort ni même de vocation immédiate. Tout va bien. Elle vient de se rappeler que son âme n'est pas pure. Jaunâtre plutôt, comme un vieux drap. À cause des événements de l'automne dernier. Quand elle était encore petite. Les exercices. N'y pense pas. Souviens-toi que tout va bien. Ton âme n'est pas pure.

Elle avance vers l'école, les battements de son cœur normalisés. Sa culotte lui semble tassée et moite, elle espère que ce n'est que de la sueur. La cloche sonne à l'instant où elle pose le pied sur le terrain détrempé, et elle voit les queues se former devant l'école. Elle se met à sauter à cloche-pied parce que, quand on est essoufflé après avoir couru, il est étonnamment facile de sauter à cloche-pied sans jamais se fatiguer, et on va presque aussi vite qu'en courant. Elle arrive tout juste à temps pour se joindre aux derniers élèves de quatrième année qui défilent sous le regard de M. March.

— Vous m'avez l'air particulièrement joyeuse, ce matin, mademoiselle McCarthy, dit-il.

Devant, Auriel se retourne en se pinçant le nez, tandis que Lisa se fait un triple menton. Madeleine a donc du mal à garder son sérieux.

— Merci, monsieur March, fait-elle, reconnaissant dans sa voix des échos d'Eddie Haskell dans *Leave it to Beaver.*

Dans la classe, Madeleine s'assoit à son bureau et constate avec satisfaction que sa culotte a séché — signe certain qu'il s'agissait de sueur et non de pipi. À l'avant, un immense gâteau au chocolat à un seul étage trône sur le bureau de M. March, recouvert de onze bougies aussi clairsemées que les arbres dans une prairie.

— Ma femme a confectionné ce gâteau.

Mme March. Imagine-le couché sur elle.

Il retire la pellicule plastique et se lèche le pouce.

— J'invite la petite fille dont c'est l'anniversaire à bien vouloir se lever.

Grace Novotny s'exécute, goûte le coin de sa bouche et sourit au sol. La classe entonne *Joyeux anniversaire* avec l'entrain d'enfants de neuf ans sur le point de manger du gâteau. Puis Philip Pinder et deux ou trois garçons chantent :

— En ce jour de pet, nos œufs les plus sincères.

M. March allume les bougies.

— J'invite la petite fille dont c'est l'anniversaire à bien vouloir s'avancer.

Grace a beaucoup grandi. Habituellement, ce n'est qu'après les vacances d'été qu'on s'en rend compte, mais Grace a connu une poussée de croissance pendant le congé de Noël — elle arrive au moins à remplir certains des vêtements qu'on lui fait porter.

Madeleine est heureuse d'être elle-même. Qui, en effet, supporterait d'être Grace Novotny ? Grace a des seins, Madeleine les voit, on dirait de petits bonnets d'âne sous son pull. Des nichons. Philip Pinder lui en a déjà pincé un. Elle a pleuré. Les pincettes sont très douloureuses, les garçons s'en donnent tout le temps. Attrapant la chair du mamelon, ils tournent. À côté de Grace avec ses nouveaux seins, tous les élèves de la classe, Marjorie et Philip y compris, ont l'air tout nets. Tandis que Grace est aux prises avec quelque chose de vaseux.

L'immense gâteau scintille sur le bureau de M. March.

— Ne restez pas plantée là, petite fille. Soufflez les bougies.

Grace souffle, souffle, jusqu'à ce que ses microbes enduisent toute la surface du gâteau.

M. March le divise en trente parts égales.

— Jamais encore madame March n'avait fait un si gros gâteau, fait-il observer.

Madeleine se demande à quoi elle ressemble. Est-elle obèse, elle aussi ? Ou encore toute maigre ?

Les élèves font la queue pour recevoir une part de gâteau sur du papier buvard. Ils mangent en silence. Quelques-uns évitent le glaçage pour des motifs évidents : les microbes. Madeleine n'arrive pas à se résoudre à y toucher. Deux rangs plus loin, Claire McCarroll ne mange que le glaçage.

Fermant les yeux, Madeleine s'efforce de ne pas sentir le gâteau.

— Et alors, petite fille ? Vous n'aimez pas le gâteau au chocolat ?

— Je n'ai pas faim, réplique Madeleine.

D'ailleurs, c'est toujours le carême.

— Depuis quand faut-il avoir faim pour manger du gâteau au chocolat ?

La classe rit poliment.

M. March divise sa part de gâteau entre Grace et Marjorie.

Une demi-heure plus tard, au milieu d'un exercice d'orthographe, les élèves travaillent paisiblement à leur place quand Grace va affûter son crayon. Madeleine voit du sang sur sa jupe.

— Grace, dit-elle à voix haute.

M. March lève les yeux.

Grace se retourne vers Madeleine.

— Quoi?

Et M. March voit ce que voit Madeleine, comme d'ailleurs la moitié des élèves, ceux de l'avant. Tout le monde en a le souffle coupé.

— Tu t'es fait mal, dit Madeleine, se forçant à la politesse.

— Petite fille, dit M. March.

Grace, qui sait qu'il s'adresse à elle, se retourne, et c'est au tour des élèves assis derrière de retenir leur souffle. Elle se retourne de nouveau, comme si une abeille l'avait piquée. Les plis de sa jupe tournoient. Par-dessus son épaule, elle aperçoit la tache et crie. Hurle. Quelques filles se mettent à pleurer, deux ou trois garçons rigolent. Du sang. Aux fesses de quelqu'un. Lisa Ridelle a posé la tête entre les genoux — son papa, médecin, lui a dit quoi faire lorsqu'elle se sent sur le point de défaillir. Grace sanglote, la bouche grande ouverte, de la salive claire s'écoulant des deux côtés, ses yeux allant de la tache à Madeleine, comme si Madeleine y était pour quelque chose.

— Silence! dit M. March en abattant sa règle sur le bureau, où elle fait un clac! formidable.

Grace se tait.

— Cette petite fille doit rentrer chez elle. Des volontaires?

Il a besoin de quelqu'un pour raccompagner Grace à la maison avec son derrière ensanglanté. Pourquoi ne pas plutôt appeler une ambulance? Grace regarde Madeleine comme si Madeleine était un point à l'horizon, un bateau. Oh non. Madeleine sent que ça vient. Elle va lever la main. *Tu vois? Tu aurais dû renoncer à Bugs Bunny pour le carême. L'heure est maintenant venue de te sacrifier et de raccompagner Grace Novotny chez elle.* Madeleine sent sa main se décoller de son pupitre…

— Marjorie Nolan, dit M. March. Veuillez accompagner cette petite fille chez elle.

Tout le monde se tourne vers Marjorie. Elle ne bronche pas. Personne ne bouge. En pleurnichant, Grace se dirige lentement vers les crochets à manteau, tenant le fond de sa jupe pour cacher la tache.

— Lente comme un escargot, dit M. March.

La classe rit avec soulagement.

— Eh bien, mademoiselle Nolan? dit M. March.

Marjorie se lève et, à grands pas, va vers le fond de la classe, où elle enfile son blouson. Puis, les bras croisés, elle attend Grace qui, décrochant son cardigan, l'attache à sa taille. Elle le laissera pendre pour cacher la tache.

— Bon, élèves de quatrième, le spectacle est terminé. Reprenez, je vous prie, votre manuel à la page quarante et un.

Madeleine risque un regard furtif. Privée de son cardigan, Grace va geler. Sans demander la permission, Madeleine se lève et tend son propre blouson à Grace. Grace le met sans un mot, telle une somnambule, et sort.

Madeleine regagne sa place. Tout le monde la regarde.

— Voyez la bonne Samaritaine, fait M. March.

Rires. Tout redevient normal. Madeleine le salue profondément.

— Merci, mademoiselle McCarthy. Vous pouvez maintenant vous asseoir.

Il n'a pas l'air fâché. Il est comme toujours. On le dirait forcé de tourner en dérision ce qui le plonge dans une grande lassitude.

Après le déjeuner, Grace est de retour à l'école, vêtue d'une autre jupe. À la récréation, elle reste là et fait manger une feuille de laitue à la gerboise — Spoutnik a failli mourir quand Philip Pinder s'est servi d'elle comme d'un camion miniature sur le plancher de la classe. Depuis, c'est Grace qui s'en occupe. À trois heures moins deux, M. March s'empare de sa planchette :

— Les petites filles qui suivent…

Ils avaient tous commencé à chercher leurs devoirs dans leur pupitre, tous sauf Joyce Nutt, Diane Vogel, Marjorie et Grace. M. March a pris l'habitude de les appeler les « monitrices ». Personne ne se demande plus ce qu'elles fabriquent. Il s'agit simplement d'une particularité de la classe de M. March.

Madeleine range son manuel d'orthographe et sort son livre d'arithmétique, tremblante à l'idée des devoirs — ils sont passés du purgatoire des problèmes sous forme d'énoncés à l'enfer des nombres entiers.

— Joyce Nutt…

Fini l'aimable camouflage du récit. Comment décrire au moyen de mots ce que font ces chiffres ? Ils traversent le miroir. Les fantômes des chiffres réels vivent sous terre.

— … et Diane Vogel.

Madeleine lève les yeux. Il y a quelque chose de différent. M. March se rassoit. La cloche sonne. Raclement enthousiaste des chaises…

— Un peu de tenue, je vous prie, les enfants.

Madeleine, qui remonte la fermeture éclair de son blouson, constate que Marjorie et Grace sont restées à leur place. M. March n'a pas mentionné leurs noms. Voilà ce qui est différent. Pourtant, Marjorie attend, les mains jointes devant elle. La bouche entrouverte, Grace triture une mèche de ses cheveux en regardant Marjorie.

Madeleine enfile ses bottes de caoutchouc lorsque la voix de M. March se fait entendre :

— Vous m'avez entendu dire votre nom, petites filles ?

Grace ricane. Le profil de Marjorie se teinte de rose.

— Eh bien ? dit M. March, railleur. Filez. On n'a pas besoin de vous ici.

Madeleine observe Marjorie se lever lentement. Grace l'imite. En se retournant, Marjorie croise le regard de Madeleine, qui se rend compte que Marjorie a perdu son air suffisant coutumier. Elle lit plutôt sur son visage une confusion totale. Madeleine éprouve un élan de sympathie. L'instant d'après, cependant, les yeux de Marjorie se plissent malicieusement et elle tire la langue. Madeleine sort sans tarder par la porte de côté.

Le soleil est chaud. Soudain, on dirait que c'est l'été. Madeleine aperçoit Claire McCarroll près des balançoires. Elle a plié son imper rose avant de le poser sur le sol, à côté de son cartable. Elle se balance doucement mais avec un bonheur évident. À son tour, Madeleine abandonne son blouson et son cartable sur le sol. Elle a pris une décision. Ne sois pas gentille avec Marjorie, mais ne sois pas méchante non plus. Tout se retourne contre toi. Le truc, c'est de n'être rien pour Marjorie Nolan. À l'instant où elle s'installe près de Claire, Madeleine se sent délestée d'un poids.

— Bonjour, Madeleine.

— Bonjour, Claire.

Madeleine se balance plus fort. Ce faisant, elle envoie valser une de ses bottes rouges. En riant, Claire se débarrasse d'une des siennes, rose. D'un coup de pied, Madeleine fait tomber l'autre botte. Claire l'imite.

Grace et Marjorie passent furtivement à côté d'elles en dévisageant Madeleine par-dessus leur épaule. Elles chuchotent derrière leurs mains. Marjorie a sorti son calepin des Brownies, mais Madeleine s'en moque. Pourquoi s'est-elle fait du souci ? Elle se penche vers l'arrière et, la tête en bas, se balance de plus en plus haut. Sur sa nuque, ses cheveux s'agitent comme de l'herbe. Claire McCarroll l'imite, et bientôt elles rient toutes les deux. Il est si facile de rire quand on a la tête en bas.

CHIENS ENDORMIS

Qui a été torturé reste torturé.
Primo Levi, *Les naufragés et les rescapés*

— Dora !

Henry Froelich crie le mot qui, court-circuitant son esprit, lui est monté directement à la bouche. Se retournant, l'homme le regarde sans le reconnaître, puis il scrute le marché grouillant à la recherche de l'origine du mot qui l'a stoppé tout net. Froelich faisait voir à son petit garçon les chiots endormis en tas dans la vitrine de l'animalerie quand, en tournant la tête, il avait aperçu le visage.

— Dora !

Le mot, une fois de plus, fuse de sa gorge, comme arraché de force. Cette fois, l'homme regarde droit vers lui. Pas d'éclair de reconnaissance, mais, dans les yeux bleu pâle, la peur. Il se retourne puis file.

Froelich le suit, mais il le perd dans la foule — n'importe, il sait vers où l'homme se dirige. Serrant son bébé contre sa poitrine, il fonce à contre-courant en direction de la vaste entrée du marché Covent de London. L'homme, déjà de l'autre côté de la rue, la tête baissée sous son feutre, monte dans une voiture bleue — un coupé Ford Galaxy 1963. Sans lunettes, Froelich reconnaît la voiture, mais la plaque lui donne du fil à retordre. Il fouille ses poches poitrine, à gauche, à droite, dedans, frénétique — il a presque laisser échapper l'enfant.

La voiture grimpe sur le trottoir en marche arrière, donne contre un parcomètre et repart en trombe. Renonçant à ses lunettes, Froelich sort de l'immeuble et court sur le trottoir, à côté de la voiture, qui prend de la vitesse. Le bébé se met à pleurer. Froelich presse le pas, ses chaussures glissent sur le trottoir glacé, il a une main autour de la tête de l'enfant, qui hurle maintenant, et il plisse les yeux pour déchiffrer la plaque. Des voitures passent, vue syncopée, on dirait les images d'un film, il en est tout étourdi. Il entrevoit un magma de lettres et de chiffres bleus — une plaque de l'Ontario. Est-ce un O, un X ou un Y ? À côté, dans la bosse toute nouvelle du pare-chocs, un autocollant. Pas besoin de lunettes pour savoir de quoi il s'agit. Jaune vif avec la silhouette d'un château. Le Jardin des contes de fées.

Au feu, qui vient de passer au jaune, la voiture file. Froelich s'arrête. Il a enfin mis la main sur ses lunettes. Cassées à ses pieds, sur le trottoir. Pendant tout ce temps, elles étaient remontées sur son front. Son bébé a le visage congestionné, maculé de larmes et de morve.

— *Shh, shh, kleiner Mann, sei ruhig, ja, Papa ist hier.*

Inutile. Froelich lui-même est en pleurs.

En route vers sa voiture, il prend une décision. Il racontera à sa femme ce qu'il a vu, mais il n'en parlera à personne d'autre. À la police non plus, même s'il est clair que l'homme est entré au pays sous un nom d'emprunt et donc illégalement — il y en a des milliers d'autres. Le gouvernement a fermé les yeux et même, dans certains cas, il a recruté de tels hommes comme immigrants — ils ont à tout le moins le mérite de ne pas être communistes. Henry en sait quelque chose ; pendant des années, il a attendu d'être admis au Canada, tandis que des hommes portant le tatouage des SS sur le bras se faisaient ouvrir la porte toute grande, un emploi en poche. Mais il s'en sort à peine — les enfants s'en sortent à peine. À quoi bon s'encombrer en plus du passé ? Dénoncer l'homme serait futile. En parlant, il ne ferait qu'exhumer ce qui est froid et impossible à cicatriser. Lester sa nouvelle famille des peines inconsolables de l'ancienne.

Il dépose le bébé, maintenant endormi, dans son berceau sur la banquette arrière. Puis il essaie de se rappeler où il doit aller ensuite. À l'orphelinat, où Karen l'attend. Il s'installe derrière le volant. Sa femme, ses enfants, lui-même — monuments vivants à la gloire de l'espérance. La seule solution possible. Henry Froelich est athée. Avant de mettre le contact, il s'arrête, pleurant toujours, le temps de remercier Dieu de Ses bienfaits.

En février, le gouvernement de Diefenbaker est tombé à cause de son refus d'accueillir les armes nucléaires américaines en sol canadien, et les élections ont lieu aujourd'hui le lundi 8 avril. Jack vient tout juste de voter au centre de loisirs. Il a le sentiment de s'être fait justice, comme si son seul vote avait porté un coup mortel à l'ennemi.

Il rentre d'un week-end en tête-à-tête avec Mimi. Confiant les enfants aux Boucher, ils sont allés aux chutes du Niagara pour célébrer leur anniversaire de mariage. Il est détendu et heureux. Le printemps s'est installé et, telle l'équipe d'un studio hollywoodien, Dame Nature a fait des heures supplémentaires, transformant la lie du triste hiver en un printemps éclatant — en une seule journée, aurait-on dit. Dans les peupliers, il y a déjà de gros bourgeons, prêts à céder au prochain souffle tiède ; des tulipes fleurissent autour de l'immeuble où il a son bureau ; sur le terrain de rassemblement, des cadets en short passent au pas de course. Bientôt, on leur remettra leur insigne et ils quitteront le nid de Centralia. Le week-end prochain, Jack, en revêtant son costume d'apparat pour un dîner donné en l'honneur d'un vice-maréchal de l'air en visite, verra si le régime d'exercices auquel il s'est astreint a porté ses fruits.

Un message l'attend à son bureau. « M. Freud a téléphoné. Veuillez le rappeler le plus rapidement possible. » Il y a le numéro d'Oskar. Jack hoche la tête — « Freud ». L'erreur n'est peut-être pas si grossière. Il fait tellement beau que Jack se réjouit à l'idée d'entendre la voix grêle d'Oskar. En décrochant, il se demande à quoi il doit l'honneur d'un coup de fil. Tout est de la faute de la mère de Fried, aurait dit Freud. Il compose le numéro. S'imagine la mère de Fried — Fried coiffé d'un bonnet.

On répond à la première sonnerie. Une voix prudente.

— Allô ?

— Bonjour, Oskar. Jack à l'appareil.

Il prend un malin plaisir à irriter Fried en l'appelant Oskar. Fried ne l'y a jamais invité ; comme il s'agit, par surcroît, d'un nom d'emprunt, l'homme est sans doute doublement agacé.

— Je suis reconnu, dit Fried.

— Quoi ? dit Jack. On vous a reconnu ? Qui ?

— Je ne sais pas.

— Comment ça ?

— À vous de me le dire, dit Fried avec un grand sérieux.

Jack croit éclater de rire. Oskar regarde trop la télé.

— Où ? Quand ?

— Au marché, samedi. Je vous appelle tout de suite et tout au long du *Wochenende* — comment dit-on ?

— Week-end.

— *Ja,* mais vous n'êtes pas à la maison.

— Dites-moi ce qui s'est passé, Oskar.

— Je pars, je n'hésite pas.

— Quelqu'un vous a vu et vous n'avez pas la moindre idée de qui il s'agit ni d'où il vient ?

— D'où il vient, je sais.

— Où ça ?

— Ça, je ne vous dis pas.

— Oskar, comment voulez-vous que je vous aide si…

— Dites à Simon que je suis reconnu.

— Cet homme vous a-t-il appelé par votre nom ?

— Il m'a appelé par un nom.

— Lequel ?

— Je reconnais ce nom. C'est comme ça que je sais…

— C'est votre nom, oui ou non ?

Silence.

— Monsieur, votre vrai nom m'importe peu et vous n'êtes pas obligé de me le dire. Dites-moi simplement si ce type vous a appelé par votre vrai nom.

— Non, dit Oskar.

Jack le voit presque lécher sa lèvre inférieure.

— Il ne dit pas mon nom.

Jack sent aussi sa peur. Il parle doucement.

— Bien, très bien. Dites-moi maintenant par quel nom il vous a appelé.

Nouveau silence.

Jack est inquiet et las. Oskar Fried ne comprend pas la chaîne de commandement. Il ne comprend pas que, en l'absence de Simon, Jack, à toutes fins utiles, *est* Simon. Pas un simple garçon de course.

Après un moment d'hésitation, Fried dit :

— Dora.

— Dora ? Pourquoi vous a-t-il appelé « Dora » ?

— Il est de Dora.

— Dora l'a envoyé ? Qui est Dora ?

Sa femme ? Un agent du KGB ? Jack attend la réponse de Fried.

— Qui est Dora, Oskar ?

— Je ne suis pas qualifié — vous n'êtes pas qualifié pour m'interroger.

Jack garde le silence et grimace. Du calme. Fried est effrayé. Terrifié à l'idée d'être ramené en Union soviétique.

— Dites « Dora » à Simon. Il comprend. Vous lui dites de m'appeler au téléphone.

— Très bien. Entre-temps, ne bougez pas et…

— Ne pas bouger ?

— Ne quittez pas l'appartement et évitez de sortir en voiture.

— Je ne conduis pas. Il voit la voiture.

— La voiture ?

— Je cours à ma voiture, il suit, il voit.

La plaque. Quiconque a vu la voiture risque de la voir de nouveau. De la chercher peut-être. L'apercevra peut-être dans Morrow Street, devant l'immeuble où habite Fried.

— Où est la voiture, Oskar ?

— Je gare derrière l'immeuble.

— Bien. Ne vous en faites pas. On vous a vu — reconnu — samedi. C'était il y a deux jours. Largement le temps de donner suite, à supposer que…

Jack n'est pas aussi catégorique qu'il veut bien le laisser croire, mais la déduction n'a rien de déraisonnable. Il se sent coupable — il n'aurait pas dû se laisser endormir par le calme des derniers mois. Il aurait dû rester aux aguets. En état d'alerte. Il aurait dû donner à Fried le numéro de la suite nuptiale du Holiday Inn de Niagara Falls.

Jack est sur le point de raccrocher, il doit téléphoner à Simon…

— J'ai besoin de nourriture, dit Fried.

Jack laisse tomber la tête sur sa main.

— N'êtes-vous pas allé au marché samedi dernier, monsieur ?

— Oui. Je suis reconnu avant d'acheter.

Jack pousse un soupir, s'empare d'un crayon et d'un bloc-notes en se disant que Simon risque de lui ordonner de déplacer Fried séance tenante, de lui faire franchir le pont à Buffalo — il n'aura peut-être pas le temps d'aller à l'épicerie. En songeant déjà au prétexte qu'il va servir à Mimi pour se rendre à London ce soir, il dit :

— Je suis tout ouïe.

— Je vous demande pardon ?

— Dites-moi ce que vous voulez.

Par ailleurs, Jack n'aura peut-être rien d'autre à faire que de communiquer avec McCarroll. Typique, se dit-il, désabusé ; les Américains arrivent à la dernière minute et s'arrogent tout le mérite. McCarroll emmènera Fried à la base aérienne Wright-Patterson, où il sera accueilli en héros. Quelle importance, au fond ? L'essentiel, c'est que Fried soit en sécurité. Et tranquille. L'oreille contre le combiné, il note.

— Du beurre, oui… de la moutarde, oui, forte, je sais…

La liste est longue et détaillée — la rencontre de Fried avec Dora ne semble pas lui avoir coupé l'appétit. Jack griffonne.

— Doucement, doucement… Du camembert et… quoi ? Des cerises ? Où vais-je trouver des cerises en cette saison ? Elles risquent de coûter une fortune et… d'accord. Quoi d'autre ?

En levant les yeux, il aperçoit Vic Boucher dans la porte, tout sourire. Depuis combien de temps est-il là ?

Jack lui décoche un clin d'œil et dit :

— Oui, je m'assurerai qu'elles sont fraîches…

Vic entre, une pile de documents sous le bras. Nonchalamment, il jette un coup d'œil à la liste de Jack. Jack écrit « céleri » au lieu de la marque de tabac à pipe que Fried lui a demandé. Il regrette de ne pas avoir fermé sa porte.

À l'autre bout du fil, Fried dit :

— Caviar.

Jack réagit malgré lui.

— Du caviar ?

Vic contemple le plafond en faisant mine de siffler. En guise de réponse, Jack sourit et secoue la tête.

— C'est tout, fait Fried avant de raccrocher.

Jack, qui continue de sourire, dit :

— Moi aussi. À plus tard, mon ange.

Il raccroche.

— Sacrée Mimi, dit Vic. On peut dire qu'elle a le goût du luxe.

— Pas évident pour mon budget.

Vic demande à Jack son opinion sur l'étude de cas qui se prête le mieux à la conclusion du semestre, et Jack regrette son impatience — après tout, c'est son travail. L'intrus, c'est Fried, pas Vic. À son départ, Jack sort la liste de sa poche. Du céleri ? Il ne se souvient pas d'avoir entendu Fried en demander — mais oui, c'était le nom de code pour le tabac à pipe. De quelle marque déjà ?

Il remet la liste dans sa poche, saisit son veston d'uniforme et sort du bureau en préparant mentalement un compte rendu à l'intention de Simon. Il a de nombreuses raisons de ne pas être exagérément inquiet. Si l'inconnu qui a aperçu Fried au marché appartenait au KGB et que les Soviétiques surveillaient Fried, pourquoi l'interpeller en public ? Et comment un agent du KGB aurait-il pu perdre Fried si facilement dans la foule du marché ? En descendant les marches, il respire à fond l'air d'avril et lève les yeux. Au-dessus de la cime des arbres, le ciel bleu est ponctué de gros nuages blancs, d'où la neige risque encore de venir. Ce n'était probablement pas le KGB. À moins que les provisions qu'on lui demande d'apporter ne soient un piège. Comme d'habitude, les peupliers bruissent, tirant le meilleur parti du moindre souffle de vent. Le visage enflammé, Jack fait froidement le point. « Dora » peut être n'importe qui. N'importe quoi. Que sait Jack de l'opération ? Rien de bien concret. Simon lui a dit que Fried était un scientifique soviétique, et Jack avait supposé qu'il travaillait dans le domaine des fusées. Il se rend compte qu'il a de la même façon supposé que Simon faisait partie du MI6, mais Simon est toujours resté évasif, se contentant de favoriser de telles hypothèses sans jamais rien confirmer ni infirmer. Il n'y a que sur la nécessité de tenir Blair McCarroll dans le noir qu'il se soit montré catégorique.

Sur l'asphalte du terrain de rassemblement, Jack soupire intérieurement, fouillant ses poches à la recherche de pièces de dix cents. L'aventure arrive trop tard. Il n'a qu'une seule pensée en tête : s'il lui arrive quelque chose, que deviendront Mimi et les enfants ?

— Ambassade de Grande-Bretagne, bonjour, dit poliment une voix de femme à l'accent britannique.

— Bonjour. Le premier secrétaire Crawford, je vous prie.

— Qui le demande ?

— Le major Newbolt.

Jack se sent idiot d'utiliser le nom de code, mais c'est Simon qui a lui-même arrêté la procédure. «Newbolt» signifie «urgent». Et il y a effectivement péril en la demeure.

— Alors, Jack, ça boume?

— Nous avons un petit pépin, Simon.

— Tu es à ton bureau?

— À la cabine.

Ils raccrochent et Jack attend que le téléphone sonne. C'est le milieu de l'avant-midi, et le terrain de rassemblement est désert — tout le monde est en classe, béton ou cockpit, selon le cas. Par la vitre de la cabine, il voit trois Chipmunk virer sur l'aile en formation. McCarroll est probablement là-haut, dans le siège de l'instructeur de l'un de ces petits cerfs-volants jaunes. La sonnerie du téléphone le fait sursauter.

— Salut.

— Je suis tout ouïe, mon vieux.

— On a reconnu notre ami.

— Qui ça, «on»?

— Un homme au marché, il ne sait pas qui…

— A-t-il appelé Fried par son nom?

— Selon Fried, le type a crié le mot «Dora».

Jack attend une réponse. Comme aucune ne vient, il poursuit.

— C'est tout ce que j'ai réussi à lui arracher. Il refuse de dire qui est Dora. Il a dit que tu serais au courant.

— C'était quand?

— Samedi.

— Bon, dit Simon. Ce n'était pas un Soviétique. Le cas échéant, nous serions déjà au courant. Nous avons eu de la chance, mais notre ami aurait intérêt à prendre son mal en patience…

— Je le lui ai dit.

— Bien. Nous allons peut-être devoir accélérer les choses.

Le ton léger, égal, de Simon, rapide mais sans précipitation, rassure Jack.

— Tu veux que j'informe mon vis-à-vis?

— Hmm.

— Quand?

— Pourquoi pas maintenant?

Jack sent Simon sur le point de mettre un terme à la communication, alors il poursuit.

— Pas de souci à se faire pour cette femme, dans ce cas?

Simon rit.

— Dora était une usine, mon vieux.

— Une usine? Où ça? En Allemagne?

— Oui.

— Pendant la guerre?

— Exactement.

— Jamais entendu parler.

Jack aimerait revenir sur ses propos. Il donne l'impression d'être sur la défensive, méfiant même.

— Non, évidemment. C'était un nom de code. Pour l'usine de fabrication de fusées.

— Les V-2? Peenemünde, donc.

— Nous avons bombardé Peenemünde. Alors les Allemands ont réaménagé l'usine sous terre et l'ont appelée «Dora».

Jack est content. Hypothèse vérifiée. Fried est bel et bien un fuséologue.

— Au fait, qui va l'emporter, chez vous? demande Simon.

— Qui?…

— Diefenbaker va réussir à s'accrocher?

— Ah, dit Jack. Non, je crois que son compte est bon. Du moins, je le souhaite. Écoute, Fried veut que je lui apporte des provisions. Tu veux que je lui dise plutôt de faire ses bagages?

— Non, ne lui dis rien. Je vais lui téléphoner. Je crois comprendre ce qui s'est passé. Fais ce qu'il te demande, comme d'habitude. Pas de panique.

— Simon?

— Ouais?

— Comment peux-tu être certain que ce type qui vient de Dora n'est pas soviétique? Ils attendent peut-être simplement leur heure.

Après un moment d'hésitation presque imperceptible, Simon répond:

— Parce que les Soviétiques ne savent pas que Fried a fait défection. Ils le croient mort.

— …Ah bon.

— C'est pour cette raison que nous avons réussi à le faire sortir sans laisser de traces. Si, malgré tout, le KGB était à ses trousses, nos agents à l'Est m'auraient prévenu. Il y aurait eu des retombées. Un peu comme le canari dans la mine de charbon.

— …Donc, au fond, tout va bien, dit Jack.

— Comme sur des roulettes.

Ils raccrochent. Simon n'avait pas l'air perturbé. Il faut dire que ce n'est pas précisément son genre.

Au lieu de retourner à son bureau, Jack se met en route dans la direction opposée, celle de l'école élémentaire de pilotage, où il trouvera McCarroll.

Il avait donc raison. Fried a travaillé à la fusée V-2 — le premier missile balistique, précurseur de la fusée Saturn, meilleur espoir de l'Occident de propulser les astronautes d'Apollo sur la Lune « avant la fin de la décennie ». Il frissonne — afflux d'énergie qu'intensifie l'air frais du printemps. Fried avait dû côtoyer Wernher von Braun. Voilà qui efface les vexations mineures que Fried lui a fait subir. À hauteur des gigantesques hangars qui longent le terrain d'aviation, il oblique vers le n° 4, où se trouve l'école élémentaire de pilotage.

Dora. Une usine souterraine. Les Allemands en avaient quelques-unes — des palais de douze étages sous les pins qui, jusqu'à la toute fin, produisaient des Messerschmitt. Exploits parmi d'autres de la part des ingénieurs. Exploits encore plus grands de gestion à l'état pur — le génie d'Albert Speer. À grandes enjambées, Jack entre dans le hangar. En hauteur, des chevrons en acier forment une voûte. En levant les yeux, il a l'impression d'être suspendu dans l'air. Sous ses pieds, la certitude lisse du béton. Il suit un couloir de fortune entre les murs des salles de classe préfabriquées.

Fried aurait-il été reconnu par quelqu'un de Dora ? Un collègue ? Fried est paranoïaque : le système soviétique lui a inculqué l'art d'être sans cesse sur ses gardes. Il est tout à fait possible que l'homme qui l'a interpellé l'ait fait innocemment à la vue du visage familier d'un homme dont le nom, après toutes ces années, lui échappait. Il s'agissait peut-être de salutations aimables — Fried n'aurait probablement pas su voir la différence.

Par les portes ouvertes, Jack voit des pièces d'avion disposées sur des tables, des termes météorologiques griffonnés sur des tableaux noirs et, dans une autre salle de cours, le bon vieux *Link Trainer* — le petit simulateur tronqué avec sa capuche pour l'entraînement aux approches à l'aveuglette. Au fond, peu de choses ont changé depuis l'époque de Jack. Il s'arrête devant la porte du bureau de McCarroll et frappe sur la vitre.

Un commis d'administration sort la tête d'un bureau voisin.

— Vous cherchez le capitaine McCarroll, monsieur ? Il ne rentre que mercredi.

— Parti, hein ? Où ça ?

À quoi bon avoir un vis-à-vis s'il est absent quand on a besoin de lui ?

— À Bagotville, monsieur.

— Bagotville ?

— Oui, monsieur. Pour s'entraîner à bord du Voodoo, je crois.

Naturellement. Bagotville est une base opérationnelle dotée d'une unité de formation. McCarroll peaufine ses compétences à mille six cents kilomètres-heure. Bien des choses ont changé depuis l'époque de Jack.

— Très bien, dit-il au commis.

De retour dans son immeuble, Jack avance dans le couloir, ses talons résonnant sur le linoléum. Il pourrait être n'importe où. Nul doute que les couloirs du Pentagone sont recouverts des mêmes carrés à taches monotones. Sans parler du Kremlin. Quelqu'un a dû faire fortune.

Plus rien ne presse. En accrochant sa casquette, il a conscience de se sentir légèrement abattu. Il attendait impatiemment de mettre McCarroll au courant. De voir les yeux du jeune homme briller à la mention des fusées. À l'instant où il se rendra compte que cette affectation était non pas une mutation latérale, mais, au contraire, un honneur. Il faudra attendre mercredi.

Il téléphone à Fried, qui semble plus calme. Il vient de parler à Simon. Jack lui demande s'il peut attendre les provisions jusqu'à mercredi — Jack s'est rappelé que son fils joue son premier match de base-ball de la saison le soir même et que, demain, il a des réunions toute la journée. En soirée, Mimi joue au bridge. D'ailleurs, McCarroll sera de retour mercredi, et Jack en profitera pour lui présenter Fried. Faire d'une pierre deux coups, en somme.

— Oui, mercredi. C'est bien, dit Fried.

Jack n'en revient pas. Fried est non seulement poli, mais aimable. L'homme est formidablement soulagé ou encore fou de frayeur.

Il s'appuie contre le dossier de son fauteuil en chêne pivotant, un pied contre son bureau, et regarde par la fenêtre. Un flux d'éjection s'enroule et s'estompe. McCarroll est quelque part là-haut. Accumulant les heures de vol.

Grace n'est plus tout à fait du genre discret. Depuis que Marjorie et elle ont été chassées du groupe d'exercice, elles s'entendent comme larrons en foire. Marjorie n'essaie même plus de sauter à la corde avec le groupe de Cathy Baxter, et Grace a pris l'habitude répugnante de se sucer les doigts, de se frotter la langue et de se barbouiller le contour de la bouche d'une couche poisseuse. Elle a les lèvres perpétuellement à vif, trop rouges, elles doivent avoir un goût piquant, et ses yeux se dérobent, comme si, prise en flagrant délit, elle cherchait, dans un élan de panique, un bouc émissaire. Lorsqu'un adulte dit ne serait-ce que « Grace » sur un ton interrogateur, elle se met à pleurer.

Marjorie brandit son calepin et son crayon des Brownies.

— Nous allons te dénoncer, Madeleine.

— À qui, je vous prie ? réplique Madeleine d'un air méprisant.

— Pas de tes oignons verts, répond Marjorie en imprimant une secousse à ses anglaises blondes et raides.

Grace ricane. Elle porte le bâton de majorette de Marjorie.

À midi, les gros nuages sont arrivés ; dès trois heures, il pleut. Les autres élèves sont tous rentrés chez eux, mais Madeleine ne veut surtout pas donner l'impression de se défiler.

— Je t'avertis, Madeleine McCarthy.

Fais comme si elles n'étaient pas là.

— Ouais, dit Grace.

Madeleine est sidérée. Comment quelqu'un qui vous inspire de la pitié et avec qui vous avez été récemment si aimable en vient-il soudain à vous manquer de respect ?

— Tu pues, Bas de laine.

— Tu m'entends ? demande Marjorie.

— Tu m'entends ? répète Madeleine.

— Tu vas avoir des ennuis, Madeleine.

— Tu vas avoir des ennuis, Madeleine.

— Ta gueule !

— Ta gueule !

Madeleine sait qu'elle devrait avoir la force de résister à la tentation de tourmenter Marjorie. Pauvre Marjorie. Elle a la manche recouverte de badges des Brownies et une arriérée comme amie. Pour être bonne, tu chercheras la compagnie de ceux que tu ne peux pas blairer et tu en feras tes amis. C'est ce qu'a fait Jésus. Les femmes de mauvaise vie et les usuriers. Madeleine, idée radicale, envisage de tendre la main, un sourire béat aux lèvres, quand elle entend :

— Vas-y, Grace, cogne !

Vlan ! en travers des omoplates. Elle est projetée vers l'avant, le souffle coupé. En se retournant, elle aperçoit Grace qui brandit le bâton de majorette comme un bâton de base-ball, ses yeux fuyants brillant d'excitation. Les bras croisés, Marjorie affiche un air résigné, navré même.

— Tu l'auras voulu.

Madeleine a la bouche ouverte, mais elle garde le silence, à l'instar, pendant un moment, du monde entier. L'air paraît plus incisif. Comme si l'onde de choc du coup les avait propulsées ailleurs, toutes les trois.

Grace jette un coup d'œil à Marjorie, donnant l'impression d'attendre l'ordre de frapper de nouveau. Madeleine les regarde tour à tour et les mots lui glissent de la bouche comme une lettre à la poste :

— Quoi de neuf, docteur ?

Grace ricane.

— Arrête, Madeleine, dit Marjorie.

— Arrête, dit Grace.

Madeleine sautille et se déhanche comme un singe, la langue coincée derrière la lèvre supérieure, les yeux exorbités. Du bout de ses doigts mous, elle se gratte les aisselles.

— Assez ! crie Marjorie.

Grace s'élance et le bâton s'abat derrière le mollet de Madeleine. Ça brûle et Madeleine sent les larmes lui monter aux yeux. Se redressant, elle montre un index sentencieux :

— Évidemment, vous aurez compris que c'est la guerre.

Marjorie se jette à son visage, l'égratigne, lui tire les cheveux. La tête abritée entre les coudes, Madeleine rit soudain à la manière de Woody le pic-vert. Réaction automatique, le rire fuse comme les balles d'une mitraillette.

— He-he-HA-ha !

— Ta gueule, Madeleine ! crie Marjorie.

— Ta gueule, Madeleine ! répète Madeleine.

Grace fond sur elle avant qu'elle n'ait eu le temps de se redresser, tire sur son imper, son cartable, tente de la faire s'écrouler.

— Tu veux qu'on te tue, Madeleine ? braille Marjorie.

— Qu'on te tue, Madeleine ? reprend en écho Newton le centaure. Qu'on te tue, Madeleine ?

Sous le poids de Grace, ses jambes lui semblent lourdes, comme engluées dans des sables mouvants. *Surtout, reste debout.* Elle se met à aboyer comme un chien et à rire, tant qu'elle en devient toute molle. Puis une tache humide et brillante se forme sous son œil, plus chaude que les gouttes de pluie. Soudain, elle se retrouve en apesanteur. Grace l'a lâchée et s'est mise à pleurer. Marjorie se rue sur elle, le talon des mains en avant, mais Madeleine reste debout comme un clown gonflable.

— Ça va être ta fête, dit Marjorie, essoufflée.

Penchée vers l'avant, Madeleine hurle :

— Yaba daba dou !

Dans ses yeux, des cheveux, du sang.

Grace et Marjorie reculent en proférant des menaces exsangues et des imprécations larmoyantes. Puis elles se retournent et s'enfuient.

Madeleine reste immobile pour reprendre son souffle. Elle a l'impression d'y mettre du temps. Elle se rend enfin compte qu'elle ne halète pas. Elle couine. Elle pleure — ou plutôt ses yeux, son corps pleurent. Elle les laisse faire. Il pleut de toute façon. Ses sanglots fatigués sont comme ceux d'un petit enfant dans son oreille — d'un enfant dont elle aurait pitié. Puis la douleur surgit, répercutant l'écho des coups. La douleur est nette et docile. Elle l'aide à fixer les maisons de l'autre côté et à rentrer chez elle. Elle l'aide à arrêter de pleurer.

— Je pourchassais un chien et je suis tombée.

Mentir est une seconde nature.

— Quel chien?

— Un chien errant, je crois.

— Comment tu as fait pour t'égratigner le visage?

— Quand je suis tombée, j'avais les bras dans mon imper.

— *Pourquoi*, Madeleine*?

— J'étais un pingouin.

Comme sa mère a l'air inquiète, elle ajoute:

— *Ci pa gran chouz**.

— *Ci' quoi? Qu'est-ce que tu dis**? Quelle sorte de français est-ce que tu parles?

— C'est du *mitchif.*

— Mi'*quoi**?

— C'est Colleen qui m'a appris.

— C'est donc ça qui t'est arrivé? Colleen Froelich t'a poussée?

— Non!

Maman applique deux pansements stériles, l'un sur l'œil droit de Madeleine, l'autre dessous. Elle aura peut-être une infime cicatrice. Puis Mimi téléphone à la police militaire pour signaler la présence d'un chien errant féroce.

Jack achète l'édition d'après-midi du *Globe* pour avoir des nouvelles des élections et s'en sert comme parapluie pendant le bref sprint qui le ramène à la maison — ce matin, il n'y avait pas apparence de pluie. Le match de Mike sera annulé. Après tout, il devrait peut-être aller à London ce soir. Les boutiques, cependant, seront fermées. Et qui voudra l'emmener en ville à cette heure?

Du coin de la rue, il aperçoit Henry Froelich, avec son parapluie, perdu dans la contemplation du moteur de sa voiture rapiécée, abandonné à son obsession. Jack le salue et Froelich soulève sa pipe.

— Dites donc, Henry, quel est le nom du poison que vous fumez?

— Von Eicken. Vous voudriez en essayer?

— Non, mais j'aimerais en offrir à un ami.

— On en trouve chez Union Cigar Store, en face du marché.

— Merci, dit Jack.

Il remonte l'entrée, ouvre la porte.

— Je suis là, Mimi.

Il gravit les marches au pas de course.

— Ça sent rudement bon !

— Où sont mes cerises ? demande-t-elle en l'embrassant.

— Quelles cerises ?

Il sourit en ôtant sa casquette, qu'il secoue pour en faire tomber l'eau.

— Betty m'a demandé où tu avais déniché tes cerises et combien elles coûtaient.

Vic Boucher. Souriant toujours, il répond :

— Je n'en ai pas trouvé.

— Vic lui a dit de ne même pas songer au caviar.

— Au fait, comment va ce cher Vic, madame ?

Il a toujours le bras autour de la taille de Mimi. Qu'a dit Vic, au juste ? Qu'il avait entendu « Mimi » dicter une liste d'épicerie à Jack ? Qu'avait dit Betty à Mimi ? S'était-elle rattrapée en se rendant compte que Mimi n'avait pas la moindre idée de ce dont elle parlait ? Vic et Betty croient-ils que Jack cache quelque chose à sa femme ?

Il lui pose un baiser rapide sur les lèvres.

— Vous avez intérêt à ne pas m'avoir apporté du caviar, monsieur. J'ai préparé un *ragoût**, fait-elle en se retournant vers la cuisinière. Elle n'a pas l'air préoccupé — elle est comme d'habitude.

— Je me demande où Vic va pêcher des idées pareilles.

Penché au-dessus de l'épaule de Mimi, il soulève le couvercle de la marmite et respire un bon coup.

— Il prend peut-être ses rêves pour des réalités. Miam.

Elle lui reprend le couvercle et le remet à sa place. Elle en soulève un autre et remue le contenu de la marmite.

— À côté de ça, le caviar, c'est de la bouillie pour les chats. De toute façon, je préfère un bon *bouilli**.

— Du cassoulet, dit-elle en soufflant sur la cuillère pour goûter.

— Si vous voulez du caviar, madame, vous n'avez qu'à claquer des doigts.

Elle tend la cuillère vers la bouche de Jack, la main dessous.

— Je sais.

— Je sais, répète-t-il en imitant son accent.

— Ne faites pas l'effronté, *monsieur**.

Il goûte.

— Ça manque un peu de sel.

Il se verse une rasade de Dewar's et emporte le journal au salon — « ON PRÉVOIT UN TAUX DE PARTICIPATION RECORD. » On dirait

371

bien que de nombreux Canadiens sont déterminés à faire entendre leur voix. Il prend une gorgée de scotch et regarde par la fenêtre. Le ciel se dégage en un flamboiement orange — le match de Mike aura lieu, après tout. Il est doublement heureux d'avoir remis sa visite à Fried à mercredi.

DE PART ET D'AUTRE de la route de comté, les plants de maïs fraîchement germés bruissaient, verts et lustrés, les sillons noirs encore visibles entre les rangs. La route cuisait, gauchie. Trop chaud pour avril. Un garçon en jean rouge courait sur la route. De loin, on aurait dit une tache écarlate qui ondoyait et rapetissait. Il se dirigeait vers un saule qui, tremblant dans la chaleur, balayait l'endroit où la route du comté de Huron croise le chemin de Rock Bass. De légers reflets, découpés par les roues en acier du fauteuil roulant de sa sœur, qu'il poussait à bon train devant lui, lui léchaient les pieds. Une petite amie pédalait à ses côtés, sa robe bleue ondulant à ses genoux, tandis que le chien du garçon, attelé au vélo, gardait le rythme.

Elle n'est jamais rentrée. Ils ont fini par la trouver. Et si le garçon est rentré comme d'habitude, avec sa sœur et son chien, il a disparu pour de bon en cette journée de printemps. On ne l'a jamais retrouvé.

LES ENFANTS DU MERCREDI

Un papillon jaune pâle goûtait le miel des fleurs de la jungle en vole-
tant à gauche et à droite. Avec une aisance insouciante, il alla se poser
sur le dos d'un crocodile qui, sur une rive asséchée, faisait tran-
quillement la sieste...

« *Butterflies and Crocodiles* », The Pupil's Own Vocabulary Speller, 1951

Sur le bureau de M. March, on voit un panier jaune débordant d'œufs recouverts de papier d'aluminium sur un lit de fausse paille. Voir une telle chose avant Pâques, pendant le carême, c'est comme chercher ses cadeaux sous le lit de ses parents avant Noël. On est énervé, on a envie de jouer avec, de rire. Au bout du compte, on regrette d'avoir triché.

Pâques n'est pas une fête aussi importante, mais on l'attend néanmoins avec impatience. La veille, on peint les œufs durs. Le matin, l'immense lapin de Pâques en chocolat trône sur la table basse, souriant gaiement avec son œil en bonbon, un panier sur le dos. Madeleine reçoit invariablement un lapin et Mike un coq. On a caché des œufs en chocolat un peu partout au rez-de-chaussée — dans des chaussures, à l'intérieur des haut-parleurs repliables de la stéréo, sous le pied de la lampe... Puis il y a la bataille épique des œufs durs. Qui peut casser la coquille des œufs des autres tout en préservant celle du sien ? N'oubliez pas : si on se fait gâter, c'est parce que, le Vendredi saint, Jésus a été crucifié, est mort, a été enseveli et, le troisième jour, est ressuscité. L'idée de manger des friandises en classe avant même qu'il n'ait été cloué sur la Croix est tout simplement inconvenante.

On dirait bien, cependant, que les élèves de quatrième auront droit à une fête de Pâques même si on n'est que le mercredi — même pas le Mercredi saint, ça n'existe pas. Les choses ne se sanctifient qu'à partir de demain jeudi.

Mais d'abord, la dictée. M. March lit les mots, clairement, avec emphase, détachant toutes les syllabes.

— Crocodile... papillon... danger... sieste... éclosion... terriblement... marécage... groupe... surface... miel... évasion... goût... bouffée... tranquillement.

Il y a seulement un mot difficile : « tranquillement ». Madeleine écrit « tranquillement », mais, en se rappelant le petit diable du manuel qui pointe sa fourche vers le mot pour signaler une difficulté, se ravise et écrit plutôt « tranquilement ».

M. March ramasse les épreuves, puis, à la vue du panier sur son bureau, feint la surprise.

— On dirait bien que le lapin de Pâques a de l'avance, cette année.

La classe, complaisante, dit :

— Oh !

— Qui sait comment font les lapins ?

Les mains fusent. Sautiller comme un lapin est bon pour la maternelle, mais tant pis : tous veulent avoir la mainmise sur le panier — les filles et Philip Pinder, en l'occurrence. Dès qu'il lève la main, les autres garçons l'imitent : Philip n'y voit pas de mal, ce n'est donc pas efféminé.

M. March hausse les sourcils.

— J'aimerais bien avoir autant de volontaires quand il s'agit de nommer les dix provinces et leur capitale.

Jusqu'à Auriel et Lisa qui ont levé la main. Gordon Lawson aussi, le coude poliment appuyé sur son bureau. Madeleine est la seule à ne pas l'avoir fait. Et Claire. Et Grace. Grace sait bien qu'il ne la choisira pas.

— Les lapins ont ceci de particulier qu'ils sont petits et tranquilles, dit M. March de sa voix de conte de fées, sans la moindre trace de sarcasme.

Et c'est comme ça qu'on sait qu'il peut être gentil.

— Qui est assez petit et tranquille pour faire le lapin ?

Les mains s'abaissent. C'est le calme plat. Les élèves s'aplatissent contre leur pupitre en se couvrant la tête comme pour se mettre aux abris. Madeleine pose son menton sur son pupitre et cligne des yeux. Elle ne veut pas lui faire de peine, mais elle ne veut pas non plus être choisie ni manger son chocolat. Claire McCarroll est la seule autre à ne pas se comporter comme un lapin.

— Claire McCarroll, dit M. March, veuillez sautiller jusqu'à moi.

Personne n'en veut à Claire d'avoir été choisie. Après tout, elle est l'élève la plus tranquille de la classe. Et la plus petite. Les mains pliées sous le menton comme des pattes, elle bondit jusque devant, et tout le monde rit, pas méchamment, gaiement plutôt. Claire a un air solennel. Elle est devenue un lapin. Lorsqu'elle arrive à son bureau, M. March caresse la tête du petit lapin.

— Grimpe sur mes genoux, petit lapin.

Et le petit lapin s'exécute.

M. March lui sourit. Il lui arrive souvent d'être gentil avec la gerboise.

— Maintenant, petit lapin de Pâques, je veux que tu distribues les œufs. Un par élève. Tu crois que tu y arriveras?

Le petit lapin fait signe que oui.

— Tu peux agiter tes oreilles?

Claire transforme ses pattes en oreilles et les agite. La classe applaudit.

— Tu peux agiter ta queue?

Claire se trémousse, et tout le monde rit, mais Madeleine a des picotements au visage. Elle revoit la culotte de Claire, aperçue par accident il y a des lustres, pendant qu'elles faisaient des galipettes. M. March pose le panier dans les pattes de Claire.

— Allez, petit lapin, au boulot.

Elle descend des genoux de M. March; la jupe de sa robe bleu pâle se retrousse. Madeleine ferme les yeux et un motif embrouillé apparaît contre ses paupières. Elle distingue mal. Des taches jaunes, des poussins peut-être…

Pendant que Claire parcourt les allées en bondissant, M. March fait chanter aux élèves une chanson de circonstance. Devant chaque pupitre, elle dépose un œuf. Madeleine a un point au creux de l'estomac, les paumes moites, les doigts glacés. Elle les pose contre ses tempes pour les rafraîchir.

Le temps que Claire s'approche d'elle, elle se sent mieux: tout le monde est gentil avec le lapin, le remercie, le flatte même. Lorsque Claire tend son œuf à Madeleine, son bracelet porte-bonheur scintille, et Madeleine songe au sien, qui dort, dédaigné, dans sa boîte bleue. Elle le portera peut-être ce soir pour la réunion des Brownies. Elle s'empare de l'œuf et, du coin de la bouche, chuchote:

— Merci, docteur. Entre lapins, on se comprend.

Le lapin de Pâques sourit.

— Toute bonne chose a une fin, dit M. March, tandis que Claire retourne à son bureau en bondissant. Le lapin de Pâques a-t-il pensé à garder un œuf pour lui-même?

Le lapin fait signe que non.

— Mais pourquoi pas? demande-t-il.

Claire baisse les yeux.

— Je n'aime que les vrais, murmure Claire avec son doux et charmant accent.

— Évidemment, répond M. March. Comment ai-je pu l'oublier? Vous êtes notre ornithologue en herbe. Dans ce cas, dites-moi, je vous prie, lequel d'entre vous a hérité de deux œufs en chocolat?

Gordon Lawson lève la main, sourit et hausse les épaules.

— Ohhhhh! fait la classe.

Gordon et Claire s'empourprent tous les deux. À l'oreille de Madeleine, Auriel chuchote que Marjorie donne l'impression d'avoir mangé un citron, pas du chocolat. C'est vrai.

— Vous ne mangez pas votre œuf en chocolat, petite fille ?

Madeleine détaille la forme ovale recouverte de papier d'aluminium coloré qui repose sur son pupitre.

— Non, merci, monsieur March.

— Pourquoi ? Suis-je donc un étranger ?

La classe rit complaisamment.

— Non.

— Eh bien ?

— J'y ai renoncé pour le carême.

— Ah bon ? Nous avons donc une dévote parmi nous.

Nouveaux rires.

— Je ne pense pas avoir dit quelque chose de drôle, fait-il en regardant autour de lui. Votre discipline personnelle est admirable, mademoiselle McCarthy. Cela dit, nous ne sommes qu'à quelques jours de Pâques. Qu'y a-t-il de mal à devancer un peu l'échéance ?

Elle avale sa salive.

— Je crois que vous coupez les « chev-œufs » en quatre…

Il attend, puis roule les yeux.

— C'était un jeu de mots. « Chev-œufs » et non cheveux.

Rires précautionneux.

— Comment appelle-t-on des mots qui se prononcent de la même façon, mais s'écrivent différemment ? Mademoiselle McCarthy ?

— Des jumeaux ?

— Mauvaise réponse.

Il écrit la bonne au tableau noir. Son derrière tremblote.

— Homophones.

Il le souligne puis se retourne vers eux.

— Les enfants ?

— Homophones, entonnent-ils tous en chœur.

— Homo-phones ! crie Philip Pinder.

Ils sont peu nombreux à rire, la fine plaisanterie ayant échappé à la plupart.

— Ça alors, fait Auriel au moment où elles sortent précipitamment par la porte de côté. Qui aurait cru qu'on pouvait s'attirer des ennuis en refusant de manger du chocolat ?

— Ouais, acquiesce Lisa. C'est de la percussion religieuse.

— Dites, les filles, on rentre en se roulant par terre ?

Elles ne peuvent pas. Une répétition d'orchestre. Madeleine roule le plus vite possible, comme une bille de bois emballée, parce que ce soir, à sept heures, les Brownies accéderont au rang de Guides. Il y aura des boissons et des parents, et même le fiancé de Mlle Lang. Si elle rentre vite se changer et revient dare-dare, elle participera à l'installation du champignon géant et des bancs, puis elle déroulera le tapis de papier gaufré jaune que ses amies et elle en sont venues à considérer comme le « sentier doré ».

Dans le vestibule de l'immeuble de Fried, le timbre retentit. Sans s'attarder, Jack traverse le hall, où rien n'a changé, hormis un nouveau numéro de *Look*. La couverture attire son attention : deux photos côte à côte — Fidel Castro et le drapeau, ou devrait-on dire, l'emblème canadien.

L'ascenseur entreprend sa montée poussive et Jack regrette de ne pas avoir pris l'escalier. Il fait glisser le sac à provisions sur son poignet et consulte sa montre : trois heures quinze. Les courses lui ont pris plus de temps que prévu ; il a dû faire la queue pendant que les propriétaires de la boutique bavaroise bavardaient avec chacun de leurs clients. Fulminant intérieurement, Jack avait contenu son impatience pour ne pas se faire remarquer. Dans l'état actuel des choses, il devra empêcher Mimi de venir au marché pendant une semaine ou deux — assez longtemps pour éviter que les Bavarois ne disent :

— Comment ? Déjà de retour ? Votre mari vient de passer.

Si leur prochaine visite tarde trop, ils risquent en revanche de dire :

— Tiens, on ne vous avait pas vus depuis le dernier passage de votre mari !

Comment s'y prend-on pour avoir des aventures extraconjugales ? On se fait commis-voyageur.

Jack descend et foule la moquette tourbillonnante jusqu'au bout du couloir. Il avait compté venir accompagné de McCarroll, mais il avait appris par le commis que le capitaine n'était pas attendu avant l'heure du dîner. Simon ne s'inquiétait pas du retard. Fried ne courait pas de danger immédiat, avait-il dit, à condition de rester dans son appartement.

— Le type qui l'a aperçu n'a aucune idée de l'endroit où commencer à chercher.

Jack s'était demandé d'où il tenait cette certitude, mais il n'allait pas se mettre martel en tête — il avait d'autres chats à fouetter, au premier chef, la question du transport. Comme il était persuadé de ne pas avoir besoin de la Rambler, Mimi l'avait gardée pour aller faire des courses à Exeter l'après-midi et — décidément ! — conduire Sharon McCarroll chez le coiffeur en prévision du retour de son mari le soir même. L'information concernant le moment précis du retour de McCarroll se trouvait là en toutes lettres. Seulement, il n'avait pas su la décoder. Il s'était émerveillé de l'efficacité du téléphone féminin en se demandant si quelqu'un avait envisagé d'exploiter son potentiel.

Jack s'était tourné vers le Service de l'équipement mobile dans l'intention d'emprunter une voiture d'état-major, mais on lui avait appris que tous les véhicules étaient retenus pour la visite du vice-maréchal de l'Air.

— Le commandant d'aviation Boucher a une réunion en ville, monsieur, lui avait dit le sergent de section. En courant, vous réussirez peut-être à l'attraper.

Jack n'avait pas couru, incapable d'imaginer les petits mensonges qu'il devrait concocter pour convaincre Vic qu'il avait une réunion lui aussi — pas à l'université, où Vic se rendait sans doute, mais où ? Avec qui ? Quelqu'un dont Vic n'aurait jamais entendu parler ? D'ailleurs, il s'en voulait de la certitude irrationnelle qu'il avait que Vic allait le surprendre au marché les bras chargés de provisions compromettantes. Depuis l'incident des cerises et du caviar, il portait beaucoup plus d'attention à l'attitude de Vic — il se demandait en fait si Vic le soupçonnait d'avoir menti à sa femme. Une virée à London au beau milieu de l'après-midi sous un prétexte cousu de fil blanc... Il allait forcément en parler à Betty.

À sa sortie, Jack, suant à grosses gouttes dans son uniforme de laine — il fait trop chaud pour avril —, venait de renoncer quand une voiture d'état-major noire s'était arrêtée près de lui. Un policier militaire lui avait proposé de monter. Toutefois, il ne reviendrait que tard en soirée et, de toute manière, la voiture serait pleine.

— Je n'ai qu'un aller simple à vous offrir, monsieur.

— Entendu, avait dit Jack en s'installant derrière.

Quel coup de chance. Il venait de se rappeler la Ford Galaxy de Fried. Il la prendrait pour rentrer à Centralia.

— Votre nom, caporal ?

— Novotny, monsieur.

Un type baraqué. Se détendant, Jack lui avait demandé qui il voyait remporter la coupe Stanley.

Voilà maintenant que Jack frappe à la porte de Fried. Et attend. Enfin, le froissement, le moment d'hésitation au cours duquel, Jack le sait, Fried l'épie par le judas. La chaîne de sécurité glisse, le verrou est tiré et la porte s'ouvre. Fried se détourne sans un mot et regagne le salon éclairé par la seule lueur de la télévision qui joue à tue-tête. Jack est saisi par l'odeur de tabac froid. Il meurt d'envie d'ouvrir la fenêtre, mais la lumière est *verboten* à cause des orchidées de Fried — des orchidées vampires, dans l'esprit de Jack. Il y en a maintenant cinq qui grimpent sur des cintres, chair sombre délicate, vigoureuse.

Jack dépose le sac sur le comptoir de la cuisine. Pour faire les courses, il a dû demander une autre avance. Il espère seulement que Mimi ne remettra pas en question la bonne vieille excuse de l'erreur de comptabilité en constatant un double dépôt le jour de la solde. Au moins, il n'a rien à craindre du côté du rouge à lèvres sur le col de sa chemise.

Jack n'a jamais songé à l'adultère. Voilà maintenant que, malgré lui, l'idée lui traverse l'esprit. Tout cela à cause de l'absurde situation dans laquelle il se trouve : quitter le travail en douce au milieu de la journée, acheter des produits de luxe en secret et aller à des rendez-vous furtifs dans un appartement loué plongé dans la pénombre. En rangeant les provisions à la lueur du frigo de la minuscule cuisine de Fried, il s'imagine ayant des relations sexuelles avec une femme autre que la sienne — ici même, au milieu de la cuisine encombrée. Contre les armoires. Il sort la bouteille de cognac du sac et la range dans l'armoire à côté d'une bouteille identique, encore à moitié pleine. Irrité et, par-dessus le marché, inconsidérément excité. Il a une relation clandestine. Avec l'OTAN.

Jack revient dans le salon. Fried regarde *Secret Storm*. Jack hoche la tête. Mieux vaut en rire, après tout. Comme Jack aimerait parler de Fried à Mimi. Elle rirait de bon cœur. Un jour, peut-être. Voilà maintenant qu'on vante les mérites du désodorisant Ban. Fried ne quitte toujours pas l'écran des yeux. Soudain, Jack est pris d'un curieux élan d'affection pour l'homme. C'est la dernière fois qu'il voit Fried avant son départ pour l'USAF et — si tout se passe comme il veut — la NASA. C'est un véritable excentrique, et son courage et sa détermination compensent largement son manque de charme. « J'ai eu beaucoup de plaisir à vous connaître », voudrait-il dire.

— Que diriez-vous d'une partie d'échecs, monsieur ?

D'abord, Fried semble ne pas l'avoir entendu. Puis à l'instant où une musique d'orgue délétère signale la reprise du feuilleton, il dit :

— Chut.

Jack est piqué au vif. Sentant son visage s'empourprer, il s'efforce de respirer posément. Au sortir de cette mission, il aimerait garder comme souvenir autre chose qu'un goût amer et une multitude de questions sans réponse. Dans le clair-obscur de la télévision, le profil de Fried paraît imperturbable.

— Parce que, bredouille une voix féminine, je... je suis l'autre femme.

Puis elle éclate en sanglots.

C'est sa dernière chance. La prochaine fois qu'il verra Fried, Blair McCarroll sera à ses côtés. Après, il ne le verra vraisemblablement plus jamais.

— Dommage que von Braun ne vous ait pas choisi pour venir en Amérique en 45. Le cas échéant, vous seriez aujourd'hui à la NASA.

Tournant la tête, Fried le dévisage d'un air irrité. Touché. Les mots lui viennent avec une précision et une aisance surprenantes.

— Le Kazakhstan, vous savez c'est où ? Baikonur, vous savez ce que c'est ? Vous savez qui est Helmut Gröttrup ?

Sa voix enterre les larmes et les récriminations à l'écran.

— Nous avons des années d'avance, nous faisons des lancements, nous allons en orbite, nous vous battons et vous savez pourquoi ?

Il gesticule d'un air dégoûté en direction de la télé.

— Parce que vous vous intéressez plus à ceci qu'à cela, fait-il en pointant le doigt vers le plafond.

Jack croit comprendre qu'il veut parler de la Lune et du cosmos en général.

— Les Soviétiques arrivent à la fin de la guerre. Avec des armes, on nous donne à eux et nous travaillons...

Les nerfs du cou de Fried font saillie.

Jack s'assoit doucement, comme pour éviter de réveiller quelqu'un.

— Ils me prennent, moi et beaucoup d'autres.

Jack avait vu juste : Fried n'avait pas fait la première sélection. À la fin de la guerre, Wernher von Braun, face à l'avancée des Soviétiques, avait eu le bon sens de se rendre aux Américains, qui avaient eu le bon sens de le recruter. Il avait constitué son équipe parmi ses collaborateurs au programme allemand de construction de fusées — notamment son frère et son bras droit administratif, Arthur Rudolph —, les éléments les plus brillants qui forment aujourd'hui le cœur de la NASA. Il n'avait cependant pas choisi Fried, et Fried était tombé aux mains des Russes. En Union soviétique, Fried avait eu sûrement beaucoup à prouver.

— Gröttrup était lui aussi un scientifique de Dora. D'un rang élevé. Von Braun sait comment fabriquer la V-2, Gröttrup le sait, je le sais. Nous travaillons en Union soviétique, beaucoup d'entre nous, sans luxe. Pas comme en Amérique.

Il marmonne en direction de l'homme et de la femme à la télévision, emmêlés en une étreinte illicite.

— Je suis le dernier Allemand dans le programme de l'Union soviétique. Ils se débarrassent — comment dites-vous…?

— Tuent?

— *Nein,* dit Fried avec impatience, plus animé que jamais auparavant en présence de Jack, jeter. Comme les ordures. «Nous avons maintenant des Russes pour faire votre travail.»

— Ah, dit Jack. Rayé de l'effectif.

— *Wie?*

— Comme un avion désuet, usé. Mis au rancart.

— Exactement. Mis au rancart.

— Sauf vous.

— *Ja.*

Fried hoche la tête, sa lèvre inférieure soulevant sa lèvre supérieure en signe de détermination ou d'autosatisfaction.

— Pourquoi, Oskar?

Fried frappe sa poitrine fluette, à l'endroit où les poils gris jaillissent du col ouvert de sa chemise.

— Je travaille. J'observe les autres. Je sais quand il y a sabotage, je sais qui trahit.

Il a le visage tendu.

— Mais c'est vous qui êtes maintenant un traître.

Fried prend une profonde inspiration, sans bouger.

— Je ne veux pas être riche, dit-il enfin. Quand on fait quelque chose toute sa vie, on veut seulement continuer. Travailler avec les meilleurs. Qui gagne la course à la Lune? Pour moi, pas important. Je veux participer. Les Russes ne me permettent pas d'aller plus loin. Pour eux, je suis toujours un étranger.

Jack hoche la tête, touché par l'honnêteté de Fried.

— Vous avez dû apporter une contribution majeure au programme spatial soviétique, dit-il doucement.

Fried ne trahit aucune émotion, mais Jack se rend compte que, à l'instar d'un enfant, il a entendu et savouré le commentaire.

— Avec des scientifiques de votre calibre, pas étonnant que les Soviétiques aient pris de l'avance, dit Jack d'un ton délibéré.

Se penchant, Fried éteint la télé. S'empare de sa pipe. Jack lui tend le nouveau paquet de tabac.

— Vous avez lancé Spoutnik à l'époque où nous ne réussissions qu'à produire des explosions sur le banc d'essai.

Fried hausse les épaules — inexpressif, ravi — et allume sa pipe en promenant la flamme au-dessus du fourneau et en tirant des bouffées.

— Je parie que vous êtes impatient de renouer avec d'anciennes connaissances. Il y aura sans doute des visages familiers à la base aérienne Wright-Patterson... au centre de recherche et de développement plus particulièrement.

Fried ne dit rien. Peut-être ne sait-il pas plus que Jack où il s'en va.

— Sans parler de Houston.

Fried fume, de nouveau paisible.

— Vous avez rencontré von Braun?

— *Natürlich.*

— À Peenemünde?

— Et après à Dora. Il venait inspecter.

Jack se souvient d'avoir lu quelque part que von Braun se fait un point d'honneur de visiter les ateliers de l'agence de l'armée des États-Unis pour les missiles balistiques. Un visionnaire doté d'un sens inné du matériel.

— Vous travailliez donc à l'usine. À quel titre?

— Je suis responsable de la qualité de la fusée, dit Fried.

— Vous supervisiez les normes de production.

— On peut le dire, oui.

— Vous avez donc participé à la fabrication de la fusée. La V-2.

Fried fait signe que oui. Jack a un frisson dans le dos.

— Dites donc.

— C'est une magnifique machine.

Jack hoche la tête.

— L'arme secrète de Hitler.

Il voudrait sourire de toutes ses dents — depuis le temps qu'il attend ce moment.

— Le guidage et le contrôle, dit Fried, sont comme le cerveau de la machine. Délicat. Il faut des années. La fusée fait 15,2 mètres de longueur, le mélange pour le carburant est parfait, aussi des années. Nous en produisons trois cents par mois, mais pas toutes parfaites. Les SS ne savent pas ce qu'il faut pour produire la fusée.

— Les SS?

— La fusée aurait pu gagner la guerre.

Jack se garde bien de le contredire — jamais la V-2 n'aurait pu donner la victoire à Hitler, peu importe l'efficacité de la production. Le premier missile balistique du monde était un instrument de terreur redoutable, mais, du point de vue de la capacité de destruction, il s'agissait d'une pièce d'artillerie conventionnelle. D'un obus amélioré. Il aurait fallu que Hitler, en parallèle, fasse faire des recherches atomiques, puis qu'il marie la bombe nucléaire à la fusée V-2. Jack se souvient de ce qu'a dit Froelich — Hitler avait rejeté la recherche atomique parce qu'elle était un produit de la « science juive ».

Fried, cependant, est probablement de la trempe de Wernher von Braun, dont la passion pour les fusées était née des rêves de voyage dans l'espace. Les armes ne l'intéressaient aucunement.

— Vous pensez que nous y arriverons, Oskar? Les Américains réussiront-ils à aller sur la Lune et à en revenir avant la fin de la décennie?

Fried tapote le bout de sa pipe.

— Peut-être. À moins que les Soviétiques arrivent avant.

— Oui, mais, maintenant, vous êtes là.

Jack sourit et voit Fried sourire pour la première fois.

— C'est peut-être un de ces types qui vous a aperçu au marché.

Il voit Fried se refermer comme une huître mais poursuit quand même.

— Un ancien collègue? Peut-être un ingénieur qui travaillait sous vos ordres?

De la tête, Fried fait signe que non.

— Je croyais vous avoir entendu dire que vous ne saviez pas qui c'était.

Fried mord à l'hameçon.

— Je ne sais pas qui, mais je sais quoi.

— Ah bon? fait Jack innocemment. De toute façon, Simon dit que le type en question ne connaît pas votre nom. Où est le problème? Peut-être voulait-il simplement vous saluer…

— Il veut me passer la corde au cou.

Fried a blêmi. Il vide sa pipe.

— Pourquoi, Oskar? Qu'avez-vous donc fait? demande Jack tout doucement.

— Mon travail.

Fried se lève, s'empare d'un pulvérisateur posé sur le bord de la fenêtre et se met à arroser ses fleurs.

Jack n'a rien pu lui arracher d'autre. En descendant l'escalier, il caresse du bout du doigt les dents de la clé de la voiture de Fried dans sa poche.

— Simon m'a demandé de la déplacer, a-t-il menti.

Il sort par la porte latérale de l'immeuble et, clignant des yeux pour se protéger contre l'éblouissement du soleil, se demande comment Fried peut craindre d'être pendu pour le travail qu'il a fait. Il était un scientifique. Il travaillait à la fusée V-2, au même titre que Wernher von Braun et la moitié des ingénieurs de la NASA. Fried avait peiné sous la férule impitoyable du GRU — le service de renseignements soviétique — pendant dix-sept ans. Sa paranoïa s'explique peut-être par le fait qu'il a pendant longtemps été comme un oiseau en cage — la porte a beau être ouverte, il ne se rend pas compte qu'il peut sortir. La liberté s'apprivoise. Comme la lumière du jour pour un mineur. Fried en sait quelque chose, lui qui a travaillé à l'usine souterraine. Les orchidées s'expliquent : elles s'épanouissent dans l'ombre. Au coin de l'immeuble, Jack éprouve un mouvement de compassion. Il trouve la Ford Galaxy garée entre deux bennes à ordures, s'y installe et consulte sa montre : il est un peu plus de quatre heures.

Plus tôt, à trois heures quinze, Colleen et Madeleine se trouvent dans la cour de l'école en compagnie d'autres enfants et adultes.

— Qu'est-ce que tu veux faire maintenant ? demande Madeleine.

Colleen est appuyée contre le support à vélos. Par terre, Madeleine affûte un bâtonnet de Popsicle.

— Sais pas. Toi ?

— Sais pas. Tu veux aller à Rock Bass ?

— Peut-être.

À l'autre bout de la cour, Cathy Baxter et d'autres filles s'affairent avec Mlle Lang à préparer la cérémonie d'envol qui aura lieu après dîner. Un œil sur Colleen, Madeleine s'efforce de réprimer son excitation.

Elle avait l'intention d'être du nombre des petites assistantes, mais, à la vue de Colleen, elle s'était ravisée. Elle n'a pas honte d'être une Brownie. Seulement, elle préfère ne pas l'être devant Colleen.

— Je vais peut-être m'arrêter après mon envol, dit-elle en vérifiant la pointe de son bâtonnet.

Il fait doux, et le soleil chauffe légèrement ses jambes et ses bras nus.

— Chaud pour la saison, a dit l'homme à la radio.

Parfait, autrement dit.

Par les fenêtres ouvertes du gymnase, des fragments de la répétition d'orchestre parviennent jusqu'à eux. Madeleine reconnaît l'air. Malgré elle, les paroles lui montent à l'esprit : *It's a small world after all, it's a small world after all...* Si on l'avait forcée à faire partie de l'orchestre, elle serait coincée là-dedans, elle aussi.

Colleen mâche un long brin d'herbe et plisse les yeux à la vue du champignon géant qu'on installe devant des rangées de bancs sur le terrain de base-ball. Un véritable autel, songe Madeleine. L'autel du Hibou brun. Ce soir, les Brownies recevront le sacrement de leurs ailes et s'envoleront jusqu'aux Guides. Sauf Grace Novotny, qui y arrivera à pied, escortée par une sizainière, en marchant le long du rouleau de papier jaune. Et Claire McCarroll qui, venant d'entrer dans l'organisation à titre de Tweenie, accédera à la dignité de Brownie à part entière.

— Tu seras là, ce soir?

— Non, j'ai d'autres projets.

Tant mieux.

Voici Claire McCarroll sur son vélo et ses rutilants serpentins roses. Elle n'a pas enlevé la robe bleu pâle qu'elle portait à l'école.

— Tu aimes le beurre? demande-t-elle en cueillant une des minuscules fleurs jaunes qui, tout récemment, ont poussé comme par magie dans l'herbe.

Claire est étrangement enjouée cet après-midi. Il faut dire que c'est un grand jour pour elle — lapin de Pâques à l'école et Brownie le soir. Elle tient le bouton d'or sous le menton de Colleen et dit:

— Ouais, tu aimes le beurre.

Impossible d'imaginer quelqu'un faire une chose pareille à Colleen et s'en tirer indemne. Puis Claire répète le même manège auprès de Madeleine en riant aux éclats:

— Tu adores le beurre, Madeleine.

— Il m'aime, il ne m'aime pas, il m'aime...

Ah non. Voilà Marjorie Nolan qui effeuille une marguerite à voix haute, Grace Novotny à sa remorque.

Ayant entendu Claire avec son bouton d'or, Marjorie devait elle aussi faire quelque chose avec une fleur.

— Vous voulez aller en pique-nique? demande Claire à Colleen et à Madeleine.

Madeleine voit Marjorie tricher; d'un seul coup, elle arrache les deux derniers pétales.

— Ricky m'aime!

Un peu trop près, elle parle un peu trop fort, tout en faisant mine de les ignorer.

— Où tu vas? demande Colleen.

— À Rock Bass pour pique-niquer avec Ricky.

En sourdine, Madeleine fredonne *La Belle Rêveuse*. Son regard croise celui de Colleen, qui sourit imperceptiblement. Sans vouloir être méchantes, elles savent bien que Claire prend ses désirs pour des réalités. Pas de quoi fouetter un chat. *On a bien le droit de rêver, pas vrai, docteur?*

— Vous voulez venir? On cherchera un nid.

Devant le refus poli de Colleen et de Madeleine, Claire sort du panier de son vélo sa boîte-repas à l'effigie de Frankie et Annette. Sur-le-champ, elle partage son pique-nique avec elles. Un Babybel recouvert de cire rouge, un petit gâteau au chocolat au glaçage bleu et des tranches de pomme. Elle en garde un peu « pour les animaux ». Avec la cire du fromage, Madeleine se fait des lèvres rouges, et Claire pouffe de rire.

— J'ai vu des lapins à Rock Bass, dit Colleen en s'essuyant la bouche du revers de la main. Ils ont un terrier sous l'érable.

— Merci, Colleen.

Claire détale.

— Merci, Colleen, répète Madeleine, moqueuse.

Colleen lui prend la tête en étau et lui frotte férocement le crâne avec ses jointures.

— Aïe.

C'est toujours Colleen qui décide que Madeleine en a assez. Dans ce cas-ci, elle se contente de s'éloigner calmement.

— Attends-moi, Colleen.

Les derniers accords de la chanson filtrent par les fenêtres du gymnase, mais Madeleine est déjà partie. *It's a small world after all, it's a small, small world.*

À l'arrivée de Claire, Ricky lave la familiale. Elizabeth est à côté de lui dans son fauteuil roulant, et Rex descend jusqu'au trottoir pour l'accueillir.

— Salut, Ricky.

— Salut, ma vieille.

— Salut, Elizabeth, dit Claire.

— … alu'.

Elizabeth est emmitouflée dans une couverture jaune légère. Elle a un gobelet en plastique entre les mains, du genre qu'utilisent les bébés, avec un bec et un couvercle.

— Qu'est-ce que tu bois ? demande Claire.

— … i… o… ade, répond Elizabeth de sa voix aérienne, avec un grand sourire mou.

— De la citronnade, dit Ricky à Claire.

— C'est bon ? demande Claire.

Elizabeth fait signe que oui dans toutes les directions.

Ricky porte son jean rouge, un t-shirt et des tennis.

— Tu es très élégant, Ricky.

— Ah bon ? Merci.

— Qu'est-ce que tu fais ?

— Je lave la voiture.

— Tu veux venir en pique-nique ?

— Impossible, ma vieille. J'ai promis à Lizzie de l'emmener courir.

— Ah.

— Tu veux boire un coup ? demande-t-il.

— Oui, s'il te plaît.

Ricky la fait boire à même le tuyau d'arrosage. L'eau a un goût de caoutchouc. La meilleure boisson qui soit. Elle rappelle l'été. Il se sert ensuite. Claire l'observe. Puis elle file.

— Au revoir.

Rex se laisse choir aux pieds d'Elizabeth, dans l'ombre du fauteuil roulant, puis il lui sourit, pantelant. La main d'Elizabeth descend et plane au-dessus de lui. Ayant trouvé son pelage, elle lui caresse la tête avec ses jointures.

— Tu es prête, Lizzie ?

— … Ex hein ?

— Je ne sais pas. C'est peut-être un peu chaud pour Rex.

— … ote ho.

— Bonne idée, dit Ricky, qui rentre chercher une gourde qu'il remplit d'eau glacée à même le tuyau.

Claire met dix minutes à remonter la rue jusqu'au chemin du comté de Huron. Après avoir quitté Ricky et Elizabeth, elle s'est arrêtée pour regarder des garçons et des papas tenter de faire démarrer un kart miniature. Chaque fois qu'ils lancent le moteur, elle sent l'essence et voit de petits nuages de fumée blanche.

Elle s'arrête de nouveau devant la maison des Boucher, au coin de St. Lawrence et Columbia. Elle a cru entendre son nom. Elle se tourne vers l'endroit d'où la voix est venue, mais elle ne voit que le fossé et le tuyau d'écoulement. Elle descend de son vélo, se met précautionneusement à plat ventre et regarde dans le tuyau pour voir si quelqu'un, un elfe, peut-être, ou une autre petite créature dans le pétrin, a besoin de son aide.

— Bonjour ? murmure-t-elle dans le tuyau.

Seul le silence lui répond. Elle élève un peu la voix.

— Tout va bien ?

Toujours rien. Une coccinelle lui monte sur le poignet.

— C'était toi ? chuchote-t-elle en se rapprochant.

À la façon qu'a Claire d'écouter, on comprend qu'elle a reçu une réponse.

— Ne t'inquiète pas, petite coccinelle, répond-elle. Tes enfants sont en sécurité. Ouvre tes ailes et rentre chez toi.

La coccinelle obéit.

C'était à trois heures quarante-cinq.

En arrivant au chemin du comté de Huron, Claire a oublié qu'on ne l'autorise pas à quitter seule la zone des logements familiaux. Elle n'avait pas l'intention de partir seule, elle prévoyait aller en pique-nique avec Ricky Froelich. Le projet était si séduisant que, devant le refus de Ricky, elle avait jugé bon de poursuivre sans lui. Elle devait toutefois rentrer à temps pour dîner et enfiler son uniforme de Brownie. Elle commence à pédaler de toutes ses forces. Lorsque Ricky, accompagné d'Elizabeth et de Rex, la rattrape, elle a dépassé la première ferme pour entrer dans le couloir des grands arbres. À cause des efforts qu'elle a déployés, elle est un peu essoufflée. Ricky s'arrête, retire sa ceinture et attache Rex au vélo de Claire. Puis le convoi se remet en marche, avance à bon rythme le long de la route nº 21 du comté de Huron en direction du saule qui marque l'intersection : à gauche, la route nº 4 ; à droite, Rock Bass ; tout droit, la carrière — d'ailleurs, il fait assez chaud pour se baigner.

Madeleine et Colleen ont décidé de se rendre au saule. Elles passent par l'intérieur des terres, c'est-à-dire les jardins des maisons et les champs des fermiers. De peuplier en peuplier, par-dessus une clôture et à travers la voie ferrée — escale chez Pop's pour un soda aux raisins. Colleen paie et Madeleine lui demande si elle a droit à de l'argent de poche.

— Mon frère distribue les journaux et m'en donne.

Elles ne s'arrêtent pas pour utiliser le décapsuleur de la machine distributrice. Le temps presse. Leur vie est en danger. En plein champ, elles se lancent à plat ventre ; prudemment, elles jettent un coup d'œil à travers les herbes hautes pour voir si des agents ennemis les ont suivies.

— Ouf ! On l'a échappé belle.

— Que feront-ils de nous s'ils nous rattrapent ?

— Ils nous arrêteront.

— Nous sommes bonnes pour le bagne.

— Nous sommes bonnes pour le peloton d'exécution.

Colleen décapsule la bouteille à l'aide du côté non tranchant de son couteau et la tend à Madeleine, qui prend une gorgée, essuie le goulot avec son t-shirt et la rend à Colleen. Celle-ci boit à son tour sans se donner la peine de l'essuyer. C'est sa bouteille et ses microbes.

— La voie est libre.

— Allons, ne restons pas plantées là.

Elles marchent parallèlement à la route du comté de Huron, en terrain accidenté, à l'affût des mines antipersonnel — les plaques de neige dure et granuleuse qui persistent dans l'ombre.

— Couche-toi!

Elles roulent dans le fossé et Madeleine pointe son fusil imaginaire en direction du convoi ennemi. Ricky pousse Elizabeth dans son fauteuil roulant et Rex tire Claire sur son vélo.

— Halte au feu, dit Colleen.

On dirait que le fauteuil roulant est un char et Ricky un aurige en jean rouge romain, Rex un cheval lancé en éclaireur, Claire dans un side-car. Couchées à un mètre ou deux de la route, Colleen et Madeleine sont invisibles. Lorsque l'équipage passe à sa hauteur, Madeleine lance un caillou qui ricoche contre les moyeux du fauteuil roulant d'Elizabeth. Colleen lui assène un violent coup sur le bras.

— Aïe. Je n'ai même pas visé.

C'est vrai.

— Eh ben, j'aurai tout vu, dit Madeleine.

— Quoi?

— Claire allait vraiment en pique-nique avec Ricky.

En Rick-nique, docteur, si vous permettez.

— J'ai mes doutes.

— Il y a un moyen de le savoir. Attendons de voir s'ils prennent la route de Rock Bass.

— J'ai mieux à faire.

Colleen se lève, se débarrasse de la paille.

— Je te parie cinq cents qu'ils vont prendre la route de Rock Bass.

— Jalouse, hein?

— Non! C'est un pari, c'est tout.

— Je ne prends pas l'argent du menu fretin.

— Je ne suis pas un menu fretin.

— Sans compter que tu as le béguin.

Madeleine devient rouge comme une betterave.

— *T'an amor avec mon frer com tou l'mand*,* hennit Colleen.

Elle fourre son pouce dans la bouteille à moitié pleine et, louvoyant entre les bouses, suit une ravine en direction du boisé voisin. Madeleine s'attarde. C'est vrai, toutes les filles sont amoureuses de Ricky Froelich. Derrière lui, Claire et sa petite troupe, la poussière n'est pas encore retombée. Ils sont maintenant assez loin pour onduler dans la chaleur inhabituelle. Elle fixe la tache rouge que fait le jean de Ricky, qui ondoie et s'éloigne du côté du saule, gardien du carrefour. Puis, se retournant, elle se lance aux trousses de Colleen.

Elles ne savent pas si Ricky s'est arrêté, a détaché Rex du vélo de Claire et a pris à gauche avec sa sœur et son chien ou s'il a pris à droite, sur le chemin de terre qui mène à Rock Bass, avec Claire McCarroll.

De part et d'autre de la route du comté de Huron, des tiges vertes sortent de terre sous l'impétueux soleil d'avril. De légers reflets, découpés par les roues en acier du fauteuil roulant de sa sœur, qu'il pousse à bon train devant lui, lui lèchent les pieds. Son chien court à côté de lui, attelé au vélo de la petite fille, sa robe bleu pâle et ses serpentins roses soulevés par le vent qui balaie le saule, là où la route de comté croise celle de Rock Bass.

C'était peu après quatre heures, à en juger par la position du soleil, mais personne n'a jamais été en mesure de préciser le moment exact.

Au nord de Lucan, sur la route n° 4, à l'approche de Centralia, donc, Jack se dit qu'il a tout intérêt à ne pas entrer dans la base au volant de la Ford Galaxy. Il ne ferait qu'attirer l'attention. Il entend déjà Vic Boucher :

— Une petite bombe pour votre tendre moitié, Jack ?

Il décide de contourner la base pour se rendre jusqu'à Exeter, de commander un taxi et de se faire déposer au village de Centralia, à environ cinq cents mètres de la maison. Il finira le trajet à pied. Il a aimé sa balade en voiture — drôlement sportive, dommage que Fried ait trouvé le moyen d'abîmer le pare-chocs arrière.

Le soleil d'après-midi tombe à l'oblique sur les épaules de Rick. Sa sœur, son chien et lui, de nouveau seuls, sillonnent les chemins de terre qui parsèment la région. Les vibrations des poignées du fauteuil roulant lui remontent le long des bras. Il sent les cheveux d'Elizabeth, lavés de frais. Rick sait qu'elle sourit. Rex trotte devant, la langue pendant d'un côté — dans une minute, Rick s'arrêtera pour lui donner à boire. Il fait trop chaud pour porter un manteau de fourrure.

Il prend la route n° 4, à l'endroit où elle s'incurve vers l'est, à trois ou quatre kilomètres de la base — il profitera d'une surface parfaitement lisse sur une centaine de mètres, puis prendra une autre route de traverse en haut de Lucan pour revenir à la zone des logements familiaux après avoir décrit un grand cercle. Rick aime bien les petites routes, il y a moins de voitures et le paysage est plus joli. Il lui arrive souvent de ne pas croiser une seule auto — comme aujourd'hui. Pour le moment, il est sur la grand-route, et en voici justement une. Une Ford, il s'en rend compte tout de suite. La voiture dévie vers le centre pour laisser plus de place à Rick et à son char romain. Au moment où elle passe, le soleil donne contre le pare-brise, et Rick ne voit pas le visage du conducteur, qui le salue de la main. Rick le salue à son tour.

Il a eu beau ne pas reconnaître l'homme, Rick sait qu'il ne s'agissait pas d'un étranger. Il a, en effet, reconnu la silhouette familière d'une casquette de l'aviation.

Rick s'arrête, tire son t-shirt de son jean, s'éponge le visage et la poitrine. Saisissant la gourde accrochée au dossier du fauteuil roulant, il partage l'eau avec sa sœur et son chien. Il pourrait bifurquer vers le nord et aller jusqu'à la carrière. Il y a sûrement des enfants qui s'y baignent — c'est illégal, mais tout le monde le fait. Elizabeth lui tire la manche. Elle a eu un petit accident.

— Ça ne fait rien, Elizabeth.

Il fait demi-tour, et ils rentrent par où ils sont venus. Les chemins de terre n'étaient pas l'idée du siècle, après tout. Elle a été secouée, tant qu'elle a fait sous elle.

— C'est pas grave, dit-il.

— … é … a 'ave.

À en juger par le temps que Rick a mis à rentrer au pas de course, il devait être environ quatre heures quarante-cinq. Mais personne n'a jamais pu le prouver.

Jack entre dans la zone des logements familiaux peu avant cinq heures trente. Normalement, il rentre vers cinq heures, mais un écart d'une demi-heure n'a rien d'extraordinaire. En débouchant de Columbia sur St. Lawrence, il prend mentalement la résolution d'aller travailler une heure plus tôt le lendemain pour rattraper le temps perdu. Entre les maisons multicolores, il aperçoit du linge blanc qui ondoie sur les cordes. Le gazon est plus vert qu'à son départ le matin. La balade depuis le village de Centralia lui a plu, mais il aurait dû prendre ses lunettes fumées. Si le fond de l'air est frais, le soleil tape avec une exubérance presque belliqueuse. Dans son entrée, il se demande s'il aurait le temps d'aller trouver McCarroll avant le dîner. Il change d'idée quand les arômes du repas viennent lui titiller les narines — laisse plutôt McCarroll retrouver sa femme et profiter de son dîner. On aura tout le temps de prendre un café plus tard.

Jack ouvre subrepticement la porte moustiquaire et entre chez lui comme un voleur. Sans s'arrêter pour déposer sa casquette sur le crochet, il monte les trois marches à pas de loup. La voilà. Une cigarette tachée de rouge à lèvres se consume dans le cendrier, la radio joue, elle s'affaire à l'évier. Il se glisse jusqu'à elle et lui enserre la taille d'un bras. Elle bondit, crie, se retourne :

— *Sacrebleu** ! Ne fais plus jamais ça.

Elle rit en lui rouant la poitrine de coups.

Il sort son autre bras de derrière son dos.

— Oh, Jack, *c'est si beau**.

— Je les ai prises au village.

— Tu as marché jusqu'au village de Centralia pour m'acheter des fleurs ? *T'es fou**.

— Imagine jusqu'où j'irais pour t'avoir dans mon lit.

Elle se presse contre lui.

— Je prépare le repas. Va-t'en.

— Non.

Elle l'embrasse.

— Qu'est-ce que tu t'imagines ? Que tu peux arriver comme un cheveu sur la soupe et faire tes quatre volontés dans la cuisine ?

Elle saisit sa cravate.

— Donne-moi seulement un avant-goût de ce que tu mitonnes.

Il pose les mains sur les hanches de Mimi, et les fleurs tombent la tête la première.

— Le dessert, c'est pour après le repas, dit-elle en lissant la cravate, un doigt dans le nœud.

— Absolument pas.

— *Lâche-moi les fesses**.

— Ah bon ? Force-moi à le faire. Dis-le en anglais.

Elle obéit en faisant glisser ses mains sur celles de Jack.

Il l'embrasse.

— Où sont les enfants ?

— Sortis jouer.

Elle saisit la boucle de sa ceinture et l'attire vers elle.

— Viens.

En route vers l'escalier, elle défait la fermeture éclair de sa jupe.

Regarde ce qu'elle porte dessous. Blanc, mais parfait, avec juste ce qu'il faut de dentelle, juste ce qu'il faut de tout. Jack s'imagine probablement que toutes les épouses portent de la lingerie exquise. Il la suit à l'étage, laisse tomber son veston sur le palier, détache son pantalon, elle l'attire vers elle, déboutonne sa chemise, plaque ses paumes contre sa poitrine. Il fait glisser sa culotte, les ongles de Mimi lui mordent les biceps, il lui soulève les jambes, lui ouvre les genoux. Elle est la petite amie universelle, la femme de tous les magazines pour hommes — il ne perd pas de temps et elle aime ça. Elle est la femme qui vous séduit depuis une décapotable, celle qui ne vous demande pas votre nom, celle que vous ne vous rappelez pas avoir aimée ni même connue — il va jouir tout de suite comme un puceau, elle l'excite tellement, elle est si accueillante — elle est la femme que vous aimez plus que vous-même, la mère de vos enfants, toujours affamée de vous…

— Oh, Jack, oh, mon bébé, tu es si fort, allez, viens…

Dieu du ciel.

— Dieu du ciel, soupire-t-il en se retirant et en s'éloignant au ralenti. Nom de Dieu.

Couchée sur le côté, elle lui caresse la poitrine. Ongles rouges impeccables.

— *Je t'aime**.

— *Je t'aime, Mimi**, répond-il.

Il est sur un nuage. Bientôt, la porte moustiquaire va se refermer avec fracas. Les enfants seront là. Pour dîner.

— Ça sent rudement bon, dit-il en tournant la tête pour lui faire face.

— Tiens ? Tu as faim, maintenant ?

Elle sourit.

— *Passe-moi mes cigarettes**.

Penché sur la table de chevet, il tire une cigarette du paquet. L'allume, la lui donne. Il se lève et elle le regarde enfiler une tenue civile. Elle expire et lui fait un clin d'œil, la courroie de son soutien-gorge au milieu du bras. Elle se débarrasse de sa culotte, restée coincée sur sa cheville droite, et croise les jambes.

— Je descends dans une minute. Éteins le feu sous les pommes de terre.

Elle préfère ne pas se lever tout de suite. Rester allongée un moment, laisser ce qu'il a semé en elle prendre racine. Elle se souvient de ce que racontaient les filles faciles — *les guidounes** — de sa ville natale : « Pas de risque de tomber enceinte quand on le fait debout. » Sa propre sœur Yvonne s'était fait prendre à ce jeu, et il serait intéressant de savoir combien d'aînés ont été conçus en position verticale. Mimi a beau savoir que ce ne sont que des histoires de bonne femme, elle attend une demi-heure avant de se lever, attend en fait le battement de la porte moustiquaire qui annonce le retour des enfants.

Elle tire sur sa jupe, boutonne sa blouse et ramasse le pantalon de Jack, en boule par terre. Avant de le mettre sur un cintre, elle sort ses clés, sa monnaie — une petite fortune en pièces de dix cents —, des bouts de crayon, des trombones, des morceaux de craie — c'est fou la quantité de cochonneries qu'il accumule en une journée, on pourrait le prendre pour son héros d'enfance, Tom Sawyer — et un bout de papier chiffonné. Elle est sur le point de le déposer sur sa commode — il pourrait s'agir d'un de ses diagrammes, d'un plan de restructuration de l'école centrale d'officiers —, mais, prise d'une impulsion subite, elle le lisse machinalement et lit : *cerises, cognac, caviar*... Sentant son visage s'enflammer, elle porte une main à son cou.

Elle n'essaie pas de concocter pour elle-même un scénario expliquant la présence de ce bout de papier. Elle le range dans son coffret à bijoux. Être une épouse, c'est aussi savoir tenir sa langue.

Les fleurs sont maintenant dans un vase où elles forment «*comme un beau grand** milieu de table*», dit Mimi en tendant à Madeleine une assiette de *biscuits chauds**, tout droit sortis du four.

Jack regarde les nouvelles de six heures en lisant *Look*. Mike est assis à table avec ses cartes de base-ball, et Madeleine attend que quelqu'un dise quelque chose. Comment se fait-il qu'il a le droit de rester assis tandis qu'elle-même doit aider sa mère ?

— *Tiens, Madeleine**, fait-elle.

Le beurre.

Mimi éteint la radio et Jack émerge de sa transe médiatique, met son magazine de côté, se frotte les mains et dit :

— Regardez-moi ça. Ah, dis donc...

Du *râpé**, une délicieuse concoction acadienne faite de porc rôti, de pommes de terre râpées et d'oignons. Se palpant le ventre sous la table, Jack se promet de s'en tenir à un seul biscuit. S'il avait eu sa tenue de conditionnement physique avec lui, cet après-midi, il aurait pu fourrer son uniforme dans un sac à dos et faire à la course les cinq kilomètres qui séparent Exeter de la base, au lieu de prendre un taxi. Il saisit sa fourchette et son couteau. Une femme comme Mimi ne devrait jamais être considérée comme conquise.

Elle lui sourit en s'assoyant et Jack se rend compte qu'il la regardait fixement. Il lui retourne son sourire et pose ses ustensiles pendant qu'elle se signe et dit le bénédicité. « *Au nom du Père, du Fils et du Saint-Esprit**... » Il joint sa voix à celle de sa femme et de ses enfants, parlant rapidement :

— *Bénissez-nous, ô mon Dieu, ainsi que la nourriture que nous allons prendre,* donne-moi le beurre, Mike, alors les enfants, qu'avez-vous appris à l'école aujourd'hui ?

Au milieu du repas, le téléphone sonne. Jack lève les yeux, légèrement contrarié. Mimi répond et il attend. Si on raccroche, il devra trouver un prétexte pour sortir et se rendre à la cabine.

— Bonjour, Sharon, dit Mimi.

Jack se détend et recommence à manger.

— Non, elle n'est pas ici, dit Mimi. Non, je ne l'ai pas... Mais non, Sharon, ce n'est rien du tout. Je vais lui poser la question.

Madeleine lève les yeux.

— Tu sais où est Claire McCarroll ?

— Non, répond Madeleine.

— Désolée, Sharon. Vous avez essayé les Froelich ? Ah bon. Je suis certaine qu'elle est chez une amie… Exactement… Très bien… Je n'y manquerai pas, Sharon… Très bien, au revoir.

Elle se rassoit.

— Eh bien, madame, dit Jack, vous vous êtes surpassée. Il faudra me sortir d'ici sur un brancard.

— Réservez-vous, mon prince. Il y a encore de la tarte.

De la tarte au butterscotch.

— Miam, dit Mike.

Jack desserre sa ceinture.

— Je suis à votre merci.

— Madeleine, *aide-moi**, fait Mimi en lui tendant la bouilloire.

— Pourquoi il faut que je fasse le thé ? Pourquoi Mike ne le fait jamais ? Pourquoi il ne fait jamais rien à la maison ?

Mike rigole.

— C'est un garçon, dit Mimi. Il a d'autres responsabilités.

— Comme quoi ? rétorque Madeleine, qui sent les ongles rouges de sa mère lui pincer l'oreille.

Son père sourit et fait un clin d'œil à Mike.

— De toute façon, il ferait brûler le thé, pas vrai, Mike ?

Mike sourit à son tour. Madeleine se déchaîne.

— On ne peut pas faire brûler du thé !

— Ne parle pas sur ce ton *à ton père**, dit Mimi sèchement.

— Viens ici, dit Jack.

Madeleine grimpe sur son genou. Mimi s'appuie contre les armoires, allume une cigarette.

— Tss-tss-tss. Mon papa à moi m'aurait donné une bonne taloche.

Il caresse les cheveux courts de Madeleine.

— Maman a besoin de ton aide, dit-il. Mike et moi avons les mains pleines de pouces. Tu savais que ça me fait un gros plaisir chaque fois que tu m'apportes mon thé ?

Madeleine fait signe que non. Elle n'ose pas parler de crainte d'éclater en sanglots.

CE N'ÉTAIT PAS UN ÉTRANGER. C'était affreux parce qu'elle croyait qu'elle allait voir un nid d'oiseau. Des œufs de merle, de la couleur de sa robe. Il y a des garçons qui écrasent les œufs de merle, mais ça ne craint rien ici.

Il y avait l'œuf, tendu doucement dans la paume ouverte. Vide.

— Je sais où il y a d'autres œufs, petite fille.

On voyait un trou dans la coquille, par où la couleuvre avait sucé l'intérieur.

— Vivants.

Elle avait posé son vélo contre l'érable au fond du ravin de Rock Bass et s'était mise en route.

ENVOL

Une Brownie donne toujours raison à un aîné. Une Brownie s'oublie elle-même.

Règle des Brownies, 1958

C'est la partie la plus douce de la journée ; des ombres arrondies s'amoncellent, chaudes comme un pull en cachemire, galbées et parfumées ; l'herbe conserve une part de l'humidité de la neige, récemment absorbée par la terre. Les journées s'allongent ; à six heures trente, il fait encore clair. Les rayons du soleil, de lin qu'ils étaient, sont devenus flanelle, et même le gravier semble lisse. La cour d'école baigne dans une atmosphère exotique, le stuc blanc de l'école J.A.D. McCurdy saupoudré de rose dans la longue dérive paresseuse qui précède le coucher du soleil. Les balançoires sont au repos, les bascules en équilibre comme les jambes d'une femme qui s'apprête à enfiler ses bas. *Salut, beau gosse.*

Ce soir, les Brownies prennent leur envol et deviennent des Guides. On a disposé des bancs sur le terrain de base-ball, voisin de la cour d'école. Madeleine est déjà assise, ses cheveux soigneusement rentrés sous son béret brun. Sur sa manche, on voit de nombreux badges — certains arrachés de haute lutte, comme celui sur lequel figurent une aiguille et du fil. Ce soir, ses amies et elle — à l'exclusion de Colleen — obtiendront leurs ailes. La deuxième paire d'ailes de la famille McCarthy.

L'occasion a quelque chose de poignant ; Mlle Lang s'en va, elle se marie. Il y a peu de chance pour qu'un Hibou brun aussi joli, aussi aimable et aussi rieur prenne sa place. Mlle Lang est unique. Elle aussi a revêtu son uniforme, son écharpe, tapissée de badges et d'insignes, ceinte sur la poitrine.

Madeleine, qui a fait exprès d'arriver tôt, a contemplé avec ferveur le champignon géant rouge et noir installé sur le marbre. Voilà maintenant qu'elle observe, avec une égale ferveur, Mlle Lang en conversation avec son fiancé. Madeleine avale la boule qu'elle a dans la gorge et cligne des yeux. Mlle Lang baisse la tête et sourit à un mot de son fiancé. Il lui prend la main, mais elle la retire doucement avant de s'emparer de la planchette derrière le champignon. Madeleine détaille le fiancé : cheveux foncés coupés en brosse, avant-bras musclés et nerveux, chemise de coton, pantalon de coutil ivoire et chaussures safari décontractées. Au-dessus de son portefeuille, sa poche revolver fait légèrement saillie.

Madeleine se retourne vers sa mère — la voilà en train de déposer un plateau rempli de sandwichs roulés roses et verts sur la table des rafraîchissements. Mike est arrivé lui aussi, en compagnie de Roy Noonan. Ils se lancent la balle en attendant. Papa n'est pas encore là. Les Brownies et leur famille tournent en rond. Même la mère de Grace est présente. Madeleine s'imaginait Mme Novotny sous les traits d'une grosse dame, à cause de sa ribambelle d'enfants, mais c'est plutôt une maigrichonne aux bras noueux et aux joues creuses.

L'excitation est palpable. Sur une longue table pliante, les ailes de papier jaunes attendent d'être épinglées dans le dos des Brownies méritantes, et le sentier doré mène au champignon. Madeleine s'abandonne à un rêve éveillé : elle est Mlle Lang revêtue de son uniforme de Hibou brun, auquel est attachée une longue traîne. Elle remonte l'allée jusqu'à l'autel, où l'attend son fiancé en smoking. Son visage net et carré lui sourit.

— Vous pouvez embrasser la mariée, entonne le pasteur.

Madeleine sort brusquement de sa rêverie en se rendant compte que, au moment du baiser, au lieu d'être Mlle Lang, elle embrasse Mlle Lang. Mentalement, elle rebrousse chemin jusqu'à l'instant où elle embrasse le fiancé, mais la vision s'effiloche et son esprit part à la dérive.

— Je promets de faire de mon mieux pour aimer et servir Dieu, accomplir mon devoir envers la reine et le pays et faire une bonne action chaque jour, en particulier à la maison.

Le serment des Brownies. Quarante-deux fillettes âgées de huit à dix ans ont parlé à l'unisson, leurs sens aiguisés par la solennité de l'occasion.

— Tou-ouite, tou-ouite, tou-wou !

Mlle Lang prend les présences.

— Sheila Appleby.

— Présente.

— Cathy Baxter.

— Présente.

— Auriel Boucher.

— Présente.

Ce soir, les voix sont un peu plus empressées — personne ne demeure insensible au charme de Mlle Lang. Elle coche les noms sur sa liste. Madeleine regarde autour d'elle, mais son père n'est toujours pas arrivé…

— Claire McCarroll.

Mlle Lang lève les yeux. Des têtes se tournent, tout le monde cherche Claire, mais elle n'est pas là. Madeleine jette un coup d'œil de l'autre côté du terrain, mais Claire n'est pas en route non plus. Sur la table, au milieu des ailes, se trouve une épinglette. Elle est destinée à Claire qui, dès que Mlle Lang l'aura accrochée à sa poitrine, deviendra une Brownie à part entière. Claire se fait épingler.

— Madeleine McCarthy.

— Présente, mademoiselle Lang.

Mlle Lang marque un temps d'arrêt à peine perceptible en souriant, et le cœur de Madeleine est transpercé.

— Marjorie Nolan.

— Présente.

Je ne vous oublierai jamais, Mlle Lang, tant que nous vivrons…

— Grace Novotny.

— Pouésente.

— Joyce Nutt.

— Présente.

Grace n'a pas obtenu ses ailes, mais comme il n'y aura pas d'uniforme des Brownies assez grand pour elle l'année prochaine, elle « marchera » vers les Guides chaussée de pantoufles de fée en papier gaufré spécialement conçues pour l'occasion. Madeleine regarde au bout de la rangée — Grace se suce les doigts, ils vont et viennent dans sa bouche. Grace Novotny — le chien méchant de Marjorie Nolan.

— Grace ? dit Mlle Lang.

Grace se lève et s'avance, les yeux rivés sur ses pieds en papier — ils font *souiche souiche*. Marjorie l'accompagne. En principe, c'est la sizainière, Cathy Baxter, qui devrait guider Grace, mais, parce que Marjorie est sa meilleure amie, Mlle Lang a fait une exception. Marjorie prend le bras de Grace et elles remontent lentement le sentier de papier jaune — presque comme si Grace était invalide. Comme dans *Heidi,* songe Madeleine. Grace se détache et franchit en courant les derniers pas pour se ruer sur Mlle Lang qui, après avoir repris pied, la serre fort dans ses bras.

Au moment où les Brownies prennent leur envol, l'une à la suite de l'autre, Madeleine regarde vers la route, où elle espère voir son père au volant de la Rambler. Ne la verra-t-il donc pas recevoir ses ailes ? À l'entrée de la cour, il y a un tuyau d'écoulement en béton qui passe sous la route et débouche dans le champ de l'autre côté. On peut crier dedans, mais l'entrée est défendue par un grillage en métal, aujourd'hui recouvert de gazon et de mauvaises herbes, vestiges du passage des eaux de fonte — quiconque s'y trouverait coincé au printemps se noierait. Tout le monde raconte qu'un enfant y est mort. C'est pour cette raison qu'on a mis le grillage. Un chien renifle autour — un beagle — et Madeleine se demande s'il est perdu. Elle le voit se faufiler entre les mailles.

— Ce chien est coincé.

Madeleine a parlé à voix haute, et la Brownie devant elle se retourne et trace une fermeture éclair imaginaire sur sa bouche. Je n'ai pas de comptes à te rendre, Cathy Baxter.

Le chien aboie et Madeleine lève la main. Mlle Lang, cependant, ne la voit pas; elle épingle des ailes en papier entre les omoplates d'Auriel, et Auriel remonte en courant le sentier doré. Madeleine baisse la main. Une à une, les Brownies s'envolent, fiers papillons. Le chien aboie de nouveau. Madeleine ne le voit plus dans l'ombre du tuyau d'écoulement. Les jappements ne sont plus que des gémissements étouffés, qui s'éloignent de plus en plus, et elle lève la main de nouveau, sur le point de crier le nom de Mlle Lang, quand une voiture entre dans la cour d'école, fait une embardée et s'avance sur la pelouse du terrain de jeux avant de s'arrêter juste à côté du champignon.

Le capitaine McCarroll est rentré de son stage de vol avec un nouveau porte-bonheur pour le bracelet de sa fille, mais il est ressorti aussitôt et, à cinq heures cinquante, a commencé à faire la tournée des maisons du coin.

— Non, désolée, dit Mme Lawson sur le pas de sa porte.

En la voyant, McCarroll avait retiré sa casquette.

— Attendez-moi. Je vais demander à Gordon…

Au tour des Pinder.

— Oui, monsieur, dit Harvey en fourrant son journal sous son bras. Nous l'avons vue. Pourquoi? Elle a déserté?

Son ton est toutefois dénué d'humour.

— Quand l'avez-vous vue, monsieur Pinder?

— Un peu avant le dîner. Nous étions dehors avec le petit kart quand elle s'est arrêtée. Ne bougez pas, avait-il dit avant de crier par-dessus son épaule. Arnie! Philip! Montez, les garçons!

Ils gravissent tous les deux les marches du sous-sol, un air de culpabilité universelle peint sur le visage.

— Vous connaissez Claire McCarroll?

— Qui? demande Arnold.

Philip ne dit rien, dardant des regards à gauche et à droite. Harvey lui assène une taloche sur l'oreille.

— Elle est passée pendant que nous travaillions au kart. À vélo. Vous l'avez vue ensuite?

— Non, monsieur, grogne Arnold.

Philip fait signe que non.

— Désolé, monsieur, dit Harvey.

— C'était vers quelle heure ? demande le capitaine McCarroll.

— Cet après-midi, vers trois heures quinze, trois heures quarante-cinq, quatre heures. Par là.

— Merci.

McCarroll se remet en route.

Attrapant son blouson, Harvey se dirige vers sa voiture. Il va jeter un coup d'œil dans les environs, dit-il au capitaine McCarroll, « au cas où elle serait partie à la découverte ».

Chez les Froelich, maintenant.

Sa femme leur avait déjà téléphoné. Aucun des enfants de Karen Froelich ne pouvait lui venir en aide — Rick jouait au basket à London, et Colleen avait emmené sa sœur à la bibliothèque de la base. Du haut de l'escalier du sous-sol, Karen avait crié :

— Henry !

Henry Froelich était apparu, un coffre à outils à la main. Quand Karen lui avait expliqué la raison de la présence de Blair McCarroll, il avait retiré son tablier et s'était mis à la recherche de ses clés au milieu du bric-à-brac qui encombrait la table de la cuisine. McCarroll était retourné en vitesse chez lui pour voir si sa fille n'était pas rentrée entre-temps.

Et ainsi de suite, jusqu'à ce que les rues de la base grouillent de papas au volant de voitures avançant à pas de tortue, allant de porte en porte, de terrain de jeux en terrain de jeux, jetant un coup d'œil entre les maisons et même dans le fossé.

Jack avait soulevé la vitre de sa porte moustiquaire pour laisser entrer l'air tiède du printemps, puis il s'était engagé dans St. Lawrence Avenue, quelques minutes après sa femme et ses enfants. En chemin, il avait vu la voiture de McCarroll garée dans l'entrée. Il était de retour. Il allait se rendre dans la cour d'école avec sa petite fille, lui aussi, et Jack en profiterait pour lui parler en privé. Il suffirait de quelques mots.

— McCarroll, j'ai à vous confier une mission concernant un ami commun.

McCarroll comprendrait que Jack était le « haut gradé » qui avait tant tardé à le mettre au courant, et Jack se serait acquitté de la faveur demandée par Simon. Affaire classée.

En s'approchant du bungalow vert, Jack avait vu McCarroll sortir de chez lui — toujours en uniforme à sept heures moins dix —, lancer sa casquette sur le siège du passager et se mettre au volant de sa voiture. Il avait remonté la rue en direction de Jack, qui l'avait salué de la main. McCarroll avait brusquement freiné à sa hauteur. Jack s'était penché vers lui, prêt à communiquer son message simple, mais les mots n'avaient pas franchi ses lèvres. McCarroll était blanc comme de la craie.

Sa petite fille n'était pas encore rentrée. Balançant la casquette de McCarroll sur la banquette arrière, Jack était monté avec lui. Selon la police, on ne pouvait pas la considérer comme « disparue » après seulement trois heures. Ne souhaitant pas attiser la détresse de McCarroll, Jack s'était abstenu de commenter la stupidité d'une telle remarque.

— Avez-vous prévenu la police militaire ? avait-il plutôt demandé.

Ils s'étaient rendus au bureau du service, et le caporal Novotny était immédiatement monté à bord de sa voiture de patrouille, d'où, par radio, il en avait réquisitionné une autre.

Ils étaient passés près du saule et cheminaient lentement sur la route du comté de Huron quand Jack avait proposé à Blair de faire demi-tour et d'aller jusqu'à la cour d'école, où les Brownies étaient réunies. Peut-être une des amies de Claire aurait-elle une idée de l'endroit où elle pouvait être.

La porte du conducteur s'ouvre au moment où la voiture s'arrête brusquement près du champignon. Madeleine voit M. McCarroll sortir accompagné d'un autre homme. Papa. Une Brownie ailée s'est arrêtée au milieu du sentier doré ; tout le monde attend pendant que M. McCarroll parle tout bas à l'oreille de Mlle Lang. Derrière eux, le soleil décline rapidement. Les Brownies prendront leurs rafraîchissements dans le noir. Madeleine espère croiser le regard de son père, mais il regarde plutôt sa mère, derrière elle.

— Attention, les Brownies, dit Mlle Lang. M. McCarroll aimerait savoir si quelqu'un a vu Claire récemment.

Récemment. Quand on a neuf ou dix ans, « récemment » veut dire il y a une minute. Impossible, en tout cas, qu'on fasse référence à avant dîner ni surtout à l'après-midi, déjà très loin. Pas une seule main ne se lève.

M. McCarroll se tourne vers elles.

— Écoutez-moi, garçons et filles…

Madeleine regarde Lisa Ridelle, Lisa la regarde à son tour, et elles répriment leur fou rire à grand-peine. Les garçons ? Il n'y a pas de garçons dans les Brownies ! Madeleine lève les yeux. Son père la regarde maintenant, un sourcil légèrement froncé. Elle arrête de rire.

— J'aimerais savoir, poursuit M. McCarroll, inconscient de sa gaffe, si l'un de vous a vu Claire aujourd'hui, peu importe le moment.

Quelques mains se lèvent. Presque tout le monde l'a vue à l'école. Par la suite, Madeleine, Marjorie — qui rafraîchit la mémoire de Grace d'un coup de coude —, Cathy Baxter et les autres filles qui aidaient Mlle Lang l'ont aperçue dans la cour d'école. Par la fenêtre du salon, Diane Vogel l'a vue parler dans le tuyau d'écoulement du fossé près de Columbia Drive et de St. Lawrence — entre trois heures trente et quatre heures, sans doute, puisque sa mère regardait *Secret Storm*. Madeleine a toujours la main levée.

— Oui, Madeleine? dit Mlle Lang.

— Moi et Colleen — Colleen et moi, je veux dire — l'avons vue sur la route de comté.

— Elle marchait vers le sud? demande papa.

— Ouais, dit Madeleine. Elle allait à Rock Bass.

Le père de Claire fond sur elle, si vite qu'elle a un mouvement de recul. Il pose un genou par terre, son visage trop près du sien — elle est dans le pétrin ou quoi? Non, c'est M. McCarroll qui est dans le pétrin. Des lignes se creusent entre ses sourcils, sa pomme d'Adam a l'air à vif.

— Où est-ce, mon cœur? demande-t-il de son doux accent du Sud.

— Euh, il faut tourner au chemin de terre.

— Quel chemin de terre?

— Au saule. Avant la carrière.

— La carrière?

— Là où les enfants vont se baigner.

— Oh, mon Dieu… fait M. McCarroll en se levant et en plaçant une main devant sa bouche.

Soudain, papa est là. Penché, il demande, du ton de qui veut se faire parfaitement comprendre dans une langue étrangère :

— À l'endroit où il faut tourner à droite pour se rendre à Rock Bass?

Est-il en colère contre moi?

— Ouais.

Mlle Lang et maman, qui se sont jointes au conciliabule, sont penchées sur elle; toutes les Brownies la regardent fixement. Madeleine se sent toute drôle, comme si elle cachait quelque chose — Claire dans un sac. Pourquoi la serrent-ils de si près?

Son père se tourne vers M. McCarroll.

— Rock Bass est à environ un kilomètre à l'ouest de la route de comté; si c'est là qu'elle allait, elle a tourné bien avant la carrière, Blair. Loin de l'eau.

M. McCarroll hoche la tête et fronce les sourcils.

— Elle était donc là-bas vers quatre heures, quatre heures trente, pas vrai? poursuit son père. Nous y serons dans dix minutes.

— Ricky est peut-être au courant, dit Madeleine.

Tout le monde la regarde de nouveau. M. McCarroll, les lèvres desserrées, entrouvertes même, s'agenouille encore une fois à côté d'elle. Madeleine voit sa barbe du soir, son visage osseux et presque aussi juvénile que celui de Ricky Froelich, son cuir chevelu blanc, que laisse transparaître sa coupe en brosse. Il regarde Madeleine comme jamais un adulte ne l'a fait auparavant. D'un air de supplication. Comme les visages qu'on voit au pied de la Croix.

— Elle était avec Ricky et Elizabeth. Et Rex, dit-elle, soulagée d'avoir enfin la bonne réponse.

Les adultes semblent quelque peu rassurés à l'évocation du nom de Ricky. Si Claire l'accompagnait, elle est forcément en lieu sûr.

Papa lui caresse les cheveux.

— Bien joué, fait-il en s'éloignant avec M. McCarroll.

— Elle est allée en pique-nique avec lui, pépie Marjorie Nolan.

Les deux hommes s'arrêtent et se retournent.

— Non, dit Madeleine. Elle se racontait des histoires.

Puis elle regarde M. McCarroll, craignant d'avoir été grossière.

— Des fois, elle aime faire semblant.

M. McCarroll lui sourit et se dirige vers sa voiture. Jack lui emboîte le pas.

La voiture fait marche arrière sur la pelouse, dérape un peu en prenant de la vitesse à la sortie du parking, puis gagne la route. Ils sont partis.

Marjorie Nolan lève la main.

— Dites, M\ille Lang, je peux avoir mes ailes, maintenant ? demande-t-elle d'une voix sarcastique qu'elle voudrait amusante.

Quelques filles rient, et M\ille Lang sourit. Le soulagement est palpable. On va retrouver Claire. Si elle était avec Ricky Froelich, rien de mal ne lui est arrivé.

Les deux hommes abandonnent la voiture à un endroit où on a négligé de réparer un trou dans la clôture, et Blair suit Jack le long du sentier qui longe le ravin. Ils se laissent glisser jusqu'au fond et, sur une distance d'environ deux kilomètres, marchent en direction opposée le long du ruisseau. À cette époque de l'année, l'eau est plus profonde et plus rapide, mais une enfant de neuf ans n'en aurait qu'à la taille. Sans compter les nombreuses billes de bois et pierres de gué. Quoi qu'il en soit, les deux hommes regardent non seulement à gauche et à droite, mais aussi dans l'eau.

L'obscurité tombe, et Jack roule avec McCarroll jusque tard dans la nuit, à pas de tortue, les phares de la Chrysler balayant les champs sinistres de part et d'autre d'une série de chemins de terre, cercle toujours grandissant qui englobe Goderich, chef-lieu du comté de Huron, et effleure la rive est du grand lac qui chatoie au-delà des dunes. Vers l'intérieur, une fois de plus, devant les lumières des maisons de ferme. Ils s'arrêtent dans une station-service pour téléphoner une fois de plus — elle est rentrée ? La tête de McCarroll, quand il raccroche et revient vers la voiture : désorienté, comme s'il venait tout juste de débarquer d'une autre planète. Ils avaient roulé, roulé entre des colonnes d'arbres dont les ombres s'animaient peu à peu, jusqu'à ce que Jack finisse par le convaincre de rentrer, «pour le bien de sa femme».

Jack ne dit pas que, l'après-midi même, il a vu Ricky Froelich en train de courir sur la route n° 4, peu après quatre heures trente. À ce stade, il ne juge pas opportun de décourager McCarroll en lui disant que Claire n'était pas avec le garçon.

LE MATIN

À neuf heures du soir, la Police provinciale de l'Ontario avait fait donner une description de Claire par un poste de radio local, et toutes les voitures de patrouille de la région avaient été alertées, en dépit du fait que la petite n'avait toujours pas officiellement disparu. Pour quiconque connaissait Claire, son défaut de paraître à la plus importante réunion des Brownies de l'année indiquait hors de tout doute qu'elle avait disparu. Les agents de la PPO, cependant, ne la connaissaient pas.

— Les enfants ont de drôles d'idées, parfois, disaient-ils. On les retrouve chez des parents.

— Tous nos parents sont en Virginie.

— Ah bon ? De toute façon, madame McCarroll, il est trop tôt pour sauter aux conclusions. Nos agents sont à l'affût. Pourquoi ne pas vous reposer un peu et nous téléphoner demain matin ?

Le matin. Pays lointain auquel seule la nuit donne accès, et Mme McCarroll se demande comment elle réussira à survivre à celle-ci. Reste assise sans bouger, et la nuit va passer à travers toi, autour de toi. Puis ce sera le matin. Et Claire aura officiellement «disparu».

Chez la mère, la première nuit laisse toujours un goût de cendre. Il y avait de la lumière dans la chambre de Claire, et la mère s'était assise sur la chaise près du lit, les mains jointes, contemplant le lit. Elle a lissé le couvre-lit. Elle a jeté un coup d'œil dans la garde-robe où les vêtements de sa fille étaient suspendus, à la tablette remplie de poupées, de contes de fées et d'animaux en peluche — les affaires de Claire sont à leur place, impossible que Claire ne rentre pas. Déjà Mme McCarroll s'est demandé : « Pourquoi avoir fermé son livre ? » — *Black Beauty* — « Pourquoi l'avoir ramassé par terre ? Je n'aurais pas dû faire la lessive, ce matin, j'aurais dû conserver les croûtes de pain de son petit déjeuner. » Les miettes sont vivantes, immédiates. « Impossible que la personne qui a mangé ce pain grillé ait quitté le monde pour de bon », disent-elles. « Elle va rentrer », proclament les vêtements, les poupées, les miettes et le panier à linge. C'est sa vie, en plein élan, il s'agit seulement d'une pause. Ces miettes, cette page cornée, ce tricot dans le panier à linge n'ont rien de définitif.

À quelle heure arrive le matin ? Quand on voit des gouttes de rosée sur l'herbe ? Quand le journal atterrit sur le perron ? Quand la timide lumière du jour noie le halo de la lampe de chevet près du petit lit ? Éteins-la. Pas un pli sur le couvre-lit. Déjà, la vie se retire de la chambre. Tout ce qui était en équilibre, à peine déposé ou sur le point d'être ramassé, paraît un peu plus statique ; le souvenir du mouvement s'échappe des objets, les feuillets des livres exhalent doucement, les vêtements restent plus immobiles dans la garde-robe. Telle une multitude de petits mouchoirs tirés de la manche du magicien, les esprits et les courants qui animent l'inanimé désertent peu à peu la chambre et son contenu. La terre les réclame. À quelle heure arrive le matin ?

Si vous attendez qu'il fasse assez clair pour que les autorités ratissent de fond en comble la région à la recherche de votre enfant, le matin n'arrive pas avant six heures, et il n'est que cinq heures trente. Sharon McCarroll se demandait comment elle allait survivre à la nuit. En rétrospective, l'obscurité lui semble complice ; tout au long de cette nuit vide, les heures écoulées depuis que sa fille avait quitté la maison l'après-midi — hier après-midi — étaient moins nombreuses. Voilà qu'un autre matin se lève, remplace celui de la veille, souffle dessus, sème des graines, entreprend une lente oblitération.

— Ne t'en fais pas, chérie.

Il est en robe de chambre. Hier soir, il a enfilé son pyjama pour la réconforter en lui laissant croire à une apparence de normalité. À minuit, il avait décidé de rester à la maison au lieu d'écumer les environs en voiture — il n'aurait fait que l'inquiéter, illuminer le bord des routes, les fossés humides. À la place, il avait tranquillement cédé à la panique au salon. De temps à autre, il venait dans la chambre de Claire jeter un coup d'œil à sa femme :

— Tu veux du thé, chérie?

Elle était restée habillée de pied en cap. Chaque fois, elle faisait de son mieux pour le rassurer en retouchant sa coiffure, en esquissant un sourire.

— Non, merci, chéri. Pourquoi tu n'irais pas dormir un peu?

Tout au long de la nuit, ils ont prié tous les deux, mais ils n'ont pas encore prié ensemble. Ils ont avalé les haut-le-cœur de vide qui montent du ventre, les ont ravalés, hurlements de l'insondable. Fais attention, ton désespoir se sent. Trop de prières risque de l'aiguillonner. Pas assez de prières risque de l'aiguillonner.

Comment avait-elle pu s'assoupir? Pendant quarante minutes, là, sur la chaise. Douleurs vives, comme aux lendemains d'une opération, ce n'est pas un rêve. Elle se lève, le lit est vide, *mon enfant n'est pas à la maison.* Un bout de corridor avant la cuisine, sa main effleure le mur, elle a mal aux pieds, elle a dormi avec ses escarpins, de la couleur de son foulard, son mari aime qu'elle se fasse jolie, et maintenant un chœur résonne dans sa tête, énumère les raisons possibles de l'absence de son enfant, épluche les listes de choses-à-faire-aujourd'hui, de ce-que-je-ferai-quand-mon-enfant-sera-là, à Noël, nous irons chez nous, en Virginie, ma mère et mes sœurs n'en reviendront pas de voir combien Claire a grandi, il faut sortir la viande du congélateur pour ce soir. Étouffant quelque chose d'encore plus profond — ligne de basse à ondes lentes, unique voix rassurante puisqu'elle seule promet une fin à la veille et à l'attente; refrain profond et patient qu'elle chante à contrecœur jusqu'à ce que la mère soit prête à en saisir le sens : «Votre enfant est morte.»

ELLE AVAIT EMPRUNTÉ À VÉLO le chemin de terre qui conduit à Rock Bass. À la clôture, elle avait mis pied à terre et tiré sa monture par le trou que le fermier, complaisant, négligeait de réparer. Puis elle avait suivi le quasi-sentier jusqu'à Rock Bass.

Prudemment, elle était descendue au fond du ravin, agrippant son vélo dont le poids, sur la pente, l'entraînait. Elle l'avait déposé sur la rive en évitant d'écraser les serpentins roses scintillants. Puis elle avait traversé le ruisseau par les pierres de gué.

Claire s'était assise sous l'érable de Rock Bass, à l'endroit bien frotté où tout le monde s'assoyait, avait ouvert sa boîte-repas à l'effigie de Frankie et Annette et, à ses pieds, avait disposé en demi-cercle les vestiges de son pique-nique. Il y avait toujours un tamia assez effronté pour venir chiper quelque chose, mais Claire imaginait sans mal d'autres petites créatures tremblantes qui attendaient son départ pour s'approcher et grignoter enfin. Elle se disait qu'elles la connaissaient maintenant et qu'elles viendraient un jour lui rendre visite à la maison. Elles lui parleraient peut-être, seraient ses amies. Ou encore elles se percheraient au bord de sa fenêtre et la regarderaient dormir en discutant doucement du cadeau magique qu'elles préparaient.

Elle s'était essuyé les mains sur une serviette en papier, qu'elle avait remise dans sa boîte. Elle avait jeté un coup d'œil à Frankie et Annette, bruns et souriant de toutes leurs dents au milieu d'un cœur rose. Ricky et Claire.

Elle avait gravi l'autre versant du ravin, endroit idéal où chercher des œufs tombés du nid en attente d'être secourus. Elle s'était penchée pour tirer un caillou de sa socquette.

En se redressant, elle avait aperçu les pieds familiers.

— Bonjour, petite fille.

— Bonjour.

— Viens voir ce que j'ai trouvé.

— Quoi?

— Approche-toi.

Claire s'était avancée vers la main ouverte. Dessus, il y avait un œuf bleu pâle.

— Un œuf de merle, s'était-elle extasiée.

Il était si rare d'en voir un entier.

— Il est à toi si tu veux.

Dans la main de Claire, l'œuf était sans poids. Parce que vide.

— Je sais où il y a d'autres œufs, petite fille.

On voyait le trou d'aiguille par où la couleuvre avait sucé l'intérieur.

— Vivants.

Claire s'était donc mise en route. Jamais elle n'aurait suivi un étranger.

— Le nid est de l'autre côté du champ de maïs.

De l'autre côté du champ de maïs…

— Le nid est de l'autre côté du pré, à l'orée du bois.

À l'orée du bois, Claire avait dit :

— Non.

Sa mère ne l'autorisait pas à aller dans la forêt.

— Le champ de maïs est plus dangereux que le bois, Claire.

Le plus dangereux, en définitive, c'était le pré.

— Je dois m'en aller, avait dit Claire aux premières pressions.

— Tout va bien, Claire.

Elle n'avait pas compris tout de suite que c'était faux.

JEUDI SAINT

Papa est rentré très tard. Elle avait placé ses ailes en laiton toutes neuves sur sa commode pour qu'il les voie. Il était venu dans sa chambre. Quand il s'était assis au bord du lit, elle s'était réveillée, mais elle avait feint de continuer de dormir. Il l'avait bordée et avait repoussé sa frange.

— Ma belle choupette, avait-il murmuré.

Elle avait soupiré « dans son sommeil ».

Il lui avait posé un baiser sur le front et était ressorti à pas de loup. Elle avait songé à le rappeler pour lui demander où était Claire et ce qu'elle avait dit quand on l'avait retrouvée. Mais papa était venu la border pendant qu'elle faisait semblant de dormir, et elle ne voulait pas gâcher le moment. Elle saurait tout demain. Elle poserait la question à Claire.

Madeleine verse du riz soufflé dans son bol, fourrage qu'elle tolère à seule fin de faire main basse sur l'épée et le bouclier en plastique offerts dans le sac de la taille d'un abri contre les bombardements. Mike sucre ses Cap'n Crunch et ses œufs.

— À vingt ans, tu n'auras plus une seule dent, dit papa, embusqué derrière son journal.

Mike a les cils roussis. Un accident survenu « chez les Scouts », a-t-il raconté à ses parents, mais Madeleine n'est pas dupe.

— *Maman,* dit-il, *j'ai besoin d'une chemise blanche pour ce soir, c'est le banquet de hockey*.*

— *Oui, Michel, je sais, mange tout, c'est ça le bon petit garçon*.*

— Maman, grogne-t-il, je ne suis plus un bébé.

Elle lui saisit le visage entre les mains.

— *T'es toujours mon bébé, toi, mon p'tit soldat*,* fait-elle d'une voix enfantine pour le taquiner.

Puis elle lui couvre les joues de bisous. Il s'esquive, tout sourire, cependant, et essuie le rouge à lèvres.

— Papa? demande Madeleine.

— Oui, ma puce?

Il tourne la page de son journal.

— Où avez-vous trouvé Claire?

Le journal reste à sa place.

— On ne l'a pas trouvée, dit Mike.

Le journal s'abaisse enfin.

Après avoir décoché un regard torve à Mike, papa dit :

— On cherche encore.

Puis il ajoute, de son ton rassurant, celui qu'on dirait légèrement amusé :

— Elle s'est probablement mise à l'abri de la pluie pour la nuit. Elle va refaire surface, trempée et affamée.

Mike contemple son assiette.

Jack embrasse légèrement Mimi sur la bouche, caresse les cheveux de Madeleine et se dirige vers la porte.

— Mesdames, monsieur, bonne journée.

Mike parle à sa mère en français, si vite que Madeleine n'arrive pas à suivre. Sa mère répond, moins rapidement. Madeleine a donc l'occasion de lui demander :

— Pourquoi papa ne veut-il pas que je m'inquiète ? Il y a matière à s'inquiéter ?

Tout en regardant sa fille, Mimi tend la main vers son paquet de Cameo.

— Je veux que tu dises une petite prière pour Claire McCarroll, fait-elle en allumant sa cigarette. Toi aussi, Michel.

— Pourquoi ? demande Madeleine.

— Ne me demande pas « pourquoi ». Assez de « pourquoi ».

Elle inhale la fumée au goût mentholé rafraîchissant.

— Parce qu'on aura peut-être du mal à la retrouver. Mais on y arrivera. Va t'habiller, maintenant. *Attends, Michel, je veux te dire un mot**.

Curieusement, l'impatience de sa mère la rassure davantage que la gentillesse de son père. Et pourtant, la peur se love au creux de son estomac, comme chaque fois que sa mère lui ordonne de dire une petite prière pour quelqu'un. En général, son compte est bon.

Mike lui a dit de marcher jusqu'à l'école avec lui, et Madeleine a été ravie. La voilà maintenant qui se hâte à côté d'Arnold Pinder, de Roy Noonan et de Mike, faisant deux enjambées pour une des leurs.

— Salut, lui a dit Roy, ce qui lui avait valu un solide coup sur le bras de la part d'Arnold.

Mike a renoncé à Arnold pour le carême, décision que maman et papa ont jugée très « adulte », sans se douter que Mike avait « interrompu son jeûne » hier : c'est Arnold qui, en immolant une grenouille par le feu dans un bocal rempli d'essence, lui avait brûlé les cils.

— Mike ?

Il l'ignore, poursuivant le fil de sa pensée :

— Ricky Froelich en a fait une en bois de balsa. Nous pourrions facilement en fabriquer une.

— Ouais, il suffirait de la faire en plus grand format…
— On pourrait aller en chiper une au parc à ferrailles…
— Mike ? dit Madeleine.
— Quoi ? répond-il, exaspéré.
— À ton avis, où est Claire ?
— Comment veux-tu que je le sache ?
— Mon père dit qu'elle a été kidnappée…
— Ta gueule, Pinder.

Arnold se hérisse, ses poings se contractent. Du regard, Mike désigne sa petite sœur, et Arnold se referme comme une huître.

— Elle s'est perdue, dit Mike.
— Oh, fait Arnold. Ouais.
— Ne t'en fais pas, Madeleine, dit Roy Noonan.
— Vous devez me prendre pour une attardée, dit-elle en ralentissant le pas.

Sans se retourner, Mike tend la main derrière lui et l'agrippe par le poignet.

— Tu m'accompagnes, dit-il en la remorquant.
— Pourquoi ?
— Et tu m'attendras après l'école.
— Tu peux toujours courir.
— Ordre de maman.

Au moins, elle sait maintenant ce qui est arrivée à Claire McCarroll : *kidnappée*. En cet instant même, elle est assise quelque part dans une remise envahie par les toiles d'araignée, les mains ligotées derrière le dos, un bâillon sur la bouche. Si Madeleine était kidnappée, elle s'évaderait. Elle frotterait ses liens contre une pierre, comme les garçons Hardy. Elle assommerait son ravisseur ou sauterait d'une voiture filant à vive allure, se laisserait choir dans un fossé et rentrerait en stop. Impossible, cependant, d'imaginer Claire autrement qu'assise poliment, les mains derrière le dos.

Madeleine ne pousse pas la réflexion plus loin. Après, il n'y a plus rien. Quand la demande de rançon arrivera-t-elle ? Les kidnappeurs s'imaginent-ils que Claire est riche parce qu'elle est américaine ? Le président Kennedy versera peut-être la rançon.

Lorsque Jack obtient enfin la communication avec le premier secrétaire Crawford à l'ambassade britannique à Washington, il a recommencé à pleuvoir. Du gris cingle la vitre de la cabine et réduit la visibilité. La petite fille de McCarroll est toujours là quelque part. Au mieux, elle est tombée et s'est cassé un membre ; effrayée, désorientée, elle est incapable de regagner la zone des logements familiaux. Pas impossible.

— Crawford à l'appareil.

— Simon, la petite fille de McCarroll a disparu. Elle a neuf ans.

Silence.

— Pauvre bougre, dit Simon.

Il ne fallait pas mettre McCarroll au courant tant et aussi longtemps que sa fille n'aurait pas été retrouvée saine et sauve. Sur ce point, Simon avait donné raison à Jack.

— Téléphone-moi au numéro du soir dès que tu auras du nouveau.

Il pousse un soupir.

— Cette opération a été semée de plus d'embûches que…

— Qu'est-ce que je fais de la voiture, Simon ?

— La foutue voiture ? Garde-la.

— Et je raconte quoi à ma femme ? Que j'ai dévalisé une banque ?

— Il faudra que j'envoie quelqu'un la récupérer. À moins que… Et merde. Où est-elle en ce moment ?

— À Exeter. Il faut que je la déplace, sinon on risque de l'emmener à la fourrière.

— Tant pis. Ce qui tombe dans le fossé est pour le soldat.

— L'argent vient du budget de la CIA, j'espère.

— Tu vas me manquer, tu sais, ma poule.

En sortant de la cabine, Jack souriait toujours, mais, en voyant une voiture de la Police provinciale de l'Ontario s'arrêter devant le hangar no 4, il avait rapidement déchanté. McCarroll était sorti et était monté dans la voiture. Jack portait le poncho fourni par le gouvernement et ses couvre-chaussures en caoutchouc. Il avait pressé le pas en direction du hangar pour se joindre à l'une des équipes de recherche. Tous les hommes de la base, jusqu'aux préposés aux cuisines, prenaient part aux battues.

Mlle Lang remplace M. March, sorti parler avec des agents. Ils interrogent des membres du personnel, en quête d'indices. Il y a déjà une demi-heure qu'il est parti. On avait cogné, et M. March était allé répondre en chantant :

— Qui, qui donc frappe à ma porte ?

En voyant le policier planté là, il s'était arrêté tout net.

— Laissez-moi prendre mes lunettes, avait-il dit.

Il les avait récupérées sur son bureau, puis il avait sorti son mouchoir de sa poche pour nettoyer les lentilles. C'était la première fois que Madeleine le voyait utiliser son mouchoir pour autre chose que son zizi.

Mlle Lang demande aux élèves ce qu'ils veulent faire, et la réponse est unanime : des arts plastiques. Jamais encore les élèves de quatrième année n'ont fait des arts plastiques un jeudi après-midi : la disparition de Claire McCarroll aura eu au moins cela de bon. Jusqu'à Grace qui a voté pour les arts plastiques en levant la main, même si on voit mal comment elle réussira à tenir un crayon les mains bandées. Elles sont enrubannées dans de la gaze blanche qui, à la longue, s'est effilochée et a viré au gris. M. March n'a rien remarqué, mais Mlle Lang demande à Grace si elle s'est blessée. Tant bien que mal, Grace explique que son père en avait assez de la voir les doigts dans la bouche. Il lui avait donné le choix :

— Je les casse ou je les bande.

Les élèves sont tranquilles. Mlle Lang les a autorisés à dessiner ce qu'ils veulent, à condition de rester dans l'esprit de Pâques. Quant au choix du médium, ils ont carte blanche — pastels, aquarelle, tout sauf la peinture aux doigts. Madeleine, qui a opté pour les crayons de bois, représente une journée dans la vie du « duo dynamique ». Dans le cocon de la salle de classe, baignée par les parfums de l'école, les relents rassurants d'écorce d'orange, de rognures de crayons, de laine humide et de craie, les carreaux battus par la pluie apaisante, Mlle Lang fait jouer un disque apporté de chez elle. Les Mantovani Strings distillent leur magie en une lente cascade de sons. *The-ere's… a sum-mer place…*

Penchée sur son dessin, Madeleine, qui taquine une molaire branlante du bout de la langue, se concentre sur Robin qui, déguisé en bébé, poursuit le Joker dans une poussette propulsée par des fusées. Même s'il n'est pas encore deux heures et demie, l'après-midi a des reflets gris. Patiente, la pluie fait des fioritures dans les flaques qui se sont formées dans les dépressions peu profondes à chacune des extrémités des bascules, sous les balançoires et au pied de la glissoire. Au-delà du terrain de base-ball, les bungalows et les duplex de la zone des logements familiaux, tassés sur eux-mêmes, semblent malgré tout guillerets avec leurs teintes aux couleurs de l'arc-en-ciel, plus vives contre le ciel gris étain.

Madeleine laisse son regard dériver le long d'Algonquin Drive, jusqu'au champ du fermier — celui au fusil de légende. Il y a de l'activité par là. Des voitures se rangent sur l'accotement — des autos ordinaires et quelques autos noires et blanches de la PPO.

Elle se souvient du pauvre chien coincé dans le tuyau d'écoulement. Avait-il réussi à s'en sortir ? S'était-il noyé ? Sentant un terrible chagrin monter en elle, elle se console à l'idée de demander à son père ce qui est arrivé au chien. Il saura. Reposant les yeux sur son dessin, elle se rappelle qu'il devait avoir un rapport avec Pâques. Dans une bulle au-dessus de Robin, elle écrit en lettres moulées :

— Quel Jeudi saint, Batman !

Levant les yeux avec satisfaction, elle étudie le dos et la tête de Grace Novotny. Le profil de Grace est partiellement visible. Elle se contorsionne sur son pupitre à la manière de tous les enfants qui colorient. Elle lèche ses lèvres gercées et respire par la bouche à cause de son nez bouché. Habituellement, le regard de Grace va sans cesse à gauche et à droite, peu importe ce qu'elle fait, mais elle s'applique aujourd'hui, peut-être à cause des bandages sur ses mains. Madeleine regarde le crayon jaune sortir du poing crasseux de Grace. Qu'est-ce qu'elle peut bien dessiner ?

Par la fenêtre, Madeleine voit maintenant des voitures garées de part et d'autre de la route. Elle aperçoit une rangée d'hommes en poncho imperméable : épaule contre épaule, ils traversent lentement le champ. Ils cherchent quelque chose de très petit, se dit Madeleine. Et de très précieux. Une montre ou un diamant.

Près de la fenêtre, le pupitre de Claire demeure inoccupé. Comme si elle était absente à cause de la grippe. Elle sera de retour demain.

Madeleine lève la main.

— Est-ce que je peux aller tailler mon crayon, mademoiselle Lang ?

— Oui, Madeleine.

De retour du taille-crayon, Madeleine ralentit près du pupitre de Grace et contemple avec émerveillement son dessin. Une pluie de papillons jaunes.

Il y en a tant qu'elle en est étourdie, chacun dessiné et colorié à la perfection, les ailes au tracé complexe, toutes différentes, comme des flocons de neige. C'est si beau qu'on pourrait probablement en faire du papier peint.

Mlle Lang soulève l'aiguille du tourne-disque, et c'est comme si toute la classe s'était trouvée dans la cour de la Belle au bois dormant. Ébouriffés et calmes, les enfants lèvent des yeux endormis. Ils rendent leur travail. Ce jour-là, il se trouve que certains d'entre eux ont très bien travaillé.

— Ils cherchaient Claire, dit Colleen. Je les ai vus, moi aussi.

— C'est bête de regarder là, dit Madeleine. À découvert ? Au beau milieu d'un champ ?

Elles remontent St. Lawrence Avenue. Elles ne quittent jamais l'école ensemble, mais, lorsque Madeleine est toute seule, elles ont pris l'habitude de se retrouver.

— Ce n'est pas bête du tout, dit Colleen.

Le monde brille, lavé par la pluie, l'air est doux et fragrant, vif et rempli de promesses. Comme si la cloche de trois heures avait proclamé une libération et un élargissement des possibilités, une ouverture sur l'avenir, inconnu et pourtant délimité par un cadre, tel un écran de cinéma. Madeleine savoure un moment d'ardente impatience. Quelque chose va se passer. Quelque chose de merveilleux.

— Mais si, Colleen, c'est fou. Si Claire était dans un champ, en plein jour, ils l'auraient vue tout de suite, à moins qu'elle ne se cache. Qui se cacherait dans un champ ? D'ailleurs, elle est perdue, et personne ne se perd dans un champ en face de l'école.

Madeleine prend une profonde inspiration et ajoute :

— Ce que tu peux être stupide parfois.

Elle recule, dans l'espoir de représailles. Colleen, cependant, ne mord pas à l'hameçon.

Par-dessus son épaule, Madeleine jette un coup d'œil à Mike et à ses amis, qui la suivent de près, comme des gardes du corps. Elle est sur le point de relever leur présence, mais Colleen a dit quelque chose.

— Qu'est-ce que tu as dit ?

— Ils ne s'attendent pas à la retrouver vivante.

Madeleine met un moment à comprendre, puis c'est comme si elle s'était pris les pieds dans une marche invisible. Et le monde change de couleur. Métallique, désormais, au lieu de lumineux. Fini la chaude sensation d'être dans un film. Elle n'est plus dans rien. Sinon dans la pluie. Sans cadre qui signifie quoi que ce soit.

Ce soir-là, elle réclame *Winnie l'ourson*. Pas de honte à renouer avec d'anciens chouchous. Et son père lui dit qu'on n'est jamais trop vieux pour apprécier la grande littérature. Elle décide de ne pas faire les voix, préférant que son père lui lise l'histoire. Elle contemple le bout de bois dans l'eau qui glisse sous le pont et son esprit s'apaise. Le moment venu d'éteindre, elle lui demande cependant :

— Dis, papa, est-ce qu'on espère retrouver Claire vivante ?

Jack demeure interdit, la main sur le commutateur. Il revient s'asseoir au bord du lit.

— Bien sûr que oui.

— Dans ce cas, pourquoi la chercher dans un champ ?

Se retournant, il balaie la pièce des yeux.

— Où est notre bon vieux Bugs Bunny ?

Sous le lit, en l'occurrence. Jack lui enlève des peluches sur les oreilles et le borde à côté d'elle.

— On s'est sans doute dit qu'elle avait laissé échapper quelque chose qui aiderait à la retrouver.

— Elle a peut-être marqué sa piste.

— Peut-être bien.

Jack se penche pour l'embrasser et elle passe ses bras autour de son cou, comme elle le fait souvent, pour le retenir. Il la chatouille et elle le lâche. Il se dirige vers la porte.

— Et si elle avait été kidnappée ?

— On aurait reçu une demande de rançon.

— C'est ce que je me suis dit.

— Ne t'en fais pas pour Claire. Première nouvelle, elle sera de retour chez elle.

Il éteint.

— Papa ?

— Ouais ?

— Tu vas mourir bientôt ?

Il rit.

— Tu rigoles ? Les vieux coqs ne se laissent pas avoir si facilement.

— Tout le monde meurt.

— Tu veux que je te dise, Madeleine ? demande-t-il d'un ton neutre, et non lénifiant. Ce jour-là est encore si lointain que ça ne vaut même pas la peine d'y penser.

— S'il y a un raid aérien ? La sirène sonnerait comme en octobre ?

Il la regarde dans les yeux.

— Tu as entendu parler de NORAD ?

Il s'appuie contre le chambranle, sa silhouette découpée par la lumière du palier.

— C'est un important système d'alerte avancée qui se déclencherait avant même que quiconque ait pu venir jusqu'ici avec une bombe. Nous enverrions nos chasseurs à sa poursuite. L'ennemi serait pulvérisé et on n'en parlerait plus.

— Papa ?

— Fais dodo, choupette.

— Est-ce que Claire est morte ?

— Nooon ! fait-il en s'esclaffant. Ne t'en fais surtout pas. Tu veux que je te dise ?

— Quoi ?

— Je connais un vieux dicton : « On ne doit pas serrer la main du diable avant de l'avoir rencontré. »

Madeleine lui laisse croire qu'il l'a réconfortée.

— Bonne nuit, papa.

En bas, Jack sort en disant à Mimi qu'il a besoin de prendre l'air. Sans mentir. Cependant, il doit aussi donner un coup de fil.

Madeleine caresse les oreilles de Bugs Bunny à partir de son front joyeux.

— Ne t'en fais pas, mon petit lapin.

Elle évite de répéter ce que son père a dit à propos du diable. Il voulait lui faire comprendre que le diable ne l'attend pas au premier tournant, mais son commentaire laisse plutôt entendre que la rencontre avec lui est inévitable.

VENDREDI SAINT

La photo de Claire figure à la une du *London Free Press*. Madeleine la voit en ouvrant la porte pour prendre le lait sur le perron. La photo est un peu floue parce que c'est une reproduction en noir et blanc de la photo d'école de Claire — celle qu'on avait prise en novembre dernier. Mais c'est indiscutablement Claire qui sourit, là, à côté du lait. Et la légende : *Portée disparue.* Claire est célèbre. Madeleine apporte le journal et le lait en criant :

— Dernière heure ! Demandez votre journal !

Sa mère le lui arrache des mains et le tend à son père en disant :

— Je ne veux pas voir traîner ça à la maison, tu m'entends ?

Comme si elle entendait débarrasser le royaume du moindre fuseau sur lequel sa fille pourrait se piquer le doigt.

Jack n'est ni surpris ni offensé. Il se contente de fourrer le journal dans son attaché-case. Dans la cuisine, Mike allume la radio pour écouter les nouvelles, mais son père la referme aussitôt. Ils prennent leur petit déjeuner, Mimi habillée et maquillée comme d'habitude, appuyée contre les armoires avec sa cigarette et son café. Le silence règne, comme au plus fort de la crise des missiles. Cette fois, cependant, on n'entend même pas le froissement des pages du journal. Que des bruits de mastication. Madeleine observe Mike. Il a la même expression empreinte d'innocence que son père. Elle pique son œuf pour en faire sortir le jaune.

C'est congé, aujourd'hui. Le Vendredi saint, cependant, n'est pas un jour pour s'éclater. Il n'y aura pas de télé, ce soir — pas question de regarder les trois Stooges quand Jésus est sur la Croix. Interdiction formelle pour Mike de jouer au hockey dans la rue. Chaque année, maman réitère les articles de la loi. Et pour dîner, du poisson. Pas de poisson-frites, non. Un morceau de chair blanche et aqueuse accompagnée de petits pois pâlots et de pommes de terre bouillies. Pas de dessert. Pensez aux souffrances de Notre Seigneur. Assoiffé, il n'avait eu droit qu'à un peu de vinaigre. Pensez aux enfants d'Afrique qui crèvent de faim. Il pleut parce qu'il pleut toujours le Vendredi saint.

Madeleine sort. En route vers chez Auriel, elle voit Colleen devant la maison des Froelich. Accroupie près de sa boîte à café, elle ratisse la pelouse du bout des doigts. Madeleine bat en retraite et franchit quelques jardins avant d'émerger un peu plus loin et de traverser la rue. La voilà chez les Boucher. Elles vont écouter les disques de Vera Lynn de la maman d'Auriel et laisser la perruche voler en liberté. Après, elles iront à côté jouer avec le nouveau petit frère de Lisa. Elles continueront de s'interroger sur la périlleuse aventure de Claire. Selon Auriel, elle serait partie à Disneyland. Au moment où Madeleine frappe à la porte des Boucher, elle jette un coup d'œil au bout de la rue. Colleen ratisse patiemment le jardin.

— Bonjour, ma grande, dit Mme Boucher. Ne reste pas sous la pluie.

Madeleine sent les brioches à la cannelle au four — comme Mme Boucher est anglicane, les Boucher souffrent moins le Vendredi saint. Tandis qu'elle regarde en direction de la rue par-dessus la tête de Madeleine, son expression se transforme. Madeleine voit une voiture de police remonter St. Lawrence Avenue. Elle passe devant elles au ralenti, puis tourne dans l'entrée des Froelich. Colleen se lève avec sa boîte.

— Entre vite, ma chérie. Auriel, Madeleine est arrivée ! crie-t-elle en direction de la cage d'escalier.

SAMEDI SAINT

Un hélicoptère de la PPO traverse le ciel gris au-dessus de la zone des logements familiaux, et les enfants s'interrompent pour le regarder passer. Tout le monde sait maintenant que l'hélicoptère est à la recherche de Claire. Au même titre que les Chipmunk jaunes qui, en rase-mottes, quadrillent le secteur, chacun avec un pilote et un observateur chargé de scruter le sol malgré la pluie. Les adultes ne peuvent plus cacher leurs craintes. Ouvertement, les enfants émettent des hypothèses sur le sort de Claire — elle s'est noyée dans un fossé, elle est tombée dans un puits d'aération — même s'il n'y a pas une seule mine à des kilomètres à la ronde — ou encore elle a été découpée en petits morceaux par un maniaque armé d'un crochet. *The Exeter Times-Advocate* a exhorté les fermiers à inspecter leurs bâtiments et à sonder leur puits à l'aide d'une lampe de poche.

En marchant vers la voiture après l'office du Samedi saint, Madeleine voit de nouveau des rangées d'hommes en habit de pluie se déployer en éventail à partir du terrain d'aviation jusque dans les champs et les boisés. Une meute de bergers allemands tirent sur leur laisse et reniflent le sol de façon frénétique. Madeleine sait qu'on leur a fait sentir un objet appartenant à Claire. Comme Dale, le chien policier qui a retrouvé la petite fille endormie dans le champ de maïs. Ils auraient intérêt à recruter Rex.

Jack annonce son intention de se joindre une fois de plus aux équipes de recherche, et Mimi oblige ses enfants à s'agenouiller dans le salon pour dire le rosaire avec elle et demander le retour de Claire McCarroll.

Ricky Froelich a participé aux recherches. Au début, il prenait Rex avec lui, mais les policiers lui ont demandé de le laisser à la maison : ce n'était pas un animal de recherche et de sauvetage dûment dressé.

— Qu'en savez-vous ? aurait-il voulu leur dire.

Après tout, les origines de Rex, qu'ils avaient trouvé à la fourrière de Goderich, demeuraient inconnues. Il ne tenait toutefois pas à jouer au plus fin avec les policiers. Cette époque était révolue.

Le vendredi, deux policiers que Ricky avait aperçus pendant les battues étaient venus à la maison lui poser les questions que deux de leurs collègues lui avaient déjà posées le jeudi. Il ne s'en était pas formalisé. S'ils s'y prenaient à deux fois, c'est qu'ils redoublaient d'efforts pour retrouver la petite. Il avait répété la même chose : il courait en compagnie de sa sœur et de son chien quand ils avaient croisé Claire allant vers le sud sur la route du comté de Huron. Elle lui avait dit vouloir se rendre à Rock Bass. Il avait attaché le vélo de Claire à son chien, et ils avaient poursuivi ensemble jusqu'au carrefour. Près du saule, ils s'étaient arrêtés, et il avait libéré Rex. Elle avait pris à droite sur le chemin de terre et pédalé en direction de Rock Bass. Sa sœur, son chien et lui étaient partis à gauche vers la grand-route.

Le samedi après-midi, Rick vient tout juste de rentrer après avoir effectué des recherches toute la matinée. Il fait des sandwichs qu'il dévore à mesure quand les deux mêmes policiers se pointent de nouveau.

— Tu as rencontré quelqu'un sur la route après avoir quitté la petite? lui demandent-ils.

C'est une nouvelle question. Rick se rend compte qu'ils soupçonnent maintenant quelqu'un d'avoir fait un mauvais parti à Claire.

— Non, je n'ai vu personne. Désolé.

Cette fois, ils lui demandent de venir leur montrer l'endroit exact où il a laissé la petite. Il est sur le point de sortir quand sa mère arrive.

— Attends, Ricky. Je vais demander à papa de t'accompagner.

— Inutile, maman. Je reviens tout de suite.

— Ne bouge pas, mon grand. Papa est au sous-sol.

Rick sourit, un peu gêné devant les deux policiers.

— Madame Froelich, dit l'un des agents — celui qui a posé le plus de questions —, nous voulons simplement vous emprunter votre fils quelques minutes, le temps qu'il nous indique l'endroit précis où il a laissé la petite fille. Sur place, il se souviendra peut-être d'avoir vu quelqu'un.

Karen s'arrête, regarde les policiers, puis, en se retournant, crie :

— Henry!

Mais Rick les suit en disant :

— Je reviens tout de suite, maman.

Karen les regarde sortir de l'entrée avec son fils sur la banquette arrière.

Au lieu de tourner vers le sud sur la route du comté de Huron, ils prennent vers le nord en direction d'Exeter. Les essuie-glaces vont et viennent bruyamment.

— C'était derrière, dit Rick.

— Ouais, nous allons seulement faire une boucle. Tu as dit que tu étais sorti courir, pas vrai?

— Oui, fait Rick en se calant sur le siège.

Grâce à ses directives, ils font à rebours son trajet de mercredi après-midi. La radio hoquette de façon inintelligible.

— Si tu te rappelles avoir vu quelqu'un, fais-nous signe, jeune homme, dit le policier qui occupe le siège du passager.

Sur la route nᵒ 4 — la portion qui fait un coude vers l'ouest, un peu au nord de Lucan —, Rick dit :

— J'ai vu une voiture.

L'agent le regarde dans le rétroviseur.

— Elle roulait vers l'ouest, c'est ça. Comme nous maintenant. Elle m'a dépassé, à peu près ici.

La voiture ralentit et se range sur le côté.

— Quel genre de voiture? demande le policier en regardant dans le rétroviseur.

— Une Ford Galaxy.

— Tu as reconnu le modèle ?

— Facilement. Elle m'a dépassé. Une voiture flambant neuve.

— Tu aimes les bagnoles ?

— Je les adore.

Le policier lâche un petit rire.

— Moi aussi. Elle était de quelle couleur, cette Chevrolet ?

— C'était une Ford, le corrige poliment Rick. Une Galaxy, flambant neuve. Bleue.

— Flambant neuve, hein ?

— Modèle 1963. Je l'ai reconnu à son toit profilé.

— Autre chose ?

— Elle avait une bosse sur le pare-chocs arrière.

— Vraiment ?

Le policier tire son carnet de sa poche poitrine et commence à prendre des notes. Le conducteur semble ne rien remarquer. Son crâne, son cou épais, impassible.

Penché entre les deux casquettes bleues, Rick fouille dans sa mémoire à la recherche de tout détail susceptible d'être utile.

— Elle avait un autocollant sur le pare-chocs.

— Quel genre d'autocollant ?

— Jaune. Comme ceux du Jardin des contes de fées, vous savez ?

Le policier esquisse un sourire et fait signe que oui en répétant les mots de Rick au fur et à mesure qu'il écrit :

— Jar… din des contes… de fées.

Soudain, Rick se sent un peu coupable.

— J'ai peur que l'information ne vous soit pas d'une grande utilité.

— Pourquoi ?

— Le conducteur portait une casquette d'aviateur, alors…

— Qu'est-ce que ça change ?

— Je n'ai pas vu qui c'était à cause du soleil, mais ce n'est probablement pas le type que vous recherchez.

— Qui cherchons-nous, Rick ?

— Eh bien, fait-il après un moment d'hésitation, celui qui… vous savez… l'a enlevée.

— À ton avis, c'est ce qui lui est arrivé ?

— Peut-être. Je ne sais pas.

Le policier sourit dans le rétroviseur.

— Dans ce cas, nous sommes dans le même bateau. Nous n'en avons pas la moindre idée, nous non plus.

Il consulte son calepin.

— Voyons si j'ai bien compris, dit-il, le stylo en équilibre. Tu n'as pas vu son visage, mais tu as reconnu sa casquette.

— Plutôt le contour de sa casquette, dit Rick.

— Exact.

Il se tourne vers son partenaire.

— Dis-moi, Rudy. Comment écrit-on « silhouette » ?

— Aucune idée.

Rick, qui rit avec eux, avoue ne pas le savoir non plus. Le policier fait claquer sa langue pensivement, puis dit :

— J'essaie de calculer… Combien dirais-tu qu'il faut de temps pour courir d'ici jusqu'au carrefour où tu l'as laissée ?

— Euh… Je suis rentré vers cinq heures trente, cinq heures quarante-cinq, alors… comme c'est à peu près la même distance, je dirais environ une heure.

Le policier hausse le sourcil d'un air bonhomme et note le tout.

— Comment peux-tu être aussi certain de l'heure à laquelle tu es rentré ?

— J'avais un match. Je joue au basket-ball.

— Pour qui ?

— Les Braves du comté de Huron.

— Super.

Sans que les policiers aient échangé de signe discernable, la voiture quitte l'accotement et prend de la vitesse. Ils roulent en silence sous la pluie.

— Tu es sûr que c'était une casquette d'aviateur ? demande le conducteur. Le type était peut-être un policier.

— Non, dit Rick.

— Comment le sais-tu ? demande son partenaire.

— Il m'a salué de la main.

— Je croyais que tu nous avais dit ne pas le connaître, dit le conducteur.

— Je ne l'ai pas vu, dit Rick, mais je le connais probablement.

— Je parie que les membres du personnel connaissent tous les rejetons de l'armée de l'air, pas vrai ? dit son partenaire en souriant.

— Je ne suis pas un rejeton de l'armée de l'air.

— Ne le prends pas mal.

— Non, ça va, dit Rick. Je veux simplement dire que mon père ne fait pas partie du personnel. Il est instituteur à l'école.

Ils roulent pendant un moment.

— Les hommes en uniforme ne sont pas tous des saints, dit le conducteur.

— Ça, vous pouvez le dire, acquiesce Rick.

— Qu'est-ce que tu veux dire ?

— Rien.

L'autre policier lui fait un clin d'œil dans le rétroviseur.

De retour à la maison, Rick tape sur le toit de la voiture qui recule dans l'entrée et porte deux doigts à son front comme le font les aviateurs. Le policier dans le siège du passager lui retourne son salut.

À l'étage, Colleen tient Elizabeth en équilibre dans la baignoire pendant que Karen Froelich la lave. On a fermé la porte pour empêcher le bébé de sortir en rampant et d'aller fouiller partout. Dans le salon, l'autre bébé est profondément endormi sur la poitrine de Henry Froelich, qui dort lui aussi. Joan Baez leur offre une sérénade.

Karen entend la porte de l'entrée et dit à Colleen :

— Tout va bien, bébé.

Elizabeth tend la main vers sa mère, qui lui saisit le poignet et pose un baiser sur le revers de sa main.

— Tu vois ? Ricky est déjà de retour.

Si la télévision est permise le Samedi saint, *Perry Mason* est strictement *verboten* en tout temps, mais Madeleine n'éprouve pas autant de plaisir coupable qu'elle le devrait parce que tout est sens dessus dessous. Dès le retour de papa, maman avait allumé la télé en disant à Madeleine de regarder quelque chose. Voilà que le thème musical de Perry retentit, sexy et désinvolte. Or ses parents continuent de discuter entre eux, indifférents, à la table de la cuisine.

Madeleine saisit les derniers mots d'une phrase de sa mère :

— … ils vont s'effondrer.

— Qui va s'effondrer ? demande Madeleine depuis le salon.

— T'occupe. Regarde plutôt ton émission.

On lui a intimé l'ordre de regarder *Perry Mason*. C'est le monde à l'envers. Elle se pelotonne sur le canapé, un coussin sur les genoux, et résiste à un besoin atavique de sucer son pouce.

Perry, Paul, Della et une entraîneuse aux bas résille et aux cheveux platine sont dans un bar. L'entraîneuse flirte avec Paul en battant des cils et en retroussant le menton pour mettre en valeur sa poitrine de taille industrielle — ses seins. On n'est pas le Samedi saint, aujourd'hui ? Tout le monde s'en moque ? Madeleine jette un regard suppliant du côté de la cuisine, mais ses parents poursuivent leur conciliabule dans l'obscurité grandissante. Vingt-cinq minutes plus tard, l'entraîneuse est assassinée, et voilà les protagonistes devant le tribunal.

— Veux-tu bien me dire, au nom du ciel, ce que tu es en train de regarder là?

— Mais papa, maman a dit que je pouvais.

— Maman a dit que tu pouvais regarder la télé.

— C'est presque terminé.

— Tu veux dire que tu as déjà digéré la majeure partie de cette horreur?

— On est sur le point de connaître le coupable.

— Ah! Dans ce cas, regardons ensemble.

Ils regardent, Madeleine blottie dans le creux de son bras.

— C'est le jardinier qui a fait le coup, dit Jack après deux minutes.

Vingt minutes plus tard, Perry Mason désigne un homme au visage osseux qui, dans le box des accusés, tourmente un chapeau froissé.

— Le tuyau que vous utilisiez pour arroser le jardin, le tuyau que vous avez utilisé pour étrangler mademoiselle Delaney, le tuyau dont vous vous êtes débarrassé au Fairmont Country Club.

— Comment avais-tu deviné? demande Madeleine, suffoquée.

— On n'apprend pas à un vieux singe à faire la grimace. Viens manger.

Rick a emmené ses sœurs voir *Kim* au cinéma de la base. Sur le chemin du retour, il leur demande de l'attendre le temps de faire un saut au quartier général de l'opération de recherche, établi dans le hangar n° 4.

Sur la carte murale à grande échelle du comté de Huron, il constate que l'itinéraire qu'il a suivi mercredi fait désormais partie du secteur. Il se demande si les policiers perdent leur temps — est-il possible qu'un membre de l'armée de l'air ait eu quelque chose à voir avec la disparition de Claire? Il est vrai que la base compte un effectif d'un millier d'hommes. Rick ne les connaît pas tous. En fait, personne ne les connaît tous.

Finalement, ce Samedi saint n'est pas mal du tout. Pieusement, Madeleine se rappelle qu'il serait préférable que maman soit là, mais elle «tient compagnie à Mme McCarroll» chez elle, au bout de la rue. Il ne serait pas très gentil de le dire à haute voix, mais, quelquefois, on s'amuse mieux toute seule à la maison avec son papa.

Après avoir peint les œufs de Pâques le matin, Madeleine et Mike ont accompagné leur père à Exeter, où il a acheté du poulet frit Dixie Lee. *Quel arôme! Quel goût! Quelle tendreté!*

Au comptoir, Jack laisse aux enfants le soin d'attendre la commande.

— Je reviens tout de suite.

Jack s'engage dans la rue principale, dépasse les terrains d'exposition aux limites du village et se rend à l'ancienne gare ferroviaire. Le bâtiment est placardé, les rails envahis par les mauvaises herbes. Il fait le tour. La Ford Galaxy n'a pas bougé.

Dommage qu'il ne puisse pas conserver la voiture, comme Simon l'a proposé. La police la vendra aux enchères. Dans une grande ville comme New York, elle aurait déjà été remorquée ou démontée pièce par pièce. Mais on est à Exeter — pas exactement la capitale canadienne du crime. En faisant demi-tour, Jack songe à la fillette des McCarroll et révise sa dernière réflexion.

En guise d'apothéose aux festivités de la journée, Mike noue un bout de ficelle à la dent branlante de Madeleine et l'autre extrémité à la poignée d'une porte qu'il fait claquer.

— *Subito presto !* Ça vaut au moins dix cents, dit-il en présentant à Madeleine sa molaire ensanglantée accrochée à la ficelle.

Mimi attend que Karen Froelich arrive avant de quitter Sharon McCarroll. Il fera bientôt nuit noire. Le plat qu'elle a apporté est encore dans le four, inentamé. Elle n'a pas réussi à convaincre Sharon, mais elle espère que Blair, à son retour des recherches de la journée, acceptera de manger quelque chose. « À son retour des recherches de la journée » : difficile d'admettre qu'une telle activité relève désormais de la routine, qu'elle donne un sens à leur vie à tous. Comme si chercher le corps de son enfant faisait partie du travail du capitaine McCarroll.

Steve Ridelle a prescrit quelques pilules. Elaine, qui, à son tour, est venue assurer une permanence auprès de Sharon, les a apportées avec elle. Seulement trois doses. Mieux vaut qu'elle n'en ait pas trop sous la main. Mimi a vu le flacon à côté du lavabo de la salle de bains — Valium.

— Une vraie merveille, lui a dit Elaine.

Mimi vient tout juste de baisser la température du four quand on frappe à la porte. En voyant Sharon lever les yeux d'un air rempli d'espoir, Mimi a le cœur transpercé. La porte s'ouvre, et Karen Froelich fait son entrée.

Avant de sortir, Mimi échange quelques mots et une pression des mains avec Karen — pas exactement l'amie que Mimi aurait choisie, mais, comme Jack le dit si bien, il faut toute sorte de monde pour faire un monde. Dehors, les nuages ont commencé à s'effilocher, révélant une étoile ou deux, mais l'obscurité demeure trop complète, trop rapprochée. Elle remonte la rue en direction des lumières de sa maison. À cette heure, Blair McCarroll devrait être rentré. Pas moyen d'effectuer des recherches dans le noir.

À son arrivée, Jack se lève.

— Je pars pour la base. Les policiers ont suspendu les recherches jusqu'à lundi, et Blair a perdu son sang-froid.

Madeleine est dans la chambre de Mike, à son pupitre près de la fenêtre. Sur son lit, Mike attache une balle dans son nouveau gant de base-ball. Il a autorisé sa sœur à coller un décalque sur son modèle réduit de bombardier Lancaster en lui recommandant de ne pas respirer la colle d'avion. Elle la renifle subrepticement avant de remettre le bouchon et contemple le museau noueux du Lancaster. Papa aurait été assis là, derrière la minuscule vitre en plastique du cockpit. Elle soulève l'avion et, en le faisant voler devant la fenêtre, aperçoit son père en route vers la voiture.

— Papa sort, dit-elle.

Ce qui signifie que maman est de retour. Madeleine se souvient du bain qu'elle avait promis de prendre. Sur le palier, elle s'arrête, stoppée dans sa progression par un son si inhabituel qu'elle met un certain temps à le reconnaître. Maman pleure.

DIMANCHE DE PÂQUES

Ce matin, il n'y avait pas d'argent sous l'oreiller de Madeleine, seulement la dent avec sa racine aux filaments épars. Elle n'avait rien dit. Il aurait été mal élevé de se plaindre de la petite souris quand le lapin de Pâques s'était surpassé. Mike et elle avaient trouvé tous les œufs en chocolat, papa avait gagné la bataille des œufs de Pâques et Madeleine avait mangé les oreilles de son lapin, capable, pour la première fois depuis le groupe d'exercice en septembre dernier, d'apprécier la sombre richesse du chocolat. Ce matin, le sacrifice de Jésus Notre-Seigneur et le miracle de sa résurrection ont racheté le chocolat et, par extension, nous tous.

Au moment où le téléphone sonne, Mike vient de décapiter son coq. Mimi répond. Une seconde plus tard, Madeleine voit sa mère se laisser choir sur une chaise de cuisine. Mimi jette un coup d'œil à Madeleine et à Mike dans le salon en mimant un rideau qu'on tire. Mike se fige, le bec en chocolat à moitié enfoncé dans la bouche, mais Madeleine arrache un œil de lapin et le mange, ses systèmes d'alerte englués par le sucre.

— Quand? demande sa mère au téléphone.

Leur père s'approche d'elle et lui met un bras autour des épaules pour empêcher les enfants de la voir. Quelques instants plus tard, il entre dans le salon d'un air désinvolte.

— Montez vous préparer pour la messe. Tout de suite.

Ils obéissent. Madeleine se demande ce qui ne va pas. En principe, ils devaient jeûner pendant une heure avant la messe, mais maman a oublié. Madeleine lèche le chocolat fondu sur sa main et se blinde mentalement à l'idée d'enfiler la robe de tulle qui gratte et qui étrangle, sans parler du chapeau plat assorti.

Après la messe, maman lui dit:

— Papa veut te parler.

Madeleine se dit qu'elle est dans de beaux draps. Dans la Rambler, sur le chemin du retour, Mike évite de la regarder. Il passe calmement en revue une pile de cartes de base-ball. Elle examine le fond de la tête de son père, à la recherche d'un signe, mais il demeure silencieux et immobile. Le chapeau blanc de maman, orné de roses en soie grise, ne laisse lui non plus rien transparaître.

Mike la pousse du coude. Il a en main une carte si neuve qu'il y a encore de la poudre de chewing-gum dessus. Roger Maris au bâton, un gribouillis — sa signature — en travers de son uniforme des Yankees. Mike fait un signe de tête — *elle est à toi*. Incrédule, elle hésite, puis elle s'empare de la carte. Mike a attendu pendant plus d'un an pour ouvrir le paquet, qui vaut son pesant d'or. La carte est à elle. Pourquoi?

Ils s'immobilisent dans l'entrée et elle a tout de suite le trac. Mike et maman entrent, mais papa la retient.

— Allons faire un tour tous les deux.

Il ne peut s'agir que d'une chose, se dit Madeleine en descendant lentement de la voiture. M. March. On a découvert le pot aux roses. Des événements si lointains qu'ils lui faisaient l'effet de rêves viennent de reprendre vie, plus nauséabonds que jamais. On a retrouvé Claire, et elle a tout avoué. Madeleine comprend maintenant que c'est pour cette raison que Claire s'est enfuie. Quand M. March lui a fait faire le lapin de Pâques, elle a eu peur d'être réaffectée au groupe d'exercice. Et Madeleine sait pertinemment que Claire n'aurait jamais fait partie du groupe d'exercice si elle-même ne s'en était pas fait exclure. Tout est de sa faute. Ses entrailles fondent comme du chocolat, elle a soudain les cuisses lourdes. Levant les yeux vers son père, elle lui tend sa petite main gantée de blanc.

— D'accord, dit-elle.

Tout le monde est si silencieux et gentil. On va forcément la renvoyer — comment, en effet, voudraient-ils continuer de vivre sous le même toit qu'elle, maintenant qu'ils savent ce qu'elle a fait ? On la chassera. Ils marchent. Remontent St. Lawrence Avenue jusqu'à Columbia Drive.

Il fait frisquet, mais, sous la robe de tulle saumon de Madeleine et son chapeau retenu par un ruban qui lui passe sous le menton, ronces qui l'étouffent, elle crève de chaleur. C'est l'accoutrement qu'elle portera lorsque la Société d'aide à l'enfance viendra la prendre. Le soleil brille trop fort. Il y a tellement de lumière qu'elle voit à peine en plissant les yeux. De l'autre côté de la route de comté, les immeubles de la base font penser à de la neige aveuglante. Son père met ses lunettes fumées.

— Tu veux aller jusqu'au terrain d'aviation ? demande-t-il.

Voulant se débarrasser de sa belle-fille, la belle-mère de Blanche-Neige l'avait confiée à un bûcheron, qui l'avait prise par la main. Il avait une hache. « Rapporte-moi son cœur », avait dit la reine.

Dans la forêt, le bûcheron, pris de pitié, l'avait abandonnée. Il avait rapporté un cœur de cerf à la reine.

— D'accord, répond Madeleine.

Maman avait dit : « Conduis Madeleine au terrain d'aviation. » Après ? « Fais-la monter dans un avion. » Ils traversent la route de comté. D'un côté des portes, le nid de corbeau, toujours juché sur le poteau de bois, semble, à contre-jour, hérissé de pointes. Au sortir de l'hiver, il est dégarni, mais intact, le bec rouillé de la sirène faisant toujours saillie, plus grossièrement maintenant. De l'autre côté, le vieux Spitfire réfléchit en grandes nappes les rayons du soleil.

— Je suis fatiguée, dit Madeleine en allant se mettre à l'abri dans l'ombre de l'aile.

— Rien ne nous oblige à aller jusqu'au terrain d'aviation, tu sais, dit son père.

Elle est soulagée. Ses parents n'avaient donc pas manigancé de se débarrasser d'elle par avion. Elle s'assoit dans l'herbe, le dos contre le socle.

— Madeleine, dit son père, il faut que je te parle de Claire McCarroll.

Elle baisse les yeux. Des larmes jaillissent de ses yeux. Elle avait vu juste. Ils savent. Ils sont au courant des crochets à manteau, des exercices et de tout ce qu'elle a fait de mal. Fautes si nombreuses qu'elles sont impardonnables. Elle a les mains moites, et leur puanteur, qui lui agresse le nez, va remonter jusqu'aux narines de papa.

— C'est ma faute s'il l'a choisie, dit-elle, à peine audible.

— Quoi? dit Jack. Qui ça?

Il s'accroupit près de sa fille. Bouleversée, elle refuse de le regarder dans les yeux. Au fond d'elle-même, se dit-il, elle sait déjà ce qu'il va lui annoncer.

— C'est pour ça que j'ai écrit la lettre.

— Quelle lettre?

— Celle de l'Épée humaine. Pour la sauver.

Il secoue doucement la tête. Elle est dans son monde à elle, un monde d'innocence. Qu'il s'apprête à faire voler en éclats. Il ne trouve pas les mots.

— Madeleine, dit-il le plus délicatement possible, il est arrivé quelque chose à Claire McCarroll.

Madeleine fait signe que oui et se met à sangloter.

— Je sais. Je suis désolée.

Jack lui caresse la tête.

— Doux, doux, ma puce.

Madeleine bredouille quelques mots inintelligibles. Noyés par les sanglots.

— Écoute-moi, dit-il.

Comme il voudrait que Mimi soit là. Madeleine pleure la tête contre ses genoux recouverts de crinoline, secouée par le chagrin.

— Madeleine, dit-il.

— Je… m'excuse… papa, hoquette-t-elle.

Jack prend entre ses mains le visage de sa fille, maculé de larmes et de morve.

— Tu n'as à t'excuser de rien, choupette…

La main sous le menton de sa fille, il prend son mouchoir et lui essuie le visage.

La pression de la main de papa, le frottement du mouchoir la réconfortent. Il le tient contre son nez et elle souffle un bon coup, écorchée par la peine, mais plus calme maintenant.

— Écoute-moi bien maintenant, dit-il. Claire est morte.

Madeleine cesse de pleurer.

Il attend. Elle lève les yeux sur lui, les lèvres entrouvertes. Absorbant tout de ses grands yeux bruns. Il donnerait n'importe quoi pour ne pas avoir à lui dire si tôt que le monde est parfois cruel.

— Papa? dit Madeleine.

— Oui, choupette?

Il a sa réponse toute faite. Impossible de la mettre à l'abri, dès demain tout le pays sera au courant. Il a au moins la possibilité de choisir ses mots. *Claire a été enlevée par un maniaque. Il l'a tuée.*

— On peut rentrer, maintenant? demande-t-elle.

Il l'observe pendant un moment. Elle a l'air bien. Mieux valait peut-être qu'elle l'apprenne de la bouche de son père. Pas question de lui raconter le reste. Il sera encore temps de le faire demain matin. Et alors, Mimi sera là pour la réconforter.

— D'accord.

Il se lève et remet son mouchoir dans sa poche.

Ils traversent la route de comté pour regagner la zone des logements familiaux.

— J'ai faim, dit-elle en lui prenant la main.

Il lui caresse la tête. C'est une enfant. Elle a du ressort. Dieu merci.

En montant les marches du perron et en franchissant la porte sur les traces de son père, Madeleine a l'impression de s'être absentée pendant une éternité. Sur la table de la salle à manger, tout est prêt pour le brunch de Pâques. Du bacon et des œufs, des crêpes et du sirop d'érable, du boudin noir pour papa. Jamais encore n'a-t-elle été aussi heureuse d'arriver à la maison.

— Ça sent rudement bon! fait-elle.

Maman et Mike demeurent silencieux, et Madeleine se souvient. Évidemment, quelqu'un est mort, je dois modérer mes transports. Elle est néanmoins affamée et joyeuse : personne n'est au courant pour M. March. Elle s'attable avec l'impression d'être aussi propre et fraîche que la nappe.

Les autres la rejoignent. Aussitôt servi, Mike dit :

— Je peux monter dans ma chambre?

Ses parents échangent un regard empreint de sympathie et son père fait signe que oui.

Mike se lève et embrasse sa mère.

— *Merci, maman, j'ai pas faim*.*

Il monte à l'étage.

— Je peux avoir son bacon? demande Madeleine.

On dirait maman sur le point de la réprimander, mais papa dit :

— Bien sûr, ma puce. Vas-y. Mange.

Il empile le bacon sur son assiette.

À six heures du matin, Rick était sorti courir avec Rex, avant même le lever du jour. Il serait de retour avant huit heures, à temps pour faire la chasse aux œufs de Pâques avec les enfants. À temps pour prendre une douche avant d'aller chez Marsha pour le brunch de Pâques. À la sortie de la zone des logements familiaux, il avait pris vers le sud sur la route du comté de Huron, Rex sur les talons.

C'était une bonne heure pour courir. Le monde trempé jusqu'aux os après trois jours de pluie, le soleil sans apprêt qui se lève et la campagne fumant comme une couverture de laine. Au saule géant, il avait continué tout droit et traversé le carrefour, ses talons projetant de la boue pâle qui éclaboussait ses mollets nus, enduisait le pelage du ventre de Rex d'une croûte d'argile.

Rick n'était pas parti à la recherche de Claire. Il était seulement sorti courir.

À la carrière, le soleil faisait comme un voile. On aurait dit de la gaze, sauf au milieu, où une lumière vive léchait les dernières pellicules de glace, plus noires et lustrées que l'eau environnante, où se voyaient déjà les brumes du début de l'été, les premiers insectes patinant sur la surface. L'eau était encore trop froide pour les sangsues. Parfait.

Il avait ôté son t-shirt, son short en denim et ses tennis. Puis il avait plongé.

Quel choc, la vie dans toute sa pureté — en poussant des cris, il avait nagé à toute vitesse vers le centre ; Rex avait fait le tour de la carrière et découvert, du côté opposé, un endroit par où descendre en zigzaguant. Il avait sauté et s'était mis à nager vers le milieu, où garçon et bête se rencontreraient. Rick était arrivé au bord de la croûte fragile. Il ne devait pas rester trop longtemps dans l'eau. À la brasse, il l'avait fendue, tel un brise-glace, son menton faisant office de proue ; à son passage, la glace s'ouvrait comme un rideau, chatoyait comme une robe.

Pantelant, Rex nageait en cercle, mordant la surface, ses mâchoires bordées de gouttes de lumière. Rick, maintenant, faisait la planche, les yeux plissés contre le soleil, les membres écartelés pour faire un ange dans l'eau gaufrée. Puis il avait plongé vers l'arrière en faisant la roue, pour ne pas briser sa silhouette, et avait refait surface quelques mètres plus loin. La tête de Rex tournait sur elle-même, tel un périscope, balayant la surface à la recherche de son maître. L'apercevant, il avait fondu sur lui en gémissant, tandis que Rick, crawleur puissant, avait entrepris de regagner la rive.

À l'instant où il agrippe un rocher pour se hisser hors de l'eau, il a les bras engourdis, les mains comme des briques, les épaules comme des charnières rouillées. À ses côtés, Rex s'égoutte, l'air moins imposant avec son pelage gorgé d'eau, déjà frangé de glace. Planté là, la peau brûlée par le froid, Rick voit son ange, au milieu de la carrière, dériver et se distendre, une aile plus haute que l'autre. Comme pour lui faire signe.

Il avait fourré ses pieds dans ses tennis, monté son short et agrippé son t-shirt. Puis Rex et lui avaient escaladé le flanc accidenté de la carrière. Les poumons grands ouverts comme une prairie herbeuse, le moindre des pores de la peau de son crâne chantant, Rick s'était mis à trotter en tournant sur lui-même, à la manière d'un boxeur. Rex avait sauté, mordillé ses avant-bras, grogné, boxé lui aussi.

Se retournant, Rick court en direction des bois, emprunte un champ raboteux d'herbes affaissées et d'asclépiades toutes neuves. En passant à travers les arbres, il va gagner le pré en jachère au-delà, puis contourner le champ de maïs ensemencé depuis peu qui longe Rock Bass. De là, il prendra la route qui conduit à la zone des logements familiaux.

Il court en agitant ses mains qui picotent, soulève son visage, avide de la vitesse des brindilles qui éraflent ses mollets, du mouvement des branches qui fouettent son visage, contourne les rochers et les arbres affaissés.

Il n'était pas encore sorti du bois quand il avait vu son chien s'arrêter un peu plus loin, dans le pré, et renifler nerveusement un amas de végétation. Sous un gros orme. Rick avait ralenti le pas. Il était à une dizaine de mètres quand il avait vu sa main, le bleu pâle de sa robe sous l'enchevêtrement de roseaux et de fleurs séchées. Il s'était approché, haletant, presque pantelant, sûr qu'elle était morte. Impossible, malgré tout, de résister à l'attraction, véritable force de la nature, au besoin de s'en assurer. Une partie de lui courait déjà dans le champ marécageux, trop immatérielle cependant pour l'emmener. Il s'était rapproché. Elle était bel et bien morte. Quelque chose lui voilait le visage. Un linge. Il avait entendu un hoquet étouffé — le son de sa propre respiration — quand, en se penchant, il en avait soulevé un coin et l'avait laissé retomber.

Rex s'était mis à hurler.

Mimi sort le jambon du four et le dépose tout fumant sur un sous-plat. Puis, inclinant le bol, elle mélange la pâte des petits pains devant la fenêtre. Une voiture de police s'arrête chez les Froelich. On ramène Ricky chez lui. Il était grand temps. On ne devrait pas trop exposer un garçon de son âge à la tragédie. C'est Steve Ridelle qui avait téléphoné ce matin pour dire que Ricky Froelich l'avait trouvée. Mimi avait couru chez les McCarroll, mais Sharon avait tenu à accompagner son mari à Exeter pour voir sa fille. La police n'allait pas porter d'accusations contre Blair qui, en apprenant la suspension des recherches, avait brisé le nez de quelqu'un.

Le garçon Froelich descend de la voiture, soulève la main en guise de salut et se dirige vers la maison, la tête ballante. *Pauvre p'tit**.

Madeleine est chez les Froelich quand Ricky rentre. Colleen et elle ont construit une forteresse en blocs Lego. Bizarre. Quand Claire était là, c'est à peine si Madeleine la remarquait. Maintenant qu'elle a disparu, Madeleine s'attend à tout moment à la trouver là. Face à son absence, elle a l'impression d'un vide, d'une page arrachée. Où est Claire ? Inconcevable qu'on ne la voie plus jamais sur la moquette des Froelich en train de jouer aux blocs Lego.

Ricky monte tout droit dans sa chambre.

— Il l'a vue morte, dit Colleen à Madeleine.

Peu après, Madeleine rentre chez elle. La mort est dans la maison des Froelich. Les ténèbres et l'odeur de l'automne dernier, elle ne sait pas pourquoi — l'odeur de la honte, comme si mourir était la honte suprême. Mieux vaut qu'elle retourne auprès de sa famille toute propre.

Les policiers sont venus prendre Rick à neuf heures du matin, une demi-heure après le coup de fil que son père a donné en son nom. Le garçon était blême comme un drap, et son père avait tenu à l'accompagner dans la voiture de police ou, à défaut, dans sa vieille familiale, mais les agents l'en avaient dissuadé :

— Nous aurons peut-être affaire à la scène d'un crime, monsieur. Moins nous serons nombreux, mieux ça vaudra.

Henry Froelich s'était laissé convaincre. Quand il était rentré, Karen, cependant, avait dit :

— Tu ne devais pas l'accompagner ?

Rick s'était assis sur la banquette arrière. La radio caquetait. Cette fois, le conducteur avait proféré une série de codes chiffrés dans le micro pour indiquer qu'ils venaient de quitter la route de comté vers l'ouest et se dirigeaient vers les lieux avec le témoin.

Lorsque la voiture s'était arrêtée devant le trou béant dans la clôture, Rick avait entendu le bruit d'une sirène qui s'approchait. Par le miroir latéral, il avait aperçu une autre voiture de police s'arrêter derrière la première, suivie d'une berline Ford banalisée. Enfin, la lumière blafarde, en plein jour, des gyrophares d'une ambulance.

Il les avait guidés jusqu'au ravin, leur avait fait traverser l'eau, dépasser l'érable et gravir l'autre versant escarpé. Ensemble, ils avaient marché entre les rangées de maïs qui commençaient à pousser et gagné le pré. Rick s'était arrêté devant l'orme.

Il avait pointé le doigt avant de s'effondrer subitement. Par terre, il avait laissé sa tête choir entre ses genoux. Le laissant là, les hommes avaient marché vers l'amoncellement de vêtements mêlés à des mertensias fanés et à des roseaux de l'année dernière.

En ouvrant les yeux, Rick avait aperçu une paire de chaussures noires. Il avait levé le visage. L'homme était habillé en civil, imper et chapeau beiges. Le visage anguleux. Mince, mais donnant une impression de pesanteur. À la manière d'un rail en acier.

— Je suis l'inspecteur Bradley, Rick.

Rick s'était levé, lui avait serré la main, puis, s'éloignant de quelques pas en titubant, avait vomi.

L'inspecteur ne l'avait pas quitté des yeux. Voilà donc le garçon qui avait vu la fillette en dernier, celui qui avait découvert son corps, là où une légion de policiers et de militaires avaient échoué. Les faits ne faisaient pas de lui un coupable, mais ils méritaient à coup sûr qu'on s'intéresse au garçon.

Se retournant, Rick s'était excusé.

Les policiers s'employaient à boucler le secteur. Le Dr Ridelle s'était avancé vers l'orme. Rick l'avait vu se pencher pour jeter un coup d'œil avant de hocher la tête de bas en haut. Un homme en imper avait commencé à prendre des photos. Rick avait dû se pousser de côté. Ensuite, le médecin légiste était arrivé, et les hommes lui avaient fait de la place.

Rick avait suivi l'inspecteur jusqu'à une voiture banalisée. À l'intérieur, Bradley lui avait offert une cigarette, mais Rick lui avait répondu qu'il avait cessé de fumer à douze ans. Il était un athlète. Pourtant, toujours secoué de tremblements, il avait fini par demander une sèche à l'inspecteur. La nicotine lui avait calmé les nerfs, comme dans le bon vieux temps.

Il avait répété à l'inspecteur ce qu'il avait dit aux agents. Bradley manifestait un intérêt tout particulier pour la Buick.

— La Ford, l'avait corrigé Rick.

De son plein gré, il avait accepté d'accompagner l'inspecteur jusqu'à Goderich, où ils pourraient discuter dans le confort de son bureau au poste de la PPO.

Un coca à la main, Rick poireautait depuis une heure dans une pièce nue en béton vert quand l'inspecteur était venu lui demander s'il accepterait de tout reprendre depuis le début pour le bénéfice de la sténographe. Il n'avait plus été question du confort de son bureau.

Rick avait répété son histoire, le coca tenaillant son estomac vide. C'est d'ailleurs la faim qui l'avait rappelé à ses obligations.

— Dites, monsieur, il faudrait que je téléphone à mes parents.

— On s'en charge pour toi, fiston. Quel est le numéro?

L'inspecteur Bradley et la sténographe étaient sortis. Encore une heure. Puis un policier — celui qui occupait le siège du passager — était passé, «juste pour dire bonjour». Curieux, il souhaitait entendre à son tour le récit des événements de la matinée, «si tu n'y vois pas d'inconvénients». Rick s'était exécuté. Le policier lui avait demandé s'il avait revu la Chevy depuis mercredi.

— C'était une Ford. Non, monsieur. Je ne l'ai pas revue. Vous savez si on a téléphoné à mes parents?

— Je suppose que oui. Laisse-moi vérifier.

Il était revenu cinq minutes plus tard.

— Tu es libre, mon gars. On te ramène chez toi.

Dans la zone des logements familiaux, les mères, en personne ou au téléphone, avaient protesté de leur vigilance et s'étaient engagées à garder tous les enfants à l'œil. Les pères, quant à eux, avaient donné des directives on ne peut plus claires, et les enfants avaient écouté en silence l'énoncé des mesures qui resteraient en vigueur jusqu'à nouvel ordre. Les frères et sœurs ne devaient jamais se perdre de vue. L'enfant qui se rendait chez un ami devait téléphoner en arrivant et avant de repartir.

— Même si c'est de l'autre côté de la rue.

Après la cloche, les enfants devaient rentrer directement à la maison. Personne n'était autorisé à jouer dehors après la tombée du jour. Et, par-dessus tout, interdiction formelle de quitter la zone des logements familiaux.

— Ils voulaient seulement savoir où je l'ai trouvée. Ils voulaient aussi que je leur parle du jour où nous sommes allés ensemble jusqu'au carrefour, dit Rick.

Karen a persuadé son fils de descendre manger une bouchée. Colleen se glisse sur une chaise entre le mur et la table.

— C'est tout, maman. Rien de grave. Je leur ai dit ce que j'ai vu.

— Pendant quatre heures? dit Henry depuis la cuisinière.

Il avait passé l'après-midi au téléphone, mais le *dummkopf* de policier au poste de police de Goderich était sourd, muet et aveugle.

— Tu leur as déjà répété cinquante fois la même chose, dit Karen à son fils.

— La plupart du temps, je suis resté là à regarder dans le vide. Ils sont pas mal occupés.

— *J'mi fi pa a ci batar la**, dit Colleen.

Les parents font fi du gros mot, mais Ricky la réprimande :

— *Sacri pa a la table**.

— Qu'est-ce qu'ils voulaient savoir, au juste? demande Karen.

Devant l'inquiétude de ses parents, il minimise toute l'affaire.

— Ils m'ont donné un coca et, en gros, nous avons bavardé en attendant l'arrivée du grand patron.

Obligeamment, il fait à ses parents le compte rendu détaillé de ce qu'il a raconté aux policiers. À l'évocation de la Ford Galaxy bleue au pare-chocs bosselé et à l'autocollant jaune, son père s'affale sur sa chaise et secoue la tête en clignant des yeux à quelques reprises.

— Qu'est-ce qu'il y a, Henry? demande Karen.

— C'est lui, Karen. L'homme que j'ai vu… c'est sa voiture.

Jack appelle Simon au numéro du soir. Ni déclics ni succession de sous-fifres, cette fois, seulement Simon.

— Nom de Dieu, fait-il en apprenant la nouvelle.

Il soupire.

— Et notre ami?

— Il se porte à merveille.

À travers la vitre, Jack voit la lune, haute et glacée. Si son père n'avait pas été envoyé ici, la petite McCarroll serait toujours en vie.

— Tu es toujours là, mon vieux?

— Oui, je suis là.

— Pas question de mettre un père endeuillé dans la confidence.

McCarroll ne sait pas pourquoi il a été affecté à Centralia. Il ne le saura jamais.

LUNDI DE PÂQUES

L'inspecteur Bradley a offert un café à l'homme et l'a invité à profiter du confort de son bureau de Goderich.

— Une cigarette, monsieur Frolick?

— Non, merci.

Bradley allume la sienne et inhale. De toute évidence, l'homme est agité. On le serait à moins — son fils a été détenu pendant des heures avant d'être renvoyé chez lui, affamé et effrayé. Bradley est fin prêt à se montrer patient.

Henry se tient très droit.

— Inspecteur Bradley, je viens parce que j'ai des renseignements sur un meurtrier qui vit dans la région.

Bradley cligne de l'œil.

— À quel propos, monsieur?

— À quel?... Je veux parler de l'enfant, de Claire.

— Vous pensez qu'elle a été assassinée?

Froelich est déconcerté. Il est sur le point de répondre, mais Bradley le prend de court:

— C'est votre fils qui vous l'a dit?

Froelich hésite.

— Il l'a trouvée dans un champ, oui? La police...

— Nous n'avons pas encore en main le rapport du coroner.

— ... Vous croyez à un accident?

L'inspecteur ne dit rien. Henry hoche la tête.

— Je comprends. Vous ne pouvez rien dire. Qui suis-je? Je vous dis, moi, qu'il y a un meurtrier ici. Je l'ai vu.

Bradley résiste à l'envie de se pencher vers l'avant.

— Qui avez-vous vu?

— Un nazi, un... criminel de guerre.

— Un criminel de guerre?

Bradley s'empare d'un stylo.

— Son nom, monsieur?

Le ton de Froelich laisse entendre que la réponse va de soi.

— Je ne connais pas son nom.

— Comment, dans ce cas, savez-vous qu'il s'agit d'un criminel de guerre?

— Parce que je suis... j'ai été prisonnier!

— Où ça?

— À Auschwitz, puis à Dora.

— Jamais entendu parler de Dora.

— C'était une usine…

— Vous dites avoir vu cet homme dans la région ?

— Oui, oui, je dis ça.

Froelich se penche, tremblant. Il raconte à l'inspecteur avoir vu l'homme monter dans une Ford Galaxy bleue près du marché de London. Il avait reculé dans un parcomètre avant de partir en trombe. Il lui parle de l'autocollant jaune, du numéro partiel de la plaque, puis il s'arrête pour reprendre son souffle pendant que l'inspecteur note le tout.

— Et mon fils aperçoit la même voiture l'après-midi où la petite est… devient perdue.

Son anglais lui fait défaut.

— *Ist klar* maintenant, *ja ?*

— Votre fils a vu un aviateur derrière le volant. Il a vu la casquette.

— Oui. Ça, je ne comprends pas. C'est peut-être… un autre chapeau, non ?

— Il avait l'air plutôt sûr de son fait. Il a dit que l'homme l'avait salué.

— Il y a deux hommes peut-être.

— Un aviateur et un nazi dans la même voiture ?

Froelich secoue la tête, les yeux baissés sur le bureau.

— Que vient faire un criminel de guerre au Canada ?

— *Ach,* il y en a des milliers ici, dit Froelich en esquissant un geste de la main.

Bradley se lèche la lèvre inférieure et pose son stylo. Froelich change de ton. Il ne tient pas à discréditer les renseignements qu'il possède en prêtant de mauvaises intentions au gouvernement canadien et aux organisations chargées de faire appliquer la loi.

— Dans certains cas, nous faisons peut-être une exception parce que nous avons besoin de scientifiques.

— Quel genre de scientifiques ?

— L'énergie nucléaire et les fusées, par exemple. Cet homme…

— Je ne savais pas que nous avions un programme spatial.

— Nous avons de l'énergie nucléaire, de l'uranium pouvant être utilisé à des fins militaires…

— Pourquoi ne pas nous avoir alertés à ce moment-là, monsieur ?

Froelich choisit ses mots avec soin.

— Parce que je me suis dit qu'il était peut-être comme certains autres… Aujourd'hui citoyen canadien. À quoi bon ? C'est de l'histoire ancienne. J'ai décidé, ajoute-t-il, trouvant l'expression juste, de poursuivre mon chemin.

Bradley observe l'homme, blême derrière sa barbe hirsute. Il a les yeux injectés de sang, les vêtements froissés. Aurait-il bu?

Henry a les mains glacées, mais il a repris courage. Le policier semble intéressé, et la participation éventuelle d'un membre du personnel de la base commence à éclairer la situation au lieu de jeter un voile sur elle.

— Dans les camps de personnes déplacées, les Américains et les Britanniques ont souvent sélectionné des réfugiés pour le Canada, *ja?* Certains réfugiés ont commis des crimes, mais ils possèdent des renseignements précieux. D'autres sont seulement jeunes et forts. On les récompense, on les laisse venir au Canada.

— Comment le savez-vous, monsieur?

Henry s'efforce de bannir toute trace d'émotion de sa voix.

— J'étais réfugié, moi aussi. Je veux aussi immigrer, mais on me dit non.

— Pourquoi?

Henry hausse les épaules.

— Je suis juif. Je suis trop vieux, trop instruit. Je ne peux pas couper du bois, faire marcher une machine à coudre. Je n'ai plus de famille et les autorités ne veulent que des anticommunistes...

— Vous êtes procommuniste?

— *Nein, nein,* je suis canadien. Je veux seulement dire que les autorités préfèrent parfois des antécédents fascistes à des antécédents socialistes...

— Vous avez des antécédents socialistes?

— Nous vivons dans un pays socialiste.

Bradley ne sourit pas.

— Les communistes, dit Henry, ont été les seuls à résister à Hitler quand...

— Et le Canada. Nous lui avons tenu tête.

— *Ja, genau,* le Canada, *natürlich,* mais d'abord... Vous avez fait la guerre, inspecteur Bradley?

— Absolument.

— Dans ce cas, nous savons vous et moi qu'il ne faut rien tenir pour acquis.

Bradley garde le silence. De la salive s'est accumulée aux coins de la moustache de l'homme. Bradley sent son haleine — corrosive.

— À quoi ressemble cet homme, monsieur? demande-t-il enfin.

— Ordinaire. Costume brun.

Le stylo de l'inspecteur demeure immobile. Froelich cherche des détails concrets.

— Des lunettes. Claires. La soixantaine, peut-être. Petite taille. Cheveux gris. *Ja,* gris. Mince. Les cheveux clairsemés.

— Les yeux ?

— Clairs… peut-être bleus.

— Merci d'être venu, monsieur.

Froelich se lève à contrecœur.

— Inspecteur Bradley, vous devez parler au commandant — Woodley est un homme bon —, vous devez lui demander s'il connaît cet homme. C'est un sadique, il y prend du plaisir, vous savez. Je suis malade à la pensée de ne pas être venu plus tôt.

Après avoir reconduit l'homme, Bradley finit de rédiger les notes de son entrevue avec — il vérifie l'orthographe dans le rapport dactylographié — Henry Froelich. Il allume une Player's et se demande quelle conduite tenir. Il a déjà ordonné qu'on vérifie toutes les Ford Galaxy modèle 1963 immatriculées en Ontario. Grâce aux renseignements fournis par Froelich, il peut maintenant circonscrire les recherches. Il recevra demain le rapport du légiste, mais le pathologiste estime que la petite est morte entre quatre heures et cinq heures mercredi dernier. En plein l'heure à laquelle le garçon affirme avoir vu la voiture.

Il y a trois possibilités. Froelich dit la vérité et un membre du personnel de la base, à son insu ou non, est de mèche avec un criminel de guerre dont la voiture a été vue à proximité de l'endroit où le meurtre a été commis. Sinon, Froelich se trompe — il est juif, il a été interné dans un camp de concentration, ce n'est peut-être pas la première fois qu'il se convainc lui-même d'avoir vu un visage surgi du passé et qu'il s'exagère les horreurs qui y sont associées. Ou encore il ment.

Si la première hypothèse est la bonne, que doit faire Bradley ? Les crimes de guerre sont du ressort de la Gendarmerie royale du Canada. Il suffit de décrocher le téléphone. Le meurtre a toutefois été commis sur son territoire. Il n'a pas l'intention de se dérober à son devoir, et il répugne à l'idée de brouiller les pistes en invitant une autre organisation à prendre part à l'enquête avant que cela ne soit strictement nécessaire. Il pourrait s'adresser au commandant Woodley, lui demander de but en blanc si, à sa connaissance, l'armée de l'air a des contacts avec un scientifique allemand. Mais si le gouvernement avait sciemment recruté un criminel de guerre à des fins hautement secrètes ? Woodley admettrait-il les faits ? Dans ce cas, il se pourrait que la GRC soit de connivence — inutile, donc, de faire appel à elle. Bradley n'est pas du genre à respecter les compétences à tout prix. Si le criminel de guerre de Froelich se trouve dans les parages, il compte parmi les suspects, et Bradley a l'intention de le poursuivre sans relâche. S'il rejette l'affirmation extravagante de Froelich, qui parle de « milliers » de criminels de guerre, Bradley sait très bien que quelques nazis ont échappé aux mailles du filet. Au bout de la route, ici même dans le comté d'Oxford, quelqu'un avait aperçu Josef Mengele en train de cueillir du tabac. Que Mengele se soit enfui ou qu'il n'ait jamais mis les pieds dans la région, son cas n'a rien d'unique. Bon nombre d'entre eux ont pris la clé des champs. Bradley fume, calé sur sa chaise. Il doit trouver le moyen d'effleurer le sujet avec Woodley sans lui mettre la puce à l'oreille.

En fin de compte, Bradley verrouille son attaché-case et sort. Il est le dernier. Les hommes du quart de soir sont déjà arrivés. Il a une faim de loup. En montant dans sa voiture, il se demande pourquoi Froelich, à supposer qu'il mente, aurait inventé cette histoire de «criminel de guerre». La réponse qui saute aux yeux, c'est que les menteurs doués restent le plus près possible de la vérité. Froelich a probablement été interné dans un camp de concentration. Il a peut-être aussi des sympathies communistes — les Soviétiques se plaisent à gonfler le nombre de criminels de guerre réputés au large à l'Ouest. De toute façon, Bradley voit en lui un homme amer. Il ne voulait ni couper du bois ni s'asseoir devant une machine à coudre — le propre père de Bradley avait travaillé dans une mine d'amiante. Si ces gens-là n'apprécient pas la liberté pour laquelle nous nous sommes battus au pays, ils n'ont qu'à aller se faire voir ailleurs. C'était toutefois une opinion subjective, sans incidence sur l'affaire.

En traversant la place principale de Goderich — où, autour du palais de justice, les bourgeons fleurissent —, Bradley envisage un scénario plus simple : si Froelich a inventé cette histoire, c'est parce qu'il sait que son fils ment et a besoin d'un alibi pour le moment où le meurtre a été commis. Et comment le garçon serait-il au courant de l'heure s'il n'avait pas lui-même fait le coup ? L'alibi ne pourra jamais être corroboré, et Froelich a fourni le prétexte tout trouvé : s'il est ligué à un criminel de guerre pour quelque obscur motif, le présumé aviateur a tout intérêt à rester dans l'ombre. Froelich ne se rend-il pas compte qu'il risque de passer pour un illuminé ? un menteur ? À moins qu'il soit suffisamment retors pour avoir concocté un conte de fées qui, en raison de son invraisemblance même, le fait mal paraître et peut donc sembler plausible ? Il crée une diversion habile en lançant la police sur une piste invérifiable dans l'espoir de susciter un «doute raisonnable».

Bradley respecte le doute même quand il ne le partage pas. Son travail consiste à dissiper le doute. À le réduire à des proportions moins que raisonnables. À l'instar d'un scientifique consciencieux, il fait montre de scepticisme, en particulier à l'égard de ses propres penchants. Aux limites de la ville, il met les pleins phares.

Une enfant est morte. Avant de faire condamner un garçon de quinze ans à la potence, a résolu Bradley, il étudiera méticuleusement la suite à donner à la version de Froelich, de façon discrète mais méthodique, comme s'il y croyait lui-même.

Bradley est père de famille, lui aussi.

AU SECOURS DE LA POLICE

Écrivez les syllabes des mots « bicyclette » et « terrible ». Soulignez la dernière syllabe de chacun. Récrivez les deux mots.
Macmillan Spelling Series, 1962

Le mardi suivant le long week-end, les enfants entrent en classe, pressés de voir les dessins retenus par M. March et celui qu'il a gratifié d'une étoile dorée. Il y a là la galerie de suspects habituels : les filles autoritaires, Gordon Lawson et Marjorie Nolan. Le dessin de Marjorie est ouvertement religieux. Pour faire bonne mesure, elle l'a assorti d'une légende : « Moïse dans les quenouilles. » Le plus stupéfiant, c'est que le dessin de Grace, en plus de figurer sur le mur, est le fier gagnant de l'étoile dorée tant convoitée. Stupéfiant non pas parce que les papillons ont été retenus à titre de meilleur dessin — ils le sont indiscutablement —, mais bien parce qu'ils sont l'œuvre de Grace la dégoûtante. Avec ses mains bandées comme dans *Les Maléfices de la momie.* Elles sont toujours bandées. Crasseuses et élimées.

Peu avant la récré, le directeur, M. Lemmon, s'adresse aux élèves par la voie des haut-parleurs.

— Garçons et filles, j'ai le regret de vous apprendre une mauvaise nouvelle. L'une de vos condisciples, Claire McCarroll, est décédée. Observons ensemble deux minutes de silence pour Claire et sa famille. N'hésitez pas à dire une prière à voix basse si vous le souhaitez.

M. March ordonne aux élèves de se lever et de baisser la tête. Pendant deux minutes. Comme le 11 novembre. Le silence semble s'éterniser. Quand tout est enfin terminé et que les bruits habituels s'infiltrent de nouveau dans le cours des choses, il est difficile de se souvenir de l'îlot de silence. Et Claire a disparu. Emportée par le courant. Une aspérité que la marée polira jusqu'à ce que l'eau coule de nouveau librement. Madeleine tente de se représenter le visage de Claire, mais, dans son esprit, il ne cesse de s'étirer et de se déformer.

Sa petite culotte lui recouvrait le visage. L'inspecteur Bradley a passé en revue les photos, le rapport d'autopsie et les résultats du labo. « Détails particuliers... d) Peau : lividité marquée (cyanose) du visage et du cou ; cyanose prononcée des ongles et de l'extrémité des doigts... » Même si on n'avait trouvé en elle ni sperme ni phosphate d'acide, le pathologiste relevait une « violente et très maladroite tentative de pénétration ». Il y avait peut-être des traces d'éjaculation sur le sol, l'assassin l'avait peut-être contrainte à le regarder se masturber — comportement fréquent chez les pédophiles —, mais la pluie avait tout lessivé. Il avait tenté de la violer, puis il l'avait étranglée.

« Estomac : rien à signaler
Intestins : rien à signaler
Pancréas : rien à signaler
Foie : rien à signaler
Hymen : détruit
Bas du vagin : contusions »

Une chose au moins est certaine : on a affaire à un déviant sexuel. Un pervers à la nature sexuelle atrophiée. Sans compter l'état dans lequel il a laissé le corps : décoré, en quelque sorte. Comme si elle dormait et que tout n'avait été qu'un jeu — bien que la présence de roseaux placés en croix laisse entendre qu'il la savait morte.

La police est à la recherche d'un homme immature ayant accès à des petites filles. Un homme inexpérimenté, connu de la petite fille, car on n'avait trouvé aucun signe d'enlèvement ni de lutte. Un instituteur peut-être. Ou un étudiant. Un ami. Bradley avait déjà interrogé l'instituteur de la petite et, maintenant que l'heure du décès était confirmé, il allait, dès demain, l'interroger de nouveau. Lui et tous les employés de sexe masculin, indépendamment de l'issue des recherches menées aujourd'hui pour retrouver le présumé aviateur à la Ford Galaxy. On allait ensuite tracer un cercle autour de la scène du crime et interroger tous les fermiers dans un rayon d'environ huit kilomètres.

« Remarques sur l'heure de la mort : sur la foi des observations et des hypothèses qui suivent, le soussigné est d'avis que le décès est survenu entre quatre heures et cinq heures le mercredi 10 avril 1963 :
1. le degré de décomposition...
2. le degré de *rigor mortis*...
3. la digestion limitée... »

S'il avait salué un aviateur entre quatre heures et cinq heures sur la route n° 4, Richard Froelich n'aurait pas eu le temps de tuer l'enfant et de rentrer quand il l'avait fait, vérification faite auprès de quelques personnes — et pas seulement des membres de sa famille.

Bradley a établi son QG dans le bureau du directeur des loisirs surplombant la glace de curling de la base de l'ARC à Centralia. Il interrogera tous les hommes un à un. Voilà jusqu'où il est disposé à aller. Il n'a parlé du criminel de guerre de Froelich ni à ses subordonnés ni à ses supérieurs, encore moins à Woodley ou à d'autres membres du personnel de la base.

Bradley est scrupuleux. Son équipe et lui interrogeront plus de mille deux cents employés de la base. À compter de huit heures. Bradley est scrupuleux, mais il a évoqué devant quelqu'un la thèse du criminel de guerre. Il s'en est ouvert au père de la victime. Le récit de M. Froelich s'est révélé utile à deux titres. Sans mentir, Bradley a dit au capitaine McCarroll être sur les traces d'un criminel de guerre en rapport avec le meurtre de sa fille. McCarroll avait déjà agressé un agent de police. Qu'arriverait-il s'il apprenait qu'on soupçonne le garçon qui vit au bout de la rue d'avoir violé et tué sa fille ?

— Tout le monde a été très aimable, très chrétien, dit Blair McCarroll.

— Très chrétien, répète Sharon McCarroll en souriant.

— Heureux de vous l'entendre dire, fait Jack.

Il est assis sur le canapé du salon des McCarroll, qui ont insisté pour qu'il reste un moment.

— Surtout vous et votre chère femme, dit Blair.

— Mimi a été un ange, confirme Sharon.

Jack a déposé la carte d'embarquement et l'itinéraire de Mme McCarroll sur la table basse. McCarroll est en civil, Jack en uniforme. Il est presque dix heures. Jack a usé de son grade pour trouver un vol plus direct à destination des États-Unis. La moindre des choses.

Sharon fixe la table basse. On la dirait perdue dans les reflets de sa surface luisante, son sourire commençant à peine à s'estomper. Personne ne dit rien. Jack se demande s'il ne ferait pas mieux de partir, après tout. Des larmes chutent sur la table. Un gémissement d'enfant, venu de quelque part — d'elle. Son visage à demi voilé par le casque de cheveux brun clair. Le gémissement monte, patient, détendu même, finit en plainte. Elle ne se dissimule pas le visage. Elle a depuis longtemps dépassé ce stade. Le regard de Jack va de Sharon à son mari, mais Blair se contente d'observer sa femme pendant un moment avant de mettre son bras autour d'elle et de lui prendre la main. La tête de Sharon lui arrive au menton. Les yeux baissés, il regarde de côté. Ils ne peuvent pleurer qu'un seul à la fois.

Jack hésite, se lève précautionneusement. Mais Blair et sa femme en sont à leur centième reprise, leurs mouvements désormais exercés. Ce n'est qu'aux yeux d'un étranger que le chagrin de Sharon paraît choquant, intime. Jack attend le moment opportun pour faire sa sortie. Pourquoi la terre s'ouvre-t-elle pour emporter certaines vies tandis qu'elle en laisse d'autres intactes? La terre s'est ouverte et leur a enlevé leur enfant. La mienne, par pur hasard, a été épargnée. Il tend la main vers sa casquette, restée sur le canapé.

— Vous voulez un café, Jack? J'allais justement en préparer, dit Blair.

Jack est surpris, incertain de la réponse — il ne doit pas rester une minute de plus. Sharon, cependant, se mouche, se lève et, en souriant à son mari, dit:

— Je m'en occupe, chéri.

Jack a rendez-vous avec la police à dix heures trente, mais il ne va pas fausser compagnie aux McCarroll s'ils ne souhaitent pas rester seuls. Sharon se dirige vers la cuisine, à quelques pas seulement dans le minuscule bungalow, et Jack entend l'eau couler. Il se rassoit. Dans des bureaux du mess, de l'école de langues et du centre de curling, les policiers convoquent les membres du personnel un à un — quelque chose à voir avec l'enquête. Quoi qu'il en soit, la procédure semble relativement sommaire: les entrevues sont prévues à intervalles de deux ou trois minutes. Discrètement, il consulte sa montre — dix heures cinq.

De l'endroit où il est assis, Jack aperçoit les mouvements de Sharon, ses bras nus, sa robe évasée de couleur sombre, ses cheveux qui s'écartent de son visage quand elle tend la main vers l'armoire. La femme de McCarroll est si jolie qu'on en a le cœur brisé. La gorge serrée, il se penche, tousse.

— Si je comprends bien, Blair, vous irez bientôt rejoindre Sharon.

— Exactement. Ses parents viendront l'accueillir, et j'irai les retrouver plus tard avec Claire.

Fragile réfraction d'une conversation normale. *Avec Claire.* Un homme va retrouver sa femme avec son enfant. Jack marche sur des œufs. Blair marche sur des œufs.

— Au moins, elle a un vol décent.

— Oui. Merci, Jack.

— Oh, ne me remerciez pas. Vous avez eu de la chance, c'est tout.

Pour éviter que ses mots ineptes ne résonnent dans la pièce, il ajoute vivement:

— C'est joli, la Virginie, paraît-il.

— La pays de Dieu.

Silence.

Dans un coin, on voit une boîte en carton. Au feutre rouge, on a marqué « Jouets ». Bientôt, les McCarroll seront repartis. Jack imagine la pièce vide, blanche, dans l'expectative, exactement comme avant leur arrivée. Exactement comme elle le sera à l'arrivée de la nouvelle famille, ses effets ancrés temporairement aux murs, au sol.

La conversation porte un déguisement. Elle se drape dans les intonations et les accents d'une autre conversation — du genre de celles qu'on a à la fontaine — pour donner une forme compréhensible à… quoi ? Un fantôme. Le chagrin.

— Ils nous tiennent au courant, dit Blair en hochant la tête.

— Pardon ? demande Jack.

— Les policiers. Ils nous tiennent bien au courant.

Le déguisement est de guingois. *Ils nous tiennent au courant.* Jack ne trouve rien à répondre. Derrière le masque de la conversation, il y a dans la pièce ce qui est là depuis le début : l'absence. Ils la gardent en vie en faisant la conversation, en promettant du café pour bientôt, en casant dans un coin une boîte marquée « Jouets ». La police, l'enquête, toutes les tâches à accomplir — y compris accompagner le corps jusqu'aux États-Unis : échafaudage ambitieux, contexte solide se prêtant à la poursuite de son existence. Bientôt, il n'y aura plus rien à faire, et la structure du squelette restera vide. Silencieuse. *Ils nous tiennent au courant.* Impossible pour le père de parler des constatations du médecin — de ce que la police lui en a dit. Et pourtant, il est impossible pour lui de ne pas parler de sa fille. La semaine dernière encore, elle avait fait des *brownies* pour la leçon de choses, elle avait eu huit sur dix en orthographe, et il l'avait aidée à rédiger une composition sur *Black Beauty* — l'instituteur n'a pas encore corrigé le travail, mais il est certain qu'elle s'en est bien tirée. Il y a deux jours, on avait constaté des contusions et des saignements vaginaux, survenus tout juste avant sa mort, et des marques de pouce sur son cou. Dans le rapport d'autopsie, on avait écrit : « jeune fille prépubère normale et en bonne santé ». Voilà ce qu'il y avait de nouveau. Voilà ce qu'elle avait fait dernièrement. Il doit parler de son enfant. Il faut faire gaffe, c'est tout.

— Il y a des types bien dans la PPO, fait Jack.

— Oui, acquiesce Blair. Des types futés.

— Ça, vous pouvez le dire.

— J'espère seulement qu'ils mettront la main au collet de leur fichu criminel de guerre pour pouvoir poursuivre leur…

Jack était légèrement dans la lune. Il s'en rend compte maintenant.

— Vous avez dit ? demande-t-il en clignant des yeux.

— La police m'a dit que le garçon Froelich avait vu une voiture sur la route, cet après-midi-là, et Henry affirme qu'elle appartient à un criminel de guerre qu'il aurait aperçu la semaine dernière, ou… je n'y comprends rien, mais c'est sans importance.

Sa voix s'éteint et sa tête s'affaisse.

Jack entrouvre les lèvres — elles lui font l'effet d'être collées l'une à l'autre.

— Je n'ai rien entendu au sujet d'un criminel de guerre.

— Je pense qu'ils tiennent l'information secrète.

De la cuisine provient le son de la porte du frigo qui s'ouvre, d'un liquide qu'on verse, du lait.

— Je pensais que Henry vous en aurait touché un mot.

Jack a le visage en feu. Regardant la tache laissée sur la table par les larmes de Sharon, il s'éclaircit la voix :

— Que raconte Henry, au juste ?

— Eh bien, dit Blair en se détendant sur sa chaise — elle le soulage, cette partie de l'histoire, elle est propre, sans obscénités, intéressante même —, il affirme qu'une voiture, une Ford bleue flambant neuve, le nouveau coupé Galaxy, a été vue sur la route où le garçon courait — avec sa sœur et son chien, comme il en avait l'habitude, vous savez ? La voiture s'est approchée avec, au volant, un aviateur qui l'a salué, mais le garçon ne l'a pas reconnu, à cause du soleil sur le pare-brise…

— Comment prenez-vous votre café, Jack ?

Sharon est là, tenant un plateau. Elle a les yeux bouffis, mais elle sourit. Jack veut l'aider, mais elle dépose le plateau.

— Détendez-vous, les hommes.

En grandissant, Claire serait devenue tout aussi jolie, se dit Jack, la perle rare, une épouse aimable et heureuse. Ils auront sûrement d'autres enfants.

— Un peu de crème, deux sucres, dit Jack. Merci, Sharon.

— Merci, chérie, dit Blair.

Les deux hommes observent Sharon qui prépare les cafés, son poignet qui tourne, ses doigts qui font tinter la cuillère contre le bord des tasses. Ils en prennent une chacun, puis elle fait demi-tour, repart vers la cuisine, le plateau à la main, et s'arrête à mi-chemin, comme si elle avait oublié quelque chose. Pendant un moment, elle leur tourne le dos, immobile. Les deux hommes ne la quittent pas des yeux. Puis, un peu plus tard, elle se remet à marcher.

— Qu'en est-il de ce… criminel de guerre ? demande Jack. C'est bien ce que vous avez dit ?

— Oui, dit Blair. Je ne sais pas. Henry Froelich dit avoir vu ce type à London il y a deux ou trois semaines. Même voiture, même bosse au pare-chocs, même autocollant et un chiffre ou deux sur la plaque. Il en a parlé à la police. C'est pour cette raison que je suis au courant. Un nazi, paraît-il. Il l'a connu dans un camp pendant la guerre.

— Pauvre bougre, dit Jack.

Le cœur de Jack bat à se rompre, mais son ton est égal.

— Ouais, dit Blair avant de boire une gorgée de café. Le garçon ne sait pas qui il a vu, mais il est sûr qu'il s'agit d'un membre du personnel de la base. À cause de la casquette.

— Dans ce cas, on va le retrouver.

Blair hausse les épaules.

— Je ne sais pas. Ça me semble bizarre. On vise un peu haut. Un criminel de guerre ? Pourquoi se serait-il attaqué à une enfant ?

— Les policiers font leur travail, c'est tout. Ils examinent la moindre piste, s'intéressent au moindre inconnu dans la région, dit Jack en s'emparant de sa casquette, un mauvais goût dans la bouche.

Blair se lève pour le raccompagner. Ils marchent vers la porte.

— Je ne veux surtout pas déranger Sharon. Vous voulez bien lui dire au revoir pour moi ?

Blair fait signe que oui. Jack met sa casquette en jetant un coup d'œil à sa montre. Dix heures vingt.

— Je tiens à vous remercier pour tout, Jack.

Blair tend la main. Jack la serre.

— Vous savez, je ne devais rester ici que pendant un an.

Jack hoche la tête. Attend.

— Si je n'étais pas venu…

Il s'interrompt, prend trois ou quatre profondes inspirations, parvient à ne pas pleurer. Avec une force et une amertume qui prennent Jack par surprise, il dit plutôt :

— Je déteste ce foutu pays minable.

Il cligne des yeux, le menton tremblant, essuie ses larmes du revers d'une main, puis de l'autre, et se ressaisit.

— Je ne pensais pas ce que j'ai dit. Pardonnez-moi, monsieur.

— Je suis désolé, Blair. Nous le sommes tous.

Jack sort précipitamment de la zone des logements familiaux. C'était donc Froelich. Doux Jésus. Pourquoi qualifie-t-il Fried de criminel de guerre ? de nazi ? Froelich a été interné dans un camp de concentration — les chiffres tatoués sur son bras le prouvent. Fried travaillait comme scientifique dans une usine de fabrication de fusées.

Comment leurs destins avaient-ils pu se croiser ? Pourtant, Froelich avait crié le nom de l'usine. Dora. *Il veut me passer la corde au cou.* Jack se souvient de la tête que faisait Fried en prononçant ces mots : livide.

Aujourd'hui, le soleil brille de nouveau, rayons durs mais sans chaleur. Jack remonte Canada Avenue. Il a cinq minutes. Il s'était dit que la police voulait connaître l'alibi de tous les membres du personnel masculin, mais il a maintenant la certitude qu'elle est à la recherche de cette fichue Ford Galaxy et d'Oskar Fried. Tout de suite après l'interrogatoire, il téléphonera à Simon. Il lui demandera aussi pourquoi un homme au-dessus de tout soupçon comme Henry Froelich qualifie Fried de criminel de guerre. Jack se rappelle qu'il n'est pas en position d'exiger des explications. Tout est entièrement de sa faute. *Si seulement je n'avais pas utilisé cette putain de voiture pour ma commodité personnelle...* Il sait ce que dira Simon : fais-la disparaître.

Il traverse le terrain de rassemblement et se dirige vers le centre de curling. À l'extérieur, Steve grille une cigarette — Jack ne l'aurait pas pris pour un fumeur. Ils échangent des salutations brèves et graves, et Jack se rappelle que c'est Steve qui a officiellement identifié le corps et qu'il a participé à l'autopsie. De l'autre côté des portes doubles, il éprouve la fraîcheur de la glace et grimpe au pas de course les marches qui conduisent au bureau du directeur des loisirs. La porte est fermée. La police accuse dix minutes de retard, et un homme attend déjà : Nolan. Ils se saluent de la tête. Aujourd'hui, le silence de Nolan ne semble pas déplacé.

À la récré, il y a moins de vacarme que d'habitude, et quelques filles pleurent en groupes de deux ou trois. Appuyée contre la barre transversale des bascules, Madeleine se sent toute drôle, comme si elle voyait ses amies de très loin. Une autre dimension s'est ouverte ; ce n'est que maintenant qu'elle se rend compte que quelque chose lui manque — quelque chose qu'Auriel et les autres filles éplorées tiennent pour acquis. Et elle se demande si elle est la seule à l'avoir remarqué : les enfants qui pleurent sont normaux ; elle ne l'est pas.

— Lieutenant-colonel d'aviation McCarthy — comment allez-vous, monsieur ? Je suis l'inspecteur Bradley.

L'inspecteur trône derrière le bureau du directeur des loisirs. Dans un coin, un policier en uniforme est fin prêt, un calepin à la main.

— Nous allons tenter de faire vite, monsieur. Auriez-vous l'amabilité de me donner une idée de votre emploi du temps, mercredi dernier ?

— Bien sûr. Je me trouvais à la base, dans mon bureau vraisemblablement.

— Avez-vous quitté votre bureau, monsieur ?

— Je suis peut-être sorti pour aller au supermarché.

— Avez-vous, à un moment ou à un autre, quitté la base ?

— Je ne crois pas l'avoir fait, non.

Du coin de l'œil, Jack voit l'agent noter sa réponse.

— Avez-vous récemment pris la route dans la région, monsieur ?

— J'ai fait un ou deux allers-retours à London, et ma femme a…

— Vous avez donc emprunté la route nº 4 au cours de la dernière semaine ?

— Oui, bien sûr.

— Voyez-vous, nous sommes à la recherche de quelqu'un qui aurait remarqué quelque chose ou quelqu'un d'inhabituel dans les parages. Vous vous rendez compte que nous sommes à la recherche d'un assassin ?

Jack fait signe que oui.

— Vous avez des enfants, monsieur ?

— Absolument.

— Il est crucial que nous entendions tous ceux qui se sont trouvés dans les environs de la base, cet après-midi-là. Il arrive qu'on voie des choses apparemment sans importance qui se révèlent capitales. Ça, c'est mon domaine. Bien entendu, je dois compter sur la collaboration de chacun. Sur la route nº 4, mercredi dernier, avez-vous remarqué quelqu'un ou quelque chose ?

— Non, je… je voudrais bien vous aider, inspecteur, mais la vérité, c'est que je n'ai pas bougé d'ici de tout l'après-midi.

— Merci de votre temps, monsieur. Excusez-moi encore de vous avoir importuné.

— Je vous en prie. Bonne chance.

Jack est sur le point de prendre congé.

— Lieutenant-colonel d'aviation McCarthy ?

Jack se retourne, la main sur la poignée.

— Je vous prierais de garder confidentielle la nature de cette entrevue.

— Comptez sur moi, dit Jack avant de sortir.

Devant la cabine téléphonique voisine du supermarché, il inspire profondément. Simon ne va pas être content. Dans la cabine, il hésite un moment — si on le voyait téléphoner d'une cabine tout de suite après son entrevue avec la police ? Par-dessus son épaule, il s'assure que personne ne le voit insérer assez de pièces dans l'appareil pour un appel à Washington.

— Le premier secrétaire Crawford, je vous prie. De la part du major Newbolt.

Jack attend. Au supermarché, des clients vont et viennent. Des cadets entrent dans le stade, leurs patins sur l'épaule. Personne ne lui prête la moindre attention. La voix de Simon le fait sursauter.

— Je te rappelle tout de suite, Jack.

Ils raccrochent, et Jack attend encore. Il a l'impression de se donner en spectacle. Il feuillette l'annuaire — Exeter, Clinton, Crediton, Goderich, Lucan — à la recherche de quoi, à supposer qu'on lui pose la question ?

On tape sur la vitre. Vic Boucher.

— Vous permettez que je donne un coup de fil rapide, Jack ?

Jack sort de la cabine avec trop d'empressement.

— Je vous en prie, Vic. Je cherchais simplement le numéro... le numéro d'une écurie... pour Madeleine.

— Ah bon ? fait Vic en fouillant ses poches à la recherche d'une pièce. Ma femme m'a dit de prendre de la laitue ou du chou, et que je sois pendu si je me souviens...

Jack sourit en lui tendant une pièce de dix cents.

— De la laitue. Elles ne veulent jamais de chou.

Vic compose le numéro et Jack consulte sa montre — Simon obtiendra un signal occupé et rappellera plus tard, c'est tout. D'ailleurs, ils ont le temps. Pendant qu'ils interrogent les membres du personnel, les policiers ne cherchent pas la voiture. Il se demande s'ils ont communiqué avec la Gendarmerie royale du Canada. Froelich doit avoir donné une description de Fried — verra-t-on des portraits-robots dans les bureaux de poste du sud de l'Ontario ? Merde.

Pendant que Vic parle avec animation dans le combiné, Jack, en pensée, retourne vers Fried. *Qu'avez-vous donc fait, Oskar ?* avait demandé Jack. *Mon travail.* Y compris des crimes contre l'humanité ? Pendant la guerre, les usines — Volkswagen, Zeppelin — avaient eu recours au travail forcé. Il y avait une fabrique de munitions à Auschwitz, Krupps, etc. Pourquoi n'y aurait-on pas fait appel à Dora ? Froelich avait très bien pu passer d'un endroit à l'autre. Quoi qu'il en soit, le « travail » de Fried était forcément de nature purement technique. Sans doute quelques travailleurs étaient-ils morts, mais on avait tout intérêt à les garder en vie et en état d'accomplir leurs tâches.

Vic raccroche et, en grognant, se faufile malaisément par la porte pliante de la cabine.

— Nom d'un chien. Comment saviez-vous qu'elle voulait de la laitue ?

Le téléphone sonne. Vic hausse les sourcils.

— Vous attendez un coup de fil ?

Jack rit de la plaisanterie avant de se rendre compte que c'en est une. Réflexe utile. Comment diable les agents se préparent-ils à ce genre de travail ? Ont-ils un sens inné du mensonge ? A-t-on affaire à des menteurs d'une loyauté à toute épreuve ?

Le téléphone sonne une deuxième fois. Vic décroche.

— Allô, la cabine téléphonique ? fait-il, railleur.

Puis il raccroche.

— Il n'y avait personne.

Il s'éloigne en direction du supermarché. Jack rentre dans la cabine et recommence à feuilleter les pages jaunes. Le téléphone sonne. Vic se retourne, la main sur la porte du PX. Jack croise son regard, hausse les épaules, décroche et raccroche aussitôt. Vic disparaît à l'intérieur.

Le téléphone sonne de nouveau.

— Un pépin ? demande Simon.

— Il y avait du monde, c'est tout.

— Qu'est-ce qui se passe ?

— C'est mon voisin qui a reconnu Fried, Simon. Il le qualifie de criminel de guerre.

— Nom de Dieu, fait Simon d'un ton presque contemplatif. Quand est-ce qu'il t'a raconté ça ?

— Je l'ai appris par accident. Dis, Simon, il y a du vrai là-dedans ?

— Tout ce que je peux te dire, c'est que j'ai moi-même délivré son attestation de sécurité.

Déjà rassuré, Jack ne peut s'empêcher de poser la question qui lui brûle les lèvres :

— Dans ce cas, pourquoi Fried a-t-il peur d'être pendu ?

— C'est probablement ce qui va lui arriver si les Soviétiques ont vent de sa défection et qu'ils lui mettent la main au collet.

Évidemment.

Le moment est venu pour Jack de prendre son courage à deux mains et de soumettre son rapport à Simon.

— Simon, la police cherche Fried en rapport avec le meurtre de la petite McCarroll.

Silence.

— Ils ont son nom ?

— Non, je ne crois pas.

— Il y a du vrai là-dessous ?

La question prend Jack au dépourvu.

— Non, il était… je l'ai laissé à l'appartement… en fait, Simon, tout est de ma faute.

Jack explique que la voiture a été identifiée parce que, sur la route d'Exeter, il a croisé le fils Froelich, l'après-midi où la petite a disparu.

— Les policiers ont entendu l'expression « criminel de guerre » et se sont dit qu'il pourrait s'agir d'un type… capable de ce genre de chose.

— Épatant, dit Simon, comme s'il avait sous les yeux un chef-d'œuvre d'ingénierie.

— Ils ne savent pas qui était au volant. J'ai salué le garçon, mais le soleil plombait sur le pare-brise, et il n'a vu que ma casquette.

— Encore heureux.

— Je suis désolé, Simon.

— Je suis le seul à blâmer. Je n'aurais pas dû céder et lui offrir cette putain de voiture. J'aurais dû me fier à mon instinct.

— Ne t'en fais pas. Je vais la faire disparaître.

— Si je comprends bien, ton voisin ne sait pas que tu connais Fried.

— Personne n'est au courant.

— Comment s'appelle-t-il, déjà ?

— Froelich. Henry Froelich. Il ne se doute de rien. J'ai moi-même été mis au courant par McCarroll, par accident. La police le tient informé. C'est grâce à lui que j'ai réussi à parer aux questions de la police, qui voulait savoir ce que j'ai fait mercredi dernier.

— Bon, McCarroll aura au moins servi à quelque chose.

Le commentaire ricoche comme un caillou projeté par une voiture démarrant en trombe. Jack poursuit :

— Et Fried ?

— Quoi, Fried ?

— Qu'est-ce qu'on fait de lui ?

— Toi, rien. Ta mission est terminée.

Le soleil inonde la cabine, comme sous l'effet d'une loupe, chauffant l'intérieur. Jack plisse les yeux.

— Maintenant que McCarroll est en dehors du coup, je m'étais dit que… Tu veux que je conduise Fried à la frontière ? Qu'est-ce que je fais ?

— Ce n'est pas ton problème, mon vieux.

C'est fini. Jack devrait s'en réjouir.

— Je vais lui téléphoner. Dès que nous aurons raccroché.

— À ta place, je n'en ferais rien, dit Simon. À cette heure, son téléphone est peut-être sur écoute.

— Dans ce cas, je passerai le voir demain après-midi.

— Je préférerais que tu t'en abstiennes.

Jack ravale sa déception en silence. À ce stade-ci, Simon est tout à fait en droit de mettre sa compétence en doute.

— Tu te débarrasses de la voiture et, pour toi, c'est «mission accomplie», terminé. Je m'occupe du reste.

— Quand tu seras de passage, Simon...

— Oui, je sais. Nous avons bien besoin de quelques verres.

Jack sort de la cabine, assailli par un curieux sentiment de dépossession. Fried traversera la frontière des États-Unis, et Jack n'entendra plus jamais parler de lui. On lui donnera un nouveau nom et une nouvelle vie. Il aidera l'USAF à se doter d'un programme spatial égal à celui de son ancien collègue, Wernher von Braun, de la NASA.

Jack se rend au bureau de la comptabilité, où il réclame une avance de cent dollars, puis il se dirige vers le Service de l'équipement mobile dans l'intention de réquisitionner une voiture d'état-major. Peut-être Froelich se trompe-t-il — après tout, il a terriblement souffert pendant la guerre. Les visages de cette époque doivent tous susciter l'horreur.

— Vous vous êtes décidé pour des leçons?

Jack lève les yeux. Vic Boucher, les bras chargés de sacs de provisions, une pomme de laitue sortant de l'un, se trouve là en compagnie d'Elaine Ridelle, elle aussi encombrée de sacs et d'une poussette. Ils le regardent, d'un air interrogateur. De quoi diable Vic parle-t-il? *Des leçons...* Dans un coin obscur de son esprit, quelque chose se met en branle et se rapproche, tel un camion-benne transportant l'information dont il a besoin.

— Ouais, j'ai trouvé une écurie sur la route nº 4, vers Goderich, Hick's Riding Stable.

Il en fait trop.

— Vous avez parlé à McCarroll, aujourd'hui?

Jack sent son visage s'empourprer.

— Je vais passer le voir plus tard. J'ai la carte d'embarquement de Sharon.

Il change de sujet en se penchant sur le landau.

— À qui ai-je l'honneur?

Le bébé, semble-t-il, vient tout juste d'être terrassé par le sommeil. Sous son menton, ses doigts s'écartent et s'agitent doucement. Il a un résidu blanchâtre sur ses lèvres plissées. Une petite fleur.

— Une véritable brute.

Jack sourit.

— Tout le portrait de Steve.

— Quel soulagement.

Elaine lui fait un clin d'œil. Maintenant qu'elle allaite, impossible de ne pas remarquer son décolleté. Émoustillé, Jack se sent raidir un peu et fourre les mains dans ses poches. Elaine est flirt, mais inoffensive. Sa réaction à lui est tout aussi inoffensive — un coup de chapeau à Dame Nature. Qu'y a-t-il de plus excitant qu'une femme avant, pendant et après une grossesse ? C'est ce qui fait tourner le monde.

— Bon, mieux vaut que j'aille me mettre au boulot, fait-il.

Il prend congé et, descendant Nova Scotia Avenue, retourne vers son immeuble. Il perd un temps précieux, mais il ne tient pas du tout à ce que Vic Boucher le voie partir au volant d'une voiture d'état-major. Il pense avec envie à sa femme. Il donnerait cher pour rentrer tout droit à la maison.

Au carrefour suivant, il jette un coup d'œil par-dessus son épaule. Vic s'éloigne à bord de sa camionnette orange et Elaine le suit en poussant son landau. Jack fait demi-tour et, en prenant par les baraquements où il a vécu des années plus tôt, à l'époque de ses cours de pilotage, se hâte vers la Section de l'équipement mobile.

Il consulte sa montre et évalue le temps dont il aura besoin : pour faire disparaître la Ford Galaxy pour de bon, il sait jusqu'où il doit aller.

Les vitres teintées de la voiture d'état-major absorbent le plus clair de la lumière éblouissante. Jack salue le garde en portant la main à sa visière et franchit les portes principales. Après le Spitfire, il prend vers le nord sur la route de comté.

Mentir lui déplaît, et il éprouve un profond malaise à la pensée que les policiers, au lieu de chercher le coupable, se sont lancés aux trousses d'un criminel de guerre fantôme. Après le village de Centralia, il accélère et met le cap sur Exeter.

D'ailleurs, le meurtrier de l'enfant, à l'heure qu'il est, a sans doute déjà pris le large. Un vagabond. À moins qu'il ne s'agisse d'un fou furieux vivant seul dans une des fermes. En parcourant des yeux les champs de part et d'autre de la route, Jack se demande si les habitants du cru ont vu quelque chose et si la police les interroge. La population civile. Il y a peut-être en son sein un maniaque maison, sorte d'idiot du village réticent à l'idée de s'en prendre à un môme du voisinage, mais voyant dans les enfants de passage de la base aérienne un gibier plus facile d'accès.

Les premières traînées de vert ont commencé à ponctuer la terre nue. Dans les rigoles et le long de la route, des croûtes de neige persistent, mais les vaches sont sorties et leur pelage brun fait déjà penser à l'été, comme si les animaux constituaient eux-mêmes une source de soleil et de chaleur. Loin devant, un tracteur roule sur l'accotement, soulevant un nuage de poussière précoce. Il se demande si la police a emprunté ces interminables entrées pour faire du porte-à-porte. Qui vit là? Ses voisins. Qui sont-ils? La police enquêterait-elle différemment si la petite n'était pas fille d'aviateur?

Il est onze heures trente. Avec un peu de chance, il sera de retour chez lui avant la tombée du jour.

Sur un panneau fraîchement peint, les Kinsmen, le club Rotary et la Légion royale canadienne souhaitent à Jack la bienvenue à Exeter. Si la Ford n'est pas où il l'a laissée, il peut au moins avoir l'assurance que la police ne l'a pas en sa possession. Il espère presque que quelqu'un l'a volée — un voleur se montrerait réticent à l'idée de fournir la preuve de son méfait, même pour élucider un crime. Des crocus encerclent le cénotaphe, et deux chaises de jardin ont réapparu devant l'échoppe du barbier, signe avant-coureur d'un été consacré au jeu de dames. Par la rue principale, il se rend jusqu'aux limites de la ville, où il contourne l'ancienne gare ferroviaire. La Ford Galaxy est là, rutilante, immaculée, si on excepte la bosse au pare-chocs arrière. Hélas, on ne l'a pas volée. Il se gare près du bâtiment placardé et sort dans l'ombre de midi, froide comme en hiver. Du coffre de la voiture d'état-major, il tire un sac d'outils, une pince-monseigneur et un cric. Il transporte le matériel jusqu'à la Ford, monte à bord et enlève sa casquette, sa cravate et sa chemise d'uniforme. Son pari, c'est que la police n'émettra un avis de recherche qu'après avoir fini de parler aux membres du personnel de la base, en fin d'après-midi. À ce moment, il sera sur le chemin du retour et la Ford pour ainsi dire à la casse — sur le point de se réincarner en machine à laver. Si on l'arrête, il a en poche le numéro de Simon. Et si, malgré toutes les précautions, le couvercle de la marmite saute, tant pis, *c'est la guerre**. «On ne doit pas serrer la main du diable avant de l'avoir rencontré. »

On a retrouvé le vélo de Claire. Madeleine l'a aperçu dans le coffre de la voiture de la PPO garée dans l'entrée du petit bungalow vert. M. McCarroll est sur la véranda de la maison. Un des policiers soulève le vélo. M. McCarroll hoche la tête.

Fidèle à son habitude, Mike la talonnait.

— Arrête d'espionner, viens.

Le policier remet le vélo dans la voiture.

— Je n'espionne pas. Je marche lentement, c'est tout, dit Madeleine en le rattrapant. Pourquoi est-ce qu'ils emportent son vélo?

— Parce que c'est un élément de preuve, répond son frère.

— De preuve ?

— Contre l'auteur du crime.

— Qui ça ?

— L'assassin, évidemment. Bon, qu'est-ce que tu fais ?

Madeleine s'est laissée choir sur le gravier fin au bord de la route. *L'assassin.*

— Qu'est-ce qui lui est arrivé, selon toi ?

Madeleine ne sait pas.

— Allons, debout.

Claire est morte. Ça, Madeleine le savait. C'est ce qui arrive aux enfants qui vagabondent tout seuls pendant trop longtemps. Dans les bois, après dîner. Parfois, ils ne rentrent pas. Ils restent dehors tard le soir et, quand on les retrouve, ils sont morts. *Décédés.*

— Madeleine.

Madeleine n'avait pas songé à la manière. Une chose horrible s'était produite et Claire était morte. L'expression « chose horrible » semblait suffisamment nette. Elle ne l'était pas. Autrement, Madeleine n'aurait pas été fauchée au bord de la route, telle une marguerite.

— Allez, viens, fait Mike. Bon, comme tu voudras.

Il continue de marcher vers la maison en jetant des coups d'œil à sa sœur par-dessus son épaule pour s'assurer que personne n'est en train de l'assassiner.

Madeleine reste assise dans le gravier cendreux, ses jambes nues repliées sous elle. Ses mains ont disparu. La tête tournée, elle regarde du côté de la maison de Claire, au bout de la rue. À reculons, la voiture de police sort de l'entrée. *Claire a été assassinée.*

Qu'adviendra-t-il de moi ? s'était écriée la petite fille quand les oiseaux avaient emporté ce qu'il lui restait de nourriture. Le malin s'est emparé d'elle. Madeleine ressent l'impression de puanteur maladive. Comme auparavant, mais en pire. Comme si elle avait fait quelque chose de mal — *mais je n'ai rien fait.* Comme si elle avait vu Claire gisant morte dans sa robe bleue — *mais je ne l'ai pas vue.* Rester là étendue, comble de la honte pour une petite fille, rester là étendue, morte, et n'importe qui n'a qu'à soulever votre jupe. Pouah ! Quelle mauvaise odeur.

Le policier touche la visière de sa casquette et M. McCarroll soulève la main. Mme McCarroll est quelque part à l'intérieur, Madeleine le sait. À l'intérieur avec l'uniforme des Brownies de Claire, ses socquettes et ses jouets intacts. Pas d'issue pour Mme McCarroll, le monde tout entier a bobo.

La voiture de police s'avance lentement vers elle. À son passage, Madeleine voit le guidon du vélo sortir d'entre les mâchoires sautillantes du coffre.

— Elle a qu'un serpentin, dit-elle à personne en particulier. Elle n'a qu'un serpentin, se reprend-elle.

Une paire de mains se glisse sous ses bras et la soulève.

— Grimpe ! fait Mike.

Elle monte sur ses épaules et il la ramène sur son dos.

— Comme un sac de pommes de terre, fait-il en la laissant glisser sur la véranda.

À la porte, maman jette un coup d'œil à Madeleine, lui touche le front et dit :

— Au lit, tout de suite.

À partir d'Exeter, Jack fait une boucle vers l'ouest, zigzague vers le sud par une succession de chemins de terre ne figurant sur aucune carte et, passé Centralia, vire à l'est pour reprendre la route n⁰ 4 sud jusqu'à London. De là, il emprunte la route n⁰ 2 jusqu'à Windsor, où tant de voitures naissent et meurent. Conscient de grimacer, il s'efforce de détendre ses yeux face au soleil de midi. Il sait exactement où se trouvent ses lunettes fumées : sur son bureau.

Il est peut-être temps que Simon parle à quelqu'un à Ottawa — qu'on laisse discrètement entendre à la PPO qu'elle fait fausse route en recherchant de prétendus criminels de guerre. Qu'elle doit se remettre sur la piste avant que celle-ci ne soit froide. Jack s'en veut de ne pas en avoir proposé l'idée à Simon au téléphone ; il allait faire amende honorable le soir même.

Il met la main au-dessus de ses yeux, mort d'envie de mettre sa casquette avec sa visière qui jette une ombre bienfaisante. Mais il laisse le couvre-chef cafardeur à sa place, sur le siège du passager, et poursuit sa route vers l'ouest.

Madeleine a réussi à convaincre sa mère qu'elle n'est pas malade. Elle s'étonne d'avoir renoncé à une excuse légitime pour rater un après-midi d'école. Mais elle éprouve une sensation morbide — comme si, à supposer qu'elle s'allonge sur son lit ou même sur le canapé devant la télé, ses yeux risquaient de se vitrifier, sa tête de surchauffer comme une chaudière. Elle ne se relèverait plus jamais. Après avoir mangé, elle est donc retournée à l'école, mais, hormis la brève diversion offerte par les mains ratatinées de Grace Novotny, elle n'a réussi à se concentrer que sur la fenêtre.

Grace est revenue de dîner sans ses bandages. Ses doigts sont tout blancs et plissés, comme au sortir de la baignoire. Quelqu'un a téléphoné à la Société d'aide à l'enfance. Le papa de Grace aimerait bien savoir qui.

Jack grimace une fois ou deux et accélère dans la lumière de l'après-midi. Si la police fait son travail et arrête un suspect digne de ce nom, l'histoire du criminel de guerre ne fera peut-être jamais la manchette. Elle fera long feu, tel un pétard mouillé. Aux aguets, il regarde souvent dans le rétroviseur. Sur la route de Chatham, il modère sa vitesse — la dernière chose dont il ait besoin, c'est d'une contravention.

À la récré, Madeleine abandonne ses amies et se rend du côté du tuyau d'écoulement, dans l'intention d'y jeter un coup d'œil une bonne fois pour toutes, mais elle aperçoit Colleen assise du côté ensoleillé de l'école, là où le stuc blanc réfléchit de façon irrégulière les rayons du soleil. Elle est penchée sur un morceau de verre et une page de journal que le vent a plaquée contre le mur. Madeleine voit une bouffée de fumée monter de la page et s'approche. Soudain le papier se soulève et se recroqueville, consumé par une éphémère flamme orange.

Madeleine ne dit rien et Colleen non plus. Bientôt, elles se laissent déporter vers l'arrière de l'immeuble. Derrière elles, la une calcinée s'envole au vent. «Des pacifistes font irruption dans un sanctuaire secret.»

Elles ne se sont jamais parlé sur les terrains de l'école pendant les heures de classe. Encore aujourd'hui, elles ne se montrent guère loquaces. Madeleine, cependant, a un plan.

À deux heures, Bradley a en main le relevé des immatriculations de Ford Galaxy qu'il a commandé. Il y en a onze au total : cinq à Toronto, deux à Windsor, deux à Kingston, une à Ottawa, une à Sudbury. Dans dix cas, le propriétaire était au travail entre quatre heures et cinq heures, mercredi dernier ; dans l'autre, il était carrément à l'extérieur du pays.

Jack accélère. La police terminera bientôt ses interrogatoires au centre de curling. Un peu à l'est de Windsor, il a le cœur qui bondit à la vue d'une voiture noire et blanche dans son rétroviseur. Elle gagne sur lui, lui colle au train. Son compte est bon. Il attend que les gyrophares s'allument, prêt à se ranger sur le côté, résolu à ne rien dire et à insister pour donner un coup de fil. Mais la voiture s'engage sur la voie de dépassement. Jack garde les yeux rivés sur la route. Quelle est l'attitude la plus naturelle ? Jeter un coup d'œil au conducteur de l'autre voiture ou regarder droit devant soi ? Son visage lui fait l'effet d'un phare. La voiture met une éternité à le dépasser — le policier envoie-t-il un message radio ? Enfin, elle se rabat et prend progressivement de la vitesse, creusant l'écart. Jack respire.

Bienvenue à Windsor. Jack se dirige vers le bord de l'eau. Sur l'autre rive de la rivière, à Detroit — à un jet de pierre, dirait-on —, l'usine de la GM crache de la fumée. Aux limites de la ville, il trouve ce qu'il est venu chercher.

Devant lui s'étendent des acres de carcasses de voitures, certaines en proie à la rouille, d'autres démolies — pare-brise en éclats, capots béants, museaux écrasés. Vaste carambolage à l'équilibre précaire. Tout au bout, des rangées de châssis proprement aplatis se profilent non loin d'une cahute, à l'ombre d'un compresseur, son aimant tel un pendule géant. Henry Froelich et son fils seraient au paradis, se dit Jack en sortant les outils du coffre. Il se met au travail, calme désormais. Peut-être est-il fait pour ce genre de boulot, après tout. Il enlève les enjoliveurs et les envoie valser aux quatre points cardinaux. Les pneus, ensuite. Il dévisse la colonne de direction, puis la dégage par le volant, des fils et l'allumage pendant au bout. Sort les bougies, arrache les pare-chocs, qu'il lance à bout de bras. À l'aide d'un entonnoir, il fait glisser du sable dans le réservoir, enlève la courroie du ventilateur et la batterie. Puis, la pince-monseigneur à la main comme un bâton de base-ball, il s'attaque à la carrosserie. Enfin, il fracasse les vitres.

Il y a sans doute des cimetières de voitures plus grands à Detroit, mais il n'allait pas courir le risque de se faire intercepter à la frontière, surtout maintenant qu'un avis de recherche a été émis. Sans compter qu'il aurait dû traverser le pont à pied une heure plus tard — même s'il est peu probable que les douaniers des deux côtés lui eussent prêté une grande attention. Ne s'agit-il pas de la frontière non défendue la plus longue du monde ? Près de sept mille kilomètres de liberté.

Il jette les plaques dans la rivière.

Dans le bureau du directeur des loisirs au centre de curling, le dernier aviateur en uniforme et en casquette s'en va. L'agent Lonergan referme son calepin et, en se tournant vers son supérieur, demande :

— On émet un avis de recherche pour la Ford Galaxy, monsieur ?

L'inspecteur Bradley regarde l'homme, impassible.

— Il n'y a pas de Ford Galaxy, dit-il. Il n'y en a jamais eu.

S'il se demande où se trouve Madeleine, maintenant que tous les élèves sont de retour de la récréation, M. March ne laisse rien paraître. Il n'informe pas le directeur de son absence et ne téléphone pas non plus à sa mère. A-t-il songé à ce qu'il répondrait si les parents lui demandaient pourquoi il n'a pas daigné les prévenir de l'absence de leur fille, surtout au vu des circonstances? Compte-t-il sur Madeleine pour tenir ses parents dans l'ignorance et, du même souffle, lui épargner la corvée de répondre à leurs questions sur ce qui pousse leur fille à fuir sa salle de classe?

Peut-être le sort de Madeleine lui est-il indifférent. À moins qu'il ne la croie pas en danger.

Jack oriente le taxi vers le représentant Hertz du centre-ville de Windsor — là, il réussira à se débarrasser de l'essentiel du cambouis qui lui barbouille les mains. Il a mal à la tête, la douleur irradie à partir de son œil gauche. Il décide de ne pas s'arrêter dans une pharmacie. Il prendra deux aspirines en arrivant à la maison. Il loue une voiture — inutile maintenant de s'en tenir aux petites routes. Il filera sur la 401 jusqu'à London et, avec un peu de chance, sera de retour chez lui avant la tombée de la nuit. Mais sa famille, il le sait bien, est en sécurité à la maison. Il n'ose pas se représenter le visage de sa fille, auquel se superpose celui de la petite McCarroll. Sa chance le terrorise presque. Sa fille est vivante et heureuse. Et, en cet instant, elle se trouve à l'endroit le plus sûr qui soit. L'école.

REQUIEM

Trouvez dans le texte la phrase : « Son esprit était à des kilomètres de là » et expliquez-la.

Developing Comprehension in Reading, Mary Eleanor Thomas, 1956

Elles doivent trouver l'autre serpentin. Telle est leur mission. En réalité, Madeleine sait qu'elle doit se rendre à l'endroit où Claire a séjourné pendant trois jours et trois nuits. C'est Rex qui l'a trouvée.

— Bon chien.

Elles s'étaient cachées contre le mur aveugle du gymnase jusqu'à la cloche de la récréation, puis elles avaient pris la poudre d'escampette. Madeleine avait attendu le long des rails, près de chez Pop's, pendant que Colleen allait chercher Rex, puis elles avaient filé vers Rock Bass à travers champs.

En faisant l'école buissonnière, Madeleine n'a pas l'impression de mal agir. C'est comme manquer l'école pour aller à l'église. Ou à l'hôpital. De toute façon, elles n'ont pas fui dans le dessein de se payer du bon temps. Risquer des ennuis à seule fin de mettre la main sur l'autre serpentin de Claire a quelque chose de solennel. Sans parler de la visite des lieux. Sacrifice nécessaire. Colleen la suit par le trou dans la clôture.

Elles ont pris Rex avec elles au cas où le meurtrier rôderait encore dans les parages. Le meurtrier revient toujours sur le lieu du crime. Elles auraient peut-être dû s'armer. Non, ça va ; Colleen ne sort jamais sans son couteau. Au besoin, Madeleine se munira d'une pierre. Elle a une pensée fugitive pour la carabine de Mike, mais ce n'est qu'un jouet. Or ceci n'est pas un jeu.

Colleen descend en éclaireuse dans le ravin. Elles n'ont rien apporté à manger. Elles ne sont pas en pique-nique. Elles enlèvent leurs chaussures et leurs socquettes, pataugeant dans le ruisseau glacé, les chevilles brûlantes, grimpent sur la rive, leur peau gelée insensible aux chardons, et gagnent le champ, où le maïs vient de jaillir du sol. *Prudence.*

Elles remettent leurs chaussures et marchent longtemps, à la file indienne, entre les sillons, les pieds alourdis par la boue, Rex devant, l'ondulation de sa croupe, son pelage rassurant qui luit sous le soleil. Elles gardent le silence. Le champ de maïs devient le pré.

Oh, c'est mardi, il fait beau, il fait soleil, mais l'estomac de Madeleine est glacé. Tout est si paisible, comme un jour d'école. Cherche quelque chose de rose et de brillant dans l'herbe aplatie de l'année dernière ou peut-être dans un bouquet d'asclépiades ou de quenouilles — fuseaux bruns duveteux éclatant sous la peluche. Peut-être le verront-elles voler au-dessus des stramoines semées çà et là comme des serviettes de table — la campagne tout entière est une nappe dressée pour un festin — ou parmi les chardons qui s'agrippent à leurs socquettes, un objet réfléchira les rayons du soleil, le serpentin forcément. Il faut le retrouver parce qu'il était à elle. Et il est encore là, fin seul. Il suffit de continuer à marcher. Rex connaît le chemin.

Il zigzague devant, jette un coup d'œil par-dessus son épaule de loin en loin, s'arrête, les laisse le précéder un moment. Il les dirige en bon chien berger. Le muguet qu'elles foulent au pied dans l'herbe tendre embaume l'atmosphère.

Le terrain devient marécageux. Au loin, tout seul, annonçant les bois, un orme imposant.

Arrête-toi ici. Ne va pas plus loin. Reste au bord. Comme à l'approche d'un étang. Surtout pas question de se mouiller les pieds. S'il y avait un étang, elle verrait son reflet dans l'eau et se demanderait s'il y a en dessous un monde minuscule lui rendant sa curiosité. Mais ce n'est pas un étang. Un cercle de plantes et de mauvaises herbes piétinées, comme si quelqu'un avait pique-niqué. De la taille d'une flaque d'eau. Assez grand pour qu'on s'y roule en boule. C'est là qu'elle était couchée. Cependant, l'herbe, déjà, se redresse. Il n'y aura bientôt plus rien à voir. Tout autour, on a arraché les mertensias et les pissenlits, leur lait séché dans les tiges, leurs fleurs mêlées aux quenouilles. Nulle trace du serpentin rose.

— Ils vont peut-être l'enterrer ou encore le garder en souvenir, dit Madeleine.

Quand Madeleine sera grande, Claire sera toujours dans une boîte ensevelie sous la terre. Encore petite, vêtue de la robe que ses parents auront choisie pour l'enterrement. *Peu importe ce que je ferai, peu importe où j'irai, Claire demeurera là, au même endroit.*

— Ils ne peuvent pas enterrer des éléments de preuve, dit Colleen.

Encore la *preuve*. Imagine ton vélo, tes tennis, n'importe quoi ; un jour, ce sont tes affaires qui traînent, le lendemain des éléments de preuve. Police. Défense d'approcher. Top secret.

Elles inspectent minutieusement les environs, sans rien toucher. Elles parlent peu, chuchotent à peine. Elles marchent sans bruit. C'est un tombeau ici.

— Nous devrions organiser des funérailles.

— Ouais.

Un jour, Mike et Madeleine ont organisé des funérailles pour une mouche. Ils l'avaient glissée dans une boîte d'allumettes et avaient prié pour elle pendant que Madeleine composait un poème : « Au revoir, petite mouche, il est temps que tu te couches ; au revoir, fine mouche, dors à jamais sous une souche. » Voilà qu'un autre poème lui monte à la bouche : « Claire, chère Claire, avec tes cheveux si clairs, toi qu'on a mise en terre… » Elle s'arrête parce que la seule rime qui lui vient ensuite est « derrière ». « Où as-tu mis ton derrière, chère Claire ? » Perdue et disparue pour toujours.

— On lui avait enlevé sa culotte, dit Colleen.

— Comment tu le sais ? demande Madeleine.

— J'ai entendu madame Ridelle le dire à maman.

— C'est dégueulasse.

— Ouais.

Elles ne disent rien, tout à la contemplation du cercle qui disparaît peu à peu. Rex reste près d'elles. Aux aguets.

— Le meurtrier a peut-être pris l'autre serpentin, dit Madeleine.

— À moins qu'elle l'ait perdu.

— Non, non, elle l'avait. Tu te souviens ? On l'a vue aller à Rock Bass avec Ricky et Elizabeth.

— Elle n'y est pas allée avec eux.

— Je sais, mais j'ai vu les deux serpentins, dit Madeleine en baissant de nouveau les yeux, et c'était ce jour-là.

Sur le point d'arracher un brin d'herbe pour le mâchouiller, elle s'arrête. Pas question de mâchouiller ni de manger quoi que ce soit par ici.

— Nous sommes les dernières à l'avoir vue, dit-elle.

Il y aura toujours une personne que nous serons les derniers à voir ou qui sera la dernière à nous voir. Ce sera qui, pour moi ?

— Non, Ricky et Elizabeth l'ont vue après nous, dit Colleen.

— Oui, c'est vrai.

— Quelqu'un d'autre aussi.

Colleen sort son couteau, sans l'ouvrir ni le lancer et le rattraper comme à son habitude.

— Qui ? demande Madeleine.

Colleen plisse les yeux et ne répond pas. Elle ne regarde pas non plus Madeleine. Puis Madeleine a une illumination. *Le meurtrier : voilà qui.*

Elle entend le violon des sauterelles, les insectes qui escaladent les brins d'herbe. Le soleil incendie la raie de ses cheveux. Non loin, les bois sont sombres et frais. Rex renifle le bord du cercle aplati, mais il ne s'y aventure pas lui non plus. Colleen passe la main dessus.

— Pour voir si c'est encore tiède.

— Ça l'est ?

— Un peu. Touche.

Madeleine n'y tient pas.

— On rentre, Colleen ?

— Non. Je veux te dire quelque chose. Et si tu le répètes, je te tue.

Rex dresse l'oreille et lève la tête.

— Qu'est-ce qu'il y a, mon chien ?

Elles suivent le regard de Rex, fixé sur les bois. Un fracas — le cœur de Madeleine bondit dans sa poitrine, elle agrippe le bras de Colleen, qui ne la repousse pas. Elles restent là, pétrifiées. Des pas lourds. Les feuilles s'agitent. Madeleine plonge ses ongles dans le bras de Colleen.

— Chut, fait-elle.

Là, au milieu des ombres fraîches — robe brun clair parmi les branches —, une biche. Aux yeux bruns immenses. À l'abri du casse-tête vert et noir de la forêt, elle les dévisage. Telle une créature surgie d'un monde aquatique, sur le point de faire l'essai de l'oxygène, ce rien dangereux et irrésistible.

Rex s'accroupit, grogne doucement. Les épaules en mouvement, il s'avance à petits pas.

— C'est bon, Rex. Laisse.

Il s'arrête.

La biche entre dans le pré, où elle se met à brouter. Ils l'observent tous les trois, oh pendant longtemps, cinq bonnes minutes, avant que l'animal, levant la tête, ne disparaisse comme une onde, plongeant dans la mare sombre de la forêt.

Voilà les funérailles de Claire.

— Qu'est-ce que tu voulais me dire ? demande Madeleine.

Elles se sont éloignées des bois, du petit cercle, elles quittent les lieux. Madeleine aperçoit un éclat de coquille bleue dans l'herbe — on dirait un morceau d'œuf de merle. Elle se penche pour le ramasser, mais, avant qu'elle n'en ait le temps, Colleen lui saisit l'avant-bras et le retourne. Dans son autre main, le couteau, la lame à découvert. Elle pose le manche à plat dans la paume de Madeleine et referme ses doigts dessus. Puis elle tend sa propre paume et dit :

— Vas-y.

— Quoi ?

— Coupe-moi. Après, ce sera ton tour.

— Pourquoi ?

— Parce que, sinon, je ne te dis rien du tout, pas un foutu mot, c'est clair ?

Madeleine, qui sent le poids du manche sculpté, fixe la paume offerte.

— N'appuie pas trop, dit Colleen. Juste assez pour que ça saigne.

Colleen l'observe. Madeleine hésite. Colleen a l'air aussi coriace que la terre battue du chemin, mais sa paume est tendre. Madeleine pose la lame tranchante contre la partie charnue de la paume de Colleen. Puis elle appuie et tire la lame vers elle. La peau se fend et des perles de sang affleurent, puis dégoulinent dans le creux de la main de Colleen.

De l'autre main, Colleen réclame le couteau. Madeleine le lui donne. Colleen attend, le sang s'accumule dans sa main en coupe.

Madeleine tend sa main gauche, la paume dessus, la droite fermée sur le poignet, comme pour l'empêcher de s'enfuir.

Colleen soulève le couteau. Madeleine ferme les yeux, haletante. Puis les rouvre. Colleen l'observe, un sourire sarcastique aux lèvres.

— Prête, Super-souris?

Madeleine fait signe que oui. Elle se force à regarder, mais avant même qu'elle n'ait eu le temps de prendre son courage à deux mains, tout est terminé. Elle a à peine vu le couteau bouger et elle n'a rien senti non plus, mais la bande rouge est apparue sur sa paume comme par magie, s'élargissant, débordant gracieusement de ses rives. Colleen tape sa paume dans celle de Madeleine et serre fort, les écrase l'une contre l'autre. Madeleine serre à son tour. Elle ne sent toujours rien.

Colleen la libère.

— *On ai seurs de san**.

On dirait leurs deux mains barbouillées de peinture aux doigts. Elles laissent Rex lécher leurs plaies. La bave des chiens, c'est bien connu, a des propriétés antiseptiques.

Colleen se remet en route et Madeleine la suit. Colleen fait comme si elle avait oublié jusqu'à son existence. Elles marchent en silence.

— Et alors, Colleen, ce secret?

— Pas ici, dit-elle.

À Rock Bass, Colleen s'assoit sur la pierre plate près du ruisseau et saisit la lanière de cuir, d'un brun tirant sur le roux, poli par l'âge, qu'elle porte au cou sous sa blouse blanche d'écolière. Le cuir a presque la couleur de sa peau. Elle la fait sortir, le bout au creux de la main — celle qui n'est pas blessée.

— Je vais te montrer quelque chose, dit-elle.

Desserrant le poing, elle révèle une minuscule pochette en daim, fermée par un fin lacet de cuir. Elle tire sur le nœud fragile pour l'ouvrir. Du pouce et de l'index, elle exhume le secret. Un bout de papier froissé.

— Qu'est-ce que c'est? demande Madeleine.

Colleen le lisse.

— Ça vient d'un catalogue.

Avec le temps, le papier, autrefois glacé, a pris l'apparence de la flanelle. Madeleine distingue un bout de vélo rouge — de garçon — et, dessous, une légende : « Pony Express ».

— Je suis une enfant adoptée, dit Colleen.

La terre s'incline sans bruit, l'érable vacille, soudain déraciné. *Adoptée.* Madeleine fixe la pierre noire calcinée entre elles. Derrière

Colleen, il y a un blanc. Non — derrière elle, il y a des parents morts. C'est pour cette raison que des enfants sont adoptés.

— Tu es orpheline?

— Mais non, idiote, j'ai des parents.

— Je sais, je veux dire… avant.

— Mes parents de sang sont morts.

Madeleine se sent tout étourdie. Colleen a fait apparaître le spectre redouté de tous — que vos parents meurent sans vous dans un accident de la route — c'est ainsi que les parents meurent.

Madeleine a l'impression qu'un châle de mort recouvre toutes choses avec, dans ses plis, une odeur. Celle des McCarroll, de Colleen, du groupe d'exercice, de Madeleine et de M. March. Cette odeur, la plupart des gens ne l'ont pas sur eux et ne la remarquent pas chez les autres. Ils ont de la chance. *Papa, par exemple, qui me croit enjouée et désinvolte.* Sa mère a reniflé l'air une ou deux fois, on aurait dit qu'elle avait détecté une odeur de fumée, avant de rejeter l'idée, comme on se convainc que c'est ailleurs que le feu fait rage.

— C'est pour cette raison que ta mère fait du bénévolat à l'orphelinat, non? dit Madeleine en voyant ses mots défiler telle une écriture propre et nette sur une page blanche.

Les mots sont propres. L'infime cicatrice au coin de la bouche de Colleen a pâli, ses lèvres virent au mauve.

— Ouais, entre autres.

— Tu étais bébé quand ils t'ont adoptée, non? dit Madeleine.

— Non, j'étais une petite fille.

— Mais tu ne t'en souviens pas.

— Bien sûr que je m'en souviens, bordel. Je me souviens de tout.

Le moment est mal choisi pour l'interroger sur le sens du mot « bordel » — mal choisi aussi pour poser des questions qui éclaboussent et font des vagues, sauf peut-être pour les mots qui font ploc! tout doucement.

— Ça ne me dérange pas que tu sois adoptée.

Colleen se contente de regarder dans le vide.

— Tes parents non plus, ça ne les dérange pas.

— Je sais.

— Dans ta famille, ça ne dérange personne.

— Nous sommes tous adoptés, imbécile.

En pensée, Madeleine revoit les enfants Froelich, comme pour la première fois. Ils ne se ressemblent pas, c'est vrai, mais Mike et elle non plus. Même si Mike ressemble à papa et elle à maman.

— Même Elizabeth?

— Ouais, fait Colleen en se tournant vers Madeleine. Tu trouves ça drôle ?

— Non.

Elle réprime un sourire en se mordant la joue, non pas parce que c'est drôle, mais plutôt parce que ça ne l'est pas.

Colleen, les genoux dans les bras, se berce doucement.

— Sauf Ricky. C'est mon frère de sang.

— Comme… fait Madeleine en désignant la plaie toute fraîche sur sa paume.

— Non, dit Colleen. Pour vrai.

Ça colle. Quand on y songe, ils se ressemblent, mais sous la surface. Ils ont une couleur différente — Rick a les cheveux et les yeux noirs, la peau blanche en hiver, tout le contraire de Colleen avec ses yeux de husky et sa peau mate. Sans compter que Rick est un gentleman. Ils ont cependant les yeux et les pommettes de la même forme, la même minceur athlétique.

— Nous nous appelions Pellegrim, dit Colleen.

Pellegrim. Ça sonne comme *pèlerin,* songe Madeleine.

Au moment de l'accident de voiture, Ricky et elle étaient assis par terre, derrière. Ils consultaient un vieux catalogue de Noël de Sears, Roebuck.

— C'est ma carabine, avait dit Ricky.

Une carabine jouet avec, sur la crosse, la silhouette d'un cow-boy et d'un cheval au grand galop.

— Ça, c'est mon vélo, avait dit Colleen.

Un « All American Pony Express » rouge à la sonnette et au tube horizontal rutilants.

— C'est un vélo de garçon, lui avait dit Rick.

— C'est celui-là que je veux.

— D'accord. Pourquoi pas ? Tu es plutôt coriace pour une fille.

Il avait neuf ans, elle six. S'ils avaient survécu, c'est parce qu'ils se trouvaient par terre. Colleen avait eu le visage coupé par le catalogue, une vilaine coupure de papier. Ricky avait eu une commotion et porté une minerve pendant un certain temps, mais il allait bien. Leurs parents étaient passés par le pare-brise. Le devant de la Plymouth était écrasé, mais le moteur avait tenu bon.

Colleen s'était extirpée de la voiture pour aller trouver sa mère.

Il n'y avait pas d'autre auto. Seulement un cerf à moitié mort. Il y avait une carabine dans le coffre de la voiture. Quelqu'un devrait s'en servir pour achever l'animal, avait songé Colleen. Impossible de regarder le cerf parce qu'il était encore en vie et qu'il souffrait. Impossible aussi de regarder sa mère parce que sa mère était morte. Son père, elle ne le voyait pas. Il avait été projeté dans les bois. Elle avait marché un peu, l'avait trouvé, mais elle ne s'était pas approchée. Elle avait plutôt fait demi-tour et, près de sa mère, s'était bercée sur ses talons pendant un long moment. Dans la main, elle avait toujours un bout de catalogue froissé.

Une fois réveillé, Ricky était sorti de la voiture et avait vu le cerf dont les pattes battaient toujours. Ils étaient si tristes, ces grands yeux terribles, Colleen s'était demandé ce qui allait arriver au faon dans la forêt. Ricky avait sorti la carabine du coffre et abattu le cerf. Il avait recouvert sa mère d'une couverture cousue par elle. Il avait mis des feuilles sur le visage de son père. Puis il avait pris sa petite sœur par la main et ils avaient commencé à marcher sur la route, la carabine traînant derrière eux.

Le moteur de la voiture avait continué de tourner jusqu'à la panne sèche.

— Qu'est-ce que tu veux faire maintenant? demande Colleen en se levant.

— Sais pas, répond Madeleine. Toi?

Elles se rincent les pieds dans le ruisseau. L'eau est si froide que leurs pieds sèchent presque tout de suite. Elles remettent leurs chaussures et leurs socquettes, Madeleine ses Charles IX, Colleen ses mocassins ayant connu des jours meilleurs.

— Viens, dit Colleen. J'ai besoin d'une sèche.

La vie avait recommencé dans un orphelinat. Mais bientôt le frère de Colleen avait disparu. Le souvenir a cédé la place à l'imagination; après un certain temps, elle avait oublié qu'elle avait un frère — un vrai. On lui avait donné un nouveau nom, Bridget. Peut-être avait-elle un nom indien qu'on avait jugé opportun de changer à son arrivée; c'est le sort qu'on réservait à de nombreux enfants. Ils étaient indiens. Elle aussi, du point de vue des membres du personnel, mais sang-mêlée aux yeux des autres enfants. Elle ne venait pas d'une réserve, n'appartenait pas à une bande — les parents de sa mère avaient eu une magnifique cabane dans une réserve routière, mais elle avait disparu et les membres de sa famille s'étaient éparpillés. Colleen venait d'une voiture.

D'abord on l'avait prise pour une « muette », puis pour une « attardée mentale ». Les enfants n'étaient pas autorisés à parler leur propre langue, jugée païenne. Si elle osait rompre le silence en parlant *mitchif,* c'était pire encore. Le *mitchif* n'était pas une langue ; les Métis n'étaient pas un peuple.

Finalement, elle était devenue « incontrôlable ». À son admission à l'hôpital, les Services sociaux étaient intervenus et l'avaient envoyée dans un pensionnat de Red Deer en Alberta. Un lieu réservé aux arriérés, aux délinquants et aux rejetés. Il y avait de nombreux Indiens et des sang-mêlés à des degrés divers. Quand vous étiez gentil, on vous autorisait à travailler à la ferme. Pour sa sécurité et celle des autres pensionnaires, on l'avait ligotée à son lit. On ne l'avait pas stérilisée, cependant, faute de temps. Un jour, du côté de la clôture réservé aux garçons, quelqu'un avait crié :

— Colleen !

Elle s'était retournée, avait reconnu son nom en l'entendant. C'était son frère.

Karen Froelich avait compris qu'elle ne pouvait plus faire du bénévolat à cet endroit. Il fallait non pas le soutenir, mais au contraire l'obliger à fermer ses portes. En adoptant ces deux « cas problèmes », Henry Froelich et elle avaient signé un document les obligeant à vivre dans la province et à faire périodiquement rapport à un agent du tribunal des enfants. Karen avait travaillé comme coopérante pour le compte de l'ONU et Henry avait été réfugié. Ils en connaissaient un bout sur la bureaucratie. Ils avaient fait monter les enfants dans leur Chevrolet et avaient parcouru plus de trois mille kilomètres vers l'est. Henry avait trouvé du travail dans une base de l'armée de l'air en Ontario, peuplée uniquement de déracinés. Personne n'y restait assez longtemps pour se donner la peine de sonder à fond le passé de ses voisins.

LE DROIT DE GARDER LE SILENCE

Le mardi après-midi, Rick, qui rentre de l'école, est appréhendé. Il court sur la route n⁰ 4, au sud d'Exeter, ses livres sont dans un havre-sac acheté au surplus de l'armée, les chaussures qu'il porte à l'école, accrochées aux courroies du sac, ballant sur son dos. La voiture de la PPO ralentit à sa hauteur. Il reconnaît les deux agents et les salue sans façon. Celui qui occupe le siège du passager dit :

— Monte, mon garçon.

Rick continue de courir.

— Merci, mais je m'entraîne.

— Monte, dit le conducteur.

Rick s'arrête.

— Pourquoi? Qu'est-ce qu'il y a?

Ses parents, les enfants. Elizabeth va bien?

— Monte dans la voiture, je te dis! fait le policier derrière le volant.

Rick hésite. La porte du passager s'ouvre, et son vieil ami en surgit comme un taureau d'un box. Rick se retourne et détale. À travers champs, obéissant à un ancien réflexe. C'est fou, il n'a rien à se reprocher, mais il court de toutes ses forces au milieu des nouvelles pousses de betteraves, saute par-dessus des arêtes de terre durcie par le soleil, ses livres lui battant le dos, ses chaussures lui fouettant les flancs, la gorge brûlante. Le policier accuse du retard, Rick s'en rend compte en jetant un coup d'œil par-dessus son épaule. Il fonce toujours, il y a un boisé devant, si seulement il parvient à gagner les arbres... Un autre coup d'œil: le policier est plié en deux, les mains sur les genoux, à bout de souffle. Une antique joie soulève les coins de la bouche de Rick, un sentiment de triomphe déraisonnable.

— Essayez de m'attraper, *maudi batars**!

Il éclate de rire, le menton levé, la poitrine bombée, pas fatigué, jamais fatigué, il courrait toute sa vie — un autre coup d'œil, la voiture tangue vers lui en sautant par-dessus les sillons, soulevant un nuage de poussière dans son sillage. Elle accélère, fonce droit vers lui. Il s'arrête.

Jack règle le chauffeur de taxi et descend devant le cénotaphe d'Exeter à sept heures vingt. Il fait encore jour lorsqu'il entreprend à pied le trajet jusqu'à la voiture d'état-major qui l'attend derrière l'ancienne gare.

Jamais il ne s'est senti aussi à l'aise derrière le volant d'une auto, sans le picotement des épingles et des aiguilles dont la banquette de la Ford Galaxy semblait tapissée. Il a soutiré deux aspirines au chauffeur de taxi qui l'a conduit jusqu'ici depuis le dépôt Hertz de London; cap vers le sud, il sent sa migraine s'effacer. Il se cale sur le siège pour profiter à fond de la suspension élastique et du pur sentiment d'avoir accompli quelque chose — en dépit du cambouis sous ses ongles. Ses mains ressemblent à celles de Henry Froelich.

La Ford bleue était le seul élément dont la police disposait pour établir un lien entre Oskar Fried et la région. Bientôt, elle serait réduite à l'état d'enveloppe de métal. Maintenant qu'il a servi la reine et son pays, Jack procède mentalement à une analyse coûts-avantages. Les avantages : Oskar Fried est en sécurité, libre de mettre ses talents au service de l'Occident dans sa lutte pour la suprématie militaire et scientifique. Les coûts : la police a perdu un temps précieux dans sa poursuite du meurtrier de l'enfant, et Jack a menti à sa femme. Il a la ferme intention de ne plus jamais mentir à Mimi. Quant aux égarements de la police, ils mettent Jack mal à l'aise. Peut-être Simon sera-t-il en mesure d'user de son influence pour remettre les autorités sur la bonne piste.

Il entre dans la base, pressé de se débarrasser de la voiture d'état-major, de se décrotter et de rentrer au plus vite. De Windsor, il a téléphoné à Mimi pour lui dire qu'il était coincé dans une réunion à London. Ce sera le dernier mensonge.

— Je dois prévenir mes parents, monsieur, répète Rick.

— Je vais demander à quelqu'un de le faire, dit l'inspecteur. Quel est le numéro ?

L'estomac de Rick grogne. Il se trouve dans la même pièce en béton vert, assis à une table en bois. L'inspecteur a pris place en face de lui. Rick a froid. On lui a confisqué son havresac, où il avait fourré son blouson, et on ne le lui a toujours pas rendu.

— Pourquoi t'as fait ça, fiston ? demande l'inspecteur.

— Fait quoi ?

Rick n'a pas du tout conscience de l'attention qu'il porte aux enfants. Ils s'agglutinent autour de lui, à la manière d'oiseaux. Il ne s'en rend pas toujours compte ; le cas échéant, il répond parfois. À la demande d'un enfant, il pousse la balançoire, à supposer qu'il se trouve dans la cour d'école. Deux ou trois tirs au but, « bien sûr que tu peux essayer mon blouson ». À la façon du type qui a en main un sac de pop-corn quand les pigeons se posent. Il ne comprend donc pas ce que veut insinuer l'inspecteur Bradley quand il dit :

— Tu les aimes jeunes, pas vrai, Rick ?

Jack descend Canada Avenue, les immeubles blancs de la base brillant sous la lueur des lampadaires. L'air est frais, comme s'il sortait de la machine à laver. Voilà des jours qu'il ne s'était pas senti aussi léger. N'ayant pas déjeuné, il attend avec impatience ce que Mimi va lui servir, et il a hâte de voir les enfants.

Haut dans le ciel, de pâles nuages réfléchissent la lune ; une dernière chute de neige se prépare peut-être, baroud d'honneur de l'hiver. Il faudra bientôt troquer le lourd uniforme d'hiver contre le kaki plus léger. Jack se surprend à penser avec envie aux vacances au Nouveau-Brunswick en août — il est temps que Mimi voie sa mère. Quant à lui, il ne dirait pas non à une bonne partie de *deux-cents**, à une véritable fête avec ses beaux-frères.

Sur sa gauche, il aperçoit le centre des messages — s'il ne s'y était pas arrêté hier pour récupérer la carte d'embarquement de Sharon et qu'il ne la lui avait pas apportée en personne, jamais il n'aurait eu vent de la rencontre entre Fried et Froelich. La chance et le parti qu'on en tire jouent un rôle fondamental. Le renseignement humain. Grossièrement sous-estimé. Sur ce point, Simon a raison.

Lorsqu'un avion espion U-2 est descendu ou qu'Igor Gouzenko fait surface, un coin du voile se soulève pour le grand public. Mais des centaines d'hommes comme Simon travaillent de nuit comme de jour, mènent des batailles invisibles, enregistrant des victoires silencieuses, pour que, à notre réveil, nous trouvions le monde dans l'état où nous l'avons laissé la veille. Et nous pouvons nous bercer de certitudes, garder notre foi intacte : le soleil se lèvera demain, le ciel ne se remplira pas d'avions, ne sera pas oblitéré par la sirène d'alerte aérienne.

Il passe devant l'intrépide Spitfire, le nez pointé vers les étoiles, et traverse le chemin du comté de Huron. Il vit au milieu d'une poignée d'hommes conscients de l'extrême fragilité de tout. Sous l'apparente tranquillité du quotidien, des forces instables se multiplient, des forces qui ont pour but d'affirmer la suprématie du chaos. Brièvement et sans brio particulier, Jack est intervenu en coulisse pour préserver l'insouciance de sa famille et de millions de ses semblables. À son arrivée dans la zone des logements familiaux, il se sent en veine d'épanchement.

— S'il t'avait vu, ton aviateur serait venu se confier à nous, non ?
— Il a peut-être été réaffecté.

Rick a dépassé le stade de la faim, il a la nausée, maintenant, quelle heure est-il ? Ils me croient coupable d'avoir étranglé Claire McCarroll.

— Il n'appartient peut-être pas à la base. Il est peut-être venu suivre un cours. Il est peut-être reparti le lendemain.
— Tu connais des militaires qui ont récemment quitté la base ?
— Je ne sais pas.
— Mais lui te connaissait — tu prétends même qu'il t'a salué. Comment expliques-tu ça ?
— Je ne sais pas.
— Tu ne sais pas grand-chose, dit l'ami de Rick, celui qui occupait le siège du passager.

Celui qui a asséné à Rick un violent coup de poing au ventre quand il a enfin cessé de courir. Assis sur une chaise inclinée contre le mur, il prend des notes.

— Je veux téléphoner à mon père.

— Le problème, mon petit vieux, dit le gros policier, c'est qu'il n'y a pas eu de départs de la base, cette semaine-là. Ni cours qui ont pris fin, ni nouvelles affectations, ni permissions, rien. Nous avons vérifié, tu comprends ?

Rick fixe la surface balafrée de la table.

— Alors, jeune homme. Ton explication ? demande Bradley.

— Je n'en ai pas.

— J'en ai une, moi.

Rick attend.

— Tu as tout inventé.

Un mauvais rêve.

— Je veux ma maman, dit Rick, qui se mord la lèvre.

À l'approche des larmes, il se sent rougir, piégé par la toute-puissance de la petite phrase universelle. Il lève les yeux. Le gros policier sourit.

Jack gravit l'escalier au pas de course.

— Qu'est-ce qu'il y a pour dîner ? J'ai une faim de loup.

La cuisine, cependant, est déserte. Pas la moindre odeur de fricot. La table n'est pas mise.

— Mimi ?... Les enfants ?

Qu'est-ce qui s'est passé ? *Je me suis absenté et il s'est passé quelque chose.* Le coucou le fait sursauter. Il se dirige vers le téléphone et le carnet d'adresses à ressort de Mimi — dont le système de classement lui échappe tout à fait — et aperçoit le mot sur la porte du frigo. «Nous sommes chez les Froelich.» Il respire. Il a envie d'une bière. Peut-être Henry aura-t-il une bonne Löwenbräu sur la glace.

Il est sur le point de cogner à la porte des Froelich quand le foutu chien policier se jette sur lui à travers la moustiquaire.

— Rex !

Colleen l'agrippe par le collier.

— Il vous a pris pour un autre policier.

Elle se retourne et disparaît dans le couloir. Jack entre. Un disque joue à tue-tête. *Bambi.*

— Papa !

Madeleine sort en trombe du salon et se rue sur lui.

— Coucou, choupette.

— Salut, papa, dit son fils, absorbé par une construction en Meccano.

Le salon des Froelich est sens dessus dessous — paniers à linge, journaux, parc, jouets. La jeune fille en fauteuil roulant ne semble pas avoir remarqué son arrivée. Il ne la salue donc pas. Il trouve sa femme dans la cuisine, occupée à nourrir les deux bébés, dont un qui hurle. Le tableau le fait sourire. Il la taquinera plus tard à ce sujet, mais il faut dire qu'elle a l'air dans son élément, un bébé au bout de chaque cuillère, de la purée de pêche plein les cheveux. Elle, cependant, ne lui rend pas son sourire.

— Il y a de la soupe sur le poêle. Ricky Froelich a été arrêté.

— Quoi?

Jack hésite, le fumet de la soupe irrésistible.

— Pour quoi faire?

Il soulève le couvercle de la marmite.

— Claire.

Le métal est chaud, mais le message met une seconde à passer. Quand il dépose enfin le couvercle, Jack a le bout du pouce et de l'index rouge et luisant.

— Claire? fait-il, les lèvres sèches.

Le mot se dissout comme un cachet dans son estomac, irradiant. *Claire.* Il prend une profonde inspiration. Assis à la table de la cuisine, les petits garçons martèlent le plateau de leur chaise haute. Mimi racle la purée de pêche de leur visage et, d'une main experte, la glisse dans leur bouche. Il lit le mouvement des lèvres de sa femme et s'efforce de déchiffrer ce qu'elle dit — les Froelich sont partis à la recherche de leur fils, des policiers sont venus prendre ses affaires, ont prétendu ne pas savoir où on le détenait. Elle va à l'évier rincer les bols.

— Pourquoi? demande Jack.

Dans le tapage ambiant, elle ne l'a pas entendu.

— Pourquoi? répète-t-il.

— Ils ne croient pas à son alibi.

Jack examine le mot « alibi » — on dirait un poisson bizarre au bout de la ligne. Il aperçoit Colleen dans l'embrasure de la porte.

— Je vais les mettre au lit, je vais les changer.

Ses lèvres bougent à peine. Ses yeux se dérobent encore plus qu'à l'accoutumée.

— Quelle bonne assistante tu fais, Colleen, dit Mimi. Allons-y ensemble.

Jack reste seul dans la cuisine. Dans le salon, la stéréo fait tonner la voix aux chaudes intonations de Shirley Temple, sa voix empreinte d'un certain charme plaintif et sexy. *Son alibi.* Comment cela avait-il pu lui échapper ? Il aurait dû savoir. Le garçon sur la route avec sa sœur et son chien… une illusion d'optique. Jack se rend compte qu'il s'est remémoré l'événement du point de vue de Rick : la voiture bleue qui s'avance dans le soleil, dont les rayons se répercutent sur le pare-brise, oblitérant tout sauf le contour d'une casquette derrière le volant, une main soulevée en guise de salut, un homme agitant la main. Et, au moment où la voiture passe, la bosse du pare-choc, l'autocollant jaune.

Voilà maintenant que Jack se rejoue le même souvenir de son point de vue à lui. Il voit Rick en train de courir avec sa sœur et son chien, poussant le fauteuil roulant. Le garçon met la main en visière pour se protéger d'un éclat de soleil. Puis il soulève la main et, d'un air incertain, rend le salut de Jack. Mercredi après-midi. Le moment où la petite fille a disparu.

Les policiers ne se sont jamais intéressés à ce que le garçon avait vu. Ils voulaient plutôt déterminer si quelqu'un l'avait vu, lui. « L'après-midi du 10 avril », avait demandé Bradley. Le moment du meurtre, sans doute. Le fait de dire ou de penser « moment du meurtre » confère un semblant de sens à un événement d'une obscène confusion. Cet événement, personne ne devrait l'appeler quoi que ce soit : lui donner un nom, c'est l'inclure dans le monde, et il ne doit pas l'être.

Jack fixe la table de la cuisine : les éclats du formica gris se confondent avec les miettes, avec un cercle de lait. Il joint les mains près d'une pile de factures que des taches de beurre rendent transparentes.

Il ne faisait que son travail, jamais il n'aurait pensé que… Quel être doué de raison aurait pu s'imaginer que la police avait Ricky Froelich dans le collimateur ? Il secoue la tête : la thèse du « criminel de guerre » réfutée, la situation est soudain claire comme de l'eau de roche : *Rick est le dernier à avoir été vu en compagnie de la petite. Rick a trouvé son corps* — parce qu'il savait où chercher, croit la police. Et maintenant, gracieuseté de Jack, elle a beau jeu de dire : *Rick a menti à propos de son alibi.* Que Ricky Froelich soit un gentil garçon ne gêne en rien les déductions des policiers. À leurs yeux, il n'est qu'un délinquant.

Un grésillement — la soupe déborde. Jack éteint le feu et se réchauffe les mains au-dessus du gâchis.

De la stéréo monte un ordre effronté :

— Réveillez-vous, réveillez-vous ! Réveillez-vous, papa Hibou !

Le visage de l'inspecteur Bradley est impénétrable, sa voix aussi blanche que s'il lisait un extrait de manuel.

— Tu as abandonné ta sœur dans son fauteuil roulant et, accompagné de ton chien, tu as attiré Claire McCarroll dans le champ, où tu as tenté de la violer. Elle a menacé de te dénoncer et tu l'as tuée.

— Qu'est-ce qu'il y a de si drôle, Rick ? demande le policier depuis sa chaise.

— Rien.

— Il faut bien qu'il y ait quelque chose de drôle puisque tu ris.

— C'est fou, c'est tout.

Il a tenté de réprimer son rire, mais il se trouve que les larmes sont plus faciles à repousser. C'est drôle. Il est huit heures trente. Depuis cinq heures qu'il est dans cette pièce, et il n'a ni fait pipi ni mangé. Il a répété inlassablement la même histoire. Eux s'entêtent à dire qu'il a laissé sa sœur seule dans son fauteuil roulant…

— Je ne laisserais jamais ma sœur seule dans son…

Il rit si fort que des larmes ruissellent sur ses joues. Il pose la tête sur ses bras, appuyés sur la table. Pris de haut-le-cœur.

— Qu'est-ce que tu dis ?

— Vous n'avez qu'à lui poser la question, dit Ricky en épongeant ses larmes.

— Poser la question à qui, Rick ? demande l'inspecteur Bradley.

— À ma sœur. Elle ne m'a pas quitté d'une semelle. Elle vous le dira, elle.

L'inspecteur Bradley ne dit rien. Le gros policier avale une gorgée de coca et dit :

— À quoi bon lui parler, Rick ?

— Elle vous le dira, elle, que je n'ai rien fait.

— Elle ne peut rien nous dire du tout, Rick.

— Mais oui, elle était…

— C'est une attardée.

Rick se sent si fatigué. Il promène son regard de l'homme en costume à l'homme en uniforme.

— Vous me faites chier, dit-il.

De la boîte à bonbons Lowney's que Mike a apportée de la maison, Madeleine tire un soldat vert sur le point de lancer une grenade. Comme d'un bon livre, on ne se lasse jamais de l'histoire de Bambi. La voix adulte de Shirley Temple vous oblige à écouter jusqu'à la fin douce-amère. Sa voix larmoyante mais brave, c'est celle de votre propre cœur. « Arrivés près du champ, Bambi et sa mère avaient fait preuve de la plus grande prudence, car elle était ouverte aux quatre vents. »

Elle examine l'impénétrable phalange qu'elle a constituée autour du fauteuil d'Elizabeth, déplace un sniper couché et sent quelque chose de mouillé lui glisser sur la nuque. Ah non, se dit Madeleine, Elizabeth bave. Impossible de se fâcher contre elle, elle ne peut pas s'en empêcher. Madeleine lève les yeux.

Ce n'était pas de la bave, c'étaient des larmes.

— Ne t'en fais pas, Elizabeth, dit Madeleine, du ton doucereux qu'elle réserve aux chats et aux bébés. Ricky va bientôt rentrer.

Ils l'ont mis à nu. À la recherche de marques sur son corps.

— Et ça, mon gars, c'est quoi?

Rick ne dit rien. Il regarde le docteur agenouillé devant lui. Un inconnu. Il a soulevé le pénis de Rick à l'aide d'un abaisse-langue en bois — un bâton de Popsicle.

— Tu as fourré ta quéquette dans un nœud d'arbre? demande le policier.

Le docteur lui décoche un regard désapprobateur et le policier se croise les bras en marmonnant:

— Ça me rend malade.

Une lésion sur le côté de la verge, sous le gland, de la taille d'une pièce de dix cents. Le médecin prend des notes puis demande:

— C'est quoi, ça?

— *Ci qouai ça**?

— Pardon? dit le médecin.

— Qu'est-ce que tu as dit? demande le policier.

Rick ne dit rien. L'inspecteur Bradley attend, impassible. Un deuxième policier en uniforme photographie le pénis de Rick. Dehors, on entend tout un remue-ménage.

Rick sait pertinemment que c'est son short en denim qui a causé la plaie sur son pénis. Après avoir nagé dans l'eau glacée, dimanche, il l'a remis sans sous-vêtement. Il ne dit rien et remonte sa fermeture éclair.

Le docteur examine à la loupe les bras, le visage et le cou de Rick. À la recherche de traces de lutte. Ils ont inspecté ses vêtements dans l'espoir d'y trouver un objet, une marque, une tache, n'importe quel indice.

— Reprenons tout depuis le début, Rick. Une fois au carrefour, où es-tu allé? Essaie de te rappeler.

— *Asseye de ti rappeli**.

Il se souvient des lits de fer. Des femmes à la voix dure et aux chaussures blanches qui l'entraînaient par le bras. Du linoléum sombre strié de blanc, de l'odeur des haricots qui cuisaient, de l'odeur de la pisse.

— Qu'est-ce que tu as raconté à la petite fille pour qu'elle te suive?

— *En pchit fee**, dit Rick.

— C'est assez, dit le gros policier.

— Nous avons toute la nuit, Rick, dit l'inspecteur Bradley. Essaie de te rappeler, fiston.

Il se souvient de la curieuse impression qu'il avait parfois d'avoir une sœur. Comme si le mot « sœur » désignait une chose qu'il avait eue en sa possession. Les sœurs, on ne les retenait pas. Elles ne mouraient pas, elles disparaissaient tout naturellement. Au moment des retrouvailles du frère et de la sœur, c'est comme si Rick avait échappé à un sortilège. Il s'était juré de ne plus s'endormir loin des siens, plus jamais.

À leurs vingt et un ans, Colleen et lui auront la possibilité de reprendre leur vrai nom de famille — le premier — Pellegrim. Son père jouait de la musique cajun et chantait. Rick ne sait pas d'où il venait, il n'en parlait pas. Il ne sait même pas s'il était canadien ou américain, mais il prétendait avoir du sang indien. Il s'était battu dans le Pacifique. Il n'avait pas de passeport. Pourtant, la famille allait et venait de part et d'autre de la frontière — à l'époque, c'était possible. De petites routes, du côté de Medicine Line. La mère de Rick avait de longs cheveux noirs, un visage rond et doux. Les yeux sombres et scintillants comme ceux de Ricky. Geneviève.

Ils suivaient les rodéos. Son père portait un chapeau de cow-boy et un blouson de daim à franges avec un aigle brodé dans le dos à l'aide de billes, œuvre de sa mère. Elle venait de la vallée de la rivière Rouge, et un jour Ricky ira là-bas voir s'il reste quelqu'un de la famille. Voilà tout ce qu'il a. Au besoin, il réussirait à tout caser dans un très petit baluchon. *Ousque ji rest? Chu en woyaugeur, ji rest partou**.

— Parle anglais, dit le policier.

Ils sont seuls. L'inspecteur et le médecin sont sortis. Encore du bruit dans le corridor — Rick reconnaît la voix de sa mère. Il se retourne et, au même moment, se plie en deux sous l'effet de la douleur. Le gros policier lui a asséné un coup dans les parties, son genou épais encore en l'air, la toile bleue étirée. La porte s'ouvre et l'inspecteur Bradley entre avant que le policier n'ait eu le temps de se servir de sa botte. L'inspecteur met Rick en état d'arrestation pour le viol et le meurtre de Claire McCarroll, l'informe de ses droits. Puis c'est au tour des parents de Rick de faire leur entrée. À la vue de sa mère, Rick se réjouit d'être tout habillé.

Elle lui jette un seul coup d'œil et crie en direction de l'inspecteur Bradley :

— Espèce de fumier ! Qu'est-ce que vous lui avez fait ?

Le policier en uniforme s'est esquivé, cependant, et sa mère a beau vociférer, hurler qu'elle le ramène à la maison, son père a beau plaider de sa voix de professeur, rien n'y fait.

Dans son bureau, l'inspecteur Bradley prépare, à l'intention de son supérieur, une note de service dans laquelle il demande la mutation de l'agent qui a frappé Richard Froelich. Bradley n'est pas du genre à cogner sans laisser de marques. Il est au service du système judiciaire. L'affaire est délicate. Mineur, Richard Froelich a commis un crime d'adulte. Il devrait être jugé en conséquence. Des allégations de brutalité policière contre un « enfant sans défense » n'arrangeront rien.

Jack traverse la rue à la suite des enfants, qui font la course pour savoir qui arrivera en premier à la télé.

— On peut regarder les Pierrafeu, papa ?

— Bien sûr.

À petite échelle, la situation s'est aggravée. Mais c'est Simon qui a la mainmise sur la situation d'ensemble. Cette fois-ci, Jack lui téléphonera de la maison pour lui intimer l'ordre de parler à quelqu'un. Tout de suite.

— On peut avoir un soda à l'orange, papa ?

— Servez-vous, fait Jack en décrochant le combiné.

Dès que Simon aura réglé la grande image, la petite s'éclaircira d'elle-même.

Sur le point de composer, il se rappelle qu'il doit utiliser le numéro du soir. Il est dans son portefeuille. Avec la clé de la Ford Galaxy. Il avait eu l'intention de s'en débarrasser au cimetière de voitures. Il déplie le bout de papier, compose le numéro et écoute la sonnerie. Il parle dès que Simon décroche. Dans le salon, la télé est à tue-tête. Tant mieux.

— Le fils de mon voisin vient d'être arrêté pour le meurtre de la fille de McCarroll.

— Doux Jésus.

— Ouais. La police ne s'est jamais intéressée à Fried, c'est le garçon qu'elle cherchait à coincer.

— Celui dont tu m'as parlé ? demande Simon. Celui que tu as vu depuis la voiture ?

— Exactement.

— Quelle horreur. Au moins, ils lui ont mis la main au collet, c'est un soulagement, je suppose.

— Quoi ? Mais non, Simon, le garçon est innocent. Je suis son alibi.

— Je vois, fait Simon, après un infime silence.

Depuis le salon, Madeleine voit son père qui lui tourne le dos, appuyé contre le réfrigérateur. La tête penchée, il se masse la nuque de sa main libre.

Jack parle la bouche collée sur le téléphone.

— La police devrait être aux trousses de ce maniaque, au lieu de perdre son temps avec…

— Sans doute.

Dans le salon, les enfants se chamaillent. Jack retraite le plus loin possible, le fil tendu au maximum.

— La PPO doit savoir que je me porte garant du garçon, Simon. Il faut dissiper le malentendu tout de suite, discrètement. Il faut que tu parles à quelqu'un.

— À qui ?

Jack se sent un peu ridicule. Il s'humecte les lèvres.

— Aux Affaires extérieures, au service de sécurité de la GRC, à quiconque a l'oreille de la police d'ici.

— En fait, mon vieux, personne n'est dans le coup.

— … Qu'est-ce que tu veux dire ?

— Ce que j'ai dit, fait Simon d'un ton presque désinvolte. J'ai effacé toutes les traces. Les Soviétiques croient Fried mort. J'ai dû limiter les points d'entrée au minimum. Tu es le seul Canadien à avoir joué un rôle direct, je te l'ai dit.

Tu es le seul qui soit au courant. Il fallait donc prendre l'affirmation au pied de la lettre.

— Et… comment t'y es-tu pris pour…

Jack secoue la tête.

— Comment, au nom du ciel, as-tu fait pour procurer un passeport canadien à Fried ? Comment peux-tu mener une opération ici sans autorisation du Canada ?

— Tu t'es débarrassé de la voiture ?

— Elle est à la ferraille, Simon, mais je t'ai posé une question.

— Nous ne faisons rien qui contrevienne à nos obligations vis-à-vis de l'OTAN.

— Ne dis pas de conneries, merde ! Allez ! Dis-moi ce qui se passe.

Il a juré comme un cadet, au beau milieu de sa cuisine. Il jette un coup d'œil par-dessus son épaule, mais les enfants semblent en transe, des ombres bleues sur le visage, baignés dans un raffut indistinct.

— C'est la vérité, dit Simon. Les politiciens ont beau vouloir ne pas connaître les détails ou faire comme s'ils ne les connaissaient pas, leurs politiques autorisent implicitement ce genre de travail, et ils comptent sur nous pour le faire. Sinon, à l'heure actuelle, nous ferions partie de l'Union soviétique.

Est-il légal, le travail qu'il effectue pour Simon ? Que sait Jack d'Oskar Fried ?

— Pour qui travailles-tu, Simon ?

— Il est grand temps que je te l'offre, ce fameux verre.

Oskar Fried est citoyen soviétique, pour l'amour du ciel. Et Jack s'est occupé de lui sur la foi de la recommandation d'un ami. Un homme qu'il a vu une seule fois en vingt ans.

— Tu m'as dit qu'il s'agissait d'une opération conjointe des États-Unis, du Canada et de la Grande-Bretagne.

— Je n'ai jamais rien précisé. Tout ce que je peux te dire, c'est que les Soviétiques ne sont pas dans le coup.

— Tu te rends compte, mon petit vieux, qu'il y a ici un tueur au large ?

Sur le combiné, les jointures de Jack ont viré au blanc. Quand il répond, Simon a toutefois la voix posée.

— À l'heure où nous nous parlons, Centralia n'est pas un endroit trop agréable, pas vrai ? Je ne prends pas plaisir à voir puni un garçon innocent, Jack. Je ne prends pas plaisir à la pensée d'un tueur d'enfant en liberté.

Une rafale de mitraillette monte du salon.

— Ce n'est pas pour ça que je fais mon travail.

Jack attend.

— Ce n'est pas pour cette raison que nous nous sommes battus, Jack.

Nous.

Jack, qui entend un soupir à l'autre bout de la ligne, a honte de lui. Il prend enfin une inspiration. Simon n'est pas l'ennemi. L'ennemi nous guette. Dans la fenêtre noire et lustrée de la cuisine, il voit un homme qui, tête baissée, parle au téléphone. Il fait un pas et tire le rideau — celui que Mimi a cousu en Allemagne.

— Votre police se comporte en amateur, dit Simon. Il est clair qu'elle n'a pas la moindre idée de qui a fait le coup.

— Ça me rend malade, Simon. À cause de moi, la police est partie sur une fausse piste.

— Tu crois vraiment être le seul à blâmer ?

Simon dans le siège de l'instructeur à côté de lui. Posant les bonnes questions.

— Nous essuyons des tirs de DCA, c'est tout. Nous allons nous en sortir. « Ne serre pas la main du diable avant de l'avoir rencontré. »

Jack prend une nouvelle inspiration, le plus délicatement possible, pour ne pas attiser sa migraine. Simon a raison. La police a cueilli Ricky Froelich faute d'autres suspects. Il se demande s'il y a de l'aspirine à la maison.

— Comment les choses se présentent-elles sur le terrain, Jack ? Ton voisin…

— Froelich.

— A-t-il parlé à quelqu'un? A-t-on fait référence à Dora dans la presse?

— Non. L'arrestation, évidemment, va faire les manchettes, mais… Si j'étais l'avocat de Froelich, je lui conseillerais de garder son histoire de criminel de guerre pour lui-même. S'il insiste, le garçon aura simplement l'air plus coupable.

— Bien vu.

— Si les choses vont plus loin, Simon, je vais devoir parler.

— Je ne crois pas qu'on en viendra à ça.

Dans le salon, une sirène d'alerte aérienne retentit. Simon, mû apparemment par une idée qui lui serait venue après coup, ajoute :

— Tu en as parlé à quelqu'un? De Fried? Du fait que tu te trouvais dans la voiture?

— Non…

— À ta femme?…

— Je n'en ai parlé à personne.

— Bravo. Tu as bien fait, mon vieux.

La migraine de Jack explose. Il a des palpitations dans l'œil gauche, perçoit un éclair argenté diagonal et perd une partie de sa vision.

— Je te tiendrai au courant.

Il raccroche et demeure interdit, la main toujours sur le combiné. Dans le salon, sa fille accompagne un refrain publicitaire :

— Utilisez Pepsodent et vous vous demanderez où est passé le jaune d'antan!

Où Mimi garde-t-elle l'aspirine? Il ouvre des tiroirs. Dans l'armoire sous l'évier, il met la main sur une vieille robe de ménage en lambeaux. Mimi ne porterait jamais un machin semblable. Que fiche-t-il là? Se peut-il vraiment que personne au gouvernement du Canada ne soit au courant de la présence de Fried? Le Canada a-t-il pour habitude de laisser carte blanche aux Américains et aux Britanniques? Une grenade explose derrière lui. En deux pas, il est dans le salon.

— Voulez-vous bien me baisser le volume de cette maudite télé?

Madeleine lève les yeux. Son père, dans l'embrasure de la porte, dévisage son frère.

— Mais, papa, c'est à peine si j'entends, s'écrie Mike.

Son père a l'air tout bizarre.

— Vous avez dit, monsieur?

— Rien.

Madeleine reste assise, un coussin serré contre elle, tandis que Mike se traîne jusqu'au poste pour baisser le volume. Papa ne le quitte pas des yeux.

— De toute façon, voulez-vous bien me dire quel genre d'abomination vous regardez?

Madeleine se disait que c'était trop beau pour être vrai, aussi, le nazi à moitié nu, la demoiselle au buste généreux…

— *Combat,* dit Mike.

— Au nom de quoi laisses-tu ta sœur regarder cette saloperie?

— Ce n'est pas une saloperie. C'est bon.

— Une saloperie américaine, par-dessus le marché.

— Comme nous ne faisons pas nos propres saloperies…

Papa lui assène une bonne claque sur la tempe.

— Aïe! crie Mike en rougissant.

Jack se plante devant la télé.

— Laisse-moi te dire une chose une fois pour toutes: les Américains sont entrés en guerre en retard, deux fois plutôt qu'une, et se sont arrogé tout le mérite. Tu sais qui était sur les lignes de front depuis le début?

La question n'appelle pas de réponse.

— Des Canadiens.

Il a les lèvres minces et luisantes. Bleuâtres.

— Tu sais combien de membres d'équipage canadiens sont morts au cours de la dernière guerre?

De la télé s'échappe une rafale de mitraillette.

— Je suis touché, s'écrie le sergent.

Mû par un réflexe, Mike incline la tête pour jeter un coup d'œil derrière son père, qui se retourne et éteint le poste. Mike frappe le coussin du canapé.

— Deux membres d'équipage sur trois ne sont pas rentrés, dit Madeleine.

— Exactement, dit Jack.

Il agrippe Mike par l'oreille et l'oblige à se lever.

Mike pousse un cri.

— Au lit! dit Jack, les dents serrées.

— Papa, aïe!

Mike, à la merci de l'emprise de son père sur son oreille, a soudain l'air très petit avec son pyjama décoré de joueurs de hockey et ses pieds nus. Papa a la nuque toute rouge. Mike s'efforce de ne pas pleurer. Madeleine baisse les yeux.

— Il est trop tôt pour que j'aille me coucher, papa!

Les dernières syllabes se perdent dans un sanglot que Mike essaie de ravaler.

Papa le projette vers l'escalier et lui lâche l'oreille. Mike perd pied sur la première marche. Papa lui emboîte le pas et attrape une poignée des cheveux en brosse de Mike, le tirant vers l'étage.

— Arrête, papa, s'il te plaît, pleurniche Mike.

Depuis la porte de la cuisine, maman demande :

— *Qu'est-ce qui se passe ici* ?*

Son sac à main tombe par terre. Papa laisse Mike filer à l'étage — Madeleine l'entend claquer sa porte.

Papa porte la main à son front.

— Mimi, dit-il, je n'ai pas trouvé les…

Il prend une profonde inspiration dans laquelle Madeleine perçoit un tremblement.

— Où sont les aspirines ?

Elle reste assise, parfaitement immobile, le coussin serré sur la poitrine. Ont-ils oublié qu'elle est là ?

— Qu'est-ce qui ne va pas, Jack ? demande Mimi en levant les yeux sur lui.

— J'ai mal à la tête, fait-il tout doucement, risquant un sourire.

La douleur l'aveugle.

— Assieds-toi un instant.

Jack retourne dans la cuisine, trouve une chaise à tâtons et s'assoit, tandis que Mimi monte chercher de l'aspirine dans la pharmacie. Madeleine constate l'immobilité de son père, qui appuie délicatement son front contre ses doigts.

Mimi redescend.

— *Tiens*,* fait-elle en lui tendant les cachets et un verre d'eau.

Il les met entre ses dents et tente de sourire.

— *Merci*,* dit-il avant d'avaler.

Il se lève et la douleur l'accueille d'un coup cinglant sur le front, mais il ne se rassoit pas. Au-dessus de sa tête, la lumière de la cuisine vacille brièvement.

— Je sors me dégourdir les jambes.

Il passe près d'elle, descend les trois marches, qui ont commencé à rétrécir et à s'obscurcir, la lumière est-elle toujours allumée ? Dans l'air de la nuit, dans le noir, il se détendra un peu. Il sort et l'angle de vision qui avait disparu se rétablit, remplacé par un arc ondulant, comme si son œil était en partie submergé. Ça passera. Il a simplement envie de quitter la zone des logements familiaux, d'aller là où il n'y a pas de lampadaires. Les lampadaires brûlent, halos durs oblitérant les autres formes, marquant ses paupières au fer rouge, forant jusqu'au fond de son crâne. La route. Sans lunettes fumées. Sans casquette. Pas de dîner. Ce n'est qu'une migraine.

Dans la fraîcheur sombre de la nuit, à l'instant où il se retourne pour embrasser d'un coup d'œil les lumières des maisons et des immeubles de la base, maintenant disséminées à une distance rassurante en un grand carré tout éclairé, il reprend ses sens. Au loin, sur la tour de contrôle, une lumière rouge clignote sans hâte. Jack a marché un peu moins de deux kilomètres vers le nord. Il respire l'odeur des champs nouveaux. La terre et le ciel. Maintenant qu'il va mieux, il se rend compte qu'il a failli tomber dans les pommes en sortant de chez lui, il y a dix, vingt minutes.

Une lame d'acier est fichée à l'oblique du côté gauche de sa tête, coupant son œil en deux. Bientôt, l'étau se desserrera, et il aura des élancements. Tout va bien. Deux autres aspirines et un verre de scotch.

Il va rentrer. Il a les yeux larmoyants, mal à la gorge. Il couve peut-être quelque chose. Il s'arrête, s'appuie sur une clôture en bois battue par les intempéries. Il pleure. Les larmes atténueront sa douleur. Il pleure et son nez coule.

Étonnant ce qu'une migraine peut faire à un homme. Il a eu raison de sortir au lieu d'infliger un tel spectacle à Mimi. Elle lui aurait demandé ce qui n'allait pas. Même si la tâche qu'il s'est donnée entraîne des complications, rien n'est irréparable.

Sauf qu'une petite fille est morte.

Le front appuyé sur le revers de sa main, il abandonne à la clôture le poids de sa tête. Une enfant est morte. En pensée, il voit une petite fille aux cheveux bruns en bataille, couchée sur le dos au milieu d'un champ. Elle a le visage de sa fille. Il pleure. Il est fin seul. Il entend la voix de sa fille, *papa*. Il sanglote, le visage enfoui dans son bras. *Oh, mon Dieu.* Une enfant est morte. Le visage enfoui dans les mains — *doux Jésus, une enfant.*

— Oh, mon Dieu, dit-il, reniflant, épongeant son nez avec son avant-bras.

Les mots lui viennent comme du papier chiffonné. Il respire par la bouche, se barbouille le visage de ses paumes. Pas ma petite fille, mais une enfant adorable. Emportée. Comme ça. Du poing, il frappe le poteau de la clôture, *Jésus* — et encore une fois, *Jésus* — qu'on le laisse seul avec ça, avec ce monstre qui l'a tuée — il secoue le poteau comme une dent cariée — je l'*assomme, je le taille en pièces. À mains nues.*

Il lâche le bois lisse. Les yeux toujours ruisselants, il se remet en route, sort sa chemise de son pantalon pour s'éponger le visage, se moucher. Son mouchoir est resté dans la poche de son veston d'uniforme, sur le dossier de la chaise de la cuisine, il est sorti en manches de chemise, et il se rend compte qu'il fait froid, avril a son côté mordant.

Il n'a croisé aucune voiture, ce dont il est reconnaissant. Il porte une moitié d'uniforme seulement, ni veston, ni cravate, ni casquette. *Manque de sens moral.* Les mots lui sont venus spontanément — il sait qu'il fait pitié à voir. À l'époque de son entraînement, on avait libéré un type de sa connaissance pour ce motif précis. Expression passe-partout. Habituellement, elle désigne la lâcheté. La crise de nerfs. L'effondrement au terme d'un bombardement ou, pendant l'entraînement, l'incapacité de remonter à bord d'un appareil.

Madeleine demeure immobile comme une statue à la porte de la chambre de Mike. Elle est fermée, mais elle entend maman chanter doucement, la voix étouffée. Madeleine, cependant, reconnaît l'air. *Un Acadien errant.* La chanson préférée de Mike. Il y a des lustres que maman n'a pas chanté pour lui, depuis leur arrivée à Centralia, en fait. Il n'a pas réclamé de chansons. Tout ce qu'il veut, c'est de l'intimité pour lui et ses sacro-saints modèles réduits d'avions.

Madeleine sait que maman lui frotte le dos, chaud sous son pyjama. À plat ventre, Mike fixe calmement l'obscurité de ses yeux noisette. Madeleine écoute, pétrifiée, convaincue qu'il lui suffirait de bouger un doigt pour qu'un crissement trahisse sa présence.

C'est comme attendre à la porte d'une salle d'opération pour savoir si le patient va s'en sortir. Mike aura treize ans dans quelques mois. S'il savait que Madeleine est là en train de l'espionner, il la tuerait. À l'heure actuelle, il est trop meurtri pour tuer qui que ce soit. Maman panse ses blessures. Dans la chambre, sa voix monte et descend — le récit d'un Acadien errant banni de ses foyers.

Henry Froelich voit Jack arriver au coin de St. Lawrence Avenue. Il est assis sur le perron, la lumière éteinte.

— Bonsoir, Jack.

Jack grimace en se protégeant les yeux de l'éclat du lampadaire, qui se répand comme une tache.

— C'est vous, Henry?

— *Ja.*

— Comment ça va?

— Pas très bien.

Jack n'a pas le choix. Il s'approche, les yeux encore éblouis par la tache de lumière. Au bord d'une sphère jaune, Jack aperçoit une partie de Henry.

— Si je peux faire quelque chose, n'importe quoi…

Il a la voix haut perchée et flûtée. Henry s'en rend-il compte?

— Jack?

— Oui?

Il s'éclaircit la voix.

— Aujourd'hui, les policiers interrogent tout le monde. Vous aussi, *ja ?*

— Oui.

— Que veulent-ils savoir ?

— Attendez que je me souvienne. Ils m'ont demandé si j'avais pris le volant mercredi dernier. Sur la route nᵒ 4. Ils voulaient savoir si j'avais vu quelqu'un.

Il tousse.

— Vous êtes malade.

— J'ai dû attraper quelque chose.

— Ils vous demandent si vous connaissez un criminel de guerre ?

La surprise de Jack, qui ne s'attendait pas à ce que Froelich lui pose la question de but en blanc, est authentique. Inutile de faire semblant ni de mentir. La police ne lui a pas posé la question.

— Non.

Il esquisse un demi-sourire qui déclenche des élancements dans sa tempe.

— Je m'en souviendrais. Pourquoi ?

— Vous voulez un verre de vin, Jack ?

Henry a la main sur la porte.

— Henry ?

Karen Froelich appelle d'une des fenêtres à l'étage.

— *Ja, mein Liebling ?*

— Elizabeth te réclame, mon amour. Bonsoir, Jack.

Jack met sa main en visière et distingue la silhouette de Karen derrière la moustiquaire.

— Bonsoir, Karen.

— Quel gâchis, dit-elle.

Jack est une fois de plus frappée par la jeunesse de sa voix.

— Les policiers ont gardé Ricky pendant des heures avant même d'avoir porté des accusations. Sans avocat. Ils ne nous ont pas téléphoné.

— Ça devrait suffire à le faire libérer.

— J'ai un ami qui travaille au *Star*. Je vais l'inviter à venir ici et…

Un bébé se met à pleurer et la silhouette de Karen disparaît.

— Excusez-moi, Jack, je rentre…

— Tâchez de dormir un peu.

— Vous aussi, mon ami.

— Que dit votre avocat ?

— Nous le voyons demain. Avant l'enquête sur cautionnement.

— Si je peux faire quoi que ce soit pour vous…

— Mimi a déjà beaucoup fait.

La sphère jaune est réduite à l'état de tache, et Jack distingue assez bien la majeure partie de son voisin. Il y a des larmes dans les yeux de Froelich. Il tend la main. Jack la serre.

— Vous êtes un bon voisin, Jack.

Accroupie devant la porte de Mike, Madeleine a la jambe engourdie. Bugs Bunny dort lui aussi, les oreilles repliées sur les yeux pour faire écran à la lumière. L'arrestation de Ricky Froelich a eu au moins une chose de bon : personne n'a remarqué l'entaille à sa paume. Elle l'a gardée cachée dans sa main recroquevillée. La plaie, bien cicatrisée, ne brûle plus. Elle y jette un coup d'œil dans la pénombre — une goutte d'humidité luit à un bout, et elle est tentée de voir jusqu'où elle peut ouvrir la main sans provoquer un nouveau saignement. Elle entend la porte se refermer et se précipite dans sa chambre, les membres parcourus de picotements. Papa est rentré.

Mimi a laissé la lumière de la cuisine allumée. Elle a posé sur la table un sandwich au pain de viande recouvert d'une pellicule de plastique. Jack le range dans le réfrigérateur. De l'armoire au-dessus, il tire la bouteille de scotch. À la maison, une bouteille dure longtemps. Celle de l'automne dernier est encore à moitié pleine. Johnnie Walker Red. Il s'en verse une rasade et l'avale d'un trait. Dépose un glaçon dans le verre et s'en verse une autre.

Il enlève ses chaussures et monte à pas feutrés. Sur le palier, la veilleuse est allumée. La porte de sa fille est entrebâillée. Il jette un coup d'œil sur elle. Elle dort sur le dos, recourbée comme un poisson, un halo de cheveux sur l'oreiller. Il essuie son œil gauche, qui coule toujours après une migraine. Pleurer lui a fait du bien. Il n'est pas en bois, après tout. Dans son verre, le glaçon craque doucement, mais Madeleine ne bronche pas. La pièce est remplie du souffle de sa fille, du parfum de la flanelle et du dentifrice, de rêves. Ma petite fille est en sécurité.

Son exemplaire des *Aventures de Tom Sawyer* gît près du lit, à côté d'une édition de *Pinocchio* qui tombe en lambeaux. Quelle petite coquine. Elle ira loin. Mon petit Spitfire.

— Bonne nuit, choupette, murmure-t-il.

Madeleine ne lui répond pas et n'ouvre pas non plus les yeux quand elle sent sa main sur son front. Il la croit endormie. Elle ne veut pas le décevoir.

Elle croit l'entendre dire quelque chose avant de sortir :

— Je t'aime.

Surprenant puisqu'il dit toujours :

— Maman et moi vous aimons beaucoup, les enfants.

Elle l'a entendu. Raison de plus de lui laisser croire qu'elle dort. Par ses paupières entrouvertes, elle voit sa silhouette sombre se découper contre la lumière de la veilleuse. Sans bruit, elle bouge ses lèvres :

— Je t'aime, papa.

S'attardant dans son sillage tel un esprit, l'odeur du liquide dans son verre, ambrée et piquante, nouvelle pour sa chambre. Elle l'ajoute au tiroir d'odeurs de papa — cigares, laine bleue, cuir, Old Spice, encre de journal. Sans oublier l'odeur de son cuir chevelu après qu'elle lui a massé le crâne.

Dans sa chambre, Jack détache son pantalon en évitant que la boucle de sa ceinture heurte le sol. Il finit son verre, enlève ses chaussettes et se glisse dans le lit. Le paradis. Il respire le fixatif de Mimi, les vestiges du parfum de la journée — elle se retourne :

— Tu es allé voir Mike ?

Il cligne des yeux dans le noir.

— Non. Pourquoi ?

— Il était trop bouleversé pour dormir.

Bouleversé ? Mais oui, ils s'étaient disputés. À quel propos ? La foutue télé, machine à abrutir les enfants.

— Tu l'as frappé, Jack ?

— Quoi ? Quand ?

— Ce soir.

— Non, non, j'ai seulement perdu mon sang-froid.

— Va le border, dit-elle en lui poussant l'épaule.

Elle se doute de quelque chose. Tout le monde est ébranlé par la mort de la petite, tout le monde est troublé par l'arrestation du garçon, mais elle voit bien qu'il n'est pas dans son assiette.

— Vas-y, fait-elle en trouvant ses lèvres pour lui donner un baiser.

Il se lève. Jamais Jack n'a laissé ses ennuis professionnels contaminer sa vie familiale. À la maison, il apporte son chèque de paie et son indéfectible affection. Parfois, les hommes doivent porter seuls leur croix, sans accabler leur femme — il trouve sa robe de chambre accrochée à la porte —, qui en a déjà assez sur les bras. Il sait qu'elle ne lui posera pas de questions s'il va mieux demain.

Il se rend dans la chambre de son fils. La lune filtre entre les rideaux — vaisseaux spatiaux et planètes annelées. Sur le mur, les Canadian Golden Hawks occupent toujours la place de choix, mais ils doivent désormais composer avec les empiètements d'armes lourdes découpées dans des magazines. Des bombardiers B-52 planent au-dessus d'une piste d'atterrissage. Un char d'assaut Sherman fonce à travers une végétation tropicale, un soldat américain aux yeux noircis par mesure de camouflage darde son regard entre des frondes de palmiers. *Peu nombreux, fiers : les Marines.*

Il baisse les yeux sur son fils, roulé en boule au milieu d'un fouillis de couvertures, les sourcils froncés dans le sommeil. À qui ressemble-t-il ? Au père de Jack ? Peut-être. Jack ne se souvient pas très bien de lui. Ce soir, il a été un peu dur avec le garçon. Justement, c'est un garçon. Il doit apprendre. Demain, nous ferons quelque chose ensemble — on sera quel jour, demain, déjà ? Mercredi. Nous irons au centre de loisirs jouer au hockey dans le gymnase.

Il ramasse une casquette de base-ball par terre — 4e Escadre de chasse — et l'accroche au miroir au-dessus de la commode. Avant de sortir, il jette un autre coup d'œil au lit. Son fils est une flèche qu'il peut pointer, tirer vers l'arrière et lâcher. Il tient à l'orienter dans la bonne direction. Mike est un garçon solide, il aime sa maman. Jack veut que son fils aille plus loin que lui. *Ne va pas me décevoir.*

— Tu l'as bordé ? demande Mimi à l'instant où il se remet au lit.

— Il dort, dit Jack en tendant la main pour la flatter doucement.

Elle se blottit contre lui, glisse son bras sous sa taille. Lui mordille le lobe de l'oreille. Il ne réagit pas. Elle l'embrasse dans le cou.

— Jack ? chuchote-t-elle.

— Bonne nuit, ma chérie, bredouille-t-il. Je t'aime.

Et il dort.

À Goderich, Ricky Froelich a les yeux grands ouverts. Par la haute fenêtre de sa cellule, il aperçoit des branches contre le ciel bleu-noir. S'il saute, s'agrippe aux barreaux et se hisse sur le rebord, il voit le mur de pierres qui sépare la cour de l'arbre et de la ville derrière. Selon qu'il fait soleil ou que la nuit est sombre comme maintenant, la prison du comté est pittoresque ou gothique, de quoi vous donner la chair de poule. De toute façon, il s'agit de la plus ancienne prison de l'Ontario et de l'une des attractions touristiques de Goderich, chef-lieu du comté de Huron, *la plus belle petite ville du Canada.*

Deux ou trois fois, Ricky s'est assoupi. On le réveille aussitôt.

— T'es réveillé, mon gars ? T'as envie de causer ?

On le fait sortir de sa cellule, on lui offre un coca et on lui demande :

— Une fois rendu au carrefour, qu'est-ce que tu as fait, Rick ?

Madeleine rêve à la tombe des Donnelly, mais, au lieu des noms gravés dans la pierre, chacun suivi des mots *Victime d'un meurtre,* il y a le nom des enfants des Froelich et, après chacun, le mot *Adopté.*

Ricky Froelich : *Adopté*

Elizabeth Froelich : *Adoptée*

Colleen Froelich : *Adoptée*

Roger Froelich : *Adopté*

Carl Froelich : *Adopté*

Rex est là, occupé à lécher un cornet de glace avec sa langue rose, on entend quelqu'un dire :

— Rex est un Indien.

Madeleine n'ose pas se retourner parce qu'elle devine la présence de Claire derrière elle, et la voix dit :

— Regarde mon serpent.

C'est à ce moment que Madeleine se rend compte qu'il s'agit d'un serpentin.

Elle se réveille, un cri coincé dans la gorge. Oh non, elle a encore mouillé son lit. Elle se lève et palpe ses draps — même son oreiller est mouillé. Elle renifle la tache humide, qui a la forme de son corps. C'est seulement de la sueur. Par la fenêtre, elle contemple la lune placide. La lune ne reproche rien à personne. Madeleine la fixe, la laisse dissiper sa peur. Il y a de la bonté dans cet astre froid.

IL ÉTAIT UNE FOIS une caverne dans une montagne. Elle était profonde et sombre, sombre comme l'espace intersidéral. Dedans, il y avait un trésor. Nuit et jour, des esclaves travaillaient à l'accumulation de richesses. À mains nues, ils élargissaient la caverne, évidaient les entrailles de la terre, trimaient dur, faute de quoi ils risquaient la mort, loin du soleil et de la lune, la faim et la fatigue comme seules mesures du temps. On les battait, on les pendait, ils mouraient de faim et de maladie, ils vivaient avec le trésor et dormaient à ses côtés dans son monde souterrain et humide. Ils avaient beau être crasseux, le trésor, lui, restait impeccable. Les maîtres cruels l'appelaient Vengeance. Tout cela s'est produit dans une contrée pas si lointaine, au pays de Goethe et des frères Grimm. La caverne s'appelait Dora. Le mot veut dire « or ».

Entre-temps, dans le monde extérieur, une grande bataille faisait rage. Les maîtres diaboliques avaient capitulé ; les bons maîtres avaient découvert la caverne, libéré les esclaves et réclamé pour eux le trésor. Pour que nul n'associe le trésor aux impuretés de la caverne où il était né, aux souffrances des esclaves qui l'avaient façonné ni à la cruauté des maîtres qui avaient violenté la terre et ses richesses pour en prendre possession, les nouveaux maîtres avaient rapatrié le trésor et l'avaient purifié davantage. Ils avaient emmené avec eux quelques maîtres diaboliques et les avaient purifiés eux aussi. Mais ils n'avaient pas pris d'esclaves, car plus rien ne pouvait les purifier. Ils avaient baptisé le trésor « Apollon », d'après le dieu du Soleil. Rien à voir avec la terre. La terre exclue de l'histoire.

Elle en avait peut-être conçu de la colère.

UNE VISITE À L'ÉCOLE

À la une, à côté du lait sur le perron, deux photos d'écoliers côte à côte. Celle de Claire — la même qu'hier — à laquelle s'ajoute désormais celle de Ricky. Lui aussi sourit, ses cheveux foncés peignés vers l'arrière, son col amidonné grand ouvert. On représente toujours ainsi la victime et l'accusé, à l'aide d'images prises dans un autre contexte, parce que ni l'un ni l'autre n'est là pour se faire faire une nouvelle photo.

Au-dessus des photos, la manchette : « Garçon de l'armée de l'air arrêté pour le meurtre de l'enfant. » On avait mal épelé son nom : Richard Frolick.

Jack ramasse le journal avant que sa fille ne le voie et rentre dans la cuisine en parcourant l'article. Aucune référence à un prétendu criminel de guerre. Il est question d'« allégations » entourant le « mystérieux conducteur » — on va jusqu'à évoquer la casquette d'aviateur — d'un coupé de modèle récent avec un autocollant du Jardin des contes de fées. Assez pour faire affluer le sang aux joues de Jack.

Mimi sert le thé.

— 'tention, Jack, c'est hot*.

Dans la cuisine, le bulletin radiophonique résonne. « Hier, un jeune homme a été arrêté et inculpé en rapport avec le meurtre de... » Elle éteint le poste.

Jack s'assoit et, sans regarder, saisit sa tasse. L'enquête sur cautionnement est prévue pour l'après-midi. Le garçon sera de retour ce soir. Furtivement, Jack se demande ce qui arrivera si, une fois le garçon disculpé, Froelich parle à la presse de celui qu'il a vu. C'est le problème de Simon, pas le sien.

— Papa, dit Mimi.

Jack lève les yeux. Du regard, elle désigne leur fils, penché mollement au-dessus de ses céréales, le menton dans la main.

— Tiens-toi bien, Mike, fait Jack.

L'instant d'après, il a la surprise de voir Mimi qui le regarde, les sourcils retroussés, tentant de communiquer silencieusement avec lui au-dessus de la tête du garçon. Jack se souvient.

— Dis donc, Mike, on fait une partie de hockey au gymnase, cet après-midi ?

En guise de réponse, le garçon bredouille quelques mots.

Se retenant de le sermonner, Jack se contente de dire :

— Pardon ?

— Je joue au base-ball ce soir.

— C'est pourtant vrai. Le match tant attendu. Parfait.

Jack meurt d'envie de corriger le maintien de son fils, de lui dire :

— Regarde-moi dans les yeux quand je te parle.

Mais il croise le regard de Mimi qui remplit la bouilloire et se replonge dans la lecture du journal. Quelque part, un chien se met à aboyer. On dirait le chien des Froelich, mais il ne jappe jamais de la sorte — sans s'arrêter.

— Il y a une voiture de police chez les Froelich, dit Madeleine en entrant dans la cuisine.

Mimi regarde par la fenêtre. C'est pourtant vrai. Attaché, le chien hurle en direction de la maison.

— Ricky doit être rentré, dit Madeleine.

Son père lui jette un coup d'œil, mais ne dit rien. Rex continue d'aboyer. Sa mère rallume la radio et joue avec le cadran le temps de trouver de la musique — une chaîne de rock'n'roll ! Escalade de saxo et battements de tambour caverneux — Martha et les Vandellas brûlant de désir. Madeleine attend que l'un de ses parents syntonise une autre chaîne, mais rien ne se passe. Mike transforme ses Cap'n Crunch en bouillie. Elle verse des Rice Krispies dans son bol et approche l'oreille pour entendre le *cric ! crac ! croc !* De la musique sexy au petit déjeuner. Un monde fou, fou, fou. Sur sa chaise, elle se dandine au rythme de la musique. La chanson lui rappelle le baiser de Ricky et de Marsha sur la véranda, et une sensation chaude et liquide se répand dans sa poitrine.

La chanson se termine.

— Prenez les commandes dès aujourd'hui grâce à Hertz ! entonnent des voix hilares.

Jack se lève, enfile son veston d'uniforme, fourre le journal sous son bras et, en prenant sa casquette, fouille dans ses poches à la recherche de pièces de monnaie. Tout ce qu'il trouve, c'est la misérable clé de la Ford Galaxy. Il s'en débarrassera au bureau.

— Bonne journée, la compagnie.

— Jack, dit Mimi.

— Madame ?

Elle se tourne vers les enfants.

— Ricky Froelich n'est pas chez lui. Pas encore. La police croit que…

De sa voix la plus patiente, Jack prend le relais :

— La police croit, dit-il lentement — mieux vaut, après tout, qu'on leur explique lucidement les choses à la maison — que Ricky est peut-être responsable de ce qui est arrivé à…

— Les policiers disent qu'il l'a tuée, l'interrompt son fils.

Jack prend une profonde inspiration. Il se remet à parler, la voix dangereusement calme.

— Les policiers font leur travail, mais ils se trompent, et bientôt ils s'en rendront compte…

Il enfonce sa casquette sur sa tête.

— … et Ricky rentrera chez lui.

La soudaine constriction de sa gorge le prend par surprise. Il ose à peine dire au revoir à sa femme, de crainte que sa voix ne reprenne le timbre flûté de la veille. Qu'est-ce que c'est que cette voix ?

Il embrasse sa femme sur la joue et elle se retourne pour poser ses lèvres sur les siennes — elle ne veut pas qu'il quitte la maison en colère ou en pensant qu'elle lui en veut.

Il est au milieu de l'entrée quand la réponse lui vient : cette voix, c'est celle d'un vieillard.

Lorsque, dix minutes plus tard, Madeleine part pour l'école, la voiture de police est encore dans l'entrée des Froelich. Mike ne l'a pas attendue — il semble avoir oublié qu'il est son geôlier. Au bout de son lien, tendu à se rompre, Rex aboie toujours en direction de la maison des Froelich.

— Calme-toi, Rex, crie-t-elle.

De la mousse s'est accumulée sur ses mâchoires, et Madeleine craint que les policiers, le croyant enragé, ne l'abattent. Peut-être vaudrait-il mieux qu'elle attende qu'ils sortent pour leur expliquer que Rex se porte à merveille.

— Madeleine !

Elle se retourne. Sa mère crie depuis la fenêtre de la cuisine.

— *Va à l'école, tout de suite* !*

Elle rattrape Auriel et Lisa. Fortes des prédictions de leurs pères respectifs, qui annoncent pour bientôt le retour de Ricky Froelich, elles se sont rassurées mutuellement, et Madeleine demande à Auriel comment elle sait que son père va lui faire suivre des cours d'équitation.

— Dis donc, McCarthy, j'espère ne pas t'avoir gâché la surprise !

Lisa, qui a elle-même commencé à monter, s'est rapidement prise de passion pour les chevaux.

— Tu devrais voir Socks, Madeleine, il est tellement mignon, et sa mère…

La voix de Colleen s'interpose :

— Madeleine.

Madeleine est en état de choc. Voilà que Colleen lui adresse la parole sur le chemin de l'école, devant ses autres amies…

— Continuez de marcher, vous deux, dit Colleen à Auriel et Lisa.

Auriel va rouspéter, mais Madeleine dit :

— C'est bon, les filles.

Colleen attend qu'Auriel et Lisa soient hors de portée.

— Qu'est-ce que tu vas répondre si on te pose la question ?

— Quelle question ?

— Si tu l'as vu.

— Vu qui ?

— Ricky, qui d'autre ?

Colleen la regarde droit dans les yeux.

— Qu'est-ce que tu veux dire ?

— Mercredi dernier. Avec Claire.

Madeleine ne veut plus parler de Claire. Elle préfère s'éloigner de Claire, comme d'un paysage qu'elle ne verra plus jamais. Elle se remet en marche et Colleen la précède en marchant à reculons.

— Tu dois dire que tu l'as vu prendre à gauche au saule.

— Mais je ne l'ai pas vu.

— Il a bien tourné à gauche.

Madeleine fait la grimace et courbe sa lèvre supérieure.

— Pourquoi je dirais que j'ai vu ce que je n'ai pas vu ? fait-elle, imitant Humphrey Bogart.

— Parce que les policiers pensent qu'il l'a violée et tuée.

Madeleine s'arrête tout net.

— Ça veut dire quoi, « violée » ?

La question lui a échappé, tel un oiseau faible, émacié, capable de se faufiler entre les barreaux de sa cage. Elle baisse les yeux, souhaitant que Colleen ne réponde pas. C'est un mot sombre, au goût aigre. Elle sait ce qu'il signifie, mais elle préfère continuer de ne pas avoir de mot pour décrire la chose. Elle sent l'odeur du tabac. Colleen s'allume une cigarette, abritant la flamme de sa main. Madeleine regarde autour d'elle. La rue est bondée d'enfants, et il y a une mère derrière chaque fenêtre de cuisine.

— Tu es si innocente, McCarthy, dit Colleen en expulsant un jet de fumée par le côté de sa bouche.

Madeleine s'empourpre.

— Papa et maman disent que c'est une erreur, mon père dit que Ricky sera de retour avant le dîner.

En prononçant ces paroles, elle a conscience de se séparer de quelque chose. D'une chose qui s'est envolée et ne reviendra plus jamais. *Papa et maman ont tort.*

— Tu crois tout ce que racontent ton papa et ta maman ? demande Colleen.

Madeleine la repousse. Colleen vacille. Elle ne réagit pas et ne fait pas mine de répliquer. Madeleine file vers l'école en courant.

— I… tou… gôh ! Gôh ! 'u… 'a 'oute…

Elizabeth trépigne dans son fauteuil, les yeux roulant dans leur orbite, de la bave aux lèvres, sanglote, réussissant presque à enterrer les aboiements déchaînés de Rex qui s'égosille dehors. Henry Froelich la soulève et l'emmène.

— Shh shh, Lizzie, *ja, ruhig*.

— Vous l'avez entendue. Elle vous dit qu'il a tourné à gauche. Vers la route. Combien de fois faudra-t-il vous le répéter ?

L'inspecteur Bradley se lève du canapé en loques des Froelich et, sur la liste qu'il tient à jour mentalement, biffe un autre défaut possible de la preuve. Même si le juge accepte d'entendre la petite, son témoignage ne pèsera pas lourd dans la balance — après tout, elle est la sœur du garçon. Si Bradley a tenu à l'interroger, c'est pour que personne ne puisse l'accuser de ne pas avoir remué ciel et terre. L'affaire a déjà pris une envergure nationale. Au compte-gouttes, des lettres de lecteurs outrés arrivent aux journaux. Au moment du procès, ce sera le déluge. Personne ne veut croire un enfant capable d'en violer et d'en tuer un autre. Dans un monde idéal, on n'y songerait même pas. Mais c'est le boulot de Bradley. D'ailleurs, on a affaire non pas à un enfant, mais à un adolescent arrivé à maturité. Sans la partager, Bradley comprend l'incrédulité de la majorité des gens. Ceux qui l'ennuient, ce sont les défenseurs de la veuve et de l'orphelin qui, du haut de leur tour d'ivoire, à l'abri de la brutale réalité du monde moderne, excusent d'avance les crimes les plus crapuleux sous prétexte que leurs auteurs ont eu une enfance malheureuse ou au nom d'autres notions freudiennes à la gomme. La vérité, c'est que d'innombrables personnes souffrent horriblement pendant l'enfance sans devenir des assassins pour autant. Bradley entend faire les choses comme il faut.

— Je vous demande pardon d'avoir bouleversé votre enfant, madame Frolick.

— Froelich, pas Frolick. Et ce n'est plus une enfant. Elle a seize ans.

La femme est mal coiffée. Elle-même incapable d'avoir des enfants, peut-être, elle est partie en croisade. Comment adopter une enfant pareille ? Sans parler des autres… à la recherche du certificat de naissance de Richard Froelich, Bradley est tombé sur un dossier d'adoption.

— Richard et sa jeune sœur sont indiens, n'est-ce pas ?

La femme hésite à peine, mais Bradley se rend compte qu'il l'a prise au dépourvu.

— Non, ils sont métis.

Bradley sait bien à quelle catégorie appartiennent les Froelich : ils se prennent pour des saints. Il récupère son chapeau au milieu du fouillis de la table basse.

— J'ai l'intention de porter plainte contre l'agent qui a arrêté Ricky, dit Karen Froelich.

— Pour quel motif ?

— Il a battu mon fils.

— Votre garçon n'a pas subi de blessures graves.

— C'est un enfant.

— Il a résisté à son arrestation. L'équivalent d'une admission de culpabilité. Vous saviez, ajoute-t-il avant que la Froelich n'ait eu le temps de soulever une objection, que Richard et sa jeune sœur sont sous le coup d'une ordonnance émise par un tribunal de l'Alberta ? Comment s'appelle-t-elle déjà, la petite ?

Du regard, il interroge l'agent qui, dans l'embrasure de la porte, consulte son calepin.

— Colleen.

Bradley voit la femme pâlir. Il n'a pas pour but de la tourmenter, mais il aimerait bien avoir toute son attention. Mission accomplie, apparemment.

— Je vous suggère de prendre conseil auprès de votre avocat. J'ai l'impression qu'il vous recommandera de mettre l'accent sur la défense de votre fils au lieu de gaspiller votre argent à traîner la police devant les tribunaux.

Les deux policiers sortent et décrivent un cercle prudent autour du berger allemand qui grogne.

— Maîtrisez votre chien, dit l'agent.

— Maîtrisez-vous vous-même, répond Karen Froelich.

Le visage de Bradley demeure inexpressif, mais, voyant l'officier en uniforme sourire, Karen s'en veut. Sa remarque n'arrange en rien la situation de Ricky, ni celle de sa fille — l'inspecteur a-t-il déjà communiqué avec les autorités responsables de l'aide à l'enfance de l'Alberta ? S'agit-il d'un simple chantage ? Elle voudrait bien afficher le même optimisme que son mari.

— Nous sommes au Canada, répète-t-il.

Ils ont rendez-vous avec leur avocat de London le matin même, avant l'enquête sur cautionnement. Il leur a déjà dit que la preuve de la police était mince. Peut-être vaudrait-il mieux ne pas ébruiter le cas de brutalité policière — avant que Ricky ne soit libéré sous caution tout au moins.

Elle regarde la voiture reculer. Elle attendra de ne plus la voir avant de détacher Rex. Elle craint qu'il ne se lance à ses trousses. Pantelant, il a les gencives rose vif, la truffe humide, les yeux luisant de terreur. Elle s'agenouille et le prend dans ses bras. Ce n'est que maintenant qu'elle se rend compte que la voiture, au lieu d'aller vers la sortie de la zone des logements familiaux, s'est engagée sur St. Lawrence Avenue en direction de l'école.

Par la fenêtre de la salle de classe, Madeleine aperçoit Colleen : assise sur une balançoire, elle se berce doucement en contemplant ses pieds. Madeleine sait comment elle se sent. Elle regrette de l'avoir poussée. En voyant la tête penchée de Colleen, Madeleine se remémore une chanson : *Fais ta prière, Tom Dooley.* Pourquoi le directeur ne vient-il pas lui dire sa façon de penser ? Peut-être est-il triste pour elle à cause de ce qui est arrivé à son frère. Soudain, Colleen lève les yeux et regarde en direction de la route. Elle descend de la balançoire et disparaît en courant, puis Madeleine voit une voiture de police se garer devant l'école.

— Qu'est-il arrivé à l'infortuné frère Brûlé ? demande M. March.

— Il a été brûlé vif.

— Bonne réponse.

Les élèves de quatrième année s'initient aux tribulations des missionnaires parmi les Indiens du Nouveau Monde. Des dessins de Pâques décorent toujours les murs de la classe. À cette heure, ils sont tous affichés, mais les papillons de Grace règnent toujours en maîtres absolus au-dessus d'une multitude de lapins et d'innombrables œufs.

Quand on frappe à la porte, Madeleine n'est pas surprise de voir un policier entrer, au contraire de M. March, apparemment. Il baisse la tête pendant que l'agent lui parle tout bas à l'oreille avant de s'adresser aux élèves.

— Lesquels d'entre vous étaient les meilleurs amis de Claire McCarroll ?

Pas une main ne se lève. La question est épineuse. Claire n'avait pas de meilleurs amis, mais elle n'avait pas d'ennemis non plus. D'une certaine façon, la question, traduite dans la langue des contes de fées, voudrait dire :

— Lesquels d'entre vous accepteraient d'accompagner Claire dans la caverne en montagne ?

Madeleine, se souvenant du pique-nique qu'elle a partagé avec Claire la semaine précédente et du jour où elles ont ri ensemble en se balançant la tête en bas, lève la main. Toutes les têtes se tournent vers elle et elle se sent rougir comme si on l'avait prise en flagrant délit de vantardise, ce qui n'était pas son intention. Puis c'est au tour de Grace Novotny de lever la main. Il serait méchant de dire à Grace que Claire n'a jamais été son amie. La seule chose qu'elles avaient en commun, c'était de croire au père Noël. Marjorie Nolan lève la main, et c'est un mensonge éhonté. Madeleine s'attend à ce que M. March dise :

— Non, Marjorie. C'est faux.

Il garde cependant le silence.

Le policier prend congé, et M. March s'éponge le front et les joues avec son mouchoir. Tante Yvonne parle sans cesse de ses « bouffées de chaleur » — la même chose arrive peut-être à M. March. La cloche sonne. L'heure du déjeuner.

On prend d'assaut les crochets à manteau. Philip Pinder déclare que Ricky est bon pour la chaise électrique, et Cathy Baxter lui intime l'ordre de se taire. Personne n'arrive à croire que Ricky a été arrêté, mais tout le monde s'est déjà fait à l'idée. D'un bout à l'autre de la cour d'école, on ressasse l'histoire de l'alibi de Ricky : celle du « mystérieux conducteur », l'aviateur au volant de la voiture avec un autocollant du Jardin des contes de fées. Certains enfants disent croire à l'existence d'une voiture fantôme, tandis que d'autres laissent entendre qu'il s'agit du véritable assassin déguisé en papa.

Par rapport à la semaine dernière, beaucoup de choses ont changé. Madeleine est-elle la seule à remarquer qu'il y a huit jours que M. March n'a plus dit :

— Les petites filles qui suivent resteront après trois heures…

Pas depuis la semaine dernière, quand Claire était… Quand il y avait Claire. Mercredi dernier, elle était encore là, comme tout le monde. Elle se trouvait au bord d'un précipice, mais personne ne le savait. Qui d'autre marche au bord de l'abîme, la tête remplie de réflexions, telles des flèches pointées vers l'avenir, puis — plus rien ?

Madeleine lève les yeux. Elle est au milieu de la cour, mais elle ne se souvient pas d'être sortie de l'école. Elle se demande si M. March en a assez des exercices. Il y a peut-être renoncé. Comme dans l'histoire du géant qui avait coutume de manger des enfants, mais qui s'était rendu compte qu'il valait mieux s'en faire des amis pour être moins seul.

Elle voit Grace dessiner une marelle à la craie au bout de l'entrée des Nolan. Elle va rater le déjeuner. En s'approchant, Madeleine constate que Grace dessine à l'aide non pas d'une craie, mais bien plutôt d'une vieille crotte de chien blanchie. Derrière elle, Madeleine entend la voix de Marjorie crier depuis la porte :

— Va-t'en, Grace. Ouste.

À midi, une boîte de conserve. Chef Boyardee. Maman, qui a gardé les bébés des Froelich toute la matinée, n'a pas eu le temps de préparer un *« ben bon déjeuner*»*. Madeleine juge les nouilles en boîte dégoûtantes — on dirait la peau décollée du corps d'un noyé, même s'il ne serait pas poli de le dire tout haut. À la place, maman lui sert de la crème de tomates Campbell's et des biscottes.

Ils mangent tous les quatre. Mimi s'est préparé un repas classique de l'époque de la Grande Dépression : du pain brûlé et du thé. Une véritable panacée. La maison des Froelich la déprime, et elle donnerait n'importe quoi pour débarrasser ses narines de l'odeur de ragoût de la veille et de linge sale. L'odeur de la misère. En silence, elle demande à Notre-Seigneur de lui pardonner tout manquement à la charité et de guider la police jusqu'au *maudit** fou toujours en liberté. Puis elle largue la bombe.

— Où étais-tu hier après-midi, Madeleine ?

Madeleine se pétrifie. Baisse sa cuillère. *Hier après-midi.*

— Dans un champ, répond-elle, le nez dans sa soupe rouge vif.

— Quel champ ? *Dis-moi la vérité, Madeleine**.

Elle n'a pas l'air fâché. Elle lui semble plutôt inquiète, ce qui est pire.

— Réponds à ta mère, dit papa.

Madeleine avale.

— Je voulais trouver l'autre serpentin, dit-elle.

— Quel serpentin ?

— Celui de Claire.

Le mot plane comme un ballon minuscule.

Maman se couvre le visage — elle pleure, les larmes fusent entre ses doigts, ses ongles peints en rouge.

— Je m'excuse, maman.

Mike s'arrête de manger et regarde sa mère. Il se lève, hésite, puis verse du thé dans sa tasse.

— *Tiens, maman**.

Mimi redresse la tête, renifle, sourit à son fils et s'éponge les yeux avec sa serviette de table.

— Tu es allée à Rock Bass, choupette ? demande tout doucement papa.

Madeleine fait signe que oui. Maman s'empare d'elle, la plante sur ses genoux, lui coince la tête contre son épaule et la berce.

— Écoute-moi bien, choupette, dit papa, et regarde-moi dans les yeux.

Maman cesse de la bercer sans toutefois desserrer son étau.

— Tu sais qu'il est mal de mentir à son instituteur et de faire l'école buissonnière, pas vrai?

Madeleine acquiesce.

— Tu sais ce qui est encore cent fois plus mal?

Madeleine fait signe que non.

— Aller rôder dans un endroit dangereux comme celui-là. Une petite fille a été tuée. Tu comprends ce que ça veut dire?

— Jack, fait doucement Mimi.

— Oui, dit Madeleine, distinctement.

Elle ne tient pas à ce que maman se sente obligée de la protéger contre papa, comme elle le fait avec Mike.

— La pire chose que tu puisses nous faire, à maman, à Mike et à moi, c'est de t'exposer au danger. Comment te sentirais-tu si maman mourait?

— Terriblement mal, murmure-t-elle.

— Si je mourais, moi?

— Horriblement mal.

— Multiplie ta peine par mille et tu auras une idée de ce que maman et moi ressentirions s'il t'arrivait quelque chose. Je veux que tu promettes, devant toute ta famille, de ne pas quitter la zone des logements familiaux sans l'un de nous. Jamais. Jure-le sur l'honneur.

— Je le jure.

Maman l'embrasse férocement sur la tête puis la dépose. Elle se lève pour aller chercher son poudrier dans son sac à main.

— Je n'étais pas toute seule, dit Madeleine.

D'abord persuadée qu'ils se sentiront tous mieux, elle se rend compte qu'elle ne fera que jeter de l'huile sur le feu, mais il est trop tard.

— J'étais avec Colleen.

Maman la gifle sèchement — une seule fois, mais ça suffit. De la main, papa fait un geste d'apaisement et maman allume une cigarette.

— Mange, dit-il à Madeleine.

Elle se rassoit devant sa soupe. Maman allume la radio. La musique apaisante du Boston Pops Orchestra mêlée à l'arôme rafraîchissant d'une Cameo menthol.

— Dis, papa, je vais commencer des leçons d'équitation? demande Madeleine après un intervalle qui lui semble suffisant.

Jack regarde sa fille.

— Auriel a dit que tu allais me faire suivre des cours. Comme Lisa.

Mimi lui lance un regard et il hausse les épaules.

— J'ai gâché la surprise ?

— Pas de surprise. Ça te plairait de monter à cheval ?

— Oui, évidemment.

Il aimerait bien pouvoir partir tout de suite, retourner au travail. L'indigestion le guette. Qu'est-ce que c'est que cette pâtée innommable ? Et quelle fichue commère que ce Vic Boucher ! Qu'a-t-il donc raconté d'autre à sa femme, à ses enfants ? Que Jack McCarthy a été vu au volant d'une Ford Galaxy ? En remuant son thé avec sa fourchette — nulle trace de cuillères sur la table —, il se dit qu'il aurait tort de trop en vouloir à Vic. Si la petite Boucher n'avait pas demandé à ses parents la permission d'aller jouer chez Madeleine, restée chez elle « pour cause de maladie », hier après-midi, jamais Mimi et lui n'auraient su que leur petite fille était allée en promenade du côté du lieu du crime. Jack donnerait n'importe quoi pour asséner un coup de poing sur le nez de ce gros abruti de M. Marks. Au téléphone, l'andouille avait dit à Mimi que Madeleine avait prétexté d'un rendez-vous chez le médecin. À quoi bon fréquenter l'école normale si on n'a pas assez de jugeote pour comprendre qu'un enfant ment ? Jack était passé par-dessus la tête du misérable pour enguirlander le directeur. Entre-temps, voilà son fils qui baragouine en français.

— En anglais, s'il vous plaît, pour que tout le monde comprenne.

Mike rougit.

— J'essaie simplement de comprendre ce qu'il attend pour se manifester.

— Qui ça ?

— Le type de la base. Pourquoi n'avoue-t-il pas avoir vu Ricky sur la route ?

— J'en ai ras le bol de ce sujet. Parlons de quelque chose d'agréable pour changer. Qu'avez-vous appris à l'école, ce matin ?

De retour au bureau, Jack fait circuler une note parmi les chefs de service. Dès trois heures, on vide six casquettes de l'armée de l'air sur son bureau. En faisant rapidement le compte des billets, il se rappelle l'époque de ses premières armes au service de la comptabilité. Quatre cent soixante-douze dollars à remettre à Henry Froelich. Il ajoute deux cents dollars au nom de Simon. Froelich a retenu le meilleur avocat de London, et la qualité se paie.

— Les petites filles qui suivent resteront après trois heures.

Madeleine lève les yeux. Déjà, elle sort ses devoirs de son pupitre, prête à bondir avec les autres au son de la cloche…

— Madeleine McCarthy…

Elle s'immobilise.

— Marjorie Nolan et Grace Novotny.

A-t-elle voyagé dans le temps pour revenir en octobre? Si elle jette un coup d'œil dehors, les feuilles seront-elles rouges et dorées? Non, puisque le pupitre de Claire McCarroll est vacant. Nous sommes toujours en avril. M. March vient de réintégrer Madeleine au sein du groupe d'exercice et elle n'y peut strictement rien.

Auriel se tourne vers elle, perplexe, mais Madeleine n'arrive pas à remuer un muscle pour lui répondre. Seuls ses yeux bougent.

Les autres élèves sortent pour toujours, et Madeleine reste là, avec Grace et Marjorie. À son bureau, M. March nettoie ses lunettes. On frappe à la porte. Il va ouvrir et un policier entre dans la classe. La vue de l'uniforme familier la soulage, mais un autre homme le suit. Il porte un imper sur son habit civil et tient un chapeau à la main. Il a le visage anguleux. Madeleine craint de l'avoir vu en rêve. Est-ce possible? Vont-ils animer le groupe d'exercice avec le concours de M. March?

— Mesdemoiselles, les policiers aimeraient vous poser quelques questions au sujet de votre amie Claire.

Madeleine sent son corps reprendre vie, telle une feuille dans l'eau. M. March l'envoie attendre dans le corridor avec Grace Novotny.

Marjorie lui passe la corde autour du cou.

— Ricky m'a demandé d'aller à Rock Bass avec lui.

— Vraiment?

— Ouais.

L'inspecteur Bradley est assis à côté du bureau de l'instituteur, face à la petite fille. Il a placé ce dernier derrière elle. Ainsi, elle ne sera pas tentée de se tourner vers lui pour savoir quoi répondre. L'homme est assis à l'un des pupitres d'enfant. Debout près de la porte, l'agent Lonergan prend des notes.

— Quand ça? demande Bradley.

— Euh… ce jour-là.

— Quel jour?

— Le jour que… le jour où elle s'est perdue.

— Qui ça? Claire?

— Ouais.

— Je t'écoute.

Marjorie sourit et l'homme au visage grave se penche vers elle. Leurs genoux se touchent presque.

— Il n'arrêtait pas de me demander d'aller en pique-nique avec lui, dit-elle avec entrain.

L'inspecteur soulève un sourcil, imperceptiblement. Marjorie baisse les yeux, joint les mains sur ses genoux et poursuit :

— Bon, j'exagère peut-être un peu. Mais il me l'a proposé une fois ou deux.

— C'est venu comment ?

— Il m'a dit : « Qu'est-ce que tu dirais de venir en pique-nique avec moi à Rock Bass ? Je sais où il y a un nid. »

— Qu'est-ce que tu as répondu ?

— Que ma mère ne voudrait pas.

— Tu as demandé à ta mère ?

— Pas la peine puisqu'elle aurait dit non.

— Pourquoi ?

— D'abord, elle est malade, et c'est moi qui veille sur elle. Ensuite, ajoute-t-elle gaiement, Ricky Froelich est beaucoup trop vieux pour moi !

Elle ricane.

L'inspecteur Bradley sourit sans la quitter des yeux. Marjorie lisse ses cheveux et lui rend son sourire.

— Marjorie, dit-il, les coudes sur les genoux, Ricky s'est-il déjà comporté — il choisit prudemment ses mots — d'une manière qui…

La minuscule chaise grince sous le poids de l'instituteur qui change de position. L'inspecteur sourit à Marjorie et, d'un air confidentiel, lui demande :

— Ricky s'est-il déjà comporté comme s'il était ton petit ami ?

— Oui, bien sûr, dit-elle, soudain solennelle.

— C'est-à-dire ?

Elle se tourne vers l'instituteur.

— C'est moi que tu dois regarder, Marjorie. Pas l'instituteur. Tu peux répondre à ma question ?

Elle se met à pleurer.

L'inspecteur Bradley lui tend son mouchoir.

— Je lui ai dit que c'était impossible, dit-elle en s'épongeant les yeux. Je suis trop jeune.

— Ricky t'a-t-il déjà touchée ?

Elle s'interrompt, le visage enfoui dans les mains. Puis elle fait signe que non.

— Bien, Marjorie, fait l'inspecteur Bradley. Inutile d'ajouter quoi que ce soit. Tu nous as été très utile.

Marjorie sourit à l'inspecteur et le remercie de lui avoir prêté son mouchoir.

— Par la porte de côté, petite fille, dit M. March.

Grace serre le nœud coulant.

— Entre, Grace.

Elle hésite dans l'embrasure de la porte.

Robe chasuble à carreaux, tresses, blouse blanche à manches courtes — Grace est toute pimpante aujourd'hui. À l'invitation de M. March, elle entre dans la pièce et regarde les deux hommes inconnus. Gros tous les deux. Il y a un vieux. Il a déjà l'air fâché.

— Les policiers ont une ou deux questions à te poser, Grace, dit M. March en prenant place au pupitre de Philip Pinder.

— Bonjour, Grace, dit celui qui est en colère en faisant un pas en avant.

Grace gémit, la main égarée sur le bas-ventre.

— Grace, dit M. March.

Elle joint les mains.

— Assieds-toi.

Elle obéit, entrecroise les doigts.

L'homme en colère tire une chaise et s'assoit.

— Comment ça va, Grace ?

— Parle fort, Grace, dit M. March.

— Bien.

L'homme sourit et se penche vers elle. Elle sent l'odeur de son visage. Que lui veut-il ?

— Tu connaissais Claire McCarroll, n'est-ce pas ?

Grace gémit et s'entoure de ses bras, commence à se balancer légèrement.

— Ne t'en fais pas, Grace, dit M. March. Seulement une question ou deux. Après, tu pourras rentrer chez toi.

Grace hoche la tête, les yeux baissés, et continue de se balancer.

— Grace, dit l'homme en colère, tu as joué avec Claire, mercredi dernier ?

Grace gémit, puis pleure, le front plissé, sa voix montant rapidement, la bouche grande ouverte, comme celle d'un enfant beaucoup plus jeune.

— Grace, dit fermement M. March.

Elle se frotte les yeux du poing, s'essuie le nez avec le poignet. M. March lui tend son mouchoir.

— Calme-toi, maintenant.

L'autre policier, debout dans le coin près de la porte, prend des notes dans son calepin.

— Tu peux répondre à l'agent, Grace ?

Le silence règne dans le corridor sombre et vert. Les élèves n'éprouvent la curieuse impression d'évoluer dans un aquarium que lorsqu'on leur permet d'aller aux toilettes pendant la classe et qu'ils flottent dans les couloirs déserts.

— Qu'est-ce que tu vas leur dire ?

Le visage de Colleen a l'air plus foncé que d'habitude ; derrière la porte de la classe où Grace vient d'entrer, elle serre Madeleine d'un peu trop près.

— Ça dépend de ce qu'ils veulent savoir.

— Dis-leur que tu as vu Ricky prendre à gauche en direction de la route.

— Je ne l'ai pas vu.

— Ouais, mais il a quand même tourné à gauche.

— Ouais, mais je ne l'ai pas vu.

Colleen s'humecte la lèvre inférieure, à sa façon sèche coutumière.

— Si tu ne dis rien, ils vont le pendre.

Madeleine regarde Colleen droit dans les yeux — silex bleus, étroits, presque bridés.

— Ils ne le pendront pas, dit Madeleine.

Elle voit un oiseau pâle, sans plumes, tomber lentement.

— Dis-le, sinon nous ne sommes plus amies.

— Tu as vu Claire mercredi dernier ? demande l'inspecteur.

Grace s'adresse au coin du bureau massif.

— Oui.

— Tu as joué avec Claire ?

Grace fait signe que oui, les lèvres toujours entrouvertes, le nez rouge, les yeux vitreux.

— Quand ça, Grace ?

— Mercredi.

— À quelle heure, mercredi ?

— Euh… dans la cour.

— Pendant l'école ou après l'école?

— Après.

— Je t'écoute.

Grace lui jette un regard à la dérobée. Il est penché sur sa chaise. Elle l'imagine avec son machin qui sort de sa braguette.

— Je l'ai vue dans la cour d'école parce que moi et Marjorie, nous avons aidé Mlle Lang pour les Brownies.

Elle prononce *Bouownies*.

— Après l'école.

Il prend des notes dans un calepin, lui aussi.

— Ouais, après l'école. Claire a demandé : «Tu veux venir à Rock Bass?»

— Mais tu n'y es pas allée avec elle.

Il la regarde. Grace détourne les yeux pour qu'il ne s'imagine pas qu'elle reluque son machin.

— Non, je ne voulais pas aller à Rock Bass.

— Elle t'a dit qu'elle allait à Rock Bass avec quelqu'un?

— Ouais, Ricky.

— Ricky Froelich?

— Ouais, tout le monde est au courant.

— Tu connais Ricky Froelich?

— Oui.

— Ricky Froelich t'a-t-il déjà touchée?

Grace lève les yeux comme sous l'injonction d'un hypnotiseur. L'instituteur est pris d'une violente quinte de toux. L'inspecteur Bradley le fait taire d'un geste de la main. Grace se retourne brusquement. Elle vient de se souvenir, dirait-on, de la présence de M. March.

— Réponds à la question, Grace, s'il te plaît, dit l'homme.

Il n'est pas fâché contre moi. Il est fâché contre M. March parce qu'il a toussé.

— Oui, monsieur, dit Grace en se redressant sur sa chaise. Il m'a touchée.

L'homme en colère lui sourit.

— Je ne peux pas mentir, chuchote Madeleine.

— Ce n'est pas un mensonge. Ils veulent savoir s'il a tourné à gauche. Tu sais que oui. Alors tu le dis, c'est tout.

— Dis-le, toi.

— Je suis sa sœur. Ils ne me croiront pas.

Madeleine jette un coup d'œil à la porte de la classe. Derrière le lapin de Pâques scotché à la porte, elle voit une ombre passer. Elle se retourne vers Colleen.

— Tu l'as vu tourner à gauche, toi ?

Colleen ne répond pas.

— Nous sommes sœurs de sang, dit-elle plutôt.

Seurs de san.

— Je sais.

— Alors ?

— Alors quoi ?

Colleen lui saisit le poignet.

— Ça veut dire que tu es sa sœur, toi aussi.

— Où est-ce qu'il t'a touchée ? demande l'homme.

Il sent les copeaux de métal, mais ce n'est pas une odeur désagréable.

— Dans la cour d'école.

— Je voulais parler de ton corps, Grace.

— Là, fait-elle en désignant le bas de son dos. Il m'a poussée sur les balançoires.

M. March tousse de nouveau.

— Je vous en prie, monsieur, dit l'inspecteur calmement, sans quitter l'enfant des yeux.

— Ricky t'a-t-il déjà touchée comme si tu étais sa petite amie ?

Grace hésite. Sa langue cherche le coin de sa bouche.

— Dis simplement la vérité, Grace, fait l'inspecteur.

Mais Grace l'a entendu comme on entend un interlocuteur qui s'adresse à vous en remontant la vitre d'une voiture. Elle penche la tête, balaie le sol du regard.

— Ouais… des fois… nous faisons des exercices.

— Quel genre d'exercices ?

Il a une belle voix. Il est gentil, comme un docteur.

— Oh…

Grace soupire.

— Des flexions du dos, vous savez ?

— Quoi d'autre ?

— Il aime qu'on le serre.

Elle a la voix douce, presque chantante.

— Qu'on lui serre quoi ?

Elle recommence à se balancer.

— Son muscle…

Le linoléum est gris, parsemé de zébrures qui donnent mal au cœur.

— Lui, il parle de son muscle, mais c'est son machin.

— Je sais que c'est très difficile pour toi, Grace, dit l'inspecteur.

— Non, non.

— Eh bien, fait-il, le stylo immobile. Tu as parlé à quelqu'un des choses que Ricky te fait?

Elle fait signe que oui.

— À qui?

— Marjorie.

L'inspecteur hoche la tête et note dans son calepin.

— Il y a autre chose à propos de Ricky, dit Grace.

L'inspecteur Bradley lève les yeux.

— Il étrangle.

Bradley hésite une fraction de seconde avant de recommencer à prendre des notes. Grace se détend.

— Il m'a donné un œuf, dit-elle en attendant qu'il ait fini d'écrire.

— Un œuf?

Là, le visage de Bradley exprime franchement la perplexité. Il s'est oublié — il est humain, après tout.

— Quand?

— Ce jour-là.

— Mercredi?

— Ouais.

— Quel genre d'œuf?

Grace ne répond pas.

— Un œuf dur?

— Non, un œuf bleu.

— C'est-à-dire?

— Un œuf spécial, dit-elle.

Bradley examine les dessins qui tapissent les murs. Œuvres d'artistes de neuf et dix ans. Il y a des lapins et des poussins — Batman et Robin même —, mais ce sont les œufs qui dominent, tous gaiement décorés de rayures, de formes géométriques et de pois de toutes les couleurs de l'arc-en-ciel et d'autres encore — le bleu poudre y compris. Il revient à la petite.

— Un œuf de Pâques?

Elle fait signe que oui.

— Un œuf en chocolat?

Elle fait de nouveau signe que oui.

— Il a dit qu'il savait où en trouver d'autres, ajoute-t-elle en confidence.

— Merci, Grace, dit l'inspecteur Bradley.

Il consulte ses notes tandis que l'instituteur escorte la petite jusqu'à la porte de côté. Le garçon attirait ses victimes à l'aide de chocolat. Pas un pédophile qui ne connaisse les séductions de la confiserie.

Madeleine a chaud. Elle voudrait s'éloigner de Colleen. *Je ne suis pas ta sœur; il n'est pas mon frère.* Colleen lui lâche le poignet. À la place, elle lui prend la main et presse sa paume contre la sienne. Madeleine sent sa croûte glisser et s'humecter. La porte s'ouvre. Colleen libère Madeleine et disparaît dans le corridor.

— Je ne m'en souviens plus. Je pense — je ne sais pas si je l'ai vu.

— Regarde-moi, Madeleine.

Elle obéit.

— Tu l'as vu, oui ou non?

— Vous allez le pendre?

L'inspecteur hausse un sourcil.

— Pourquoi? Tu crois que nous devrions le pendre?

— Non!

Il se cale sur sa chaise, incline la tête et la regarde. Madeleine joint les mains. Le policier à l'imper et au chapeau assis au bureau de M. March, c'est le patron du policier en uniforme qui reste debout et écrit dans un calepin recouvert de cuir, comme en ont les Brownies. L'inspecteur Bradley lui fait penser à un instituteur qui connaîtrait déjà la note que vous avez obtenue à un examen que vous n'avez pas encore subi. À quoi bon? Madeleine sait d'avance qu'elle va échouer.

— Ricky joue-t-il avec des enfants plus jeunes que lui? demande-t-il.

Question difficile. Ricky ne «joue» pas. Il fait du sport, il bricole dans sa voiture. Parfois, des petits enfants rôdent autour de lui et ça ne le dérange pas.

— Ça ne le dérange pas.

Sur le visage carré de l'inspecteur Bradley, il y a de fines lignes rouges, comme sur une carte. Presque indistinctes, deux rides verticales descendent de ses pommettes à sa mâchoire. Cheveux clairsemés couleur gingembre. Yeux noisette, injectés de sang. *Ce n'est pas une plaisanterie,* disent-ils. *Il n'y a pas de plaisanteries. Jamais.* Il ne semble pas avoir entendu la réponse de Madeleine.

— Ricky recherche-t-il la compagnie des enfants plus jeunes?

Madeleine sait bien qu'il ne veut pas parler de cache-cache, mais elle a envie de faire l'imbécile pour lui.

— Comme à cache-cache?

— Non.

514

Il la dévisage. Elle rentre le menton pour que son visage ait l'air replet, hausse les sourcils et regarde par terre, les yeux exorbités.

— Madeleine, fait M. March.

Elle efface la grimace.

— Ricky s'est-il déjà comporté avec toi comme si tu étais sa petite amie ?

Madeleine ricane, mais lui ne rigole pas.

— Réponds à ma question, Madeleine.

— Non, dit Madeleine.

— J'ai bien peur que tu sois obligée de…

— Je veux dire que non, il n'a jamais…

L'inspecteur Bradley procède méthodiquement. Elle a la réponse qu'il convoite, cachée dans une de ses poches ou dans sa chaussure. Il continuera de fouiller jusqu'à ce qu'il la trouve.

— Il t'a déjà invitée à aller en pique-nique avec lui ?

Madeleine fait signe que non.

— Il t'a proposé une balade à vélo ?

— À scooter, vous voulez dire ?

— Peu importe.

— Une fois, nous étions tous dans la cour d'école et…

— Tu es déjà allée en balade toute seule avec lui ?

— Non.

— Il t'a déjà touchée ?

— Pardon ?

— Il t'a déjà touchée ?

— Euh… un jour, il a mis sa main sur ma tête et m'a dit de lui donner un coup de poing, mais je n'ai pas réussi à l'atteindre.

— Est-ce qu'il t'a déjà touchée à un endroit où il n'aurait pas dû ? Est-ce qu'il t'a obligée à le toucher ?

Madeleine éprouve la sensation gluante. Derrière elle se trouve l'homme gluant, M. March. Qu'a-t-il raconté à l'inspecteur ?

L'inspecteur Bradley recommence à fouiller.

— Est-ce qu'il t'a obligée à faire quelque chose de sale ?

Assise bien droite sur sa chaise, elle secoue la tête. Une sensation de chaleur remonte de son estomac à son visage. Elle sent l'odeur. Est-ce que les autres la sentent aussi ?

— Il a détaché son pantalon ?

Le courant lui soulève l'estomac…

— Madeleine ?

La gravité a des effets différents selon les parties de son corps. Elle lui siphonnera l'intérieur, tandis que sa tête se détachera pour flotter comme un ballon.

— Ce jour-là, quand Colleen et toi avez vu Ricky et Claire sur la route de comté…

— Avec Elizabeth et Rex…

Sa bouche lui semble très petite ; dans son esprit, les mots lui semblent très petits.

— Tu dis l'avoir vu prendre la direction de Rock Bass avec Claire…

— Non, dit Madeleine en déglutissant. Je ne l'ai pas vu partir avec Claire.

— Tu veux dire que tu l'as vu tourner à gauche en direction de la grand-route ? Je saurai si tu mens, Madeleine.

— Il n'a rien fait, dit-elle.

— Tu l'as vu, oui ou non ?

Il la regarde comme il la regarde depuis le début : un objet, un balai dans un coin.

— Il a tourné à gauche, en direction de la grand-route.

Elle ne détourne pas le regard, ne cligne pas des yeux.

— Je l'ai vu.

Tout est silencieux, à l'exception du grincement du stylo du policier qui prend des notes dans le coin.

— Allez, file. C'est terminé.

Elle se lève. En sortant par la porte de côté, elle résiste à la tentation de regarder par-dessus son épaule pour voir si elle a laissé sur sa chaise une flaque de sueur ou d'autre chose.

Cet après-midi-là, Bradley a demandé à tous les employés de sexe masculin de la base de se prêter à un nouvel interrogatoire et il entend donner suite. Il ne veut pas de détails qui clochent. Il ne croit pas la version de la petite McCarthy, mais un jury risque de voir les choses d'un autre œil.

LA MORALITÉ DE L'ALTITUDE

La construction de missiles s'apparente de près à la décoration inté-rieure. Une fois que vous avez pris la décision de rajeunir le salon, vous allez dans les boutiques. Au moment de tout regrouper, vous allez peut-être vous rendre compte qu'il y a eu une erreur — les rideaux ne vont pas avec les housses. Il en va de même pour les missiles… C'est

*pour cette raison que je me rends dans les ateliers. Je tiens à voir de
quoi le bébé aura l'air.*

Wernher von Braun, *Life,* 1957

Mike l'autorise à attraper des balles au sol et dans les airs sur le
cercle de gazon derrière la maison. Il s'échauffe en prévision du match
qu'il disputera à Exeter. Il en est à sa première saison au niveau ban-
tam. Madeleine porte le vieux gant de Mike, mais elle évite d'attraper
les balles rapides, pourtant tentantes, par crainte de rouvrir sa blessure
à la main.

Elle surveille la maison dans l'espoir d'arrêter son père au passage
avant le dîner. Elle a une question à lui poser. Deux, en réalité : pendra-
t-on Ricky Froelich ? Et est-il juste de mentir pour faire voir la vérité à
quelqu'un ? Sans compter qu'elle veut lui parler des policiers qui l'ont
interrogée après l'école. Maman n'a pas remarqué son retard. Elle était
chez les Froelich. Madeleine aperçoit son père qui remonte la rue entre
les maisons.

— Papa ! s'écrie-t-elle.

Jack se retourne et voit ses enfants, insouciants, heureux comme
des rois, dans le jardin derrière la maison. Il agite la main et s'engage
dans l'entrée des Froelich. Le bolide en pièces détachées semble
presque achevé. Il ne lui manque que les pneus. En revanche, la vieille
familiale brille par son absence — quelqu'un est sans doute allé chercher le garçon à Goderich. Il cogne à la porte, au cas où Henry serait à
la maison.

C'est Betty Boucher qui ouvre.

— Pendant un moment, dit Jack en souriant, j'ai cru m'être
trompé de maison.

— Je fais partie de la chaîne. Mimi a fait le quart du matin. Les
Froelich ont été absents toute la journée.

Les femmes se sont mises à l'œuvre. Le plus jeune enfant de Betty
se colle à elle tandis qu'un des bébés Froelich sautille sur sa hanche.
L'autre pleure à l'intérieur.

— Je ne sais pas comment ils font, Jack. Moi qui me croyais
aguerrie…

— À quand la relève ?

— À vrai dire, je les attendais plus tôt. Quelle heure est-il ?

Elle déplace le bébé pour consulter sa montre.

— Cinq heures dix.

Jack la suit dans le vestibule.

— Henry me dit que des journalistes sont venus.

L'expression de Betty en dit long sur ce qu'elle en pense.

— Trois cet après-midi, fait-elle en comptant sur ses doigts : Toronto, Windsor et, croyez-le ou non, Detroit. Ils voulaient tous savoir si je considérais Ricky comme — elle hésite en regardant sa petite — un suspect. Je leur ai répondu qu'ils auraient beau fouiller toute la base, ils ne trouveraient personne qui voie en Ricky autre chose qu'un garçon honorable.

— Bien dit.

— Henry…

Le bébé régurgite sur son épaule. Betty s'éponge avec un linge à vaisselle.

— Henry a téléphoné du palais de justice. Juste avant le début de l'enquête sur cautionnement.

Enquête sur cautionnement. Palais de justice. Suspect. La semaine dernière encore, personne n'avait ces mots à la bouche — curieux comme ils se sont glissés sans effort dans la conversation de tous les jours. La vie s'est étirée pour faire place à l'insolite. Elle s'est mise à tourner autour de la tragédie d'abord, de l'erreur judiciaire ensuite, telle l'eau autour d'un rocher. Elle l'amollit, le rabote jusqu'à ce qu'il ne forme plus à la surface qu'un cal qui, à première vue, ne change rien. Mais plus rien ne sera comme avant. Le cours de la rivière est altéré.

— Pauvre petit bonhomme…

Puis, regardant par-dessus son épaule à travers la moustiquaire, elle s'écrie :

— Tiens, qui c'est ?

Suivant son regard, Jack aperçoit un taxi qui, après le tournant, s'avance lentement vers eux.

— Qu'est-ce qui a bien pu se passer ? demande Betty.

Il n'y a qu'un seul passager. Henry Froelich.

Il règle le chauffeur et vient les rejoindre. Karen Froelich est encore à la prison de Goderich. On a refusé de libérer Ricky sous caution.

— Je suis navrée, Henry, dit Betty.

Après le départ de Betty, Jack s'attarde. Dans la cuisine des Froelich, Henry en a plein les bras, et Jack l'aide de son mieux en tenant un des bébés — il sent une moiteur suspecte contre le veston de son uniforme. Froelich fait chauffer du lait. Il remonte sa manche pour en éprouver la chaleur sur son avant-bras et Jack aperçoit les chiffres tatoués.

— Où était votre avocat, pendant ce temps-là ?

— Sur place.

— Il est bon ?

— Il a des lettres après son nom.

— C.r. ? Conseil de la reine. C'est bon signe. Il porte la décision en appel, n'est-ce pas ?

— Oui, évidemment. Mais il m'a parlé de la réputation du juge. Il n'y a pas grand-chose à faire. Tous ils attendent la mort de ce juge.

— Et... la police a détenu votre fils de façon abusive, non ? Votre avocat peut-il...

— Il essaie, mais ils disent que Ricky a parlé aux policiers de son propre gré. Tout ce que peut faire mon avocat, c'est obtenir que les déclarations de Ricky soient jugées irrecevables.

— À quoi bon ? Il n'a rien dit d'incriminant.

Froelich hausse les épaules. Déroule sa manche.

— Vous avez été dans un camp de concentration pendant la guerre, n'est-ce pas, Henry ?

— Oui.

Il tend les bras et Jack lui rend le bébé.

— Je donnerais cher pour m'en être aperçu avant. Ça m'aurait évité de faire des remarques stupides.

— Quelles remarques ?

— Vous savez bien... Votre travail, l'Allemand typique pour lequel je vous prenais, la beauté du pays...

Froelich met la bouteille entre les mains agitées du bébé et la guide jusqu'à sa bouche. L'enfant se met à téter, les yeux perdus dans la contemplation de la barbe noire, ses doigts en étoile recroquevillés contre sa joue. Jack attend en silence. Enfin, Henry désigne du regard le deuxième bébé, déjà endormi sur sa chaise haute, la tête inclinée à un angle impossible, le visage fermé comme une fleur. Jack soulève l'enfant avec précaution, conscient de manipuler une substance volatile, et suit Henry à l'étage.

Ils déposent les bébés côte à côte dans un petit lit parqué dans la chambre principale, aussi bordélique que le reste de la maison. Lit défait et sans tête, peinture sans cadre punaisée au mur — des blocs de couleur inintelligibles —, des vêtements, des livres, des serviettes. L'odeur caractéristique du foyer des Froelich — talc pour bébé, urine et tabac. Il s'efforce de ne pas regarder de trop près, par crainte de surprendre quelque détail intime. Des sous-vêtements de Karen, un jupon...

Avant de redescendre, Jack remarque les deux autres chambres. Les seules pièces bien rangées de la maisonnée. De toute évidence, l'une appartient à Ricky — guitare dans un coin, couvre-lit rouge, bottes de cow-boy. De l'autre côté, une chambre renfermant deux lits, dont l'un avec des montants en métal.

De retour dans la cuisine, Henry nourrit Elizabeth, et Jack tente de détourner les yeux du spectacle sans trop en avoir l'air. Froelich dépose la cuillère.

— Tu n'as pas faim, ma belle?

Il lui essuie la bouche avec un linge, prend son visage entre ses mains et l'embrasse sur la joue.

— Je parie que tu as faim pour le dessert.

En diagonale, Elizabeth secoue la tête.

Il approche son oreille de sa bouche, écoute et réplique :

— Bientôt, *ja*. Ne t'en fais pas, Elizabeth. Regarde papa. J'ai l'air inquiet, moi?

— Ouaaais, grogne-t-elle.

Froelich éclate de rire.

— D'accord, Elizabeth la belette — la fille sourit —, Elizabeth la chouette, dit Froelich en la soulevant dans ses bras.

Les mains de la fille se croisent derrière son dos et il l'emmène.

Peu de temps après, Jack l'entend mettre un disque. Il reconnaît la voix d'alto gutturale. *Du, du, du, macht mein kleines Herz in Ruh...* Une chanson d'amour du répertoire populaire. Quelle langue magnifique quand ce sont des femmes qui la parlent, se dit-il. Comme une femme revêtue d'une chemise d'homme.

De retour dans la cuisine, Froelich sort une bouteille de vin rouge de l'armoire sous l'évier. Il remplit deux verres dépareillés et en tend un à Jack, qui le porte poliment à ses lèvres, même s'il sent déjà les tanins maison lui remuer les entrailles.

— Que dit votre avocat? demande-t-il. À propos du risque que tout finisse... par un procès?

— Je pense qu'il me faut un détective.

Froelich s'appuie contre le dossier de sa chaise.

— Ça vaut mieux, je crois.

— Un détective privé, vous voulez dire? Pour quoi faire?

— Parce que la police ne trouve pas l'homme du camp.

Jack se demande pourquoi Froelich utilise le mot « camp ». Dora était le nom de code de l'usine souterraine, non?

— Est-ce... le « criminel de guerre » dont vous m'avez parlé hier soir?

Jack sursaute en sentant un souffle chaud sur sa main sous la table. Le chien est entré.

Froelich parle en fixant le mur de la cuisine, comme s'il décrivait une scène qui se déroulait devant lui, et il relate sa rencontre avec Oskar Fried au marché.

— Si je m'étais adressé plus tôt à la police, la petite fille serait peut-être encore en vie aujourd'hui.

— Pourquoi ?

— Parce que c'est un tueur.

— Vous en avez parlé à la police ?

— Oui, mais on ne me croit pas.

— Je ne comprends pas. Pourquoi iriez-vous inventer une histoire pareille ?

— On me soupçonne de défendre l'alibi de mon fils.

Jack prend une longue et profonde inspiration, cherche, par la seule force de sa volonté, à empêcher son visage de rougir, à faire que sa voix ne trahisse qu'une inquiétude de bon aloi.

— De quel camp parlez-vous, Henry ? Si je peux me permettre.

— Dora.

— Dora ? répète Jack, comme s'il entendait le nom pour la première fois.

Ce qui, en un sens, est la vérité.

Froelich se mâchouille la moustache, là où elle empiète sur le coin de sa bouche, tachée de vin.

— La police ne le trouve pas — ne l'a pas trouvé, dit-il en s'emparant de la bouteille, et elle n'a pas trouvé non plus l'aviateur. Excusez-moi, Jack, mon anglais se laisse désirer, ce soir.

— Je donnerais cher pour connaître l'allemand, Henry. Vous devez en avoir marre de toujours parler anglais.

— Pas tellement. Ma langue me manque, mais elle est morte de toute façon, *nicht wahr ?*

Il boit.

— « Morte ? » Que voulez-vous dire ?

— On ne peut pas parler une langue et lui faire dire n'importe quoi sauf la vérité. On ne peut pas…

Fixant Jack, Froelich, comme s'il prononçait un mot de passe, dit :

— *Deutsch.*

En guise de réponse, Jack hoche précautionneusement la tête.

— La langue, ils l'ont torturée. Les nazis. Maintenant, il y a des tas de mots qui ne se souviennent plus d'eux-mêmes. L'autre sens, le faux, reste derrière comme un manteau, comme un — *nein, wie ein Schatten*…

— Une ombre.

— *Ja.* Je n'oublie rien. C'est comme ça que je vais aider mon fils.

Il ressert Jack.

— L'homme de Dora est ici. À la base, quelqu'un est au courant.

Il lève les yeux.

— Mais il ne dit rien. Je sais pourquoi.

Jack s'empêche d'avaler. Il attend.

— L'Ouest a besoin de ces personnes.

— Quelles personnes ?

— Des personnes qui ont travaillé à ces technologies. Comme les fusées.

Le regard de Jack demeure imperturbable. Il connaît la réponse aux questions qui suivent, mais il vaut mieux qu'il les pose quand même.

— Ce type travaillait aux fusées ?

— *Ja.*

— Laquelle ? La V-2 ?

— *Ja.*

— À Peenemünde ?

— À Dora.

— Dora ?

— Peenemünde est bombardé.

— Je sais. Par des Canadiens, ajoute-t-il sottement.

Il se fait l'effet d'un écolier vantard. Lui-même brillait par son absence. Il travaillait derrière un bureau en Angleterre. Comme responsable de l'approvisionnement d'une base de la RAF.

— Après les bombes, l'usine devient souterraine. Dans une montagne. Les nazis l'appellent Dora. Je suis là.

— Avec la V-2 ?

Froelich fait signe que oui et sombre dans le silence.

L'intérêt de Jack arrive presque à calmer son angoisse. Si seulement il pouvait siroter tranquillement son vin en écoutant Henry Froelich raconter l'histoire d'une fabrique de fusées souterraine. Il se représente la scène : un sol nu en béton, à une profondeur de douze étages. Une V-2 de seize mètres juchée sur un wagon, la tête et le ventre ouverts, munie d'un triple gyroscope pour la guider dans l'espace et le temps en un lent menuet. Il voit la fusée monter sur les rails inclinés jusqu'à l'ouverture sous la nuit étoilée, les écoutilles dissimulées sous les branches de pin et les pierres. La guerre est la grand-mère de l'invention. Soigneusement, on redresse la fusée jusqu'à ce qu'elle soit bien droite sur le banc d'essai, pointant vers les étoiles, ses réservoirs gorgés du mélange secret, crucial, seul capable de produire la poussée nécessaire pour que l'engin traverse la Manche et atteigne Londres en cinq minutes. Vengeance-2. L'arme secrète de Hitler. Voilà pourtant ce qui nous mènera à la Lune. Assurera notre liberté. Henry Froelich a été là-bas.

— Vous avez travaillé aux fusées ?

Froelich fait signe que oui.

— Doux Jésus, fait Jack tout doucement.

Incapable de résister à la tentation, il ajoute :

— Vous avez assisté à une mise à feu ?

Froelich fait non de la tête. Sous la table, le chien gémit et pose le menton sur le pied de Jack.

— Dès que je vois Dora, les pyramides n'ont plus de secret. Les fusées aussi sont construites par des esclaves.

— Travail forcé, dit Jack.

D'une certaine façon, la présence du mot « travail » atténue la portée du second, et il se demande si c'est ce que Froelich entendait en disant que les mots ont perdu leur mémoire.

— L'« arme secrète » de Hitler, dit Froelich, qui se lève après avoir vidé son verre d'un coup. Seulement aux esclaves on fait confiance : nous arrivons, mais nous ne repartons pas.

Il sourit presque.

— Nous partons par la cheminée.

Du doigt, il imite une spirale de fumée qui monte dans le ciel.

— Il y avait un four crématoire ? À Dora ?

Jack déglutit.

— Je ne savais pas que c'était un... camp de la mort.

— Pas d'extermination, non, mais beaucoup de travailleurs sont morts. On brûlait leur corps à cause des risques de maladie.

Froelich soulève le couvercle d'une marmite dont il touille le contenu.

— Vous voyez, ils n'ont pas peur que le secret soit trahi, mais le sabotage... ils sont terrifiés. Ils ont raison, il y a du sabotage, mais souvent on pend des innocents.

Il prend la bouteille, constate qu'elle est vide et fouille de nouveau sous l'évier.

— Le matin, à la fin de mon quart, il y a des hommes pendus à des cordes. Vous savez comment ils font ?

Jack ne répond pas.

Froelich pousse le bouchon dans la bouteille.

— Un morceau de bois entre les dents, dit-il en indiquant la position avec ses doigts. Pas de cris. On le fixe avec de la ficelle derrière la tête. La corde passe autour du cou, et l'autre bout est attaché à une planche accrochée à la grue...

Il décrit la mécanique avec sa précision d'ingénieur.

— Ils nous donnent l'ordre de regarder. Sinon, ils nous pendent, nous aussi. Pour nous rappeler le salaire du sabotage. La grue les soulève lentement... Les SS ont tout calculé. Les mains liées derrière le dos, mais les jambes libres. C'est un spectacle, un divertissement, *ja?* Un jour, j'entends une secrétaire dire à son amie : « Viens vite, tu vas rater les jambes. »

Il brandit la bouteille. Docile, Jack avance son verre.

— Ils les pendent à l'entrée du tunnel, à un mètre cinquante du sol, pour nous obliger à passer entre leurs jambes, ils ont perdu leur pantalon, ça fait comme un rideau, les SS s'amusent beaucoup.

Il soulève de nouveau le couvercle et de la vapeur s'échappe.

— Vous m'accompagnez ? demande-t-il, la louche en équilibre au-dessus de la marmite.

— Non, merci, Henry. Je n'ai pas faim.

Froelich revient s'asseoir avec son assiette.

— C'était une mine, dit-il.

Puis il se met à manger.

— Quoi donc ?

— Dora. Dans les montagnes Harz.

— L'usine de fabrication de fusées.

— Dans une caverne.

Un secret dans une caverne en montagne où travaillent des esclaves. Un vrai conte de fées.

— Près de Buchenwald, dit Froelich. Près de la patrie de Goethe. On fait venir les *Häftlinge* — les prisonniers — pour agrandir la mine. Ils creusent à mains nues et ils sont nombreux à mourir. Pas des juifs, au début. Des Français et des Russes, des Allemands, des Anglais, des Polonais, des Tchèques, et d'autres. Ils portent le triangle, de nombreuses couleurs différentes, mais tous ont un costume rayé de prisonnier. Des sabots de bois sur nos pieds nus, même en hiver. Au début, les esclaves dorment dans la terre avec les fusées et il y en a beaucoup qui meurent.

Froelich approche une autre cuillerée de ses lèvres, mais il s'interrompt.

— Les nazis ont deux objectifs, voyez-vous, mais ils ne vont pas bien ensemble. Mais, dans un cas comme dans l'autre, ils font du très bon travail.

Jack voit le professeur en Froelich soulever deux doigts l'un après l'autre.

— *Erste :* produire les armes. *Zweite :* tuer les travailleurs, *ja.*

— Henry…

— À mon arrivée à Dora, après l'autre endroit…

— Quel autre endroit ?

— Auschwitz *Drei* — Auschwitz trois, *ja ?* Je ne suis pas très fort, mais j'ai appris à dire « mécanique électrique », et je ne meurs pas en transportant le revêtement, la coquille de la fusée, comment dites-vous ?

— Le blindage.

Il parle rapidement.

— J'ai de la chance, je n'attrape pas la terrible dysenterie, seulement un peu, mais il y a beaucoup d'enfants, on les emporte et on les bat à mort. J'ai de la chance parce que je n'ai pas marché d'Auschwitz à Dora, j'ai fait le voyage sur un *Wagen,* il est ouvert, pas de toit. C'est bon parce que c'est l'hiver et je bois la neige sur mes épaules, vous voyez ? Aussi je respire. Je ne gèle pas parce qu'il y a des morts autour de moi et je me glisse sous les corps. Je suis maigre, mais, à Dora, j'ai de la chance, je ne construis pas ma baraque, d'autres le font et meurent.

Autour de Jack, le mot « Auschwitz » grésille comme de l'acide. Sa maison est de l'autre côté de la rue. Son lit. Ses enfants dans leur lit. Sa femme. Il sent un souffle chaud sur son visage, mais ce n'est pas réconfortant. Il est trop près de quelque chose. Il devrait reculer, mais il en est incapable.

— Nous chantons pour les gardes.

— Quoi ?

— C'est l'hiver, je ne connais pas la date. Je sais seulement qu'il neige et qu'ils nous font chanter *Stille Nacht.*

— Sainte nuit.

— Je sais que nous sommes en décembre 1944.

Froelich déchire un bout de pain et le donne au chien dont le museau brille sous la table. Dans l'esprit de Jack, une nouvelle dimension se fait jour. Fried a travaillé dans un lieu criminel. Il est donc normal que Froelich l'associe à la brutalité, mais il ne s'ensuit pas nécessairement que Fried ait lui-même commis des crimes. Pourtant, il devait être au courant des pendaisons. Et Simon ? *J'ai moi-même délivré son attestation de sécurité.*

— C'était donc un scientifique.

— Qui ?

— Le type que vous avez vu. L'homme de Dora.

— Un scientifique ? Il était seulement un ingénieur. *Es macht nichts.* Un criminel.

— Vous dites que c'était... un SS ?

— Je n'ai jamais vu un seul uniforme à Dora, dit Froelich. Seulement les gardes sont en uniforme. Von Braun ne porte pas son uniforme.

— Von Braun ?

— *Ja,* il visite la fusée.

— Von Braun était un SS ?

— *Natürlich.* Mais l'autre, toujours de la laine brune.

— Quoi?

— L'ingénieur — il portait toujours un costume en laine brune. Et des petites lunettes, rondes comme des galets. Pas de visage, je veux dire pas d'expression. Ses yeux ne changent pas, sa voix ne change pas, il est toujours calme. Avec lui, *alles ist normal*. C'est ce que je me rappelle.

Il repousse son assiette.

— Un homme ordinaire.

Jack boit un peu de vin pour s'humecter les lèvres.

— Sauf pour sa fleur, poursuit Henry. Très rare. Elle pousse dans le tunnel.

Froelich hoche la tête.

— Les gens ne sont pas banals. Vous ne trouvez pas, Jack?

— Qu'est-ce qu'il a fait, Henry?

— Il est ingénieur dans les tunnels.

— Non, je veux dire…

— Il supervise la production dans son secteur. Nous voir construire la fusée, ça le rend malade. Nous sommes des épouvantails. Il cherche des saboteurs. Il en trouve beaucoup. Pour impressionner ses supérieurs, *verstehen*?

Jack se penche.

— Son crime?

Froelich se penche à son tour.

— Vous savez combien de personnes ont été tuées par la V-2?

— Non, fait Jack.

Leurs visages se touchent presque.

— Cinq mille.

Froelich abat sa main sur la table. Jack ne bronche pas.

— Vous savez combien d'hommes sont morts pendant la construction de la fusée qui tellement vous fascine, Jack? *Mehr als* — plus de vingt mille.

Sa main s'abat une fois de plus et les verres vides tressautent.

Le chien aboie, la porte de derrière s'ouvre et la petite copine de Madeleine entre dans la pièce.

— Colleen, *Schatzi, hier zu Papa, bitte komm*.

La fille vient vers lui et il la serre dans ses bras en caressant ses cheveux en broussaille.

De ses yeux bleus étroits, elle fixe Jack par-dessus l'épaule de Froelich.

— Salut, Colleen, dit Jack.

L'enfant ne répond pas. Jack remarque une cicatrice pâle au coin de sa bouche.

Froelich remplit une assiette qu'elle emporte, le chien sur ses traces. Au bout d'un moment, on entend de la musique. Une femme qui chante la *Chanson de Mackie* en allemand.

— Dans les camps, je ne suis plus très jeune ni très fort, mais je sais une chose. Aider un autre à survivre vous aidera peut-être à survivre. À Auschwitz, j'arrache les lunettes d'un garçon quand on nous fait descendre du train. Il y a des chiens, des lumières, de la musique très forte, les cris des gardes, tout est confus, mais, si on n'est pas terrifié, on voit que tout est finalement bien organisé. J'ai de la chance, je n'ai pas trop peur parce que je sais que ma femme est en sécurité. Aussi, ajoute-t-il en regardant Jack comme pour lui confier un secret —, j'ai un truc. Je fais comme si j'avais déjà tout vécu.

Comme Froelich semble attendre une réponse, Jack hoche la tête.

— Ce garçon, poursuit Froelich, un étudiant, probablement. Je fais tomber ses lunettes et je lui dis quoi répondre : mécanique électrique. Ils le poussent à droite. À droite, le travail. À gauche, la mort. J'ai été à Bühne. Je suis au courant. Il a peut-être survécu.

Froelich ferme les yeux.

— En plus, la guerre est terminée quand j'apprends pour le bombardement. Ça m'aide.

— Quel bombardement ?

— Hambourg.

Jack se souvient — c'est de là que vient Froelich.

— Votre femme ? demande-t-il doucement.

Froelich respire posément, les yeux toujours fermés. Les souvenirs remontent à la surface. Le murmure des coquillages, les épaves d'algues silencieuses et de chaussures égarées. Qu'est-ce qui brille là-bas ? Des dents ou des perles ? Des cailloux ou des os ? Dérive des objets perdus, souvenirs détachés de leurs propriétaires, souvenirs affranchis par la mort. Les souvenirs perdus retrouveront-ils tous leur chemin grâce à Henry Froelich, portail vivant, à supposer qu'il garde les yeux fermés assez longtemps ?

— Ma femme a été à l'abri des camps. Moi aussi, pendant un moment.

Jack éprouve une curieuse sensation : s'il se levait maintenant pour partir, son corps resterait derrière, assis à la table, telle une coquille vide.

— Selon la classification nazie, elle était aryenne. C'est ironique parce que ma mère ne la jugeait pas assez bien pour moi. Ma mère était *sehr rafiniert.*

Il sourit.

— Annie était une paysanne.

— Votre père, qu'est-ce qu'il en disait ?

— Il a été tué pendant la Grande Guerre.

— Le mien s'est battu. Mon oncle est mort.

Froelich hoche la tête. Jack soupire. Comme ils se sont compris, Jack se sent en droit de demander :

— Pourquoi ne pas avoir quitté l'Allemagne à l'arrivée de Hitler, Henry ? Pourquoi être resté ?

— Je suis *Deutsch.* Ça ne change pas. Vous avez raison, Jack, c'est un magnifique pays, mon pays. Nous étions *Deutsch,* vous voyez. Puis, lentement, nous nous sommes rendu compte que non. Pas du jour au lendemain. Il n'y a pas d'invasion. Les amis — ceux avec qui on a partagé un repas, comme vous et moi. Nous avons compris, trop tard, qu'ils étaient des ennemis.

Jack sent la montée d'une migraine. Bruits de pas étouffés sur un escalier en métal.

— Ma mère refusait de quitter l'Allemagne, poursuit Froelich. Quand elle est morte, nous avons tenté de venir au Canada, mais on ne voulait pas de nous.

— On vous a refusé l'entrée au pays ?

— On ne voulait de nous nulle part. Ma femme refusait de partir sans moi.

— Vous étiez universitaire, non ? Vous auriez dû avoir l'embarras du choix.

Froelich hausse les épaules.

— J'étais juif. Pas un très bon juif, mais, en 1933, quelle importance ? Bon ou mauvais, quand on frappe chez vous au milieu de la nuit, vous êtes juif.

— Comment avez-vous fini à Dora ?

— À Hambourg, nous avions un bel appartement. Celui du chef d'îlot n'était pas si beau. Il m'a dénoncé parce que j'écoutais la BBC. J'ai été arrêté en avril 1942. En 1943, les bombes viennent.

Jack se souvient du nom de la mission : opération Gomorrhe. Pendant trois jours, des bombardiers britanniques et canadiens avaient largué neuf mille tonnes d'explosifs sur Hambourg. Quarante-deux mille civils étaient morts dans la tempête de feu — incinérés, asphyxiés, écrasés, balayés par les vents thermiques. Jack ne demande pas à Froelich s'il avait des enfants.

— J'aime le Canada, dit Froelich.

Pour le moment, on dirait qu'Oskar Fried est le cadet des soucis de Froelich. Jack éloigne sa chaise de la table, comme pour prendre congé, mais Froelich parle toujours.

— Je ne me bats pas dans la clandestinité. À Dora, je fais mon possible.

À la mention de l'usine, Jack se rassoit sur le vinyle râpé de la chaise de cuisine.

— Personne ne voit toute la fusée. Seulement des bouts. Je fais partie de l'*Elektriker Kommando*. Mon travail, c'est de souder par points le revêtement — le blindage — et aussi de réparer les soudeuses. Les fusées sont proches de moi et j'ai des... occasions.

— De sabotage ?

— On remplace la bonne pièce par une mauvaise, on desserre une vis, on pisse sur les fils peut-être pour les faire rouiller. Les soudures ne sont peut-être pas parfaites. Ça m'aide à survivre. Il y a un Polonais qu'on a pendu parce qu'il avait fait une cuillère. J'avais plus peur de mon Kapo.

— C'est donc ce qu'il était ? Un Kapo ?

— Quoi ?

Froelich secoue la tête de gauche à droite, impatient.

— Un Kapo est... un Kapo. Prisonnier, lui aussi, avec le costume rayé, les guenilles, *ja ?* Avec un triangle vert, ce qui veut dire « criminel ». Il a du pouvoir. Celui-là, il essaie de me tuer. Tous les jours, avec le *Gummi* — un tuyau — noir, épais. « Pas de juifs dans mon *Kommando*. » Il veut une escouade *judenrein*. Il n'y a pas que les gardes et les Kapos. Les ingénieurs aussi aiment battre les prisonniers. Pas nécessaire de les pendre. La plupart crèvent de faim ; les malades, on les extermine.

— L'homme que vous avez vu au marché, l'ingénieur — battait-il les prisonniers ? A-t-il lui-même ordonné des exécutions ?

— S'il n'avait pas été là, je sais que le Kapo m'aurait tué.

— Il vous a sauvé la vie ? Comment ?

— L'ingénieur le montre du doigt. Les gardes le pendent au-dessus de sa machine.

Jack attend.

— Voyez-vous, l'ingénieur sait que j'ai du talent. Le Kapo gâche un travailleur précieux, alors l'ingénieur le montre du doigt. Quand l'ingénieur montre du doigt, le garde emporte le prisonnier. Un matin, pas très longtemps après, on le retrouve, à l'embouchure du tunnel, en passant sous ses pieds. Je l'ai vu souvent montrer du doigt. Une fois quand un prisonnier lui offre une cigarette. Une autre fois quand un prisonnier lui dit bonjour. Quand il fait pendre le Kapo, je ne lui dis pas merci.

— ... Henry ? Les policiers cherchent-ils cet homme ?

— Non, je vous l'ai dit. Ils ne me croient pas.

Froelich a les paupières lourdes, la bouche tachée de pourpre.

— Moi, je vous crois, dit Jack en récupérant sa casquette.

Froelich se lève et lui saisit la main.

— Merci, Jack. Pour tout. Le Canada, c'est mon pays maintenant. Je vais téléphoner aux journaux, je vais leur dire qui j'ai vu, qui vit ici en pays libre. Je vais leur dire que la police persécute mon fils, et je vais faire mettre cet homme en prison.

— Que dit votre avocat?

— Mon avocat?

Froelich roule les yeux.

— Il dit : « Ne faites rien. Vous portez préjudice à la cause. » Il ne me croit pas, lui non plus.

À mi-chemin dans le couloir, Jack s'arrête. Il a oublié l'argent. Convertie en grosses coupures, la somme ne pèse pas bien lourd. De la poche intérieure de son veston, il tire une petite enveloppe de paie en papier kraft.

— Qu'est-ce que c'est? demande Henry.

— Je vous prie d'accepter…

— Non, non, c'est impossible.

— Plusieurs hommes d'honneur se sont cotisés. Je ne vais tout de même pas leur rendre ce qu'ils ont donné.

Il dépose l'enveloppe sur la table, au milieu des factures.

Henry la fixe.

— Même si c'est la vérité, mon avocat dit que mon fils a l'air encore plus coupable avec cet alibi, parce que je prétends avoir vu la même voiture.

Il inspire à fond.

— Quand j'y repense avec des yeux d'étrangers… Ils ne connaissent pas mon fils. Ils ne me connaissent pas. Nous sommes d'ailleurs. Son alibi, je crois, fait penser à un *Märchen* — un conte de fées.

Jack fait claquer sa langue.

— Vous avez probablement raison, Henry.

Il fourre les mains dans ses poches et, avec un choc, découvre la clé de voiture solitaire.

— Je crois que je vais suivre le conseil de mon avocat, dit Henry.

— C'est lui qui s'y connaît.

— Après, je raconte aux journaux ce que j'ai vu. Et ce type de la base, je lui dis ma façon de penser.

Henry raccompagne Jack.

— Je n'oublie jamais un visage, Jack. En avril, les Américains sont arrivés. Je me souviens d'un soldat qui m'a tendu la main. Tous les jours, je me dis : *j'espère que ce garçon a une vie heureuse. J'espère qu'il a des enfants.*

— Je m'excuse, Henry.

— De quoi ?

— De vous avoir obligé… à ressasser de vieux souvenirs.

— *Ibergekumene tsores iz gut tsu dertseylin.* Il est bon de parler des épreuves surmontées.

Froelich sourit et la flamme dans ses yeux se rallume.

— C'est ce que ma grand-mère répétait toujours. Une vraie yiddish.

Jack sort dans la nuit. La clé dans sa main lui mord la peau. De l'autre côté de la rue, il voit la lumière de sa cuisine. Soudain, il se sent malheureux pour sa femme — qu'il imagine assise à table, une tasse de thé à la main, sur le point de tourner la page d'un magazine féminin, attendant son retour. Un peu comme s'il était parti à la guerre — le cas échéant, le portrait paraîtrait moins triste. Ajoutez un enfant buvant un chocolat chaud à côté d'elle et la légende : « Qu'as-tu fait à la guerre, papa ? »

Les phares d'une voiture qui tourne sur St. Lawrence Avenue l'éblouissent. Karen Froelich rentre, seule. Il fait demi-tour et s'engage entre la maison des Froelich et celle de leurs voisins en direction du parc — pour se rendre à la base, il prendra un raccourci. Il irait plus vite en voiture, mais il ne veut ni inquiéter Mimi ni fournir d'explications qui risquent d'embrouiller la situation. Elle se dira qu'il est toujours chez les Froelich.

Au pas de course, il passe devant les balançoires et les bascules. Est-il possible que Simon sache tout à propos de Fried ? Jack accélère. Il court autant pour dissiper l'adrénaline qui lui inonde le ventre que pour atteindre rapidement la cabine. Fried est un tueur, un homme qui a menti sur son passé et qui a changé d'allégeance par pur opportunisme — pourquoi ne récidiverait-il pas ? Est-il vraisemblable que Simon ait sciemment recruté un homme pareil au nom de l'Ouest ? Jack est sur le point de sortir du parc quand il aperçoit un objet accroché à un arbre dans un jardin — une corde et une poulie. À quoi peuvent-elles bien servir ? Sous la lueur des lampadaires, il se remet à marcher.

Un homme comme Fried souillerait le joyau de la science occidentale : le programme spatial. Il jetterait le discrédit sur nos visées hégémoniques dans le domaine des missiles et ferait le jeu de la propagande soviétique. Si les Soviétiques ont de l'avance, c'est parce qu'ils ont recours à des méthodes coercitives — le pays tout entier est un vaste camp de concentration. Jack desserre son nœud de cravate pour aérer son cou, traverse la route de comté et passe sous l'aile du vieux Spitfire.

En haut de Canada Avenue, au-delà des hangars, il ralentit le pas. Autour de lui, là où le gazon bien coupé du côté opposé de la piste d'atterrissage fait place aux mauvaises herbes qui voilent le bord d'un fossé à sec, l'obscurité s'épaissit. Ce soir, il aurait préféré ne pas quitter sa famille d'une semelle — même si l'auteur de ce crime est probablement à des kilomètres. Comme les McCarroll eux-mêmes, en Virginie, à cette heure. Des êtres chers emplissant un salon de banlieue. Des photos encadrées. Des sandwichs et des pleurs. *Si navré*. Il traverse la piste et sort la clé de sa poche. Il soulève le bras, prêt à la lancer, quand lui vient une réflexion, accueillie sans remords, qui lui glace les sangs : *mieux vaut sa fille que la mienne* — en cet instant, il a la certitude que, en l'absence de McCarroll, c'est sa fille à lui qui aurait été la victime. Comme si quelque chose réclamait la tête d'un enfant. Un sacrifice. Offert à qui ? Il jette la clé dans les ténèbres.

De l'autre côté du terrain de rassemblement, la cabine scintille dans le noir. Il court, pousse la porte de verre et fait le zéro. À l'autre bout de la ligne, il entend le téléphone sonner dans l'obscurité.

— Standardiste.

Jack sort le bout de papier de son portefeuille, récite le numéro du soir de Simon et écoute la composition des chiffres, qui cliquètent comme la serrure d'un coffre-fort. Contemplant le net croissant de lune par la vitre de la cabine, il fait un constat : Simon est toujours en service actif. Depuis 1939 qu'il n'a pas connu la paix. Il est passé d'une guerre à la suivante. Jack est heureux de ne pas faire son boulot — même si Simon pilote encore des opérations. Si elle n'a pas exactement été un succès retentissant, la mission n'aura pas été entièrement futile si elle a pour effet de priver les Soviétiques de l'expertise de Fried. Même si Fried est renvoyé chez lui quand la vérité éclatera au grand jour, il y a fort à parier que les Soviétiques ne le remettront pas au travail. Ils l'exécuteront plus vraisemblablement. Jack n'éprouve aucune pitié pour l'homme, mais la pensée qui lui vient ensuite le glace d'horreur : et si Fried était en réalité un espion soviétique ? Il respire à fond — inutile de brûler les étapes. Il entend le téléphone sonner quelque part à Washington.

Madeleine essaie de rester éveillée, mais le sommeil, avec sa baguette magique, la terrasse — comment se fait-il qu'on ne se rappelle jamais l'instant où on s'endort ? Voilà qu'elle s'est réveillée, sans la moindre idée de l'heure qu'il est. Elle sait seulement qu'il est très tard.

Son père doit être rentré, et elle veut lui poser ses questions avant l'école.

Elle se glisse sur le palier. Une poussée furtive sur la porte de ses parents révèle la chambre. Le lit est fait. Son cœur bondit — ses parents sont partis ! Bien sûr que non. Ils veillent, ce sont des adultes, ils ont le droit.

À pas de loup, elle s'avance jusqu'en haut de l'escalier. Il y a de la lumière au rez-de-chaussée. Elle vient de la cuisine. Une à une, elle descend les marches, avec d'infinies précautions. Elle voit maman, assise à table. Toujours habillée, une tasse de thé et des cartes devant elle. Elle fait une patience. Madeleine regarde sa mère placer une carte sur une autre. La cuisine brille comme un sou neuf. Les ongles rouges de sa mère contre les marbrures argentées de la table. De la fumée monte d'un cendrier en cristal.

— Maman ?

Sa mère lève les yeux et sourit.

— *Eh, ma p'tite fille, qu'est-ce que tu as, viens à maman**.

Elle ouvre les bras.

Madeleine avance vers elle, consciente de son dos légèrement arqué, de son ventre qui sort, comme quand elle était petite, une mèche de cheveux enroulée autour d'un doigt. Elle grimpe sur les genoux de sa mère. Sa mère a elle aussi oublié que Madeleine a neuf ans. Maman glisse ses bras autour d'elle et la berce. Madeleine résiste à l'envie de sucer son pouce.

— Tu vas avoir un autre bébé, maman ?

Mimi sourit.

— Peut-être. Si Dieu nous en envoie un.

— Comment tu vas l'appeler ? Si c'est une fille ?

— Oh, je ne sais pas. Qu'est-ce que tu en penses ? Nous pourrions l'appeler Domithilde.

— Non !

Sa mère rit.

— Pourquoi pas ? Domithilde, d'après le prénom de ta tante.

— On pourrait l'appeler Holly ?

— Pourquoi ?

— Parce que ça sonne comme Hayley. Pour Hayley Mills.

— C'est joli, mais il n'y a pas de sainte Holly.

— Il y a une sainte Claire ?

Mimi lui caresse le front.

— Chut, *ma p'tite**. Il y a une sainte Claire, et elle veille sur ton amie. Claire est avec le bon Dieu, maintenant.

Dans ce cas, pourquoi ont-ils tous l'air si triste? Madeleine se représente un trio s'éloignant d'elle. Claire entre sainte Claire et Dieu. Elle les tient par la main et les regarde. Des adultes en robe et en foulard qui l'emportent solennellement en bavardant au-dessus de sa tête. Où étaient-ils quand on l'a tuée? Ils regardaient?

— Dis une petite prière, fait maman en joignant les mains.

Elles prient:

— Ange de Dieu qui êtes mon gardien et à qui j'ai été confiée par la Bonté divine…

Tout de suite après la prière, Madeleine dit:

— Il faut que je demande quelque chose à papa.

— Demain matin, d'accord?

Madeleine ferme les yeux et sa mère la berce pour l'endormir. Madeleine, le pouce dans la bouche, songe à Dieu et à sainte Claire. Saints adultes qui attendent les enfants assassinés à l'aéroport des Cieux.

— Simon, je viens de voir Froelich — mon voisin —, il m'a parlé de Fried, de Dora. Il a fait pendre des gens, Simon, il a ordonné des exécutions… Simon?

— Je t'écoute.

— Si c'est vrai — moi, en tout cas, j'y crois —, nous donnons l'asile à un criminel de guerre. Il doit être expulsé.

À l'autre bout de la ligne, un clic! se fait entendre. Pas électronique. Le bruit d'un briquet. Une longue inspiration.

— Impossible, j'en ai bien peur. Les états de service de Fried n'ont aucune importance.

Jack se croyait préparé. Il ne l'est pas.

— Dois-je comprendre que tu étais au courant?

Pas de réponse.

— Je refuse d'être mêlé à cette affaire, Simon.

— Je savais qu'il n'avait rien d'un boy-scout. Pas plus que quelques-uns des autres.

Le ton de Simon — son ton détaché, celui que Jack a toujours tant admiré — lui répugne aujourd'hui. Le sentiment qu'il éprouve — non pas de la colère, mais une déception profonde — le prend au dépourvu. Comme s'il voyait le monde se transformer autour de Simon, les corps s'empiler. L'expression de Simon ne change pas — le même demi-sourire, la même décontraction —, mais le sang lui arrive aux genoux.

— Je vais avouer aux policiers avoir vu le garçon sur la route. Je vais leur dire que j'étais au volant de la voiture et je vais leur suggérer de te poser des questions.

— Tu connais le projet « Trombone » ?

— Tu as entendu ce que j'ai dit, Simon ?

— Tu sais ce qu'est l'opération « Boîte d'allumettes » ?

Jack ne répond pas.

— Ce sont des programmes connexes — top secrets, évidemment. Le premier américain, le second canadien. Les Britanniques vont et viennent au besoin. Comme Donald Maclean. Tu avais vu juste, Jack. C'est moi qui ai hérité de son poste. J'assure la liaison avec les Américains et je m'occupe du recrutement de scientifiques étrangers pour eux. Maclean, pour sa part, s'était mis au service du mauvais maître.

— Et si les scientifiques en question sont aussi des criminels de guerre, tu fermes les yeux.

— C'est vrai qu'il a fallu en retoucher quelques-uns pour les rendre présentables — Jack l'entend tirer longuement sur sa cigarette puis expirer —, von Braun, par exemple.

La nuit est fraîche. Jack voit sa respiration.

— Von Braun ?

— Il n'a pas souvent été photographié en uniforme SS, mais il était *Hauptsturmführer.* Un capitaine.

— … Des tas de gens ont été enrôlés de force.

— Je vois mal quiconque contraindre von Braun à faire quoi que ce soit.

— Il a commis des crimes ?

— J'ai vu le procès-verbal d'une réunion tenue à Dora. Il y avait des scientifiques, des administrateurs et des SS, y compris von Braun.

Simon parle rapidement, mais sans précipitation. Briefing de routine.

— Ils discutent du recours à un plus grand nombre de civils français comme esclaves et de l'obligation pour les travailleurs de porter l'uniforme rayé des prisonniers. Personne ne soulève d'objections. Si tu examines les transcriptions du procès des crimes de guerre commis à Dora, tu constateras que l'administrateur général fait face à des accusations de massacre. Il affirme que von Braun se rendait fréquemment à l'usine et qu'il était au courant de toutes ses activités, y compris les exécutions.

— Il faut alerter les journalistes.

— Impossible. Tout est top secret.

Sur le cadran noir du téléphone, Jack voit son haleine se condenser.

— Von Braun n'a pas ordonné d'exécutions…

Dans sa voix, il détecte un ton plaintif, ridicule.

— C'est ce qu'ils prétendent tous. Dans le cas de von Braun, c'est sans doute vrai. Rudolph, cependant, est une autre paire de manches.

— Arthur Rudolph?

— Directeur du programme de fusées Saturn à la NASA. Il était responsable de la production à Mittelwerk…

— Mittelwerk?

— Mittelbau. Parfois désigné sous le nom de Nordhausen, d'après la localité voisine.

— De quoi parles-tu, Simon?

— De Dora. Cette usine, on l'appelait tout sauf Dora. Encore aujourd'hui. La nomenclature bureaucratique en mutation perpétuelle. Quel meilleur moyen de plonger l'ennemi dans la confusion?

— Tu étais au courant.

— On me paie pour être au courant.

Jack observe l'arrivée d'un banc de brouillard. À peine visible derrière les hangars, le feu rouge de la tour de contrôle clignote à intervalles lents et réguliers.

— Le projet «Trombone» vise trois objectifs, poursuit Simon. Priver les Soviétiques d'une expertise scientifique. Doter l'Occident d'une expertise scientifique — habituellement par le truchement des États-Unis. Troisièmement: récompenser les particuliers qui ont fourni des renseignements à l'Ouest.

— Récompenser des nazis.

— Dans certains cas, concède Simon. Des ex-nazis. Un certain nombre d'entre eux ont été admis au Canada, où ils coulent des jours paisibles. Vous les avez discrètement accueillis à la demande de la Grande-Bretagne ou des États-Unis.

— Des criminels de guerre.

— La vérité, c'est que la plupart d'entre eux sont aujourd'hui totalement inoffensifs. Ils taillent leurs rosiers, paient leurs impôts. Sans compter qu'ils ne portent pas les communistes dans leur cœur.

— Ça ne change rien à ce qu'ils ont fait.

— Je suis d'accord avec toi. Dans un monde idéal, on les aurait pendus. Ou jetés en prison.

Jack ne dit rien, agacé par le relativisme de Simon qui, il s'en rend compte, lui communique ces renseignements confidentiels à seule fin de l'amadouer.

— Rien à voir avec la filière clandestine, dit Simon. Avec la complicité du Vatican, la CIA a utilisé la filière pour faire émigrer en douce un tas de types, surtout vers l'Amérique du Sud — de vrais salauds, ceux-là. Barbie, Mengele, tu vois le genre. Leur utilité se limitait exclusivement aux renseignements, et j'ai mes doutes à ce sujet, mais il y a aux États-Unis un important complexe militaro-industriel qui a tout intérêt à garder l'armée sur des charbons ardents. Ses représentants intriguent dans les rangs des généraux pour se tailler une plus grande part du budget, les agences de sécurité se font concurrence, c'est à qui brandira les renseignements les plus affolants, recrutera le meilleur transfuge. Bref, elles racontent n'importe quoi à propos du nombre de missiles dont disposent les uns et les autres, et nombreux sont ceux qui y croient. Ça amène de l'eau au moulin, sans compter que c'est bon pour les affaires. L'escalade de la menace. Au moins, les Yankees savent qui est l'ennemi et ils font le nécessaire.

— Qui dirige le projet « Trombone » ?

— La Joint Intelligence Objectives Agency ou JIOA. Gracieuseté du Pentagone.

— Une opération américaine ayant pour but de contourner les lois de l'immigration qui intervient illégalement au Canada. Vous subvertissez la démocratie.

— Nous nous battons pour la préserver. Au pire, nous sommes des cadavres dans le placard de la démocratie.

— Vous traitez les citoyens comme des ennemis. C'est ce que font les communistes. Et les fascistes.

— Il y a des hauts gradés américains qui pensent comme toi. J'en ai entendu un dire qu'il céderait volontiers aux Soviétiques tous les ex-nazis en échange d'une boîte de caviar. Les scientifiques américains sont mécontents de voir des étrangers s'arroger les meilleurs postes. Il y en a même quelques-uns au Conseil national de recherches à Ottawa.

— C'est bon, Simon. Je te reçois cinq sur cinq. Mais ne compte pas sur moi pour laisser un gamin aller en prison à la place d'un nazi, peu importe combien il y en a parmi nous.

— Il y a un espion soviétique au centre de vols spatiaux Marshall. La NASA. Jack attend.

— Fried l'a identifié. Il va accepter un emploi au programme de missiles de l'USAF, puis il va bénéficier d'un détachement au centre Marshall. Il va entrer en contact avec l'homme en question en se faisant lui-même passer pour un agent soviétique. Il va lui fournir de fausses informations à transmettre à son responsable.

Une semaine plus tôt, la même information aurait enthousiasmé Jack.

— Tu es prêt à laisser un garçon croupir en prison pour induire les Soviétiques en erreur ?

La cabine est plongée dans un brouillard impénétrable. Jack a perdu de vue le pouls rouge de la tour de contrôle — il aura du mal à rentrer chez lui.

— Des agents de renseignements américains participent à notre opération, mais, au moins, ce sont des types de l'armée de l'air. Si la CIA a vent de l'affaire, elle va fondre sur la taupe soviétique, la coffrer, et ça lui fera du capital, à moins qu'elle ne décide de l'utiliser elle-même pour raffermir sa position au sein du programme spatial, ce que personne ne souhaite.

— Excuse-moi de ne pas avoir beaucoup de sympathie pour tes guéguerres de territoire, Simon. Même si je décide de tenir ma langue, je ne peux pas empêcher Henry Froelich de parler.

— Si le secret qui entoure notre petite mission est éventé, les Soviétiques ne seront pas les seuls à dresser l'oreille.

— C'est-à-dire ?

— Je ne pourrai plus répondre de rien.

— De qui parles-tu ? De la CIA ?

— Tout ce que je dis, c'est que les conséquences sont imprévisibles.

Que peut faire la CIA ? Froelich est un immigrant. Un juif aux penchants socialistes. L'ère du maccarthysme n'est pas révolue depuis si longtemps. Risque-t-on de le traîner dans la boue ? de l'expulser ?

— La CIA n'est pas habilitée à intervenir au Canada.

Pas de réponse.

— Il s'agit d'un meurtre, Simon. Le garçon risque d'être pendu.

Silence tranchant à l'autre bout de la ligne. Du genre de ceux qui perforent votre fuselage au beau milieu de la nuit.

— C'est le scénario de la pire éventualité, ajoute-t-il.

— Tu veux que je te parle du scénario de la pire éventualité, Jack ? demande Simon sur un ton qui demeure raisonnable. Certains de nos amis — des types bien, des agents sur le terrain — commencent à mourir en Union soviétique, loin de ta conscience douillette. L'information que détient Fried sur les intentions des Soviétiques et les capacités de leur programme de missiles stratégiques — résultats d'essais, plans détaillés, structure organisationnelle — devient inutilisable. La presse fait ses choux gras de la présence de nazis au sein de la NASA, et le gouvernement sabre dans les budgets, anéantissant nos chances de gagner la course à la Lune, sans parler des répercussions sur le renseignement en Occident ni de la lutte pour le contrôle de certaines technologies grâce auxquelles tu peux jouir de ton putain de barbecue en toute sécurité.

— Peut-être, mais c'est moi qui suis ici, Simon, pas toi. Même chose pour Fried. Je donne un coup de fil et on le cueillera si vite que…

— Fried a mis les bouts depuis longtemps, mon vieux.

Évidemment. Jack digère l'humiliation.

— Quand? demande-t-il. Je sais que tu ne vas pas me répondre. Dis-moi au moins une chose, ajoute-t-il. Était-il déjà parti quand je t'ai proposé d'aller le voir?

— J'en ai bien peur, mon vieux.

Simon donne presque l'impression de s'excuser.

Jack appuie son front sur la vitre froide de la cabine.

— Si je t'ai proposé de prendre part à la mission, Jack, dit doucement Simon au bout d'un moment, c'est parce que j'ai appris à faire confiance à très peu de gens.

Sa voix est de nouveau celle d'un ami.

— Je me fous de l'attestation de sécurité des participants, je me fous de leur origine. Certains des traîtres les plus odieux sont des compatriotes à moi. Je ne t'aurais même pas demandé de traverser la rue pour le compte de ce foutu Oskar Fried. Ce qu'on fait, on ne le fait pas pour lui.

Il soupire.

— Cette guerre — celle dans laquelle nous sommes engagés — me fait regretter la dernière. N'importe quel idiot peut mourir pour son pays, Jack.

— Les quarante mille Canadiens qui sont morts n'étaient pas des idiots.

— Je ne banalise pas le sacrifice de mes amis ni celui des tiens — mon petit frère est mort, pour l'amour du ciel. Si je t'en parle, c'est parce que ni toi ni moi n'avons le privilège de nous battre et de mourir. Nous devons vivre, nous devons prendre des décisions — au cours de la dernière guerre, nous en avons pris, mais elles n'étaient pas toutes secrètes. La culpabilité, les bobards, le triomphe, nous avons tout partagé au nom du devoir…

Jack n'a rien à dire au sujet de la dernière guerre. Il y était et n'y était pas. *Je n'ai pas le droit d'en parler.* Et ceux qui ont ce droit desserrent rarement les lèvres.

— Un jour, les coups de feu ont pris fin, et nous avons crié victoire. Nous avons été démobilisés, nous avons repris le travail, nous nous sommes mariés, nous avons eu des enfants et nous avons cru à la paix. Mais nous en sommes encore loin. Et toi, mon petit vieux, tu es au beau milieu du champ de bataille.

— Je dirige une organisation qui enseigne à des gens à diriger des organisations, Simon. Je conduis une familiale, j'aime ma femme. Je ne suis au milieu de rien du tout.

— C'est là que tu te trompes, mon vieux. Tu fais partie des opérations, que ça te plaise ou non.

Le ton de Simon s'allège.

— Tu sais que nous avons bombardé à mort l'industrie militaire allemande. Nous avons bombardé la Ruhr, nuit après nuit — dommage que tu aies raté ça, mon vieux, tu as été privé d'un bon moment.

Simon se montre-t-il sarcastique ?

— Tu sais que j'ai fait Peenemünde.

J'ai fait Peenemünde.

Traduction : *J'ai déjoué les lois de la probabilité et survécu à une mission de bombardement. Cible : Peenemünde.*

— Nous avons bombardé à qui mieux mieux les fusées V-2 de Hitler…

— À qui le dis-tu.

— Les Allemands se sont repliés sous terre, ils ont mobilisé des esclaves, ils les ont fait travailler à Dora jusqu'à ce que mort s'ensuive, ils les ont pendus. Sacrée réussite de notre part.

— Ce n'était tout de même pas notre faute.

Simon poursuit, la voix calme — Jack se rend compte qu'il est furieux.

— Quand nous avons pilonné Hambourg, des milliers de personnes sont mortes. Je le sais, j'y étais. Nous avons largué des bombes incendiaires, des bombes au phosphore et nos bonnes vieilles bombes de gros calibre. Qui se trouvait en dessous ? Des civils. Nous les avons tués aussi sûrement que si nous les avions alignés et fusillés au bord d'une fosse commune, et nous avons gagné la guerre grâce à ce que nous avons fait ou en dépit de ce que nous avons fait. Plutôt en dépit de ce que nous avons fait, si tu veux mon avis. Par qui les villes ont-elles été rebâties ? Par les putains de bonnes femmes, une brique à la fois. Comment veux-tu arrêter ça ? Oui, nous avons eu la peau de Hitler, mais ce qui me dérange, Jack, c'est que Staline a tué plus de civils que lui. L'Allemagne a évolué tandis que la Russie est demeurée la même. Et je te demande, ton pays, ta putain de civilisation te demande de sacrifier, peut-être, la vie d'un garçon — probablement pas sa vie, juste sa liberté — au nom de la paix, au nom de percées scientifiques susceptibles de faire la différence entre la survie et l'annihilation, au nom de ta fille. Espèce de crétin.

Simon sombre dans le silence. En reprenant la parole, il n'a plus l'air fâché. Seulement triste.

— J'ai tué des centaines de personnes, sans doute des milliers. Mais je ne l'ai pas fait en secret, je n'ai jamais regardé mes victimes en face. Des airs, on ne les voit pas. C'est ce qu'on appelle la moralité de l'altitude. Même qu'on m'a décerné une médaille pour services rendus. Toi, on te demande de risquer la vie d'une personne. La différence, c'est que tu la connais. Moi, je ne connaissais pas les femmes qui ont couru vers les abris quand les sirènes ont sonné, je ne connaissais pas leurs enfants, ceux qui sont morts écrasés sous des immeubles ou collés aux rues quand l'asphalte a fondu, je ne connaissais pas les personnes qui ont péri dans les hôpitaux et les églises, ni celles qui ont fini dans le canal, je ne me console pas en me disant qu'elles ont eu ce qu'elles méritaient, et je ne me perds pas non plus en culpabilité vaine ni en pieux scrupules. J'ai fait mon putain de devoir, Jack. À toi de faire le tien.

Le brouillard a oblitéré le temps et l'espace. Jack pourrait être n'importe où — à trois mille mètres d'altitude, *fais confiance à tes instruments.*

— Il existe un vieux proverbe chinois : « On est responsable de l'homme dont on a sauvé la vie. »

— Tu ne me dois rien, Simon.

— Mes collègues savent qu'un haut gradé canadien est dans le coup. Ils savent qu'il est affecté à Centralia. Je n'ai jamais mentionné ton nom, mais j'imagine qu'ils arriveraient assez facilement à te retrouver. Mais voilà, Jack. Jusqu'ici, rien ne leur permet de croire que tu entends rompre le silence.

Si Simon pense que Jack se préoccupe de sa carrière, à ce stade-ci, il se trompe royalement.

— C'est une menace, Simon ?

— Non.

Il a l'air sincèrement surpris. Lorsqu'il reprend la parole, son ton est personnel, presque désolé.

— Je te donne ma parole qu'ils n'apprendront rien de moi.

Jack déglutit.

— Je ne vais pas laisser la justice condamner ce garçon à la potence, Simon. Il est innocent.

— Dans ce cas, il n'a rien à craindre.

Je ne sais pas quoi faire. Ces mots, Jack ne les a pas proférés à voix haute. Simon, cependant, les a entendus. Il est de l'autre côté de la table, à un scotch de distance.

— Fais ce qu'il faut, dit-il, penché vers Jack.

La phrase remue quelque chose dans la mémoire de Jack, retentit derrière son œil gauche… c'est ce que Simon lui avait dit quand il s'était réveillé à l'infirmerie pour apprendre que sa guerre était terminée. *Tu as fait ce qu'il fallait, mon vieux.*

— Au revoir, Jack.

Jack retire sa main de la vitre opaque, où son empreinte demeure, noire et transparente. Il regarde à travers. La nuit est claire. La lueur de la lune transperce sa paume. Tout ce temps, le brouillard était à l'intérieur de la cabine, pur effet de sa respiration. Il ouvre la porte et sent le froid transpercer la laine de son uniforme. Il a commencé à neiger. Des flocons parsèment ses cils, fondent sur sa lèvre inférieure. Il met sa casquette. Ses jambes l'emportent sur le blanc silencieux. À mi-chemin du terrain de rassemblement, il prend conscience de bruits de pas étouffés derrière lui. Il marche plus vite, son poursuivant aussi — il entend le bruit de la respiration de l'étranger, sent presque sa main s'abattre sur son épaule : *Tu t'es débarrassé de la voiture, Jack. Même si tu parlais, la police ne te croirait pas plus qu'elle n'a cru Henry Froelich. Il n'y a jamais eu d'Oskar Fried.* Il s'arrête. Qui le croirait ? Sa femme. Les Soviétiques. Et la CIA.

Jack n'a jamais craint de faire ce qu'il fallait. Parfois, il est difficile d'établir de quoi il s'agit. *Montrez-moi ce qu'il faut faire, et je m'exécuterai.* Tout est sens dessus dessous. Il meurt d'envie de se confier à Mimi, mais il doit laisser sa femme en dehors du coup. Elle ne s'est pas enrôlée. Lui, si.

Il se retourne, même s'il sait bien qu'il n'y a personne derrière lui. De l'autre côté du terrain de rassemblement, la cabine scintille, rendue à la transparence. Les flocons s'accumulent sur ses épaules, où ils prennent la consistance de plumes. Il reste planté là, tandis que se forment un rebord blanc sur sa casquette, des épaulettes de gel sur son uniforme. Il ne sait pas quoi faire. Tout ce qu'il sait, c'est ce qu'il a fait.

> *... Et ce n'est ni dans le dessein d'obtenir un ruban*
> *Ni dans l'espoir égoïste d'une saison de légende,*
> *Mais pour sentir la main de son capitaine sur son épaule —*
> *Vas-y ! Vas-y ! Joue, mon vieux !*
> Sir Henry Newbolt, 1862-1938

RIPOSTE GRADUÉE

— *Bobby ?*
— *Ouais ?*
— *Je ne voudrais pas que nous passions tous pour une bande de tarés...*
Transcription d'une conversation entre John F. Kennedy et Robert F. Kennedy pendant la crise des missiles de Cuba, le 23 octobre 1962

Mimi se réveille la première. Elle se lève sans bruit, ramasse l'uniforme de Jack en boule par terre — elle le repassera en vitesse. Sur le veston, elle détecte une odeur. Elle l'approche de son visage et renifle — ça sent l'urine. Elle met un moment à comprendre qu'il a dû tenir un des bébés Froelich dans ses bras. Elle jette un regard sur lui, pâle et endormi, la bouche entrouverte, et a droit à un avant-goût du vieil homme qu'il deviendra un jour. Il faut qu'elle soit gentille avec lui.

La veille, elle l'a attendu. Quand il est enfin rentré, il n'avait pas faim et n'avait pas envie de parler. Elle lui avait donné deux aspirines qu'il avait avalées avec une gorgée de scotch avant de se mettre au lit. Elle était allée jeter un coup d'œil à Madeleine puis s'était couchée elle aussi. Jack dormait déjà. Elle avait attendu qu'il se tourne vers elle pour réchauffer ses pieds perpétuellement glacés, mais il dormait profondément. Il avait raté le match de son fils. Le moment n'était pas venu de lui demander ce qui s'était passé chez les Froelich. De toute façon, ça l'avait rendu malade. Il avait trente-six ans, et elle ne devait pas oublier que les hommes gardent beaucoup de détails pour eux. À la longue, cette habitude les épuise. Mimi avait l'art de le détendre, mais il dormait trop bien. Elle avait du retard. Peut-être cette fois... Elle l'avait entendu grincer des dents. Elle n'avait pas sommeil. Elle avait contemplé le plafond en stuc blanc, où l'ombre des flocons de neige se découpait sur un morne rectangle de lune. Elle aurait pu se lever pour aller chercher une autre couverture, mais elle avait trop froid.

Un match de base-ball, ce n'était pas la fin du monde, mais la jeunesse de leur fils tirait déjà à sa fin. Elle craignait que Michel ne s'habitue à se passer des encouragements de son père. Déjà, il faisait comme si c'était sans importance — son équipe avait gagné, avait-il annoncé en entrant, et il n'avait pas faim : le père d'Arnold Pinder les avait emmenés manger un hamburger. Les larmes étaient montées aux yeux de Mimi, réaction qu'elle avait mise sur le compte des émotions de la dernière semaine.

Mimi plie l'uniforme de Jack, le pose sur la chaise — il faudra l'apporter chez le teinturier — et se dirige vers la salle de bains. Elle se rappelle que la voiture des Froelich a été absente pendant le plus clair de la soirée. À qui Jack tenait-il compagnie : Henry ou Karen ?

Elle fait pipi et aperçoit une traînée rouge sur le papier hygiénique. Pendant un moment, elle est stupéfaite. Elle n'a eu ni crampes ni ballonnements. Elle se dit que des tas de femmes ont un cycle irrégulier, mais elle ne se fait pas d'illusions ; elle-même n'a jamais été du nombre. Voilà pourquoi Jack et elle n'ont jamais eu de « surprises ». Si son cycle a changé, c'est parce qu'elle change, elle aussi. Elle a beau paraître et se sentir jeune, rien n'y fait. Au lavabo, elle s'asperge le visage d'eau — de quel droit pleurerait-elle ? Elle a deux magnifiques enfants pétants de santé, et sa voisine vient de perdre sa fille unique. Il est mal de pleurer l'enfant avant sa conception. D'ailleurs, qui sait, tout est encore possible. Elle laisse couler l'eau et s'assoit au bord de la baignoire, le visage entre les mains. Madeleine cogne à la porte.

— Maman, j'ai envie !

Au petit déjeuner, Mimi parvient à persuader Mike de raconter le match de la veille à son père. La pluie a lessivé la neige tardive et le gazon est d'un vert éclatant. Elle s'habille avec encore plus de recherche que d'habitude et, avant le départ de Jack pour le bureau, lui fait sur l'oreille un baiser d'amour qui lui arrache un sourire.

Madeleine n'a pas réussi à poser ses questions à papa : Mike a monopolisé le petit déjeuner en faisant le compte rendu jeu par jeu de son match. C'est peut-être sans importance puisque les policiers ne reviennent pas à l'école. Lorsque Colleen lui tend une embuscade pendant la récréation, Madeleine lui répète ce qu'elle a raconté à la police et s'éloigne pour jouer avec ses amies — ses amies légères et amusantes — avant que Colleen n'ait eu le temps de la remercier ou de lui dire quelque chose. Dans la paume de sa main, la croûte a commencé à s'effriter et Madeleine la gratte autant qu'elle ose.

Pendant trois jours, Jack ne fait rien, dans l'espoir que l'affaire sera rejetée, mais, le vendredi, on fixe la date d'une audience. La Couronne est disposée à agir rapidement, certains témoins risquant d'être réaffectés avant la fin de l'été. Peut-être tient-on compte aussi du très jeune âge de Ricky et du fait qu'on a refusé de le libérer sous caution : l'audience, en effet, aura lieu dans trois semaines. Compte tenu de la minceur de la preuve de la Couronne, l'avocat des Froelich a accueilli la nouvelle avec satisfaction. La Couronne cherchera à obtenir que Ricky soit jugé comme un adulte, mais déjà les éditorialistes des grands journaux de Toronto ont décrié la mesure, considérée comme « une violation de la lettre et de l'esprit de la loi ».

Jack ne se rend pas immédiatement à la police. Il se dit que l'audience vise précisément à déterminer si la preuve est suffisante pour justifier la tenue d'un procès. Quelles sont les probabilités ? Jack agira, mais de façon responsable. Il ne se manifestera que s'il doit absolument le faire.

Grace Novotny a un serpentin accroché à l'une des poignées de son vieux vélo. À l'extrémité du cercle de gazon adossé au jardin de

Madeleine, elle reste plantée, à califourchon sur le vélo. Il pleut encore. Certains enfants entonneraient « Qui fait du vélo par un temps pareil ? » pour que l'objet de leur moquerie se sente complètement idiot. Grace n'a pas d'imper. Elle a la main coincée entre les jambes — il lui arrive souvent de se toucher sans y penser. À sa vue, Madeleine songe à une vieille poupée en caoutchouc, nue si on excepte une chaussure en plastique, les cheveux défrisés, abandonnée au fond d'un coffre à jouets. C'est vendredi après l'école, et Madeleine, en imper rouge et suroît, dissèque une balle de golf trouvée dans l'herbe. Mike lui a dit qu'il y a de la nitroglycérine au milieu. Elle fabriquera peut-être une bombe.

— Salut, Grace.

Grace ne semble pas remarquer la pluie. L'ourlet de sa robe mouillée est inégal.

— Dis donc, Grace, où as-tu trouvé ce serpentin ?

Grace fait courir ses doigts parmi les bandelettes de plastique rose et détourne les yeux.

— Quelqu'un me l'a donné.

— Qui ça ?

— Quelqu'un.

— Tu l'as volé, tranche Madeleine.

— Non !

Grace crache le mot en tapant du pied à la manière de Marjorie, comme si elle s'attendait à vous voir déguerpir comme un chat. Quand c'est Grace qui le fait, cependant, ça manque de force. Elle a plutôt l'air d'une loqueteuse.

— Alors où tu l'a pris ? demande de nouveau Madeleine.

— Elle me l'a donné.

— Qui ? Claire ?

— Je l'ai trouvé.

— Menteuse.

Madeleine se sent un peu mal — Grace est une proie si facile.

— Raconte-moi, Grace.

Grace saute sur la selle de son vélo et s'éloigne en se laissant rebondir dessus à répétition — ça doit faire mal.

— Madeleine. *Viens, c'est l'heure du dîner**.

Ce soir-là, ils dînent en paix. Madeleine attend que quelque chose se produise. En vain.

— Tu me passes les petits pois, s'il te plaît ? demande Mike.

Il les saupoudre de sucre et papa ne le gronde pas.

Madeleine donnerait cher pour qu'on allume la radio, même si c'était pour les ennuyeuses nouvelles. La pluie qui cingle les fenêtres n'est pas d'un grand réconfort. Monotone, elle leur rappelle qu'ils n'ont rien à dire.

— Tu vas chez les Scouts, ce soir, Mike, non? demande Jack.

En guise d'acquiescement, Mike grogne et papa ne le corrige pas. Quelque chose ne va pas. Pour les ménager tous, papa est encore plus gentil que d'habitude, comme s'il allait leur annoncer une terrible nouvelle — il est atteint d'une maladie mortelle. Et s'il ne lui restait qu'une année à vivre?

— Tu me passes le beurre, ma puce?

C'en est trop. Le visage de Madeleine se chiffonne, des larmes tombent sur ses petits pois en boîte tièdes; malgré son chagrin, elle le remarque et se demande si on va la forcer à les manger quand même.

— Ça ne va pas, choupette?

— *Madeleine, qu'est-ce que tu as* ?*

Mike roule les yeux.

— Laisse-moi! lui crie-t-elle sauvagement.

Papa décoche à Mike un regard bien senti et ouvre les bras à Madeleine. Elle grimpe sur ses genoux et sanglote contre son épaule.

— Je m'excuse!

— Tu t'excuses de quoi, choupette?

Il a sa voix amusée, celle qu'il prend pour vous rassurer et grâce à laquelle vous savez que le moment est venu de vous inquiéter.

— Rien!

Elle pleure, se pétrit la joue avec le poing. Levant les yeux, elle constate qu'ils sont seuls à table.

— Qu'est-ce que tu as fait à l'école aujourd'hui?

Aujourd'hui, Madeleine a attendu l'arrivée des policiers en regardant par la fenêtre.

— Rien, dit-elle.

— Tu as chanté? fait de l'arithmétique? dessiné?

— Nous avons eu notre cours d'arts plastiques jeudi dernier.

— Alors dis-moi ce que tu as dessiné jeudi.

— Je n'ai pas eu d'étoile.

— Ça ne fait rien. L'art est subjectif. Tu sais ce que veut dire «subjectif»?

— Non.

— Que c'est une question d'opinion. L'art est une question d'opinion.

— Ce sont les papillons qui ont reçu l'étoile.

— Des papillons. Pas très original.

— Ils étaient jaunes. Vraiment beaux.

— Qu'est-ce que tu as dessiné, toi?

Elle lui parle de Robin qui s'écrie : «Quel Jeudi saint, Batman!»
Il rit. Elle se sent un peu mieux.

— L'humour est souvent sous-estimé. Mais c'est ce qu'il y a de
plus difficile.

Il évoque les anciens artistes de music-hall comme Bob Hope, qui
ont dû gravir les échelons, une seconde de figuration à la fois, pour
enfin mettre au point un numéro en or de trois minutes provoquant des
rires garantis.

— La comédie, c'est la neurochirurgie des arts de la scène.

— Est-ce qu'on va pendre Ricky Froelich?

— Mais non. Jamais de la vie.

— Comment tu le sais?

De peur de passer pour grossière en mettant son jugement en
doute, elle a formulé sa question sur un ton poli.

— D'abord, il est ce qu'on appelle un «juvénile».

— Comme dans «délinquant juvénile»?

— Mais non, ça veut simplement dire qu'il n'est pas un adulte.
On ne peut donc pas le juger comme adulte.

— On pend des enfants? demande Madeleine, qui sait qu'on va
bientôt lui intimer l'ordre de «penser à des choses agréables».

— Bien sûr que non, fait-il, l'air un peu insulté. De nos jours, les
risques sont à peu près inexistants.

Comme pour la bombe, tiens.

— D'abord, il est peu probable que l'affaire se rende jusqu'à
l'étape du procès. Tu vois, il va y avoir ce qu'on appelle une audience.
Le juge va dire : «Messieurs, il n'y a pas de preuves directes permettant…»

— La preuve est purement circonstancielle.

Le genre d'affaire dont s'occupe Perry Mason.

— Exactement. Le procureur sera débouté.

— Tu veux regarder *Rocky et Bullwinkle?* demande Madeleine.

Ensemble, ils voient Boris Badenov et sa petite amie russe, la
perfide Natasha, préparer le sabotage d'un numéro de cirque. À la dernière minute, J. Rocket Squirrel et l'orignal qui lui tient lieu de fidèle
compagnon déjouent le complot. Pendant la pause publicitaire,
Madeleine demande :

— Et si Ricky n'est pas remis debout?

— Aucun jury n'acceptera de le condamner sans preuve.

— Mais s'il le faisait quand même?

Il la regarde dans les yeux. Pour la première fois de sa vie, il lui parle de sa voix d'homme à homme. Elle sent son échine se redresser. Il la croit donc assez mûre pour encaisser comme un homme ce qu'il a à lui dire.

— Si Ricky Froelich est reconnu coupable de meurtre, dit-il, il passera le reste de ses jours en prison. C'est le scénario de la pire éventualité.

Elle voit Ricky en costume rayé blanc et noir, derrière des barreaux, un couvre-chef assorti sur la tête, *allez directement en prison, ne passez pas par la case Départ...*

Jack abandonne sa tasse de thé sur la table basse et va à la cuisine se servir un verre de scotch.

C'est l'heure de *Candid Camera*.

— Ça n'arrivera pas, dit Madeleine, toujours en mode « homme à homme ».

— Quoi donc, ma puce ?

Il revient vers le canapé.

— Tu veux bien masser le crâne de papa ?

Elle s'agenouille près de lui et lui masse le crâne.

— Il n'ira même pas en prison, dit-elle.

— Non, confirme papa en avalant une gorgée.

De la télé montent des voix joyeuses exhortant les spectateurs à sourire à la caméra cachée.

— Ce n'est pas lui qui a fait le coup.

Son père se lève pour monter le volume.

— D'ailleurs, je l'ai dit à la police.

— Pardon ?

Il se retourne vers elle, toujours penché sur la télé.

— Qu'est-ce que tu disais à propos de la police, ma puce ?

— Des policiers sont venus à l'école.

Il se redresse.

— Quand ça ?

— Hier.

— Pour quoi faire ?

— Poser des questions.

— À quel sujet ?

Elle regrette d'avoir abordé le sujet. Comment avouer à son père qu'elle a menti aux policiers ? Il a le visage tout rouge.

— Qui était là ?

— Seulement moi, répond Madeleine. Et monsieur March.

— Qui t'a posé des questions ?

— Celui qui était en costume.

— L'inspecteur Bradley ?

— Ouais.

— Pour l'amour du…

Il pose son verre sur la table basse d'une manière calme que Madeleine associe aussitôt à de la fureur. Dans la cuisine, il sort l'annuaire du tiroir — sans rien bousculer. Avec délibération, il feuillette les pages en se mouillant l'index. Il n'est peut-être pas fâché contre elle, après tout. Quoi qu'il en soit, elle a marché sur un tapis d'herbe recouvrant un trou et est tombée dans le piège. Impossible de savoir où les adultes en ont creusé. Elle le regarde composer un numéro.

— Bonsoir. Je suis bien chez George March ? Jack McCarthy à l'appareil, le père de Madeleine.

Madeleine est trop saisie pour s'emparer d'un coussin.

— J'aimerais que vous m'expliquiez…

Elle est prise d'une sorte d'étourdissement nerveux, comme chaque fois que papa est en colère, mais pas contre elle — contre les foutus pieux de la tente, par exemple. Elle voit le sentiment d'indignation ahurie pénétrer son regard.

— Je ne sais pas ce qui me retient de sauter dans ma voiture pour aller vous casser les deux bras, dit-il.

Elle se mord l'intérieur des joues et se lance sur un coussin du canapé.

— Je crois que vous savez très bien de quoi je veux parler, mon espèce de…

Mon espèce ! Elle mord le tissu.

— Quels exercices ? Je ne vous téléphone pas au sujet du travail scolaire. Je vous téléphone à propos de ce qui s'est passé dans votre classe, hier, après trois heures.

Madeleine a les yeux tout ronds.

— Je me fous de ce qu'ont dit les policiers. La loi interdit qu'on interroge des enfants sans le consentement de leurs parents.

Sur le combiné, les jointures de papa sont toutes blanches.

— Je sais bien qu'elle a dit la vérité. C'est l'éducation que nous lui avons donnée. Là n'est pas la question.

Madeleine sourit dans le coussin, un rire figé dans la gorge.

— Quand j'aurai terminé, comptez-vous heureux si vous avez encore un emploi. Non, ça ne se reproduira plus. Ça, vous pouvez en être certain.

Et il raccroche.

Jack a le doigt sur le numéro de la PPO, mais, se ravisant, il revient aux pages blanches, où il déniche un Thomas Bradley à Exeter — il va relancer le fumier à la maison pour le prendre au dépourvu.

Avant de faire le numéro, Jack se tourne vers sa fille.

— Qu'est-ce qu'on t'a demandé, au juste ?

L'étourdissement joyeux disparaît aussitôt. Madeleine sort le coussin de sa bouche et dit la vérité.

— Si j'ai vu Ricky, Elizabeth et Claire marcher sur la route.

— Quelle route ?

— La route du comté de Huron.

— D'accord.

Il hoche la tête, prêt à faire le numéro.

— Qu'est-ce que tu as répondu ?

— J'ai dit… que je les avais vus.

— Ils t'ont demandé autre chose ?

Une fois de plus, Madeleine dit la vérité.

— Ils m'ont demandé : « As-tu vu de quel côté Ricky est parti ? »

À la télé, une Coccinelle Volkswagen se divise en deux, contourne un arbre et se reforme de l'autre côté. Rires.

Madeleine se concentre.

— Et j'ai dit… ouais, je veux dire oui.

Là encore, elle dit la vérité. C'est effectivement ce qu'elle a répondu aux policiers. Elle ne ment pas à son père.

Il attend.

— Puis j'ai dit qu'il n'était pas parti avec Claire parce que je les ai vus tourner à gauche, Elizabeth, Rex et lui.

Il a l'air différent. Comme s'il ne regardait pas sa choupette — non plus que sa petite fille qui a fait la vilaine. Ce regard, elle ne le reconnaît pas. Pendant un moment, elle ne se reconnaît pas non plus. Qui regarde-t-il ?

Des mots se forment dans l'esprit de Madeleine, ils flottent vers sa bouche, *mais c'était un mensonge parce que je n'ai pas vu de quel côté Ricky est parti*. Elle ouvre la bouche pour les libérer, mais le contact de la main de papa sur sa tête brise son élan. Il lui ébouriffe les cheveux, le poids de sa main secouant la tête de Madeleine sur son cou.

— Tu veux que je te dise une chose, choupette ?

— Quoi ?

Elle fixe la boucle de sa ceinture, une mouche immobilisée dans l'ambre.

— Tu n'es jamais obligée de répondre aux questions d'un adulte, sauf si tu te trouves en classe et que l'instituteur te demande quelle est la capitale de Bornéo ou quelque chose du genre.

Elle lève les yeux. Il sourit. Elle l'imite.

— Pilote à copilote, dit-il. Vous me recevez ?

— Cinq sur cinq.

— Super. Viens, on va faire une balade en voiture.

Elle décroche le blouson de Mike et l'enfile ; il ne dit rien. Celui qui a une doublure à carreaux comme le blouson de papa.

— À l'école, demain, ne raconte à personne que ton père a téléphoné à l'instituteur pour lui passer un savon. Il a eu sa leçon.

— Comme tu veux, fait-elle.

D'homme à homme. Elle se demande comment son père réagirait si elle lui demandait de l'appeler Rob.

Il a cessé de pleuvoir. Ils vont jusqu'à Crediton, les vitres baissées. L'odeur des feux de bois et des champs leur rappelle l'Allemagne. Il fait presque nuit noire, un crépuscule gris recouvre toutes choses — un gris rempli de promesses, ni oppressant ni embrouillé —, lucide, qui colore les granges d'argent, affûte les clôtures. Ils s'arrêtent devant le casse-croûte de la seule rue du village et papa se rend au comptoir. Il ne fait jamais trop froid pour manger une glace, sauf si on est un bébé ou une mauviette. Dans la voiture, Madeleine attend en regardant par la fenêtre comme le ferait Rob. Au bout de la rue, il y a une petite maison proprette — un bungalow — avec des jardinières et une mangeoire à oiseaux. La porte s'ouvre. M. March sort, un sac de graines à la main, et remplit la mangeoire. Rob reste parfaitement immobile. Au retour de son père, M. March est rentré chez lui.

— Tu sais ce que veut dire le mot « discret » ? demande-t-il à Madeleine en lui tendant son cornet.

— Ne pas raconter tout ce qui nous arrive.

Elle a opté pour le bon vieux parfum de vanille.

— Oui, fait-il en léchant le bord de son cornet érable et noix. Ça s'applique aussi à la manière de faire les choses sans histoire, sans tambour ni trompette. Nous avons déjà réglé le cas de M. March. Inutile d'en remettre.

— Il a sa fierté, réplique Rob.

— Exactement, dit papa. Mission accomplie.

Ils ont l'un et l'autre sorti un coude par la fenêtre, leurs manches assorties battant au vent.

Ne pas dire un mensonge, mais laisser croire à un mensonge, est-ce un mensonge ? Papa a demandé à Madeleine ce qu'elle a dit à la police et elle lui a répondu. Est-ce un mensonge ?

— Pas de panique, dit papa.

Ou est-ce de la « discrétion » ?

Madeleine prend un peu de glace et la garde dans sa bouche. Les larmes lui montent aux yeux. C'est si froid que ça fait mal. Sa bouche va dégeler, et c'est drôle, mais, après, les sillons de son palais vont lui donner une impression de brûlure.

Son père ralentit un peu et la laisse tenir le volant.

À son retour à la maison, Jack apprend que Mike a été expulsé de la rencontre des Scouts après s'être battu avec Roy Noonan. Il en discute calmement. Libéré d'un grand poids, il a tout le loisir de régler une crise mineure avec son fils. Sa fille a fourni un alibi à Ricky Froelich.

Troisième partie

LA CLÉMENCE DE LA REINE

LA REINE CONTRE RICHARD FROELICH

La famille de la victime à droite. La famille de l'accusé à gauche. Étranges noces. Bancs de bois, bancs d'église. Devant, sur une grande table, disposées comme des cadeaux, les pièces à conviction.

Un contenu stomacal dans un bocal de verre. Une enveloppe renfermant une culotte en coton. Chaussure gauche. Chaussure droite. Boîte-repas. Un bracelet porte-bonheur, également dans une enveloppe. Une robe bleue. Une photo montrant l'agent Lonergan à l'endroit où on a trouvé le corps. Une photo de Claire McCarroll pendant l'autopsie. Des roseaux confiés au coroner. Une boîte remplie de larves. Du sang de Claire McCarroll dans un récipient. Des roseaux conservés par l'agent Lonergan.

Au plafond, un ventilateur tourne doucement. D'un côté de la salle d'audience, de vastes fenêtres sont ouvertes, mais l'air est immobile. Il fait chaud pour la mi-juin — on se croirait plutôt en juillet. Dehors, la place du village, bordée d'arbres, déborde de roses. *Bienvenue à Goderich, la petite ville la plus belle du Canada.*

— Votre Seigneurie, je demande l'ouverture du procès de Richard Plymouth Froelich dans la présente affaire.

L'avocat de la Couronne se rassoit et s'éponge le front avec un mouchoir. Il est dix heures. La Cour suprême de l'Ontario instruit le procès en assises au palais de justice de Goderich.

— Que l'on fasse entrer l'accusé, dit Sa Seigneurie le juge.

Il est flanqué de deux drapeaux : l'Union Jack et l'enseigne du Canada. Sur le mur au-dessus de sa tête, un portrait de la reine Élisabeth II. *Elizabeth Regina.* L'adversaire de Rick.

Rick fait son entrée, menotté, revêtu de son nouveau costume bleu. Ses poignets, nus et osseux, dépassent des manches du veston — il a eu une poussée de croissance en prison. L'huissier lui retire les menottes. Rick s'assoit.

— J'invite l'accusé à se lever, dit le greffier.

Rick se lève.

Il a une égratignure sur la joue et une goutte de sang séché au menton — le rasoir qu'on lui a prêté ce matin avait déjà servi à quelques détenus, l'eau était froide et la nervosité avait fait le reste. On avait scrupuleusement noté les faits dans son dossier : il faut rendre compte de la moindre blessure. M. et Mme Froelich sont assis derrière lui avec Colleen.

Quelques rangées derrière eux se trouve Jack en uniforme d'été. Il a pris congé pour assister à la première journée d'audience. Les congés sont précieux, mais Mimi comprendra. Il appuie le dos contre le banc en bois dur. Il se sent déjà soulagé. C'est presque terminé. En dépit de l'absence d'incidents majeurs, les derniers mois n'ont rien eu de rassurant. *Accalmie* est le mot qui convient. Le soleil a brillé. En apparence, rien d'anormal — à ce détail près que le garçon qui vit en face brillait, lui, par son absence. Il y a quelques jours, les classes ont pris fin, et Jack a offert une glace aux enfants. Ils ont fait des courses, il a tondu la pelouse, sorti la barboteuse, cuisiné au barbecue — il a aussi fait l'amour à sa femme.

Lorsqu'il réfléchit aux derniers mois, Jack se rend compte que la situation des Froelich imprègne tout — elle décrit un arc comme le ciel au-dessus de Centralia, le bleu recouvert d'une pellicule grise qui entrave la respiration et freine les mouvements. Fige le temps. Autour de Jack, le temps a pourtant filé, et il a fait comme si, mais, tel un membre d'une colonne constituée pour éteindre un feu, il n'a pas bougé. Il a même célébré un anniversaire, une simple page sur un calendrier, des bougies sur le gâteau de papa. Dans son for intérieur, il sait qu'il a le même âge que deux mois plus tôt. Ce qui ne veut pas dire qu'il se sente jeune. Il a attendu que le temps se remette en marche. Aujourd'hui.

— Richard Plymouth Froelich, dit le greffier en consultant sa feuille, on vous accuse d'avoir, le 10 avril 1963 ou environ, dans le canton de Stephen du comté de Huron, illégalement enlevé la vie à Claire McCarroll, en contravention du Code criminel du Canada. Comment plaidez-vous ? Coupable ou non coupable ?

Les journalistes sont là, au fond de la salle — une rangée d'hommes en sueur et en costume froissé —, mais on leur a imposé le bâillon jusqu'à la fin du procès. Il n'y a pas de photographes — on leur a interdit de s'approcher à moins de quinze mètres du palais de justice. Les citoyens, eux, ont carte blanche. Ce matin, Jack a vu la voiture de police s'immobiliser devant l'entrée, puis une petite foule de badauds lui a tout de suite bloqué la vue. Il a entendu les imprécations, les invectives. « Le voilà ! » « Salaud ! » « Puisses-tu brûler en enfer ! » Malgré les éditoriaux sympathiques de journalistes outrés que, dans un pays civilisé comme le Canada, on puisse juger un adolescent de quinze ans comme un adulte, la plupart des gens qui ne connaissent pas Ricky n'ont aucune raison de mettre en doute la parole de la police. Le garçon ne vient pas d'ici, n'est même pas un rejeton de la base aérienne, on l'a adopté — détail mis en relief au cours de l'audience — et il n'a pas vraiment la peau blanche. C'est un Métis. Un « sang-mêlé ».

Jack avait été écœuré par la scène. Surpris aussi — habitué à se représenter Ricky Froelich comme un garçon irréprochable, il n'a jamais imaginé qu'on puisse voir en lui un coupable idéal. Un étranger parmi eux.

De l'autre côté de l'allée, il y a l'inspecteur Bradley. Avec les McCarroll.

— Non coupable, dit Rick.

— Vous représentez l'accusé, maître Waller ? demande le juge.

À la table de la défense, près de Rick, un homme revêtu de la robe de cérémonie en soie noire des conseils de la Reine se lève.

— Oui, Votre Seigneurie.

— Êtes-vous prêt à subir votre procès ? demande le greffier.

— Oui, répond Rick.

On assermente les membres du jury. Jack est frappé par le contraste entre le langage officiel — théâtral même — et le ton monotone. La plupart des intéressés ont répété la même rengaine des centaines de fois. Ricky, lui, fait ses débuts. Au même titre que les membres du jury. Pas une seule femme parmi les douze. En apparence, ils ont tous plus de cinquante ans. *Il est foutu* — les mots ont surgi dans son esprit, mais Jack les repousse, presque offusqué. Après tout, on a affaire à d'honnêtes travailleurs du cru, bien sous tous rapports. Tous, ils lui font penser à son père : obnubilés par leur vision étroite d'un monde minuscule. Pensée fugace qu'il rejette aussitôt, une fois de plus.

— J'invite l'accusé à se lever, dit le greffier.

Rick se lève.

— Messieurs les jurés, regardez le prisonnier et oyez les accusations portées contre lui.

Jack ne quitte pas le greffier des yeux. De l'autre côté de l'allée, Sharon McCarroll joint les mains et baisse les yeux. Comme à l'église. Elle porte un twin-set jaune pâle acheté à Denver à l'époque où Claire vivait encore. Jusqu'à il y a deux mois, leur vie se résumait comme suit : « à l'époque où Claire vivait encore ». Ils n'ont pas encore pris l'habitude de dire : « quand Claire est morte ». Parce qu'elle n'est pas morte, elle a été tuée. Comment imaginer qu'ils puissent dire : « quand Claire a été tuée » ? Des gens meurent dans des accidents ou des inondations. Claire a été assassinée. Jamais ses parents ne diront : « quand Claire a été assassinée ». Ils diront plutôt : « quand nous avons perdu Claire ».

— … après son inculpation, il été mis en accusation, après sa mise en accusation, il a plaidé non coupable et, pour la tenue de son procès, il s'en est remis à son pays, représenté par vous.

Sharon repousse une mèche derrière son oreille. Elle témoignera aujourd'hui, puis elle rentrera en Virginie. Aujourd'hui, c'est un peu comme la dernière journée d'école avant les vacances d'été. D'abord, il y aura un interrogatoire. Elle décrira avec précision le contenu de la boîte-repas de sa fille, les vêtements qu'elle portait. Puis elle relatera par le menu la dernière journée de Claire :

— Claire est rentrée et m'a demandé de lui préparer un goûter, et j'ai dit : « Tu ne veux pas plutôt m'aider à faire une tarte aux pommes pour les Brownies ? » Elle m'a demandé si elle pouvait aller faire une balade à vélo à la place et j'ai répondu que oui. Je lui ai dit de ne pas oublier de venir mettre son costume de Brownie avant le dîner et elle m'a répondu : « Non, maman, je ne vais pas oublier. »

À cette pensée, le visage de Sharon s'illumine. Claire est toujours présente dans la salle d'audience. Sans oublier ses vêtements, sa boîte-repas à l'effigie de Frankie et Annette, la pièce à conviction nº 23. Et son bracelet porte-bonheur. Blair glisse un bras autour de la taille de sa femme et se penche pour la regarder dans les yeux.

— Messieurs les membres du jury, dit le juge, vous avez été assermentés pour entendre la présente affaire, dont vous êtes officiellement saisis. Le jeune garçon que nous allons juger est accusé de meurtre, ce qui, en vertu de notre droit, est l'infraction la plus grave…

Un pathologiste de Stratford est sur place. Dans son témoignage, il présentera la preuve médicale indiquant que la petite est morte à l'endroit où on l'a trouvée et confirmera le moment du décès. Il a envoyé le bocal renfermant le contenu stomacal au bureau du Procureur général de l'Ontario, où des membres de l'équipe d'analyse biologique ont reconstitué le goûter de Claire, y compris le petit gâteau, qu'ils ont fait cuire selon la recette fournie par Mᵐᵉ McCarroll. Ils l'ont mangé avec un fromage Babybel et des tranches de pomme, puis ils se sont fait vomir pour comparer le résultat au contenu de l'estomac de Claire.

— … si vous avez entendu des rumeurs à propos de l'affaire, ce qui est inévitable, poursuit le juge, puisque quiconque ayant vécu dans le comté de Huron au cours des deux ou trois derniers mois en a forcément entendu parler…

Quelques rangées devant Jack, Henry Froelich incline la tête et s'éponge le front. Jack aperçoit la tête de Karen Froelich. Cheveux raides, un peu fous. Châtain terne. Elle se tourne, il voit son profil, et quelque chose se soulève, tout juste sous son sternum. Certaines femmes ont la bouche mieux définie sans rouge à lèvres. Les rides discrètes qui encadrent sa bouche — les lèvres entrouvertes, elle murmure des mots de réconfort à l'oreille de son mari.

— Je vous demande, dit le juge, de les chasser tout de suite de votre esprit…

Jack a assisté à l'audience préliminaire. Elle a duré une journée. Étant donné la minceur de la preuve, la tenue du procès relève du miracle. Rick a trouvé le corps. Rick a été le dernier à voir Claire en vie. Rick s'est enfui devant un policier à l'allure intimidante. Le moment du décès. Point à la ligne. Pas de preuve.

— Je vous demande de vous abstenir de lire des articles de journaux au sujet de l'affaire et d'éviter de même les comptes rendus à la radio et à la télévision...

Quelle farce. À cause d'une enquête policière bâclée, deux familles vivent l'enfer. Les civils de la région dorment peut-être mieux, forts de la certitude que le meurtrier a été arrêté, mais la plupart des parents de la zone des logements familiaux demeurent sur un pied d'alerte.

— ... à l'hôtel de Goderich, et au cas où vous auriez des motifs d'insatisfaction, messieurs, je vous invite à communiquer avec les autorités du comté...

Les McCarroll comptent parmi les rares habitants de la zone des logements familiaux à croire à la culpabilité de Rick. Comment leur en vouloir ? Ils souhaitent abréger cette phase de leur souffrance.

— ... les chaises vous sembleront peut-être dures, et j'ai déjà demandé qu'on vous fournisse des coussins en caoutchouc. Il importe en effet que vous soyez en mesure de diriger toute votre attention sur...

Jack a présenté une demande de réaffectation anticipée. Outrepassant l'autorité de l'officier responsable du personnel à Centralia, il s'est adressé à un haut gradé dont il a fait la connaissance à la 4e Escadre en Allemagne. Il y a deux ou trois ans, Jack avait fait des pieds et des mains pour organiser, à l'intention de la famille de cet homme, un voyage de dernière minute à bord d'un appareil militaire en partance pour le Canada, ce qui lui avait valu un « si je peux vous rendre service, Jack ». Le colonel d'aviation occupait maintenant un poste de commodore de l'air à Ottawa — « Que puis-je faire pour vous, Jack ? »

Jack déplacera sa famille dès l'annonce de sa nouvelle affectation. En fait, il prendra son congé tout de suite après le procès, fera monter sa femme et ses enfants dans la Rambler et mettra le cap vers l'est et le Nouveau-Brunswick — maintenant que l'école est terminée, il sera difficile d'empêcher Madeleine de courir les bois.

— Avec votre permission, Votre Seigneurie, dit en se levant l'avocat de la Couronne, lui aussi vêtu d'une robe noire, en laine et donc plus lourde, mesdames et messieurs les jurés — messieurs les jurés, pardonnez-moi...

Par la fenêtre, Jack contemple la place tranquille, digne d'une carte postale. Peut-être devrait-il prendre sa retraite des forces armées, tenter sa chance dans le civil. Repartir à l'étranger. À titre d'expert-conseil pour une grande société… produits pharmaceutiques, boulons et vis, aucune importance. Ils achèteront une maison, feront des voyages. Comme dans le bon vieux temps.

— … le moment du décès jusqu'au moment du dernier repas. On note d'autres heures significatives…

Jack retire son veston et redresse son dos, moite contre le dossier de la chaise. L'avocat de la Couronne présente sa maigre preuve.

— … moment où elle est sortie de la maison. C'est la dernière fois que sa mère l'a vue en vie. D'autres témoins vous diront l'avoir aperçue par la suite au terrain de jeux de l'école, où des Brownies — des petites filles en passe d'accéder au rang de Guides — devaient se réunir. À cet égard, vous entendrez deux enfants dont le témoignage risque d'occuper une grande place dans vos délibérations, Marjorie Nolan et Grace Novotny…

Un de ces noms lui semble familier. Des amies de Madeleine ? Qu'ont-elles donc à raconter ? Elles n'étaient pas à l'audience préliminaire. Il n'y avait pas d'enfants.

— … ces filles du même niveau que Claire McCarroll jouaient ensemble cet après-midi-là, et vous les entendrez elles-mêmes vous dire…

L'instant précis où Claire a quitté le terrain de jeux, l'instant précis où elle a rencontré Ricky et Elizabeth. La poursuite convoquera la moitié des enfants de la zone des logements familiaux pour établir ce que personne ne conteste : Claire a partagé sa collation avec Madeleine et Colleen, à telle ou telle heure. Elle a rencontré Rick et ils ont quitté la zone des logements familiaux, etc. Pourquoi astreindre des enfants à une telle épreuve ?

L'avocat de la Couronne s'éternise :

— … l'endroit en question est un secteur du comté de Huron que les enfants de la zone des logements familiaux connaissent sous le nom de Rock Bass. Il s'agit d'un nom inventé de toutes pièces. Vous ne le verrez sur aucune carte, messieurs. On y accède par un chemin de terre, le troisième rang, que des témoins appelleront sans doute le « chemin de terre ». Dans l'axe est-ouest, il va de la route n° 4 — la route nationale n° 4, à ne pas confondre avec la route de comté n° 4, qu'elle croise plus loin au nord — de la route n° 4, dis-je, à la rivière Ausable. Ce « chemin de terre » est traversé — le carrefour en question jouera un rôle important dans la suite des choses — par un tronçon de route qui s'inscrit dans le prolongement sud de la route de comté nº 21, qu'on appellera peut-être, dans le cadre du procès, « la route de comté »…

La Couronne le fait-elle exprès ? S'agit-il d'une stratégie ? Jack jette un coup d'œil au jury : douze hommes somnolents. L'avocat fait ensuite un compte rendu baroque du temps qu'il faut pour courir de la zone des logements familiaux à Rock Bass en poussant un fauteuil roulant, s'attarder le temps de violer et d'assassiner une enfant et revenir à la zone des logements familiaux avant une heure donnée. Le juge fait la grimace et se contorsionne dans son fauteuil.

Physiquement, Rick n'a pas pu commettre le crime à Rock Bass puis revenir à la zone des logements familiaux par le chemin qu'il dit avoir pris au moment où sa mère et de nombreux témoins disent l'avoir vu — y compris son entraîneur de basket-ball, qui a reçu de Rick un coup de fil effectué à partir du numéro des Froelich, vérification faite auprès de Bell Canada. Personne ne conteste le moment où Rick est sorti courir ni celui où il est rentré. L'objet du litige tient plutôt à l'endroit où il est allé et à ce qu'il a fait entre-temps.

— … l'accusé prétend avoir échangé des salutations avec un automobiliste de passage, un membre du personnel de la base aérienne, sur la route nationale nº 4, mais un inspecteur de police viendra confirmer que, en dépit de recherches exhaustives…

Jack cligne les paupières deux fois, les yeux irrités par le sel de sa transpiration.

SOLEIL, SUCETTES ET MINI-TENTES

Mimi a demandé à Madeleine de s'abstenir de jouer avec Colleen Froelich « pour le moment » et de ne pas passer tout son temps chez les Froelich. Elle a eu soin d'expliquer que ni Colleen ni les Froelich ne sont « mauvais ». Seulement, ils vivent un moment difficile. Madeleine éprouve un soulagement coupable. Dans son esprit, la maison des Froelich est devenue sombre. Au même titre que Colleen, qui a fait la moitié du chemin jusqu'à Claire.

Les vacances d'été. *Plus de devoirs, plus de livres ! Plus d'instituteur qui vous regarde d'un œil torve !* Glorieux mois de juin. En attendant l'ouverture de la piscine de la base, Madeleine, Auriel et Lisa, en maillot de bain, ont passé la matinée à courir sous les jets de l'arroseur. Puis, chaussées de tongs flambant neuves, au talon encore élastique, elles ont réuni leurs serviettes de plage, leurs lunettes fumées et le transistor d'Auriel, avant de mettre le cap sur la piscine. Pendant trois heures, elles se sont éclaboussées, ont fait la bombe, se sont étouffées, ont eu de l'eau qui pique dans le nez.

— On ne court pas au bord de la piscine !

Elles se sont fait bronzer sur la Côte d'Azur en compagnie de Troy Donahue et ont hurlé de rire en voyant le maillot de Roy Noonan se gonfler comme un ballon au contact de l'eau. Puis elles sont rentrées, affamées et repues de soleil. Dans l'entrée de la maison de Lisa, il y avait un camion de déménagement.

Assise dans la mini-tente d'Auriel, elles pèlent leurs coups de soleil. Par rapport à la dernière fois où elles se sont réunies dans ce crépuscule orange enchanté pour observer le ballet des brins de poussière par la fenêtre à moustiquaire en forme de triangle, comme elles ont vieilli et mûri ! En l'honneur du départ de Lisa, la mère d'Auriel les a autorisées à apporter dans la tente leur pyramide de sandwichs au beurre d'arachide et à la confiture. Les filles savaient que le camion de déménagement venait aujourd'hui, mais elles n'en ont pas moins ressenti un choc à la vue du bateau jaune tanguant sur les vagues peintes. Les Ridelle partent pour la Colombie-Britannique.

— Chouette, fait Madeleine en décollant de l'épaule d'Auriel une bandelette régulière de parchemin translucide. Il y a des empreintes digitales dessus, des petits trous pour les poils et tout et tout.

Elles examinent la mue soyeuse, la réduisent en poudre entre leurs doigts.

Elles ont échangé des bandes dessinées et ont protesté de leur amitié éternelle. Elles ont convenu de s'écrire et de ne pas se raser les jambes ni d'avoir de petit ami sans s'être d'abord consultées.

— J'ai une idée, dit Madeleine. Rendez-vous dans la cour de l'école en l'an 2000.

Auriel écarquille ses yeux, d'un bleu vif contre ses taches de rousseur, elles-mêmes plus brunes à cause des coups de soleil. Frappée d'un ahurissement muet, Lisa ouvre la bouche toute grande, ses cheveux rendus presque blancs par le soleil d'été.

Auriel tend la main, la paume ouverte. Lisa pose la sienne dessus, et Madeleine la sienne sur celle de Lisa. *Toutes pour une.*

Madeleine est sur le point de leur proposer de devenir ses sœurs de sang, mais elle hésite. L'idée d'être la sœur de sang d'autres filles que Colleen a des airs de trahison. Sans parler de l'effet corollaire : la souillure — ou la honte — que Madeleine associe à Colleen, même si elle ne lui a jamais parlé des exercices. Sous la tente, Madeleine est une fille normale, insouciante. Pas besoin d'effusion de sang.

Elles ont apporté leur carnet d'autographes. Madeleine feuillette le sien et trouve la première page vierge, tout de suite après l'Allemagne — les lettres détachées de la troisième année si manifestement puériles. Sur la page, un nom ressort, « Laurie Ferry », mais Madeleine met un certain temps à l'associer à un visage… « ta meilleure amie ».

Dans le carnet de Madeleine, Lisa écrit : « À toi jusqu'à la "faim" des temps, ta meilleure amie (à part Auriel), Lisa Ridelle. »

« À toi jusqu'à la boue du monde », écrit Madeleine.

Et Auriel écrit : « Si tu te maries et que tu as des jumeaux qui pissent, ne viens surtout pas me demander des épingles de nourrice ! Amitiés, Auriel Boucher. »

L'odeur du chlore et de la toile restera à jamais celle des meilleures amies et du délicieux été.

Auriel et Lisa tombent dans les bras l'une de l'autre. Madeleine, craignant que les adieux ne dégénèrent en mièvrerie, détourne les yeux, *la séparation est un chagrin si doux, docteur.* Elle fixe les miettes au fond de la tente, sent le gazon écrasé sous son poids — *c'est la dernière fois que je joue dans cette tente.*

Les Boucher déménagent, eux aussi. Demain, M. Boucher roulera la tente et la casera dans la camionnette VW.

Soudain, Lisa s'avoue amoureuse d'un garçon qu'elle ne reverra jamais.

— C'est qui ? demandent Madeleine et Auriel avec insistance.

Lisa secoue la tête à plusieurs reprises.

— Mike McCarthy ! s'écrie-t-elle enfin.

— Tu es amoureuse de mon frère ?

Lisa enfouit son visage dans ses mains.

Auriel déclare son amour pour Roy Noonan, « même s'il lui arrive d'être un peu vieux jeu ». Bouche bée, Madeleine allume le transistor. Signe que leur amitié durera toujours, leur chanson thème retentit. *It's My Party.* Elles se regardent, ravies et incrédules, accompagnent Leslie Gore à gorge déployée, pleurent « si elles en ont envie », comme dans la chanson. Des larmes piquent les yeux de Madeleine, encore irrités par le chlore, et elle redouble d'enthousiasme.

Cet après-midi-là, le camion de déménagement, telle une bête gigantesque, tourne lourdement au coin de la rue et disparaît, laissant la maison des Ridelle vide et anonyme.

— Vous connaissiez Claire McCarroll?

— Oui, monsieur. Elle vivait à quatre portes de chez moi sur St. Lawrence. Ma fille Lisa était elle aussi membre des Brownies. Ce soir-là, elles devaient prendre part ensemble à une cérémonie.

Steve Ridelle est à la barre des témoins. En uniforme.

— Pendant les événements dont il est ici question, docteur, quel poste occupiez-vous?

— J'étais médecin-chef à la base de l'Aviation royale du Canada à Centralia.

Jack devrait être au travail, mais il a pris une autre journée de congé. Dix heures viennent de sonner. Sur la place, il fait déjà trente degrés. À l'intérieur, il fait encore plus chaud. Dans la rangée devant lui, des gens ont déjà commencé à s'éventer avec un chapeau ou un journal. Derrière, les journalistes se penchent pour écrire.

— Docteur Ridelle, connaissez-vous l'endroit désigné sous le nom de Rock Bass? demande l'avocat de la Couronne.

— Oui, monsieur.

— Le matin du dimanche 14 avril, vous trouviez-vous à environ quatre cents mètres à l'ouest de là, dans un champ en friche situé entre un champ de maïs et un boisé?

— Oui, monsieur.

— Y avez-vous vu un corps?

— Oui, monsieur.

— Auriez-vous l'obligeance de nous décrire la scène?

Si Jack est présent, c'est parce que Henry Froelich lui a dit qu'on allait présenter la preuve médicale. Il tient à entendre de ses propres oreilles la totale absence d'éléments associant directement Rick à la scène du crime. Il est là parce qu'il ne peut pas faire autrement.

Hier, la Couronne a tenté de faire lire la transcription des propos tenus par Rick tout de suite après son arrestation, mais la défense a soulevé une objection: ni les parents du garçon ni son avocat n'étaient présents. Le juge a excusé les jurés pendant la lecture. Comme Jack s'y attendait, il n'y avait absolument rien d'incriminant, hormis deux ou trois passages où le garçon divaguait, sans doute à cause de l'épuisement. On a convoqué les jurés. Jack a observé leur visage pendant que le juge leur faisait part de sa décision de déclarer la transcription irrecevable. Sans doute y avait-il quelque chose d'incriminant dans ces propos, se disaient-ils — sinon, pourquoi la défense aurait-elle soulevé une objection ? Le juge n'aurait-il pas pu escompter une telle réaction ?

— Le corps était allongé sur le dos, les membres inférieurs — les jambes — écartés. Sous un arbre, un orme. Le corps était vêtu d'une robe bleue…

Tous les témoins répétaient ce qu'ils avaient déjà dit à d'innombrables reprises, sur le ton le plus neutre possible — de la façon dont on apprend aux militaires à communiquer. Pas d'effets narratifs susceptibles de susciter l'intérêt ou de prévenir de l'imminence d'un nid-de-poule.

— Il était… le corps était recouvert de quenouilles, de roseaux, devrais-je dire, et de fleurs, des fleurs sauvages, mais, à cause de la pluie et probablement des animaux…

— On voyait son visage ?

— Non, elle avait le visage couvert.

— Par quoi ?

— Une petite culotte.

— Une culotte en coton ?

— Oui, monsieur.

Steve Ridelle, qui a reçu sa nouvelle affectation en mai, a déménagé avec sa famille sans tarder. Il n'est revenu que pour témoigner.

— Cette culotte-là ?

— Oui.

Jack voit l'avocat de la Couronne remettre la boule de coton jaune sur la table. Pièce à conviction nᵒ 49.

Sharon McCarroll n'est plus là. Elle est auprès de sa mère en Virginie.

On produit des photos, les jurés sont excusés, un voir-dire s'ensuit, les jurés sont de retour et on convoque un pathologiste.

— On a retiré l'estomac en entier avant de l'ouvrir au-dessus d'un récipient stérilisé pour en récupérer tout le contenu. Le récipient a par la suite été scellé et étiqueté.

Jack jette un coup d'œil de l'autre côté de la salle. Blair McCarroll est toujours là. De tels détails devraient lui être épargnés.

— … examiné le récipient à la lumière du jour et nous avons constaté la présence d'une petite quantité de matière brunâtre…

L'analyse du goûter monopolise les trente minutes suivantes. Pas facile d'établir l'heure précise du décès sur la seule foi du contenu stomacal. La digestion n'a rien d'une science exacte. Il lui arrive d'être plus rapide ou plus lente, selon les circonstances — la peur, par exemple.

McCarroll fixe le banc devant lui, impassible.

On a prélevé du sang dans son cœur. On a pesé son cœur. Normal. Son poids, sa taille, tout était normal.

— La patiente avait des marques sur le cou…

La *patiente* ? Jack lève les yeux.

— … des ecchymoses sur la trachée, sans traces de ligature, cependant, et le visage, fortement congestionné, était d'un noir bleuâtre. Bleuâtre en tout cas…

Une paire de mains. Des traces de pouce sur la trachée. Les blessures non mortelles ont fait l'objet d'un examen. On rappelle Steve.

— … pas de poils pubiens. Du côté droit des grandes lèvres, la peau, la couche de peau la plus superficielle, avait été arrachée sur une superficie correspondant en gros à l'ongle de mon…

— Vous avez bien dit « du côté droit »? demande Sa Seigneurie.

— J'ai dit « à droite ». Si mes souvenirs sont bons, c'était à droite.

— La droite de la fille ?

— Oui, sa droite à elle. Excusez-moi.

Grâce aux journaux, Jack sait déjà que la petite a été violée, et pourtant…

— … il y avait des ecchymoses et toute la région était largement dilatée.

— Pardon ?

— Largement dilatée.

Est-ce en raison d'un défaut de son imagination que Jack n'a jamais prévu tous ces détails ? Il promène son regard autour de lui et se demande si les autres en sont au même point. Au fond de la salle, il reconnaît un visage familier. L'instituteur, M. Marks. On dirait un enfant qui a trop grandi. Le passer à tabac ne lui aurait guère procuré de satisfaction. Dans la même rangée, il aperçoit la jolie institutrice qui commande les Brownies. Avaient-ils l'un et l'autre imaginé qu'on parlerait un jour d'une de leurs élèves en de tels termes ?

— … une multitude d'asticots dans la région. Après les avoir retirés, on a constaté la présence d'ecchymoses sévères…

Jack a demandé à Mimi d'être prête à partir d'ici quelques semaines. Elle a déjà annulé le rendez-vous annuel des enfants chez le dentiste, prévu pour la rentrée. Madeleine témoignera la semaine prochaine, et ses révélations enverront valser toutes les théories à la gomme de la Couronne.

— Les blessures aux grandes lèvres et au vagin ont-elles pour vous une signification ? demande l'avocat de la Couronne.

Une signification ?

— Chez une petite fille de cet âge, on aurait dû retrouver un hymen, à travers lequel on peut normalement passer un petit doigt. Or, dans ce cas-ci, l'hymen était tout à fait absent, avait été complètement emporté.

Jack laisse son esprit vagabonder. Il attend des nouvelles de son contact à Ottawa d'une journée à l'autre. Un poste d'enseignant vient de s'ouvrir au Collège royal militaire de Kingston. L'affectation lui irait comme un gant.

Mais à peu près n'importe quoi ferait l'affaire.

— À votre avis, docteur, comment ces blessures s'expliquent-elles ? poursuit l'avocat de la Couronne.

— À mon avis…

— Pardonnez-moi de m'immiscer dans les délibérations, Votre Seigneurie, dit l'avocat de la défense, mais, à la lumière des changements, des changements post-mortem importants que cet homme a constatés dans la région, ne serait-il pas extrêmement dangereux pour lui de se prononcer sur cette question, compte tenu des très sérieux changements post-mortem dont il nous a déjà…

Est-ce la logique de la défense ou encore la concentration de Jack qui bat de l'aile ? Son esprit s'égare une fois de plus. *Changements*. Un mot anodin, mais pas un euphémisme. Dès l'instant de notre conception, nous commençons à changer, et la roue ne s'arrête de tourner que lorsque nous redevenons poussière. Une sorte de miracle, se dit Jack. Ce retour à la terre… *envoyer un homme sur la Lune et le ramener sur la Terre en toute sécurité*. Tout un exploit, à coup sûr, mais nettement moins complexe que le fait de ramener un homme à la vie après sa mort.

— Écoutez bien la question telle qu'elle est posée et…

Aussi miraculeux que la conception. Le détachement et la décomposition de notre corps, une particule à la fois. Il faut compter des années. Gestation plus lente encore que celle qui précède la naissance.

— Ces lésions correspondent-elles au genre de blessures normalement produites par l'insertion dans la région d'un objet de grande taille ?

— Votre Seigneurie, dit l'avocat de la défense, je suis d'avis qu'il serait trop hasardeux que le docteur réponde — il n'est pas pathologiste, Votre Seigneurie.

— Vous aurez l'occasion de vous prononcer sur la valeur de ces informations, répond le juge, mais je pense que le docteur a le droit d'émettre une opinion sur les causes de ces changements. Il a assisté à l'autopsie et nous entendrons plus tard le pathologiste.

Jack jette un coup d'œil à l'avocat de la défense, qui va sûrement soulever une autre objection, mais non. On dirait que le rythme s'accélère. Quelque chose est en train de changer…

— Docteur Ridelle ? fait l'avocat de la Couronne.

— Voudriez-vous répéter la question, je vous prie ?

Que fabrique Steve Ridelle à la barre des témoins ? Il est généraliste, pas…

— Les blessures en question pourraient-elles avoir été causées par une très maladroite tentative de pénétration ?

— C'est possible, répond le docteur Ridelle.

— De la part d'un jeune homme très inexpérimenté ou immature, par exemple ?

— Votre Seigneurie ! s'exclame l'avocat de la défense.

Le juge s'adresse aux jurés.

— Messieurs, vous allez faire fi de la dernière question de l'avocat de la Couronne, l'effacer de votre mémoire.

La pause de midi.

À LA MAISON

Au volant de la Rambler, Jack fait son entrée dans la zone des logements familiaux, espérant apercevoir ses enfants avant qu'ils ne repartent à l'école pour l'après-midi. Il en a soupé du procès. D'ailleurs, il a entendu tout ce qu'il avait besoin d'entendre — ou de ne pas entendre — dans les délibérations d'aujourd'hui : aucune preuve tangible ne permet d'établir la présence de Rick sur les lieux. Pas de traces de sperme ni de la substance chimique qu'il produit en se décomposant. Peut-être la pluie les a-t-elle détruites. Ou encore les asticots. Mais quelque chose devrait être resté à l'intérieur d'elle. Or il n'y a rien. Le cas échéant, le laboratoire de police aurait été en mesure de déterminer le type sanguin et d'incriminer ou de disculper Rick à coup sûr. En l'occurrence, il n'y a aucune preuve directe. Au cours du contre-interrogatoire de l'après-midi, la défense le montrera hors de tout doute, non ? Combien Henry verse-t-il à ce type ? Il a intérêt à commencer à justifier les lettres dont il fait suivre son nom.

Dans St. Lawrence, il aperçoit le camion de déménagement dans l'entrée des Boucher. Il devrait peut-être faire de nouveau circuler le chapeau au mess avant que tout le monde ne soit parti. En ralentissant devant chez lui, il constate que le gazon des Froelich jaunit — il l'arrosera cet après-midi. Après l'avoir tondu. Il se gare dans l'entrée.

En l'absence de sperme, impossible de prouver que la petite a été pénétrée par un pénis. Elle a été violée, mais peut-être à l'aide d'autre chose. Peut-être un objet émoussé utilisé par un détraqué qui s'en prend aux petites filles parce qu'il n'arrive pas à bander normalement — parce qu'il est incapable d'avoir un orgasme et donc d'éjaculer. Rien qui incrimine a priori un jeune garçon en pleine santé. Ce détail n'échappera pas aux jurés. Après tout, ils ont été jeunes, eux aussi. Il arrive aux adolescents d'être brutaux, mais seul un homme plus âgé peut être aussi tordu et impuissant. Il claque la porte de la voiture en se représentant un triste hère dans la cinquantaine, aux doigts boudinés, *des traces de pouce sur la trachée* — il ferme la portière à clé — puis la déverrouille, ici personne ne ferme sa voiture à clé — puis la verrouille de nouveau, au cas où Mimi serait tentée de sortir après la tombée de la nuit et qu'arriverait-il si… Puis il la déverrouille parce que c'est ridicule.

Il n'y a personne à la maison. Ils sont en face, évidemment. Il lance sa casquette sur le crochet. C'est au tour de Mimi de s'occuper des enfants des Froelich. Les femmes se sont surpassées — même si, depuis le départ des Ridelle, la main-d'œuvre commence à manquer. Voilà maintenant que Betty Boucher s'apprête à tirer sa révérence. Vimy a fait sa part, mais les Woodley déménagent eux aussi. Il ne reste que Mimi.

Dès septembre, le quart des logements seront occupés par de nouvelles familles. Ces gens-là ne connaîtront pas les Froelich. Ils ne sauront que ce qu'ils ont lu dans les journaux. Jack se sert un scotch et, le journal sous le bras, va s'asseoir sur le canapé.

Mimi est plantée devant lui.

— Qu'est-ce qui ne va pas ? demande-t-elle.

— Quoi ? Quoi ?

Où est-il ? Sur le canapé. Il a dû s'assoupir.

— Pourquoi n'es-tu pas au travail ?

Il sourit — la bouche sèche — et se lève.

— Je fais l'école buissonnière, dit-il en se dirigeant vers la cuisine avec son verre vide.

— Tu es allé au procès.

— Ce matin, oui.

Il fait couler de l'eau froide.

— Tu as encore pris une journée de congé ?

— Nous avons tout l'après-midi à nous deux, madame. Qu'en dites-vous ?

Il lui fait un clin d'œil et avale l'eau goulûment.

Elle met ses gants de caoutchouc, ouvre la porte de l'armoire, en sort sa vieille robe en lambeaux et l'enfile. S'attache une vieille couche sur la tête et envoie ses escarpins valser dans un coin. Il la regarde remplir un seau à l'évier, le déposer lourdement par terre, plonger une brosse dans l'eau savonneuse, se mettre à quatre pattes et commencer à frotter.

— Pousse-toi, fait-elle.

— Salut, papa.

C'est Mike.

— Et l'école?

Mike roule les yeux, mais Jack, à l'instant où il posait la question, s'est souvenu: les vacances d'été.

— Ne joue pas au plus fin avec moi, fait-il. Où est ta sœur?

— Comment veux-tu que je le sache?

— Pardon?

Déjà, sa main ouverte se soulève.

— Jack, dit Mimi.

Il se ravise.

Mike s'esquive. Un croissant d'eau savonneuse frôle les chaussures de Jack.

— Ce matin, elle a joué dans la cour. Cet après-midi, Mike l'a emmenée à la piscine. Maintenant, elle est dans le jardin des Boucher. Je suis sa mère. Si tu veux savoir où elle est, c'est à moi que tu dois poser la question, pas à ton fils.

Elle continue de frotter.

Jack sort. Aboutit au mess. Tranquille à cette heure. Il s'installe près d'une fenêtre au-dessus des buissons et de la pelouse qui descend en pente douce vers les courts de tennis. Il sirote un scotch en lisant le *Time*. Le président Kennedy s'est engagé à déployer seize mille soldats au Viêt Nam.

À son retour, il trouve la table mise pour deux. Pas signe de vie des enfants.

— Je m'excuse, Jack, dit Mimi.

Il est fatigué et a mal à la tête, mais elle a préparé un coq au vin. Comme il n'a pas déjeuné, il devrait avoir faim.

— Doux Jésus, fait-il, quel festin.

Elle lui verse un verre de vin.

— Je ne cherche pas à te rendre la vie impossible, Jack. Je me fais du souci, c'est tout.

— Je ne pense pas qu'il sera trouvé coupable, chéri. Vraiment. Je peux avoir un verre d'eau?

— Non, c'est Mike qui m'inquiète.

— Mike ?

— Il a abandonné.

— Abandonné quoi ?

— Le base-ball. En plus, il a cassé une vitre.

— Il a ?…

— Ne te mets pas dans tous tes états. C'était un accident. Au centre de loisirs.

Jack soupire. Hoche la tête.

— Et je me tourmente à cause de…

Ses yeux se remplissent de larmes.

— Qu'est-ce qu'il y a, bébé ?

— À cause des vacances.

Elle sanglote.

— Tu gaspilles tes jours de congé et… j'ai vraiment envie de voir ma mère.

Il la prend dans ses bras.

— Nous irons tout de suite après le procès, je te le promets. J'ai encore des tas de jours de congé en réserve.

— Jack, dit-elle.

Elle a mis du parfum. Ça se sent. Quand elle s'allonge à côté de lui, un souffle de soie lui frôle le dos — le déshabillé émeraude qu'il lui a offert à Noël.

— Jack.

Elle lui caresse l'épaule.

Elle a mis de la crème sur ses mains pour les adoucir. Elle a des remords à l'idée qu'il l'ait vue accoutrée de ses vêtements de travail, mais il devait bien se douter que la maison ne se nettoyait pas toute seule.

— Tu sens bon, marmonne-t-il.

— Jack…

Elle lui embrasse l'oreille.

— Où sont les aspirines, bébé ?

Elle va lui chercher deux cachets et un verre d'eau.

— Ça fait très mal ?

— Non, non, fait-il en se tournant vers le mur.

— *Pauvre bébé**.

Elle lui masse le cou.

Par-derrière, il lui caresse la hanche.

— Merci pour le dîner. C'était délicieux.

Il dort.

Il est debout avant Mimi — son pyjama est par terre. Elle le plie avant d'aller à la salle de bains. Quelqu'un tond sa pelouse près de chez eux, elle entend le moteur, et il y a dans l'air le parfum de l'essence et du gazon coupé qu'elle associe aux week-ends, pas aux vendredis matins. Elle se brosse les dents et, du coin de l'œil, voit quelqu'un en train de tondre la pelouse des Froelich. Elle regarde distraitement puis fixement : son mari. Cernant un carré de gazon trop long qui rétrécit à vue d'œil au centre d'un tapis vert immaculé. La porte des Froelich s'ouvre, et Karen Froelich sort, une tasse fumante à la main. Elle tend la tasse au mari de Mimi.

Madeleine est assise avec Rex sur la bande cendreuse entre le gazon et la rue. Elle pilote un vieux camion Matchbox au milieu de rues qu'elle a tracées avec un bout de bardeau. Elle est trop vieille pour jouer toute seule dans le sable avec le chien de quelqu'un d'autre — je suis peut-être attardée sans le savoir.

Dans l'entrée des Froelich, il y a une remorque U-Haul. Au petit déjeuner, son père l'a vue, lui aussi, par la fenêtre de la cuisine. Il était sur le point de sortir « voir ce qui se passe ». Mais sa mère, prise d'une inspiration soudaine, avait eu l'idée d'un week-end de camping et lui avait demandé de l'aider plutôt à tout préparer.

Madeleine espère à moitié que Colleen viendra lui dire bonjour, elle qui passe tout son temps au procès. Elle ne rentre que tard le soir, après avoir rendu visite à Rick. Mais c'est aujourd'hui samedi, et la présence de la remorque indique clairement que les Froelich vont bientôt sortir pour y mettre des affaires. À moins qu'ils n'aillent acheter quelque chose. Un nouveau canapé. Elle entend sa mère.

— Madeleine, *on y va**.

Elle va rejoindre ses parents et son frère dans la Rambler.

— On ne m'a même pas demandé mon avis, ronchonne Mike à voix basse derrière son père.

Tout le long du trajet, il ignore superbement Madeleine et se contente de frapper du poing dans son gant de base-ball.

À leur retour le dimanche soir, la remorque a disparu, au même titre que le tacot maison de Ricky. La maison des Froelich est vide.

— Qu'est-ce qui se passe ? demande Jack, debout au milieu de l'entrée, les mains sur les hanches, en regardant la maison mauve de l'autre côté de la rue.

D'abord, Madeleine a cru que son père était fâché de constater que les Froelich étaient partis sans prévenir personne ni dire au revoir. En réalité, ils avaient perdu leur logement.

UGH!

Ousque ji rest? Chu en woyaugeur, ji rest partou.
Voyageur métis, Minnesota, vers 1850

— J'ai téléphoné au QG, dit Hal Woodley, mais j'ai les mains liées.

Il vide son bureau. Le défilé organisé pour la passation des pouvoirs aura lieu la semaine prochaine. Un nouvel officier prendra alors officiellement le commandement de la base de l'ARC à Centralia. La fanfare de l'aviation jouera, les officiers, les cadets et les autres revêtiront leur uniforme — étalage éblouissant de galons dorés et de nouveaux chapeaux de printemps pour les épouses. Jack n'a aucune idée de l'identité du nouveau commandant, mais comment imaginer qu'il acceptera ne serait-ce que de lever le petit doigt pour venir en aide à Henry Froelich? Henry ne fait même pas partie du personnel militaire.

— Vous a-t-on au moins expliqué pour quel motif on l'avait jeté à la rue? demande Jack.

— Froelich n'est plus admissible à un logement parce qu'il ne travaille plus au conseil scolaire.

— On l'a congédié?

— Selon la version officielle, on a «choisi de ne pas renouveler son contrat».

Hal décroche la photo de l'Avro Arrow sur son mur et la range dans une boîte.

— Comment réagit votre fille — Marsha?

— Eh bien, elle est... jeune. Elle va s'en remettre. Nous l'avons envoyée chez sa tante dans l'Ouest.

Jack sait qu'on a retiré la fille de l'école avant la fin de l'année scolaire. D'après Mimi, il a fallu lui administrer des sédatifs après l'avoir mise au courant. Par Elaine, elle a appris que Steve lui avait prescrit des médicaments pour améliorer son humeur. Mais le temps arrange bien les choses. Dans un mois, les Woodley seront au quartier général de l'OTAN à Bruxelles. Jack ressent une pointe d'envie, puis, en songeant à la situation des Froelich, est pris de remords. Coincés ici, pratiquement sans domicile fixe.

— Hal, vous pensez qu'un appel bien senti au conseil scolaire de la part d'un homme comme vous…

— Franchement, Jack, ça vaut probablement mieux pour eux. Quel genre de vie les Froelich auraient-ils ici, après ce qui s'est passé ?

— Le garçon va être acquitté, non ?

— Probablement. Mais le mal est fait.

Jack acquiesce en hochant la tête. Il tend la main.

— Offrez-vous une bonne bière allemande à ma santé, voulez-vous, monsieur ?

— Je n'y manquerai pas, Jack.

Mimi et Mike sont partis voir un film ensemble à la base — *Les Sables d'Iwo Jima,* mettant en vedette John Wayne dans le rôle d'un coriace sergent des Marines.

— Pour un type qui n'a pas fait la guerre, a souligné Jack, il a droit a pas mal de louanges, celui-là.

Mike s'est contenté de hausser les épaules. Officiellement, son père l'a assigné à domicile, mais Mimi, en général peu portée sur les films de guerre, avait dit à son fils que celui-là lui avait été recommandé. Jack l'avait regardée de travers — à quoi bon punir le garçon s'il a droit à une récompense ? — mais elle avait fait comme si de rien n'était.

Jack les regarde s'éloigner. Lorsqu'ils ont disparu au bout de la rue, il crie par-dessus son épaule :

— Où es-tu, choupette ? Allez, monte dans la voiture. Il faut que j'aille me faire tondre.

À Exeter, Madeleine bavarde avec le barbier et les messieurs qui jouent aux dames dehors. Ils lui demandent de faire pour eux son imitation de Sammy Davis Junior. Le barbier lui donne une Crispy Crunch. Puis papa et elle vont au supermarché A&P acheter quelques babioles.

Faire les courses avec papa est amusant : il achète toutes sortes de choses sur lesquelles maman lèverait le nez : des biscuits tout faits, du jambon précuit en conserve, un poulet barbecue, de la salade de pommes de terre et du Wink, le meilleur soda citron-lime du monde. Ils font vite, sans se préoccuper des prix, et papa lui dit d'aller se choisir une gâterie au congélateur. Elle jette son dévolu sur un Popsicle arc-en-ciel qu'elle casse en deux en le cognant contre le trottoir du parking.

— Où est-ce qu'on va ?

Ils se dirigent vers le nord et non vers le sud, en direction de Centralia.

— Nous allons rendre visite à de vieux amis.

Ils remontent la route no 4 à vive allure, puis tournent à gauche sur la route no 8, qui va vers le lac Huron.

— Nous allons à Goderich ? demande-t-elle.

Nous allons peut-être rendre visite à Ricky à la prison du comté. Au sud de Goderich, cependant, ils bifurquent vers l'intérieur des terres, leurs pneus écrasant du gravier d'abord, puis de la terre battue, jusqu'à une ferme — ou une ancienne ferme. La grange, dont la terre a dévoré déjà la moitié des murs, est sur le point de s'écrouler et des planches recouvrent les yeux de la maison en briques jaunes. Dans le champ, on voit non pas des récoltes, mais plutôt une rangée de caravanes. Sur un écriteau peint à la main, on lit : *« Bogie's Trailer Park ».*

Ils avancent lentement dans les ornières, Jack regardant à gauche et à droite. Ils passent devant une cabane sur laquelle est fixé un autre écriteau griffonné à la main : « Bureau ». Dessous, il y a la liste des « Règlements du parc ». Vers le bas, les lettres rapetissent et s'agglutinent les unes aux autres. Certaines caravanes ont des jardinières et des lanternes en papier. D'autres, des carrés de pelouse ; d'autres encore, un barbecue rouillé, mais pas d'auvent. Ils passent devant les douches, où trône une autre série de règlements.

— Tiens, voilà Colleen, dit Madeleine.

Elle n'a pas eu le temps de se faire du mauvais sang à propos de l'attitude à adopter vis-à-vis de Colleen : elle n'avait pas la moindre idée de leur destination. Elle a maintenant ses doutes. Colleen sera-t-elle en colère ? Madeleine est-elle autorisée à prononcer le nom de Ricky ? Le sujet est-il tabou ? Doit-elle être grave ? Doit-elle faire la rigolote ?

Jack gare la voiture et Colleen les aperçoit. Elle transporte un seau d'eau.

— Alors, vos nouveaux quartiers te plaisent, Colleen ?

— Ça va.

Madeleine décide de se comporter normalement, sans manquer de respect à qui que ce soit. Comme à des funérailles. On ne doit pas regarder fixement la dépouille, mais on ne doit pas non plus faire comme si elle n'était pas là.

— Salut, dit-elle.

Colleen les guide le long d'une « rue » à ornières jusqu'à une rampe en bois qui zigzague et aboutit devant la porte moustiquaire d'une boîte en aluminium blanc sale, aux flancs dégoulinant de taches de rouille depuis l'avant-toit. Rex aboie en se mettant sur ses pattes.

— Pourquoi il est attaché ? demande Madeleine.

— À cause des règlements, marmonne Colleen, avant d'entrer dans la caravane avec le seau.

Madeleine serre Rex dans ses bras et sent son haleine tiède dans son dos. Oh, comme c'est bon d'avoir son pelage contre son visage et de respirer son odeur. Il lui sourit, ses crocs luisant sur ses gencives roses.

— Ne mets pas ton visage trop près de celui du chien, dit papa à voix basse.

La porte moustiquaire s'ouvre.

— Salut la compagnie, dit-il.

— Jack, dit Karen Froelich en se dirigeant vers lui, les deux mains tendues.

Henry la suit de près et serre la main de Jack.

— Entrez, entrez, je nous sers un verre de vin.

— Restons dehors, Henry. C'est plus agréable, dit Karen.

— C'est vrai qu'il fait beau.

— Comment vas-tu, Madeleine ? demande Karen.

— Bien, merci, madame...

Madeleine rougit en se souvenant de la requête que Mme Froelich lui a adressée il y a longtemps.

— ... Karen.

Karen lui passe le bras autour de l'épaule en riant.

— Va trouver Colleen, ma puce. Elle a bien besoin de se dérider. Entre.

Madeleine hésite, puis s'avance et ouvre la porte moustiquaire. Derrière son dos, elle entend son père dire :

— Nous ne restons pas.

Jack sort les provisions de la voiture et les empile sur la rampe en bois malgré les protestations de Henry et de Karen. Pendant que Henry remplit son verre, il s'efforce de garder les yeux sur lui, conscients de leur propension à dévier vers Karen. En dépit de ses tongs noirs et de la crasse entre ses orteils, elle conserve une curieuse élégance, ses longs doigts pâles et parfaits, un bracelet perlé à son poignet...

— Comment allez-vous, Jack ?

Une fois de plus, il est frappé par le don qu'elle possède — elle seule entre toutes les femmes, d'après son expérience personnelle — de le voir, lui, de s'adresser directement à lui, tel qu'il est, sans apprêts.

— Rien à redire, répond-il en ramenant son regard sur Froelich.

Madeleine entre dans la caravane et, soucieuse de ne pas réveiller les jumeaux qui dorment sur un lit de camp, se faufile au milieu d'un fouillis de jouets et de vêtements. L'intérieur est drôlement chouette. Tout est miniature — une glacière dans laquelle on doit mettre un vrai bloc de glace, des lits superposés et des armoires qui entrent dans les murs. Un poêle Coleman, une marmite noircie. Pas d'électricité et pas de robinet au-dessus de l'évier. Les Froelich font du camping en permanence.

— Salut, Elizabeth.

— …alu…, … a-aine.

— C'est quoi?

Elizabeth lui fait voir l'objet qu'elle tient à la main. Un presse-papier des chutes du Niagara. On le secoue et de la neige tombe sur le *Maid of the Mist*. Tant qu'Elizabeth le tient, d'ailleurs, il neige.

— C'est magnifique.

Dans la pénombre de la caravane, Colleen demande à Madeleine :

— Tu veux voir quelque chose?

Elle sort par un petit panneau amovible à l'arrière et Madeleine lui emboîte le pas. Il fait si bon dans la lumière déclinante, la fraîcheur du début de l'été. Dans l'herbe haute, elle suit son amie par-delà les ornières et les crêtes. Colleen est nu-pieds, mais Madeleine porte ses tennis à carreaux tout neufs, les chevilles déjà maculées de «bave de serpent». Pas besoin de crier à Colleen de l'attendre : elle reste à la distance idéale, brune et brillante comme un sou neuf sous les derniers rayons du soleil.

Colleen s'arrête près d'une clôture et dit :

— Chut.

Elle se glisse entre deux fils de fer en se gardant de les toucher.

— C'est une clôture électrique, chuchote-t-elle.

Madeleine se penche et se faufile à son tour entre les fils, la mort à quelques centimètres de son ventre et de son dos, enivrée par la peur.

— Ne t'en fais pas, va. Ça ne va pas te tuer. C'est seulement pour faire peur aux vaches.

Madeleine est passée.

Il n'y a pas de vaches dans le champ, qui vire rapidement de l'or au rose. Seulement des poneys. Trois en tout. Colleen marche vers eux. Comme s'ils l'attendaient, ils s'avancent au petit galop. Grands chiens à la mine sérieuse, ils se bousculent pour la caresser du nez. Elle leur donne une friandise sortie de sa poche et caresse leurs naseaux. Puis, passant son bras autour du cou d'un des chevaux, elle se glisse sur son dos. Elle a fait si peu d'efforts qu'on jurerait un film à reculons. Elle caresse le cou de la bête.

— Allez, grimpe.

Madeleine ne veut pas demander comment faire. Colleen tend la main, Madeleine agrippe son bras sous le coude et saute en même temps que Colleen tire.

— Accroche-toi bien.

Le poney marche puis part au trot. Ça fait mal, mais Madeleine ne voudrait être ailleurs pour rien au monde.

— Serre les jambes.

À l'autre bout du champ, un sentier au milieu des arbres. Elles doivent se pencher pour éviter les branches. Un autre champ, luzerne vert tendre tirant sur le mauve. Madeleine se cramponne comme si sa vie en dépendait, à califourchon sur le large dos de la bête, les bras serrés autour des maigres côtes de son amie, se demandant comment elle fait pour garder son équilibre et guider le cheval en même temps.

— C'est Ricky qui m'a appris, dit Colleen.

Elles ralentissent et Madeleine se retourne sur leur sillage, échancrure vert foncée qui déjà se referme. En tanguant doucement, elles s'avancent vers un creux bordé d'arbres. Il y a là le plus beau saule qu'elle ait jamais vu, un véritable palais, avec une aile est, une aile ouest, des tours et des douves.

— Mon campement, dit Colleen.

Il y a un petit foyer et, sous une pierre, son tabac, son papier et ses allumettes. Elle s'allume une cigarette. Le poney s'abreuve au ruisseau en contrebas. Elles s'étendent et contemplent les premières étoiles dans le ciel d'un bleu de plus en plus profond. *Ça, c'est la vie, cow-boy.*

— Dis donc, Colleen, est-ce que c'est une coutume indienne — métisse, je veux dire ?

— Quoi donc ?

— Être sœurs de sang.

— Comment veux-tu que je le sache ? J'ai vu ça dans un film.

Colleen lui tend la cigarette, et Madeleine l'accepte, soucieuse de ne trahir aucune surprise. Elle la tient entre l'index et le majeur, inondée de sex-appeal interdit — elle résiste à la tentation de faire Zsa Zsa ou Bogart. Elle prend une bouffée et est tout de suite secouée par une violente quinte de toux, les yeux ruisselants, étonnée, malgré la douleur, de constater qu'une chose immatérielle comme la fumée puisse brûler comme un fer rouge. Après avoir repris son souffle, elle rend la cigarette.

— *Ci pa gran chouz**, dit-elle.

Colleen rit.

Madeleine s'empare d'un brin d'herbe.

— On n'aurait qu'à mettre les bouts, dit-elle en mâchouillant la pâle pousse tendre. Partir pour les territoires.

— Quels territoires ?

— Je sais pas. On pourrait enfourcher un cheval et partir au loin.

Colleen tire sur sa cigarette.

— Peu importe où on va, on aboutit toujours quelque part. On se rend compte qu'on n'a pas bougé, au fond.

Elle souffle la fumée.

— Tu comprends ?

Madeleine sent ses yeux s'écarquiller. Mystifiée, elle fait pourtant signe que oui et, sur un ton qu'elle espère empreint de lassitude et de sagesse, dit :

— Ouais.

Elle est sur le point de proposer de faire du feu quand Colleen dit :

— C'est ce qui nous est arrivé quand nous nous avons évadé de l'école de réforme.

— La fois où vous êtes allés à Calgary ?

— Ouais.

Colleen crache un brin de tabac, plisse les yeux et passe sa langue sur sa lèvre inférieure.

— On nous a ramenés.

— Pourquoi vous...

Madeleine hésite. Elle ne veut pas donner l'impression de corriger Colleen.

— ... vous avez évadé ? dit-elle donc.

— À cause d'un ou deux sérieux malades.

Du coup, Madeleine n'a plus du tout envie d'allumer un feu, mais elle regrette de ne pas avoir apporté un blouson. En reprenant la parole, elle s'exprime sur un ton détaché, non pas pour donner à Colleen l'impression de tout comprendre, cette fois, mais bien plutôt pour se convaincre qu'elle n'en a aucune idée. Elle formule une question polie.

— Qu'est-ce qu'ils avaient ?

— Pas malades dans ce sens-là, *Dummkopf*.

Madeleine déglutit et attend. Elle ne sait pas de quel côté se trouve la voiture. Elle n'a aucune idée de l'endroit où elles sont ni du temps qu'elles ont mis à venir jusque-là.

— Ils étaient malades dans leur tête, dit Colleen. Ils aimaient les petits enfants.

Sans un mot, Madeleine fixe le foyer éteint.

— Tu vois ce que je veux dire ?

Madeleine fait signe que non.

— Tant mieux, dit Colleen. J'espère que tu ne le sauras jamais.

Elle tire une grosse bouffée.

Madeleine commence à frissonner. Elle se concentre sur la braise rouge qui brille au bout de la cigarette de Colleen. Soudain, le monde lui semble immense et glacé, un lieu où elle peut rouler éternellement, comme une bille. La cigarette décrit un arc rouge pointillé qui va des doigts de Colleen jusqu'au ruisseau, où elle crépite brièvement avant de disparaître. Elle a hâte de rentrer et de regarder la télévision. L'envie de vivre dans une caravane lui est passée.

Colleen se lève et fait des petits bruits secs avec sa bouche. Le poney vient vers elle en se traînant les pattes. Madeleine se lève.

Elle s'attend à ce que Colleen monte la première.

— Allez, grimpe, fait-elle plutôt.

Cette fois, Madeleine se sent trop lourde pour sauter et Colleen lui fait la courte échelle. Elle lance sa jambe par-dessus et, en se penchant, agrippe une poignée de la crinière du poney, qui fait un pas pour rétablir son équilibre.

— Accroche-toi, dit Colleen.

Elle se met à courir. Le poney la suit et Madeleine s'accroche effectivement.

À leur retour à la caravane, il fait nuit noire, les criquets chantent et Madeleine a les jambes encore tremblantes. Son cœur bat la chamade.

— Reviens monter quand tu veux, dit Colleen.

Les adultes sont assis sur des chaises de cuisine devant la caravane, un verre de vin à la main. Elizabeth dort dans son fauteuil, emmitouflée dans une couverture de la Compagnie de la Baie d'Hudson. Sur une souche, une lampe à pétrole est allumée. Mme Froelich, penchée sur la guitare de Rick, chante doucement :

— *Where have all the flowers gone, long time passing, where have all the flowers gone, long time ago...*

Madeleine, qui a une grosse boule dans la gorge, trouve refuge dans l'ombre la plus profonde de la caravane. Elle regarde Colleen s'avancer dans le halo de lumière, où le bras de M. Froelich se referme sur elle. Madeleine s'approche de son père en évitant la lumière. Elle s'appuie sur le dossier de sa chaise.

— Tu t'es bien amusée, ma puce? lui demande-t-il doucement.

Elle fait oui de la tête, même si elle est derrière lui.

Ils attendent que la chanson soit terminée, puis Jack se lève.

Karen glisse les bras autour de sa taille.

— Merci, lui dit-elle à l'oreille.

Comme il a l'impression qu'elle va ajouter quelque chose, il la serre brièvement dans ses bras. Il la sent lui rendre son étreinte, le temps d'un éclair, avant de se retourner. Tout s'est fait en l'espace de quelques secondes. Henry prend sa main dans les siennes.

— *Danke,* Jack. Vous êtes un *mensch.*

Tandis que la voiture s'éloigne, Madeleine croise les bras sur le bord de la fenêtre et pose le menton dessus. Elle regarde les Froelich disparaître dans la nuit. Colleen lève la main ; Madeleine agite la sienne pour dire au revoir.

Colleen, cependant, ne bouge pas. Elle garde la main en l'air, parfaitement immobile. On dirait une Indienne au cinéma. Ugh ! Certaine de ne pas commettre d'impair en l'imitant, Madeleine immobilise sa propre main. Ce faisant, elle se rend compte que Colleen ne dit pas Ugh ! Elle fait voir à Madeleine la cicatrice dans sa paume.

Après un tournant, la lumière du petit monde des Froelich disparaît.

Dans l'entrée de la maison, Madeleine dit :
— Je viens de me rappeler quelque chose, papa.
— Quoi donc ?
— Je n'ai pas le droit de jouer avec Colleen.
— Ah bon ? Qui t'a dit ça ?
— Maman.
Jack hésite. Les lumières sont éteintes. Mimi et Mike ne sont pas encore rentrés.
— Si tu ne dis rien, je tiendrai ma langue, moi aussi.

En faisant l'amour à sa femme, ce soir-là, il imagine une femme plus mince — aux cheveux moins fournis, aux joues presque maigres, au corps moins élastique —, une femme moins belle que la sienne.

TOUTE LA VÉRITÉ

— Huck, demanda-t-il, est-ce qu'il pourrait arriver qu'on te force à parler ?
— Me forcer ? Si j'avais envie de me faire jeter à l'eau par Joe l'Indien, je ne dis pas...
— Bon. Du moment que nous ne desserrons pas les dents nous sommes tranquilles. Mais si nous jurions encore une fois de nous taire, ce serait plus sûr.
— Si tu veux.
Mark Twain, *Les Aventures de Tom Sawyer*

Au coin de Columbia et de St. Lawrence, la maison des Boucher est déserte. Comme celles de Lisa, de Colleen et de Claire, elle ne se souvient plus de Madeleine ni de toutes les fois où elle a franchi son seuil pour aller jouer dans une chambre ou dans le jardin. Les empreintes de ses pas et celles de ses amies, les échos de leurs voix gravées dans l'air, ont disparu. Les maisons attendent que les nouvelles familles s'installent, persuadées qu'elles leur appartiennent et que tout ce qu'elles font sous leur toit et dans leur jardin, les jeux, les repas, les Noëls et les rêves, est tangible, indélébile. Où vont les souvenirs ?

La veille du témoignage de Madeleine au procès de Ricky, Mimi prépare son plat préféré : le *wiener schnitzel.* Mimi sort la viande de la poêle et la dépose dans l'assiette de Madeleine.

— Qu'est-ce que tu veux porter demain, ma *p'tite** ?

— Quelque chose qui ne gratte pas trop, répond Madeleine.

— Pourquoi je ne peux pas y aller ? demande Mike.

— Tu as un entraînement demain, dit Jack.

— J'ai laissé tomber.

— C'est ce que tu crois, dit Jack en salant son escalope.

Madeleine lève les yeux sur son père pour mesurer son degré de colère et il lui sourit.

— Madeleine veut que je vienne, dit Mike d'un ton bourru. Pas vrai, Madeleine ?

Madeleine promène son regard de son père à son frère.

— Ouais, bredouille-t-elle.

— Tu vois ? fait Mike.

Son père l'ignore superbement.

— J'ai déjà tout dit à la police. Pourquoi est-ce qu'il faut que je témoigne ?

— Ça fait partie de notre système judiciaire, dit Jack. L'accusé et les citoyens ont le droit d'entendre toute la preuve en public.

Tout sera bientôt terminé.

— Et tu seras sous serment.

— Il faudra que je jure sur la Bible ?

— C'est ça, fait Jack. Dis simplement la vérité, comme à l'Halloween.

L'estomac de Madeleine se noue.

— De quoi parlez-vous ? demande Mimi.

— Top secret, fait Jack en décochant un clin d'œil à Madeleine.

Elle sourit d'un côté de la bouche. De sa place, il lui caresse les cheveux.

— Nous sommes vraiment fiers de toi, ma puce.

— J'ai mal au ventre.

— Tu as le trac, dit-il. Ça fait comme des papillons dans l'estomac. C'est normal.

Madeleine voit des papillons — des nuées — jaunes…

— Dis simplement la vérité.

— Tu as intérêt, sinon il va être pendu, dit Mike.

Jack abat la main sur la table et Mimi tressaute comme les couverts.

— C'est faux, dit-il. Où as-tu entendu des sornettes pareilles ?

— Tout le monde le dit.

— Qui ça, « tout le monde » ? Le père d'Arnold Pinder ? Allez, réponds.

— Jack, dit Mimi.

Jack prend une profonde inspiration.

— Qu'est-ce qu'il y a pour dessert ? demande-t-il à sa femme.

Jack la borde dans son lit à côté de Bugs Bunny et la comble en posant un baiser sur la joue en plastique du lapin.

— Pourquoi ne pas lire une histoire ? fait-il en déposant son scotch et en prenant le livre sur la table de chevet. *Alice au pays des merveilles.*

— Papa ?

— Ouais ?

Il feuillette le livre.

— Est-ce que des fois… Est-ce qu'il peut être bien de mentir ?

Il lève les yeux.

— Pardon, ma puce ? Qu'est-ce que tu veux dire ?

— Je ne sais pas, moi. Dans une guerre, par exemple.

— Tu veux parler d'un soldat qui serait capturé par l'ennemi ?

— Ouais.

— Eh bien, la meilleure politique, c'est de ne rien dire du tout — à part son nom, son grade et son numéro matricule. À mentir, on risque de se faire prendre.

— Et en temps de paix ?

— Écoute, il est presque toujours mal de mentir. Les mensonges ont tendance à s'auto-perpétuer. Tu comprends ?

— Non.

— Ça veut dire qu'un mensonge en entraîne un autre. Il y a une réaction en chaîne. Un peu comme pour les dominos.

Les dominos sont un jeu. Tout le monde en reçoit à Noël. Personne ne sait y jouer. Ce n'est pas le moment de poser des questions sur les dominos.

— Mais papa?

Ce n'est pas non plus le moment de parler de mentir devant le tribunal pour sauver la vie de quelqu'un. Papa saurait alors qu'il s'agit de Ricky Froelich, et elle n'aurait d'autre choix que de confesser ce qu'elle a vu — ou n'a pas vu. Même les questions de Madeleine sont des mensonges ayant pour but de dissimuler ce qu'elle veut vraiment savoir.

— Et s'il faut mentir pour que d'autres croient la vérité? demande-t-elle.

Il baisse son verre et la regarde. La vérité sort de la bouche des enfants. Impossible qu'elle soit au courant. Il range le livre.

— Pourquoi me demandes-tu ça?

Madeleine déglutit.

— Tu as lu quelque chose, choupette? Tu as vu quelque chose à la télé? Et tu te poses des questions?

Elle hoche la tête, oui — elle ne ment pas vraiment. Elle a lu des choses. Elle a vu des choses à la télé. Souvent, elle se pose des questions.

Il inspire à fond et sourit.

— Toi, quand tu seras grande, tu seras avocate.

— Je ne veux pas être avocate, papa.

— Tu deviendras ce que tu voudras. Astronaute, ingénieur…

— Je veux être comédienne…

— Exactement.

Il rit en lui caressant les cheveux.

— Tu as posé une excellente question. Tu en as entre les deux oreilles.

Madeleine a de la peine pour son père. Il croit qu'elle en a entre les deux oreilles. Sa *Deutsches Mädchen*. Son Spitfire. Il ne sait pas qu'elle est une menteuse. Son œil blessé a l'air triste.

— Merci, dit-elle.

Elle le voit comme par l'entrebâillement de la porte d'une garde-robe sombre. Elle est au milieu des manteaux et des jeux de société aux boîtes cornées, tandis que lui, assis au bord du lit, la borde innocemment. Quand elle sort de la garde-robe, les ombres la suivent, mais il ne les voit pas. Parce qu'il est bon.

— C'est ce qu'on appelle une question éthique.

Éthique. On dirait un insecte.

— Parfois, la vérité se trouve quelque part entre les deux.

La vérité se trouve.

— Parfois, il faut évaluer la situation dans son ensemble. Faire ce qu'on appelle une analyse coûts-avantages, voir comment servir au mieux les intérêts de la vérité. On parle aussi de diplomatie.

Quelquefois, on demande une seule petite définition à papa et on a droit à tout le dictionnaire.

— Neuf fois sur dix, cependant, la vérité saute aux yeux.

— Comme à l'Halloween? demande-t-elle.

— C'est-à-dire?

— Quand j'ai frappé l'arbre et écrit des choses au savon.

— Tu as écrit des choses au savon?

Madeleine rougit.

— Ouais.

— Je ne m'en souviens pas… Sur les vitres de quelqu'un?

— Ouais.

— Ah bon. Lesquelles?

— … Celles d'un instituteur.

— Je vois.

Il hoche la tête.

— Je ne crois pas que tu m'en aies parlé.

Madeleine fait signe que non.

— Mais je me suis dénoncée.

— Bien. Tu as tout avoué à ton instituteur? Qu'est-ce qu'il a dit?

— Qu'il ne dirait rien si je tenais ma langue.

— En tout cas, il a tenu parole. Qu'est-ce que tu avais écrit?

Madeleine contemple son couvre-lit. Des routes en chenille, des sentiers de montagne qui partent en tous sens.

— Un mot.

— Quel mot?

— Un nom d'arbuste.

— Tu as écrit un nom d'arbuste? Quel genre d'arbuste?

— Euh… fait-elle en avalant sa salive, «aubépine».

— «Aubépine»?

Il sourit.

— Pourquoi avoir écrit ça?

Madeleine hausse les épaules.

— C'est un mot que tu as appris dans la classe de M. Marks?

— March.

— En sciences?

— En santé, dit Madeleine.

— En santé? Qu'est-ce que ça a à voir avec la santé?

— Les exercices.

— Quels exercices?

— Pour les muscles.

— Je ne vois pas le rapport avec l'aubépine.

— On parle aussi de buisson ardent.

— D'accord, mais je ne vois toujours pas le rapport.

Madeleine ne dit rien. Jack la regarde.

— Pas étonnant que tu aies savonné ses fenêtres.

Madeleine attend.

— C'était mal, mais tu as reconnu tes torts.

Elle hoche la tête.

— Parfois, il faut du cran pour dire la vérité. Tu en as à revendre. Je vais te dire une chose, choupette. Si tu te demandes ce qu'il faut faire — en vieillissant, tu vas comprendre que la vérité n'est pas toujours ce qu'elle paraît être —, si tu te trouves dans une situation pénible, pose-toi cette question : « Quelle est la chose la plus difficile que je puisse faire maintenant ? Quel est le choix le plus difficile que je puisse faire ? » C'est comme ça que tu sauras la différence entre la vérité et… toutes sortes de prétextes. La vérité, c'est toujours ce qu'il y a de plus difficile.

Autour de son verre avec le mince glaçon et le liquide ambré au fond, ses jointures sont blanches.

— Bonne nuit, ma puce.

LA REINE CONTRE RICHARD FROELICH

Faites votre déposition, répéta le roi en colère, sinon je vous fais exécuter, que votre carence soit due, ou non, à la faiblesse de vos nerfs.
Lewis Carroll, *Alice au pays des merveilles*

Madeleine est debout à la barre des témoins. On dirait un banc des punitions pour une seule personne.

— Plus fort.

— Pardon ?

— J'ai dit : « Comment t'appelles-tu, petite fille ? »

Madeleine lève les yeux sur le juge. Il a un gros visage de grenouille.

— Madeleine McCarthy.

— Ces messieurs veulent t'entendre.

D'un côté, sur des chaises disposées en gradins, un tas de bonshommes lui font face. Ils ont déjà l'air déçu.

— Le jury doit t'entendre, dit le juge. Comment t'appelles-tu ?

— MADELEINE McCARTHY !

Il sursaute. Gloussements dans la foule. Madeleine risque un coup d'œil : des visages souriants. Où est papa ? Où est sa mère ?

— Bon, Madeleine, quel âge as-tu ?

— NEUF ANS !

Rires.

— Un peu de silence, je vous prie.

Elle ne cherche pas à faire la rigolote. Elle obéit, c'est tout. Le juge ne semble pas fâché.

— Pas besoin de parler si fort, Madeleine.

— Excusez-moi.

— Ce n'est pas grave. Tu sais ce que veut dire « prêter serment » ?

— Oui.

— Dis-moi.

Ricky Froelich est assis à une table devant elle. Plus grand. Osseux. Il la regarde, mais on ne dirait pas qu'il voit quelqu'un de sa connaissance. Elle lui sourit.

— Je ne pense pas que je vais assermenter cette enfant, dit le juge.

Madeleine lève les yeux de nouveau — c'était quoi la question, déjà ? La voilà dans de beaux draps. Une tortue à la cour du roi Arthur.

— C'est votre prérogative absolue, Votre Seigneurie, dit Me Waller — l'avocat de Ricky.

Il a des poches sous les yeux, mais sa robe noire chatoie et flotte quand il bouge.

— J'aimerais néanmoins qu'elle le soit, si la chose était possible.

— J'en suis conscient, maître Waller. Mais nous ne sommes pas là pour ça. En quelle année es-tu, Madeleine ?

— Je vais être en cinquième année en septembre, Votre Honneur.

Ni trop fort, ni trop bas. Regarde le juge. Fais attention, sinon tu ne seras pas assermentée.

— Votre Seigneurie.

— Pardon ?

— Au Canada, lorsqu'on s'adresse à un juge, on dit « Votre Seigneurie » ou « monsieur ».

— Votre Seigneurie, dit-elle.

Elle s'efforce de ne pas prendre un accent britannique — *ne fais pas la maligne.*

— Gracieuseté de la télévision, fait le juge.

Nouveaux gloussements.

Voilà papa. Assis à côté de maman, quelques rangées derrière les Froelich et Colleen. Il lui fait un clin d'œil. Elle lui sourit le plus discrètement possible. Elle se fait l'effet d'une marionnette.

— Que veut dire «prêter serment», Madeleine?

— Jurer de dire la vérité.

— Dire la vérité, dit le juge. Qu'est-ce que ça veut dire?

Est-ce une question piège? Parle-t-il du jeu télévisé bien connu? *Que la véritable Madeleine McCarthy veuille bien se lever?* Que veut-il dire?

— Dire la vérité? répète-t-elle.

— Sais-tu la différence entre la vérité et le mensonge?

— Oui, Votre Ma… Votre Seigneurie.

Votre Majesté?

— Je t'écoute.

— La vérité, c'est quand on dit ce qui s'est passé à quelqu'un qui pose la question, sans rien laisser de côté pour faire croire autre chose. On ne fait pas comme si la question portait sur une seule chose et on raconte tout. C'est ce qu'on appelle «dire toute la vérité».

Elle prend une bouffée d'air. Elle a les idées claires, comme si elle venait de se réveiller. Le juge hoche la tête d'un air approbateur.

— Je donnerais cher pour que plus d'adultes pensent comme toi. En quelle année es-tu, Madeleine — ou plutôt qui est ton instituteur?

— L'année dernière, mon instituteur était monsieur March.

— Tu l'aimais?

— Non, répond-elle.

Tout le monde rit.

— Un peu de silence, je vous prie, mesdames et messieurs. N'oubliez pas où vous êtes.

Il revient à Madeleine.

— Tu es franche, Madeleine. C'est bien.

Au milieu de la salle, Jack sourit et sent son visage se détendre, redevenir chair. Il s'était tendu sur ses os, telle une brûlure. Après avoir entendu le témoignage sous serment d'une petite fille, en matinée, il était en état de choc, comme tout le monde.

— Tu vis dans la zone des logements familiaux avec ta famille?

— Oui, monsieur, répond Madeleine.

— Tu vas à l'école du dimanche?

— Nous appelons ça le catéchisme.

— À quelle église vas-tu?

— Nous sommes catholiques.

— Catholiques romains, je vois. Cette petite a peut-être ce qu'il faut pour comprendre.

À qui s'adresse-t-il? Jack s'humecte le coin de la bouche. Une jeune enfant, pas plus vieille que sa fille — une de ses amies, s'il ne se trompe pas, mignonne comme tout. Marjorie. Où avait-elle été pêcher une histoire aussi sordide ? Pendant le témoignage de la petite, il avait vu le jury se pétrifier. Si Madeleine est assermentée, son témoignage sera pris en compte. Tout ce dont Rick a besoin, c'est d'un doute raisonnable. Et c'est Madeleine qui s'en chargera. Elle confirmera ce qu'Elizabeth Froelich a péniblement tenté de faire comprendre au jury ce matin. Karen était là pour traduire. La Couronne a tourné la situation à son avantage, laissant entendre que la mère, seule à comprendre la pauvre fille, lui faisait dire ce qu'elle voulait. À la fin, Elizabeth pleurait, son témoignage jugé irrecevable, et le juge avait houspillé Me Waller — et, par extension, Karen Froelich — pour avoir astreint « une pauvre invalide » à pareille épreuve.

Le juge se tourne de nouveau vers Madeleine.

— Tu te rends compte que tu as ici l'obligation de dire la vérité ?

— Oui, Votre Seigneurie.

— Tu comprends ?

— Oui.

— Qu'est-ce qu'il y a sur ta broche ?

— Un phare.

— D'où est-ce qu'elle vient ?

— D'Acadie…

La pauvre broche touchée par M. March.

— … ma mère est acadienne.

M. March n'aurait jamais osé y toucher si je n'avais pas honte de parler français.

— Nous parlons français, dit-elle.

— Je pense que nous devrions assermenter cette petite fille.

J'ai réussi l'examen.

Jack essuie une goutte de sueur sur sa tempe. C'est presque terminé. Il donnerait n'importe quoi pour défaire le bouton du col de sa chemise, mais il ne veut pas inquiéter Mimi, assise à côté de lui. Depuis un moment, il a le souffle court. La petite fille, Marjorie, a été convaincante. Et la déclaration de celle qui est absente, Grace… Jack frissonne. Des enfants innocentes. Comment sont-elles au courant de pareilles horreurs ?

— Greffier ? fait le juge.

Un gros pansu en uniforme s'approche. Il ressemble à M. Plodd, le policier dans *Noddy*. Il a des menottes à sa ceinture et un gros livre à la main.

Jack regarde la tête de Froelich, puis celle de Rick. Froelich est bon, mais naïf. D'où vient le garçon ? Où était-il avant d'avoir douze ans ? Dans un quelconque établissement. Il y a peut-être subi des sévices épouvantables. Les enfants apprennent par expérience. Jack sait que Rick n'est pas coupable de meurtre, mais est-il concevable que ces petites filles aient dit la vérité ? A-t-il fait des choses à des petites filles ? À Madeleine ?

— Pose ta main droite sur la Bible.

Jack observe l'assermentation de sa fille. Si quelqu'un l'a touchée… Il sent — entend presque — quelque chose ployer comme une brindille dans sa tempe gauche. Il cligne de l'œil. En écoutant le greffier, sa fille réprime un sourire — elle s'empêche de rire. Elle va bien. Toute cette histoire va glisser sur elle comme l'eau sur le dos d'un canard. Si on l'avait touchée, il le saurait — Mimi le saurait… Mais il faut bien que quelque chose soit arrivé aux autres petites. Où étaient leurs parents ? Jack avait jeté un coup d'œil au commandant d'aviation Nolan pendant le témoignage de sa fille. Où était-il ? S'il a agressé ces enfants, Ricky Froelich mérite d'être là où il est. À cette pensée, quelque chose se débloque à la base du crâne de Jack. Les vannes ouvertes, sa migraine — la migraine «poids plume» qu'il ne remarque même plus — s'écoule miséricordieusement, comme les eaux de ruissellement par une bouche d'égout.

— Ainsi Dieu te vienne en aide…

— Je le jure, dit Madeleine.

Vous pouvez embrasser le greffier. Elle lève les yeux, certaine de trouver papa souriant de toutes ses dents, mais il se contente de la regarder sans sourciller. Comme Colleen. Et M. Froelich.

Elle est prête. Jeu télévisé avec Kitty Carlisle et votre animateur…

— Tu connaissais Claire McCarroll ?

Elle a chaud de nouveau.

— Oui.

C'est l'avocat de Ricky. Il est des nôtres.

— Tu étais l'amie de Claire, Madeleine ?

— Oui.

Dans ce cas, pourquoi ne pas avoir veillé sur elle ? L'estomac de Madeleine devient tout gluant.

— Tu connais Ricky Froelich ?

— Oui.

— Tu as dit oui ?

— Oui, oui, elle a dit oui, fait le juge. Le témoin a hoché la tête. Continuez, maître Waller.

— L'après-midi du 10 avril, étais-tu au terrain de jeux en compagnie de Claire et d'autres enfants ?

— Oui.

Elle a envie d'aller aux toilettes.

— Plus fort, s'il te plaît.

— Oui.

— Claire t'a-t-elle dit que…

— Pas de ça, maître Waller, dit le juge.

— Qu'est-ce que Claire t'a dit ? poursuit Me Waller.

— Elle m'a dit que…

— Plus fort, Madeleine.

— Pardon ?

— Cet après-midi-là, l'après-midi du 10 avril, que t'a dit Claire au terrain de jeux ?

— Qu'elle allait en pique-nique avec Ricky Froelich.

La robe de soie noire chatoyante de Me Waller commence à ressembler à l'uniforme de l'équipe perdante.

— Qu'a dit Claire exactement ? demande-t-il.

— Elle a dit : « Je vais en pique-nique avec Ricky Froelich. »

— Qu'est-ce que tu as répondu ?

— J'ai dit — j'ai fredonné *La Belle Rêveuse*.

— Pourquoi ?

— Parce que tout le monde sait…

— Il faut t'en tenir à ce que tu sais, toi, Madeleine, dit le juge.

— Parce qu'elle inventait des choses. Pas des mensonges, seulement… son imagination.

— À ton avis, pourquoi inventait-elle des choses ?

— Parce qu'elle voulait aller en pique-nique avec lui.

— Non, je veux dire… Ce que je veux savoir, Madeleine, c'est pourquoi tu penses que c'était seulement le fruit de son imagination.

— Un jour, elle m'a dit qu'elle était allée danser avec lui à Teen Town.

— C'était vrai ?

— Non. C'est réservé aux adolescents. En plus, elle a dit qu'elle allait l'épouser.

Madeleine sourit pour montrer qu'elle ne fait pas de reproches à Claire, mais personne d'autre ne sourit. Devant le jury, il y a une table couverte d'objets. Un bocal avec quelque chose de brunâtre dedans. Un chiffon avec des taches jaunes. Des quenouilles. La boîte-repas de Claire à l'effigie de Frankie et Annette. On dirait une leçon de choses. Qu'est-ce qu'il y a dans le bocal ?

— Qu'est-ce que tu as dit, Madeleine ?

A-t-elle réfléchi à voix haute ?

— Que l'on recouvre la table, dit le juge. Et qu'elle reste couverte.

Quelqu'un tousse. M. McCarroll est assis du côté opposé à Ricky. Il s'essuie les lèvres avec un mouchoir. Le voir lui donne envie d'aller rendre visite à Claire cet après-midi. Puis quelque chose sursaute derrière ses yeux — comme quand on ouvre et ferme les lumières très rapidement —, son cerveau se rallume et dit : « Impossible. Elle est morte. » Madeleine sait que c'est vrai, mais, sous son cerveau, quelque chose d'autre la pousse à descendre la rue pour aller rendre visite à Claire. Quelque chose qui sait que Claire se trouve toujours dans le bungalow vert. Si seulement on se donnait la peine d'aller la voir.

M. Plodd recouvre la table d'un drap blanc.

— Qui d'autre était là quand tu as dit — ou plutôt fredonné — *La Belle Rêveuse* ? demande Me Waller.

— Eh bien… Colleen.

— Colleen Froelich ?

— Oui. Marjorie et Grace aussi.

— Elles ont donc entendu Claire dire qu'elle avait reçu une invitation…

— Maître Waller…

— Votre Seigneurie, je cherche à établir que Marjorie Nolan et Grace Novotny avaient les moyens de concocter…

— Je sais ce que vous faites, maître Waller, et vous allez vous en abstenir.

Jack passe en revue la logique du témoignage présenté le matin même par les deux filles et y voit des lacunes. Elles prétendent que Rick leur a demandé de venir à Rock Bass avec lui ce jour-là, pour faire avec elles, suppose-t-on, ce qu'il avait fait par le passé — les agresser, en l'occurrence. Devant leur refus, il s'était tourné vers Claire, qui avait dû accepter, puisqu'elle l'avait accompagné. Jack, cependant, sait que Rick n'est pas allé à Rock Bass avec Claire. Il est donc raisonnable de conclure qu'il ne l'a pas invitée à l'accompagner. Partant, l'affirmation selon laquelle Rick lui aurait fait sa proposition après avoir essuyé un refus de la part des deux autres ne tient pas debout. Rick n'a rien proposé à personne parce qu'il n'avait pas l'intention d'agresser qui que ce soit.

Son cou commence à se raidir de nouveau. L'idée qu'il ait pu ressentir un brin de réconfort à l'idée que le fils de son ami soit pédophile — quand suis-je devenu un homme pareil ? Les petites avaient toutes le béguin pour lui. C'est aussi simple et aussi innocent que ça. Jack éprouve du soulagement à l'idée de s'être mesuré à l'aspect le plus déplaisant de sa personnalité. Rien n'oblige personne à trouver Rick Froelich coupable de quoi que ce soit. D'ailleurs, Madeleine va l'innocenter en disant de quel côté il a tourné. Jack cherche la main de Mimi et la serre pour la rassurer.

— Quand as-tu vu Claire pour la dernière fois, Madeleine ? demande Me Waller.

— Moi et Colleen… Colleen et moi, nous sommes allées chez Pop's…

— Pop's ? demande Sa Seigneurie. Ça ne me dit rien.

— C'est là que nous avons acheté du soda aux raisins.

— Il s'agit d'un petit magasin, Votre Seigneurie, dit Me Waller.

— C'est important ?

— Non, je ne crois pas, Votre Seigneurie.

— Dans ce cas, je vous invite à poursuivre, monsieur Waller. Vous tergiversez.

Pour s'empêcher de rire, Madeleine a coincé son menton contre son cou, mais, comme chaque fois qu'elle recourt à ce stratagème, elle a les yeux exorbités. Notre visage nous trahit. La seule solution consiste à l'oublier tout à fait.

— Où êtes-vous allées ensuite, Madeleine ?

— Nous nous sommes dirigées vers le saule…

— Le saule au car… Où est le saule, Madeleine ?

— Au carrefour.

— De quel côté faut-il aller pour se rendre à Rock Bass ?

— À droite.

— Tu veux dire qu'il faut tourner à droite pour aller à Rock Bass ? demande le juge.

— Oui, Votre Seigneurie.

Elle n'avait pas l'intention de prendre l'accent britannique, mais le juge semble n'avoir rien remarqué.

— Bien, dit Me Waller. Colleen et toi étiez en route vers le saule du carrefour.

— Nous avons pris à travers champs.

Son regard croise celui de Colleen.

— Et tu voyais le saule ?

Elle regarde Me Waller.

— Oui.

— Et tu avais la vue libre jusqu'au carrefour ?

— Oui.

— Qu'as-tu vu ?

— Nous avons…

— Seulement ce que tu as vu toi-même, s'il te plaît.

— J'ai vu Ricky et Rex et…

— Qui est Rex ? demande le juge, exaspéré.

— Le chien, Votre Seigneurie, dit Me Waller. Allez, Madeleine. Nous t'écoutons.

— Ricky poussait Elizabeth dans son fauteuil roulant, Claire était sur son vélo et Rex la tirait sur la route…

— Et ils allaient vers… Dans quelle direction allaient-ils ?

— Ils allaient vers l'arbre.

— Le saule.

— Oui.

— En ce qui vous concerne, messieurs, dit le juge à l'intention des jurés, l'arbre et le carrefour ne font qu'un.

Il se tourne vers Madeleine.

— Qu'as-tu vu ensuite ?

— Nous… j'ai… euh…

Madeleine déglutit.

— … vu un carouge à épaulettes.

Elle a la gorge sèche.

Me Waller ne dit rien. Il attend qu'elle se souvienne de ses répliques. Madeleine, cependant, garde le silence. Comme la grenouille du dessin animé, celle qui chante des airs d'opéra, mais qui, au moment de vérité, ouvre la bouche et fait : *croâ*.

On a beau entendre le grincement du ventilateur au plafond, il n'y a pas un souffle de vent.

— Oui, dit maître Waller. Qu'as-tu vu à ce moment-là en regardant vers le carrefour ?

Le cœur de Madeleine bat à se rompre, mû par sa propre volonté, dirait-on. Elle respire par la bouche, même si ce manège assèche sa gorge, on dirait du papier — elle aura du mal à avaler. Comme la fois où on lui a enlevé les amygdales et qu'elle ne pouvait manger que de la glace.

— Madeleine ?

Le juge la regarde.

— Qu'est-ce que tu as vu ?

— Regarde-moi, s'il te plaît, Madeleine, dit maître Waller.

Dans ses oreilles, le ventilateur résonne de plus en plus fort. Où est papa ?

Il la regarde, le visage légèrement incliné. Pâle et luisant. *Du cran, voilà ce que tu as.* Il s'est écrasé en avion. *Tu as de l'étoffe.* L'étoffe des héros. *Le plus difficile, c'est toujours la vérité.* Plonge, comme le crochet à manteau s'enfonçait dans la chair de ton dos. Plonge et tu n'auras plus jamais à revenir en arrière. Plus rien ne te poussera dans le dos. *Fais ce qu'il faut.*

Papa hoche discrètement la tête. *Pilote à copilote.* Fais les choses à ta manière, ma puce. Dis la vérité.

C'est ce qu'elle fait.

Dans la voiture, ses parents ne disent pas grand-chose. Droit devant, un cornet de glace rose en contreplaqué se penche sur la route, mais elle sait qu'ils ne s'arrêteront pas. À cause du silence. Ça vaut mieux puisque, de toute façon, elle n'a pas envie de glace. Maman est en colère. Elle a traîné Madeleine par le bras jusqu'à la voiture, papa dans leur sillage.

La Rambler ralentit et son père se range sur le côté.

— Que dirais-tu d'une bonne glace?

Dans le rétroviseur, il jette un coup d'œil à Madeleine.

— Je ne crois pas que ce soit une bonne idée, Jack.

— Elle l'a bien mérité, tu ne crois pas?

Madeleine esquisse un sourire à son intention. Il n'est pas déçu. Il tient à lui offrir une glace.

— Jack, dit sa mère.

Il est déjà sorti.

Elle attend en silence tandis que sa mère lui tourne le dos.

Une fois la vérité dite, Me Waller s'était assis, et l'autre avocat, vêtu de sa triste robe noire, s'était avancé vers elle.

— Pourquoi as-tu menti à la police, Madeleine?

— Je m'excuse, avait-elle dit.

— Tu as été un très bon témoin, Madeleine. Tu as dit la vérité. Ici, personne n'est fâché contre toi, mais il est important que nous sachions pourquoi tu as dit à la police que tu avais vu Ricky tourner à gauche, alors que c'est faux.

— Parce que je…

Elle n'avait plus la gorge sèche, mais ses yeux ne l'étaient pas non plus. Ils se remplissaient comme des soucoupes. Pourtant, elle ne voyait pas ce qu'il y avait de si triste. Comme si elle venait d'apprendre la mort d'un chien.

— Plus fort, Madeleine.

— J'avais peur…

— De quoi avais-tu peur?

— … qu'il soit pendu.

Un murmure avait parcouru la salle.

— Silence, avait ordonné le juge. Laissez cette enfant terminer son témoignage. Tu t'en tires très bien, Madeleine, dit le roi des grenouilles.

Au fond, il n'était pas si méchant.

— Écoute-moi bien, Madeleine, avait dit l'avocat victorieux.

Tout de suite, elle avait été sur ses gardes. De toute évidence, il allait essayer de lui faire cracher le morceau.

— Qui t'a dit ça ?

— Personne.

— Je te rappelle que tu as prêté serment, avait dit le juge.

Soudain, qu'elle soit une petite fille n'avait plus eu d'importance. Peut-être ne l'était-elle plus. Peut-être vingt années s'étaient-elles écoulées. Elle était devenue une adulte. Elle avait senti son cou s'étirer sans effort comme celui d'Alice au pays des merveilles et sa tête commencer à s'élever — bientôt, elle allait arriver au plafond, se faire trancher la tête par le ventilateur.

— Qui t'a dit qu'il allait être pendu, Madeleine ? avait demandé l'avocat.

Elle avait repris sa taille normale.

— Tout le monde le dit, mais c'est faux.

— Tu peux me donner un exemple en particulier ?

— Mon frère.

— Ton frère ?

— Ouais. Mike. C'est ce qu'il a dit.

— Qui d'autre ?

— … Mon amie.

— Quelle amie ?

Papa tend à Madeleine une glace napolitaine à trois boules, mais il ne s'en est pas acheté une pour partager avec maman. Ils reprennent la route. Madeleine voudrait pouvoir jeter la glace par la fenêtre, mais c'est impossible. Elle l'engloutit le plus vite possible.

La salle d'audience était comme une étuve. Personne ne bougeait d'un poil. Ils cuisaient doucement comme des petits bonshommes en pain d'épice. Les larmes de Madeleine s'étaient évaporées au lieu de tomber. Elle avait regardé Colleen. *Dès que la porte du four s'ouvrira, elle prendra ses jambes à son cou. Nous nous enfuirons ensemble.*

— Colleen, avait-elle répondu.

— Colleen Froelich ?

Madeleine avait hoché la tête.

— C'était un oui ?

Madeleine avait de nouveau hoché la tête.

— Le témoin a fait signe que oui, avait dit le juge. Poursuivez, maître Fraser.

— Colleen t'a-t-elle dit de mentir, Madeleine ?

Madeleine n'avait pas répondu.

— Réponds à la question, Madeleine, avait dit le juge.

Madeleine n'avait pas soufflé mot ni même bougé la tête.

— Madeleine, avait dit le juge, regarde derrière toi. Qui est cette dame ?

— Notre gracieuse souveraine.

— Sais-tu que nous sommes là en son nom ? Quand ce monsieur ou moi te posons une question, c'est exactement comme si c'était la reine qui le faisait. Tu veux bien répondre à la reine ?

Madeleine fait signe que oui.

— Mentirais-tu à la reine ?

Madeleine secoue la tête.

— Alors, Madeleine, avait dit le juge, Colleen Froelich t'a-t-elle dit de mentir ?

— C'est moi qui ai décidé.

Papa gare la voiture aux environs d'Exeter pour qu'elle vomisse.

— Je t'avais prévenu, lui dit maman.

— Je ne crois pas que vous allez tirer grand-chose de plus de ce témoin, maître Fraser, avait dit le juge. Tu peux t'en aller, petite.

Puis il avait semblé l'oublier complètement.

Me Fraser lui avait tourné le dos pour regagner sa place. Madeleine avait attendu. Il y avait dans l'air quelque chose d'irrésolu. *Il n'est pas coupable.* Voilà ce qu'elle voulait leur dire. Richard Froelich a pris à gauche, ce n'est pas lui l'assassin. *Vous n'avez qu'à demander à Elizabeth.*

— Elizabeth…

— La reine n'a plus besoin de tes services, petite, avait dit le juge. Tu peux disposer.

— Pas la reine !… s'était-elle écriée.

— Greffier ?

M. Plodd s'était lentement avancé vers elle.

— Ça suffit !

Une voix de femme. Elle s'avançait dans l'allée. Maman.

— Veuillez vous rasseoir, madame, avait dit le juge.

— *C'est assez**, avait répondu maman.

Elle fonçait vers la barre des témoins en faisant claquer ses talons hauts.

— Madame, je vous en prie ! Greffier !

M. Plodd avait tendu la main vers Madeleine, mais on l'avait repoussée d'un coup sec. À la place, il y avait celle de maman, avec ses ongles peints en rouge. La main avait agrippé Madeleine par le poignet et l'avait entraînée dans l'allée. Un méli-mélo de visages avait défilé en sautillant — Colleen, qui regardait droit devant elle, M. Froelich, la tête baissée, et papa qui les regardait comme si elles étaient les deux dernières personnes qu'il s'attendait à trouver là.

— Nous allons faire une courte pause, avait dit le juge.

— Jack, *allons-y**, avait fait maman depuis la porte de la salle.

Entraînée par maman, qui ne relâchait pas son emprise, Madeleine avait dû courir le long du corridor encaustiqué, entre des peintures d'hommes en robe, devant un nom sur une porte qui lui avait sauté au visage. « F. DONNELLY, c.r. »

Maman essuie le visage de Madeleine avec une lingette, et elles remontent dans la voiture. Qu'ils se soient arrêtés au milieu de nulle part pour acheter une glace avait eu au moins ceci de bon : ils n'avaient pas été à Crediton, où vit M. March.

— Je veux partir d'ici demain, Jack.

Elle descend la fermeture éclair de sa robe, l'enlève, sort un cintre, le fourre dans la robe comme si elle manipulait un couteau à désosser et le suspend sans ménagement dans la garde-robe.

— On ne peut pas partir comme ça.

Il est debout, tout habillé, les bras croisés.

— Pourquoi pas ? Tu pars bien pour aller à ce procès quand ça te chante.

— Plus que quelques jours.

— Tu vas y retourner ? fait-elle en enlevant rageusement ses boucles d'oreilles.

— Je ne bougerai pas d'ici avant que ce soit terminé.

— Pourquoi pas ?

— Je ne peux pas faire ça à Henry, c'est impossible — ils vont devoir aller en appel.

— Et alors ?

Elle tire sa combinaison-jupon par-dessus sa tête, lui tourne le dos pour ôter son soutien-gorge.

— Il n'a plus un sou vaillant.

— Qu'est-ce que tu en sais ?

Elle enfile une chemise de nuit.

— Si tu voyais où ils habitent.

Elle se tourne vers lui.

— Parce que tu y es allé, toi.

Il hésite. Au nom de quoi ?

— Oui, je leur ai rendu visite. Et après ?

Il regrette tout de suite son «et après», qui le campe sur la défensive.

— Et après ? Et après quoi ? Comment ça, «et après» ?

Normalement, il la taquinerait après une tournure comme celle-ci, mais pas ce soir.

— Rien, dit-il. De quoi parlons-nous, au juste ?

— Ce n'est pas ta famille, Jack. Il n'est pas mon fils.

— Le garçon est innocent.

— Peut-être pas.

— Je te dis que si.

— Comment le sais-tu ?

Elle le regarde. Il ne répond pas.

— Madeleine savait que tu voulais qu'elle mente. C'est pour ça qu'elle a vomi.

— Je ne voulais pas qu'elle…

— Qu'est-ce qui se passe ?

Elle a crié.

— Mimi, dit-il tout doucement en faisant un geste de la main pour la calmer.

— Je veux savoir ! crie-t-elle à voix basse.

Elle abat sa brosse contre sa cuisse.

— Pourquoi tiens-tu tant à cette famille ?

Il attend.

— Tu t'intéresses plus à ce garçon qu'à ton propre fils.

— Mimi, c'est…

— Et tu ne veux plus de bébé.

Son visage tremble, mais elle se comprime les lèvres et ne le quitte pas des yeux.

— J'ai raison ?

— Qu'est-ce que tu racontes ?

— C'est pour ça que tu ne veux presque plus me…

Elle se mord la lèvre supérieure et inspire profondément, des larmes figées au bord des yeux.

— Mimi, qu'est-ce qui peut te laisser croire que je…

Il s'avance vers elle, lui ouvre les bras.

— Ne me touche pas.

Elle a la voix glaciale.

— Cette famille a de gros ennuis, mais nous n'y sommes pour rien. Pas vrai, Jack ?

Il ne dit rien.

— Qu'est-ce que c'est, ça ? fait-elle en ouvrant son coffret à bijoux.

Un bout de papier.

— Qu'est-ce que c'est ? demande-t-il.

Elle le lui tend.

— C'est ce que je veux savoir.

Il lit : *« cerises, cognac, caviar... »* La liste d'épicerie de Fried. Il la regarde.

— Depuis combien de temps ?

Il est sur ses gardes.

— Qu'est-ce que tu veux dire ?

Elle a la voix qui tremble.

— Tu tonds leur pelouse, tu vas chez eux, tu quittes ton bureau pendant la journée — je suis au courant, je te téléphone et on ne te trouve nulle part. Tu empruntes une voiture d'état-major pour aller Dieu sait où ; je réponds au téléphone, on raccroche.

Sa voix monte, mais elle se maîtrise, en équilibre à la frontière des larmes.

— Si je pleure, merde, ce ne sera pas devant toi.

— Mimi, tu crois que je...

Il sourit malgré lui, sachant qu'il a l'air coupable. Elle se détourne et il rit. Même à ses propres oreilles, son rire semble emprunté. Et à celles de Mimi, alors ?

— Mimi, cette liste était pour Buzz Lawson, il avait oublié son anniversaire. Comme j'allais à London de toute façon, il m'a demandé de faire quelques courses pour lui — tu connais Buzz. Mimi, regarde-moi, je t'en prie.

— Je ne te crois pas.

— Tu crois que je m'intéresse à Karen Froelich ?

Il ricane, mais elle se retourne et le regarde fixement.

— Tu vois ? Même pas besoin de dire son nom.

Son visage adopte une expression de joviale stupéfaction — tout le portrait de la culpabilité masculine —, pas besoin d'un miroir pour s'en rendre compte.

Elle se met au lit.

— Nous devons partir demain, Jack.

— Mimi...

— J'ai envie de dormir.

Elle éteint.

Le sourire de Jack se corrode, sa gorge commence à rouiller. Le sel lui pique les yeux. Si seulement elle se retournait pour le regarder. Il ne se défilerait pas. Elle dirait :

— Qu'est-ce qu'il y a, Jack ?

Et il lui dirait. *C'était moi. Je l'ai salué.*

Il attend, immobile, mais elle ne se retourne pas et n'ouvre pas les yeux. Il a perdu la faculté de la parole.

Madeleine met un temps fou à s'endormir. Ses parents se sont disputés. Jamais elle ne les avait entendus le faire auparavant. Pas pour de vrai. Maman doit en vouloir terriblement à Madeleine d'avoir menti aux policiers. Et encore plus à Colleen pour avoir dit à Madeleine de le faire. On ne lui permettra plus jamais de jouer avec Colleen Froelich.

Bugs Bunny serré dans les bras, elle se roule sur le ventre, où c'est plus sûr. De toute façon, elle se dit que Colleen ne voudra probablement plus jamais jouer avec elle. Cette pensée la soulage.

Elle se réveille en hurlant et passe le reste de la nuit avec sa mère dans le lit de ses parents. Dans son rêve, un chien aboyait. Il l'avait tirée du sommeil, mais elle s'était dit qu'elle rêvait encore parce que, à la fenêtre où elle s'était rendue, une brise au souffle immatériel soulevait ses rideaux. D'abord, elle avait cru que le motif de ses rideaux avait changé : ils étaient couverts de papillons jaunes. Puis les papillons s'étaient mis à bouger et elle avait compris qu'ils étaient vivants.

Papa l'avait cueillie dans son lit et serrée très fort dans ses bras. Au milieu des hoquets qui la secouaient, elle lui avait demandé ce qu'il était advenu du chien coincé dans le tuyau d'écoulement le soir de l'envol des Brownies.

D'abord, la mémoire de papa avait semblé lui faire défaut. Puis il avait dit :

— Ah oui, je me souviens maintenant. Les pompiers sont venus et l'ont libéré.

— Vraiment ?

— Oui, oui, je t'assure. Ils l'ont ramené chez lui. Il va bien.

Et elle n'avait plus posé de questions.

Papa l'avait déposée dans le lit à côté de maman et était sorti de la pièce. Il n'avait pas encore mis son pyjama.

— Maman ? avait-elle murmuré.

— Qu'est-ce qu'il y a, Madeleine ?

— Tu veux bien me raconter l'histoire de Jack et de Mimi ?

— *Non, pas ce soir, Madeleine. Fais dodo**.

— Chante *O Mein Papa*.

— C'est l'heure de dormir, Madeleine. Pense à des choses agréables.

Madeleine a mal à la gorge. Depuis la pelouse, elle observe l'ancien terrain de jeux de Rex, de l'autre côté de la rue.

— Monte dans la voiture, Madeleine, fait maman. *Viens, j'ai dit main-te-nant, Madeleine**.

Elle s'installe sur la banquette arrière, seule. Mike est assis devant. Papa reste ici. Elle aura droit à la nuque de maman jusqu'au Nouveau-Brunswick. La Rambler recule. Lentement, parce que c'est maman qui est au volant. Par la lunette arrière, elle regarde la maison s'estomper, avec celles de Colleen, de Lisa, d'Auriel et de Claire; comme les mots répétés sur la tombe des Donnelly, *vide, vide, vide, vide*... Jusqu'au coin. Après, sa maison blanche au toit rouge disparaît.

— Adieu, Rex.

Elle a parlé tout doucement à cause de sa gorge irritée.

— Quand est-ce qu'on revient? demande-t-elle.

— Après les vacances, dit sa mère, agacée.

— Je n'ai même pas dit au revoir à Rex.

— Reviens-en, fait Mike.

Maman ne le réprimande pas.

Ses larmes lui semblent aussi chaudes que l'eau de la bouilloire. Sa mère et son frère ne la voient pas pleurer. La tête coincée entre le dossier et le siège, elle sent ses larmes poisser le plastique. *Pauvre Rex.* Elle marmonne les mots au milieu de ses larmes, sombres et denses comme les bois, et elle n'arrive pas à sortir de la Forêt-Noire, *pauvre Rex.* Elle respire un bon coup, mais elle a soin de ne pas faire de bruit. Si sa mère ou son frère se retourne, ils la croiront endormie. *Pauvre Rex qui va penser que je suis partie sans lui dire au revoir.*

Elle sanglote en silence. Tout juste avant l'autoroute 401, ils s'arrêtent et Mike lui achète un Nutty Buddy et s'installe à côté d'elle sur la banquette arrière.

— Tiens, Rob.

Elle lui est plus reconnaissante de venir monopoliser la banquette que de la friandise, qu'elle accepte avec un sourire stoïque.

Jusqu'au Nouveau-Brunswick, jusqu'à leur nouvelle affectation et à celle d'après, jusqu'au jour où Madeleine a quitté la maison, pris son propre appartement et décidé de ne pas finir ses études à l'université, elle a pleuré des larmes fraîches sorties tout droit de la bouilloire à chaque évocation du visage de Rex. Même s'il était déjà parti au parc de caravanes avec sa famille, elle se le représenterait — et insisterait auprès de Mike pour dire que c'était vrai — dans le jardin de la maison mauve, ce jour-là, la regardant s'éloigner dans la Rambler et se demandant pourquoi elle était partie sans lui dire au revoir.

LA CLÉMENCE DE LA REINE

Le jury a mis à peine deux heures et demie à rendre un verdict de culpabilité, «assorti d'un appel à la clémence».

Le juge a dit :

— Richard Plymouth Froelich, la cour vous condamne à être ramené à l'endroit d'où vous venez, où vous demeurerez incarcéré jusqu'au lundi deuxième jour de septembre 1963 et, à partir de ce jour, à être détenu sur les lieux de votre exécution et à être pendu par le cou jusqu'à ce que mort s'ensuive, puisse le Seigneur avoir pitié de votre âme.

Jack ne se souvient pas d'avoir quitté la salle d'audience. Dès la tombée du verdict, Henry avait été encerclé par une meute de journalistes, et Jack n'avait pas pu s'approcher. Il ne s'était pas non plus approché de l'inspecteur, du juge, ni de l'avocat de la Couronne... Il devait d'abord parler à Simon. Il était rentré à Centralia dans la voiture d'état-major. Il l'avait rendue et, mû par l'habitude, s'était dirigé vers la cabine téléphonique au bord du terrain de rassemblement — précaution désormais inutile. Sa femme et ses enfants l'avaient quitté trois jours auparavant, et il n'y avait personne à la maison pour épier sa conversation. Il était donc passé devant la cabine et avait poursuivi sa route vers la zone des logements familiaux, tandis que la nuit tombait derrière lui.

Il y avait un camion de déménagement dans l'entrée des Froelich — une nouvelle famille s'installait. Un homme et une femme lui avaient envoyé la main, mais il n'avait pas répondu. On aurait dit qu'il les voyait à travers une barrière transparente épaisse comme de la glace. L'idée ne lui était même pas venue de leur retourner leur salut. Il était rentré dans sa maison vide. Sa cuisine vide.

Le voilà qui s'empare du téléphone et compose le numéro du soir. Pas de réponse.

Il est seul. Au crépuscule. De l'armoire au-dessus du frigo, il sort une nouvelle bouteille de scotch. Il continuera de faire le numéro. En cas d'échec, il attendra le matin et téléphonera à Simon à l'ambassade pour lui demander de combien de temps ses agents en Union soviétique ont besoin pour se mettre à l'abri, à supposer que ce ne soit pas déjà fait. Puis il ira dire la vérité à Henry Froelich ; en uniforme, il ira trouver la police. Pendant un moment, il songe à se rendre au terrain d'aviation pour chercher la clé de la Ford Galaxy dans l'herbe haute, mais il se ravise et se ressert de scotch. Au cours des prochains jours, la police aura tout le temps d'effectuer des recherches à l'aide de détecteurs de métal.

Il essaie le numéro du soir toutes les demi-heures.

À trois heures du matin, il ouvre les tiroirs de la commode de Mimi, puis ceux de sa table de toilette, et n'y trouve que ses affaires d'hiver. Il enfouit son visage dans ses pulls, mais en vain : ils ont été nettoyés à sec. Il s'agenouille près du lit, pas pour prier mais pour humer les draps. En vain encore : elle les a changés avant de partir. Dans la cuisine, où il fouille dans tous les coins, il trouve enfin quelque chose d'utile. Sa boîte à recettes. Il l'ouvre et des arômes de vanille et de beurre lui montent au nez — il sort une fiche recouverte de son écriture indéchiffrable, l'encre plus brillante sous les taches de graisse. Il la regarde fixement — une recette de muffins au son, apparemment — et se met à sangloter.

Il a fini par s'endormir sur le canapé. Quand il rouvre les yeux, le soleil matinal darde ses rayons par la fenêtre du salon. Avec soulagement, il constate que la bouteille de scotch sur la table à café n'est vide qu'à moitié — il peut donc se lever sans trop de mal, à condition de le faire très lentement.

Il n'ouvre pas la porte pour prendre le journal sur le perron — la manchette, il la connaît déjà. L'ambassade britannique ouvre à neuf heures. Il tend la main vers le téléphone, qui se met à sonner, le faisant sursauter.

— Dites-moi, Jack, Henry est-il passé vous voir ? demande la voix de Karen Froelich.

La veille, Henry est monté dans la voiture d'un journaliste.

— Henry a téléphoné à un journaliste ?

Non, le journaliste avait assisté au procès. Après le verdict, il avait escorté les Froelich jusqu'à leur voiture, les aidant à se frayer un chemin parmi la meute des reporters et des photographes. Il les avait accompagnés jusqu'à la caravane. Ses sources dans la police lui avaient parlé du criminel de guerre que Henry aurait aperçu, et il voulait savoir pourquoi la question n'avait pas été soulevée pendant le procès. Après les explications de Henry, le journaliste s'était déclaré convaincu que Rick était victime d'une grave erreur judiciaire. L'enquête, avait-il ajouté, avait peut-être été teintée d'antisémitisme.

— Notre avocat nous avait conseillé de ne rien dire avant l'appel, mais Henry était tellement soulagé d'avoir enfin quelqu'un qui…

— Il travaille pour qui, ce type? Le *Globe*?

— Non, dit Karen. Le *Washington Post*.

— Le *Post*? Très bien.

Tout va donc être bientôt exposé au grand jour. Jack n'aura qu'à fournir les pièces manquantes du puzzle, et les journaux du Canada et des États-Unis ne parleront pas d'autre chose d'ici vingt-quatre heures. Il se sent soulagé.

— Ne vous en faites pas, Karen. Tout va s'arranger. Je vous garantis que votre garçon va…

— Il n'est toujours pas rentré, Jack.

— Non, mais il va obtenir gain de cause en appel…

— Non, Jack. Je veux parler de Henry. Il n'est pas rentré. Je vous l'ai dit. Hier soir. Il n'a pas téléphoné, je…

Il entend la voix de Karen se briser, mais, lorsqu'elle reprend la parole, elle a l'air calme.

— J'ai téléphoné à la police, mais on m'a dit qu'il ne pouvait être considéré comme disparu avant…

— Ne vous en faites pas trop, Karen. Il a probablement passé la nuit debout avec ce journaliste. Vous connaissez Henry. Quand il se met à parler…

Il l'entend presque sourire, empressée de le croire.

— Le *Washington Post*… C'est une excellente nouvelle. Vous a-t-il dit où ils…

— Non, je me suis dit qu'ils étaient allés dîner à Goderich, mais…

— Vous êtes allée…

— Non, je n'ai pas la…

— Juste. C'est Henry qui a la voiture. Écoutez, ne vous inquiétez pas. Je pars tout de suite pour Goderich, si vous voulez, et…

— Non, ce n'est pas la peine…

— Je vais aller chez vous…

— Non, Jack. Ne venez pas, je vous en prie.

Il marque une pause. Elle a raison. Il vaut mieux qu'il n'aille pas là-bas.

— Tenez-moi au courant, Karen. D'accord?

— D'accord.

— Et si j'aperçois Henry un peu éméché qui tente de rentrer dans son ancienne maison, je vous le ramène tout de suite.

— Merci, Jack.

La voix de Karen lui semble déjà lointaine. On dirait qu'elle se tasse et se concentre, telle l'image d'un écran de télévision, vers un point de fuite.

Il téléphone à Washington.

— Ambassade britannique, bonjour.

La même agréable voix féminine — elle réagira au quart de tour en entendant le nom de code.

— Le major Newbolt pour le premier secrétaire Crawford.

— Désolée, monsieur, mais il n'y a pas de Crawford ici.

— Je suis bien à l'ambassade britannique ?

— Oui, mais...

— Dans ce cas, passez-moi Crawford. C'est urgent.

— Monsieur, j'ai bien peur que vous vous soyez trompé de...

— Mon œil, oui. Dites-lui que Jack le demande.

— Je crains fort de ne pas pouvoir vous être utile, monsieur.

Elle raccroche. Il fait de nouveau le numéro et obtient le signal « occupé ».

Il reste près de l'appareil toute la journée, au cas où Karen téléphonerait, au cas où Henry téléphonerait, au cas où Simon téléphonerait, au cas où Mimi téléphonerait. Mais l'appareil garde obstinément le silence. Cette nuit-là, il ne ferme pas l'œil. Il reste étendu sur le canapé, à l'affût du moindre bruit, suivant du regard le halo des phares de voiture qui se découpe sur le plafond.

Le matin venu, il ramasse les journaux sur le perron. Il jette celui de la veille et déplie celui d'aujourd'hui. Dans le coin inférieur gauche de la une, tout juste à côté du « sourire matinal », on voit une reproduction de la photo d'employé du conseil scolaire de Henry et un texte de sept centimètres.

« Le père de Richard Froelich, condamné pour le meurtre et le viol d'une fillette, est porté disparu. On craint pour sa vie. Hier matin, des policiers de l'État de New York ont retrouvé la familiale de Henry Froelich garée du côté américain du pont de la Paix. On n'a pas trouvé de note de suicide, mais... »

Jack lit et relit le bref article. Aucune mention, évidemment, d'un mystérieux criminel de guerre. Aucune mention d'un journaliste du *Washington Post*. Il revoit mentalement la rangée d'hommes en sueur au fond de la salle d'audience, penchés sur leur calepin, vêtus d'un costume froissé. Tous journalistes — sauf un. Présent depuis le début. À quel moment Simon a-t-il parlé de Froelich à la CIA ? Quand Jack a menacé de fournir un alibi à Ricky ? Avant ? Quand Jack a mentionné le nom de Froelich pour la première fois ? Est-ce bien ce qui est arrivé à Froelich ? Jack est-il le prochain sur la liste ? La question ne l'effraie pas ; elle le plonge dans une grande lassitude.

Il pose le journal et téléphone aux déménageurs. Il assumera lui-même les coûts de l'entreposage de leurs effets à Toronto. Ou bien son contact à Ottawa lui trouvera une nouvelle affectation — n'importe laquelle — ou bien il prendra sa retraite. D'une façon ou d'une autre, d'ici la fin de la semaine, il ira en avion chercher sa femme et ses enfants au Nouveau-Brunswick.

Il ne se dit pas qu'il évitera la potence à Ricky Froelich. S'il ouvrait la bouche, ce serait pour prêcher dans le désert. Si quelqu'un l'entendait, dans quelle situation sa famille se trouverait-elle? Sans pourvoyeur? Comme celle des Froelich?

Il descend à la cave et fouille un peu partout jusqu'à ce qu'il trouve les boîtes que Mimi a proprement mises à plat et empilées en août dernier. Il se met à les déplier et à les assembler.

Quatrième partie

CE QUI RESTE

Mon père me disait que dans toutes les galeries qu'on creuse, on trouve les ossements des morts.

Primo Levi, «Plomb», Le Système périodique

EN L'ABSENCE DE RÉCITS, nous risquons de nous égarer. Les mensonges nous font trébucher, les lacunes ressemblent à des trous dans le tablier d'un pont. Le temps éclate et, en dépit des fragments que nous nous efforçons de suivre comme des cailloux au milieu de la forêt, nous sommes entraînés de plus en plus loin, nous sommes de plus en plus perdus. Les preuves remplacent les récits. Les moments dissociés des époques. Les pièces à conviction détachées du vécu. Nous oublions la consolation du fil conducteur — la coloration que des récits antérieurs aux faits donnent aux événements. Nous perdons la mémoire. De quoi nous rendre malade. De quoi rendre le monde malade.

En 1969, une fusée pilotée par des hommes a rallié la Lune. Des hommes y ont posé le pied. La vue du joyau bleu laiteux de la Terre au-delà du vaste pan de noirceur les a transformés. Pas nous. Le récit du vol et le rêve de l'espace ont eu droit à une douche froide, ont subi l'assaut du réel. Pendant un certain temps, nous avons eu des pierres lunaires, des défilés et, en Occident, un sentiment de supériorité militaire, né de l'exploit matériel qui consiste à atteindre un objectif impressionnant. Puis, à l'affût de la prochaine primeur, nous avons tout oublié.

Nous avons en revanche continué d'avoir foi en Armageddon — mythe qui ne nous décevra jamais, parce qu'il ne se réalisera pas. S'il se réalise, nous ne serons plus là pour recoller les morceaux du récit éclaté. La course aux armements a damé le pion à la course à l'espace. Nos armes sont devenues encore plus terrifiantes : elles pouvaient exploser n'importe où, n'importe quand. Et il y en avait tellement plus. La bombe s'apparentait à la démocratie — seulement une poignée de pays en étaient dignes. D'où notre prédilection pour les tyrans et les guerres régionales : les dépossédés achetaient des armes et s'entretuaient, loin de chez nous. Nous avons fait fortune.

Entre-temps, la Lune a cessé de nous intéresser. Difficile aujourd'hui de lever les yeux sur elle à la recherche de l'inspiration ou d'un signe à l'instant d'un baiser : après tout, nous y avons été. Nous l'avons eue. Elle s'est laissé tripoter. Nous avons le sentiment de tout savoir d'elle, de savoir comment la NASA s'y est prise pour la conquérir. De savoir comment Apollon, le dieu du Soleil, se l'est appropriée. Mais l'aventure ne se résume pas au carburant, à la poussée, au bouclier thermique. Ce ne sont que des preuves, dont des fragments manquent. Ils ne sont pas cachés — les faits sont là, éparpillés, démembrés. Au vu et au su de tous. Si nous recueillions tous les morceaux qui gisent çà et là comme des blocs Lego, minuscules fantassins tassés dans l'herbe, et que nous les étalions sous nos yeux, peut-être formeraient-ils à nouveau une histoire dont nous discernerions le sens. Nous recommencerions alors à nous soucier des trois hommes courageux qui, en 1969, sont allés sur la Lune.

D'une certaine façon, « raconter » veut dire compter. À la manière d'un caissier de banque. Le comptable lui-même participe du récit, et le conteur est une sorte de comptable. Chacun rend compte d'événements et du coût de chacun. À l'auditeur de décider — le jeu en valait-il la chandelle ?

Le prix des fusées, c'est le compte rendu de leur naissance, pas uniquement de leur périple jusqu'à la Lune. Le deuxième compte rendu — en soi — est un récit aux pieds coupés. Infirme, comme l'enfant à qui la montagne a été épargnée quand le Joueur de flûte a entraîné les autres enfants à sa suite. Le Joueur de flûte ne se considérera comme payé que quand nous aurons écouté le récit. Entre-temps, il continuera de prendre nos enfants.

Les preuves indiquent que la fusée a été lancée de cap Canaveral, mais le récit, lui, nous apprend qu'elle a été mise à feu là où elle a été fabriquée, au plus profond de la terre — illuminant une grotte gigantesque, au plafond perdu dans l'ombre, au sol jonché d'os et taché de rouille, incrusté de rails lui tenant lieu de vertèbres. En s'envolant, blanche et nette, vers l'embouchure de la caverne, elle avait craché des flammes, du sang et de la terre jusqu'à la Lune.

La caverne bâille toujours. Émet un courant d'air, exerce une traction.

Nous étions censés croire que tout avait débuté par la NASA. Mais tout a commencé avec les nazis. Nous le savions, nous nous en souvenions confusément, mais, comme de gros intérêts étaient en jeu, nous nous sommes arrangés pour l'oublier. Événements sans mémoire. Os sans chair. Un semblant de récit — tel un visage se mirant dans un miroir vide, tel un homme sans ombre.

Que font les ombres ? Du rattrapage.

AINSI VA LA VIE

Je veux de ces fragments étayer mes ruines...
T.S. Eliot, *La Terre vaine*

Où est Jack? Il lit son journal. Prière de ne pas le déranger.

Il a laissé quelque chose là-bas en 1963. En est sorti comme d'un ruisseau, et le courant qui l'avait transporté jusque-là a poursuivi seul, l'eau disparaissant au hasard d'un coude.

Tant que vous y êtes, le courant vous paraît inévitable. Dès que vous en sortez et qu'il faut marcher, il n'y a plus rien d'inévitable. Le temps vous pèse, et vous ployez de plus en plus sous le poids du fardeau que vous portez sur vos épaules. Le journal est un compagnon apaisant, bourré de petits instantanés présentés au lecteur un caillou à la fois, jamais à vol d'oiseau. Tournez la page et les cailloux se transforment en poussière. On les remplacera demain : « Des scientifiques suivent le nuage de Tchernobyl. Les combattants de la liberté afghans repoussent les envahisseurs soviétiques. Découverte d'un poisson préhistorique. » Froissement de la page qui tourne. Une voix de femme lui parvient, comme au milieu de brumes qui se dissipent.

— Je t'ai demandé si tu voulais que je te réchauffe ton thé.

— Quoi?... Oh, *merci**.

Froissement de papier.

Voir Jack lire le journal, les mains de part et d'autre de la page, c'est le suivre au cours des vingt dernières années. Non pas qu'il soit demeuré oisif. En août 1963, il a obtenu sa nouvelle affectation et quitté Centralia avec sa famille. Il a enseigné le leadership et la gestion à des élèves-officiers du Collège militaire royal de la ville historique de Kingston, avec ses forts antiques et ses canons toujours pointés sur les Américains, de l'autre côté du lac Ontario. Il a quitté les forces armées au début des années soixante-dix : la famille s'est établie à Ottawa et il a fondé sa propre société de conseil en gestion.

— Je ne suis jamais qu'un comptable de luxe, se plaisait-il à rappeler.

Il a réussi. Il a fait installer une piscine. Jusqu'à l'apparition de ses problèmes cardiaques, il avait la ferme intention de lever l'ancre et d'aller vivre avec sa femme en Arabie Saoudite, au Bahreïn ou dans une autre contrée amie. Comme directeur d'une raffinerie de pétrole. Ou d'un hôpital. De nos jours, les talents de gestionnaire sont transférables à l'infini.

Il n'y a plus d'Aviation royale du Canada — les bouffons de la colline du Parlement lui ont réglé son compte. Jack déteste le vulgaire uniforme vert synthétique que portent désormais tous les militaires, effaçant les distinctions entre l'armée de terre, la marine et l'armée de l'air. En été, ils arborent une version blanche bon marché qui laisse entrevoir le contour du caleçon, grotesque — comme si l'armée n'était pas déjà assez discréditée, indirectement souillée par la folie des Américains au Viêt Nam.

En revanche, il tolère difficilement les jeunes qui tiennent leur liberté pour acquise et se plaignent de l'«impérialisme américain». D'où vient la liberté de ceci ou de cela qu'ils ont toujours à la bouche? Si nous nous plaisons à adresser des reproches aux Américains, nous n'hésitons pas à encaisser les dividendes. Qui donc a inventé l'agent orange? Les baby-boomers n'ont pas encore produit un seul leader digne de ce nom — où est leur Churchill, leur Roosevelt, leur Mackenzie King? Il aime bien que sa fille lui tienne tête.

— Vraiment? Et votre Staline, votre Hitler, votre Mao?

Elle est le plus beau spécimen d'une génération qui fait peine à voir — une bande de conscrits réfractaires et de fumeurs de mari. *Froissement de papier.*

Cet anti-américanisme primaire est au mieux naïf — comme le sont en fait de nombreux Américains, les yeux écarquillés et tremblants une fois de plus quand ils songent à leur «innocence perdue». L'innocence, ils ne l'ont jamais eue. Ils n'avaient qu'un gros carré de sable et un long cou. Voilà pourquoi ils ne remarquent pas le manège de leurs agences de sécurité, qui parcourent la planète en distribuant des armes comme des bonbons d'Halloween, renversent des gouvernements élus, entraînent des fanatiques religieux, des escadrons de la mort et des trafiquants de drogue. *Contra,* mon œil. Le pauvre bougre qui travaille sur une chaîne de montage de moins en moins active à Flint, au Michigan, a-t-il la moindre idée de ce qu'on fait en son nom? Ou des raisons qui font qu'on lui demandera peut-être de sacrifier un fils ou deux à la cause? L'Union soviétique, en voie d'implosion, crée un vide de pouvoir; le monde est inondé d'armes, la plupart de fabrication américaine; le péril militaro-industriel prédit par Eisenhower se concrétise; il est de plus en plus probable que nous finirons tous au milieu d'un nuage en forme de champignon; entre-temps, le président consulte des astrologues et chante *When Irish Eyes Are Smiling* avec le pauvre hère qui nous tient lieu de premier ministre. *Froissement de papier.*

On ne doit pas non plus perdre de vue la situation d'ensemble: l'Occident semble en voie de gagner la guerre froide et, grâce à cette victoire ou malgré elle, demeure libre. Démocratique. Plus ou moins. Il y a donc du bon dans nos actions.

Mimi a mis le vieil uniforme bleu de Jack dans une housse et l'a accroché dans le placard de la salle de jeux. Il ne se souvient plus de ce qu'il a fait de l'abomination de couleur verte — autre exemple de tout ce qui s'est détraqué après l'assassinat de Kennedy par un « tireur solitaire » à Dallas. Sacré projectile, capable de changer de direction à mi-chemin. C'est peut-être Wernher von Braun qui l'a mis au point.

Jack a à peine osé pousser un soupir de soulagement en lisant dans le journal, en novembre 1963, que la peine de mort de Richard Froelich avait été commuée en peine d'emprisonnement à perpétuité. Pas de soulagement pour lui. Il a poursuivi sa route, étape par étape : la maison suivante, et celle d'après, la nouvelle école des enfants, les vitres de voiture automatiques et les fours à micro-ondes, le remplacement de la télé en noir et blanc par la télé en couleurs, du split-level par le style Tudor ; les tableaux décrochés, emballés, puis raccrochés, « un peu plus à gauche, là, c'est parfait ». Le même mur, seulement différent, le même tout, seulement différent, et le bureau suivant, puis le suivant, une piscine dans le jardin, le départ des enfants, puis un condo avec un minimum de marches à grimper. Jack et Mimi.

À l'instar de nombreux hommes de sa génération, Jack n'a pas vraiment d'amis. Sa femme se charge de ce volet de leur existence. Il serait agréable, par une belle soirée d'été, d'allumer un cigare, de respirer le parfum de l'herbe, de regarder le soleil décliner à travers les arcs obliques de l'arroseur et de parler de la folie du monde. De la possibilité qu'on découvre un jour un autre univers. De régler les problèmes de la planète au-dessus d'une chope de bonne bière allemande. Quand il s'abandonne à de tels fantasmes, deux hommes seulement viennent le retrouver au jardin dans la chaleur bleue du soir, et ils sont désormais beaucoup plus jeunes que lui. Scellés dans la mémoire, à l'abri des effets délétères de l'oxygène. Éternellement jeunes. Simon et Henry. *Mes amis. Je les ai perdus pendant la guerre.*

Il saisit sa tasse de thé.

Il est abonné au *Globe & Mail,* au *Ottawa Citizen,* au *Times* de Londres, au *Washington Post* et à l'édition du dimanche du *New York Times.*

En mai 1966, il a lu que Ricky Froelich avait été muté dans une prison à sécurité moyenne à Kingston, établie dans une ferme en exploitation, du côté opposé de l'autoroute par rapport à leur banlieue. Un poste s'était ouvert à Ottawa, et Jack avait sauté sur l'occasion. Sa femme, il le savait, ne voulait pas courir le risque de tomber sur Karen Froelich en faisant ses courses.

Il boit une petite gorgée — Mimi! — et se brûle la langue.

Son fils a été arrêté pour possession de marijuana, mais il a obtenu un sursis et son casier judiciaire a par la suite été expurgé. Il a fait l'essai du LSD, s'est enrôlé dans les cadets de l'air, a démissionné, a été expulsé de l'école secondaire. Il a renoncé au hockey au profit du football. Un jeu surévalué. Un jeu américain.

En juillet 1966, Jack a lu dans le *Washington Post* qu'un haut gradé de l'armée américaine avait été arrêté pour avoir vendu aux Russes des secrets sur l'énergie atomique, les missiles et les bombardiers. L'homme — le lieutenant-colonel Whalen — avait été directeur adjoint de la Joint Intelligence Objectives Agency (JIOA). Simon y avait fait allusion une seule fois, mais Jack, doué pour les sigles comme seuls les militaires savent l'être, s'était tout de suite souvenu que la JIOA pilotait le projet «Trombone». Le lieutenant-colonel Whalen avait recruté pour le compte des États-Unis des transfuges étrangers triés sur le volet. Dieu sait combien d'espions se faisant passer pour des transfuges il avait sciemment fait entrer au programme de recherche et développement de l'armée américaine. Sur une photo, on le voyait sortir de son bureau au Pentagone : des yeux de poltron, une tête démesurée, des bras maigres et la panse molle d'un alcoolique de longue date. Le plus haut gradé américain jamais trouvé coupable d'espionnage. Le patron de Simon. *Froissement de papier.*

À la page suivante, Jack s'absorbe dans la lecture d'un article sur les nouveaux superpétroliers, merveilles de la technologie. Lit tout ce qui concerne le nouveau cœur artificiel. Se dit : dans un avenir pas si lointain, on réussira à guérir les maladies avant même qu'elles ne se déclarent. Il suffira d'appuyer sur le bouton génétique. L'histoire en train de se faire.

Jack n'a jamais raconté à sa femme ce qu'il a fait à Centralia. Elle demeure convaincue que son étrange comportement avait quelque chose à voir avec Karen Froelich. Comment réagirait-elle s'il lui disait aujourd'hui la vérité? Avec le passage des années, il avait eu de moins en moins de raisons de ne pas s'en ouvrir à elle. Seulement, il est devenu si habitué à garder le secret qu'il craint un peu de s'en défaire. Comme un vieil éclat d'obus qui adhère aux tissus et aux vaisseaux — l'extraire risquerait de faire plus de tort que de le laisser moisir et suppurer. À l'air libre, les choses ont la fâcheuse manie de se transformer — elles pourrissent.

Les assassinats se succèdent en rangs serrés, les manifs font place aux émeutes, le *black power,* le *flower power,* le pouvoir au peuple. Des étudiants abattus dans les universités, nos fils et nos filles gisant à plat ventre dans l'herbe. En 1969, nous sommes allés sur la Lune. Nous les avons battus. *Froissement de papier.*

À la fin de 1970, on avait prévenu les McCarthy de la disparition de leur fils, Michael. La même année, des terroristes du FLQ avaient tenté de plonger le Québec dans la guerre civile en recourant aux explosifs, au kidnapping et au meurtre, avant de partir en exil à Cuba. Le premier ministre Trudeau avait imposé la *Loi sur les mesures de guerre* et suspendu les libertés civiles. Mme Trudeau avait chanté une chanson de son cru à Fidel Castro et s'était mise à fréquenter Mick Jagger.

En 1973, il a appris par le *Globe* que Ricky Froelich avait été « discrètement mis en liberté conditionnelle sous un nom d'emprunt ». C'était terminé.

Ce jour-là, il a réfléchi à son rôle dans les événements de 1963. Ils ont pris corps dans sa mémoire, distincts et solides comme un bloc de mâchefer. Les faits. Il les a vus flotter et s'emboîter les uns dans les autres; il a vu les pièces s'organiser dans son esprit : il aurait réussi à en tirer un organigramme conduisant à un résultat voulu et prévisible. En d'autres mots : assumer ses responsabilités. L'analyse coûts-avantages correspondante a pris forme : si, vingt-trois ans plus tard, on lui avait demandé de faire le compte rendu des événements du printemps 1963, il aurait fait état des motifs ayant présidé à sa décision. Pas un mot sur les circonstances abracadabrantes à la suite desquelles il avait laissé le destin décider à sa place. Pas un mot sur les efforts désespérés qu'il avait déployés pour rattraper une décision, puis s'en distancier. Pas un mot sur son devoir d'officier canadien, qu'il craignait d'avoir trahi. Pas un mot sur les craintes qu'il avait eues pour sa vie. Pas un mot sur une famille détruite. Il avait fait de son mieux pour sauver ce qui pouvait l'être et se convaincre lui-même : si j'ai tenu ma langue, c'est parce que la vie d'un jeune garçon était moins importante que la liberté, même si, de mon point de vue limité, je n'ai jamais compris en quoi elle serait servie. Ni même si elle le serait vraiment. J'ai fait mon travail.

— Jack ?

Froissement de papier.

Pas commode de vivre à la pièce. Il arrive même qu'on ait l'impression que c'est ce qu'il y a de plus difficile. Il y a au moins un avantage : pas besoin de savoir ce qu'on porte sur les épaules.

Jack a fait sa deuxième crise cardiaque dans son entrée en se retournant pour voir s'il avait fermé la voiture à clé. Il a fait la troisième à l'hôpital, en attente d'un pontage.

En novembre 1963, la peine de mort par pendaison de Richard Froelich a été commuée en peine d'emprisonnement à perpétuité. Il a appris la nouvelle en lisant le journal.

Il a quitté sa cellule dans l'antichambre de la mort pour l'école de réforme de Guelph. Là, il y avait des garçons de son âge et des activités sportives. Deux ans et demi plus tard, à ses dix-huit ans, on l'a envoyé à la prison à sécurité maximum de Kingston, où il a été violé. Il a alors été muté dans une prison à sécurité moyenne établie en banlieue de la ville, l'établissement de Collins Bay — imposant édifice victorien de style néo-gothique posé au beau milieu d'une ferme en exploitation.

L'établissement se compose également de l'annexe agricole, centre à sécurité minimum où les détenus travaillent dans les champs et s'occupent des animaux. Il est facile de s'en évader, mais les tentatives sont rares. Si vous êtes détenu au centre, il y a de bonnes chances pour que vous obteniez sous peu votre libération conditionnelle. On a fini par y muter Rick. Sa libération conditionnelle posait toutefois un épineux problème de conscience aux autorités : Rick, en effet, refusait de reconnaître sa culpabilité. Comment, dans ce contexte, le réintégrer dans la société ?

Il élevait des lapins et travaillait aux champs. Son père avait disparu, mais les autres membres de sa famille lui rendaient visite aussi souvent que possible : on leur interdisait toutefois de lui emmener son chien. À la prison, il évitait de se lier d'amitié avec ses codétenus : tout le monde finissait par partir. Les gardiens, les concierges, les cuisiniers, les travailleurs sociaux et les psychiatres s'entendaient tous bien avec lui. À Collins Bay, le viol lui avait été épargné.

Il avait eu de nombreuses séances avec des psychiatres. À l'époque, la notion de condamnation injustifiée n'avait pas encore droit de cité. Il y avait cependant la psychologie. Et la pharmacologie. Certains des psychiatres de Rick avaient admis ne pas savoir s'il était coupable ou non. Son psychiatre traitant, qui s'était pris d'affection pour lui, était d'avis que Rick avait refoulé le souvenir du viol et du meurtre de la petite fille. À l'instar de ses collègues, il faisait valoir l'enfance trouble de Rick — petit Métis sans défense, parents inconnus, élevé jusqu'à douze ans en établissement, où il avait peut-être subi des sévices sexuels aux mains de ses gardiens, puis adoption par un couple non conventionnel. Pas étonnant que, à l'adolescence, Richard Froelich ait été victime d'une dissociation psychotique pendant laquelle il avait agressé et tué la petite fille. Les médecins étaient tous d'accord pour dire que la meilleure solution consistait à aider le jeune homme à se souvenir de son crime. Et à l'accepter.

On lui avait donc donné du sérum de vérité — du sodium pentothal administré par voie intraveineuse — et de l'acide lysergique diéthylamide ou LSD, administré par voie orale. Le LSD avait été mis au point par la CIA dans le cadre d'expériences illégales menées avec le concours de scientifiques allemands importés après la guerre. Que la drogue en fût toujours au stade expérimental ne freinait en rien l'ardeur des autorités carcérales canadiennes, dont on ignore si elles savaient que son élaboration avait été financée par un service de renseignements étranger. On avait fait appel à cette pharmacothérapie novatrice pour aider Richard Froelich à recouvrer la mémoire et, à terme, à réintégrer la société en toute sécurité.

Avec le temps, Rick avait eu du mal à se remémorer en détail les journées ayant précédé et suivi ces traitements. Après avoir répété ad nauseam les événements du 10 avril 1963 sous l'influence de ces drogues, il s'était rendu compte que des aspects de cette journée jusque-là immuables dans son esprit avaient commencé à se dérober et à disparaître par pans entiers, mangés des mites en quelque sorte, et il ne savait plus très bien comment assembler les lambeaux qui lui restaient.

Un groupe de psychiatres l'avait jugé égocentrique, mégalomane, secret, impersonnel, méfiant, narcissique, schizoïde et psychopathologique caractériel.

Après quelques années, il y avait eu un « renvoi ». La reine Élisabeth II intimait à Richard Plymouth Froelich l'ordre de présenter à la Cour suprême des arguments susceptibles de l'aider à déterminer si des motifs juridiques justifiaient la tenue d'un nouveau procès.

Cette fois, Ricky avait témoigné pour sa propre défense, sans toutefois trahir la moindre émotion. Il avait donné à certains l'impression d'être arrogant et trop maître de lui-même. On avait relevé une « terrifiante absence d'affects ». Il avait soutenu ne plus se souvenir très bien des événements du 10 avril 1963, date à laquelle il avait quitté la zone des logements familiaux de la base de l'ARC à Centralia en compagnie de la victime de neuf ans. Les juges n'avaient pas été favorablement impressionnés.

La preuve initiale présentée par des enfants témoins avait été maintenue. Aucune nouvelle preuve n'avait été soumise.

Il n'y avait plus eu de meurtre semblable dans le comté de Huron.

La cour n'avait pas constaté de motifs suffisants pour ordonner la tenue d'un nouveau procès.

LA TÉLÉ APRÈS TROIS HEURES

Même un jeu de mots doit vouloir dire quelque chose… et un enfant, je l'espère, a plus d'importance qu'un jeu de mots.

Lewis Carroll, *De l'autre côté du miroir*

Madeleine retire son bonnet de bain couleur chair — cheveux gris collés à la main, censés dissimuler une calvitie galopante, saupoudrés en permanence de pellicules — et le dépose sur une tête en styromousse qui trône, empalée et impassible, sur la table de maquillage de sa loge. Elle enlève ses lunettes d'homme à la lourde monture, aux verres embués par un aérosol gras, et les ajoute au visage sans traits. Elle desserre le nœud d'une étroite cravate noire porteuse d'une mystérieuse tache — de l'œuf? — et s'en débarrasse, puis enlève l'ample veston gris acheté chez Mr. Big & Tall. D'un geste, elle fait glisser la chemise et les bretelles de ses épaules, et le pantalon — cent soixante centimètres de tour de taille — tombe par terre. Elle sort ses pieds d'une paire de grosses chaussures brunes perpétuellement poussiéreuses — du 47 —, puis tend les mains derrière son dos pour détacher les agrafes de son faux torse. Tout le contraire d'une gaine, il l'enveloppe d'une couche de graisse sculptée. Comme la prothèse est faite d'un matériau synthétique qui ne respire pas, Madeleine crève de chaleur, surtout sous l'éclairage de la télévision. Bonne nuit, Maurice. Elle passe sous la douche.

Madeleine arrive à la fleur de l'âge — l'«heure magique» des artisans du cinéma, les quelque quinze minutes au cours desquelles l'approche du soir ne se fait pas encore sentir, même si le soleil a déjà poussé le premier soupir annonciateur de son inéluctable déclin. Personne n'est encore mort du cancer. Les chagrins de naguère sont de l'histoire ancienne, les crises actuelles n'ont rien d'irréparable. Le père de Madeleine a des ennuis cardiaques, mais les médecins ont la situation bien en main — le pontage, en fin de compte, est superflu. Il y a le sida, mais c'est une terrible aberration, qui semble d'ailleurs frapper surtout les jeunes. La plupart des hétérosexuels se sentent encore en sécurité, et les lesbiennes se sentent plus en sécurité que tous les autres.

Sous le jet de la douche, Madeleine laisse ses cheveux courts fondre et ses épaules s'affaisser. Elle se met à chanter. Avec l'aide du gargouillis de l'eau entre ses lèvres, elle imite Louis Armstrong : *what a wondahful woild*…

De onze à dix-sept ans, elle a été tragédienne. Tout a débuté au Grand Théâtre de Kingston, à l'instigation d'un dynamique professeur d'art dramatique du samedi matin. Aida était originaire du nord de l'Angleterre — yeux énormes, lèvres minces, voix rocailleuse, air affligé et cheveux teints en rouge. Elle avait fait l'Académie royale d'art dramatique de Londres. Elle avait été la première grande passion de Madeleine, après Mlle Lang. Avec Aida, point d'attirance sexuelle, toutefois, plutôt une passion née de l'âme. Pendant les cours d'Aida, Madeleine a survécu à Auschwitz, une chaussure pour seul compagnon, résisté à la pulsion du cannibalisme dans un ascenseur en panne, décidé qui mourrait et qui aurait la vie sauve à bord d'un petit bateau à la dérive sur les mers du Sud — « De l'eau, de l'eau partout, et rien à boire. » Aida ne reprochait pas à Madeleine d'imiter des accents.

Madeleine tend son visage vers l'eau. Après un spectacle, qu'il soit en direct, enregistré ou quelque part entre les deux, elle ne se presse jamais. Le reste du temps, elle est une cible mouvante. Impossible de marcher sur l'eau, mais courir est une autre histoire. De la même façon qu'on peut danser dans les airs. Cause, continue de causer sans jamais regarder le sol. File à la vitesse de la pensée, aussi évanescente qu'un lapin malin, plus rapide que Beep-Beep. Elle reste immobile, les yeux clos, les lèvres entrouvertes, laisse à l'eau le temps de l'aimer.

Juste avant le départ des McCarthy de Kingston, Aida avait pris Madeleine à part, allumé une autre gitane et dit de sa voix rauque :

— Madeleine, ma chérie, tu as un don extraordinaire. Mais tu es drôle. Pour reprendre les mots de l'immortelle Dietrich : « Rien à faire. » Ne laisse personne dénigrer ce que tu fais. Le rire jaillit du puits des larmes, mon ange. Au fond de ton puits à toi, il y a du sang.

Aida était la deuxième personne à évoquer devant Madeleine la diva allemande au chapeau haut-de-forme. Perdus dans la contemplation stupéfaite de l'oracle, ses yeux intérieurs étaient devenus grands comme des soucoupes. À l'adolescence, cependant, l'ironie, bête agile au collier hérissé de piques, avait fait son apparition et tourné en dérision les Aida de ce monde. Dès le retrait des brumes de l'âge ingrat, le souvenir s'était ravivé. Sans comprendre tout à fait la prophétie d'Aida, elle s'était rappelé ce qu'elle voulait faire quand elle serait grande et avait poursuivi son rêve tout au long de la vingtaine. Drôle, elle voulait être drôle. Il faut manger de la vache enragée et avoir l'estomac solide. Pour être fort, Popeye mange des épinards. Le comique, lui, bouffe carrément la boîte.

— Tu viens boire un verre, chérie ?

Shelly s'encadre dans la porte. La quarantaine rassurante.

Madeleine sort la tête d'un côté du rideau en plastique.

— Je croyais qu'on allait prendre des notes.

— On le fera au bar.

Shelly dresse des comiques. Les oblige à se concentrer jusqu'à ce que quelque chose soit écrit, puis tourné. À l'instar de bon nombre de producteurs, elle semble dénuée de la moindre patience, mais elle convaincrait un chihuahua de faire monter un chat sur sa bicyclette. Elle essaie de persuader Madeleine d'écrire un spectacle solo.

— Grouille-toi, McCarthy.

— Commande-moi ces machins frits… tu sais bien, les trucs, là, en tout cas de la friture, d'accord ?

C'est vendredi. Essayage, puis enregistrement devant public, puis quelques verres, rétroactions et cogitations sur la mouture de la semaine suivante. Amusant, le vendredi est le point culminant de la semaine. Il fait suite au marathon du jeudi, consacré aux réécritures, aux répétitions, aux reprises depuis le début, à l'envie de la souffrance et de la terreur des décorateurs et des costumiers, qui envient la souffrance et la terreur des artistes, et à l'appréciation de sa loge privée, munie d'une salle de bains. Le lundi, jour des nouvelles idées de sketchs, déborde de rires. Le mardi, on fait l'essai des nouvelles idées, et plus personne ne rit. Le mercredi, seule Shelly sait si tel ou tel détail est encore amusant. Le samedi et le dimanche, synonymes d'absence de troubles gastro-intestinaux, sont jours de repos. Madeleine éprouve les mêmes sentiments mitigés que tous les autres à propos de cette vie : elle adore.

Shelly sort et Madeleine enfile une chemise de bowling bleu iridescent avec le mot « Ted » brodé au-dessus de la poche, un antique pantalon rayé à taille basse, des richelieus orthopédiques ayant connu des jours meilleurs, si démodés qu'ils en sont hip, et un coûteux blouson de motard au cuir savamment défraîchi — elle se représente une top-modèle, revêtue du seul blouson, qu'on traîne derrière une Harley pour produire la patine souhaitée. Elle se sent comme souvent après un spectacle : elle a enlevé un costume pour en mettre un autre. Elle se fait des mèches droites, les aplatit, abandonne. Éteint les lumières autour du miroir, éteint le plafonnier, ferme la porte. Verrouille derrière elle.

Les morceaux de Maurice restent dans la loge, prêts à être rassemblés et ranimés. Mais le bonnet de bain auquel elle a elle-même collé les cheveux gris — sans grande maestria mais avec beaucoup de conviction —, les lunettes à la monture noire, pour l'heure juchées sur le nez rudimentaire en styromousse, les verres sales obstruant le regard absent, l'ample veston gris ballant sur le cintre à côté des entrailles enfouies dans une carapace synthétique et les grosses chaussures vides, cavernes béantes idéales pour cacher des œufs de Pâques, bref ces divers fragments de Maurice semblent ne jamais se désincarner tout à fait, peu importe à quelle distance ils se trouvent les uns des autres.

Certains soirs, quand Madeleine ferme la porte de sa loge, elle se livre à un petit rituel qu'elle n'a jamais tenté d'expliquer, ni à elle-même ni à qui que ce soit d'autre, à cause de sa banalité : elle ne tourne jamais le dos à la porte avant de l'avoir refermée. Elle promène son regard du veston ballant à la tête en styromousse en ayant soin, pendant qu'elle ferme la porte, d'expirer par le nez et de ne pas cligner des yeux. Puis elle vérifie que la porte est bien verrouillée à trois reprises, *clic, clic, clic,* prend une grande respiration et s'en va. Un tic inoffensif.

En sortant de chez elle, elle reprend à peu près le même manège : elle touche la poignée trois fois, moyen de s'assurer qu'elle a bel et bien éteint le rond de la cuisinière — précaution indispensable aux déplacements en voiture. Sinon, elle doit faire demi-tour à mi-chemin entre Toronto et Buffalo et rentrer chez elle. « Je l'ai éteint, évidemment. » L'endroit où elle pose le pied entre les fissures du trottoir fait parfois l'objet de calculs baroques. Quand elle boit, peu importe ce qu'elle ingurgite, elle s'assure de ne pas souffler sur le liquide avant de boire. En fait, elle se sent souvent poussée à inspirer en premier. Autant de détails qu'elle garde pour elle-même de crainte de passer pour folle.

Elle a davantage l'air d'une fille de vingt ans fatiguée que d'une femme de trente-deux ans, preuve irréfutable que de légers troubles obsessionnels compulsifs sont bons pour la peau.

Le studio de télévision se trouve dans la banlieue de Toronto. Elle part la dernière, comme d'habitude. Elle souhaite bonne nuit à la vigile et sort dans la lumière brutale des lampadaires, en ce soir d'avril, sensible au lustre agressif des pelouses manucurées, reverdies depuis peu. En toute illégalité, elle gagne le terre-plein qui divise la « rue » de banlieue à six voies, parvient sans encombre de l'autre côté et traverse le parking d'un gigantesque centre commercial qui, telle une montagne, ne semble pas se rapprocher à mesure qu'elle avance, comme si elle faisait du sur-place, jusqu'à ce qu'il la domine et qu'elle ne voie plus l'entrée. Elle regarde à droite et à gauche du mastodonte, dépourvu du moindre signe distinctif, ses interminables enseignes lumineuses créant une cacophonie optique. Le ciel noir se teinte de lumière et elle ferme les yeux, pressant comme un citron le disque jaune qui apparaît derrière ses paupières. Puis elle les rouvre et aperçoit de nouveau le cornichon géant.

C'est par accident que Madeleine a fait ses débuts comme mono-loguiste à l'âge de douze ans. Une idée de Jack. Elle participait à un concours d'art oratoire. Il l'avait aidée à préparer son allocution, qui portait sur le thème suivant : « L'humour : son histoire et ses usages ». Dans le cadre du concours interne, elle avait oublié son texte à mi-parcours et dû improviser.

— Intégrons l'improvisation à ta prestation, avait-il proposé.

Au fur et à mesure qu'elle avançait vers les finales provinciales, Jack choisissait un moment de l'allocution et, selon l'actualité du jour ou ce qu'ils avaient vu depuis la voiture en route vers la salle, elle faisait une allusion improvisée et voyait jusqu'où elle pouvait s'aven-turer avant de revenir dans le vif du sujet.

— Monte sur l'estrade et fais les choses à ta manière, ma puce, disait-il.

On avait fini par la disqualifier pour cause de digression. Après, ils s'étaient arrêtés prendre une glace et il avait fait sur une serviette en papier une analyse coûts-avantages de sa carrière d'oratrice. Elle sortait gagnante de l'entreprise, l'expérience valant son pesant d'or.

— Si tu veux être amuseuse, avait-il déclaré, tu dois profiter de toutes les occasions de peaufiner ton art.

Il disait toujours « amuseuse ». Même après avoir compris que le terme était tombé en désuétude, elle ne l'avait jamais corrigé.

Elle s'était spécialisée en humanités à l'Université McGill de Montréal et avait cumulé des petits boulots dans une troupe de théâtre de guérilla indépendantiste. Il s'agissait notamment de terroriser les citoyens respectueux de la loi sur la place publique, dans une pers-pective gauchiste, et d'« explorer sa sexualité » avec une joueuse de mandoline prénommée Lise, férue d'iridologie. Son français s'était amélioré, au même titre que sa tolérance pour la piquette de *dépan-neur**. Si les Québécois lui avaient ouvert les bras à titre d'Acadienne pittoresque et pleine d'entrain, Madeleine se sentait comme un impos-teur. Il fallait trancher dans le vif. Elle était partie à Toronto, où elle avait pu en tout confort revêtir son bon vieux déguisement d'anglo-phone.

Elle avait quitté l'université avec la bénédiction de son père.

— Quiconque a un brin de jugeote et de discipline peut gagner sa vie comme médecin, comme avocat ou comme comptable de luxe, avait-il dit, mais il faut un don pour faire rire les gens.

La comédie. L'équivalent, dans le domaine du spectacle, de la neurochirurgie.

Juste tous les deux, ils étaient allés dîner dans un Swiss Chalet. Il avait étalé devant lui une serviette en papier.

— Quel est ton domaine ?

— La comédie.

— Qu'est-ce que tu vends ?

— Du rire.

— Non. Tu vends des histoires. La moindre blague raconte une histoire. Le moindre rire résulte d'un mélange de surprise et de familiarité — il avait écrit les deux mots sur la serviette, encadré chacun et tracé une flèche jusqu'au centre, resté en blanc. L'inattendu et l'inévitable — deux autres encadrés —, voilà de quoi les histoires sont faites, qu'elles soient heureuses ou malheureuses — deux cercles, l'un souriant, l'autre renfrogné, séparés par une barre oblique et reliés au centre vide par une ligne ondulée. Il ne suffit pas de tourner les choses en dérision, même s'il faut avoir un talent mimétique et de l'esprit — deux autres cercles —, il faut aussi avoir un point de vue — rubrique dominante —, et c'est justement ce qui fait ta force.

Il avait déposé le stylo.

— Une façon légèrement différente de voir le monde. Et l'art d'amener les autres à le voir de la même manière. Tu déformes le familier. La capacité de voir les choses suivant de nombreux points de vue en même temps est un signe de génie.

Il avait laissé le centre de la serviette en blanc. Elle l'avait donc rempli — HISTOIRES — puis elle avait tracé un cercle autour du mot.

Il avait souri.

— Voilà. Je te présente ta boucle de rétroaction.

Elle avait considéré le mini-système solaire.

— On dirait une consolation.

Il avait hoché la tête. Tous deux avaient entendu « constellation ».

À l'époque, Toronto était encore un cilice, malgré les vaillants efforts de Yorkville et des cafés, des chanteurs folk et des radicaux. C'était encore Toronto la puritaine, bastion des protestants de race blanche d'origine anglo-saxonne. Avant le *« pad thai »*, les *« spritzers »* et les BMW, avant que les spaghettis ne deviennent des *« pastas »*, avant l'ère du « on s'appelle et on déjeune », et les femmes de carrière portaient un foulard de chiffon avec leur tailleur-pantalon. Mais elle avait déniché un appartement sur Queen Street West, au-dessus d'une boutique de textile tenue par un couple de Hongrois qui ne souriaient jamais, et était tombée sur un riche filon de contre-culture. Un bar, le Cameron, faisait office de pépinière des arts, de la musique et du théâtre, Mecque multimédia où des avant-gardistes de toutes les races buvaient au coude à coude avec d'authentiques clochards sortis tout droit de l'Armée du Salut. Elle avait eu une aventure brève mais décisive avec une féministe alcoolique et véhémente, rédactrice en chef d'un journal marxiste-léniniste clandestin, dont la GRC avait placé le téléphone sur écoute — le contraire l'eût en quelque sorte discréditée.

Madeleine se produisait chaque fois que l'occasion s'en présentait, forgeait la cuirasse dont tout comique a besoin et sans laquelle une femme assez folle pour faire du monologue ne survivrait pas. Phyllis Diller se tenait à la périphérie du monde connu ; au-delà, il n'y avait que des monstres marins. La nouvelle génération de femmes drôles et brillantes travaillait surtout au sein de troupes ou donnait des numéros solo à partir de canevas. Gilda Radner, Lily Tomlin, Andrea Martin, Jane Curtin… L'union fait la force. Le monologue, en revanche, c'est faire un malheur ou faire son malheur.

— Alors, comment ça s'est passé, ce soir ?

— J'ai fait un malheur / J'ai fait mon malheur.

Dans les petites salles de spectacle, les comiques faisaient figure de véritables asservis. À force d'obstination, ils obtenaient de monter sur scène en échange d'un rein, de leur premier-né, de leur testicule gauche, mais les femmes comiques — attendez, vous avez bien dit *femmes* comiques ? Chez Yuk Yuk's, on avait souvent recours au crochet, au sens propre. Le territoire le plus sûr, c'était le *« blue »,* macho et méchant, mais Madeleine s'y serait cassé les dents, à supposer qu'elle ait eu envie d'essayer.

Quel est ton domaine ?

La comédie.

Qu'est-ce que tu vends ?

Des histoires.

Elle avait fait son malheur chez Yuk Yuk's, puis elle avait passé une audition au Old Fire Hall pour la troupe itinérante Second City. Elle avait fait de la tournée et était fréquemment montée sur la scène du Old Fire Hall lui-même, quand la troupe principale faisait relâche. Pour une femme, passer du monologue à l'improvisation était presque aussi rare que de faire de la comédie. Mais elle aimait le sentiment d'appartenir à un groupe, se sentait comme un poisson dans l'eau dans l'improvisation du tac au tac, les sketchs « sur quelque chose » — la politique, la culture populaire, le commis d'épicerie hostile rencontré le matin même. Elle transformait ce qui lui était arrivé dans la journée et, le soir venu, le restituait sur la scène. Dans les coulisses, entre les sketchs, elle fouillait dans les amas de costumes défraîchis, éprouvait l'exultation qui accompagne l'apparition d'un nouveau personnage, né d'une chemise rouge, d'un chapeau, de bottes, accessoires sans lesquels ce personnage ne sera jamais plus :

— Où est donc cette damnée chemise rouge ?

Le comportement bizarre et étrangement ritualisé qui précédait chaque prestation, les blagues que les comiques se racontaient entre eux, si viles qu'il aurait fallu importer du matériel d'excavation pour aller plus bas. Le gros, l'énorme Tony qui déambulait à moitié nu dans les loges comme une *show-girl* de Las Vegas, s'emparait du nettoyage à sec de la troupe et feignait de se l'enfiler avec force mouvements salaces, avant de monter sur scène, un sourire innocent au visage, fin prêt à divertir les membres du club Rotary. Ils voyageaient inlassablement, *Welcome to Kingston, Gananoque, Chatham, Hamilton, Windsor, Sudbury, North Bay, Timmins.* Ils se produisaient dans des stades où les répliques mettaient dix secondes à atteindre la dernière rangée. Ils participaient à des soirées-bénéfice — pour un musée de l'Holocauste, une fois. Le maître de cérémonie avait brandi une chaussure ayant appartenu à un enfant mort à Auschwitz avant de les présenter :

— Pour vous dérider, voici maintenant…

Elle avait acheté une antique Coccinelle VW et refait la tournée pour son propre compte, se produisant dans le moindre bourg doté d'une université ou d'un bar. *Seule, seule, seule, toute seule. Seule sur une grande, grande mer !* Elle avait fait le circuit des mini-boîtes, passant des motels miteux aux Holiday Inn. Elle avait perfectionné son art devant des salles où la moitié des tables étaient vides et les autres occupées par des types esseulés attendant l'entrée en scène de la strip-teaseuse. Elle avait survécu à un enterrement de vie de garçon d'ingénieurs en goguette qui, pendant tout son numéro, avaient fait rebondir une poupée gonflable au-dessus de leurs têtes.

— Voyez ce qui arrive quand des cousins se marient entre eux.

Elle avait joué devant des mineurs de la région du nickel qui sentaient le moisi, venus avec leur cavalière, par suite d'une malencontreuse erreur d'impression, dans l'espoir d'entendre Stompin' Tom Connors. Elle s'était prise d'affection pour les femmes aux cheveux en forme de ruche qui envahissaient les tavernes et les salles « tropicales » du nord peuplé de mangeurs de bortsch où elle était de retour. Elle faisait rire les femmes, mettait les hommes à l'aise, puis chauffait la salle, finissait par incarner un mineur baraqué prisonnier du corps d'une gouine grande lécheuse de clitoris devant l'Éternel. Heureusement qu'elle était jolie.

C'était après Stonewall, mais avant la « fierté gaie ». À défaut d'être assassinée dans le parking, elle était l'enfant chérie d'innombrables cœurs normaux et noueux. Heureusement qu'il y avait Christine, étudiante en études féminines dont le père était policier à Timmins. Madeleine n'avait pas eu besoin de lui expliquer ce qu'était une contradiction. Christine portait des robes en batik et des bottes de policier, avait les cheveux longs et conduisait une voiture à transmission manuelle. Elle tirait souvent Madeleine d'un mauvais pas, arrivant à Sarnia avec une glacière remplie de *pesto* et de vin, un oreiller de la maison et une volonté d'avoir des relations sexuelles sans rien exiger, sinon dormir après coup.

Elle avait abandonné la tournée avant d'être virée ou promue pour se concentrer sur la ville. Christine lui disait quoi lire et, tard le soir, à Toronto, Madeleine affûtait ses couperets mentaux dans un débit de boisson doublé d'un salon, le Rear Window. Elle avait fait ses débuts dans la peau de la Fantastique Femme élastique. Elle avait ensuite dévié vers l'introduction aux classiques de la civilisation occidentale par la Fantastique Femme élastique. Elle avait dévié, dévié, encore dévié. On avait fini par la connaître pour son corps malléable et ses extravagants personnages masculins, y compris Anita Bryant. Il y avait Lou, pilier de bar en costume sport de polyester bleu poudre, qui chantait avec un accent français outrancier en s'accompagnant à l'accordéon. Il y avait le Roger de la chambre de Roger, garçon de quinze ans obsédé par le magazine *Soldier of Fortune,* qui avait la larme facile et était épris de sa tortue. À la fin de chaque sketch, il regardait dans les viseurs d'une AK-47 et nommait toutes les personnes qu'il voyait, comme la fille de *Romper Room* dans son miroir magique. Et puis il y avait Maurice.

Elle avait commencé à tenir l'affiche dans des salles à l'air conditionné et à se produire dans des salles de spectacle de tout le pays, et même à Chicago et à New York, où des gens achetaient des billets sur lesquels figurait son nom. Elle avait fait le saut vers la télé et le cinéma, sauté, sauté encore. Elle mélangeait humour et féminisme, homosexualité avouée et appartenance à la société dominante, mélangeait, mélangeait encore.

Heureusement qu'elle avait l'habitude de déménager.

Jack et Mimi voyaient quelques-uns de ses spectacles. Jack, en réalité, les voyait presque tous. Elle aurait donné cher pour que son frère les voie, lui aussi.

Animée par le sentiment d'être une jongleuse, d'entrer dans un espace-temps continu où elle verrait les pensées venir et les cueillerait comme Superman cueille les projectiles, par la révélation que tout est lié — pars d'où tu veux, fonce, fonce, fonce, tu reviendras fatalement ici, l'espace est rond, comme le sont les pensées, mille boomerangs —, elle n'arrivait pas à se concentrer sur une seule chose et se concentrait donc sur tout.

Elle se laissait aller là où elle se sentait en sécurité : sur scène, devant des tas d'inconnus qui avaient payé une somme rondelette et exigeaient du bon temps. En personne, elle était restée timide jusque tard dans la vingtaine.

Si Madeleine s'arrêtait, les balles tomberaient toutes par terre. Les atomes se disperseraient. Baissant les yeux, elle verrait le vide sous ses pieds, le bord de la falaise tout juste hors d'atteinte, entendrait le bruit de ferraille de ses pas au-dessus du néant — « *Maman !* » et, à la manière du Coyote, ferait tout au fond un paf ! vaporeux.

Elle pousse la porte à double battant « faux rustique » du Pickle Barrel Family Restaurant. L'arôme rassurant du ketchup et de la grande friture l'accueille, en même temps qu'une explosion de *Crocodile Rock* — que des vieux succès, du matin au soir. Elle aperçoit les autres autour d'une grande table ronde jonchée de bouteilles de bière, de *nachos,* de hamburgers et d'ailes de poulet. Voici « la télé d'après trois heures ». Elle, une autre femme, quatre hommes, tous dans la trentaine, ensemble depuis sept ans. Un regroupement d'anciens de Second City et de renégats. À leur première rencontre, ils s'étaient rendu compte qu'ils avaient tous été, à une époque de leur vie, l'enfant problème de l'école, obligé de rester « après trois heures ».

Ils se serrent les coudes autour de la table avec Shelly et deux de leurs réalisateurs habituels, qui donnent l'impression de ne pas avoir dormi depuis une semaine, un script encore plus hagard et Ilsa, la Louve des cosmétiques — *Überfrau* de la coiffure et du maquillage —, qui vient de rompre avec son petit ami et préfère ne pas boire seule. Sur la table, les mains s'entrecroisent — chacun se sert dans tous les plats, sauf celui qu'il a devant lui. À une ou deux tables de distance, les membres du groupe semblent tout à fait dans leur élément au milieu d'un centre commercial. On ne dirait pas une troupe de bohémiens — même si le style de Madeleine tend vers le chic « lesbienne urbaine façon entrepôt ». Le tout dans le tout, on dirait un rassemblement de Blancs aimables et quelconques, un échantillon judéochrétien de l'Amérique du Nord, à situer quelque part entre des étudiants et des cadres intermédiaires, ce qu'ils auraient peut-être fini par être, n'eût été de leur excentricité, légère mais cruciale.

À y regarder de plus près, en effet, on se rend compte qu'ils ont tous quelque chose dans le regard. Résultat d'un accident ou d'un don. Peut-être Dieu les avait-Il laissés tomber sur la tête avant leur naissance. La lumière semble se réfléchir à un angle curieux sur leur iris — effet visible, peut-être, d'informations qui, étant entrées dans le cerveau à l'oblique, ressortent avec une inclinaison correspondante. Un jour, quelque chose les avait châtiés ou frappés. Chacun vit dans la douce terreur d'être démasqué et dénoncé comme imposteur. Chacun carbure à un mélange d'exubérance et de détestation de soi, où se côtoient la perspicacité et la crédulité. À l'école secondaire, pas un d'entre eux n'était populaire. Habitants de la zone tampon entre l'inclusion et l'exclusion, squatters des fissures des trottoirs, citoyens apatrides de la planète, étrangers parmi nous, connus de tous. Les comiques. Le peuple de Madeleine.

Elle avance vers eux. Elle n'est pas la seule à receler en son centre un étang d'eau d'un noir absolu, immobile comme l'onyx, incapable de réfléchir la lumière. À l'occasion, la drôlerie y affleure, sur le mode hystérique ou carrément pathologique. Ou tout juste à la limite — comme Maurice.

Ron agite la main, Linda se pousse pour lui faire une place, Tony lui demande si elle s'est encore perdue. Madeleine corrige la position de ses couilles et, de la voix de Tony, dit :

— Je me suis arrêtée pour pisser dans les fleurs.

Ils rient. Depuis un an qu'ils s'attablent dans ce restaurant, elle n'arrive toujours pas à le retrouver. On lui verse un verre de bière.

Il y a tant de vacarme dans ce trou qu'ils s'entendent réfléchir. Madeleine se tasse sur la banquette, et Tony, dont le poids est deux fois supérieur au sien, lui broie les os en la serrant dans ses bras. Une bonne rigolade vaut des heures de thérapie. Tony aurait de quoi faire fortune. Du reste, il y est presque arrivé ; d'autres aussi parmi eux — comme Madeleine, à deux doigts de décrocher le gros lot.

— Tu n'as pas fini ton aile de poulet, dit Maury. Allez, avale-moi ça.

— Je l'ai finie.

— Non, regarde-moi toute cette viande. Allez, donne-la-moi.

— Tiens.

— Je vais te montrer comment on mange une aile de poulet. Il faut être goy pour gaspiller comme ça.

Moment de vérité, au début de la trentaine, quand vous vous rendez compte que les gens avec qui vous avez travaillé quand vous aviez vingt ans ne sont pas tous des génies, que certains sont « indociles et fous braques », tandis que d'autres ont simplement un problème de toxicomanie, que d'aucuns à la tristesse sexy et engageante sont en réalité dépressifs, que la dépression est de la rage au ralenti, et la manie, du chagrin en accéléré. Première grande occasion de démêler le vrai du faux.

— La maison hantée, c'était plus drôle la première fois, dit Ron à Linda.

— C'était de la merde.

— Non, c'était drôle quand tu es arrivée après que j'ai…

— Quand tu fais ce truc avec la lampe, ça bousille mon…

— Mais non, tu les as fait rigoler !

— Ce n'était pas moi.

— Elle les a fait rigoler, Shelly, non ?

Dernières journées d'immortalité dans la course vers la prochaine oasis : Votre Vie. Dernières journées où vous voyagez léger, dernières journées avant de ralentir, de vous retourner et, la main en visière, de regarder le camion de déménagement s'avancer lourdement, lesté de toutes vos affaires, enfin sorties de l'entrepôt. Des affaires dont vous aviez oublié jusqu'à l'existence.

Ils mangent, boivent et parlent en même temps. Les hommes parlent plus fort : ils ont un plus gros larynx et des droits séculaires. Les femmes leur disent de se la coincer et ils obéissent, penauds comme des terriers, mais comme des terriers aussi, un instant seulement. Personne n'en veut à Tony de monopoliser l'attention parce que, même quand il tire la couverture à lui, il a l'air généreux. Tout le monde sait que Ron est un génie, mais Tony est le seul qui, au fond, le supporte encore, et tout le monde est amoureux de Linda. Pourvue d'une étrange beauté, elle a un don extraordinaire pour passer inaperçue, et son genre de comique constitue une proie facile pour Ron et ses gros sabots. Maury est solide comme un roc, surtout en travesti. Howard est dans le genre Art Carney, et Madeleine marche sur la corde raide : elle écrit pour la troupe et court le risque d'occuper trop de place avec ses personnages qui, bien que paumés, n'en accaparent pas moins le devant de la scène. Ils s'aiment, tous les six, se méfient l'un de l'autre, se tapent sur les nerfs — ils forment une troupe. Ils savent d'avance qui va mordre qui et avec quelle virulence.

— Nous devrions prendre le numéro de nouvelle mariée de Linda et…

— Nous devrions faire une suite…

— Nous devrions faire la suite d'abord…

C'est de ce babillage que naîtra l'émission de la semaine prochaine, accouchée par Shelly qui, sur une feuille de papier lignée, gribouille et trace des diagrammes. À la vue des encadrés et des flèches, Madeleine pense à son père. Derrière le chaos se cache une méthode. Ce canevas d'improvisation débouchera sur un script qui demeurera fluide jusqu'à la prise finale. Écrire est une corvée infernale, qu'il vaut mieux prendre par surprise, assommer, dévaliser et laisser pour morte. Ce soir, au milieu des petites choses à grignoter, de la bière et du bruit, ils écrivent.

— Il faudrait prendre des notes, dit Howard.

Mots que quelqu'un finit toujours par proférer.

— Ça, ça sent McCarthy à plein nez, dit Ron.

Façon détournée de lui coller un pensum — l'écriture proprement dite. Écrire. S'ouvrir les veines du poignet avec une cuillère. Personne n'a envie de se farcir...

— Il a raison, dit Tony. Ça empeste McCarthy.

... le boulot qui consiste à s'asseoir, fin seul, pour écrire à la manière de l'homme de Marlborough.

— Je préférerais qu'on m'enduise une plaie ouverte de sauce piquante, réplique-t-elle.

Sur sa tablette, Shelly note : « Madeleine... Nouvelles de dernière heure. »

— Expliquez-moi, dit Madeleine en s'emparant d'une serviette avec humeur, pourquoi, dès qu'il s'agit d'écrire, vous devenez tous dyslexiques ?

— Je suis hémophile, répond Howard. Si je glisse en écrivant, je risque la mort.

Si le ton paraît désinvolte, il s'agit en réalité d'une négociation délicate : Madeleine se tape le « sale boulot », tandis que les autres minimisent le besoin qu'ils ont d'elle en cherchant à faire taire leur ressentiment. En contrepartie, elle rabaisse son talent et paie son tribut, dédommageant la troupe de ses numéros de vedette. C'est peut-être injuste — Ron ne paie pas son tribut —, mais la vérité, c'est que Madeleine sait écrire et, à l'instar de nombreux auteurs, n'écrit que le revolver sur la tempe. Ça vaut donc mieux... sans compter qu'elle a la possibilité de travailler en solitaire au sein d'un groupe. Le meilleur des deux mondes. Elle prend des notes sur la serviette, puis en commence une autre. Shelly ne commettra pas d'impair en lui proposant une feuille de papier. Madeleine aurait trop l'impression d'écrire.

Shelly a trois enfants. Par moments, Madeleine regrette de ne pas être l'un d'entre eux. En un sens, cependant, elle est bel et bien son rejeton. Comme eux tous.

Tandis qu'elles marchent vers le parking du studio silencieux, Shelly lui demande :

— Tu as quelque chose pour moi ?

— Une envie coupable de te voir vêtue d'une seule planchette à pince.

Shelly est une version coriace de la bonne vieille Mlle Lang. Il n'y a que quatre ou cinq personnes différentes dans le monde.

— Je ne te force pas, Madeleine.

Shelly a convaincu un réseau américain de prendre une option sur une idée de spécial d'une heure conçu par Madeleine. Elle servirait d'émission pilote à une série qui mettrait en vedette une vraie actrice ouvertement gaie appelée Madeleine. *La chance de votre vie, docteur.* Jusqu'ici, elle a écrit quatre mots. Le titre : *Madeleine folle à lier.*

— Les autres font leur propre chemin, tu sais, dit Shelly.

— Je suis au courant.

Inévitablement, les comiques de la troupe feront carrière en leur nom propre. Certains avaient présenté des spectacles solo et essaimé dans toutes les directions : télé, cinéma et prestations publiques à New York et à Los Angeles. En coulisse, la vie des comiques d'après trois heures était tendue ; sur scène, elle était encore plus frénétique. Grâce à un passage récent à *Saturday Night Live* (Lorne Michaels l'avait remarquée au Massey Hall de Toronto), elle avait resquillé une carte verte, trésor hautement convoité. Elle avait passé trois semaines chargées d'adrénaline dans la fosse aux lions. Elle avait écrit et pâli au même titre que les autres scripteurs confinés aux catacombes. Elle avait perdu quatre kilos et Christine avait conclu à l'existence d'un trouble alimentaire, mais c'était purement une affaire de vitesse — du genre métabolique. Par accident, elle avait eu une aventure — régisseuse extrovertie et bureau désert — mais, en bonne fille, avait réussi à éviter la cocaïne, seule drogue récréative qu'elle ait jamais appréciée. Elle avait parlé à Christine de son abstinence résolue, mais pas, il va sans dire, du succédané coiffé d'un casque d'écoute qui, dans le grand ordre des choses, avait si peu d'importance. Vraiment.

Lorne réunit une affiche composée d'acteurs moins connus en prévision de la prochaine saison et lui a demandé de revenir, avec Maurice, Roger et Lou — pour perdre du poids devant la caméra, cette fois, plutôt que derrière, ce qui, quand on écrit, semble toujours plus facile. Sa productrice, Shelly, l'avait félicitée, mais aussi mise en garde contre la tentation de s'intégrer au club masculin.

— Comme lesbienne, tu te lies sans mal, mais tu ne vas pas coucher avec ces types. Peu importe ton talent ou l'affection qu'ils te portent, tu ne seras jamais des leurs. Tu as ton propre matériel, comme Lily, sauf que…

— Sauf que quoi ?

Shelly presse Madeleine de se défaire des accessoires et des costumes.

— Elle se passe de béquilles et de toutes les cochonneries dont tu t'embarrasses.

— Ah bon ? Et le coup du téléphone, Edith Anne, les cheveux, la chaise, qu'est-ce que tu en fais ?

— Elle peut s'en passer.

— Je peux faire Maurice sans costume…

— Vas-y, fais-le.

— Tout ce que je dis, c'est qu'on ne peut pas faire les « *Cone Heads* » sans tête en forme de cône.

— Dans ce cas, fais la tête en forme de cône jusqu'à la fin de tes jours.

Peu importe ce qu'elle décidera, Madeleine participera forcément à l'« invasion canadienne ». Des Canadiens rigolos qui traversent la frontière parce que, s'il n'est plus impossible de faire une percée chez soi — les lois sur le contenu canadien commencent à porter leurs fruits, sans parler des abattements fiscaux qui font de Toronto la Hollywood du Nord —, les possibilités offertes par l'exil sont illimitées. Attitude sensée, compte tenu de la faible population du Canada, mais les artistes sont fréquemment victimes du syndrome canadien : le complexe d'infériorité culturelle qui incite leurs compatriotes à conférer un gage d'authenticité à ceux qui désertent leur comptoir à Popsicles nordique. Vous êtes doué ? Dans ce cas, qu'est-ce que vous foutez encore ici ? Et son envers : quel genre de Canadien dévoyé êtes-vous pour filer ainsi sans crier gare ?

Les Canadiens anglais, des Yankees clandestins. Des Yankees déguisés en brebis. Des gens qui semblent parfaitement américains mais qui savent que Medicine Hat n'est pas un article qu'on porte sur la tête. Des gens qui patinent, prennent leurs vacances à Cuba et parlent un français appris à l'école secondaire ; des gens qui bénéficient de soins médicaux gratuits, ne sont pas méprisés à l'étranger et tiennent pour acquis qu'aucun des clients du restaurant où ils s'attablent n'est armé jusqu'aux dents. Des Américains qui ont le beurre et l'argent du beurre. La troupe s'effiloche sous la pression de son propre succès. Madeleine n'a aucune raison de se sentir coupable.

— Je ne me sens pas coupable.

— Quel est le problème, alors ? demande Shelly. Ne reste pas plantée sur ton cul.

— Tu es si délicate et réconfortante.

Shelly a la main sur la portière de sa familiale ; elle a l'air exténuée. Dans six heures, ses enfants seront debout.

— Tu es ma pouliche, ma championne, je veux te voir aller jusqu'au bout.

Madeleine la serre dans ses bras, souhaitant sincèrement caresser une envie coupable de la voir vêtue d'une seule planchette à pince. Que Shelly soit hétérosexuelle et que Madeleine vive en couple depuis longtemps sont des détails qu'elles régleraient plus tard.

— Bonne nuit, mamounette.

— Bonne nuit, Mary Ellen.

Madeleine s'installe au volant de sa vieille Coccinelle VW. Coquille d'œuf avec un intérieur rouge. Elle met le contact, insuffle la vie au moteur en appuyant sur l'accélérateur, désengage délicatement l'étrangleur. Elle caresse le dessus du tableau de bord, « bonne petite voiture ». Elle syntonise une chaîne qui diffuse de vieux succès et met le cap sur la maison, sur Christine.

Chemin faisant, voilà que la chose lui arrive encore. La première fois, il y a environ une semaine, pendant un spectacle, elle avait mis le phénomène sur le compte de la nervosité, de la grippe ou — explication encore plus rassurante — d'une attaque sans gravité. Comment appelle-t-on une « chose » qui se produit pendant que, sous une fine pluie, on roule vers chez soi dans une paisible rue urbaine ?

L'HISTOIRE DE MIMI ET DE JACK

La forme du temps, omniprésente, surplombe tout, tel le jour ensoleillé invisible au-dessus des nuages. Et au-dessus de ce jour sans fin, des ténèbres infinies dans lesquelles le temps se distend et s'effiloche, lente dispersion d'un flux d'éjection.

Ruptures temporelles. La perte de Mike. Le jour où leur fille leur a appris qu'elle était lesbienne.

— C'est un mot affreux, je sais, avait dit Madeleine en faisant la grimace. *Lesbienne.* Ça fait penser à un serpent, à des écailles.

Mimi pleurait, Jack serrait les lèvres, le regard baissé. Leur fille gagnait sa vie en étant différente, irrévérencieuse.

— Je ne prends pas les choses à la légère, avait dit Madeleine qui, se mordant les lèvres, souriait. Je me sens malade.

— Tu te sens malade ? avait répondu Mimi. C'est parce que tu l'es, malade.

C'était en 1979, Mimi se souvient de la date. Deux semaines avant la rénovation de la cuisine. Son fils mangeait debout à cet îlot, disait au revoir à sa mère en la serrant dans ses bras à cet endroit précis. Aujourd'hui recouvert de nouveaux carreaux.

Il importe pour Mimi de se sentir responsable. Sa façon à elle de résister. Un enfant disparu, l'autre gâchée. Mimi est une mère catholique moderne. Tout est de sa faute, elle le sait bien.

Les résistants ont l'obligation de chérir ce qui reste. Mon mari. Les traits de ma fille qui brillent toujours. La conviction que les dommages ne sont pas irréparables.

— *Viens**, Madeleine, je t'emmène faire des courses.

— Ça va finir par une crise de larmes.

Le Scrabble, les repas, les courses. Tout ce qu'elles ont encore en commun.

— Pourquoi ne pas venir à Toronto un week-end, maman? Nous pourrions faire les magasins ensemble.

Mimi ne mettra pas le pied dans cet appartement. Pas tant que sa fille vivra ainsi avec une femme. Ce n'est pas un foyer, c'est un… Ce n'est pas un foyer.

Il faut bien que quelque chose soit arrivé à ma fille pour qu'elle tourne mal. Sur ce plan, Jack ne lui est d'aucune utilité. Il refuse d'aborder le sujet avec elle.

Pendant des années, en ouvrant ses cadeaux de Noël, elle avait dit:

— J'espère pour toi que ce n'est pas un tu-sais-quoi.

Une année, pourtant… Mais elle ne voulait plus d'un manteau de vison. Elle voulait ce qu'elle avait eu. Elle voulait en vouloir un.

Pendant des années, elle avait attendu qu'il lui confesse son « indiscrétion ». Elle aurait voulu lui dire qu'elle l'aimerait encore davantage s'il avouait tout, dépossédait la femme de Centralia du secret, le confinait à eux seuls.

— Tu n'es pour rien dans la disparition de notre fils, brûlait-elle de lui dire. Je te pardonne.

Les deux phrases juraient l'une avec l'autre. Et il ne prononçait jamais le nom de Michel.

Parfois, elle omet de lui dire qu'elle a rempli sa tasse de thé chaud, omet de remettre le siège du conducteur à sa place si elle a pris la grosse voiture, omet de remarquer qu'il a taillé la haie à la perfection et trouvé une solution ingénieuse au problème des écureuils dans la mangeoire à oiseaux. Ces jours-là, il l'emmène dîner au restaurant.

Il la taquine à cause de sa manie de s'attirer les bonnes grâces de la serveuse ou du serveur; en réalité, elle le fait pour lui. Il finira par parler de tout et de rien avec le chef, le proprio, d'autres clients. Le vieux Jack — le jeune. Sinon, il lit le journal, lui fait la sourde oreille.

Mimi fait beaucoup de bénévolat. La Fondation du cœur, le Parti libéral, l'Église. Elle a suivi un cours de recyclage et repris le travail. Elle continue de jouer au bridge. Elle se plaît bien à Ottawa, où elle peut faire ses courses et aller chez le coiffeur en français, profiter des concerts en plein air l'été et patiner sur le canal en hiver — de loin en loin, elle réussit même à convaincre Jack de sortir. Elle a des tas d'amis, mais voilà bien le problème: ils ne sont pas leurs amis à tous deux. De nombreux ex-membres de l'aviation, de vieilles connaissances, ont pris leur retraite à Ottawa. Il y a des parties de cartes, des dîners, des tournois de curling. Jack, cependant, refuse de vivre « dans le passé ».

Ils avaient pris l'habitude d'aller en Floride tous les ans. C'est là qu'il a fait sa première crise cardiaque, sur le terrain de golf. Une petite fortune. Heureusement qu'il y a la Croix bleue. Deux ou trois fois par année, Mimi se rend à Bouctouche pour voir sa famille, mais, depuis le départ de Mike, son mari ne l'accompagne plus. Sa sœur Yvonne, veuve maintenant, passe souvent Noël avec eux à Ottawa, et Jack aime bien se laisser gâter par elle. Mimi, cependant, reçoit peu. Le jeu n'en vaut pas la chandelle. Il faut calmer Jack, vivre dans la crainte qu'il se retire dans sa coquille dès l'arrivée des invités, subir les reproches qu'il leur adresse à l'avance.

— J'espère que Gerry ne va pas se planter encore une fois au bout de la table, marmonne-t-il entre les dents, pour nous faire admirer les photos de son dernier voyage aux îles Galapagos et que Doris ne va pas nous casser les pieds avec les exploits de ses petits-enfants.

— Pas Doris, Jack — Fran.

À l'arrivée des invités, Jack rit, cause et taquine Mimi qui, d'une main de fer, assigne à chacun une place à la table à cartes. Il lui fait reproche de sa rigidité.

— Assieds-toi où tu veux, Gerry, fait-il en coupant la parole à sa femme.

Il s'amuse ferme et, après, reste irritable pendant des jours.

Ils forment toujours un couple séduisant. Jack, qui a célébré son soixantième anniversaire, a à peine quelques cheveux gris. Tout habillée, Mimi fait encore soixante-six centimètres de tour de taille. Fermement résolue à ne pas avoir l'air plus vieille que son mari, elle se teint les cheveux. Sous le maquillage, on devine quelques fines rides, mais, grâce à quarante années d'inhalation prudente et d'hydratation, elle a pour l'essentiel évité les lèvres crénelées du fumeur. Mollets impeccables, mains douces, ongles parfaits. Elle a bien quelques plis indésirables aux coudes et aux genoux, mais les manches et les ourlets ne sont pas faits pour les chiens.

Elle n'a parlé à personne du « mode de vie » de sa fille. Pas la peine. Tout est dans le quotidien national — le cahier « Divertissements ».

Elle travaille comme infirmière à la Commission de la capitale nationale. Elle sert de confidente à tous les membres du personnel. Récemment, une femme du service de la comptabilité lui avait avoué son homosexualité.

— Vous êtes la seule à qui je puisse me confier, Mimi.

Reconnaissante, elle avait offert à Mimi une tasse ornée d'une gravure de Chagall.

— Jamais je n'aurais pu parler à ma mère de cette manière.

Si elle n'avait jamais quitté le Nouveau-Brunswick, ne s'était pas inscrite au programme de nursing, n'avait pas gagné de l'argent, épousé un *Anglais** séduisant, appris à donner des cocktails et porté des talons hauts cliquetants; si elle n'avait pas dansé sous un candélabre, si elle avait eu, pour seule robe de bal, sa robe de mariée, si elle était restée Marguerite — Dieu, elle en a la certitude, lui aurait fait don d'un troisième enfant, lequel, aujourd'hui, aurait peut-être des enfants à lui.

Il lui aurait au moins permis de garder les deux qu'elle a eus.

Vient un jour, dans la vie de Jack et de Mimi, où la télé est toujours allumée, même quand ils ne la regardent pas.

AVEZ-VOUS DÉJÀ SONGÉ À ENTREPRENDRE UNE THÉRAPIE?

Un patient italien, vers 1890 : «Docteur, je souffre de mélancolie. Je n'éprouve plus de joie, je n'ai plus d'appétit, je n'aime plus. Vivre ou mourir m'est indifférent. Que faire, docteur?»
Le médecin: «Le rire est le meilleur remède qui soit. Allez voir Grimaldi. C'est un clown extraordinaire.»
Le patient: «Grimaldi, c'est moi.»

De temps à autre, nous éprouvons tous le besoin de retourner la pierre pour voir ce qui se cache dessous. Nous avons tous peur du noir, mais il nous attire, parce que nous y avons laissé quelque chose, juste derrière. Nous sentons parfois sa présence, sans oser jeter un coup d'œil, par crainte d'avoir un aperçu de ce qu'il nous tarde pourtant de voir. Nous attendons un instant, le temps qu'il puisse filer.

— Tu vois? Ce n'était rien du tout, disons-nous.

Nous avons peur de notre ombre. Un comique digne de ce nom fait fuir les ombres. Forts de leur vivacité, qui leur sert d'écran, les comiques se retournent si vite qu'il leur arrive de loin en loin d'apercevoir l'ombre, laquelle prend ses jambes à son cou. Nous l'entrevoyons, nous aussi, à distance respectueuse. Si, aujourd'hui, vous deviez entreprendre le voyage aux enfers de Dante, qui choisiriez-vous comme compagnon de route: Virgile ou John Candy?

— Migraine classique incomplète, avait décrété l'ophtalmologiste. Phénomène visuel non accompagné de douleur.

Ne comptez pas sur un ophtalmologiste pour vous dire que vous voyez votre ombre. Ne comptez pas sur ce genre de médecin pour vous dire :

— N'ayez pas peur. Retournez-vous lentement. Parlez-lui. Elle a quelque chose à vous dire.

Jouée au ralenti, la comédie est terrifiante. C'est ce qui arrive à Madeleine.

Elle avait peur de se ranger sur le côté. Ce faisant, elle aurait admis que quelque chose n'allait pas. Il pleuvait, son visage brûlait contre la vitre froide sur laquelle elle pressait la joue, le cœur immatériel, affolé comme une hélice. Où allait-elle ? Dans sa tête, elle savait où elle vivait. Elle rentrait chez elle après l'enregistrement du vendredi soir ; elle possédait sur sa vie les mêmes renseignements que quelques secondes auparavant. Quelque chose, cependant, s'était décollé, telle une couche transparente. La chose qui fait que nous nous entendons tous sur la composition du monde. La chose qui fait que les choses sont une chose et pas une autre. Madeleine voyait tout séparément, morceau par morceau. Un lampadaire dissocié de la rue. Un trottoir dissocié du terre-plein. Elle ne comprenait plus rien à l'emplacement des choses. Elle voyait ce qu'il y avait derrière — rien.

Son cœur s'était emballé, créature prisonnière de sa poitrine. Allait-elle mourir ? Une sensation noire d'encre au creux de l'estomac, comme de la honte. Un homme sorti de la station-service au coin se hâtait vers elle. S'était-il rendu compte qu'elle ne savait plus être ? Non, il avait passé son chemin.

Son cœur s'était remis à battre normalement. Les essuie-glaces barbouillaient le pare-brise de lumière et elle avait détourné les yeux. La tache jaune, cependant, avait suivi son regard.

— J'ai peut-être besoin de lunettes.

— Avez-vous déjà été victime de ce genre de phénomène ? demande la thérapeute.

La pièce est tapissée de tissu et de bois dans des tons d'argile apaisants, sédatif spatial. Sur une table, il y a une carafe d'eau de source, un carré de sable peu profond muni d'un râteau miniature et une boîte de mouchoirs en papier. Un canapé avec un gros coussin sur lequel les patients peuvent cogner, des coquillages, des cristaux de quartz, un purificateur d'air, quelques diplômes sur un mur, une affiche de Georgia O'Keeffe. Madeleine prend une profonde inspiration.

— Il y a quelques semaines, bredouille-t-elle.

Dans sa voix, elle perçoit le ronchonnement boudeur de l'adolescence. La régression arrive à l'heure pile.

La thérapeute attend, sereine dans son fauteuil pivotant. Des boucles d'oreilles faites à la main sans cruauté pendent discrètement à ses lobes. Nina. Affalée dans le fauteuil qui lui fait face, Madeleine commence à comprendre le jeu thérapeutique. La thérapeute dégouline de compassion impersonnelle jusqu'à ce que la patiente, qui ne supporte plus le silence, explose :

— J'ai tué ma mère !

D'abord, les justifications :

— Je suis crevée. La troupe est en production. En plus, je prépare bénévolement un atelier sur une pièce de théâtre parallèle originale — pourquoi ? La directrice générale a les cheveux roses.

La thérapeute attend. À un dollar vingt-cinq la minute.

Madeleine raconte ce qui lui est arrivé la dernière fois qu'elle a présenté un spectacle solo.

Le vieux temple des francs-maçons du centre-ville de Toronto est bondé. Les lumières de la scène se déversent sur la tête et les épaules des spectateurs debout. Au plafond, les ventilateurs paresseux ne font rien pour dissiper la chaleur née des groupes de musiciens à la mode, des artistes arides, des danseurs de flamenco enflammés et les Diesel Divas, chœur de femmes bien en chair portant une chemise à carreaux et une coupe en brosse qui interprètent des chants sacrés de Bach. Soirée-bénéfice présentée à guichets fermés pour le compte d'un refuge pour femmes battues du centre-ville.

Madeleine jette un coup d'œil par-dessus la multitude de têtes qui se découpent dans l'ombre au fond. Physiquement détendue et mentalement gonflée à bloc, avec son mélange caractéristique de trac et de concentration. Ici, elle est dans son élément. L'endroit le plus sûr de la terre.

Elle échange avec le public, adapte son matériel en fonction de lui. Brèves incursions dans l'actualité. La recherche du gène de l'homosexualité, par exemple.

— Pourquoi ne pas chercher quelque chose d'utile, comme le gène du conducteur inepte ?

L'arsenal nucléaire proliférant de Reagan, le sac à main en fer de Margaret Thatcher et le premier ministre Mulroney dans le rôle du commissaire-priseur. Elle s'en prend à la rectitude politique et à Jerry Falwell, s'intéresse aux orgasmes des gens riches et célèbres et raconte que Virginia Woolf écrit un épisode de *La Croisière s'amuse*. Décapant, drôle.

— Maurice! Fais Maurice!

— Bande de malades! répond-elle.

— Maurice!

Elle comprend maintenant les Beatles. Ils avaient beau porter la barbe, se doper et teindre leurs vêtements de couleurs psychédéliques, on leur réclamait *I Want to Hold Your Hand*.

— Comment voulez-vous que je fasse Maurice? Je n'ai pas de costume, voyons.

— Fais la marionnette! Fais la marionnette!

Chaussée d'une paire de bottes de brousse achetées au surplus des Marines des États-Unis, elle fait preuve d'une grande agilité. Elle porte un t-shirt de l'armée de l'Allemagne de l'Ouest, l'aigle de la *Bundesrepublik* peint sur la poitrine. Pas de soutien-gorge. Tenue officielle de l'Übergouine.

Elle lève les yeux sur les moulures néo-gothiques du temple.

— Je trouve tout à fait indiqué que nous nous réunissions dans un ancien bastion du patriarcat pour ramasser du pognon destiné à une cause féministe.

Applaudissements.

Elle a les cheveux trempés et elle sent la sueur ruisseler dans son dos. Quelqu'un doit avoir allumé la climatisation parce que, tout d'un coup, elle gèle. Elle tend l'oreille dans l'espoir d'entendre le ronron caractéristique de l'appareil, qui étouffe les rires, mais la foule l'enterre. Elle boit une gorgée d'eau à même sa bouteille en plastique.

Elle laisse son regard flotter et ses yeux s'exorbiter. Son menton se rétracte, son ventre se gonfle. Les spectateurs rient et scandent:

— Mau-rice! Mau-rice! Mau-rice!

Impossible de prédire ce qui va accrocher les gens. Maurice, au fond, n'est pas si drôle. Quelqu'un jette une petite culotte sur la scène, mais Maurice ne mord pas à l'hameçon. Elle le libère, pose la culotte sur sa tête comme un passe-montagne, puis la catapulte en coulisse.

Elle avale une autre gorgée, laisse l'eau lui dégouliner le long du cou, s'arrose avec le reste, retire son t-shirt avec une insouciance toute masculine et s'essuie avec. Il est plus facile de retirer son t-shirt quand on a de petits seins — Madeleine se demande si elle aurait le cran de le faire avec des nibards gros comme des melons. Il est plus facile de s'afficher comme lesbienne quand on ressemble à la jeune fille d'à côté et qu'on a une émission à la télé — vous ne risquez pas de perdre votre boulot ni votre appartement. Madeleine a une longue liste de raisons qui font que tout est facile pour elle. Elle ne tient aucun compte de ce qui est difficile.

Enlever son t-shirt est un truc facile, mais le succès est garanti — le poulet en caoutchouc du comique féministe. Elle dévisse ses mamelons en les faisant grincer, les astique, les lubrifie et les remet en place. La foule est en délire, et Madeleine en profite pour reprendre son souffle — un peu de fatigue, sans doute. Elle ne donne plus beaucoup de spectacles. D'ailleurs, elle n'avait pas vraiment le temps, mais l'idée de dire non à une bonne cause lui répugnait.

Elle modère ses transports. Heureuse de l'interdiction de fumer. Comme il s'agit d'une manifestation féministe, les organisatrices ont tenté de créer une atmosphère propice à celles qui ne tolèrent pas la fumée. À l'époque, le féminisme trempe à peine les pieds dans la nouvelle vague d'«intolérances», qui comprend le parfum, le lactose, la levure et la présence de buveurs de bière autour de soi — dérive inévitable d'un mouvement qui compte tant de réussites, peut-être parce qu'il compte tant de réussites.

Elle a des amies dans la salle. Olivia — la fille aux cheveux roses et aux perçages de bon goût, directrice générale d'un théâtre parallèle, que Madeleine a rencontrée quand Christine a réussi à la convaincre de mettre en scène un *Komedy Kabaret* dans le cadre de la Journée internationale des femmes. Il y a aussi Tommy, ami de Madeleine depuis l'école secondaire, et Tony, son pote de la troupe, sans oublier des connaissances de bon nombre de cercles qui se chevauchent et se démultiplient pour former une communauté. Christine n'est pas là.

— Tu ne m'en veux pas, mon chou? J'ai déjà vu le numéro. En plus, j'ai un travail à remettre.

Madeleine attend que la foule se calme, puis elle est secouée du rire dément de la marionnette de ventriloque détraquée qui fait sa renommée.

Les spectateurs rient encore quand elle éprouve une curieuse sensation: comme si elle venait de reprendre ses esprits. Elle se demande depuis combien de temps elle s'est arrêtée de faire le rire de la marionnette. Pas plus que quelques secondes, les rires de la salle atteignent tout juste leur point culminant, et elle a pourtant l'impression que c'était il y a des lustres. Elle continue de sourire d'un air démoniaque et en profite pour jeter un coup d'œil en direction du carré de lumière qui se découpe sous l'enseigne qui indique la sortie. Quelqu'un a laissé une porte ouverte, et l'air frais du soir d'avril s'y engouffre — on gèle ici, sa sueur s'est glacée. Puis, au loin, elle perçoit un mouvement collectif parmi les têtes et les épaules sombres, de petites formes qui s'agitent comme des feuilles — les spectateurs s'éventent avec leur programme.

Clignant des yeux pour se débarrasser de la transpiration, elle ressent la brûlure du sel.

— Si ces murs pouvaient parler, hein ? Je me demande ce que les francs-maçons avaient de si secret à se dire. Ce qui leur plaisait tant, c'était peut-être l'idée du secret, le pouvoir qu'il procure. Ce serait tellement typique des Blancs protestants de ne pas avoir de secrets du tout, mais de tout simplement nous laisser coller notre oreille sur le mur avec un verre dans l'espoir de savoir investir notre argent, apprendre quel juge va instruire notre affaire ou comment réussir le pudding du Yorkshire. Peut-être se contentaient-ils de jouer au bowling ici. En échangeant des poignées de mains secrètes.

Elle exécute une poignée de main secrète qui l'agite de la tête aux pieds.

— Les francs-maçons ne sont pas les seuls à avoir une chouette société secrète. Prenez le Vatican. Il a des tas de secrets. Et il est plein aux as, pas vrai ? Il a tout ce qu'il faut : une armée, une banque, un bureau des passeports pour les criminels de guerre…

Elle baisse le nez sur le passeport qu'elle tient à la main :

— « Docteur Mengele — elle tamponne le document, paf ! et sourit —, bon voyage, monsieur. » Je n'ai jamais rien compris à ce pays — le Vatican — dirigé par une poignée d'hommes en robe et chapeau pointu qui portent des croix et n'admettent ni les femmes ni les juifs. Il ne s'agirait pas plutôt du Ku Klux Klan, des fois ?

Pendant que les spectateurs rient, elle s'éponge le front. Elle ferme les yeux et voit des lignes jaunes, les lumières ont perdu leur contour, faisant des spectateurs un magma indistinct.

— Si j'étais Marie, je serais folle de rage, dit-elle, soudain trop consciente de sa propre voix. D'abord, elle épouse un garçon hypersensible, un « féministe » sans le sou. Pensez donc. Il n'a pas les moyens de leur payer l'hôtel… à Noël !

C'est comme s'il y avait un léger décalage entre le moment où les mots sortent de sa bouche et celui où ses oreilles les saisissent. Tout va bien, on rit, elle s'en tirera à force de volonté, puis elle rentrera boire un Neo-Citran.

— Elle accouche dans une étable et voilà des types qui rappliquent avec des cadeaux inutiles — de la myrrhe ? « Qu'est-ce que vous voulez que j'en foute ? » Sans compter qu'il n'y en a que pour le bébé. Voilà que l'Église arrive avec ses gros sabots et nous dit que Joseph n'est pas le père. C'est Dieu qu'il faut féliciter. En plus, Marie est vierge. Pardon ? Le pire, cependant, c'est que les pères de l'Église — les types au bonnet pointu — s'assoient, grisonnants, sérieux, saints en somme, et débattent de la question de savoir si Marie a souffert en donnant naissance à l'enfant.

Voix de chef d'antenne un peu tarte :

— «Qu'est-ce que vous en pensez, Augustus?» «Eh bien, Fluvius, je suis d'avis qu'elle n'a rien senti du tout. Et vous, Peticus?» «Une sinécure, une vraie partie de plaisir. Et vous, Thomas?» «Moi, euh… je vais dire comme lui, fait saint Thomas d'Aquin. Accouchement sans douleur.»

Madeleine marque une pause.

— Sans dou-leur?

Elle regarde les spectateurs d'un air incrédule.

— Et comment qu'elle a eu mal!

Hystérique.

— Elle a poussé, dans une étable, elle a expulsé le fils de Dieu. Il était gros, le petit Christ! Il avait une grosse caboche pleine de sainteté, c'était le fils de Dieu, bordel! Elle a eu mal! Elle a eu fou-tre-ment mal, vous avez compris?

Normalement, à ce stade, la voix d'Iggy Pop retentit dans les haut-parleurs, noyant les rires, tandis que Madeleine se contorsionne et improvise quelques *lazzis,* vieux terme de commedia dell'arte désignant des mouvements comiques : *schtick* en yiddish. Elle trébuche dans le fil du micro, et la série de culbutes finit par un numéro de déséquilibre dément. Elle n'a plus un seul os dans le corps. Gumby et Pokey bourrés d'amphètes.

Ce soir, cependant, elle reste figée sur place. L'obscurité, les rires, les applaudissements, les sifflets ne sont plus amicaux ni chaleureux, ils ne sont rien du tout. Là-bas, les silhouettes et les lumières sont aussi étrangères qu'une piste d'atterrissage la nuit. L'engourdissement monte de ses mains à ses coudes, la tache de lumière vacille et elle perd une partie du monde sur sa gauche. Tout un pan de son champ de vision a disparu, enterré comme s'il n'avait jamais existé, l'enseigne qui indique la sortie évanouie tout simplement.

Elle rentre tant bien que mal. Conduit lentement, s'efforce de rester en vie, craignant non pas un accident, mais quelque chose d'indicible.

— C'était peut-être seulement le trac.

— Vous croyez? demande la thérapeute.

— Une idée de Christine.

Devant la question silencieuse de Nina, elle ajoute :

— Ma petite amie. Ma partenaire. Ce que vous voulez.

«Crise de panique» ne convient pas, même si, officiellement, c'est sans doute ce qu'elle a eu. L'oblitération totale et complète de tout le connu. L'étrangeté soudaine et indéfinissable du familier ; l'observation consternante du fait que les pieds se posent l'un devant l'autre. La conscience de la dissociation des choses. Un doigt mystifié par une main.

Madeleine poursuit en se disant que la thérapeute à la noix va lui apprendre qu'elle souffre de crises de panique. Il ne lui restera qu'à lui dire d'aller se faire foutre.

— Crises de panique, pas vrai ? finit-elle par demander.

— C'est comme ça que vous les décririez ?

Bien répondu, docteur.

Nina lui demande si quelque chose s'est produit dans sa vie, dernièrement, s'il y a eu du changement.

— Vous croyez que j'ai besoin d'une excuse pour perdre la boule ? Je suis une comique. La plupart du temps, je suis à moitié folle.

— Vraiment ?

— C'est ce que veut le cliché.

— Utile ?

— Les filles adorent.

— Je me demande, dit Nina, si un événement a pu déclencher la... chose.

— Je suis probablement au bout de mon rouleau. Ce ne serait pas la première fois. Le mode d'emploi ? Vous travaillez à vous en rendre malade, vous faites comme si c'était de la tarte et vous arrivez à vos fins.

— J'ai l'impression qu'il faut être plutôt stable pour y parvenir.

Madeleine hausse les épaules, flattée, mais non disposée à le laisser voir.

— Pourquoi êtes-vous ici, Madeleine ?

Madeleine convoque les ressources de son ironie, mais elles battent en retraite, tel un vampire à la première bouffée d'ail. Elle résiste à la sensation d'être une peinture sur velours, ses yeux bruns sirupeux, sa gorge gonflée de larmes — pourquoi ? *Oh non. Les émotions passent à l'attaque. Courage... fuyons.* En regardant Nina dans les yeux, elle dit, raisonnable :

— J'éprouve un désir brûlant d'écorcher des chiots et de violer de jeunes enfants.

L'expression calme et réfléchie de Nina ne change pas. Elle attend.

— J'ai pleuré à l'épicerie.

— Dans quel rayon ?

Madeleine rit.

— Produits ethniques, répond-elle en sanglotant. Bordel.

Elle ricane.

— Vous voyez ? C'est bizarre… est-ce une sorte de ménopause précoce ? Faut-il que je m'achète de l'extrait de patate douce ?

Elle relate ses accès récents d'incontinence : prise au piège des larmes à la vue d'une femme en sari qui met une boîte de pois chiches dans son chariot. La brise mène jusqu'à elle le jappement d'un chien, sa main se porte à ses yeux, elle s'immobilise, comme si un frisbee l'avait frappée de plein fouet, et elle sanglote. Chagrin insondable face à la résistance angoissée d'un enfant à qui on veut faire porter un bonnet de soleil, face à un vieil homme qui, dans la queue, à la banque, psalmodie : « Northrop Frye, Northrop Frye ». Pendant des émissions de cuisine, devant la compilation en réclame de vingt-cinq grands succès. « Offrez-vous ces instants magiques pour seulement… »

— Vous êtes là pour ça ?

— Oui, il faut que je réduise ma consommation de télé pendant la journée.

Nina attend.

— Mon père a fait une autre crise cardiaque, s'entend-elle dire.

Elle sent son visage se tirer. Rictus de chagrin. Elle sort quelques mouchoirs de la boîte.

— Il y a quelques mois. Il n'en mourra pas, vous savez.

C'est vrai. « J'ai de la chance, lui a-t-il dit en janvier. Une maladie d'homme riche. Les choses que les médecins peuvent faire, de nos jours. Même pas besoin de m'ouvrir… »

— Vous êtes proche de votre père ?

Madeleine fait signe que oui, essaie, vainement, de prononcer les mots. Nina attend.

— Il est mon meilleur…

— Votre meilleur quoi ?

Madeleine secoue la tête.

— C'est idiot. Je ne sais pas pourquoi je n'arrive pas à le dire. C'est tellement fleur bleue.

Elle se redresse, inspire et déclare :

— Il est mon meilleur vieux pote.

Voilà. C'est dit.

Ses joues, cependant, se contractent de nouveau, et ses yeux coulent de plus belle. Elle est en plus mauvais état qu'elle ne l'avait pensé. À moins qu'elle ne soit tout simplement une actrice surdouée — je me trouve dans le bureau d'une thérapeute, où je suis censée craquer, alors je craque. Le rôle est à moi ?

— Et la douleur, Madeleine ?

— Ah, la douleur.

Madeleine soupire.

— Ça fait moins mal qu'un poil pubien qui colle à la bande adhésive d'un protège-slip, mais plus qu'un coup de fourchette dans l'œil.

En janvier, Madeleine a effectué en quatre heures quinze minutes le trajet entre Toronto et l'Institut de cardiologie d'Ottawa.

— Doux Jésus, a dit Jack en rigolant. Tu as franchi le mur du son ?

Assis sur son lit, il lisait le *Time* — elle avait tout de suite été rassurée. Des électrodes allaient de sa poitrine sous la chemise d'hôpital bleue à un moniteur cardiaque, des intraveineuses sortaient de son poignet et un masque à oxygène pendait négligemment à son cou. Derrière deux jeunes infirmières qui plaisantaient et faisaient grand cas de lui en changeant les sacs pour perfusion — un de soluté et un d'anticoagulant —, il lui avait fait un clin d'œil et avait soulevé le pouce en signe de victoire. De crainte que son visage ne se désagrège, Madeleine avait souri, fière, l'espace d'un moment irréel, d'avoir le papa à l'agonie le plus séduisant et le plus jeune d'allure de l'étage.

Les infirmières s'étaient présentées et lui avaient recommandé de ne pas trop faire rire son père, avant d'ajouter qu'elles adoraient son émission.

— Il est très fier de vous, vous savez.

Elles étaient sorties et Jack avait continué de sourire, si largement qu'elle voyait sa dent en or.

— Comment ça va, papa ?

— À merveille. On me renvoie à la maison demain.

— Et ton ?… On t'opère…

— Non, plus maintenant.

Il avait agité la main.

— Pas besoin. Le chamane a agité quelques grelots au-dessus de moi et a dit : « C'est bon. Foutez-moi le camp d'ici. »

— On ne t'opère plus ? Pourquoi ?

Elle a la voix mate et métallique. On dirait de la coutellerie.

— Parce que je suis mieux sans, dit-il, désinvolte.

— Vraiment ?

Il avait ricané, incrédule.

— Bien sûr que oui.

Comment ça, un serpent sous le lit ?

Mimi était allée aux toilettes au bout du couloir. Madeleine avait marché lentement avec son père et son pied à perfusion. Sa chemise bleue bâillait dans le dos, laissant entrevoir son caleçon Stanfield's. Par souci de discrétion, il avait baissé la voix — précaution inutile puisqu'elle s'était éclaircie au même titre que son sang.

— Ces gens-là sont vraiment malades, avait-il dit.

Des patients à l'air beaucoup plus vieux, d'une maigreur cadavérique et d'une fragilité monumentale, avançaient à tout petits pas, comme si, en leur sein, ils transportaient une bombe.

Elle lui avait parlé de l'option prise par le réseau américain pour son émission spéciale d'une heure. Il avait ri en entendant le titre — précautionneusement. Lui aussi avait une bombe dans la poitrine. Il allait mieux, apparemment. Ils étaient retournés à la chambre. Elle s'était assise au bord du lit surélevé et lui dans le fauteuil, une main sur le pied à perfusion, comme s'il s'agissait d'un accessoire banal, quotidien. Comme d'habitude, il avait pris des nouvelles de l'état des finances de sa fille et elle lui avait demandé si elle devrait s'installer aux États-Unis. Il avait pris la serviette en papier sous son verre de jus en plastique et tracé deux colonnes : « Avantages et Inconvénients ». Pendant qu'ils dressaient la liste, elle avait dit :

— J'ai parfois l'impression de ne rien faire d'utile.

De la tête, il avait désigné la porte.

— Le cardiologue sait ce qui se passe ici, avait-il fait en désignant sa poitrine, et il pourrait même me donner un nouveau cœur si j'en avais besoin. Ce n'est pas un mince exploit. Cela dit, pas mal de gens y arriveraient, à condition d'étudier. Rares sont ceux, en revanche, à qui il suffit d'ouvrir la bouche pour faire crouler de rire une salle bondée de parfaits inconnus. Le rire est le meilleur remède du monde. Continue de faire les choses à ta manière.

Elle avait souri et contemplé ses pieds ballant au-dessus du sol.

Ils avaient mis la dernière main à la liste. « Avantages : le plus important marché anglophone du monde, des affinités culturelles et politiques profondes, la satisfaction professionnelle, la gloire, l'argent. Inconvénients : ton identité canadienne, maman. »

— Maman ?

— J'ai bien peur que tu lui manquerais terriblement.

Madeleine arque les sourcils et, de force, purge sa voix de toute trace d'ironie.

— Vraiment ?

Il fait signe que oui — stoïque, complice —, boit son jus à l'aide de la paille articulée. Ses yeux bleus s'arrondissent et sa bouche travaille méticuleusement, siphonnant le liquide. Il a l'air si innocent —

on dirait un enfant. Elle immobilise son visage, tente de repousser l'attaque du chagrin dans sa gorge. L'inconvénient majeur, elle le connaît trop bien — il lui manquerait terriblement : *si papa mourait pendant que je suis au loin ?*

Il l'avait interrogée sur Christine et elle s'était mise à lui caresser la tête pour lui faire plaisir.

— Tout va bien, papa, merci. Nous songeons à acheter une maison.

Elle avait saisi le regard d'avertissement de son père. En se retournant, elle avait vu sa mère entrer dans la chambre. Elles s'étaient jetées dans les bras l'une de l'autre, et Madeleine avait respiré le parfum familier de tabac et de Chanel. Elle avait été réconfortée, malgré elle.

La voix de Jack était presque celle d'un garçon.

— Dis donc, maman, j'ai dit à Madeleine qu'on m'avait signifié mon congé. Pas besoin d'intervention.

Madeleine avait mesuré l'humeur de sa mère. Revêche. Elle avait dû entendre le nom de Christine. Madeleine avait résolu d'être gentille.

— Tu as apporté le Scrabble, maman ?

Mimi avait souri de toutes ses dents et plongé la main vers la tablette sous la table de chevet. Madeleine l'avait vue décocher à son père un regard plein de sous-entendus et s'était demandé ce qui se passait, mais il avait tiré vers lui la télé portative noir et blanc et trouvé les actualités. La grande évasion.

Madeleine avait sorti une poignée de lettres du vieux sac en flanelle Crown Royal. Mimi l'avait imitée.

— *Voilà**, j'en ai pris sept sans même compter, dit Mimi.

— Moi aussi. C'est bizarre, non ? Après toutes ces années, tu crois que les plaquettes ont absorbé l'énergie du jeu ?

— Aucune idée. Demande à ton père.

Il avait le visage tendu qu'il prenait toujours pour regarder les nouvelles. La marque d'une certaine forme de contentement masculin.

Penchée sur ses lettres, Madeleine avait constaté l'inévitable. Le mot, dans le désordre mais immanquable, lui avait sauté aux yeux : GOUINE. Soupirant, elle avait écrit : ÉGOÏNE.

Un compte à rebours… *Cinq, quatre, trois, deux, un… mise à feu.*

— Nom d'un chien, avait soufflé Jack.

— Quoi ? Qu'est-ce qu'il y a ? avait demandé Mimi.

— Attends, on va le remontrer.

Serrés devant le petit écran, ils avaient vu la navette Challenger exploser.

— Votre mère n'accepte pas votre sexualité?

— Ça, c'est le moins qu'on puisse dire, docteur.

— Vous êtes enfant unique?

— Non.

Madeleine a perçu un ton d'agressivité dans sa propre voix.

Nina attend.

— J'ai un frère.

Nina attend.

— Il est parti.

— Quand?

— En soixante-neuf.

Les yeux posés sur Nina, Madeleine sent une brûlure cuisante sur son visage. Vas-y. Pose-la, ta question. *Pour me faire plaisir.*

Nina, cependant, pose une question différente.

— Pourquoi êtes-vous si en colère, Madeleine?

Madeleine change d'expression. Se fait aimable.

— Vous vous souvenez des pierres lunaires?

Nina attend.

Ce petit jeu se joue à deux. Madeleine sourit, sans cligner des yeux, aussi inexpressive qu'une marionnette qui attend qu'on insère une pièce dans la fente sur sa main.

— Nous devons nous arrêter maintenant, Madeleine.

— Vous avez eu votre dose, pas vrai? Trouillarde.

— Non, notre temps est écoulé. Vous voulez revenir la semaine prochaine?

— Vous voulez vous asseoir sur mon visage?

L'expression de Nina ne change pas.

— Comment ai-je pu dire une chose pareille?

Nina hoche la tête.

— J'ai besoin de thérapie, ça s'entend.

Nina attend.

— Je peux revenir la semaine prochaine, s'il vous plaît?

Au cours de l'été 1969, ils s'étaient retrouvés tous les trois devant le téléviseur de la salle de jeux. Mimi demeurait parfaitement immobile, sans repasser, sans fumer. Madeleine était assise à côté d'elle sur le canapé. Jack trônait dans son fauteuil de relaxation en cuir et Mike avait disparu depuis belle lurette. Où qu'il fût, il regardait lui aussi. Le monde entier regardait. Walter Cronkite, la « voix de l'espace », allait leur présenter des images en direct de la Lune. Madeleine s'attendait à ce que son père dise « l'histoire en train de se faire » d'un instant à l'autre, mais il se contentait d'observer, les lèvres serrées. Son profil grave, fixé sur l'écran, lui rappelait quelque chose, mais elle n'aurait su dire quoi. Une autre émission de télé, il y avait des années… Sous les photographies des astronautes, tout sourire, la voix du regretté John F. Kennedy avait retenti : « … notre nation doit s'engager à faire atterrir, avant la fin de la décennie, un homme sur la Lune et à le ramener sain et sauf… » Et elle s'était souvenue : accroupie sur le palier en pyjama, les genoux serrés dans les bras, en train d'écouter la rumeur creuse de la télé qui montait jusqu'à elle. *Quiconque croit que Centralia est hors de la portée des missiles russes fait cruellement fausse route.* Ces paroles, que sa mémoire veut attribuer à Kennedy — elle entend distinctement son accent bostonnais —, c'est M. March qui les a prononcées, elle le sait bien. M. March explique la théorie des réactions en chaîne : *Faute d'un clou le fer fut perdu, faute d'un fer le cheval fut perdu…*

Walter Cronkite l'avait ramenée à la réalité. « En direct, depuis la Lune… » Sur l'écran, la capsule *Eagle* se pose, chétive et extraordinairement fragile, insecte plutôt qu'oiseau. La botte de Neil Armstrong touche la surface et soulève un nuage de poussière lunaire. « C'est un petit pas pour l'homme… »

— Nous les avons battus, avait dit Jack.

Mimi avait jeté les bras en l'air.

— Qu'est-ce qu'il a dit ? *Bon D'jeu*,* Jack, tu as parlé en même temps que lui.

— Ils vont le faire rejouer.

Ils avaient vu le reflet de la Terre dans la vitre d'un casque de la NASA. Ils avaient vu l'astronaute marcher lentement, en apesanteur, sans contour défini, comme dans un dessin d'enfant. Sa tête ronde luisante ; les mouvements rudimentaires des bras et des jambes recouverts de blanc, les articulations segmentées ; chenille lente et bondissante, armée du drapeau américain, planté dans la mer de Tranquillité. Pour vrai. Là-haut. Sous nos yeux, ici sur la Terre, dans la salle de jeux.

Jack avait redressé son fauteuil, bang ! Puis il s'était levé, résolu, apparemment, à quitter la pièce. Mimi l'avait ignoré.

— Tu ne regardes pas la suite, papa ?

— Pour quoi faire ? Il a fait son boulot. Mission terminée.

Madeleine était en état de choc.

— On dirait une foire foraine, avait tranché Jack.

Mimi avait tendu la main vers son paquet de cigarettes, et Madeleine s'était raidie. Elle avait horreur de leurs prises de bec. Tel un oiseau de Hitchcock, sa mère picorait sans relâche le crâne de son père avec ses serres rouges. Pas étonnant qu'il perde patience. Mimi était en pleine ménopause — on dirait une « mauvaise période » géante et sans fin, s'était dit Madeleine, mesquine, en regardant le visage crispé de sa mère. Il y avait une accalmie depuis le départ de Mike, mais la situation demeurait tendue. Aride.

Son père avait poursuivi en désignant la télé, pour que Madeleine ne s'imagine pas qu'elle était la cible de son amertume.

— Ces types vont faire plouf dans l'eau — s'ils ne se consument pas au moment de réintégrer l'atmosphère —, et ils auront droit à un grand défilé, avec des serpentins et tout le tralala, et nous ferons tous semblant de nous intéresser aux pierres lunaires. La vraie histoire, cependant, personne ne veut l'entendre.

— Qu'est-ce que tu veux dire ?

Madeleine avait décelé quelque chose dans sa voix — quelque chose de nouveau ou qu'elle percevait pour la première fois. Une forme d'apitoiement sur son sort. Attitude qui lui était apparue comme repoussante et embarrassante.

— Personne ne veut savoir ce qu'il a fallu faire pour qu'ils se rendent jusque-là.

Du pouce, il avait montré le plafond. Ses joues s'étaient couvertes de plaques rouges et sèches.

— Pendant qu'ils se lamentaient et dénonçaient la brutalité policière, libérez ceci, mettez-moi des couleurs psychédéliques là, les hippies ne se rendaient même pas compte de ce qui se passait sous leur nez.

Cette voix, ce n'est pas celle de son père. Son père exprimait des opinions, en termes parfois véhéments, mais toujours de façon communicative, invitant la discussion. Cet homme geignait.

— Tu veux savoir où le programme spatial a pris naissance ? avait-il demandé, les lèvres serrées.

Madeleine ne s'y retrouvait plus.

— D'accord.

— Tu as déjà entendu parler de Dora ?

— Qui ?

— Qu'est-ce qu'on vous enseigne à l'école ? La sociologie et la vannerie ? Dieu ait pitié de cette génération...

— Chut, avait fait Mimi.

Walter Cronkite avait établi la communication avec le centre de vols spatiaux Marshall, où Wernher von Braun attendait. Jack avait quitté la pièce.

Plus tard, ce soir-là, Madeleine avait demandé à son père qui était Dora, mais il avait balayé la question du revers de la main.

— C'est de l'histoire ancienne.

— Tu es en colère contre moi, papa ?

Il avait ri.

— Mais non, qu'est-ce que tu vas chercher là ? Laisse-moi te dire une bonne chose. Tu as de la chance d'appartenir à une génération de rustres. Tu auras tout le loisir de les remettre sur le droit chemin.

Il lui avait proposé d'aller au cinéma. *Butch Cassidy et le Kid.* Mimi ne les avait pas accompagnés. Elle ne les accompagnait jamais.

À leur retour, Mimi était au lit. Jack leur avait préparé un goûter : des sardines sur canapé avec un concombre cassé en deux qu'ils saupoudraient de sel, une bouchée à la fois. Un festin digne des dieux. Ils avaient parlé des origines de la vie, de la question de savoir s'il y avait une finalité, un plan d'ensemble, de la nature du temps et de l'illusion qui nous fait croire qu'il progresse. Il lui avait servi un scotch, lui avait appris à le déguster. Les Écossais formaient le peuple le plus civilisé de la terre, après les Irlandais, dont ils descendaient. Ils nous avaient légué le golf, le single malt et la comptabilité. Il avait ri et elle avait aperçu sa dent en or. Il lui avait demandé où elle voulait être dans cinq ans.

— À la télé, avait-elle répondu.

Il s'était emparé d'une serviette en papier, avait trouvé un crayon dans la boîte à café de Mimi, en avait léché le bout et avait tracé un organigramme.

— La première étape ?

L'homme qui geignait réapparaissait de loin en loin, mais elle le dissociait de son père. Jamais il ne lui serait venu à l'idée que la femme qui multipliait les reproches et les plaintes n'était pas sa mère.

Après sa rencontre avec la thérapeute, Madeleine pousse son vélo à travers Kensington Market. Elle a choisi de ne pas l'enfourcher, consciente d'être porteuse d'un colis qui ne doit pas être secoué. Elle se représente une série de blocs en bois sur lesquels figurent des lettres de l'alphabet, F bleu, O rouge délavé, L flegmatique… Ils forment une pile à l'équilibre précaire, comme si on venait de s'en servir pour jouer et qu'ils menaçaient de s'écrouler sous l'effet d'une porte qu'on claque ou d'un pas d'adulte.

Le spectacle et la rumeur du marché l'enveloppent, son opulence anarchique la réconforte. Des plumes se soulèvent sous les pieds des passants, les rues étroites sont encombrées de voitures, à la merci de piétons aussi insouciants que des pigeons. Madeleine lève les yeux. Sous le soleil d'avril à midi, les arbres bourgeonnent, au même titre que les mille parfums du marché — *empanadas,* fiente de poule et brie. Des

Antillais, des Portugais, des Latino-Américains, des mangeurs de luzerne, des punks, des artistes démodés, la « vieille dame qui habite dans cette maison depuis 1931 », des Coréens, des Italiens, des Grecs, des Vietnamiens, des Sud-Asiatiques… Les politiciens affirment à qui veut l'entendre que Toronto est une « grande ville du monde », et on a érigé des monuments à la gloire de la prospérité des années quatre-vingt — des sièges sociaux de banques plaqués or, la tour du CN. Mais c'est ici, où de si nombreuses personnes venues de partout ont élu domicile, que Toronto prend sa véritable dimension mondiale.

Elle quitte Augusta et s'engage dans Baldwin Street, déjà reconnaissante pour l'ombre des auvents miteux. Même si la plupart des animaux finiront dans une casserole, on a moins l'occasion de les entendre crier, de les voir courir en liberté dans les cours. Dans la vitrine du poissonnier, des tortues géantes remuent comme des pierres vivantes ; des homards condamnés se piétinent à qui mieux mieux dans leur aquarium ; des truites et des thons luisants gisent sur leur lit de glace concassée et, par leur regard à un œil, transcendent la division entre eau douce et eau salée. Dans la vitrine du boucher, on voit, au-dessus d'une promesse, « Animaux vivants ou abattus depuis peu », une trinité souriante, tracée au pochoir : un cochon, un veau, un poulet. Des lapins écorchés pendent la tête en bas, on dirait des chats. Ici, pas de faux-semblants. Rien n'est vendu dans une barquette en styromousse coiffée d'un logo, toutes traces des sabots et des oreilles gommées. L'aliment le plus transformé que vous allez trouver ici, c'est de la tartinade à sandwich Kraft, et vous avez intérêt à épousseter le couvercle d'abord. Il y a des tours de légumes, des barils de noix et de riz dont le contenu, s'il était renversé, suffirait à suffoquer un homme dans la force de l'âge. Pour moins de cinquante dollars, on peut s'acheter une garde-robe complète : Doc Martens, blouson de flanelle à carreaux, gilet de sécurité orange et robe bain de soleil en polyester.

Le marché est bordé à l'est par le Chinatown qui s'est formé le long de Spadina Avenue, après la retraite vers le nord de la première vague de juifs d'Europe de l'Est, devenus prospères. Les comptoirs cascher ont cédé la place aux canards laqués, les coupons de tissu aux dragons brodés. Ce sont désormais des femmes venues de Hong-Kong qui font griller les *bagels* et les garnissent de saumon fumé. Les boutiques et les logements se serrent les coudes, les enseignes peintes à la main proposent des traductions un peu cavalières des langues d'origine — restaurants, salons mortuaires et cliniques d'amaigrissement, « Comptoir de manger », « Centre de taille en danger », « Funérarium volant ». Sans parler d'une curieuse concentration d'écoles de conduite.

Au carrefour, un poteau de téléphone, hérissé d'agrafes, dont certaines ne retiennent que des lambeaux de papier cornés, les coins de feuillets depuis longtemps arrachés pour faire place à de nouveaux bruits — *Non aux missiles Cruise, Pour le libre choix des femmes, Apprenez à penser en espagnol! Rétrospective de Reg Hart, Appartement en sous-sol ensoleillé, Avez-vous vu notre chat? Les Vile Tones au Cameron, Hamburger Patty au El Mocambo, L'avortement est un meurtre! Jeudi, la soirée des gouines.* Une nouvelle affiche sur papier glacé attire son attention — trois femmes en tailleurs coordonnés, dont l'allure chic fait penser aux films noirs, devant l'imposant demi-cercle de l'hôtel de ville. La course à la mairie bat son plein. Le favori est un politicien du nom d'Art Eggleton. Les femmes sur l'affiche appartiennent à une troupe multimédia de théâtre parallèle appelée Video Cabaret. Elles briguent la mairie à trois. Leur slogan : « L'art contre Art ».

Toronto est une vaste commode aux grands tiroirs, et tout va pour le mieux : il y a assez de place pour qu'on joue du coude, assez de subventions aux artistes pour qu'on croie qu'il n'y en a pas assez, et les immigrants pressés d'échapper à un monde de plus en plus dangereux se bousculent au portillon.

En bas de Spadina et le long de King Street, d'anciennes filatures — ex-ateliers de misère encore à des années d'être convertis en lofts — servent de salles de répétition caverneuses et de studios où des artistes vivent en toute illégalité. Des milliers d'épingles ont élu domicile entre les lattes des planchers de bois. C'est dans un de ces bâtiments — le Darling Building — que Madeleine travaille avec Olivia à une pièce intitulée *Le Cerf.* Dynamique déroutante et glaciale appelée « création collective ». Elle se sent aussi étrangère que les femmes de Hong-Kong devant qui des habitués en costume fripé s'assoient au comptoir du café Bagel et commandent des *knishes.*

Olivia lui a proposé de faire partie du groupe d'actrices avec qui elle crée une nouvelle lecture féministe de la tragédie grecque *Iphigénie.*

— Pourquoi ne pas l'appeler *Mort à Venaison?* avait demandé Madeleine.

— Je crois que c'est une affaire de colonialisme, avait répondu Olivia, et Madeleine avait sagement hoché la tête.

Le « théâtre parallèle » est aussi éloigné de la comédie que faire se peut, mais Christine l'a encouragée à dire oui, et Madeleine a risqué le coup, ne serait-ce que parce qu'Olivia a une manière piquante de l'idolâtrer et, en même temps, de contester tout ce qu'elle dit. L'action du *Cerf* se déroule dans un paysage mouvant qui évoque la clôture de Greenham Common et la forêt tropicale. Avec un compositeur, Olivia travaille à une trame musicale qui mêle, outre la musique baroque et le jazz latin, des extraits du texte du *Docteur Folamour*. La veille, elles ont improvisé une scène au cours de laquelle le cerf, prisonnier des phares d'une voiture, était interrogé en espagnol et en anglais.

— Avez-vous ou non fait partie de la guérilla sandiniste ? Vous êtes fatigué, amorphe ?

L'ensemble n'est pas tout à fait dénué d'une certaine cohérence, mais Madeleine répugne à l'idée de l'admettre devant Olivia. Le cerf lui-même, Madeleine, joue un rôle purement physique.

— Pourquoi moi ? avait demandé Madeleine.

— Parce que tu es douée pour les récits et les personnages.

— Je croyais qu'on faisait du théâtre d'avant-garde non narratif, non divertissant.

— D'où ton importance.

Elles sont allées au Free Times Café. Olivia lui a offert une bière et lui a demandé son opinion sur tout, en dépit de ses protestations.

— Je ne connais pas grand-chose à l'art. En revanche, je ne connais pas grand-chose à l'art.

Olivia est belle à croquer, quoique un peu cérébrale d'obédience punk. Tout le contraire de la secrétaire classique des années cinquante à qui son patron dit :

— Enlevez vos lunettes, mademoiselle Smithers, et détachez votre chignon.

Et *voilà**. Une femme fatale.

En écoutant, Madeleine s'est mise à loucher — sa façon à elle de se déclarer allergique au genre d'intellectualisation dont Christine et Olivia raffolent.

— Mais tu es une intellectuelle, Madeleine.

Madeleine avait répondu d'un air de marionnette de derrière les fagots, et Olivia avait ri, ce qui ne l'avait pas empêchée de mettre à nu et de déconstruire les préjugés auxquels Madeleine tenait le plus.

— Tu travailles en permanence dans le monde des idées, ton travail porte sur quelque chose.

Les yeux d'Olivia sont d'un bleu cristallin brûlant aux iris bordés de noir. Ils donnent de l'éclat à sa peau olivâtre.

— Je déteste me disputer. Tu veux bien me dire pourquoi je me dispute avec toi ?

— Nous ne nous disputons pas. Nous discutons. Je te pose des questions sur toi. Tu adores ça, dit Olivia, raisonnable.

Au coin de sa bouche, il y a un petit creux — pas une fossette, à proprement parler, plutôt une parenthèse — qui s'attarde après qu'elle a souri. Ombres du visage qu'elle va prendre en vieillissant, érodé par le bonheur.

— Coucou ?

— Comment ça, coucou ?

— Tu viens de décrocher complètement.

— Ah oui ? Euh… je ne reçois pas mes ordres de toi, ma cocotte.

Madeleine décide de s'arrêter boire un café. Olivia occupe les deux derniers étages d'une de ces maisons en état de dégénérescence joyeuse, au-dessus d'un bar et d'une rôtisserie. Christine, chargée de cours à l'université, a eu Olivia comme étudiante. Avec quelques années en moins, Olivia fait office d'enfant abandonnée, Christine insistant pour la nourrir et même, à l'occasion, lui refiler des vêtements.

— Tiens, prends ça. De toute façon, je ne maigrirai jamais à ce point-là.

Maintenant, Olivia a un domicile fixe. Le mois dernier, elle les a invitées à dîner. Elle a préparé un chili végétarien et elles ont mangé à une longue table à chevalets en compagnie des cinq colocataires déguenillées d'Olivia. Madeleine n'avait jamais compris l'attrait de la vie en communauté. Malgré un grand respect pour le végétarisme, Christine s'était réveillée au milieu de la nuit, affamée, et avait préparé des sandwichs bacon-laitue-tomate. Elle en avait profité pour taquiner Madeleine.

— Olivia a le béguin pour toi.

Madeleine ne s'y trompait pas.

— Tu veux rire ? Tu es beaucoup plus dans ses cordes, ma chérie. D'ailleurs, elle n'est pas mon genre.

Madeleine déniche une jolie table maculée de chiures d'oiseaux devant le Café LaGaffe et commande un cappuccino. À la faveur du festin végétarien, elle a appris que la mère d'Olivia est algérienne et que son père est pasteur de l'Église unie. Elle a les yeux bleus et parle français avec un accent arabe. Inutile que Madeleine explique à Olivia ce qu'est une contradiction.

La voix rauque de Marianne Faithfull dans les haut-parleurs : *It's just an old war, not even a cold war, don't say it in Russian, don't say it in German…* Madeleine récupère une pochette d'allumettes vide sur l'asphalte et s'en sert pour caler une des pattes en fer forgé. « Réussir sans Colleen », lit-on sur la pochette. Madeleine cligne des yeux. *Collège. « Say it in bro-o-oken English… »*

Au-dessus des toits de bardeaux et entre les gratte-ciel qui se profilent derrière, elle aperçoit la tour du CN. Elle sent les quatre coins de la terre. Le vieux type qui transporte sur sa tête son perroquet mal embouché passe près d'elle.

— Salut, George, fait-elle.

Le perroquet se retourne et, cordial, répond :

— Va te faire foutre.

Madeleine rit.

— Je peux avoir un stylo ? demande-t-elle au garçon.

Elle tend la main vers une serviette en papier.

Dans la chambre d'hôpital, le cardiologue s'était adressé à Jack et à Mimi :

— Dans de tels cas, trois possibilités s'offrent à nous. La première consiste à prolonger la vie du patient au moyen d'une intervention chirurgicale. La deuxième consiste à améliorer son état de santé au moyen de médicaments. La troisième consiste à stabiliser le patient et à lui rendre la vie plus confortable au moyen de médicaments, d'oxygène, etc. En ce qui vous concerne, monsieur McCarthy, nous ne pouvons pas retenir les deux premiers choix.

Le docteur avait l'air d'avoir douze ans.

Jack avait le visage tendu. *Autrement dit, fiston,* s'était-il dit, *tu m'envoies crever chez moi. Merci quand même.*

— Je vois, avait-il dit en hochant la tête.

— Vous pouvez faire plus, avait dit Mimi.

— J'ai bien peur que non, madame McCarthy. Rien n'empêche votre mari de profiter de…

— *C'est assez, merci*,* avait fait Mimi en lui tournant le dos.

Le docteur avait rougi. Jack lui avait fait un clin d'œil et adressé un sourire complice.

— Bon, à bientôt, monsieur, avait dit le jeune docteur avant de déguerpir sans demander son reste.

Inutile de songer à demander une deuxième opinion. C'était déjà la troisième — Mimi avait remué ciel et terre, exploité toutes les combines pour déterminer qui était compétent, qui était excellent et qui charcutait ses patients.

— Bon, monsieur, qu'est-ce que je vais faire de vous, maintenant ? avait-elle demandé d'un ton acerbe en se retournant vers lui.

Il lui avait souri. Elle avait presque réussi à lui rendre la pareille. Elle avait fermé les yeux et serré les mains, tant que ses ongles lui avaient entamé la peau. À l'instant où des larmes jaillissaient de ses yeux, elle avait senti les bras de Jack autour d'elle.

— Tu ne devrais pas te lever.

— Qui t'a dit ça ?

Il avait rigolé dans son oreille, l'avait tenue le plus près possible, compte tenu des intraveineuses à son poignet. Elle était tiède. Fixatif et Chanel. Si douce après toutes ces années.

Comment mettre fin à une histoire d'amour de quarante ans? Tant de moments mémorables. Tant de souvenirs. Vous vous souvenez, madame? *Je me souviens**.

Que penser de si bons moments si éloignés dans le temps? Comme un tiroir resté fermé pendant longtemps. Ouvrez-le et des bouffées de mémoire et d'amour vous montent au nez. Ni chagrin ni souvenirs des moments difficiles. Comment est-ce possible? Ils avaient vécu la Dépression. Ils avaient vécu la guerre. Comment la vie pouvait-elle être si douce? Comment se fait-il que les parfums qui s'en dégagent soient ceux du lilas et de l'herbe coupée? Cet endroit ensoleillé, l'après-guerre. Avoir des enfants. Faire enfin les choses comme il faut.

Ils oscillent très légèrement. *That's why, darling, it's incredible that someone so unforgettable, thinks that I am unforgettable too.*

Ils sont restés ainsi enlacés pendant un moment. De l'extérieur de la chambre, à travers la grande fenêtre qui donnait sur le corridor, il aurait été difficile de déterminer lequel des deux pleurait. Sa femme dans ses bras, Jack éprouvait une formidable sensation de déjà vu, une vraie bénédiction. Jamais il ne s'était senti aussi reconnaissant de toute sa vie.

Mimi voulait dire la vérité à Madeleine.

— C'est toi qui décides, avait répondu Jack. Mais laisse-moi lui parler.

À l'arrivée de Madeleine, plus tard ce jour-là, Jack avait dit:

— On me renvoie à la maison demain. Pas besoin d'intervention.

En rentrant dans la chambre, après avoir retouché son maquillage, Mimi, à la vue du visage de sa fille, avait tout de suite compris que son mari ne lui avait rien dit du tout. Elle avait sorti le jeu de Scrabble. Elle avait tenu le coup.

Ils avaient dissuadé leur fille de revenir les voir trop tôt. Jack craignait qu'elle ne s'alarme à la vue de la bonbonne d'oxygène — elle était occupée, elle était jeune. Mieux valait que Mimi et lui s'habituent d'abord à son nouveau «mode de vie».

— Attends plutôt que je sois remis sur pied, lui avait dit Jack au téléphone en février, et nous irons nous offrir un steak énorme. Avec la permission de maman, bien entendu.

En mars, ils avaient promis de venir à Toronto, mais Jack avait téléphoné à la dernière minute pour lui dire que Mimi avait la grippe. En avril, ils avaient dit:

— Nous pensons aller au Nouveau-Brunswick la semaine prochaine. Pourquoi ne pas organiser un week-end en mai ?

SCÈNES DE LA VIE CONJUGALE

Alors, qui suis-je ? Dites-le-moi d'abord, et, ensuite, s'il me plaît d'être la personne que vous aurez dite, je remonterai : sinon, je resterai ici jusqu'à ce que je sois quelqu'un d'autre...

Lewis Carroll, *Alice au pays des merveilles*

Quand, vendredi soir dernier, Madeleine était rentrée après l'enregistrement — le soir où la « chose » s'était produite —, Christine avait préparé des aubergines *parmigiana*. Madeleine n'avait pas faim, mais elle avait dit :

— Ça sent rudement bon.

Elle en avait avalé une tranche et Christine lui avait fait couler un bain parfumé. Madeleine était sortie de la douche à peine deux heures plus tôt, mais Christine avait mis des pétales de fleurs dans l'eau.

— Merci, bébé.

Christine lui avait tendu un verre de vin et avait commencé à lui masser le dos de façon douce, sensuelle. C'était comme si quelqu'un tapait du pied, ébranlant les objets sur la commode de Madeleine. Quelque chose allait tomber et se casser.

— Euh… j'ai l'impression de couver un rhume.

— Ah bon ? avait fait Christine, pleine de sollicitude, en retroussant une mèche de ses longs cheveux ondulés, dont la pointe trempait dans l'eau.

— Ouais, j'ai la peau qui me fait mal.

Christine avait laissé tomber le gant de toilette dans l'eau — plouf ! — et était sortie de la salle de bains.

Madeleine avait crié :

— C'était… super-bon, bébé, je te jure, merci…

Sa voix avait quelque chose de mécanique, même à ses propres oreilles.

La mort du désir est un phénomène d'une tristesse insondable. On écrit des livres, on réalise des documentaires et on paie des conseillers pour aider des couples à raviver la flamme. Dans notre relation, il s'agit peut-être d'un reflux passager de la marée. Profitons-en pour dresser l'inventaire des trésors qui se sont échoués sur la rive entre-temps. Redécouvrons-nous. Prenons des vacances.

Il est possible que le désir renaisse, parfois chez un seul partenaire. On le détecte à des concentrations si faibles qu'on a du mal à dire quand il est éteint. La patiente est sous respirateur artificiel, mais « elle vous entend ». Quand allez-vous débrancher l'appareil ?

Avant de sortir de la baignoire, Madeleine avait attendu que l'appartement soit silencieux. Elle serait soulagée de trouver Christine déjà endormie. Elle allait malgré tout devoir résister de toutes ses forces à la tentation de la réveiller pour lui demander si elle était en colère. À supposer qu'elle ait oublié l'incident de la baignoire, cette petite « rupture de l'empathie », Christine serait à coup sûr mécontente d'avoir été tirée du sommeil. Pour la calmer, Madeleine devrait dépenser une énergie considérable, peut-être même faire appel à l'Ovaltine et au cognac. Dès que Christine lui aurait donné l'assurance qu'elle n'était plus fâchée, Madeleine risquait de lui faire payer d'avoir eu le culot de s'être énervée pour rien. La punition prendrait la forme d'une distraction silencieuse et innocente — un regard absent vers les rideaux à l'instant où elle déposerait la tasse fumante sur la table de chevet.

— Qu'est-ce qu'il y a, Madeleine ?

— Pard ?… Non, rien. Seulement… laisse tomber.

Et les véritables griefs de Madeleine dresseraient non pas la tête, mais quelques cheveux, à propos de tout et de rien. Christine ne saurait même pas quelle catastrophe elle avait évitée. Elle en aurait seulement l'intuition. Le tout à trois heures du matin.

— Tu me détestes. Allez, Madeleine, dis-le franchement.

— Dis-moi, Christine, pourquoi es-tu si en colère contre moi, tout d'un coup ?

Et le cycle allait recommencer.

En fait, Madeleine aime Christine tendrement. Si elle devait la perdre, elle aurait l'impression d'être vidée de sa substance et laissée pour morte — elle éprouve tout, en somme, sauf l'attirance sexuelle constante grâce à laquelle deux êtres s'entre-dévorent dans la joie et l'emportement pour ensuite se considérer comme faisant partie du décor, le plus civilement du monde, au petit déjeuner. Sans parler de ce qu'on appelle aujourd'hui sa « bulle », nouvelle incarnation de la bonne vieille notion d'intimité. L'intimité est sexy.

Elles avaient soudé leur union dans la vingtaine : à l'époque, vouloir protéger son intimité était considéré comme hypocrite, comme une forme de froideur patriarcale. Madeleine découvre maintenant la distinction entre secret et intimité. Avec Christine, elle n'a plus d'intimité, mais elle a des tas de secrets. Christine les sent, ces os enterrés un peu partout dans la maison, et ça la rend folle. Madeleine les a si bien cachés qu'elle ne se rend même pas compte qu'il s'agit de secrets. Souris qui meurent derrière les murs, odeurs nauséabondes qui remontent par les drains.

Christine sortira de la chambre en trombe et claquera la porte. Madeleine, furieuse d'être repoussée, tapera sur les murs avant de se marteler la tête. Selon la férocité de sa colère tenue en laisse, mais sans fondement, elle ouvrira le tiroir et s'emparera du couteau le plus tranchant, fermera prudemment le poing sur la lame, la serrera doucement jusqu'au point de lacération, mais sans le dépasser — par quels détours de la vie s'était-elle peu à peu retrouvée prisonnière des griffes d'une telle chipie ? Puis elle ouvrira la porte du frigo pour prendre un verre d'eau, verra les restes de l'aubergine *parmigiana* et éclatera en sanglots. Pauvre Christine qui avait fait la cuisine innocemment, avec amour.

Pendant qu'elles interprétaient une version de ce mélodrame vendredi soir dernier, jamais Madeleine n'avait eu l'idée de confier à Christine ce qui lui était arrivé en voiture sur le chemin du retour.

— La « guérison » ne me dit rien, vous m'entendez ? dit Madeleine au rendez-vous suivant en déposant sur le bureau de Nina, à côté d'un coquillage de conque, un chèque pour les six prochaines séances. Je ne veux pas que vous me transformiez en végétarienne. En sortant d'ici, je ne veux pas non plus être hétéro. Je veux rester exactement comme je suis, mais capable de conduire. Et, je ne sais pas, moi, de travailler.

Elle se cale dans le fauteuil et joint les mains.

Nina dit :

— Vous ne voulez être ni végétarienne ni hétérosexuelle...

— En réalité, je n'ai rien contre le végétarisme, même que ça m'intéresse, seulement je ne veux pas devenir une végétarienne aux jambes poilues.

Nina plisse les yeux.

— Vous venez tout juste de réprimer un sourire, dit Madeleine. Sinon, je vous ai offensée parce que, sous votre costume sport chanvre et lin, vous avez un pelage digne d'un Sasquatch.

Nina sourit.

— Je vais hasarder une opinion, Madeleine : vous n'êtes ici ni pour vos habitudes alimentaires, ni pour votre orientation sexuelle, ni pour votre profession. Ni même, pendant que j'y suis, pour vos aptitudes à la conduite automobile.

— Qu'est-ce que je fiche ici, dans ce cas ?

— J'espère que nous allons le découvrir ensemble.

— Vous ne pourriez pas risquer un diagnostic à l'emporte-pièce ?

— Vous voulez franchir une étape, dit Nina, mais quelque chose vous en empêche. Vous vous dites que vous devriez savoir de quoi il s'agit, mais c'est peine perdue. Un peu comme si vous tentiez d'identifier un éléphant dont vous ne verriez que deux centimètres carrés.

Madeleine est tentée de céder. À la séduction du repos. À cette idée, elle se rend compte qu'elle est fatiguée.

— Comme si je contemplais une montagne le nez collé dessus, fait-elle.

La thérapie de Madeleine inspirait à Christine des sentiments mitigés.

D'une part :

— Bravo.

— Pourquoi ? Je suis maboule, d'après toi ?

— Non, mais tu as des… problèmes.

— Moi, blême ?

D'autre part :

— Ce ne serait pas une façon détournée de me quitter, par hasard ?

— Comment ? Christine, où vas-tu chercher des…

À la place de Christine, Madeleine dirait :

— Pourquoi est-ce qu'il n'y en a jamais que pour toi ?

Madeleine, cependant, ne pense jamais à ce qu'il faut dire au bon moment. Sauf devant des centaines d'inconnus.

— Tu as vu mes clés, Christine ?

— Où les as-tu laissées ?

Ce n'est pas ce que je te demande.

— Elles sont sous ton nez, Madeleine.

Tiens, c'est pourtant vrai.

— À votre avis, Madeleine, pourquoi êtes-vous ici ?

— Dites, docteur, je croyais que c'était à vous de me l'apprendre, répond Madeleine de la voix de Bugs Bunny.

— Bravo.

— Merci.

— C'est à s'y méprendre.

— Vous voulez que j'imite Woody le pic-vert ?

— Je vous ai entendue le faire.

— Oui, c'est vrai, vous avez vu la troupe.

— Je vous ai vue en spectacle aussi.

— Vous me harcelez?

Nina se contente de sourire.

— Vous voulez que je vous fasse le rire dément de la marionnette de ventriloque détraquée?

— Je l'ai entendu.

— Vous voulez que je vous le fasse à poil?

— Je vous ai vue le faire les seins nus.

— Oh. C'est quelque chose à voir, non?

— C'était très amusant, Madeleine…

— Vous êtes américaine, Nina?

— D'origine, oui.

— D'où exactement?

— De Pittsburgh.

— Mes condoléances.

— En fait, c'est plutôt sympathique comme endroit.

— Je vous ai eue.

— Un peu.

Nina sourit.

— Tout ce que je dis, c'est que notre relation, au fur et à mesure qu'elle grandit, évolue et… s'approfondit… change inévitablement.

— Dis-le carrément, Madeleine. Tu veux me quitter.

— Quoi? Non, Christine! Nous pouvons continuer de… de vivre ensemble, d'aller en camping.

Christine roule les yeux, se sert un autre verre de vin et ne se donne pas la peine de déposer la bouteille. Elle soutient sa thèse la semaine prochaine. Madeleine s'en veut de souhaiter que Christine perde trois ou quatre kilos. Pensée indigne d'une féministe.

— Pourquoi tu me regardes comme ça?

— Comme quoi? demande Madeleine, tout le portrait de la distraction et de l'innocence.

Elle se fait penser à quelqu'un…

— Comme si tu me haïssais.

… son père.

— Je ne te hais pas.

Le verre devant les yeux, Christine la regarde fixement. Madeleine se sent malhonnête. Consciente de mentir, elle a beau s'ausculter, elle n'arrive pas à déterminer l'origine exacte du mensonge.

— Je voudrais juste que nous nous sentions libres de…

— ... baiser à gauche et à droite, dit Christine. Voilà ce que tu veux. Allez, dis-le. On te paie pour dire des horreurs à longueur de journée.

Bon, ça y est.

— Dis-le avec une voix comique.

Christine a raison. Madeleine, cependant, ne voit pas comment s'éloigner du scénario connu.

— Où tu vas ?

— Chercher de la crème.

— À d'autres, Madeleine. Est-ce qu'il t'arrive de ne pas mentir ? « Bonjour, mentit-elle. »

— Nous n'avons plus de crème.

— Il nous manque des tas de choses.

Madeleine a l'impression de mener une double vie. Troll répugnant et rongé par la culpabilité à la maison. Lumineux symbole de réussite à l'extérieur. Celle à qui tout semble sourire. Celle qui ressemble comme deux gouttes d'eau « à ma cousine ou à ma meilleure amie à l'école secondaire ou à la sœur de mon petit ami, vous la connaissez peut-être ». On sort des photos de portefeuilles ou de sacs à main. Madeleine est invariablement renversée par la totale absence de ressemblance physique.

— Dites donc, c'est stupéfiant, répète-t-elle chaque fois.

Madeleine est familière. C'est peut-être ce qui explique qu'on lui passe tant de choses, que les spectateurs soient prêts à la suivre si loin, qu'elle semble avoir de si nombreux avatars d'elle-même. Alors qu'elle craint, en réalité, qu'il n'y en ait pas un seul. Joueuse de flûte sans flûte.

Nina, qui fait sauter dans sa main une pierre rose et lisse de la taille d'un œuf, demande :

— Qui est Maurice ?

— Ne faites pas ça.

— Quoi donc ?

— Traiter mon travail comme une pathologie.

Nina attend.

— Je l'ai inventé. C'est mon travail. Je passe ma vie à imaginer des trucs bizarres. C'est pour ça qu'on me paie.

Nina attend.

— Je me suis un peu inspirée d'un instituteur dégueulasse.

Le *pad thai* conservera à jamais le goût de l'insatisfaction conjugale.

— Tu as un bon mot pour tout le monde, Madeleine. Fais comme si j'étais une parfaite inconnue. Fais comme si j'étais le putain de serveur.

Elle n'a jamais parlé de M. March à Christine. Elle n'en a jamais parlé à personne. Pas grand-chose à dire, en réalité. Un vieux cochon pour qui elle n'a plus jamais une seule pensée.

Madeleine a la manie du flirt. De nos jours, tout le monde a son trouble de la personnalité, cousu sur une manche à la façon des badges des Brownies, et le flirt est le sien. Avec des chromosomes masculins, elle serait un fumier, mais elle a plutôt un « entrain attachant » de « fée débordant d'énergie », comme l'attestent les journaux. Il n'y a pas de mal à flirter, se dit-elle, à condition que ce soit le plus souvent sous les yeux de Christine. Et d'ailleurs, elle ne se rend jamais à l'étape de l'aventure. Sauf une fois, mais c'était sans importance. Et l'autre fois, à New York.

Au fond, Madeleine sait bien qu'elle a la manie des échappatoires. Des portes dérobées. Flirter : la longue mèche menant au bâton de dynamite qui fera voler votre vie en éclats et vous projettera dans une autre. Lot des êtres terrifiés à l'idée d'être pris au piège — et plus terrifiés encore à celle d'être abandonnés. Lot des êtres pour qui faire l'amour avec quelqu'un de familier équivaut à se faire triturer les plaies étendu sur le tissu crevé de la banquette d'une voiture accidentée au beau milieu de l'été.

Certains disent que nous reprenons les mêmes motifs jusqu'au jour où nous les reconnaissons enfin pour ce qu'ils sont. Madeleine n'a pas le temps de se rendre compte. Le jeu est amusant jusqu'à ce que quelqu'un y perde un œil.

— Christine, où est ma…

— Sous ton nez.

Christine n'a même pas besoin de regarder.

— Vous vous emmerdez à mort, vous aussi ?

Nina garde le silence.

— Vous voulez jouer au parchesi ? baiser sur votre tapis bolivien tissé à la main ?

Madeleine tire des bouffées d'un cigare imaginaire.

— Ne vous en faites pas. Vous n'êtes pas mon genre.

— Quel est votre genre?

— Oh, moi, vous savez, je n'en ai que pour les femmes qui ont une abondante chevelure préraphaélite, un léger penchant pour l'alcool, une thèse en retard et une propension à la violence.

— Christine est violente?

— Non. Mais quand je la pousse à bout, fait Madeleine en esquissant un sourire, il lui arrive de perdre son sang-froid.

— C'est-à-dire?

Madeleine marque une pause, puis bondit, les mains tendues, vers le cou de Nina.

— Comme ça!

Nina ne bronche pas.

Madeleine rit.

— Christine a déjà tenté de vous étrangler? demande Nina.

— Vous savez, docteur, répond Bugs Bunny, me connaître, c'est vouloir m'étrangler.

Nina attend.

— Écoutez, je ne suis pas là pour parler de ma vie de couple. Rien n'est parfait. Je ne suis pas là pour trouver le courage de quitter la femme avec qui je vis depuis sept ans. Que voulez-vous? Un nouveau crin à votre ceinture? Beau travail. Félicitations.

Nina ne dit rien.

— Je voulais dire «cran».

Nina attend.

— «Étrangler» est un bien grand mot.

— Elle a mis ses mains autour de votre cou?

— Peut-être une ou deux fois.

— Elle a serré?

— Brièvement. Mais je ne courais pas vraiment de danger. C'est elle qui a été toute bouleversée. De toute façon, c'était de ma faute. Je sais exactement ce qu'il faut faire pour l'énerver.

— Vous pouvez me donner un exemple?

— Bon. Je me souviens d'un jour où…

Elle prend une profonde inspiration. Elle n'en a jamais parlé à personne. Maintenant qu'elle a accidentellement effleuré le sujet, tout a l'air différent. Moche.

— Eh bien… j'ai tenu des propos désobligeants sur sa trempette aux haricots et elle a un peu perdu la tête.

— Sa trempette aux haricots?

Madeleine fait signe que oui. Elle voit quelque chose vaciller sur le visage de Nina — un sourire — et sent un sourire lui retrousser les coins de la bouche. Elle relate la fin de l'incident au milieu d'un accès de fou rire.

À cause de sa thèse, Christine était en proie à une vive tension. Elle avait crié au visage de Madeleine :

— Ce que tu peux être insensible !

Comme s'il répondait à un signal, le démon s'était emparé de Madeleine, qui s'était mise à improviser — à la provoquer, selon Christine.

— Tu manques singulièrement de maturité, Madeleine.

— Je n'ai que deux ans et demi, avait répondu Titi.

— Tais-toi, Madeleine, je t'en supplie !

Madeleine avait éclaté de rire à la façon de Woody le pic-vert — *du beau boulot, docteur, vous pouvez me croire.*

Les mains avaient agrippé le cou de Madeleine, tandis que Christine, en hurlant, l'avait étouffée pendant quelques secondes. On connaît le psychodrame. Ça, c'était de la psychocomédie.

Madeleine avait résumé la situation de sa voix virile d'animateur télé :

— Dans cette affaire, la trempette aux haricots n'a jamais été en cause.

— Pendant qu'elle vous étranglait, comment avez-vous réagi ? demande Nina.

— Je suis devenue… vous savez… toute calme.

— Calme ?

— Ouais. Au point mort, vous savez. En attendant que ça passe.

— Comme si la situation vous était familière.

Madeleine regarde Nina. Sent ses mains se glacer.

— Qu'est-ce qui vous fait dire ça ?

— La réaction que vous décrivez. Vous ne semblez pas avoir éprouvé de surprise.

Madeleine prend une profonde inspiration.

— D'une certaine façon, je m'étais sentie soulagée…

Elle ignorait que c'est ce qu'elle allait dire.

Nina hoche la tête.

— Qu'est-ce que vous en pensez, docteur ? demande Madeleine au bout d'un moment. Suis-je une sorte de masochiste ? Abstraction faite de ma décision de devenir une comique, ce qui, il va sans dire…

— Je ne crois pas que les étiquettes genre « masochiste » soient très utiles. Particulièrement pour les femmes — pour personne en réalité.

— C'est de ma faute. J'ai jeté de l'huile sur le feu.

Nina se verse un verre d'eau de source.

— Qu'est-ce que vous en pensez ? demande Madeleine.

Nina avale une gorgée.

— Je trouve que Christine a la provoc facile.

Madeleine rit.

— Vous avez parlé à quelqu'un des agressions?

Madeleine se sent comme si on l'avait giflée. Jamais elle n'avait pensé que la pression exercée par Christine sur son cou, son crâne résonnant contre le mur à coups sourds, équivalait à une forme d'agression. Madeleine participe à des soirées-bénéfice organisées au profit de refuges pour femmes battues. Après tout, elle est une féministe de la base, adulée par les passionarias de la contre-culture tout autant que par le grand public, une lesbienne féminine libérée vêtue d'un blouson de cuir neuf défraîchi à grands frais.

— Ce ne sont pas des agressions.

— Ah bon? De quoi s'agit-il, alors?

Madeleine a la bouche sèche, mais elle préfère ne pas se servir d'eau de source.

— Dites donc, fait-elle, la voix traînante, vous vous imaginez un peu le scandale?

Elle reprend sa voix d'animateur :

— «Une intellectuelle féministe agresse sa petite amie, comique réputée. Pas de quoi rire!»

— Madeleine…?

— «Violence entre femmes : la haine qu'on n'ose pas nommer.»

— Mon choix de mot vous offense?

— C'est pour ça que vous avez utilisé celui-là plutôt qu'un autre, non?

Madeleine se rend compte que sa réaction est parfaitement prévisible : déni, grandiloquence, apitoiement, autodénigrement. Tout le manuel, quoi. Elle se lève et s'empare de son sac à dos.

— Je n'ai pas besoin de cette merde, marmonne-t-elle en sortant.

Madeleine a toujours admiré la capacité qu'a Bugs Bunny de s'évader par des trous commodément semés à gauche et à droite, de sillonner la planète sous terre. Voilà à quoi le travail lui a servi. Des projets en cours, des échappatoires, des tunnels raccordés les uns aux autres. Elle sort la tête au milieu d'un champ de carottes, se gave jusqu'à ce qu'on se mette à lui tirer dessus, puis plonge au milieu de la fumée et s'éloigne rapidement, toujours à la recherche du virage à gauche à la sortie de Chicago. Avec succès, du point de vue personnel et professionnel, pendant un bon moment. Puis les «choses» s'étaient produites, et la thérapie ne devait être qu'une autre porte de sortie. Or voilà que ce trou-là n'a pas été creusé par Bugs Bunny. Il était l'œuvre du Lièvre de Mars.

Maurice est assis à un délicat secrétaire. Il dégage une terne intensité. À côté de lui, une cage dorée est accrochée à un support. Dedans, un oiseau empaillé. Petits, ses mouvements, fascinants et vains, ne mènent nulle part. Il apparaît clairement, cependant, qu'une décision a pris naissance derrière ses lunettes aux verres barbouillés. Sans se presser, il ouvre un tiroir du secrétaire minuscule, en tire une petite culotte qu'il renifle avant de la remettre à sa place.

Maurice, en un mot comme en cent.

Parfois, il apparaît en costume d'époque — pèlerin à bord du *Mayflower* ou grimaçant à la manière d'une tortue parmi les visages illustres représentés sur le mont Rushmore. Tour à tour dans la peau d'un fantassin, d'Elmer l'éléphant prudent, d'un hippie. Les lunettes et le costume gris dominent toujours, avec une ou deux touches nouvelles — un chapeau de Quaker, une mitraillette et un caban, un panneau d'arrêt, le symbole de la paix.

Il reste inerte, quels que soient les événements qui se produisent autour de lui : la chute de Rome, la scène du beurre dans *Le Dernier Tango à Paris,* l'assassinat de John F. Kennedy. Qu'il soit confronté à un duel à la minute de vérité ou qu'il déambule en apesanteur sur la surface de la Lune, ses lunettes luisant sous la visière de son casque, Maurice sait toujours où trouver la culotte — dans la sacoche de selle de Ben Cartwright, sous une pierre lunaire. Invariablement, il la renifle.

Il est devenu une figure culte. Un de ces personnages qui s'émancipent de leur créateur. Dans le métro, récemment, Madeleine a entendu une adolescente dire d'un air dégoûté et ravi :

— Pouah ! C'est dégueulasse, c'est tellement Maurice !

IL Y A LONGTEMPS, en 1963, un garçon en jean rouge a disparu par une belle journée ensoleillée.

En 1973, on l'a libéré de prison sans faire de bruit. On ne l'a pas exonéré ; on lui a accordé une libération conditionnelle. Il avait été un prisonnier modèle, et les autorités en étaient venues à la conclusion qu'il ne présentait pas de danger pour la société, malgré son refus obstiné de reconnaître sa culpabilité.

L'affaire Richard Froelich a fait couler des torrents d'encre, divisé les professionnels comme les profanes. Elle a été traitée en long et en large à l'occasion de congrès de coroners et de policiers. Le pathologiste qui a témoigné au procès a lui-même publié des articles et prononcé des allocutions sur le sujet ; l'inspecteur Bradley, qui a obtenu de l'avancement, a été invité à des assemblées d'organisations chargées de faire respecter la loi, au Canada et aux États-Unis. Sans relâche, les deux hommes ont relaté l'enquête et le procès, redoublant d'efforts lorsque ont commencé à paraître des livres et des articles accusant « le système » d'avoir traité injustement un garçon peut-être innocent.

Par la suite, on a évoqué l'affaire Froelich chaque fois qu'il était question d'erreurs judiciaires ou de la peine de mort. À côté d'articles de journaux, on voyait de vieilles photos d'école du garçon et de la victime. Éternellement jumelés dans des reproductions granuleuses, leurs sourires de plus en plus distants avec le temps — les cheveux gominés et peignés vers l'arrière du garçon, selon la mode d'une époque révolue, le col Claudine de la fille. De plus en plus vieux et de plus en plus jeunes.

Avec le temps, l'affaire est entrée dans la légende. Dans les articles, on n'omettait jamais de faire allusion à des « détails troublants », par exemple les fleurs sauvages et les roseaux en croix trouvés sur le corps. La culotte de la petite sur son visage. Et le « mystérieux aviateur », automobiliste de passage qui, au volant d'une Ford Galaxy, aurait salué le garçon avant de disparaître à jamais. Certains journalistes avaient laissé entendre qu'il s'agissait peut-être du meurtrier. À la fin des années soixante-dix, un hebdomadaire d'actualité avait publié un article rendant compte d'une entrevue avec un policier à la retraite. Pour la toute première fois, Lonergan y révélait que le père du garçon, un «juif allemand du nom de Henry Froelich», disait avoir aperçu un criminel de guerre au volant de la même voiture au centre-ville de London.

Dans les années quatre-vingt, le gouvernement fédéral avait chargé une commission de faire enquête sur la présence de criminels de guerre au Canada. Certaines parties du rapport n'ont jamais été rendues publiques. On n'y accède qu'en invoquant la *Loi sur l'accès à l'information.* On y faisait état de la présence possible de milliers de criminels de guerre au Canada — notamment des gardiens de camps de concentration et une unité complète de SS d'Europe de l'Est qui, dans leur formulaire de demande de citoyenneté canadienne, avaient prétendu avoir été de simples conscrits et protesté de leur saine antipathie pour les communistes.

Quelques cas avaient fait l'objet de procès. Même si l'opinion publique demeurait divisée sur la question de savoir s'il convenait, après toutes ces années, de poursuivre des personnes âgées respectueuses de la loi — application de la justice ou «vendetta juive», jeu de la démocratie ou encore de la «propagande soviétique» —, la version de Henry Froelich semblait moins tirée par les cheveux. Des journalistes, des écrivains et des auteurs de documentaires ont commencé à élaborer des théories pour expliquer la disparition de Henry Froelich, dont le corps n'avait jamais été retrouvé. Avait-il «mis à jour» — pour reprendre une expression à la mode — une «filière clandestine»? Avait-il été victime d'un coup de la Gendarmerie royale du Canada? La CIA était-elle intervenue?

Sporadiquement, on avait tenté de retrouver Richard Froelich pour l'interviewer. Mais il avait changé de nom et on ignorait tout de l'endroit où il se trouvait.

AU ROYAUME DES ANIMAUX

Tout ce qui se trouve aujourd'hui dans l'espace a pris naissance ici, et non en Amérique ni en Russie.

René Steenbeke, à propos de Dora

Un matin, Madeleine avait vu leurs photos dans le journal. Sous le titre : « Rejet de la demande d'appel par la Cour suprême ». À l'époque, elle avait dix-sept ans. Ricky avait toujours quinze ans et Claire, bien entendu, neuf.

Elle avait aperçu les photos quand son père avait tourné la page pendant le petit déjeuner. Il les avait fait disparaître en pliant le journal, qu'il avait apporté au travail. Il préférait, elle s'en rendait compte, ne pas le laisser traîner à la maison. Madeleine s'était levée.

— Tu pars déjà, *ma p'tite**?

— Ouais, je veux arriver tôt. J'ai rendez-vous avec Jocelyne.

Mensonge superflu, mais inoffensif. Elle avait une période libre pour commencer la journée.

— *Qu'est-ce que tu as, Madeleine**?

— Rien du tout.

— Tu es toute rouge. Viens que je touche ton front.

— Je vais bien.

Elle était sortie, oubliant son déjeuner. Elle avait besoin du grand air, besoin d'être là où tout était frais et normal. Inutile de lire l'article. Le titre parlait de lui-même. Elle ne tenait pas à lire les petits caractères, à buter une fois de plus sur l'expression « enfants témoins ». Quand le professeur du cours intitulé « L'homme et la société », M. Eagan, avait demandé à ses élèves s'ils connaissaient l'affaire Richard Froelich, Madeleine et deux autres élèves — l'un originaire du Pakistan, l'autre de l'Ouganda — avaient été les seuls à ne pas lever la main. Elle avait dessiné des personnages à la dernière page de son cahier tandis que les autres discutaient d'une possible erreur judiciaire.

Après le dîner, elle avait interrogé son père :

— Dis, papa, tu crois que Ricky a vraiment vu un aviateur dans une voiture?

Dans la salle familiale, ils regardaient leur nouvelle télé en couleurs. Une émission sur la faune. La question n'avait pas semblé le prendre par surprise.

— Si oui, il faut se demander pourquoi il ne se serait jamais manifesté.

— Pourquoi, à ton avis?

— À supposer que Ricky ne se soit pas trompé, on doit penser que ce type, qui qu'il soit, était mêlé à une affaire pour le moins confidentielle.

— Par exemple?

Il avait haussé les épaules, les yeux rivés sur l'écran.

— Je ne sais pas, moi. Une mission pour le compte du gouvernement, peut-être.

Elle avait contemplé les verts criards et les bleus instables de la télé.

— Tu crois qu'il y avait vraiment un criminel de guerre dans les parages?

— Ça ne me surprendrait pas, avait répondu Jack en se levant pour aller régler la couleur.

— Tu penses donc que monsieur Froelich a dit la vérité?

— Connaissant Henry, avait dit Jack, je n'ai aucun doute à ce sujet.

Elle allait poser une autre question, mais ils avaient entendu Mimi entrer par la porte du garage et Jack, d'un regard, l'avait fait taire. Ils avaient cessé de parler et s'étaient concentrés sur l'écran : un paradis tropical vierge — sable blanc et mer azur.

Déjà, Mimi s'affairait dans la cuisine. Le lave-vaisselle à vider, les provisions à ranger.

— Il a été dans un camp, avait dit Madeleine à voix basse.

À l'écran, une tortue de mer glissait sous l'eau.

— Une fois, j'ai vu son tatouage.

— Vraiment?

Le profil de Jack était impassible.

— À Auschwitz, je suppose.

Elle avait étudié l'Holocauste en histoire. À la maison, elle n'utilisait cependant jamais le mot «Holocauste», que son père réprouvait : «La Deuxième Guerre mondiale ne se résume pas qu'à ça.» Pendant qu'elle observait le sommeil d'une tortue sur le fond marin, son père avait dit :

— Au début.

Elle l'avait regardé, perplexe, mais il avait les yeux rivés sur l'écran; en parlant, il ne les avait pas bougés.

— Après, il a été interné ailleurs.

— Dans un autre camp?

— Ce n'était pas un camp de concentration ordinaire.

Elle avait attendu. *Vous voulez dire qu'il y avait des camps de concentration «ordinaires», docteur?*

— Dora, avait-il dit.

— Qui ?

À la télé, des centaines de bébés tortues traversaient maladroitement la plage en direction de la mer. Nonchalamment, des oiseaux plongeaient et les cueillaient au passage, un à un, tandis que le narrateur déclarait d'une voix posée et virile que seule « une poignée d'entre eux » survivraient.

— Dora. C'est là qu'on fabriquait les fusées.

— Quelles fusées ?

— Tu as déjà entendu parler des missiles téléguidés ? Tu as déjà entendu parler d'Apollo ?

Elle détecte dans sa voix une touche de sarcasme grinçant, celui qu'il réservait habituellement aux politiciens, au système scolaire et, avant son départ, à Mike. Elle s'était demandé si son père allait encore une fois se mettre en colère, comme l'été dernier, au moment de l'alunissage. La colère de son père, cependant, ne l'effrayait jamais. Elle ressentait plutôt un choc au creux de l'estomac. Quelque chose n'allait pas. Il avait besoin d'aide.

Dans la cuisine, Mimi avait lancé le robot culinaire. On aurait dit un moteur d'avion à réaction.

— C'est à Dora que tout a commencé, avait dit Jack, les yeux rivés sur le Pacifique sud. Henry était là-bas.

Elle s'était imaginé M. Froelich avec sa chemise blanche, sa cravate étroite, ses lunettes aux verres épais et sa barbe, immanquable au milieu d'une rangée de scientifiques et d'ingénieurs au menton glabre penchés sur leurs ordinateurs au centre de contrôle des missions au Texas.

— C'était un camp de concentration, avait dit Jack.

À Houston ? Madeleine se faisait l'effet d'être droguée. Une maman tortue avait entrepris — tâche pratiquement inutile — de creuser un trou dans le sable avec ses nageoires.

— Où c'était, Dora ?

— Dans une caverne en montagne.

Sa voix avait encore un fois changé. Rêveuse, comme quand elle était petite, sa voix de contes de fées, il était une fois… « Pendant la guerre, *il était une fois,* dans ce qui allait plus tard devenir l'Allemagne de l'Est, *dans un pays qui n'existe plus,* l'arme secrète de Hitler, *un trésor,* fabriquée par des esclaves, *loin du Soleil et de la Lune.* »

La tortue de mer avait pondu ses œufs dans le trou. Il y en avait des centaines. Puis elle les avait recouverts de sable. Et elle s'était tirée.

— La fusée V-2, avait dit Jack. V pour Vengeance.

« ... ainsi, le cycle de la nature se poursuit », avait dit le narrateur. Elle avait reconnu la voix. Lorne Greene. Le père dans *Bonanza*. Elle s'était tournée vers son père, qui ne perdait pas l'écran de vue, la concentration gravée sur le visage, comme pour entendre le président : *Bonsoir, mes compatriotes... Fidèle à sa promesse, le gouvernement a continué de surveiller de très près les préparatifs militaires soviétiques à Cuba...* La surface du nid de sable avait frissonné. Gros plan sur les prédateurs qui tournent autour. Gros plan sur le sable, où une minuscule tête, qu'on dirait faite de vieux cuir, sort de sa coquille.

Depuis la cuisine, Mimi avait crié :

— Tu viens me donner un coup de main, Madeleine ?

— Je suppose que, ces jours-ci, on ne vous apprend pas qui était Wernher von Braun ? avait dit son père, l'épaule parcourue d'un soubresaut.

— Le type de la NASA ?

— Lui-même. Directeur du centre de vols spatiaux Marshall, père des fusées Saturn qui sont allées jusqu'à la Lune.

Modèle de l'oncle de Donald le canard, le professeur Donald Dingue — Madeleine, cependant, avait tenu sa langue.

— Von Braun et ses acolytes exploitaient Dora. Avant de passer sous terre, l'usine s'appelait Peenemünde.

Peine du monde.

— Oncle Simon était là — il a bombardé l'usine, je veux dire.

Jack avait regardé sa fille.

— C'est ça.

— Qu'est-ce qu'il devient, au fait ?

— Aucune idée.

Il s'était retourné vers l'écran.

— Je vais te dire une chose qu'on ne t'a sans doute pas apprise à l'école : il y a quelques années, aux États-Unis, le gouvernement avait créé un programme. Les Britanniques y prenaient part. Les Canadiens aussi... jusqu'à un certain point. Il existe peut-être encore, pour ce que j'en sais.

— C'était quoi ?

— Le projet « Trombone ».

Elle avait attendu, mais il gardait le silence. Pause publicitaire à la télé.

— Qu'est-ce qu'on lui doit ?

— La Lune.

L'agent Glad fourrait dans un sac les ordures ménagères dégoulinantes d'une femme.

— Comment ?

— Après la guerre, on a importé des savants allemands. Dont certains nazis.

— Wernher von Braun était nazi?

— Oui, madame. Rudolph aussi.

— Qui?

Rudolph, Donald le canard, Apollo… On se croirait dans le magazine *Mad*. Il ne plaisantait pas. Il ne lui parlait même pas de sa voix d'homme à homme. Il avait l'air différent. Étranglé. L'équivalent sur le plan auditif d'un télescope qu'on consulterait par le mauvais bout.

— C'était illégal, je suppose?

Ça, au moins, elle l'avait appris à l'école, malgré ce que son père se plaisait à appeler un programme scolaire à la Disney.

— Absolument. D'ailleurs, tout est encore top secret, avait-il répondu. Motus et bouche cousue.

— Madeleine?

Maman dans le cadre de porte, les mains recouvertes de gants de caoutchouc jaunes.

— Comment se fait-il que tu sois au courant?

Il lui avait fait un clin d'œil.

— Va aider ta mère, avait-il fait de sa voix normale.

Madeleine allait terminer ses études secondaires dans trois semaines. Plus que trois semaines avant le début de sa vie. Elle était entrée dans la cuisine en se traînant les pieds. Derrière elle, elle avait entendu la télé se fermer et la porte du patio s'ouvrir. Peu de temps après, la vieille tondeuse avait rugi. Pendant qu'elles coupaient de la rhubarbe et pelaient des pommes en prévision du bazar de l'église, maman et elle l'avaient vu par la fenêtre, qu'il traversait à intervalles réguliers, cernant une bande d'herbe plus longue autour de la piscine.

Madeleine avait de la peine pour lui. Coincé en banlieue avec une femme incapable de discuter du sujet qui le fascinait le plus. Elle avait jeté un coup d'œil à sa mère qui, après avoir piqué la pâte avec une fourchette, enfournait la tarte. Mimi ne tolérait même pas que l'on mentionne le nom des Froelich.

— Ma mère fait face aux problèmes en les enterrant.

— Comment votre père a-t-il réagi quand vous avez révélé votre orientation sexuelle? demande Nina.

— Oh, il a réagi… beaucoup moins mal que ma mère. Il prend toujours des nouvelles de Christine, sauf si ma mère est dans la pièce, parce qu'elle pique invariablement une crise…

— C'est-à-dire?

— Hurlements, hystérie, la totale. Mon père, en revanche, nous emmène manger au restaurant quand il est de passage à Toronto.

— Qu'en pense votre mère ?

— On ne lui dit rien.

— Vous gardez le secret ?

— Ce n'est pas un secret, seulement… Bon, d'accord.

— Qui en a eu l'idée ?

— Quelle idée ? Nous n'avons pas envie de subir les conséquences d'une de ses crises, c'est tout.

Madeleine se souvient d'avoir raccompagné son père à l'hôtel après sa première visite.

— Que dirait maman si elle savait que nous sommes sortis déjeuner tous les trois ? lui avait-il demandé.

— Elle piquerait une crise.

Il avait souri.

— Tu sais, quand j'ai rencontré ta mère, elle n'était pas beaucoup plus vieille que toi aujourd'hui. Elle avait beaucoup d'allant. Un vrai Spitfire, comme toi. Elle n'a jamais eu peur de rien. Moi, des tas de choses me faisaient peur, mais elle… elle aurait fait un bon officier. Elle a traversé pas mal d'épreuves, ta mère.

Il avait levé les yeux au ciel, les lèvres serrées.

— Une grande dame.

Soudain, Madeleine s'était sentie honteuse — triste et éperdue d'amour coupable pour maman.

— Ça risquerait de lui faire de la peine, avait-elle dit.

Papa avait fait signe que oui avec une légère grimace de douleur.

— C'est ce que je crains.

— Je tiendrai ma langue si tu en fais autant.

Il lui avait souri et fait un clin d'œil. Pilote à copilote.

— C'était donc l'idée de votre père, dit Nina.

— C'est lui qui vit avec elle. Au moins, il approuve ma relation.

Nina garde le silence.

— Quoi ?

— Vous avez donc connu Richard Froelich ?

Madeleine fait signe que oui.

— Vous avez aussi connu la petite fille qui a été assassinée ?

Madeleine hausse les épaules.

— Un peu.

Nina attend.

Madeleine garde le silence.

— Votre père travaillait dans le renseignement ?

Madeleine pouffe presque de rire.

— Il est expert-conseil en gestion.

— Comment se fait-il qu'il connaisse le projet « Trombone »?

— Je ne sais pas, il… lit beaucoup. En fait, il lit les journaux. Et le *Times*. Et *The Economist*…

Elle sent presque l'ampoule s'allumer au-dessus de sa tête en disant :

— Oncle Simon.

— Son frère?

Madeleine secoue la tête.

— Son ancien instructeur de vol. Un séducteur à la David Niven, vous voyez? Britannique —, le foulard, la moustache, tout le tremblement. Il avait promis de m'aider à devenir espionne.

Elle donne du poing contre le bras du fauteuil, ravie.

— Je parie qu'il était dans le renseignement, lui!

— Où est-il maintenant?

— Aucune idée. Il est peut-être mort.

Elles restent silencieuses pendant un moment.

— Vous avez déjà entendu parler de Dora? demande Madeleine.

— Non.

— À quoi pensez-vous?

— Oh, seulement que c'est un drôle de nom.

— Les nazis se plaisaient à donner de jolis noms à des endroits horribles.

— Oui, mais Dora était aussi le nom d'une patiente de Freud.

Christine a raconté l'histoire à Madeleine. Dora était une « hystérique » célèbre. Elle avait confié à Freud avoir fait l'objet d'attentions sexuelles de la part de son père, et il l'avait d'abord crue. Puis il avait entendu tant de femmes parler de viols et d'agressions qu'il en était venu à la conclusion qu'elles se faisaient toutes des illusions.

— Votre père croyait Henry Froelich.

— Ouais. Il était à peu près le seul.

Madeleine regarde le plafond en serrant les lèvres.

— Il est comme ça, mon père. Loyal.

CE QUI S'EST PASSÉ dans une caverne il y a longtemps. Ce qui s'est passé dans une salle de classe. Ce qui s'est passé à un carrefour, dans un pré, sur un pont.

Puisqu'on ne l'avait pas payé, le Joueur de flûte s'en était pris aux enfants, comme il l'avait fait pour les rats. Ils avaient disparu à l'intérieur d'une montagne. Tous sauf l'infirme. Qu'y avait-il dans la montagne?

Le corps de Henry Froelich n'a jamais été retrouvé. Jack n'a plus jamais entendu parler de Simon. Il n'a plus jamais entendu parler d'Oskar Fried. Tous les enfants ont disparu sous les traits d'adultes, sauf une, qui est retournée à la terre et y est restée. Jeune à jamais.

La caverne appelée Dora a continué de faire partie de l'Allemagne de l'Est, tandis que les frontières se redessinaient autour d'elle. Le mur de Berlin a commencé à s'effriter de l'intérieur. Un des belligérants n'avait plus les moyens de poursuivre la course aux armements et, à la manière du propriétaire qui prend la précaution d'ouvrir les fenêtres avant un ouragan, avait entrebâillé le rideau de fer et parlé de *glasnost*. Le vent avait sorti de leur torpeur une ribambelle de nations déterminées à ce que les frontières épousent les ethnies.

Chocs pétroliers, détournements d'avion, catastrophes environnementales. Le «terrorisme» est né de la «guerre froide», qu'il s'est donné pour tâche d'égaler, et l'«action clandestine» a fait son entrée dans le vocabulaire de tous les jours. La sécurité, ainsi que les crimes commis en son nom, commandait le secret, mais le jeu en valait la chandelle, tant et aussi longtemps que nous évitions la guerre ultime, *«the big one»*. Entre-temps, les petites guerres, menées par des «combattants de la liberté» ou des «terroristes», selon qui les armait, se révélaient très lucratives. L'astuce consistait à distribuer les armes et le liquide afin que les habitants du tiers-monde, du monde arabe et de tous les «autres» mondes s'entretuent à qui mieux mieux. L'Occident triomphait.

Les fusées ont donné naissance aux missiles balistiques, euxmêmes à l'origine des fantasmes de la guerre des étoiles — filets de sécurité tendus au-dessus de l'espace, la vie imitant le cinéma à seule fin d'inciter les nantis à oublier le danger inhérent au cœur de l'homme, la colère qui, en 1914, avait provoqué un holocauste. Tout cela à cause de la balle d'un assassin, dont la trajectoire avait traversé le siècle de part en part. La colère fanatisée. La colère qui se passe de balles. La colère qui consume des empires.

La caverne attendait toujours. Béante, blessée et vide. Avec le temps, il importait de moins en moins qu'en 1969, une fusée soit allée de la Floride à la Lune, où des hommes avaient marché. Des hommes bons. Des papas.

Que des événements, disséminés dans le temps. Réunissez-les, frottez-les entre le pouce et l'index jusqu'à ce qu'ils roulent sur eux-mêmes comme des larves, s'amollissent comme de la soie, se distendent, se nouent, se tissent.

Il faut un village pour tuer un enfant.

BAMBI CONTRE GODZILLA

Dans la culture populaire et les contes folkloriques, des fantômes hantent nuitamment des maisons délabrées, apparaissent sur de vieilles photographies de pique-niques d'église, se découpent, striés par la pluie, dans le halo des phares d'une voiture sur une route de comté au milieu de champs de maïs qui s'étendent à perte de vue. Dans la vraie vie, ils arrivent à l'instant où vous videz le sèche-linge à dix heures du matin.

L'ombre est la même. Elle choisit le moment le plus banal. Comme la plupart des fantômes, celui-ci ne cherche pas à vous faire peur. Il a simplement besoin d'être vu. C'est la raison de sa présence. Imaginez-vous l'extrême fatigue qu'entraînent les allers-retours entre le monde des ombres et celui-ci. Tout ça pour entendre l'être cher perdu il y a si longtemps pousser un hurlement et s'enfuir. Il a donc appris à vous approcher en terrain découvert, au moment où vous vous adonnez à une activité bénigne, la garde baissée. En train de faire la vaisselle. Au volant. Il ne tient pas nécessairement à provoquer un accident, mais il sollicite fermement votre attention. À cette fin, il fait du familier quelque chose d'extraordinairement étrange.

Madeleine ne peut plus rouler sur l'autoroute 401 à l'endroit où, au nord de Toronto, elle se démultiplie en seize voies. Son regard n'embrasse plus toute la route d'un coup. Elle ne voit qu'un fragment à la fois — une ligne pointillée, un bout de glissière de sécurité, le sifflement d'une voiture qui passe, puis une autre et encore une autre. Ces jours-ci, elle doit emprunter les lentes rues urbaines jusqu'aux studios qu'utilise la troupe des comiques d'après trois heures, dans la banlieue nord de Toronto. Le trajet en est rallongé de quarante minutes. La vie est trop courte, mais comment faire autrement? Le lieu d'où nous percevons le monde — le cockpit derrière nos paupières, le moi — se décompose en une multitude de tâches autrefois machinales qui exigent maintenant un effort de volonté : respirer, cligner des yeux, faire battre son cœur, tenir le volant. *Fiez-vous à vos instruments.* Elle n'a d'autre choix que d'affronter la circulation. Sinon, elle se condamne à la terrifiante paralysie de la souricière. À la folie terrifiante de l'absence de libre-arbitre. Tu as le choix. Accroche-toi au volant. Tout redeviendra sensé.

Cernée de toutes parts par des autos qui passent en trombe, Madeleine se répète des expressions aléatoires, des slogans publicitaires — «Pourquoi ne pas vous offrir une escapade? Vous l'avez bien mérité » — jusqu'à ce qu'elle soit en mesure de se ranger ou d'emprunter la sortie. Puis, le front appuyé sur le volant, garée devant un petit centre commercial où il n'y a rien à acheter, sinon des systèmes d'assainissement de l'eau et des barbecues dans lesquels on peut rôtir un bœuf tout entier ou faire des gâteaux. « Vous vous demanderez où est passé le jaune d'antan, le jaune d'antan, d'antan. » Bon, ça va maintenant.

— Je suis devenue névrosée. Je vais être une de ces insupportables femmes d'âge moyen qui doivent absolument s'asseoir au bord de l'allée et à qui on ne peut confier un siège près de la sortie de secours. J'ai peur tout le temps, une vraie trouillarde.

Nina garde le silence. Madeleine respire ; elle laisse dériver ses yeux vers la reproduction de Georgia O'Keeffe — le crâne blanchi d'un bœuf — puis vers l'horloge, déformée comme dans une toile de Dali derrière la carafe d'eau.

— La peur n'est pas le contraire du courage, dit Nina.

— Pardon ?

— Elle est la condition du courage.

Madeleine rejette l'affirmation d'un haussement de sourcil.

— Vous avez dit que « la chose » vous était arrivée la première fois pendant un spectacle, fait Nina. Vous a-t-elle rappelé autre chose ? Vous était-elle familière ?

Madeleine est surprise de trouver la réponse à portée de main — cachée à la surface, comme une enveloppe scellée par-dessus une pile de lettres au retour des vacances. Elle la décachette :

C'était pendant *Bambi,* présenté en programme double avec *Bambi contre Godzilla* au Rialto à Ottawa. Sa meilleure amie, Jocelyne, avait fumé la moitié d'un joint, mais Madeleine, junkie ratée, n'avait rien pris. Ce qui lui est arrivé ne pouvait donc être mis sur le compte de la drogue. Elle avait quinze ans, Jocelyne seize.

— Reveillez-vous, papa hibou, avait crié Panpan le lapin.

À la vue du lapin joyeux, Madeleine avait senti ses extrémités se glacer. En même temps, le visage lui brûlait.

— Tu as chaud ? avait-elle demandé à Jocelyne.

— Non, on gèle ici.

— Tu as froid, je veux dire ?

— T'es pétée ou quoi ?

Madeleine avait senti la peur lui monter jusqu'au menton, telle une vague. Son cœur avait frémi avant de s'emballer. Elle avait eu la certitude d'être en train de mourir. En fait, on avait diagnostiqué chez elle un souffle au cœur — léger, avait dit le docteur, rien qui l'empêcherait de faire de l'exercice ni de mener une vie normale. Plus vieille, elle n'aurait qu'à faire faire des vérifications de routine. Ce frémissement, cependant, ne lui est pas familier. Est-ce cette sensation que ressentent les victimes d'une crise cardiaque ? Un cœur qui « souffle » — que cherche-t-il à dire, au juste ?

— Tourne ta langue six fois dans ta bouche — non, sept — au lieu de dire des bêtises, scandent à l'unisson les spectateurs, tous plus défoncés les uns que les autres.

Si je pense à mon cœur, il va s'arrêter de battre ; si je n'y pense pas, il va s'arrêter de battre.

— Oiseau !

Le premier mot de Bambi.

— T'en veux ?

Jocelyne lui avait tendu le sac de pop-corn.

— Papillon.

Mue par un réflexe ancien, Madeleine avait senti ses doigts. Jocelyne n'avait rien remarqué, le regard fixé sur l'écran, hilare, les yeux vitreux.

Madeleine s'était détachée de son corps. Elle avait agrippé les bras du fauteuil, mais le stratagème n'avait fait qu'accélérer son ascension.

— Attends ici, avait dit la maman de Bambi. Je vais sortir la première et voir si nous ne risquons rien. Je t'appellerai.

Un coup de feu avait retenti.

— Plus vite, plus vite, Bambi ! Ne te retourne pas !

Elle décrit une orbite élastique loin au-dessus de ses propres mains, elle les voit reposer mollement sur les accoudoirs en velours usé à la corde. Il faut qu'elle ait grandi. Elle surplombe quelques rangées de sièges. Sensation pas entièrement déplaisante. L'hiver arrive et repart. Dans le pré, des herbes nouvelles transpercent la neige. Des corbeaux sonnent l'alarme…

— Maman ! Maman ! disait Bambi en pleurant.

Les spectateurs se bidonnaient.

— Tiens, je te donne le reste, avait dit Jocelyne.

La condensation sur la tasse de papier froid contre sa main avait fait tressaillir Madeleine. Maintenant qu'elle était de retour, l'idée d'avoir abandonné son corps la terrorisait. Son cœur battait la chamade, pantelant comme une langue, piquant comme une coupure.

Elle avait fixé le sol — taches gluantes, fossiles de pop-corn. Elle avait mâché la paille en plastique. Tout allait bien.

— Allons, dit Madeleine. Ne restez pas là la tête penchée pensivement. Ne m'épargnez aucun détail.

Nina avait esquissé un sourire.

— Je vous écoute, ô ma Joconde.

— En psychanalyse, on parle de « dépersonnalisation ».

Madeleine pose son regard sur le crâne blanchi. Comment O'Keeffe s'y était-elle prise pour en faire une image de sérénité plutôt que de morbidité ?

— Pourquoi se dépersonnalise-t-on ?

— Pour un certain nombre de raisons, répond Nina. Les mauvais traitements, par exemple.

Madeleine sent la température de son corps chuter. Son souffle aussi, qui semble se dissocier de son corps. Elle a envie d'aller aux toilettes.

— C'est un mécanisme de survie, dit Nina. Il peut sembler bizarre, mais, à l'origine, il s'agit d'une réaction plutôt saine à une situation qui ne l'est pas du tout. La capacité de se « dissocier de son corps » face à une situation intolérable.

Madeleine sent son visage s'empourprer. La honte est un état physique, on devrait proposer en vente libre un aérosol pour lutter contre ses effets embarrassants — c'est tellement pire que de laisser son dentier dans une pomme.

Nina sert un verre d'eau à Madeleine.

— Trèsh intéresshant, fait Madeleine en imitant un accent viennois.

Nina s'empare de l'œuf rose.

— Arrive-t-il à Maurice de parler ?

Madeleine ne répond pas.

— Pourquoi ne faites-vous jamais de personnages de femmes ?

— Pourquoi n'achetez-vous pas une nouvelle paire de Birkenstocks ? Les vôtres commencent à me taper sur les nerfs.

UNE DOUZAINE DE MUFFINS

Mimi récupère sur le dessus du frigo le bol rempli d'ingrédients à muffins qu'elle a mélangés plus tôt, avant de conduire son amie Doris chez le médecin. Veuve, Doris souffre d'ostéoporose. Mimi, pour sa part, a de la chance.

Elle retire le bonnet de douche qui recouvre le bol, ajoute du lait et des œufs, touille le mélange avec une cuillère en bois. Le combiné au creux de l'épaule, elle bavarde avec sa sœur Yvonne en travaillant.

— Doris, c'est bien celle qui bégaie ? demande Yvonne depuis le Nouveau-Brunswick.

Mimi entend le cliquetis d'aiguilles qui s'entrechoquent — Yvonne tricote.

— Yvonne ! Elle a simplement un léger défaut de langage.

— Ah, celle-là. Elle transforme la moindre anecdote en une histoire à dormir debout. Quand elle en vient enfin à l'essentiel, je suis à moitié morte d'ennui et complètement morte de faim.

Mimi rit.

— Elle veut savoir à quand ta prochaine visite.

— Surtout, ne lui dis rien !

— Elle va organiser une soirée de cartes en ton honneur.

— Non !

En réponse à une question d'Yvonne, Mimi dit être en train de préparer des muffins, sans préciser qu'ils sont pour sa fille. Si Mimi ne mentionne pas le nom de Madeleine, ce n'est pas parce que Jack est à la maison, dans le salon, en fait — de toute façon, il ne comprendrait rien puisque, bien entendu, Yvonne et elle conversent en français. Seulement, Mimi ne parle de Madeleine à personne, ni avec son mari, qui ne partage pas ses vues sur ce qu'il appelle le mode de vie de sa fille, ni avec Yvonne, parce qu'Yvonne, elle, les partage. Sa sœur et elle sont toutes deux d'avis que Madeleine vit en état de péché mortel, rejette totalement ses parents et tout ce qu'ils lui ont enseigné.

— Elle chie dessus, dit Yvonne, qui ne mâche pas ses mots.

Yvonne comprend la colère et le dégoût. Tout sauf l'amour.

Mimi se contente donc de répondre :

— Des muffins.

— Comment va mon *p'tit prince** ?

— Toujours pareil.

— Passe-le-moi.

Jack est assis dans son fauteuil de relaxation. Le condo est conçu pour que la cuisine donne sur la salle à manger et le séjour. Elle aperçoit le sommet de son crâne, mais, s'il dort, elle préfère ne pas le réveiller. La télé est allumée. Elle dépose le combiné et se dirige vers le fauteuil. Il a les yeux fermés. Elle éteint l'appareil. Il les ouvre.

— Je me reposais les yeux.

— Tu veux dire *bonjour** à Yvonne ?

— Bien sûr.

Quelques instants plus tard, il rigole. Elle aperçoit sa dent en or et son visage se teinte d'une couleur saine. Elle remplit les moules de pâte. Yvonne aime Jack comme s'il était son petit frère. Il n'y a jamais rien de trop beau pour lui. *Un vrai gentilhomme, Mimi, ton mari**.

La dernière fois qu'elles avaient discuté de Madeleine, c'était au téléphone, comme aujourd'hui.

— Qu'est-ce qui a bien pu lui arriver ? avait demandé Yvonne.

Elle était du même avis que Mimi : la tare résultait de quelque chose.

— Quelqu'un l'aurait-il touchée ?

Mimi avait éprouvé un malaise au creux de l'estomac. On avait fait du mal à son enfant. Parce qu'elle n'avait pas su la protéger.

— Elle a toujours couvé un secret, celle-là, avait dit Yvonne.

Comme son père, avait songé Mimi.

— Tu en as parlé à son père ?

Mimi avait sursauté : on aurait dit qu'Yvonne lisait dans ses pensées. Puis elle s'était rendu compte de ce que voulait dire Yvonne, et ses sangs s'étaient glacés. Comme elle ne tenait pas à perdre sa sœur, elle avait fait celle qui n'a rien entendu. D'ailleurs, la question d'Yvonne était peut-être parfaitement innocente. La ligne était restée un moment silencieuse.

— Les hommes sont des hommes, avait dit Yvonne au bout d'un moment.

Cette phrase, elle la répétait toujours en anglais — certains réservent les mots les plus vils à une langue étrangère. *Men are men.*

Peut-être consciente des enjeux, Yvonne n'avait plus jamais abordé la question de « ce qui avait bien pu arriver à Madeleine ».

Mimi est debout, le moule à la main, prête à enfourner les muffins dès que la lumière rouge s'éteindra.

En riant, Jack dit :

— Je ne sais pas. Je vais lui poser la question.

À Mimi :

— Yvonne veut savoir pourquoi tu ne m'emmènes plus jamais au Nouveau-Brunswick.

— Dis-lui que je ne veux pas que *les belles de Bouctouche** te volent.

La lumière s'éteint et elle glisse les muffins dans le four.

Loin, loin, très loin dans son esprit, il y a une ombre. Mimi ne se retourne jamais pour la regarder en face. De temps à autre, l'ombre plane jusqu'à l'avant, où elle se pose brièvement, comme un voile, avant de s'envoler de nouveau. Le souffle qui soulève le voile et l'emporte, au moment où il traverse la dentelle, a la forme de mots. Mots interdits auxquels elle ne fait jamais attention : ma fille aurait-elle été touchée par son père ?

À Centralia, la mine de l'enfant quand elle jouait — luttait — avec son père. Le sang dans sa culotte, les petits mensonges qu'elle racontait. *Non.* Mimi plisse les yeux et s'affaire. Ces pensées, c'est le diable qui les lui souffle. D'ailleurs, elle ne croit pas en lui — hérésie pour laquelle on la punit peut-être. Elle n'a donc jamais demandé à sa fille :

— Est-ce que quelqu'un t'a touchée quand tu étais petite ?

Mimi attend avec impatience sa rencontre avec Dieu. Il aura des questions à lui poser. Elle-même en a quelques-unes pour Lui. Il ne sait pas tout. Comment pourrait-il en être autrement ? Après tout, Il n'est pas une mère.

QUAND EST-CE QUE JE TROUVE LE TEMPS D'ÉCRIRE ? J'ÉCRIS EN CE MOMENT MÊME

— Qu'est-ce que c'est que ça ? demande Christine.

— Un barbecue.

Sur le balcon, Madeleine, au milieu d'un monumental fouillis de notes, essaie d'écrire, le téléphone à portée de main.

— Non ?

— Si, on peut même y faire des gâteaux.

Christine la dévisage.

— Qui peut avoir envie de faire cuire un gâteau sur un barbecue ?

— Je me suis dit que ça te ferait plaisir.

— Je ne suis pas ta bobonne, Madeleine.

Vous êtes candidate à l'alcoolisme, vous avez été maltraitée par vos parents, vous souffrez d'un mystérieux mal chronique dont vous vous efforcez d'élucider l'origine ? Mettez-vous en ménage avec quelqu'un qui tente d'écrire. Vous n'aurez pas à chercher plus loin la source de votre souffrance.

— Je prépare le dîner. De la paella.

Elle soulève un couvercle en forme de dôme au milieu de l'appareil.

— Tu vois ?

Christine tourne les talons et rentre. Madeleine éprouve de la culpabilité, de la peur, du pathos — tous les groupes alimentaires. Dans le sillage de Christine, les rideaux de perles décoratives, cadeau de crémaillère d'Olivia, se balancent d'un air de provocation.

Madeleine a passé l'après-midi à écrire, ayant promis aux autres de rapporter une version remaniée du sketch des «Nouvelles de dernière heure». Elle travaille aussi à un projet sur l'affaire des criminels de guerre — on parle partout dans les médias de l'épidémie récente de nazis en état de décrépitude avancée arrêtés pendant qu'ils taillaient leurs rosiers dans des banlieues des quatre coins du Canada. Elle a aussi juré à Shelly de lui faire voir un paragraphe de *Madeleine folle à lier* et a une excellente occasion de concocter quelque chose puisque, à la demande de son copain Tommy, elle a accepté de donner une prestation de cinq minutes à une soirée-bénéfice pour la recherche contre le sida lundi prochain — *L'amour au temps du latex*. Prétexte commode, elle n'a pas le temps d'écrire parce que des répétitions en soirée du *Cerf* sont prévues toute la semaine.

— Invite Olivia après, avait dit Christine, le matin.

— Nous allons travailler jusqu'à minuit.

— Je croyais que vous vous arrêtiez à neuf heures.

— L'horaire a changé. Je m'excuse, chérie. Il n'y en a plus pour longtemps.

Christine avait souri.

— Attends. Je t'apporte ton café au lit.

Elle s'était arrêtée à la porte, vêtue de sa robe de chambre bourgogne. Dans la lumière filtrée par les stores, elle était telle qu'au moment de leur première rencontre. Elles devaient aller voir un film présenté dans le cadre d'un festival — Madeleine avait déjà acheté les billets —, mais elles avaient passé trois jours sans quitter l'appartement de Christine. Elles avaient conservé les billets, qui figuraient dans l'album de photos témoin de sept années de vie commune. Vacances, anniversaires, amitiés. L'histoire de Madeleine et de Christine.

— Tu veux que je te dise? avait demandé Christine. Tout va s'arranger. Ton boulot, je veux dire. Le projet d'Olivia, c'est en plein ce qu'il te faut. Tu pourras t'en servir pour ce que tu prépares à l'intention de Shelly. Pour ton nouveau spectacle aussi. Ça va tout changer, tu verras.

— Viens ici.

Christine était revenue se blottir contre Madeleine.

C'était le matin. Par quelle succession d'anicroches et de vétilles montées en épingle avaient-elles fini par se quereller pour un foutu barbecue?

Madeleine est attendue au Darling Building dans quatre-vingt-dix minutes. Pas le temps de préparer une paella — qui est-ce que je croyais tromper? Ne pas avoir le temps d'écrire est presque aussi important qu'avoir tout le temps du monde. Elle avait eu toute la journée. Elle avait procrastiné avec gusto, en virtuose. En nettoyant le réfrigérateur, elle avait remarqué une facture en retard fixée à la porte à l'aide d'un aimant à l'effigie d'Emma Goldman. En citoyenne modèle, elle avait libellé un chèque et était sortie acheter des timbres à la poste.

Christine et elle occupent l'étage supérieur d'une maison victorienne dans l'Annex, quartier entouré d'arbres du centre-ville où vivent des artistes, des étudiants, des immigrants et de jeunes professionnels gauchisants. En descendant Brunswick vers Bloor, elle avait respiré à fond les arômes du printemps et remarqué que les trottoirs débordaient de couples de sosies : lesbiennes au sweat-shirt méticuleusement repassé et aux lunettes à grosse monture, gays aux favoris assortis. Il y avait aussi des couples d'hétéros en pantalon kaki et en blouson — posez-leur un canot sur la tête et les paris sont ouverts. Gémellisexuels ? Au bureau de poste, au fond d'une pharmacie, elle avait, en fouillant ses poches à la recherche d'argent pour les timbres, trouvé un « Avis final » de livraison — curieux qu'on ne reçoive jamais de « Premier avis ». En échange, la vieille dame coréenne lui avait remis un paquet recouvert de papier kraft de la taille d'une boîte de céréales. Elle l'avait ouvert — une boîte de flocons de son momifiée sous le ruban cache. À l'intérieur, une douzaine de muffins défraîchis et un mot de la main de sa mère : « *Ma chérie, bon appétit**. Rien à signaler, amour et prières, *papa et maman**. P.S. Tu te souviens de M. McDermott, le voisin d'en face ? Il est mort. Papa a acheté une nouvelle Oldsmobile. » Madeleine avait souri et fait en privé une offrande à l'amour et à l'absurdité.

Elle n'a pas vraiment le temps de participer à la soirée-bénéfice, mais elle a du mal à dire non à une bonne cause. D'ailleurs, Tommy est persuasif. Il l'avait accompagnée à son bal des finissants. Tomasz Czerniatewicz. À l'époque, elle s'était prise d'un béguin paralysant pour deux personnes — Stephen Childerhouse et Monica Goldfarb —, mais elle était trop timide pour s'approcher du premier, dieu étincelant, tandis que son désir pour la seconde, femme fatale, bouillonnait derrière un rideau de feu alimenté par le déni. L'homosexualité n'avait rien de hip alors, c'était au contraire une perversion, et pas une vedette du rock n'avait encore admis sa bisexualité. Elle avait tenté d'échapper à ses « pensées impures », mais c'était comme courir devant un projectile de dessin animé qui vous dépasse, s'arrête bruyamment, se retourne et vous attrape en plein visage. À quatorze ans, elle avait vu *La Rumeur* pendant qu'elle gardait des enfants et était rentrée à la maison fiévreuse, aux prises avec une grippe intestinale. Elle avait regardé, éperdue de honte et pourtant clouée sur place par le désir qui montait entre Shirley MacLaine et Audrey Hepburn, palpable dans l'atmosphère de pensionnat. Shirley s'était sentie « si sale et malade » qu'elle s'était pendue, permettant du même souffle à Audrey d'aller trouver consolation dans les bras virils de James Garner. Madeleine cherchait elle aussi consolation dans la virilité de James Garner, sans réussir à faire taire la rengaine de la svelte Shirley qui pleurniche :

— Je me sens si sale et malade !

On dirait le perroquet de George, « sale et malade, sale et malade, crôôô ! » Le film serait une métaphore de la chasse aux sorcières dont les communistes ont fait l'objet dans les années cinquante. Parlez-en aux lesbiennes.

Elle avait eu l'intention de boycotter le bal et de passer la soirée à s'en moquer avec Tommy et les autres marginaux du club de théâtre, mais elle avait été si surprise qu'il l'invite qu'elle avait dit oui. Ravie, sa mère avait passé des semaines à lui fabriquer une robe de soirée.

— Ah, Madeleine, que t'es belle* ! Nous allons prendre une photo pour que ton frère te voie à son retour.

Tommy portait un smoking bleu poudre et une ceinture rose vif, devançant de quelques années la mode disco.

L'oppression les avait réunis : Madeleine n'avait pas le droit d'aller à l'école en jean et lui n'avait pas le droit de se laisser pousser les cheveux, même à une longueur acceptable dans l'armée néerlandaise. Il portait des lunettes qui lui donnaient l'air d'un physicien, profession que ses parents occupaient du reste au Conseil national de recherches. Les membres de sa famille portaient tous des lunettes à la Nana Mouskouri et avaient les cheveux courts, sauf la mère, qui coiffait les siens en chignon serré. Immigrants polonais, M. et Mme Czerniatewicz avaient survécu à la guerre. Les années soixante n'avaient pas de prise sur eux. Les frères aînés de Tommy écoutaient de la musique classique, excellaient en mathématiques, portaient des pantalons trop courts, ne sortaient jamais sans protège-poche et avaient une structure osseuse qu'on leur enviait à mort. Aujourd'hui à l'université, ils avaient, pendant leurs études secondaires, joué au football avec Mike. Comme lui, ils étaient des athlètes accomplis. Sauf Tommy, qui était né avec un trou au cœur.

— D'où les leçons de piano, disait-il.

À Madeleine, il rappelle Gordon Lawson — le parfait gentleman, mouchoir à la clé. Mais il est doté d'un sens de l'humour diabolique ; quand, après l'école, elle était allée chez lui pour faire la connaissance de ses parents, il leur avait dit qu'elle était juive, et elle avait vu leur sourire taillé au couteau s'atrophier et faire ploc !

Elle se sentait coupable, mais Tommy la suppliait de continuer de faire semblant. Bientôt, elle avait franchi le point de non-retour. M. et Mme Czerniatewicz, qui s'étaient attachés à elle, lui posaient des questions sur sa « culture », et elle avait eu un mal de chien à les dissuader de rencontrer ses extraordinaires parents, qui avaient survécu aux camps et pris le nom de McCarthy pour faciliter leur immigration au pays. Frustrés dans leurs efforts, les Czerniatewicz s'étaient liés d'amitié avec un scientifique juif au sinistre labo où ils traquaient les particules et, le printemps suivant, avaient été invités à un séder pascal. Tommy s'était pavané en faisant claquer ses talons :

— Tels le Vagabond et Lassie, nous répandons l'amour et la compréhension mutuelle autour de nous.

Il l'aidait en mathématiques, et ils passaient des heures à chanter à tue-tête des airs de Broadway, tandis que Tommy piochait sur le piano et que Madeleine dansait à la manière d'une Gwen Verdon transformée en Gumby.

Sa meilleure amie, Jocelyne, était allée au bal des finissants accompagnée par le capitaine de l'équipe de football, Boom Boom Robinson, type fort et peu loquace, d'une beauté surnaturelle. Ses cheveux châtains ondulés léchaient le col de son smoking bleu nuit. Quand, avant l'aube, les filles s'étaient dépouillées de leur robe de soirée pour plonger dans la piscine du jardin, Jocelyne avait confié à Madeleine qu'il était gentil, «mais qu'il n'avait rien tenté». Après s'être séchées, elles avaient mangé de la fondue au Wonderbread : prenez une tranche de pain, roulez-la en boule et trempez-la dans des pépites de chocolat fondues.

Dix ans plus tard, Tommy et Boom Boom s'étaient revus par hasard au Woody's Bar de Toronto, étaient tombés amoureux et avaient emménagé ensemble. Boom Boom est mort il y a six mois. Depuis, Tommy organise sans relâche des campagnes de financement et d'éducation. Voilà comment Madeleine et lui avaient renoué connaissance. Il a les cheveux encore plus courts qu'avant, blond platine. Il enseigne dans une école secondaire consacrée aux arts de la scène.

— J'avais un sacré béguin pour ton frère, Madeleine.

PEU NOMBREUX, FIERS

Sur l'air de la Marche du colonel Bogey :
« Hitler n'avait qu'une couille, le couillon
Goering en avait deux, toutes petites
Pareil pour Himmler, à peu de chose près
Et le pauvre Goebbels, lui, n'en avait pas. »
Auteur anonyme

Madeleine fixe un point précis de la moquette taupe. Elle a l'impression que sa bouche a la forme d'un sourire la tête en bas, ses joues striées de larmes, son nez tout rouge à force de pleurer. Est-ce pour cette raison au fond que les clowns ont le nez rouge?

Nina lui pose dans la main un verre d'eau de source aux propriétés thérapeutiques.

Elle boit, sent des têtards grouiller dans son estomac, marécage aux eaux boueuses où viennent éclore toutes sortes de créatures.

— Je me sens mal, fait-elle, le front dans la main.

— Vous voulez bien fermer les yeux un instant, Madeleine?

Elle obéit. Des larmes fusent.

— Qu'est-ce que c'est?

— Mon frère, dit-elle en sanglotant.

— Il est mort, fait Nina.

— On ne dit pas qu'il est « mort »; on dit qu'il a « disparu ».

Elle sort quelques mouchoirs de la boîte et pleure, le visage enfoui dans les mains.

— Mon pauvre papa.

— Ils étaient proches? Votre frère et votre père?

Madeleine secoue la tête, se mouche. Elle a presque envie de rire.

Elle balance la boulette détrempée dans la poubelle, tire une nouvelle provision de mouchoirs de la boîte et raconte une histoire.

Au printemps soixante-neuf, quand Madeleine avait quinze ans, Mike était venu à Ottawa vêtu d'un uniforme du corps de Marines des États-Unis.

— Qu'est-ce que c'est que cet accoutrement? avait demandé son père.

On croyait que Mike était dans l'Ouest; on croyait qu'il travaillait dans une tour de forage en Alberta. À la place, il avait subi son entraînement de base à Parris Island. Il avait le crâne rasé. Il arborait des muscles tout neufs, le col de sa chemise tendu sous la pression du cou.

— Tu as perdu la tête? avait dit Jack, les lèvres blêmes. Tu es imbécile?

Il avait lancé le journal sur la table.

— Je croyais que tu serais fier de moi, avait dit Mike.

— Fier de quoi, je te prie?

Mike s'était dit que son père serait fier de lui de la même façon qu'il avait été fier du nombre comparativement petit de Canadiens qui avaient fait la guerre de Corée...

— Ils se sont battus en tant que Canadiens, pas en tant qu'Américains; ils faisaient partie de la force de l'ONU!

— Ils se sont battus contre le communisme, avait répondu Mike en criant lui aussi. C'est la même chose !

— Tu as prêté le serment d'allégeance à une puissance étrangère !

Madeleine restait appuyée contre les armoires de la cuisine, glacée de stupeur. Mimi n'avait même pas allumé une cigarette.

« Peu nombreux, fiers » — un slogan du Corps de Marine. Les Canadiens étaient peu nombreux parmi les peu nombreux. Invisibles parmi les méprisés. Tandis qu'une multitude de jeunes objecteurs de conscience américains poursuivaient des études universitaires ou fuyaient vers le Canada pour éviter une guerre insensée, Mike et une poignée de Canadiens s'étaient portés volontaires. Bon nombre d'entre eux venaient du Québec et des Maritimes — surtout des garçons issus de la classe ouvrière, des Irlandais, des Canadiens français et des Autochtones. À dessein, les Américains avaient établi des centres de recrutement près de la frontière canadienne. Mike s'était enrôlé à Plattsburgh, dans l'État de New York. *Chiez, rasez-vous, prenez une douche !* Le mois prochain, il serait « sur le terrain ».

Les mains de Jack ballaient le long de son corps.

— Allez, fiche-moi le camp d'ici.

Il avait tourné les talons.

— Jack, avait dit Mimi.

Madeleine avait perçu la stupéfaction dans sa voix.

— Il est canadien, pas américain, c'est une guerre étrangère, c'est une guerre idiote. Impossible à gagner. D'ailleurs, les Américains ne la font pas pour gagner. Il va se faire tuer, c'est tout.

Mimi avait poussé un cri et s'était couvert la bouche.

— *Maman, c'est pas vrai, maman, je reviendrai, calme-toi, hein* ?*

Il avait regardé son père.

— Tu vois ce que tu as fait ?

Jack avait roulé les yeux.

Madeleine restait médusée. Autour de son cou, elle portait un symbole de la paix en étain au bout d'une lanière de cuir. Une semaine plus tôt, Jocelyne et elle avaient manifesté contre les atrocités de My Lai devant l'ambassade des États-Unis.

— Ne vous mêlez pas de ça, monsieur, avait fait Jack en pointant le doigt vers son fils.

— Tu es jaloux, avait répliqué Mike.

— Pardon ?

Madeleine partageait l'incrédulité de son père. La vue des joues de son frère, cramoisies d'humiliation, lui était insupportable. L'idée qu'il se mette à pleurer la terrifiait. Elle s'était mordu l'intérieur des joues.

— Je vais être pilote.

— Pilote de quoi?

— D'hélicoptère.

— D'hélicoptère?

Lent déballage de dédain.

— Tu vas tuer des paysans. Du haut d'un hélicoptère. Tu m'en vois très impressionné.

Mike avait rougi.

— Au moins, je me bats pour quelque chose. Au moins, je pilote autre chose qu'un putain de bureau.

Jack l'avait giflé en plein visage pour lui apprendre à dire des gros mots devant sa mère. Mike avait ravalé sa surprise — Madeleine voyait des larmes dans ses yeux. Laquelle des deux éventualités était la plus mauvaise? Que Mike se mette à pleurer ou qu'il riposte?

Il s'était plutôt tourné vers leur mère:

— *Excuse-moi, maman**. J'ai été grossier.

Mimi sanglotait. Elle avait serré son fils contre elle.

— *Va avec Dieu, hein? Mon petit homme**.

Elle lui caressait le dos comme elle en avait l'habitude quand il était petit.

— *P'tit gentilhomme**.

Madeleine avait vu la bouche et la mâchoire de son frère agitées de soubresauts pendant qu'il serrait sa mère dans ses bras, mais il n'avait pas pleuré. *Espèce de grand dadais. Reste donc ici.* C'était sa seule pensée.

— Je t'interdis de partir, avait dit Jack.

Mike avait tourné les talons et était sorti.

— C'est la dernière fois que vous l'avez vu? demande Nina.

Madeleine sourit.

— Non. Je l'ai suivi.

Il s'éloigne à bord de sa Chevy Nova délabrée, grêlée là où des plaques de rouille ont été sablées. Elle court derrière lui. Il l'aperçoit dans le rétroviseur et s'arrête.

Ils vont prendre Jocelyne.

— C'est bien toi? demande Jocelyne en grimpant sur la banquette arrière.

— Surprise, surprise, surprise! bêle Madeleine en imitant la voix de Gomer Pyle.

Ils vont au centre-ville d'Ottawa. L'atmosphère est surréelle — l'uniforme impeccable de Mike et sa tête rasée de près font contraste avec les jeans, les ourlets effilochés et les chevelures négligées qu'on voit partout. Seuls les Hare Krishna aux robes orange et aux tambourins ont les cheveux plus courts que lui.

Dans la lumière éthérée de la soirée du début de juin, ils arpentent la galerie marchande de Sparks Street, qui grouille de touristes, de fonctionnaires et de hippies, passent devant la boutique d'un disquaire, *Lucy in the Sky with Diamonds,* des chanteurs de rue, des vendeurs de bijoux, affrontent une multitude de regards.

Madeleine est dans un rêve froid et lucide, montée sur un chariot en route vers le bûcher, vêtue de ses seuls cheveux et d'une blouse. Les badauds auront beau lui cracher au visage et la conspuer, elle ne se justifiera pas. La tête bien haute, elle marche à côté d'un Marine des États-Unis.

— Où est-ce que vous allez pour vous amuser ?

— Un petit café sur Sussex.

Cet endroit, elle ne le fréquente pas vraiment, mais l'idée d'y entrer avec son frère soldat la plonge dans les affres. C'est donc là qu'ils iront. Ils passent devant le Parlement, tournent à gauche sur Sussex et s'arrêtent devant Le Hibou.

Il leur ouvre la porte.

— Les femmes d'abord.

Jocelyne roule les yeux en direction de Madeleine. Madeleine fait de même pour marquer son assentiment.

Jocelyne ressemble à une fée d'Arthur Rackham en blue-jean. Madeleine donnerait cher pour être aussi diaphane, mais elle est condamnée à être plus forte. Un corps de gymnaste. La différence entre une licorne et un poney.

Sur des nappes à carreaux, des bougies vacillent dans des bouteilles de Mateus recouvertes de cire. Derrière la fumée âcre des gauloises et des gitanes, un parfum : Mike s'est aspergé le visage de Hai Karate. L'after-shave se mêle à l'huile de patchouli et à l'encens. Oh ! mon Dieu, pourquoi être venus ici ? Ils s'installent, Madeleine entre Jocelyne et Mike, sous les regards curieux.

— Tu es une femme libérée ? demande Mike à Jocelyne en se penchant au-dessus de la table.

Jocelyne ne le gratifie pas d'un regard.

— Ça dépend. Es-tu un sale macho ?

Mike sourit.

— Moi ? Je suis un hippie. Un partisan de l'amour libre.

— Tu es un homme de Neandertal, fait Madeleine. Pousse-toi.

Elle l'écarte.

— Je prendrais bien une bière, dit Mike en levant les yeux.

Le garçon marque une pause avant de répondre :

— Nous ne vendons pas d'alcool.

— Un café alors, fait Mike.

Le garçon, cependant, s'attarde. Il dévisage Mike.

— Vous aimez tuer des gens ?

Madeleine se raidit, sent le chariot bringuebaler sous ses pieds. C'est encore loin, le bûcher ?

Mike ricane.

— Je ne sais pas. Je n'ai encore tué personne, dit-il en se détournant.

Il détache sa tunique.

— Mais c'est ce qu'on vous enseigne, dit le garçon.

Ses cheveux n'ont pas de contour, son visage n'a pas de traits distincts. Que des cheveux noirs frisottants et de la peau blanche et molle. Il dévisage Mike. Mike sourit, son poing massif sur les clés de la voiture, détendu.

Les longs cheveux foncés de Madeleine sont séparés au milieu. Symbole de la paix, blouse paysanne aux couleurs psychédéliques, jean à pattes d'éléphant délavé, sandales en cuir de buffle — reflet vestimentaire de son parti pris pour la résistance passive, non violente.

— Allez donc vous faire foutre, dit-elle au serveur. Pendant que vous y êtes, rapportez-nous trois cafés et une cuillère, que je vous la fourre au cul.

Mike éclate de rire.

— Seigneur, Madeleine, dit Jocelyne en se calant sur sa chaise, les bras croisés.

Madeleine n'a jamais encore remarqué les seins de Jocelyne, mais voilà qu'ils lui sautent aux yeux, parfaitement ronds sous son t-shirt safran.

— Ne vous en faites pas, dit Mike au garçon. Nous partons. Combien je vous dois pour la table ?

— C'est bon, répond ce dernier. Je vous apporte les cafés.

Madeleine est consumée de remords. Et par une envie dévorante de foutre le feu à quelque chose, de faire péter quelque chose. Elle est souvent la proie de telles pulsions, qu'elle a beaucoup de mal à concilier avec ses convictions politiques.

Sur la scène minuscule, quelqu'un joue des bongos, et une femme commence à lire de la poésie à un rythme lent qui va decrescendo.

Le professeur de sociologie de Madeleine a envoyé au journal la dissertation qu'elle a écrite sur la culpabilité du Canada dans la guerre du Viêt Nam. Elle y plaide en faveur d'un boycott des sociétés canadiennes qui approvisionnent le complexe militaro-industriel des États-Unis, lesquelles fabriquent un peu de tout, des munitions aux bérets verts, de l'agent orange aux rations de combat, et emploient cent quarante mille Canadiens. Elle avait intitulé son travail : « À la solde du dollar yankee ». Le journal l'avait publié, et son père avait été fier d'elle, même s'il ne partageait pas toujours son point de vue, la dissidence étant « la source même de la démocratie ».

— Le pays sous la terre, lit la poétesse, a un soleil vert et des rivières qui coulent à l'envers…

Huttes et paysans en flammes, enfants nus qui pleurent. Son frère part là-bas dans le dessein de causer plus de dommages.

— … les arbres et les rochers sont les mêmes qu'ici, mais décalés. Les habitants de ce pays ont toujours faim…

Il prendra part à l'obscénité de la guerre, même s'il ne commettra pas de crimes de guerre — cette guerre, cependant, est criminelle de nature. Où est donc la ligne de démarcation ? Elle regarde les mains de son frère. S'en servira-t-il pour tuer quelqu'un ? le frère de quelqu'un ? Elle le regarde siroter son café, incliner la tête comme le fait leur père, écouter le poème. Elle est terrifiée pour lui. Dégoûtée. Et envieuse. Tout est sens dessus dessous.

— … d'eux, vous pouvez apprendre la sagesse et la puissance, pour peu que vous réussissiez à descendre et à rentrer en toute sécurité…

Quand la poétesse a terminé, Mike applaudit et se tourne vers Madeleine :

— C'était bien. Si, si, je t'assure.

La vie se résume à une série d'événements aléatoires, la moralité est un leurre, il n'y a que des illusions collectives, des actes de foi occasionnels et des sursauts de discipline intéressée qui empêchent les gens de s'exploiter à longueur de journée. Voilà ce dont Jocelyne et elle discutent le vendredi soir en écoutant *Ladies of the Canyon*. Vers trois heures du matin, elles déterrent les Beach Boys et parlent de cul. Jocelyne est allée « jusqu'au bout ». Pas Madeleine.

Jocelyne triture les petites perles de son collier, l'oreille collée à la bouche de Mike pour entendre ce qu'il dit dans la rumeur des bongos. Elle a la manie de se couvrir la bouche quand elle rit. Madeleine songe à Lisa Ridelle. En réalité, il n'y a que quatre ou cinq personnes différentes dans le monde.

— C'est ton petit ami ? demande le garçon à Madeleine, une cafetière à la main.

— Non, mon frère, répond-elle, prête à entamer un autre round.

— Tu veux venir chez moi, ce soir ?

Elle le regarde. Les garçons sont invraisemblables. Il lui décoche le regard qu'elle a commencé à remarquer dernièrement. Celui qui prend toute la place, tellement qu'elle n'a même pas le loisir d'y répondre.

— Je ne bouge pas, dit le serveur en poursuivant sa tournée au milieu des tables.

Mike s'empare de la tasse de Madeleine et, sous la table, y verse une rasade d'un liquide contenu dans une flasque argentée. Il répète le même manège avec la tasse de Jocelyne, puis avec la sienne.

Ils aboutissent à Hull, de l'autre côté de la rivière. À deux heures du matin, au Québec, elle swingue avec son frère au son d'un orchestre de *rockabilly* qui, avec l'accent français, interprète à tue-tête des chansons de James Brown. Le chanteur, prématurément pourvu d'un dentier, porte un chapeau de cow-boy. Il joue de l'accordéon.

— Tu devrais monter sur scène lui donner des leçons, avait dit Mike.

Personne ne s'offusque de l'uniforme de Mike ; personne ne hausse le sourcil en le voyant en compagnie de deux hippies d'âge mineur. Parmi les clients, certains sont plus jeunes qu'elles ; d'autres, beaucoup plus vieux. Il y a des travailleurs de l'usine de pâtes et papier, des étudiants qui fument cigarette sur cigarette et discutent entre eux avec plus d'intensité que ceux du côté anglophone de la rivière — ils sont aussi plus négligés et sexy. Il y a des secrétaires et des ouvrières en robe de polyester décolletée et sandales à talon ouvert — si elles ont entendu parler du mouvement de libération des femmes, il est probable qu'elles s'en foutent éperdument. Au-dessus du bar, une photo du King en uniforme : Elvis en GI.

Sur leur table, une forêt de « grosses Mol » — de grandes bouteilles de bière Molson — et, çà et là, des verres vides de Jack Daniel's. Des « soldats morts au combat », dit Mike, qui ne prononce plus un seul mot d'anglais de toute la soirée. Au-dessus de la musique tonitruante, Jocelyne demande sans cesse :

— Qu'est-ce qu'il a dit ?

— Il a dit : « Ma gaine me fait mourir. »

— Non, allez, sérieusement.

Mike se dirige vers le bar ; l'orchestre joue *Havin' Some Fun Tonight*. Madeleine entraîne Jocelyne et elles dansent une polka furieuse.

Madeleine crie pour se faire entendre.

— Il a dit : « Enrôlez-vous dans les Marines. Visitez des destinations lointaines et exotiques, rencontrez des gens sympathiques et tuez-les. »

Jocelyne hurle de rire. Elles heurtent la table encombrée de bouteilles vides, qui se renversent et se mettent à rouler. Un serveur aux cheveux bouffants gominés et à la tête de Mathusalem se précipite et débarrasse. Ils commandent une nouvelle tournée.

Jocelyne se prélasse à la table, la casquette de Mike sur la tête, tandis que Madeleine danse avec lui, va et vient entre ses chevilles à toute vitesse. Il la fait tourner sur elle-même au rythme de *Jailhouse Rock,* spaghetti malléable au bout de ses bras.

Mike danse bien. Contrairement aux autres garçons de sa génération, il est en demande pendant les noces. Tous ces dimanches après-midi passés avec maman ont porté leurs fruits. Il a desserré son nœud de cravate, sa chemise, dont la queue sort du pantalon, est couverte de sueur, il a le visage luisant.

À la fin de la chanson, il se dirige vers Jocelyne, se penche au-dessus de la table et lui tend la main. Madeleine, qui les regarde aller depuis sa chaise, se souvient du jour où Lisa Ridelle, dans la mini-tente, avait confessé son amour pour Mike.

Elle se sent vieille, lasse du monde. La bibine, les circonstances, les quinze longues années de sa vie, autant de facteurs qui se liguent contre le moment présent pour le contenir. Il a un sens. Comme s'il faisait partie d'une histoire. Pourquoi penser à Lisa Ridelle ce soir ? Où est-elle maintenant ? Lisa était tordante. Ou riait-elle plutôt beaucoup ? Qui était la bouffonne ? Lisa ou moi ? Auriel. Submergée de tendresse, Madeleine est prise d'une folle envie de revoir Auriel. C'était il y a six ans seulement. On dirait pourtant de l'histoire ancienne.

Elle avale une longue gorgée de bière après s'être assurée que la bouteille ne contient pas de mégots.

L'orchestre joue *Love Me Tender.* Appuyés l'un sur l'autre, Jocelyne et Mike tanguent doucement. Madeleine quémande une cigarette à une jeune femme aux cheveux en forme de ruche et à la poitrine généreuse. En se penchant pour allumer sa cigarette, Madeleine voit en gros plan les sourcils tracés au crayon et l'eye-liner liquide. Elle respire aussi une bouffée de parfum au muguet.

— Merci, dit Madeleine.

— *Garde les allumettes*,* dit la fille en lui faisant un clin d'œil.

Elles n'ont rien en commun.

Elles entament une conversation dans les deux langues, passant facilement de l'une à l'autre. Madeleine n'a jamais encore été ivre, et son français s'est amélioré de façon spectaculaire. Elles parlent du fiancé de la jeune femme, bûcheron au Nouveau-Brunswick. Madeleine serait jolie, laisse-t-elle entendre, si seulement elle s'en donnait la peine — la jeune femme lui propose de la maquiller aux toilettes.

Madeleine la suit. Les toilettes pour femmes, d'un rose qui donne envie de vomir, puent presque autant que celles des hommes. La Québécoise ouvre son sac en cuir verni et, avec un pinceau et un arsenal de tubes, se met au boulot.

— *Que t'es belle, ma p'tite, tu me fais penser à ma petite sœur**.

— Ah oui ? Elle a quel âge, ta petite sœur ?

— *Ben chérie, elle est morte**.

— Merde, dit Madeleine. *C'était quoi, son nom** ?

Elle regrette aussitôt parce qu'elle connaît la réponse.

— Elle s'appelait Claire.

— Merde, dit Madeleine. Qu'est-ce qui lui est arrivé, bordel ?

Madeleine ne dit jamais de gros mots — elle ne boit pas, ne se maquille pas et ne fréquente pas de poules francophones qui n'ont probablement jamais entendu parler de Simone de Beauvoir.

— Elle est tombée malade, mon poussin, répond la jeune femme. La méningite. Elle est partie comme ça, dit-elle en faisant claquer ses doigts. *Pauvre petite**, ajoute-t-elle. T'es triste, bébé.

Elle prend la joue de Madeleine dans sa main.

— *Pleure pas**.

— Je pleure pas, répond Madeleine en soulevant le menton.

Du bout du majeur, la fille lui applique une couche de brillant à lèvres incolore.

Madeleine sent l'effleurement d'un ongle sur sa lèvre, puis la Québécoise l'embrasse sur la bouche — goût de cerise chimique, de jus de cigarette et, quelle douceur, d'oreiller humide.

— Ne sois pas triste, hein ? dit-elle en lui caressant les cheveux et en l'embrassant de nouveau.

Madeleine lui rend son baiser, se sent fondre. La Québécoise glisse ses mains autour des hanches de Madeleine, sur ses fesses, la tire vers elle.

— Tu viens chez moi, bébé ? *C'est quoi, ton nom** ?

— Je peux pas, dit Madeleine en s'enfuyant.

À la table, Mike et Jocelyne se reposent. Jocelyne, le visage congestionné, rit. Mike avale une gorgée de bière, en laisse couler dans son cou, l'applique comme si c'était de l'after-shave.

Jocelyne se retourne.

— Oh, mon Dieu, fait-elle en apercevant Madeleine.

Mike lui jette un seul regard et fouille ses poches à la recherche d'un mouchoir.

— On dirait une pute bon marché.

Il mouille le mouchoir avec sa langue comme leur père en avait l'habitude.

— Je te quitte des yeux une seconde et...

Il est sur le point de lui essuyer le visage, mais Madeleine s'esquive et va au bar se regarder dans le miroir — *sacrebleu**. Derrière elle, Mike rit. Elle a l'air d'un raton laveur, et sa bouche est toute barbouillée. Elle lui prend son mouchoir, l'asperge de bière et enlève le rouge à lèvres. Elle a l'entrejambe tout poisseux, mais, heureusement, ça ne se voit pas. Heureusement, les filles n'ont pas d'érections au vu et au su de tous.

Madeleine aperçoit la jeune femme dans le miroir — à sa table, elle roule une pelle à un costaud aux longs cheveux blonds nattés. Madeleine songe au garçon de café. Je devrais coucher avec lui. Pourquoi pas? Il faut bien qu'il y ait une première fois. Au moins, il ne fréquente pas l'école, et elle n'aurait pas à faire semblant qu'il est son petit ami.

À trois heures et demie, Mike fait une demande spéciale à l'orchestre. Little Richard et Big Bopper cèdent la place à une chanson folklorique canadienne-française. La bouche collée sur le micro, le chanteur gémit:

— *Un Canadien errant, banni de ses foyers**...

Madeleine grimace, c'est tellement mièvre. D'un instant à l'autre, un séparatiste va péter les plombs et les expulser manu militari.

— *Parcourait en pleurant des pays étrangers**...

Un air simple, comme dans les meilleures chansons folkloriques du monde entier — j'ai perdu mon chez-moi, je me languis de mon chez-moi, mon chez-moi n'existe que dans mes souvenirs.

Maman chantait toujours la version originale: *Un Acadien**. Mike, cependant, sera bientôt *un Canadien errant**. Le Viêt Nam — difficile d'errer davantage. D'où sont-ils, Madeleine et lui, de toute façon? *Dites au revoir à la maison, les enfants...*

Mike prend Madeleine dans ses bras et danse doucement avec elle. Il a les cheveux luisants de sueur, la nuque rose. Il laisse choir sa tête sur l'épaule de sa sœur. Elle croise les doigts entre ses omoplates — il doit bien y avoir des os quelque part sous les muscles, à la fois tendres et durs, de mon grand frère. Malgré le Hai Karate, la bière, le bourbon, la sueur, il sent encore bon. Il sent frais — comme les soirées d'été passées à jouer à cache-cache, le parfum des taches d'herbe, les baignades dans le lac, les dunes de sable chauffées par le soleil, leurs sacs de couchage placés côte à côte. *Qui peut dire où vont les fleurs**?

Madeleine est ivre pour la première fois de sa vie. Elle caresse les cheveux coupés ras de son frère — pourquoi t'en aller, Michel, espèce d'idiot? Pourquoi faire du mal aux gens? Je sais que tu ne pars pas pour ça — pourquoi tu pars, alors ? Ses cheveux sont doux, tel un tapis fourni et délicat. On ne saura pas que tu es différent des autres, Mike. On ne saura pas que tu as le cœur bon. Elle se mord l'intérieur des joues, en pure perte, elle est saoule, sa célèbre capacité de se mettre au point mort lui fait défaut, le mascara trace des larmes de clown sur ses joues. *Je suis touchée, sergent.*

Mike lui soulève le visage, lui sourit de toutes ses dents — l'embrasse sur les deux joues.

— Idiote, fait-il.

Puis il ouvre les bras pour faire une place à Jocelyne. Ils oscillent sur place, enlacés jusqu'à la fin de la chanson.

À bord de la Nova grêlée, ils traversent le pont pour rentrer à Ottawa. Madeleine est au volant — moins ivre que les autres, elle ne risque pas de perdre son permis puisqu'elle n'en a pas. Suivant la rivière, elle passe devant la résidence du premier ministre, devant celle du gouverneur général et traverse le parc Rockcliffe. Les parents de Jocelyne ont divorcé, elle vit avec son père, elle peut rentrer à l'heure qu'elle veut — le paradis, quoi. Madeleine immobilise la voiture devant la maison de Jocelyne, au milieu des ambassades.

— Chic, très chic, fait Mike. Je te raccompagne.

Sous la lumière de la véranda, Jocelyne et lui s'embrassent. Madeleine est estomaquée. La main derrière le dos, Jocelyne ouvre la porte et se glisse à l'intérieur. Mike la suit.

Madeleine attend. Elle reste là, la tête appuyée sur le volant. Quand elle se redresse, la tête lui tourne. Elle s'endort et Mlle Lang, le Hibou brun, arrive vêtue de sa robe de mariée et de son béret de Brownie. Elle sourit d'un air espiègle et dit :

— Évidemment, tu sais comment on dit *hibou** en anglais ?

Madeleine fait signe que oui.

Mlle Lang lui fait un clin d'œil.

— Et que dit le hibou ?

— Hou !

— Où est celui qui m'a tuée, Madeleine ?

Mike la réveille, l'arrache au courant.

— Pousse-toi, Rob.

Mike au volant, ils regagnent la banlieue au moment où le soleil se lève — de grandes pelouses tapissées de rosée, luxuriantes dans la brume du matin, les piscines profondément endormies sous leur couverture de plastique bleu. Il la dépose à l'instant où l'Oldsmobile de leur père sort du garage. La porte automatique se referme et les roues absorbent sans heurt la bordure de l'entrée. Jack se tourne vers

Madeleine et porte deux doigts à son front, fidèle au bon vieux salut décontracté. Il n'a pas un regard pour Mike.

— Il va jouer au golf, dit Madeleine.

— Embrasse maman pour moi, d'accord ? dit Mike. *Je t'aime**.

Puis il était parti.

DISPARU AU COMBAT

Ses parents ne peuvent pas dire : « Quand Mike est mort » parce que, s'il a effectivement perdu la vie, il n'est pas « mort ». On l'a tué. Ils ne peuvent pas dire non plus : « Quand Mike a été tué » parce qu'ils n'en savent rien. Ils ne disent pas : « Quand Mike a disparu » parce qu'on a l'impression qu'il a simplement pris le large.

À quel moment commence le deuil ?

Quand on attend qu'une fleur s'ouvre, qu'une feuille se déploie, ou qu'on assiste à la lente agonie d'un être cher, qui semble aller beaucoup mieux aujourd'hui, l'attente est douloureuse. Ce long bourgeonnement, cet effacement d'un visage aimé paraît interminable. On mesure, exagère, décortique ou nie le moindre petit mouvement, mais une chose est certaine — la plante s'ouvrira, l'être cher mourra. Tout n'est qu'une question de temps, d'innombrables actes de vigilance aimante.

L'absence est différente. On ne peut la veiller. S'en occuper, l'aider à cheminer, l'aimer. On se contente d'observer la vie qui suit son cours, à mi-chemin entre l'espoir et la crainte, adoucit les angles, rabote les attentes, grain par grain, jusqu'au jour miséricordieux, qui n'arrivera peut-être jamais, où on peut se dire : *il est parti*.

La douleur profondément enfouie au creux de la poitrine. S'endormir sur un livre, les paupières si lourdes qu'elles se ferment, pour se réveiller au milieu de la nuit sous l'effet d'une poussée de chagrin toute neuve. Lente, chaude, instinctive. Comme une main douce. *Réveillez-vous, réveillez-vous, papa Hibou*. Chagrin, douloureux, douloureux.

Malgré tout, pas de funérailles, pas de deuil. Pas de gouttelettes tremblantes tombées des arbres, pas d'évaporation de la perte, doux souffle du souvenir. Le deuil en attente, c'est un robinet qui coule, l'espoir distillé goutte à goutte, *peut-être, si, c'est possible*. Les amis n'y peuvent pas grand-chose. Ceux qui ont l'habitude du chagrin, ceux que le chagrin ne plonge pas dans l'embarras, évitent de proférer des banalités, d'afficher des mines d'enterrement ou de converser avec un sourire figé. Ils se comportent en bons partenaires de danse. La vie continue. C'est comme ça. N'oubliez pas ; ne vous appesantissez pas non plus. Soyez là, un point c'est tout. Après un certain temps, arrêtez d'apporter des plats à réchauffer et de téléphoner trop souvent. Mais ne disparaissez pas non plus. Soyez là.

L'attente épuise. Comme vivre dans une autre langue que la sienne. Toujours à traduire, à filtrer le présent au moyen de l'hypothétique : *si Michel était là… quand Michel sera de retour…* L'âme et les nerfs en suspens. Prêts à accueillir une joie ou un chagrin subit. À quoi bon vous dire qu'il aurait fallu apprécier la vie davantage avant que le malheur ne frappe ? Nous ne sommes pas faits ainsi. Nous sommes faits pour désirer, chérir et rejeter tour à tour. Certains d'entre nous sont doués pour le bonheur — les circonstances n'y sont pas pour grand-chose. Rares sont ceux qui ont le talent d'attendre.

Grimacer quand le téléphone sonne, quand on cogne à la porte, quand le couvercle de la boîte aux lettres se referme. Pas de nouvelles. Ni l'âme ni les nerfs ne se relâchent. Il y a, à la place, perte d'élasticité. Tendu depuis trop longtemps, l'arc, lorsque la main libère la corde, s'affaisse ou se rompt.

Le chagrin est un pivot. La charnière temporelle entre la disparition de l'espoir et le commencement de la perte. Le chaînon manquant. Grâce à lui, les vivants persévèrent et les morts reviennent enfin, souriants, et nous ouvrent les bras dans nos souvenirs.

Jamais encore cette famille n'a-t-elle réussi à dire : *il est mort*. L'espoir s'est plutôt confondu avec l'étape suivante. Ses parents ne se souviennent plus du moment où ils ont commencé à dire : « quand nous avons perdu Mike ».

— Et la soirée-bénéfice de lundi, demande Nina. Ça s'est bien passé ?

— Bien.

— Pas de manifestation de la « chose » ?

— La quoi ? Ah ! Non.

— Qu'est-ce que vous ressentez, Madeleine ?

— Absolument rien.

LUI

L'autre était une voix plus douce,
Douce comme la rosée de miel :
Elle disait : « L'homme a fait pénitence,
Mais son expiation n'est pas finie. »
Samuel Taylor Coleridge, « Le dit du vieux marin »

Jack est un homme sans ombre. La sienne a péri à force de négligence. Telle une flaque par une chaude journée, elle a rétréci, petit à petit.

Il écoute les actualités ; il les lit et les regarde à la télé. Plus qu'une stratégie masculine d'isolement, sa manie garde en veilleuse une panique qui lui glace les sangs. Il épie sa femme prudemment. Gardienne de l'une des deux clés d'un jeu, elle a l'art de déclencher son chagrin. Son chagrin à elle signifie la fin du monde. Les actualités, en revanche, sont apaisantes. Fragmentées et faciles à suivre, avec quelques trames qui rappellent la structure narrative des feuilletons télévisés — le monde continue de tourner et rien ne change. À l'occasion, un léger élancement en dépit de l'anesthésie générale — Walter Cronkite déclarant la guerre impossible à gagner, *ainsi va la vie...* Effleurement de la télécommande — Jack change de chaîne.

Il ne sait pas ce qu'il ne sait pas. Il ne sait pas en quoi il a changé. De quoi il a l'air depuis la voiture qui le suit, du point de vue du conducteur qu'il a puni en ralentissant. Il ne savait pas que ses employés à Ottawa avaient peur de lui. Il ne savait pas que son fils l'aimait.

Les actualités vous aident à oublier. Elles réinventent inlassablement le monde, qui s'effrite jour après jour. Les journalistes sont les chevaux du Roi, les hommes du Roi qui soulèvent Humpty Dumpty pour le remettre à l'endroit tous les jours, plusieurs fois par jour. Les actualités donnent l'illusion rassurante que le temps passe, que les choses changent. Inutile de puiser dans le sous-courant. Plus lent et plus puissant, il nous coûte une petite fortune en chagrin et en connaissance. Les actualités servent de succédané au temps, à la manière du colorant à café.

Il sait qui a tué son fils. Les Américains. Leur arrogance, leur fausse innocence. Leur politique à courte vue, leur amour des tyrans, leur cupidité, leurs mensonges. Aussi sûrement que si Richard Nixon en personne s'était introduit chez lui pour assassiner le garçon. Avant le Viêt Nam, tout allait sur des roulettes. *Froissement de papier.*

Voilà maintenant qu'il se noie tout doucement, assis dans son fauteuil. Ses poumons se remplissent sans bruit, comme la mer du Nord inonde les terres. Insuffisance cardiaque globale.

Les mines abandonnées sont souvent inondées. Les cavernes se remplissent de l'intérieur, l'eau s'infiltrant par la terre qu'on a éventrée et laissée pour morte. Voilà ce qui arrive aux poumons dès que la pompe commence à lâcher.

Pour se guérir, la mine s'inonde ou s'effondre, s'inonde et s'effondre. Lent processus qui débute tout de suite après l'abandon. Ploc, ploc, un léger glissement, un effritement, des éboulis. Des millions de changements infimes qui, un jour, se manifestent soudain en une pluie de terre et de roche ; ou lentement, quand l'eau dans la caverne monte enfin et effleure le palais de sa bouche.

> *L'esprit qui vit solitaire*
> *Au pays du brouillard et de la neige,*
> *Aimait l'oiseau, qui aimait l'homme*
> *Dont l'arbalète le tua.*

ELLE

> *Tes enfants grandissent et te quittent,*
> *ils sont devenus soldats et cavaliers.*
> *Ta moitié meurt après une vie de service.*
> *Qui te connaît ? Qui se souvient de toi ?*
> Leonard Cohen, « Prends les amants »

Mimi fait de son mieux pour ne plus pleurer devant son mari. Dans les mois qui avaient suivi l'annonce officielle de la disparition de leur fils au combat, elle avait pleuré. Jack l'avait réconfortée, avait prédit mille dénouements heureux, évoqué mille erreurs administratives possibles, inventé des scénarios de la pire éventualité : dans le chaos ambiant, on avait perdu la trace de leur garçon, blessé mais vivant dans un quelconque hôpital de campagne. Elle avait subi la marée montante de la tristesse et le lent reflux de l'espoir. Anémie affective. Affairée à l'extérieur, seul endroit d'où on la voit. Au centre d'elle, il y a un carré nu — impossible de parler de clairière. Plus rien n'y pousserait jamais. Comme du sol irradié. Stérile.

Elle se confie à quelques amies dignes de confiance. À de nouvelles amies : Doris, Fran, Joanne. Elle s'appuie un instant, reprend son souffle, mais ne s'effondre jamais devant elles. Le jour où plus personne ne dira « pauvre Mimi », elle aura fait son travail.

Impossible de la suivre — la Fondation du cœur, la Société du cancer, le Parti libéral, la Ligue des femmes catholiques, son boulot d'infirmière. Elle s'occupe, mais Mimi n'a jamais eu le don de contourner le temps. Elle prend conscience d'un goût métallique dans sa bouche — quarante années de cigarettes n'ont jamais compromis sa capacité d'assaisonner une sauce. C'est nouveau. Il faut que quelque chose change. Quelque chose change effectivement. Personne ne s'en rend compte, ni son mari ni sa fille. Voici sa recette pour faire face au malheur :

Ne pas rester immobile. Ne pas rester insensible au nouvel arbre planté par le jeune couple qui habite au coin de la rue. Ne pas rester insensible au fait que la femme dont le mari est mort l'année dernière a un nouveau chien — bâtard adulte récupéré à la fourrière — Mimi, qui n'aime même pas les chiens, *« Ah, mais il est mignon* ! »* se penche pour caresser sa tête osseuse. Ne pas rester insensible au fait que quelqu'un a eu un bébé. Préparer un plat, l'apporter à la nouvelle mère. Le jeudi matin, à sept heures, aller faire une promenade en compagnie de Joanne qui, avec ses longs cheveux gris et ses dépliants de Greenpeace, lui rappelle Karen Froelich et, à ce titre, est pour elle la plus improbable des amies. Quand la jalousie que lui inspirent Fran et ses petits-enfants ou la colère qu'elle ressent à la pensée de tous les bons à rien encore en vie la consument, rester assise dans sa voiture, le moteur éteint, et serrer le volant. Pleurer jusqu'à en avoir mal à la gorge, jusqu'à ce que le volant soit trempé, jusqu'à ce qu'il vous fasse une encoche sur le front. Songer à la Vierge Marie, elle connaît vos souffrances. Si vous y pensez — à la façon de l'épileptique qui cherche du regard un endroit sûr où s'allonger au premier signe d'une crise —, enlever d'abord votre maquillage. Pleurer la nuit, sans secouer le lit. Vous lever, vider le lave-vaisselle, faire des muffins pour votre fille qui vit à Toronto. Attendre six heures, puis téléphoner à Yvonne au Nouveau-Brunswick, où il est sept heures. Commérer, juger, lui recommander de ne pas porter de jugements trop durs, rire. Vous occuper de votre mari.

Tête renversée pour accueillir le baiser matinal. Co-conspirateurs :

— À quelle heure vous êtes-vous levée, madame ?

— Je suis debout depuis six heures.

— Ça sent rudement bon.

Vous occuper de lui. Les femmes vivent plus longtemps. Les hommes sont fragiles, Mimi aurait dû mieux veiller sur les siens. Les deux.

Mettre la bouilloire sur le feu. Regarder par la fenêtre.

Aimer ce qui reste.

PASSONS MAINTENANT À QUELQUE CHOSE DE TOTALEMENT DIFFÉRENT

Comme toutes ces transformations sont déconcertantes ! Je ne suis jamais certaine de ce que je vais devenir d'une minute à l'autre !
Lewis Carroll, *Alice au pays des merveilles*

Elle dispose de cinq minutes avant d'aller rejoindre Christine pour déjeuner, puis elle a rendez-vous avec Shelly pour lui montrer ce qu'elle a préparé pour *Madeleine folle à lier* — un tout petit paragraphe, mais il suffit d'ajouter de l'eau. Elle marche sur Harbord Street en direction de l'université et du bureau de Christine quand, dans la vitrine de la Librairie des femmes, un titre retient son attention. Elle se fraie donc un chemin au milieu de l'habituelle grappe de manifestants rassemblés devant la clinique d'avortement à côté et entre dans la boutique.

La Vierge enceinte, un processus de transformation psychologique. Les déesses féministes au croisement du blabla thérapeutique jungien. En plein le genre de Nina. Elle feuillette l'ouvrage. Des cocons, des papillons… Elle soupire. Faut-il que je me guérisse maintenant ? Qui dispose d'assez de temps ? À cette pensée, elle a envie d'une bonne dose d'inspecteur Harry. Elle achète quand même le livre et s'attarde pour bavarder avec la jolie caissière aux tresses rasta. Elle ne repart qu'après une analyse de toutes les épinglettes politiques accrochées à sa salopette en jean.

« À bas les lois ! Mon corps m'appartient ! » proclame une épinglette sur la bretelle gauche de la fille. *Bisexuelle aujourd'hui, gay demain,* laisse entendre une autre sur sa bretelle droite. Elle sourit à Madeleine.

— Vous aimez le reggae ?

— J'adore.

Légère exagération.

— Je suis à Cameron House jeudi.

— Vous êtes chanteuse ?

— Ouais.

— *Cool.*

Quelle tarte. *Cool.* Ah non, décidément, je suis trop bête !

— J'adore votre émission, fait la fille en se penchant vers l'avant, les coudes sur le comptoir.

Madeleine s'enfuit. Tir et esquive. Tout le monde aux abris.

Elle achète un falafel et le mange en route vers le bureau de Shelly — quelle belle journée. À la maison, elle écrit un mot dans le livre et, avant de sortir sur le balcon pour téléphoner à Olivia, le laisse sur la table. Un cadeau pour Christine. En plein son genre. Et Dieu sait que s'il y a une chose que la thérapie a enseignée à Madeleine, c'est que Christine aurait bien besoin d'un peu de franche introspection.

Plus tard la même semaine :

Debout sur son vieux tapis persan au milieu du salon vide, Madeleine a l'air d'une naufragée. Son bureau est la seule pièce meublée qui reste, mais elle l'évite comme la peste — l'écran désert de l'ordinateur la réprimande, les affiches témoins de ses réussites passées lui adressent de souriants reproches.

— Prends tout, avait dit Madeleine.

Christine l'avait prise au mot.

Madeleine avait complètement oublié qu'elles avaient rendez-vous pour déjeuner. Elle avait eu une rencontre épouvantable avec Shelly, qui croyait en elle. Dans un œil, sa vision périphérique avait des ondulations. Au Supersave de Bloor Street, où elle était allée acheter des œufs, des picotements lui avaient avalé les deux mains jusqu'aux coudes. Et Christine l'avait quittée.

Quoi de neuf, docteur ?

Si elle achète des aliments en vrac, elle a de quoi se payer une dépression nerveuse de dix-huit mois. Telle est la beauté des retombées télévisuelles. Bientôt, elle ira chez Ikea remplir un chariot surdimensionné. Parcourra les allées en compagnie d'autres divorcées et de jeunes ménages. C'est aujourd'hui samedi. Elle pourrait déjà commencer.

— Et le dîner ? avait-elle demandé stupidement au moment où Christine déverrouillait son vélo.

— Débrouille-toi toute seule.

Ce n'est pas ce que je voulais dire.

Elles devaient dîner dans un restaurant vietnamien avec des amies. Des amies de Madeleine-et-Christine. De Christine-et-Madeleine.

— À toi de leur téléphoner, avait tranché Christine en faisant descendre son vélo le long des marches de bois. De toute façon, nous n'avons jamais vraiment été amis. L'étoile, c'est toi, Madeleine.

Elle s'était éloignée sur son magnifique vieux Schwinn Glyder à la généreuse selle gel Drifter.

Le lendemain, elle était de retour avec une remorque et une étudiante de premier cycle. Madeleine leur avait donné un coup de main. Maintenant, elle n'a plus de meubles. Elle a une serviette de plage. Une assiette, un bol et une tasse en plastique incassable, un ensemble couteau-fourchette-cuillère. Au moins, elle a encore un lit. Chez Honest Ed, elle a fait l'acquisition d'une batterie de cuisine complète et d'une planche à repasser. Elle avait tout rapporté sur son vélo. Sortie chercher une demi-douzaine de bagels, elle n'avait pas vu la nécessité de prendre la voiture. Les bagels, elle les a oubliés. Aussi pathétique qu'un mari abandonné. Plus même, parce qu'elle est nulle en bricolage.

— Pourquoi n'irais-tu pas la retrouver? C'est ce que tu vas faire, de toute façon.

— Retrouver qui? avait demandé Madeleine.

Christine était allée dans la chambre en secouant la tête.

Madeleine l'avait suivie comme un épagneul. Christine avait commencé à ouvrir des tiroirs avec fracas.

— Qu'est-ce que tu fais, Christine?

— D'après toi?

— Je t'aime, Christine, ne pars pas, je t'en prie. Ne pars pas.

Madeleine avait parlé d'une voix mécanique et tout de suite compris qu'elle était dans de sales draps.

— Tu es incapable du moindre sentiment, Madeleine.

Leur tristesse les avait rapprochées. Les yeux encore remplis des résidus de l'enfance. Le problème, c'est que Madeleine n'est pas particulièrement attirée par la conception du bonheur de Christine et vice versa.

— Tu détestes que je sois heureuse, Madeleine. Tu choisis toujours ces moments-là pour me planter un couteau dans le dos.

C'est injuste. Madeleine ne supporte pas de lui faire du mal. Elle attend donc toujours que Christine soit prête à rendre coup pour coup avant de… soulever des problèmes.

— Tu es trop lâche pour me faire face, avait dit Christine en pliant des vêtements, qu'elle empile sur le lit.

Elle avait peut-être raison et Madeleine, de toute façon, préférait la Christine triste. La Christine éperdue de colère impuissante. Celle qui étranglait.

Christine refermait les tiroirs avec fracas, le regard enflammé. Madeleine avait envie de rire : Christine était si énervée, le visage rouge de fureur comme une poupée en colère.

— Qu'est-ce qu'il y a de si drôle, Madeleine ?

Madeleine avait pris un air grave, et Christine s'était détournée d'un air de dégoût.

Pas de dégoût, non, dit Christine, *de tristesse. Je n'ai jamais été si triste de ma vie.*

Madeleine avait vu apparaître deux taches sombres sur la housse de couette mauve. *Ne pleure pas, Christine* — de quel droit Madeleine ose-t-elle formuler une telle requête ?

Pourquoi l'amour ne suffit-il pas ?

— Avec toi, je me déteste, avait dit Christine en s'épongeant le coin de l'œil.

Elle faisait toujours ses bagages avec la simple vigueur d'une *hausfrau.*

Madeleine s'était accrochée à elle pendant sept ans parce qu'elle croyait Christine capable de la voir vraiment, jusqu'au plus profond de son être.

— Tu es tellement drôle avec les autres. Avec moi, tu es toujours d'humeur massacrante.

Avec toi, je suis moi-même, aurait répondu Madeleine à une autre époque, mais ce n'était plus vrai. Avec toi, je mène une double vie. Je ricane puis je me planque.

— Pourquoi tu pars ?

— Parce que tu n'as pas le courage de me quitter.

Christine avait presque craché.

— Qu'est-ce que tu attends, Madeleine ? Va la retrouver.

Madeleine restait plantée là, sans comprendre — pas enracinée, mais affaissée, les ficelles lâches autour d'elle.

— Sale garce, avait bredouillé Christine à l'intention des tiroirs béants.

Quelle garce ?

— Elle te court après depuis le début. Elle a fait semblant d'être mon amie. Quand je pense que j'ai fait la cuisine pour elle ! Elle a réussi à t'attirer dans son stupide projet et tu négliges ton propre travail.

Olivia.

— Tu penses qu'Olivia et moi… C'est une copine, bébé.

Madeleine avait senti l'inepte sourire de culpabilité masculine envahir ses traits, gommer son visage déjà irréel.

— C'est faux !

Dans ce cas, pourquoi a-t-elle l'impression de mentir ?

— J'abandonne, Madeleine. J'en ai ras-le-bol de cette codépendance de merde.

Qu'est-ce que je vais devenir sans toi ? Maintenant que je suis de plus en plus populaire et adulée ? Jamais plus personne ne saura que je suis mauvaise. Personne ne me voit aussi clairement que toi.

Paralysée, Madeleine avait regardé Christine fourrer ses vêtements dans un sac à dos.

— Pourquoi tu ne prends pas la valise ? avait demandé le robot. Elle a des roulettes.

Christine l'avait ignorée. Christine ne s'était jamais rendu compte que Madeleine, à son plus « réel » — quand ses sentiments étaient à vif —, se transformait en marionnette. Du bois peint. Christine en avait assez de partager le lit d'une grande personne qui perchait encore un vieux Bugs Bunny tout crasseux sur l'oreiller.

Au moment où l'ultime conflit avait éclaté, Madeleine était au téléphone avec son père. Ils s'étaient disputés et, en dernier recours, elle avait résolu de l'enterrer sous un flot de paroles, lui avait notamment demandé comment il pouvait condamner la politique étrangère américaine et, du même souffle, encenser le projet bidon de guerre des étoiles de Reagan…

— … le produit d'un cerveau préservé par cryogénie ! George Bush dirige le pays à partir d'un bureau de la CIA jonché de GI Joe et de cassettes d'arabe pour débutants — le pétrole, c'est-à-dire l'or noir, le thé du Texas !

Jack riait et attisait sa fureur. Christine était rentrée avec une boîte de gâteaux et de nouvelles mèches dans les cheveux. Elle était restée là, souriante, pendant un moment, et Madeleine avait enfin levé les yeux.

— Mon père te fait dire bonjour.

Le temps qu'elle raccroche, Christine avait déjà sorti l'immense sac à dos du grenier.

Madeleine s'était volontiers prêtée au marathon du jeudi, avait survécu haut la main à l'enregistrement du vendredi, avait ri et chahuté au Pickle Barrel tandis qu'Ilsa lui massait le cuir chevelu du bout de ses serres rouge sang, et avait noirci trois feuilles pour Shelly. Personne n'aurait pu se douter que sa vie tombait en morceaux. Elle se faisait l'effet d'une alcoolique consommée : vautrée dans les rideaux à trois heures, prête à accueillir son petit mari, les yeux pétillants et l'haleine fraîche, à cinq heures.

Trois nuits d'affilée, elle avait pleuré le nez dans son matelas. Pleuré sur Mike à douze ans, pleuré sur la petite fille souriante qu'elle avait été à neuf ans, regretté le son rassurant d'un bel attrapé, la balle de base-ball, entre deux gants, s'incurvant tel un dauphin dans le soleil d'après-dîner ; elle avait pleuré sur l'enfance, sur quiconque avait déjà été un enfant. Étonnée, malgré ses larmes, par la thématique de son chagrin. Cercles concentriques de tristesse irradiant à partir du point zéro. Centralia.

À la faveur d'une accalmie — une fois ses larmes taries, peu avant l'aube —, elle avait tiré sur la ficelle. Il parlait, débordant d'humour et inintelligible, comme une transmission en provenance de l'espace. Elle l'avait serré dans ses bras et s'était endormie. *Ne le dis à personne.*

Le samedi matin, elle est allée chez Honest Ed pour acheter des couverts et est rentrée avec un téléviseur portatif en noir et blanc, comme il y en a dans les hôpitaux et les taxis. Assise en tailleur sur le tapis, elle a passé la journée à regarder des publireportages et le PTL Club, laissant au répondeur le soin de prendre ses appels. Shelly, sa mère, Tony, Janice, Tommy, cinq autres et Olivia. *Dring...* Elle laisse sonner. Elle a commandé un détergent universel non vendu en magasin et répondu aux appels pressants de Goldie en promettant cent dollars à PBS. *Dring...* Elle syntonise *Secret Storm* — clic. «Si vous avez un message pour Madeleine, laissez-le après le timbre ; si vous voulez parler à Christine, faites le 531-5409». *Bip.* Une voix se fait entendre par le truchement du répondeur.

— Bonjour, madame McCarthy ? Je m'appelle Cathy ? Je vous téléphone au nom de Consumer Systems Canada ? Je me demandais si vous auriez l'amabilité de me rappeler au 262-2262, poste 226, pour répondre à un bref questionnaire sur certains articles de consommation courante bien connus...

Madeleine décroche.

— Allô, Cathy ?

— Oh, bonjour, madame McCarthy...

— Écoutez, on vient de m'annoncer que je suis atteinte d'un cancer du cerveau incurable.

— Oh, mon...

— Ouais. Alors j'ai noyé les enfants dans la baignoire.

Silence.

— Cathy?

— Euh… est-ce que… est-ce que je peux vous rappeler?

— Oui, pourquoi pas? Comme ça, j'aurai le temps de les envelopper dans le rideau de douche.

Clic.

Pauvre Cathy.

Le dimanche matin, au prix d'un effort surhumain, Madeleine étire le bras et éteint la télé. S'armant de courage, elle décide de prendre une douche. Derrière les toilettes, elle trouve *La Vierge enceinte,* les pages en accordéon. Christine l'a-t-elle laissé tomber dans l'eau exprès? Madeleine s'assoit sur le bord de la baignoire et se met à lire. «La petite princesse à papa en analyse.» Quand même! Surtout qu'elle se rend tout de suite compte que le livre s'adresse avant tout aux hétérosexuelles. Bah, être gay, c'est faire de l'interprétation simultanée à compter du premier jour, extraire l'universel du particulier et ingérer une nourriture distillée, à l'instar de toute minorité désireuse de s'asseoir à la grande table. «Intégration du corps et de l'âme.» Elle se met à lire. Elle lit jusqu'à en avoir mal au cou. Elle s'assoit par terre, dos contre la baignoire. Elle lit jusqu'à avoir faim. Elle lit jusqu'à avoir fini le livre.

Quand elle vivait avec Christine, Madeleine passait pour celle des deux qui était saine d'esprit. Aux lendemains du départ de Christine, les amis et les collègues de Madeleine verront la façade toute fissurée telle qu'elle est, sentiront les corps se faisander dans les décombres et s'enfuiront sans demander leur reste. Il faudrait être idiote pour s'attarder.

— Non, McCarthy, dit Olivia. L'idiote, c'est toi.

Elles parlent au téléphone. Olivia dit qu'elle arrive.

— Non. Je vais chez toi.

Madeleine monte par l'escalier de secours, croise un chat ou deux. Briques ternes cuisant dans la lumière douce de cinq heures du soir, écailles noires des marches en fer qui résonnent comme des cloches d'église; visibles à travers le treillis métallique, des déchets jonchent la ruelle poisseuse — vieux coussins, sacs de plastique éventrés par les chiens. Odeurs de mari et de lilas. Au bar-rôtisserie d'en face, on fait jouer Annie Lennox… Elle lève les yeux. En haut de l'escalier, Olivia, assise sur un cageot renversé dans un rayon de soleil oblique, grille une cigarette qu'elle a elle-même roulée avec du tabac Drum.

— Réussir sans collège, dit Madeleine.

Olivia lui tend la main.

Les colocataires sont sorties. Dans le réfrigérateur, il y a une demi-bouteille de mauvais vin blanc, quelques blocs de tofu, de mystérieux légumes verts à l'air asiatique et des barquettes remplies de substances troubles.

— Vous vivez à combien? demande Madeleine.

— Ça dépend.

Comment supporte-t-elle la vie en communauté? La salle de bains, par exemple. Madeleine sirote son vin, soudain envahie par un bonheur total. Que sont donc ces moments de joie déraisonnables? Observez les lis des champs comme ils croissent : ils ne se fatiguent ni ne filent. La lumière qui entre par le balcon et emprunte le couloir pour se prélasser sur les murs peints en rose, la douceur d'un souffle de vent, une apesanteur soudaine. Extase. Un état de grâce dans la cuisine d'une amie, un dimanche soir de mai. Tout va s'arranger.

Olivia passe devant elle, un arrosoir à la main. Au bout d'un moment, Madeleine entend de la musique. Des cordes — retenues, patientes. Mèches baroques, cheveux tirés par un peigne, démêlant les bruits du marché. Elle suit la musique jusqu'au salon. Sur le balcon branlant, Olivia arrose les plantes.

Madeleine vient la rejoindre. Olivia se tourne vers elle.

— Non, dit Madeleine. J'aurais l'impression d'embrasser ma sœur.

— Tu n'as pas de sœur.

Le baiser révèle l'identité secrète d'Olivia. Transformation sidérante, mais réversible : quand elles parlent, elle redevient l'amie de Madeleine. Une collègue de travail, critique, chipoteuse. Elles rentrent. Nouveau baiser contre le mur devant la chambre d'Olivia. Madeleine veut éviter de se retrouver tout de suite en ménage.

— Pas besoin de former un couple, dit Olivia. On peut s'en tenir au sexe.

— C'est ce que tu veux?

— Non, mais je pense qu'il vaut mieux te considérer pour le moment comme une célibataire en goguette. Tu devrais faire des rencontres.

Madeleine s'imagine dans un appartement à la Matt Helm — lit et bar à télécommande, moquette à poils longs.

— Je ne crois pas, dit-elle.

Olivia est appuyée contre le mur, la chemise ouverte. Sous-vêtements incroyablement pratiques. La femme de Maidenform — imprévisible.

— Des rencontres, fait Madeleine. Même le mot me rebute.

— Comme tu veux. Nous nous contenterons de faire l'amour. Et d'être amies.

— C'est ce qu'on appelle former un couple.

Olivia l'embrasse encore une fois.

— Tu n'es pas prête.

Elles s'allongent sur l'horrible futon, tout en bosses et en mauvaises herbes, et Olivia, tel un titan teinté de rose, reprend son identité secrète.

— En fait, je suis en crise, dit Madeleine, les yeux levés sur le visage le plus familier, le plus radieux — le plus amusé aussi. Je souffre. Je suis au bord de la dépression nerveuse. Comment se fait-il que je me sente si bien?

— Parce que tu es douée pour le bonheur, dit Olivia. C'est ton petit secret honteux.

Madeleine sourit. Ferme les yeux, goûte une eau douce.

— Tu es si douce, dit-elle.

Si douce et si claire. Elle rouvre les yeux, ne les referme pas.

— *C'est pour toi*.*

Ne dis rien. *Prends ce que tu veux.*

Visite guidée, entre les caresses, des petites cicatrices. Vous avez déjà remarqué le nombre de vos semblables qui ont une infime cicatrice au-dessus de l'œil? À l'extrémité d'un sourcil, l'orbite osseuse a fait son boulot en absorbant l'essentiel du choc produit par ce qui visait l'œil — une branche, une balle, un bâton de hockey, une patte…

— Je me suis fait ça en jouant au badminton quand j'avais neuf ans, dit Olivia. Ma mère a mis un papillon adhésif dessus. Je me sentais drôlement importante.

— Blessée au combat, dit Madeleine.

— Et ça?

Olivia tient la main gauche de Madeleine, paume ouverte, suivant du bout du doigt la ligne de vie et son ombre pâle.

— *Ci pa gran chouz*,* dit Madeleine.

Olivia sourit sans demander de quel genre de français il s'agit.

— Un couteau.

Olivia soulève un sourcil.

— Quelqu'un le tenait, je suppose?

En garde!

— Colleen.

— Qui c'était, Colleen?

— Ma meilleure amie, dit Madeleine.

Dit son cœur.

— Nous sommes devenues… *seurs de san**.

Olivia hésite.

— Sœurs de sang ?

Madeleine fait signe que oui.

— Quand j'avais neuf ans. Colleen Froelich.

Pellegrim.

Le nom remonte du fond de sa mémoire, poussiéreux, mais intact.

— Qu'est-ce qu'elle devient ?

— Je ne sais pas.

— Tu as une sœur quelque part.

Olivia sent le sable et le sel, une pointe de sueur et de Chanel. Trait féminin à l'ancienne. Artistement juxtaposé aux cheveux roses et aux multiples boucles d'oreilles.

Un arôme de sardines fumées plane dans l'air. Olivia rejoint Madeleine à la fenêtre, appuie le menton sur le bord. Sur le balcon voisin, de petites créatures argentées sont accrochées à la corde à linge, comme des chaussettes.

— Avelino ! Houhou ! Avelino !

Un homme trapu, qu'on dirait presque carbonisé, vêtu d'un bleu de travail taché de cambouis, sort sur le balcon aux sardines et plisse les yeux en regardant dans leur direction.

— Lance-m'en une, mon vieux.

Mon vieux.

Avelino cueille deux sardines sur la corde, se tourne vers elle, esquisse un mouvement pour viser et largue les bombes. Madeleine baisse la tête. Olivia attrape un poisson, l'autre tombe par terre.

— *Obrigada !*

Sur le futon, elles les mangent à même un napperon en bambou miteux, avec du pain, des olives et le reste du mauvais vin blanc.

Aimer Olivia, c'est comme emballer un cadeau et y mettre un joli ruban après l'avoir apprécié pendant des années. Rétroactif, parfait. Tout le monde devrait tomber amoureux d'une amie.

— Pourquoi tes parents t'ont-ils appelée « Olivia » ?

Une miche de pain, une sardine fumée et toi.

— Mon père aimait Shakespeare et ma mère les olives.

L'amour a un secret honteux : il ne fait pas mal. Tout ce temps, il était là, devant elle, à portée de main.

ASSEYE DE TI RAPPELI

Si je ne prends pas cet enfant avec moi, pensa Alice, il va sûrement se faire tuer en moins d'un jour ou deux. Ne serait-ce pas un crime que de l'abandonner dans un pareil lieu?

Lewis Carroll, *Alice au pays des merveilles*

Dans mon rêve, je traverse une forêt la nuit. Malgré l'obscurité, la végétation est très verte. Des feuilles et des branches bruissent au passage avec l'intime clarté intérieure d'une bande sonore de film. Rex marche à côté de moi, j'entends le crissement de ses pattes dans le sous-bois, je sens son haleine charnue et tiède, je touche son pelage. Je sais que les arbres nous épient. Il y a bien une mesure d'appréhension, mais je me rends compte qu'elle fait partie de la condition des chiens et des arbres. Je me dis : les chiens et les arbres sont très braves. Nous arrivons à une clairière. Une voûte de brume — non, de lumière — au-dessus d'une enfant couchée dans l'herbe. Une petite fille en robe bleue. Rex me regarde. Il a le visage si gentil, si inquiet. Dans l'expectative. Je reconnais l'enfant. C'est moi. L'herbe autour d'elle commence à ployer et à s'aplatir. Je me réveille, terrifiée.

— Qu'est-ce que c'est? demande Nina.

— La robe bleue, sanglote Madeleine.

La robe bleue est l'un de ces détails qui prennent vie dès que la parole les libère. Comme la princesse dans son cercueil de verre. Ouvrez le couvercle, ôtez la pomme de sa bouche, libérez le mot dans l'atmosphère. Regardez-le s'agglutiner à ses semblables, former des grappes de sens.

La robe bleue aurait pu rester sous verre, comme des objets en vitrine dans un musée — coquilles d'œuf vides, papillons épinglés. Muette à propos des champs, des nids, des pelages tièdes de cerfs qui, au printemps, se penchent pour boire au ruisseau. Suggérer sans montrer.

La robe bleue était celle de Claire, évidemment — Madeleine le sait, ne l'a jamais oublié —, mais qu'une information reste ainsi cachée, dispersée aux quatre vents, une vie durant, a de quoi surprendre. Elle n'a jamais oublié ce qui s'est passé en classe après trois heures, mais elle est demeurée insensible à la signification des événements. Elle est restée en hibernation dans son cocon de silence.

— Quelle robe bleue, Madeleine ?

— La sienne.

— Celle de qui ?

Cette insensibilité à la signification des choses n'est pas de l'amnésie ; elle est plus maligne. Il est plus difficile d'en sortir. Parce que vous êtes éveillée et saine d'esprit. Il n'y avait ni tornade, ni miroir, ni terrier. Seulement une pièce dans le grenier de votre esprit avec des tas d'objets qu'on ne range jamais. Comme des jouets qui gisent, inertes, en attendant minuit.

— Claire.

Le mot, un petit cri, un oiseau s'évadant de sa gorge.

— Qu'est devenue Claire, Madeleine ?

Elle entend un gémissement jailli d'elle, mais lui faisant penser à quelqu'un d'autre.

— Elle a été assassinée ?

Dans sa voix, elle perçoit le ton interrogateur d'un enfant, cadence marquée par la stupeur et la crainte, *la faute à qui ? La mienne ?*

— Je sais, dit Nina. Je suis désolée.

— Elle a été étranglée ?

Elle commence à se balancer sur elle-même.

— Madeleine ? dit Nina, tout doucement.

Madeleine lève les yeux et prend la boîte de mouchoirs que lui tend Nina.

— Je suis désolée.

… On dirait Grace, avec sa voix qui se brise, ses yeux sans amarres qui dérivent en tous sens. Comme un chien pris au piège.

— Désolée de quoi ?

— Je ne sais pas, dit-elle en sanglotant.

Grace Novotny. Pourquoi Madeleine se souvient-elle du nom d'enfants qu'elle a connus en quatrième année, elle qui oublie systématiquement le nom de personnes avec qui elle a sympathisé il y a six semaines sur un plateau de tournage ? *Marjorie Nolan, Grace Novotny, Joyce Nutts, Diane Vogel. Les petites filles qui suivent…*

— J'ai témoigné au procès.

Elle parle de l'alibi de Ricky, de l'aviateur qui l'avait salué sans jamais se manifester. Elle parle de son mensonge, de sa rétractation à la barre des témoins. Du moyen qu'avait trouvé son père pour la convaincre de faire ce qu'il fallait. Simple comme bonjour : faire ce qu'il fallait, c'était toujours ce qu'il y avait de plus difficile.

— Pauvre petite.

Madeleine cesse de se balancer et pose les yeux sur le crâne blanc du tableau, soulagée d'avoir raconté cette histoire. En guise de récompense, un constat.

— Je crois que je me sens très coupable pour Ricky.

Une fois les mots prononcés, l'idée lui semble aller de soi.

— Vous lisez en moi à livre ouvert, pas vrai ?

— Peut-être, mais une seule page à la fois.

— Oh !… C'était vachement profond, non ?

Nina attend. Madeleine joue avec le râteau dans le bac à sable miniature. Elle a l'impression d'être toute petite.

— Dites, Nina… si, quand j'irai mieux… je n'étais plus drôle du tout ? Si je ne pouvais plus travailler ? Si je devais retourner à l'école pour devenir avocate, pharmacienne ou autre chose ?

— Quand avez-vous décidé de devenir comédienne ?

— Oh, quand j'avais cinq ans, déjà, je montais sur une chaise pour raconter des blagues.

— Quand votre amie est-elle morte ?

— Nous avions… elle avait neuf ans.

— Donc, vous étiez déjà drôle avant, fait Nina.

Madeleine se mord la lèvre, fait signe que oui.

— Vous avez un don pour la comédie, ajoute Nina. Le reste… la douleur, la maladie de votre père, votre frère… Claire et tout ce que je ne sais pas… Dans le meilleur des cas, ces événements apportent de l'eau au moulin. Dans le pire des cas, ils vous font déraper et quitter la route. Franchement, ce n'est pas très drôle.

Madeleine brûle du désir de remercier Nina, mais elle n'arrive pas à ouvrir la bouche. Tel un chien, elle va emporter le morceau de choix et le déguster plus tard. En privé.

— À la semaine prochaine.

Dans une friperie du marché, où elle cherche une nouvelle vieille chemise hawaïenne, Madeleine voit Claire. L'instant d'après, elle se reprend. Impossible que cette enfant soit Claire, Claire a mon âge, elle aurait beaucoup changé. L'instant d'après, elle se reprend — Claire est morte. Inutile de songer à la tête qu'elle aurait aujourd'hui.

Elle vaque à ses occupations habituelles du samedi après-midi, sans savoir qu'une couche enfouie au plus profond de son esprit est remontée à la surface. Comme une diapo dans un stéréoscope d'enfant. La couche nouvellement promue filtre tout ce qu'elle voit et répartit l'information sur les lobes et les structures nerveuses responsables de la reconnaissance des visages, de l'émotion, de l'odorat et de la mémoire. Cette couche, toutefois, est loin d'être à jour. Elle ne sort pas beaucoup. Voilà depuis 1963 qu'elle n'a pas vu le soleil. À la manière d'un logiciel, elle a besoin d'une mise à niveau.

Du coin de l'œil, elle aperçoit un chien — *Rex*. À y regarder de plus près, elle se rend compte qu'il s'agit d'un beagle. De toute façon, Rex doit être mort depuis des lustres. *Bon chien. Bon chien, Rex.* Toute la journée, cette couche novice déforme sa vision du monde. Voyant une gamine plisser les yeux pour se protéger de la fumée de sa cigarette, appuyée en bonne délinquante contre le mur de la petite épicerie au coin de College et d'Augusta, Madeleine dit :

— *Colleen.*

— Je suis désolée.

— Désolée de quoi ? demande Nina.

— Désolée de… désolée pour mes parents.

Elle se couvre le visage.

— Pourquoi ?

Madeleine sort quelques mouchoirs de la boîte.

— C'était leur petite fille. Ils n'étaient pas au courant de ce qui lui arrivait. Ils l'aimaient.

Elle se mouche.

— Et vous, Madeleine ?

— Je le vois maintenant, vous comprenez ? Je suis là, debout, et il a sa main… vous savez ? Sous ma robe. Comme si leur petite rentrait toute salie et brisée, à leur insu. Malgré tout, ils la traitaient… comme si elle était précieuse.

Elle sanglote, la gorge irritée, à des lieues des limites du sarcasme.

— Ma mère choisissait de jolies robes, et lui, il les touchait.

— À vous entendre, on dirait que vous pensez que ce sont vos parents… qui ont été agressés.

Madeleine fait signe que oui. Après tout, c'est rempli de bon sens.

— Et vous, Madeleine ?

Elle lève les yeux.

— Que voulez-vous dire ?

Nina a l'air si douce, Madeleine se sent un peu inquiète.

— Si vous pouviez retourner maintenant dans la salle de classe, que feriez-vous ?

— Je ne peux plus rien changer maintenant.

— C'est vrai.

— Je…

Le chagrin arrive par bouffées, par bourrasques de pluie, laquelle, au lieu de tomber, balaie les champs, les chemins de terre.

— Je dirais : « Tout va bien, je suis là. » Et… je regarderais.

— Vous regarderiez ?

Madeleine fait signe que oui, les joues sillonnées de larmes. *Maman, papa. Regardez-moi.*

— Je ne peux rien changer. Si je la regardais, au moins, elle ne serait plus toute seule.

— Qui ça?

— Madeleine. Moi.

Nina lui tend un verre d'eau.

— Vous en avez déjà parlé à quelqu'un?

Madeleine boit, secoue la tête.

— Sauf par allusions, vous comprenez? Je ne savais pas…

— Qu'est-ce que vous ne saviez pas?

— Je ne savais pas que ça faisait mal…

Madeleine pleure dans ses mains.

— Je ne savais pas que ça faisait aussi mal.

Elle pleut, elle pleut. Elle sent la boîte de mouchoirs se poser sur ses genoux.

— Vous avez été toute seule avec le secret, dit Nina après une minute.

Madeleine fait signe que oui.

Le rôle de témoin nous semble passif, mais, à l'occasion, il est terriblement difficile. Voilà pourquoi on dit «porter témoignage». Parce que c'est quelquefois si lourd. *Regardez-moi.*

— Qu'arriverait-il si vous en parliez à vos parents maintenant?

Madeleine cesse de pleurer.

— Jamais de la vie.

— Pourquoi?

— Mon père est malade. Je risquerais… ça risquerait de le tuer.

Elle se mouche.

— Et votre mère?

— Je ne sais pas… Si elle…

Madeleine gémit. Le chagrin est revenu.

— Je ne veux pas qu'elle me réconforte.

— Pourquoi?

— Parce qu'elle déteste celle que je suis.

Nina attend.

— C'est injuste, ça. Elle m'aime. Seulement, je ne sais pas ce qu'elle ferait d'une telle information.

Nina attend.

— Elle dirait… elle dira : « Ah ! C'est donc ça qui explique ce que tu es devenue. »

Imputer à un crime, à une obscénité quelque chose de si précieux, de si personnel… Jamais.

— Si le fait de survivre à des agressions sexuelles conduisait à l'homosexualité, le monde serait beaucoup plus gay qu'il ne l'est aujourd'hui, dit Nina.

Madeleine sourit.

— Merci. Tout va bien maintenant.

— Heureuse de vous l'entendre dire.

— Vous ne me croyez pas ?

— Absolument pas.

Elle rêve encore d'une lumière trop vive. D'une herbe trop verte. Les jambes si lourdes qu'elle a peine à marcher, les cuisses comme du ciment frais, plaquées contre le sol par une lumière jaune.

ABRACADABRA

Voyez-vous bien, ajouta-t-il très sérieusement, avoir la tête tranchée, c'est l'un des pires ennuis qui vous puissent échoir au cours d'une bataille.

Lewis Carroll, *De l'autre côté du miroir*

Madeleine achète deux avocats pour Olivia et, devant l'échoppe du boucher de Kensington Market, aperçoit l'horloge entre deux lapins écorchés pendus derrière la vitrine. «Lapins frets», proclame un écriteau fait à la main. Elle a rendez-vous avec Christine dans quarante minutes pour faire «une sorte de bilan» — le temps, en somme, d'écrire un peu.

Assise à une table tachée de guano, elle prend des notes sur une serviette en papier quand un énorme postérieur en costume gris passe à quelques centimètres de son visage.

— Pardon, dit la voix empâtée, comme l'hippopotame du dessin animé qui, au cinéma, se faufile jusqu'au bout de la rangée.

Les restaurants et les cinémas : seuls endroits publics où il est parfaitement acceptable que le derrière d'un étranger vous frôle le nez. Madeleine se pousse pour faire de la place au bonhomme. C'est M. March. Son cœur dégringole. Il a des enfants, un garçon et une fille. *Vous vous trompez encore, docteur* — M. March aurait aujourd'hui la soixantaine, il… Ses mains se glacent sur la table en fer forgé, elle a compris. Il serait sexagénaire, peut-être septuagénaire. Il a continué dans le temps, comme Colleen, Madeleine, l'horloge de l'échoppe du boucher et les lapins en route vers la casserole. Il n'est pas un fantôme dans une salle de classe qui joue éternellement la même scène. Il a été instituteur pendant vingt-trois ans. Il l'est peut-être encore aujourd'hui. Il rôde encore.

Elle se lève. Se rend chez Olivia, récupère la clé sous une brique, entre et téléphone à la police.

À la PPO, on la promène de service en service. Elle finit par parler à quelqu'un qui note son signalement d'agressions sexuelles — « Il n'y avait pas que moi, nous étions tout un groupe » — et promet de la rappeler.

Y a-t-il, sous son nez, autre chose qu'elle ne voit pas?

Diverses colocataires font leur entrée. Quelqu'un se met à jouer du banjo. Bien sûr qu'elle peut rester. Sous une couverture qui sent les années de lessive, elle se blottit au bout du canapé divinement moelleux et attend Olivia.

Viol.

Il est gênant de se rendre compte qu'on est comme tous les autres. Même si la moitié d'entre eux sont célèbres. Surtout si la moitié d'entre eux sont célèbres. *Ça peut arriver à n'importe qui. Je n'ai rien de spécial.*

— J'ai l'impression de tout inventer.

— Quand on a tant fait pour la nier, dit Nina, la vérité, lorsqu'on se résout enfin à la regarder en face, peut sembler irréelle.

— Je vous parle de viol, docteur, dit Bugs Bunny.

Nina attend.

Madeleine a du ressort. Les gens qui ont du ressort assument la responsabilité de ce qui leur arrive. Ce qui veut dire qu'ils le méritent en quelque sorte. Le contraire est trop terrifiant : des choses déplaisantes risquent de leur arriver pour absolument rien. C'est sur vous que va tomber le glaçon qui se détache du vingtième étage. C'est vous qui attendez l'autobus quand la voiture d'un homme foudroyé par une crise cardiaque grimpe sur le trottoir. Quiconque a prêté flanc au désastre demeure à jamais sans toit. À moins que, d'une façon ou d'une autre, vous ne soyez à blâmer.

— Ce n'est pas comme si je n'avais pas eu le choix, même à neuf ans. On a toujours le choix.

— Et vous êtes prête à vous tuer au volant pour en faire la preuve.

La violence sexuelle est une forme de vol. À votre retour, vous trouvez votre logis sens dessus dessous. On a traité tous vos objets, précieux ou banals, irremplaçables ou simplement coûteux, de la même façon. Ils ne font plus qu'un. On a tout renversé, jeté pêle-mêle, la photo de vos grands-parents, la coutellerie. Votre maison encore parcourue de pas lourds. Vous pouvez acheter un nouveau téléviseur, mais qui restaurera la tranquillité douillette de votre foyer, raccommodera l'accroc dans l'air au-dessus de l'escalier, l'onde de choc dans le salon, autant de lieux où le vide, obscène, a rôdé librement ? *Pourquoi nous ?* Ça n'a rien de personnel.

— Je ne me sens pas bien.

— Un peu d'eau ?

Le viol traite la victime comme personne, comme tout le monde, comme n'importe qui, *salope !* La rampe, puis la porte, jusqu'à l'abattoir. Envolées, les innombrables caractéristiques qui distinguent les individus entre eux ; apitoyée et triste, l'âme, dissociée du corps, assiste en témoin à ce qui arrive à sa sœur, à son frère — *salope !* Après, le corps aura beaucoup de mal à se laisser habiter par quoi que ce soit. Beaucoup de mal à laisser l'âme reprendre sa place. L'âme devra peut-être se contenter de rester sur les traces du corps, de faire front commun avec cet autre suivant solitaire, l'ombre. Le corps aura beaucoup de mal à déterminer si le souffle léger sur le cou, *laisse-moi entrer, s'il te plaît,* est l'âme ou l'ombre. C'est l'âme. La supplique de l'ombre est plus modeste, elle ne demande qu'à être vue. *Ne te détourne pas, je t'en prie ; chaque fois que tu me tournes le dos, je meurs.*

— J'ai la nausée.

— Mettez la tête entre les genoux.

La violence sexuelle fait de tous les enfants le même enfant. *Viens ici. Oui, toi.* Les enfants guérissent rapidement. Comme l'arbre qui croît autour d'une hache, l'enfant grandit, sain comme l'œil, jusqu'au jour où l'objet incrusté commence à rouiller. L'idée de l'extraire devient alors plus terrifiante que la pensée d'en mourir à petit feu. *Ça ne fait pas mal.* Une fois le plaisir et le poison entremêlés, comment les séparer ? Quel alchimiste, quel thérapeute, quel prêtre faut-il mander, à quel ami, à quel amant faut-il s'en remettre ?

— Je n'ai pas de «souvenirs refoulés», quelle connerie ! fait Madeleine en s'emparant de la pierre rose, marbre frais, ovale rassurant, qu'elle soupèse. Vous connaissez la nouvelle «La lettre volée»?

— Oui.

— J'ai l'impression qu'il y a autour de moi des choses que je ne vois pas.

— Cachées en pleine vue.

— Ouais. Ou camouflées.

— Comme une grenouille qui change de couleur pour se fondre dans son environnement?

— Ouais, ou comme… euh… un œuf tacheté dissimulé dans… euh… dans...

— Dans l'herbe?

— Ouais.

Elle sanglote.

— Qu'est-ce qu'il y a, Madeleine?

— Aucune idée. Ce sont mes yeux qui pleurent.

— Pourquoi?

— À vous de me le dire, docteur.

Elle repose la pierre sur la table, la fait tourner sur elle-même.

— De quoi parliez-vous quand vos yeux se sont mis à pleurer?

— Je ne m'en souviens plus.

Elle se frotte la paume pour chasser un chatouillement.

— Vous parliez d'un œuf tacheté…

— Pas tacheté. Bleu.

— Un œuf de merle?

Madeleine prend une profonde inspiration et baisse les yeux.

L'herbe est jonchée d'objets négligés auparavant confinés dans le grenier de son esprit; elle trouve des fragments à gauche et à droite, disséminés sous ses pieds, accumulés dans les fissures des trottoirs, réfléchis dans la masse indistincte des rames de métro. Ce qu'il y a de miraculeux, c'est qu'ils soient demeurés intacts assez longtemps pour qu'on les retrouve, ces objets friables, fragiles comme des ailes de papillon, périssables comme l'enfance, volatiles comme le duvet des pissenlits et des quenouilles — attrapez un filament, faites un vœu et relâchez-le —, brillants comme, dans un nid, l'argent volé.

On dirait qu'elle a trouvé les mots magiques qui font que ces objets brillent dans le noir, qu'on puisse les trouver. Mais ils ne sont pas «magiques», ce ne sont que des mots. Pas des formules magiques, des formules tout court. Des noms. C'est peut-être cela, la magie. *Claire.*

DE L'AUTRE CÔTÉ DU MIROIR

Sapristi! J'avais presque oublié que j'allais devoir redevenir grande! Voyons… comment faire?

Lewis Carroll, *Alice au pays des merveilles*

— Georgia O'Keeffe a-t-elle peint des papillons ? demande Madeleine en s'installant dans le fauteuil pivotant, les jambes croisées, les pieds dans les mains pour les réchauffer.

— Je n'en sais rien, répond Nina.

— J'ai rêvé que j'avais déniché une affiche comme celle que vous avez ici. J'étais folle de joie à l'idée d'avoir la même que vous. Seulement, dans mon rêve, c'était un incroyable papillon. Énorme et jaune vif, comme le soleil.

Madeleine contemple les cornes et le crâne empreints de sérénité.

Dans la plus pure tradition thérapeutique, elle a expurgé sa souffrance. Elle a « pris conscience » de l'agression dont elle a été victime, elle a pleuré et téléphoné à la police. Nul doute qu'elle a fait tout ce qu'il y avait à faire dans cette enceinte couleur argile. Moi vouloir rentrer maison.

— J'ai entamé une nouvelle relation.

Nina écoute.

— Je suis… euh… heureuse. Ce n'est pas un peu bizarre ?

Nina sourit.

— Je me sens comme si une partie de moi s'était réveillée et qu'elle était vraiment heureuse. Seulement, elle doit traîner l'autre partie sur son dos. Un poids mort. Comme un patient inconscient. C'est moi. J'ai les yeux fermés et je porte une chemise d'hôpital bleue.

Elle grimace.

— Ce que je peux être transparente, vous ne pensez pas, docteur ?

Elle attend.

— La fille à la robe bleue. Comme si elle avait grandi dans le coma.

— Dans vos rêves, vous avez les jambes lourdes.

Comme si une force me plaquait au sol. Un corps. *Le mien.*

À la PPO, on n'a encore rien pu lui dire, mais on lui a donné l'assurance que le dossier cheminait. Elle n'a toutefois pas l'intention de se tourner les pouces pendant que l'enquête suit son cours. Elle a rendez-vous avec une avocate demain. Elle va porter des accusations. C'est ce qu'il faut faire.

— Quel genre d'accusations ? demande Nina.

— À votre avis ? Agression sexuelle, évidemment.

De la même façon que Madeleine n'avait jamais tout à fait compris que les gens et les lieux continuaient de changer après le départ des McCarthy, le monde de l'enfance, bien qu'il déborde de fantaisie et soit coloré par la foi dans les animaux qui parlent et les voyages dans le temps, demeure en réalité scrupuleusement ordonné et immuable. Les policiers sont invariablement souriants et en uniforme — on ne se les représente jamais assis sur une chaise de jardin, une bière à la main. Debout derrière un comptoir, les bouchers portent une blouse blanche; eux-mêmes ne font jamais les courses et ne vont pas chez le médecin vêtus d'une chemise ordinaire. Les instituteurs demeurent inconcevables en dehors de la salle de classe — vous les verrez peut-être marcher vers leur voiture, mais ils sombrent dans le néant à la sortie du parking pour ne réapparaître que le lendemain matin, vêtus pour la circonstance.

En se comportant comme il l'avait fait après trois heures, M. March avait ouvert une brèche dans le réel, mais le réel s'était cicatrisé, à la manière d'un nœud mystérieux dans l'écorce d'un arbre. Impossible de colmater la brèche — de revenir à la normale — sans recourir aux règles rigides de la physique de l'enfance: voilà ce qui arrivait après trois heures. Dans la salle de classe. À son bureau. Le boucher n'achète jamais de brocoli, le policier ne joue jamais au croquet et le laitier ne descend jamais de son camion. De la même façon, ce qui se passait en classe après trois heures n'aurait pas pu se passer ailleurs.

Par la lucarne couleur terre cuite du bureau de Nina, Madeleine avait regagné la salle de classe, observé l'enfant, soulevé le bandage et respiré la puanteur de la plaie, l'avait exposée à l'air libre pour qu'elle réintègre le temps et commence à se transformer, à se refermer. Elle a écouté fidèlement, mais elle n'a pas encore traduit le récit de l'enfant en langue adulte. Elle ne l'a donc pas encore entendu vraiment. Une autre adulte qui hoche la tête et vous aime sans rien pouvoir pour vous.

Le visage enfoui dans les mains, elle prend une profonde inspiration.

— Vous vous sentez faible? demande Nina.

Madeleine secoue la tête.

— C'est plus fort que moi. Sentir mes mains, je veux dire. C'est bizarre, hein?

Elle sourit.

— Mon frère n'arrêtait jamais de m'asticoter pour ça.

La traduction révélera un secret d'une grande simplicité. Une réalité qui va de soi pour les grandes personnes qui vont et viennent librement, sans le boulet des couvre-feu ni l'opprobre des légumes dédaignés sur l'assiette: les instituteurs ne sont pas prisonniers de la salle de classe. Ils ont le loisir de monter dans leur voiture et de quitter le parking. Ils ont le loisir d'aller jusqu'à l'endroit où le fermier, complaisant, a laissé un trou dans la clôture. Ils peuvent descendre jusqu'au ravin de Rock Bass, un fragile œuf bleu à l'abri dans la paume de leur grosse main, remonter de l'autre côté, chaussés de leurs chaussures marron que les enfants n'ont jamais vus que sur l'asphalte ou le linoléum de l'école, traverser le champ de maïs fraîchement retourné jusqu'au pré, où un orme monte la garde…

— Pourquoi le faites-vous ?

— Pour les purifier. Pour faire disparaître la mauvaise odeur en l'inhalant. Personnalité obsessionnelle, pas vrai ? C'est vous qui devriez me payer.

— Qu'est-ce que ça sent ?

— Il n'y a pas vraiment d'odeur.

— Cette odeur, comment l'imaginez-vous ?

— Décidément, vous êtes douée. Bon, elle est… euh… moite. C'est une odeur jaune.

— Jaune ? Comme de l'urine, vous voulez dire ?

— Non, seulement… jaune.

Il lui reste à traduire en petits caractères adultes le texte en gras et les illustrations de son récit d'enfance. Dès qu'elle aura terminé, elle sera en mesure de raconter l'histoire à l'enfant. Délicatement. La terrible histoire de ce que l'enfant sait sans le savoir.

Elle plie les doigts, serre et desserre les poings, seule façon de s'assurer qu'on ne va pas lui sectionner les mains.

— La mauvaise odeur disparaît vraiment ? demande Nina.

Madeleine remarque ses mains pivoter au bout de ses poignets.

— Non.

Elle les pose sur les bras du fauteuil, où elles se glacent aussitôt. Elle prend une profonde inspiration et s'assoit sur elles.

— Je suis peut-être coupable.

— Coupable de quoi ?

— De l'avoir tuée.

— Pourquoi ?

— Parce que je la vois gisant là-bas.

— Vous vous êtes vue vous-même. Ça, nous le savons.

— Mais l'image est si nette.

— Vous pouvez la décrire ?

— Oui, oui — je vois de l'herbe aplatie, comme si on avait fait un pique-nique, vous savez ?

— Vous voyez son visage, Madeleine ?

— Nous avons vu un cerf.

— Qui ça, nous ?

— Colleen, Rex et moi.

— Vous voyez le visage de Claire ?

— Oui.

— Décrivez-le.

— Elle dort.

— Décrivez ses cheveux. Vous avez dit qu'elle portait un bandeau.

— Des barrettes, ouais, et son bracelet porte-bonheur.

— Ses yeux ?

— Ils sont fermés.

— Et le reste de son visage, Madeleine ? Sa bouche, ses joues ?

— Elle a l'air paisible, mais elle est blême parce que, bon, elle est morte.

— Madeleine ?

Madeleine lève les yeux.

— Les morts par strangulation ont les yeux ouverts, dit doucement Nina. Ils changent de couleur, ils… n'ont rien à voir avec ce que vous décrivez.

Soudain, Madeleine se sent fatiguée. Comme si c'était son état normal et qu'elle attendait que quelque chose s'effondre — que toutes les balles lancées en l'air retombent. *Suis-je en train de mourir ?* La question a été posée par une voix venue du plus profond de sa fatigue. Du milieu des bois, où les animaux ont les yeux brillants, d'une tanière où s'accroupit une fille blanche comme l'os.

— J'ai peur, dit Madeleine.

— Expliquez-moi.

— J'ai peur de savoir quelque chose.

Les images, même horribles, sont souvent rassurantes parce qu'elles racontent une histoire complète, au contraire des souvenirs qui s'accumulent pêle-mêle, montage requis. L'image que se fait Madeleine de Claire, étendue paisiblement dans la mort, n'est donc depuis le début qu'un décor peint à la main.

— Comme dans *Bonanza,* murmure-t-elle.

— *Bonanza ?*

Le logo jaune de Shell occupe l'écran, intact, jusqu'à ce que Ben Cartwright et ses fils le traversent à dos de cheval.

— Je vois, dit Nina.

Au bout d'un moment, Madeleine dit :

— Je ne veux pas.

— Quoi ?

— Voir ce qu'il y a derrière.

Ses yeux clignent de façon spasmodique, mais, attentive, elle ne détache pas son regard de celui de Nina. *Concentrez-vous, petite fille.*

— Si c'était mon père ? dit-elle d'une petite voix de têtard.

— Vous croyez que c'est possible ?

— Ce serait l'horreur absolue.

— Madeleine ? Pourquoi est-ce à vous qu'il revient d'élucider cette affaire ?

Madeleine lève les yeux, perplexe — *je ne vous suis plus, docteur.*

— Je pensais que vous pensiez… que je savais. Comme si j'avais sous les yeux un indice dont le sens m'échappe parce que… je ne sais pas ce que je sais.

— Vous ne saurez peut-être jamais ce qui est arrivé à Claire, Madeleine. Mais il y a certaines choses que vous pouvez établir.

— Comme quoi?

Elle sent son front se plisser comme celui d'un chien, sérieux et implorant, ses yeux se troubler comme l'eau d'un étang, s'arrondir comme des soucoupes.

— Votre place dans toute cette affaire.

Madeleine fixe Nina, son estomac en proie à la corrosion.

— De toute façon, dit-elle, elle avait sa culotte sur le visage.

— Je sais.

Tout le monde est au courant. Un des « détails troublants ».

— Vous portez depuis longtemps un lourd fardeau, Madeleine. Pouvez-vous vous imaginer le déposer pendant un moment? Et vous reposer?

Quelque chose se décale, cède aux forces de la gravité. Madeleine s'enfonce sans se débattre et, comme en réaction à la proximité nouvelle de la terre, les larmes fusent.

— Je crois que je suis en train de mourir.

Ses mots montent jusqu'à elle, comme si quelqu'un d'autre les avait proférés. Quelqu'un qu'elle aurait connu toute sa vie, mais oublié. Une voyageuse de retour. Un châle sur la tête et les épaules. Endeuillée.

Ce moi, elle ne le reconnaît pas. Elle s'est découvert un talent pour le deuil — un peu comme si, un matin, elle était descendue de sa chambre et avait commencé à jouer du Chopin sans jamais avoir touché un piano auparavant. Le chagrin est-il un don? Des larmes jaillissent du moindre pore de son être, poussent comme des feuilles, elle les entend bruire doucement, réfléchir la pluie, elle pleure comme un saule.

— Donnez-moi vos mains, dit Nina.

Elle obéit.

— Je sais que je n'ai pas tué Claire, Nina. Mais mes mains pensent le contraire.

— Pourquoi?

— Parce qu'elles savent comment.

Le temps s'arrête pour faire place au chagrin.

Du vert foncé, boueux, l'impulsion d'un sonar, qu'est-ce qu'il y a là-dessous? Sombre et noyée, continue de plonger, c'est un rêve, tu peux respirer sous l'eau. Plonge, plonge jusqu'à ce que tu saches combien il est triste qu'une enfant ait été tuée.

— Que savent vos mains, au juste, Madeleine ?

Madeleine retient son souffle après chaque inspiration, expire par petites bouffées saccadées.

— Je… je ne peux pas en parler, dit-elle.

— De quoi ne pouvez-vous pas parler ?

Elle contemple ses mains. Chiens blancs, animaux muets. Elle les frotte l'une contre l'autre, les réchauffe. Elle inspire prudemment, puis s'avance sur une branche mince.

— Il nous demandait de l'étrangler.

Il suffisait de dire les mots. Par magie, les objets, tels les éclats d'une tasse, s'envolent et se soudent les uns aux autres ; ou encore ils se décalent d'un degré, kaléidoscopiques, transforment l'image tout entière. M. March n'a jamais étranglé Madeleine. Madeleine n'a donc jamais songé à lui comme à un étrangleur. Elle avait neuf ans. Elle ne savait pas comment s'y prendre pour inverser l'image. Le voir dans le miroir. Le pouce de l'homme qui s'enfonce dans la chair tendre de son bras, son emprise tatouée en bleu, la pression qui s'accentue à l'instant où elle pose ses petites mains autour du cou large et pâteux. *Serre*. Elle a aujourd'hui trente-deux ans et il suffisait de dire les mots à haute voix.

Dans la pièce, l'éclat des couleurs a augmenté d'un cran. Elle regarde Nina et dit :

— C'est lui qui l'a tuée.

Elle serre les bras du fauteuil si fort qu'elle sent le bois céder, fondre, se transformer en chocolat.

Cinquième partie

FACTEURS HUMAINS

LE PLANEUR

C'était après la disparition de Mike. C'était avant que l'espoir n'ait commencé à s'effriter. C'était des années avant que Jack et Mimi n'achètent le condo. Madeleine allait terminer ses études secondaires dans trois semaines. Dans trois semaines, sa vie allait débuter. Elle débordait de joie sombre et brillante à l'idée de son évasion imminente, de son entrée dans le monde, loin de cette banlieue.

À l'évier de la cuisine, elle épluchait, de mauvaise grâce, des pommes pour sa mère. Du jardin était monté le rugissement de la vieille tondeuse. Par la fenêtre, elles avaient vu Jack aller et venir.

— Regarde ton père tondre sa pelouse.

— Tu veux que j'y aille à sa place? avait répondu Madeleine, boudeuse. Il refuse de me laisser faire.

Sa mère parlait toujours de son père comme d'un invalide — *ton pauvre père si fragile qui pousse la tondeuse, malgré ses béquilles.* Pourquoi n'y a-t-il personne de normal par ici? Les maisons ont une pelouse. Les hommes la coupent. Ça n'a rien de sorcier, et ce n'est pas non plus un drame. Un homme blanc d'âge moyen qui tond sa pelouse n'a rien de poignant. Encore moins quand il y a une belle grande piscine au milieu du jardin.

Mimi avait souri en se tournant, et Madeleine avait éprouvé un pincement au cœur. Il y avait des larmes dans les yeux de sa mère. *S'il était là, c'est Mike qui tondrait la pelouse.* Elle s'était sentie horriblement mal pour sa mère, horriblement mal pour la fille horriblement mauvaise qu'elle était, furieuse que son père ne l'autorise jamais à tondre la pelouse — comme si le maniement sûr de lames fixées à un petit moteur exigeait la présence du chromosome Y. Il lui chantait sur tous les tons qu'elle pouvait devenir ce qu'elle voulait — politicienne, avocate, neurochirurgienne, astronaute. Il l'enverrait sur la Lune, mais il refusait de lui confier une *maudite** tondeuse Lawn-Boy de Canadian Tire : «Ces engins sont capricieux. Tu risquerais d'y laisser un orteil.»

Nonchalante, elle s'était dirigée vers la porte de devant.

— Pourquoi ne pas lui proposer une promenade? avait demandé sa mère.

Elle avait horreur que sa mère cherche à «encourager» sa relation avec son père. *Nous avons déjà une relation, d'accord? D'ailleurs, ça ne te concerne pas.* Donc — fâchée contre sa mère de lui faire éprouver de l'agacement à l'idée d'aller marcher avec son père, activité qui, en règle générale, lui plaisait —, elle s'était dirigée vers la porte de derrière.

— Tu as le plus gentil papa du monde, avait dit sa mère.

Elle avait laissé la porte moustiquaire se refermer avec fracas.

— Dis, papa, tu veux aller faire un tour ?

Il avait levé les yeux. Accroupi devant la tondeuse inclinée, il essuyait les lames tachées de vert. Resserrait l'écrou. L'odeur de l'herbe coupée et de l'essence lui était montée jusqu'aux narines, profondément familière, rassurante… et triste. Tout est si triste, bordel. Il est si triste d'être conçu. Nous commençons à mourir dès notre naissance.

— D'accord, ma puce.

Elle l'avait suivi dans le garage. Il avait fait rouler la tondeuse sur le béton jusqu'à sa place attitrée. L'odeur du béton frais — autre parfum profondément typique de la banlieue, avec celui du chlore, des roses et de la cuisine des voisins.

— Pourquoi ne pas acheter une tondeuse électrique, papa ? Elles sont moins nocives pour l'environnement. Ou même une tondeuse manuelle.

— L'idée n'est pas mauvaise. D'ailleurs, je préfère le son de ces engins.

Les McCarthy possèdent cette tondeuse depuis Centralia. Papa l'appelle « le monstre ».

— J'attends seulement que celle-ci rende l'âme, mais Henry l'a tellement bien réparée que j'ai l'impression qu'elle va durer éternellement.

Ils sortent du garage et se mettent à marcher.

C'était un de ces riches crépuscules dont Ottawa a le secret. Dans l'humidité ambiante, tout était ravissant, le ciel turquoise parcouru de traînées de feu chatoyantes. Les feuilles si lustrées qu'on les aurait dites cirées, les arroseurs sifflants, les voitures rutilantes.

Ils avaient parlé de l'avenir.

— Pourquoi tu n'irais pas à New York ? Tu n'aurais qu'à travailler comme serveuse et à gravir les échelons, une salle de spectacle à la fois, jusqu'au *Ed Sullivan Show.*

Elle avait renoncé à l'émission du bon vieux Ed au profit de *Laugh-In,* mais elle ne l'avait pas repris.

— Pourquoi ne pas remonter le fleuve Yukon en canot ?

Ils étaient passés devant l'école secondaire. Des jeunes s'étaient réunis dans le parking, et de la musique jaillissait de la familiale du papa de quelqu'un. Elle leur avait décoché un regard méprisant. C'était les jeunes dont on s'arrachait la compagnie. Comme si ça me faisait quelque chose. Les sorties, les accouplements — bientôt, ces filles seraient prises au piège. Elle avait aperçu le séduisant Stephen Childerhouse. Il avait levé les yeux et elle avait rapidement détourné le regard. Il tenait la main de Monica Goldfarb. Et alors ? De toute façon, le monde n'existe pas. La réalité est subjective. Nous vivons dans un rêve, probablement pas le nôtre. Attention de réveiller le Roi rouge. Vous voyez ? Pas besoin de drogue pour être bizarre.

Ils s'étaient acheté un cornet de glace. Il avait léché la sienne et elle avait détourné les yeux : il avait l'air si jeune et elle se sentait si vieille.

Ils avaient dépassé les limites du lotissement. Là, la terre était encore hirsute, et les arbres vivaient pour leur propre compte, leurs feuilles trempant dans l'Outaouais. Au milieu, il y avait une île format Huckleberry Finn. Pourquoi n'avait-elle jamais sauté sur une des billes de bois de la fabrique d'allumettes en amont et vogué jusqu'à l'île ? Elle en avait toujours eu l'intention. À dix-sept ans, cependant, elle n'était plus une enfant. Le faire toute seule n'aurait rien eu d'amusant. Jocelyne n'était pas ce genre d'amie. Elle n'avait eu qu'une seule fois ce genre d'amie.

Ils avaient suivi le sentier jusqu'à l'endroit tout noirci où des jeunes avaient allumé un feu de camp.

— Dis, papa, tu crois que c'est possible que Ricky Froelich ait fait le coup ?

— Absolument pas.

— Pourquoi, dans ce cas, a-t-il été condamné ?

— Ce n'était qu'une parodie de justice.

Madeleine avait senti en elle le pincement et le remuement de quelque chose de plus profond que la culpabilité. Impossible de s'en distancier. Il fallait attendre que ça passe, comme pour la résurgence d'une maladie tropicale. La honte. Son père n'en saurait rien. Il était propre, lui. Elle l'avait observé du coin de l'œil, priant pour qu'il ne se tourne pas vers elle. S'il la regardait maintenant, il percerait à jour son noir secret. Les yeux plissés face à l'horizon, il léchait sa glace, si innocent, si insouciant. *Ce livre appartient à John McCarthy.*

— Regarde, avait-il dit en pointant le doigt vers le ciel.

Elle avait senti les ténèbres battre en retraite.

— Là-haut. Tu vois ?

Levant les yeux, elle avait aperçu un aéronef blanc. Silencieux. Lent. Aux ailes basses et fuselées, propre, sans l'embarras de moteurs.

Ils l'avaient observé en silence. Sans hâte, l'appareil avait viré sur l'aile, plongé et remonté en cabré, offrant au ciel sa poitrine lisse, avant de redescendre dans les bras de la gravité, sa partenaire de danse.

— Ça, c'est ce que j'appelle voler, avait dit Jack.

LE GRAND DÉRANGEMENT

C'est ce qui arrive lorsqu'on vit à l'envers, fit observer la Reine d'un air bienveillant : au début, ça vous donne un peu le tournis.
Lewis Carroll, *De l'autre côté du miroir*

Nina jugeait préférable que Madeleine ne reste pas seule, ce soir-là. Elle lui avait suggéré de téléphoner à une amie et lui avait donné son numéro à la maison, «au cas où vous auriez besoin de parler». Elle avait demandé à Madeleine si elle était prête à faire face à la possibilité que M. March fût mort.

— Aucune importance. Je dois de toute façon le dénoncer.

— Je pense que vous auriez intérêt à vous préparer au cas où vous ne trouveriez pas exactement ce que vous cherchez.

— Pourquoi ? Vous pensez que Ricky est le meurtrier ?

— Mais non, Madeleine.

— Dans ce cas, que voulez-vous dire, bordel ?

— Ce que je dis, ou plutôt ce que je demande, c'est : où êtes-vous, dans toute cette affaire ?

Madeleine, cependant, n'avait pas compris la question. Et elle était en retard, très en retard à un important rendez-vous.

Dans la rue aveuglante, des piétons encombrent les carrefours, la lumière se réfléchit sur les pare-brise et les capots. Impossible, lui semble-t-il, de se gonfler les poumons à fond. C'est une journée magnifique, il ne fait pas trop chaud, la mi-juin. Ses yeux ont recommencé à lui jouer des tours, cette fois elle voit des mots inexistants, des lettres tremblantes tracées au pochoir sur la fenêtre d'un restaurant, *c'est cruel à l'intérieur...* Sous les arbres, elle court. Si seulement elle avait pris son vélo ! Elle presse le pas…

— Salut, Madeleine !

— Salut, Jim, répond-elle sans s'arrêter.

Il a un bébé dans un Snugli. Depuis quand est-il papa ?

Elle se tord les mains comme pour les dévisser, elle avale l'air goulûment, un peu au nord de Bloor maintenant, elle court toujours, faisant claquer le talon de ses sandales sorties tout droit des *Quatre cents coups** — seule façon de vous assurer qu'on ne va pas vous sectionner les pieds…

Trêve de bavardages. Le moment est venu de faire ce qu'il faut.

Elle monte au pas de course les marches de la véranda. Son vélo n'est pas là, c'est vrai : elle l'a cadenassé à un parcomètre devant l'immeuble de Nina. À l'intérieur, elle grimpe l'escalier, deux, trois marches à la fois. Sur la moquette, au milieu de la pièce vide, le signal rouge du répondeur clignote. Elle décroche et compose un numéro.

Ça aurait pu être moi.

Ça aurait été moi.

Ça aurait dû être moi.

Cette fois, elle a fait le 911.

— … seulement pour les véritables urgences, répond la voix féminine.

— C'est une urgence.

— Téléphonez à votre poste de police. Je vais vous donner le…

— J'ai déjà téléphoné. On n'a strictement rien fait.

— Je crains fort que vous ne deviez…

Madeleine raccroche violemment et fait le 411.

Il existe des lieux et des moments décisifs. À l'instar de vieilles photos, ils nous révèlent parfois d'où nous sommes issus…

— … merci. Voici le numéro demandé…

Elle est issue d'un après-midi d'été, de la lumière de la fin août qui embrase le maïs dans les champs, de sa mère qui, dans le rétroviseur, retouche son rouge à lèvres.

— Vous avez obtenu le numéro de la Police provinciale de l'On…

— Allô, je vous appelle pour signaler un…

— Si vous avez un téléphone à clavier et que vous connaissez le numéro du poste…

Elle est issue d'une rue bordée de maisons en Technicolor, où elle pédale vers un homme en uniforme et casquette bleus, splendides. Il se penche, les bras grands ouverts. « Fais les choses à ta façon, ma puce. »

— Je possède des renseignements au sujet d'un meurtre.

— Je vous écoute.

Elle est issue de la morsure d'un crochet à manteau à deux doigts de son échine.

— … l'affaire Froelich, oui…

Elle est issue d'un secret.

— … un instituteur du nom de monsieur March, aujourd'hui à la retraite, mais…

Comment retourner là-bas ?

— J'ai téléphoné la semaine dernière, quelqu'un devait… vous devriez avoir un dossier.

Au pré, par une journée de printemps. Auprès de Colleen et de Rex… dans le calme d'un jour d'école.

— March, comme une « marche » sans « e ».

Elle suit Colleen, traverse le champ jusqu'au pré. À l'affût d'un objet brillant dans l'herbe de l'année dernière. Quelque chose de rose qui réfléchirait la lumière du soleil. Le serpentin.

— Je n'ai pas de relevé de votre appel, mademoiselle McCarthy. Gardez la ligne, s'il vous plaît.

Musique de fond. Assise en tailleur, elle observe les formes géométriques du tapis. Elle collige des faits, elle les voit s'aligner devant elle comme des cailloux, elle a envie de les prendre dans sa main, mais quelque chose l'en empêche; des bouts cassés de récit, vivants, essaient de mordre et sifflent autour d'elle, atterrissent sur le tapis, qu'ils font roussir. Elle raccroche et fixe le téléphone, comme s'il s'agissait d'un rat capable de soutenir son regard. Par la porte du balcon entrent la rumeur de tambours, le soleil rose bonbon, les couleurs pétillantes, les perles des rideaux décoratifs autant de colliers de friandises filées sur de la réglisse en ficelle. Elle a de nouveau le combiné à la main.

— Les informations. Quelle ville demandez-vous?

— Crediton.

— Le nom?

— March. George, je crois. George.

— Un moment, je vous prie. Voici le numéro.

Simple comme bonjour. Possible, à portée de main. Qu'est-ce que ce doit être de conserver le même numéro de téléphone toute sa vie? Elle songe à M. Froelich et à son «vieux numéro de téléphone» tatoué sur le bras. À ses doigts tachés de craie et à son visage aimable, au tableau noir recouvert de fractions périlleuses derrière lui, à sa façon de se pencher sur elle et de lui toucher le front:

— *Was ist los, Mädele?*

Pourquoi le monde est-il privé de cet homme? Elle compose l'indicatif régional, puis le numéro — l'air de *Camptown Races* dans le combiné.

La beauté du soir s'infiltre dans son salon désert, effleure les moulures du haut plafond victorien, le médaillon au centre. Sonnerie à l'autre bout de la ligne. Vide. On dirait le bruit d'une chaîne dans un puits à sec.

— Allô?

La voix d'une vieille femme, prudente.

— Allô… Madame March?

— Oui?

— Bonsoir, je suis une ancienne élève de monsieur March.

— Ah bon!

Elle a baissé sa garde. Pour un peu, Madeleine l'entendrait sourire.

— Je me demandais si je pouvais lui dire un mot.

Elle entend sa propre voix trembler, on la dirait tranchée par les pales d'un ventilateur. Elle se sent rapetisser à vue d'œil. L'entendra-t-il seulement quand elle finira par trouver les mots ? Lesquels ?

— Oh ! Je suis désolée, ma chérie, dit la dame. George est décédé.

Nous nous rapportons à certains repères sans y penser. Tant et aussi longtemps qu'une montagne est en vue, impossible de se perdre. Voilà maintenant M. March disparu. Et Madeleine ne sait plus où elle est ni comment revenir d'où elle est partie. *Oh !* avait dit l'enfant en se rendant compte qu'elle était perdue. *Que va-t-il advenir de moi ?*

Grâce à lui, elle aurait pu retrouver son chemin. Des temps difficiles jusqu'au dernier bon moment béni. *Centralia.* La porte dans la montagne s'est refermée avant son arrivée ; sur sa surface implacable, elle ne détecte ni ouverture ni entaille.

— Vous êtes toujours là, ma chérie ?

— Je suis désolée.

La voix chevrotante aspire l'air.

— Oui, oui. Il y a dix-huit mois.

Les derniers mots ont été prononcés sur un ton aimant. Madeleine ne répond pas.

— Comment vous appelez-vous, déjà ?

— C'est sans importance.

— Oh ! j'aurais tant aimé qu'il soit là pour vous parler. Il adorait ses élèves.

Mme March ajoute quelque chose, mais sa voix s'éteint peu à peu, tandis que Madeleine dépose doucement le combiné.

C'est terminé.

Elle s'allonge précautionneusement et se roule en boule, la tête près du téléphone. Elle entend sa propre voix gémir doucement :

— Oh, n-o-o-on, oh n-o-o-on.

On jurerait la pauvre Grace, pauvre Grace, pauvre Grace. Elle s'observe se caresser le front comme si ses doigts recroquevillés appartenaient à quelqu'un d'autre — une grande personne, préoccupée, mais en mesure de procurer un réconfort distrait. Elle est heureuse d'être seule sur le tapis. Elle préférerait l'herbe fraîche de Centralia. Le parfum de la terre, le chatouillement d'une fourmi qui grimpe le long d'un brin d'herbe, la cacophonie de vies innombrables sous son oreille. Elle donnerait cher pour sentir contre sa joue une langue rose et chaude, comme une tranche de jambon, Rex pantelant, riant de son rire de chien. Elle donnerait cher pour sentir le soleil sur son bras, entendre des voix d'enfants à des maisons à la ronde, voir les roues du vélo de son frère venir jusqu'à elle. Elle donnerait n'importe quoi pour voir ses chaussures montantes, l'une sur la pédale, l'autre au sol, pour l'entendre dire :

— Qu'est-ce que tu fais là, andouille ?

Puis se retourner et crier :

— Maman, elle s'est endormie dans l'herbe.

Où es-tu, Mike ? Mon frère. *Parti, transformé en herbe.*

Les doigts débordant de sollicitude désintéressée se pressent contre ses yeux parce que Mike meurt maintenant lui aussi, enfin, et encore. Mêlé à la terre, à la forêt luxuriante qui, là-bas, se cicatrise petit à petit. Ses os, des fragments de son uniforme, lambeaux verts, la chaîne qu'il portait, plaques d'identité en métal, dont une à son nom. Je t'aime, Mike. *Repose-toi.*

Où sont passés tous les enfants ?

Sans poids, elle gît sur le tapis, les bras et les jambes, les mains et la tête, telle une collection disparate. Si elle se lève, la moitié de ses membres risquent de rester par terre, éparpillés sur le tapis.

Il était une fois une caverne en montagne. Le Joueur de flûte y avait conduit les enfants, à l'exception de la petite infirme qui n'avait pu les suivre. À son arrivée, la porte avait disparu, et elle était restée là, misérable, sans savoir si elle avait eu de la chance ou si elle n'était pas simplement laissée à elle-même. Qui était l'enfant ? L'infirme. Celle qui avait grandi.

Les yeux clos, Madeleine entend la voix des enfants dans la montagne. Y compris la sienne. La laine du tapis lui gratte la joue, elle garde les yeux fermés, écoute.

Comment une grande personne réussira-t-elle à y entrer ? *C'est à leurs pareils qu'appartient le royaume de Dieu...* Pas aux innocents, non, aux nouveaux, tout simplement. Bruts et si disponibles. Pourquoi les grandes personnes insistent-elles tellement sur l'« innocence » des enfants ? C'est un attribut statique, alors que les enfants bougent, grandissent, changent. Les adultes voient en eux les dépositaires du bien précieux dont ils croient avoir un jour été eux-mêmes investis. Et les enfants le portent effectivement, parce qu'ils sont forts. Le hic, c'est qu'ils sont au courant. Et ils feront tout pour épargner la révélation aux grandes personnes. L'enfant, sachant que l'adulte prise l'innocence par-dessus tout, se dit que la grande personne est innocente et doit, à ce titre, être tenue à l'écart de la vérité. Et si la grande personne ignorante est innocente, l'enfant qui sait est forcément coupable. Comme Madeleine.

Elle a oublié quelque chose là-bas, l'a laissé tomber dans l'herbe. *Où ?*

Dans le pré.

Si elle pouvait remonter dans le temps et redevenir celle qu'elle était à neuf ans, elle poserait des questions et écouterait les réponses. Des fragments émergerait un récit qui la ramènerait à l'endroit où, à trente-deux ans, elle gît sur le tapis. Et elle pourrait se remettre debout.

Claire McCarroll ASSASSINÉE
Madeleine McCarthy ASSASSINÉE
Marjorie Nolan ASSASSINÉE
Grace Novotny ASSASSINÉE
Joyce Nutt ASSASSINÉE
Diane Vogel ASSASSINÉE

ŒUF BLEU

À son retour de l'hôpital, Jack avait offert un cadeau à sa femme. Au contraire du manteau de vison, c'était une chose dont elle avait encore très envie. Il le lui avait remis avec beaucoup de circonspection. Elle l'avait accueilli en objet précieux et fragile. Comme un œuf de Fabergé, bleu saphir entre ses mains :

Je n'ai jamais touché Karen Froelich.

En voici la preuve.

C'est moi qui ai salué.

Si vous étiez de cette génération, voici ce qu'une bonne épouse pouvait faire pour vous. Vous débarrasser de quelque chose de terriblement sombre. De terriblement lourd. Corrosif. Entre ses mains, la chose en question brillait de mille feux, à la manière d'un bijou, simplement parce que vous l'aviez partagée avec elle. «Ton secret» devient «notre secret».

Rares sont ceux qui ont la chance de conclure un mariage pareil. À défaut du troisième enfant pour lequel Mimi avait tant prié — rêve désormais irréalisable —, le cadeau de Jack lui était malgré tout précieux. Et il l'avait fait pleurer parce que Jack était et avait toujours été à elle. Serait à elle jusqu'à la fin des temps. Elle brûlait de lui offrir quelque chose en retour. *Si notre fils est parti, ce n'est pas de ta faute. Je te pardonne.* Sauf que les deux déclarations n'allaient pas ensemble. À la place, elle l'avait embrassé, lui avait caressé le visage et avait mis la bouilloire sur le feu.

RÉACTION EN CHAÎNE

Voici une chose qui semblera toujours sensée : c'est ma faute.

Empruntez la route nᵒ 2 Est pour sortir de Toronto. Traversez la banlieue qui s'étale à l'infini, entrecoupée çà et là de fermes échouées sur des îlots de terres arables qui rétrécissent, traversez des villes où des split-levels et des maisons immenses étouffent ou replongent dans le bon vieux temps la rue principale aux dentelles de bois, laquelle, sans jamais s'arrêter, se mue en restaurants-minute, boutiques d'articles neufs et d'occasion, grandes surfaces, multiplex et autres immeubles anonymes créés à seule fin de résorber la crise du logement chez les fantômes. *Je me suis épargné la classe après trois heures, mais il a choisi Claire pour me remplacer.*

Sur votre droite, le lac Ontario réapparaît — proche et pourtant inaccessible parce que, là où il y a des voies d'accès, il y a aussi des lotissements, des usines et des clôtures. Vous pourriez abandonner votre voiture et, comme un chien, vous frayer un chemin dans l'herbe longue sur le sol raboteux, gagner la rive où des écriteaux vous renseignent sur tout ce qu'il y a de dangereux à cet endroit précis. Vous êtes en Amérique du Nord : partout, il y a des panneaux pour vous prévenir du danger. Attention : falaise. Au point que nous risquons de tomber dans le premier précipice venu, aussi vertigineux soit-il, du seul fait qu'on a omis d'y placer un écriteau. Attention : enfants. *J'ai sauvé Claire en envoyant la lettre de l'Épée humaine, mais il a quitté la salle de classe au profit du pré, où il n'y avait pas de porte à fermer, ni d'autres petites filles qui auraient pu le voir, ni de directeur au bout du couloir.*

Prenez vers le nord sur la route nᵒ 33. Le paysage se transforme, la route creusée dans le calcaire, de la roche des deux côtés, regorgeant de natures mortes, couche fossilisée sur couche fossilisée, parois recouvertes de graffitis tracés à la peinture en aérosol. *Si seulement j'avais tout raconté à mon papa.* Gare à la tentation de vous perdre dans vos réflexions ou de faire une comptine de votre culpabilité : vous risqueriez de vous écraser à l'endroit où KILROY EST PASSÉ. *Claire ne serait pas morte, je n'aurais pas menti, Ricky n'aurait pas eu besoin d'un alibi, il ne serait pas allé en prison.* C'est le pays des carrefours masqués et des cerfs qui bondissent sur des panneaux jaunes. *Mike ne serait pas parti, M. Froelich serait toujours vivant.* Prenez la route nᵒ 16, qu'on baptisera bientôt l'Autoroute commémorative des anciens combattants, nous n'oublierons jamais, *mon papa ne serait pas malade.*

Welcome to the National Capital Region, Bienvenue dans la région de la capitale nationale*, *tout cela faute d'un clou de fer à cheval.*

Statistiquement, les routes à double courant sont plus dangereuses que l'autoroute 401 avec ses voies multiples et son tracé en ligne droite. La différence, c'est que les routes sinueuses, avec leurs paysages et leurs panneaux, racontent une histoire. La 401 se résume à une série de faits. Un café Tim Horton à la main, Madeleine ne craint pas d'imploser, ne redoute pas que sa main ne la propulse contre une section du bouclier canadien. Il commence à pleuvoir ; elle allume la radio et les essuie-glaces. Leslie Gore chante *Sunshine, Lollipops and Rainbows*. Tout ira bien. Je rentre chez moi. Auprès de ma maman et de mon papa.

Que vas-tu faire en arrivant là-bas, Madeleine ?

Je vais raconter à mon papa ce qui m'est arrivé. Ma maman me préparera un petit plat.

Pourquoi en parler maintenant ?

Parce qu'il existe une personne capable de me sauver, un donneur parfaitement compatible, elle a neuf ans, il faut que je la trouve avant qu'il ne soit trop tard.

Je vais dire : papa, quelqu'un m'a fait du mal.

Je vais dire : s'il te plaît, papa, accompagne-moi à l'école aujourd'hui.

Regarde-moi, papa.

Et plus jamais je n'aurai à attendre mon tour dans cette salle de classe où je me sens seule, si seule, où l'horloge indique invariablement trois heures cinq.

Elle a faim et elle est presque heureuse. Émergeant de la pluie, elle tombe sur l'un des improbables couchers de soleil tropicaux qu'on voit parfois à Ottawa.

Sur le Queensway, elle aperçoit le drapeau canadien qui flotte au sommet du Parlement. La feuille d'érable. Elle ne commémore ni la guerre, ni une victoire, ni la solidarité des ouvriers. Une feuille rouge comme un crayon de cire, de celles que les enfants collectionnent en automne.

Il y a moyen de revenir, finalement. Par la porte de devant d'un condo neuf du rez-de-chaussée d'un immeuble de la banlieue d'Ottawa. Elle ouvre sur tout le confort moderne, sur la seule personne au monde capable de la ramener là-bas. Il était une fois un jeune pilote de l'armée de l'air qui s'appelait Jack et une jolie infirmière acadienne qui s'appelait Mimi.

Sésame, ouvre-toi.

IL ÉTAIT UNE FOIS des formules magiques qui nous réconfortaient. *En défense de la démocratie. Non merci. Fermeté. Liberté. Justice.* Nous n'aimons plus le mot « guerre » parce qu'il éveille en nous des images de soldats qui incendient des villages pour les sauver. Mais la guerre était un outil puissant lorsqu'on l'invoquait à l'encontre d'un concept ou d'une condition sociale. Lorsque nous déclarions la guerre à quelqu'un, nous préférions utiliser des noms pareils à des titres de film, qui avaient ceci de rassurant qu'ils laissaient croire à l'existence d'un début, d'un milieu et d'une fin, sans parler de la possibilité d'une suite.

Certains d'entre nous recueillaient consciemment des preuves justifiant l'assaut lancé contre un tyran, preuves que d'autres attendaient d'examiner. Mais nous faisions tous fi du récit de ce que nous avions fait pour les créer, ces barons de la drogue, ces barons de la guerre, ces illuminés qui, avec notre aide ou celle de nos amis, avaient décimé les rangs des modérés parmi eux. C'était de l'histoire ancienne, et nous nous plaisions à croire à un nouvel ordre mondial. Nous fermions donc les yeux. Les empires, cependant, ont toujours divisé et conquis, biaisé et toléré. Et prospéré pendant un certain temps. Tout est affaire d'équilibre. Le problème, au bout du compte, c'est toujours l'avidité. Comme le roi qui, au fur et à mesure qu'il mangeait, avait de plus en plus faim. Comme les bourgeois d'Hamelin qui, débarrassés des rats, avaient refusé de payer le Joueur de flûte.

Il était une fois un âge d'or. L'après-guerre, l'utopie verte, on élevait des enfants, c'était l'abondance. Des gens de partout étaient venus à la recherche de la liberté, de la paix et de la prospérité. La grande expérience s'était révélée concluante. Jamais une telle multitude n'avait vécu en paix, jamais une telle diversité n'avait éclos, jamais la dissension n'avait engendré tant de possibilités. Cette idée magnifique glorieusement concrète, cette dispute âpre, ce procédé inélégant, cette cacophonie de compétition et de compromis, cette excellence qui ressort du désordre telle une femme à la mise impeccable émergeant d'un appartement mal rangé à temps pour le travail. Ce chaos précieux. La démocratie. Que peut-on faire en son nom avant qu'elle ne devienne, à l'image de l'œuf sucé par la couleuvre, une coquille vide?

Il était une fois dans l'Ouest.

LA CROIX DE L'AVIATION

Ma vie durant, j'ai été beaucoup trop loin
Je ne vous saluais pas de la main — je me noyais.
    Stevie Smith, *Not Waving But Drowning*

Dès son arrivée, sa mère demande :

— Qu'est-ce qui ne va pas ?

— Contente de te voir aussi, maman.

— *Je suis ta mère**. Je te connais comme si je t'avais tricotée.

Elle entre.

— Je suis venue sur l'inspiration du moment, c'est tout. J'avais une journée de congé.

Mimi hausse un sourcil, puis serre sa fille dans ses bras. Le condo est haut de plafond, et le vestibule, sur lequel donne aussi la cuisine, ouvre sur une vaste pièce servant de salon et de salle à manger. Le halo de journal derrière le fauteuil de relaxation or s'abaisse et la tête de son père apparaît.

— Qui c'est ? demande-t-il par jeu, les yeux sous ses lunettes de lecture.

— Salut, papa.

Mimi ferme la porte derrière elle — « Nous ne climatisons pas toute la ville » — et la pousse vers la cuisine qui, derrière une cloison se terminant à hauteur de la taille et quelques colonnes décoratives, domine le vestibule, la salle à manger et le séjour.

— Viens manger. Tu n'as que la peau et les os. Qu'est-ce que tu t'es mis sur le dos ? Je t'emmène faire des courses.

Madeleine suit sa mère, exaspérée à fond, profondément rassurée. Elle se jette dans les bras de son père, qui est venu les retrouver dans la cuisine et rit de la voir là à l'improviste.

Elle mange une version « bonne pour le cœur » du *fricot au poulet** de maman.

— Comment va la troupe ? Comment va *Madeleine folle à lier ?* Tu as toujours l'intention d'aller aux États-Unis ?

— Laisse-la manger, Jack.

Il se dirige lentement vers le réfrigérateur, fouille dans un tiroir et, avec un clin d'œil, en sort un bloc entouré de papier d'aluminium.

— *Mon D'jeu, qu'est-ce que c'est que ça** ? s'écrie Mimi.

Du crack, un crâne humain — une motte de beurre. La maison est devenue zone « sans cholestérol », mais Jack, de toute évidence, possède sa réserve personnelle. Il pose le beurre devant Madeleine en poussant un petit rire d'asthmatique.

— Tiens, ça va te remplumer, fait-il, souriant tant qu'il en vire au mauve.

Il va se rasseoir au salon.

Mimi secoue la tête.

— Tu as le plus gentil papa du monde.

La cuisine est immaculée. Il n'y a qu'autour du téléphone que le chaos règne : des piles d'enveloppes retenues par un élastique, un méli-mélo de stylos — la plupart à sec, à en croire son père —, le vieux carnet d'adresses à ressort tout bosselé dont les entrées, jure-t-il, auraient raison d'un décrypteur de Bletchley Park et une boîte à café Maxwell House remplie de mystérieux articles essentiels et impossibles à répertorier. Pour la première fois, Madeleine se rend compte que la méthode de classement de sa mère — sa façon de travailler — n'est pas si différente de la sienne. Dans cette cuisine, seule Mimi a le droit de jeter quoi que ce soit.

Sa mère remplit le lave-vaisselle, réalisant sans effort apparent un exploit logistique équivalant à faire monter vingt-cinq personnes dans une Coccinelle VW. Elle s'arrête, une tasse à la main. On y voit une sorte de peinture impressionniste.

— Cadeau d'une lesbienne, dit Mimi.

Madeleine lève les yeux, perplexe.

— … C'est bien.

Serait-ce le moment tant attendu ? L'heure de la grande scène de réconciliation aurait-elle sonné ?

Mimi demande plutôt :

— Qu'est-ce que tu vas faire, cet été ?

— Travailler, probablement.

— Pourquoi tu ne viendrais pas à Bouctouche avec ton père et moi ? Tes cousins seraient ravis de te voir.

— Peut-être.

Oui, bien sûr. J'ai trente-deux ans : pourquoi n'irais-je pas seule en vacances avec mes parents ? Au fait, maman, je suis divorcée et amoureuse.

Depuis une rangée d'assiettes commémoratives alignées sur une cimaise qui fait le tour de la cuisine, le pape, la reine Élisabeth II, Charles et Diana de même que la bienheureuse Vierge Marie baissent les yeux sur elles, soutenus par le drapeau acadien, la tour Eiffel, l'insigne de la 4e Escadre et un phare du Nouveau-Brunswick. Le coucou est installé à sa place habituelle, au-dessus de la cuisinière, un air d'expectative diffuse planant toujours autour de la porte close.

Derrière la cuisine — à l'extrémité du salon, près des portes panoramiques recouvertes de rideaux pare-soleil —, Madeleine aperçoit la télé allumée, le son en sourdine : un épisode d'*Elle écrit au meurtre* en reprise. Sur la table à café, les coqs de cristal croisent encore le fer. Les mains en prière de Dürer président au-dessus de la porte de la chambre principale. De la stéréo monte de la musique de violoneux de la côte est, et les homards cuits batifolant dans les vagues crochetés par grand-maman trônent au-dessus du canapé, tandis que la place d'honneur, au-dessus de la cheminée à gaz, revient à l'huile représentant les Alpes. *Plus ça change**...

Après avoir tenté en vain de trouver dans le lave-vaisselle un espace vide où glisser son assiette, Madeleine la rince et la dépose dans l'évier, puis va retrouver son père au salon. À moitié incliné dans son fauteuil, il a un journal en éventail devant les yeux et quelques autres échoués autour de lui. Elle se laisse choir sur le canapé et résiste difficilement à l'envie de monter le volume de la télé, de s'étirer et de s'abandonner à la torpeur. Pourquoi est-elle venue, déjà ? Pour se reposer ? régresser ? *Dis, papa, on joue aux dames chinoises ?* Elle arrache ses yeux de l'écran et, sur la table de coin, cherche la télécommande. Sous la table, un réservoir à oxygène — vert industriel avec un masque et un tuyau annelé transparents — dont l'obscénité la frappe en plein visage.

— Depuis quand possèdes-tu ce petit accessoire à la mode ? demande-t-elle lorsqu'elle a retrouvé sa voix.

— Quoi ? Ah ! ça. Depuis un certain temps. C'est ce qui me permet de faire le tour du pâté de maisons au pas de course.

Elle s'efforce de maintenir son sourire en place. On dirait un tableau trop lourd pour le clou auquel il est accroché.

— Ah bon. Ça te fait du bien, donc.

Il hausse les épaules.

— C'est plus pour la frime. Je prends une bouffée de temps à autre pour faire plaisir à sa majesté.

Il sourit et désigne du pouce l'escalier qui conduit au sous-sol. Mimi est descendue chercher quelque chose.

Madeleine lui rend son sourire en faisant semblant de le croire

Pourquoi sa mère ne lui avait-elle pas dit que papa avait désormais besoin d'oxygène ? Quand le camion de livraison d'oxygène s'arrête devant une maison, c'est que le compte d'un de ses habitants est bon. *Ne dis pas ça.* Elle avale sa salive.

— Autant l'avoir sous la main, pas vrai ?

— Ouais, dit-il en reprenant le journal.

— Papa ?

Il pose le journal, lève les yeux.

— Tiens, fait-il tout à coup en s'éclaircissant la voix pour en chasser le moindre signe de faiblesse, j'oubliais.

Il se lève.

Elle voit bien qu'il fait des efforts pour se déplacer avec entrain. De l'esbroufe. Pour elle. Le pire, c'est qu'elle lui en sait gré. Elle n'a nulle envie de le voir se traîner les pieds comme il le faisait à l'hôpital, avec son bracelet et sa chemise bleue béante. L'hôpital est fait pour se traîner les pieds. Quand on n'a plus besoin de se traîner les pieds, on est renvoyé à la maison. Elle ne veut pas le voir se traîner les pieds ici. Ça voudrait dire que les médecins l'ont renvoyé à la maison dans cet état. Pour mourir. *Arrête.*

Elle le regarde qui entre dans la chambre de son pas exagérément élastique. Il est en pantoufles. À la télé, Angela Lansbury, qui s'entretient avec un homme nerveux à favoris, lui brandit un coupe-papier en titane sous le nez. Jack sort de la chambre et lui lance un objet. Elle l'attrape au vol.

Une croix en argent accrochée à un ruban à rayures rouges et blanches. La Croix de l'Aviation.

— Elle est à toi.

Elle lève les yeux.

— Dis donc…

— J'ai pensé que ça te ferait plaisir, dit-il.

Presque un soupir.

Il se rassoit, mine de rien, et récupère son journal.

Voilà tout ce qu'il va réussir à dire pendant un moment. Voilà à quoi sert le journal, désormais. Meubler les instants où il n'a pas assez de souffle pour parler.

— Merci, papa.

Elle serre le poing sur la médaille et sent les quatre pointes lui mordre la paume — seul moyen de ne pas pleurer quand votre papa vous donne un objet qu'il veut que vous ayez après sa mort.

Dès qu'elle se sent capable d'ouvrir la main, elle jette un coup d'œil à la médaille. Des éclairs et des ailes d'argent, une croix faite de pales d'hélice, le tout surmonté d'une couronne impériale. *Pour un ou des actes de vaillance, de courage ou de dévouement accomplis en vol, mais pas au cours d'opérations actives contre l'ennemi.*

— On te l'a remise à Centralia en… je ne sais plus. Quarante-deux ?

— Quarante-trois.

De la main, il fouille dans la pile de journaux.

— Tu cherches quelque chose ?

Il secoue la tête et ses joues rosissent, ancien signe d'irritation.

— Ta mère met les journaux au recyclage avant que j'aie eu le temps d'en lire la moitié.

— Lequel cherches-tu ?

— Un numéro qui remonte à deux ou trois mois, fait-il en cherchant ses lunettes, qu'il finit par trouver sur son nez.

Elle passe les journaux en revue et dégote un exemplaire jauni du *Washington Post,* vieux de deux ans.

— Le voilà.

Il le contemple d'un air accusateur.

— Elle a dû le cacher, dit-il d'un ton badin en le feuilletant.

— Je me propose d'y retourner, dit Madeleine. À Centralia.

— Pour quoi faire ? demande-t-il en s'éclaircissant la voix.

— Pour voir s'il y a des os dans ce fameux tuyau d'écoulement, répond-elle en clignant des yeux, surprise de ses propres mots.

Il hausse les sourcils, mais continue de feuilleter le *Post.*

— Tu te souviens du chien qui était resté prisonnier ?

Il secoue la tête, mais elle le voit en train de consulter ses instruments, de faire le point…

— Le soir de l'envol des Brownies.

Il accroche l'objectif.

Elle prend une profonde inspiration, sans bruit, pour ne pas l'inquiéter. Elle est déjà tremblante, glacée.

— Tu m'as dit que le camion de pompiers était venu pour le sauver.

Il sourit en hochant la tête.

— C'est vrai ?

Il ouvre la bouche et formule un mot, puis un autre, mais pas un son n'en sort. Puis il récupère sa voix, comme si de la friture brouillait par intermittence la transmission radio, et poursuit sans reprendre depuis le début. Elle recolle les morceaux.

— Pourquoi je t'aurais menti ? demande-t-il, un sourire aimable aux lèvres.

— Pour que je me sente mieux.

La formule est un peu brutale — laissait entendre qu'elle était en colère contre lui. Elle n'avait aucune raison de lui en vouloir. Surtout pas à lui, surtout pas maintenant.

Il hausse les épaules, l'air de dire : «Bon, d'accord.» Il plie le journal et le lui tend. Les bords s'effritent, mais la page est intacte. La photo d'un homme âgé descendant les marches d'un immeuble à Washington. Flanqué d'une femme d'âge moyen et de trois hommes en costume.

« RUDOLPH RENONCE À LA CITOYENNETÉ AMÉRICAINE. »
Elle parcourt l'article : « Nazi… NASA… Crimes de guerre révélés… »

— Dora, dit Jack.

Madeleine lève les yeux.

— L'usine de fabrication de fusées.

— En plein dans le mille, dit-il.

Elle est heureuse de lui avoir fait plaisir.

— Tu te souviens d'Apollo ?

Rudolph, Dora, Apollo. Quelle histoire raconte-t-on, au juste ?

Elle revient à l'article. Arthur Rudolph. Le bras droit de Wernher von Braun. Il a préféré quitter les États-Unis plutôt que de faire face à des accusations de crimes contre l'humanité vieilles de quarante ans, commis à l'époque où il agissait comme administrateur général d'une usine souterraine appelée Mittelwerk.

— On ne dit rien à propos de Dora.

— On n'en parle jamais, dit-il de son ton sarcastique habituel. C'était un nom de code.

Elle revient à l'article. Encore un vieux nazi.

— Ils y ont mis le temps.

— Rudolph dirigeait le programme spatial. On leur doit la Lune, à von Braun et à lui.

Le petit renne au nez rouge… Concentre-toi.

— Les Américains lui ont donné une médaille. Maintenant qu'ils n'ont plus besoin de lui, ils veulent le mettre au cachot, dit Jack.

— Ce n'est que justice, non ?

Jack hausse les épaules d'un air raisonnable.

— Sans doute.

Il soupire en tendant la main vers le journal du jour.

— Un type du Texas a reçu un cœur artificiel. Qu'est-ce que tu en dis ?

Elle sent son esprit s'empâter, lutte contre la séduction des actualités, de la télé, du parfum d'un gâteau au four.

— Dora ? C'est là qu'était monsieur Froelich, non ?

— Absolument, répond son père. Comme esclave.

Esclave. Le mot fait comme une blessure. Elle observe son profil. Aminci, la peau tirée sur les os, la tristesse involontaire aux coins des yeux qui vient avec l'âge — exacerbée dans son œil gauche par sa vieille cicatrice. Sa bouche reste ferme contre vents et marées, ses lèvres bougent légèrement pendant qu'il lit — une habitude nouvelle.

Elle se demande comment aborder le sujet. Ce qu'elle est venue lui dire.

— Des dizaines de milliers d'entre eux sont morts, certains pendus juste devant le bureau de ce «monsieur».

Madeleine se retourne vers son père.

— Quoi?

Puis de nouveau vers la photo. Elle lit la légende: «Rudolph et sa fille...»

— Il cherche maintenant à venir au Canada.

— On ne va tout de même pas le laisser entrer?

— Probablement pas. Plus maintenant.

— Est-ce que?... Est-ce qu'il a été accueilli aux États-Unis dans le cadre du projet «Trompette»?

— Trombone.

Elle remet dans la pile le *Post* en état de décomposition avancée. C'est à ce moment qu'elle se rend compte de ce que son père cherche à lui dire.

— C'est lui que monsieur Froelich a vu?

Il devient peut-être un peu dur d'oreille parce qu'il ne répond pas.

— Papa?

— Non, dit Jack.

— Pardon?

— Ce n'est pas lui que Henry Froelich a vu.

Il poursuit sa lecture de l'*Ottawa Citizen.*

— Un type de Detroit s'est fait opérer au laser. On a fait voler en éclats un caillot de sang dans son cerveau, juste comme ça, pouf! Bientôt, on n'aura même plus besoin d'interventions chirurgicales. On va faire la cartographie du génome humain, s'ingérer dans le processus et tout régler dès le début.

— Monsieur Froelich t'a dit qui il a vu?

Jack fait signe que oui. Pendant qu'elle attend, il porte le masque en plastique transparent à son visage et avale une lampée d'oxygène.

— Qui? demande-t-elle.

— Un ingénieur.

Il expire par la bouche.

— Henry ne connaissait pas son nom.

Il la regarde pendant un moment, et elle attend qu'il poursuive, mais il se replonge plutôt dans son journal.

— Tu en as parlé aux policiers?

— Parlé de quoi?

— De l'ingénieur?

— Henry s'en est chargé.

— Pourquoi n'ont-ils rien fait?

— Je pense qu'ils ne l'ont pas cru.

Parce que sa version corroborait l'alibi de Ricky. Celui qu'elle avait contribué à démolir. Elle serre de nouveau le poing autour de la médaille.

Jack soulève le masque, s'interrompt.

— C'était une autre époque. Nous faisions la chasse aux communistes, pas aux nazis. La guerre roide.

Il inhale.

Elle met un moment à se rendre compte qu'il a dit « guerre froide ». Il aspire l'oxygène lentement, les paupières mi-closes, comme s'il priait. Il dormira bientôt. Puis la soirée sera trop avancée. Et si elle attend le matin, le soleil lui laissera croire qu'elle se porte bien, qu'elle ne doit pas l'importuner avec ses problèmes. Elle sait comment commencer. *Papa ? Il faut que je te parle d'une chose triste qui m'est arrivée il y a très longtemps, mais ne t'en fais pas : c'est une histoire qui finit bien. Tu vois ? Je suis heureuse.*

Elle voit le visage de son père s'affaisser — telle une voile en berne, il abandonne toute expression, et elle prend la mesure de l'effort qu'il a dû déployer pour esquisser un sourire ordinaire. Faisons-nous tous de tels efforts, sans nous rendre compte de ce qu'ils nous coûtent ?

Il louche vers le masque, sans toutefois s'en emparer, puis il tourne vers elle son regard bleu clair.

— Qu'est-ce qu'il y a, ma puce ?

Soudain, il lui est pénible de l'entendre. Pas parce que son élocution est faible ou laborieuse, mais parce qu'elle ne l'est pas. Elle entend la voix de son père pour la première fois depuis — depuis quand, au fait ? La voix de son père s'érode, friable comme un rivage. Elle sent des larmes immobiles dans ses yeux. À cause de ce qu'elle doit dire ? Parce que, en entendant le son de sa voix, elle a retrouvé son père ? Comme si on avait autorisé une version plus jeune de lui à sortir de l'ombre et à venir s'asseoir ici dans le salon du condo. En fermant les yeux, elle verrait ses cheveux blond cendré coupés en brosse, son coude sorti par la fenêtre de la voiture, ses poils peignés par le vent. *Qui veut de la glace ?*

— Je me suis sentie…

Elle voudrait avoir le prétexte du masque à oxygène pour cacher la montée du chagrin.

Elle ferme les yeux.

— Crache le morceau, choupette, dit-il.

Elle ouvre les yeux et sourit.

— Je me suis sentie coupable.

— De quoi ?

Son regard bleu s'est acéré. Même son œil gauche est alerte.

— Parce que Ricky est allé en prison à cause de moi, dit-elle, la syntaxe puérile de sa phrase lui faisant froncer les sourcils. Parce que... c'est mon témoignage qui l'a fait condamner.

Son visage se crispe et elle commence à respirer par la bouche.

Son père la regarde intensément.

— Absolument pas.

Il a pris sa voix d'homme à homme. Si elle ne le connaissait pas si bien, elle le croirait en colère contre elle. Mais elle le sait plutôt inquiet.

— Ça va, papa. C'est juste que, au fils des ans, j'ai lu dans le journal — elle trouve refuge dans sa voix sarcastique — les mots «condamné sur la foi du témoignage d'enfants» et que je me suis dit: «Après tout, il était peut-être coupable. Inutile de me mettre dans tous mes états», mais je me sentais encore plus mal.

Il faut qu'elle prononce les mots. À propos de M. March. Après, ça ira mieux. *Dis-le.* Elle ouvre la bouche, mais rien ne vient, sauf une petite mare de salive sous sa langue.

— Il n'y avait pas que toi, dit Jack.

— Je sais.

— Ces deux petites — l'une d'elles était ton amie, comment s'appelaient-elles, déjà? Martha?

— Marjorie.

— Voilà.

— Et Grace.

— En tout cas, elles ont eu sa peau.

L'expression est comme un nid-de-poule sur la route.

Elle attend.

— Qu'est-ce qu'elles ont dit? demande-t-elle ensuite.

— Un tas de bêtises.

Il tend la main vers le masque.

— J'ai toujours pensé, dit-elle en s'efforçant de ne pas pleurer, même si son visage lui fait l'effet d'un ballon de baudruche rempli d'eau, j'ai toujours pensé que, ce jour-là, je t'avais déçu.

Il pousse le menton vers l'avant et son visage s'assombrit.

— Mettons les choses au clair, fait-il. Jamais — pas une seule fois, tu m'entends? — tu ne m'as déçu.

Tu me reçois? Il prend une autre inhalation.

Il s'étiole. *Reste avec moi, papa.* Regagne l'ombre. *Attends.* Il sera trop tard pour tout lui dire. Le silence de l'école après trois heures. L'odeur d'écorce d'orange et de rognures de crayons. Le couloir désert qu'elle empruntait ensuite, passant devant notre gracieuse souveraine, courant, une fois dehors, pour soulager la brûlure, *ça ne fait pas mal.* J'étais si forte. Je ne savais même pas que j'étais petite. *Regarde-moi, papa.* Au moment où elle ouvre la bouche pour tout lui raconter, elle l'entend dire :

— Je l'ai salué.

Elle cligne des yeux. Les larmes en suspens.

— Quoi ?

— C'était moi. Celui que Rick a vu sur la route, ce jour-là. Je l'ai salué.

Elle reste assise, les lèvres entrouvertes, prêtes pour l'aveu qu'elle est venue faire, mais il n'y a plus rien.

— C'était moi, dans la voiture.

Il garde le masque sur son visage, ferme les yeux et inhale par le nez. Expire et ouvre les yeux pour la regarder. L'image même de la loyauté.

Elle agite la tête lentement, attend que les effets de la novocaïne s'estompent. Elle voit la silhouette d'un homme derrière un pare-brise, le soleil qui s'y réfléchit, le contour de sa casquette, de sa main. Poussière dans le sillage d'une voiture bleue sur une route de campagne au printemps…

— Pourquoi tu n'as rien dit ?

— Je faisais mon travail.

Et il lui raconte tout.

Les coudes appuyés sur les genoux, elle fixe la moquette blanche entre ses pieds, se force à prendre des respirations égales. Elle glisse ses mains sous ses aisselles pour les réchauffer. Quelque chose s'est dérobé. Sans faire de bruit, sans faire d'histoire. Le sol sous ses pieds.

— … Oskar Fried… je ne connais pas son vrai nom…

Oncle Simon et M. McCarroll

— … mon numéro deux…

Joint Intelligence Objectives Agency

— … un Marine ivre arrêté pour espionnage quelques années plus tard…

OTAN

— … la course à l'espace…

NORAD

— … la menace des missiles soviétiques…

USAF

— … Cuba au bord de…

USAFE

— … Berlin sur le point d'exploser…

Le Pentagone

— … impossible de se faire une idée de la situation d'ensemble…

La Lune

— Elle n'aurait même pas dû être là, dit Madeleine.

— Qui ?

La cour d'école

— Claire, répond-elle.

Son mauvais œil a commencé à couler. Il l'essuie du poignet.

— Une terrible tragédie.

Madeleine le dévisage. *Qui es-tu ?* Voilà la question qui, en toute logique, vient ensuite. Il dure moins d'une seconde, l'aperçu de cet inconnu assis dans le fauteuil couleur or, tout juste révélé, dirait-on, par le flash d'un appareil photo illuminant une forme auparavant invisible dans la pénombre. Puis son père est de retour. Plus petit qu'avant. Un peu perdu dans sa chemisette. Ses tennis blancs ont l'air trop neufs, trop substantiels, à la manière de ceux des vieilles personnes.

— « Tragédie », c'est un mot qu'on utilise pour parler d'une chose dont on refuse la responsabilité, dit-elle.

Si Claire n'avait pas déménagé à Centralia, qui M. March aurait-il choisi à sa place ? Une petite fille aux cheveux foncés coupés court...

— ... imagine-toi en train de piloter dans une purée de pois telle qu'on ne distingue pas le dessus du dessous... Dans un tel cas, il faut...

— Le monde n'a pas été plus sûr pour autant, papa.

— ... se fier à ses instruments. D'ailleurs, nous avons réussi. Nous les avons battus.

— Battu qui ?

— Les Soviétiques. Leur compte est bon.

Il a pris une expression obstinée. Celle d'un vieux gosse.

— Tu crois que le monde va être plus sûr une fois le mur tombé ?

Il se penche vers elle.

— Je vais te confier un secret, choupette. Parfois, on a du mal à savoir ce qu'il faut faire. En cas de doute, pose-toi la question suivante : « Quelle est la chose la plus difficile ? »

— Monsieur Froelich est mort.

Jack soupire et prend un mouchoir pour essuyer son œil.

— Je crois qu'il a peut-être été tué.

— Par qui ? Oncle Simon ?

— Plutôt par quelqu'un que Simon aurait prévenu.

— ... la CIA ? Pourquoi ? Pour le bien d'Oskar Fried ?

— Probablement.

— C'est toi qui as parlé de monsieur Froelich à Simon ?

— C'était mon boulot.

Tout devient granuleux. Elle sent ses lèvres, son visage, l'air autour d'elle, elle voit la table basse, les coqs de combat, les Alpes, le téléviseur se transformer en sable, se désintégrer sous le choc d'une porte qu'on claque.

— Je ne dis pas que j'ai eu raison, dit Jack. J'avais parlé à Simon avant d'avoir une idée des conséquences possibles. Ça n'excuse rien.

Un souvenir soudain l'étourdit — maman les entraîne vers la voiture, tandis que, à la porte, papa a l'air d'une victime de bombardement. Le lendemain de sa déposition. Maman lui hurlant presque de monter dans la voiture *main-te-nant** ! Elle les avait tirés de là. Loin du lieu où vivait un homme qui tuait des enfants.

— Ma participation n'a rien changé au fait : si la police avait eu la moindre chance d'arrêter le coupable, jamais elle ne se serait intéressée au jeune Froelich. Peu importe qui a fait le coup, il avait pris le large depuis longtemps. Il n'y a jamais eu d'autres meurtres similaires dans la région.

Il a parlé de sa voix définitive, sans appel. Est-ce celle que Mike entendait toujours ? Était-il ainsi, le père de Mike ? Qu'aurait-elle fait avec un père pareil ? Aurait-elle cherché un fusil et une jungle ? Tuer ou être tuée.

Depuis le sous-sol, maman appelle :

— Madeleine !

— Quoi ? crie-t-elle en direction de l'escalier.

— Descends, j'ai quelque chose à te montrer.

— Une minute !

Elle se retourne vers son père.

Qu'est-ce que tu as fait pendant la guerre froide, papa ?

— … nous les avons devancés dans l'espace…

Pourquoi ?

Pour que le monde soit plus sûr pour vous, nos enfants.

Pourquoi ?

Pour avoir un monde à vous laisser en héritage.

Pourquoi ?

— Tout ce que nous avons fait, nous l'avons fait pour vous.

— Vous auriez peut-être dû nous demander notre aide.

— L'aide de qui ?

— Nous, les enfants. Nous sommes arrivés justement dans ce monde qui pouvait être anéanti en quelques heures. Nous étions plus coriaces que vous.

— Regarde-moi dans les yeux.

Elle obéit.

— Ce que j'ai fait n'était qu'une toute petite partie d'un effort beaucoup plus vaste. D'innombrables opérations de ce genre étaient menées un peu partout, certaines beaucoup plus coûteuses. Quelques-unes ont réussi. Il y en a d'autres qu'il faut considérer comme des coûts irrécupérables. La question n'est pas de savoir si ce que j'ai fait en soi valait le coup ou non. Prends la Deuxième Guerre mondiale, prends le raid de Dieppe. Une sinistre blague.

Ses yeux, ses lèvres, sa voix se serrent — on dirait du silex.

— Mille Canadiens tués, deux mille faits prisonniers. Pourquoi ? Pour permettre aux Britanniques de faire l'essai de théories tactiques. Le fin mot de l'affaire, c'est que nous avons gagné, et personne ne traite Churchill de criminel de guerre. Si les leaders d'aujourd'hui avaient ne serait-ce que le dixième de son courage et de son jugement… Jamais il ne serait allé s'empêtrer au Viêt Nam…

Ils restent un moment immobiles, leur respiration audible. Papa serre les lèvres, ses paupières s'alourdissant à chaque inspiration. À la télé, un M. Net nouveau et amélioré visite une salle de bains dépourvue de toilettes où il y a deux femmes.

— Papa ?

— Ouais, ma puce.

Jack l'observe minutieusement, étudie son visage. Que fera-t-elle du secret qu'il lui a confié ? Elle a l'air inquiète, mais il lit sur son visage une expression suppliante qui le rassure. La même que quand elle était petite et que quelque chose n'allait pas, mais qu'elle avait la certitude d'être venue frapper à la bonne porte. *Ma petite fille.*

— Tu te souviens de mon instituteur à Centralia ?

— … Monsieur Marks.

— Monsieur March.

— Oui, bien sûr. Pourquoi ?

Elle ne répond pas tout de suite. Il lui tend la main.

— Qu'est-ce qui ne va pas, ma puce ?

— … Il est mort, dit-elle enfin.

Il voit le visage de Madeleine se chiffonner. Elle commence à pleurer. Il lui ouvre les bras. Elle vient s'agenouiller près de son fauteuil.

— Je suis navré, ma puce, dit-il en lui caressant la tête. Quel dommage.

Elle a le visage enfoui dans ses mains sur le bras du fauteuil, et ses épaules commencent à tressauter. Devrait-il faire venir sa mère ?

— Quand ? demande-t-il.

Elle pleure trop pour répondre. Il ne la savait pas si attachée à son vieil instituteur.

— Il était très âgé ?

Elle secoue la tête sans lever les yeux. Gémissant doucement, comme un pauvre chien.

— Tu veux que je te dise, choupette ?

Il croit l'avoir entendue répondre :

— Quoi ?

Il poursuit donc :

— J'ai l'impression que c'est à cause de toutes les choses tristes qui sont arrivées à Centralia que tu te sens si mal.

Sa gorge se serre et sa voix descend d'un cran, retrouve l'intonation qui, il y a longtemps, quand elle était petite, lui venait naturellement — sa voix d'il-était-une-fois.

— C'est drôle, tu sais, parce que malgré tout ce qui s'est passé là-bas...

Il s'arrête, cligne des yeux, s'éclaircit la voix

— C'est à Centralia que nous devons certains de nos plus beaux souvenirs.

Il sent les larmes ruisseler sur ses joues. Pour ne pas relâcher son étreinte sur elle, il s'éponge le visage d'un mouvement d'épaule.

— Tu te souviens des jours où tu m'accompagnais chez le barbier, à Exeter ? Tu en profitais pour divertir les troupes. Tu te souviens du marché de London où nous allions acheter des petits pains croûtés et de bons *wurst* allemands ? Tu te souviens du Jardin des contes de fées ?

Il caresse sa tête — ses cheveux si doux, encore lustrés comme ceux d'un enfant.

— Tu te souviens des souris dans la vitrine de Simpson et des chats qui jouaient du jazz ?

Il rigole.

— Tu te souviens de la première journée d'école ? Tu m'avais tenu par la main pendant tout le trajet. C'est la dernière fois que tu l'as fait.

Il s'arrête pour reprendre son souffle. Il a le temps... *Vous, les enfants, avez toute la vie devant vous...*

— C'est drôle, la vie, pas vrai ? On trouve les plus beaux souvenirs au milieu des plus tristes. Du coup, ils sont encore plus beaux. Pense aux bons moments. C'est comme ça que je pense à ton frère.

Si nous t'avons gâtée, c'est parce que nous t'adorions. Nous voulions que vous ayez, ton frère et toi, ce dont nous avions été privés...

Jack n'a pas d'image mentale de son fils. Il se représente le dôme bleu au-dessus du lieu où c'est toujours l'été. Les immeubles blancs cuisent sous le soleil, le terrain de rassemblement chatoie et les petites maisons colorées attendent le retour des hommes à cinq heures du soir. Voilà où se trouve son fils. Jack est là, lui aussi, avec sa famille. Sa femme superbe. Un homme comblé.

Il caresse les cheveux de sa fille et se rend compte que, de la tête, il bat la mesure. Vestige, peut-être, de l'ancien réflexe qui consiste à bercer son enfant. Elle a l'air plus calme. C'est toujours lui qu'elle était venue trouver, lui qui l'avait consolée. Un enfant peut-il seulement se douter du cadeau que cela représente ?

— Tout va bien, ma puce, dit-il, parce qu'elle n'a pas cessé de pleurer. Je voulais te dire une chose. À propos du chien dans le tuyau d'écoulement. Eh bien, les pompiers sont effectivement venus pour le tirer d'affaire. Je l'ai vu de mes propres yeux. Pétant de santé. Un beagle.

Aujourd'hui, il lui a fait un aveu difficile. Elle lui en voudra peut-être, mais il a la conviction qu'elle comprendra un jour. S'il lui a parlé, c'est parce qu'elle est ce qu'il y a de meilleur en lui. Il faut qu'elle sache à quel point elle est forte.

— Tu es ce que j'ai de meilleur, dit-il doucement, ma choupette d'amour.

Madeleine sanglote, l'eau emportant les ténèbres dans son sillage. Elle s'abandonne à ce répit heureux. À ce qui reste. Depuis son poste d'observation dérobé à la vue, à travers le filtre des années, elle se souvient une fois de plus, et son père la réconforte sans savoir ce qui l'accable.

Au bout d'un moment, elle sent sa main s'immobiliser. Elle la soulève délicatement et se met debout. Il dort.

Elle s'essuie le visage et se mouche. Baisse les yeux sur lui. La tête inclinée, les lèvres entrouvertes, les mains inertes sur les bras du fauteuil, ses doigts qui traînent, dix soldats fatigués. Sur ses genoux, le masque à oxygène. Pilotes de chasse et invalides. *Per ardua ad astra...*

Elle se penche pour l'embrasser. Sa peau douce comme du suède, capillaires pâles, affluents visibles sous la surface, vestiges d'un torrent ancien. Il a la joue humide, la barbe moins fournie. Old Spice.

— Au revoir, papa.

À travers les embûches jusqu'aux étoiles.

Dans le vestibule, elle enfile son blouson au moment où elle entend sa mère remonter l'escalier.

— Tu es plus jeune que moi, Madeleine. Tu aurais pu descendre.

Mimi la voit s'emparer de ses clés de voiture.

— Où tu vas, à cette heure ?

Elle arrive au haut de l'escalier, un peu essoufflée. Dans ses bras, de l'écume de dentelle et de satin jaunie.

— Qu'est-ce que c'est que ça ?

Mimi sourit timidement.

— J'ai pensé que ça te ferait plaisir.

— Ta robe de mariée ?

Mimi fait signe que oui. Son front se plisse d'un air pudique.

Madeleine est sur le point de demander plaisamment :

— Qu'est-ce que tu veux que j'en fasse ? Que je la porte à l'Halloween ?

Mais elle est sous le seuil de la comédie. Le calme des quasinoyés est descendu sur elle. Elle soupire.

— *Madeleine, qu'est-ce que tu as* ?

— Rien, je vais bien, c'est juste que… Ah oui, je voulais te demander : *pourquoi tu ne m'as pas dit que papa avait besoin d'oxygène* ?

Mimi hausse les épaules et les sourcils en même temps — vieux signe d'impatience.

— Pourquoi je t'en aurais parlé ? Tu es déjà au courant : il prend cette pilule, cette autre pilule, fait-elle en comptant sur ses doigts, la glycérine, les béta-bloquants, l'oxygène. C'est du pareil au même.

Madeleine attend.

Les épaules et les sourcils de Mimi s'affaissent enfin.

— Nous ne voulions pas que tu te fasses du souci.

— Je m'en faisais de toute façon. Je suis la seule qui reste. Qui allez-vous inquiéter, sinon moi ?

— Tu pleures, dit Mimi en approchant la main du visage de sa fille.

Madeleine, qui a un mouvement de recul instinctif, éprouve aussitôt un pincement de culpabilité.

— Tout va bien, maman. Merci. Le *fricot* était délicieux, mais il faut que je rentre. J'ai du travail.

Elle tend la main vers la table du vestibule pour prendre ses clés, mais elles tombent de sa main — depuis quand étaient-elles là ? Elle s'accroupit pour les ramasser.

— De quoi parliez-vous, papa et toi ? demande Mimi.

Radar maternel. Madeleine croise le regard de sa mère.

— Il m'a dit que c'est lui qui avait salué, dit-elle comme si de rien n'était, tandis que, autour d'elle, l'air s'aplanit. Tu étais au courant, hein ?

Les traits de sa mère se raidissent.

— Bien sûr que j'étais au courant, dit Mimi. Je suis sa femme.

— Pourquoi ne pas être allée tout raconter à la police ?

— C'est mon mari. C'est ton père.

— C'est un criminel.

Madeleine entend le bruit sec qui résonne, sent son visage brûler sous le feu de la gifle qu'elle voit se préparer dans la paume de sa mère, mais personne ne se fait frapper.

— Ça ne fait rien, dit-elle. Je me sauve.

— Ne dis pas de bêtises, Madeleine, fait Mimi en drapant la robe de mariée sur la rampe d'escalier.

Elle se tourne vers la cuisine.

— Viens, dit-elle en allumant une cigarette. Je te prépare une *poutine râpée*,* tu es maigre à faire peur. Après, nous jouerons au Scrabble.

Madeleine suit sa mère des yeux. *Pas étonnant que je sois si fêlée.* La fumée la rejoint et elle respire la différence mentholée, résiste au réconfort qu'elle lui procure.

— Dis donc, maman, tu savais que l'oxygène est hautement inflammable ? Il est aussi hautement ininflammable.

— Ton problème, Madeleine, c'est que tu me ressembles trop.

— Nous n'avons strictement rien en commun.

Mimi ouvre le robinet, enfile une paire de gants en caoutchouc jaune et se met à frotter les pommes de terre. Son mari se meurt.

— Tu as songé à réduire ta consommation à, disons, trois paquets par jour ? demande Madeleine, raisonnable.

— Tu te prétends féministe, mais tu n'es même pas fichue d'être gentille avec ta mère.

Madeleine soupire. Elle remarque la table de la cuisine, déjà mise pour trois en prévision du petit déjeuner. Un cosy matelassé en forme de coq complète les serviettes et les napperons assortis. À côté de l'assiette de son père, un contenant étroit en plastique comportant quatorze compartiments, sur lesquels apparaissent les jours de la semaine, divisés en « avant-midi » et « après-midi ». Au centre de la table, la salière, la poivrière, le sucrier, le porte cure-dents et le porte-serviettes encombrent un carrousel. *Il est dix heures. Sais-tu seulement où est ta vie ?*

— *Qu'est-ce que t'as dit, Madeleine* ?*

— Rien.

Madeleine reste plantée au milieu du vestibule, tel un paquet que Sears aurait livré par erreur. Autour d'elle montent les lignes épurées du condo. Sur le mur qui conduit à la salle de jeux, des photos de famille encadrées s'alignent, à commencer par celles du mariage de ses parents, puis, par ordre descendant, les photos qui relatent l'histoire de Mimi et de Jack, bébés, affectations, vacances, du noir et blanc à la couleur. Les photos s'arrêtent en 1967 — on les voit tous les quatre à l'Expo, devant le pavillon des États-Unis, un dôme géodésique. Mike a les cheveux longs.

Dans la cuisine, l'eau jaillit et des volutes de fumée montent du cendrier près de l'évier. Madeleine voit le dos de sa mère qui s'affaire, triture les pommes de terre de ses mains recouvertes de gants jaunes, *si souples que je peux ramasser une pièce de dix cents.* Dans le salon, son père n'a pas bougé. Sur l'écran, des enzymes de dessins animés avalent des particules de poussière. *C'est encore loin, papa ?*

— Je donnerais cher pour que Mike soit là, dit-elle.

Mimi se frotte une oreille du revers de la main, comme pour chasser une mouche, et se remet à laver les pommes de terre.

— Pourquoi ne pas dire qu'il est mort ? demande Madeleine au mur, sans savoir si sa voix est audible dans la clameur de l'eau. Pourquoi ne pas organiser des funérailles ? demande-t-elle au vestibule.

Ses mots, petits et plus légers que l'air, s'élèvent jusqu'au plafond cathédrale.

Sur le mur près de sa mère, entre la cafetière et le four micro-ondes, il y a une petite plaque. Dessus, une paire de ciseaux sur un aimant et un refrain en caractères d'imprimerie : « Ces ciseaux sont à moi, et c'est ici qu'ils vont / Vous en avez besoin ? Bien. Rapportez-les donc. » Au bord de l'évier, la vieille grenouille en céramique tient toujours le tampon à récurer dans sa gueule souriante.

— Je t'aime, maman.

Le robinet se ferme, Mimi se retourne, les mains en l'air, dégoulinantes comme celles d'un chirurgien. À grands pas, elle s'avance vers sa fille et la serre dans ses bras.

L'étreinte de sa mère. Petite, chaude et ferme. Quelque chose de sombre sous l'odeur du parfum et des Cameo menthol. Salé et souterrain. Increvable.

Madeleine renoue avec sa vieille culpabilité. Celle qui lui venait toujours à la pensée que maman serrait dans ses bras une enfant différente qui portait le même nom qu'elle. Elle s'efforçait de rendre l'étreinte de sa mère dans la peau de cette enfant — la pure.

— Oh, Madeleine. Nous t'aimons beaucoup, beaucoup, papa et moi.

Elle sait que les yeux de sa mère sont fermés. Elle se sent comme un médium se préparant à résister à la force absolue de l'amour qui va transiter par lui — cet amour que Madeleine a toujours cru « général », destiné à « mon enfant », jamais à Madeleine elle-même.

Elle attend que l'emprise de sa mère se relâche, puis, le plus gentiment possible, dit :

— Il faut que je rentre à Toronto, maman, mais je reviendrai la semaine prochaine, d'accord ?

— *Mais pourquoi* ?*

La vue de la confusion qui entre dans les yeux de Mimi lui est insupportable — pourquoi est-ce que je fais toujours du mal à ma mère ?

— J'ai beaucoup à faire et… et il faut que je libère notre… mon appartement.

Le visage de sa mère se raidit de nouveau — elle se prépare à repousser le nom de *Christine*. Ou tout mot synonyme de *Christine*. Mimi soulève une main en signe de capitulation ou de congédiement.

— Fais ce que tu veux, Madeleine, comme toujours.

Elle retourne dans la cuisine.

— Tu sais ce qui est ironique, maman ? Christine et moi aurions peut-être rompu il y a des années si tu n'avais pas été aussi montée contre nous.

Elle observe le dos de sa mère. Occupée à hacher maintenant.

— Ça n'a rien à voir avec les diagrammes de bœuf qu'on voit chez les bouchers, tu sais ? Tu ne peux pas enlever les parties de moi que tu détestes et ne garder que le reste.

Si Mimi se retournait, Madeleine constaterait sa contrariété. Si elle est contrariée, c'est parce qu'elle pleure. Elle pleure parce que — vous allez peut-être comprendre, même si vous n'êtes pas une mère, ce que signifie avoir une enfant qui vous dit : *tu me détestes*.

Madeleine attend, engourdie. Comme un arbre mort. Si elle avait la terre sous les pieds, au lieu de ce parquet brillant comme un sou neuf, elle pourrait s'allonger et entreprendre le long voyage de retour. Telle est la terrible bonté de la terre : elle vous accueillera toujours à bras ouverts, son amour ne meurt jamais, ne dit jamais : « Je veux bien de ceci, mais pas de cela. »

Le téléphone sonne et Mimi répond. Elle corrige une erreur dans le calendrier de la Ligue des femmes catholiques, consulte une liste et confirme une date pour le bridge.

— Tu te souviens de mon instituteur à Centralia ? demande Madeleine.

Mimi pose les yeux sur elle, puis revient à la liste.

— Monsieur March.

— Il nous a agressées, quelques filles et moi.

Mimi se tourne vers sa fille et raccroche — puis regarde sa main, surprise, apparemment, de l'initiative.

— Ça va, maman, je vais bien. Si je t'en parle, c'est parce que…

Un son comme un piaulement de poussin, sa mère, la main sur la bouche ; on la dirait sur le point de recracher quelque chose, une plume peut-être.

— Maman ?

Madeleine se rend compte qu'elle ressemble trop à sa mère quand elle voit la bouche de Mimi former un sourire inversé, des taches rouges apparaître sur ses joues, son cou, son nez — son visage affligé, maquillé avec la tristesse infinie d'un clown.

— Ça va, maman…

Madeleine donnerait cher pour ranger cette visite dans un sac sous l'escalier du sous-sol, au milieu des décorations de Noël et des chaises de la table à cartes.

Tout ce que veut Mimi, c'est débarrasser sa fille de cette chose, l'ôter de son visage comme de la poussière d'été, comme un peu de sang au bord d'une blessure, tout ce qu'elle veut, c'est offrir sa chair en échange de celle de sa fille, subir à sa place ce qu'elle a subi, peu importe de quoi il s'agit, mais rien à faire. Il est trop tard. Elle a le bras long, mais pas assez pour rattraper sa petite fille qui part pour l'école, pas plus qu'elle n'a réussi à rattraper son fils quand il les a quittés il y a dix-sept ans. Ses mains se referment sur du vent. Ce qu'elle a fait ne suffit pas. *Ce n'est pas assez**.

Madeleine n'a jamais vu sa mère pleurer de la sorte. Même pas quand Mike est parti. Les chagrins nouveaux réveillent les anciens. Pour épancher notre chagrin, nous allons au même puits, toujours plus plein.

Ce que dit sa mère ensuite la stupéfie :

— Je m'excuse, *ma p'tite, c'est ma faute, c'est la faute à maman**.

Madeleine prend sa mère dans ses bras, son étreinte est encore chaude, mais plus si ferme — de la chair à la place du bois. Laquelle des deux a changé ?

— Ce n'est pas de ta faute, maman.

Tout ira bien. D'où vient ce sombre pressentiment ? Bonheur mortel. Voici la blessure. Elle ne sent pas mauvais, en fin de compte. Ça fait horriblement mal, mais au moins il n'y a pas d'infection. Tiens, un bandage neuf. Laisse, maman va le faire pour toi.

— *Je t'aime, maman**.

Mimi essuie le visage de sa fille — soigneusement, comme une mère chatte —, puis elle tire un mouchoir de sa manche et le lui plaque contre le nez. Madeleine souffle et rit.

Mimi sourit.

— Tu es tellement belle, *ma p'tite**.

— Je tiens ça de toi.

Mimi jette un coup d'œil dans le salon. La tête de Jack n'a pas bougé. Il dort encore dans son fauteuil.

— Tu lui as dit ?

— Non.

— Tu as bien fait.

Et Madeleine a la certitude qu'elle a effectivement bien fait de ne pas lui refiler ce fardeau. Sa mère s'en charge. *Les femmes sont plus fortes*.

Mimi embrasse sa fille, et ce qu'elle comprend ensuite n'atténue en rien sa peine — en fait, elle l'attise. Ce qui est arrivé à sa fille, comme la polio, était évitable.

— Oh, Madeleine, Madeleine…

Madeleine suit la voix de sa mère, cadence réconfortante. Ce qui reste n'est peut-être pas grand-chose, mais c'est bon. J'ai ma mère. Madeleine entre dans le pré, sans peur, il n'y a pas de chasseurs. Se réchauffe sous le regard de sa mère, sans honte, si reconnaissante d'être vue enfin.

— Oh, Madeleine… dit Mimi en prenant tendrement le visage de sa fille entre ses mains. C'est à cause de ça que tu es devenue comme tu es?

Derrière ses yeux, Madeleine a l'impression que le film a déraillé. Elle se rend compte qu'elle a atteint une limite, qu'elle est passée à autre chose. Quand elle rouvre la bouche, sa voix lui semble machinale, comme si elle parlait une autre langue:

— Je suis à peu près certaine que c'est lui qui a tué Claire.

Au moment où Madeleine sort, sa mère parle encore l'ancienne langue. Elle entend sa voix, mais ne comprend plus les mots.

Devant la portière de sa voiture, elle entend un objet tinter contre l'asphalte. Luisant sous la lumière de la véranda. La médaille. Elle la ramasse et monte dans la voiture. Frotte sa paume là où les quatre pointes de compas ont creusé une empreinte passagère et aperçoit la vieille cicatrice toute fine qui longe sa ligne de vie.

Ricky Froelich *DISPARU*
Henry Froelich *DISPARU*
Mike McCarthy *DISPARU*

GRATIA

Au nord de Toronto, Madeleine s'est rangée sur l'accotement de la 401. Cette fois, pas moyen d'aller jusqu'à la prochaine sortie. La tête appuyée sur le volant, elle prie. Elle ne croit pas en Dieu, mais elle n'est pas non plus non croyante. La foi n'y est pour rien. Elle prie à cause de la douleur. Les vivants et les morts. Le connu et l'inconnu.

Elle l'entend, ce chant — depuis toujours. Comme la rumeur d'une plage de galets. Il s'accentue, se rapproche, jusqu'à ce qu'elle distingue le chœur des âmes à la bouche tordue par le chagrin. Ceux que leur esprit tient prisonniers ; ceux qui font tout ce qu'ils peuvent pour leur famille ; ceux qui sont pris de vertige à se tenir debout sur leurs deux jambes ; ceux qui vivent si bravement sur quatre pattes, si infatigablement sur deux ailes, à plat ventre et entre des nageoires ; le courage déchirant des animaux ; la mort solitaire d'un frère adoré, celle d'une enfant il y a très longtemps, à Centralia. Ont-ils eu très peur ? Oh, si seulement nous pouvions leur rendre visite à l'heure de leur mort — pas dans l'espoir d'empêcher l'inéluctable, c'est impossible, mais simplement à titre de témoins. Les aimer à l'instant de leur départ, sans chercher à gommer leur souffrance. Tout ce qu'ils demandent, c'est qu'on conserve une image d'eux. *Regardez-moi.*

— Prie pour eux, murmure-t-elle au tableau de bord de sa vieille Coccinelle VW. À côté d'elle, seize voies vrombissent. *Prie pour eux.* C'est là — stationnée dans tout ce vacarme sur l'accotement à se demander si elle réussira un jour à sortir de sa voiture — qu'elle reçoit l'offrande, qui la remplit comme un souffle. Rien à voir avec une connaissance cérébrale. La révélation lui vient simplement : tout ce qui compte, c'est l'amour.

Après quinze minutes, elle parvient à se remettre en route et à prendre de la vitesse sur l'accotement. La petite Coccinelle coquille d'œuf s'engage dans la sortie. Conçue pour Hitler. Construite par des esclaves. Aussi reconnaissable qu'une bouteille de coca. Les péchés du père. Bonne petite voiture.

À son retour, elle se sent parfaitement bien. Rien, elle le sait, ne sera jamais plus pareil. Rien ne l'effraiera plus au point de la mettre en marge de sa vie. Comme si elle avait survécu à une catastrophe. Un écrasement d'avion. Quelque chose.

> *À l'instant même je pus prier ;*
> *Et, de mon cou enfin délivré,*
> *L'Albatros tomba, et s'enfonça*
> *Comme du plomb dans la mer.*

EFFETS PAPILLONS

L'autorité du mot imprimé dans un document officiel fait subir aux choses une curieuse transformation. *Le prisonnier.* Ricky. *La victime.* Claire. Le fouillis d'informations concernant l'emplacement exact du carrefour, les mots « saule pleureur » vidés de leur substance, la précision paralysante des détails sur l'emplacement du corps et sur sa position.

        Le corps était vêtu d'une robe bleue.

Heureusement qu'on est mercredi. Shelly croit toujours Madeleine à l'extérieur et, en un sens, elle l'est. Ce matin, elle a dormi une heure sur le tapis du salon — Christine est passée prendre le lit.

        ... Le corps était allongé sur le dos, les membres
        inférieurs — les jambes — écartés. Sous un arbre,
        un orme.

Madeleine porte une casquette de base-ball pour protéger ses yeux des lumières fluorescentes de la salle de lecture dépourvue de fenêtres des Archives provinciales de l'Ontario. À deux pas de la YMCA ; elle aurait pu venir n'importe quand.

        La patiente avait des marques sur le cou.

La patiente ? Elle continue de lire. Le pathologiste, la police, le Dr Ridelle — le papa de Lisa. La transcription est une liste de ce que savaient les grandes personnes — en 1 858 pages. Format ministre.

        Chez une petite fille de cet âge, on aurait dû re-
        trouver un hymen, à travers lequel on peut norma-
        lement passer un petit doigt. Or, dans ce cas-ci,
        l'hymen était tout à fait absent, avait été com-
        plètement emporté.

Elle est assise à l'une des tables de bois. Autour d'elle, quelques personnages pâlots compulsent des dossiers généalogiques et des cahiers de charge pour les égouts municipaux. Insomniaques, unissez-vous.

```
... une multitude d'asticots dans la région...
```

Pendant des années, elle a porté en elle l'image de Claire gisant paisiblement dans l'herbe, triste et morte. Un bébé perdu en forêt, sur lequel veillent des hirondelles. Pour le couvrir, elles apportent des feuilles et des fleurs sauvages.

```
lividité marquée (cyanose) du visage et du cou;
cyanose prononcée des ongles et de l'extrémité
des doigts, langue protubérante...
```

Voilà que l'image se transforme. Change. Vieillit enfin.

```
... couleur et pupilles voilées par la vitrifica-
tion des yeux caractéristique des cadavres...
```

Si elle est là, c'est parce qu'elle ne peut pas venir demain jeudi, jour du marathon de la troupe — elle aura toute la soirée pour écrire, les archives ferment à quatre heures. Si elle est là, c'est parce qu'elle ne peut parler à personne de ce que son père a fait.

```
... une grande quantité d'acide urique sur les
jambes, mais pas dans la petite culotte, ce qui
laisse croire que...
```

Elle est là pour porter témoignage.

```
... au genre de blessures normalement produites par
l'insertion dans la région d'un objet de grande
taille...
```

Elle est là parce qu'elle ne peut plus avancer. Elle doit faire marche arrière.

```
... toute la région était largement dilatée.
Sa Seigneurie: Pardon?
R. Largement dilatée.
```

À son arrivée, elle devra se mettre à l'écoute des enfants.

```
... le corps était recouvert de quenouilles, de
roseaux, devrais-je dire...
```

Moïse au milieu des quenouilles. Pourquoi ai-je pensé à Moïse? Moïse était au milieu des roseaux, pas des quenouilles.

```
Q. On voyait son visage?
R. Non, elle avait le visage couvert.
Q. Par quoi?
R. Une petite culotte.
Q. Une culotte en coton?
R. Oui, monsieur.
Q. Cette culotte-là?
```

Marjorie Nolan. Elle avait fait un dessin intitulé «Moïse dans les quenouilles». Mlle Lang l'avait corrigée gentiment.

```
R. Oui.
```

J'ai fait Batman et Robin, et Grace Novotny a reçu une étoile pour son dessin — c'était quoi, déjà? De derrière, Madeleine voit la tête de Grace, la raie inégale, les nattes désordonnées retenues par de simples élastiques. Elle essaie de jeter un coup d'œil par-dessus l'épaule de Grace, mais elle ne voit que ses mains au travail. Bandées. Comment faire une chose pareille à une enfant? Elle entend le crayon de bois de Grace glisser sur le papier de bricolage, colorier, colorier, colorier...

Un disque jouait — *A Summer Place* par les Mantovani Strings. Normalement, ce n'est pas Mlle Lang qui donnait la leçon d'arts plastiques. Normalement, la leçon d'arts plastiques avait lieu le vendredi.

Certaines choses ne se laissent pas appréhender directement. Pour les voir, on doit regarder de côté, du coin de l'œil. Comme la phosphorescence d'une caverne. Détournez les yeux et vous verrez. Madeleine essaie de détourner les yeux, mais trop de lumière entre par les grandes fenêtres de la salle de classe. Elle plisse les yeux, en vain, le soleil est haut dans le ciel, jaune vif, souriant et palpitant, il oblitère Grace et son dessin. Madeleine ferme les paupières et voit une sphère jaune tatouée sur ses paupières. Et pourtant, si ses souvenirs sont bons, il pleuvait ce jour-là. Elle revient à son propre dessin, *Quel Jeudi saint, Batman!* — et grimace en se rendant compte que c'est le lendemain du jour où Claire a disparu.

Certaines choses restent dans les casiers où nous les avons rangées des années auparavant, portant l'étiquette que nous avons rédigée de notre écriture malhabile d'enfant: le jour où Claire a disparu. Elles restent là et il arrive que nous ne les remettions jamais en question, même à l'âge adulte. Jusqu'au jour où l'occasion se présente d'ouvrir le casier, de renifler le contenu pour voir ce qui lui est arrivé et de corriger l'étiquette : le jour où Claire a été assassinée.

PIÈCE À CONVICTION N° 49 : Culotte de coton sus-mentionnée.

Les bottes rouges de Madeleine s'étaient envolées l'une après l'autre, et Claire montait si haut que Madeleine avait vu sa culotte. « J'ai vu Londres ! J'ai vu Paris ! J'ai vu… » — *des papillons jaunes.* Sur la culotte de Claire. Madeleine lève les yeux, soudain assoiffée. Il y a une fontaine, ici ? *Archives.* Le mot lui-même est un désert.

Elle sent l'encaustique de la table. L'odeur lui fait penser à son père, aux divers bureaux qu'il a occupés. Elle baisse de nouveau les yeux sur la page sèche.

SA SEIGNEURIE : … comment t'appelles-tu, petite fille ?
R. Madeleine McCarthy.

Je ne me souviens plus de ce que je portais, ce jour-là. Il faisait chaud.

Q. Pas besoin de parler si fort, Madeleine.
R. Excusez-moi.
Q. Ce n'est pas grave.

Elle se souvient de son père assis au milieu de la salle. Pour l'encourager, il avait fait le signe de la victoire — le pouce en l'air. Elle le revoit dans son uniforme bleu, mais c'est impossible — c'était en juin. Comme maintenant. Il portait son uniforme kaki. Dans les souvenirs, nos êtres chers deviennent comme des personnages de dessins animés — on fait naître une version définitive, toujours vêtue de la même manière. Une version qui survit à tout, qu'on la fasse brûler ou exploser, qu'on lui roule dessus, qu'on la noie ou qu'on la crible de balles.

Q. Que veut dire « prêter serment », Madeleine ?
R. Jurer de dire la vérité.

Les transcriptions sont spartiates. Indications scéniques factuelles, répliques où l'émotion de circonstance ne figure pas entre parenthèses. Les personnalités ressortent malgré tout. Et Madeleine se voit, toujours vulnérable, sur la page. Comme un papillon épinglé. À neuf ans pour l'éternité.

```
Q. … qui est ton instituteur?
R. L'année dernière, mon instituteur était mon-
sieur March.
Q. Tu l'aimais?
R. Non.
```

Madeleine continue de lire et elle a l'impression d'être témoin d'une succession d'événements calamiteux, comme dans un film. Ne retourne pas dans la maison! Jette un coup d'œil sur la banquette arrière! *Posez-moi la question!* Pourquoi est-ce que personne n'a posé la bonne question? Une robe sans manches à col Claudine, voilà ce que je portais. Avec un bandeau assorti.

```
Q. Qu'est-ce qu'il y a sur ta broche?
R. Un phare.
```

La broche touchée par M. March.

```
Q. D'où est-ce qu'elle vient?
R. D'Acadie, ma mère est acadienne. Nous parlons
français.
GREFFIER: Pose ta main droite sur la Bible.
```

Impossible, cependant, d'entrer dans la page et d'infléchir le cours des événements. C'est ici que tout se joue, dans quatre boîtes entre-posées au centre-ville de Toronto depuis vingt-trois ans, et l'action va se poursuivre. Un spectacle de longue affiche.

```
Q. Qu'est-ce qu'il y a dans le bocal?
R. Que l'on recouvre la table, dit le juge. Et
qu'elle reste couverte.
```

La table de la leçon de choses. Madeleine revient à l'index des pièces à conviction au début du volume pour voir ce que contenait le bocal — cette fois, il n'y a pas de juge pour l'en empêcher, elle est une grande personne, elle a le droit de choisir ses horreurs.

```
PIÈCE À CONVICTION Nº 21: Contenu stomacal dans
un bocal.
```

«Vous en voulez?» avait demandé Claire. Et Madeleine et Colleen avaient partagé le petit gâteau au chocolat, les tranches de pomme et le fromage rond recouvert de cire rouge. Après, Madeleine s'en était servie pour se faire des lèvres pulpeuses, et Claire avait pouffé de rire. Une spectatrice en or. Son dernier repas. *Contenu stomacal.* Un élément parmi d'autres, autant d'instantanés.

PIÈCE À CONVICTION Nº 22: Des roseaux confiés au coroner.
PIÈCE À CONVICTION Nº 23: Boîte-repas.

Il arrive toutefois que des renseignements de toute première importance soient passés sous silence. Par exemple, c'était non pas une boîte-repas ordinaire, mais au contraire une boîte-repas à l'effigie de Frankie et Annette, d'une valeur inestimable, convoitée…

PIÈCE À CONVICTION Nº 24: Vélo rose.

… une fois de plus, on omet la caractéristique significative: deux serpentins roses, luxuriants. Sauf que dans le coffre de la voiture de police, où Madeleine avait vu le vélo de Claire, il n'y en avait qu'un seul. C'est pour cette raison que Colleen et elle étaient allées, ce jour-là, jusqu'à l'endroit où l'herbe était aplatie — pour retrouver le serpentin de Claire. En fin de compte, c'est Grace qui l'avait.

Grace sous la pluie sans imper, le serpentin tout crotté transplanté sur le guidon de son vélo délabré, trop grand pour elle. Bondissant sur la selle dure, austère comme un crâne de bœuf, *ça ne fait pas mal.*

Dis donc, Grace, où as-tu trouvé ce serpentin?
Quelqu'un me l'a donné.
Qui ça?
Quelqu'un.

Le souffle de Madeleine est comme celui d'un chien. C'est M. March qui lui a offert le serpentin. Un trophée, tiré par la racine du vélo rose de Claire. Une récompense pour son petit chien.

Elle déglutit, la gorge sèche comme du parchemin. Elle jette un coup d'œil à l'archiviste. Aux autres chercheurs. Personne n'a rien remarqué. Remarqué quoi? Une jeune femme aux cheveux foncés parfaitement immobile, dérobée à la vue par quatre boîtes de documents.

Elle tient maintenant une piste. Elle parlera du serpentin à la police. La police retrouvera Grace Novotny. Grace dira qui le lui a donné. Personne ne saura que c'est Jack qui a salué ce jour-là…

Elle revient à la page:

774

PIÈCE À CONVICTION Nº 25: Bracelet porte-bonheur en argent dans une enveloppe.

Pas n'importe quel bracelet en argent : elle avait le *Maid of the Mist,* un cœur, une tasse à thé et encore autre chose, notamment son nom en lettres cursives, *Claire.* Madeleine se demande si les McCarroll l'ont conservé. Elle se demande s'ils ont eu un autre enfant. Peut-être préféreraient-ils ne pas connaître la vérité. Ne pas raviver leur douleur.

PIÈCE À CONVICTION Nº 26: Photo de Claire McCarroll pendant l'autopsie.
PIÈCE À CONVICTION Nº 27: Boîte remplie de larves.
PIÈCE À CONVICTION Nº 28: Roseaux conservés par l'agent Lonergan.

Moïse au milieu des quenouilles. Madeleine saute quelques pages.

SA SEIGNEURIE: Tu vas à l'église, Marjorie?
R. Oui, monsieur, et aussi à l'école du dimanche.
Q. Tu sais ce que signifie « dire la vérité » ?
R. Oui, monsieur.
Q. Tu fais partie des Brownies?
R. Eh bien,

Madeleine entend Marjorie ricaner, même si la sténographe n'a rien noté.

en réalité, je fais maintenant partie des Guides. J'ai un badge de baby-sitter.

Tu mens, Margarine ! Pourquoi ne s'est-on pas donné la peine de vérifier ?

Q. Quel âge as-tu, Marjorie?
R. Je viens d'avoir dix ans.
Q. Ces enfants sont jeunes. Je me demande si je vais assermenter ce témoin. Tu sais ce que signifie « prêter serment » ?
R. Jurer sur la Bible de dire la vérité et ne pas mentir à la cour.
Q. Exactement, Marjorie. Qu'arrive-t-il à ceux qui mentent?
R. On les punit.
Q. Bien. Que l'on assermente le témoin.

Madeleine se demande ce qu'elle penserait aujourd'hui de Marjorie, vue à travers ses yeux d'adulte. Se laisserait-elle attendrir comme, à l'époque, les grandes personnes ? Anglaises cireuses. Yeux bleus de poupée. Polie et légèrement surannée. Assez pour rassurer.

MARJORIE NOLAN, assermentée

INTERROGATOIRE PRINCIPAL PAR Me FRASER

Q. Tu habites avec tes parents dans la zone des logements familiaux de la base de l'Aviation royale canadienne à Centralia, Marjorie ?
R. Oui, monsieur.

Me Fraser, le procureur de la Couronne, l'homme à la robe noire sinistre.

Q. Et le printemps dernier, tu étais en quatrième année, comme Claire McCarroll ?
R. Oui.
Q. Claire était ton amie ?
R. Oui.

Encore un mensonge.

Q. Tu connaissais Richard Froelich ?
R. Ricky ?
Q. Oui, Ricky.
R. Oui.
Q. Et le mercredi 10 avril, tu as eu une conversation avec Ricky ?
R. Oui.
Q. Tu veux bien nous parler de cette conversation ?
R. Eh bien, Ricky a dit : « Tu viens à Rock Bass ? Je sais où il y a un nid. »
Q. Qu'est-ce que tu as répondu ?
R. J'ai dit non.
Q. Pourquoi ?
R. Eh bien,

Madeleine entend un autre ricanement et le ton jovial de je-sais-tout. Faut-il un enfant pour voir clair dans le jeu d'un autre ?

d'abord, j'avais une rencontre des Brownies le soir même. Claire aussi, mais elle n'était qu'une Tweenie…

SA SEIGNEURIE: Je t'arrête ici. Messieurs les jurés, Maître Fraser et un témoin, Mademoiselle Lang, directrice des Brownies, vous ont déjà expliqué ce que sont les Brownies. Si vous avez besoin d'éclaircissements, n'hésitez pas à poser des questions. Poursuivez, maître Fraser.

Bizarre de voir ces hommes mûrs de 1963 — aux prises avec la taxonomie du champignon.

Q. Avais-tu une autre raison de dire non à Ricky?
SA SEIGNEURIE: C'était un oui?
R. Oui, monsieur.
Me FRASER: Quelle autre raison, Marjorie?
SA SEIGNEURIE: La raison pour laquelle elle a décliné l'invitation?
Me FRASER: Oui, Votre Seigneurie.
SA SEIGNEURIE: Poursuivez, maître Fraser.
Q. Pour quelle autre raison as-tu dit non à Ricky, Marjorie?
R. Parce que je n'ai pas la permission. Je suis trop jeune.
Q. Trop jeune pour quoi, Marjorie?
R. Pour sortir avec un garçon.
Q. Pourquoi as-tu pensé qu'il t'invitait à sortir avec lui?
R. Parce qu'il a dit: «Sortons ensemble.»

Tu prends tes rêves pour des réalités, Margarine.

Q. C'est ce qu'il a dit le 10 avril?
R. Ouais. Oui. Et des tas de fois auparavant.
Q. Où était-il quand il t'a fait sa proposition, le 10 avril?
R. Devant chez lui. Avec le tuyau d'arrosage.
Q. Et qu'a-t-il dit le 10 avril?
R. Il a dit: «Tu veux boire, Marjorie?» Puis il a fait quelque chose de grossier.
Q. Quoi?
R. Il… il a fait semblant, vous savez.

```
Q. Oui?
R. Il a fait semblant d'aller aux toilettes.
Q. Oui?
R. Avec le tuyau d'arrosage.
Q. Et ensuite?
R. J'ai répondu: «Je n'ai pas soif.»
Q. Qu'a-t-il dit ensuite?
R. Il a dit: «Tu veux sortir avec moi? Nous
irions à Rock Bass. Je sais où il y a un nid.»
```

C'est Claire qui a dit ça. Pas exactement. Elle a dit: «On cherchera un nid.» Madeleine et Colleen étaient dans la cour d'école, Claire avait un bouton d'or. De la musique venait de l'école, une répétition d'orchestre… des bribes d'une mélodie interprétée maladroitement sortaient par les fenêtres du gymnase de l'école J.A.D. McCurdy — *It's a world of laughter, a world of tears…* —, l'orchestre de l'école jouait, tandis que M. March donnait la mesure au piano. Marjorie était dans les parages avec Grace, cherchant à s'immiscer dans leur conversation, et elle avait entendu Claire dire où elle allait et pourquoi. Et avec qui. Ricky. C'est du moins ce que Claire s'imaginait.

```
Q. Et tu as dit non.
R. J'ai dit: «Peut-être une autre fois.»
```

Pauvre Marjorie. Ostracisée par tout le monde — sauf Grace et M. March. Est-ce par son entremise qu'il a appris où serait Claire, ce jour-là? Le petit diable de M. March. Elle avait couru le trouver, tout lui raconter.

```
Q. Merci, Marjorie.
R. De rien.
```

Leçon de choses. «Il m'arrive de les collectionner», avait dit Claire de son accent traînant du Sud, l'œuf de merle léger comme une plume dans ses mains. Madeleine frotte sa paume et y jette un coup d'œil. La cicatrice pâle est là, mais il y a autre chose: un éclat de coquille. Bleu pâle. Non, pas dans sa main, pas encore, elle va le ramasser dans l'herbe longue de l'année dernière quand Colleen lui agrippe le poignet et lui pose le couteau à plat dans la main. *Coupe-moi.*

C'était un tout petit éclat de coquille, mais il lui aurait peut-être porté malchance. Après tout, il venait de la scène du crime — oui, c'est là qu'elle l'avait trouvé. À une trentaine de centimètres du cercle piétiné. Rond de sorcière. Était-ce l'éclat d'un œuf de Claire? d'un œuf qu'elle a trouvé ce jour-là?

Pièce à conviction n° 50: Déposition de Grace Novotny.

Et si Madeleine avait accepté d'accompagner Claire à Rock Bass? Claire serait peut-être encore en vie. Seraient-elles plutôt toutes les deux mortes?

Sa Seigneurie: Vous avez lu la déposition, maître Waller?

Me Waller: Le procureur de la Couronne, maître Fraser, m'a remis une copie du document ce matin, Votre Seigneurie. Je ne l'avais encore jamais vu, de la même façon que je n'ai pas été mis au courant de l'existence de Marjorie Nolan comme témoin avant la semaine dernière...

Sa Seigneurie: Nous avons déjà disposé de cette question, maître Waller.

Me Waller. Le gentil perdant à la robe de soie chatoyante. Le défenseur de Rick.

Me Waller: Votre Seigneurie, la question de savoir s'il est convenable de cacher un témoin...

Sa Seigneurie: Qu'avez-vous à dire à ce sujet, maître Fraser?

Me Fraser: Votre Seigneurie, la question du bien-fondé ne se pose pas parce que le témoignage de Marjorie Nolan n'a pas été exonératoire.

Me Waller: Respectueusement, Votre Seigneurie, on a affaire à des effets cumulatifs potentiellement nuisibles risquant d'entraîner l'annulation du procès...

Sa Seigneurie: Il m'appartiendra d'en juger, maître Waller.

Me Waller: Oui, Votre Seigneurie, mais par souci d'éviter une procédure d'appel coûteuse...

Sa Seigneurie: À mes yeux, la Couronne n'a pas enfreint les règles de divulgation de la preuve.

Me Waller: Pas la lettre, Votre Seigneurie, mais peut-être l'esprit.

Sa Seigneurie: Messieurs, nous allons nous passer de vos services pendant quelques minutes.

(Les jurés se retirent.)

Suivent de nombreuses pages de débats juridiques. De part et d'autre, on invoque la jurisprudence, faisant étalage d'une virtuosité digne d'un jeu-questionnaire. L'inspecteur Bradley a en main la déposition recueillie en classe auprès de Grace Novotny après trois heures. La défense tient à faire déclarer cette déposition irrecevable. La Couronne affirme pour sa part que la déposition va dans le même sens que le témoignage de Marjorie Nolan et que, par conséquent, on devrait en faire lecture devant le tribunal. Tout cela parce que Grace Nolan n'est pas là pour témoigner en personne. Sa mère a quitté son père et a pris avec elle les enfants les plus jeunes. Personne ne sait où ils sont allés.

Ce n'est pas vraiment un témoignage. On dirait plutôt une série de citations collées bout à bout : les réponses qu'elle a données au policier et qu'il a scrupuleusement notées dans son calepin. Le juge décide d'autoriser l'inspecteur Bradley à faire lecture de la déposition, mais, eu égard aux inquiétudes de la défense, seulement s'il consulte ses notes et réintroduit les questions « et tous les autres détails » susceptibles d'avoir provoqué les réponses. On fait ensuite une courte pause, le temps que l'inspecteur Bradley révise ses notes et celles de l'agent Lonergan de même que, après coup, la prétendue déposition de Grace.

EN PRÉSENCE DU JURY

Même si l'inspecteur Bradley sera assermenté avant de faire lecture de la déposition de Grace, le jury ne devra pas traiter les propos de Grace comme une déposition faite sous serment. Le juge invite les jurés à se livrer à une gymnastique mentale : écouter et pondérer, mais pas trop.

INSPECTEUR THOMAS BRADLEY, assermenté

Me FRASER : Inspecteur Bradley, vous êtes membre du Bureau des enquêtes criminelles de la Police provinciale de l'Ontario?
R. Oui, monsieur.

À cause du visage de l'inspecteur, Madeleine avait eu le sentiment de mentir dès l'instant où elle était entrée dans la classe. Peu importe ce qu'elle lui aurait dit, elle se serait sentie coupable. Il a tout de suite vu qu'elle mentait. Pourquoi n'a-t-il pas percé Marjorie à jour? Et Grace?

```
Q. Inspecteur Bradley, auriez-vous l'obligeance
de nous faire lecture de la transcription de
votre interrogatoire de Grace Novotny?
R. J'ai dit: «Tu connaissais Claire McCarroll,
n'est-ce pas?»
À ces mots, le sujet a manifesté des signes de
détresse. Elle s'est mise à se balancer et à gé-
mir de façon audible.
```

Les yeux de Grace qui roulent dans leur orbite, son visage qui se chiffonne…

```
Je lui ai demandé: «Tu as joué avec Claire, mer-
credi dernier?» Sur ce, l'enfant s'est mise à
pleurer et à vagir,
```

… mélopée propre à Grace qui montait de sa gorge ou d'un endroit encore plus profond, jusqu'à ce qu'on ne puisse plus en déceler l'origine, montait progressivement comme une sirène d'alerte aérienne.

```
je lui ai donc tendu un mouchoir de papier et
j'ai tenté de la calmer.
```

Personne ne réussissait à calmer Grace.

```
Je lui ai demandé si elle avait vu Claire ce jour-
là dans la cour d'école et l'enfant a fait signe
que oui. Je lui ai demandé si elle avait parlé à
Claire et elle a haussé les épaules. Je lui ai de-
mandé si Claire lui avait parlé et elle a répondu:
«Oui.» Je lui ai demandé ce que Claire lui avait
dit, et l'enfant a répondu: «Elle m'a demandé si
je voulais aller à Rock Bass.»
```

Réponse que lui avait probablement soufflée Marjorie.

```
Je lui ai demandé ce qu'elle avait répondu à
Claire et l'enfant a dit: «Je ne voulais pas aller
à Rock Bass.» Je lui ai demandé: «Claire t'a dit
qu'elle allait à Rock Bass avec quelqu'un?»
L'enfant a répondu: «Ouais, Ricky.»
```

Madeleine entend la voix monocorde et lente de l'inspecteur Bradley, qui se marie parfaitement à la page dactylographiée. Mais Grace est là, elle aussi, derrière la page. Madeleine l'entend et la voit — les nattes en broussaille, le sourire vague, les lèvres gercées. Elle la sent — vieille pisse et colle Elmer's.

> «Ricky t'a-t-il déjà touchée comme si tu étais sa petite amie?» Elle a répondu: «Ouais, des fois nous faisons des exercices.»

Voilà donc ce qui est arrivé à Ricky Froelich — Madeleine sent ses entrailles se liquéfier — Marjorie et Grace. Et M. March, et Jack McCarthy. Comment ces deux-là avaient-ils pu finir du même côté?

> «Des flexions du dos. Il aime qu'on le serre», a-t-elle dit.

Qu'a-t-on expurgé de la «déposition» rassemblée par l'inspecteur Bradley? Par quelles pierres de gué détournées a-t-il réussi à faire passer Grace, tant bien que mal, de l'autre côté du ruisseau? Madeleine sait bien que Grace ne s'est pas rendue là toute seule.

> Je lui ai demandé: «Qu'on lui serre quoi?» Elle a répondu: «Son muscle. Il parle de son muscle, mais c'est son machin.»

Grace avait eu le courage de prononcer les mots. La vérité détachée de ses amarres, mais la vérité malgré tout. Comment ne s'était-il trouvé personne pour l'entendre? Sur quel ton aurait-elle dû crier?

> «Il y a autre chose à propos de Ricky, dit Grace. Il étrangle.»

Et c'était terminé.

> Je lui ai demandé: «Tu as parlé à quelqu'un des choses que Ricky te fait?» Elle a répondu: «Marjorie.»

Elles étaient tout l'une pour l'autre.

> L'enfant a ensuite fait la déclaration suivante: «Il m'a donné un œuf.» «Quand?» ai-je demandé.

```
«Ce jour-là», a-t-elle répondu. «Quel genre
d'œuf? Un œuf dur?» «Non, a-t-elle répondu. Un
œuf bleu.»
```

Madeleine se souvient de respirer.

```
«C'est-à-dire?» ai-je demandé. «Un œuf spé-
cial», a-t-elle répondu. «Un œuf de Pâques?» ai-
je dit. L'enfant a fait signe que oui, puis elle
a ajouté: «Il a dit qu'il savait où en trouver
d'autres.»
```

Un *œuf de merle,* pas un œuf de Pâques. Voilà ce qu'entend un enfant par «œuf bleu». Pourquoi Bradley n'était-il pas au courant? Pourquoi ne pas avoir posé la question à quelqu'un de compétent — un autre enfant? Pourquoi ne pas avoir posé la question à Madeleine?

Mais c'était la période de Pâques. Il y avait des dessins de Pâques sur les murs de la salle de classe où l'interrogatoire a eu lieu. Hypothèse bien naturelle de sa part...

```
«Un œuf en chocolat?» ai-je demandé. Elle a ré-
pondu: «Oui.»
```

Encore une fois, une version de la vérité. Il suffisait de soulever un chapeau de Pâques pour que M. March se mette à distribuer des œufs en chocolat. *Coquille bleue dans l'herbe.* «Je sais où il y a un nid.» Voilà tout ce qu'il fallait dire, et Claire aurait suivi n'importe qui — à en croire Marjorie, c'est d'ailleurs ce qu'avait dit Ricky. Peut-être quelqu'un l'avait-il effectivement dit. Marjorie l'avait-elle entendu? Grace?

Madeleine grimace face à la page. Dans la cour d'école, Claire avait seulement dit qu'elle allait chercher un nid. Sans préciser qu'il s'agissait d'un nid de merle. Et pourtant, c'était bien un fragment de coquille bleue que Madeleine avait trouvé dans l'herbe... Pourquoi Grace aurait-elle parlé d'un œuf bleu à propos de ce jour-là? *Madeleine se penche pour ramasser le fragment bleu pâle.* Venait-il de l'œuf de Claire? S'en était-on servi pour l'attirer? Comment Grace aurait-elle pu être au courant? Doux Jésus... qu'avait donc vu la petite?

Un frisson lui parcourt l'échine et pique ses yeux, qui ont commencé à couler, sort entre ses lèvres, et elle avale de grandes lampées d'air. Elle revient, au début du volume IV, à l'index des pièces à conviction — parce que le dessin de Grace était lui aussi sur le mur de la salle de classe, ce jour-là — le lendemain du jour où Claire a été assassinée. Le dessin sur lequel elle s'était penchée et qu'elle avait colorié si amoureusement, Madeleine l'avait vu, décoré de son étoile dorée, occupant la place d'honneur au milieu des lapins croches et des œufs de couleurs vives — le magnifique dessin que Grace avait fait ce jour-là de ses mains recouvertes d'un bandage sale, brillant, généreux — une pluie de papillons jaunes.

PIÈCE À CONVICTION Nº 49: Une petite culotte en coton à motifs de papillons de nuit jaunes.

Pas des papillons de nuit. Des papillons tout court. Seul un adulte y aurait vu des papillons de nuit. *Oh Grace. Qu'as-tu vu?* Les larmes de Madeleine hâteront la détérioration des documents d'archive. *C'étaient des papillons jaunes.* Pourquoi personne n'a-t-il posé la question? Et c'était Moïse dans les quenouilles, pas dans les roseaux, parce que Marjorie était là, elle aussi, dans le pré derrière Rock Bass. Les deux enfants ont été témoins de ce qu'il a fait à Claire avant de couvrir son corps de ce que les adultes appellent des roseaux et de fleurs mauves. Les deux petites filles l'ont vu poser la culotte de Claire sur son visage, bleu par la suffocation, oh mon Dieu. Qu'est-il arrivé aux enfants? *Qu'arrive-t-il aux enfants?*

Madeleine pose sa tête sur la table, à l'abri des boîtes.

Au condo, à Ottawa, Mimi sort les pilules du compartiment marqué «Jeudi après-midi». Lorsqu'un être cher ou vous-même avez besoin d'autant de médicaments, pas moyen d'oublier le jour de la semaine.

Elle remplit un verre et admire le coucher de soleil par la fenêtre au-dessus de l'évier. Elle a cinquante-huit ans. En parfaite santé, elle vivra probablement des années encore, malgré sa manie de fumer. Elle ne veut pas partir en croisière avec un gentil monsieur dont elle fera la connaissance d'ici quelques années. Elle veut y aller avec son mari.

Elle pose le verre et une petite poignée de pilules sur la table à côté de son masque à oxygène. Il ne bronche pas. Elle éteint la télé, il ouvre les yeux.

— Qu?... Je reposais mes paupières, c'est tout, dit-il en lui décochant un clin d'œil.

Les femmes vivent plus vieilles que les hommes. Mimi savait que son travail d'aujourd'hui ferait un jour partie de ses attributions, mais elle ne s'attendait pas à ce que ça arrive si tôt. L'autre jour, elle a reçu une carte postale d'Elaine Ridelle. Steve et elle ont pris leur retraite à Victoria, sur la côte ouest, où ils jouent encore au golf. L'été dernier, ils ont fait une croisière en Alaska. Elaine souffre de diabète, mais, comme Steve est médecin, *je suis devenue son passe-temps!*

À cause des médicaments, Jack a les yeux larmoyants. Il lance les pilules dans sa bouche comme des arachides, prend une gorgée d'eau — quand il avale, ses sourcils se soulèvent et ses yeux s'arrondissent, comme ceux d'un enfant.

— *Merci*,* dit-il.

Je t'aime, Jack*.

De l'or chaud entre à flots par les portes panoramiques. Tu te souviens des soirées de printemps sur la place à Baden-Baden? des pavés et des roses, du murmure de la fontaine? Les enfants, toi et moi, nous nous mettions sur notre trente-six pour aller voir comment vivaient les riches, mais c'est nous qu'on finissait par regarder. Où en sommes-nous, maintenant?

Jack s'empare de la télécommande et met les actualités.

Olivia attend devant la porte de Madeleine.

À côté d'elle, un chien trapu, au pelage ras orange, avec une tête comme un casque de soldat allemand de la Deuxième Guerre mondiale, halète au bout de sa laisse.

— C'est à qui, ce chien?

— À moi, mais je pars ce soir.

— Je pensais que tu partais seulement demain. Je devais te conduire à l'aéroport. Je peux encore le faire. Ne bouge pas, je…

— Pas la peine. J'ai déjà appelé un taxi.

— Tu n'as qu'à le décommander, je…

— Non, non, assieds-toi.

— À qui tu parles? À moi ou au chien?

Olivia éclate de rire et lui prend la main, l'oblige à s'asseoir à côté d'elle sur la marche.

— Je te présente Winnie.

Winnie sort à peine de la Société protectrice des animaux.

— C'est un pit-bull, dit Madeleine.

— Winifred est un Staffordshire-terrier américain.

— Autrement dit, un pit-bull.

— Si on veut, oui.

Olivia l'embrasse.

— *Je t'aime*.*

Le baiser d'Olivia lui fait l'effet d'une jauge électrique : Madeleine constate que, contre toute attente, elle est en parfait état de fonctionnement.

— Dans ce cas, reste et dîne avec moi. Nous ferons griller des saucisses sur le réchaud à gaz, je vais ouvrir une bouteille de Manischewitz et nous allons jouer à la bête à deux dos. Qu'est-ce que tu en dis ?

— Impossible. On me subventionne pour ce voyage.

— Tu n'as qu'à rendre l'argent.

— J'ai envie d'y aller.

Madeleine caresse la tête du chien et est assaillie par une langue aux proportions bovines. Elle baisse les yeux, parle aux marches.

— Pourquoi adopter une chienne si c'est pour t'en débarrasser tout de suite après ?

— Je ne m'en débarrasse pas. Je te la confie.

— Tu veux que je m'occupe d'elle pendant trois mois ?

— Mais non, c'est elle qui va veiller sur toi.

Madeleine regarde la chienne et la chienne lui rend son sourire — gueule charnue remplie de dents de requin, près de trois cents kilos de pression qui n'attendent que de s'exercer.

— Elle adore les enfants.

— Je n'ai pas d'enfants.

Olivia sourit, hausse les sourcils d'une manière qui rappelle quelqu'un à Madeleine.

— Qu'est-ce qu'elle mange ? Des policiers ? Des revendeurs de drogues ?

— Il fallait que je l'adopte. Elle attendait depuis six mois.

— Vraiment ? Pourquoi ?

— Personne ne voulait d'elle. Ce n'est plus un chiot. En plus, c'est un pit-bull.

— Un vrai chaton.

Olivia sourit.

— Je sais.

Elle pose la laisse dans la main de Madeleine, l'embrasse et monte dans le taxi qui l'attend.

Au condo, à Ottawa, Mimi dit :
— Tu veux du thé chaud, Jack ?
Elle éteint la télé.

Madeleine et Winifred regardent le taxi disparaître au bout de la rue. Sur le point de se lever, Madeleine remarque un sac à cordonnet sur la marche. Dedans, il y a deux bols, un échantillon de pâtée et une grosse bougie rouge avec un mot roulé en parchemin. Elle glisse le mot dans sa poche pour le lire plus tard et entre avec la chienne. Elle a le sentiment d'être une enfant de l'univers. Au milieu du salon vide, elle trouve son verre, incrusté de rouge au fond, à l'endroit où elle l'a laissé sur le tapis, à côté du téléphone. Il amplifie le clignotement rouge du répondeur. Faisant fi de la lumière, elle remplit un bol d'eau et l'autre de pâtée. La chienne lape son eau avec un abandon de débauchée, produisant force éclaboussures de joie, puis dévore son repas en poussant une série de grognements satisfaits d'asthmatique. Plus porcine que canine.

— C'était bon?

La chienne incline sa tête massive, aux aguets, les oreilles retroussées, le front plissé, pantelante.

— Il y a des alligators dans ta famille, hein, Winnie? dit Madeleine en la grattant derrière l'oreille, où elle sent, sous le pelage épais du cou, les muscles d'acier. Tu es à moitié alligator toi-même, pas vrai?

Elles jouent à la lutte à la corde avec la seule serviette qui reste dans la salle de bains, les grognements de Winnie affectant une méchanceté lubrique de circonstance. Madeleine la pourchasse dans l'appartement désert, Winnie s'aplatit sur le parquet, mord l'air en poussant, pour la frime, des jappements aigus, bondit de frayeur ravie quand Madeleine surgit d'un placard ou d'un coin dérobé en criant:

— Je vais t'attraper, tu ferais mieux de courir. Cours, cours, cours, cours!

Jusqu'à ce qu'elles soient toutes les deux épuisées. Ça, c'est de la thérapie.

Winnie file tout droit vers le tapis et se laisse choir comme seuls les chiens savent le faire, eux qui s'abandonnent aux forces de la gravité comme si un projectile les avait frappés de plein fouet. Elle renverse le verre à vin, qui se casse contre le répondeur clignotant. Madeleine l'éloigne des éclats de verre, nettoie et, machinalement, rembobine le ruban et fait jouer les messages. Neuf de Shelly, cinq d'Olivia, quelques-uns de Tony. Trahissant un état d'urgence grandissant, ils ont un thème commun: où es-tu? Où es-tu, bordel? Ça va?

C'est aujourd'hui jeudi.

Merde, Batman!

L'énormité de l'omission — le jeudi d'après trois heures! — est presque grisante. Comme une injection de vitamines B. Elle saura se faire pardonner. En plein chaos, ils l'ont sans doute exclue de l'enregistrement du vendredi, mais, en plein chaos, elle se taillera une place au sein de l'émission. Déjà, elle se sent débordante de générosité, prête à accourir avec une pleine besace de gags brefs dont elle abreuvera ses collègues.

— L'heure est grave, dit-elle à la chienne, très grave.

Winnie incline la tête.

— Pas toi. Toi, tu es gentille. C'est moi. Méchante, méchante Madeleine.

Elle pose la main sur le téléphone. Le plus difficile en premier. Shelly.

— Sapristi saucisse, dit-elle à Winnie en posant le combiné contre son oreille, sur le point de faire le numéro.

La ligne est morte. Pas morte, il y a quelqu'un à l'autre bout du fil…

— Allô? Allô, Olivia?

— *Oui, allô*?*

— Ah, bonjour, maman. Le téléphone n'a même pas sonné.

Elle rit.

— Nous sommes unies par un lien psychique.

Si la chose ne paraissait pas si absurde, elle jurerait qu'elle a pardonné à sa mère la journée d'hier — pourquoi suis-je si heureuse, tout d'un coup? *Ton petit secret honteux : tu es douée pour le bonheur.*

— Maman?

À l'autre bout de la ligne, un silence à l'égal de ceux de son père. Puis maman dit :

— Ton papa est parti.

Et sa voix se brise.

Les lèvres de Madeleine s'entrouvrent. Elle se penche vers l'avant, lentement, et appuie son front contre son genou. Voilà donc ce qu'on sent quand ça arrive. Elle coince le répondeur contre son oreille pendant que sa mère pleure.

Ton papa, ton papa…

Jack McCarthy *MORT DES SUITES DE BLESSURES*

COMME LE MONDE EST PETIT

Quand un père ou une mère meurt, c'est une planète qui disparaît, et le ciel nocturne ne sera plus jamais le même. Peu importe l'âge qu'on a. Quand les deux sont partis, c'est comme si on se trouvait à jamais privé d'un toit — bouclier invisible, première ligne de défense entre soi et la mortalité, évanouis.

Le soulagement qu'a éprouvé Madeleine à la vue de sa mère l'a prise par surprise. Il lui tardait de se faire gourmander pour son choix de vêtements, de se faire dire sans ménagement qu'elle était trop maigre, mais Mimi perdait tous ses moyens. Pas en présence des amis, du prêtre ni des parents qui avaient commencé à affluer. Seulement avec Madeleine. Pour de nombreuses raisons — parce que Madeleine fait partie de Jack, partie de son fils, partie d'elle, parce que *« tu es ma fille* »*, quoi qu'il arrive, et que seule une fille peut savoir. Longs sanglots rauques, chagrin qui fait couler le maquillage. Pour Madeleine, la vue de larmes ruisselant entre les doigts de sa mère, dégoulinant sur ses mains — bien préservées, mais vieillies, le vernis à ongles un peu plus sévère —, a été l'épreuve la plus difficile. Quelque chose de surprenant se produisait cependant. Elle avait toujours craint de s'effondrer à la mort de son père, mais elle se découvrait une réserve d'endurance émotive insoupçonnée. Involontaire, innée, à la manière du réflexe de téter, de marcher, de courir — le propre des mammifères. Rester souple malgré le poids de sa mère qui s'accroche à elle pour pleurer, ne pas perdre patience quand sa mère lui dicte la façon de faire bouillir de l'eau, savoir quand lui faire couler un bain chaud, trouver le courage de dire :

— Et ses vêtements ?

Tandis que, à l'intérieur d'elle, un robinet coulait à flots, donnait libre cours à un chagrin prodigue — comment une telle force et une telle tristesse pouvaient-elles cohabiter ? *Mon papa est mort.*

— Tu as choisi les fleurs, maman ?

Son fauteuil vide, les journaux dans la boîte bleue à l'entrée.

— Choisis-les, Madeleine.

Sa télécommande, ses chaussures au cou-de-pied fripé, ses pantoufles, son nom sur les enveloppes empilées sur la table du vestibule. *Où est mon papa ?* Elle a choisi des marguerites.

— *Qu'est-ce que c'est que ça* * ? avait demandé Mimi quand Madeleine était ressortie chercher sa valise et la chienne dans la voiture.

— *C'est une chienne* *.

Winnie fonçait vers la porte, et Madeleine s'agrippait tant bien que mal à la laisse.

— Ce n'est pas à toi ? avait dit Mimi.

— Non, elle appartient à une amie.

— Tu ne vas pas laisser entrer cette chose ?

— Où veux-tu qu'elle dorme?

— Dorme?

À propos des chiens, Mimi ne dérogeait pas à une conception héritée de la Grande Dépression, selon laquelle, à moins qu'elles ne rapportent de quoi les nourrir, ces bêtes ne valaient pas mieux que la vermine et, de toute façon, n'avaient pas leur place à l'intérieur. Après quelques secondes seulement, Mimi posait des chaises de cuisine à l'envers sur le canapé et le fauteuil — *« Aide-moi, Madeleine* »* — pour empêcher l'animal crasseux de salir les meubles.

— Elle n'est pas crasseuse. Je lui ai donné un bain.

— C'est une chienne, avait dit Mimi, occupée à barricader la causeuse. Bon, elle peut venir dans le salon, maintenant.

— Winnie! avait crié Madeleine.

Puis, panique.

— Maman, tu n'as pas fermé la porte du garage!

Elle allait sortir quand un hurlement l'avait fait revenir vers la chambre principale. À la porte, Mimi restait pétrifiée. Sur le dos, Winnie dormait en plein milieu de la couette blanche.

— Enlève-la, Madeleine.

— Ouste, Winnie. Ouste, ouste, grouille-toi, allons. Sois gentille, pousse-toi.

En guise de réponse, la chienne avait roulé sur le côté en grognant. Babines retroussées. Grondement baveux.

Madeleine avait eu un mouvement de recul.

Les mains sur les hanches, Mimi avait haussé le sourcil et ordonné :

— *Bouge-toi* !

Winnie était descendue du lit et s'était plantée devant Mimi en agitant la queue, un grand sourire charnu peint sur le visage.

Madeleine a envoyé sa mère promener la chienne.

— Je refuse de sortir promener cette chose.

— Ce n'est pas une chose, maman. C'est une créature sensible. D'ailleurs, elle t'adore.

Mimi lance un regard furibond au chien.

— Moi, en tout cas, je ne l'aime pas. *Regarde-moi pas, toi* *.

Elle avait entendu la porte se refermer et s'était mise au travail. Rapidement, elle avait emballé le plus de vêtements possible pour la société Saint-Vincent-de-Paul afin d'éviter cette corvée à sa mère. Elle avait réglé le cas de tous les habits suspendus et avait entrepris la tablette de la penderie quand un vieux pull à col en V avait un moment eu raison de sa résolution. Le visage enfoui dans la laine, elle avait respiré son odeur. Après être tombée sur son vieil uniforme dans une housse carrée, elle avait posé une manche contre sa joue et fermé les yeux — odeur de naphtaline et de laine, le tissu rugueux et viril rappelant une barbe d'après-midi. Elle avait laissé ses doigts parcourir le devant du veston, les boutons en laiton avec des ailes en relief.

Elle avait perdu la notion du temps, plié, trié, pleuré, jusqu'au moment où elle avait entendu la porte — le cliquetis de la laisse, le cliquetis des griffes de Winnie sur le parquet, celui des talons hauts de sa mère. Elle avait entendu sa mère se récrier :

— *Non,* file, *va-t'en.* Je n'accepte pas de baiser de la part *des chiens**.

En sortant de la chambre, Madeleine avait surpris sa mère qui donnait à la chienne un morceau de poulet barbecue.

— Pas les os, maman.

— Je n'allais pas lui donner… je… De toute façon, la viande n'est plus bonne.

— Ne lui donne pas de la viande pourrie !

— Pourrie ? Elle est fraîche d'aujourd'hui.

Le mouvement d'impatience involontaire de Madeleine s'était transformé, avait pris une tournure familière, sans que sa mère y soit pour rien. C'était… de l'amusement. Elle avait souri.

La table était méticuleusement mise pour une seule personne. Pour Madeleine. Elle s'était assise devant un sandwich au poulet.

— Qu'est-ce que tu vas faire de l'uniforme de papa ?

— Il était destiné à ton frère, avait répondu Mimi en se détournant.

Madeleine avait laissé tomber et s'était emparée du journal.

La grosse tante Yvonne était arrivée par avion en compagnie de la minuscule et antique tante Domithilde, la bonne sœur de la famille. Ensemble, elles avaient de quoi occuper confortablement deux sièges d'avion, l'accoudoir relevé. Malgré tout, tante Yvonne, martyre de la sciatique, avait le dos en compote, les pieds *totalement** fichus. Elle avait apporté une douzaine de homards sur la neige carbonique et un sac rempli de pantoufles en Phentex à des stades variés d'avancement. Tante Domithilde s'était mise aux fourneaux presque immédiatement. Les frères de Mimi et leurs femmes avaient formé un convoi de Cadillac et de Continental pour faire le voyage. À l'exception des deux tantes, tout le monde avait été casé à l'Econo Lodge du bout de la rue, exploit logistique qui avait obligé Madeleine à passer des heures au téléphone.

— Qu'est-ce que cette chose fait dans la maison ? avait demandé tante Yvonne.

— Ce n'est pas une chose, avait répondu Mimi. Elle s'appelle Winnie.

Jocelyne était arrivée avec son mari et ses deux enfants.

— Nous adorons ton émission, Madeleine.

Shelly, Tony, Linda, Tommy et Ilsa étaient venus de Toronto. Ils avaient passé la nuit debout dans la cuisine à bavarder avec la famille. Le premier soir, ils avaient été initiés au *deux-cents** par les oncles ; le deuxième, ils avaient déjà commencé à tricher. Yvonne, venue avec son accordéon, avait intimé à Madeleine l'ordre de l'accompagner pendant qu'elle chantait *Swing la bottine !* en l'honneur de ti-Jack. Shelly avait observé la scène avec intérêt — Madeleine avait vu les rouages de son cerveau se mettre en branle.

— Tu ne cesses donc jamais de travailler ? avait demandé sèchement Madeleine en la resservant de thé corsé au rhum.

— J'ai reçu les sous, chérie. Le réseau est dans le coup.

Le réseau américain qui avait retenu les droits sur le projet pilote de *Madeleine folle à lier*.

— Ah bon ? avait répondu Madeleine. Qui va l'écrire ?

— Pourquoi tu ne m'as jamais dit que tu étais à moitié française ?

— Pas française. Acadienne.

— Raconte-moi.

— *C'est assez**.

Nina avait envoyé une carte et des fleurs. Madeleine avait laissé sur son répondeur un message d'une concision brutale pour annuler son rendez-vous. Olivia avait téléphoné. Sentant par voie télépathique que quelque chose n'allait pas, elle avait, incapable de joindre Madeleine à Toronto, obtenu le numéro à Ottawa. Elle s'était présentée à Mimi au téléphone et elles avaient bavardé en français pendant vingt minutes avant qu'Olivia ne précise qu'elle appelait de Managua. Mimi avait eu le souffle coupé — à la pensée non pas du péril politique, mais plutôt des frais d'interurbain.

— *Madeleine, viens au téléphone, vite, vite**.

Tommy avait remis à Mimi un mot de ses parents — les McCarthy et les Czerniatewicz ne s'étaient jamais rencontrés en personne.

— Comme c'est gentil, avait dit Mimi en décachetant l'enveloppe.

« Le Tout-Puissant vous réconfortera parmi tous ceux qui portent le deuil de Sion et de Jérusalem. Sincères condoléances, Stan et Lydia. »

Consterné, Tommy avait imputé à Madeleine la responsabilité de la gaffe.

— Tu n'as pas changé, avait dit Mimi en pinçant l'oreille de Tommy. Toujours aussi impertinent.

Les veillées funèbres et les funérailles sont d'abord et avant tout une affaire de bonne société, surtout lorsque l'être cher est mort de « cause naturelle » et était à tout le moins adulte. Bruit, amour, nourriture, tintement des tasses et des soucoupes — digue trouée de place en place pour laisser filtrer petit à petit des accès de chagrin tolérables. Pendant trois jours, le condo s'était transformé en gare centrale. Madeleine avait trouvé refuge dans l'exploitation de la cafetière louée et occupait le reste de son temps à faire circuler des petits gâteaux au milieu du flot de parents, d'amis, de voisins et de collègues.

Fran : Nous suivons ta brillante carrière, ma chérie.

Doris : Quand pars-tu pour les États-Unis ?

Phyllis : Surtout, prends ton temps avant de te marier.

Doris : Voyons, Phyllis, elle est gay.

Tante Yvonne : Ça n'a pas changé, ça ? Tss, tss, tss.

Tante Domithilde, toute plissée : Ne laisse pas les salauds t'avoir, *ma p'tite**.

Fran : Dans mon temps, nous n'avions pas le luxe d'être gay, ma chérie. À l'époque, personne n'avait de mode de vie. Continue de faire ce que tu fais. Tu es parfaite.

Des étreintes et encore des étreintes, des baisers de grosses dames qui font penser à des petits pains tout juste sortis du four. La lesbienne du bureau de Mimi était venue avec sa « partenaire » — mot auquel Madeleine ne s'habituera jamais.

— Nous adorons votre émission.

Le prêtre, le facteur, la dame de la banque de Mimi, la Ligue des femmes catholiques au grand complet et la moitié de la ville d'Ottawa étaient venus présenter leurs hommages. Heureusement, c'était le mois de juin, et les invités allaient et venaient par les portes panoramiques. Des hommes gentils en costume d'été léger fleurant bon le coton propre, le cigare et les produits capillaires virils. Des poignées de main chaleureuses et fermes. D'anciens pilotes de chasse et des cadres à la retraite. Jack aurait été au paradis.

Deuxième soirée dans la salle B du salon funéraire Hartley et Finch. Les Ridelle, les Boucher, les Woodley et d'autres connaissances des affectations de naguère ont envoyé des fleurs. Jusqu'à Hans et Brigitte qui ont écrit d'Allemagne — l'ancienne baby-sitter de Madeleine, Gabrielle, a aujourd'hui cinq enfants. Madeleine évite le cercueil à demi ouvert qui repose au fond de la pièce bondée, mais silencieuse, entre deux bouquets de marguerites ; les fleurs contrastent on ne peut plus vivement avec la morose musique de fond jouée à un niveau subliminal agaçant — obscure mixture d'orgue à la sauce interconfessionnelle. De quel droit ? Pendant un moment, elle songe à aller trouver un de ces bonshommes à la mine patibulaire qui ne se considèrent plus comme des croque-morts pour lui ordonner de faire jouer les Stones à la place. Cette musique, le maquillage cireux de son père, ses mains croisées en prière — pour qui le prend-on ? Tout cela n'a rien à voir avec lui. À l'exception de sa casquette posée sur la portion fermée du cercueil. Comme une feuille de figuier, se dit-elle. Puis elle se rend compte que, malgré son chagrin, elle est toujours dans le cocon du choc.

En se retournant, elle se retrouve face à la galerie de photos — organisée autour d'un portrait encadré de Jack à l'époque où il était élève-officier. Invraisemblablement jeune avec son uniforme et son calot, l'œil gauche brillant, sans une égratignure. Mimi et elle avaient passé un après-midi à arranger les photos sur un bristol grand format, aujourd'hui posé sur un chevalet. Photo de noces, photo de la famille en pique-nique dans la Forêt-Noire… Elles avaient fait tirer quelques diapositives en photos. Tous les quatre au pied de la tour Eiffel, Mike et elle dans les vagues de la Côte d'Azur… *c'est le jour où tu t'es perdue, tu te souviens ?* En regardant la photo, elle entend presque le bourdonnement du projecteur dans l'obscurité. *Tant de souvenirs.* Il y a la photo de Jack et d'elle devant la statue du Joueur de flûte à Hamelin. Une ombre empiète sur la jambe du pantalon de son père et la jupe de sa robe — une tête et des coudes levés en silhouette. Oncle Simon. C'est Mimi qui a choisi la photo, et Madeleine s'est demandé si elle se rappelait qui l'avait prise. Hier, tandis qu'elle faisait un peu de ménage entre deux assauts de visiteurs, elle avait trouvé une carte dans la poubelle. Elle l'avait repêchée, certaine que sa mère l'avait jetée par accident. Dessus, une reproduction à l'ancienne, teintes pastel, d'un jardin de campagne anglais — chaumière paisible étouffant sous les rosiers. À l'intérieur, un mot écrit d'une main propre, efficace :

« *Chère madame McCarthy,*

De toutes mes années d'amitié avec Jack, je ne conserve qu'un seul regret — celui de ne vous avoir jamais rencontrée. Ce que Jack m'a dit de vous m'a toutefois permis de conclure qu'il avait effectivement beaucoup de chance. Incapable d'apprécier la lourdeur de votre perte, je me contenterai de dire que je suis désolé, dans l'espoir que vous accepterez ce modeste gage de l'estime que j'avais et que je garderai toujours pour votre mari. Jack était un homme bien. Un homme de la plus haute trempe.

J'ai appris son décès par l'entremise de votre quotidien national, auquel je suis abonné (maintenant que je suis à la retraite, j'ai bien peur de lire plus que mon content de quotidiens. Certains diront que le Times of India dépasse un peu les bornes, mais j'ai — ou plutôt j'avais — des amis dans de si nombreuses régions du monde que les rubriques nécrologiques des journaux internationaux sont devenues pour moi le moyen de faire le bilan de mes deuils).

L'invitation vous paraîtra peut-être incongrue de la part d'un homme que vous n'avez jamais rencontré, mais je vous la transmets du fond du cœur : si, d'aventure, vous vous trouvez en Angleterre, faites-moi signe, je vous en prie. Je vis dans un des derniers coins préservés de ce qu'on appelait autrefois la campagne anglaise, et je connais par son petit nom le moindre oiseau, la moindre plante. Je serais ravi de vous faire voir « mon coin de pays ». Avec l'âge, on se rend compte que les meilleurs amis sont aussi les plus anciens. Et, compte tenu de l'amitié précieuse qui me liait à votre mari, je ne peux m'empêcher de penser à vous comme à une amie.

Saluez de ma part la « Deutsches Mädchen ». De loin en loin, je reçois des échos de sa brillante carrière, grâce à l'horrible antenne parabolique que j'ai dissimulée de mon mieux derrière ma chaumière.

Votre tout dévoué,
Simon Crawford »

Il y avait une adresse de retour dans le Shropshire. Après un moment d'hésitation, Madeleine l'avait déchirée.

Du coin de l'œil, elle aperçoit le curé de la paroisse s'avancer vers elle et elle se dirige vers la sortie la plus proche. Elle donnerait cher pour boire un coup. Si seulement Mike était là avec sa flasque — et, soudain, il y est. La photographie la coupe net dans son élan. Elle ne l'a encore jamais vue. Elle a droit à son propre cadre sur l'une des multiples tables de circonstance par ailleurs couvertes de fleurs et de cartes. Mike en uniforme. USMC. Les cheveux coupés en brosse hérissés sous la casquette. Lèvres fraîches, visage rond, yeux doux. Devant le portrait, une seule rose rouge. Elle tire d'autres mouchoirs de l'une des boîtes stratégiquement disposées à gauche et à droite, comme s'il s'agissait d'un immense cabinet de thérapeute.

Elle se mouche et lève les yeux à la mention de son nom. Une femme rondelette mais bien portante, avec des cheveux frisés et des taches de rousseur, se tient debout devant elle. Certaines personnes ne changent pas.

— Auriel?

Elles se jettent dans les bras l'une de l'autre avec une fougue d'enfants de dix ans. Auriel a reçu un coup de fil de sa mère, qui vit à Vancouver.

— Je suis désolée, Madeleine. Ton père était tellement gentil.

— Il est mort en regardant *All in the Family*. Au moins, il est mort en riant.

Auriel la libère, se mouche, sourit. Toujours la même, seulement en format proportionnellement plus grand. Les yeux toujours joyeux, mais posés désormais. Elle est peut-être infirmière, se dit Madeleine. Auriel a en plein le genre de visage qu'on souhaite voir lorsqu'on est branché à une intraveineuse. Elle porte un veston pastel sur une robe imprimée et un foulard de chiffon. La tête de l'emploi, en somme : mère de banlieue qui travaille, classe moyenne. Force vitale de la nation.

— Tu as l'air radieuse, dit Madeleine, intense.

— Et toi, réplique Auriel sur le même ton, tu es tellement mignonne à la télé. Je n'en crois pas mes yeux.

Elles rient en se prenant par la main.

Auriel a trois enfants et un mari prénommé Dave. Ils viennent tout juste d'être affectés à Ottawa — il travaille pour le Service correctionnel du Canada.

— Il est gardien de prison.

— Ah bon?

— Travailleur social, en quelque sorte.

Auriel a vécu une vie qui, du point de vue du déracinement et de l'esprit de corps — sans parler de la marginalité par rapport à la société dominante —, est en tous points conforme à celle que Madeleine et elle ont connue pendant leur enfance.

— Auriel? dit Mimi en se joignant à elles. *C'est pas possible**.

Elles s'embrassent.

— Bonjour, madame McCarthy.

Puis, tempérant le grand sourire qui lui vient d'instinct, elle ajoute :

— Je suis désolée pour monsieur McCarthy.

— Merci beaucoup, *chérie**.

Mimi est sur le point de les quitter quand un arrangement floral retient son attention.

— *Elles sont très belles**. Qui les a envoyées?

Des roses jaunes.

Madeleine se penche, lit la carte et cligne de l'œil.

— Christine.

— Ah bon.

— Je ne sais pas comment ça se fait qu'elle soit au courant. Je ne lui ai rien dit, s'empresse d'ajouter Madeleine.

— Je m'en suis chargée, fait sa mère en s'éloignant sur ses talons hauts pour aller saluer les nouveaux arrivants.

Madeleine est bouche bée.

— Elle a l'air en forme, dit Auriel.

— C'est la nicotine. Ça préserve.

Auriel l'observe un moment avant de demander :

— Comment vas-tu, Madeleine ?

Peut-être est-elle vraiment infirmière.

— Je crois que je suis en train de me payer une dépression nerveuse, mais uniquement parce que j'en ai les moyens.

— C'est vrai ?

— Non. Je suis fatiguée, c'est tout.

— Tu es avec... Christine ? fait-elle en jetant un coup d'œil du côté des roses.

Madeleine soupire.

— Plus maintenant. Nous nous sommes séparées en adultes responsables. Ça a été très laid.

— J'ai été navrée d'apprendre pour ton frère.

— Merci. Je ne voudrais surtout pas te sembler grossière, mais si on parlait de toi à la place ?

Auriel était infirmière — « Je le savais ! » — au centre médical de la Défense nationale d'Ottawa. C'est là qu'elle avait rencontré son mari. Des militaires et, à l'occasion, des détenus y étaient traités. Dave rendait visite à un de ses « pensionnaires » de l'établissement de Collins Bay, à Kingston.

— Richard Froelich a séjourné à Collins Bay, dit Madeleine.

À l'évocation d'un nom si intimement mêlé à leur passé, les deux femmes sombrent dans le silence.

Le monde est petit, se dit Madeleine, qui le regrette immédiatement. La vieille chanson sirupeuse, en effet, lui entre dans la tête, d'où elle ne repartira pas de sitôt. M. March et sa baguette — *It's a small world...*

Auriel hoche la tête.

— C'était avant l'époque de Dave, évidemment. Mais il connaissait le directeur.

Madeleine soutient le regard d'Auriel pendant un moment, puis demande :

— Il t'arrive de te demander qui a fait le coup?

— Tu veux que je te dise, Madeleine? Je ne me pose plus de questions. Je me contente de prier pour eux tous.

— Même pour Marjorie et Grace?

Le front d'Auriel se plisse.

— Pourquoi?

À la mention du nom des deux filles, les yeux de Madeleine se sont remplis de larmes, comme si c'étaient elles qu'elle pleurait aujourd'hui. Elle hausse les épaules.

— Quelquefois, je me demande… tu sais… ce qui leur est arrivé.

Auriel la regarde d'un air si sympathique que Madeleine est tentée de tout lui dire. Elle a lutté si fort pour dénicher et rassembler les bribes de l'histoire, en faire un tout, faire d'elle-même un tout. Elle doit maintenant vivre avec la vérité, l'information dissimulée en elle comme une bombe qui n'aurait pas explosé, un obus armé, vestige de la guerre. *J'ai salué.* Auriel la regarde. Auriel est ce qui se rapproche le plus de la sœur qu'elle n'a jamais eue. *Dis-lui.*

Sa bouche, cependant, refuse d'obtempérer. Elle a encore une fois l'impression de voir par l'entrebâillement d'une garde-robe sombre, mais, cette fois, elle a conscience de souffrir d'une vision télescopique. Signe avant-coureur de la migraine ou, chez Madeleine, d'une crise de panique. Détournant les yeux, elle fixe la casquette de son père.

— Margarine, dit Auriel sur un ton triste.

Madeleine sourit.

— Pauvre vieille Margarine.

— Ils ont déménagé en même temps que nous.

— Les Nolan? Où ça?

Elle-même se rend compte de trop en faire pour ne pas avoir l'air intéressé.

— Quelque part dans l'Ouest, je crois. Winnipeg.

— Ah bon?

— Non — mais pas loin. Tu sais bien, il y avait une base de l'aviation, dans un petit bled. On aurait dit un cornichon.

— Gimli?

— Voilà.

— Rien à voir avec un cornichon, dit Madeleine.

— Dans ce cas, comment tu as fait pour deviner?

Auriel rigole.

— J'ai vu son nom sur la liste d'un congrès d'infirmières, il y a environ cinq ans. Elle n'est pas venue. Elle est spécialisée en gériatrie.

— Ah bon.

Madeleine frissonne.

Auriel lui fait un petit sourire affligé.

— Ouais.

Elle ignore ce que Grace est devenue. Elles restent silencieuses pendant un moment.

— J'espère qu'il a réussi à vivre un semblant de vie, dit enfin Auriel.

— Qui ça ?

— Ricky. Il habite avec sa sœur. Comment s'appelait-elle, déjà ?

— ... Colleen.

Surtout, ne me dis pas où ils vivent.

— Elle faisait peur à voir, celle-là.

— Tu te souviens d'Elizabeth ? demande Madeleine.

— Oui, bien sûr. C'était une chouette famille, non ? C'est tellement triste. Je pense que personne ne l'a jamais cru coupable.

Sans avertissement, des larmes coulent sur les joues de Madeleine.

— Oh, Madeleine. Je suis vraiment désolée pour ton père.

Madeleine renifle.

— En fait, je pensais à Rex.

Elle s'essuie les yeux, se sent mieux — sortie du bois, en quelque sorte — quand elle entend Auriel dire :

— Ils ont changé de nom.

Et elle sait ce qu'elle souhaitait de tout cœur ne pas savoir. Leur nom. Comment les trouver.

La nuit après les funérailles, Madeleine, les yeux secs, insomniaque à force de chagrin, est allongée sur le lit escamotable de la salle de jeux de ses parents. Entourée de bibliothèques et de trophées — art oratoire pour elle, sport pour Mike — et de photos encadrées d'escadrons souriants d'hommes en uniforme. Si jeunes. Elle ne s'en était jamais rendu compte. Aujourd'hui, à l'église, elle n'a pas réussi à lire l'allocution qu'elle avait préparée. Elle avait composé un panégyrique fait de souvenirs — de choses que la confession de son père n'avait pas altérées. Elle l'avait écrit pour sa mère. Elle avait réussi à prononcer les premiers mots :

— Mon père était un homme bon.

Elle s'était effondrée. Puis, se ressaisissant, elle avait mis le discours de côté et, tant bien que mal, avait réussi à réciter « Haut vol », son poème préféré.

Après le service, le cimetière. Le bras de Madeleine est encore sensible à l'endroit où Mimi s'était accrochée à elle pendant qu'on descendait en terre le cercueil. Acajou rutilant. Excavation rectangulaire. Astroturf. Rien à voir avec Jack.

Malgré les ronflements apaisants de Winnie, qui dort sous les draps, et les ronronnements retentissants de la vieille tante Yvonne dans la chambre d'amis, la maison a l'air déserte. La vraie veillée funèbre, c'est le silence qui suit le départ des amis du défunt. La fin des voix éclatantes, de l'exubérance des invités qui gardaient Jack à la surface — il allait surgir d'un instant à l'autre. Après tout, c'est lui qu'on fêtait.

Madeleine entend sa mère vider le lave-vaisselle, en haut. Elle consulte le réveille-matin numérique. Trois heures du matin et des poussières. Le tintement de la vaisselle fait place au silence. Elle se lève et monte à pas feutrés.

— *Tu dors pas* ?*

Mimi feuillette un numéro de *Chatelaine* — «COMMENT DÉMÉNAGER SANS Y LAISSER SA PEAU», «DÎNERS DE SEMAINE PRÊTS EN QUINZE MINUTES». Elle porte sa robe de chambre molletonnée rose et ses pantoufles. Madeleine arbore un caleçon boxeur et un t-shirt sur lequel on lit «Joe's Collision».

Mimi met la bouilloire sur le feu et sort le jeu de Scrabble. Elles tirent chacune sept lettres de la vieille pochette Crown Royal. Baissant les yeux, Madeleine constate la présence, brouillée mais immanquable, d'un mot de sept lettres donnant droit à une bonification de cinquante points : LESBIEN. Elle soupire et écrit BLÉS.

— Tss, tss. Tu peux faire mieux.

Il y a quelque chose de différent, cette nuit, au-delà de l'absence incommensurable de son père. Une chose qu'on ne remarque que quand elle cesse — comme le ronron du réfrigérateur. Madeleine regarde les longs ongles effilés de sa mère glisser deux lettres dans les interstices entre trois mots.

— «Aa»? Veux-tu bien me dire ce que signifie «aa»?

— Coulée de lave à Hawaii.

Pour vingt-sept points. Elles jouent toujours en anglais — moyen commode de handicaper Mimi et d'égaliser les chances entre sa fille et elle.

— Tu n'ouvres pas le jeu avec de petits mots misérables comme ça, maman.

— Non, mais je gagne.

Mimi avale du pain rassis brûlé — festin de la Dépression — et Madeleine un bol de soupe à la tomate Campbell's avec des biscottes. *À chacun son snack*.*

— C'est toi qui as le «Y»?

— Ouais, soupire Madeleine en regardant ses lettres : GAY.

Mimi étale le mot POUTINE sur la planche.

— *Voilà**, un long mot comme tu les aimes.

Valeur nominale plus cinquante points de bonification pour avoir utilisé les sept lettres. Madeleine regarde sa mère faire mentalement le compte des points.

— Tu triches. C'est un mot français.

— « Poutine » est un mot universel. Regarde dans tous les menus de restaurants minute. À côté des ailes de poulet.

Madeleine écrit GAY. Mot compte triple. Sans sourciller, sa mère dit :

— Là, c'est mieux.

Et elle se met à compter en tapant sur les lettres du bout d'un ongle poli.

— Quarante-deux points.

— Tu ne fumes pas, maman ?

Voilà donc ce qu'il y a de différent, cette nuit.

— J'ai arrêté.

— Depuis quand ?

— Aujourd'hui.

Elles jouent.

— Xi ?

— C'est une ancienne pièce de monnaie chinoise.

À un moment, elles se sont mises à parler français. Mimi, en tout cas ; Madeleine passe maladroitement d'une langue à l'autre. Mais elle ne perd pas un mot. Voici un résumé approximatif :

— Après avoir perdu ton frère, j'ai prié pendant des années pour qu'une Vietnamienne m'écrive. Je m'imaginais ce qu'elle allait dire : « J'ai un enfant. Votre petit-enfant. Je peux venir vous voir ? » Elle venait s'établir ici avec l'enfant — un garçon — et nous vivions ensemble. Elle était ma bru. Très jolie. Longs cheveux noirs, naturel aimable. Elle parlait français, évidemment, et nous devenions les meilleures amies du monde. Son enfant grandissait auprès d'elle, de ton père et de moi… et nous vivions heureux jusqu'à la fin des temps. Ensuite, je ne sais plus quand, peut-être l'année dernière, après la première crise cardiaque de ton père — ici, Mimi s'arrête pour se tamponner les yeux, et Madeleine lui tend la boîte de mouchoirs —, je me suis rendu compte que cette jeune femme que j'inventais de toutes pièces… cette fille adorable aux longs cheveux noirs, c'était ma fille. Et…

Mimi ravale un sanglot, sa bouche sans rouge à lèvres à cette heure.

— Je me suis rendu compte que j'avais déjà une fille magnifique.

Mimi pose le mouchoir contre ses yeux. Par-dessus la planche de Scrabble, Madeleine lui prend la main.

Au moment de repartir pour Toronto, la semaine suivante, Madeleine avait déposé sa valise dans le coffre avant de sa VW, l'avait refermé et avait appelé Winnie, appuyée contre les jambes de Mimi à la porte du condo.

Mimi s'était penchée pour flatter la tête de la chienne, dure comme un casque.

— Dis, Madeleine, ça t'embêterait beaucoup si je la gardais un petit moment ?

— … Tu veux la garder ?

Mimi s'était tout de suite emballée.

— Une femme qui vit seule a besoin de protection, et un chien…

— C'est d'accord, maman. Mais tu devras la rendre au retour d'Olivia.

— Olivia ? Ah oui, ton amie espagnole.

— Pas vraiment. Seulement, elle est en Amérique latine pour le moment.

— Ah bon. Dans ce cas, fait-elle en parlant « bébé » à la chienne, ça ne lui fera rien, pas vrai, *hein**? Dis, dis. *Ça ne dérange personne. Non ? Non, non, non, non**…*

— Maman ?

Mimi lève les yeux.

— Je te téléphone en arrivant.

Madeleine s'éloigne, une glacière sur la banquette arrière renfermant de quoi nourrir une famille acadienne pendant une semaine.

HAUT VOL

À la mort de Jack, un grand oiseau blanc s'était élevé et avait traversé le plafond du condo muni de tous les services de la banlieue d'Ottawa. Camouflé derrière des nuages cotonneux, il avait profité d'un courant ascendant chaud et avait pris de l'altitude. Il avait, cet oiseau blanc porte-bonheur, les ailes d'un aigle, la grâce océanique d'une mouette, et il s'était élevé, avait…

... quitté les entraves terrestres et dansé dans le ciel sur mes ailes argentées.

Je suis monté et ai rejoint un joyeux chaos de nuages découpés par des rais de lumière,

Et j'ai vu des centaines de choses merveilleuses dont vous n'avez même jamais rêvé.

J'ai glissé, plané, me suis balancé là-haut dans le silence éblouissant de la lumière,

Suspendu dans le ciel, j'ai poursuivi les vents hurlants,

Et lancé ma piaffante monture dans des espaces insondables.

— Regarde ça, avait dit Jack.

C'était avant que Mimi et lui n'emménagent dans le condo. Après la nouvelle de la disparition de Mike. Avant que l'espoir ne commence à s'évanouir. Madeleine exultait de joie sombre à l'idée de son départ imminent pour le monde au-delà de cette banlieue.

— Un planeur, avait dit Jack.

Un aéronef blanc. Silencieux. Lent. Aux ailes longues et fuselées, propre, sans l'embarras de moteurs. Il avait viré sur l'aile et fait une boucle sans se presser.

— Ça, c'est ce que j'appelle voler.

Il avait léché sa glace — rhum et raisins secs. Madeleine avait léché la sienne. Tourbillon napolitain. Le meilleur de tous les mondes.

— Tu veux goûter ?

— Merci, papa. C'était délicieux.

Ils avaient observé l'appareil en silence. Il avait pris de l'altitude en décélérant, offert au ciel sa poitrine lisse avant de redescendre dans les bras de la gravité, aussi confiant, aussi brave qu'un animal ou un enfant.

— Tu sais, choupette, tu pourras faire tout ce que tu veux.

Quand papa l'avait dit, elle l'avait cru.

Haut, toujours plus haut, dans un délire bleu et brûlant,

J'ai survolé des sommets balayés par les tempêtes,

Là où nulle alouette, nul aigle même, n'ont jamais volé,

*Et alors qu'en silence, mon âme s'élevait vers
le sanctuaire céleste,*

J'ai tendu la main et j'ai touché le visage de Dieu.

PRÊTE-MOI TA PLUME
POUR ÉCRIRE UN MOT

Mais les pins sombres de votre esprit s'enfoncent,
Et vous coulez, coulez, dormeur,
Dans un monde élémentaire ;
Il y a là-dessous une histoire que vous tenez à faire raconter.
Gwendolyn MacEwen, « Dark Pines Under Water »

Tout le monde savait que Ricky avait changé de nom, mais Madeleine, si Auriel n'avait pas dit « ils », aurait continué d'ignorer sa nouvelle identité en tout confort. À l'instant même, le nom lui était venu à l'esprit, sans y avoir été invité. Le premier nom de Colleen et de Ricky. Combien pouvait-il y avoir de Pellegrim au Canada ?

Le nom reposait là, telle une pierre lisse ramassée un jour de vacances. Elle l'avait rangé dans un tiroir de son bureau et s'était remise à travailler, s'était remise à vivre. Elle avait allumé l'ordinateur. Elle avait mis du papier dans l'imprimante. Elle s'était assise et avait commencé à écrire.

Quel est ton domaine ?
La comédie.

Elle téléphonait à Shelly toutes les dix minutes pour lui lire des passages amusants. Puis des passages de moins en moins amusants.

— Donne-toi un peu de temps, avait dit Shelly. Ça te servira plus tard. Tu ne vois pas encore comment, c'est tout.

Elles se réunissaient tous les deux ou trois jours, et Madeleine faisait l'essai de « choses ». De choses qui se suffisaient à elles-mêmes.

Qu'est-ce que tu vends ?
Des histoires.

De loin en loin, elle tombait sur la pierre lisse. Après avoir ouvert son tiroir à la recherche d'un crayon, d'un trombone. Parfois, elle la trouvait dans un tiroir de la cuisine, au milieu des couteaux, dans la pharmacie, sous le canapé — elle en avait acheté un. Un lit aussi. Ses amies avaient organisé pour elle une « soirée de rupture ». Même Christine lui avait offert un cadeau. Un batteur à main Braun. Il arrive parfois qu'un cigare ne soit qu'un cigare.

Une semaine après son retour, Madeleine s'était assise en tailleur sur son vieux tapis persan, évitant son nouveau fauteuil club, et avait fait le numéro des informations.

— Pour quelle ville ?

— Winnipeg.

— Le nom ?

— Marjorie Nolan.

— Merci, voici le numéro demandé.

Elle avait attrapé un stylo et noté le numéro sur sa main.

Elle avait attendu jusqu'à six heures trente, heure normale du centre.

— Allô ?

Une voix de femme, geignarde. Pas celle de Marjorie.

— Puis-je parler à Marjorie, s'il vous plaît ?

Un froissement — la femme avait abaissé le combiné, sa voix une plainte étouffée.

— C'est pour toi.

Il y avait eu le ploc ! du combiné déposé sur une table ou par terre.

Au bout d'un moment, une autre voix féminine.

— Allô.

Incisive. Trahissant une note d'exaspération. Marjorie.

— Allô, Marjorie ? avait dit Madeleine.

— Qui est à l'appareil ?

Madeleine l'imaginait — elle plisse les yeux, prête à se défendre.

— Madeleine McCarthy. Nous étions à l'école ensemble à Centralia.

À peine un instant d'hésitation.

— Vous avez fait un faux numéro, avait dit la femme.

Et elle avait raccroché.

Elle avait téléphoné à tous les Novotny du Canada. Elle avait trouvé le père de Grace. Il n'avait aucune idée de l'endroit où se trouvaient ses enfants, mais si un jour il mettait la main dessus…

Elle avait fait le numéro de la Police provinciale de l'Ontario et demandé les personnes disparues.

— Le nom ?

— Grace Novotny.

Au bout de la ligne, on tapait sur un clavier.

— La nature de vos informations ? avait demandé la policière.

Je le savais.

— En fait, je n'ai pas d'informations… je téléphonais seulement pour voir s'il y a du nouveau.

— Tout est confidentiel. Votre relation avec Grace Novotny ?

La réponse lui était venue si spontanément qu'elle n'avait pas eu le sentiment de mentir.

— Je suis sa sœur.

— Ah bon. Excusez-moi. En fait, il n'y a pas de nouveau depuis soixante-six.

— Bon. Je vous remercie.

Mille neuf cent soixante-six — Grace avait quatorze ans. *Disparue.* Avait-elle fui la maison ? S'était-elle perdue en route ? Comme Mike ? *Où sont allées toutes les jeunes filles ?*

Madeleine avait rendu visite aux chiens désespérés de la Société protectrice des animaux, dans River Street. Il n'y avait pas de chanson pour expliquer où allaient certaines jeunes filles ni pour adoucir la vérité. Grace avait cassé sa pipe.

Parfois, l'amoureux ressemble à un athlète qui s'entraîne ou à un musicien qui répète. Il travaille avec acharnement pendant un moment. Puis il marque un temps d'arrêt — enlève ses chaussures ou pose son violon. Lorsqu'il se remet à son sport ou à ses gammes, il s'est amélioré, inexplicablement, grâce à la seule intercession du temps.

Au retour des funérailles de son père, Madeleine avait trouvé la bougie et le mot enroulé sur le tapis. « *Ma bien-aimée*, profite de cette bougie à ta guise. Quand elle se sera toute consumée, demande-moi d'être à toi, et je te ferai don de tout ce que j'ai. Ne tarde pas, je t'en prie. Je veux avoir des enfants. Tu peux aussi choisir de ne pas l'allumer du tout. Elle t'aidera à décider. Moi, j'en suis incapable. À bientôt*,* O. »

Il fait soleil. Madeleine allume l'ordinateur et la bougie. Quand elle éteint l'ordinateur, elle éteint aussi la bougie. C'est ainsi que, en l'espace d'un mois, *Madeleine folle à lier* commence à prendre forme.

Madeleine n'est pas malheureuse. Elle a mis quelque chose de côté. Peut-être n'y reviendra-t-elle jamais. Est-ce ce qu'on entend par « grandir enfin » ? Savoir que nous avons livré bataille à des forces sans l'emporter ? Se réconcilier avec elles en les laissant tranquilles — comme une créature dans le coma ? Est-ce un signe de maturité ? Ou simplement la vie ? Dire ce qu'elle sait risquerait de faire du tort à des gens. Sa mère en souffrirait terriblement. À qui ferait-elle du bien ? Ricky est libre, depuis des années maintenant. De toute façon, personne ne l'a jamais vraiment cru coupable. Pourquoi remuer le passé ?

Un matin du début d'août, Madeleine enfourche son vélo et se rend à la poste, au fond de la pharmacie, avec une livraison spéciale pour Olivia. O rentre dans deux semaines et demie. En cherchant de l'argent dans la poche de son short acheté du surplus de l'armée, elle met la main sur un « Premier avis » de livraison tout froissé. Vieux de dix jours. Pourquoi la Société canadienne des postes ne lui a-t-elle pas envoyé d'« Avis final »? Elle le tend à la vieille dame coréenne derrière le comptoir.

— C'est encore ici?

La dame remonte ses lunettes sur son nez, sourit et fait signe que oui. Elle disparaît dans une sorte d'arrière-boutique et, au bout d'un moment, ressort avec un paquet ayant la taille et la forme d'une boîte de céréales. Elle le tend à Madeleine.

— Des muffins de la part de maman.

Madeleine sourit.

— Vous en voulez un? Voyons s'ils sont encore mangeables.

Elle ouvre le paquet sur place, arrache une quantité de ruban cache qui aurait suffi à faire tenir la première bombe atomique. Elle avait raison. Une boîte de céréales. Au son de blé — les joies du vieillissement. Elle défait le rabat, plonge la main dans la boîte et en ressort la casquette de son père.

— Oh! fait la dame.

Bleu délavé, presque gris. Couronne de velours rouge usé de l'insigne. Liséré d'or terni, albatros aux aguets, les ailes déployées, en plein vol.

— Magnifique, dit la dame derrière le comptoir.

— Merci.

Madeleine rentre chez elle et allume le moignon de bougie. Elle attend qu'elle se soit consumée jusqu'au bout. Puis elle ressort et monte dans sa voiture.

Elle jette la casquette sur la banquette arrière et se met en route.

Two drifters, off to see the world
there's such a lot of world to see
We're after the same rainbow's end
waitin' 'round the bend
My Huckleberry friend
Moon river and me

Elle roule parce que la route l'entraîne. Voilà un des secrets de l'Amérique du Nord: les routes exercent une attraction, réagissent au caoutchouc, au ventre des châssis de voiture. Le volant la propulse en avant, pas la peine de conduire, les pneus épousent les courbes de la route, la voiture sait où va Madeleine, la route aussi. Il suffit de poursuivre. La destination ne se révélera qu'à l'arrivée.

Welcome to Kitchener, autrefois Berlin. Lieux nommés d'après d'autres lieux réels — donnez-leur le temps, et ils deviendront réels, eux aussi. *London Keep Left. Stratford Next Exit.* Madeleine emprunte la sortie. *Welcome to New Hamburg, Dublin, Paris...* Dehors, le maïs réfléchit la lumière du soleil; des tiges feuillues se déclinent en trois tons de vert, des chênes et des érables forment des voûtes le long de la route sinueuse, le paysage vallonne et bourgeonne, vous laisse croire que la terre est effectivement une femme et que le maïs est son aliment préféré.

Des quatre points cardinaux convergent des colonnes d'acier dont les rangs se resserrent au fur et à mesure qu'elles se rapprochent de leur base, un peu au sud. À leurs bras tendus se pendent des câbles, serpentins d'acier résonnant du bourdonnement qui scande leur marche militaire. Ils se dirigent vers la forteresse souterraine des chutes du Niagara, où des turbines hautes comme des maisons alimentent le cœur économique des deux plus grandes démocraties du monde, qui sont aussi les parents les plus proches, l'énergie se dirigeant vers le nord et le sud, de part et d'autre de la plus longue frontière non défendue du monde. «Que personne ne vienne séparer ce que la nature a ainsi réuni.»

Welcome to Lucan... Ne cherche plus le monument, il a disparu; trop de touristes emportaient avec eux des fragments de la pierre. Détends-toi et profite du paysage. Pense à des choses agréables. *Croyez en Notre-Seigneur et vous serez sauvés... Kodak... La mort est le salaire du péché...*

Des feuillus comme des manoirs imposants, des érables au flanc parsemé de mousse, d'interminables entrées de voiture, des fenêtres de fermes à pignons ornées de dentelle de bois battues par les intempéries. Le sympathique parfum de la bouse de vache, l'arôme corsé des cochons, la puanteur féroce des poules. Qu'on sent mais qu'on voit rarement de nos jours. Des granges rouges, bien propres, sur lesquelles empiètent de mystérieuses baraques longues et basses. Voilà où sont passés les animaux, condamnés à manger et à chier dans l'obscurité, sans fenêtres. La plupart d'entre eux, mais pas tous. On voit encore des cochons pâles à leurs auges, des vaches dans les champs. Clignant des yeux, elles chassent les mouches, vivent leur vie lente. *McDonald's prochaine sortie...*

Devant, un cornet de glace rose pâle se penche de guingois sur la route, le comptoir de la cabane blanche est écaillé, délaissé. Le cornet porte toujours son chapeau d'anniversaire. *Où est passé tout le monde?*

L'après-midi gagne en intensité. C'est en août qu'on observe la véritable lumière de l'été. *Faites confiance à Texaco.* Des pompes poussiéreuses passent en coup de vent. Du coin de l'œil, elle aperçoit une porte moustiquaire ornée d'une bouteille de 7Up, bien fraîche, prête à verser. Elle poursuit. Le soleil s'est rassis pour se détendre de l'autre côté de midi, bienfaisant et magnanime, et rien ne donne encore à penser que le jour décline. Le meilleur des deux mondes.

Respire la douceur de l'herbe, regarde le foin, presque mauve dans les champs ; sens comme elle ondule sous les roues, la terre d'ici, délicate comme la houle par beau temps. Les nuages qui défilent avec tant de grâce, le flot des grands arbres qui vivent ici depuis si longtemps, la séduction narrative des bois, toutes les vies crépitantes vécues en haut ou en bas, les sentiers qui promettent tant de récits, et la route elle-même qui disparaît toujours à la faveur d'une courbe, avec la prestance et l'assurance d'un conteur : « Suis-moi, on entre dans le récit. Tout va bien. Sinon, serais-je là pour raconter l'histoire ? »

Nous y sommes presque.

Sous le soleil qui plombe, Madeleine regarde. Le béton est fissuré par endroits. Rendue inégale par le passage de maints hivers, sa vaste étendue est ponctuée çà et là de pousses vertes hirsutes. La campagne en damier, qui offrait une marge de sécurité si grande en cas d'urgence, reprend peu à peu ses droits sur le terrain d'atterrissage. Les bras triangulaires des pistes s'étendent en éventail devant Madeleine, tremblants sous l'effet de la chaleur.

Derrière elle se profilent les hangars, toujours blancs mais plus négligés, bordés de déchets et de mauvaises herbes qui ont étouffé les haies. On ne sait pas, à moins de se donner la peine de chercher la réponse, ce qu'il y avait ici. Fantôme de la Deuxième Guerre mondiale. Relique de la guerre froide. Même les photos Kodak finissent par se décolorer, et c'est ce qui s'est produit ici.

Elle avait fait lentement le tour de la zone des logements familiaux et de la base avant d'aboutir devant le terrain d'aviation. La piscine, vide désormais, la patinoire couverte, le cinéma, les baraques, les immeubles à bureaux — de l'herbe pousse au milieu des marches en béton, les rampes de métal noires se penchent, mangées par la rouille, se déchaussent comme des dents. Le panneau annonçant le mess des sergents est toujours accroché près de la porte verte poussiéreuse, l'insigne de l'armée de l'air pâlie par le soleil au point d'avoir presque disparu — pourquoi ne l'a-t-on pas enlevée ? L'Aviation royale du Canada n'existe même plus. Un jour prochain, les deux Allemagnes seront unifiées comme les trois composantes de l'armée l'ont été. Le pays où Madeleine est née n'existe plus.

La base de l'ARC à Centralia est aujourd'hui le parc industriel Huron. Propriété gouvernementale louée à rabais à toute usine disposée à s'établir ici et à créer des emplois. Ces jours-ci, on y fabrique des fenêtres, mais Madeleine n'a pas encore vu âme qui vive, n'a pas entendu le moindre son.

Les églises ont disparu. Rasées par les bulldozers. Même chose pour le mess des officiers. À sa place, on voit un immeuble en briques brunes ostensiblement neuf, au toit en pente et aux vitres fumées, à la Dark Vador. « École internationale », proclame un panneau du gouvernement fédéral fiché dans le seul carré de pelouse entretenu. Rien à voir avec la fabrication de fenêtres. Appellation suffisamment vague, suffisamment obscure pour quiconque se demande ce qui peut bien se tramer derrière le verre teinté, le libellé gouvernemental lénifiant.

Pas une seule voiture en vue. Le court de tennis a subi le même sort que le terrain d'aviation, la clôture de métal écaillée, décrépite. Le nom des rues n'a pas changé : les dix provinces canadiennes, les deux peuples fondateurs et les hommes qui ont consenti des sacrifices indicibles pour préserver notre liberté. Les panneaux eux-mêmes sont restés, rouillés, de guingois, désignant le ciel et le sol. Canada Avenue. Ontario, Saskatchewan, Québec… Le Spitfire n'est plus là.

Dans la vieille zone des logements familiaux, les maisons sont encore peintes aux couleurs de l'arc-en-ciel, mais la peinture n'est plus si fraîche. Les habitants sont sans doute partis pour l'été. À moins que les maisons ne soient pas toutes habitées. Quelques personnes regardent Madeleine passer lentement, mais elles ne la saluent pas. Dans le parc, il n'y a plus de balançoires ni de bascules, mais les étroits sentiers pavés continuent d'aller et venir entre les maisons dans un esprit de communauté. Les cercles ouverts de pelouse sont là, eux aussi, bien qu'ils n'aient rien à voir avec les vastes champs dont elle a gardé le souvenir. Et la côte qu'elle avait l'habitude de dévaler cavalièrement — à peine une dénivellation.

Il n'y a plus de buisson de confettis devant la maison blanche où elle a jadis habité — plus petite que dans son souvenir, au même titre que la maison mauve d'en face. En première, elle roule sur St. Lawrence, passe devant le petit bungalow vert sur sa gauche, poursuit jusqu'à l'école. À peine à un jet de pierre de la maison. Pourtant, à l'époque, le trajet ne représentait pas une mince affaire. Elle s'était arrêtée dans le parking, près du grillage. Rien ne bougeait, pas même la corde le long du mât.

Comment se fait-il que cet endroit existe encore ? À peine à deux heures de Toronto — elle aurait pu venir n'importe quand. *Centralia.*

Elle était descendue de la voiture. Avait jeté un coup d'œil par la fenêtre de sa vieille salle de classe. Nouveaux pupitres. Dessins différents sur les murs. Un ordinateur. Une carte du monde, si souvent redessinée depuis son passage ici. Elle essaie la porte latérale, mais celle-ci est verrouillée. De toute façon, qu'espérait-elle trouver à l'intérieur ? Rien qui n'ait été aussi près que son propre cœur au cours des vingt-trois dernières années. Devant, elle avait gravi les marches et, les mains en visière, avait jeté un coup d'œil par la vitre de la porte à double battant. Des photos encadrées d'avions de chasse flanquent toujours les portraits de la reine et du prince Philippe à l'époque où ils étaient jeunes.

Le parc industriel loue des maisons à des gens de passage : c'est peut-être leur chez-soi, leur communauté, l'endroit où ils élèvent leurs enfants et s'empruntent du sucre. Peut-être gardent-ils le contact après avoir déménagé. Mais, pour Madeleine, il s'agit d'une ville fantôme.

Elle reste debout sur le terrain d'aviation abandonné. Elle n'est pas beaucoup plus jeune que ses parents l'étaient lorsqu'ils se sont établis ici. Elle s'abrite les yeux et, de l'autre côté du béton qui cuit sous le soleil, contemple la crête d'herbe plus longue marquant le fossé où son avion s'est abîmé. Pour elle, c'était une histoire. *Papa, raconte-moi l'écrasement.* Il lui appartient, le mythe du rapprochement inévitable entre ses parents, lequel avait présidé à sa création et à celle de son frère. Et le corollaire muet du mythe : sans l'écrasement, papa serait peut-être mort à la guerre… *deux membres d'équipage sur trois n'étaient pas revenus.* Il n'avait pas dix-huit ans. Mike en avait dix-neuf.

Elle grimace face à la tour de contrôle, miniature à ses yeux d'adulte. D'ici, elle aperçoit les toits de la zone des logements familiaux. Comme le monde est petit. Qu'aurait-elle fait à la place de ses parents ? Aurait-elle eu la même conviction — « Nous formons une famille » —, peu importe où nous vivons ? « Voici qui tu es », peu importe au milieu de qui tu vis, « voici ton père, le meilleur homme et le plus gentil papa du monde » ? Le monde est si vaste. « Quand tu seras grande, tu pourras faire tout ce que tu veux. » Aurait-elle mobilisé le même optimisme, pris des photos, déballé les boîtes, établi une petite famille au milieu du vaste monde ? Dont elle serait devenue le point d'ancrage ? Dont elle aurait tiré un sens ?

Dis, papa, la Terre va exploser ?

Mais non.

Un voyage de quarante années. L'histoire de Mimi et de Jack. *Tant de beaux souvenirs.*

Le soleil est impitoyable. Le vieux terrain d'atterrissage attend, impassible, monument de guerre. Et c'est peut-être ce qui explique qu'elle se sente émue. Ces rubans de béton en disent si long sur le siècle. Mobilisation générale. Mémoire générale. Lourdes pertes.

Elle se souvient de la cabine téléphonique au bord du terrain de rassemblement, près de l'ancien PX. Elle se demande si l'appareil fonctionne toujours. Tournant les talons, elle quitte le terrain d'aviation.

Elle a pardonné à ses parents.

Un téléphone à cadran dans une cabine de verre. L'appareil accepte toujours les pièces de dix cents. Le mince annuaire a des pages cornées, déchirées, mais il peut encore servir. Elle voit défiler des lieux familiers — Lucan, Clinton, Crediton…

Elle le retrouve à Exeter. Fouille les multiples poches de son short — miettes, clés, tampon effiloché, une pièce de monnaie.

Elle compose le numéro et, pendant qu'elle attend, s'appuie de la paume contre la vitre.

— Allô?

Une voix de femme tendue, mais plaisante. Une épouse de carrière.

— Allô. Puis-je parler à l'inspecteur Bradley, s'il vous plaît?

— Oh, mon Dieu…

Madeleine se dit qu'elle a une fois de plus fait le numéro d'un mort, mais la dame poursuit :

— Euh… attendez, je vais… Puis-je savoir qui le demande?

— Madeleine McCarthy.

— Un moment, Madeleine.

En détournant la tête, elle crie :

— Tom!

Sa voix s'éloigne.

— Tom? … téléphone… specteur Bradley…

Elle lui racontera tout. À propos de M. March. À propos de son père. Et Ricky sera enfin blanchi. C'est la chose à faire.

— Allô?

Voix virile et officielle.

— Allô? Inspecteur Bradley?

— Plus maintenant — ici, il n'y a que moi, Tom Bradley, à la retraite. Que puis-je faire pour vous?

— Je m'appelle Madeleine McCarthy.

Voyant les arêtes du visage de l'homme, sa bouche qui ne sourit pas, elle a encore une fois l'impression de mentir.

— Je vous connais, fait-il après une courte hésitation.

Il n'a probablement pas en tête son émission de télé.

— J'ai été témoin au procès de Ricky Froelich.

— Voilà.

Silence. À elle de jouer.

— J'ai de nouvelles informations.

— Eh bien, mademoiselle, je suis à la retraite, mais je peux vous donner un numéro…

— J'étais une élève de monsieur March, Claire aussi — il était notre instituteur en quatrième année.

Elle l'entend soupirer.

— Je crois que c'est lui le responsable.

— Que voulez-vous dire par « responsable » ?

— C'est lui qui a fait le coup. Il l'a tuée.

— Vous auriez intérêt à coordonner vos efforts, les filles.

— C'est-à-dire ?

— Vous et… une autre fille, Deanne, Diane quelque chose…

— Diane Vogel ?

— Exactement. Elle m'a téléphoné l'année dernière dans l'intention de porter des accusations.

— Contre monsieur March ?

— Oui. Votre histoire est la même ?

— Ça n'a rien d'une histoire. C'est la vérité.

— Quand bien même…

— Il nous a violées. Grace et Marjorie aussi. C'est pour ça qu'elles ont menti. Il jouait à des jeux, il y avait des étranglements…

— Même si…

— C'est lui le coupable.

— Bon, d'accord. Écoutez-moi bien, maintenant. Premièrement, c'était il y a vingt-cinq ans…

— Et alors ?

— Deuxièmement, il est mort, vous comprenez ? Tant pis. Troisièmement…

— Merci pour tout, mon vieux.

Elle retiendra les services d'un avocat.

— Au revoir.

— Attendez ! Attendez. Troisièmement, il avait un alibi.

À l'instant où il prononce ces mots, elle sait. Ce jour-là dans la cour d'école. L'après-midi de l'envol.

— Vous savez, dit Bradley, j'en ai ma claque de tous ceux qui s'obstinent à remuer cette affaire, j'ai fait mon travail…

Elle entend la mélodie syncopée sortir par les fenêtres du gymnase. Les trombones qui faussent, les bois qui hésitent — l'orchestre de l'école joue à tue-tête une chanson qui les rejoint, Colleen et elle, allongées dans l'herbe, tandis que Claire arrive sur son vélo rose. *It's a world of laughter, a world of tears…*

« Vous voulez aller en pique-nique ? » Sa boîte-repas dans le panier entre les poignées. Deux serpentins roses. *It's a world of hope and a world of fears*...

— Facile de tout remettre en question après coup, dit Bradley. Votre génération...

There's so much that we share that it's time we're aware, it's a small world after all... Au piano, M. March, qui dirige l'orchestre, martèle de gros accords à intervalles bizarres, comme si la pièce prenait fin toutes les quelques mesures.

« On cherchera un nid », avait dit Claire.

— Vous vous plaisez à passer en jugement tout ce que nous avons fait, dit Bradley, dont la voix montante a l'accent d'une plainte.

Claire s'était éloignée toute seule, et l'orchestre jouait toujours lorsque Colleen et Madeleine avaient quitté la cour de l'école. M. March était encore au gymnase pour la répétition d'orchestre, qui s'était poursuivie jusqu'à quatre heures trente. Madeleine l'avait toujours su. *It's a small world after all, it's a small world after all, it's a small world after all*...

— Mais laissez-moi vous dire une chose, dit Bradley. Nous avons fait avec ce que nous avions à l'époque...

... *it's a small, small world.*

— Merci, monsieur Bradley.

— Attendez, je n'ai pas...

Elle raccroche. L'inspecteur Bradley est à la retraite. Il a tout son temps. Madeleine, elle, a trois heures pour faire le trajet jusqu'à Tobermory, à la pointe de la péninsule Bruce, là où l'immensité du lac Supérieur se déverse dans le lac Huron. Si elle souhaite arriver avant l'obscurité. Elle ouvre la porte pliante de la cabine et sent aussitôt la sueur commencer à sécher sur son front.

Pendant un moment, elle ne se souvient plus de l'endroit où elle a laissé sa voiture. Puis elle l'aperçoit au-delà des hangars, garée sur le tarmac chatoyant. Elle imagine les pneus coller à la surface noire et visqueuse au moment où elle tente de quitter Centralia. Elle court vers elle, embraye, et la brave Coccinelle bondit, telle la petite voiture de Noddy, vroum, vroum.

En suivant Canada Avenue, elle ne voit pas les immeubles blancs s'estomper de part et d'autre de la voiture, elle ne voit pas non plus la guérite déserte s'avancer. Autour d'elle, le monde ondoie et s'efface comme un mirage. Ayant pris le relais, son cortex visuel la fera sortir de cette base désaffectée et la guidera à bon port, sans intervention de sa volonté, parce qu'elle voit maintenant autre chose derrière ses yeux. Une scène qui remplit l'écran en Panavision. Contre-plongée, riches couleurs pastel du début des années soixante, plus vives que nature, à la façon d'une illustration dans un livre de lecture suranné. Sauf qu'il ne s'agit ni d'une image fixe ni d'un dessin. Il y a du vent. Il caresse l'herbe longue, fait bruisser les feuilles de l'orme en hauteur, là où deux ou trois corbeaux ponctuent le feuillage nouveau, soulève les anglaises de la fille à droite de l'homme. Marjorie. Effleure les boucles de la fille à sa gauche. Grace. S'attarde à l'ourlet de leur robe, à leurs genoux blancs innocents. M. March trône entre elles dans son costume gris. Ses lunettes réfléchissent la lumière du soleil. Il les tient par la main. Tous les trois, ils contemplent le ciel bleu sur leur droite. Puis M. March disparaît de l'image. Et les deux petites filles restent seules.

Madeleine traverse les anciennes portes où son père avait l'habitude de toucher la visière de sa casquette en guise de salut pour la sentinelle, aperçoit la cicatrice de béton qui marque l'emplacement du Spitfire sur son socle. Elle détecte une odeur de goudron et de résine, lève les yeux vers le poteau de téléphone. Sortant d'un amas de paille et de brindilles, un bec rouillé. L'antique sirène d'alerte aérienne. Toujours là, au même titre que les corbeaux qui y ont élu domicile il y a si longtemps. Comme elle n'a pas retenti depuis 1962, les corbeaux n'ont pas jugé utile de déménager leurs pénates. Voilà une éternité que règne la paix.

Elle prend vers le nord sur la route n° 4. Elle passera par Exeter, Clinton, Goderich… derrière la voiture, la poussière se changera en or, les eaux bleues cristallines du lac scintilleront au-delà des dunes, les pins se multiplieront, le paysage se fera plus âpre et plus grandiose, mais elle n'en verra rien. À la place, elle verra ce qui arrive une fois M. March évacué de l'image.

La vérité a toujours été là. Et elle est encore plus triste que tout ce qu'elle a imaginé. Maintenant, elle sait : jamais elle n'aurait pu être celle qui est restée allongée dans l'herbe piétinée.

— Nous n'allons pas te faire de mal.

Et c'était vrai.

— Nous voulons juste voir quelque chose.

— Ouais, Claire.

Elles lui ont donné l'œuf de merle. Claire l'a pris dans la paume ouverte de Marjorie, la coquille parfaitement intacte. Les garçons cassent les objets délicats, mais les filles font attention. Marjorie dit qu'elles savent où il y a d'autres œufs.

— Vivants, ajoute Grace.

Claire, qui tient délicatement l'œuf vide et léger, suit Marjorie et Grace.

Le champ de maïs se trouve de l'autre côté du ravin ; plus loin, il y a le pré où, avec un peu de chance, on peut voir un cerf — à condition de ne pas faire de bruit. Le long du pré, les bois.

— C'est là qu'est le nid, dit Marjorie.

Elles grimpent le versant opposé de Rock Bass, Marjorie ouvrant la marche. Grace laisse Claire passer devant elle.

C'est un après-midi bourdonnant, chaud pour avril. La rumeur du ruisseau nouvellement libéré de la glace. Le bruit sourd des insectes dans l'herbe. Le bruit du soleil.

Elles entrent dans le champ de maïs et, à la file indienne, marchent entre les sillons fraîchement retournés, évitent les épis de l'année dernière qui sortent du sol comme des os. Derrière, Grace se met à tourner sur elle-même.

— Étourdissez-vous, dit-elle, puis regardez le ciel.

Claire s'y essaie. Grace et elle rient, la tête en arrière.

Devant, Marjorie se retourne.

— Dépêchez-vous. Je précise n'avoir aucune sympathie pour les tergiversations.

Par terre, elle aperçoit un épi encore enrubanné de feuilles jaunies. Elle le ramasse — il est léger et gauchi par l'âge —, pèle l'enveloppe parcheminée. Les grains sont flétris, quelques-uns ont noirci comme des dents cariées. Elle est sur le point de le jeter quand Grace s'en empare.

— Devinez qui je suis ? dit Grace, qui agite l'épi entre ses jambes.

Claire sourit poliment, puis se détourne, gênée. Marjorie roule les yeux en signe de dégoût et s'éloigne.

Derrière Claire, Grace marche en bombant le torse.

— Serre mon muscle, petite fille.

Elle rit. Puis elle fait mine de pisser.

— Psssss…

— Ce que tu peux être grossière, Grace, dit Marjorie.

Grace court devant Marjorie, puis, à reculons, asperge Marjorie de pipi imaginaire.

— Je te préviens, Grace.

Grace se retourne une fois de plus, se désintéresse de l'épi et le laisse tomber. Marjorie le ramasse.

Après le champ de maïs, le pré.

Les vaches ne paissent même pas ici. Il n'y a rien, sinon l'herbe haute de l'année dernière, affaissée sur les nouvelles pousses, et quelques quenouilles encore debout — certaines brisées comme des lances, d'autres à la pointe pelucheuse fendue, semant des graines. Les minuscules clochettes blanches du muguet, foulées au pied, répandent leur arôme ; çà et là, les coups de pinceau bleus des mertensias envahissants, qui font comme des gouttes de ciel. Le pré est en jachère ; dans un an ou deux, on y plantera peut-être du maïs, et ce sera au tour du champ de maïs d'être en jachère. Le terrain devient marécageux. Elles s'approchent des bois.

— On arrive bientôt ? demande Claire.

Grace lance un regard à Marjorie qui, insouciante, fait tourner l'épi comme un bâton de majorette.

— Ce n'est plus très loin, dit Grace.

Devant, seul, un orme imposant annonce la proximité des bois.

Claire s'arrête.

— Je n'ai pas le droit d'aller dans les bois.

— Désolée, tu n'as pas le choix. C'est là qu'est le nid, dit Marjorie.

— Non, dit Claire.

— Pourquoi ? demande Grace.

— Ma maman ne veut pas.

— Le champ de maïs est plus dangereux que le bois, Claire, dit Marjorie.

— Ouais, dit Grace.

Mais Claire secoue obstinément la tête.

— Tant pis pour vous, petite fille.

Marjorie hausse les épaules.

— Dans ce cas, tu n'as qu'à nous montrer ta culotte.

Claire regarde Grace, mais Grace regarde Marjorie.

Claire sourit et, obligeamment, soulève sa robe, comme pour se faire pardonner d'avoir décliné leur invitation.

— Elle est très jolie.

— Vraiment très jolie, Claire.

De minuscules papillons jaunes. Du coton blanc.

— Enlève-la.

Claire l'enlève. Au préalable, elle a pudiquement baissé sa robe. Dans sa tête, une voix lui dit : *N'enlève pas ta culotte, même si on te le demande. Personne n'a le droit de te demander une chose pareille.* Mais il y a une brise adorable et elle est dans un pré, pas au milieu des maisons ni dans la cour d'école, où il serait mal d'ôter sa culotte.

Il y a une autre raison. Difficile à expliquer, mais, si elle enlève sa culotte, c'est surtout parce qu'elle sait comment faire. Comme s'il existait déjà une Claire invisible perpétuellement en train d'enlever sa culotte sur demande. Pourquoi cette Claire-ci — celle du pré — ne l'imiterait-elle pas ? D'ailleurs, ce n'est pas comme si elle-même enlevait sa culotte. Elle suit le mouvement, c'est tout.

Elle laisse tomber sa culotte sur ses chevilles et en sort les pieds. Grace ricane. Claire rit. Marjorie ramasse la culotte. Elle est tiède.

— Maintenant, penchez-vous, petite fille, dit Marjorie.

Grace ricane, Claire rit et se met à courir dans l'herbe sans culotte. Quelle sensation agréable ! Frais comme tout, comme la première fois qu'on sort sans bonnet de laine au printemps, comme l'impression de liberté ressentie à hauteur des chevilles au moment où on sort pour la première fois en tennis après avoir passé un long hiver en bottes.

— Attrape-la, dit Marjorie.

Grace se lance aux trousses de Claire, ravie qu'on l'accompagne dans sa course folle. Courons, courons jusqu'à la clairière enchantée. Là, une fée nous servira du thé dans une coquille de noix, ses serviteurs coiffés d'un capuchon de gland. Grace court lourdement — plus la poursuite se prolonge, plus elle est tremblante de rire, excitée aussi, et c'est l'excitation qui la pousse et lui fait gagner du terrain sur Claire, qui ralentit poliment. Elles ne sont plus qu'à quatre ou cinq mètres de l'orme.

Marjorie suit, sans se presser, faisant claquer l'épi dans sa paume à la manière de la baguette d'un instituteur.

Près de l'orme, Claire s'arrête et attend Grace, qui lui agrippe le bras.

— Aïe, fait Claire.

Grace se tourne vers Marjorie.

Claire balaie l'herbe des yeux à la recherche de l'œuf bleu qu'elle a laissé tomber au contact de Grace. Elle l'aperçoit dans l'herbe. La coquille a l'air intacte, mais Grace l'empêche de se pencher pour le ramasser.

— Excuse-moi, Grace. Tu veux bien me lâcher?

Grace regarde Claire comme si elle venait tout juste de la remarquer. Il y a une lueur dans le regard de Grace, excitée et effrayée, comme si elle avait aperçu quelque chose par-dessus l'épaule de Claire. Claire se retourne pour voir de quoi il s'agit, mais il n'y a que le bois.

— Grouille-toi, Marjorie! hurle Grace, trop fort puisque Marjorie les a presque rattrapées.

G'ouille-toi!

Marjorie ne rit pas. Elle a pris une expression sévère de grande personne. Comme quand les grandes personnes sont à bout, même plus fâchées, en réalité, mais vous savez d'instinct que ça va barder plus encore que si elles l'étaient. Elles en ont assez de vous, un point c'est tout.

— J'en ai assez de vous, petite fille, dit Marjorie, d'un air de dégoût empreint de lassitude.

Claire ricane. Quel est ce nouveau jeu?

— Penchez-vous et touchez vos orteils, ordonne Marjorie.

— Euh, dit Claire, je ne veux pas… jouons plutôt à… faisons semblant que…

— Êtes-vous sourde, petite fille?

Grace pousse un cri ravi et, des deux mains, resserre son emprise sur le bras de Claire.

— Je peux m'en aller, maintenant? gémit Claire. Vous voulez venir jouer chez moi?

Grace la fait tomber.

— Je t'aurai prévenue, dit Marjorie.

Elle jette la culotte au visage de Claire. Grace se rue sur elle avant qu'elle n'ait eu le temps de se relever. Elle plaque la culotte sur le visage de Claire et crie:

— Sens tes fesses!

Glousse de rire.

Debout, Marjorie les observe. À travers le tissu tendu à se rompre, elle aperçoit le contour du nez et de la bouche de Claire. Ça ne suffit pas.

— Lâche-la.

Grace se lève, tout sourire, sa langue fouillant les coins gercés de sa bouche. Claire reste immobile.

Du bout de l'épi de maïs, Marjorie enlève la culotte du visage de Claire.

— Debout.

Claire se redresse.

— Il faut que je m'en aille, maintenant.

— Tout va bien, Claire, dit Grace.

— Met tes mains autour du cou de Grace, dit Marjorie.

Claire obéit.

— Serre. Plus fort.

— Mar…! fait Grace.

— Tais-toi.

Claire lâche le cou de Grace et attend les instructions suivantes.

— Fais pipi, dit Marjorie.

Le front de Claire se plisse.

— Je n'ai pas envie, dit-elle.

Elle se met enfin à pleurer.

— Empêche-la de bouger, dit Marjorie.

Grace cloue les coudes de Claire derrière son dos, tandis que Marjorie met l'épi sous la robe de Claire et pousse.

— Aïe, fait Claire en se mordant la lèvre. Ne fais pas ça, Marjorie, s'il te plaît.

Marjorie pousse plus fort et Claire laisse échapper un petit cri. La scène pourrait passer pour consensuelle parce que Claire, malgré la douleur, malgré la peur, ne se débat pas. C'est horrible. Mais pas du tout surprenant. Pour aucune d'entre elles.

— Aïe, aïe, aïe…

Claire ne crie pas. Elle gémit simplement. On dirait une enfant qui sait qu'on va la punir.

— Ne lui fais pas mal, Marjorie, dit Grace sans relâcher son étreinte.

Le bras de Marjorie remonte en se tortillant, uniquement parce qu'il en a la possibilité. Claire crie et bondit vers l'avant. Grace, cependant, l'empêche de tomber et de se faire mal. Marjorie observe. N'est-ce pas curieux que quelqu'un à deux pas de vous crie sous l'effet d'une douleur qui vous est étrangère? Comme quand la pluie tombe à quelques centimètres et que vous restez parfaitement au sec.

— Pourquoi criez-vous, petite fille?

Marjorie sort l'épi de sous la robe de Claire. Il y a du sang dessus. Claire sanglote.

Grace la libère.

— Tout va bien, Claire, dit Grace. Dis, Claire, je peux voir ton bracelet porte-bonheur ?

Marjorie jette l'épi dans l'herbe. Un corbeau plonge pour faire enquête. Secouée de hoquets, Claire soulève le bras et montre le bracelet à Grace.

— C'est le plus beau que j'aie vu, dit Grace en le caressant. Je peux l'essayer ?

Claire fait signe que non.

— D'accord, Claire, dit Grace. Il est à toi.

Elle lâche le bracelet.

— Couchez-vous, petite fille, dit Marjorie.

Claire ne bronche pas.

— Elle ne veut pas, dit Grace.

Marjorie soupire.

— Étrangle-la, Marjorie, dit Marjorie d'un air résigné.

Grace obéit. Sans pouffer de rire à cause de l'erreur de Marjorie, qui s'est trompée de nom. Elle n'a rien remarqué. Elle serre, serre.

Cette fois, Claire a un air surpris. Celui que prennent les gens qui viennent tout juste de se rappeler ce qu'ils voulaient dire. Marjorie observe.

Tout est paisible. Grace ne sourit pas, elle a le regard fixe, et ce n'est plus drôle, ce n'est plus rien du tout. Rien du tout, elle ne lâche pas prise, tout est paisible, paisible comme sous l'océan, l'air s'est fissuré. Tout ce temps, qu'y avait-il derrière l'air et les bois, l'herbe et le ciel, ce canevas peint ? Rien. Impossible de t'arrêter — tu ne fais rien du tout.

Ça continue, ça continue, Grace ne fait rien du tout, seulement elle n'arrête pas. Marjorie observe.

Vertigineuse, la chute... tout est immobile, si vide que rien ne change. Ça continue, ça continue, ça arrive, rien n'arrive, elle ne fait rien ne fait rien ne fait rien.

Finalement, Claire fait pipi.

Grace lâche et Claire tombe par terre.

Le soleil brille de nouveau. Elles sont dans un pré. Claire McCarroll est là. Les insectes aussi. Du chemin de terre au-delà des bois monte la rumeur d'une voiture. C'est la soirée des Brownies. La soirée de l'envol.

— Lève-toi, Claire.

Plus tard, dans les souvenirs de Marjorie, l'herbe sera jaune. En réalité, elle est verte depuis peu. Grace se souviendra d'un champ de maïs, mais il n'y a pas de maïs. Que des herbes longues et pâles.

L'orme imposant. Le soleil qui a la couleur du sirop de maïs. Avril s'étend autour d'elles. Il est quatre heures trente-cinq.

— Rentre ta langue.

Claire n'obéit pas.

— Lève-toi.

Elle refuse de faire ce qu'on lui dit.

— Marjorie… dit Grace, vacillante. Ohhh, gémit-elle, ohhh nooon…

Oh non, Ma'jo'ie.

— Tais-toi, Grace.

Excédé et dévoré par l'ennui, l'instituteur corrige la dictée. Zéro pointé.

— Ohhhh…

Grace tourne lentement sur elle-même en arrachant de hautes herbes, se penche, les bras serrés autour du corps.

— Oh noooon…

Marjorie se laisse fléchir, telle une mère harassée quand l'inconduite de son enfant fait place à la contrition ou à l'épuisement.

— Tout va bien, Grace, fait-elle. Je ne dirai rien.

Grace arrange tout. Baisse la robe de Claire. Lui croise les bras sur la poitrine. La recouvre de mertensias, de carottes sauvages, que certains qualifient d'herbe puante, même si les fleurs sont jolies comme des napperons de dentelle. Marjorie apporte sa contribution : deux quenouilles en croix sur sa poitrine. Il faut bien faire les choses.

— Elle dort, dit Grace.

Elle se penche pour embrasser Claire et lui souhaiter bonne nuit, mais les yeux la coupent dans son élan. Déjà, le visage de Claire se transforme. Dans l'herbe, Grace récupère la culotte de Claire, minuscules papillons jaunes sur fond de coton blanc bien propre, et la pose sur son visage.

Le moment est venu de filer.

Elles poussent le vélo de Claire de Rock Bass jusqu'au chemin de terre, puis montent tour à tour dessus. Au carrefour de la vieille route du comté de Huron, Marjorie fait valoir qu'on risque de croire qu'elles l'ont volé. Elles le cachent sous le saule, appuyé contre le tronc, à l'abri des voleurs.

Grace arrache un des serpentins roses.

— Je vais le lui rendre plus tard.

Le soir même, Grace était venue sonner chez Marjorie, et Marjorie avait dit :

— Il est trop tard pour sortir. Je dois encore faire mes devoirs. Après, j'irai me coucher.

Il faisait noir. Grace était restée dehors longtemps après la rencontre des Brownies, rôdant près des poubelles cabossées au bout de l'entrée des Nolan. Marjorie l'avait aperçue par une fenêtre à l'étage. Elle avait tapé sur la vitre, puis ouvert et sifflé :

— Rentre chez toi, Grace !

Grace avait frissonné. De froid, aurait-on dit. Les soirées étaient encore fraîches. Elle s'était éloignée lentement, mais pas vers chez elle. Dans aucune direction particulière.

Cinq minutes plus tard, elle était revenue frapper chez Marjorie. La mère de Marjorie n'avait pas semblé goûter la plaisanterie. Elle allait très mal et se serait bien passée de l'intrusion.

— Marjorie, avait-elle crié par-dessus son épaule, tandis que Grace attendait sur le perron. C'est encore cette fille.

Marjorie était venue à la porte en robe de chambre. Elle avait scotché des mèches de cheveux sur ses joues pour les faire boucler.

— Qu'est-ce que tu veux ? avait-elle demandé à travers la porte moustiquaire.

— Tu es ma meilleure amie, hein ?

Meilleu' amie.

Marjorie ne l'avait pas invitée à entrer. Les lèvres de Grace avaient l'air douloureuses, et elle mordillait la manche de son uniforme des Brownies. Marjorie venait de prendre son bain. Elle s'était demandé comment elle avait pu être l'amie d'une souillonne comme Grace Novotny.

— Je ne sais pas, avait-elle répondu.

— Si, Marjorie !

— Ne crie pas.

— Tu es ma meilleure amie, avait chuchoté Grace.

— Et alors ?

— Sors une minute.

— Je ne peux pas. Je suis prête à aller au lit.

Elles étaient restées là pendant un moment, Marjorie derrière la moustiquaire, Grace un peu plus bas, sur la marche. Ses yeux avaient commencé à se promener à gauche et à droite.

La mère de Marjorie avait crié :

— Ferme la porte, Marjorie. Il y a un courant d'air.

— Il faut que j'y aille.

— Claire n'est pas rentrée, avait dit Grace.

Marjorie avait jeté un coup d'œil par-dessus son épaule et resserré la ceinture de sa robe de chambre :

— Dis-moi, Grace, tu es attardée ou quoi ?

Grace avait l'air perplexe. Elle avait cherché à saisir la manche de Marjorie, mais sa main s'était heurtée à la moustiquaire.

— Marjorie ?...

Elle avait la voix tremblante, les yeux remplis de larmes.

— Qu'est-ce qui lui est arrivé ?

— Tu l'as tuée, Grace. Voilà ce qui lui est arrivé. Rentre chez toi, maintenant.

Et Marjorie avait fermé la porte.

MON AMI PIERROT

Le soleil a à moitié disparu à l'horizon quand Madeleine rétrograde et remonte la piste rocailleuse conduisant à la maison en bois rond qui commence tout juste à se profiler.

Le jour paraît aussi interminable que l'été lui-même, suspendu dans la chaleur. Les arbres cuisent sous une lumière cinématographique si riche que la moindre aiguille de pin scintille, piquante comme de la résine, contre le bleu chaud. Dans les frondaisons d'un sapin, une toile d'araignée luit, à la manière d'un prisme, et un corbeau se perche au sommet de la flèche maîtresse, comme les corbeaux se plaisent à le faire. Le ventre argent des feuilles de bouleau, réagissant au moindre souffle de vent, réfléchit la lumière du soleil. Les chants d'oiseau ont une sonorité intime et précise ; Madeleine a conscience d'être entrée dans leur domaine. Du haut de la piste, entre des troncs étroits et pelés, les reflets bleus du lac Huron. Un chien aboie. Quelques chiens, en fait.

La maison est construite sur un monticule de granit rose et gris — un morceau du bouclier canadien adouci par le coucher de soleil. Est-il possible que la ravissante lumière nocturne érode la pierre, la peigne de couleurs pastel, jour après jour ? Des veines de mica brillent comme des diamants, des fissures dans la pierre jettent des ombres sur des plaques de mousse grises, vertes, dorées et noires. À cette heure, la maison elle-même a des teintes d'ocre poli. Une rampe en bois zigzague devant la porte d'entrée.

Un chien contourne la maison et, en aboyant, s'approche de la voiture : il a les oreilles retroussées, un corps massif, un pelage blanc et gris. Il escorte la voiture de Madeleine jusqu'à un terrain plat où une rutilante camionnette Dodge est garée. Non loin, elle aperçoit une remise ouverte — du bois de chauffage empilé méticuleusement, du plancher jusqu'au plafond, une motoneige, une lame de chasse-neige toute rouillée, des outils et des chaînes pour les pneus, quelques cages à chien et des harnais en cuir. De l'autre côté de la remise, une antique Ford Thunderbird montée sur des cales, le capot ouvert comme un piano à queue, le sol jonché de pièces de moteur tachées de cambouis. Elle immobilise la voiture.

À en juger par l'arrondi de sa queue et le chant qu'il pousse maintenant, la tête en arrière, les yeux toujours rivés sur elle, l'un bleu, l'autre brun, le chien a du sang husky. Les autres membres du chœur canin se trouvent quelque part derrière la remise. Elle descend de la voiture et le chien agite la queue, même s'il continue à japper en jetant des coups d'œil vers la maison, comme pour demander la permission de laisser tomber sa routine de chien de garde.

Elle sent l'odeur du barbecue. Elle arrive à l'heure du dîner, sans s'être annoncée. Après vingt-trois années de silence.

Quelqu'un vient. Une haute silhouette. Short en denim. Tennis et t-shirt. Mince et brune.

Madeleine met les mains en visière.

— Salut, Colleen, dit-elle.

Le chien a cessé d'aboyer, mais il reste près d'elle et attend ses instructions.

— Je suis Madeleine.

— Je sais.

La voix de Colleen, enrouée et sèche comme toujours, à ceci près qu'elle est adulte.

— Je peux monter? demande Madeleine.

— Pour quoi faire?

Madeleine hésite. Elle se souvient du jour, il y a longtemps, où elle a fait la connaissance d'Elizabeth. Colleen l'avait mise au défi : *Pourquoi tu ne répètes pas son nom?* Elizabeth. D'où la rampe qui conduit à la véranda.

— Je vous ai apporté quelque chose, dit-elle.

— Quoi?

Quelque chose qui vous appartient.

Elles ne bougent pas. Chacune attend, dirait-on, que l'autre descende la première de la bascule.

Une histoire.

Madeleine retourne vers la voiture et se penche sur la banquette arrière.

Ce qui reste?

Une histoire. La vôtre, ou une autre qui lui ressemble, dans laquelle, comme dans l'eau d'un étang, vous risquez de vous reconnaître.

Les souvenirs. Mêlés et variés, se repliant sur eux-mêmes en prévision du voyage. Une histoire, ce sont des souvenirs portatifs. Vos souvenirs ou des tas de souvenirs comme les vôtres. Dépliez-les comme une tente. Il arrive que tout un monde s'y abrite.

Madeleine soulève la casquette de son père.

La mémoire engendre la mémoire. L'air même est fait de mémoire. La mémoire tombe avec la pluie. On la boit. En hiver, on en fait des anges de neige.

Il reste tant de choses.

Un seul témoin.

Raconte.

Au bout d'un moment, Colleen disparaît derrière la maison. Madeleine la suit, le chien sur les talons. À hauteur de la maison, sur sa gauche, elle aperçoit, du côté droit, derrière la remise, un chenil au milieu des arbres. Un long bâtiment bas en bois, percé de petites portes à intervalles réguliers, qui fait penser à un motel en miniature, peint en vert forêt. Des passages couverts vont des portes jusqu'à un enclos, gazon tondu et arbres, véritable Shangri-la pour chiens. Derrière la clôture, huit ou dix adultes trépignent, des labradors, jaunes, bruns et noirs, le museau écrasé contre le grillage, la queue agitée.

Elle contourne la maison. L'inclinaison de la pierre lui cache le rivage. Le rose du granit se juxtapose aux eaux libres qui s'étirent jusqu'à l'horizon. Entre les deux, l'immensité bleue est ponctuée d'îlots de pierre, plats comme des crêpes, les pins fléchis en permanence par le vent chatoyant à la manière de palmiers nordiques. Au loin, un ferry s'avance lentement. Il fait la navette entre le continent et l'île Manitoulin. Au-delà de la portée du regard, le Michigan et les États-Unis.

Colleen, installée devant le barbecue, ne lève pas les yeux. Madeleine monte jusqu'à la pierre lisse. De là, elle aperçoit un quai en contrebas. L'eau qui lèche les montants de bois luit avec l'intensité du crépuscule. Elle entend presque le tintement des vagues argent et or, telles les touches d'un xylophone. Un hors-bord en aluminium tout cabossé heurte le quai, des gilets de sauvetage délavés moisissant au fond de l'embarcation, à l'endroit où flotte une bouteille d'eau de Javel coupée en deux. Une écope, sans doute. Sur la rive, à quelques mètres de la limite des eaux, un canot renversé projette une ombre sur la pierre.

Au bout du quai, un fauteuil roulant. Une femme y est assise, face au lac. Ce n'est pas Elizabeth. Cette femme a de longs cheveux noirs lustrés, droits et détachés. Une tête émerge de sous le quai — un enfant. Il se hisse hors du lac et l'eau lui dégouline sur la poitrine par plaques luisantes. Il se laisse choir sur le quai, nu comme un ver, une longue natte ballant derrière son dos, puis se met debout. C'est une fille.

— Maman, tout le monde, regardez ! crie-t-elle.

Elle remonte le quai, se retourne et détale, éclaboussant le bois argenté d'empreintes noires inégales, passe en trombe devant la femme et se catapulte au bout du quai. Le chien dévale la pente, traverse le quai en quelques bonds et plonge à sa suite. Ils ressortent, l'un pantelant, l'autre hilare. Madeleine jette un coup d'œil à Colleen qui, depuis son poste d'observation au barbecue, n'a rien perdu de la scène. *Maman.*

Sur le quai, le fauteuil se retourne. D'où elle est, Madeleine remarque les nerfs des avant-bras, bronzés et forts comme ceux de Colleen, les manches de coton rouge retroussées, le jean délavé sur les jambes minces. Les bottes de cow-boy. La personne lève la main pour se protéger de la lumière du soleil. Magnifique visage lisse, hautes pommettes, nerfs du cou saillants au creux des clavicules. Il lève la main pour la saluer.

La casquette à la main, Madeleine s'avance d'un pas incertain sur la pierre tiède, sentant malgré ses sandales qu'elle serait douce à la plante de ses pieds nus.

— Salut, Ricky.

Elle saisit sa main tendue. Il l'attire vers lui — ses bras ont moins de vigueur et de substance que la lumière du couchant ne l'avait laissé croire. Il la serre contre lui.

— Comment ça va, Madeleine?

— Pas mal, dit-elle. Et toi?

Pas une seule question qui ne semble déplacée.

— Rien à redire.

Il a la voix grêle mais claire. Légère. Comment est-ce possible?

— Tu es magnifique, dit-il.

Elle reste sans voix.

Il est magnifique.

Il a le front sans rides. Seuls signes de vieillissement, de légers creux sous ses yeux noirs. Il est à la fois plus vieux et plus jeune qu'avant. Que lui est-il arrivé? Elle a envie de toucher son visage. Elle le voit noter la présence de la casquette dans ses mains.

— Et ta famille?

Elle ravale ses larmes. Elle avait tout prévu, sauf sa gentillesse. Pourquoi n'est-il pas comme Colleen?

— Tu restes à dîner?

Il remonte le quai en direction de la pierre, qu'une rampe traverse à l'autre bout. Au moment où il passe près d'elle, ses cheveux sont balayés de côté et le soleil y allume des reflets argentés. Il a trois ans de plus que n'en aurait eu son frère.

Des pas résonnent sur le quai derrière elle; la petite fille passe en courant, semant des gouttelettes sur son passage, suivie du chien avec sa bonne odeur de chien mouillé, dont le pelage lui frôle les jambes. La fillette récupère un bout de tissu fripé sur la roche, le fait passer sur sa tête et soudain elle porte une robe.

Elle lève les yeux sur Madeleine.

— Salut.

Yeux bleu acier qui, légèrement inclinés vers le bas aux extrémités, ont l'air perpétuellement amusés. Perçants comme ceux de Colleen, mais sans méfiance.

— Salut, dit Madeleine.

Elle marque une pause.

— Je m'appelle Madeleine.

— Moi, Vivien.

La fillette court jusqu'à Ricky, agrippe les poignées du fauteuil et pousse.

— En avant, marche, fait-il.

— Je marche, je marche !

Madeleine les suit. Ils s'arrêtent à une table à pique-nique près de la maison. Il y a une glacière dessous. Lentement, méticuleusement, Ricky roule une cigarette de tabac Drum.

— C'est toi qui es à la télé ? demande Vivien.

Madeleine est prise au dépourvu.

— Ça m'arrive, ouais.

La petite fille rit et se hisse sur les genoux de Ricky.

Rick place la cigarette entre ses lèvres et regarde Madeleine.

— Si seulement ceux qui te trouvent drôle aujourd'hui t'avaient connue à l'époque, hein ?

Il utilise ses deux mains pour allumer la cigarette.

Madeleine dépose la casquette sur la table.

Rick expire et la fumée se mêle à la fraîcheur du soir, au charbon de bois qui se consume. Colleen fait cuire quelque chose dans du papier d'aluminium. L'odeur est divine.

— C'était la casquette de mon père, dit Madeleine.

— Qu'est-ce que tu veux boire ? demande Ricky.

— Bière, Dr Pepper, Mountain Dew, lait au chocolat, énumère Vivien.

— La même chose que toi, répond Madeleine.

La petite détale en direction de la maison. Toujours mouillé et souriant, le chien s'est laissé choir aux pieds de Ricky. Assise face au lac, Madeleine dit :

— C'est lui qui t'a salué, ce jour-là.

C'est si insignifiant. Des mots tout petits. Ce n'est pas difficile. Pas difficile du tout.

Rick détourne le regard, suit des yeux la fumée qui s'éloigne en direction de l'eau. Son profil est pur, taillé avec des instruments d'une précision chirurgicale, ses yeux brillants comme du jais. Il les essuie. Pas de limites à ce qu'il aurait pu devenir.

Derrière elle, quelque chose grésille. Colleen a retourné la papillote. Madeleine pleure elle aussi. Parce que les pins ont un parfum intense. Parce que le visage qu'elle a sous les yeux est familier. Parce que c'est l'été, que le soleil du soir suffit comme vêtement et que l'école ne recommence pas avant longtemps.

— Je sais ce qui est arrivé, dit-elle.

Dans la cour de l'école, un garçon fait monter sur son scooter rouge tous ceux qui le désirent.

— Et je crois savoir ce qui est arrivé… à ton père.

C'est trop. Ce qui est arrivé à M. Froelich et aux enfants qu'il aimait… c'est trop.

— Je suis désolée, fait-elle en se levant. Je vais vous écrire.

Elle est sur le point de partir, mais l'enfant est là. Elle lui tend un verre bleu iridium.

— Pourquoi tu pleures ?

Madeleine prend le verre.

— Ah, ce n'est rien, je…

— Son papa est mort, dit Ricky.

L'enfant passe ses bras autour de la taille de Madeleine. Quand Colleen va-t-elle abandonner son poste au barbecue pour venir lui planter un couteau dans le dos ?

— Tout va bien, Vivien. Ne t'en fais pas.

Elles trinquent et Madeleine boit. La boisson a un affreux goût de bonbon.

— Délicieux. Qu'est-ce que c'est ?

— Ma recette secrète, répond-elle, arborant soudain une moustache mauve. Mountain Dew et Dr Pepper. J'ajoute un peu de vrai poivre.

— Dis donc.

L'enfant disparaît dans la maison.

— Max, dit Ricky, va chercher une bière à papa.

Le chien se lève, se dirige vers la glacière, ouvre le couvercle du bout de son museau, prend une cannette de Moosehead dans sa gueule et l'apporte.

— Bon chien, dit Ricky en faisant sauter la languette.

— Comment lui as-tu appris à faire ça ?

Il désigne Colleen du pouce.

— Je ne suis que le cobaye. Le génie, c'est elle. Elle dresse des chiens guides. « Aptitudes spéciales pour besoins spéciaux. »

— Vous apprenez aux chiens à aller chercher de la bière pour les aveugles ?

Ricky éclate de rire et Madeleine voit les coins de la bouche de Colleen se soulever. Elle a la même fine cicatrice. La même crinière couleur rouille.

Il est atteint de sclérose en plaques. Le diagnostic est tombé quelques années après sa libération. Avant, il avait travaillé avec des chevaux.

— Dans l'Ouest, dit-il.

Sur le lac, un huard rase l'eau pour se poser. Il pousse sans effort son cri fluide, auquel répond un autre cri, plus loin sur le rivage.

— Tiens! fait Vivien en plantant dans les bras de Ricky une guitare presque aussi grande qu'elle.

Il sort l'onglet de derrière les cordes d'une frette supérieure, le place entre ses dents et commence à accorder l'instrument. Il gratte les cordes.

— Je ne pince plus très bien, mais j'arrive encore à plaquer quelques accords, dit-il.

— Comment va votre mère? risque Madeleine.

— À merveille, répond-il. Encore folle après toutes ces années.

— Elle dirige un asile, dit Colleen.

— Une maison de transition, dit Rick. Pour femmes sans domicile fixe. À Toronto.

— C'est bien.

— Ouais. Si jamais tu perds la boule, tu n'auras qu'à aller la consulter.

— Mamie est quaker, dit Vivien.

— Et vos petits frères?

— Roger et Carl.

Rick hoche la tête et sourit. Colleen rigole.

— Carl est motard…

Rick éclate de rire. Colleen tisonne le charbon de bois et rit franchement, elle aussi.

— … et Roger est policier.

Il gratte quelques accords.

— Et Elizabeth? demande Madeleine, tout doucement.

Ni l'un ni l'autre ne répond. Madeleine est soulagée à la pensée qu'ils ne l'ont pas entendue. Au bout d'un moment, Ricky dit à sa guitare:

— Elle est morte, ma vieille.

Il joue une mélodie. La petite fille saisit deux cuillères et bat la mesure avec lui, l'air grave.

— Lizzie a eu la grippe, dit Rick.

— Elle était trop triste pour guérir, dit Vivien. Elle est au ciel avec son chien Rex.

Madeleine se lève et va trouver Colleen.

— Je m'en vais. Je vais tout vous dire par écrit. Je vais aussi communiquer avec les McCarroll.

Colleen la regarde enfin. Madeleine sursaute, comme quand elle était enfant. Colleen a des yeux de louve.

Elle sort son couteau de sa poche. Le manche en os jauni, usé au contact du pouce. La lame incurvée avec l'âge. Elle tranche le papier d'aluminium et de la vapeur monte. Deux grosses truites.

— C'est Ricky et Vivien qui les ont capturées, dit-elle.

Elle referme la papillote et la dépose sur un plateau.

— Tu es drôle. Mais ça, tu le sais, pas vrai ?

— Je sais que c'est bizarre d'arriver comme ça à l'improviste…

— Non, je veux dire… tu fais bien ton métier.

Et maintenant Colleen sourit. Elle dépose le plateau sur la table.

— Tu veux voir les chiens ?

— D'accord.

Rick et Vivien chantent doucement :

— *So hoist up the John B. sail. See how the mainsail sets. Call for the captain ashore, let me go home…*

Les deux femmes se dirigent vers le chenil. Museaux feutrés contre le grillage, concert de jappements. Colleen déverrouille la porte et tend la main à Madeleine, la paume sur le dessus. Voilà la cicatrice. Madeleine prend la main et la serre. Puis elle la libère et suit son amie le long des passages pour chien, les mains offertes en pâture aux coups de langue et aux caresses, aux dents nues frôlant la chair.

— Raconte-moi maintenant, dit Colleen.

Madeleine s'exécute. Ce n'est pas long.

Le poisson est encore tiède quand elles viennent s'asseoir à table avec les autres.

LE SON DE LA SIRÈNE D'ALERTE AÉRIENNE est le plus terrifiant qui soit. Pendant la Deuxième Guerre mondiale, il l'était déjà, mais il l'est plus encore aujourd'hui. Jusqu'à ce que la sirène retentisse, c'était une journée ensoleillée pareille aux autres. Les oiseaux volaient, les champs bourdonnaient et les enfants se baladaient à vélo. La sirène pousse son hurlement au-dessus des barboteuses et des barbecues dans les jardins. Elle dit : je suis là depuis toujours, vous saviez que c'était possible. Elle s'arrête pour souffler, puis elle reprend sa montée pitoyable, pleure sa propre obscénité, s'intensifie jusqu'au point d'oblitération. Elle est partout — indifférenciés, les lieux, les hommes et les femmes ne font plus qu'un. Elle dit : courez jusqu'à l'endroit où il n'y a pas d'abri. À l'arrivée des avions, courez, mais seulement parce que vous êtes vivants, dotés de réflexes animaux.

Et puis tout s'arrête. Le ciel d'été est vide. Allumez la radio, la télé. Remontez du sous-sol, remettez-vous debout. C'était un nid d'oiseau. Au sommet du poteau de téléphone en bois près des portes de la vieille base de l'aviation à Centralia. Des corbeaux. Qui aurait cru que l'antique sirène fonctionnait encore après toutes ces années ?

Des employés de la municipalité voisine d'Exeter grimpent pour enlever le nid et démonter la sirène une bonne fois pour toutes. Des fragments de papier d'aluminium, des capsules de bouteilles, une clé qui luit au milieu des brins de foin — objets brillants que les corbeaux collectionnent. Et un minuscule porte-bonheur en argent. Un nom.

Claire.

Mot de l'auteur

Le supplice de Stephen Truscott de même que la force de caractère et le courage dont il a fait preuve m'ont servi de source d'inspiration.

Le livre est émaillé d'expressions en français acadien populaire et en *mitchif.* Comme les deux relèvent de la tradition orale, il n'existe pas de règles d'orthographe définitives ni faciles d'emploi. L'auteur a consulté des locuteurs de la génération concernée. La transposition et la graphie des mots rendent compte de leur réalité.

Merci de leur aide généreuse à Theresa Burke, Louise Dennys, Honora Johannesen, Malcolm J. MacDonald (Aviation royale du Canada, à la retraite), Alisa Palmer, Clay Ruby et la famille Ruby-Sachs, Lillian Szpak et Maureen White.

Merci aux personnes et aux organisations suivantes des précieux résultats de recherche qu'ils m'ont transmis et, dans bien des cas, du plaisir de nombreuses conversations : Irving Abella, Augustine Abraham, Ginette Abraham, Alice Arsenault et le Musée de Bouctouche, Margaret Atwood, B'nai Brith, Stephen Brooke, M. Chalk, les employés passés et présents du magazine *Chatelaine,* le Dr Trudy Chernin, Charles Clarke, Michael Claydon, Ramsay Cook, Deb Cowan, Olenka Demianchuk, la Direction de l'histoire et du patrimoine du ministère de la Défense nationale — en particulier Richard Gimblett, William Rawling, Isabel Campbell et Donna Porter —, Mike Englishman, Hugh Halliday, Peter Haydon (Marine royale du Canada, à la retraite), Geoffrey Hopkinson et les archives de la Société Radio-Canada (langue anglaise), Malcolm Johannesen, Sigurd Johannesen (Forces canadiennes, à la retraite), Linda Kash, Dan Kaye (ARC, à la retraite), Douglas Lantry et l'USAF Museum, Anne-Marie Lau et le Musée commémoratif de l'ARC de la base des Forces canadiennes à Trenton, Linda Laughlin, Lindsay Leese, John Hugh MacDonald (cornemuseur-major, FC), Mary T. MacDonald (infirmière, à la retraite), Tricia McConnell, Henry Melnick, Montana, les Archives nationales du Canada, Almark Books, Michael J. Neufeld et le National Air and Space Museum de la Smithsonian Institution, les Archives de l'Ontario, l'Institut d'études pédagogiques de l'Ontario, les Archives de l'Université de Toronto, Doreen Keizer (Guides du Canada), Danielle Palmer, Jacob Palmer, Gloria Peckam et Dog Guides Canada, Eric Price, les producteurs de *It Seems Like Yesterday,* Jeanette Richard, Rick Rickards, Bill Randall (ARC, à la retraite) et le Canadian Warplane Heritage Museum, Alti Rodal, David Rudd et l'Institut canadien des études stratégiques, Harriet Sachs, Andrea Schwenke, le centre Simon Wiesenthal, John Starnes, Gina Stephens, Dale Sylvester, Patrick Szpak, Betty Twena, Tulin Valeri, Cylla von Tiedeman, Lorraine Wells, Joseph White (ARC, à la retraite) et Zsa Zsa.

Merci également aux membres du personnel de Knopf Canada et de Random House of Canada, en particulier Nina Ber-Donkor, Deirdre Molina, Scott Richardson et Jen Shepherd. Un merci particulier à Susan Broadhurst et un merci très particulier à Gena Gorrell.

Sur le plan personnel, je dois beaucoup à l'esprit et à l'œuvre de Timothy (Tiff) Findley.

Sources et remerciements

Nous tenons à exprimer notre gratitude aux personnes et aux organismes qui suivent. Nous avons fait l'impossible pour communiquer avec les titulaires des droits d'auteur. Dans le cas d'une erreur ou d'une omission involontaire, prière de communiquer avec l'éditeur. Sauf avis contraire, les traductions françaises des textes mentionnés ci-dessous sont de Lori Saint-Martin et Paul Gagné.

Paroles de *This Land is Your Land,* paroles et musique de Woody Guthrie, TRO, © 1956 (renouvelé), 1958 (renouvelé), 1970 et 1972. Ludlow Music, Inc., New York, New York. Reproduction autorisée.

Paroles de *Whatever Will Be Will Be* de Raymond B. Evans et Jay Livingston. Reproduction autorisée.

Paroles de *Swinging on a Star* de Johnny Burke et Jimmy Van Heusen. Reproduction autorisée.

Paroles de *Moon River* de Henry Mancini et Johnny Mercer. Reproduction autorisée.

Paroles de *Button Up Your Overcoat.* De *Follow Thru.* Paroles et musique de B.G. DeSylva, Lew Brown et Ray Henderson. © 1928, Chappell & Co., Stephen Ballentine Music Publishing Co. et Henderson Music Co. Droits renouvelés. Droits internationaux obtenus. Tous droits réservés.

L'épigraphe de « Bienvenue à Centralia » est tirée de *Camelot.* Paroles de Alan Jay Lerner. Musique de Frederick Loewe. © 1960 par Alan Jay Lerner et Frederick Loewe. Droits renouvelés. Titulaire des droits mondiaux de publication et des droits mondiaux connexes, Chappell & Co. Droits internationaux obtenus. Tous droits réservés.

La réflexion de Jack à propos du vol, « Dieu vous a à l'œil la première fois, après vous ne devez compter que sur vous-même », est tirée de souvenirs de l'Aviation royale canadienne racontés dans Ted Barris, *Behind the Glory,* Toronto, Macmillan Canada, 1992.

L'épigraphe de « Au-dessus de tout » est tirée de l'article « Organizational Theory : An Overview and an Appraisal », *Journal of the Academy of Management,* vol. 4, nº 4, avril 1961, Briarcliff Manor, N.Y., Academy of Management.

L'épigraphe de « *Le Mayflower* » est tirée de « How America Feels », sondage Gallup, *Look,* 5 janvier 1960.

Paroles de *Unforgettable* d'Irving Gordon. Reproduction autorisée.

L'épigraphe de « *La dolce vita* » vient de Heloise, *Heloise's Kitchen Hints,* Englewood Cliffs, New Jersey, Prentice-Hall Inc., 1963.

Le poème qui commence par les mots « J'ai quitté les entraves terrestres » s'intitule dans sa version originale anglaise « *High Flight* ». C'est l'œuvre de John Gillespie Magee, Jr, Américain qui a servi dans l'Aviation royale du Canada durant la Deuxième Guerre mondiale. On trouve la version française du poème (trad. inconnu) sur le site Internet du ministère de la Défense nationale du Canada.

La chanson de Dion, *The Wanderer,* a été composée par Ernest Peter Maresca.

Les citations tirées du magazine *Time* que lit Jack viennent de l'édition canadienne du 31 août 1962, vol. LXXX, nº 9.

Les extraits du manuel de lecture de Madeleine sont tirés de W.W. Bauer, Gladys G. Jenkins, Elizabeth Montgomery et Dorothy W. Baruch (dir.), *The Girl Next Door,* Toronto, Gage, 1952.

Le commentaire de la mère de Wernher von Braun, « Pourquoi n'irais-tu pas voir du côté de Peenemünde ? Autrefois, ton grand-père y allait à la chasse aux canards », vient de Michael J. Neufeld, *The Rocket and the Reich : Peenemünde and the Coming of the Ballistic Missile Era,* Cambridge, Massachusetts, Harvard University Press, 1995.

Les épigraphes d'« Oktoberfest » et de « Tous aux abris » sont tirées respectivement des éditoriaux de Doris Anderson dans les numéros de juillet 1962 et de février 1962 de *Chatelaine.*

Le petit poème qui commence par les mots « Il était une fois une tortue appelée Bert » est tiré de *Duck and Cover,* film éducatif produit en 1951 par Archer Productions, Inc. pour le compte de la Federal Civil Defense Administration des États-Unis.

Les commentaires du président Kennedy touchant la crise des missiles de Cuba sont tirés de son allocution télévisée du 22 octobre 1962. La traduction française (trad. inconnu) vient du site Web suivant :
http ://hypo.ge-dip.etat-ge.ch/www/cliotexte/html/guerre.froide.crise.Cuba.html.

Les épigraphes de « Je suis incapable de mentir » et de « Riposte graduée » sont tirées de transcriptions reproduites dans Ernest R. May et Philip D. Zelikow, *The Kennedy Tapes : Inside the White House During the Cuban Missile Crisis,* Cambridge, Massachusetts, Belknap Press de Harvard University Press, 1997.

Paroles de *Where Have All the Flowers Gone ?* de Pete Seeger. © 1961 (renouvelé) de Sanga Music, Inc. Tous droits réservés. Reproduction autorisée.

Le commentaire de Norman DePoe touchant la réduction des tensions liées à la crise des missiles de Cuba a été fait à l'émission *Newsmagazine* de la Canadian Broadcasting Corporation, le 28 octobre 1962.

L'épigraphe de *« Requiem »* est tirée de Mary Eleanor Thomas, *Developing Comprehension in Reading,* Toronto, J.M. Dent, 1956.

Paroles de *Bei Mir Bist Du Schon.* Paroles originales de Jacob Jacobs. Musique de Sholom Secunda. Paroles anglaises de Sammy Cahn et Saul Chaplin. © 1937 ; renouvelé en 1965. Cahn Music Company (ASCAP) et Warner/Chappell (ASCAP). Les droits de la Cahn Music Company sont administrés par Cherry Lane Music Publishing, Inc. et DreamWorks Songs. Droits internationaux obtenus. Tous droits réservés.

Paroles de *« Sloop John B. »* de Brian Wilson. © 1966, renouvelé par New Executive Music. Reproduction autorisée.

L'épigraphe de « Chiens endormis » est reproduite avec la permission de Simon & Schuster Adult Publishing Group. Elle est tirée de Primo Levi, *Les Naufragés et les rescapés* (trad. André Maugé), coll. Arcades, Gallimard, 1985.

L'épigraphe d'« Envol » est tirée du *Brownie Handbook,* Toronto, Girl Guides of Canada, 1958.

Les extraits du disque-récit de Bambi © de Walt Disney sont utilisés avec la permission de Disney Enterprises, Inc.

Les extraits du long métrage Bambi © de Walt Disney sont utilisés avec la permission de Disney Enterprises, Inc.

Trois commentaires de Froelich — « Dès que je vois Dora, les pyramides n'ont plus de secret », « J'ai un truc. Je fais comme si j'avais déjà tout vécu » et « Un jour, j'entends une secrétaire dire à son amie : "Viens vite, tu vas rater les jambes" » — s'inspirent de la description que fait Jean Michel de sa propre réaction à Dora dans son livre *Dora : The Nazi Concentration Camp Where Modern Space Technology Was Born and 30,000 Prisoners Died,* Austin, Texas, Holt, Rinehart and Winston, 1975.

La réplique de Simon, « J'en ai entendu un dire qu'il céderait volontiers aux Soviétiques tous les ex-nazis en échange d'une boîte de caviar », s'inspire d'un commentaire attribué à un officier américain cité dans Linda Hunt, *Secret Agenda : The United States Government, Nazi Scientists and Project Paperclip, 1945 to 1990,* New York, St. Martin's Press, 1991.

L'épigraphe de la quatrième partie, « Ce qui reste », est tirée de Primo Levi, « Plomb », *Le Système périodique* (trad. André Maugé), Albin Michel/Le Livre de poche, 1987.

L'épigraphe de « Ainsi va la vie » est tirée de T.S. Eliot, « The Waste Land », *The Waste Land and Other Poems,* Londres, Faber and Faber, 2002. *La Terre vaine* (trad. Pierre Leyris), édition bilingue, L'École des lettres, Le Seuil, 1995.

Paroles de *What a Wonderful World* de George Davis Weiss et Robert Thiele. © 1968, renouvelé. Publié par Abilene Music, Range Road Music et Quartet Music. Reproduction autorisée. Tous droits réservés.

La chanson de Marianne Faithfull citée est *Broken English,* composée par Marian Evelyn Faithfull, Joe Mavety, Barry Reynolds, Terence Philip Stannard et Stephen David York.

Les commentaires de René Steenbeke sur le rôle qu'a joué Dora dans l'essor des voyages spatiaux sont cités dans « Survivors of Mittelbau-

UN PARFUM DE CÈDRE

Prix du Commonwealth
du meilleur premier roman

Choix du Oprah Book Club

Prix du Gouverneur général
pour la traduction de Lori Saint-Martin et Paul Gagné

Sur la liste des incontournables de Radio-Canada
« 100 livres d'ici à lire une fois dans sa vie »

Publié dans 22 pays

Ce qu'on en a dit…

« Un roman envoûtant. » Monique Roy, *Châtelaine*

« Le roman de MacDonald allie remarquablement bien le mélo-drame et un rythme endiablé à une profondeur de recherche historique. Ici, on a affaire pas seulement à une conteuse habile, mais à une romancière qui sait utiliser le passé. » David Homel, *La Presse*

« Je suis tombée sous le charme de ce roman-là. C'est un peu ce que John Irving me fait ressentir. À la dernière page, j'avais juste le goût de recommencer le roman. » Pascale Navarro, Radio-Canada, *Indicatif présent*

« Curieuse bête d'écriture que cette jeune femme qui, pareille aux grands romanciers victoriens, mêle allègrement les genres, appelle à la rescousse le tragique et le comique. » Hervé Guay, *Le Devoir*

« Heureux ceux qui ont du temps pour lire. Assez de temps pour "partir", dans une histoire, exactement comme on part en voyage. Et revenir avec des images, des souvenirs, et l'impression d'avoir découvert un nouveau monde. » Marie-Claude Fortin, *Voir*

« Un roman qui m'a laissé une impression de coup de cœur et de coup de poing. » Sophie-Andrée Blondin, Radio-Canada, « 100 livres d'ici à lire une fois dans sa vie »

LE VOL DU CORBEAU

Ce qu'on en a dit...

« Le second roman de cette surdouée, également comédienne et dramaturge, est une éblouissante saga, tragique et empathique. [...] Je sais que cette histoire-là, je la porterai longtemps en moi... À souligner la qualité exceptionnelle de la traduction de Lori Saint-Martin et Paul Gagné. » Monique Roy, *Châtelaine*

« Un monde fascinant d'où l'on a peine à s'arracher. » Danielle Laurin, *L'actualité*

« L'une des réussites du roman tient à sa description, de l'intérieur, du monde de l'enfance. [...] Il faut dire qu'elle [Ann-Marie MacDonald] possède le don de rendre les décors et les personnages réels, grâce à son écriture évocatrice. » Marie Labrecque, *Le Devoir*

« ✶✶✶✶ » « Son premier roman, *Un parfum de cèdre*, a connu un vif succès, ici et ailleurs. *Le vol du corbeau* est un livre plus grave, moins mélodramatique, dont les échos historiques m'ont touché... » David Homel, *La Presse*

« Si Ann-Marie MacDonald avait charmé deux millions de lecteurs avec *Un parfum de cèdre*, elle s'arroge sans contredit, avec *Le vol du corbeau*, une place à part au sein du panthéon des grandes auteures canadiennes. [...] Fable magistrale, subtile et intelligente sur la perte de l'innocence, tant individuelle que collective, et sur le poids du mensonge, *Le vol du corbeau* se veut aussi un lancinant suspense. » Valérie Lessard, *Le Droit*

« *Le vol du corbeau* dépeint un drame inquiétant avec un arrière-fond historique qui n'en finit pas de nous captiver. » Éric Paquin, *Voir*

« *Le vol du corbeau*, une autre création magistrale. » Claudia Larochelle, *Le Journal de Montréal*

« Un très bon livre qui vous tient en haleine jusqu'à la fin. […] 800 pages de pur bonheur ! *Le vol du corbeau*, il y a de quoi se vautrer dans la lecture. » Anne Michaud, Radio-Canada

« Elle sait vraiment raconter une histoire. Vraiment, c'est écrit comme un thriller. […] Le bonheur ! J'ai trouvé ça dommage de devoir le finir si vite. » Chantal Jolis, Radio-Canada

« C'est un livre bouleversant, sous tension, entre la saga familiale et l'intrigue policière, qui laisse chancelant, mais heureux d'avoir découvert un brillant auteur. » Tifenn Duchatelle, *Elle France*

« Sept cents pages dérangeantes, haletantes, un style très personnel, un roman inoubliable. » Marie-Claire Pauwels, *Madame Figaro*

« Ann-Marie MacDonald maîtrise toutes les ficelles du thriller taillé pour le succès. […] L'écriture est à la hauteur du projet : changeante, poétique ou digne d'un rapport de police selon le point de vue adopté. […] Se laisser happer par cette atmosphère délétère, se laisser prendre dans la nasse de cette histoire farouche, tragique, ponctuée de silences, de mensonges et de non-dits. » Christine Ferniot, *Lire*

Ann-Marie MacDonald est romancière, dramaturge et comédienne. Elle est née sur la base de l'Aviation royale canadienne Baden-Soellingen, en ex-Allemagne de l'Ouest. Sa famille déménage au gré des affectations militaires, tout en gardant des liens avec l'île du Cap-Breton d'où sont issus son père, d'origine écossaise, et sa mère, d'origine libanaise.

Après des études à l'École nationale de théâtre à Montréal, elle s'installe à Toronto où elle s'illustre comme comédienne. Elle publie une première pièce, *Goodnight Desdemona* (*Good Morning Juliet*), couronnée par le Governor General's Award, le Chalmers Award ainsi que le Canadian Authors' Association Award.

En 1996, son premier roman *Fall on Your Knees* (*Un parfum de cèdre*, Flammarion Québec, 1999) se hisse parmi les best-sellers internationaux, traduit en dix-neuf langues et vendu à trois millions d'exemplaires. Il remporte le Commonwealth Prize for Best First Fiction, le People's Choice Award et le Libris Award de la Canadian Booksellers Association. En 2002, il atteint la consécration en étant choisi par le Oprah's Book Club.

En 2003 paraît *The Way the Crow Flies* (*Le vol du corbeau*, Flammarion Québec, 2004), qui connaît aussi un immense succès international. *Adult Onset*, son troisième roman, a été publié en français en 2015 par Flammarion Québec sous le titre *L'air adulte*.

Ann-Marie MacDonald a animé diverses séries documentaires à la télévision de la CBC (*Life and Times*, *Doc Zone*) et demeure très active sur la scène théâtrale. Elle vit actuellement à Montréal avec sa conjointe et leurs enfants.

www.annmariemacdonald.com